Анна Каренина

安娜·卡列尼娜

[俄] 列夫·托尔斯泰 著

草 婴 译

Лев Николаевич Толстой

海峡出版发行集团 THE STRAITS PUBLISHING & DISTRIBUTING GROUP | 鹭江出版社 LUJIANG PUBLISHING HOUSE

2019年·厦门

写作《安娜·卡列尼娜》时期的列夫·托尔斯泰，摄于 1876 年

1900 年，列夫·托尔斯泰与托尔斯泰雅、斯塔索夫和雕塑家金斯堡合影

1903 年 8 月 28 日，列夫・托尔斯泰七十五岁生日时摄

列夫·托尔斯泰夫妇，摄于 1910 年

列夫·托尔斯泰，摄于 1896 年

1909 年，列夫・托尔斯泰与农民在一起

1910 年，列夫·托尔斯泰同农民作家库请谈话

位于莫斯科的列夫・托尔斯泰博物馆

译者前言

列夫·托尔斯泰（1828—1910）一生创作浩如烟海，他的俄文版全集初版九十卷，后又扩大为一百卷。全集包括长篇小说、中短篇小说、自传体小说、剧本、哲学论文、文艺论文、寓言故事、政论、书信、日记，以及大量作品的异稿。

在托尔斯泰作品中，小说无疑占主要地位。而托尔斯泰成为世界文化巨人，影响最大的也是小说。《战争与和平》《安娜·卡列尼娜》《复活》三部长篇小说不仅是俄罗斯文学的杰作，也是世界文学的瑰宝。除了三部长篇小说，托尔斯泰还写了大量中短篇小说，和自传体小说《童年·少年·青年》。这些小说，即使不包括以民间故事形式出现的作品，至少也有六七十篇。

托尔斯泰的小说大都反映了十九世纪俄罗斯社会的真实生活，描写了俄罗斯形形色色的人物，塑造了众多个性鲜明的典型。阅读托尔斯泰的小说，我们仿佛置身于当时的俄国环境，真可说是身临其境；接触各种身份和个性的人物，如见其人，如闻其声；同时随同他们的悲欢离合、喜怒哀乐，自然而然地对他们的遭遇产生强烈的共鸣。

文艺作品主要是以情动人，阅读优秀的文艺作品，也就可以在不知不觉中获得有益的熏陶，并由此产生对世界对人生的思考。

托尔斯泰的一生主要是关心人，同情不幸人们的苦难，思索怎样使人间充满人与人之间真诚的爱，也就是宣扬人道主义精神。正是这种伟大的人格感动了并在不断感动着全世界一切正直人的心。难怪他的作品在全世界被译成最多种文字，在经典著作中印数始终占据首位。

中国在二十世纪初就开始介绍托尔斯泰的作品。《复活》早在一九一三年就出版了中译本，改名《心狱》；接着在一九一七年又出版了《安娜·卡列尼娜》的中译本，译名《安娜小史》。这两本书都由林纾译出，但林氏不懂原文，完全靠别人用中文口述，再由他用中文写出。因此从严格意义上说，这种译本不能算翻译，只能算编写。

以后我国陆续有人翻译托尔斯泰的作品，但大多由英文和日文转译，直接从俄文翻译的很少。中华人民共和国成立后，托尔斯泰的作品介绍过来的多了，而由俄文直接翻译的也增加了不少，但通常都是你翻译一本，他翻译一本，很难保留托尔斯泰作品的风格的一致性。

我从一九四二年起开始翻译俄罗斯文学作品，五十年代主要翻译肖洛霍夫的小说。我的翻译工作因“文革”中断了十年。“文革”结束后，我开始系统翻译托尔斯泰的小说，从一九七八年至一九九八年，前后花了二十年工夫把他的三个长篇、六十多个中短篇和自传体小说翻译过来。我翻译托尔斯泰作品，主要是想让我国读者更多地了解他的人格，欣赏他的艺术，充实我们的精神生活。

巴金极其崇敬托尔斯泰，称他为十九世纪世界的良心。他多次鼓励我翻译托尔斯泰作品，还把他珍藏的俄文版豪华插图本提供给我。这套托尔斯泰作品集出版于一九一六年，也就是十月革命之前，其中有两百幅精美插图，全都出自俄国名画家之手。这套作品集在中国只此一套，真正称得上是海内孤本，其中大部分插图在中国都没有介绍过。现在，《托尔斯泰小说全集》中译本出版，这些精美的插图都用在这套译文集里。我想，中国读者一定会跟我一样对巴金先生表示衷心的感谢。

草　婴

二〇〇四年三月

译者导读

“你写作《安娜·卡列尼娜》的念头是怎样产生的？”一八七八年有人问托尔斯泰。

托尔斯泰躺在沙发上回答说：

“是的，就像现在这样，饭后我独自躺在这张沙发上，吸着烟……我不知道我是在竭力思索呢还是在与瞌睡作斗争，突然有一条非常漂亮的贵妇人的光胳膊在我面前掠过，我不由得仔细看看这个幻影。接着出现了肩膀、脖子，最后是一个美丽的女人的形象，她身穿白衣裳。她那双含怨带恨的眼睛看着我。幻影消失了，可是我已无法摆脱它，它日夜跟踪着我。为了摆脱它，我必须给它找个化身。这就是写作《安娜·卡列尼娜》的起因。”[①]

当然，《安娜·卡列尼娜》的创作动机不会这样简单，安娜这个光艳照人的形象也并非产生于一次偶然的幻觉。托尔斯泰创作这部小说是着实费了一番功夫的。《安娜·卡列尼娜》创作于十九世纪七十年代（1873—1877），当时俄国正处于历史大变动时期，古老的封建地主俄国受到西欧资本主义浪潮的猛烈冲击。书中说道：“一切都颠倒了过来，一切都刚刚开始建立。”指的就是封建贵族的旧秩序被颠倒了，资本主义制度则刚刚开始建立。在这场史无前例的大变动中，社会制度、经济结构、风俗习尚、思想意识……无一不受到震撼，无一不遭到冲击。国家处于转折关头，每个俄国人徘徊于十字路口，怎样对待这场空前的大变动，就成为每个有头脑有良心的俄国人无法回避的问题。托尔斯泰面对着这样一个新旧势力搏斗的社会，他那颗热爱生活而又仁慈善良的心不能不颤抖，不能不感到惶惑不安。他多方观察，苦苦思索，希图弄清这场变动的实质，消除人民的苦难，但他无能为力。

在这新旧交替的历史时期，尤其吸引托尔斯泰注意的是家庭的变化和妇女的命运。家庭悲剧层出不穷，一幕幕展现在他的眼前，而一个妇女因爱情问题而卧轨自杀的消息，特别使他感到震惊和难过。这也许就是他创作《安娜·卡列尼娜》的直接原因。

这部小说既不同于写在这以前的《战争与和平》，也不同于写在这以后的《复活》。

---

① 见弗·康·伊斯托明（1847—1914）所著《晚年》一书。

在《战争与和平》里，作者主要描写十九世纪初战争年代与和平生活中的俄国贵族和人民，当时他对贵族还抱有一定的幻想。在《复活》中，作者主要反映十九世纪末俄国社会的黑暗和腐败，人民的苦难和挣扎，那时他对俄国社会已经绝望，他的世界观已经发生激变，他这个忏悔贵族的立场已经完全转到广大农民一边。而《安娜·卡列尼娜》则创作于这两者之间，它着重描写的是这个大变动中的俄国社会，同时反映出作者矛盾重重、惶惑不安的心态。

托尔斯泰自己说过，他在《安娜·卡列尼娜》中要写的主要是家庭问题，书中写到几个不同家庭的不同遭遇，而安娜和卡列宁的家庭则是全书的主线。安娜·卡列尼娜出身贵族，按照贵族和教会的婚姻制度嫁给了卡列宁。卡列宁比安娜大二十岁，但官运亨通，很早就做上大官。他虚伪冷酷，醉心仕途，是个十足的做官机器。安娜同他正好相反，她热情善良，生气蓬勃，但在同卡列宁结婚后，她的生气就被压抑了。虽然如此，安娜对生活还是充满热爱，对爱情依旧怀着模糊的憧憬。当时，俄国旧的封建伦理道德正受到西方资产阶级个性解放、恋爱自由的挑战，像安娜这样一个感情丰富而又很有个性的女子就自然无法不受影响。一旦遇到伏伦斯基这样一个风度翩翩的贵族青年，安娜很自然就堕入情网，无法自拔，最后演出一场动人心魄的大悲剧，惨死于火车轮子之下。

托尔斯泰为什么要给安娜安排这样一个悲惨的结局？有人责怪他对女主人公处理得太残酷。对这个问题作者解答说："这个意见使我想起普希金遇到过的一件事。他对一位朋友说：'你想想，我那位塔吉雅娜[①]跟我开了个多大的玩笑！她竟然嫁了人！我简直怎么也没有想到她会这样做。'关于安娜·卡列尼娜我也可以说同样的话。总的说来，我那些男女主人公往往做出一些违反我本意的事来：他们做了在实际生活中常有的和应该做的事，而不是我所希望他们做的事。"托尔斯泰说这话首先是表明他的创作信条：严格遵守现实主义方法，忠实表现生活的逻辑；同时也说明他对安娜的态度。

托尔斯泰对安娜究竟抱什么态度？是同情还是谴责？为什么他要选用《圣经》中"伸冤在我，我必报应"这句话作为卷首题辞？根据《圣经》原意，就是：人间的罪孽只有上帝可以裁判，世人是无权评论的。关于这个题辞，托尔斯泰曾回答魏烈萨耶夫说："我选用这个题辞，正如我曾解释过的，只不过是为了表达这样一个思想，就是：人们所做的坏事有其痛苦的后果，这不来之于人，而来之于上帝。安娜·卡列尼娜就

① 俄罗斯著名诗人普希金长诗《叶甫盖尼·奥涅金》中的女主人公。

亲身体验了这一点。”

其实，托尔斯泰对安娜的态度是矛盾的：既有谴责，又有同情。但这种矛盾不是孤立的，也不是偶然的。托尔斯泰是十九世纪最复杂的伟人，而所谓复杂就是充满矛盾。他在哲学思想、宗教观点、伦理道德、家庭生活各方面无不充满矛盾，而在婚姻爱情问题上尤其突出。托尔斯泰热爱生活，把爱情看作人间最美丽的花朵。他在作品里以不同的方式歌颂爱情，而对安娜这样的女性更是无限热爱。你看，他描写安娜，一反平时朴实无华的语言，竭力使用最绚丽的辞藻。他通过伏伦斯基的眼睛、吉娣的眼睛、陶丽的眼睛、列文的眼睛，精心塑造安娜，使这个贵族少妇成为世界文学中无与伦比的美丽形象。我们读完小说，眼前就会浮现出一个令人心醉的安娜·卡列尼娜。难怪伏伦斯基在车站上初次邂逅安娜，就发现她的脸上有一种异常亲切温柔的神态，有一股被压抑着的生气，她身上洋溢着过剩的青春。吉娣一见安娜，就为她倾倒，觉得她不像是有个八岁儿子的母亲；安娜的眼睛里有一种既严肃又时而显得忧郁的神情，她十分淳朴自然，毫不做作，但在她的内心里却另有一个感情丰富而又诗意盎然的超凡脱俗的世界。在陶丽眼里，安娜热恋伏伦斯基时的神态又是另一番景象：双颊和下巴上分明的酒窝，嘴唇的优美线条，荡漾在整个脸上的笑意，眼睛里闪烁的光芒，动作的优美和灵活，说话声音的甜美和圆润，就连她回答人时半是嗔怪半是撒娇的媚态，这一切都使人神魂颠倒。就连乡下地主列文看到安娜的画像也大为着迷，觉得这不是画像而是一个活生生的女人，披着一头乌黑的鬈发，光着肩膀和胳膊，嘴唇上挂着若有所思的微微笑意，并且用那双使人销魂的眼睛扬扬得意而又脉脉含情地望着他。而等他见到她的庐山真面目时，更情不自禁地赞叹她达到了美的顶峰，另有一种令人心醉的风韵。

托尔斯泰描写安娜确实是怀着满腔激情的，他不仅赞美安娜的外貌，而且充分颂扬安娜的为人。全书开头，安娜遇到铁路工人惨死的场面，她大动怜悯之心，竭力想减轻死者家属的苦难，并对伏伦斯基的慷慨解囊，大为赞赏。兄嫂不和，她亲自前去调解，凭她的聪明才智劝说嫂嫂，给嫂嫂很大的安慰。她对儿子谢辽查真挚的母爱，更是感人肺腑，催人泪下。她在上流社会又是个十分勇敢的女性，敢于向封建的伦理道德挑战，敢于正视向她投来的世俗目光，敢于同伏伦斯基一起出走，追求自由幸福的生活。总之，托尔斯泰对女性的颂扬在安娜身上可以说达到了顶峰。但这样一个可爱的女性却遭到如此悲惨的命运，作者在书里倾注了对她的无限同情，同时愤怒地控诉迫使她走上毁灭之路的社会。

然而，托尔斯泰毕竟是个矛盾的人物，他对安娜除了爱慕和同情之外，对她的所作所为并不肯定。从宗教和伦理道德出发，他认为安娜是有罪的，因为她不能克制她的感情，一味追求自由和爱情，违背“妇道”，从而弄得身败名裂，自取灭亡。但他对安娜的谴责还是有分寸的，也可以说是同情多于谴责，他不忍对安娜直接进行批判，也不让人对她说三道四。他真正痛恨的是这个社会，是卡列宁之流的官场人物，因为他们控制和奴役像安娜这样不幸的人，杀人不见血地蹂躏像安娜这样美好的人性。托尔斯泰满腔愤恨地把卡列宁塑造成令人憎恶的人物，目的就是要对他进行无情的鞭挞。卡列宁从外表到内心可以说毫无可取之处，他是个彻头彻尾的伪君子，是个官气十足的大官僚，又是个道貌岸然的封建家长。他同安娜正好相互对照，凡是安娜具有的优点他都没有，而他身上的一切缺点正是安娜所深恶痛绝的。托尔斯泰有意拿两人作对照，来显示人性的真善美与假恶丑。因此，他们两人正好代表着两种截然相反的人群。除了卡列宁之外，托尔斯泰又拿整个上流社会的虚伪、猥琐、残酷和自私来对比安娜的真诚、开朗、善良和仁慈。这里，托尔斯泰的爱憎是十分分明的。

也许有人会说，作者对卡列宁也没有全盘否定，卡列宁对安娜也不是完全没有感情的。譬如，他始终没有忘记作为丈夫的责任，按时给安娜送生活费，而在安娜分娩病重时他也感到悔恨，对安娜和伏伦斯基也说了心里话，向他们表示宽大的胸怀。这里我觉得有必要指出托尔斯泰对人的独特看法，以及他在塑造人物时反对简单化、强调要有血有肉的一贯手法。关于人，托尔斯泰说过这样的话：“有人徒劳地把人想象成为坚强的，软弱的；善良的，凶恶的；聪明的，愚蠢的。人总是有时是这样的，有时是另一样的；有时坚强，有时软弱；有时明理，有时错乱；有时善良，有时凶恶。人不是一个确定的常数，而是某种变化着的，有时堕落、有时向上的东西。”这话当然不够全面，但也有一定道理。托尔斯泰得出这样的结论是他长期观察人的结果，他在创作时常受这种观点的影响。拿安娜来说，她是一个敢于反抗封建势力的勇敢女性，为了争取爱情和自由敢于正视险恶的环境；但她也有软弱的一面，伦理道德和宗教观念像一具无形的枷锁束缚着她的思想，使她在冲破婚姻关系时内心矛盾重重。她梦见自己有两个丈夫，一个是伏伦斯基，一个是卡列宁，就是这种苦闷心情的反映。她产后发高烧，说呓语，竟把平时恨之入骨的卡列宁说成好人，甚至圣人，还要自己心爱的情人伏伦斯基同他握手言和，这种行为也反映出安娜内心极其矛盾，无法克服恐惧和内疚。拿卡列宁来说，他千方百计制止安娜对伏伦斯基的爱情，制止不成，为了保全面子考虑同安娜离婚。但等安娜正式要求离婚，他又坚决不同意；安娜要求他把儿子归她，他不仅不同意，而且不让她同儿子见面，甚至对儿子谎称他母亲已经死了。当他收到安娜病危电报时，内心又浮起卑劣的念头，满心希望她死；但等他听到安娜的呓语，看到她病危的景象，他顿时良心闪现，向安娜表示忏悔，要求安娜和伏伦斯基的饶恕。凡此种种都说明托尔斯泰对人性的复杂和变化都有极其深刻的理解，并且能用高超的艺术手法表现出来。

安娜的悲剧进一步表现在她对伏伦斯基的爱情上。安娜对卡列宁为她安排的那套死气沉沉的生活深感不满，强自压抑着她身上蓬勃的生气，但在遇到伏伦斯基后，她那被控制着的生命之火终于熊熊燃烧，以至发展成一场大火，把自己烧成灰烬。这是旧的伦理道德、教会习俗对一个感情真挚的女子人性的蹂躏，也是像卡列宁那样的官僚机器对敢于要求个性解放的妇女的戕害，这是主要的方面。但在促使安娜对生活彻底幻灭上，伏伦斯基也有不容推诿的责任。伏伦斯基原来也是贵族中的一个花花公子，过着花天酒地的生活，但自从遇到安娜后他的感情和生活起了很大变化。他真诚地爱安娜，为了她放弃功名，改邪归正，不再吃喝玩乐，而把全部感情奉献给了心爱的人。为了她，他不怕舆论；为了她，他不惜开枪自杀；为了她，他毅然同她离开祖国。事实上，像伏伦斯基那样感情真挚的青年在贵族中是不多见的，他的精神境界远超过一般的贵族青年。但伏伦斯基终究是个生活在上流社会的贵族，他可以为安娜放弃功名，改变生活方式，但他不能把自己的生活长期局限于同安娜一起的两人世界里，他需要社会活动，需要同朋友交往，而不能像安娜那样把全部感情长期倾注在一个人身上，这样就导致安娜的不满，引起两人之间的不和。安娜离家出走后，她在舆论的压力和世俗的目光下，精神上已极其压抑，再加上长期离开心爱的儿子，母性的痛苦又经常折磨着她，而成为她唯一感情支柱的伏伦斯基的爱情又渐渐淡化，使她内心感到一片空虚，无可奈何地走上自我毁灭之路。“一切都是虚假，一切都是谎言，一切都是欺骗，一切都是罪恶！”这是安娜临终前的叹息，也是她对她所生活的社会的控诉，其中也不无自我谴责的成分。这几句话可以说是托尔斯泰对当时俄国社会入木三分的鞭笞，也表现了他对安娜·卡列尼娜这样一个女性的无限同情。

在《安娜·卡列尼娜》中，除了安娜、卡列宁和伏伦斯基这条线，还有一条列文和吉娣的线。作者详细描写了列文和他一家的生活，但更多地叙述了列文的思想。托尔斯泰在好几部作品里通过一个主人公表达自己的思想观点，如《一个地主的早晨》中的地主和《复活》中的聂赫留朵夫，但应该说，列文这个人物带有更浓的自画像色彩。列文的生活方式很有点像托尔斯泰自己的生活方式，列文的许多思想感情也酷似托尔斯泰本人的思想感情。

列文和安娜是两个不同的人物，但都是善良可爱的人。列文身为大地主，但完全不同于一般的地主。他严肃正派，个性顽强，思想上有改革愿望，但又有保守色彩。

他对当时俄国农村经济的状况忧心忡忡；他认为农民没有土地，却要养活整个俄国，而农民又不愿真心为地主工作，农民和地主之间的矛盾无法调和。列文凭着一股热情，天真地想用独特的方式来解决这个矛盾。他主张实行“对分制”来提高农民的积极性，就是：收成的一半归农民，一半归地主。但这种办法到头来只能是一种幻想，土地所有制问题不解决，农民不可能有真正的劳动热情。农民世世代代受着地主的剥削和愚弄，积累了惨痛的教训，因此不论地主说什么话，提出什么新办法，他们都不会相信，列文的改革办法也是行不通的。

但列文毕竟是个心地善良的人，在地主中确属凤毛麟角。他迷恋自己那套海市蜃楼式的农业改革，不仅想在俄国推广，而且想推广到全世界。他希望农民富足，俄国富强，自己这样的地主老爷也可以在农民面前“扪心无愧”。他劲头十足地搞农业改革，亲自参加农活，不断地探索、宣传、进行实验，但最后还是一事无成。列文年富力强，家庭生活美满，精神上却极其苦闷。他甚至抵挡不住死的诱惑，几次想到自杀，以致只得把绳子藏起来免得上吊，随身不带手枪免得开枪自杀。这是多么大的悲剧！列文的这种心情正是托尔斯泰当年心情的写照，由此可见托尔斯泰的精神危机已达到何等严重的程度，真可说是惶惶不可终日，而这也是导致他八十年代世界观发生激变的原因。

托尔斯泰借列文的口说：“要是我不知道我这人是什么，我活着为了什么，那就无法活下去。”他不知道生命从哪里来，它的目的是什么，它究竟是怎么一回事。由此也就产生了他对宗教问题的思考。托尔斯泰在宗教问题上一直是自相矛盾的，长期在信仰与不信仰之间动摇。他生活在百分之九十以上的人信仰基督教的俄国，家里人都是基督教徒，从小又受到神学教育，因此他是在浓厚的宗教气氛中长大的，宗教思想在他身上根深蒂固；但是托尔斯泰的学识又实在太渊博了，可以说上自天文下至地理无所不晓，再加上他爱探索真理，对任何问题都要刨根究底，对俄国教会的黑暗腐败又了解得太多，因此他对宗教不能深信不疑。直到晚年，托尔斯泰还对高尔基说：“少数人需要一个上帝，因为他们除了上帝以外什么东西都有了；多数人也需要一个上帝，因为他们什么东西都没有。”这两句话极其深刻，说明少数统治阶级有财有势，物质生活富裕，但精神空虚，他们信仰上帝以获得精神上的支撑；而广大人民一无所有，饥寒交迫，度日如年，他们也需要信仰上帝，以缓解肉体上和精神上的痛苦。这也进一步说明托尔斯泰的宗教信仰直到晚年都是动摇的。

列文和安娜从表面上看是两个截然不同的人物，他们的生活环境不同，婚姻遭遇各异，个性、脾气、教养、爱好也各有不同，但他们还有不少共同之处。首先，他们两人都是上流社会里少见的优秀分子；他们心地善良，诚恳真挚，同情他人，追求自己的幸福，也关心别人的幸福；他们富有正义感，对不公平的社会愤愤不平，既不愿同流合污，又敢于用各自的方式进行对抗。列文在婚前经历过放荡的生活，同吉娣这样一个纯洁的姑娘结婚，他自惭形秽，感到内疚，甚至把记录婚前生活的日记全部交给未婚妻阅读，请她重新考虑是不是愿意与他结合，这是多么光明磊落的人品！而这又正好是作者亲身的经历。安娜对抗社会的结局是悲惨的，列文探索新生活的道路，结果也失败了。因此两人的生活经历都很不幸，他们从不同的方面痛恨他们所生活的社会，这样他们也就有了共同的爱憎。

列文的故事在小说中虽具有一定的独立性，列文的形象本身也具有感人的魅力，但应该说，列文在书里还起着衬托安娜、解释安娜的作用。在小说里，凡是好人几乎都同情安娜，喜欢安娜，但真正欣赏安娜精神世界的，不是别人而是列文。列文发现安娜身上“具有诚实的美德”，脸上有一种“洋溢着幸福的光辉并且把幸福散发给别人的神态”。自己幸福也希望别人幸福——这是安娜心灵的要求，也是列文追求的人生目标。而在这种崇高的追求中两颗纯洁的心产生了共鸣，尽管在生活上他们所走的路并不相同。

列文对安娜的态度其实也就是托尔斯泰对安娜的态度。列文说安娜是“一个多么奇妙、可爱和可怜的女人”，这也可以说是托尔斯泰对安娜的评语，有助于我们对安娜的理解。

作为一部小说，《安娜·卡列尼娜》结构比较特别，它由安娜、卡列宁、伏伦斯基和列文、吉娣两条线组成。有人对此提出意见，认为不合乎“建筑学”原则，托尔斯泰却反驳说：“相反，我正是以建筑学而感到自豪，圆拱砌合得使人察觉不出拱顶在什么地方。”他又说：“这座建筑物的联结不靠情节和人物之间的关系，而靠一种内在的联系。”托尔斯泰确实是一位文学方面的建筑大师，他所建造的艺术大厦是那么宏伟壮丽，它的结构是那么新颖别致，拱顶又砌合得那么天衣无缝，不能不使人叹服于他那动人心魄的艺术魅力。

草　婴

伸冤在我，我必报应。[1]

① 引自《新约全书·罗马人书》第十二章十九节，全句为："亲爱的弟兄，不要自己伸冤，宁可让步，听凭主怒，因为经上记着：'主说，伸冤在我，我必报应。'"

目 录

第　一　部

1

幸福的家庭家家相似，不幸的家庭各各不同。

奥勃朗斯基家里一片混乱。妻子知道丈夫同原先的法籍家庭女教师有暧昧关系，就向丈夫声明，她不能再同他生活在一起了。这种局面已持续了三天。面对这样的局面，不仅夫妻两人，而且一家老少，个个都感到很痛苦。大家都觉得，他们两个这样生活在一起没有意思，就算是随便哪家客店里萍水相逢的旅客吧，他们的关系也要比奥勃朗斯基夫妻更融洽些。妻子一直关在自己房里，丈夫离家已有三天。孩子们像野小鬼一样在房子里到处乱跑；英籍家庭女教师跟女管家吵了嘴，写信请朋友替她另找工作；厨子昨天午餐时走掉了；厨娘和车夫也都辞职不干了。

吵架后的第三天，斯吉邦·阿尔卡迪奇·奥勃朗斯基公爵（社交界都叫他小名斯基华）照例在早晨八点钟醒来，但不是在妻子的卧室里，而是在书房的皮沙发上。他那保养得很好的肥胖身子在沙发上翻了个身，抱着个枕头使劲贴住面颊，仿佛还想睡一大觉。但他突然一骨碌爬起来，坐在沙发上，睁开眼睛。

“嗯，嗯，这是怎么一回事？”他回想着刚才的梦，“嗯，这是怎么一回事？对了，阿拉平在达姆斯塔特[①]请客；不，不是达姆斯塔特，是美国的什么地方。对了，达姆斯塔特就在美国。对了，阿拉平在玻璃做的桌子上请客，大家唱意大利歌儿《我的宝贝》[②]。不，不是唱《我的宝贝》，是唱更好听的曲子；还有些玲珑的水晶玻璃瓶，可这些酒瓶原来都是女人。”

奥勃朗斯基高兴得眼睛闪闪发亮。他想得出神，脸上浮着微笑。“对，真有意思，真是太有意思了。还有许多妙事，可惜一醒来就忘记，连印象都模糊了。”他看到厚窗帘边上漏进来的一线阳光，就快乐地从沙发上挂下双腿，用脚去探找妻子亲手绣上花的那双金色皮拖鞋（去年的生日礼物），并且按照九年来的老习惯，不等起床，就伸手去摸挂在卧室老地方的那件晨衣。这时他才明白，自己并不是睡在妻子的卧室里，

① 德国西部一个城市。

② 原文为意大利语。以下排仿宋体者，原文均为俄语以外的外语，未注明语种者均为法语。

而是睡在书房里，以及怎么会睡在这里。笑容从他脸上消失了，他皱起眉头。

“啊呀呀，啊呀呀！真糟糕！”他一想到家里出的事，就叹起气来。他的脑子里又浮现出他同妻子吵架的详情细节，想到他那走投无路的处境，以及他一手造成，最使他苦恼的事端。

“唉！她不原谅我，她不肯原谅我。最糟的是什么事都怪我，都怪我，可我又没有错。全部悲剧就在这里，啊呀呀！”他回想着这场争吵中最使他痛苦的情景，颓丧地叹着气。

最不痛快的是他刚从剧场回来的那个情景。当时他兴冲冲地拿着一个大梨子要给妻子吃，可是她不在客厅里。奇怪的是书房里也找不到她，最后他到了卧室，才发现她手里拿着那封使真相大白的该死的信。

她，这个永远忙忙碌碌、心事重重、被他认为头脑简单的陶丽，手里拿着信，一动不动地坐着，脸上带着惊讶、绝望和愤怒的神色瞧着他。

“这是什么？这是什么？”她指着信问道。

每次想到这个情景，奥勃朗斯基感到最难堪的往往不是事件本身，而是他回答妻子时的那副蠢相。

他当时的感觉就像一个人干了丑事突然被揭发了。在他的过错暴露以后，他站在妻子面前的那副模样，实在太别扭了。他既不感到委屈，也不否认，也不辩解，也不讨饶，甚至装得满不在乎——真是糟得不能再糟了！——脸上竟不由自主地（奥勃朗斯基爱好生理学，认为这是“延髓反射作用”），完全不由自主地突然浮现出那种他平时常有的敦厚而愚憨的微笑。

他因这样的憨笑不能饶恕自己。陶丽一看见他这种笑容，就像被针扎了一下，浑身打了个哆嗦。她按捺不住怒气，嘴里吐出一连串尖刻的话，奔出房间。从此她就不愿再见他了。

“都怪我笑得太傻了。”奥勃朗斯基想。

“但有什么办法呢？有什么办法呢？”他绝望地问自己，可是答不上来。

2

奥勃朗斯基对待自己是诚实的。他不能欺骗自己，不能装作对自己的行为感到悔恨。他今年三十四岁，是个多情的美男子；他的妻子比他只小一岁，却已是五个活着、两个死去的孩子的母亲。现在他不再爱她了，这一层他并不后悔。他后悔的是没有把那件事瞒过妻子。不过，他感觉到自己处境的为难，也替妻子、孩子和自己难过。他要是早知道这件事会让妻子如此伤心，也许会竭力把这罪孽瞒住，不让她知道。这个问题他从没认真考虑过，只模模糊糊地感到妻子早已知道他对她不忠实，不过装作没看见罢了。他甚至认为，她已经年老色衰，失去风姿，毫无魅力，纯粹成了个贤妻良母，理应对他宽宏大量，不计较什么。谁知正好相反。

"唉，真糟糕！啊呀，真糟糕！"奥勃朗斯基一直唉声叹气，一筹莫展。"没出这件事以前，一切都多么如意，我们的日子过得多美！她有了几个孩子，感到心满意足，十分幸福。我也从不干涉她的事，让她随意照顾孩子，料理家务。说真的，糟就糟在那个女人原是我们的家庭教师。真糟糕！勾搭自己家里的家庭教师的确有点儿庸俗下流。可她是个多么迷人的家庭教师啊！（他清晰地想起了罗兰小姐那双调皮的黑眼睛和她的笑靥）不过她在我们家的时候，我还没有放肆过。现在最糟糕的是她已经……真像有意跟我过不去似的！啊呀呀！究竟怎么办呢，怎么办呢？"

在生活中遇到各种最复杂最棘手的问题时，他通常解决的办法就是：过一天算一天，抛弃烦恼忘记愁。他现在也别无他法。但此刻他可不能靠睡眠来忘掉烦恼，至少不到夜里办不到，因此也就不能重温有酒瓶女人唱歌的美梦，只好浑浑噩噩地混日子。

"往后瞧着办吧！"奥勃朗斯基自言自语。他站起来穿上一件蓝绸里子的灰色晨衣，拉起腰带打了个结。他挺起宽阔的胸膛，深深地吸了一口气，照例迈开那双轻灵地支撑着他那肥胖身子的八字脚，精神抖擞地走到窗前，拉开窗帘，使劲摇了摇铃。他的贴身老仆马特维应声而来，手里拿着衣服、靴子和一封电报。理发师手拿理发用具也跟着马特维走进来。

"衙门里有没有来公文？"他接过电报，在镜子前坐下来，问。

"在桌上哪。"马特维回答道。他疑惑而又同情地瞅了老爷一眼，等了不多一会儿，又露出调皮的微笑补了一句，"马车行老板派人来过了。"

奥勃朗斯基什么也没回答，只在镜子里瞧了瞧马特维。从镜子里相遇的目光中可以看出，他们彼此是很了解的。奥勃朗斯基的眼神仿佛在问："你何必说这话呢？难道你还不明白吗？"

马特维双手插在上装口袋里，伸出一只脚，脸上露出一丝笑意，忠心耿耿地对主人默默看了一眼。

"我叫他下个礼拜天再来，这以前别再来打扰您，来也是白搭。"——这句话他显然是预先想好的。

奥勃朗斯基懂得，马特维想说说笑话，逗人家注意。他拆开电报，看了一遍，猜测着电报里常有的几个译错的字，顿时容光焕发。

“马特维，我妹妹安娜·阿尔卡迪耶夫娜明天就要到了。”他做了个手势，要理发师那只光润的胖手停一下，说道。理发师正在他那又长又鬈的络腮胡子中剃出一条粉红色的纹路来。

“赞美上帝！”马特维回答了一声，表示他像老爷一样懂得她这次来访的重大意义，就是说，安娜·阿尔卡迪耶夫娜，奥勃朗斯基的爱妹来访，也许能使兄嫂言归于好。

“就她一个，还是同姑爷一起来？”马特维接着问。

奥勃朗斯基不好回答，因为理发师正在剃他的上唇，他就竖起一只手指。马特维对着镜子点点头。

“一个人。给她收拾楼上的房间吧？”

“你去报告达丽雅·阿历山德罗夫娜，她会吩咐的。”

“报告达丽雅·阿历山德罗夫娜吗？”马特维疑惑不解地问。

“对，去向她报告。噢，你把电报拿去给她看，她会吩咐的。”

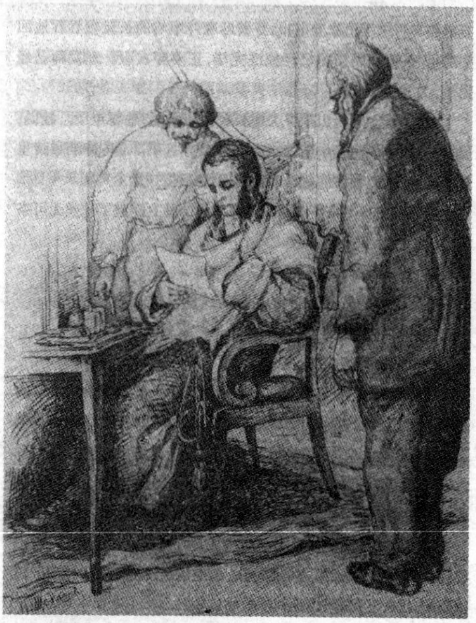

他拆开电报，看了一遍……

马特维心里明白：“您这是要我去试探一下。”但嘴里却说：“是，老爷。”

当马特维手里拿着电报，穿着咔嚓咔嚓响的长靴慢吞吞地回到房里时，奥勃朗斯基已经梳洗完毕，正要穿衣服。理发师已经走了。

“达丽雅·阿历山德罗夫娜要我向您回禀，她要走了。她说：‘他——就是说您——爱怎么办就怎么办好了。’”马特维眼睛里含着笑意说，接着双手插进口袋里，歪着脑袋打量主人。

奥勃朗斯基不作声。随后他那漂亮的脸上浮起了一丝无可奈何的苦笑。

“呃？马特维！”他摇摇头说。

“不要紧，老爷，会解决的。”马特维说。

“会解决吗？”

“会的，老爷。”

“你这样想吗？谁来了？”奥勃朗斯基听见门外有女人衣服的窸窣声，问道。

“是我，老爷。”回答的是一个女人坚定而愉快的声音。接着老保姆马特廖娜严厉的麻脸从门外探了进来。

“哦，什么事，马特廖娜？”奥勃朗斯基迎着她走到门口，问道。

尽管奥勃朗斯基在妻子面前一无是处，他自己也有这样的感觉，但家里几乎人人都站在他一边，就连达丽雅·阿历山德罗夫娜的心腹，这个老保姆，也不例外。

“什么事啊？”他垂头丧气地问。

“您去一下吧，老爷，再去认个错。也许上帝会赐恩的。她太受罪了，人家瞧着她都觉得可怜。再说家里闹得颠三倒四的，也不是个办法。老爷，您得可怜可怜孩子他们哪。去认个错吧，老爷。有什么办法呢！玩出事情来了……”

“她不肯同我见面呢……”

“您只要尽心尽力就行。上帝是仁慈的，老爷，您一定得祷告上帝，祷告上帝。”

“好的，你去吧。”奥勃朗斯基突然涨红了脸说。“来，让我换衣服！”他对马特维说，随即利索地脱下晨衣。

马特维举着那件洗净熨挺的衬衫，好像举着一具马轭，吹吹上面看不见的灰尘，这才满意地把它套在老爷强壮的身体上。

3

奥勃朗斯基穿好衣服，身上洒了香水，拉齐衬衫袖口，照例把香烟、皮夹子、火柴、系着双重链子带表坠的怀表分别放到几个口袋里，然后又抖了抖手帕。尽管他在家庭生活中遭到了不幸，但觉得自己还是那么清洁健康，浑身芳香，精神抖擞。他微微抖动双腿，走进餐厅。餐厅里已经给他准备好咖啡，咖啡杯旁边摆着信件和公文。

他看了信件。有一封是那个想买他妻子林产的商人写来的，他看了很不愉快。那座树林非卖不可，但现在同妻子还没有言归于好，这件事就根本谈不上。他感到最不愉快的是，这种金钱上的利害关系，竟会牵涉到当前他同妻子的和解问题。一想到他会受这种金钱关系的支配——为了出卖树林而非同妻子讲和不可，他就感到自尊心受到了伤害。

奥勃朗斯基看完信，把公文挪到面前，迅速地翻阅了两件公事，用粗铅笔做了记号，又把公文推开，开始喝咖啡。他一面喝咖啡，一面翻开油墨未干的晨报，看了起来。

奥勃朗斯基订阅的是一张自由主义的报纸——不是极端自由主义，而是多数人赞成的那种自由主义。说实话，他对科学、艺术、政治都不感兴趣，却始终支持大多数人和他们的报纸对各种问题的观点，而且只有当大多数人改变观点时，他才改变观点，或者说得更确切些，不是他改变了观点，而是观点本身在他头脑里不知不觉地起了变化。

奥勃朗斯基从不选择政治派别和观点，而是这些政治派别和观点自动找上门来，就像他从不选择帽子和上装的式样，在穿着上总是随大流一样。由于进出上流社会，再加上成年人思想活跃，他需要有政治观点，就像需要帽子一样。至于他选中自由派，而不像他周围许多人那样信奉保守派，那并不是因为他觉得自由主义比保守主义更有道理，而是因为自由主义更适合他的生活。自由派说俄国什么事都很糟。不错，奥勃朗斯基负债累累，手头总是很拮据。自由派说，婚姻制度陈旧，必须加以改革。不错，家庭生活确实没有给奥勃朗斯基带来多少乐趣，还违反他的本性，强迫他说谎作假。自由派说——或者更确切些，暗示宗教只是对野蛮人的束缚。不错，奥勃朗斯基即使做一个短礼拜也觉得两腿酸痛。再说，他也无法理解，既然现实生活这样快乐，那又何必用恐怖而玄妙的语言来谈论来世呢。此外，奥勃朗斯基爱开玩笑，喜欢作弄作弄老实人。例如他说，若要夸耀祖宗的话，那就不应限于留利克[①]而把人类的老祖宗——猴子忘掉。就这样，自由主义倾向在奥勃朗斯基身上扎了根，他爱读他订的报纸，就像饭后爱抽一支雪茄，因为读报会使他头脑里腾起一片轻雾。他读了社论，社论里说，现在完全没有必要叫嚣什么激进主义有吞没一切保守分子的危险，叫嚣什么政府必须采取措施镇压革命这一洪水猛兽，恰恰相反，“我们认为，危险不在于凭空捏造的革命这一洪水猛兽，而在于阻碍进步的因循守旧”，等等。他又读了一篇论述财政问题

① 留利克，俄国建国者。

的文章，文中提到边沁和穆勒[①]，并且讽刺了政府某部。凭着天生的机灵，他能识破各种各样的讽刺文章是什么人策划的，针对什么人的，出于什么动机。他觉得这种分析是一种乐趣。可是今天他没有这样的心情，因为想到了马特廖娜的劝告和家里的风波。他还在报上看到，贝斯特伯爵已赴维斯巴登，以及根治白发、出售轻便马车、某青年征婚等广告，不过这些新闻广告并没像往常那样使他觉得有点滑稽。

他看过报纸，喝了两杯咖啡，吃好黄油面包，站起身来，拂掉落在背心上的面包屑，接着挺起胸膛，快乐地微微一笑。这并不是因为心里有什么愉快的事，而纯粹是由良好的消化引起的。

不过，这愉快的微笑立刻又勾起他的心事。他沉思起来。

门外传来两个孩子的声音（奥勃朗斯基听出是他的小儿子格里沙和大女儿塔尼雅的声音）。他们在搬弄什么东西，把东西弄翻在地上。

“我说嘛，车顶上不能乘客人，”女儿用英语叫道，“捡起来！”

“怎么能让孩子们自己到处乱跑呢？”奥勃朗斯基想，“真是乱七八糟。”他走到门口召唤他们。孩子们丢下充当火车的匣子，向父亲跑来。

女孩是父亲的小宝贝，她大胆地跑进房间，抱住他，嘻嘻哈哈地笑着吊在他的脖子上。她像平时一样，闻到他络腮胡子里散发出来的熟识的香水味，就感到快乐。最后，女孩吻了吻他那焕发着慈爱的光辉、因为弯腰而涨得通红的脸，松开双手，正要跑开，却被父亲拦住了。

“妈妈怎么样？”他抚摩着女儿光滑娇嫩的脖子，问。“你好！”同时他转过脸笑眯眯地回答男孩子的问候。

他知道他不太喜欢男孩子，但总是竭力表示一视同仁；男孩子感觉到这一点，对父亲冷淡的笑容并没有报以微笑。

“妈妈？她起来了。”女孩回答。

奥勃朗斯基叹了一口气。“这么说，她又是一个通宵没睡觉。”他想。

“那么她高兴吗？”

女孩知道父亲和母亲吵过嘴，母亲心里不高兴。这一点父亲应该知道，他这样若无其事地问，显然是装出来的。她为父亲脸红。做父亲的立刻察觉到这一点，脸也红了。

---

① 边沁（1748—1832），英国伦理学家、法学家、资产阶级功利主义代表；穆勒（1806—1873），英国唯心主义哲学家、经济学家、逻辑学家。

"我不知道，"女儿说，"她没叫我们上课，她叫古丽小姐带我们到奶奶家去玩。"

"好的，去吧，我的小塔尼雅。哦，等一下。"他又拦住她，抚摩着她柔软的小手说。

他从壁炉上取下昨天放在那里的一盒糖果，挑了两块她喜爱的糖：一块巧克力，一块软糖。

"这块给格里沙吗？"她指着巧克力问。

"对，对！"他又摸摸她的小肩膀，吻吻她的头发和脖子，这才放她走。

"马车准备好了。"马特维说。"来了一个请愿的女人。"他又补充说。

"来了好一阵了吗？"奥勃朗斯基问。

"大约有半个钟头了。"

"对你说过多少次了，有人来要立刻报告我！"

"总得让您把咖啡喝完哪！"马特维说。他的语气那么亲切朴实，叫你没法子发火。

"噢，那你叫她马上进来！"奥勃朗斯基烦恼地皱着眉头说。

来请愿的是加里宁上尉的妻子。她提出一个办不到的无理要求，但奥勃朗斯基还是照例请她坐下，仔细听她把话说完，中间也没有插嘴，还给她做了详细的指示，告诉她应该怎么办，应该去向谁要求；他甚至用他粗犷、奔放、漂亮而清晰的字体，写了一封信给一个可能帮她忙的人。奥勃朗斯基把上尉的妻子打发走后，拿起帽子，站住，想了想他有没有忘记什么东西。看来没有忘记什么，除了他希望忘记的妻子。

"真糟糕！"他垂下头，漂亮的脸上现出苦恼的神情，"去还是不去？"他自言自语着，但内心却在说，不用去，除了虚情假意，不会有别的，他们的关系已无法补救，因为她不能再变得年轻美丽，富有魅力，而他也不能立刻成为对女人无动于衷的老人。现在除了虚情假意、说谎骗人之外没有别的办法，而虚情假意、说谎骗人却是违反他的本性的。

"但早晚还是得去，总不能一直这样僵着。"他竭力给自己鼓气。他挺起胸膛，掏出一支烟，点着，吸了两口，就丢进螺钿烟灰缸里，然后迈着大步穿过阴暗的客厅，打开另一扇门，走进妻子的卧室。

4

陶丽穿着短袄，站在打开的小衣柜前面找东西。她从前那头浓密的秀发，现在已变得稀疏难看，用发针盘在脑后。她面颊凹陷，那双惊惶不安的眼睛由于脸瘦而显得格外触目。房间里乱七八糟，到处摊着衣物。一听到丈夫的脚步声，她停下来，眼睛盯住门，竭力装出严厉而轻蔑的神气，但是装不像。她怕他，怕此刻同他见面。她正在试着做三天来已经试了十次的那件事：把准备带到娘家去的孩子们的东西和自己的东西清理出来，可她总是下不了这个决心。这会儿，她又像前几次那样对自己说，不能再这样因循下去了，得想出一些办法来惩罚惩罚他，羞辱羞辱他，哪怕只让他稍微尝尝他给她的痛苦滋味，也算是对他做了报复。她老是说要离开他，但又觉得这是不可能的。她无法不把他看作自己的丈夫，无法不再爱他。此外，她觉得既然在家里都照管不好五个孩子，一旦离开家，到了外面，就更管不好了。事实上，这几天最小的孩子已经因为吃了不干净的肉汤病了，另外几个孩子昨天一天简直没有吃上饭。她知道离开家是不可能的，但她还是欺骗自己，继续整理东西，装出要走的样子。

一看到丈夫，她伸手到衣柜抽屉里，仿佛在找寻东西。等他走到了身边，她才回头向他瞧了一眼。她原想摆出一副严肃果断的样子，结果却露出困惑痛苦的神色。

"陶丽！"他怯生生地低声说，把头缩在肩膀里，竭力装出驯顺的可怜相，但整个人还是显得容光焕发，精神饱满。

她迅速地从头到脚打量了一下他那容光焕发、精神饱满的模样。"哼，他倒得意！"她想，"可我呢？……他那副和颜悦色的样子真叫人讨厌，可大家还因此喜欢他，称赞他；我就是恨他这副样子。"她抿紧嘴唇，苍白的神经质的脸上，右颊的肌肉抽搐起来。

"您要干什么？"她急急地用不自然的胸音说。

"陶丽！"他颤声又叫了一下，"安娜今天就要来了。"

"关我什么事？我不能接待她！"她嚷道。

"这可是应该的呀，陶丽……"

"走开，走开，走开！"她眼睛不看他，嚷道。她这么叫嚷，仿佛是由于身体上什么地方疼痛得厉害。

当奥勃朗斯基想到妻子的时候，他还能保持镇定，还能像马特维说的那样希望一切都顺利解决，还能平静地看报，喝咖啡。但是当他一看到她痛苦憔悴的脸，一听见这种听天由命的绝望声音，他就喘不过气来，喉咙里就像有样东西哽住了，眼睛里也泪光闪闪。

"我的上帝，我做了什么啦！陶丽！你就看在上帝的分上吧！……你要知道……"他说不下去，喉咙被泪水哽住了。

她砰的一声关上柜子，瞪了他一眼。

"陶丽，我还有什么话好说呢？……只有一句话：请你原谅我，原谅我……你想想，难道九年的共同生活不能让你原谅我一时的……一时的……”

她垂下眼睛听着，看他还要说些什么，仿佛求他否认有过那件事，好使她改变想法。

“一时的冲动……”他继续说。

一听到这句话，她又像身上给扎了一针似的，抿紧嘴唇，右颊的肌肉又抽搐起来。

“走开，走开！”她声音更尖锐地嚷道，“别来对我说您那种冲动和卑鄙的行为！”

她想出去，可是身子一晃，她连忙抓住椅背。他的脸变宽了，嘴唇噘起，眼睛里噙满了泪水。

“陶丽！”他说着哭起来，“看在上帝分上，想想孩子吧，他们是没有罪的。我有罪，你惩罚我好了，让我来赎罪吧。只要办得到，我什么都愿意干！我有罪，我确实罪孽深重！可是陶丽，你就原谅我吧！”

她坐下了。他听见她沉重的喘息声。他说不出有多么可怜她。她几次想说话，可是开不了口。他等待着。

“你想到孩子们，就是为了逗他们玩；可我想到他们，知道他们这下子都给毁了。”她这样说，显然这是她三天来反复叨念的话里的一句。

她照旧用“你”来称呼他，他感激地瞧了她一眼，挨近些想去拉她的手，却被她嫌恶地避开了。

“我一直想着孩子们，为了拯救他们我什么都愿意干。可是我真不知道怎样才能拯救他们：带他们离开他们的父亲呢，还是把他们留给放荡好色的父亲——对，就是放荡好色的父亲……好，您倒说说，出了那件……那件事以后，难道我们还能生活在一起吗？难道还有可能吗？您倒说说，难道还有可能吗？”她提高声音反复说，“在我的丈夫，我的孩子的父亲，同自己孩子的家庭教师发生了关系以后……”

“可是叫我怎么办呢？叫我怎么办呢？”他可怜巴巴地说，自己也不知道在说些什么，他的头垂得越来越低。

“我讨厌你，我恨你！”她嚷道，火气越来越大，“您的眼泪像水一样不值钱！您从来没有爱过我；您没有良心，不知羞耻！您卑鄙，讨厌！您是个外人，是个十足的外人！”她又痛苦又憎恨地说出连她自己也觉得可怕的“外人”这两个字。

他对她瞧了瞧。她一脸的怨气使他又害怕又惊奇。他不懂得为什么他可怜她反而使她生气。她看出了他对她只有怜悯，没有爱情。“哦，她恨我，她不会原谅我的。”他想。

“这太可怕啦！太可怕啦！”他说。

这时候，隔壁房间里有个孩子哭了起来，大概是摔跤了。陶丽留神倾听着，脸色顿时变得温和了。

她稍微定了定神，似乎弄不懂她在什么地方，应该怎么办，接着霍地站起来，向门口走去。

"可见她还是爱我的孩子的，"他注意到孩子哭时她脸色的变化，心里想，"她爱我的孩子，又怎么能恨我呢？"

"陶丽，你让我再说一句吧！"他跟在她后面说。

"您要是跟住我，我就叫仆人，叫孩子！让大家都知道您是个无赖！我今天就走，您同您那个姘头住在这儿好了！"

她砰的一声关上门，走了。

奥勃朗斯基叹了一口气，用手擦擦脸，悄悄地从房间里走出去。"马特维说事情会解决的，可是怎么解决呢？我看不出有丝毫的可能。唉，真糟糕！她叫起来多么粗野呀！"他想起她的叫嚷和"无赖""姘头"这些字眼，自言自语道，"说不定连女仆都听到了！太粗野了，真是太粗野了。"他独自站了几秒钟，擦擦眼睛，叹了一口气，挺起胸膛，走出房间。

这天是礼拜五，德国钟表师正在餐厅里给挂钟上发条。奥勃朗斯基想起他对这个认真的秃头钟表师开过的玩笑。他说这个德国人"为了给钟表上发条，自己一辈子都上足发条了"。他想到这个笑话，笑了。奥勃朗斯基喜欢说俏皮话。"说不定事情真的会解决的！会解决的，这话说得好！"他想，"应该这样说。"

"马特维！"他叫道，"你同马莉亚还是把休息室收拾收拾给安娜·阿尔卡迪耶夫娜住吧。"他对走进房里来的马特维说。

"是，老爷。"

奥勃朗斯基穿上皮大衣，走到台阶前。

"您不回来吃饭吗？"马特维送他到门口，问。

"不一定。拿去开销吧，"他从皮夹子里掏出一张十卢布钞票交给马特维，"够不够？"

"够也好，不够也好，总得凑合着过呀！"马特维说罢，砰的一声关上车门，退到台阶上。

这时候，陶丽哄好孩子，听见马车的辘辘声，知道他走了，就回到卧室。只要她一走出卧室，一大堆家务事就会把她包围起来，因此卧室就成了她唯一的避难所。刚才她一走进育儿室，英国保姆和马特廖娜就抓住机会，向她提了几个不容耽搁而且只有她才能回答的问题：孩子们出去散步穿什么衣服？让不让他们喝牛奶？要不要派人去找一个新厨子？

"嗳，别来打扰我，别来打扰我！"她说着回到卧室，在她刚才同丈夫谈话的地方坐下，紧握着瘦得戒指都要从手指上滑下来的双手，从头至尾重温那场谈话。"他走了。但他同她到底怎么断绝关系呢？"她想，"他是不是还在同她见面？我刚才怎么不问问他？不，不，和解是不可能的。即使我们还住在一座房子里，我们彼此也是外人，永远是外人！"她特别感慨地重复着这个她觉得十分可怕的词儿，"我本来多么爱他，多么爱他呀！……多么爱他呀！难道现在就不爱他了？我现在不是比以前更爱他吗？最可怕的是……"她刚想到这里，马特廖娜从门口探进头来，把她的思路打断了。

"太太，您把我的兄弟叫来吧，"她说，"他很会做饭，要不然孩子们又会像昨天那样，到六点钟还吃不上饭呢。"

"好吧，我这就去安排。新鲜牛奶叫人去拿了吗？"

就这样，陶丽又忙起日常的家务来，让家务把她的痛苦暂时淹没掉。

5

奥勃朗斯基凭着一点小聪明，在学校里书念得不坏，但他常常偷懒，又喜欢淘气，因此毕业时名次还是排在末尾。他生活放荡，年资不高，却在莫斯科官厅里担任一个体面而且俸金优厚的官职。这个位置他是通过妹妹安娜的丈夫阿历克赛·阿历山德罗维奇·卡列宁的关系谋得的。卡列宁在部里身居要职，奥勃朗斯基的官厅就隶属于他那个部。不过，即使卡列宁不给他的内兄谋得这个位置，奥勃朗斯基通过其他许多亲戚——兄弟、姐妹、从表兄弟、从表姐妹、叔伯、舅父、姑妈、姨妈等——的关系，也可以弄到这个或其他类似的位置，每年约莫有六千卢布俸金。他需要这笔进款，因为他的妻子虽说有大宗财产，他自己经营的事业却总是很不顺手。

奥勃朗斯基的亲戚朋友极多，莫斯科和彼得堡几乎有一半人认识他。他生于烜赫的官宦世家。官场里上了年纪的人，有三分之一是他父亲的朋友，从小就认识他；另外三分之一是他的知交；再有三分之一是他的老相识。这样，地位、租金、租赁权等尘世福利的支配者都是他的朋友，他们是不会把一个自己人忘记的。因此，奥勃朗斯基要弄到一个肥缺并不太费力。他只要不固执己见，不妒忌，不同人吵架，不发火就行，而他生性随和，素来没有这些毛病。要是人家说，他不能得到他所需要的肥缺，他会觉得可笑，再说他也没有什么非分的要求。他所要求的只是领取跟他的同年人一样的俸金，因为他任这类官职绝不比别人差。

凡是认识奥勃朗斯基的人都喜欢他，不仅因为他善良乐天，诚实可靠，还因为在他的身上，在他英俊健康的外貌上，在他闪闪发亮的眼睛，乌黑的眉毛、头发和白里透红的脸上，有一种招人喜爱的生理上的力量。“哦！斯基华！奥勃朗斯基！是他来了！”谁遇见他都会这样笑逐颜开地叫起来。即使有时同他谈话并不特别有趣，但到了第二天或者第三天，遇见他还是很高兴。

奥勃朗斯基主管莫斯科那个官厅已有三年，他不仅获得同僚、下属、上司和同他打过交道的一切人的好感，而且受到他们的尊敬。奥勃朗斯基赢得他的同事普遍尊敬的主要原因是：第一，他由于知道自己的缺点，待人接物极其宽大；第二，他的自由主义不是从报上学来，而是天赋的，因此很彻底，本着这样的自由主义思想，他对人一视同仁，不问他们的身份和头衔；第三，也是最重要的一点，他对职务总是很随便，从来不卖力，也从来不犯错误。

奥勃朗斯基到了官厅，在毕恭毕敬的看门人陪同下，挟着公事包走进他的小办公室，换上制服，这才走到办公大厅里。全体文书和公务员纷纷起立，快乐而恭敬地向他鞠躬。奥勃朗斯基照例走向自己的位子，一路上跟同事们一一握手，然后坐下来。他先讲几句笑话，讲得很有分寸，接着开始办公。办公时应保持多少自由、随便和礼节，才能使大家愉快地工作，这一层奥勃朗斯基比谁都懂得。秘书像其他官员那样，愉快而恭敬地拿着公文走过来，并且用奥勃朗斯基所提倡的没有拘束的亲昵语气说：

“我们终于拿到奔萨省的报告了。这就是，你要不要……”

“终于拿到了？”奥勃朗斯基用一只手指按住公文说，“哦，各位……”办公就这样开始了。

“他们不知道，我这个长官半小时前还像一个做错事的孩子呢！”他一面煞有介事地低下头听报告，一面想，但眼睛里含着笑意。办公要持续到两点钟，这以后才能休息和进餐。

不到两点钟的时候，办公厅的大玻璃门突然打开了，有一个人闯进来。坐在沙皇像和守法镜下办公的全体官员，看到有机会松散松散都很高兴，纷纷向门口回过头去。但看门人立刻把闯进来的人赶了出去，随手把玻璃门关上。

等秘书读完公文，奥勃朗斯基站起来，伸了个懒腰，按照时髦的自由主义作风，就在办公厅里掏出一支烟，往他的小办公室走去。他的两个同僚——老资格的官员尼基丁和侍从官格里涅维奇跟着他走去。

“吃过饭还来得及办完。”奥勃朗斯基说。

“当然来得及！”尼基丁说。

“福明那家伙是个十足的骗子手。”格里涅维奇说到同他们正在办的案件有关的一个人。

奥勃朗斯基听了格里涅维奇的话皱皱眉头，表示不该过早地下判断，但一句话也没有说。

“刚才闯进来的是谁？”他问看门人。

“大人，有个人趁我一转身，问也不问就钻了进来。他要见您。我说，等官员都走了，再……”

“他在哪里？”

“大概在门厅里，刚才还在这儿走来走去呢。哦，就是他。”看门人指着一个体格强壮、肩膀宽阔、蓄有鬈曲大胡子的男人说。那人也不脱下羊皮帽，就沿着石级磨损的台阶矫捷地跑上来。一个瘦小的官员挟着公事包正好往下走，就站住了，不以为然地望望这个跑上来的人的两只脚，然后用询问的目光对奥勃朗斯基瞟了一眼。

奥勃朗斯基站在台阶顶上。他一认出跑上来的人是谁，他那张被制服的绣花领子托住的和颜悦色的脸就更加容光焕发了。

“哦，原来是你！列文[①]，你到底来啦！”他打量着迎面走来的列文，带着友好而嘲弄的微笑说。“你怎么屈驾到这鬼地方来找我呀？”奥勃朗斯基说。他不以握手为满足，又吻了吻他的朋友，“你来好久了吗？”

“我刚到，很想看看你。”列文一面回答，一面羞怯而愤怒地向周围望望。

“嗯，到我的办公室去吧。”奥勃朗斯基知道这位朋友自尊心很强，容易恼羞，就说。他挽住列文的胳膊，拉着列文走，仿佛带着列文经过什么危险的地方。

凡是相识的人，奥勃朗斯基差不多都“你我”相称；不论是六十岁的老人还是二十岁的青年，是演员还是大臣，是商人还是侍从武官，他都一视同仁，因此在社会最上层和最下层，他都有许多老朋友。这些处于社会两极的人，要是知道通过奥勃朗斯基的关系，他们之间也有共同的东西，准会感到惊奇的。他会跟随便什么人一起喝香槟酒，凡是同他喝过香槟酒的人，他都同他们“你我”相称。因此，如果有下属在场，他遇见一些不体面的“你”——他就这样戏称他的许多朋友——他也会凭他的机灵冲淡下属不愉快的印象。列文并不是一个不体面的“你”，但奥勃朗斯基凭他的机灵感

① “列文”这个名字照俄文应译作“廖文”，但“列文”在中国已相当流行，本书就不再改动。

觉到，列文以为他也许不愿在下属面前暴露同他的亲密关系，因此连忙把他领到他的小办公室里去。

列文跟奥勃朗斯基的年龄不相上下，他们彼此“你我”相称也并非只是因为香槟酒。列文从小就是他的同伴和朋友。他们尽管性格不同，志趣各异，却像一般从小就熟识的朋友那样感情深厚。不过他们也像一般行业不同的朋友那样，对对方的工作，口头上也会谈论并表示赞成，心底里却总是鄙薄的。他们各人都以为自己所过的是唯一正确的生活，而别人却在虚度年华。奥勃朗斯基一看见列文，就忍不住露出嘲弄的微笑。他看见列文从乡下来到莫斯科不知有多少次了。列文在乡下忙忙碌碌，但究竟在忙些什么，奥勃朗斯基从来不很清楚，而且也不感兴趣。列文每次来莫斯科，总是情绪激动，慌慌张张，手足无措，又因自己这种窘态而恼怒，而且对各种事物往往抱着人家意料不到的新观点。奥勃朗斯基对他的这种态度又是嘲笑，又是欣赏。同样，列文心里也瞧不起朋友这种城市生活方式和他的职务，认为他办的公事根本没有意思，因而经常加以嘲笑。所不同的只是，奥勃朗斯基做着一般人都在做的事，笑得很自在，很淳朴，而列文却笑得不自在，有时还有点气愤。

“我们盼了你好久了！”奥勃朗斯基说着走进了办公室，这才放下列文的胳膊，仿佛表示这里没有危险了，“看见你真是太高兴了，太高兴了！”他继续说，“你说说，你好吗？过得怎么样？几时到的？”

列文不作声，打量着奥勃朗斯基那两个同事陌生的脸，特别注意到文质彬彬的格里涅维奇的两只手。这两只手的手指那么白皙细长，尖端弯曲的指甲那么焦黄，还有袖口上的纽扣那么大那么亮，仿佛把列文的全部注意力都吸引住了，使他无法自由思想。奥勃朗斯基立刻发觉这一点，微微一笑。

“哦，对了，让我来给你们介绍一下，”他说，“这两位是我的同事：菲里浦·伊凡诺奇·尼基丁，米哈伊尔·斯坦尼斯拉维奇·格里涅维奇。”接着他又转身介绍列文说：“地方自治会会员，自治会里的新派人物，一手举得起五普特[①]的体育家、畜牧家、猎手，我的朋友康斯坦京·德米特里奇·列文，谢尔盖·伊凡诺维奇·柯兹尼雪夫的老弟。”

“不胜荣幸。”那个小老头说。

“我有幸认识令兄谢尔盖·伊凡诺维奇。”格里涅维奇伸出他那指甲很长的瘦手，说。

列文皱起眉头，冷冷地握了握他的手，立刻又转身跟奥勃朗斯基说话。虽然他很

---

① 1普特等于16.38公斤。

尊敬他的异父同母的哥哥——那位全国闻名的作家，但遇到人家不是把他当作康斯坦京·列文，而是把他当作名作家柯兹尼雪夫的兄弟和他交往时，他就觉得不舒服。

“不，我已经不是地方自治会会员了。我同每个人都吵过架，不再参加会议了。”他转身对奥勃朗斯基说。

“这么快吗？”奥勃朗斯基微笑着说，“这是怎么一回事？为什么？”

“说来话长。我以后告诉你，”列文说，但接着就讲了起来，“好吧，简单地说，我确信地方自治会根本没有事干，也不可能有事干。”他气愤地说，仿佛刚才有人得罪了他，“一方面，它玩弄议会的一套，现在要我搞这玩意儿，既不够年轻，也不够年老；另一方面（他口吃了一下），这是县里某一帮人发财致富的手段。从前有监护机关，有法院，现在有地方自治会，只不过不是受贿而是支干薪罢了。”他说得十分激动，仿佛有人在反对他的意见。

“哈哈！我看你又变了，变成保守派了，”奥勃朗斯基说，“不过这事我们以后再谈吧。”

“好的，以后再谈。现在我有事要找你。”列文一面说，一面嫌恶地瞧着格里涅维奇的手。

奥勃朗斯基几乎看不出来地微微一笑。

“你不是说过你不再穿西装了吗？”他打量着列文身上那套显然是法国裁缝缝制的新衣服，说，“对了！我看这也是新的变化。”

列文的脸刷的一下红了，但不是像一般成年人那样微微有点红，而是像孩子那样满脸通红。他对自己的腼腆感到可笑，因此更加害臊，脸也就红得更厉害，简直要流出眼泪来。这张聪明的、男子汉的脸上竟现出如此孩子般天真的神气，看上去真是别扭，奥勃朗斯基就不再向他看了。

“我们到什么地方见面？我有话要同你谈谈呢。”列文说。

奥勃朗斯基仿佛沉吟了一下，说：

“这样吧，我们到古林那里去吃午饭，到那边去谈谈。三点钟以前我有空。”

“不，”列文想了想回答，“我还得到别的地方去一下。”

“噢，那我们就一起吃晚饭吧。”

“吃晚饭？其实我也没有什么特别的事，我只要问你两句话，我们以后谈吧。”

“那你现在先把这两句话告诉我，到吃晚饭的时候我们再详细谈。”

“唔，就是这么两句话，”列文说，“其实也没有什么特别的事。”

他竭力克制着腼腆，脸上现出尴尬的神气。

“谢尔巴茨基一家怎么样？没有什么新情况吧？”他说。

奥勃朗斯基早就知道列文爱上了他的姨妹吉娣，脸上就微微一笑，眼睛里闪出愉快的光芒。

“你问的只有两句话，可我不能用两句话来回答你，因为……对不起，你等一下……”

秘书现出亲切而又恭敬的样子走进来，并且像每个做秘书的人那样，自信在办公事方面比上司高明。他拿着公文走到奥勃朗斯基跟前，嘴里说是请示，其实是向他说明困难所在。奥勃朗斯基没有听完他的话，就亲切地用手按住他的衣袖。

“不，您就照我说的那样去办吧！”他说，微微一笑来缓和语气。接着，他三言两语说明了自己对这桩公事的看法，然后推开公文说：“请您就这样去办吧，查哈尔·尼基奇。”

秘书尴尬地退了出去。列文趁奥勃朗斯基同秘书谈话的时候，克服了窘态。他双臂搁在椅背上，脸上露出嘲弄的神气。

“我不明白，我真不明白！”他说。

“你不明白什么呀？”奥勃朗斯基依旧那么快乐地微笑着，掏出一支烟。他期待列文说出什么古怪的话来。

“我不明白你们在做些什么，”列文耸耸肩膀说，“你怎么会这样认真哪？”

“为什么不会呢？”

“为什么不会吗？因为没有意思。”

“这是你的想法，可我们还忙不过来呢！”

“忙于纸上谈兵。不过你干这种事是很有才能的。”列文补了一句。

“你是不是认为我有什么缺点？”

“也许是的，”列文说，“但我还是很欣赏你的魄力，并且因为有你这样一位伟大的人物做朋友而感到荣幸。不过你并没有回答我的问题。”他补充说，竭力想正视奥勃朗斯基的眼睛。

“嗯，好的，好的。你等着吧，你将来也会弄到这个地步的。你现在在卡拉金县拥有三千亩[①]土地，你身上的肌肉这么发达，脸色又像十二岁的小姑娘那样红润，你当然很得意喽。但有朝一日你也会到我们这里来的。至于你所打听的事：没有什么变化，可惜你太久没到这儿来了。”

---

① 本书中一律用“亩”表示“俄亩”，1 俄亩等于 1.09 公顷。

“哦，出什么事了？”列文恐惧地问。

“没什么，”奥勃朗斯基回答，“我们以后再谈吧。你这次来莫斯科到底有什么事？”

“嗯，这个我们也以后再谈吧。”列文回答，脸又红到耳根了。

“好的，我明白了！”奥勃朗斯基说，“老实说，我本来要请你到我家去的，可是我妻子身体不太好。对了，你要是想见他们，那么可以到动物园去，他们四五点钟大概在那里。吉娣在那里溜冰。你先坐车去吧，我回头去找你。我们再一起到什么地方去吃晚饭。”

“太好了。那就再见吧。”

“留神别忘了。你这个人，我知道，弄不好又会忘记的，或者一转身又回乡下去了！”奥勃朗斯基笑着大声说。

“不会的。”

列文走出办公室，直到门外才想起他忘记同奥勃朗斯基那两位同事告别了。

“这位先生看上去精力充沛得很。”列文走后，格里涅维奇说。

“可不是，朋友，”奥勃朗斯基摇摇头说，“他真是个幸运儿！在卡拉金县有三千亩土地，真是前途无量！身体又强壮！可不像我们这班人。”

“您还有什么可抱怨的呢，斯吉邦·阿尔卡迪奇？”

“唉，我的事情可糟啦！”奥勃朗斯基长叹了一声，说。

6

奥勃朗斯基问到列文这次来莫斯科的目的时，列文脸红了，并且因为脸红而生自己的气，因为他不能回答说：“我是来向你姨妹求婚的。”虽然他正是为了这件事来的。

列文家和谢尔巴茨基家都是莫斯科的贵族世家，彼此交谊深厚。他们的关系在列文读大学时更加深了。列文同陶丽和吉娣的哥哥，谢尔巴茨基公爵少爷，一起准备应考，一起进了大学。他经常出入谢尔巴茨基家，并且爱上了他们一家人。看来似乎有点奇怪，但列文确实爱上了他们一家，特别是他们家的姑娘。列文已经记不起他的生母了，他唯一的姐姐又比他大好多岁，因此正是在谢尔巴茨基家里，他初次看到了有教养的名门望族的生活；而这样的生活，他由于父母去世，早就丧失了。他们家的每个人，特别是姑娘，列文觉得仿佛都披着一重诗意盎然的神秘纱幕，他不仅看不到他们身上有什么缺点，而且隔着这一重充满诗意的纱幕，他还感觉到他们都赋有最崇高的感情和完美无瑕的品德。为什么这三位小姐必须今天说法语，明天讲英语呢？为什么她们必须在规定的时间轮流弹钢琴，却让琴声送到楼上她们哥哥那间有两个大学生在做功课的房间里呢？为什么要请教师上门来教她们法国文学、音乐、绘画和跳舞呢？为什么她们每天要在规定的时间穿上缎子外套——陶丽穿长外套，娜塔丽雅穿中外套，吉娣穿短外套，这外套短得连她那双紧裹在红袜子里的小腿都暴露无遗了——同林依小姐一起坐马车在特维尔林荫大道上兜风呢？为什么她们还要让有金色帽徽的仆人保护着，在那里散步呢？这一切以及她们在她们的神秘世界里所做的其他许多事，列文都无法理解，但他知道她们所做的一切都是美好的；他呢，就是喜爱这种神秘的生活。

在大学时代，他差点儿爱上了大小姐陶丽，但陶丽不久就嫁给了奥勃朗斯基。接着他爱起二小姐来。他觉得他一定要在她们姐妹中间爱上一个。至于究竟爱哪一个，他却拿不定主意。娜塔丽雅踏进社交界不久就嫁给了外交官李伏夫。列文大学毕业的时候，吉娣还是个孩子。谢尔巴茨基少爷进海军不久，在波罗的海淹死了。这样，列文同谢尔巴茨基一家人的关系，尽管有同奥勃朗斯基的交情，从此也就疏远了。列文在乡下住了一年，今年初冬又来到莫斯科，看见了谢尔巴茨基一家人。这时他才明白，在这三姐妹中他真正应该爱的是哪一个。

他这个出身望族、算得上富有的三十二岁男子，去向谢尔巴茨基公爵小姐求婚，在别人看来真是太容易了。他可能立刻就会被看作是一个理想的夫婿。但列文正在热恋中，他觉得吉娣是个十全十美的姑娘，是下凡的仙女，他自己则是个庸夫俗子，因此他简直不敢想象，别人和她本人会认为他能高攀得上。

列文为了要看见吉娣，几乎天天出入交际场所。他就这样神魂颠倒地在莫斯科混了两个月。后来他忽然断定这件事没有希望，就回乡下去了。

列文认为这件事没有希望，理由是他在她亲戚的眼里根本配不上迷人的吉娣，而吉娣本人也不会爱他。在她亲戚的眼里，他这人已经三十二岁了，却还没有固定的事业和社会地位；他的同辈，有的已是上校和侍从武官，有的当上教授，有的做了银行行长和铁路经理，有的就像奥勃朗斯基那样当上政府机关的长官。可他呢（他很知道他在人家眼里是个什么样的人物）？是个地主，只会养养牛，打打大鹬，盖盖仓库，也就是说，是个毫无出息的傻小子。他所干的，照社交界看来，正是蠢才干的事。

至于神秘而迷人的吉娣本人呢，她是不可能爱上像他这样相貌不好看而又才具平庸的人的。还有，他认为他一向对待吉娣的态度——他是她哥哥的朋友，因此待她就像大人对待孩子一样——也是他们恋爱上的一个障碍。他认为像他这样相貌不好看而心地善良的人，只能得到人家的友谊，而要获得像他对吉娣那样的爱情，就必须是个相貌英俊、才华出众的人才行。

据说，女人往往会爱上丑陋而平庸的人。但他不信，因为平心而论，他自己觉得，他也只能爱美丽、神秘而不同凡响的女人。

但是，在乡下独自待了两个月以后，他相信这次恋爱同他青年时期所经历的不一样。这次的爱情使他得不到片刻的安宁。她肯不肯做他的妻子，这个问题不解决，他简直一天也活不下去。而他的绝望完全是由于他自己的推测，因为没有任何证据表明他将遭到拒绝。他终于下定决心到莫斯科来求婚。要是成功，就结婚；或者……要是遭到拒绝，他无法想象他将会怎么样。

7

列文乘早班车来到莫斯科，住在他异父同母的哥哥柯兹尼雪夫家里。他换好衣服，走进哥哥的书房，想立刻告诉他此行的目的，征求一下他的意见。但他发现书房里不止他哥哥一个人，还坐着一位著名的哲学教授。这位教授特地从哈尔科夫赶来，要和他解释他们之间由于一个重要哲学问题而发生的误会。教授那时正在同唯物论者展开激烈的辩论，而柯兹尼雪夫则兴致勃勃地观察着这场辩论。他读了教授最近发表的一篇论文，就写信给他表示不同意见。他责备教授对唯物论者过分让步。教授立刻赶来同他辩论。他们辩论的是一个时髦问题：在人类活动中，心理现象和生理现象之间有没有界线？如果有，又在哪里？

柯兹尼雪夫迎接弟弟时，露出他那种对任何人一视同仁的亲切而冷淡的微笑。他给弟弟和教授作过介绍后，又继续他们的讨论。

这位教授前额狭窄，脸色枯黄，身材矮小，戴着一副眼镜。他停住话头，同列文打了个招呼，又说下去，不再理他。列文坐下来，想等教授走，但很快就对他们所讨论的问题发生了兴趣。

列文在报刊上读到过他们正在讨论的那些文章。他在大学里读的是自然科学，因此对那些文章很感兴趣，认为它们发展了科学原理。不过，他从没把作为动物的人类的起源以及反射作用、生物学和社会学等科学论断同生和死的意义问题联系起来。这些问题近来越来越频繁地在他的头脑里盘旋。

他听着哥哥同教授的谈话，注意到他们把科学问题同精神问题联系起来，有几次甚至要专门探讨精神问题，但每次他们一接触到这个他认为最重要的问题，总是立刻避开，又转入琐碎的分类、保留条件、引证论据、暗示和引用权威意见等方面，使他很难听懂他们的讨论。

“我不能容忍，”柯兹尼雪夫用他一贯明确的叙述和文雅的措辞说，“我说什么也不能同意凯斯的话，他认为我对外部世界的全部概念都是从印象产生的。事实上，我关于存在这个最根本的概念就不是通过感觉获得的，因为没有传达这种概念的专门器官。”

“是的，但是他们，伍斯特也好，克瑙斯特也好，普利巴索夫也好，都会回答您说，存在这一意识是由全部感觉的总和产生的，存在这一意识是感觉的结果。伍斯特甚至直率地说，如果没有感觉，也就没有存在的概念。”

“我认为相反。”柯兹尼雪夫又开口了……

这时列文又觉得他们快要接触到最核心的问题，但他们又离开了这个题目。他决定向教授提一个问题。

“这样说来，如果我的感觉不存在了，如果我的肉体死亡了，就不可能有任何存在了吗？”他问。

教授恼怒地、仿佛因话头被打断而痛苦地打量了一下这位古怪的提问者（他与其说像个哲学家，不如说像个拉纤夫），然后把目光转向柯兹尼雪夫，仿佛在问：“叫我怎么说呢？”不过，柯兹尼雪夫说话远不像教授那样激动，那样偏激。他从容不迫，既能回答教授的话，又能理解列文提这问题的淳朴而自然的想法。他微微一笑说：

“这个问题我们还没有权利解决……”

“我们没有资料……”教授应和着说，又继续阐述他的论点，“不，我要指出的是，如果确实像普利巴索夫所明白提出的那样，感觉是以印象为基础的，那么我们就应该严格区别这两个概念。”

列文不再倾听他们的谈话了，他一心只等教授告辞。

8

等教授走了以后，柯兹尼雪夫对弟弟说：

“你来了，我很高兴。要住一阵吧？农场搞得怎么样？”

列文知道哥哥对农业并不太感兴趣，他这样问只是客套一番，因此只告诉他出卖小麦和金钱上的一些事。

列文原想把结婚的打算告诉哥哥，并征求一下他的意见。他确实下了决心，可是一看见哥哥，听了他同教授的谈话，又听到哥哥询问农业（他们母亲遗下的田产还没有分，列文同时管理着两房产业）时那种居高临下的语气，不知怎的，他感到不能把决心要结婚的事告诉哥哥。他觉得哥哥不会像他所希望的那样看待这件事。

“那么，你们那边的地方自治会弄得怎么样？”柯兹尼雪夫问。他对地方自治会很感兴趣，对它很重视。

“哦，说实在的，我可不知道……”

“怎么？你不是地方自治会的理事吗？”

“不，已经不是理事了，我辞职了，”列文回答，“我不再出席他们的会议了。”

“可惜！”柯兹尼雪夫皱起眉头低声说。

列文讲起县地方自治会的情况来替自己辩白。

“事情总是这样！”柯兹尼雪夫打断他的话说，“我们俄国人总是这样。能看到自己的缺点，这也许是我们的长处，但我们往往夸大其词，随便讽刺挖苦，聊以自慰。我老实对你说，要是把我们地方自治会的权利交给任何一个欧洲国家的人，譬如说德国人或者英国人，他们准会把这种权利变成自由，可是到了我们手里，只会变成一种嘲弄。”

“可是有什么办法呢？”列文负疚地说，“这是我最近的感受。我诚心诚意地试过了。我没有办法，无能为力。”

“不是无能为力，”柯兹尼雪夫说，“是你对这件事的看法不对。”

“也有可能。”列文颓丧地回答。

“告诉你，尼古拉弟弟又来这儿了。”

尼古拉是列文的亲哥哥，柯兹尼雪夫异父同母的弟弟。他自甘堕落，荡光了大部分家产，在最荒唐的下层社会里混日子，同兄弟们都闹翻了。

“真的吗？”列文恐惧地叫道，“你怎么知道的？”

“普罗科菲在街上看到他了。”

“他在这里，在莫斯科吗？他在哪里？你知道吗？”列文站起来，仿佛马上就要去找他。

“我悔不该把这事告诉你，”柯兹尼雪夫看到弟弟那副激动的样子，摇摇头说，“我派人打听到他的住处，替他还清了欠特鲁宾的债，把借据给他送去。可是你瞧，他是怎么回答我的！”

柯兹尼雪夫说着从吸墨纸底下抽出一张条子，交给弟弟。

列文看了看这张字迹古怪而熟识的条子：“我恳求你们别来打扰我。这是我要求我亲爱的兄弟们给我的唯一恩典。尼古拉·列文。”

列文看完这张条子，没有抬起头来，却拿着条子站在柯兹尼雪夫面前。

他想从此忘记这个不幸的哥哥，但又觉得这样做是卑鄙的。这两种思想在他心里斗争着。

“他显然是要侮辱我，”柯兹尼雪夫继续说，“但要侮辱我他又办不到。我原来倒确实是愿意帮助他的，可是现在我明白了，这是无可奈何的事。”

“是的，是的！”列文连声说，“我了解并且看重你对他的态度，但我还是要去看看他。”

“你要去就去吧，可我劝你别去！”柯兹尼雪夫说，“就我来说，我没有什么顾虑，他不会挑唆你来跟我闹的。至于你，我劝你最好还是别去。要帮助他也没有办法，不过，你高兴怎么办就怎么办吧。”

“也许是没办法帮助他，但我觉得于心不忍……特别是现在这种时候……不过那当然是另一回事……”

“噢，这一层我可不明白！”柯兹尼雪夫说，“我只明白了一件事，也就是学会了宽恕。自从看到尼古拉弟弟变成这个样子以后，我对所谓卑鄙行为的看法改变了，变得宽宏大量了……你真不知道他干了些什么……”

“哦，这太可怕了，太可怕了！”列文反复说。

列文从柯兹尼雪夫的仆人那里打听到尼古拉的地址，本想立刻去看他，但经过一番考虑后，决定改到下午去。要做到心情平静，首先要解决促使他这次来莫斯科的那件事。列文从他哥哥那里出来，先到奥勃朗斯基的官厅里去。他打听到了谢尔巴茨基家的情况，就坐上马车到可能找到吉娣的地方去了。

9

四点钟光景，列文感到他的心怦怦直跳。他在动物园门口下车，沿着小径向山上溜冰场走去。他知道一定可以在那边找到吉娣，因为看见谢尔巴茨基家的马车停在入口处。

这是一个严寒而晴朗的日子。入口处停着一排排私人马车、雪橇、出租马车，还可以看到许多宪兵。服装整洁的人群，帽子被灿烂的阳光照得闪闪发亮，在入口处和打扫得干干净净的甬道上，在俄国式雕花小木屋之间，熙来攘往。园里的老桦树，枝叶扶疏，被雪压得低垂下来，看上去仿佛穿着节日的新装。

他沿着小径向溜冰场走去，一路上自言自语：“不要激动，要镇定。你激动什么呀？

你怎么啦？安静些，傻东西！”他在心里这样责备自己。可他越是想镇定，就越是紧张得喘不过气来。有个熟人看见他，喊他的名字，可是他连那人是谁都没有认出来。他向山上走去，那里传来滑下来和拖上去的雪橇链子的铿锵声、雪橇滑动的唰唰声与欢乐的人声。他又走了几步，看见溜冰场就在前面，并且立刻就在溜冰的人群中认出她来了。

他认出她就在这里，不禁惊喜交集。她站在溜冰场的那一头，正在同一位太太谈话。她的服装和姿势都没有什么与众不同的地方，但列文一下子就在人群中认出她来，就像从荨麻丛中找出玫瑰花一样。一切都因她而生辉。她是照亮周围一切的微笑。他想："难道我真的可以走到她跟前去吗？"他觉得她所在的地方是不可接近的圣地。刹那间，他竟然害怕到这个地步：他差点儿逃走。他不得不竭力克制自己的激动，并且用形形色色的人都在她周围运动，他也可以到那边去溜冰的想法来宽慰自己。他走了过去，像对着太阳似的不敢朝她多望，但也像对着太阳一般，即使不去望她，还是看得见她。

每星期的这一天，只要到了这个时刻，溜冰场上就都聚集着同一个圈子里的人，他们彼此认识。这里有大显身手的溜冰健儿，也有扶着椅背胆怯而笨拙地学步的新手，有小孩，还有为了增进健康而来溜冰的老人。列文觉得他们个个都是得天独厚的幸运儿，因为他们就在这里，就在她旁边。所有溜冰的人似乎都若无其事地赶上她，超过她，甚至同她攀谈，完全不把她放在心上，纯粹因为冰场出色和天气晴朗而兴高采烈，纵情欢乐。

吉娣的堂弟尼古拉·谢尔巴茨基穿着短上装和紧身裤，脚上套着溜冰鞋，坐在长凳上。他一看见列文，就对他叫道：

"喂，全俄溜冰冠军！您来了好久了吗？冰面挺不错，快穿上溜冰鞋吧！"

"我没有溜冰鞋。"列文回答。在她面前居然这样放肆，连他自己都感到惊奇。他虽然没向她那边望，却没有一秒钟不看见她。他觉得"太阳"在向他靠近。她在拐弯的地方，转动她那双裹在长靴里的窄小的脚，显然胆怯地向他溜过来。一个身穿俄式服装的少年，放肆地挥动双臂，身子低低地弯向地面，追上了她。她溜得不很稳；她的双手从带子吊着的小袖筒里伸出来，以防摔倒。她的眼睛望着列文。她认出他来了，向他微微笑着，同时因为自己的胆怯而露出羞涩的神气。她拐了个弯，一只脚富有弹性地往冰上一蹬直溜到她的堂弟跟前。她抓住他的手臂，微微笑着向列文点点头。她比他所想象的还要美。

他一想到她，她的整个形象就会生动地浮现在他的眼前，特别是在她那少女秀美的肩上灵活地转动着的淡黄头发的玲珑脑袋，再加上她孩子气的开朗善良的面貌，使她显得格外妩媚动人。她脸上天真无邪的神气，配上她柔美苗条的身材，具有一种超凡的魅力，深深地留在他的心坎里。不过，使他感到惊奇的，往往是她那温柔、安详和真挚的眼神。而最使他难忘的是她的微笑，这笑容每次都把列文带到一个神奇的仙境，使他心驰神往，留连忘返，好像回到童年时代难得遇到的快乐日子里一般。

“您来这儿好久了吗？”她向他伸出一只手，说。列文捡起从她袖筒里掉下的手帕，她说了声：“谢谢。”

“我吗？没多久，我是昨天……我是说今天……才到的。”列文由于激动，没有立刻明白她问这话的意思，这样回答。“我要来看看您，”他说，但一想到他来找她的用意，顿时涨红了脸，窘态毕露，“我不知道您会溜冰，而且溜得这样漂亮。”

她留神地向他瞧瞧，仿佛想弄明白他发窘的原因。

“我得珍重您的夸奖。大家都说您是一位了不起的溜冰大师呢。”她一面说，一面用戴黑手套的小手拂去落在袖筒上的霜花。

“是的，我一度对溜冰入过迷，希望能达到尽善尽美的水平。”

“看来您干什么事都挺认真，”她笑眯眯地说，“我真想瞧瞧您溜冰。您就穿上溜冰鞋，让我们一起溜吧！”

“一起溜！真会有这样的事吗？”列文望着她想。

“我这就去穿。”他说。

说着他就去穿溜冰鞋。

“先生，您好久没到我们这儿来了。”溜冰场的侍者扶住他的脚，替他拧紧溜冰鞋，说。“您一走，这儿就没有一个真正的溜冰大师了。这样行吗？”他拉紧皮带问。

“行，行，就是请快一点儿。”列文回答，好不容易才忍住脸上幸福的微笑。他想：“是的，这就是生活，这就是幸福！她说：‘一起，让我们一起溜吧。’我现在就对她说吗？可我很怕向她开口，因为我现在很幸福，至少充满幸福的希望……要是现在不说呢？……可我得说！一定得说，一定得说！不要胆怯！”

列文站起来，脱下大衣，沿着小屋旁边高低不平的冰面滑出去。一滑到光滑的冰场上，就毫不费力地溜起来，随心所欲地加快速度，不断弯来弯去，改变方向。他怯生生地接近她，但她的微笑使他放下心来。

她向他伸出一只手，他们就肩并肩地溜起来，不断加快速度。他们溜得越快，她把他的手握得越紧。

“同您一起溜，我会学得快一点。不知怎的，我就是相信您。”她对他说。

“您靠着我，我也就更加有信心了。”他说，但立刻因为说了这句话而感到害怕，脸都红了。果然，他一说出这句话，她脸上亲切的表情顿时消失，好像太阳躲进乌云里。列文熟悉她脸上这种变化，知道她在深思，她那光滑的前额上也出现了皱纹。

“您没有什么不愉快的事吧？不过我没有权利问您。”他慌忙说。

“为什么？……不，我没有什么不愉快的事。”她冷冷地回答，立刻又补了一句：“您没有看见林依小姐吗？”

“还没有。”

“您去看看她吧，她可喜欢您啦！”

“这是什么意思？我得罪她了。上帝啊，你帮助我吧！”列文想着，就向坐在长凳上的那个满头灰白鬈发的法国老妇人跑去。她笑眯眯地露出一口假牙，像老朋友一般迎接他。

她向他伸出一只手，他们就肩并肩地溜起来，不断加快速度。他们溜得越快，她把他的手握得越紧。

“您瞧，我们的孩子都长大了，”她看看吉娣，对他说，“可我们也老了。小熊[1]都变成大熊啦！”法国老妇人笑着继续说，提到他以前曾拿英国童话中的三只熊来戏称她们三姐妹。“您还记得您这样说过她们吗？”

这件事他完全不记得了，可是她十年来一直在笑这句话，并且很欣赏它。

“嗯，去吧，去吧，你们去溜吧！我们的吉娣现在溜得可好啦，是不是？”

列文跑回吉娣身边的时候，她已经不再绷着脸，眼神也显得诚恳亲切了，但列文觉得她的亲切中含有一种故作镇定的特殊味道。他感到不痛快。她谈了一下这位上了年纪的家庭女教师，谈到她的怪癖，然后问起他的生活情况来。

“冬天您在乡下不觉得寂寞吗？”她问道。

“不，不寂寞，我忙得很。”他一面说，一面感到她在用镇定的语气控制他，使他无法越出这样的话题，就同初冬那次一样。

“您要在这里住一阵儿吗？”吉娣问。

“我不知道。”他嘴里回答着，自己也不知道在说些什么。他心里想，如果他又被她那种平静友好的语气控制住，那他这次又会空手回去的。他决定打破这种局面。

“怎么不知道？”

“我不知道。这要看您了。”他说，但说过后又立刻感到恐惧。

是她没有听见他这句话呢，还是她不愿意听，她仿佛绊了一跤，顿了两次脚，就匆匆地从他身边溜走了。她溜到林依小姐面前，对她说了些什么，又向妇女换鞋的那所小房子溜去。

“上帝呀，我做了什么啦！上帝呀，帮助我，引导我吧！”列文祷告着。他觉得需要剧烈地运动一下，就奔跑起来，在冰上兜着大大小小的圈子。

这时候，一个年轻人，溜冰场上的新秀，嘴里衔着一支香烟，穿着溜冰鞋从咖啡室里出来。他起步滑了一下，沿着台阶一级级跳下来，发出嗒嗒的响声。接着，他飞跑下来，两臂的姿势都没有改变，就在冰场上溜了起来。

“嘀，这倒是一种新鲜玩意儿！”列文说着跑上去，也要试试这种新花样。

“当心别摔死了，这是要练过的！”尼古拉·谢尔巴茨基对他大声说。

列文走到台阶上，从上面一个劲儿直冲下来，伸开两臂在这种不熟练的溜法中保持着平衡。在最后一个台阶上他绊了一下，一只手几乎触到冰面，但他猛一使劲恢复了平衡，就笑着溜开去了。

“他这人真好，真可爱！”这会儿，吉娣同林依小姐从小房子里出来，脸上露出

---

① 原文为英语。

亲切宁静的微笑，像瞧着心爱的哥哥那样瞧着他，心里想。“难道是我的过错吗？难道我做了什么坏事了吗？他们说我卖弄风情。我知道我爱的不是他，但我同他在一起总觉得很快活，他这人实在好。但他为什么要说这种话呢？……”

列文由于剧烈的运动而满脸通红。他看见吉娣要走，她母亲在台阶上接她，他就站住，想了想。他连忙脱下溜冰鞋，在动物园门口追上了她们母女俩。

“看见您很高兴，”公爵夫人说，“我们仍旧每逢星期四招待客人。”

“这么说，就是今天啰？”

“您要是能来，我们将感到很高兴。”公爵夫人冷冷地说。

母亲这种冷淡的态度使吉娣觉得难受。她忍不住想弥补一下，就回过头，笑盈盈地对他说了一声：“再见！”

这时候，奥勃朗斯基歪戴着帽子，容光焕发，眼睛发亮，以胜利者的快乐姿态走进动物园。但他一走到丈母娘跟前，就露出负疚的忧郁神色，回答她关于陶丽健康状况的询问。他沮丧地同丈母娘低声交谈了几句，就挺起胸膛，挽住列文的手臂。

“我们现在就走吗，呃？”他问。“我一直在惦记你。你来了，我真高兴。”他意味深长地盯住列文的眼睛，说。

“走吧，走吧！”列文兴高采烈地回答。他的耳朵里还一直响着“再见”这个声音，眼前还浮现着她说这句话时的那张笑脸。

“到英国饭店还是爱弥塔日饭店？”

“随便。”

“那就到英国饭店吧。”奥勃朗斯基说。他所以挑选英国饭店，是因为他欠英国饭店的账比欠爱弥塔日饭店的更多，他觉得避着不到那里去是不好的。“你有马车吗？那太好了，我把我那辆打发走了。”

两个朋友一路上沉默不语，列文在捉摸吉娣脸上表情变化的原因。他一会儿信心十足，一会儿又悲观失望，分明看出他的希望是不现实的，同时又觉得在看到她的笑容、听到她说“再见”之后，他仿佛已变成了另一个人。

奥勃朗斯基一路上考虑着菜单。

“你不是爱吃比目鱼吗？”当他们到达饭店时，他问列文。

“什么？”列文反问了一句，“比目鱼吗？是的，我太喜欢比目鱼了。”

10

列文同奥勃朗斯基一起走进饭店的时候，发现奥勃朗斯基脸上和身上显然有一种特殊的表情，仿佛是抑制着的欢乐。奥勃朗斯基脱下外套，歪戴着帽子，走进餐厅，对那些身穿燕尾服、手拿餐巾围拢过来的鞑靼侍者吩咐了一下。他向遇见的熟人一一点头致意。这里也像别处一样，凡是认识的人见到他都很高兴。他走到酒台旁边，喝了一杯伏特加，吃了一点鱼，对柜台后面那个浓妆艳抹，一身都是缎带、花边和满头鬈发的法国女人说了几句俏皮话，引得她咯咯咯地笑起来。对这个全身仿佛都是用假发、花粉和香油做成的法国女人，列文极其厌恶，连一口酒都没有喝。他连忙从她身边走开，好像避开脏地方一样。他的整个心灵都沉浸在对吉娣的回忆里，他的眼睛闪耀着胜利和幸福的微笑。

“请到这边来，大人，这边没有人打扰，大人。”一个头发花白的鞑靼老头特别殷勤地说。他的臀部很宽，把燕尾服都撑得叉开了。“大人，您请。”他对列文说，表示由于尊敬奥勃朗斯基，对他的客人也格外殷勤。

他一转眼工夫就在青铜吊灯下面那张原来已铺有桌布的圆桌上再铺上一块干净桌布，挪了挪丝绒面椅子，手里拿着餐巾和菜单，站在奥勃朗斯基面前，听候吩咐。

“大人，您要是喜欢单间，马上就有一间要空出来了，戈里曾公爵同一位夫人就要走了。今天有新鲜牡蛎。”

“啊，牡蛎！”

奥勃朗斯基考虑起来。

“原来的计划不变吧，列文？”他指着菜单，脸上露出迟疑不决的神色说，“牡蛎好不好？你得注意了！”

“是弗仑斯堡[①]货，大人，奥斯坦德[②]货没有。”

“弗仑斯堡货就弗仑斯堡货吧。新鲜不新鲜？”

“昨天刚到的。”

“那就先来个牡蛎，咱们再把整个计划改动一下，你看怎么样？”

“我反正都一样。我最喜欢蔬菜汤和麦片粥，不过这里当然不会有这种东西。”

“您要吃俄国麦片粥吗？”鞑靼人弯腰问列文，好像保姆问孩子一样。

---

① 德国城市。

② 比利时城市。

“不，我相信你点的菜一定错不了。我刚溜过冰，肚子饿得很。”他发现奥勃朗斯基脸上有点不高兴，又补充说，“你别以为我不欣赏你的挑选。我吃起来一定满意。”

“那当然！不论怎么说，吃是人生一大乐事！”奥勃朗斯基说，“伙计，那么就给我来二十个，不，二十个太少，来三十个牡蛎，再有蔬菜汤……”

“青菜汤。”鞑靼人用法语应和说。不过，奥勃朗斯基显然不让他再卖弄法文菜名的知识。

“蔬菜汤，懂吗？再来个浓汁比目鱼，再来……煎牛排。注意了，要好的。或者再来个阉鸡，还有罐头水果。”

鞑靼人记起奥勃朗斯基一向不喜欢照法文菜单点菜，就不再用法文菜名重复一遍，但他还是自得其乐地把整张菜单用法语念了一遍。接着又像装了弹簧一样灵活，啪的一下把菜单放下，拿起酒单递给奥勃朗斯基。

“咱们喝什么酒呢？”

“随便，只是少一点儿，就喝香槟吧。”列文说。

“怎么？一开始就喝香槟？不过也行。你喜欢白封的吧？”

“白封的。”鞑靼人又用法语附和说。

“好，那就先来那种酒和牡蛎吧，后面的菜回头再说。”

“是，大人，来点什么下菜酒呢？”

“来纽意酒吧……不，还是来点老牌沙白立葡萄酒。”

“是，大人。要不要来一点您的干酪？”

“好，来点帕尔玛[①]干酪。你也许要来点别的什么吧？”

“不，我无所谓。”列文忍不住笑着说。

鞑靼人摆动着燕尾服后襟跑开了。过了五分钟，他端着一盘珍珠母色贝壳都打开了的牡蛎，手指间夹着一瓶酒，飞奔而来。

奥勃朗斯基揉了揉浆过的餐巾，把巾角塞到背心领口里，稳稳当当地摆开双臂，动手吃牡蛎。

“真不错！”他用银叉把滑腻腻的牡蛎从珍珠母色的贝壳里挑出来，一个又一个地吞下去。“真不错！”他连声说，那双湿润发亮的眼睛忽而望望列文，忽而望望鞑靼人。

列文也吃着牡蛎，虽然他更爱吃白面包夹干酪。他欣赏着奥勃朗斯基那种吃得津

---

① 意大利城市。

津有味的模样。就连那个鞑靼侍者也一面开瓶塞，把起泡的葡萄酒倒进精致的酒杯里，一面现出得意的笑容，整整他的白领带，不时望望奥勃朗斯基。

“你不太喜欢牡蛎，是吗？”奥勃朗斯基说着，把杯子里的酒喝干，“你是不是有什么心事，呃？”

他想让列文高兴，可是列文不仅不高兴，还感到局促不安。他心事重重；在这个饭店里，在男人带着太太一起用餐的这些单独房间之间，在这种嘈杂的闹声中，他觉得难受，觉得不舒服。这里的青铜器、镜子、煤气灯、鞑靼侍者，这一切都使他感到讨厌。他唯恐充满心灵的美好感情遭到玷污。

“我？是的，我有心事；不过这一切都使我不舒服，”他说，“你不能想象，这一切对我这个乡下人来说有多么古怪，就像我在你们那里看见那位先生的长指甲一样……”

“是的，我也发觉你很注意可怜的格里涅维奇的指甲。”奥勃朗斯基笑着说。

“我真看不惯，”列文回答，“你设身处地替我想一想，用乡下人的眼光来看一看吧。我们在乡下总是竭力使自己的一双手便于干活，因此经常剪指甲，有时还把袖子卷起来。可是这里大家故意留指甲，留得越长越好，还有袖口的纽子也大得像碟子，弄得两只手什么事也不能做。”

奥勃朗斯基快乐地微笑着。

“是的，这表示他不用干粗活。他只用脑力劳动……”

“也许是这样。可我总觉得别扭，就像在吃饭这件事上觉得别扭一样；我们乡下人吃饭，总是尽量吃得快一点，吃完了好干活，可咱们在这里却想尽量吃得慢一点，因此先弄点牡蛎来吃吃……”

“哦，这个当然！”奥勃朗斯基随和地说，“不过这也就是文明的目的：处处讲究享受。”

“嗯，如果这就是文明的目的，那我宁可做个野蛮人。”

“你本来就很野蛮。你们列文家的人都很野蛮。”

列文叹了一口气。他想起尼古拉哥哥，感到羞愧和痛苦，皱起了眉头，但奥勃朗斯基一谈到另一个题目，立刻就吸引了他的注意。

“那么，今天晚上你到我们那里，就是谢尔巴茨基家去吗？”奥勃朗斯基推开粗糙的空牡蛎壳，把干酪挪到面前，意味深长地闪亮眼睛说。

“去，一定去！”列文回答，“尽管我觉得公爵夫人的邀请并不热情。”

“你这算什么话！真是胡说八道！这是她的派头……喂，伙计，来汤！……这是她的派头，贵夫人的派头嘛！”奥勃朗斯基说，“我也要去，不过我得先去参加一下巴宁娜伯爵夫人的音乐会。嗐，你这个人还不算野蛮吗？你忽然从莫斯科失踪了，这事该怎么解释呢？谢尔巴茨基一家人一再问我，你到哪里去了，仿佛我一定知道似的。其实我只知道一点：你常常做些人家不会做的事。"

"是的，"列文缓慢而激动地说，"你说得对，我这人是有点野蛮。不过我的野蛮不在于离开这儿，而在于现在又来了。我现在来……"

"嘀，你好幸福哇！"奥勃朗斯基盯住列文的眼睛，打断他的话说。

"何以见得？"

"'我凭烙印识别骏马，从小伙子的眼睛看出他有了情人。'"奥勃朗斯基背诵着诗句，"你真是前途似锦啊！"

"难道你的一切都过去了吗？"

"虽不是一切都过去了，但你有前途，可我只有现实生活，而且是颠三倒四的。"

"怎么回事？"

"糟得很。唉，我不想谈我的事，其实也无从谈起。"奥勃朗斯基说，"那么你来莫斯科到底有什么事？……来，收掉！"他大声吩咐鞑靼人。

"你猜得着吗？"列文回答，他那双炯炯发亮的眼睛盯住奥勃朗斯基。

"猜得着，但这事我不好先开口。你从这一点上也可以看出，我猜得对不对。"奥勃朗斯基带着微妙的笑容瞧着列文，说。

"那么你有什么话要对我说呢？"列文声音哆嗦地说，觉得自己脸上的全部肌肉都在抽搐，"这问题你怎么看？"

奥勃朗斯基慢吞吞地喝干了那杯沙白立酒，眼睛一直盯住列文。

"我吗？"奥勃朗斯基说，"我所希望的，再没有比这更好的事了，没有了。真是再好也没有了。"

"那么你没有搞错吧？你知道我们谈的是什么事吗？"列文眼睛盯住对方问，"你看这事有希望吗？"

"我想有希望。为什么没有呢？"

"不，你真的以为这事有希望吗？不，你把你的想法统统说出来！不过，万一，万一我遭到拒绝呢？……我简直相信会遭到拒绝……"

"你究竟凭什么这样想呢？"奥勃朗斯基看到他这样激动，笑着说。

"我有时就有这样的感觉。因为这事对我也好，对她也好，都是太可怕了。"

"嗳，这对一位姑娘来说绝没有什么好怕的。随便哪一位姑娘遇到人家来求婚，总是挺得意的。"

“对，随便哪一位姑娘都是这样，可她是个例外。”

奥勃朗斯基微微一笑。他很懂得列文的这种感情，懂得在他看来天下的姑娘可以分成两类：一类是除了她以外的天下所有的姑娘，这些姑娘个个具有人类的各种缺点，都平凡得很；另一类就是她一个人，没有任何缺点，而且凌驾于全人类之上。

“等一下，你加点酱油。”他捉住列文那只正在推开酱油瓶的手说。

列文听话地加了点酱油，但他不让奥勃朗斯基吃。

“不，等一下，等一下！”列文说，“你要明白，对我来说这是个生死攸关的问题。这件事我同谁都没有谈过，我同谁都不能像同你这样坦率地谈。其实咱俩处处不一样：趣味不一样，观点不一样，什么都不一样，但我知道，你喜欢我，了解我，我也非常喜欢你。啊呀，看在上帝分上，你就把实话全说出来吧。”

“我怎么想，就怎么对你说，”奥勃朗斯基微笑着说，“不过我先要对你说：我妻子是个极其古怪的女人……”奥勃朗斯基想到同妻子的关系，叹了一口气。他沉默了一下，又说：“她有先见之明。她看人看得很透，可这还不算，她还能未卜先知，特别是在婚姻问题上。譬如说，她曾预言沙霍夫斯卡雅小姐将嫁给勃仑登。当时谁也不相信，但后来果然如此。这会儿她是赞成你的。”

“你这话怎么说？”

“是这样的，她不仅喜欢你，她还说吉娣一定会做你的妻子。”

列文一听到这话，立即笑逐颜开，感动得几乎要掉眼泪。

“她说得太好了！”列文叫道，“我一向说她是个极好的人，你的夫人是个极好的人。好，这事谈得够了，够了。”他一边站起来，一边说。

“好的，可是你坐呀！”

但列文坐不住了。他迈着矫健的步伐在这小房间里来回踱了两次，眨眨眼睛，免得人家看见他的眼泪。然后又回到桌旁坐下。

“你要明白，”他说，“这不是一般的爱情。我谈过恋爱，但这不是那么一回事。我这不是出于自己的感情，而是受一种外界力量的支配。说实在的，我上次离开这儿，因为觉得那事没有希望，那是一种人间不可能有的幸福；但我经过一番内心斗争，觉得没有她我活不下去，我一定要解决……”

“那你究竟为什么要离开这儿呢？”

“啊，这个回头再说！啊呀，我心里有多少想法，有多少事要问问你呀！你准不能想象，你刚才的话对我起了多大的作用。我太幸福了，幸福得简直叫人家讨厌。我把什么都忘记了……我今天才知道尼古拉哥哥……才知道他也在这里……可我连他都给忘了。我仿佛觉得连他都是幸福的。我简直疯了。但有一件事太可怕……你已经结过婚，你一定能够理解这种感情……可怕的是，如今我们都有了年纪，以前我们都有过……不是爱情，而是罪孽……可如今我们忽然要同一个纯洁无瑕的姑娘接近。这太可憎了，因此不能不觉得自己高攀不上。"

"嗳，你并没有多少罪孽。"

"咳，还是有的，"列文说，"毕竟还是有的。'我嫌恶地回顾我的生活，我战栗，我诅咒，我痛恨自己……'就是这样。"

"有什么办法呢？做人就是这样的。"奥勃朗斯基说。

"我唯一的安慰就是想到我喜爱的那句祷告：'不是我可以将功赎罪，而是凭你的慈爱饶恕我。'也只有这样，她才能饶恕我。"

11

列文把酒杯里的酒喝干了。他们沉默了一阵。

"我还有一句话要跟你说。你认识伏伦斯基吗？"奥勃朗斯基问列文。

"不，我不认识。你问这干什么？"

"再来一瓶酒。"奥勃朗斯基吩咐鞑靼侍者。那个侍者没有事也守在他们旁边，转来转去，替他们斟酒。

"为什么要我同伏伦斯基认识呢？"

"你应该同他认识一下，因为他是你的情敌之一。"

"伏伦斯基是个什么人？"列文问。他的脸色顿时变了，从奥勃朗斯基刚才还在欣赏的天真的喜悦变成凶狠和恼怒。

"伏伦斯基是基里尔·伊凡诺维奇·伏伦斯基伯爵的儿子，是彼得堡花花公子的一个活标本。我在特维尔服役时就同他认识了，他常常到那边去招募新兵。非常有钱，人又长得漂亮，交游又广。他在担任宫廷武官，是个心地善良的好小子。不仅心地善良，我来到这儿以后还发现他很有教养，又很聪明，是个前程远大的人物。"

列文皱起眉头，不作声。

"对了，你走了没多久，他就来到这儿了。据我了解，他爱吉娣爱得入了迷，还有，她母亲……"

"对不起，这个我实在不明白。"列文忧郁地皱着眉头说。他立刻想到了尼古拉哥哥，痛恨自己竟把他给忘了。

“你不要激动，不要激动！”奥勃朗斯基笑眯眯地摸摸他的手说，“我把我所知道的全告诉你了。我再说一遍，我认为在这件微妙的事上，从各方面看来，希望都在你这一边。”

列文身子往椅背上一靠，脸色发白。

“不过我劝你赶紧把这事解决掉。”奥勃朗斯基给他斟满酒，继续说。

“不，谢谢，我不能再喝了，”列文推开酒杯说，“我要醉了……那么，你近来怎么样？”他问，显然想改变话题。

“再说一遍：我劝你无论如何要赶紧解决。今晚不要谈了，”奥勃朗斯基说，“明天一早正式去求婚，愿上帝保佑你……”

“哦，你不是一直想到我们那边去打猎吗？你明年春天来吧。”列文说。

他心里十分悔恨，真不该同奥勃朗斯基谈这件事。奥勃朗斯基竟然跟他谈什么彼得堡的一个军官在跟他竞争，还做了猜测，提了劝告，这可亵渎了他的特殊的感情。

奥勃朗斯基微微一笑。他懂得列文内心的活动。

“我以后一定去。”他说，“是啊，老弟，女人好比螺旋桨，弄得你老是团团打转。我的情况也很糟，糟得很呢。都是女人的缘故。你坦率告诉我，”他掏出一支雪茄，一只手按住酒杯说下去，“你给我出出主意。”

“你究竟有什么事？”

“是这么一回事。假定你结过婚，你爱你的妻子，可是另外有个女人把你迷住了……”

“对不起，这种事我可一点也不理解，就好像……譬如说，我现在吃饱了饭，经过面包店，又溜进去偷面包。”

奥勃朗斯基的眼睛比平时更加闪闪发亮。

“为什么不？奶油面包有时香得会使你克制不住。

‘我若能克制尘世欲望，
那当然无比高尚；
我若忍耐不了这寂寞，
毕竟也享尽人间欢乐！’”①

---

① 奥地利音乐家约翰·施特劳斯著名歌剧《蝙蝠》中的歌词，原文是德文。

奥勃朗斯基一边说，一边微妙地笑着。列文也忍不住笑了一笑。

“好吧，言归正传！”奥勃朗斯基继续说，“你要知道，那女人温柔多情，真是可爱，而且孤苦伶仃，她牺牲了一切。如今木已成舟，我又怎么能把她抛弃呢？就算为了不破坏家庭生活，非得同她分手不可，难道就不能可怜可怜她，设法减轻点儿她的痛苦吗？”

“哟，对不起，你也知道，我认为天下女人可以分成两种……不……说得确切些：真正的女人只有一种……那种既堕落又可爱的女人，我没有见过，我看也不会有。至于那个坐在柜台后面、满头鬈发、涂脂抹粉的法国女人，我觉得她不是女人，简直是个妖精。凡是堕落的女人都是这样的。”

“那么福音书中的那个女人[①]呢？”

“啊呀，别说了！基督要是知道人们会滥用他的话，就绝不会说了。一部福音书大家就只记得这样几句话。不过我所说的并不是我所想的，而是我所感觉的。我嫌恶堕落的女人。你害怕蜘蛛，我可害怕那些妖精。你一定没有研究过蜘蛛，所以不知道它们的特性；我对那些女人也是这样。”

“你说说倒轻巧，好像狄更斯小说中的那位先生，他遇到难题，就用左手一个个从右肩上往后扔。不过，抹煞事实并不解决问题。你倒说说，叫我怎么办呢，怎么办呢？妻子老了，可你还精力旺盛。你只要看上一眼，就会觉得你再也无法爱你的妻子了，不管你怎样尊敬她。一旦遇到一位可爱的人儿，你就完了，完了！”奥勃朗斯基颓丧地说。

列文嗨地笑了一声。

“是啊，完了！”奥勃朗斯基继续说，“可是有什么办法呢？”

“但总不能去偷奶油面包哇！”

奥勃朗斯基哈哈大笑起来。

“吓，真是一位道学先生！但你要明白，现在有两个女人：一个始终坚持她的权利，也就是坚持要你的爱情，但你却不能给她；另一个女人为你牺牲了一切，对你却毫无所求。你该怎么办呢？怎么办才好呢？这是一大悲剧。”

“如果你想知道我对这种事情的看法，那我可以告诉你，我不相信这里有什么悲剧。理由是这样的：我认为恋爱……就是柏拉图在《酒宴》中所说的两种恋爱，这两种不同的恋爱就是对人们的试金石。有些人只懂得这种恋爱，有些人只懂得

---

① 指圣经中改邪归正的女人抹大拉的马利亚，事见《路加福音》和《约翰福音》。

另一种。对那些只懂得非柏拉图式恋爱的人，根本谈不上什么悲剧不悲剧。那种恋爱是不会有什么悲剧的。‘多谢您使我得到了满足，再见！’……这就是全部悲剧。至于柏拉图式的恋爱是不会有什么悲剧的，因为这种恋爱始终是纯洁无瑕的，因为……”

这当儿，列文想起自己的罪孽和经历过的内心斗争，出其不意地补充说：

“但你说的话也许是对的。很可能是对的……可我说不上来，实在说不上来。”

“但要知道，”奥勃朗斯基说，“你是个一丝不苟的人。这是你的美德，也是你的缺点。你自己具有一丝不苟的脾气，你就要求实际生活里一切都一丝不苟，但这是办不到的。譬如说，你瞧不起公益事业，因为你要求它都能符合你的目的，可这是办不到的。你要求人家的一举一动都具有目的性，要求恋爱和家庭生活永远统一，可这是办不到的。人生的一切变化，一切魅力，一切美，都是由光和影组成的。”

列文叹了一口气，什么也没回答。他在想心事，没有听奥勃朗斯基说话。

列文叹了一口气，什么也没回答。他在想心事，没有听奥勃朗斯基说话。

两人忽然发觉，他们虽然是朋友，虽然在一起吃饭喝酒，关系似乎应该更加融洽，其实各人在想各人的心事，彼此互不关心。奥勃朗斯基多次发觉，他们在饭后往往意见更加分歧，而不是更加融洽，但是他知道遇到这种情况应该怎么办。

“开账！”他吩咐侍者，起身走到隔壁大厅，在那里遇见一个熟识的副官，就同他谈起某女演员和她的供养者来。奥勃朗斯基同那个副官一谈话，顿时感到轻松愉快，同列文谈话时产生的那种思想上和精神上的极度紧张感也消除了。

鞑靼人送来账单，总共是二十六卢布零几个戈比，外加小账，其中列文吃的酒菜账是十四卢布。要是在别的时候，他这个乡下人准会大吃一惊，但今天他毫不在意，立刻付清了账，以便回家去换衣服，再坐车到决定他命运的谢尔巴茨基家去。

12

吉娣·谢尔巴茨基公爵小姐今年才十八岁。冬天里，她第一次进入社交界。她在交际场中获得的成功超过她的两位姐姐，甚至出乎公爵夫人的意料之外。不仅涉足莫斯科舞会的青年几乎个个拜倒在吉娣脚下，而且在这第一个冬天就出现了两位认真的求婚者：列文和在他走后立即出现的伏伦斯基伯爵。

列文在初冬时节的出现，他的频繁来访和对吉娣明显的爱慕之情，使做父母的第一次正式谈论吉娣的前途并发生了争吵。公爵中意列文，认为他配吉娣再合适也没有了。公爵夫人呢，她以女人家回避问题的惯用手法，说吉娣年纪还小，说看不出列文有诚意，说吉娣对他没有意思，用诸如此类的话加以推托；但她没有把主要的理由讲出来，那就是她希望替女儿选择个更好的对象，而列文不中她的意，她不了解他的为人。上次列文突然从莫斯科不辞而别，公爵夫人倒很高兴，她得意扬扬地对丈夫说："你瞧，被我说中了吧！"后来伏伦斯基一出现，她就更加高兴了，确信吉娣准能找到一个不仅是好的而且是杰出的夫婿。

在吉娣母亲看来，列文同伏伦斯基是怎么也不能相比的。她不喜欢列文偏激而古怪的议论，不喜欢他在交际场所表现出来的笨拙行为——她认为这是由于他的傲慢而产生的——不喜欢他整天同牲口和农民打交道的这种她认为粗野的乡下生活。她特别不喜欢的是，他爱上她的女儿，出入她们家也有一个半月了，却还在等待，还在观察，唯恐开口求婚会使他有失面子，他不懂得，一个男子经常出入有年轻姑娘的人家是非表明来意不可的。后来他又突然不别而行。"幸好他一点也不招人喜欢，吉娣没有爱上他。"做母亲的这样想。

伏伦斯基能使吉娣母亲的愿望全部得到满足。他很有钱，又很聪明，家庭出身好，当上了宫廷武官，更是前程似锦，而且又是个招人喜欢的男人。再也找不到比他更理想的女婿了。

伏伦斯基在舞会上露骨地向吉娣献媚，他同她跳舞，经常出入她们的家，因此他的一片心意是毋庸置疑的。虽然如此，整整一个冬天，母亲的心情却一直极其烦躁。

三十年前公爵夫人自己出嫁，那是姑妈做的媒。未婚夫——他的情况事先都已知道——上门来相亲，他也就露了脸。做媒的姑妈事后分头传达了双方的印象。印象都很好。然后约定日期，公爵向女方父母求婚，当场就被接受了。这件事的经过很简单很顺利。至少公爵夫人有这样的感觉。但轮到给她的女儿择婿，她才体会到这件事看来平常，做起来却不简单，不容易。为了两个大女儿——陶丽和娜塔丽雅——出嫁，她担了多少忧，操了多少心，花了多少钱，同丈夫争吵了多少回呀！如今小女儿要出嫁，她还是那样恐惧，那样忧虑，同丈夫争吵得比前两次更厉害。老公爵也像天下一切做父亲的人那样，对女儿的名誉和贞操管得特别严。他狂热地守着女儿，特别是他的爱女吉娣，处处同公爵夫人吵嘴，说她败坏了女儿的名声。在两个大女儿的婚事上，公爵夫人对公爵这一套已经习惯了，如今她更觉得公爵的严格管教是有道理的。她看到近来世风日下，做母亲的责任更重了。她看到，像吉娣这样年纪轻轻的姑娘都在组织什么团体，听什么演讲，同男人自由交往，单独坐车上街，有许多人甚至不行屈膝礼，而最主要的是，她们都坚持选择丈夫是她们本人的事，与父母无关。“现在出嫁同以前不一样了。”年轻姑娘都这么想这么说，就连上了年纪的人也一样。可是究竟该怎样出嫁，公爵夫人却怎么也打听不到。父母替儿女做主的法国规矩行不通，还遭到非难。女孩子完全自己做主的英国风俗也不能被接受，在俄国社会也行不通。通过别人做媒的俄国风俗被认为不开明，遭到大家的唾弃，包括公爵夫人在内。可是究竟女孩子该怎样出嫁，做父母的该怎样嫁女儿，谁也说不上来。公爵夫人不论同谁谈这件事，大家都说：“算了吧，那种老规矩如今该丢掉了。结婚的可是年轻人，不是他们的父母，还是让年轻人自己做主去吧。”没有女儿的人说说这种风凉话当然很容易，可是公爵夫人懂得，女孩子同男人接触就可能发生爱情，她可能爱上一个不想结婚的人，或者一个不配做她丈夫的人。不管人家怎样劝告公爵夫人，说如今应该让年轻人自己去安排生活，她却怎么也不能接受，就像她不能接受有朝一日实弹手枪将成为五岁孩子最好的玩具这种说法一样。因此，公爵夫人为吉娣比为两个大女儿操的心就更多了。

她唯恐伏伦斯基对待她的女儿只不过玩弄玩弄罢了。她看出女儿已经爱上了他，不过她认为他是个正派人，不至于做出那种事来，并以此自慰。但她也知道，如今社交自由，女孩子很容易丧失理智，而男人对那种罪孽又不当一回事。上星期吉娣把她同伏伦斯基跳玛祖卡舞时谈的话告诉了母亲。这番话使公爵夫人稍稍宽了心，但她还不能完全放心。伏伦斯基对吉娣说，他们弟兄俩都很听母亲的话，凡是重大的事，不同她商量是从来不作决定的。他说：“眼下我在等我妈从彼得堡来，也就是在等待一种特殊的幸福。”

吉娣讲这几句话的时候，并没有什么特别的意思。但做母亲的对这事有做母亲的想法。她知道伏伦斯基天天都在等老夫人到来，老夫人对儿子的选择也一定会高兴的。使公爵夫人感到纳闷的是，他竟因唯恐违反母亲的心意而绝口不提婚事。但她渴望这件婚事成功，特别是要使自己定心，就更相信女儿的话了。公爵夫人看到大女儿陶丽遭到这样的不幸，竟至准备离开丈夫，心里虽然十分难过，但她的全部感情还是集中在这件决定小女儿命运的事上。今天，列文的出现更增添了她的焦虑。她觉得女儿曾一度钟情于列文，因此唯恐她过分单纯而拒绝伏伦斯基的求婚。总之，她唯恐列文的到来会使这桩眼看就要成功的好事受到影响，横生波折。

“什么，他来了好久了？”她们回到家里时，公爵夫人问到列文说。

“今天刚来，妈妈。”

“我有一句话要说。”公爵夫人开了头。从她严肃而激动的脸色上，吉娣猜到她要谈的是什么事。

“妈妈，”她涨红了脸，连忙向妈妈回过头去说，“我请求您，我请求您不要说。我知道了，我全知道了。”

她的愿望同她母亲是一样的，但母亲的动机却使她感到委屈。

“我只想说，在给了一个人希望以后……”

“啊，妈妈，好妈妈，看在上帝分上，不要说吧。说那种事太可怕了。”

“不说，不说！”母亲看到女儿眼睛里的泪水，说，“但是有一件事，我的心肝，你曾经答应过我，说你不会对我隐瞒任何事情的。你这么说了，不会做不到吧？”

“永远不会的，妈妈，我对你什么事也不隐瞒！”吉娣涨红脸，眼睛盯住母亲回答，“可我现在没有什么话要说。我……我……就是想说，我也不知道该说什么，该怎么说……”

“对，凭她这种眼神，她是不会说谎的。”母亲想，看见女儿激动和幸福的模样，微笑起来。公爵夫人笑的是，这个可怜的孩子一定以为她自己此刻所想的事是多么重大，多么意义深远。

13

在吃过晚饭到晚会开始前的这段时间里，吉娣的心情就像一个初临战场的新兵。她的心扑扑直跳，头脑里思潮翻腾。

她觉得他们两人第一次见面的这个晚会，将决定她的命运。她不停地想着他们两个，忽而分开想，忽而连起来想。回顾往事，她愉快而亲切地想起了她同列文的交往。她回忆起童年时代以及列文和她已故哥哥的友谊，这使他们之间的关系显得格外富有诗意。她相信列文是爱她的，列文对她的爱慕使她觉得荣幸和欣喜。她想到列文就觉得愉快。可是一想到伏伦斯基，却有一种局促不安的感觉，尽管他温文尔雅，彬彬有礼。和伏伦斯基在一起，仿佛有一点矫揉造作，但不在他那一边——他是很诚挚可爱的——而是在她这一边。她同列文在一起，却觉得十分自在。不过，她一想到将来同伏伦斯基在一起，她的面前就出现了一片光辉灿烂的前景；同列文在一起，却觉得面前是一片迷雾。

她上楼去穿上夜礼服，照了照镜子，快乐地想到今天是她的一个好日子，她有足够的力量来应付当前的局面；她觉得自己镇定自若，举止优雅。

七点半钟，她刚走进客厅，仆人就来通报说："康斯坦京·德米特里奇·列文到。"这时公爵夫人还在自己的房间里，公爵也还没有出来。"果然来了！"吉娣想，全身的血液似乎都涌到了心里。她照了照镜子，看到自己脸色苍白，吃了一惊。

现在她才断定，他之所以来得特别早，就是为了要与她单独见面，以便向她求婚。直到此刻，她才看到事情的另一面。直到此刻，她才明白问题不仅关系到她一个人——她同谁在一起生活才会幸福，她爱的又是哪一个——就在这一分钟里她将使一个她所爱的人感到屈辱，而且将残酷地使他感到屈辱……为的是什么？为的是这个可爱的人爱上了她，对她发生了爱情。可是没有办法，她需要这样做，她应该这样做。

"天哪，难道真的要我亲口对他说吗？"她想，"叫我对他说什么好呢？难道真的要我对他说我不爱他吗？那分明是说谎。叫我对他说什么好呢？难道要对他说我爱上别人了？不，这可办不到。我要逃走，逃走。"

听到脚步声时，她已走到门口了。"不！这样做是不行的。可我怕什么呢？我又没有做过什么坏事。该怎么办就怎么办吧！我要说实话。同他在一起是不会觉得局促不安的。瞧，他来了！"看见他那强壮而又拘谨的身影和那双紧盯着她的明亮的眼睛，她自言自语。她对着他的脸瞧了一眼，仿佛在请求他宽恕，同时向他伸出一只手。

"我没有按时来，看样子来得太早了。"他扫视了一下空荡荡的客厅，说。他看到他的愿望已经达到，没有谁会妨碍他向她开口，脸色顿时变得紧张起来。

"嗳，不！"吉娣说着在桌旁坐下。

"不过，我就是想同您单独见面。"他开口说，没有坐下来，也没有向她看，唯恐丧失勇气。

"妈妈马上就下来。她昨天太累了。昨天……"

她嘴里说着，但她自己也不知道在说些什么。她那恳求和怜爱的目光也一直没有离开过他。

他望了她一眼，她脸红了，不再说下去。

"我告诉过您；我不知道是不是要住好久……这要看您了……"

她的头垂得越来越低，自己也不知道该怎样回答他眼看就要出口的话。

"这要看您了。"他又说了一遍，"我想说……我想说……我来是为了……为了要您做我的妻子！"他嗫嚅地说，自己也不知道在说些什么；不过他觉得最可怕的话已经说出来了，就住了口，对她望了望。

她眼睛避开他，重重地喘着气。她兴奋极了，心里洋溢着幸福感。她怎么也没想到，他的爱情表白竟会对她发生这样强烈的作用。但这只是一刹那的事。她想起了伏伦斯基。她抬起她那双诚实明亮的眼睛望着列文，看见他那绝望的神色，慌忙回答：

"这不可能……请您原谅……"

一分钟以前，她对他是那么亲近，对他的生命是那么重要！可此刻，她对他又是多么隔膜多么疏远哪！

"不可能有别的结果。"他眼睛避开她，说。

他鞠了一躬想走。

14

就在这当儿，公爵夫人进来了。她看见只有他们两人在场，又发觉他们那副尴尬的模样，脸上顿时现出焦虑的神色。列文向她鞠了个躬，一句话也没有说。吉娣不作声，也没有抬起眼睛来。"赞美上帝，她拒绝他了。"做母亲的想。她的脸上又浮起每星期四接待客人时惯常的微笑。她坐下来，问起列文乡下的生活。列文只得又坐下，等待别的客人到来，以便悄悄溜掉。

过了五分钟，吉娣的朋友，去年冬天才结婚的诺德斯顿伯爵夫人来了。

这是一个消瘦、枯黄、病态的神经质女人，生有一双乌黑发亮的眼睛。她像一般已婚女人爱姑娘那样爱吉娣，总是照她自己的幸福观来替吉娣择婿，因此希望她嫁给伏伦斯基。今年初冬，她在吉娣家里常常遇到列文，她一直不喜欢他。她一遇到他，总是爱拿他开玩笑。

"我就喜欢他那种居高临下的神气，他不是认为我愚蠢而不愿在我面前高谈阔论，就是摆出一副宽容大度的样子。他那副样子，我觉得怪好玩的！我就喜欢他看见我受不了。”她这样说到列文。

她说得对，列文看到她确实受不了，并且瞧不起她，因为她竟认为神经质是她的长处，值得自豪，又因为她对一切庸俗粗野的事物总是抱着满不在乎的冷漠态度。

在诺德斯顿伯爵夫人和列文之间形成了一种社交界常见的关系，那就是表面上客客气气，心底里彼此却极其蔑视，不可能相互认真对待，甚至也不会生对方的气。

诺德斯顿伯爵夫人一见面就向列文进攻。

“嘿！康斯坦京·德米特里奇！您又光临我们这个腐化堕落的巴比伦[①]了。”她伸出瘦黄的小手给他，想起初冬时他有一次把莫斯科说成巴比伦，说，“那么，是巴比伦改邪归正了呢，还是您堕落了？”她嘲弄地打量着吉娣，加上一句。

“哟，伯爵夫人，承您这样牢牢记住我的话，真是不胜荣幸！”列文答，他已经恢复了常态，立刻照老规矩对诺德斯顿伯爵夫人反唇相讥，“我这话对您的作用真是太大了。”

“可不是！我总是把您的话一字不漏地记下来。啊，吉娣，你又溜过冰了？……”

然后她同吉娣谈起话来。列文觉得，不管现在退席有多么尴尬，总比整个晚上留在这里，面对着偶尔瞅他一眼又慌忙避开他的视线的吉娣要好过一些。他刚要起身，公爵夫人却发现他不作声，就对他说：

“您这次来莫斯科，可以住一阵吗？您一定是忙于地方自治会的工作，不能耽搁得太久，是吗？”

“不，公爵夫人，地方自治会的事我已经不管了，”他说，“我要在这里住几天。”

“他出什么事了？”诺德斯顿伯爵夫人注视着他那一本正经的脸色，思忖着，“今天他怎么不高兴辩论辩论呢？我要逗他一逗。我最爱在吉娣面前出出他的丑，我要逗他一下。”

“康斯坦京·德米特里奇，”她对他说，“请您给我讲讲，这是怎么一回事——您是无所不知的——我们卡卢加乡下的庄稼汉和婆娘把他们的东西统统喝酒喝光了，如今弄得没钱给我们付租子。这算什么呀？您一向总是很称赞庄稼汉的。”

这时候，客厅里又进来一位太太。列文就站起身来。

“对不起，伯爵夫人，这事我确实一点也不知道，所以无可奉告。”他说着，回头望了望跟着那位太太进来的军官。

---

① 巴比伦是古代繁华城市，这里指奢侈堕落的都市。

“这一定是伏伦斯基。”列文想，为了证实这一点，他对吉娣望了望。吉娣瞟了一眼伏伦斯基，又回头瞅了一下列文。单从她那情不自禁地闪出光芒的眼睛，列文就看出，她爱的正是这个人；他看得清清楚楚，就跟她亲口告诉他一样。但他到底是个怎样的人呢?

如今不管是不是合适，列文都只好留下来，因为他需要知道吉娣所爱的究竟是个怎样的人。

有些人一遇到一个在某方面幸运的情敌，就立刻抹煞他的一切优点，只看到他身上的缺点；但有些人正好相反，他们最希望在这幸运的情敌身上发现胜过自己的地方，并且忍住揪心的剧痛，一味找寻对方的长处。列文属于后一种人。不过，他要在伏伦斯基身上找出他的长处和迷人的地方并不困难，这是一眼就看得出来的。伏伦斯基是个个儿不高、体格强壮的黑发男子，相貌端正英俊，性格沉着刚毅而又和蔼可亲。从他的面孔到身材，从他剪得短短的黑发、刮得光光的下巴到宽舒的崭新军服，一切都显得落落大方，雅致洒脱。伏伦斯基给进来的太太让了路，走到公爵夫人面前，然后又走到吉娣身边。

当他走近吉娣的时候，他那双漂亮的眼睛闪出特别温柔的光芒。他带着隐隐约约的幸福、谦逊而得意的微笑（列文有这样的感觉），彬彬有礼地向她鞠躬，又把他那短小而宽阔的手伸给她。

他同每个人点头致意，寒暄几句，这才坐下来，就是没有对列文望一眼，而列文却一直盯着他看个不停。

“让我来给你们介绍一下，”公爵夫人指着列文说，“这位是康斯坦京·德米特里奇·列文。这位是阿历克塞·基利洛维奇·伏伦斯基伯爵。”

伏伦斯基站起来，友好地望着列文的眼睛，握了握他的手。

“今年冬天我本来有个机会同您一起吃顿饭，”他露出诚恳而开朗的微笑说，“可您忽然回乡下去了。”

“康斯坦京·德米特里奇瞧不起甚至憎恨城市和我们这些城里人。”诺德斯顿伯爵夫人说。

“看来我的话对您的作用太大了，使您记得这样牢。”列文说。想到这话刚才已经说过，他脸红了。

伏伦斯基对列文和诺德斯顿伯爵夫人瞧了一眼，微微一笑。

“您一直住在乡下吗？”他问，“想来冬天一定很寂寞吧？”

“要是事情忙，就不寂寞，再说在自己家里是不会寂寞的。”列文生硬地回答。

“我喜欢乡下。”伏伦斯基说，听出列文那种生硬的语气，但假装没有注意。

“但我想，伯爵，您是不肯一辈子都住在乡下的吧！”诺德斯顿伯爵夫人说。

“我不知道，我没有长期住过，但我有过一种奇怪的心情，”伏伦斯基回答，“我同我妈在尼斯[①]住过一个冬天，我从来没有那么怀念过乡村，那有树皮鞋和庄稼汉的俄国乡村。说实在的，尼斯这地方很枯燥乏味。还有，那不勒斯、索伦多，短期住住是不错的，可是待在那些地方就特别怀念俄国，怀念俄国乡村。那些地方就像……”

他对吉娣，也对列文说着。他那安详友好的目光一会儿看看这个，一会儿看看那个。他说话显然毫不拘束。

他发觉诺德斯顿伯爵夫人想说话，就住了口，留神地听她说。

谈话没有片刻停顿，弄得老公爵夫人随时备用的两门重炮——古今教育问题和普遍兵役制问题——没有机会搬出来，诺德斯顿伯爵夫人也没有机会向列文挑衅。

列文想加入大家的谈话，但是插不进嘴。他时刻都对自己说：“现在可以走了。”但他没有走，仿佛在等待着什么。

谈话转到扶乩和灵魂的问题。诺德斯顿伯爵夫人相信招魂术，就讲起一桩她亲眼看见的奇迹来。

“啊，伯爵夫人，看在上帝分上，请您务必带我去看看！我从没见过这样的怪事，虽然我一直在到处找寻。”伏伦斯基笑眯眯地说。

“好的，下星期六陪您去。”诺德斯顿伯爵夫人回答，“那么您，康斯坦京·德米特里奇，相信不相信哪？”她问列文。

“您何必问我呢？您一定知道我会怎么说的。”

“不过我想听听您的意见。”

“我的意见就是，”列文回答，“相信扶乩只能证明所谓有教养的上流社会并不比庄稼汉高明。庄稼汉相信毒眼[②]，相信中邪，相信蛊术，而我们却……”

“怎么，您不相信吗？”

“我没有办法相信，伯爵夫人。”

“如果是我亲眼看见的呢？”

“乡下女人也都说，她们亲眼看见过妖魔鬼怪。”

“那您认为我是在撒谎吗？”

---

① 法国南部著名游览和疗养地。

② 按古代传说，一种看人就能害人的有魔法的眼睛。

她不高兴地笑了。

“不是的，玛莎，康斯坦京·德米特里奇是说，他没有办法相信。”吉娣说，她为列文脸红了。列文察觉到了这一点，心里更加恼火。他正要对诺德斯顿伯爵夫人进行反击，但这时伏伦斯基眼看再谈下去会弄得不愉快，就带着开朗快活的微笑来打圆场。

“您认为完全没有这种可能吗？”他问，“为什么？我们承认电是存在的，虽然我们并不懂得电。既然如此，为什么不可能有我们还不知道的东西存在呢……”

“人们最初发现电的时候，”列文立刻打断他的话说，“只是发现了它的现象，还不知道它是从哪儿来的，有什么作用。一直过了多少世纪，才想到应用它。招魂术呢，正好相反，一开头就是什么茶几写字，灵魂降临，然后才说这是一种未知的力。”

伏伦斯基照例用心听着列文的话，对这些话显然很感兴趣。

“是的，不过招魂术家说：现在我们还不知道这是一种什么力，但力是存在的，并且在一定条件下会起作用。至于这种力是由什么组成的，那就让科学家去揭示吧。我不懂为什么这不可能是一种新的力，如果它……”

“那是因为，”列文打断他的话说，“你每次拿松香在皮毛上摩擦，就会产生电的现象，可是招魂术并不是每次都灵的，所以它不是自然现象。”

伏伦斯基大概觉得在客厅里谈这类事太严肃了，因此没有反驳列文的话，却竭力转变话题。他只快乐地微微一笑，向太太们转过身去。

“让我们现在就来试一试吧，伯爵夫人！”伏伦斯基说，但列文要把他想说的话说完。

“我想，”列文继续说，“招魂术家企图把自己的奇迹说成是一种新的力，这是完全徒劳的。他们直率地谈论灵魂力，想用物质的方式来检验它。”

大家都希望列文快点把话说完，他也感觉到了。

“我想您可以成为一个出色的降神家，”诺德斯顿伯爵夫人说，“您身上有一股灵气。”

列文涨红了脸，张开嘴想再说些什么，却一句也说不出来。

“公爵小姐，让我们现在就来试一试扶乩吧，”伏伦斯基说，“公爵夫人，您答应吗？”

伏伦斯基说着站起来，眼睛找寻着小桌子。

吉娣也站起来找小桌子。她经过列文身边时，目光同列文相遇了。她从心底里可怜他，特别是因为他的痛苦都是由她造成的。“要是你能原谅我，那就请原谅我吧，”她的眼神这样说，“我实在太幸福了。”

“我恨所有的人，包括您和我自己在内。”他的眼神这样回答。接着他拿起帽子，但他还是命定不能脱身。正当大家在小桌子旁坐下而列文想离开的时候，老公爵走了进来。他向太太们问了好，就招呼列文。

“啊！”他高兴地说，“来了好久了？我还不知道你来了。看见您真高兴。”

老公爵对列文说话，忽而用“你”，忽而用“您”。他拥抱了列文，同他说话时没有注意到伏伦斯基。伏伦斯基站起来，镇定地等待公爵同他说话。

吉娣发现，经过刚才那件事以后，父亲的亲热使列文觉得难堪。她也看到，她父亲终于回答了伏伦斯基的鞠躬，但态度十分冷淡。伏伦斯基带着亲切的怀疑神气望了望她的父亲，竭力想弄明白为什么老公爵对他这样不友好，却怎么也弄不明白。吉娣看到这情景，脸红了。

“公爵，您让康斯坦京·德米特里奇过来吧，”诺德斯顿伯爵夫人说，“我们要做试验了。”

“什么试验？扶乩吗？嗳，各位太太，各位先生，请原谅我，依我看，投铁圈都要比这有趣多了。”老公爵望着伏伦斯基说，猜想这玩意儿一定是他想出来的，“投铁圈要比这有意思些。”

伏伦斯基用他那双刚毅的眼睛惊奇地望望公爵，接着微微一笑，同诺德斯顿伯爵夫人谈起下星期将要举行的一次盛大舞会来。

“我想您也会参加吧？”他对吉娣说。

列文等老公爵一离开他，就悄悄地溜了出去。这天晚上给他留下的最后一个印象，就是吉娣回答伏伦斯基问她参加舞会一事时那张幸福的笑脸。

15

晚会结束后，吉娣把同列文的那场谈话都讲给母亲听了。她虽然很怜悯列文，但是想到有人向她求过婚，心里觉得乐滋滋的。她绝不怀疑她这样做是不是对。但她上床以后好久都睡不着觉。她的头脑里一直萦绕着一个景象，那就是列文皱紧眉头、善良的眼睛忧郁地凝望着的脸，当时他在客厅里一面听她父亲说话，一面打量着她和伏伦斯基。她真替他难过，眼泪忍不住簌簌地落下来。但她立刻想到，她是拿谁来替换他的。她历历在目地回想着他那张刚毅俊俏的脸庞，他那高贵大方的仪态和他待人接物的和蔼风度；她想起她所爱的这个人对她的爱情，心里又一次觉得甜滋滋的。她带着幸福的微笑靠在枕头上。“他真可怜，真可怜，可是有什么办法呢？又不是我的错。”

她这样对自己说，内心却发出不同的声音。她不知道，她后悔的是她当初引起了列文的爱情，还是现在拒绝了他的求婚。但是她的幸福却被心里的这种疑虑破坏了。“上帝保佑，上帝保佑，上帝保佑！”她这样自言自语着直到睡去。

这时候，在楼下公爵书房里，父母之间像往常一样，又为爱女发生了一场争吵。

“什么？让我来告诉你！”公爵挥动双臂嚷道，又把身上的灰鼠皮晨衣裹裹紧，“你没有自尊心，不要面子，用这种恶劣愚蠢的攀亲手段来侮辱女儿，把女儿毁掉！”

“看在上帝的分上，公爵，你别这样，我到底做了什么坏事啦？”公爵夫人说着差点儿哭出来。

她同女儿谈过话以后满心欢喜，像平时一样走来向公爵道晚安。她虽然不想告诉丈夫列文求婚和吉娣拒绝的事，但向他暗示，她认为女儿同伏伦斯基的事已成定局，只等他母亲一到，就可以宣布。公爵一听到这话，勃然大怒，嘴里吐出难听的话来。

“你做了什么吗？我来告诉你：第一，你勾引求婚的小伙子，结果一定会弄得莫斯科满城风雨，这是不可避免的。你既然举行晚会，就应该把大家都请来，不要单请你挑出来的那几个小伙子。你把所有的花花公子（公爵这样称呼莫斯科的年轻人）统统叫来，再请一位钢琴师来，让大家都来跳舞，不要像今天这样光找求婚的小伙子。我看见这些小伙子就讨厌，讨厌，你把女儿弄得昏头昏脑的。列文要比他们好一千倍。至于彼得堡的那个花花公子，这种人都是机器造出来的，都是一个模子，都是坏蛋。尽管他有皇族的血统，我的女儿可用不着这种人！”

“我到底做了什么啦？”

“做了……”公爵怒吼道。

“我知道，要是听你的话，”公爵夫人打断他的话说，“我们永远也别想把女儿嫁出去。要是这样，我们还不如到乡下去的好。”

“到乡下去，再好也没有了。”

“你听我说。难道是我在巴结他吗？我一点也没有巴结他。人家小伙子，很好的小伙子，爱上了她，她好像也……”

“哼，好像！要是她真的爱上了，可他却像我这老头子一样，根本不想结婚，那又怎么办？……咳，我真不愿意看到这种局面！……‘啊，招魂术！啊，尼斯！啊，舞会……’”公爵想象着妻子的样子，每说一句话，行一下屈膝礼，“瞧着吧，我们会害苦吉娣的，真的会把她弄得昏头昏脑的……”

“你为什么要这样想呢？”

“我不是想，我是知道；对这种事我们有眼光，女人家就没有。我看有一个人倒是有诚意的，那就是列文；我还看到一只鹌鹑，就是那个花言巧语的花花公子。”

“哼，你自己倒是真的昏了头……”

“等你将来想到我的话，就晚了，就像陶丽的事那样。”

“唉，好吧，好吧，我们不谈了！”公爵夫人想起不幸的陶丽，便不让他再讲下去。

“那么好，明天见！”

于是夫妇俩相互画了十字，接了吻分手，但感到各人还是坚持各人的意见。

公爵夫人起初坚信吉娣的命运今天晚上已经决定，对伏伦斯基的诚意无须怀疑，可是丈夫的话弄得她心烦意乱。她回到自己房里，也像吉娣一样对茫茫的前途感到恐惧，心里不断祷告：“上帝保佑！上帝保佑！上帝保佑！”

16

伏伦斯基从来没有过过真正的家庭生活。他母亲年轻时是个社交界红极一时的人物，婚后，特别是在丈夫去世后的孀居生活中，有过许多风流韵事，在社交界闹得沸沸扬扬。至于他的父亲，他几乎记不起来了。他自己是在贵胄军官学校教育成长的。

毕业的时候，他是个风头十足的青年军官，很快就加入了彼得堡富有军官的圈子。他虽然有时也涉足彼得堡的社交界，但他的风流韵事却都发生在社交界之外。

在经历了彼得堡奢侈放荡的生活之后，他在莫斯科初次尝到了同一位纯洁可爱而又倾心于他的上流社会姑娘接近的乐趣。他根本没有想到，他同吉娣接近会产生什么不良后果。在舞会上，他多半同她一起跳舞；他经常出入她的家。他同她谈的，无非就是交际场中流行的那套废话，但他说的时候往往情不自禁地加上些使她觉得别有用意的东西。尽管他没有对她说过什么当着别人的面不能说的话，他却感到她对他越来越依恋。他越是感觉到这一点，心里就越高兴，对她也越发温柔体贴了。他不知道他对待吉娣的这种行为有一个特殊的叫法，叫作“不想结婚而勾引姑娘”，而这种行为正是像他那样的翩翩少年所常犯的罪孽。他觉得他这是第一次尝到这样的乐趣，就尽情加以享受。

要是他听见这天晚上吉娣父母的谈话，要是他能设身处地替她的家庭想一想，并且知道他不同吉娣结婚她将会很不幸，那他一定会感到惊奇而无法相信。他无法相信，这件给了他尤其是给了她这么大乐趣的事，会有什么不好。他更无法相信他应当结婚。

结婚这件事在他永远是无法想象的。他不仅不喜欢家庭生活，而且从他们这批单身汉的观点看来，成立家庭，特别是做一个丈夫，是很别扭，很不习惯，简直是十分可笑的。不过，伏伦斯基虽然根本没有想到她父母所说的话，这天晚上离开谢尔巴茨基家的时候，却觉得他同吉娣精神上的秘密联系大大加强了，非采取一些措施不可。但是可以而且应当采取什么措施，他却想不出来。

“妙的是，”当他从谢尔巴茨基家出来时想，每次他从他们那儿出来，总带着那种由于整晚没抽烟而产生的神清气爽的感觉，以及被她的爱情所打动的新的醉意，“妙的是我们彼此都默默无言，然而我们通过眉目和举动的微妙交谈，彼此是多么了解呀！今晚她比以前任何时候都更露骨地向我表示她对我的爱情，而且表示得多么可爱，多么淳朴，多么信任哪！我自己也觉得我变好了，变纯洁了。我觉得我有了热情，有了许多优点。她那双脉脉含情的眼睛多么使人心醉呀！当她说：‘我实在……’”

“那又怎么样？那也没什么。我很快乐，她也很快乐。”接着他就开始考虑再到什么地方去消磨这个残余的夜晚。

他考虑着他可以去的地方。“俱乐部吗？去打牌，同伊格拿托夫一起喝香槟酒吗？不，不去。到‘花市’去，在那边准可以找到奥勃朗斯基，有唱歌，有康康舞[①]。不，都玩腻了。我爱到谢尔巴茨基家去，因为自从去他们家以后我就变得好了。回家去吧。”于是他一直走回杜索旅馆，吃了晚饭，脱掉衣服，他的头一放到枕头上，照例立刻就安宁地睡熟了。

17

第二天上午十一点钟，伏伦斯基坐车到彼得堡车站去接他母亲。他在车站大台阶上遇到的第一个人就是奥勃朗斯基。奥勃朗斯基在等候坐同一班车来的妹妹。

“啊，阁下！”奥勃朗斯基高声喊道，“你来接谁呀？”

“我来接妈妈。”伏伦斯基像别的遇见奥勃朗斯基的人那样，笑逐颜开地回答。他握了握奥勃朗斯基的手，同奥勃朗斯基一起走上台阶。“她今天从彼得堡来。”

“我昨夜等你等到两点钟。你从谢尔巴茨基家出来又上哪儿去啦？”

“回家了，”伏伦斯基回答，“老实说，我昨天从谢尔巴茨基家出来，心里太高兴了，哪儿也不想去。”

“‘我凭烙印识别骏马，从小伙子的眼睛看出他有了情人。’”奥勃朗斯基像上次对列文一样朗诵了这两句诗。

---

① 一种低级的舞蹈。

伏伦斯基摆出并不否认的样子笑了笑，但立刻把话岔开去。

“那么你来接谁呀？”他问。

“我吗？我来接一位漂亮的女人。”奥勃朗斯基说。

“原来如此！”

“你这是以小人之心度君子之腹！我是来接我的亲妹妹安娜的。”

“哦，是卡列宁夫人吗？”伏伦斯基问。

“你大概认识她吧？”

“好像见过。也许没见过……说真的，我记不得了。”伏伦斯基心不在焉地回答。一提到卡列宁这个名字，他就模模糊糊地联想到一种古板乏味的东西。

“那你一定知道我那位赫赫有名的妹夫阿历克赛·阿历山德罗维奇吧。他是个举世闻名的人物。”

“我只知道他的名声和相貌。我听说他这人聪明，有学问，很虔诚……不过说实在的，这些个……我都不感兴趣[①]。”伏伦斯基说。

“是的，他是个杰出的人物，稍微有点保守，但人挺不错，”奥勃朗斯基说，“人挺不错。”

“啊，那太好了！”伏伦斯基微笑着说。“嗬，你也来了，”他对站在门口的母亲的那个高个子老当差说，“到这儿来吧。”

伏伦斯基近来同奥勃朗斯基特别热乎，除了因为奥勃朗斯基为人和蔼可亲外，还因为伏伦斯基知道他同吉娣平时常有来往。

“我们礼拜天请那位女歌星吃晚饭，你说好吗？”他笑嘻嘻地挽着奥勃朗斯基的手臂对他说。

“好极了。我来约人参加公请。哦，你昨天同我的朋友列文认识了吗？”奥勃朗斯基问。

“那还用说。但他不知怎的很快就走了。”

“他是个好小子，是不是？”奥勃朗斯基继续说。

“我不知道，”伏伦斯基回答，“莫斯科人怎么个个都很凶——当然现在同我说话的这一位不在其内——他们总是摆出一副架势，怒气冲冲的，仿佛要给人家一点颜色瞧瞧……”

“是的，确实是这样……”奥勃朗斯基快活地笑着说。

---

① 原文是英语。

“车快到了吗？”伏伦斯基问车站上的一个职工。

“信号已经发出了。”那个职工回答。

车站上紧张的准备工作，搬运工的往来奔走，宪兵和铁路职工的出动，以及来接客的人们的集中，都越来越明显地表示火车已经驶近了。透过寒冷的雾气，可以看见那些身穿羊皮袄、脚登软毡靴的工人穿过弯弯曲曲的铁轨，奔走忙碌。从远处的铁轨那里传来机车的汽笛声和沉重的隆隆声。

“不！”奥勃朗斯基说，急于想把列文向吉娣求婚的事讲给伏伦斯基听，“不，你对我们列文的评价不恰当。他这人很神经质，确实常常不讨人喜欢，但因此有时倒很可爱。他天性忠厚，生有一颗像金子一样的心，不过昨天有特殊原因。”奥勃朗斯基别有含意地笑着说下去，完全忘记他昨天是那么真心实意地同情列文。今天他虽然又产生同样的感情，但那是对伏伦斯基的。“是的，他昨天忽而特别高兴，忽而特别痛苦，那是有原因的。”

伏伦斯基站住了，单刀直入地问：

“这是怎么一回事？是不是他昨天向你姨妹求婚了？……”

“可能！”奥勃朗斯基说，“我看昨天有过这类事。他走得很早，而且情绪很坏，那准是……他爱上她好久了。我真替他难过。”

“原来如此！……不过我想她可以指望找到一个更好的对象。”伏伦斯基说，又挺起胸膛，来回地踱起步来。“但我不了解他，”他补充说，“是的，一个人遇到这种事确实很痛苦！就因为这个道理许多人情愿去找窑姐儿。在那种地方，除非你没有钱，没有谁弄不到手；可是在这儿人家总要掂掂你的分量。啊，火车来了。”

真的，机车已在远处鸣笛了。不多一会儿，站台震动起来，火车喷出的蒸气在严寒的空气中低低地散开，中轮的杠杆缓慢而有节奏地一上一下移动着。从头到脚穿得很暖和的司机，身上盖满霜花，弯着腰把机车开过来。接着是煤水车，煤水车之后是行李车，行李车里有一条狗在汪汪乱叫。火车开得越来越慢，站台震动得越来越厉害。最后，客车进站了，车厢抖动了一下，停了下来。

身子矫捷的列车员不等车停就吹着哨子跳了下来。性急的乘客也一个个跟着往下跳，其中有腰骨笔挺、威严地向周围眺望的近卫军军官，有满脸笑容、手拿提包的轻浮小商人，有掮着袋子的农民。

伏伦斯基站在奥勃朗斯基旁边，环顾着车厢和下车的旅客，把母亲完全给忘了。刚才听到的有关吉娣的事使他兴高采烈。他不由得挺起胸膛，眼睛闪闪发亮，觉得自己是个胜利者。

“伏伦斯基伯爵夫人在这节车厢里。”身子矫捷的列车员走到伏伦斯基面前说。

列车员的话提醒了他，使他想到了母亲，以及很快就要同她见面这件事。他内心并不尊敬母亲，也不爱她，只是口头上没有承认这一点罢了。就他所处的社会地位和所受的教育来说，他对待母亲除了极端顺从和尊重之外，不能有别的态度。而表面上对她越顺从和尊重，心里对她却越不敬爱。

18

伏伦斯基跟着列车员登上车厢，在入口处站住了，给一位下车的太太让路。伏伦斯基凭他丰富的社交经验，一眼就从这位太太的外表上看出，她是上流社会的妇女。他道歉了一声，正要走进车厢，忽然觉得必须再看她一眼。那倒不是因为她长得美，也不是因为她整个姿态所显示的风韵和妩媚，而是因为经过他身边时，她那可爱的脸上现出一种异常亲切温柔的神态。他转过身去看她，她也向他回过头来。她那双深藏在浓密睫毛下闪闪发亮的灰色眼睛，友好而关注地盯着他的脸。仿佛在辨认他似的，接着又立刻转向走近来的人群，仿佛在找寻什么人。在这短促的一瞥中，伏伦斯基发现她脸上有一股被压抑着的生气，从她那双亮晶晶的眼睛和笑盈盈的樱唇中掠过，仿佛她身上洋溢着过剩的青春，不由自主地忽而从眼睛的闪光里，忽而从微笑中透露出来。她故意收起眼睛里的光辉，但它违反她的意志，又在她那隐隐约约的笑意中闪烁着。

伏伦斯基走进车厢。伏伦斯基的母亲是个黑眼睛、鬈头发的干瘪老太太。她眯缝着眼睛打量儿子，薄薄的嘴唇露出一丝笑意。她从座位上站起身来，把手提包递给侍女，伸出一只皮包骨头的小手给儿子亲吻，接着又托起儿子的脑袋，在他的脸上吻了吻。

“电报收到了？你身体好吗？赞美上帝！”

“您一路平安吧？”儿子说，在她旁边坐下来，不由自主地倾听门外一个女人的声音。他知道这就是刚才门口遇见的那位太太在说话。

“我还是不同意您的话。”那位太太说。

“这是彼得堡的观点，夫人。”

“不是彼得堡的观点，纯粹是女人家的观点。”她回答。

“那么让我吻吻您的手。”

“再见，伊凡·彼得罗维奇。请您去看看我哥哥来了没有，要是来了，叫他到我这儿来。”那位太太在门口说，说完又回到车厢里。

“怎么样，找到哥哥了吗？”伏伦斯基伯爵夫人问那位太太。

伏伦斯基这才想起，她就是卡列宁夫人。

“您哥哥就在这儿，”他站起来说，“对不起，我刚才没认出您来。说实在的，我们过去见面的时间太短促，您一定不会记得我了。”伏伦斯基一面鞠躬，一面说。

“哦，不！”她说，“我可以说已经认识您了，因为您妈妈一路上尽是跟我谈您的事情，”她说，终于让那股按捺不住的生气从微笑中流露出来，“哥哥我可还没见到呢。”

“你去把他找来，阿历克赛。”老伯爵夫人说。

伏伦斯基走到站台上，叫道：

“奥勃朗斯基！这儿来！”

但安娜不等哥哥走过来，一看到他，就迈着矫健而又轻盈的步子下了车。等哥哥一走到她面前，她就用一种使伏伦斯基吃惊的果断而优美的动作，左手搂住哥哥的脖子，迅速地把他拉到面前，紧紧地吻了吻他的面颊。伏伦斯基目不转睛地瞧着她，自己也不知道为什么，一直微笑着。但是一想到母亲在等他，就又回到车厢里。

“她挺可爱，是不是？”伯爵夫人说到卡列宁夫人，“她丈夫让她同我坐在一起，我很高兴。我同她一路上尽是谈天。噢，我听说你……你一直还在追求理想的爱情。这太好了，我的宝贝，太好了。”

“我不知道您指的是什么，妈妈！”儿子冷冷地回答，“那么妈妈，我们走吧。”

安娜又走进车厢，来同伯爵夫人告别。

“您瞧，伯爵夫人，您见到了儿子，我见到了哥哥，”她快活地说，“我的故事全讲完了，再没有什么可讲的了。”

“哦，不！”伯爵夫人拉住她的手说，“我同您在一起，就是走遍天涯也不会觉得寂寞的。有些女人就是那么可爱，你同她谈话觉得愉快，不谈话同她一起坐坐也觉得愉快。您就是这样一位女人。您不必为您的儿子担心：总不能一辈子不离开呀！”

安娜挺直身子，一动不动地站着。她的眼睛含着笑意。

“安娜·阿尔卡迪耶夫娜有个八岁的儿子，”伯爵夫人向儿子解释说，“她从没离开过儿子，这回把儿子留在家里，她总是不放心。”

“是啊，伯爵夫人同我一路上谈个没完，我谈我的儿子，她谈她的儿子。”安娜说。她的脸上又浮起了微笑，一个对他而发的亲切的微笑。

“这一定使您感到很厌烦吧。”伏伦斯基立刻接住她抛给他的献媚之球，应声说。不过，安娜显然不愿继续用这种腔调谈下去，就转身对伯爵夫人说：

"我真感谢您。我简直没留意昨天一天是怎么过的。再见，伯爵夫人。"

"再见，我的朋友，"伯爵夫人回答，"让我吻吻您漂亮的脸。不瞒您说，我这老太婆可真的爱上您了。"

这句话尽管是老一套，安娜却显然信以为真，并且感到很高兴。她涨红了脸，微微弯下腰，把面颊凑近伯爵夫人的嘴唇，接着又挺直身子，带着荡漾在嘴唇和眼睛之间的微笑，把右手伸给伏伦斯基。伏伦斯基握了握她伸给他的手，安娜也大胆地紧紧握了握他的手。她这样使劲握手使伏伦斯基觉得高兴。安娜迅速地迈开步子走出车厢。她的身段那么丰满，步态却那么轻盈，真使人感到惊奇。

"她真可爱！"老太婆说。

她的儿子也这样想。伏伦斯基目送着她，直到她那婀娜的身姿看不见为止。伏伦斯基脸上一直挂着微笑。他从窗口看着她走到哥哥面前，拉住他的手，热烈地对他说话，说的显然是同他伏伦斯基不相干的事。这使他感到不快。

"哦，妈妈，您身体好吗？"他又一次对母亲说。

"很好，一切都很好。阿历山大长得很可爱，玛丽雅长得挺漂亮。她真好玩。"

伯爵夫人又说起她最得意的事——孙儿的洗礼。她就是为这事特地到彼得堡去了一次。她还谈到皇上赐给她大儿子的特殊恩典。

"啊，拉夫伦基来了，"伏伦斯基望着窗外说，"您要是愿意，现在可以走了。"

伯爵夫人的老当差走进车厢报告说，一切准备就绪。伯爵夫人站起来准备动身了。

"走吧，现在人少了。"伏伦斯基说。

侍女拿着手提包，牵着狗；老当差和搬运工拿着其他行李。伏伦斯基挽着母亲的手臂。他们走出车厢的时候，忽然有几个人神色慌张地从他们身边跑过。戴着颜色与众不同的制帽的站长也跑过去了。显然是出了什么事。已经下车的旅客也纷纷跑回来。

"什么？……什么？……自己扑上去的！……压死了！……"过路人中传出这一类呼声。

奥勃朗斯基挽住妹妹的手臂，也神色慌张地走回来。他们在车厢门口站住，避开拥挤的人群。

太太们走到车厢里，伏伦斯基同奥勃朗斯基跟着人群去打听这场车祸的详情。

一个看路工，不知是喝醉了酒，还是由于严寒蒙住耳朵，没有听见火车倒车，竟被轧死了。

不等伏伦斯基和奥勃朗斯基回来，太太们已从老当差那儿打听到了详细经过。

奥勃朗斯基和伏伦斯基都看到了血肉模糊的尸体。奥勃朗斯基显然很难过。他皱着眉头，眼看就要哭出来了。

“哎呀，真可怕！哎呀，安娜，还好你没看见！哎呀，真可怕！”他喃喃地说。

伏伦斯基不作声。他那张俊美的脸很严肃，但十分平静。

“哎呀，伯爵夫人，您还好没看见，”奥勃朗斯基说，“他老婆也来了……看见她真难受……她一头扑在尸体上。据说，家里有一大帮子人全靠他一个人养活。真可怜！”

“不能替她想点办法吗？”安娜激动地低声说。

伏伦斯基瞅了她一眼，立刻走下车去。

“我马上回来，妈。”他从门口回过头来说。

几分钟以后，当他回来的时候，奥勃朗斯基已经在同伯爵夫人谈论那个新来的歌星了，但伯爵夫人却不耐烦地望着门口，等儿子回来。

“现在我们走吧。”伏伦斯基走进来说。

他们一起下了车。伏伦斯基同母亲走在前面。安娜同她哥哥走在后面。在车站出口处，站长追上了伏伦斯基。

“您给了我的助手两百卢布。请问您这是赏给谁的？”

“给那个寡妇，”伏伦斯基耸耸肩膀说，“这还用问吗？”

“是您给的吗？”奥勃朗斯基在后面大声问。他握住妹妹的手说：“真漂亮！真漂亮！他这人挺可爱，是吗？再见，伯爵夫人。”

他同妹妹站住了，找寻她的侍女。

他们出站的时候，伏伦斯基家的马车已经走了。从站里出来的人们还纷纷议论着刚才发生的事。

“死得真惨哪！”一位先生在旁边走过说，“听说被轧成两段了。”

“我的看法正好相反，这是最好过的死法，一眨眼就完了。”另一个人说。

“怎么不采取一些预防措施啊！”第三个人说。

安娜坐上马车。奥勃朗斯基惊奇地看到她的嘴唇在哆嗦，她好容易才忍住眼泪。

“你怎么啦，安娜？”他们走了有几百码路，他问道。

“这可是个凶兆。”她说。

“胡说八道！”奥勃朗斯基说，“最要紧的是你来了。你真不能想象，我对你抱有多大的希望啊！”

“你早就认识伏伦斯基了？”她问。

“是的。不瞒你说，我们都希望他同吉娣结婚呢。”

“是吗？”安娜悄声说。“哦，现在来谈谈你的事吧！”她接着说，抖了抖脑袋，仿佛要从身上抖掉什么妨碍她的累赘似的。“让我们来谈谈你的事。我接到你的信就来了。”

“是啊，如今全部希望都在你身上了！”奥勃朗斯基说。

“那么，你把事情经过都给我讲讲吧。”

奥勃朗斯基就讲了起来。

到了家门口，奥勃朗斯基扶妹妹下了车，叹了一口气，握了握她的手，自己就到官厅办公去了。

19

安娜走进房里的时候，陶丽正同如今已长得很像他父亲的留着浅色头发的胖男孩坐在小会客室里，听他念法文。那孩子一面读书，一面转动上装上一颗勉强挂住的纽扣，竭力想把它拽下来。母亲几次把他的手拉开，可是胖鼓鼓的小手还是不停地玩弄那个纽扣。母亲索性把那个纽扣扯下来，放到口袋里。

“手放安分些，格里沙！”她说着又拿起她编织了好久的毛毯。每逢她心里烦恼的时候，她总是做这个活儿。这会儿她又心神不宁地织起来，手指哆哆嗦嗦地数着针数。尽管她昨天就吩咐仆人告诉丈夫，他的妹妹来不来不关她的事，她还是一直在做招待妹妹的准备工作，并且急切地等待着小姑到来。

陶丽受尽悲痛的折磨，心力交瘁。不过，她没有忘记，她的小姑安娜是彼得堡一位大人物的太太，是彼得堡的贵夫人。因为这个缘故，她没有按照恫吓丈夫的话行事，也就是说没有忘记小姑要来做客这件事。“是的，安娜说什么也是没有过错的，”陶丽想，“我觉得她这人真是再好也没有了，她待我一向都挺亲热。”的确，从她在彼得堡卡列宁家获得的印象而言，她不喜欢他们的家庭，觉得他们的家庭生活中有一种虚伪的气氛。“但是我有什么理由不接待她呢？只要她不来规劝我就行！”陶丽想，“什么安慰啦，劝解啦，基督式的宽恕啦，这一切我都想过一千遍了，全没有用。”

这几天，陶丽一直单独同孩子们在一起。她不愿意诉说心头的伤心事；而心情这样悲痛去谈别的事，她又办不到。陶丽知道，不管怎么说，她总会把这事向安娜和盘托出的。一会儿，她因为想到可以痛痛快快地诉说一下而高兴；一会儿，她又因为必须把自己的屈辱告诉她——他的妹妹，并且听她那老一套的劝慰而生气。

陶丽不住地看表，时刻都在等待安娜的到来，但正如常有的情况那样，等到客人当真到了，却偏偏没有听见铃声。

直到听见门口衣服的窸窣声和轻轻的脚步声，她才回过头去。从她那憔悴的脸上情不自禁地流露出来的神色，不是快乐，而是惊奇。她站起来，一下子把小姑抱住。

“怎么，你已经到啦？！”陶丽吻着安娜说。

“陶丽，我看见你真高兴！”

“我也很高兴！”陶丽勉强微笑着说，竭力想从安娜的脸色上看出，她知道不知道那件事。“多半知道了。”她察觉安娜脸上的同情，想。“哦，来吧，我带你到你的房里去。”她继续说，竭力想把说明那件事的时间往后推。

“这是格里沙吗？我的天哪，他长得多大了！”安娜说着，吻了吻他，眼睛却一直盯着陶丽。她站住不走，脸涨得通红。“不，哪儿也不用去了，就在这里好了。”

她取下头巾和帽子。她那鬈曲的乌黑头发有一绺被帽子缠住。她摆摆头，把那绺头发抖落下来。

“你可真是容光焕发，精神饱满哪！”陶丽几乎带着妒意说。

“我吗？……是啊！”安娜说。“哎哟，塔尼雅！你跟我的谢辽查一样大，”她对跑进来的女孩子说，并把她抱起来，吻了吻，“真是个好姑娘，真可爱！把几个孩子都让我看看。”

安娜提到每一个孩子，不仅记得他们的名字，而且记得他们的出生年月、性格以及害过什么病。这使陶丽十分感动。

“好吧，那么我们就去看看他们，”陶丽说，“可惜华夏这会儿睡着了。”

看过孩子以后，她们俩就在客厅里坐下来喝咖啡。安娜拿起托盘，然后又把它推开。

“陶丽，”她说，“哥哥都告诉我了。”

陶丽冷冷地望了望安娜。她等待着故作同情的客套，可是安娜没有说那一类话。

“陶丽，亲爱的！”她说，“我不想在你面前替他说话，也不想安慰你；这可不是办法。不过，好嫂子，我真替你难过，打从心底里替你难过！”

从安娜那双覆盖着浓密睫毛的亮晶晶的眼睛里，突然涌出了泪水。她坐得更靠近嫂嫂一点，用她那双有力的小手握住嫂嫂的手。陶丽没有把手缩回去，不过她面部的冷淡表情并没有改变。她说：

她坐得更靠近嫂嫂一点，用她那有力的小手握住嫂嫂的手。

“安慰我是没有用的。自从出了那件事以后，一切都失去了，一切都完了！”

她一说出这句话，脸上的神气顿时变得温和了。安娜提起陶丽干瘪的小手，吻了吻，说：

“不过，陶丽，这可怎么办，可怎么办呢？遇到这样糟的事，怎么办比较好——你得想一想啊。”

“一切都完了，再没有什么好想的了！”陶丽说，“你要知道，最糟糕的是我没法摆脱他，我离不开孩子们。可是同他生活在一起，我又办不到，我看见他就受不了。”

“陶丽，我的好朋友，他已经告诉我了，可是我想从你嘴里听听，你把前后经过都给我讲讲吧。”

陶丽用询问的目光对她望了望。

安娜脸上现出真挚的同情和友爱。

“好吧，”她突然开口说，“不过我要从头说起。我怎样结婚你是知道的。我受了我妈的教育，不仅天真无知，简直是愚蠢得很。我什么也不懂。人家说，做丈夫的都把自己过去的事情讲给妻子听，可是斯基华……”她改口说，“斯吉邦·阿尔卡迪奇却什么也没有告诉我。说起来你也许不相信，我一向认为我是他亲近过的唯一女人。我就这样生活了八年。说实话，我不仅从来没有想到过他会不忠实，而且认为这是不可能的。你想想，我一向是这样想的，可是现在突然知道了这全部可怕的丑事……你替我想想。我满以为自己很幸福，可是忽然……”陶丽忍住呜咽说下去，“忽然看到一封信……一封他写给他的情妇、写给我们以前的家庭女教师的信。真的，这真是太可怕了！”她慌忙掏出手帕捂住脸。“如果是一时感情冲动，那还可以谅解，”她停了停继续说，“没想到他竟是这样处心积虑，狡猾地欺骗我……而且是跟哪一个呀？……一面继续做我的丈夫，一面却同她……这太可怕了！你是不会理解的……”

“不，我能理解！我能理解的，我的好陶丽，能理解的！”安娜握住她的手说。

“你以为他会理解我的全部痛苦吗？”陶丽继续说，“丝毫也不！他可称心得很呢。”

“嗳，不！”安娜连忙打断她的话说，“他挺可怜，他悔恨得要命……”

“他会悔恨吗？”陶丽凝视着小姑的脸，插了一句。

“是的，我了解他。我看着他不能不替他难过。我们俩都是了解他的。他这人心地很好，就是有点儿骄傲，可现在他抬不起头来。使我感动的主要是（安娜猜到最能打动陶丽心弦的事）……有两件事在折磨他：一件是他没脸见孩子们，另外一件是他爱你……是的，世界上他最爱的就是你，”她急忙打断想反驳她的陶丽，“但他却弄得你很痛苦，弄得你伤透了心。他总是说：‘不，不，她不会饶恕我的。’”

陶丽一面听着小姑的话，一面若有所思地望着旁的地方。

“是的，我懂得他的处境很痛苦。有罪的人总是比无罪的人更痛苦，要是他明白全部不幸都是由他的罪孽造成的。”她说，“可是我怎么能饶恕他呢？他有了那个女人，我怎么能再做他的妻子呢？如今再叫我同他生活在一起，那是活受罪，因为我珍惜过去对他的爱情……”

她又痛哭起来，说不下去了。

但她像故意似的，每次心一软下来，就又说些话来激怒自己。

“是的，那个女人年轻，漂亮。”她继续说，“你知道，安娜，我的青春和美丽都被谁糟蹋了？被他和他的孩子们。我为他操劳，我的一切都在这上面消耗掉了；如今他遇到一个新鲜的贱货，自然就被迷住了。他们一定在背后议论我，或者更恶劣，就是根本不提到我。你明白吗？”她的眼睛里又燃起怒火来，“以后他还会对我说……可是我能相信他吗？再也不能了。不，一切都完了，包括安慰、劳动的快乐、受罪……你能相信吗？我刚才教格里沙念书，这本来是我的一种乐趣，如今却成了痛苦。我何必辛辛苦苦干个没完呢？要孩子干什么呢？可怕的是，如今我已横下了一条心，我对他没有爱，没有情，我对他只有恨。我恨不得把他杀了……”

“陶丽，好人儿，我全明白，但你不要折磨自己。你太委屈太气愤了，因此许多事情就看不清楚了。”

陶丽安静下来。她们沉默了有两分钟光景。

“怎么办呢？你替我想想，安娜，帮助帮助我吧。我反复考虑，可是一点办法也想不出来。”

安娜也想不出什么办法，但她心里对嫂嫂的每句话和脸上的每个表情都发生了共鸣。

“我只说一点，”安娜开口了，“我是他的妹妹，我知道他的脾气。他这人什么事都容易忘记（她在脑门前做了个手势），容易极度着迷，但也容易极度后悔。现在他无法相信，也无法明白，他怎么会做出那样的事来。”

“不，他明白，一向都明白！”陶丽打断她的话说，“可是我……你把我给忘了……难道我好过吗？”

“你听我说：当他把这事告诉我的时候，老实说，我还不知道你的处境有那么痛苦。我只看到他那一方面，只看到家庭给搞得乱糟糟的，我为他难受；可是同你谈了话以后，我作为一个女人，看法就变了。我看到你的痛苦，心里真说不出多么替你难受！不过，陶丽，我的好人儿，我完全理解你的痛苦，只有一点我不知道：我不知道……不知道你心里对他还有多少爱。你是不是还有足够的爱来原谅他，这一点只有你自己知道。要是有，那你就原谅他吧！”

“不！”陶丽开口说，可是安娜再次吻吻她的手，把她的话打断了。

“我比你了解上流社会的男人，”安娜说，“我知道像斯基华那样的男人怎样看待这一类事。你说斯基华同她在一起议论你。没有这回事。这些男人尽管干着这种不老实的事，但他们还是把家庭和妻子看得很神圣的。他们瞧不起被他们玩弄的女人，那些女人也破坏不了他们的家庭。他们在家庭和那些女人之间划了一条不可逾越的界线。我不明白这是什么道理，但情况确实是这样。”

“是的，可是他同她亲过嘴了……”

“陶丽，听我说，好人儿。当年斯基华爱上你的时候，我是看见的。我记得他当时跑到我那儿，流着眼泪谈到你，你在他心目中是多么崇高和富有诗意呀！我知道，他同你一起生活得越长久，就把你看得越崇高。我们还常常取笑他每说一句话总要加上一句：‘陶丽真是个少见的好女人。’你在他心目中一向是个天仙，现在也没有变。他这次感情冲动并不是真心爱上她……”

“但要是下次再冲动呢？”

“我想不会再有了……”

“好吧，那么要是换了你，你能原谅他吗？”

“我不知道，我说不上来……不，我能原谅。”安娜想了想说。她想象了一下这样的处境，在心里衡量了一番，补充说：“不，我能，我能，我能。是的，我会原谅的。可能我同原来有点不一样，但我会原谅的，我会完全原谅他，就像根本没有过那件事一样。”

“哦，这个当然！”陶丽很快地插嘴说，仿佛经过多次考虑，“否则就说不上原谅了。要原谅就得完完全全地原谅。哦，我们走吧，我带你到你房间里去，”她说着站起来，一路上搂住安娜。“我亲爱的朋友，你来了我真高兴！我现在好过些了，好过多了。”

20

这一天，安娜整天都待在家里，就是说，待在奥勃朗斯基家里。她没有接见任何人，虽然有几个熟人知道她到了莫斯科，当天就来拜访她。安娜一早晨都同陶丽和孩子们在一起。她只送了一个条子给哥哥，叫他务必回家来吃午饭。“来吧，上帝是仁慈的！”她写道。

奥勃朗斯基真的回家来吃午饭了。吃饭时谈的话很一般。妻子同他谈话，又随便地用“你”称呼他，这是好久没有的事。夫妻之间还有隔阂，但已经不再讲什么分离之类的话了。奥勃朗斯基看到有解释与和解的可能。

午饭刚吃完，吉娣就来了。她认识安娜，但不熟。她现在到姐姐家里来，不免有点紧张，不知道那位人人称赞的彼得堡上流社会的贵夫人将怎样接待她。但安娜很喜欢她。这一层吉娣立刻看出来了。安娜显然很欣赏她这样美丽和年轻。吉娣还没有定下神来，就感到自己不仅被安娜所左右，而且爱慕安娜，就像一般年轻的姑娘往往爱慕年长的已婚妇女那样。安娜不像上流社会的贵夫人，也不像是有个八岁孩子的母亲。要不是她眼睛里有一种使吉娣吃惊和倾倒的既严肃又时而显得忧郁的神情，凭她动作的轻灵，模样的妩媚，以及忽而通过微笑忽而通过目光流露出来的勃勃生气，她看上去很像一个二十岁的姑娘。吉娣觉得安娜十分淳朴，她什么也不掩饰，但在她的内心里另有一个感情丰富而又诗意盎然的超凡脱俗的世界，那是吉娣所无法捉摸的。

饭后，等陶丽一回自己的房里，安娜就连忙站起来，走到正在吸雪茄的哥哥面前。

“斯基华，”她快乐地使着眼色，替他画着十字，用眼睛指指门，对他说，“去吧，上帝保佑你。”

奥勃朗斯基领会她的意思，丢下雪茄，走了出去。

等奥勃朗斯基走了以后，她又回到沙发上。她在沙发上坐着，被孩子们团团围住。不知是因为孩子们看出妈妈喜欢这位姑妈呢，还是因为他们自己觉得她身上有一种特殊的吸引力，先是两个大的，然后是两个小的照例学他们的样，在饭前就一直缠住新来的姑妈，一刻也不肯离开她。他们仿佛在玩一种游戏，都想尽量挨近姑妈坐，并且抚摩抚摩她，拉住她那玲珑的手，吻吻她，抚弄她的戒指，或者至少摸摸她衣服上的褶裥。

“来，来，我们像刚才一样坐法。”安娜坐到原位上说。

于是格里沙又把头钻到她的胳膊底下，贴住她身上的衣服，现出得意而幸福的神气。

“那么，什么时候举行舞会呀？”她问吉娣。

“下个星期。将是一次盛大的舞会，这样的舞会总是挺快活的。”

“哦，总是挺快活，原来还有那么一种舞会吗？”安娜带着亲切的嘲弄口吻说。

“看起来奇怪，其实倒是有的。在鲍勃利歇夫家开总是快活的，在尼基京家开也是这样，可是在梅日科夫家开却总是很沉闷。您难道没有发觉吗？”

“不，我的宝贝，对我来说已经没有什么快活的舞会了。”安娜说。吉娣又在安娜的眼睛里看到那个没有对她开放的特殊世界。“对我来说，只是有些舞会不那么叫人难受和沉闷罢了……”

“您在舞会上怎么会感到沉闷呢？”

“我又怎么不会在舞会上感到沉闷呢？”安娜问。

吉娣发觉安娜知道会得到什么样的回答。

“因为您总是比谁都美。”

安娜容易脸红。这会儿她飞红了脸说：

“第一，从来没有这回事；第二，就算是这样，对我又有什么用？”

“这次舞会您来参加吗？”吉娣问。

“我想不能不参加吧。你拿去吧。”她对塔尼雅说。她正从姑妈尖端纤细的雪白手指上拉下宽松的戒指来。

“您来，我太高兴了。我真想在舞会上见到您呢！”

“如果您一定要我来，我只要想到，至少可以使您高兴，我也就心甘情愿了……格里沙，不要拉我的头发，已经够乱的了。”她一面说，一面整理着格里沙正在玩弄的那绺散乱的头发。

“我猜想您参加舞会，会穿紫色的衣服。”

“为什么一定要穿紫色的呢？”安娜笑笑问。“喂，孩子们，去吧，去吧。听见没有？古丽小姐在叫你们去喝茶呢。”她说着把那些孩子打发到餐室里去，摆脱了他们。

“我可知道您为什么叫我去参加舞会。您对这次舞会抱着很大的希望。您要人人都在场，人人都参加。”

“您怎么知道？您说。”

“嘿！您现在的年华真太宝贵了，”安娜继续说，“我清清楚楚地记得，那好比弥漫在瑞士群山中的蔚蓝色雾霭。这种蔚蓝色雾霭笼罩着童年即将结束时那个幸福年代的一切，过了这快乐幸福的阶段，路就越来越窄了，踏上这段道路真叫人又惊又喜，尽管它看来还是光明美好的……谁不是这条路上的过来人哪！”

吉娣默默地微笑着。“可她是怎么走过来的呢？我真想知道她的全部恋爱史。”吉娣想，同时想起安娜的丈夫卡列宁那副俗不可耐的相貌。

“您的事我知道一些了。斯基华告诉了我，我向您祝贺，我很喜欢他，”安娜继续说，“我在火车站遇见伏伦斯基了。”

“啊，他上车站去了？”吉娣涨红了脸问，“斯基华对您说了些什么？”

“斯基华全讲给我听了。我真高兴啊！我昨天是同伏伦斯基的母亲同车来的，”她继续说，“他母亲一直同我谈着他的事。他是她的宝贝。我知道做母亲的都有偏心，但是……”

“那么他母亲对你说了些什么？”

“嚯，说了许多！我知道他是她的宝贝，但他这人显然很讲义气……譬如她讲到他要把全部财产都让给他哥哥，他小时候就做过不寻常的事：从水里救起过一个女人。一句话，是个英雄。”安娜一面说，一面微笑着回想他在车站上送给人家两百卢布的事。

不过，她没有讲到那两百卢布。不知怎的，她想到这件事有点不愉快。她觉得这事同她有点关系，而那个情况是不应该发生的。

“老太太再三请我到她家里去，”安娜继续说，“我也很愿意看到这位老太太，我明天就去看看她。啊，赞美上帝，斯基华在陶丽房里待了这么久！”安娜改变话题，补了一句，接着站起身来。吉娣觉得她仿佛有什么事不高兴。

“不，是我第一！不，是我！”孩子们喝完茶，吵吵闹闹地跑回到安娜姑妈身边来了。

“大家一齐到！”安娜说。她笑着跑过去迎接这群高兴得尖声大叫的活泼的孩子，把他们都抱住，并且一起摔倒在地上。

21

陶丽在大人们吃茶的时候才走出房门。奥勃朗斯基没有出来。他大概从后门走出了妻子的房间。

“我怕你住楼上会冷，”陶丽对安娜说，“我想让你搬到楼下来。这样我们也就靠得更近了。”

“嗳，你可不用再为我操心了。”安娜回答，打量着陶丽的脸，竭力想看出有没有和解。

“你住这儿亮一点。”嫂嫂回答。

“我同你说实话，我不论在哪儿都睡得像土拨鼠一样熟。”

“你们在谈什么呀？”奥勃朗斯基从书房里走出来，问妻子。

一听他的语气，吉娣和安娜都立刻知道他们夫妻俩已经和解了。

“我要让安娜搬到楼下来，可是得换个窗帘。谁也不会换，只好我自己动手了。”陶丽回答他说。

“天知道他们是不是完全和解了？”安娜听见她那冷淡而平静的语气，心里想。

“嗳，行了，陶丽，你老是自找麻烦，”丈夫说，“要是你同意，这一切都让我来办吧……”

“是的，他们一定和解了。”安娜想。

“我知道这些事你会怎么做，”陶丽回答，“你会叫马特维去做他不会做的事，你自己就跑掉，结果准会把事情弄得一团糟。”陶丽说着，嘴角上浮起了惯常的嘲讽笑意。

“完完全全和解了，完完全全！”安娜想，“感谢上帝！”因为和解是她一手促成的，她从心里感到高兴，就走到陶丽面前，吻了吻她。

“保证不会，你怎么这样瞧不起我和马特维呢？”奥勃朗斯基露出隐约的微笑对妻子说。

整个晚上，陶丽对丈夫说话照例稍微带点讽刺，而奥勃朗斯基则心满意足，但他注意分寸，不让人家觉得他得到了宽恕就忘了自己的过错。

到九点半钟的时候，奥勃朗斯基家愉快欢乐的谈笑，被一件看来似乎很平凡，但不知怎的大家都认为突兀的事破坏了。在谈到彼得堡共同的熟人时，安娜忽然站起身来。

“我的照相簿里有她的照片，”她说，“顺便也让你们看看我的谢廖查。”她带着母性的傲然微笑加了一句。

都快十点钟了——她平日总是在这个时候同儿子分手，并且在自己去赴舞会之前往往亲自安置儿子睡觉——她感到惆怅，因为离开儿子这么远。不论他们在谈什么事，她总会不知不觉地想到她那个头发鬈曲的谢廖查。她很想看看他的照片，谈谈他。她抓住第一个机会，就站起来，迈着她那轻盈而有力的步子去取照相簿。通往她房间的楼梯正对着大门的台阶。

当她离开客厅的时候，门廊里传来了铃声。

“这会是谁呢？”陶丽说。

“来接我还不到时候，也许是谁这么晚才来。”吉娣说。

“一定是来送公文的。”奥勃朗斯基插嘴说。当安娜走到楼梯口，仆人跑上来正要通报有客的时候，来客已经站在灯光下。安娜往下一望，立刻认出是伏伦斯基，一种惊喜交集的奇怪感觉一下子袭上她的心头。他站着，没有脱外套，却从口袋里掏出一样东西来。在她走到楼梯一半的当儿，他抬起眼睛，看见了她。他的脸上现出一种羞愧和惊惶的神色。她微微点了点头，上楼去了，接着就听见奥勃朗斯基叫他进去的洪亮声音，以及伏伦斯基谢绝他的温和、平静的低声回答。

当安娜拿着照相簿回来的时候，他已经不在了。奥勃朗斯基说，他是来打听他们明天请一位外来的名流吃饭的事的。

“他说什么也不肯进来。真是个怪人！”奥勃朗斯基又说。

吉娣脸红了。她以为只有她一个人明白他为什么跑来，又为什么不进来。“他到我们家去过了，”她想，“没有找到我，猜想我在这里，可他又不进来；因为想到时间晚了，而且安娜在这里。”

大家彼此瞧了一眼，什么话也没有说，接着翻阅起安娜的照相簿来。

一个人在晚上九点半到朋友家打听一次预定宴会的细节，没有进去，这事本没有什么特别和奇怪。可是此刻，大家却觉得奇怪。而在所有的人当中，最感到奇怪和别扭的却是安娜。

22

当吉娣同母亲踏上灯火辉煌，摆满鲜花，两边站着脸上搽粉、身穿红色长袍的仆人的大楼梯时，舞会刚刚开始。大厅里传来窸窣声，像蜂房里发出来的蜂鸣一样均匀。当她们站在楼梯口，在两旁摆有盆花的镜子前整理头发和服饰时，听到乐队开始演奏第一支华尔兹的准确而清晰的提琴声。一个穿便服的小老头，在另一面镜子前整理了一下斑白的鬓发，身上散发出香水的气味，在楼梯上碰到她们，让了路，显然在欣赏他不认识的吉娣。一个没有胡子的青年——被谢尔巴茨基老公爵称为“花花公子”的上流社会青年——穿着一件领口特别大的背心，一路上整理着雪白的领带，向她们鞠躬，走过去之后，又回来请吉娣跳卡德里尔舞。第一圈卡德里尔舞她已经答应了伏伦斯基，所以她只能答应同那位青年跳第二圈。一个军官正在扣手套纽子，在门口让了路，摸摸小胡子，欣赏着像玫瑰花一般娇艳的吉娣。

在服饰、发式和参加舞会前的全部准备工作上，吉娣煞费苦心，很花了一番功夫，不过她现在穿着一身玫瑰红衬裙打底，上面饰有花纹复杂的网纱衣裳，那么轻盈洒脱地走进舞厅，仿佛这一切都没有费过她和她的家里人什么心思，仿佛她生下来就带着网纱、花边和高高的头发，头上还戴着一朵有两片叶子的玫瑰花。

走进舞厅之前，老公爵夫人想替她拉拉好卷起来的腰带，吉娣稍稍避开了。她觉得身上的一切已很雅致完美，用不着再整理什么了。

今天是吉娣一生中幸福的日子。她的衣服没有一处不合身，花边披肩没有滑下，玫瑰花结没有压皱，也没有脱落，粉红色高跟鞋没有夹脚，穿着觉得舒服。浅黄色假髻服帖地覆在她的小脑袋上，就像她自己的头发一样。她的长手套上的三颗纽扣都扣上了，一个也没有松开，手套紧裹住她的手，把她小手的轮廓显露得清清楚楚。系着肖像颈饰的黑丝绒带子，特别雅致地绕着她的脖子。这条带子实在美，吉娣在家里对着镜子照照脖子，觉得它十分逗人喜爱。别的东西也许还有美中不足之处，但这条丝绒带子真是完美无缺。吉娣在舞厅里对镜子瞧了一眼，也忍不住微微一笑。吉娣裸露的肩膀和手臂使人产生一种大理石般凉快的感觉，她自己特别欣赏。她的眼睛闪闪发亮，她的樱唇因为意识到自己的魅力而忍不住浮起笑意。吉娣还没有走进舞厅，走近那群满身都是网纱、丝带、花边和鲜花，正在等待人家来邀舞的妇女，就有人来请她跳华尔兹。来请的不是别人，而是最杰出的舞伴、舞蹈明星、著名舞蹈教练、舞会司仪、身材匀称的已婚美男子科尔松斯基。他同巴宁伯爵夫人跳了第一圈华尔兹，刚刚把她放下，就环顾了一下他的学生，也就是几对开始跳舞的男女。他一看见吉娣进来，就以那种舞蹈教练特有的洒脱步伐飞奔到她面前，鞠了一躬，也不问她是不是愿意，就伸出手去搂住她的细腰。她向周围望了一下，想把扇子交给什么人。女主人就笑眯眯地把扇子接了过去。

“太好了，您来得很准时，”他揽住她的腰，对她说，“迟到可是一种坏作风。”

她把左手搭在他的肩上。她那双穿着粉红皮鞋的小脚，就按着音乐的节拍，敏捷、轻盈而整齐地在光滑的镶花地板上转动起来。

“同您跳华尔兹简直是一种享受！”他在跳华尔兹开头的慢步舞时对她说。“好极了，多么轻快，多么合拍！”他对她说。他对所有的好舞伴几乎都是这样说的。

她听了他的恭维话，嫣然一笑，接着打他的肩膀上面望出去，继续环顾整个舞厅。她不是一个初次参加跳舞的姑娘，在她的眼里，舞池里的脸不会汇成光怪陆离的一片。她也不是一个经常出入舞会的老手，对所有的脸都熟识得有点腻烦。她介于两者之间：她很兴奋，但还能冷静地观察周围的一切。她看见舞厅的左角聚集着社交界的精华。那边有放肆地大袒胸的美人丽蒂，她是科尔松斯基的妻子；有女主人；有秃头亮光光的克利文，凡是社交界精华荟萃的地方总有他的份；小伙子们都往那边望，但不敢走拢去；吉娣还看见斯基华在那边，接着她又看到了穿黑丝绒衣裳的安娜的优美身材和头部。还有他也在那边。吉娣自从拒绝列文求婚的那天晚上起，就没有再见过他。吉娣锐利的眼睛立刻认出他来，甚至发觉他在看她。

“怎么样，再跳一圈吗？您累不累？”科尔松斯基稍微有点气喘，说。

“不了，谢谢您。”

“把您送到哪儿去呀？”

“卡列宁夫人好像在这儿……您把我送到她那儿去吧。”

“遵命。”

于是科尔松斯基就放慢步子跳着华尔兹，一直向舞厅左角人群那边跳去，嘴里说着法语：“对不起，太太们！对不起，对不起，太太们！”他在花边、网纱、丝带的海洋中转来转去，没有触动谁的帽饰上的一根羽毛。最后他把他的舞伴急剧地旋转了一圈，转得她那双穿着绣花长筒丝袜的纤长腿子露了出来，她的裙子展开得像一把大扇子，遮住了克里文的膝盖。科尔松斯基鞠了个躬，整了整敞开的衣服的胸襟，伸出手想把她领到安娜跟前去。吉娣飞红了脸，把裙裾从克里文膝盖上拉开。她稍微有点晕眩，向周围环顾了一下，找寻着安娜。安娜并没有像吉娣所渴望的那样穿紫色衣裳，却穿了一件黑丝绒的敞胸连衫裙，露出她那像老象牙雕成的丰满的肩膀和胸脯，以及圆圆的胳膊和短小的手。她整件衣裳都镶满威尼斯花边。她的头上，在她天然的乌黑头发中间插着一束小小的紫罗兰，而在钉有白色花边的黑腰带上也插着同样的花束。她的发式并没有什么引人注目的地方；引人注目的是那些老从后颈和鬓角里露出来的一圈圈倔强的鬈发，这使她更加妩媚动人。在她那仿佛象牙雕成的健美脖子上挂着一串珍珠。

吉娣每次看见安娜，都爱慕她，想象她总是穿着紫色衣裳。可是现在看见她穿着黑衣裳，才发觉以前并没有真正领会她的全部魅力。吉娣现在看到了她这副意料不到的全新模样，才懂得安娜不能穿紫衣裳，她的魅力在于她这个人总是比服装更引人注目，装饰在她身上从来不引人注意。她身上那件钉着华丽花边的黑衣裳是不显眼的。这只是一个镜框，引人注目的是她这个人：单纯、自然、雅致、快乐而充满生气。

安娜并没有像吉娣所渴望的那样穿紫色衣裳，却穿了一件黑丝绒的敞胸连衫裙。

她像平时一样挺直身子站着。当吉娣走近他们这一伙时，安娜正微微侧着头同主人谈话。

“不，我不会过分责备的，”她正在回答他什么问题，“虽然我不明白。”她耸耸肩膀继续说。然后像老大姐对待小妹妹那样和蔼地微笑着，转身招呼吉娣。她用女性的急促目光扫了一眼吉娣的服装，轻微到难以察觉，却能为吉娣所领会地点了点头，对她的服饰和美丽表示赞赏。“你们跳舞跳到这个大厅里来了！”她添了一句。

“这位是我最忠实的舞伴之一。”科尔松斯基对他初次见面的安娜说，“公爵小姐使这次舞会增光不少。安娜·阿尔卡迪耶夫娜，您跳一个华尔兹吧！”他弯了弯腰说。

“你们认识吗？”主人问。

“我们什么人不认识啊？我们两口子就像一对白狼，人人都认识我们，”科尔松斯基回答，“跳一个华尔兹吧，安娜·阿尔卡迪耶夫娜。”

“要能不跳，我就不跳。”她说。

“今天您非跳不可！”科尔松斯基回答。

这时伏伦斯基走了过来。

“啊，既然今天非跳不可，那就来吧。”她没有理睬伏伦斯基的鞠躬，说。接着她就敏捷地把手搭在科尔松斯基的肩上。

“她为什么看见他有点不高兴啊？”吉娣察觉安娜故意不理伏伦斯基的鞠躬，心里想。伏伦斯基走到吉娣面前，向她提起第一圈卡德里尔舞，并且因为这一阵没有机会去看她而表示歉意。吉娣一面欣赏安娜跳华尔兹的翩翩舞姿，一面听伏伦斯基说话。她等着他邀请她跳华尔兹，可是他没有邀请。她纳闷地瞧了他一眼。他脸红了，慌忙请她跳华尔兹，可是他刚搂住她的细腰，迈出第一步，音乐就突然停止了。吉娣瞧了瞧他那同她挨得很近的脸。她这含情脉脉却没有得到反应的一瞥，到好久以后，甚至过了好几年，还使她感到难堪的羞辱，一直刺痛着她的心。

“对不起，对不起！跳华尔兹，跳华尔兹了！”科尔松斯基在大厅的另一头叫道。他抓住最先遇见的一位小姐，就同她跳了起来。

23

伏伦斯基同吉娣跳了几个华尔兹。跳完华尔兹，吉娣走到母亲跟前，刚刚同诺德斯顿伯爵夫人说了几句话，伏伦斯基就又来邀请她跳第一圈卡德里尔舞。在跳卡德里尔舞时，他们没有说过什么重要的话，只断断续续地谈到科尔松斯基夫妇，他戏称他们是一对可爱的四十岁孩子，还谈到未来的公共剧场。只有一次，当他问起列文是不是还在这里，并且说他很喜欢列文时，才真正触动了她的心。不过，吉娣在跳卡德里尔舞时并没抱多大希望。她心情激动地等待着跳玛祖卡舞。她认为到跳玛祖卡舞时情况就清楚了。在跳卡德里尔舞时，他没有约请她跳玛祖卡舞，这一点倒没有使她不安。她相信，他准会像在过去几次舞会上那样同她跳玛祖卡舞的，因此她谢绝了五个约舞的男人，说她已经答应别人了。整个舞会，直到最后一圈卡德里尔舞，对吉娣来说，就像一个充满欢乐的色彩、音响和动作的美妙梦境。她只有在过度疲劳、要求休息的时候，才停止跳舞。但当她同一个推脱不掉的讨厌青年跳最后一圈卡德里尔舞时，她碰巧做了伏伦斯基和安娜的对舞者。自从舞会开始以来，她没有同安娜在一起过，这会儿忽然看见安娜又换了一种意料不到的崭新模样。吉娣看见她脸上现出那种她自己常常出现的由于成功而兴奋的神色。她看出安娜因为人家对她倾倒而陶醉。她懂得这种感情，知道它的特征，并且在安娜身上看到了。她看到了安娜眼睛里闪烁的光辉，看到了不由自主地洋溢在她嘴唇上的幸福和兴奋的微笑，以及她那优雅、准确和轻盈的动作。

“是谁使她这样陶醉呀？”她问自己，“是大家还是一个人呢？”同她跳舞的青年话说到一半中断了，却怎么也接不上来。她没有去帮那个青年摆脱窘态，表面上服从科尔松斯基得意扬扬的洪亮口令。科尔松斯基一会儿叫大家围成一个大圈子，一会儿叫大家排成一排。她仔细观察，她的心越来越揪紧了。“不，使她陶醉的不是众人的欣赏，而是一个人的拜倒。这个人是谁呢？难道就是他吗？”每次他同安娜说话，安娜的眼睛里就闪出快乐的光辉，她的樱唇上也泛出幸福的微笑。她仿佛在竭力克制，不露出快乐的迹象，可是这些迹象却自然地表现在她的脸上。“那么他怎么样呢？”吉娣对他望了望，心里感到一阵恐惧。吉娣在安娜脸上看得那么清楚的东西，在他身上也看到了。他那一向坚定沉着的风度和泰然自若的神情到哪里去了？不，现在他每次对她说话，总是稍稍低下头，仿佛要在她面前跪下来，而在他的眼神里却只有顺从和惶恐。“我不愿亵渎您，”他的眼神仿佛每次都这样说，“但我要拯救自己，我不知道该怎么办才好。”他脸上的表情是吉娣从来没有见过的。

他们谈到共同的熟人，谈的都是些无关紧要的话，但吉娣却觉得他们说的每一句话都在决定他们两人和吉娣的命运。奇怪的是，尽管他们确实是在谈什么伊凡·伊凡诺维奇的法国话讲得多么可笑，什么叶列茨卡雅应该能找到更好的对象，这些话对他们却具有特殊的意义。吉娣有这样的感觉，他们自己也有这样的感觉，在吉娣的心目中，整个舞会，整个世界，都笼罩着一片迷雾。只有她所受的严格的教养在支持她的精神，使她还能照规矩行动，也就是跳舞，回答，说话，甚至微笑。不过，在玛祖卡舞开始之前，当他们拉开椅子，有几对舞伴从小房间走到大厅里来的时候，吉娣刹那间感到绝望和恐惧。她回绝了五个人的邀舞，此刻就没有人同她跳玛祖卡舞了。就连人家再邀请她跳舞的希望也没有了，因为她在社交界的风头太健，谁也不会想到至今还没有人邀请她跳舞。应当对母亲说她身体不舒服，要回家去，可是她又没有勇气这样做。她觉得自己彻底给毁了。

她走到小会客室的尽头，颓然倒在安乐椅上。轻飘飘的裙子像云雾一般环绕着她那苗条的身材；她的一条瘦小娇嫩的少女胳膊无力地垂下来，沉没在粉红色宽裙的褶裥里；她的另一只手拿着扇子，急促地使劲扇着她那火辣辣的脸。虽然她的模样好像一只蝴蝶在草丛中被缠住，正准备展开彩虹般的翅膀飞走，她的心却被可怕的绝望刺痛了。

“也许是我误会了，也许根本没有这回事。”

她又回想着刚才看到的种种情景。

“吉娣，你怎么了？”诺德斯顿伯爵夫人在地毯上悄没声儿地走到她跟前，说，“我不明白。”

吉娣的下唇哆嗦了一下，她慌忙站起身来。

“吉娣，你不跳玛祖卡舞吗？”

“不，不！”吉娣含着眼泪颤声说。

“他当着我的面请她跳玛祖卡舞，”诺德斯顿伯爵夫人说，她知道吉娣明白，“他”和“她”指的是谁，“她说：‘您怎么不同谢尔巴茨基公爵小姐跳哇？’”

“哼，我什么都无所谓！”吉娣回答。

除了她自己，谁也不了解她的处境，谁也不知道她昨天拒绝了一个她也许心里爱着的男人的求婚，而她之所以拒绝，是因为她信任另一个人。

诺德斯顿伯爵夫人找到了同她跳玛祖卡舞的科尔松斯基，叫他去请吉娣跳舞。

吉娣跳了第一圈，算她走运的是她不用说话，因为科尔松斯基一直在奔走忙碌，指挥他所负责的舞会。伏伦斯基同安娜几乎就坐在她对面。吉娣用她锐利的眼睛望着他们；当大家跳到一处的时候，她又就近看他们。她越看越相信她的不幸是确定无疑的了。她看到他们在人头济济的大厅里旁若无人。而在伏伦斯基一向都很泰然自若的脸上，她看到了那种使她惊奇的困惑和顺从的表情，就像一条伶俐的狗做了错事一样。

安娜微笑着，而她的微笑也传染给了他。她若有所思，他也变得严肃起来。一种超自然的力量把吉娣的目光引到安娜脸上。安娜穿着朴素的黑衣裳是迷人的，她那双戴着手镯的丰满胳膊是迷人的，她那挂着一串珍珠的脖子是迷人的，她那蓬松的鬈发是迷人的，她那小巧的手脚的轻盈优美的动作是迷人的，她那生气勃勃的美丽的脸是迷人的，但在她的迷人之中却包含着一种极其残酷的东西。

吉娣对她比以前更加叹赏，同时心里也越发痛苦。吉娣觉得自己在精神上垮了，这从她的脸色上也看得出来。当伏伦斯基在跳玛祖卡舞碰见她时，他竟没有立刻认出她来——她变得太厉害了。

“这个舞会真热闹哇！”伏伦斯基对吉娣说，纯粹是为了应酬一下。

“是啊。”吉娣回答。

玛祖卡舞跳到一半，大家重复着科尔松斯基想出来的复杂花样。这时，安娜走到圆圈中央，挑了两个男人，又把一位太太和吉娣叫到跟前。吉娣走到她身边，恐惧地望着她。安娜眯缝着眼睛对她瞧瞧，握了握她的手，微微一笑，就转过身去，同另一位太太快乐地谈起话来。

“是的，她身上有一种与众不同的像魔鬼般媚人的东西。”吉娣自言自语。

安娜不愿留下来吃晚饭，主人来挽留她。

“好了，安娜·阿尔卡迪耶夫娜，”科尔松斯基用燕尾服袖子挽住她裸露的胳膊说，“我还想来一场科奇里翁舞呢！那才美啦！”

科尔松斯基慢慢移动脚步，竭力想把安娜拉过去。主人赞许地微笑着。

“不，我不能留下来。”安娜笑盈盈地回答。尽管她脸上浮着笑意，科尔松斯基和主人从她坚定的语气中还是听得出没法子把她留住。

“不了，说实在的，我到了莫斯科，在你们这个舞会上跳的舞，比在彼得堡整整一个冬天跳的还要多呢！”安娜回头望望站在她旁边的伏伦斯基，说，“动身以前我要休息一下。”

“您明天一定要走吗？”伏伦斯基问。

“是的，我想走。”安娜回答，仿佛对他大胆的询问感到惊奇。不过，当她说这句话的时候，她的眼神和微笑中闪动的难以克制的光辉，像火一样燃烧着他的全身。

安娜没有留下来吃饭，就走了。

24

“是的，我这人有些地方惹人讨厌，”列文从谢尔巴茨基家出来，徒步向他哥哥家走去，心里想，“我同人家老是合不来。人家说我骄傲。不，我这人并不骄傲。我要是骄傲，也不会落到这个地步了。”于是他想起了伏伦斯基：伏伦斯基幸福、善良、聪明而又沉着，绝不会落到像他今晚所遭遇的可悲境地。“是的，她应该挑选他。这是对的，我不能埋怨谁，也没有什么好埋怨的。都得怪我自己不好。我有什么权利要求她同我结成终身伴侣呢？我是个什么人？我算得了什么？我是一个微不足道的人，对谁也没有用，谁也不需要我。”接着他想起了尼古拉哥哥，快乐地回想着他。“他说世界上一切都是卑鄙龌龊的，这话不是很对吗？我们对尼古拉哥哥的评价未必公平吧？普罗科斐看见他一身破烂，酒喝得烂醉，当然把他看成一个堕落的人，但我知道他不是这样的人。我了解他的心，知道我们俩很相像。而我没有去找他，却去吃饭，又到这儿来。”列文走到路灯底下，看了看笔记本里哥哥的地址，就雇了一辆马车。在到尼古拉住所去的长途中，列文生动地回想着他所知道的、哥哥一生中的各种事情。他想到哥哥在大学和毕业后的一年里，怎样不顾同学们的嘲笑，过着修士一般的生活，严格遵守一切宗教仪式、礼拜、斋戒，放弃各种享乐，特别是女色；后来忽然变了，结交了一批坏蛋，从此沉湎于酒色之中。他又想到了哥哥虐待一个男孩子的事。尼古拉从乡下领了一个小孩来抚养，有一次在盛怒之下竟把他打成残废，弄得被送上了法庭。他又想到尼古拉同一个骗子的纠纷。他输给那骗子一笔钱，付了一张支票，后来又告发这骗子骗了他的钱。（这就是柯兹尼雪夫替他付的那笔钱）接着又想到他怎样因打架闹事在拘留所里被关了一夜。他回想到他怎样无耻地控告柯兹尼雪夫，说他没有把母亲遗产中应该给他的一份分给他，还想到不久前他到西部边区任职，因为殴打乡长而受到审判……这一切都很可恶，但列文并不像那些不了解尼古拉、不了解他的全部经历、不了解他的心地的人那样，把他看得十分可恶。

列文想起，当尼古拉笃信上帝，坚持斋戒，常做礼拜，过修士生活的时候，当他求助于宗教来抑制他的情欲的时候，谁也没有鼓励他，大家还要嘲笑他，包括他列文在内。大家取笑他，叫他挪亚[①]，叫他修士，可是后来他变得放荡了，谁也不帮助他，大家都怀着恐惧和嫌恶的心情回避他。

列文觉得不管尼古拉哥哥生活多么堕落，他的灵魂，他的灵魂深处，并不比那些蔑视他的人更坏。他生活放荡，智力不足，这可不能怪他。其实他总是想做个好人。“我要把心里话全告诉他，要他也把话都讲出来，我还要让他明白我是爱他的，也是了解他的。”十点多钟，列文来到尼古拉所住的那家旅馆时，心里作着决定。

“楼上十二号和十三号房间。”看门人回答列文。

“在家吗？”

“应当在家。”

十二号房间的门半开半掩，在一道灯光中飘浮出一股劣等烟草的浓烟，还传来列文所不熟悉的声音。但列文立刻知道哥哥在里面，因为听见了他的咳嗽声。

当他进门的时候，听见那个陌生的声音说：

“一切都要看事情是不是办得合理、卖力。”

康斯坦京·列文朝门里张望了一下，看见说话的是个头发浓密、穿着紧身短袄的青年，沙发上还坐着一个年轻的麻脸女人，穿一身没有袖子和领子的毛料连衫裙。没有看见哥哥。列文想到哥哥同这样一些陌生人混在一起，感到痛心。没有人听见他的脚步声。他就一面脱套鞋，一面倾听那个穿短袄的人在谈些什么。他在谈一个企业。

“哼，真该死，那些特权阶级！”哥哥一面咳嗽，一面说，“玛丽雅！你给我们拿饭来，要是还有酒，也弄点来。没有就去买。”

---

① 挪亚事见《旧约全书·创世纪》。《创世纪》第六章中说：“挪亚是个义人，在当时的世代是个完全人。”

那女人站起来，走到隔壁房间，就看见了列文。

“有一位老爷来了，尼古拉·德米特里奇。”她说。

“找谁呀？”传出尼古拉生气的声音。

“是我。”列文走到有亮光的地方，回答。

“我是谁呀？”尼古拉声音更加生气地问。只听见他急急忙忙站起来，在什么东西上绊了一下。接着列文就在对面门口看见哥哥高大消瘦、背有点驼的身子和他那双神情恐惧的大眼睛。他的模样是这样熟识，而他的粗野和病态却又如此使人吃惊。

他比三年前列文最后一次看见他时更瘦了。他穿着一件短上衣。他的手和粗大的骨骼似乎更大了。头发变得稀疏了，嘴唇上留着同样稀疏的小胡子，那双同原来一样的眼睛诧异而天真地望着来客。

“哎呀，柯斯嘉！”他认出了弟弟，突然叫道，他的眼睛里闪耀着喜悦的光辉。但就在这一刹那，他回头对那个青年望了望，他的头和脖子立刻起了一阵列文所十分熟悉的痉挛，仿佛被领带勒痛似的。接着在他那消瘦的脸上又出现了一种截然不同的粗野、痛苦和冷酷的表情。

“我给您和谢尔盖·伊凡诺维奇写过信，说我不认识你们，也不想同你们认识。你有什么事？您有什么事？”

他完全不像列文所想象的那样。列文原来想到他的时候，把他性格中最坏最难弄的方面，也就是使人很难同他相处的地方忘记了。而现在，当他看见他的脸，特别是看见他头部痉挛地牵动时，他又想起了这一切。

“我没有什么特别的事，”他怯生生地回答，“我只是来看看你。”

弟弟的胆怯显然使尼古拉软化了。他的嘴唇哆嗦了一下。

“哦，是这样？”他说，“那么，进来，坐下。你要吃晚饭吗？玛丽雅，拿三客饭来。不，等一下。你知道这位是谁吗？”他指着穿短袄的人对弟弟说，“这位是克里茨基先生，还在基辅的时候他就是我的朋友了，是位杰出的人物。他当然受到警察的迫害，因为他不是个坏蛋。”

于是他习惯成自然地向房间里每个人扫视了一下。他看见站在门口的女人要走，就对她喝道：“等一下，我对你说！”他又向所有的人环顾着，用列文极其熟悉的那种颠三倒四的方式，开始给弟弟讲克里茨基的经历：他怎样因创办穷学生救济会和星期日学校而被大学开除，后来怎样进民众学校当教师，又怎样从那里被赶出来，后来又为什么事吃过官司。

“您是基辅大学的吗？”列文为了打破随后出现的那种难堪的沉默，问克里茨基说。

“对，原来是基辅大学的。”克里茨基皱着眉头，怒气冲冲地说。

“这个女人嘛，”尼古拉打断他的话，指着她说，“是我生活上的伴儿，叫玛丽雅。我把她从窑子里领了出来，”他说这话的时候脖子牵动了一下，“但是我爱她而且尊重她。我希望凡是想同我来往的人，”他提高嗓子，皱起眉头，补充说，“也爱她，尊重她。她可以说是我的妻子，是的，可以说是我的妻子。好了，现在你知道你是在同谁打交道了。如果你觉得这样会有损你的身份，那么请便，这里是门。”

于是他的眼睛又询问似的扫视了一下所有的人。

“怎么会有损我的身份呢，我不明白。”

“那么，玛丽雅，叫他们拿三客饭来，还有伏特加和葡萄酒……不，等一下……不，不用了……你去吧。”

25

“你瞧！”尼古拉皱紧眉头，抽搐着身子，继续说。他显然吃力地在考虑应该说什么，做什么。“你瞧……”他指指房间角落里一束用绳子捆着的铁条，“你看见了吗？这就是我们着手经营的事业的开端。我们要搞一个生产合作社……”

列文简直没有在听他说话。他凝视着他那张肺痨病人的脸，越来越替他难过。他无法强制自己去听哥哥讲合作社的事。他看出来，这个合作社只是一个避免自己蔑视自己的救生圈。尼古拉继续说：

“你知道，资本家压迫工人，我们这里的工人和农民承受着全部劳动的重负，可是不管怎样卖力干，他们都不能摆脱牛马一般的处境。劳动的全部利润原可以用来改善他们的境况，使他们获得空闲的时间，并因此得到受教育的机会，可是现在，全部剩余价值都被资本家剥夺了。社会就是这样构成的：他们活儿做得越多，商人和地主的利润就越多，他们也就只好永远做牛马。这种制度非改进不可！”他说完话，用询问的眼光对弟弟望了望。

“是的，这个当然。”列文注视着哥哥瘦骨嶙峋的脸上泛起的红晕，说。

“所以我们在搞一个钳工合作社，社里的全部生产，包括利润，主要是生产工具，都是共同的。”

“合作社将办在哪里？”列文问。

“办在喀山省伏兹德列姆乡。”

“为什么要办在乡里？我看乡里的事本来就够多的了。为什么钳工合作社要办在乡里呢？”

“因为农民像以前一样还是奴隶。人家要把他们从奴隶地位解救出来，你和谢尔盖因此就不高兴了。”尼古拉听到反问大为恼火，说。

列文这时环顾着这个阴暗肮脏的房间，叹了一口气。这一声叹息似乎更加激怒了尼古拉。

“我知道你和谢尔盖的贵族观点。我知道他把全部智慧都用来为现存的罪恶辩护。”

“嗳，你何必扯到谢尔盖身上去呢？”列文微笑着说。

“谢尔盖吗？我来告诉你！”尼古拉一提到谢尔盖的名字，忽然嚷起来，“我来告诉你……谈他干什么？但是……你到我这儿来干什么？你瞧不起我们这个……那好，去你的吧，滚！”他从椅子上站起来，喝道：“滚！滚！”

“我丝毫也没有瞧不起你们，”列文怯生生地说，“我甚至不想同你们争论。”

这当儿，玛丽雅回来了。尼古拉生气地对她瞧了一眼。她连忙走到他跟前，低声说了一句什么。

“我身体不好，容易发脾气，”尼古拉稍微安静了一点，吃力地喘着气说，“再说，你还谈到谢尔盖和他的文章。那种文章完全是胡说，完全是撒谎，完全是自我欺骗。一个不懂得正义的人怎么能写文章谈论正义？您读过他的文章吗？”他问克里茨基，又坐到桌子旁边，推开撒满半桌子的纸烟，以便腾出地方来。

“我没有读过。”克里茨基显然不愿参加谈话，闷闷不乐地说。

“为什么？”这会儿尼古拉对克里茨基发脾气了。

“因为我觉得犯不着在这上面浪费时间。”

“请问，您怎么知道会浪费时间呢？许多人都看不懂那篇文章，因为太深奥了。我可另当别论，我看透了他的心思，并且知道文章的毛病在哪里。”

大家都不作声。克里茨基慢吞吞地站起来，拿起帽子。

“您不吃晚饭吗？好吧，再见。明天把钳工带来。”

克里茨基一走，尼古拉便微微一笑，使了个眼色。

“他这人也不好，”他说，“我看得出来……”

这时候，克里茨基在门外叫他。

“您还有什么事？”尼古拉说着到走廊里去找他，剩下列文和玛丽雅两人，他就同她攀谈起来。

“您同我哥哥在一起有好久了？”列文问她。

“已经有一年多了。他的身体很不好。酒喝得太多了。”玛丽雅说。

"他喝什么酒？"

"他喝伏特加。这对他很有害。"

"他喝得很多吗？"列文低声问。

"是的。"她怯生生地望着门说。这时尼古拉正好走进门来。

"你们在谈什么呀？"他皱着眉头问，恐惧的目光从一个人身上移到另一个人身上，"在谈什么呀？"

"没谈什么。"列文尴尬地回答。

"你们不愿说，那随你们的便。不过你同她没什么可说的。她是个窑姐儿，你是个老爷。"他抽动一下脖子说，"你呀，我看得出来，什么都明白，什么都掂过了分量，你为我的迷误感到惋惜。"他又提高声音说。

"尼古拉·德米特里奇，尼古拉·德米特里奇。"玛丽雅走到他身边，又低声对他说了些什么。

"噢，好的，好的！……晚饭怎么样了？啊，来了。"他看见茶房端着盘子进来，说。"这儿，摆在这儿！"他怒气冲冲地说，立刻拿起伏特加，倒了一杯，一口气喝干了。"喝吧，你要吗？"他马上高兴起来，对弟弟说。"嗯，谈谢尔盖谈得够了。我看见你还是很高兴的。不论怎么说，我们到底不是外人。嗨，喝吧。你倒讲讲，你眼下在做些什么？"他津津有味地嚼着一块面包，又倒了一杯酒，继续说，"你过得怎么样？"

"我照旧一个人住在乡下，搞搞农业。"列文回答，惊奇地注视着哥哥那副狼吞虎咽的馋相，却竭力装作不在注意他。

"你为什么不结婚？"

"没有机会。"列文涨红了脸回答。

"怎么会？我是完了！我把自己的生活给糟蹋了。我以前说过，现在还是这样说：要是当年我需要的时候把我名下的那份产业给了我，我的整个生活就会是另一种样子了。"

列文赶快把话岔开去。

"你的凡尼亚在我的波克罗夫斯克管理处办事，你知道吗？"他说。

尼古拉抽动了一下脖子，沉思起来。

"你给我讲讲，波克罗夫斯克的情况怎么样？房子还在吗？还有那些桦树？还有我们的教室？园丁菲利浦还活着吗？那亭子和沙发我可记得清清楚楚！留心房子里的东西，不要去动它，早一点结婚，一切都要恢复原来的样子。我过一阵去看你，要是你妻子好的话。"

“你现在就可以到我那里去，”列文说，“我们一定会给你安排得舒舒服服的！”

“要是不会碰到谢尔盖，我会到你们那边去的。”

“你不会碰到他。我完全不靠他生活。”

“好，但不管怎么说，你得在我和他两人中间挑一个。”他怯生生地瞧瞧弟弟的眼睛说。他这种胆怯的样子把列文感动了。

“你要是想知道我对这件事的想法，我可以告诉你，在你们的争吵中我不偏袒哪一方。你们两个都不对。你不对的地方比较外露，他不对的地方比较隐蔽。”

“啊哈！这一点你已经明白了，这一点你已经明白了，啊？”尼古拉快乐地叫起来。

“不过，不瞒你说，我更看重同你的感情，因为……”

“为什么？为什么？”

列文看重同尼古拉的感情，因为尼古拉的遭遇很不幸，需要温暖，但这话他说不出口。不过，尼古拉懂得他的意思，就又皱起眉头，拿起酒瓶来。

“够了，尼古拉·德米特里奇！”玛丽雅伸出胖胖的光胳膊去拿酒瓶。

“放手！别来管我！我要揍你了！”他叫道。

玛丽雅露出和善的微笑，使尼古拉也感动了。她拿走了酒瓶。

“你以为她什么都不懂吗？”尼古拉说，“她比我们谁都懂事。她有些地方很善良可爱，是不是？”

“您以前来过莫斯科吗？”列文问她，纯粹是为了找点话说说。

“你对她说话不必用‘您’。这样会使她害怕的。除了她脱离窑子时那位审问她的法官以外，谁也没有对她用过‘您’字。天哪，这世道多么荒谬哇！”他忽然叫了起来，“那些新机关，那些调解法官，自治会，哼，真是岂有此理！”

于是他讲起他同那些新机关的冲突来。

列文听着他说。在否定一切公共机关这一点上，他和尼古拉是有同感的，而且自己也常常这样说，但现在从哥哥嘴里听到这话，他却觉得不高兴。

“到了阴间我们就会明白这一切了。”列文开玩笑说。

“到阴间吗？哎，我可不喜欢阴间！不喜欢！”他说，他那双恐惧的疯狂眼睛盯住弟弟的脸，“能摆脱一切卑鄙龌龊和乱七八糟的东西，不论是别人的还是自己的，当然很好，可是我害怕死，害怕得要命！”他浑身打了个哆嗦。“你喝一点吧。要不要来点香槟？或者我们到哪儿去走走。我们到吉卜赛人那儿去！老实说，我可爱上了吉卜赛和俄罗斯的歌曲。”

他说话颠三倒四，前言不搭后语。列文靠了玛丽雅的帮助，好容易才劝住他不出去，并且让他躺下来。他喝得烂醉了。

玛丽雅答应有事写信给列文，并劝说尼古拉到他弟弟那里去住。

26

列文早晨离开莫斯科，傍晚回到家里。他一路上在火车里同邻座旅客谈论政治，谈论新造的铁路，并且也像在莫斯科时一样，被满脑子的混乱思想、自怨自艾的情绪，以及一种莫名其妙的羞耻感折磨着。直到他在家乡车站下了车，认出外套领子竖起的独眼车夫伊格拿特，看见车站朦胧灯光下他那辆垫着毛毯的雪橇，他那几匹系住尾巴、套着饰有铃铛和璎珞的马具的马，车夫伊格拿特一面安放行李，一面告诉他村里的消息，告诉他包工头来过了，巴瓦生了小牛——直到这时，他才觉得头脑清醒了一些，羞耻感和自怨自艾的情绪也逐渐消失了。他一看见伊格拿特和那几匹马，就有这样的感觉。他穿上伊格拿特带来的羊皮外套，裹紧身子坐上雪橇回家去，一路上考虑着村里当前的事务，眼睛望着那匹原来骑人，现在却拉着边套的虽然衰老但仍不失慓悍本色的顿河骏马，这时，他对他这次不幸遭遇的看法就完全不同了。他感到悠然自得，不再有什么非分之想。首先，他决定从此以后不再幻想结婚会给他带来什么特殊幸福，因此也就不再蔑视现在的生活。其次，他绝不再耽于肮脏的色欲，因为这次他去求婚，一想到过去自己在这方面的罪孽，就深感悔恨。然后，他想到尼古拉哥哥，下定决心不再忘记他，他要关心哥哥，注意他的情况，万一有三长两短，一定去帮助他。他觉得，离开这一天不会太远了。接着他又想到哥哥谈的关于共产主义的一番话。当时他根本没有把它当作一回事，现在却使他思考起来。他认为改造经济条件是荒谬的，但拿自己的富裕同人民的贫困一对照，总觉得不合理。为了使自己心安理得，他决心今后要劳动得更多，生活得更俭朴，尽管他以前也劳动得很多，生活也并不奢侈。他觉得这一切都是很容易做到的，因此一路上都沉浸在最愉快的幻想里。就这样，他怀着对新的美好生活的憧憬，在晚上八点多钟回到了家里。

从原来的保姆、现在的女管家阿加菲雅的房间窗子里漏出来一道灯光，照在屋前积雪的场地上。阿加菲雅还没有睡。顾士玛被她叫醒，睡眼惺忪地赤脚跑到台阶上。猎狗拉斯卡也跳了出来，汪汪乱叫，差一点把顾士玛绊倒：它的身子擦着列文的膝盖，跳跃着，前爪想搭到他的胸膛上，但又不敢。

“老爷，你这么快就回来了。”阿加菲雅说。

“我想家了，阿加菲雅。做客虽好，总不如家里呀！”他回答着，走进了书房。

书房被端进来的蜡烛照亮了。一件件熟识的东西都呈现在眼前：鹿角，书架，烟囱早就需要修理的壁炉，壁炉上面的镜子，父亲坐惯的那张沙发，大桌子，桌子上摆着的那本打开的书，破烟灰碟，一本有他的字迹的本子。他看到这一切，对刚才路上所构思的新生活是否能实现，刹那间产生了怀疑。这一切生活陈迹仿佛抓住了他，对他说："不行，你躲不开我们，你也不可能变成另一种样子，你将同以前一样：老是怀疑，永远对自己不满，徒劳无功地试图改革，堕落，永远期待不可能到手的幸福。"

但这些都是他的东西对他说的话，他的内心却有另一种呼声：不要因循守旧，事在人为。他听从这个呼声，走到那个放着一对三十六磅重的铁哑铃的角落，举起哑铃做体操，竭力使自己振作起来。这当儿，门外传来了脚步声。他连忙放下哑铃。

管家走进来说，感谢上帝，家里平安无事，但是告诉他，荞麦在新的烘谷器上烘焦了。这个消息使列文很生气。新的烘谷器是列文设计的，一部分还是他的创造发明。管家一向反对这种烘谷器，现在他就暗自得意地宣告荞麦被烘焦了。列文却坚持，荞麦被烘焦是因为没有按照他吩咐过无数次的办法去烘。他大为恼火，就把管家训斥了一顿。但是有一个重大的喜讯：他从展览会上高价买来的良种母牛巴瓦生了小牛。

"顾士玛，拿皮外套来。你去给我弄一盏马灯，我要去看看。"他对管家说。

饲养良种牛的牛棚就在房子后面。列文经过丁香树下的雪堆，穿过院子，来到牛棚。冰冻的门一打开，就冲出一股热烘烘的牛粪味。那些牛看到不习惯的马灯光，都吃了一惊，在新鲜干草上骚动起来。那头荷兰牛黑白相间的强壮宽阔的脊背闪闪发亮。公牛金雕戴着鼻环躺在里面。听见有人走过，想站起来，但又改变主意，只打了两个响鼻。红毛美人巴瓦胖得像头河马，转过身子，不让人看见小牛，并且把它浑身上下嗅个不停。

列文走进隔开的牛栏，把红白相间的小花牛扶起来，让它用颤巍巍的细腿站着。巴瓦焦急得哞哞直叫，但等列文把小牛推到它的身边，它便放下心来，沉重地喘了一口气，开始用粗糙的舌头舔小花牛。小花牛摸索着，鼻子伸到母亲的乳房下，摇摆着尾巴。

"把灯拿过来，费多尔，拿到这儿来！"列文察看着小牛说。"像它娘！虽然毛色像它爹。太美了。身子又长又宽。华西里，它长得很好，是不是？"他对管家说，由于看到小牛而高兴，不再为荞麦烘焦的事生他的气了。

"怎么会不好呢？不过，包工头谢苗在您走后第二天就来过了。康斯坦京·德米特里奇，您要同他讲好价钱！"管家说，"机器的事我已经向您报告过了。"

这个问题就把列文引到庞大而烦杂的农务上去了。他从牛棚走到账房，同管家和包工头谢苗谈了一阵之后就回家，一直走到楼上客厅里。

27

房子很大，式样很老。列文虽然一个人独住，但占用了整座房子，而且整座房子都生了火。他知道这样做是很傻的，太说不过去，也违反他的新计划，但这座房子对他来说就是整个天地。他的父母以前生活在这个天地里，后来又死在这里。列文认为他们所过的生活是完美无缺的理想生活，他曾梦想同他的妻子、同他的一家重新建立这样的生活。

列文几乎不记得他的母亲了。她留给他的印象成了神圣的回忆。在他的想象中，他未来的妻子应该是个像他母亲一样又贤慧又美丽的理想女人。

他不仅无法想象不经过结婚可以对女人发生爱情，而且他首先想到的是家庭，然后才是同他建立家庭的那个女人。因此，他对结婚的看法同他大多数朋友的看法不一样。他们认为结婚是社会生活中许多事情之一；但对列文来说，结婚是人生大事，关系到终身幸福。可现在他却不得不放弃这样的终身大事！

他走进平时喝茶的小客厅，拿起一本书，在他的安乐椅上坐下来。阿加菲雅给他端来了茶，并且照例说了一句："老爷，我坐了。"然后，才在窗口的椅子上坐下来。这时，说也奇怪，他觉得他还是没有抛弃他的梦想，而且没有这些梦想就不能生活。不论是同她还是同别的女人一起，他的梦想一定要实现。他看着书，想着书里的事，有时停下来听听喋喋不休的阿加菲雅说话，同时头脑里断断续续地浮现着农务和未来家庭生活的种种景象。他觉得，在他的内心深处有一种东西在确立，调整，固定下来。

他听着阿加菲雅谈到普罗霍尔怎样忘记上帝，把列文给他买马的钱拿去喝酒，喝得烂醉，把老婆打得死去活来。他一面听她唠叨，一面看书，回味着由看书而引起的一系列思想。这是丁铎尔[①]的《热学》。他想起他曾批评丁铎尔对实验的本领太自负，并且缺乏哲学观点。忽然，他的头脑里浮起了一个令人愉快的思想："两年以后我就有两头荷兰牛了，巴瓦可能还活着，金雕将有一打女儿，再加上这三头宝贝，多美呀！"他又拿起书来。

"不错，电和热是同一个东西。但在解方程式时能不能用一种数代替另一种数呢？不行。那怎么办呢？一切自然力之间的联系凭本能也可以感觉到……特别有趣的是巴瓦的女儿将成为一头红白相间的花牛，牛群里再加上这三头牛……太好了！我将同

---

① 丁铎尔（1820—1893），英国物理学家。

妻子和客人们一起观看牛群……妻子会说：‘我同康斯坦京照顾这头小牛就像照顾孩子一样。’有个客人会说：‘您对这事怎么那样感兴趣呀？’她回答说：‘凡是他感兴趣的事，我也都感兴趣。’但她究竟是谁呢？”于是他又想起在莫斯科发生的事……“究竟怎么办呢？……我并没有错。但现在一切都得从头来起了。说什么生活不允许，情况不允许，这都是胡说。一定要努力生活得更好，比原来的好得多……”他抬起头来沉思。老狗拉斯卡还没有充分享受主人归来的欢乐，跑到院子里叫了几声，又摇摇尾巴，带着户外的新鲜空气回到房子里，跑到他面前，把头伸到他的手底下，哀怨地尖叫着，要求他的抚摩。

“它就是不会说话，”阿加菲雅说，“它是条狗……可它也懂得主人回来了，主人心里不高兴呢。”

“为什么说我不高兴啊？”

“难道我看不出来吗，老爷？像我这把年纪还会不知道？我从小就是在老太爷他们身边长大的。不要紧，老爷。做人只要身体健康、良心清白就好了。”

列文凝神地望着她，觉得很奇怪，她怎么这样了解他的心事？

“那么，再给您沏杯茶吧。”她说着拿起茶杯，走了出去。

拉斯卡拼命把头伸到他的手底下。他摸摸它，它立刻蜷伏在他的脚边，把头搁在伸出的后脚上。它微微张开嘴，啧着嘴唇，用湿润的嘴唇更舒服地盖住它那衰老的牙齿，怡然自得地安静下来，表示一切都称心如意了。列文留神地瞧着它最后的动作。

“我也是这样！”他心里想，“我也是这样！没什么……一切都很称心。”

28

舞会后的第二天清早，安娜打电报给丈夫，说她当天离开莫斯科。

“不，我得走了，得走了！”她向嫂子解释她为什么要改变计划，那种语气就像想起了有数不清的事情要做似的。“不，还是今天走好！”

奥勃朗斯基没有在家里吃饭，但答应七点钟回来送妹妹。

吉娣也没有来，只送来一张条子说她头痛。陶丽和安娜就同孩子们和英国女教师一起吃饭，不知是孩子们容易变呢，还是特别敏感，他们觉得今天安娜同平时完全不一样，她不再关心他们——总之，他们不再同姑妈玩，也不再爱她，对她走不走毫不在意。安娜一早上都在忙于准备回家。她写信给莫斯科的熟人，记下账目，收拾行李。陶丽总觉得安娜心神不宁，情绪烦躁。这种心情陶丽是体验过的，不是无缘无故，多半是由于对自己不满。饭后安娜走到自己房里去换衣服，陶丽跟着她进去。

“你今天好怪！”陶丽对她说。

“我吗？你发现了？我并不怪，我只是有点难过。这种情况是常有的。我老是想哭。这很傻，但会过去的。”安娜急急地说，涨得通红的脸俯向一个玲珑的手提包。她正在把睡帽和麻纱手帕放到手提包里去。她的眼睛格外明亮，眼眶里泪光闪闪。“我当时舍不得离开彼得堡，就像现在舍不得离开这儿一样。”

“你这次来做了一件好事。”陶丽凝视着她的脸说。

安娜用泪汪汪的眼睛对她瞧了瞧。

“别这样说，陶丽。我什么也没有做，什么也不会做。我常常感到奇怪，为什么大家都来宠我，把我宠坏了。我做了什么？我又能做什么？你自己心里有那么多的爱，你能饶恕人……”

“要是没有你，天知道会出什么事！你真幸福，安娜！”陶丽说，“你心里一切都是光明磊落的。”

“英国人说，人人心里都有秘密[①]。”

“你有什么秘密？你的一切都是光明磊落的。”

“有的！”安娜忽然说。在流过眼泪之后，她的嘴唇上出乎意外地浮起一种狡猾而嘲弄的微笑。

“那么，你的秘密一定是可笑的，而不是痛苦的。”陶丽笑眯眯地说。

“不，是痛苦的。你知道我为什么要今天走而不是明天走吗？我的心事很难说出口，但我愿意向你坦白。”安娜说，身子断然地往安乐椅上一靠，眼睛盯着陶丽的眼睛。

陶丽看到安娜的脸一直红到耳根，红到脖子上乌黑鬈发的发根，不禁吃了一惊。

“是的，”安娜继续说，“你可知道吉娣今天为什么不来吃饭吗？她在吃我的醋。我破坏了……这次舞会使她痛苦而不是快乐，完全是因为我的缘故。不过，说实在的，说实在的，我并没有错，或者只有一点儿错。”她说，尖细的声音强调“只有一点儿”几个字。

“哈，你说这话多么像斯基华！”陶丽笑着说。

这话使安娜感到委屈。

“哎，不不不！我可不是斯基华，”她皱着眉头说，“因为我对自己没有一点儿怀疑，所以我才对你这样说。”

---

① 原文为英语。

但就在她说这话的一刹那，她觉得她说的不是真话。她不仅怀疑自己，而且一想到伏伦斯基就心慌意乱。她之所以要提前走，就是为了避免再同他见面。

“是的，斯基华对我说了，你同他跳过玛祖卡舞，还有他……”

“真想不到事情会弄得这么可笑。我原来只想给他们撮合撮合，结果却完全出乎意外，也许我是情不自禁……”

她涨红了脸，停住了。

“哦，这一点他们立刻就感觉到了！”陶丽说。

“但要是他在这件事上认真的话，我是会感到失望的，”安娜打断她的话说，“我相信这件事会被忘记的，吉娣也不会再恨我了。”

“不过，安娜，我对你说句实话，我不太赞成吉娣这门婚事。要是他伏伦斯基一天里就会对你发生爱情，这门婚事还是吹掉的好。”

“哎呀，我的天，这未免太愚蠢了！”安娜说。她听见陶丽把她的心事说出来，脸上又浓浓地泛起了得意的红晕。“这么说来，这回我离开这儿，却成了我心爱的吉娣的仇人了！啊，她是多么可爱呀！不过，陶丽，这事你会设法补救的吧？是吗？”

陶丽好容易才忍住笑。她爱安娜，但看到她也有弱点，觉得挺好玩。

“成为仇人吗？那是不会的。”

“我真希望大家都爱我，就像我爱你们一样。我现在更加爱你们了，”她含着眼泪说，“哎，我今天多傻呀！”

她拿手帕抹了抹脸，开始换衣服。

直到安娜就要动身的时候，奥勃朗斯基才赶回来，他满脸红光，喜气洋洋，一身都是酒气和雪茄味儿。

安娜的情绪也感染了陶丽，当她最后一次拥抱小姑时，喃喃地说：

“记住，安娜，你帮了我的忙，我是永远不会忘记的。你要记住，我爱你，并且将永远爱你，你是我最好的朋友！”

“我真不明白你说这话做什么！”安娜忍住眼泪吻着陶丽，说。

“你过去了解我，现在也是了解我的。再见，我的好朋友！”

29

“啊，感谢上帝，一切都结束了！”当安娜同直到第三次铃响还站在车厢过道的哥哥最后告别时，头脑里首先这样想。她坐在软席上，同安奴施卡一起。她在卧车的昏暗灯光中向周围环顾着。“感谢上帝，明天就可以看到谢辽查和阿历克赛·阿历山德罗维奇，我又可以照老样子太太平平过日子了。”

安娜虽然还没有消除一天来的激动，但已经有条不紊地安排了旅途生活。她用灵巧的小手打开和关上红色手提包，拿出一只小靠枕，放在膝盖上，整齐地盖住两腿，舒舒服服地坐下来。那个有病的太太已经躺下睡觉了。另外两位太太同她攀谈起来。那个胖老太婆包好脚，抱怨起车厢里的暖气来。安娜同太太们敷衍了几句，看到谈话不会有什么趣味，就叫安奴施卡拿出一盏马灯，挂在座位的扶手上，又从手提包里取出一把裁纸刀和一本英国小说。开头她读不进去。先是嘈杂的声音和旅客的来往打扰她；后来火车开动了，她又不能不被开车的响声所吸引；然后是雪片打着左边的车窗，粘在玻璃上；接着是衣服裹得很紧、半边身子撒满雪花的列车员走了过去；然后又是对今天大风雪的议论，分散了她的注意力。这种种响动不断地重复出现，又是火车的震动和响声，又是打在车窗上的雪片，又是那忽冷忽热的暖气，又是在昏暗的车厢里闪过的人影，又是那些说话声，但安娜已开始在读小说，并且读进去了。安奴施卡已经在打瞌睡，她那双宽阔的手戴着其中一只已经破了的手套，抓住放在膝盖上的红色手提包。安娜在读小说，并且读进去了，但她不高兴读，或者说不高兴跟踪别人的生活。她自己对生活的兴趣太浓了。她读到小说中女主人公看护病人，她就渴望自己在病房里悄悄地走动；她读到国会议员发表演说，她就渴望自己去作这样的演说；她读到玛丽小姐骑马打猎，戏弄嫂子，并且以她的勇敢使大家吃惊，她就渴望自己也这样做。但她又无事可做，于是只好用她的小手玩弄光滑的小刀，勉强读下去。

小说里的男主人公已达到他英国式幸福的境界，获得了男爵爵位和领地。安娜很想同他一起到那个领地去，可是忽然觉得他应该害臊，她自己也应该为此感到害臊。“但他究竟有什么可害臊的？我又有什么可害臊的？”安娜又生气又惊奇地问自己。她双手紧紧握住裁纸刀，身子往椅背上一靠，放下了书。没有什么可害臊的。她反复重温着在莫斯科的往事。一切都是美好的，愉快的。她想起舞会，想起了伏伦斯基和他那张多情的恭顺的脸，想起了她同他的全部关系，没有什么可害臊的。但就在回忆过程中，她的羞耻感增强了。她一想起伏伦斯基，内心就有一个声音在对她说：“温暖，真温暖，简直有点热呢！”她在座位上换了一个姿势，断然地对自己说：“哎，那有什么呢？那又有什么道理？难道我害怕正视这件事吗？哎，那有什么呢？难道我同这个小伙子军官有了或者可能有超过一般朋友关系的关系吗？”她轻蔑地冷笑了一声，又拿起书来，可是怎么也读不进去。她拿裁纸刀在窗玻璃上刮了一下，又把光滑冰凉的刀面贴在面颊上，一种莫名其妙的喜悦突然涌上心头，她差一点笑出声来。她觉得她的神经像琴弦一样在弦轴上越绷越紧。她觉得她的眼睛睁得越来越大，手指和脚趾都在痉挛，喉咙里有样东西哽住，喘不过气来；而在这摇曳的昏暗灯光里，一切形象却异乎寻常的鲜明，使她感到惊奇。她不断地感到疑惑，不能确定火车究竟是在前进，还是后退，还是根本没有开动。坐在她旁边的是安奴施卡还是别的什么人？“那边座位扶手上是什么东西？是皮大衣还是野兽？在这儿的是不是我自己？是我自己还是别的女人？”对这样的精神恍惚，她感到恐惧。它有一种吸引力，但她可以凭意志听从它或者摆脱它。她站起身来清醒清醒，推开羊毛毯，脱下短披肩。她清醒了一刹那，知道那个穿着掉了纽扣的粗布长外套的瘦瘦的乡下佬是个生炉子的，他进来看看温度表，风雪就随着他从门口刮进来；但随后一切又都模糊了……这个腰身很长的乡下佬仿佛在啃墙上的什么东西，那个老太婆把腿伸得有一车厢长，弄得车厢里一片阴暗；接着听到一阵恐怖的尖叫和轰隆声，仿佛有人被撕裂了；然后是一片耀眼的通红的火光，最后一切又全被一堵墙遮住了。安娜觉得她在往下沉，但这一切并不可怕，而是怪有趣的。一个衣服裹得很紧、身上落满雪花的人在她耳边说了些什么。她站起身来，清醒了。她明白火车进站了，那个人是列车员。她叫安奴施卡把她的披肩和头巾拿给她，她穿戴好了，向门口走去。

“您要出去吗？”安奴施卡问。

“是啊，我想呼吸呼吸新鲜空气，这儿太热了。”

她打开门。暴风雪向她迎面扑来，同她争夺着车门。她觉得很有趣。她拉开门，走了出去。风仿佛就在等着她，快乐地呼啸着，想把她擒住带走，但她抓住冰冷的门柱，按住衣服，走到站台上，离开那节车厢。风在踏级上很猛烈，但在站台上被车厢挡住，变得轻微些了。她舒畅地深深吸着雪花飞舞的凛冽的空气，站在车厢旁边，环顾着站台和灯光辉煌的车站。

30

暴风雪从车站角落里，经过一排柱子，在火车车轮之间冲击着，咆哮着。车厢、柱子、人，凡是看得见的东西全都半边盖满了雪，而且越盖越厚。暴风雪平静了片刻，接着又更加猛烈地刮来，简直使人无法抵挡。然而，人们还是快乐地交谈着，奔来跑去，把月台上的铺板踩得咯咯直响；大门不断地打开又关上。一个人的弯曲影子在她的脚边滑过，接着就听见锤子敲在钢铁上的声音。“把电报拿来！”从暴风雪怒号的黑暗中传来一个怒气冲冲的声音。“请到这里来！二十八号！”各种不同的声音在叫嚷。有几个穿戴得很暖和、身上落满雪花的人跑过。有两个嘴里衔香烟的人在她旁边走过。她又深深地吸了一口新鲜空气，从手筒里伸出一只手，正要去抓门柱，回到车厢里，突然发现她的旁边站着一个穿军服的人，挡住了摇曳的灯光。她回头一看，立刻认出伏伦斯基的脸。他举起一只手放在帽檐旁，又向她鞠了一躬，问她有没有什么事，他能不能为她效劳。她好一阵什么也没回答，凝神地望着他。尽管他站在阴影里，她却看见，或者说她自以为看见他脸部和眼睛的表情。这就是昨天那么打动她心弦的那种又恭敬又狂喜的表情。这几天，甚至刚才，她还在反复对自己说，对于她，伏伦斯基只不过是随处可以遇见的无数普通青年中的一个罢了，她绝不让自己再去想他；可是这会儿，刚同他见面，她就被一种快乐的骄傲情绪所控制。她不必问他怎么会来到这里。这一点她知道得那么确切，就像他对她说，他来到这里，是因为她在这里。

她回头一看，立刻认出伏伦斯基的脸。

"我不知道您也来了。您来做什么呀？"她垂下正要去抓门柱的手，说。她的脸上焕发出一种掩饰不住的欢乐和生气。

"我来做什么吗？"他盯住她的眼睛，反问说。"说实话，我来到这里，是因为您在这里，"他说，"我没有别的办法。"

就在这个时候，风仿佛冲破了重重障碍，把车厢顶上的雪吹落下来，把什么地方的破铁皮吹得铿锵发响。前面，机车发出哀怨而凄凉的尖锐汽笛声。暴风雪的恐怖景象在她看来显得格外壮丽。他对她说的话，正是她内心所渴望而她的理智所害怕的。她什么也没有回答，但他从她的脸上看出了内心的斗争。

"要是我说的话使您不高兴，那就请您原谅。"他恭顺地说。

他说得那么彬彬有礼，又那么斩钉截铁，使她好一阵都答不上来。

"您的话很傻。我请求您，如果您是个好人，那就把您说的话忘掉，我也会把它忘掉的。"她最后说。

"您的每一句话，您的每一个动作，我都永远不会忘记，也无法忘记……"

"够了，够了！"她叫道，竭力想使自己被他贪婪地凝视着的脸装出很严厉的样子，但是装不成。于是她一手抓住冷冰冰的门柱，跨上踏级，急急地走到车厢的平台里。她在这小小的平台上站住，头脑里重温着刚才发生的事。她想不起自己说过的话，也想不起他说过的话，但她明白，这片刻的谈话使他们可怕地接近了。这使她感到害怕，也使她觉得幸福。她站了几秒钟，走进车厢，在自己的位子上坐下来。原来折磨过她的精神紧张，不仅恢复了，而且变本加厉，使她担心身上会有什么东西因过度紧张而断裂。她通宵没有入睡。不过，在这种精神紧张的状态中，在那充满她头脑的幻想中，并没有什么阴暗和不愉快的东西；相反，只有一种快乐的、使人陶醉的热辣辣的感觉。天快亮时，安娜在座位上打起瞌睡来。她醒来时，天色已经大亮，火车驶进了彼得堡。有关家庭、丈夫、儿子和今天以及往后的种种琐事的思想，立刻涌上她的心头。

火车在彼得堡车站停下来，她下了车，首先引起她注意的就是丈夫的脸。"哎呀，我的天！他的耳朵怎么变成这个样子了？"她望着他那冷冰冰的、一本正经的脸，特别是他那对现在使她感到惊奇的、撑住圆礼帽边缘的大耳朵，心里想。他一看见她，就向她走过来，嘴唇上浮起他那惯常的嘲笑，他那双疲倦的大眼睛直瞪着她，当她遇见他那执拗而疲倦的目光时，一阵不愉快的感觉揪住她的心，仿佛她原来希望看见的他不是这个样子的。特别使她吃惊的，是当她遇见他时所产生的那种对自己不满的感觉。这是一种由来已久的熟悉的感觉，也就是在对待丈夫关系上的虚情假意。她以前没有注意到这种感情，现在却十分明白而痛苦地意识到了。

"是啊，你看，你多情的丈夫像新婚头一年那样多情，望你连眼睛都快要望穿了。"他用尖细的声音和对她惯用的腔调慢慢地说。谁要是真的用这种腔调说话，那准会被人嘲笑的。

“谢辽查身体好吗？”她问。

“这就是对我的热情的全部报答吗？”他说，“他身体很好，很好……”

31

这一夜，伏伦斯基通宵不想睡觉。他坐在他的座位上，一会儿直瞪着前方，一会儿打量着进进出出的人。他一向以镇定沉着使不熟悉他的人感到惊奇和不安，而此刻似乎变得更加傲慢自负了。他看人好像在看一样东西。一个在区法院任职、有点神经质的青年坐在他对面，很恼恨他这副样子。那青年向他借火抽烟，还同他攀谈，甚至于推推他，想让他感觉到自己不是物件，而是一个人。但是伏伦斯基望着他还是像望着一盏灯那样。那青年实在受不了他这种冷漠的态度，就扮了个鬼脸。

伏伦斯基什么东西也没有看见，什么人也没有看见。他觉得自己像个皇帝，倒不是因为他相信他给安娜留下了不平凡的印象——这一点他还没有自信——而是因为她给他留下的印象使他觉得幸福和自豪。

这一切将产生什么后果，他不知道，甚至连想都没有想过。他觉得他以前所浪费和分散的精力现在都集中在一点，并且精神抖擞地去追求一个崇高的目的。他因此感到幸福。他只知道他对她说了实话，她到哪里，他也到哪里；他现在发现生活的全部幸福，生活的唯一意义，就是看到她，听见她的声音。当他在波洛果伏下车去喝矿泉水，看见安娜的时候，他情不自禁地对她说的第一句话，就是他原来所想的。他感到很高兴，因为对她说了这话，现在她知道了他的情意，一定正在想着他的话。伏伦斯基通夜没有合眼。他回到车厢里，不断地回忆着看见她的各种情景，回味着她说过的每一句话，并且在头脑里幻想着未来生活的种种情景，而这可使他兴奋得简直连心脏都要停止跳动了。

伏伦斯基在彼得堡下了火车，觉得自己在通宵失眠之后却神清气爽，好像洗过冷水澡一样。他站在她那节车厢旁边，等她出来。“我可以再看见她一眼，”他情不自禁地微笑着，对自己说，“我要看看她走路的姿势，看看她的脸。说不定她会说些什么，会回过头来，瞟我一眼，笑一笑。”但是，他还没有看见她，却先看到了她的丈夫由站长恭恭敬敬地陪着穿过人群。“哦，是啊，是她丈夫！”直到现在伏伦斯基才清楚地懂得，那丈夫是同她一辈子结合在一起的人。他本来知道她有丈夫，但几乎不相信他的存在，直到看见他，看见他的脑袋、肩膀和穿黑裤子的腿，特别是当他看见卡列宁露出所有主的神气，泰然自若地挽起她的胳膊时，他才确信这一点。

他看见卡列宁，看见他那彼得堡式刮得光光的脸和严厉而充满自信的神态，以及他的圆礼帽和微驼的背，才相信他的存在，并且产生了一种不快的感觉，就像一个口渴得要命的人走到泉水旁边，却发现那里有一条狗、一只羊或者一头猪在饮水，并且把水搅浑了。卡列宁走起路来蹒蹒跚跚，摆动屁股，这副样子使伏伦斯基特别厌恶。他认为只有自己才有爱她的绝对权利。但她还是那样，她的神态还是那样使他觉得精神振奋，心里充满幸福，受到鼓舞。他吩咐那个从二等车厢来的德国跟班拿着行李先走，自己则向她跟前走去。他看见他们夫妻见面，而且以他情人的明察秋毫的眼力看见她同丈夫说话有点拘谨。"不，她不爱他，她不会爱他！"他心里这样断定。

他从后面走近安娜的时候，高兴地发现她感觉到他的接近；她回头瞧了一眼，一认出是他，又继续同丈夫说话。

"您昨儿晚上睡得好吗？"他同时向她和她丈夫鞠躬，使卡列宁认为他是在向卡列宁鞠躬。至于卡列宁是不是认得他，那倒是无所谓的。

"谢谢您，很好！"她回答。

她的脸显得有点疲倦，也没有那股忽而从微笑中、忽而从眼神里焕发出来的生气；但是在她对他的一瞥中，她的眼睛里却有一样东西闪了闪。虽然这火花一闪就熄灭了，他却因这一瞥而感到幸福。她向丈夫瞟了一眼，想知道他是不是认识伏伦斯基。卡列宁不高兴地望望伏伦斯基，茫然地回想着他是谁。伏伦斯基的镇定自若，碰到卡列宁那种冷冰冰的自信，就像镰刀碰在石头上一样。

"伏伦斯基伯爵。"安娜介绍说。

"噢！我们好像认识？"卡列宁伸出手，冷冷地说。接着卡列宁又对安娜说："你同母亲一起去莫斯科，却同儿子一起回来。"他一字一顿、清清楚楚地说，好像说一个字就是抛出一个卢布来。"您一定是来休假的吧？"他不等伏伦斯基回答，又用戏谑的口吻对妻子说："嘿，离开莫斯科恐怕流了不少眼泪吧？"

他这样对妻子说，是要使伏伦斯基感觉到他要同她单独在一起，接着向伏伦斯基转过身去，举手碰了碰帽檐；但伏伦斯基却对安娜说：

"希望有荣幸去拜访你们。"

卡列宁用疲倦的眼睛对伏伦斯基瞟了瞟。

"欢迎！"他冷冷地说，"我们每逢星期一招待客人。"然后他把伏伦斯基抛在一边，对妻子说："真巧，我正好有半小时空来接你，可以向你表示表示我的热情。"他继续用戏谑的口吻说。

“你太夸大你的热情了，我可不敢领教哇！”她同样用戏谑的口吻说，同时不由自主地倾听着跟在他们后面的伏伦斯基的脚步声。“这关我什么事？”她心里想，接着就问丈夫，她不在家的时候谢辽查怎么样。

“啊，好得很！玛丽埃特说他很听话……不过我要说句使你扫兴的话……他并没有想念过你，可不像你的丈夫哇！但我要向你再说一声‘谢谢’，我的朋友，你给了我面子，提早一天回来。我们那只‘茶炉子’可要大大高兴了。（他把那位赫赫有名的李迪雅伯爵夫人叫作茶炉子，因为她不论遇到什么事总是兴奋激动得要命）她几次问起你。说实话，要是允许我冒昧奉劝，你今天应该去看看她。她这人不论什么事都是挺热心的。现在除了她自己操心的种种事情以外，还忙着给奥勃朗斯基夫妇调解呢。”

李迪雅伯爵夫人是她丈夫的朋友，是彼得堡上流社会里一个圈子的中心人物。而安娜通过丈夫的关系，同这个圈子里的人很接近。

“我给她写过信了。”

“不过她总是希望知道得更详细些。去一次吧，我的朋友，要是你不太疲劳的话。哦，康德拉基会给你马车的，我可要到会里去了。现在我又可以不用单独一个人吃饭了！”卡列宁继续说，但已经不再用戏谑的口吻，“你真不会相信我已经习惯同你……”

于是他好一阵握着她的手，带着一种异样的微笑扶她上了马车。

32

家里第一个出来迎接安娜的是她的儿子。他不顾家庭女教师的呼喊，冲下楼梯来迎接她，欢天喜地地叫着：“妈妈，妈妈！”他跑到她面前，就吊在她的脖子上。

“我对您说是妈妈！”他对家庭教师大声说，“我知道的！”

儿子也像丈夫一样，在安娜心里引起一种近乎扫兴的感觉。她在想象中把他看得比实际上更好。但她不得不回到现实中来欣赏他的本来面目。不过，他的本来面目也是可爱的：他生着一头浅黄的鬈发、一双天蓝的眼睛和两条穿着紧身长筒袜的细长结实的腿。安娜在亲近和抚爱他时，体会到一种近乎肉体的快感；而在遇见他那单纯、信任和亲爱的目光，听见他那些天真的问话时，就又感到精神上的安慰。安娜取出陶丽送给孩子的礼物，对儿子说莫斯科有一个叫塔尼雅的小姑娘，这个塔尼雅不但会自己读书，她还在教别的孩子呢。

“哦，那我不如她吗？”谢辽查问。

“在我看来，你是天下最好的孩子。”

“这我知道。”谢辽查微笑着说。

安娜还没有喝完咖啡，仆人就进来通报说，李迪雅伯爵夫人到。李迪雅伯爵夫人又高又胖，脸色憔悴枯黄，但生有一双美丽的若有所思的黑眼睛。安娜爱她，但今天她仿佛第一次发现她身上的各种缺点。

“嘿，我的朋友，您拿到橄榄枝了吗？[①]”李迪雅一走进房间就问。

“是的，事情全结束了，但这一切也并不像我们原先想的那么严重，”安娜回答，“总之，我嫂子也太死心眼了。”

不过，李迪雅伯爵夫人虽然关心各种闲事，但人家对她讲她所关心的事却从来不好好听，这会儿就打断安娜的话说：

“是啊，天下烦恼和邪恶真多，我今天可吃尽苦头啦。”

“怎么回事？”安娜竭力忍住笑问她。

“为真理而奋斗，费力不讨好，我有点厌倦了，有时简直有点泄气了。姐妹会（这是一个博爱的、爱国的宗教组织）的事搞得很好，可是你拿这些先生简直毫无办法，”李迪雅伯爵夫人带着无可奈何的嘲弄口吻说，“他们抓住一个思想，把它歪曲，然后又卑鄙无耻地谈论它。只有两三个人，包括你丈夫在内，了解这个事业的全部意义，可其他人呢，他们只会把事情弄糟。普拉夫京昨天写信给我……”

普拉夫京是一位侨居国外的著名泛斯拉夫主义者。李迪雅伯爵夫人讲了他来信的内容。

接着伯爵夫人又讲了一些反对教会联合运动的阴谋和不快的事情，就匆匆地走了，因为她还要去参加一个团体的会议和斯拉夫委员会的活动。

“这种事情向来如此，可是我以前怎么没有发觉呢？”安娜自言自语，“是不是她今天特别生气呀？但说来也实在可笑，她的目的是行善，而且又是个基督徒，可她总是愤愤不平。她总是碰到冤家对头，而且是基督教和慈善事业方面的冤家对头。”

李迪雅伯爵夫人走后又来了一个朋友，那是位长官夫人。她讲了城里的种种见闻。到三点钟她也走了，但答应来吃晚饭。卡列宁还在部里。只剩下一个人，安娜就利用这段时间去照料儿子吃饭（他一向单独吃饭），收拾收拾东西，看了桌上堆着的信件和便条，又写了些回信。

她在旅途中所感到的莫名其妙的羞愧和兴奋完全消失了。在习惯的生活环境中，她又觉得心安理得，无可非难。

---

① 橄榄枝代表和平，这里指给奥勃朗斯基夫妇调解成功一事。

她诧异地回想着她昨天的经历。“到底出了什么事？什么也没有。伏伦斯基说了些蠢话，但那是说过就算了，而且我也回答得很得体。这事可不必对丈夫讲，也不能讲。把这种事告诉他倒是小题大做了。”她想起她曾经告诉丈夫，在彼得堡，她丈夫手下有个青年，差点儿向她求爱，但卡列宁却回答说，这类事情凡是参加社交活动的女人都会碰到，他完全相信她的稳重，绝不会让猜疑来贬低她和贬低自己。“看来没有必要讲出来吧？是的，感谢上帝，没有什么可讲的。”她自言自语着。

33

卡列宁四点钟从部里回家，照例没有时间到房里去看安娜。他走到书房里去接见等着他的来访者，在秘书拿来的一些公文上签了字。吃饭的时候来了几个客人（平日总有几个客人到卡列宁家来吃饭）：卡列宁的老表姐，一位司长和他的太太，一个被推荐到卡列宁部下任职的青年。安娜走到客厅里来招待他们。五点整，彼得一世的青铜大钟还没有敲第五下，卡列宁就穿着燕尾服，佩着两枚勋章，系着白领带，走了进来，因为一吃完饭他就要出去。卡列宁生活中的每一分钟都预先排定，都有活动。为了完成每天摆在他面前的事，他总是严格遵守时间。“不紧张，不休息。”——这是他的信条。他走进客厅，向每个人点头致意，一面向妻子微笑，一面匆匆坐下来。

“是啊，我的孤独生活这下子算结束了。你真不知道一个人吃饭有多别扭（他特别强调‘多别扭’三个字）。”

吃饭时他同妻子谈了些莫斯科的事，带着嘲讽的微笑问到奥勃朗斯基的情况。不过，谈话都是一般性的，都是些彼得堡官场和社会上的事情。饭后，他陪了半小时客人，就又笑嘻嘻地握了握妻子的手，乘车去参加会议。这天晚上，安娜既没有到培特西公爵夫人家去——虽然公爵夫人一知道安娜回来，就请她晚上去玩——也没有到她订有包厢的剧院里去看戏。她不出去的主要原因，是她预备穿的衣服还没有做好。总之，在客人走后，安娜理理服装，感到很懊恼。她在衣着上一向善于精打细算，在去莫斯科之前就请女裁缝替她改制三件衣服。她要求衣服改得认不出是改制的，而且三天前就应当改好。结果两件衣服根本没有改，还有一件也改得不称安娜的心。女裁缝走来解释，硬说这样改更合适，因此惹得安娜大发脾气，过后她想起来都觉得害臊。为了要使心情平静下来，她走到孩子房里，整个黄昏都同儿子在一起过，最后又安顿他睡觉，为他画了十字，盖好被子。她哪儿也没有去，一晚上在家里过得那么愉快，觉得很高兴。她感到那么心安理得，那么清楚地看出，她在火车上认为不平凡的遭遇，其实只是社交界一件平凡的小事，她没有理由要在人家面前和自己面前感到害臊。安娜坐在壁炉旁边读一本英国小说，等着丈夫。九点半整，她听见他的铃声，接着他就走进房里来。

“你到底来了！”她说着向他伸出一只手。

他吻了吻她的手，在她旁边坐下。

“我从各方面看出来，你这次出门很顺利。”他对她说。

“是的，很顺利。”她回答。于是她一五一十把各种事情讲给他听：她同伏伦斯基伯爵夫人同车去莫斯科，她到达莫斯科的情况，铁路上发生的意外事故。接下来又讲到她怎样开头同情哥哥，后来又同情陶丽。

“我不认为这样的人可以原谅，虽然他是你的哥哥。”卡列宁严厉地说。

安娜微微一笑。她懂得他说这话就是为了表示，亲属关系并不妨碍他说出公正的意见。她知道丈夫的这种性格，并且很欣赏。

“一切都圆满解决了，你也回来了，我很高兴！”他继续说，“那么，对议会里通过我的那个新法案，那里有什么议论吗？”

关于那个法案，安娜什么也没有听说。这件对他如此重要的事，她竟没放在心上，她感到内疚。

“这里正好相反，反应很大。”他得意扬扬地笑着说。

她看出来，卡列宁想把这件事当中他觉得有趣的地方告诉她，因此故意提些问题引他讲。他就得意扬扬地笑着讲给她听，由于这个法案获得通过，他博得了不少彩声。

“我非常非常高兴。这证明，对这件事的合理而坚定的看法，在我们中间开始确立。”

卡列宁喝完第二杯奶油红茶，吃好面包，站起身来，向书房走去。

“你哪儿也不去，一定很寂寞吧？”他说。

“嗯，不！”她回答着，也跟着他站起来，送他穿过客厅到书房里去。“你最近在读什么书哇？”她问。

“我最近在读李尔公爵的《地狱之诗》，”他回答，“是一本很出色的书。”

安娜微微一笑，那神气就像人们看见心爱的人的弱点一般。她挽住他的手臂，把他送到书房门口。她知道晚上读书是他必不可少的习惯。她知道，虽然公务几乎占去他的全部时间，他还是认为有责任关心知识界的一切大事。她也知道，他真正感兴趣的是政治、哲学和神学方面的著作，艺术对他的天性是格格不入的，虽然如此，或者说就因为这个吧，卡列宁从不放过艺术界发生的任何重大问题，并且认为博览群书是他的责任。她知道，在政治、哲学、神学方面，卡列宁常常产生各种疑问，进行探索，但在艺术和诗歌方面，尤其在音乐方面，尽管他一窍不通，却总有他明确而坚定的见解。他爱谈莎士比亚、拉斐尔、贝多芬，爱谈新派诗歌和音乐的意义，而他对各种文艺流派都作了十分明确的分类。

“好了，上帝保佑你！”她在书房门口说，看见书房里的安乐椅旁已摆了一支有罩的蜡烛和一只水瓶，“我要写信到莫斯科去。”

他又握住她的手，吻了吻。

“他毕竟是个好人，正直，善良，事业上有成就，”安娜回到房里，自言自语，仿佛在一个指责他、说他这人不讨人喜爱的人面前替他辩护着，“可是他的耳朵怎么显得这么怪呀！是不是因为他刚理过发了？”

十二点整，安娜还坐在写字台旁给陶丽写信，就听见穿着拖鞋的稳重的脚步声。卡列宁梳洗完毕，腋下夹着一本书，走到她跟前。

“该睡觉了，该睡觉了。”他异样地微笑着，向卧室走去。

“伏伦斯基凭什么权利那样看他呀？”安娜记起伏伦斯基看卡列宁的目光，想。

她脱了衣服，走进卧室，可是她的脸上不仅没有她在莫斯科生活时从眼神和微笑中焕发出来的那股生气，相反，她心中的火花似乎熄灭了，或者远远地隐藏到什么地方去了。

34

伏伦斯基离开彼得堡的时候，把他滨海街那组大公寓交给他的朋友和要好同事彼特利茨基照管。

彼特利茨基是个青年中尉，出身并不显要，不仅不富裕，而且负债累累，天天晚上都喝得酩酊大醉，还常常因为种种荒唐可笑的丑事而被关禁闭，但同事和长官都很喜欢他。伏伦斯基在十一点多钟从火车站搭车回到寓所，看见门口停着一辆他熟识的马车。当他还在门外打铃的时候，就听见男人的哈哈笑声、女人喃喃的说话声和彼特利茨基的喊叫声：“如果是个坏蛋，就不让他进来！”伏伦斯基关照勤务兵不要通报，自己就悄悄地走进第一个房间。彼特利茨基的女朋友，希尔顿男爵夫人，穿着闪闪发亮的紫缎衣裳，头发浅黄，脸色鲜红，说着一口巴黎话，像金丝雀一般使整个屋子都充满她的声音。她正坐在圆桌旁煮咖啡。彼特利茨基穿着大衣，卡梅罗夫斯基骑兵大尉一身军装，大概刚下班。他们分别坐在她的两边。

“好哇！伏伦斯基！”彼特利茨基叫着跳起来，嘎的一声推开椅子。“主人来了！男爵夫人，给他用新咖啡壶煮点咖啡。嘿，真是没想到！我希望你书房里的这个装饰品能使你满意，”他指指男爵夫人说，“你们是认识的吧？”

“那还用说！”伏伦斯基说，快乐地微笑着，紧紧握住男爵夫人的小手，“当然！我们是老朋友了。”

“您出门刚回来，那我走了，”男爵夫人说，“嗯，我这就走，要是妨碍你们的话。”

“您可不用客气，男爵夫人，处处都是您的家。”伏伦斯基说。“您好，卡梅罗夫斯基。”他冷冷地握了握卡梅罗夫斯基的手，说了一句。

“您就从来不会讲这样漂亮的话。”男爵夫人对彼特利茨基说。

“不，怎么不会？等吃过饭我也来讲些同样漂亮的话。”

“吃过饭讲就不稀奇了！好吧，我来给您煮咖啡。您去洗个脸收拾一下吧。”男爵夫人说着又坐下来，小心地转动新咖啡壶上的螺旋。“彼尔，拿咖啡给我，”她对彼特利茨基说，亲昵地唤他彼尔，并不掩饰她同他的特殊关系，“我来加一点。”

“您会把它弄糟的。”

“不，我不会把它弄糟！那么您的太太呢？”男爵夫人突然打断伏伦斯基跟他同事的谈话，插嘴说，“我们已经把您从这儿送出去让人家招女婿了。您把太太带来了吗？”

“没有，男爵夫人。我生来是个吉卜赛人，死后还是个吉卜赛人。”

“这样更好，这样更好。让我们来握握手吧。”

男爵夫人没有放掉伏伦斯基的手，就用戏谑的口吻告诉他她最近生活上的打算，征求他的意见。

“他总是不肯同我离婚！唉，叫我怎么办呢？（他是指她丈夫）我想去对他起诉。您能不能给我出出主意？卡梅罗夫斯基，当心咖啡，已经烧开了。您瞧，我有多少事情啊！我要起诉，因为我要我的那一份财产。您知道他这人实在岂有此理，居然说我对他不忠实，”她轻蔑地说，“竟想侵占我的财产。”

伏伦斯基津津有味地听着这位俏丽女人的快乐闲谈，随声附和着，半真半假地给她出着各种点子。总之，立刻采用他对这类女人谈话时惯用的腔调。在他的彼得堡世界里，所有的人被分成截然相反的两类。一类是低级的：庸俗、愚蠢、可笑，他们认为一个丈夫只应同一个合法妻子共同生活，姑娘必须贞洁无瑕，女人必须有羞耻心，男人要有丈夫气概，要刚强持重，要教育孩子，要自食其力，要偿清债务，以及诸如此类的荒唐想法。这都是些可笑的老派人。另一类是堂堂正正的人，他伏伦斯基和他的朋友们都属于这一类，他们的特点是：风雅、英俊、慷慨、勇敢、乐观，沉溺于各种情欲而不会脸红，对什么事都抱着玩世不恭的态度。

伏伦斯基怀着从莫斯科带回来的另一个世界的种种印象，只在最初一刹那感到有点突兀，但很快就像两脚伸进一双旧拖鞋那样，又回到原来那个轻松愉快的世界里了。

咖啡结果还是没有煮好，却溅了大家一身，烧干了，并且起了它必然的作用，就是说引得哄堂大笑，溅污了贵重的地毯和男爵夫人的衣服。

"嗯，那么再见吧，要不然您就永远不去洗脸，而在我的心上留下一个正派人所能犯的主要罪行——不爱清洁。那么，您是不是要我对准他的喉咙捅上一刀子啊？"

"不错，但您的小手离开他的嘴唇要近一点，这样他就会来吻您的手，事情也就会圆满解决了。"伏伦斯基回答。

"那么回头在法兰西剧院见！"接着是一阵衣服的窸窣声。她走了。

卡梅罗夫斯基也站起身来，伏伦斯基不等他走，就同他握了握手，走到盥洗室去。当伏伦斯基梳洗的时候，彼特利茨基把他走后自己的情况简单地向他讲了讲。钱一点都没有了。他父亲说不再给他钱，也不肯替他还债。裁缝要控告他，另外有个人也威胁要叫他坐牢。团长宣布，他要是再干这种丑事，就得离开军队。男爵夫人已经像辣萝卜一样叫他讨厌，她总是想给他钱花。但另外有个女人，他要把她带来给伏伦斯基看看，美得叫人销魂，纯粹是个东方美人，"说实在的，活像女奴利百加[①]。"他昨天同别尔科歇夫也吵过架，还想同他决斗，但当然不会有什么结果。总之，一切都很精彩，都非常有趣。彼特利茨基不想让朋友详细了解他的处境，就给他讲种种有趣的新闻。伏伦斯基在这居住了三年的熟悉透顶的寓所里，听着彼特利茨基讲着熟悉透顶的故事，体会到一种回到他过惯了的无忧无虑的彼得堡生活的快乐。

"不可能！"他正在洗脸盆里洗他那健康红润的脖子，这会儿就放下洗脸盆的踏脚板，叫起来。"不可能！"他听到罗拉抛弃费丁果夫而同米列耶夫同居时，叫起来，"他还是那样愚蠢和自得吗？啊，那么布祖鲁科夫怎样了？"

"哈，布祖鲁科夫又闹了一个笑话，有趣极了！"彼特利茨基大声说，"你知道，他是个舞迷，皇家舞会他一次也不肯放过。有一天，他戴着新式的盔形帽去参加一个盛大的舞会。你看见过新式盔形帽吗？很漂亮，很轻。他刚站在那里……不，你听我说。"

"我是在听啊！"伏伦斯基用毛巾擦着身子，回答。

"正好亲王夫人同一位大使之类的人物走了过来，算他倒霉，他们正在谈新式盔

① 《旧约全书·创世纪》中一个非常美丽的女奴。

形帽。亲王夫人想让那大使看看这种新式盔形帽……他们看见我们的宝贝正好站在那里（彼特利茨基摹仿他戴着盔形帽站在那里的姿势）。亲王夫人向他借盔形帽来看看，他不肯。这是怎么一回事啊？嗐，大家都向他眨眼，点头，皱眉，意思就是叫他把帽子给她，可他还是不给。光站在那儿发愣。你可以想象得出他那副神气……可是那一个……他叫什么呀……已经要拉他的帽子了……他还是不给！……那人就一把从他头上抢过来，交给亲王夫人。'这可是顶新式帽子啊！'亲王夫人说。她把帽子翻过来，你真想不到，里面哗啦一声倒出东西来了！一个梨子，一大把糖果，足足有两磅重！……他竟把这些东西都藏了起来，这宝贝！”

伏伦斯基哈哈大笑。后来，过了好一阵，当他们已经在谈别的事情时，他一想到盔形帽，就又露出一排整齐的牙齿，爆发出一串健康的笑声。

伏伦斯基听了这些消息，在跟班的帮助下穿好制服，就去报到。他打算报到后到哥哥家和培特西家去，再访问几户人家，希望在那种交际场所遇见卡列宁夫人。照他在彼得堡生活的老规矩，他这一出去，要到深夜才会回家。

第 二 部

1

那年冬末，谢尔巴茨基家请医生会诊，来诊断吉娣的病，确定治疗方案，使她愈益虚弱的身体早日恢复健康。吉娣的病由于节令将近入春，更加恶化。家庭医生要她吃鱼肝油，接着给了她含铁剂，后来又开了硝酸银，可是三种药物都没有效。他就劝她开春出国疗养，还请来一位名医。这位名医年纪并不大，生得相貌堂堂，他要求检查病人的全身。他兴致勃勃地再三说，处女的羞怯完全是野蛮时代遗留下来的风气，一个未老的男子接触年轻姑娘的身体，那是极其自然的事。他认为这不算一回事，因为他天天都在这样做，根本不觉得或者不认为有什么不妥当的地方。他认为处女的羞怯不仅是野蛮时代遗留下来的风气，而且也是对医生的侮辱。

看来也只好服从了，因为，尽管所有的医生都毕业于同一个学校，读的是同一类书，学的是同一种医学，尽管有人说这位名医其实是个庸医，但在公爵夫人家里和她那个圈子里，不知怎的，大家都认为这位医生医道特别高明，只有他才能救吉娣的命。这位名医就仔细检查了羞愧得无地自容的病人，然后用心洗了洗手，站在客厅里同公爵说话。公爵皱着眉头，一面咳嗽，一面听医生讲解病情。公爵阅历丰富，头脑聪明，自己又没有病，不相信医学，而且全家只有他一人深知吉娣的病因，因此他对医生耍的这出把戏感到很恼火。“真是个牛皮大王。”他听着这位医生喋喋不休地谈他女儿的病，心里想。医生却强自忍住对这位公爵老爷的鄙视，竭力迁就他的理解水平。他懂得同老头子谈是没有用的，这里的一家之主是母亲。他准备在她面前施展浑身解数。这当儿，公爵夫人带着家庭医生走进客厅来。公爵溜掉了。他认为这场戏太滑稽可笑，但竭力不让人察觉他的想法。公爵夫人十分惊惶，不知该怎么办才好。她觉得她对不起吉娣。

“嗯，医生，您来决定我们的命运吧！”公爵夫人说，“有话就请您直说。”她想问：“还有没有希望？”可是她的嘴唇直打哆嗦，这话怎么也问不出口。“啊，怎么样，医生？”

“等一下，公爵夫人，我要先跟我的同行商量一下，然后再向您禀告我的意见。”

“那我们应该回避吗？”

“请便。”

公爵夫人叹了一口气，出去了。

只剩下两位医生的时候，家庭医生就怯生生地说出自己的意见，认为她患的是初期肺结核，但是……名医不等他讲完，看了看自己的大金表。

“哦！”他说，“但是……”

家庭医生毕恭毕敬地说到一半住口了。

“您要知道，是不是初期肺结核，我们还不能诊断；没有发现空洞以前无法断定。但推测是可以的。症状也是有的：营养不良，神经容易亢奋，等等。问题在于：如果是肺结核，应该怎样增加营养？”

“不过，您也知道，患这种病总有些神经方面的、精神方面的因素。”家庭医生露出微妙的微笑，大胆插嘴说。

“是的，这个当然！”名医又看了看表，回答。“请问，亚乌兹桥修好了吗？还是仍旧得兜圈子？”他问。“啊！修好了。那我只消二十分钟就可以到目的地了。那么，我们刚才说的问题在于：增加营养，调理神经。两者互相关联，必须双管齐下。”

“那么，出国疗养呢？”家庭医生问。

“我反对出国疗养。请您注意：假如是初期肺结核——但我们还无法诊断——那么出国疗养并没有好处。重要的是增加营养，但必须注意适量，否则反而对身体有害。”

于是名医就提出了用苏打水治疗的方案。他用这个疗法显然是因为苏打水没有任何害处。

家庭医生恭恭敬敬地用心听着。

“不过，出国旅行的好处，我认为是可以改变一下生活习惯，摆脱原来的环境，免得触景生情。再说，做母亲的也有这样的希望。”他说。

“哦！那就让她们去吧，但那些德国的江湖郎中会害人的……又不能不听他们……好，那就让她们去吧。”

他又看了看表。

“哦！我得走了。”他说着向门口走去。

名医向公爵夫人提出（纯粹是出于礼貌）他要再看看病人。

“什么！再检查一次！”母亲恐怖地叫道。

“哦，不，我只是还要了解些细节，公爵夫人。”

“请进来。”

于是母亲只好陪着医生再到客厅去看吉娣。吉娣站在房间当中，身体消瘦，面颊绯红，眼睛由于害臊而闪出一种异样的光芒。医生一走进去，她一阵脸红，眼泪便夺眶而出。她觉得她的所谓病和治疗实在太荒唐，太可笑了！她觉得给她治病，就像把一只打碎的花瓶拼凑起来一样可笑。她的心碎了。他们想用药丸和药粉来给她治病，那又有什么用？但她不能伤母亲的心，尤其是因为母亲还觉得对她负疚呢。

“对不起，请您坐下，公爵小姐。”名医说。

他笑嘻嘻地在她对面坐下，按着她的脉搏，又向她提出一些讨厌的问题来。她回答了几句，突然发火了，站了起来。

“对不起，医生，这可实在毫无必要。这话您已经问过我三遍了。”

名医并不生气。

“这是病态的烦躁，”等吉娣走了以后，他对公爵夫人说，“不过我结束了……”

他把公爵夫人看作一位极其聪明的女人，在她面前科学地分析了公爵小姐的病，坚决主张那种毫无用处的饮水疗法。至于要不要出国旅行，医生沉思了一阵，仿佛在解答什么难题。最后他宣布了决定：可以出国，但不要相信江湖郎中，有事只能向他请教。

医生走后，家里仿佛发生了一桩喜事。母亲回到女儿身边，兴高采烈。吉娣也装得很高兴。现在她几乎常常装假。

“真的，我很健康，妈妈。但您要是愿意出国，那我们就去吧！”她说着，竭力装作对这次旅行很感兴趣，并谈到出门的准备工作。

2

医生走后，陶丽来了。她知道今天会诊，因此不管自己产后起床不久（她在冬末又生了一个女孩），也不管自己有许多烦恼和忧虑，抛下喂奶的婴儿和生病的女孩，跑来打听对吉娣的命运究竟作了怎样的决定。

“啊，怎么样？”她走进客厅，没有脱下帽子就问，“你们都很高兴，准是有好消息，是吗？”

大家想把医生的话详细告诉她。可是那医生虽然头头是道地讲了好一阵，要传达他的话却很不容易。唯一明确的是他们决定出国旅行一次。

陶丽不由得叹了一口气。她的知心妹妹要走了。偏偏她现在的生活又很不愉快。她同奥勃朗斯基和解后的关系仍使她感到委屈。安娜所弥补的裂缝并不牢固，原来的那道裂缝总破坏着家庭的气氛。倒没有什么新的事情，但奥勃朗斯基几乎总是不在家，钱也几乎老是没有，陶丽一直因为疑心他不忠实而感到苦恼，她害怕再尝到妒忌的痛苦，竭力驱除这方面的猜疑。不久前体验过的那种强烈的妒意不会再有了，即使再发现他有不忠实的行为，也绝不会像第一次那样严重影响她的心情。今后即使再发生这一类事，也只能破坏她所习惯的家庭生活。她这样让自己受骗，并且因他有这种弱点而瞧不起他，但她更瞧不起的是她自己。此外，这个大家庭的琐碎家务不断地折磨她：一会儿，婴儿吃不饱了；一会儿，奶妈走了；一会儿，又是另一个孩子病了。

"你那几个孩子怎么样？"母亲问。

"唉，妈，您自己也够烦恼的了。莉莉病了，我担心不要是猩红热。我趁早先来打听一下，要不，万一是猩红热——但愿不是——那我就只好关在家里不出门了。"

老公爵等医生走后，也从书房里出来，他转过脸让陶丽亲吻，同她说了几句话，就对妻子说：

"怎样决定的？出去吗？唉，那你们打算拿我怎么办？"

"我想你还是留下吧，阿历山大。"妻子说。

"随你们的便。"

"妈，为什么不让爸爸同我们一起去呢？"吉娣说，"一起去他高兴，我们也快活些。"

老公爵站起来，摸摸吉娣的头发。她抬起头，勉强笑着望望父亲。在家里她总觉得父亲比谁都了解她，虽然他很少谈她。她是全家最小的孩子，是父亲的爱女。她认为父亲对她的挚爱使他能明察秋毫。此刻，当她的目光遇到他那凝视着她的慈祥的蓝眼睛时，她觉得他看透了她的心事，察觉了她头脑里一切不好的念头。她红着脸，向他凑过去，等待他的亲吻，他却只摸摸她的头发说：

"这种该死的假头发！叫人碰不到自己的女儿，却摸到哪个死婆娘的头毛。嗯，陶丽，"他对大女儿说，"你们那位公子哥儿在干什么呀？"

"不干什么，爸爸。"陶丽回答，懂得是在说她的丈夫，"总是不在家，简直见不到他的影子。"她忍不住冷笑一下。

"怎么，他还没有下乡去变卖树林吗？"

"没有，他还在做准备。"

"哦，原来如此！"公爵说。"那么我也得去吗？我听从你的吩咐。"他一面坐下来，一面对妻子说。"你呀，小吉娣！"他对小女儿说，"你有朝一日醒来会说：'我可完全健康了，我真快乐，又可以一清早同爸爸踩着冰雪去散步了。'你说呢，嗯？"

父亲的话似乎很简单，但吉娣听了就像一个罪犯被揭发一般，说不出有多狼狈。

“是的，他全知道，全明白。他说这话等于告诉我，虽然丢脸，但必须忍受。”她鼓不起勇气来回答。她还没有开口，就哇的一声哭了出来，急急忙忙地从房里冲出去。

“看你开的玩笑！”公爵夫人责怪丈夫。“你总是……”她向他吐出一大套责备的话来。

公爵听着夫人滔滔不绝的责怪，一言不发，脸色越来越阴沉。

“她多么伤心，这可怜的孩子，多么伤心，你不知道，只要稍稍暗示一下那件事，她就难过得要命。真是错看了人了！”公爵夫人说，从她语调的变化，陶丽和公爵都听出她这是在谈伏伦斯基。“我真不懂怎么没有法律来制裁这种卑劣的家伙！”

“哼，我可不想听了！”公爵怒气冲冲地说，从安乐椅上站起来，仿佛想走，但到门口又站住了。“法律是有的，妈妈，既然你逼得我开口，那就让我告诉你，这一切都是谁的错：是你，是你，都是你。制裁这种骗子的法律一向是有的，现在也有！是啊，是不是发生了那种不该发生的事，我这个老头儿也会同他，同这个花花公子去决斗的。好，如今你们就来给她治病吧，把那些江湖郎中统统请来吧！”

公爵仿佛还有许多话要说，但公爵夫人一听出他的语气，就像平日遇到什么重大的问题那样，立刻变得平静而且后悔了。

“阿历山大，阿历山大。”她喃喃地说，向他走过去，大哭起来。

她一哭，公爵也就不作声了。他走到她跟前。

“啊，好了，好了！你也很难过，我知道。有什么办法呢？没有什么大不了的。上帝是仁慈的……谢谢……”他说，自己也不知道在说些什么。他手上感觉到公爵夫人和着泪的亲吻，他也回吻了她，接着走出房间。

这以前，当吉娣哭着走出房间的时候，陶丽出于做母亲的和家庭主妇的习惯，立刻看出面前摆着女人家的活儿，就想去做。她脱下帽子，仿佛在精神上卷起袖子，准备动手。当母亲责怪父亲的时候，她试图本着做女儿的身份去劝阻母亲。当公爵大发雷霆的时候，她不作声；她为母亲害臊，也更加敬重父亲，因为看到父亲这么快又变得和蔼可亲了。等父亲一走，她就准备去做需要做的第一件大事：到吉娣房里去安慰她。

“妈，我有一件事早就想告诉您。您可知道列文上次来这儿，是来向吉娣求婚的吗？他告诉斯基华了。”

“那又怎么样呢？我不明白……”

“吉娣大概拒绝他了吧？……她没对您说过吗？”

“没有，不论这一个，还是那一个，她都没有说起过；她这人太好强了。不过我知道事情都是为了那一个……”

“是的，您倒想想，她居然拒绝了列文。但我知道，要不是为了那一个，她是不会拒绝他的……可后来那一个又狠狠地欺骗了她。”

公爵夫人对女儿十分内疚，想起来都觉得难堪，因此恼羞成怒。

“哼，我可实在弄不懂！如今做姑娘的什么事都自作主张，什么话也不对做母亲的说，结果就……”

“妈妈，我去看看她。”

“去吧，难道我拦着你吗？”母亲说。

3

一走进吉娣的小房间——一个漂亮的粉红色小房间，里面摆满古老的萨克森瓷器玩偶，而吉娣自己两个月前还像这房间一般洋溢着粉红色的青春的欢乐——陶丽就想起去年她们姐妹俩一起快乐而亲热地布置这个房间的情景。她看见吉娣坐在近门的一张矮凳上，眼睛直瞪着地毯的一角，她的心凉了。吉娣对姐姐瞧了一眼，脸上那种冷漠而带几分严厉的表情并没有改变。

“我这次回去以后就要长期关在家里，你也不能来看我了，”陶丽在她旁边坐下来说，“我要同你谈谈。”

“谈什么？”吉娣恐惧地抬起头，急急地问。

“谈什么？还不是谈你的苦恼。”

“我没有什么苦恼。”

“得了，吉娣。难道你真以为我不知道吗？我全知道。听我说，这没什么了不起……我们大家都经历过这种事。”

吉娣不作声，她的脸色变得更严厉了。

“你犯不着为他痛苦。”陶丽单刀直入。

“是的，既然他瞧不起我，”吉娣颤声说，“不要说了！请你不要说了！”

“谁同你说的？谁也没有说过。我相信他从前爱你，现在还是爱你的。不过……”

“哼，我最受不了这样的同情！”吉娣突然发火了，叫起来。她在凳上转过身去，脸涨得通红，手指急促地哆嗦着，忽而用这只手忽而用那只手捏着腰带扣子。陶丽知道吉娣一激动，就会两手乱抓。她知道吉娣一生气，就会不顾一切，说出许多不该说的气话来。陶丽想安慰她，但已经来不及了。

“什么，什么，你要我感觉什么？”吉娣急急地说，“是不是我爱上了一个根本不把我放在心上的人，我还得为他去死吗？这种话亏你做姐姐的说得出口，你以为……以为……以为你同情我！……我可不要这种同情和做作！”

“吉娣，你这话太不讲理了。”

“你为什么要折磨我？”

“我吗？正好相反……我看见你难过……”

可是吉娣在火头上根本没有听见她的话。

“我没什么好伤心的，也用不着人家的安慰。我这人挺自负，绝不会去爱一个不爱我的人。”

“是的，我也没有这样说……只有一件事，你老实告诉我，”陶丽拉住她的手说，“告诉我，列文向你提出来了吗？……”

一提到列文的名字，吉娣似乎丧失了最后的自制力。她霍地从凳上跳起来，把腰带扣子往地上一摔，迅速地做着手势说：

“你为什么现在还要提列文？我真不懂你为什么还要折磨我？我说过，现在再说一遍，我这人挺自负，我绝对不会……绝对不会像你那样，回到一个对你变了心、爱上另一个女人的男人身边去。我真不懂，这一层我真不懂！你办得到，我可办不到！”

她说了这些话，对姐姐瞧了一眼，看见陶丽忧郁地低着头，不作声。吉娣原想出去，看到姐姐这副模样，就在门边坐下，用手帕捂住脸，垂下了头。

沉默持续了两分钟光景。陶丽想着心事。她经常感觉到的委屈，经她妹妹一提起，又格外尖锐地刺痛着她的心。她没有料到妹妹会这样冷酷，因此很生她的气，她忽然听见衣服的窸窣声和压抑不住的悲泣，同时感到有一双手搂住她的脖子。吉娣跪在她面前。

“我的陶丽呀，我太……太不幸了！”她满怀歉意地低声说。

她把涕泗滂沱的可爱的脸埋在陶丽的裙子里。

眼泪就像一种必不可少的润滑剂，少了它，姐妹俩谈心的机器就不能顺利运转。哭过一场之后，姐妹俩谈的已不是她们的心事，而是别的事，她们也互相谅解了。吉娣明白，她在气头上说的关于丈夫变心和委屈的话，深深地刺痛了可怜的姐姐的心，但姐姐原谅了她。陶丽呢，也弄明白了一切她想知道的事；她明确了她猜得对，吉娣的悲伤，无可慰藉的悲伤，就在于列文向她求婚，她拒绝了他，而伏伦斯基却欺骗了她，如今她准备去爱列文，恨伏伦斯基。这些话吉娣一句也没有说出来，她只谈了她的心情。

“我一点也不悲伤，”她平静下来说，“但我觉得一切都很丑恶、讨厌、粗野，首先是我自己。这一层你能理解吗？我真不能想象，我对一切都抱着多么恶劣的想法。”

“嘿，你会有什么恶劣的想法呢？”陶丽微笑着问。

“最最恶劣、最最粗野的想法；我简直没法儿告诉你。这不是忧愁，也不是烦恼，而是要坏得多。仿佛我心里一切美好的东西都消失了，只剩下一些最丑恶的东西。唉，该怎么对你说呢？”她看见姐姐眼睛里疑惑的神色，继续说，“爸爸刚才对我说……我觉得他想的无非是要把我嫁出去。妈妈带我去参加舞会，我觉得她就是要赶快把我嫁出去，好把我摆脱掉。我知道这不是真的，但我无法驱除这些想法。我真看不惯那些所谓求婚者。我觉得他们是在从头到脚打量我。以前我穿着跳舞衣裳出去，觉得简直是一种享受，我总是很自我欣赏，现在却感到害臊，不自在。唉，有什么办法呢！医生……哼……”

吉娣迟疑了一下。她本想说下去，但自从她心里起了这样的变化以后，奥勃朗斯基在她心目中已变得很讨厌了，她一看见他，就无法排除最粗野最丑恶的想法。

“啊，我觉得一切都很粗野卑鄙，”她继续说，“这是我的病。也许会好的……”

“你别这样想……”

“没有办法。我只有在你家里跟孩子们一起才觉得快乐。”

“可惜你不能到我家去。”

“不，我要去的。我生过猩红热，我不怕。我去求妈妈。”

吉娣坚持要去，就到了姐姐家里。孩子们害的确实是猩红热，她看护他们。姐妹俩照顾六个孩子，直到他们都痊愈，可是吉娣的健康并没有好转，谢尔巴茨基一家就在大斋节出国去了。

4

彼得堡的上流社会是一个整体，那里大家互相认识，彼此来往。但在这个大圈子里还有小圈子。安娜·卡列尼娜在三个不同的小圈子里都有朋友，而且关系密切。一个是她丈夫的政府官员的圈子，包括他的同事和部下，成员五花八门，关系错综复杂，分属于不同的社会阶层。安娜起初对这些人怀着近乎虔敬的感情，而现在这种感情已经消失了。她现在熟悉他们所有的人，就像在小县城里人们互相熟悉一样。她知道每一个人的习惯和嗜好，以及他们的苦衷；知道他们彼此的关系和以什么人为中心；知道谁庇护谁；每个人怎样维护自己的地位，谁跟谁在什么事上观点一致，在什么事上意见分歧；但是这个维护男性利益的政府官员的圈子，虽经李迪雅伯爵夫人一再劝诱，却从来引不起她的兴趣，她总是避开他们。

安娜接近的另一个小圈子是卡列宁赖以飞黄腾达的圈子。这个圈子的中心人物就是李迪雅伯爵夫人。形成这个圈子的是那些年老色衰、仁慈虔敬的妇女和聪明好学、功名心重的男人。这圈子里的一个聪明人把它称作“彼得堡社会的良心”。卡列宁很重视这个圈子，而善于同各种人相处的安娜，在彼得堡生活初期，就是在这个圈子里找到朋友的。可是现在呢，在她从莫斯科回来以后，她觉得这个圈子叫人十分反感。在她看来，她自己和他们所有的人都装腔作势。她在这个圈子里感到那么厌倦，那么不自在，就尽可能少去拜访李迪雅伯爵夫人。

最后，同安娜有关的第三个圈子是真正的社交界，那里充满舞会、宴会和华丽的服装。这个社交界一手抓住宫廷，免得堕落到“半上流社会”[①]的地位。这个圈子里的人自以为瞧不起“半上流社会”，其实他们的趣味不仅相似，而且简直是一模一样的。安娜是通过她的表嫂培特西公爵夫人同这个圈子发生关系的。这位公爵夫人每年有十二万卢布收入。安娜在社交界中刚一露面，公爵夫人就特别喜欢她，照顾她，把她拉进她们的圈子，并嘲笑李迪雅伯爵夫人那个圈子。

“等我变得又老又丑了，我也会这么办的，”培特西说，“但您这样年轻漂亮的女人进这个修道院未免太早了。”

安娜起初竭力避开培特西公爵夫人的圈子，因为那里的交际费超过她的进款，而且她心里也比较喜欢第一个圈子；但她从莫斯科回来以后，情况就反过来了。她避开她那些精神上的朋友，进出豪华的交际场所。她在那边遇见伏伦斯基，并在这种会见中尝到一种销魂的快乐。她在培特西家里遇见他的次数特别多，培特西娘家就姓伏伦斯基，培特西是他的堂姐。凡是可以遇见安娜的地方，伏伦斯基都去，一有机会就向她倾诉爱情。她没有给他任何鼓励，但每次见到他，心里就会燃起第一次在火车上见到他时的那种热情。她自己也感觉到，只要一看见他，她的眼睛里就会闪出欢乐的光芒，嘴唇上就会浮起微笑，而且抑制不住这种快乐的表情。……开头安娜满以为，他的大胆追求使她不快，但在莫斯科回来后不久，她去参加原以为会遇见他的晚会而没有遇上他时，她就会感到怅然若失，因此明白她一直是在欺骗自己，他的追求不仅没有使她觉得讨厌，反而成为她生活的全部乐趣了。

---

① 指资产阶级社会中摹仿上流社会交际活动的妇女。

那位著名歌星在唱第二遍了。剧院里集中了社交界人士。伏伦斯基从正厅第一排座位上看见了堂姐，不等幕间休息，就来到她的包厢里。

“您怎么不来吃饭？”她对他说。“在谈恋爱的人眼睛真尖，简直叫我吃惊。”她又笑嘻嘻地低声加了一句，低得只有他一人听见，“她不在。等歌剧结束，您来好了。”

伏伦斯基询问似的对她瞧了一眼。她低下头。他用微笑来向她表示感谢，在她身边坐下。

他用微笑来向她表示感谢，在她身边坐下。

“您当初那种嘲笑的模样，我可记得一清二楚呢！”培特西公爵夫人继续说，她一直注意着他们这种爱情的发展，对他们的事特别感兴趣，“如今这一切都到哪儿去了！您被人家揪住了，我的宝贝。”

“我就是希望被揪住呢！”伏伦斯基泰然而又和蔼地微笑着说，“说实在的，我要是有什么抱怨的话，那就是被揪得还不够紧。我有点丧失希望了。”

“嘿，您能有什么希望呢？”培特西为朋友感到委屈，说，“咱们心照不宣吧……”不过她的眼睛里闪烁着火花，表明她像他一样懂得他能有什么希望。

“毫无希望！”伏伦斯基露出一排整齐的牙齿，笑着说。“对不起，”他说着从她手里拿过望远镜，越过她那裸露的肩膀向对面包厢瞭望，“我怕我要成为笑柄了。”

他很明白，在培特西和社交界其他人的心目中，一个追求姑娘或者任何没有丈夫的女人而失败的男人，就要成为笑话的对象，但是一个追求已婚女人，并且冒着生命危险，不顾一切去把她勾引到手的男人，绝不会成为笑话的对象，相反，倒有一种英雄豪侠的味道，因此他胡子底下现出矜持而快乐的微笑，放下望远镜，向堂姐瞧了一眼。

“那您为什么不来吃饭呢？”她一边说，一边欣赏他。

“这我要告诉您的。我很忙。忙什么？我让您猜一百次、一千次……您也猜不着。我在替一个做丈夫的和一个侮辱他妻子的男人调解呢。是的，真的！”

“哦，调解好了吗？”

“差不多。”

“这事您一定要讲给我听听，”她站起身来说，“您下次休息时来吧。”

“不成，我要到法国剧院去了。”

“去听尼尔生[①]唱歌吗？”培特西惊奇地问，她怎么也不承认尼尔生的歌喉有什么出众的地方。

“有什么办法呢？我和人家约定在那里见面，都是为了调解那件事。”

“‘和事佬有福了，他们可以进天国。’”培特西说，隐约记得有人说过这一类话，“嗯，那么您坐下来讲讲，是怎么一回事？”

她说着又坐下了。

5

“这事有点荒唐，但太有意思了，我很想讲给您听听，”伏伦斯基眉开眼笑地望着她，说，“我不讲他们的名字。”

“但我会猜的，这样更有趣。”

“那您就听我说：有两个快乐的小伙子乘车去……”

“一定是你们团里的军官，是不是？”

“我没有说是军官，只是两个吃过早饭的小伙子……”

“说得明白些：是喝过酒的。”

“也许是这样。他们到一个同事家去吃饭，情绪非常好。他们看见一位漂亮的女

① 瑞典著名歌星，当时在彼得堡和莫斯科演出，轰动一时。

人坐马车追过他们，她回过头来看了一眼。至少他们认为她在向他们点头，向他们微笑。他们自然就追了上去。他们没命地赶着马。使他们惊奇的是，这位美人儿就在他们去吃饭的那户人家门口停了下来。美人儿跑上楼去。他们只看见短面网下的红唇和一双小巧玲珑的脚。”

“您讲得那么津津有味，我看您就是其中的一个。”

“可您刚才是怎么对我说的？后来，这两个年轻人走到同事家里，他办酒席替他们饯行。当然，他们可能多喝了几杯，这在饯行筵席上是常有的事。吃饭的时候，他们打听楼上住着什么人。可是谁也不知道。他们问：‘楼上有小姐们住着吗？’主人家的仆人回答说：‘这里住着很多位小姐。’饭后，这两个小伙子走到主人书房里，给这位素昧平生的女人写信。他们写了一封热情洋溢的信，表白爱情，又亲自把它送到楼上，以便当面解释信里可能写得不够清楚的地方。”

“您把这种丑事讲给我听干什么？嗯？”

“他们打了打铃。出来一个侍女，他们就把信交给她，还再三向她表示，他们爱那个女人爱得神魂颠倒，要是不能见见她，简直就会在门口当场死去。那侍女疑惑不解地同他们谈着话。突然一位留有香肠般络腮胡子、面孔红得像龙虾的先生走出来，声明房子里除了他妻子以外没有别的人，就把他们俩赶走了。”

“您怎么知道他的胡子——像您说的那样——像香肠呢？”

“嗯，您听我说。我刚才去给他们调解过了。”

“哦，结果怎么样？”

“事情可有意思了。原来这是一对幸福的夫妇，九品文官和他的夫人。九品文官提出申诉，我就当了调解人，而且是个顶呱呱的调解人！我敢保证，就是塔列兰[①]也比不上我。”

“有什么困难吗？”

“好，您听我说……他们照例赔了罪：‘我们觉得很抱歉，这是个不幸的误会，请您原谅。’留香肠胡子的九品文官开始有点心软了，但还是要表示表示他的愤怒。他火冒十丈，满口粗话。我又只得施展施展我的外交才能了。我说：‘我也认为他们的行为不对，但请您原谅，这是个误会，他们年轻无知，而且刚刚吃过早饭。不瞒您说，他们感到很后悔，请您饶恕他们的过错。’九品文官听了心又软了，说：‘我同意您的意见，伯爵，我也准备饶恕他们，但您要明白，我的妻子……我的妻子是个正派女人，

① 塔列兰（1754—1838），法国外交家，善于玩弄外交手腕而不重信义。

却遭到这两个小流氓的侮辱和调戏……’您要知道，那个小流氓当时就在场，我只好再给他们调解。我又运用外交手腕，可是事情刚要结束，我们的九品文官又冒火了，脸又涨得通红，香肠胡子又竖起来，我只好再一次施展我的外交手腕了。”

“嘿，这故事一定得给您讲讲！”培特西笑着对一位走进包厢来的太太说，“他真把我笑死了。”

“啊，祝您成功！”她用法语补了一句，把不握扇子的那个手指伸给伏伦斯基亲吻，耸耸肩膀，让缩上来的衣服滑下一点。这样，当她接近脚灯时，在煤气灯光和众人的目光下，她的肩膀和胸部就会充分袒露出来。

伏伦斯基到法国剧院去了。他确实要去看看那位从不错过一场法国剧院演出的团长，向他报告这三天来他起劲地忙碌着的调解工作。卷入这件事的有他喜爱的彼特利茨基，还有那个不久前才调到团里来的可爱的青年，出色的同事，年轻的凯德罗夫公爵。这件事主要是关系到团的名誉。

这两个青年都在伏伦斯基的骑兵连里服役。九品文官范登跑来找团长，控告团长的两个军官调戏他的妻子。据范登说，他的年轻妻子（他们结婚才半年）和她母亲在教堂里做礼拜，她忽然感到不舒服，因为怀了孕，站不住，看到一辆马车，就雇了车回家。这时候，有两个军官追逐她，她害怕了，身体更不舒服，一到家就跑上楼。范登已从官厅回来了，听到铃声和说话声，便走出来开门。他看见两个喝醉酒的军官，就把他们推出去。他要求严办他们。

“不，不论您怎么说，”团长把伏伦斯基请来，对他说，“彼特利茨基也实在太不像话了，没有一个礼拜不闹事。这位九品文官也不肯罢休，他会去上告的。”

伏伦斯基看到事情不妙，又不可能举行决斗，只得竭力劝说那位九品文官不要太激动，私下了结这件事。团长请伏伦斯基来商量，因为知道他这人品德高尚，办事机灵，尤其是一向珍惜团的声誉。他们谈了一阵，决定让彼特利茨基和凯德罗夫随伏伦斯基去向这位九品文官赔礼。团长和伏伦斯基两人都明白，凭伏伦斯基的名字和他宫廷武官的身份，是能使九品文官回心转意的。这两个条件确实都起了作用，但调解结果究竟怎样，正像伏伦斯基说的，还在未定之际。

伏伦斯基来到法国剧院，同团长一起走进休息室，向他报告自己的成功和失败。团长考虑了一番，决定不受理这个案件，但后来出于好奇，又向伏伦斯基询问他们会见的详细情节。他听伏伦斯基讲到九品文官刚有点平静，但一想到事情的经过，又冒起火来。伏伦斯基说完最后一句调解的话，就乘机退出，却把彼特利茨基推到前面。团长听到这里忍不住哈哈大笑了好一阵。

"这事真不像话，但挺好笑。凯德罗夫是打不过这位先生的！他大为生气，是吗？"团长笑着反问。"今天克列尔怎么样？美极啦！"他接着谈论起新来的法国女演员，"不论你看多少遍，她总是天天不一样。只有法国人才有这样的本领。"

6

培特西公爵夫人不等最后一幕结束，就离开剧院回家。她一走进梳妆室，在苍白的长脸上扑上一些粉，擦擦匀，梳了梳头发，又吩咐仆人在大客厅里摆好茶。这时候，一辆辆马车陆续来到她那滨海大街的大住宅门口。客人们在宽敞的大门口下了车。看门的胖子每天早晨都在玻璃门外读报教诲过往行人，这时轻轻拉开大门，让来客从他身边进去。

主人和客人差不多同时走进大客厅：女主人新梳了头，脸上刚匀过粉，从一扇门进来；客人们从另一扇门进来。大客厅里的墙壁是暗色的，铺着柔软的地毯，灯光把桌子照得通亮，桌布白得耀眼，桌上摆着银茶炊和半透明的白瓷茶具。

女主人在茶炊旁坐下，脱掉手套。几个仆人悄没声儿地走来，帮助客人拉开椅子，大家就分两组坐下来：一组坐在女主人旁边，围着茶炊；另一组坐在客厅另一头，围着那位穿黑丝绒衣裳、生着两条弯弯黑眉毛的美丽的公使夫人。两组人的谈话开头照例总是游移不定，被招呼、寒暄、献茶所打断，仿佛在摸索话题。

"她作为一个演员真是出类拔萃，她一定研究过考尔巴哈[①]的造型，"一位外交家在公使夫人那一组中说，"你们可曾注意她是怎样倒下来的……"

"嗳，咱们别再谈尼尔生了！她没有什么新东西好谈了。"一位穿老式绸衣裳、没有眉毛、不戴假发而生着浅黄色头发的红脸胖太太说。这是米雅赫基公爵夫人，她以性格直爽、态度粗暴出名，因此绰号叫"可怕的娃娃"。米雅赫基公爵夫人坐在两组客人当中，同时倾听和介入两边的谈话。"今天我就听到有三个人谈到考尔巴哈，谈的都是同样的话，仿佛预先串通好了似的。我不明白他们怎么这样喜欢这句话。"

谈话被她这个意见打断，只得再想新的话题。

"您给我们说些什么好玩的事，但话可不要刻毒。"擅长闲谈的公使夫人对外交官说。那外交官此刻也不知道说什么才好。

"这倒有点为难了，因为一般认为只有刻毒的话才好玩，"他笑眯眯地说，"不过

① 考尔巴哈（1804—1871），德国画家。

我愿意试一试。您出个题目吧。关键全在于题目。有了题目，文章就好做了。我常常想，上个世纪的好口才，到今天也很难说出有趣的话来，因为一切有趣的话现在都已成为陈词滥调了……”

“这话也早就有人说过了。”公使夫人笑着打断他。

谈话开始得很文雅，但因为太文雅了，谈谈又谈不下去。于是不得不采用那种最可靠的办法：挖苦人。

“您没发现土施凯维奇有几分路易十五的风度吗？”他瞟了一眼那个站在桌旁的浅黄头发的年轻美男子说。

“可不是嘛！他的趣味同这客厅是一致的，因此他经常到这儿来。”

这番话得到了人家的响应，因为他暗示的事在这个客厅里是不能直接说的。那就是土施凯维奇同女主人的关系。

茶炊和女主人周围的谈话，同样在三个无法避免的题目之间兜来兜去：最近的社会新闻、剧院和对人的挖苦，但最后也集中到说人家的坏话上。

“你们听说了吗？玛尔基谢娃——不是女儿，是母亲，给自己定做了一件鲜艳的玫瑰红衣服。”

“不会的！要不那真是太妙了！”

“我真弄不懂，像她这样聪明的人——她确实并不笨——怎么不明白，她这样会被人家笑死的。”

人人都找些话来挖苦和嘲笑那个倒霉的玛尔基谢娃。于是谈话就像烧旺的篝火一样噼噼啪啪地谈开了。

培特西公爵夫人的丈夫是个和蔼可亲的胖子，热衷于收藏版画，知道妻子有客人，就在去俱乐部之前到客厅里来了一会儿。他踏着柔软的地毯，悄悄地走到米雅赫基公爵夫人跟前。

“您喜欢尼尔生吗？”他问。

“哎，怎么可以这样偷偷溜到人家跟前来？您真把我吓死了！”她回答，“请您别来同我谈什么歌剧了，您对音乐一窍不通。还是让我来迁就您，同您谈谈您的釉陶和版画吧。那么，您最近在旧货市场买到些什么宝贝呀？”

“您要看看吗？不过您在这方面是外行。”

“给我看看。我在那些……他们叫什么呀？……那些银行家家里见识过了……他们有精美的版画。他们拿给我们看过了。”

“哦，您到舒茨堡家去过啦？”女主人在茶炊那边问道。

"去过，亲爱的。他们请我同丈夫一起去吃饭，还告诉我说，单是席上的调味沙司就花了一千卢布。"米雅赫基公爵夫人发觉大家都在听她，就高声说，"那沙司真是糟糕，绿茸茸的。我们也只好回请他们一次。我花了八十五戈比做了沙司，大家都吃得很满意。我可没本领做价值一千卢布的沙司！"

"她这人真是举世无双！"女主人说。

"真了不起！"另外有人说。

米雅赫基公爵夫人说话总能产生这样的效果。获得这种效果的秘诀就在于，她说话虽然常常像现在这样很不得体，但她所说的普通事多少总有点意思。在她所处的圈子里，这样的话往往会像最俏皮的话那样产生效果。米雅赫基公爵夫人自己也弄不懂，怎么会有这样的效果，但她知道会有，并且加以利用。

米雅赫基公爵夫人说话的时候，大家都留神地听着，以致公使夫人周围的谈话也停止了。女主人想把两组人拉在一起，就对公使夫人说：

"您真的不要喝点茶吗？您还是到我们这儿来吧！"

"不，我们这儿很好。"公使夫人笑盈盈地回答，接着继续谈他们开了头的话题。

这场谈话是很有趣的。他们在对卡列宁夫妇说长道短。

"安娜从莫斯科回来以后人大变了。她使人觉得有点怪。"她的一个女朋友说。

"主要的变化是她随身带回了伏伦斯基的影子。"公使夫人说。

"嗳，那有什么呢？格林[①]有个童话，写一个没有影子的男人，一个失去影子的男人。这是为了某件事而给他的惩罚。可我一直不明白，这怎么能算是惩罚呢？不过，一个女人要是没有影子，她一定很寂寞吧。"

"是啊，不过有影子的女人往往都没有好下场。"安娜的女朋友说。

"烂掉您的舌头！"米雅赫基公爵夫人一听见这话，立刻说，"安娜是个很好的女人，我不喜欢她的丈夫，但很喜欢她。"

"您为什么不喜欢她的丈夫呢？他是一位了不起的人物，"公使夫人说，"我丈夫说，像他那样的政治家整个欧洲也很少见。"

"我丈夫也对我这样说，可是我不信，"米雅赫基公爵夫人说，"要不是做丈夫的都这样说，我们早就看清他的真面目了。照我看，卡列宁简直是个傻瓜。这话我只能悄悄地说……事情还不一清二楚吗？以前人家告诉我，他是个聪明人，我就一直在考虑，还以为是我自己笨，看不出他的聪明来。如今我说他是个傻瓜——虽然是悄悄地

---

① 雅各·格林（1785—1863）和威廉·格林（1786—1859）兄弟是德国著名童话作家。

说的——这就对头了，是不是？”

“您今天好刻毒！”

“一点也不。我没有别的办法。我们两人中间总有一个是傻瓜。哦，不过您也知道，天下没有人会说自己是傻瓜的。”

“谁也不满足于自己的财富，可谁都满足于自己的智慧。”外交官说了一句法国谚语。

“对了，对了！”米雅赫基公爵夫人应声说，“但我可不许你们说安娜的坏话。她这人太好，太可爱了。如果人家都爱上她，像影子一样跟住她，她又有什么办法呢？”

“我可不想说她的坏话呀！”安娜的女朋友辩解说。

“即使没有人像影子一般跟住我们，这也不能表明，我们就有权利说她的坏话。”

米雅赫基公爵夫人把安娜的女朋友狠狠地奚落了一番，站起身来，同公使夫人一起转移到桌子旁边的一组，那边大家正在谈论普鲁士国王。

“你们在那边讲谁的坏话呀？”培特西问。

“在谈卡列宁夫妇。公爵夫人对卡列宁作了一番鉴定。”公使夫人笑嘻嘻地在桌旁坐下来，回答说。

“可惜我们没有听见。”女主人说，眼睛盯住房门。“啊，您到底来了！”她微笑着对进来的伏伦斯基说。

伏伦斯基不仅认识房间里所有的人，而且天天同大家见面，因此他进来的时候态度从容自若，好像他才离开大家一会儿就回来似的。

“你问我从哪儿来吗？”他回答公使夫人的话说，“没有办法，只好坦白了。我从滑稽歌剧院来。看了怕也有一百遍了，还是看不厌。真是妙极了！我知道这太不像话。我看歌剧要打瞌睡，看滑稽歌剧却可以看到收场，总觉得挺有趣。今天晚上……”

他说出法国女演员的名字，正想讲点她的什么趣闻，可是公使夫人装出害怕的样子，打断他说：

“那种可怕的事，请您不要再讲了。”

“好的，我不讲，其实那种可怕的事大家都知道的。”

“要是它像歌剧一样流行，大家都会去看了。”米雅赫基公爵夫人附和说。

7

门外传来一阵脚步声。培特西公爵夫人知道这是安娜，就对伏伦斯基丢了一个眼色。他望望门口，脸上现出一种古怪的表情。他快乐地、凝神地，同时又怯生生地瞧着走进来的人，慢慢地欠起身来。安娜走进客厅。她照常挺直身子，眼睛望着前方，步伐轻快而稳健，同交际场中其他女人走路的姿势截然不同。她跨了几步，走到女主人面前，同她握了握手，嫣然一笑，并且带着这笑容瞟了一眼伏伦斯基。伏伦斯基对她深深鞠了一躬，推了一把椅子给她。

她只点点头回答，飞红了脸，皱起眉头。接着连忙向熟人点头招呼，握握一只只伸过来的手，又对女主人说：

“我刚才在李迪雅伯爵夫人家，本想早一点来，可是被她留住了。约翰爵士在她那儿，他这人真有意思。”

“哦，是那位传教士吗？”

“对，他讲印度的生活讲得可有趣了。”

因为她的到来而中断的谈话，又像被风吹动的灯光一样摇曳起来。

“约翰爵士！对了，约翰爵士。我看见过他。他身体挺健康。符拉西耶娃可完全被他迷住了。”

“小符拉西耶娃要嫁给托波夫，这是真的吗？”

“是的，据说都已经定了。”

“我很佩服他们的父母。据说，他们是纯粹凭感情结合的。”

“纯粹凭感情？您的思想倒很时髦！现在还有谁谈感情啊？”公使夫人说。

“有什么办法呢？这种愚蠢的老作风现在还流行着呢。”伏伦斯基说。

“谁坚持这种作风，谁准要倒霉。我知道幸福的婚姻都是建立在理性上面的。”

“是的，不过建立在理性上的婚姻的幸福，一旦遇到原来被克制的热情爆发，就会烟消云散了。”伏伦斯基说。

“不过，我们所谓建立在理性上的婚姻，是指双方都不再放荡了。这就像猩红热一样，要害过一次才能免疫。”

“那么，恋爱跟牛痘一样，也可以搞人工接种啰？”

“我年轻的时候爱上过一个教堂职员，”米雅赫基公爵夫人说，“我不知道这对我有没有作用。”

“不，说实在的，我认为要懂得爱情，就必须先犯一下错误，然后再改正。”培特西公爵夫人说。

“连结过婚的都得这样吗？”

“改邪归正，永不嫌迟。”外交官说了一句英国谚语。

“对，正是这样！”培特西附和说，“必须先犯错误再改正。您对这一点有什么想法？”她问安娜。安娜嘴唇上隐隐约约地挂着坚定的微笑，正在默默地听着这场谈话。

“我想，”安娜玩弄着脱下的手套说，“我想……有多少颗脑袋，就有多少种想法；有多少颗心，就有多少种爱情。”

伏伦斯基注视着安娜，屏住呼吸听她说出什么话来。等她说出这话，他才像脱离危险似的舒了一口气。

安娜突然对他说：

“哦，我收到了莫斯科来信。他们说谢尔巴茨基家的吉娣病得很厉害。”

“真的吗？”伏伦斯基皱着眉头说。

安娜严厉地瞪了他一眼。

“这事您不关心吗？”

“不，我很关心。我想知道信上究竟说了些什么，能告诉我吗？”他问。

安娜站起来，走到培特西跟前。

“请您给我一杯茶。”安娜说着，在培特西椅子后面站住了。

培特西公爵夫人倒茶的时候，伏伦斯基走到安娜跟前。

“信上说些什么呀？”伏伦斯基又问。

“我常常想，男人都不懂得什么叫卑鄙，嘴上却老是挂着这两个字。”安娜说，并不回答他的问题。“我早就想对您说了。”她加了一句，走了几步，在屋角摆满照相簿的桌旁坐下来。

“我不太明白您这话的意思。”伏伦斯基递给她一杯茶说。

安娜瞟了一眼身边的沙发，他连忙坐下来。

“是的，我想对您说，”安娜说，眼睛不对他看，“您的行为不好，不好，很不好。”

“难道我不知道我的行为不好吗？但是，是谁促使我这样做的呢？”

“您为什么对我说这种话？”安娜严厉地盯住他说。

“您知道为什么。”伏伦斯基大胆而快乐地回答，接住她的目光不放。

不是他，而是她发窘了。

“这只能证明您这人无情无义。”她嘴里这样说，但她的眼神表明，她知道他是有情的，也正是因为这个，她怕他。

“您刚才说的那件事是个误会，那不是什么爱情。”

“您记住，我禁止您说这个讨厌的词儿。”安娜身子打了个哆嗦说。但她立刻察觉，她用“禁止”这两个字，就等于承认自己对他有一定的权力，而这样正好鼓励他诉说对她的爱情。“这话我早就想对您说了，”她继续说，坚决地看住他的眼睛，脸烧得通红，“我今晚特地跑来，知道会遇见您。我是来对您说，这事该结束了。我从来没有在人家面前红过脸，可如今您使我觉得自己仿佛有什么过错似的。”

他望着她，被她脸上流露出来的一种新的精神的美所打动。

“您要我怎么样？”他简单而认真地说。

“我要您到莫斯科去一次，请求吉娣的宽恕。”她说。

“您不会要我这样做的。”他说。

他看出她说这话很勉强，不是出于内心。

“您要是真的像您所说的那样爱我，”安娜低声说，“那就这样去做，也好让我心里平静。”

伏伦斯基容光焕发了。

“难道您不知道您就是我的整个生命？我不能平静，也不会让您平静的。我整个的人，我的爱情……是的……我不能把您和我分开来想。我觉得咱俩是一体。我看，我也好，您也好，今后都不会有什么平静。我看只有绝望和不幸……或者只有幸福，无比的幸福！……难道这就没有可能吗？”他只动了动嘴唇，她却听见了。

安娜竭力想理智地说出应该说的话，但结果只把脉脉含情的目光停留在他身上，什么话也没有说。

“嘿，有了！”伏伦斯基欢天喜地地想，“我原来都快要绝望，以为不会有什么结果了，可是忽然来了希望！她爱我。她自己也承认了。”

“那么，为了我的缘故，您就那样去做吧，以后再也不要对我说那种话了。还是让我们做个好朋友吧。”她嘴里这么说，她的眼神所表示的却完全是另一种意思。

“做朋友，我们是不可能的，这一层您也明白。我们要么成为天下最幸福的人，要么成为最不幸的人——这全得由您决定。”

她想说些什么，但他抢在她前头。他继续说。

“唉，我只有一个要求，就是像现在这样还能抱有希望，还能忍受痛苦。要是连这样也不行，那只要您吩咐一声，我就走。要是我在您面前使您难受，那我就不再让您看见我了。”

“我并不想把您撵到哪儿去。”

“只要没有什么变化就好了。但愿一切都像现在这样，”他颤声说，“嗐，您丈夫来了。”

真的，就在这当儿，卡列宁迈着稳重而笨拙的步伐走进客厅。

他对妻子和伏伦斯基瞟了一眼，走到女主人跟前，坐下来喝茶，用他那不慌不忙、一向洪亮的声音开始说话，并且带着惯常的戏谑口吻取笑人家。

“您的伦布里耶人士[①]都到齐了，”他环顾所有在座的人说，“全都是美人和缪斯[②]。”

但是，培特西公爵夫人受不了他那种冷嘲热讽[③]的腔调。她这位聪明的女主人立刻就引他谈论起普遍兵役制这种严肃的问题来。卡列宁也就立刻兴致勃勃地谈了起来，开始一本正经地为培特西公爵夫人所攻击的新敕令进行辩护。

伏伦斯基和安娜仍旧坐在小桌子旁边。

“这真有点不成体统！”一位太太低声说，对安娜、伏伦斯基和安娜的丈夫瞟了一眼。

“我不是对您说过了吗？”安娜的女朋友回答。

但不仅这两位太太，客厅里几乎所有的人，甚至包括米雅赫基公爵夫人和培特西本人，都对这两个离群的人望了好几眼，仿佛他们碍了大家什么事似的。只有卡列宁一次也没有朝那个方向望，一直热衷于这场开了头的谈话。

培特西公爵夫人发觉大家对这事都感到不愉快，就悄悄地拉一个人坐到她的座位上听卡列宁说话，自己走到安娜跟前。

“您丈夫说话条理清楚，我一向很钦佩，”培特西说，“最玄妙的道理，经他一说，我就懂了。”

“哦，是啊！”安娜说，脸上浮起幸福的微笑。培特西对她说的话，她其实一个字也没有听清楚。但她还是转移到大桌子旁边，参与大家的谈话。

卡列宁坐了半小时，走到妻子面前，要她一起回家；但她对他看也不看，就回答说，她要留下来吃晚饭。卡列宁鞠了一躬，走了。

安娜的车夫，身穿光亮皮外套的肥胖的鞑靼老头，好不容易才制服那匹在门口冻得不安宁的灰色副马。跟班打开车门，站在旁边。看门人站在门口，拉住大门。安娜用她灵巧的小手解开被外套上钩子钩住的袖口花边，低下头，心花怒放地听着伴送她出来的伏伦斯基说话。

“就算您什么也没有说过，就算我也没有什么要求，”他说，“但您要知道，我需

---

① 指从前伦布里耶公爵夫人在巴黎举行的文人雅士的集会。

② 希腊神话中的文艺之神。

③ 原文为英语。

要的不是友谊，在我的生活中只能有一种幸福，就是您很不喜欢的那个词儿……爱情……”

“爱情……”她慢悠悠地用发自内心的声音跟着他说了一遍。就在她解开袖口花边的一刹那，她突然加上一句话：“我所以不喜欢这个词儿，是因为它对我的含义太多了，远不是您所能理解的。”她说着朝他的脸瞟了一眼，“再见！”

她同他握了握手，接着敏捷而轻盈地从看门人旁边走过，坐进马车里。

她的目光，以及同她的手的接触，像火一样燃烧着他的全身。他吻了吻手掌上同她接触过的地方，得意扬扬地回家去，意识到今晚比前两个月更接近他的目标了。

8

卡列宁看见妻子同伏伦斯基单独坐在一张桌子旁谈得很热烈，原来并不觉得有什么异常和有失体统，但他发觉客厅里人人都认为他们的行为有些异常和有失体统，这才觉得的确有些不成体统。他决定就这事同妻子谈一谈。

卡列宁回到家里，照例走进书房，在安乐椅上坐下来。他翻开一本用裁纸刀夹着的论教皇主义的书，像平日一样读到一点钟。他只偶尔擦擦他那突出的前额，摇摇头，仿佛要驱除什么东西。他在规定的时间站起身来，漱洗一下，准备去就寝。安娜还没有回来。他夹着一本书走到楼上，但今天晚上他不像往常那样考虑官厅里的公事。他的头脑被妻子和与她有关的不愉快的事情塞满了。他一反常规，没有立刻上床睡觉，却背着两手在房里踱来踱去。他无法睡觉，觉得必须好好考虑一下这种新的局面。

起初，卡列宁心里决定要同妻子谈一谈，他觉得这事很简单很容易。可是现在，把这新出现的局面考虑了一番之后，他却觉得这事很复杂很为难。

卡列宁不是个好猜疑的人。猜疑，他认为是对妻子的侮辱，而对妻子是应该信任的。至于为什么应该信任，应该完全相信他那位年轻的妻子会永远爱他，他没有问过自己；但他对她从没有不信任过，因为一向信任她，并且对自己说应该信任她。可是现在呢，尽管他仍认为猜疑是可耻的，应该相信妻子，而且这种信念并没有被破坏，他却感到面对着一种乱七八糟的荒唐局面，不知道该怎么办才好。卡列宁面对现实，发觉妻子可能爱上别人。他觉得这样的现实实在荒唐，简直难以理解。卡列宁这辈子一直是在处理各种生活问题的官府里工作的。可是每当他自己同生活发生冲突时，他却总是回避它。他现在的感受就像一个人正平静地走在一座横跨深渊的桥上，忽然发现桥断了，下面是万丈深渊。这深渊就是生活本身，而桥则是卡列宁所过的那种脱离实际的生活。他第一次想到他妻子可能爱上别人，不禁大吃一惊。

他没有脱衣服，在点着一盏灯的餐室的镶木地板上，在阴暗的客厅——那里灯光只照在沙发上方他自己那个巨幅新画像上——的地毯上，步伐均匀地踱来踱去。接着他又走进她的起居室，里面点着两支蜡烛，照着她亲友的画像和她写字台上那些他所熟悉的精美小玩意。他穿过她的房间，走到卧室门口，又往回走。

每来回走一次，他总要在灯光明亮的餐室的镶木地板上停住脚步，对自己说："是的，这事一定要解决，要制止，还要说出我的意见和决定。"于是他又往回走。"可是究竟说什么呢？做出什么决定来呢？"他在客厅里自言自语，但找不到答案。"到底出了什么事啦？"他在回书房去时问自己，"什么也没有。她同他谈了一阵。那有什么关系？一个女人在交际场所同人家谈谈话又有什么稀奇？还有，猜疑，这是贬低自己，也贬低她。"他走进书房时自言自语。这种论点，以前他觉得很有说服力，现在却变得毫无分量、毫无价值了。他又从卧室门口回到客厅；但他一回到客厅，仿佛就有一种声音在对他说，事情并不那么简单，既然人家都注意到了，那就说明有了问题。他在餐室里又对自己说："是的，这事一定要解决，要制止，还要说出我的意见……"但从客厅里往回走的时候，他又问自己："怎样解决呢？"接着他又问自己："出了什么事啦？"回答说："什么也没有。"他又想起，猜疑对妻子是一种侮辱，但到了客厅他又相信出什么事了。他的思想同他的身体一样兜着大圈子，却碰不到什么新东西。他意识到这一层，擦擦前额，在妻子的起居室里坐了下来。

这当儿，他望着她的桌子，桌子上摆着孔雀石文具和一封没有写完的信，他的思想突然变了。他开始想她的事，考虑她有些什么思想和感情。他第一次生动地想象着她的个人生活、她的思想、她的愿望。一想到她可以而且应该有她自己的独立生活，他害怕极了，连忙把这种思想驱除掉。这也就是他所害怕正视的深渊。在思想感情上替别人设身处地着想，这对卡列宁来说是一种不习惯的精神活动。他认为这种精神活动是一种有害的危险的胡思乱想。

"最糟糕的是，"他想，"正当我的事业快要成功（他想到他刚提出的计划），特别需要安静和精力的时候，这种无聊的烦恼竟落到了我的身上。怎么办呢？我可不是那种一遇到麻烦和变动就没有勇气去正视的人。"

"我要考虑一下，加以解决，把它抛开。"他大声说。

"她的感情，她心里曾经产生和可能产生什么念头，不关我的事。这是她的良心问题，属于宗教的范畴。"他自言自语，意识到新出现的局面可以归结为什么性质的问题，聊以自慰。

“是的，”卡列宁又自言自语，“她的感情之类的问题是她的良心问题，同我不相干。我的义务是明确的。我是一家之长，我有义务指导她，因此对她也负有部分责任。我应当指出我所发觉的危险，警告她，甚至行使我的权力。我应当把我的意见向她说出来。”

于是卡列宁就在头脑里明确地编好了今晚要对妻子说的话。他一面考虑要说的话，一面又因为家庭问题这么不知不觉地耗费他的时间和脑力而感到惋惜。虽然如此，他的头脑里还是像起草公文一样清楚地组织好了当前这次讲话的形式和顺序。“我应当说出下列几点：第一，说明舆论和面子的重要性；第二，说明结婚的宗教意义；第三，如有必要，指出儿子可能遭到的不幸；第四，指出她自己可能遭到的不幸。”想到这里，卡列宁交叉起双手，掌心向下，用力扳开手指，把指关节弄得咯咯发响。

这个手势，这种双手交叉、把手指扳得咯咯发响的坏习惯，总能使他镇定下来，使他的头脑恢复冷静，而此刻他正非常需要冷静。门口传来马车驶近的声音。卡列宁在客厅中央站住了。

传来女人上楼的声音。卡列宁准备好了要说的话，站在那里，紧压着交叉的手指，看会不会再弄出声音来。只有一个关节发出咯的一声。

楼梯上传来轻盈的脚步声，他知道她已经走近了。虽然他对准备好的言辞感到很满意，但对当前这场表白还是有点害怕……

9

安娜垂着头，摩弄着头巾的穗子走进来。她红光满面，但这容光不是欢乐的光彩，却像黑夜里可怕的大火。安娜看见丈夫，抬起头来，好像好梦初醒，微微一笑。

“呦，你还没有睡？真怪！”她一边说，一边解下头巾，并且没有停下来，一直向梳妆室走去。“该睡觉了，阿历克赛·阿历山德罗维奇。”她隔着一扇门说。

“安娜，我有话要跟你说。”

“跟我？”她惊奇地说，从门里出来，望着他。“有什么事吗？谈什么？”她坐下来问。“嗯，你要谈，那就谈吧。不过最好还是睡觉。”

这话安娜脱口而出，她自己听着，对于自己的说谎本领也感到吃惊。她说得多么自然，仿佛她真的很想睡觉！她觉得自己披着一件刺不穿的谎言的铠甲。她感到有一种看不见的力量在帮助她，支持她。

“安娜，我应当警告你。”他说。

“警告？”她说，“什么事？”

她那么大方、那么愉快地望着他，要是换了别人——不像丈夫那样了解她——绝不可能从她的音调和这句话的含义上听出有丝毫不自然的地方。但他是很了解她的。他知道只要他上床比平时迟五分钟，就会引起她的注意，她就会查问原因。他知道，她不论有什么事，高兴的，快乐的或者烦恼的，都会立刻告诉他。而现在呢，他却看到她根本不理会他的心情，而且只字不提她自己。这情况使他感到有点反常。他看到，她那一向对他开放的灵魂，现在却对他封锁起来了。不仅如此，他从她的音调中听出，她并没有因此感到窘迫，而且仿佛坦率地对他说：“是的，封锁起来了，应该这样，今后也将这样。”他现在的心情，就像一个人回到家里，却发现家门锁着。“但说不定还能找到钥匙吧。”卡列宁想。

“我要警告你的是，”他低声说，“由于轻佻和不检点，你会使社会有理由来议论你。你同伏伦斯基伯爵（他从容不迫地断然说出这个名字）过分热烈的谈话，引起了大家对你的注意。”

他说着，望望她那双神色难以捉摸而使他吃惊的含笑的眼睛。他一面说，一面就觉得这话是徒然的。

“你总是这样，”她回答，仿佛完全不了解他的意思，故意装作只懂得他最后那句话，“我烦闷，你不高兴；我快乐，你又不高兴。我不烦闷，这又使你生气吗？”

卡列宁身子打了个哆嗦，弯拢手，想把关节弄出响声来。

“啊，请你不要扳手指，我实在不喜欢。”她说。

“安娜，你变成什么样子啦？”卡列宁勉强克制着感情，停止双手的活动，低声说。

“到底什么事啊？”她用半真半假的惊讶口吻说，“你要我怎么样？”

卡列宁沉默了一阵，擦了擦前额和眼睛。他看到他没有照预定的计划做，也就是警告妻子不要在大庭广众丢脸，却情不自禁地为她的良心不安，并且同他凭空虚构的障碍作着斗争。

“我要对你说的话是这样的，”他冷淡而镇定地继续说，“我要求你听一听。老实说，我承认猜疑是卑劣可耻的，我绝不允许自己被这种感情所支配。不过，有一些礼法，你要是违反了，就会受到惩罚。今晚不是我，而是大家都注意到，你的行为不太得体。这从你给大家的印象可以作出判断。”

“你的话我简直一点也不懂。”安娜耸耸肩膀说。（“他自己倒不在乎，而是人家注意到了，这才使他不安。”安娜想）“阿历克赛·阿历山德罗维奇，你身体是不是有点不舒服？”她补了一句，站起身来，正要向门口走去，可是他抢前一步，仿佛想留住她。

他的脸色阴沉沉的很难看，安娜从没见过他这个模样。她停住脚步，脑袋一会儿往后仰，一会儿歪在一边，敏捷地取下一个个发针。

“好吧，我听着！”她平静而嘲弄地说，“我倒很想听听，因为我很想知道是怎么一回事。”

她说着，说得那么从容不迫，语气那么自信，措词那么得体，连她自己都觉得惊奇。

“深入捉摸你的感情，我没有权利，而且我认为这是无益的，甚至是有害的，”卡列宁开始说，“我们挖掘自己的灵魂，常常会挖到没有被发现过的东西。你的感情关系到你的良心，而指出你的责任，那可是我对你、对我自己、对上帝应负的责任。我同你生活上结合在一起，那不是由什么人结合的，而是由上帝结合的。破坏这种结合就是犯罪，犯这一类罪是要受到严厉惩罚的。”

“我一点儿也不明白。哎呀，天哪，我真想睡觉！”她一边说，一边迅速地摸摸头发，搜索剩下的发针。

“安娜，看在上帝分上，别这么说，”他温和地说，“也许是我错了，但你要相信，我说这话一半是为自己，一半也是为你呀。我是你的丈夫，我爱你。”

她的脸色顿时沉下来，眼睛里嘲弄的光芒也熄灭了。他说“爱”这个字使她很反感。她想：“他会爱吗？难道他也会爱吗？要不是他听人家说到‘爱’，他恐怕一辈子也不会使用这个字吧。他根本不懂得什么叫爱。”

“阿历克赛·阿历山德罗维奇，我真的不明白，”她说，“你有什么意见，尽管直说好了……”

“请你让我把话说完。我爱你。我可不是为我自己说话，这儿关系到的主要人物是：我们的儿子和你。我再重复一遍，我的话你也许会觉得是多余的，不得体的；也许这是出于我的误会。如果是这样，那就请你原谅。但如果你觉得这儿有一点道理的话，那就请你想一想。如果你心里有什么想法，你就告诉我吧……”

卡列宁自己也没想到，他说出来的话，完全不是他预先准备好的那一套。

“我没什么要说的，而且……”她急急地说，勉强忍住微笑，“真的，该睡觉了。”

卡列宁叹了一口气，不再说什么，走进卧室。

安娜走进卧室的时候，他已经躺下了。他的嘴唇严厉地紧闭着，眼睛不朝她看。安娜在自己的床上躺下来，时刻等待着他再和她说话。她又害怕他开口，又希望他开口。可是他不作声。她一动不动地等了好一阵，终于把他忘记了。她想着另一个人。她看见他，并且觉得一想到他，她的心就荡漾起来，就充满一种罪恶的喜悦。忽然她听见均匀而平静的鼾声。最初一刹那，卡列宁仿佛对自己的鼾声感到吃惊，停止了；但呼吸了两下以后，鼾声就又更加均匀而平静地响起来。

“迟了，迟了，已经太迟了。”她微笑着低声说。她睁着眼睛，一动不动地躺了好一阵。她觉得简直可以在黑暗中看见自己眼睛的光芒。

10

从那一夜起，卡列宁也好，他的妻子也好，都开始了一种新的生活。并没有发生什么特别的事。安娜照常出入交际场所，到培特西公爵夫人家去的次数特别多，到处都同伏伦斯基见面。卡列宁眼看着这种情景，束手无策。他千方百计想引她开诚布公地谈谈，她却总是用一道难以突破的玩世不恭的障壁把他挡住。表面上一切如旧，其实他们的内在关系完全变了。卡列宁这个强有力的政治家，在这方面却觉得自己软弱无能。他像一头公牛，驯服地垂下头，等待着他已感到的高举在他头上的利斧。他每次想到这件事，总觉得应当再试一试，认为用善心、温情和规劝来挽救她，使她醒悟，还有一线希望，因此他天天都准备和她谈一次话。但每次他一开始谈话就感觉到，那个主宰着她的邪恶和欺骗的魔鬼，同样也主宰着他；他对她说的话完全不是他原来想说的，语气也完全不是他原来想用的。他同她说话，不由自主地用了他惯于对别人反唇相讥的语气。而用这种语气是无法说出他要对她说的心里话的。

……

11

有一个欲望，差不多整整一年成了伏伦斯基生活中唯一的心愿，而排挤了他以前的一切欲望。这个欲望，对安娜来说原是不可能实现的、可怕的，因而也就格外使人销魂、神往。这个欲望终于得到满足了。他脸色苍白，下颚打颤，站在她面前，要求她镇静，其实他自己也不知道为什么要她镇静，怎样才能使她镇静。

“安娜！安娜！”他颤声说，“安娜，看在上帝分上！……”

不过，他说得越响，她那原来快乐高傲、如今变得羞愧难当的头就垂得越低。她全身弯曲，从坐着的沙发上滑下来，滑到地板上他的脚边；要不是他把她扶住，她准会倒在地毯上。

“上帝呀！饶恕我吧！”她呜咽着说，把他的手紧压在自己的胸口上。

她觉得自己罪孽深重，除了低首下心，请求饶恕，没有别的办法。如今在她的生活中，除了他以外没有别的人，因此她只能向他要求饶恕。她望着他，深痛地感到屈辱，什么话也说不出来。他呢，觉得自己好像一名凶手，面对着一具被他夺去生命的尸体。这被夺去生命的尸体就是他们的爱情，他们初期的爱情。一想到为了达到这个目的而付出羞愧难当的代价，她心里不由得感到又可怕又可憎。她这种精神上一丝不挂的羞愧感，也传染给了他。然而，不管凶手面对着尸体是多么魂飞魄散，他还是得把这尸体切成碎块，掩蔽起来，还是得享用凶手通过谋杀所获得的东西。

于是，好像凶手残暴而又狂热地扑向尸体，把它撕裂、切碎一样，他在她的脸上和肩上吻个不停。她抓住他的手一动不动。“是的，这些亲吻是用这种莫大的羞愧换来的。是的，这只手将永远属于我了，这是我的同谋者的手。”她拉起这只手，吻了吻。他跪下来，想看看她的脸，可是她把脸藏起来，一句话也没有说。最后，她好容易控制住自己，站起来，把他推开。她的脸还是那样美丽，却更加逗人爱怜。

“一切都完了，”她说，“我除了你，什么也没有了。你要记住！”

“我不会不记住那像生命一样宝贵的东西。为了这片刻的幸福……”

“什么幸福！”她厌恶而恐惧地说——这种恐惧不由得也传染给了他，“看在上帝的分上，不要再说，不要再说了。”

她霍地站起来，把他摆脱掉。

“不要再说了。”她重复说，脸上露出使他惊奇的冰凉的绝望神情，离开了他。在这进入新生活的时刻，她觉得不能用语言来表达那种又羞愧又快乐又恐惧的心情，也不愿意把它说出来，唯恐被不得体的语言亵渎了。但是，到了第二天、第三天，她不仅还是找不到语言来表达这种错综复杂的心情，甚至头脑里也理不出一条思路来。

她对自己说：“不，现在我还不能思考这个问题，等我平静一点再说。”可是她的心情始终没有平静过。每当她想到，她做了什么，她将会怎样，她应该怎么办，恐惧就会袭上心头，她连忙把这些思想驱除掉。

“以后，以后再说，”她说，“等我平静点了再说。”

但是在梦里，她无法控制自己的思想，她的处境就丑态毕露地呈现在她眼前。有一个梦几乎夜夜都来纠缠她。她梦见两个人都是她的丈夫，两个人都爱她爱得疯疯癫癫。卡列宁哭着吻着她的手说：“我现在多么幸福哇！”伏伦斯基也在旁边，他也是她的丈夫。她感到奇怪，以前她怎么会觉得这是不可能的，如今她却笑着对他们说，这样简单多了，现在他们两人都感到满足和幸福。但是这种梦好像恶魔一样折磨她，把她吓醒过来。

12

列文刚从莫斯科回来的时候，每当他想起求婚遭到拒绝的耻辱，就面红耳赤，浑身哆嗦。他安慰自己说："从前我考物理得了一分[①]留级，也是这样面红耳赤，浑身哆嗦，以为我这一辈子完了。当我把姐姐托我办的事办错的时候，我也认为自己不中用了。可是后来怎样呢？几年以后想起这些事，就觉得好笑，当时何必这样苦恼！现在这件倒霉事也是这样。过些时候，我也就不会把它放在心上了。"

但是，过了三个月，他对这事还是念念不忘，他还是像开始时那样，一想起来就感到痛苦。他心里不能平静，因为他深感自己早已达到成家的年龄，渴望过家庭生活，却始终没有结婚，而且结婚的日子越来越渺茫了。他也像别人一样痛苦地感觉到，像他这样年纪的人过独身生活是不好的。他记得他去莫斯科之前有一次对他的牧人尼古拉——一个朴实的农民，列文平时喜欢同他闲聊——说："啊，尼古拉！我要结婚了。"尼古拉立刻像谈一件理所当然的正经事那样回答说："早就是时候了，康斯坦京·德米特里奇。"可是现在，结婚这件事比以前更加渺茫了。位子仿佛已被占据了。他在想象中把别的姑娘一个个放在这个位子上，总觉得没有一个合适。还有，每次想到他去求婚遭到拒绝，以及他在这件事上所扮演的角色，他就觉得羞愧难当。不管他怎样反复对自己说，这事不能归咎于他，但一想到，也像想到其他类似的耻辱一样，他总是面红耳赤，浑身哆嗦。以前他也同别人一样，有过他自认为放荡的行为，因此该受良心的谴责；但回忆那种放荡行为，远不如回忆这些细小而可耻的事痛苦。这些创伤永远不会愈合。除了原来那些回忆以外，如今又加上了求婚遭到拒绝，以及那天晚上他在众人面前的那副窘态。但时间和工作起了作用。痛苦的回忆逐渐被他田园生活中琐碎而必要的事情冲淡了。他对吉娣的思念一星期比一星期少了。他急切地等待着她已经结婚或者即将结婚的消息，希望这样的消息会彻底治愈他的心病，就像拔掉一颗病牙那样。

这时候，春天来了。这是一个爽朗可爱的春天，既没有风雪，也不是变幻莫测。这是一个植物、动物和人类皆大欢喜的少有的好春天。这个可爱的春天鼓舞了列文，他决心抛开往事，独立自主而满怀信心地安排他的独身生活。虽然他回乡时拟订的许多计划并没有实行，但其中最重要的一项——在生活上保持纯洁——他是遵守的。他以前每次因为失足而觉得羞愧难当，这样的痛苦现在不会再有了，现在他可以大

① 指五分制中最低的分数。

胆地正视人家的眼睛。还在二月间，玛丽雅就来信告诉他，尼古拉哥哥的病情日益恶化，可他又不肯就医。列文接信后就去莫斯科看望哥哥，总算说服他去看医生，并且出国到矿泉疗养。他说服了哥哥，借了路费给他，并没有惹他生气。这件事使他感到很高兴。除了春天特别需要照顾的农活和读书以外，列文早在冬天就动手编写一部农业方面的书，企图证明劳动力在农业中也像气候和土壤一样，是一种绝对因素，因此农学的一切原理，不能只根据土壤和气候这两个条件，而要根据土壤、气候和不可或缺的劳动力才能确立。所以，虽然孤独，或者正由于孤独吧，他的生活却显得非常充实。偶尔感到不满的只是，除了阿加菲雅以外，他不能把头脑里萦绕着的许多想法告诉人家，尽管他常常同她议论物理学、农业理论，特别是阿加菲雅所爱好的哲学。

春天回暖得很慢。大斋期[①]最后两三个礼拜还是晴朗而严寒的天气。白天，冰雪在阳光下开始融化；夜里，气温又降到零下七度；路上还结着厚厚的冰，马车在没有路的地方也可以通行。复活节依然一片积雪。复活节后的第二天，忽然吹来一阵暖风，乌云笼罩大地，下了三天三夜温暖的暴雨。到星期四，风停了，灰色的浓雾弥漫大地，仿佛在掩盖自然界变化的秘密。在雾中，春潮泛滥，冰块拆裂、漂动，泡沫翻腾的浑浊的溪水奔腾得更加湍急。在复活节后的第七天，从傍晚起雾散了，乌云碎裂得像一块块羔皮，天空明朗了，真正的春天到了。早晨，灿烂的太阳升起来，迅速地吞噬了水面上薄薄的浮冰，温暖的空气带着苏醒过来的大地的水蒸气晃动着。隔年的老草和刚出土的嫩草一片葱绿，绣球花、醋栗和黏稠的桦树都生意盎然地萌芽了。金黄色花朵累累的枝条上，一只蜜蜂嗡嗡地飞来飞去。看不见的云雀在天鹅绒一般的田野上空，在盖满冰块的留茬地上空唱歌；凤头麦鸡在积满黄褐色塘水的洼地和沼地上哀鸣；鹤和雁发出春天的欢呼，高高地在上空飞过。牧场上，脱毛还没有长好的牲口号叫起来；弯腿的羊羔在咩咩叫着的掉了毛的母羊周围欢蹦乱跳；活泼的孩子在留有赤脚印迹的刚干的村路上奔跑；从池塘旁边传来洗衣妇快乐的谈话；家家院子里扬起农民修理犁耙的斧声。真正的春天来到了。

---

① 大斋期指复活节前四十天，又称四旬斋。

13

列文套上宽大的长靴，第一次不穿皮大衣而穿上呢子短袄，出去视察农场。他涉过在阳光下亮得耀眼的溪流，忽而踩在冰上，忽而陷进污泥里。

春天是人们计划和设想的季节。列文来到户外，好像一棵树到了春天还不知道该把它那饱含浆汁的嫩芽和新枝怎样生长与往哪里伸展，他还不知道他那心爱的农场今后要办些什么事业，但他觉得心里充满最美好的计划和设想。他先来到饲养场。母牛已经放到围场里晒太阳，身上换过的新毛在阳光下闪闪发亮。它们哞哞地叫着，要求到田野上去。列文欣赏着那一头头极其熟悉的母牛，吩咐牧人把它们放到田野里，把小牛赶进围场。牧人兴高采烈地准备到田野上去。放牛的农妇都撩起裙子，迈开还没有被太阳晒黑的白嫩的脚，啪哒啪哒地踏着泥浆，手拿树枝追逐着因春天到来而欢乐地哞叫的小牛，把它们赶进围场。

列文欣赏了一番今年生的特级小牛——早熟的小牛有农家一般母牛那么大；巴瓦生的小牝牛才三个月，就有周岁小牛那么高——吩咐工人把食槽搬到外面来，在围场里给它们喂干草。但是一冬没有用过的围场，秋天造的木栅已经坏了。他派人去找木匠。木匠照规定本该做打谷机了。但是木匠还在修理耙，而耙本来应该在谢肉节[①]之前就修好。这使列文很恼火。恼火的是他努力了多少年，可是农活上松松垮垮的情况仍然没有改变。他查明冬天不用的木栅被搬到耕马的马厩里，在那里被弄坏了，因为原来是围小牛用的，做得不坚固。此外，他吩咐冬天就该修理耙和各种农具，还特地雇了三个木匠，可是现在一查，也都没有修好，耙倒需要用了。列文派人去找管家，接着又亲自去找。那管家也像这一天的万物那样焕发着光彩。他穿着羔皮镶边的皮袄从打谷场出来，手里拿着一根干草，把它折断。

"为什么木匠不做打谷机？"

"啊，我昨天就要向您报告了：耙要修理。因为要耙田了。"

"冬天为什么不修？"

"您要木匠做什么呀？"

"小牛围场的木栅放在哪里？"

"我吩咐他们摆在老地方。您拿这些老百姓有什么办法！"管家摆摆手说。

"不是老百姓没有办法，是您这位管家没有办法！"列文恼怒地说。"哼，我雇您

---

① 谢肉节指大斋前的一星期。

来干什么！”他叫嚷道。但是一想到这样斥责也无济于事，他说到一半就停住了，只叹了一口气。“嗯，怎么样，可以播种了吗？”他沉默了一下问。

“土耳钦那边的地，明后天可以播了。”

“那么三叶草呢？”

“我派华西里同米施卡去了。他们正在播种。我不知道他们干得了干不了，地烂得很呢。”

“有多少亩？”

“六亩光景。”

“为什么不全播种呀？”列文大声嚷道。

三叶草只播了六亩，而没有把二十亩地都播上。这使列文更加恼火。根据理论和他个人的经验，三叶草只有尽早播种，甚至在雪还没有融化之前播种，才会有好收成。可是他们从来没有做到过。

“人手没有。您拿这些老百姓有什么办法？三个没有来。还有那个谢苗……”

“咳，您该把干草的事搁一搁。”

“我已经把它搁开了。”

“那么人都到哪里去了？”

“五个在搞蜜渍水果（他是说混合肥料）①。四个在翻燕麦，恐怕烂掉，康斯坦京·德米特里奇。”

列文明白，说“恐怕烂掉”，其实就是说他的英国燕麦种已经完了——他们又没有照他的话办理。

“我不是在大斋节前就说过了吗？要装通风筒……”他嚷道。

“您放心好了，一切都会及时办好的。”

列文怒气冲冲地挥了挥手，走进谷仓去看燕麦，然后回到马厩那里去。燕麦还没有坏。不过，雇工们在用铲子翻燕麦，其实可以直接把它倒进底下的谷仓里。列文吩咐他们这样做，把两个雇工调去播种三叶草，对管家也不再生气了。是啊，天气这样好，还生什么气呢。

“伊格拿特！”他对那卷起袖子正在井边洗马车的车夫叫道，“给我备马……”

“哪一匹，老爷？”

“嗯，就骑科比克吧。”

---

① 俄文“蜜渍水果”和“混合肥料”两词近似，只差一个字母。

“是，老爷。”

趁车夫备马的时候，列文又把在前面忙碌的管家叫到跟前，想同他和好。列文就跟他谈这个春天的农活和农庄的计划：

运输肥料要趁早动手，好在第一次刈草之前结束。要不停地耕远处的那块地，使它成为秋耕休闲地。刈草不用对分制，而是雇人给工资。

管家用心听着，显然竭力想表示赞成主人的计划，但他还是露出那种列文早已熟悉，并且总是为之恼火的无能为力的沮丧神气。这种神气表示：一切都很好，但得听天由命。

没有什么比这种态度更使列文伤心的了。但这种态度是他所雇用过的管家的通病。大家对他的计划都抱这样的态度，因此他现在不再生气了，而是感到伤心，觉得需要更加坚决反对这种老是同他作对的习惯势力。这种习惯势力他想不出叫什么好，就叫它“听天由命”。

“要是来得及的话，康斯坦京·德米特里奇。”管家说。

“怎么会来不及呢？”

“我们至少还要雇十五个工人，可是雇不到。今天来了几个，干一个夏天要七十卢布。”

列文不作声。他又遇到了这种阻力。他知道不管他们怎样努力，出较高的工钱也雇不到四十个以上的工人，最多只有三十七八个。但他还是不能不同这种阻力斗争。

“要是他们不肯来，那就派人到苏里，到契斐罗夫卡去招。总得招人来呀！”

“好的，我派人去，”华西里·费多罗维奇垂头丧气地说，“再有，马也都老了。”

“我们要添买几匹。这些我都知道，”列文笑着加上说，“您总是缩手缩脚的。今年我可不让您照您那一套去办了。一切我都自己来。”

“您可实在休息得太少了。本来，主人家亲自管事，我们是求之不得……”

“他们正在桦树谷那边播种三叶草吗？我去看看。”他说着跨上车夫牵来的那匹浅黄色小马科比克。

“小溪过不去，康斯坦京·德米特里奇。”车夫叫道。

“噢，那我打树林里走。”

这匹闲久了的小骏马，在水洼上打着响鼻，不时昂起头，轻快地溜着蹄子。列文就骑着它穿过围场，出了围场大门，向田野驰去。

列文在畜栏和粮仓里感到愉快，到了田野上，就更加兴奋了。小骏马的溜蹄使列文的身子有节奏地左右摇摆。他穿过那还留着一块块残雪和地上的脚印正在融化的树林，吸着温暖而新鲜的带雪味的空气，兴致勃勃地欣赏着每一棵树皮上长着青苔、枝条上暴出点点嫩芽的树。他出了树林，面前就展开一片丝绒地毯般广阔平坦的绿色田野，没有黄土，没有沼泽，只有洼地上还留着一块块正在融化的残雪。他看见农家的马和马驹在践踏他的田地，就吩咐一个农民把它们赶开。他遇到农民伊巴特，问道："喂，伊巴特，快播种了吧？"伊巴特回答说："先得耕地呀，康斯坦京·德米特里奇。"不论是母马和马驹践踏他的田野，或者是伊巴特愚蠢可笑的回答，都没有使列文生气。他骑着马越走越高兴。脑海里浮出许多农业计划，一个比一个出色：在所有田野的南面都种上一排柳树，这样雪就不会积得太久；把田野划成六块耕地，再划三块作牧场，在田野尽头造一个饲养场，挖一个水塘，为了利用畜肥，再盖一个临时畜栏。这样，种上三百亩小麦、一百亩马铃薯、一百五十亩三叶草，就没有一亩荒地了。

列文脑子里充满种种幻想，小心翼翼地让马沿着田埂走着，免得践踏庄稼，向正在播种三叶草的工人那里跑去。一辆装种子的大车不是停在田边上，而是停在田当中，冬小麦被车轮碾过，都被马蹄踩坏了。两个工人坐在田埂上，大概在合抽一个烟斗吧。大车上拌种子用的泥土没有研碎，压成了硬块，或者冻起来了。工人华西里一看见主人，就向大车走去，米施卡也动手播种。这种情况很不像话，但列文是难得对工人发脾气的。华西里走过来，列文就叫他把马牵到田边上去。

"不要紧，老爷，麦子会长起来的。"华西里回答。

"对不起，不要讨价还价，"列文说，"叫你怎么办就怎么办。"

"是，老爷。"华西里回答着，抓住马笼头。"您瞧我们播的种，康斯坦京·德米特里奇，"他讨好说，"头等的活。只是难走得要命！草鞋上足足有一普特泥。"

"为什么你们不把土筛一筛呢？"列文说。

"噢，我们会把它捏碎的。"华西里回答，拿起一把种子，并把泥土放在手心里揉碎。

华西里确实没有错，因为没有筛过的泥土是别人给他装的车，但这事毕竟叫人生气。

列文经常用一种方法来平息自己的怒火，那就是把一切坏事变成好事。现在他又试用这个办法。他瞧瞧米施卡怎样双脚粘满大泥块，一步步走过来，他就跳下马，从华西里手里接过筛子，亲自动手播种。

"你播到什么地方啦？"

华西里用脚指指一个标记，列文就仔细地把种子播在地里。地像沼泽一样难走，列文播完一行就满头大汗。他停下来，把筛子还给华西里。

“哦，老爷，到夏天您可不要为这一行骂我呀！”华西里说。

“怎么会？”列文快活地说，已经感到这种转变情绪的办法起作用了。

“啊，到夏天您再来瞧瞧，光景就不一样了。您看看我去年春天播过的地方，就像种的一样齐！我这个人哪，康斯坦京·德米特里奇，干起活来就像给我亲爹干活一样卖力。我不喜欢马马虎虎，也不让别人马马虎虎。这样，东家高兴，我们也高兴。您瞧瞧！”华西里指指田野说，“真叫人心里高兴啊！”

“今年春天真不错，华西里。”

“是啊，几时有过这样好的春天，连老年人都记不起来了。我们家里，老头子也播了半亩光景小麦。他说你简直分不清是小麦还是黑麦。”

“哦，小麦你们早就种下了？”

“是您前年教给我们的呀！您还送给我两斗种子呢。我们卖掉四分之一，多下来的都种下去了。”

“嘿，你要注意，把泥块弄碎，”列文一面向马走去，一面说，“还要看住米施卡。要是苗长得好，每亩给你五十戈比。”

“谢谢老爷！我们本来就很感激您了。”

列文骑上马，向种有隔年三叶草的田野，向已经耕过准备种春小麦的田野跑去。

留茬地上，三叶草苗长势很好。新苗生气蓬勃，从去年小麦的残秆中间绿油油地一个劲儿往上长。马齐膝陷在泥里，每条腿从半解冻的泥土里拔出来，发出咕唧咕唧的声音。在耕过的地里，马根本不能行走，只有结冰的地方才可以立足。在冰雪融解的畦沟里，马腿一直陷到膝盖以上的地方。耕过的地很出色，再过两天就可以耙地和播种了。一切都赏心悦目，一切都叫人心花怒放。回家时列文打算涉过小溪，希望水能退掉。他果然涉过了小溪，还惊飞了两只野鸭。“山鹬也该出来了。”他想。在回家路上转弯的地方，他遇见管林人，证实他的猜测是对的。

列文纵马小跑回家，以便赶紧吃好饭，准备好猎枪，傍晚去打猎。

14

列文兴致勃勃地骑马跑近家门，听见大门口有马车铃的响声。

“哦，一定有人从火车站来了，”他想，“现在正是莫斯科班车到达的时候……这是谁呀？会不会是尼古拉哥哥？他不是说过‘可能到温泉去，也可能到你那里’吗？”最初一刹那，他感到担心和不快，唯恐哥哥一来，会扰乱他春天快乐的心情。但他为这样的想法感到害臊。他立刻敞开胸怀，带着喜悦的柔情，衷心希望来的是他哥哥。他策马前进，跑到槐树前面，看到一辆火车站的出租雪橇和一位穿皮大衣的先生。此人不是他的哥哥。“啊，但愿是个谈得来的有趣的人。”他想。

“啊！”列文举起双手，快乐地叫道。“贵客临门啦！嘿，我看见你真高兴！”他一认出是奥勃朗斯基，就叫道。

“我一定能从他那里打听出，她有没有结婚，什么时候结婚。”他想。

在这春光明媚的日子，他想到她，觉得一点也不痛苦。

“怎么样，没想到吧？”奥勃朗斯基从雪橇上下来，说。他的鼻梁上、面颊上和眉毛上都溅着泥，但容光焕发，神采奕奕。“跑来看看你，这是一；”他一面说，一面拥抱他，同他亲吻，“跑来找猎，这是二；来卖叶尔古沙伏的树林，这是三。”

“太好了！今年春天不错吧？你怎么坐雪橇来呀？”

“坐马车更糟，康斯坦京·德米特里奇。”那个熟识的车夫回答。

“嘿，看见你太高兴了，太高兴了！”列文像孩子般天真地微笑着说。

列文把奥勃朗斯基领到客房，把他的行李——一个旅行袋、一支有套子的猎枪和一袋雪茄——也送到那里，让他独自留在那里梳洗更衣。列文自己就到账房去安排耕地和三叶草的事。阿加菲雅一向很顾到家庭的体面。她在前厅看见列文，就向他请示怎样备饭。

“您瞧着办吧，只是要快一点。”他说着就去找管家。

他回来的时候，奥勃朗斯基已梳洗完毕，满面春风地从房里出来。他们一起上楼。

“啊，终于来到你这里，我真高兴！现在我明白你在这里所干的神秘事业了。说实话，我可真羡慕你呢！多么好的房子，一切都是多么出色呀！明朗，快乐！”奥勃朗斯基说，忘记并非一年到头都是春天，都是晴朗的日子。“你那位老保姆真可爱！要是有个穿围裙的侍女，那就更妙了。不过像你那样过着严肃的修道院生活，这样也就很不错了。”

奥勃朗斯基讲了许多有趣的消息，特别是提到列文的哥哥柯兹尼雪夫今夏准备到乡下来看他。

吉娣和谢尔巴茨基家的情况，奥勃朗斯基只字未提；他只转达了他妻子的问候。列文感谢他的体贴，十分欢迎他的来访。列文过着孤单的生活，心里有许多感触平时无法对人诉说。现在他就尽情向奥勃朗斯基倾诉：又是诗意盎然的春天的快乐，又是他在农业上的失败和计划，又是对他读过的书籍的想法和意见，特别是他自己著作的构思——尽管他自己没有注意到，他的构思基础其实是批判一切旧的农业著作。奥勃朗斯基一向和蔼可亲，不论什么问题，只要稍作暗示就能领悟，这次来访格外惹人喜欢。列文发现他还有一种待人彬彬有礼的风度和亲切温厚的情意，觉得很高兴。

阿加菲雅和厨师竭力把饭菜做得特别美味可口，使这两位饿慌了的朋友一坐下，不等正菜上来，就大吃黄油面包、咸鹅和腌蘑菇。列文又吩咐先送汤来，不用等馅饼烘好，可是厨师原想用他拿手的馅饼来博得客人的赞赏。不过，奥勃朗斯基尽管吃惯各种珍馐美味，也觉得这里的一切特别有味：草浸酒哇，面包哇，黄油哇，特别是咸鹅，还有蘑菇哇，荨麻汤啊，白汁鸡呀，克里木葡萄酒哇，一切都很鲜美可口。

"太美了，太美了！"吃过热菜之后，他点着一支雪茄说。"我到你这里，就像从一艘喧闹而颠簸的轮船上来到宁静的海岸。那么，你说劳动者这个因素应当研究，它还决定着农业方法的选择。这方面我当然是个门外汉，但我认为理论和它的应用对劳动者也有影响。"

"是的，不过你听我说：我这里说的不是政治经济学，我说的是农业科学。农业科学应该是一种自然科学，它还从经济学、人种学的观点来观察各种现象和劳动者……"

这时候，阿加菲雅拿着蜜饯进来。

"啊，阿加菲雅！"奥勃朗斯基吻着自己肥胖的手指尖，对她说，"您的咸鹅太美了，草浸酒太美了！……怎么样，康斯坦京，咱们该出发了吧？"他对列文说。

列文望了望窗外落到光秃的树梢后面的太阳。

"该出发了，该出发了！"他说，"顾士玛，套车！"他说着跑下楼去。

奥勃朗斯基走到楼下，小心翼翼地解下帆布枪套，打开枪匣，动手装配他那支贵重的新式猎枪。顾士玛已嗅到一笔可观的酒钱，跟住奥勃朗斯基寸步不离，替他穿袜子，着靴子。奥勃朗斯基也乐于把这些差事交给他。

"康斯坦京，你关照一下，我今天约了商人梁比宁到这里来，要是他来了，让他等一下……"

"难道你把树林卖给梁比宁了？"

"是的，你认得他吗？"

"当然认得。我同他打过'一言为定'的交道。"

奥勃朗斯基笑了。"一言为定"是这个商人的口头禅。

"是的，他这人说话真可笑……它知道主人要到哪里去！"他拍拍拉斯卡的头，加了一句。拉斯卡汪汪地叫着，在列文身边转来转去，一会儿舔舔他的手，一会儿舔舔他的靴子和枪。

他们走到门口，敞篷马车已经等在那里了。

“路虽然不远，但我还是叫他们套了车。不过，你要不要走过去呀？”

“不，还是坐车去好。”奥勃朗斯基一边说，一边向马车走去。他坐上车，拿虎皮毯子盖住两腿，点着了雪茄。“你怎么不抽烟！雪茄——这不只是一种享受，简直是人间妙品，其乐无穷。这才是生活的乐趣！太美了！我真希望过这样的生活！”

“又有谁碍着你啦？”列文笑着说。

“不，只有你才是幸运儿。你喜欢什么，就有什么。你喜欢马有马，你喜欢狗有狗，你喜欢农场有农场。”

“也许因为这个，我有什么就享受什么，缺少什么也并不苦恼。”列文想起吉娣，这样说。

奥勃朗斯基明白他的意思，对他瞧瞧，但什么话也没有说。

列文很感激奥勃朗斯基，因为他凭着素有的机警，发现列文怕谈到谢尔巴茨基家的事，就只字不提。不过，列文其实很想打听那件使他十分苦恼的事，但又开不了口。

“那么，你的事怎么样？”列文想到只考虑自己的问题是不得体的，就问。

奥勃朗斯基的眼睛快乐地闪着光芒。

“你认为一个人有了一份口粮，就不可以再去爱奶油面包。你认为这是一种罪孽，但我认为一个人没有爱情是无法生活的，”他照自己的意思去理解列文的问题，说，“我生来就是这样一个人，有什么办法呢！说实话，这事对别人并没有什么大害，对自己却其乐无穷……”

“哦，你又有什么新的情况吗？”列文问。

“有的，老弟！你瞧，有一种属于奥西安[①]笔下的女人……那种在梦里才能见到的女人……啊，现实生活中也有这种女人……这种女人是可怕的。我说呀，女人这东西不论你怎样研究，总归是个新鲜的玩意儿。”

“那还是不去研究的好。”

“不，有一位数学家说过，快乐不在于发现真理，而在于追求真理。”

列文默默地听着。不论他怎样努力，也无法捉摸他朋友的心，无法懂得他的感情和他研究女人的乐趣在哪里。

---

① 奥西安，传说中的三世纪盖尔（苏格兰北部和西部山地）的游唱诗人。他笔下的女人多半是悲剧性的、神秘的。

15

打猎的地方就在离河不远的小白杨树林。进了树林，列文下车把奥勃朗斯基带到一块块冰雪融化、青苔丛生的潮湿草地上去。他自己来到另外一边一棵双干孪生的白桦树旁，把猎枪搁在一根低矮的枯枝上，脱去长袍，整整腰带，活动一下双臂，试试是不是灵活。

灰毛老狗拉斯卡紧跟在他们后面，小心翼翼地在列文对面蹲下来，竖起耳朵。太阳正落到树林后面去。疏疏落落夹杂在白杨中间的白桦，在落日的余晖中清楚地映衬出它们那缀满饱满嫩芽的枝条。

从积着残雪的密林里，隐隐约约地传来蜿蜒的细流的潺潺声。小鸟啁啾鸣啭，间或从一棵树飞到另一棵树上。

在一片寂静中，可以听见隔年落叶由于泥土解冻和青草萌发而发出飒飒的响声。

“多么奇妙哇！简直听得见、看得出青草在生长！”列文发觉一片潮湿的灰绿色白杨树叶在一片嫩草旁边晃动，自言自语着。他站着倾听，时而俯视布满青苔的潮湿土地，时而瞧瞧那耸耳细听的拉斯卡，时而眺望那伸展在面前山脚下树梢光秃的茫茫林海，时而仰望那白云片片、昏暗下来的天空。一只鹞鹰悠然鼓动两翼，在远处树林上高高飞过；另一只也以同样的动作朝同一个方向飞去，接着就消失了。鸟儿在树林里越叫越响，叫声越来越嘈杂了。一只猫头鹰在不远处啼起来。拉斯卡一惊，悄没声儿地迈了几步，侧着脑袋，留神倾听。隔河传来布谷鸟的叫声。它照例先咕咕叫了两声，接着就嘶哑地乱叫起来。

“嚯，布谷鸟叫了！”奥勃朗斯基从灌木丛里走出来说。

“是的，我听见了。”列文回答，老大不高兴地用自己也觉得讨厌的声音打破了树林中的寂静。“这下子快了。”

奥勃朗斯基的身子又隐没到灌木丛里。列文只看见火柴一亮，接着就出现香烟的红烟头和一缕青烟。

咔！咔！——传来奥勃朗斯基扳动枪机的声音。

“这是什么叫声？”奥勃朗斯基问，让列文注意那像小马淘气时嘶鸣一般拖长音的尖细叫声。

“啊，你不知道吗？这是公兔在叫。别说话！你听，飞过来了！”列文扳动枪机，几乎叫出声来。

远处传来尖锐的鸟叫声，接着按照猎人所熟悉的节拍，过了两秒钟又传来第二声、第三声，在第三声之后就听到粗嘎的啼声。

列文左顾右盼。在他前面苍茫的天空中，在纵横交错的白杨树梢的嫩枝上，出现了一只飞鸟。它一直向列文飞来，越来越近的粗嘎叫声，仿佛均匀地撕裂粗布的声音，在耳边鸣响。鸟的长喙和脖子已看得见了。就在列文瞄准的一刹那，从奥勃朗斯基站着的灌木丛里红光一闪。那只鸟就像箭一般落下来，接着又挣扎着向上飞起。又闪出一道红光，传出一声枪响。那鸟儿拼命拍着翅膀，仿佛想停留在空中。它停了一刹那，就沉重地啪哒一声落在泥地上了。

“难道没有打中吗？”奥勃朗斯基被烟遮住看不见，叫道。

“瞧，在这里呢！”列文指指拉斯卡说。拉斯卡正竖起一只耳朵，摇动它那翘得高高的毛茸茸尾巴，慢吞吞地一步步走过来，仿佛有意要延长这种快乐，而且似乎带着笑容，把死鸟衔给主人。“嘿，你打中了，我真高兴！”列文说，同时因为打死这只山鹬的不是他，不免有点妒意。

“老手失眼，意外意外！”奥勃朗斯基一面装子弹，一面回答。“嘘……来了。”

真的，又听到了接二连三尖锐的鸟叫声。两只山鹬嬉戏着，互相追逐着，只是尖叫，并不啼鸣，一直飞到猎人们头上。枪响了四声，山鹬像燕子一般来个急转弯，就消失了。

……

打猎成绩很可观。奥勃朗斯基又打了两只鸟；列文也打了两只，其中一只没有找到。天色黑下来了。穿过桦树枝的空隙可以看见银光灿烂的金星在西方闪耀着温柔的光辉；而阴沉的大角星则在东方发出红色的光芒。列文望见头上的北斗星，但接着又找不着了。山鹬不再飞了，不过列文决定再等一会儿，等金星从桦树枝下升到树梢上空，北斗星全部出现。金星已经升到树梢上空了，北斗星的斗和斗柄在苍茫的天空中已经十分清楚了，可是他还在等待。

“该回去了吧？”奥勃朗斯基说。

树林里已一片寂静，也没有一只鸟在飞动。

“再等一会儿。”列文回答。

“听便。”

现在，他们两人相距有十五步光景。

“斯基华！”列文出其不意地说，“你为什么不告诉我，你的姨妹结婚了没有，或者打算几时结婚？”

列文自以为十分镇定，任何回答都不会使他激动。可是，奥勃朗斯基的回答却是他万万没想到的。

“她并没想到结婚，现在也不想结婚。她病得很厉害，医生叫她到国外疗养去了。大家甚至为她的生命担心呢。”

“你说什么！”列文叫道，“病得很厉害？她怎么啦？她怎么……”

他们这样交谈的时候，拉斯卡竖起耳朵，抬头望望天空，又责难似的朝他们望望。

“他们可找到个说话的时候了！”拉斯卡想，“鸟儿飞来了……瞧，真的飞来了。他们却错过了……”

就在这当儿，两人忽然听见一声尖锐刺耳的叫声，两人同时抓住枪，接着闪出两道火光，在同一刹那响起了两发枪声。一只在高空飞翔的山鹬，一下子收拢翅膀，落在树丛里，把嫩枝都压弯了。

“嘿，妙极啦！大家都打中了！”列文叫道，跟着拉斯卡一起跑到树丛里去找山鹬。“嗯，有什么不愉快的事啊？”他回想着，“对了，吉娣病了……有什么办法，真叫人难过。”

“嘿，找到了！真乖！”他说着从拉斯卡嘴里取下温暖的鸟，放进差不多装满了的猎袋。“找到了，斯基华！”他叫道。

16

在归途中，列文详细打听吉娣的病情和谢尔巴茨基家的计划。听到的消息使他高兴，虽然他羞于承认。高兴的是他还有希望；更高兴的是，她使他忍受的那种痛苦，如今她自己也尝到了。不过，当奥勃朗斯基谈到吉娣的病因，并且提到伏伦斯基的名字时，列文就打断他的话：

“我没有权利打听人家的私事，老实说，我对这丝毫也不感兴趣。”

列文的脸色刚才还那么快乐，一下子却变得如此阴郁。奥勃朗斯基察觉列文脸上这种他很熟悉的迅速变化，微微一笑。

“你同梁比宁买卖树林的事讲好了吗？”列文问。

“是的，讲好了。价钱不错，三万八。首付八千，其余六年内付清。我为这事忙了好一阵，谁也不肯出更高的价钱了。”

“你这样等于把树林白白送掉了。”列文老大不高兴地说。

“怎么是白白送掉呢？”奥勃朗斯基和蔼地微笑着说，知道列文此刻对什么事都很反感。

"因为树林至少值五百卢布一亩。"列文回答。

"唉，你们这些土财主！"奥勃朗斯基开玩笑说，"你们这种瞧不起我们城里人的口气真叫人受不了！……至于办事，那我们一向都是行的。不瞒你说，我一切都算过了，树林卖到了好价钱，我简直担心对方变卦呢。你要知道，这树林里没有'材木'，"奥勃朗斯基想用这种行话来证明列文的疑虑是多余的，"多半是些柴木。而且每亩不会超过三十沙绳[①]，他却给了我每亩两百卢布。"

列文轻蔑地微微一笑。他想："我知道，这种作风不光他一个人有，城里人个个都有。十年里，他们只下乡过两三次，乡下话只学会两三句，就满口乱说，以为他们什么都懂了。什么'材木'哇，'沙绳'啊。嘴里尽管这样说，其实什么也不懂。"

"我并不想来教你怎样办公文，"他说，"一旦需要，我还要来向你请教呢。不过，在买卖树林这种事上，你太自信了。这事可不好办哪。你数过树吗？"

"树怎么数哇？"奥勃朗斯基笑着说，一直想消除朋友的恶劣情绪，"海滩的沙子，星星的光芒，除非有天大的本领才数得清……"

"是的，梁比宁就有这种天大的本领。商人买树，没有一个不数的，只有你才这样白白送给他。你那座树林我是知道的。我年年都到那边去打猎，你那座树林每亩值五百卢布现钞，他却只给你两百卢布，还是分期付款。你这是白白送了他三万卢布。"

"吓，你打的是如意算盘，"奥勃朗斯基可怜巴巴地说，"那么，为什么没有人肯出更高的价钱呢？"

"因为他同别的商人都勾结好了，他收买了他们。我同那些人都打过交道，我了解他们。他们不是商人，他们是投机贩子。要是利润只有百分之十、百分之十五，这样的买卖他们是不肯做的。他们总是想用二十戈比买进价值一个卢布的东西。"

"嗯，算了吧！我看你今天情绪不佳。"

"一点也不！"列文闷闷不乐地说。这时他们回到家门口。

大门口停着一辆包着铁皮和皮革的马车，车上套着一匹用阔皮带系住的牡马。马车上坐着脸色红润、腰带束紧的替梁比宁赶车的账房。梁比宁已进了屋，在前厅等候这两位朋友。梁比宁是个又高又瘦的中年人，留着小胡子，凸出的下巴剃得光光的，生有一双浑浊的暴眼睛。他身穿一件蓝色的长礼服，纽扣一直钉到腰部以下的地方，脚登一双踝部起皱、腿肚笔直的长靴，外面套了一双大套鞋。他用手帕把整个脸擦了一下，拉了拉原来就很整齐的礼服，笑容可掬地迎接他们，向奥勃朗斯基伸出一只手

① 1 沙绳等于 2.134 米。

去，仿佛要捉住什么东西似的。

“啊，您可来了！”奥勃朗斯基说，向他伸出手去，“太好了。”

“我不敢违抗阁下的命令，虽然道路糟透了。一路上简直只能步行，但我还是准时来到。康斯坦京·德米特里奇，我向您请安。”他对列文说，竭力想握列文的手。可是列文皱起眉头，装作没有看见他的手，同时把山鹬取出来。“两位在打猎消遣吗？请问，这是什么鸟？”梁比宁轻蔑地瞧着山鹬，加上一句，“味道大概很不错吧。”接着他不以为然地摇摇头，仿佛对打山鹬这种事是不是值得，深表怀疑。

“你要到书房里去吗？”列文阴郁地皱着眉头，用法语对奥勃朗斯基说，“你们到书房里去谈谈吧。”

“不成问题，哪儿都行。”梁比宁煞有介事地说，仿佛想让大家知道，怎样同人打交道，这在别人也许是困难的，但在他可从来不当一回事。

梁比宁走进书房，习惯成自然地环顾了一下，好像在找圣像，但找到了圣像，又不画十字。他打量着书橱和书架，又像对待山鹬那样轻蔑地微微一笑，不以为然地摇摇头，怎么也不同意花这么多钱去买书。

“嗯，您把钱带来了吗？”奥勃朗斯基问，“请坐。”

“钱，我们是不会拖欠的。我跑来见您，想同您商量一下。”

“商量什么呀？您请坐。”

“行！”梁比宁说着，坐下来，十分费力地把臂肘搁在椅背上。“您该让点步哇，公爵。要不太罪过了。钱都准备好了，一文也不会少的。我是不会拖欠的。”

列文这时已把枪放在柜子里，走到门口，但一听见商人的话，又站住了。

“您简直是白白拿了人家的树林，”他说，“他到我这里来得太晚了，要不我会替他定个价钱的。”

梁比宁站起来，默默地微笑着，从头到脚对列文打量了一番。

“康斯坦京·德米特里奇太精明了！”他笑嘻嘻地对奥勃朗斯基说，“你压根儿没有办法买他的东西。我买他的小麦，出了好大的价钱。”

“我为什么要把自己的东西白白送给您呢？我又不是地上捡到的，也不是偷来的。”

“对不起，现在的时势根本不可能偷。现在的时势一切都得依法办理，一切都要光明正大，哪能再偷哇！我们说话凭良心。那座树林太贵，实在不上算。我要求稍微让一点价。”

“你们这笔买卖讲定了没有？要是讲定了，那就不用讲价还价；要是没有讲定，那树林我买。”列文说。

梁比宁脸上的笑容顿时消失，现出老鹰一般残酷贪婪的神气。他用瘦骨嶙峋的手指迅速地解开礼服，露出没有塞在裤腰里的衬衫、背心上的铜纽扣和表链，连忙掏出一只鼓鼓囊囊的旧皮夹来。

“请您收下，树林是我的了。”他说着，急急地画了个十字，伸出一只手。“钱请您收下，树林是我的了。瞧吧，梁比宁做买卖就是这样的，从不斤斤计较。”他皱起眉头，挥挥皮夹，又说。

“我要是你，就不会这样性急了。”列文说。

“嗳，算了吧！”奥勃朗斯基诧异地说，“你要知道，我已经答应他了。”

列文走出房间，砰的一声关上门。梁比宁眼睛望着门，笑嘻嘻地摇摇头。

“太年轻了，简直像个孩子。老实说，我买这座树林完全是为了名誉，好让大家说，买进奥勃朗斯基家树林的不是别人，而是我梁比宁。至于赚不赚钱，那只好听天由命了。我可以对上帝起誓。请您在这张地契上签个字……”

一小时以后，这个商人整整齐齐地合拢长袍，扣上外套，口袋里藏着契约，坐上他那遮盖得严严实实的马车，回家去了。

一小时以后，这个商人整整齐齐地合拢长袍，扣上外套，口袋里藏着契约，坐上他那遮盖得严严实实的马车，回家去了。

“唉，这些老爷！”他对账房说，“都是一路货。”

“可不是，”账房回答，把缰绳交给他，扣上皮遮篷，“该祝贺您这笔买卖吧，米哈伊尔·伊格拿基奇？”

“嗯，嗯……”

17

奥勃朗斯基口袋里鼓鼓囊囊地装着商人预付给他的三个月钞票，走上楼去。买卖树林已经成交，钱已到手，打猎成绩又好，奥勃朗斯基兴高采烈，因此特别想驱除列文心头的恶劣情绪。他希望到吃晚饭的时候能高高兴兴地结束这一天，就像早晨开始时一样。

列文确实心绪不佳，尽管竭力想对这位可爱的客人表示亲切和殷勤，但他无法控制自己的情绪。吉娣没有结婚，这个消息使他有点乐滋滋的。

吉娣没有结婚并且病了，为了一个她所爱的人冷落她而病了。这种冷落仿佛也使列文感到委屈。伏伦斯基冷落她，而她却冷落他列文。这样，伏伦斯基就有权鄙视他，因此是他的敌人。但列文并没想得这么多。他只模模糊糊地感觉到，在这件事上有什么地方侮辱了他。不过，现在他不是因这件事破坏了他的情绪而恼火，而对当前的各种事情总是看不顺眼。出卖树林的愚蠢勾当，奥勃朗斯基在这件事上的受骗上当，加上这桩买卖又是在他家里成交的，这样就使他火上加火。

“嗯，完了吗？”他遇见奥勃朗斯基上楼来，说，“你要吃晚饭吗？”

“好的，那我不客气了。我到了乡下，胃口好极了！你为什么不请梁比宁吃饭呢？”

“哼，去他的！”

“你何必这样对待他呢！”奥勃朗斯基说，“你连手都不愿跟他握一握。那又何必呢？”

“因为我从来不同奴才握手，而奴才比他还要好一百倍呢。”

“你这人真是顽固不化！那么，对打破阶级界限你有什么看法？”奥勃朗斯基说。

“谁愿意打破，谁就去打破吧，我可感到恶心。”

“我看你是个十足的顽固派。”

“老实说，我可从来没有想过，我是个什么人。我是康斯坦京·列文，这就是了。”

“而且是心情不佳的康斯坦京·列文。”

“是的，我确实心情不好。可是，你知道为什么吗？就因为——恕我直说——你这笔买卖做得太傻了……”

奥勃朗斯基宽宏大量地皱起眉头，仿佛受到人家莫须有的嘲弄和责难。

“哎，别说了！”他说，“不论什么时候卖掉东西，总是立刻会有人说：‘这要值钱得多呢。’是不是？可是当你出卖的时候，谁也不肯出高价钱……是的，我知道你恨那个倒霉的梁比宁。”

“也许是的。可是你知道为什么吗？你又会说我是顽固派，或者用别的什么可怕的名称来称呼我。我看到我们贵族阶级各方面都在衰落，心里感到悲伤、痛苦。再说，不管怎样打破阶级界限，我还是甘心当贵族阶级。破落并不是由于奢侈。要是由于奢侈，那倒无所谓。过阔绰的生活，这原是贵族的习惯，只有贵族才会这样过日子。如今我们周围的农民都在买地，这我倒并不难过。做老爷的无所事事，农民一年忙到头，他们把游手好闲的人挤掉，这是理所当然的。我替农民们高兴。不过，贵族由于——我不知道该怎么说——天真无知而破落，我瞧着就觉得难受。这里有个波兰佃户用半价向一位住在尼斯的贵夫人买进一块好田产。那里又有人向商人抵押田地，一亩只押到一卢布，其实值十卢布。今天你又无缘无故送给那个骗子三万卢布。”

“照你说应该怎么办？一棵树一棵树地去数吗？”

“一定要数。你没有数过，可是梁比宁数过了。梁比宁的子女就有生活费和教育费，你的孩子恐怕就没有！”

“好了，你别见怪，我说，这样去数未免有点小气。我们有我们的事，他们有他们的事，再说也总要让他们赚点钱。总之，事情已经过去，也就算了。啊，煎蛋可是我最爱吃的东西！阿加菲雅还要给我们喝那美味的草浸酒吧……”

奥勃朗斯基在桌旁坐下来，开始同阿加菲雅说笑，再三对她说，他好久没有吃到这样好的午饭和晚饭了。

“吓，您还夸奖呢！”阿加菲雅说，“可是康斯坦京·德米特里奇呢，你不论给他吃什么，哪怕是一块面包皮，他总是二话不说，吃完就走。”

不论列文怎样克制自己，他还是闷闷不乐。他很想问奥勃朗斯基一件事，可是下不了决心，也不知道该怎么问，什么时候开口。奥勃朗斯基已走到楼下自己房里，脱去衣服，洗了脸，穿上有皱纹的睡衣，上了床，可是列文还在他房里踱来踱去，谈着各种琐事，不敢提出他想问的事。

“这肥皂真漂亮！”他看看一块香皂，把它打开来说。这是阿加菲雅为客人预备的，不过奥勃朗斯基没有用过。“你瞧，简直像一件艺术品呢。”

“是的，现在一切都做得十分讲究，”奥勃朗斯基眼睛湿润、怡然自得地打着呵欠，说，“譬如说，剧院也办得很有趣……呵——呵——呵！”他打着呵欠，“到处都是电灯……呵——呵——呵！”

“是的，电灯。”列文说，“是的。那么，伏伦斯基现在在哪儿啊？”他忽然放下肥皂问。

“伏伦斯基吗？”奥勃朗斯基止住呵欠说，“他在彼得堡。你走后不久他也走了，就再也没有到莫斯科来过。康斯坦京，我老实告诉你，”他双臂搁在桌上，一只手托住他那红润俊美的脸，那双善良而睡意惺忪的眼睛像星星一样闪闪发亮，说道，“这该怨你自己不好。你害怕情敌。我还是当时对你说过的那句话，我说不出你们俩谁占优势。你为什么不力争呢？我当时就对你说过……”他没有张开嘴，光用牙床打了个呵欠。

“他知不知道我向她求过婚呢？”列文瞧着他想，“嗯，他脸上有一种外交家的调皮神气。”他自己感到脸红了，默默地盯住奥勃朗斯基的眼睛。

“如果说她当初有过什么的话，那也只是被他那漂亮的外表所吸引，”奥勃朗斯基继续说，“你要知道，他那种十足的贵族气派和未来的社会地位，不是对她本人，而是对她母亲起了作用。”

列文皱起眉头。他所遭到的被拒绝的屈辱，像新鲜创伤一样在他心里作痛。不过，他在家里，在自己家里是可以得到慰藉的。

“等一等，等一等！”他打断奥勃朗斯基的话说，“你说贵族气派。请问，伏伦斯基之流这样瞧不起我，他们的贵族气派究竟表现在哪里呢？你认为伏伦斯基是个贵族，可我不这样认为。一个人，他的父亲靠钻营拍马起家，母亲天知道同谁没有发生过关系……不，对不起，我认为我们这些人才是贵族，我们的渊源可以追溯到三四代祖宗，他们都很有教养——至于才能和智慧那是另一回事——从来不奉承拍马，从来不依赖谁，就像我的父亲和祖父那样。我也知道许多这样的人。你认为我数树林里的树是小气，你却白白送给梁比宁三万卢布。还有，你收收地租和别的什么，可是我没有那种收入，因此我珍重祖上传下来的产业和劳动所得……我们是贵族，可不是那种专靠权贵们的恩典过日子、只要两毛钱就可以收买的人。”

“嗯，你这是在骂谁呀？我是同意你的意见的。”奥勃朗斯基诚恳而快乐地说，虽然觉得列文所说的两毛钱就可以收买的人，也包括他在内。列文的激动确实使他觉得很好玩。“你这是在骂谁呀？你说的关于伏伦斯基的许多话虽然并不正确，但我现在不来谈那个。我跟你说句实话，我要是你，一定同我一起到莫斯科去了……”

“不，不论你是不是知道，我要告诉你，我去求过婚，但遭到了拒绝。现在，卡吉琳娜·阿历山德罗夫娜只给我留下一个屈辱而痛苦的回忆。”

“为什么呀？真是胡说！”

“好吧，这事我们不再谈了。要是我得罪了你，那就请你原谅。”列文说。现在他说出了心里话，心情又像早晨一样开朗了。“你不生我的气吧，斯基华？请你不要生气。”他含着笑，握住斯基华的手说。

“不，一点也不，也没有理由生气。我们彼此把话都说出来了，我很高兴。你准知道，清早打猎可有意思呢。去不去呀？我情愿不睡觉，打好猎就直接上车站。”

“那太好了。”

18

伏伦斯基内心虽然充满激情，但他的生活表面上还是沿着原来的社会活动和军伍生活的轨道进行，没有什么变化。团的活动在伏伦斯基的生活里占重要地位，因为他爱团，更因为他在团里受到普遍的爱戴。在团里，大家不仅喜爱伏伦斯基，而且尊敬他，以他为荣，由于他非常有钱，又很有教养，又有才气，前程远大，名誉地位都摆在面前，可他并不把这一切放在眼里，却处处关心全团和同僚们的利益。伏伦斯基知道同僚们都很敬爱他，他也爱这里的生活，并且希望人家同他保持亲密的关系。

当然，他没有同任何一个同僚谈过他的恋爱问题，即使在最放纵的酒宴上也没有泄漏过秘密（其实他从来没有醉得丧失自制力），还要堵住那些向他暗示他这种关系的轻率的同僚的嘴。虽然如此，他的桃色新闻还是闹得满城风雨，大家都多少猜到他跟卡列宁夫人的关系。多数青年人所羡慕的，正是他在恋爱中最麻烦的事情——卡列宁的崇高地位，因此他们的关系在社交界就格外惹人注目。

多数妒忌安娜的年轻妇女，对于人家说她“清白无辜”，早已非常反感，如今眼看舆论开始变得合乎她们的心意，就十分高兴，巴不得把轻蔑的情绪尽量往她身上发泄。她们已在准备大量泥块，一旦时机成熟，就好向她身上扔去。多数上了年纪的人和大人物，对于这种正在酝酿中的社会丑闻，感到不满。

伏伦斯基的母亲知道他和卡列宁夫人的私情，起初感到高兴，因为在她看来，没有什么比上流社会中的风流韵事更能使一个公子哥儿增色的了。她感到高兴，还因为她十分喜爱的卡列宁夫人，一路上同她谈了那么多她自己儿子的事。照伏伦斯基伯爵夫人看来，她也就具有一切美丽而高贵的女人的美德。不过，最近她听说儿子拒绝了一个前程远大的职务，就是为了要留在团里，好经常同卡列宁夫人见面，还听说许多大人物因此对他不满，她这才改变了看法。还有使她不高兴的是，她从各方面听说，他和卡列宁夫人的私情并非她所赞许的那种前途辉煌的风流韵事，而是她听说的那种可能使他遭殃的不顾死活的维特[①]式的狂恋。自从他突然离开莫斯科以后，她就没有看见过他。于是她派了大儿子去把他找来。

做哥哥的对弟弟也很不满意。他没有分析弟弟谈的是一种怎样的恋爱，是高尚的还是庸俗的，是热烈的还是不热烈的，是规矩的还是不规矩的（他自己虽然已有儿子，却还同一个舞女姘居，因此对这种事是不计较的）；不过，他知道弟弟这种恋爱是他必须奉承的人所不喜欢的，因此他不赞成。

除了军职和社交之外，伏伦斯基还有一个嗜好：玩马。他酷爱赛马。

今年预定要举行一次军官障碍赛马。伏伦斯基报了名，买了一匹英国纯种牝马。他尽管沉湎于恋爱之中，对将要举行的赛马虽有所克制，但还是兴致勃勃，十分向往……

这两种热情并不互相抵触。相反，他正需要一项同恋爱无关的活动和嗜好，使他能时时摆脱过分激动的情感，精神上得到调养和休息。

19

在红村赛马那一天，伏伦斯基比平时更早来到团的食堂吃牛排。他不需要严格节制饮食，因为体重四普特半，正合标准，但也不能再胖了，因此他不吃淀粉和甜食。他坐在桌旁，解开上装纽扣，露出雪白的背心，双臂搁在桌上，一面等他叫的牛排送来，一面望着一本摊在盘子上的法国小说。他眼睛望着书，只是为了避免同进进出出的军官们打招呼，好想他的心事。

他想到安娜答应在赛马后同他见面。他已经有三天没有看见她了。她丈夫刚从国外回来，他不知道今天能不能见到她，也不知道怎样去打听消息。他最近一次同她见面是在培特西堂姐的别墅里。他尽可能少到卡列宁家的别墅去。现在他想到那里去，就考虑着怎样去才合适。

“当然，我会说是培特西派我来打听，她去不去看赛马。当然，我要去一下。”他拿定主意，抬起头来不再看书。他生动地想象着看见她的欢乐情景，不由得喜形于色。

“派个人到我家里去，叫他们赶快把三马篷车准备好。”他对那个给他端来一银盘热气腾腾的牛排的跑堂说，接着把盘子拉到面前，吃了起来。

---

① 歌德名著《少年维特的烦恼》中的主角，因失恋而自杀。

从隔壁弹子房里传来撞球声和谈笑声。门口出现了两个军官：一个年纪轻的，面容清瘦虚弱，是新近从贵胄军官学校毕业来到团里的；另一个是位胖胖的老军官，腕上戴着手镯，生有一双眼皮浮肿的小眼睛。

伏伦斯基对他们瞟了一眼，皱起眉头，装作没有看见，斜眼对住书本，一面吃，一面看书。

“怎么？干活以前加点油吗？”那个胖军官在他旁边坐下来，说。

“是啊！”伏伦斯基皱着眉头，擦擦嘴，也不看他一眼，就回答说。

“你不怕发胖吗？”那个军官又说，同时给年轻的军官拉过一把椅子来。

“什么？”伏伦斯基现出厌恶的神色，露出一排整齐的牙齿，生气地说。

“你不怕发胖吗？”

“来人哪，白葡萄酒！”伏伦斯基不理他，却吩咐跑堂说，然后把书挪到另一边，继续读下去。

那胖军官拿起酒单。“我们喝什么酒，你自己挑吧！”他把酒单递给年轻的军官，眼睛看着他说。

“就来点莱茵葡萄酒吧！”年轻的军官说。他怯生生地斜睨着伏伦斯基，拼命用手指去扯那几乎看不见的唇髭。他看见伏伦斯基没有回过身子，就站起来。

“我们到弹子房去吧！”他说。

那胖军官顺从地站起来。他们向门口走去。

这当儿，体格魁伟的骑兵大尉雅希文走进食堂来，傲慢地对这两个军官把头一抬算打招呼，走到伏伦斯基身边。

“哦，原来在这里！”他用他的大手掌重重地拍拍伏伦斯基的肩章，叫道。伏伦斯基愠怒地回过头来一看，脸上立刻焕发出他所特有的和蔼而镇定的神色。

“真聪明，我的阿历克赛！”骑兵大尉用洪亮的男中音说，“现在吃一点，再喝上一小杯。”

“其实我并不想吃。”

“瞧，真是形影不离！”雅希文嘲弄地目送那两个军官出去，加上一句。接着他弯拢他那紧裹着马裤的长得出奇的腿，在伏伦斯基旁边坐下来。“你昨天怎么没到克拉斯宁斯基剧院去呀？节目可真不错呢！你到哪里去了？”

“我在特维尔斯卡雅家坐了一阵。”伏伦斯基回答。

“哟！”雅希文叫了一声。

雅希文是个赌棍和酒徒。他放荡不羁，常常做些缺德的事。他是伏伦斯基在团里最好的朋友。伏伦斯基喜欢他，因为他有过人的体力，能够狂饮不醉，通宵不眠而毫无倦容，又因为他有坚强的意志，使长官和同僚对他十分敬畏，而且他在赌博上敢于赌上万的输赢，不管喝了多少酒，赌起钱来照样沉着精明，因此在英国俱乐部里被认为是第一号赌徒。伏伦斯基看重他，喜欢他，特别是因为他觉得雅希文喜欢他并非由于他的名声和财富，而是由于他的为人。在所有的朋友中间，伏伦斯基只愿意同他一人谈谈自己的恋爱问题。他觉得雅希文表面上似乎蔑视一切感情，其实只有他一个人能理解他伏伦斯基整个生命里沸腾着的热情。此外，他相信雅希文确实讨厌流言蜚语，而且能正确理解他的感情，也就是说，知道并且相信他这次恋爱不是玩笑，不是儿戏，而是一种正经得多、重要得多的事。

伏伦斯基没有同他谈过自己的恋爱，但是知道他全都明白，全都理解。伏伦斯基从他的眼神里高兴地看出这一层。

"啊，对了！"雅希文说。他听到伏伦斯基说他在培特西家坐了一阵，他的黑眼睛便闪闪发亮。他捋着左边的胡子，按照自己的坏习惯把胡子塞进嘴里。

"嗯，那么你昨天在做什么？赢了吗？"伏伦斯基问。

"赢了八千。但有三千不能算数，不见得肯付。"

"啊，那你即使在我身上输掉也无所谓了。"伏伦斯基笑着说。这次赛马雅希文在伏伦斯基身上下了一大笔赌注。

"我一定不会输。只有马霍京有点危险。"

于是谈话就转到对今天赛马的猜测上。此刻伏伦斯基只能想想这件事。

"走吧，我吃完了。"伏伦斯基说，站起来向门口走去。雅希文伸直他的长腿，挺起他的长背，也站起来。

"我吃饭还早，可是我得喝点酒。我马上就来。喂，来酒！"他用他那喊口令时震得玻璃窗哐哐发响的洪亮声音叫道。"不，不用了！"他立刻又叫道。"你回家去，我同你一起去。"

于是他就同伏伦斯基一起走了。

20

伏伦斯基住在一所宽大洁净的芬兰式木屋里，木屋用板壁隔成两间。在营地里，彼特利茨基也和他住在一起。伏伦斯基同雅希文走进木屋，彼特利茨基还在睡觉。

"起来，你睡得也够了！"雅希文走到里屋，推推头发蓬乱、鼻子埋在枕头里睡觉的彼特利茨基的肩膀，说。

彼特利茨基一骨碌爬起来，跪在床上，朝四下里打量了一下。

“你哥哥来过了，”他对伏伦斯基说，“他把我弄醒，那该死的家伙，他说还要来。”说完他又拉上毯子，倒在枕头上。“哎，别捣蛋了，雅希文！”他对拉掉他身上毯子的雅希文怒气冲冲地说，“别捣蛋了！”他转过身来，睁开眼睛。“你还是告诉我喝点什么好，我嘴里难过极了……”

“最好喝点伏特加。”雅希文声音低沉地说。“吉列辛科！给老爷拿点伏特加和黄瓜来。”他大声叫道，显然是在欣赏自己的好嗓子。

“你说伏特加吗？呃？”彼特利茨基皱起眉头，揉揉眼睛问。“你也喝一点吗？让我们一起来喝！伏伦斯基，你喝吗？”彼特利茨基一面说，一面爬起来，用虎皮毯子裹住身体。

他走到外屋门口，举起双手，用法语唱道：“‘从前屠勒国有个国王’[①]……伏伦斯基，你喝吗？”

“走开！”伏伦斯基已经穿上跟班递给他的礼服，说。

“你这是上哪儿去呀？”雅希文问他。“瞧，还有一辆三驾马车。”他看见门外有一辆马车驶过来，又说了一句。

“到马房去，我还得为马的事去找一下勃良斯基呢。”伏伦斯基说。

伏伦斯基确实约好要去访问那个住在离彼得高夫十里路的勃良斯基，把买马的钱送去给他。他想赶到那边去一下，但同僚们立刻明白，他不光是要到那里去。

彼特利茨基继续唱着，一只眼睛眨了眨，嘟着嘴，仿佛在说：“吓，我们可知道这是个怎样的勃良斯基。”

“当心别迟到了！”雅希文只说了这么一句。接着为了改变话题，就说：“我那匹黑鬃栗色马怎么样，跑得好吗？”他望着窗外，问起那匹辕马，那是他卖给伏伦斯基的。

“等一等！”彼特利茨基对走出门去的伏伦斯基叫道，“你哥哥留给你一封信和一张条子。等一等，放在哪里了？”

伏伦斯基站住了。

“啊，放在哪里啦？”

“放在哪里啦？这倒是个问题！”彼特利茨基一本正经地说，食指从鼻子旁边往

---

① 歌德名著《浮士德》中的诗句。

上一指。

“快说呀，别开玩笑！”伏伦斯基笑着说。

“我没有生过壁炉。总在这里的什么地方。”

“啊呀，别开玩笑了！信到底在哪里？”

“嗐，我真的忘记了。别是我做梦看见的吧？等一等，等一等！你何必生气呢！你要是昨天像我一样喝了四瓶酒，你也会忘记睡在什么地方的。等一等，让我想一想！”

彼特利茨基走进里屋，在床上躺下来。

“等一等！当时我这样躺着，他那样站着。对了——对了——对了……在这里！”彼特利茨基说着把信从床垫底下掏出来。原来他把信藏在这里。

伏伦斯基拿了信和哥哥的条子。不出他所料：母亲来信责备他为什么不去看她，哥哥的条子说要同他谈一谈。伏伦斯基知道，这都是为了那件事。“这关他们什么事啊！”伏伦斯基想，把信揉成一团，塞在上装纽扣之间，好在路上仔细看看。在木屋门口，他遇见两个军官：一个是他们团的，另一个是别个团的。

伏伦斯基的宿舍一向是军官们聚会的地方。

“上哪儿去？”

“我有事，到彼得高夫去。”

“你的马不是从皇村送来了吗？”

“送来了，但我还没有看到。”

“听说马霍京的那匹角斗士摔坏了脚。”

“胡说！不过，这样的烂泥地怎么赛马呢？”另一个说。

“嘿，我的救星来了！”彼特利茨基看见有人进来，这样叫道。这时勤务兵正端着一个盛有伏特加和酸黄瓜的盘子，站在他面前。“是啊，雅希文叫我喝点酒提提神。”

“咳，您昨天可把我们害苦了，”来人中的一个说，“闹了整整一夜，不让人睡觉。”

“不，我们收场收得可真有意思！”彼特利茨基说，“伏尔科夫爬到屋顶上，说他很伤心。我说：听听音乐吧，来个葬礼进行曲！他在屋顶上听着听着，就在葬礼进行曲的伴奏下睡着了。”

“喝吧，一定得喝点伏特加，再来点矿泉水，还要大量柠檬，”雅希文站在彼特利茨基旁边说，好像母亲管孩子吃药一样，“然后再稍微喝点香槟酒，来这么一小瓶。”

“嗯，这是好办法。等一等，伏伦斯基，我们一起喝吧！”

“不，各位再见。我今天不喝酒。”

“哦，你是不是怕发胖啊？好，那我们就自己来喝。给我们来点矿泉水和柠檬。”

“伏伦斯基！”他走到门口，听见有人叫道。

“什么事！”

“你最好把头发剪一剪，你的头发太长了，特别是额头上秃的地方。”

伏伦斯基的确未老先秃。他快乐地笑起来，露出一排整齐的牙齿。接着把帽子拉到额头上，走到门外，坐上马车。

“到马房去！”他说，正要掏出信来读，但立刻又改变主意，免得在看马之前分心。他想：“回头再看吧！……”

21

临时马房是个木棚，造在跑马场旁边。伏伦斯基的马昨天就该牵到那里了。他还没有见过他的马。最近几天，他自己没有骑马练习，却交给驯马师去训练，因此他一点也不知道他那匹马的情况。他刚下车，他的马童老远就认出他的马车，便把驯马师叫出来。一个瘦骨嶙峋的英国人，穿着长筒靴和短上装，脸刮得光光的，只有下巴底下留着一撮胡子，迈着骑手的笨拙步伐，张开两肘，摇摇摆摆地走出来迎接他。

“喂，弗鲁—弗鲁怎样了？”伏伦斯基用英语问。

“很好，阁下！”英国人先用英语再用俄语问答，声音是从喉咙里发出来的。“最好不要进去，”他掀起帽子，继续说，“我刚给马戴上笼头，它有点烦躁。最好不要进去，免得惊动它。”

“不，我要进去。我要去看看它。”

“那么来吧。”英国人皱起眉头说，说时仍旧没有张开嘴巴。他摆动两肘，步履蹒跚地走在前头。

他们走进马房前面的小院。值班的是个身穿干净短上衣的漂亮小伙子。他手里拿着一把扫帚，走过来迎接他们，然后跟在他们后面。总共有五匹马分别系在单间马房里。伏伦斯基知道，他的劲敌——马霍京那匹高大的红棕色角斗士，今天也该送到这里。伏伦斯基很想看到自己那匹马，但更想看看那匹他没有见过的角斗士。但伏伦斯基知道，按照赛马的规矩，对手的马不但不许看，连问一下都是有失体统的。他们顺着走廊走去，小伙子把左面第二个单间马房的门打开，伏伦斯基就看见一匹红棕色的高头大马和它的四条雪白的腿。他知道这就是角斗士，但他仿佛避免看到别人拆开的私信那样，扭转身子，走到系着弗鲁—弗鲁的单间马房旁边。

“这匹马是马克……马克……那个名字我总是说不来。”英国人用他那个指甲龌龊的大拇指指指背后的角斗士单间马房说。

“马霍京的吗？对，这是我的一个劲敌。”伏伦斯基说。

“那匹马要是让您骑的话，”英国人说，“我一定买您的票。”

“弗鲁—弗鲁性子比较躁，那一匹强些。”伏伦斯基听到夸奖他的骑术，笑眯眯地说。

“障碍赛马关键在于骑术和胆量。”英国人说。

说到胆量，伏伦斯基不但觉得他是足够的，而且深信天下没有比他更有胆量的人了。

“您真的认为不需要再训练了吗？”

“不用了。”英国人回答，“请不要大声说话。马有点发躁。”他加上说，向对面那个关上的单间马房点点头，里面传出马蹄践踏干草的声音。

他打开门。伏伦斯基走进一个有微弱光线从小窗洞里透进来的单间马房。单间马房里系着一匹戴笼头的深栗色马，在新鲜干草上倒换着马蹄。伏伦斯基向昏暗的马房张望一下，又情不自禁地瞧了瞧他那匹心爱的马。弗鲁—弗鲁是匹中等身材的马，体格不是没有缺点的。它的骨骼细小，胸骨突出，胸部狭窄。它的臀部有点下垂，前腿弯曲，后腿更加弯曲。前后腿的肌肉都不十分发达，但肋骨部分特别宽阔，由于它的腹部练得消瘦，这一点就格外触目。从正面看上去，膝盖以下的腿骨不比手指粗，但从侧面看去非常粗大。它的全身，除了肋骨，显得特别瘦长，仿佛从两边被夹过了。但它具有极大的优点，足以弥补各种缺点。这优点就在于它是“纯种”，照英国人的说法，这是“关键”。在那像缎子一般光滑的薄皮肤下，肌肉从血管的网脉下面突出来，看上去像骨头一样坚硬。瘦削的脑袋上长着一双突出的闪闪发亮的快乐眼睛，鼻子部分特别长，张开的鼻孔里露出充血的薄膜。它的全身特别是头部具有一种既刚毅又温柔的神态。它所以不会说话，仿佛只因为嘴的构造不允许它说话罢了。

至少伏伦斯基认为，它是懂得他此刻瞧着它的全部感情的。

伏伦斯基一走到它面前，它就深深地吸了一口气，斜着凸出的眼睛，使眼白都充血了。它从对面瞧着进去的人，摆动笼头，富有弹性地倒换着蹄子。

“嘿，您瞧，它多么不安宁啊！”英国人说。

“啊，宝贝！啊！”伏伦斯基走到马旁边，抚慰着它说。

但他越接近它，它就越兴奋。直到他走到它的头旁，它这才安静了，它的肌肉也在又薄又细的毛皮下面抖动起来。伏伦斯基摸摸它结实的脖子，把它撇在一边的一绺鬣毛理理好，把他的脸凑近它那像蝙蝠翅膀一样张开的鼻孔。它打了个哆嗦，用紧张的鼻孔大声地呼吸着空气，竖起尖尖的耳朵，向伏伦斯基伸出厚实的黑嘴唇，仿佛想咬他的袖子。但是它一想起戴着笼头，就抖动了一下，又倒换起它的细腿来。

“安静点儿，宝贝，安静点儿！”他又抚摸了一下它的臀部，说。他看到他的马情况良好，便高兴地走出马房。

马的兴奋也感染了伏伦斯基。他觉得全身的血液都灌进他的心脏，他也像马一样要活动，要咬人。他感到又惊又喜。

“好，那么一切都拜托了，”他对英国人说，“六点半到场。”

“好的！”英国人说，“您现在到哪儿去呀，阁下？”他忽然用英语“阁下”这种称呼问。这种称呼他以前几乎从来没有用过。

伏伦斯基惊奇地抬起头来，故意不看英国人的眼睛，只望望他的前额，奇怪的是他怎么敢提这样的问题。但他懂得英国人提这问题，并不是把他当作主人，而是当作骑手，就回答说：

“我要到勃良斯基那里去一下，过一个钟头就回家。”

“这问题今天有多少人问过我了！”他想着，脸红了，这在他是难得有的。英国人对他仔细瞧了瞧，仿佛知道伏伦斯基要上哪儿去，又补充说：

“赛马前最要紧的是保持平静，”他说，“不要生气，也不要烦躁。”

“好的！”伏伦斯基含笑用英语回答。他跳上马车，吩咐车夫到彼得高夫去。

他没有走多远，早晨预示要下雨的乌云就聚集在一起，下起倾盆大雨来了。

“糟了！”伏伦斯基拉起车篷，想，“路本来就够泥泞的了，这下子可要变成沼泽了。”他独自坐在拉上篷的马车里，取出母亲的信和哥哥的条子，看了一遍。

是的，说来说去都是那一套。大家，他的母亲，他的哥哥，大家都认为必须干涉他的恋爱。这样的干涉使他感到愤恨——这种情绪在他是难得有的。“这关他们什么事！为什么大家都觉得有责任来关心我！他们为什么要跟我纠缠不清啊？因为他们觉得无法理解这件事。如果这只是件上流社会一般的庸俗的桃色事件，他们就不会来干涉我了。他们觉得这事有点异乎寻常，这不是儿戏，这个女人对我来说比生命还要宝贵。他们不太理解这一层，因此他们有点担忧。不管我们的命运怎样，将来又会变得怎样，这是我们自作自受，绝不会埋怨谁。”他自言自语。他用“我们”这个词把自己和安娜联系起来了。“哼，轮不到他们来教训我们该怎样生活。他们根本不懂得什么叫幸福，他们不知道我们要是没有爱情，就根本谈不到什么幸福或者不幸，因为根本就活不下去。”他想。

他心里觉得他们的意见都是对的，正因为如此，他对大家的干涉格外生气。他觉得他同安娜的恋爱并非一时的冲动，像上流社会一般风流韵事那样，除了愉快或者不愉快的回忆，在生活中不会留下一点痕迹。他觉得他自己的处境和她的处境都十分痛苦，就他们在上流社会里的显眼地位，隐瞒他们的恋爱，说谎和欺骗都是很困难的；当他们热恋得忘乎所以而沉湎于爱情之中时，还要说谎，欺骗，装假，经常想到别人，这确实是很困难的。

他历历在目地回想着他被迫违反本性说谎和欺骗的种种情景，特别是她不止一次流露出来的因为不得不欺骗和说谎而产生的羞愧。他还感受到自从他同安娜有了关系以后间或涌上心头的奇怪的心情。这就是一种说不出来的厌恶之感；是对卡列宁呢，还是对自己，还是对整个上流社会，他可说不上来。但他总是竭力排除这种心情。这会儿，他振作一下精神，继续沉思下去。

“是的，她以前是不幸的，但是骄傲而平静；如今呢，内心的平静和自尊心都保持不住了，尽管她不动声色。是的，这种情况该结束了。”他暗自下了决心。

他第一次产生一个明确的想法：必须结束这种虚伪的生活，而且越快越好。“抛弃一切，我和她亲亲热热地隐居到什么地方去吧！”他自言自语道。

22

暴雨没多久就停了。当伏伦斯基驱车前进，辕马带着两侧缰绳松开的骖马在泥泞地上奔驰的时候，太阳又露面了；别墅屋顶和大街两旁花园里的古老菩提树，都湿淋淋地闪着光芒，树枝上快乐地滴着水珠，屋顶上也有水流下来。他不再去想这场雨会怎样损坏跑马场，却高兴地想到，借着这场雨一定能同她单独见面；他知道卡列宁最近才从温泉回来，还没有离开彼得堡。

伏伦斯基希望同她单独见面，照例尽可能避免引起人家的注意，在过桥之前就下了车，步行过去。他不从大门的台阶上进去，而是穿过院子走后门。

“老爷回来了吗？”他问园丁。

“没有。太太在家。您走前门吧，那边有仆人会给您开门的。”园丁回答。

“不，我从花园里过去。”

他确信只有她一个人在屋里，很想使她大吃一惊，因为他没有答应她今天来，她一定认为他在赛马以前不会来了。他按住军刀，沿着两旁种满花草的铺沙小径，小心翼翼地向通着花园的露台走去。这会儿，伏伦斯基完全忘记了一路上所想到的自己处境的痛苦和困难。他一心想的是马上可以看见她。不是在想象中，而是真正看见她整个的人。当他蹑手蹑脚地踏着缓斜的台阶走上露台的时候，他忽然想起了他时常忘记的他们关系中最痛苦的一样东西：她那个带着疑问的、他认为是敌意的目光看他的儿子。

这孩子是他们来往中最大的障碍。有他在旁边，伏伦斯基也好，安娜也好，不仅避免说不能在别人面前说的话，甚至不说孩子听不懂的暗语，这一点他们并没有商量过，而是自然形成的默契。他们认为欺骗孩子是可耻的。当着他的面，他们像普通朋友一般谈话。不过，尽管这样留神，伏伦斯基还是常常发现这孩子在用专注和怀疑的目光盯着他，还带有一种古怪的羞怯和变幻莫测的神情，对他忽而亲切，忽而冷淡，忽而腼腆。仿佛这孩子感到在这个人和他母亲之间存在着一种重要的关系，只是他弄不懂那究竟是什么关系。

真的，这孩子不能理解这种关系。他竭力想弄明白，他应该怎样对待这个人，可是怎么也弄不明白。他凭着孩子的敏感清楚地看到，父亲、家庭教师和保姆不仅不喜欢伏伦斯基，而且怀着厌恶和恐惧望着他，虽然他们从来没有提到过他。但母亲却把他看作最好的朋友。

“这是怎么一回事？他是个什么人？应该怎样爱他？我弄不明白，是我错了，还是我生得太笨，还是我是个坏孩子？”孩子常常这样想。就因为这个，他脸上露出试探、询问，有时还带点敌意的神气，以及那使伏伦斯基感到局促不安的羞怯和变幻莫测的表情。只要有这孩子在场，伏伦斯基就会产生一种莫名其妙的厌恶感。这是他近来常常感觉到的。只要这孩子在场，伏伦斯基和安娜就会像航海者那样，从罗盘上发现他们高速航行的方向远离正确的航线，但又没有力量刹车，因此一分钟比一分钟更偏离方向，但要自己承认误入歧途，那就等于承认毁灭。

这孩子好比一个罗盘，带着他对生活的天真看法，指出他们偏离他们明明知道但又不敢正视的正确方向有多远。

这一次，谢辽查不在家，真正只剩下她一个人在家里。她坐在露台上，等她那个出去散步而遇雨的儿子回来。她派一个男仆和侍女出去找，自己坐在家里等。她穿着一件阔边绣花的白色衣裳，坐在露台一角的花丛后面，没有听见他的脚步声。她低下黑色鬈发的头，前额紧贴着放在栏杆上的一把冰凉的喷水壶。她那双戴着他很熟悉的戒指的好看的双手抱住喷水壶。她的整个体态、她的头、她的脖子和双手，伏伦斯基每次看见都像第一次看见时那样为之倾倒。他站住了，神魂颠倒地望着她。但他刚要迈开步子向她走去，她就发觉了他的来临，并立即推开喷水壶，转过她那热辣辣的脸去迎接他。

“你怎么了？身体不舒服吗？”他一面向她走过去，一面用法语说。他本想向她跑过去，但一想到也许旁边有人，于是向露台门望了一下，涨红了脸，就像他每次觉得不能不有所顾忌和加以提防时那样。

“不，我身体很好，”她说着站起来，紧紧地握住他伸出来的手，“我没有想到……你来。”

“天哪！你的手多冷啊！”他说。

“你吓了我一跳，”她说，“我一个人在等谢辽查，他出去散步了。他们会从这里回来的。”

尽管她竭力装作镇定，她的嘴唇还是在不断抖动。

“请你原谅我跑到这里来，但我要是看不到你，那我一天也过不下去。”他继续用法语说，有意避免俄语里“您”和“你”这两个词，因为用“您”显得太疏远，用“你”又亲昵得有点危险。

“有什么要原谅的？我太高兴啦！”

“你一定是身体不舒服，或者心里有烦恼，”他继续说，没有放掉她的手，同时弯下身去，“你在想什么呀？”

“老是想着一件事。”她微笑着说。

她说的是实话。不论什么时候问她在想什么，她总是这样回答：想着一件事，想着自己的幸福和不幸。他来的时候她正在想：为什么这种事在别人，譬如培特西（安娜知道她同土施凯维奇的暧昧关系），不算一回事，在她却那样痛苦呢？今天这个想法不知怎的使她特别痛苦。她问他赛马的事。他回答她的问题，看见她情绪激动，竭力想排解她的愁闷，便用极平静的语气详细告诉她赛马前的准备工作。

“要不要告诉他？”她望着他那双镇定的亲切的眼睛，想，“他这样快乐，这样一心一意忙着他的赛马，他是不会理解这件事的，不会理解这件事对我们的全部意义的。”

“但你没有告诉我，我进来的时候你在想什么，”他不再谈赛马的事，说，“请你告诉我！”

她没有回答他，却稍稍低下头，皱着眉头，用她那双睫毛很长的亮晶晶的眼睛对他望望。她拿着一张叶子的手在哆嗦。他看到这情景，脸上现出那种使她倾心的唯命是从的奴隶般的忠诚。

“我看出发生什么事了。我知道你心里烦恼，我却不能替你分担，我怎么能有片刻的安宁呢？请你看在上帝分上告诉我吧！”他又恳求道。

“是的，他要是不能理解这件事的全部意义，我就不能原谅他。但还是不说的好，何必去试他呢？”她想着，眼睛一直盯住他，拿着叶子的手抖得越发厉害了。

“看在上帝分上！”他拉住她的手，重复说。

“要我说吗？”

“你说，你说，你说……”

“我怀孕了。”她慢慢地低声说。

她手里的叶子抖得更厉害了，但她一直盯住他，看看他听到这话的反应怎样。他脸色发白，想说些什么，但是没有说，只放掉她的手，低下头来。“是的，他懂得这件事的全部意义。”她想了想，感激地紧紧握了握他的手。

不过，她以为他也像女人家那样懂得这个消息的意义，她可错了。一听到这消息，他十倍强烈地感觉到，他心里又充满了对某一个人的异常厌恶的情绪。同时他明白他所盼望的转折点终于到来了，今后再也无法瞒住她的丈夫，这种不自然的局面无论如何得赶快结束了。此外，她的激动在肉体上也感染了他。他用温柔驯顺的目光瞧了她一眼，吻了吻她的手，然后站起身来，默默地在露台上走来走去。

“是的，”他断然走到她面前说，“我也好，你也好，都没有把我们的关系看作儿戏。如今我们的命运已经定了，必须结束……”他一面说，一面向四下里张望了一下，“结束我们这种自欺欺人的生活。”

“结束吗？怎样结束呢，阿历克赛？”她低声说。现在她安心了，她的脸上洋溢着温柔的微笑。

“离开你的丈夫，把我们的生活结合起来。”

“其实已经结合起来了。”她用低得几乎听不见的声音回答。

“是的，但是要完全结合，完全结合。”

“可是应该怎么办，阿历克赛？你教教我，怎么办？”她悲哀地嘲弄着自己走投无路的处境，说，“难道有什么办法能摆脱这种困难的处境吗？难道我不是我丈夫的妻子吗？”

“不论怎样困难的处境都有办法摆脱。只要打定主意，”他说，“不管怎样都要比你现在的处境好。我明白，现在一切都使你痛苦：上流社会也罢，儿子也罢，丈夫也罢。”

“嗳，唯独不能把丈夫算在里面，”她冷笑着说，“我才不管他，我也不想他。根本就没有他这个人。”

“这不是你的心里话。我了解你，你也为他痛苦的。”

“嗳，他根本不知道。”她说，脸上泛起了红晕。她的面颊、前额、脖子全红了，眼睛里涌出羞愧的泪水。“好，我们不谈他吧。”

23

伏伦斯基有好几次——虽然没有像今天这样坚决——试图引她商量她的处境问题，但每次她都像现在回答他的挑战那样，总是说得不着边际，使人不得要领。仿佛这里有着一种她不能或者不愿正视的东西；仿佛一谈到这事，她，真正的安娜，就隐藏起来，出现一个他所陌生的古怪女人。这个女人他不爱，他害怕，处处同他作对。不过，今天他决定把心里话统统告诉她。

“他知道不知道，”伏伦斯基用他素常坚定沉着的语气说，“他知道不知道，这不关我们的事。我们不能……你也不能这样过下去，特别是现在。”

“照您说，该怎么办呢？”她带着微微嘲弄的口吻问。她本来担心他会轻视她怀孕这件事，现在又唯恐他认为必须采取什么措施了。

“把一切都告诉他，然后离开他。”

“很好。假定我这么办吧，”她说，“您知道这会产生什么后果？我可以先讲给您听听。”于是她那双一分钟前还很温柔的眼睛闪出了凶恶的光芒。“‘哦，您爱上了别人，同他发生了罪恶的关系，是吗？（她竭力摹仿丈夫的腔调，像他一样把“罪恶的”三个字说得特别响）我曾经警告您，要考虑宗教、民法和家庭各方面的后果。您不听我的话。现在，我不能让您败坏我的名誉……（和我儿子的名誉）’”她原想这样说，但她不能拿儿子开玩笑……“‘败坏我的名誉’，以及诸如此类的话，”她补充说，“总之，他会打官腔，斩钉截铁地明确表示，他不能放过我，他会采取一切手段来制止这件丑事。他会冷静地照他所说的办法认真去做。事情就是这样。他不是人，他是一架机器。当他生气时简直是一架凶恶的机器。”她一面说，一面仔细想着卡列宁的外貌、说话的姿势和他的性格，把他身上能找到的缺点全部集中起来，并不因为自己对他犯了大罪而稍稍原谅他。

“不过，安娜，”伏伦斯基用恳切的温和语气说，竭力安慰她，“无论如何得告诉他，然后看他的办法再采取对策。”

“怎么，逃走吗？”

“为什么不能逃走呢？我觉得再也不能这样过下去了。倒不是为了我自己——我知道您很痛苦。”

“哼，逃走！叫我做你的情妇吗？”她恶狠狠地说。

“安娜！”他略带谴责的口吻叫道。

“是啊，”她继续说，“做你的情妇，把一切都毁掉……”

她又想说："把儿子……"但是她说不出口。

伏伦斯基无法理解，像安娜这样个性很强又很诚实的人，怎么能忍受这种自欺欺人的处境而不愿摆脱。他没有想到主要原因就是她说不出口的"儿子"这个词。当她想到儿子，想到他以后将怎样对待她这个抛弃父亲的母亲时，她对自己的行为感到十分害怕，简直无法认真思考，只能像一般女人那样用虚伪的判断和语言来安慰自己，好让一切都保持原状，并忘记儿子将会怎样对待她这个可怕的问题。

"我要求你，我恳求你，"她突然抓住他的手，用一种异样的诚恳而温柔的音调说，"以后再也不要同我谈这事了！"

"可是，安娜……"

"再也不要谈了。让我去吧。我处境的屈辱、糟糕，我都知道，但这事并不像你所想的那么容易解决。让我去吧，照我的话办。再也不要同我谈这事了。你答应我吗？……不，不，你要答应一声。"

"我什么都可以答应，但我心里不能平静，特别是在你告诉我这件事以后。你心里不能平静，我心里也不能平静啊……"

"我！"她重复说，"是的，我有时感到痛苦，但这会过去的，只要你永远不再同我谈这事。你一同我谈这事，我就痛苦。"

"我不明白。"他说。

"我知道，"她打断他的话，"你这人天生这样诚实，要你说谎确实是很痛苦的。我替你难过。我常常想，你为了我毁了自己的一生。"

"我现在想的也是这件事，"他说，"你怎么可以为我而牺牲一切呢？你要是有什么不幸，我可不能原谅自己。"

"我不幸吗？"她挨近他，带着火热的爱恋的微笑瞧着他，说，"我好像一个饥饿的人，得到了食物。他也许感到寒冷，他的衣服被撕破了，他感到害臊，但他并不是不幸。我不幸吗？不，这正好是我的幸福哇……"

她听见儿子回来的声音，慌忙向露台望了一眼，霍地站起来。她的眼神里燃起了他所熟悉的火焰，她用戴着戒指的好看的手迅速地捧住他的头，对他望了好一阵，接着把自己的脸凑过去，用微微张开的笑盈盈的嘴唇吻了吻他的嘴和眼睛，就把他推开。她要走，但他把她拉住了。

"什么时候？"他神魂颠倒地瞧着她，低声说。

"今晚一点钟。"她沉重地叹了一口气，喃喃地说，接着就迈动轻盈而迅速的步伐去迎接儿子。

谢辽查在大花园里遇雨，就同保姆一起坐在亭子里避了一阵。

“嗯，再见，”她对伏伦斯基说，“马上就要去看赛马了。培特西答应来接我一起去。”

伏伦斯基看了看表，匆匆走了。

24

伏伦斯基在卡列宁家的阳台上看了看表，心情十分激动，全神贯注地想着心事，以致虽然看了表上的指针，却没有看清究竟是几点钟。他走上大路，小心翼翼地踩着泥泞，向他的马车走去。他整个身心都沉浸在对安娜的热恋之中，根本没有想到时间，也没有想到是否还有时间上勃良斯基家去。他的头脑只有一种简单的本能——这是常有的事——那就是提醒他做了这件事之后应该再做哪件事。车夫正坐在驭座上，在浓密的菩提树斜影里打瞌睡。伏伦斯基向他走去，观赏着那像柱子一样麇集在肥壮马匹上的蚋群，唤醒车夫，跳上马车，吩咐他到勃良斯基家去。直到走了七里光景，他才醒悟过来，看了看表，知道已经五点半钟，他要迟到了。

那天有几场比赛：骑兵比赛、军官两里比赛、军官四里比赛和伏伦斯基参加的那场比赛。那场比赛他是赶得上的，但他要是到勃良斯基家去一下，等他赶到，宫廷里的人都将到齐了。这就不太好。但他答应过勃良斯基，要到他家去一下，就吩咐车夫不要顾惜马，继续赶路。

他赶到勃良斯基家，只待了五分钟，就又跑回来。这样的高速行车使他静下心来。他同安娜关系中一切痛苦的事，他们谈话后所留下的前途茫茫的感觉，都从他的头脑里消失了。现在他高兴而激动地想着赛马，想到他一定能赶上比赛。今夜快乐的约会，只偶尔像火花一样在他头脑里闪过。

他追过一辆辆从别墅和彼得堡赶来看赛马的人的马车。赛马的气氛越来越浓，即将投入赛马的心情也越来越强烈。

他的宿舍里已没有一个人，大家都到赛马场去了。跟班在大门口等他。当他换衣服的时候，跟班告诉他第二场比赛已经开始，有好几位先生来问过他，马童也从马房里来过两次。

伏伦斯基不慌不忙地换好衣服（他从来不慌张，也不会丧失自制力），吩咐车夫驱车到马房。从马房那里他就看见赛马场上人山人海，各种马车，行人，士兵，以及挤满人群的亭子。第二场比赛正在进行，他走进马房，就听见铃声。当他走近马房的时候，正好遇见马霍京那匹红棕色角斗士，披着蓝边橘黄马衣，竖起两只青色大耳朵，被牵到赛马场上去。

“科尔德在哪里？”他问马夫。

“他在马房里备鞍。”

在单间马房里，弗鲁—弗鲁已经备好鞍，正被牵出来。

“我没有迟到吧？”

“行！行！”英国人先用英语又用俄语说，“不用急。”

伏伦斯基又瞧了一眼浑身哆嗦的骏马那副美丽可爱的模样。他恋恋不舍地离开它，走出马房。他在最不易引人注目的有利时刻走到亭子旁边。两里比赛快要结束，所有的目光都集中到跑在前面的近卫重骑兵军官和他后面的近卫骠骑兵军官身上。两人都拼出最后的一点力气往终点冲刺。人们从赛马场中间和外围拥向终点，近卫重骑兵队的士兵和军官同声高呼，向他们即将获得胜利的长官和同僚表示庆贺。伏伦斯基悄悄地走到人群中间。几乎就在比赛结束钟响的时候，那取得冠军的高个子近卫重骑兵军官，溅了一身泥浆，伏在马鞍上，正好放松了缰绳，让他那匹浑身大汗、气喘吁吁的灰马放慢步子。

牡马竭力收住脚步，放慢它那庞大身子的迅速运动。这位近卫重骑兵军官仿佛酣睡刚醒，向周围扫视了一下，吃力地笑了笑。朋友和观众把他团团围住了。

伏伦斯基有意避开那批在亭子前面彬彬有礼地走动和交谈的上流社会人士。他知道安娜、培特西和他的嫂子都在那里，故意不走近她们，免得分心。但是，迎面走来的熟人不断地拦住他，告诉他刚才两场比赛的详细情况，还问他为什么迟到。

当骑手们被召到亭子里去领奖，大家的注意力都集中到那里的时候，伏伦斯基的哥哥阿历山大，佩着上校金边肩章，走到他面前。他像阿历克赛一样，个儿不高，但很结实，而且比阿历克赛更加红润漂亮，生有一个红鼻子和一张开朗的脸，脸上带着酒意。

“你收到我的条子了吗？”他说，“你这人总是找不着的。”

阿历山大·伏伦斯基虽然生活放荡，特别是以酗酒出名，却是一位显要的宫廷官员。

这会儿，他在同弟弟谈一件对弟弟来说是很不愉快的事，知道会有许多目光集中在他们身上，但他却装出一副笑脸，仿佛在同弟弟笑谈一件无关紧要的事。

“收到了，说实在的，我可不明白你担心的是什么。”阿历克赛说。

“刚才我发现你不在，还有星期一人家看到你在彼得高夫。我担心的就是这件事啊。”

“有些事局外人是不必操心的，你担心的那件事就是……”

“嗯，既然这样，你就别再担任军职了……”

“我请求你不要干涉我的私事，就是这样。”

阿历克赛·伏伦斯基皱着眉头的脸唰地发白了，他那突出的下巴抖动了一下。这在他是难得有的。他是一个心地善良的人，难得生气，但一旦生气，并且下巴抖动，阿历山大·伏伦斯基就知道他是不好惹的。阿历山大·伏伦斯基快乐地微微一笑。

“我只是把母亲的信转交给你。你写封回信给她，比赛以前可不要闹情绪。祝你成功！”他微笑着用法语加了一句，从他身边走开了。

他走了以后又有朋友来招呼伏伦斯基，把他拦住了。

“你连朋友都不认识啦！你好，老兄！”奥勃朗斯基说，他在彼得堡显贵中间也像在莫斯科一样出众，面色红润，络腮胡子又整齐又滋润。“我是昨天来的，有机会能看到你比赛得胜真是高兴。我们什么时候再见面？”

“你明天到食堂来吧！”伏伦斯基说。他抓住奥勃朗斯基的大衣袖子，道了歉，然后向赛马场中央跑去。参加障碍赛的马正被牵到那边去。

赛跑过的马精疲力竭，浑身汗水，被马夫牵回马房去；参加下一场比赛的马精神抖擞，多半是英国马，戴着风帽，勒紧肚带，仿佛奇异的巨鸟，一匹又一匹地出现了。肌肉发达而身躯瘦小的美人儿弗鲁—弗鲁被牵到右边来，它迈着富于弹性的长腿，好像踩在弹簧上一般。离它不远是双耳下垂的角斗士，它身上的马衣正被取下来。这匹牡马高大匀称的美丽身材，出色的臀部和蹄子上面短得异样的脚胫，吸引了伏伦斯基的注意。他正想走到自己那匹马跟前去，却又被一个熟人拦住了。

“啊，您瞧，卡列宁在那边！”同他交谈的熟人说，“他在找他妻子，他妻子在亭子里呢。您没有看到她吗？”

“不，没有看到。”伏伦斯基回答，没有望一眼那人指出的卡列宁夫人所在的亭子，一直向他的马走去。

伏伦斯基来不及仔细察看他不满意的马鞍，骑手们就被召到亭子里来抽签决定他们的号码和出发点。十七个军官，神态庄重严肃，许多人脸色发白，集中到亭子前来抽签。伏伦斯基抽到第七号。只听得一声口令：“上马！”

伏伦斯基发觉他和其他几个骑手已成为众目之的，不免有点紧张，但他遇到这种情况，动作总是格外沉着。他不慌不忙地向他的马走去。科尔德为了庆祝赛马，穿上最讲究的服装：扣上纽扣的黑礼服，浆得笔挺、夹住双颊的白衬领，黑色的圆礼帽和长皮靴。他像平时一样镇定沉着，亲自拉着两根缰绳，站在马前面。弗鲁—弗鲁像害热病一样继续颤动着。它那双火辣辣的眼睛瞟着走拢来的伏伦斯基。伏伦斯基把一只手指伸到肚带底下试试松紧。马更留神地瞟了他一下，露出牙齿，竖起一只耳朵。英国人噘起嘴唇，对凡是检查他所装配的马鞍的人，总是露出微笑。

“您一上马，就不会那么紧张了。”

伏伦斯基最后一次向他的敌手们扫了一眼。他知道，比赛的时候他就看不见他们了。有两个骑手已经向出发的地方驰去。伽尔青，伏伦斯基的朋友，也是他最危险的敌手之一，正在那匹不让他骑上去的枣红牡马周围打转。个儿矮小的近卫骠骑兵军官，穿着紧身的马裤，摹仿英国人骑马的姿势，像猫一样俯伏在马背的后部。库卓夫列夫公爵脸色苍白，骑在他那匹格拉波夫养马场买来的纯种牝马上，由一个英国人拉着缰绳。伏伦斯基和他的同僚都知道库卓夫列夫和他那神经“脆弱”、极度虚荣的性格。他们知道他害怕一切，害怕骑战马，但这次正因为比赛危险，可能有人摔断脖子，每道障碍物旁边都站着一名医生，停有一辆缀有红十字标志的救护车和护士，他才决定参加比赛。他们的目光相遇了。伏伦斯基亲切而带鼓励意味地对他挤挤眼。只有一个人他没有看到，那就是他的劲敌，骑角斗士的马霍京。

“不要性急，”科尔德对伏伦斯基说，“记住一条：遇到障碍物不要控制它，也不要鞭打，要听其自然。”

“好的，好的！”伏伦斯基接过缰绳说。

“尽可能跑在前头，万一落后了，即使到最后一分钟也不要丧失信心。”

马没有来得及动一动身子，伏伦斯基就矫捷地踏上装有钢齿的马镫，稳稳当当地让他那强壮的身子坐到咯吱作响的皮马鞍上。他右脚伸进马镫，两手熟练地分开缰绳。科尔德松了手。弗鲁—弗鲁仿佛不知道用哪一只脚起步，伸长脖子把缰绳绷紧，迈开步子，像踩在弹簧上一般，把驮在柔软脊背上的骑手颠得左右摇摆。科尔德加快步子，跟在他们后面。兴奋的马拉紧缰绳，忽东忽西，拼命摆动，想把骑手摔下来。伏伦斯基竭力用声音和手使它安静，可是没有用。

他们向出发点跑去，已经接近赛马场周围的小河。有许多人骑着马在前面跑，后面也有许多人。伏伦斯基忽然听见背后有匹马在泥地上飞跑，接着他就被骑着双耳下垂的、白腿的角斗士的马霍京赶上了。马霍京露出他的长牙齿，笑了笑，伏伦斯基却怒气冲冲地对他瞅了一眼。他一向不喜欢马霍京，这会儿又把他看作最危险的敌手。马霍京在他旁边飞驰，惊动了他的马，这就使他对马霍京更加恼火了。弗鲁—弗鲁迈开左脚，忽然大跑起来。它跑了两步，对拉紧的缰绳很生气，就转成摇摆不定的碎步，把骑手颠得更加厉害。科尔德也皱起眉头，小跑着跟住伏伦斯基。

25

参加这次比赛的军官共有十七名。比赛将在亭子前周围四里的椭圆形大赛马场举行。场里设了九道障碍：一条小河、一个筑在亭子前的四尺高的牢固大栅栏、一道干沟、一道水沟、一个斜坡、一座“爱尔兰堤坝”(这是最难越过的障碍之一，由树枝堆成一座堤，堤后面还有一道马看不见的水沟，因此必须越过两重障碍，否则就有生命危险)，然后再是两道水沟和一道干沟，比赛终点就在亭子对面。但比赛并不在场子里开始，而是从离场子两百米开外的地方开始。在这段路上设置了第一道障碍——一条有堤的六尺宽的小河，骑手们可以随意跳越或者涉水而过。

骑手们排成一行起跑了三次，可是每次都有谁的马抢先冲出去，只好重新来过。资格很老的发令员谢斯特林上校有点冒火了，直到他第四次喊“跑！”骑手们才一齐出发。

当骑手们排成一行的时候，一双双眼睛、一副副望远镜都集中在这群五光十色的人身上。

“出发了！起跑了！”过了一阵意料中的沉默以后，四面八方都喊了起来。

“出发了！起跑了！”过了一阵意料中的沉默以后，四面八方都喊了起来。

观众为了要看得更清楚些，有的三五成群，有的单独行动，跑来跑去。在最初一瞬间，聚在一起的骑手们就拉开距离，他们三三两两，一个接一个驰近小河。观众似乎觉得他们在一起奔驰，但对骑手们来说，几秒钟的差别关系可就大了。

神经过分亢奋的弗鲁—弗鲁在起跑时慢了一步，有几匹马抢在它前头，但不等跑到小河，伏伦斯基就使劲勒住缰绳，轻易地超过了三匹马。他的前面就只剩下两匹马了，马霍京那匹屁股匀称而轻快地摆动的红棕色角斗士跑在伏伦斯基前面。跑在最前面的是载着那半死不活的库卓夫列夫的狄安娜。

在最初几分钟里，伏伦斯基还不能完全控制自己和他的马。他在第一道障碍——小河之前还不能完全掌握马的行动。

角斗士和狄安娜同时驰近小河，而且几乎在同一刹那纵身一跃，飞到对岸；弗鲁—弗鲁也像飞一样跟着它们跃过河去，但就在伏伦斯基腾空的瞬间，他忽然看见几乎就在他的马蹄之下，库卓夫列夫同他的狄安娜一起在河对岸挣扎（库卓夫列夫在跳跃之后松了缰绳，马就同他一起栽了个跟斗）。这些细节伏伦斯基是后来才知道的。此刻他只看见弗鲁—弗鲁落脚的地方，可能就在狄安娜的腿上或者头部。但是，弗鲁—弗鲁好像一只从高处跳下来的猫，在跳跃时拼命伸长腿和背，这样就越过了那匹马，向前跑去。

"啊，我的宝贝！"伏伦斯基想。

过了小河以后，伏伦斯基就完全把马控制住了，开始任意驾御它，企图跟在马霍京后面越过大栅栏，然后在以后一百五十米左右的平地上超过他。

大栅栏就竖立在皇亭前面。当他和在他前面领先一马身的马霍京接近"魔鬼"（大栅栏的名称）的时候，沙皇、朝廷百官和老百姓都凝视着他们。伏伦斯基感觉到从四面八方集中到他身上的目光，但除了那匹马的耳朵和脖子，迎面飞来的地面，在他前面迅速地合着拍子、始终保持同样距离的角斗士的白腿和臀部之外，他什么也没看见。角斗士纵身一跃，没有发出撞击什么东西的声音，摇了摇短尾巴，就从伏伦斯基的视野中消失了。

"好哇！"有人叫道。

就在这一刹那，在伏伦斯基的眼前，在他的前面，闪现出栅栏的木板。他的马在动作上没有丝毫变化就飞越了过去，木板消失了，只听得后面发出砰的一声。他的马被跑在前头的角斗士激怒了，在栅栏前面飞腾得太早，它的后蹄就在栅栏上碰了一下。它的步子并没有变化，伏伦斯基却溅了一脸的泥。他知道他又同角斗士保持原来的距离了。他又看见他前面那匹马的臀部、短尾巴和距离不远的飞驰的白腿。

就在伏伦斯基想着该追过马霍京的一刹那，弗鲁—弗鲁仿佛懂得他的意思，不用任何鼓励，就大大加快速度，开始从最有利的地方，从围绳那一边逼近马霍京。马霍京不放弃靠近围绳的有利地位。伏伦斯基刚想到可以从外边追过去，弗鲁—弗鲁就改变步子，开始这样奔驰。弗鲁—弗鲁由于汗湿而开始发黑的肩膀已同角斗士的臀部平齐了。他们并排跑了几步。但当他们逼近障碍物的时候，伏伦斯基为了避免兜大圈子，拉动缰绳，就在斜坡上很快地追过了马霍京。马霍京溅满泥浆的脸在他眼前掠过。他甚至发现马霍京微微笑了笑。伏伦斯基超过了马霍京，但发觉他就在后面，还不断地听到背后角斗士整齐的蹄声和急促有力的呼吸声。

后面两道障碍，水沟和栅栏，轻易地越过了，但伏伦斯基听见角斗士的鼻息和蹄声越来越近。他给了马一鞭子，高兴地感到它顿时加快速度，角斗士的蹄声又离得像以前一样远了。

伏伦斯基一马当先，这正是他所希望的，也是科尔德给他的劝告。现在他确信可以获胜。他的兴奋、他的快乐和对弗鲁—弗鲁的怜爱，越来越强烈。他很想回顾一下，但他不敢这样做，就竭力使自己平静下来，不再策马，让它像角斗士那样（他有这样的感觉）留点余力。只剩下一个最困难的障碍了。如果他能抢在别人之前越过它，就可以得到冠军。他向“爱尔兰堤坝”驰去。他同弗鲁—弗鲁一起老远就看见了这道“堤坝”，刹那间他同马都迟疑了一下。他发现马耳朵上表示出来的犹豫，就扬起鞭子，但他立刻感到迟疑是没有必要的：马知道该怎么办。它加快步子，像他所期望的那样，稳稳当当地腾空一跃，凭着一股冲劲，远远地飞过水沟。于是弗鲁—弗鲁就毫不费力地以原来的节奏、原来的步伐继续奔驰。

“好，伏伦斯基！”他听见人群的欢呼。他知道那是站在障碍旁边他团里的同僚和朋友。他听见雅希文的声音，但没有看见他。

“嘿，我的宝贝！”他听着背后的动静，想到弗鲁—弗鲁。“它也跳过了！”他听见后面角斗士的蹄声，想。只剩下最后一道四尺宽的水沟了。伏伦斯基连看都没有看它，一心想远远地跑在前头，便一前一后地拉动缰绳，使马头按着奔跑的节奏一起一落。他发觉马已在拼着最后的力气奔驰了；不仅它的脖子和肩膀湿透了，就连它的鬣毛、脑袋和尖耳朵上都汗如雨下，它的呼吸剧烈而短促。但他知道它的余力还是能跑完最后一百五十米的。伏伦斯基觉得自己越来越贴近地面，马奔得更加轻灵了。从这两点上他知道他的马大大加快了速度。马越过水沟，根本不把它放在眼里。它像鸟儿一般飞了过去，但就在这一刹那，伏伦斯基大惊失色，发觉他没有跟上马的节奏，自己也不知怎么搞的，竟一屁股在马鞍上坐下来，因而犯了一个无法饶恕的糟透了的错误。他的位置顿时改变了，他明白出了可怕的事。他还没有弄明白出了什么事，眼睛旁边就闪过红棕马的白腿。马霍京从旁边飞驰过去。伏伦斯基的一只脚刚触及地面，他的马就向这只脚上倒下来。他刚好把脚抽出，马就横倒下来，痛苦地喘着气。它摆动汗淋淋的细脖子想站起来，但是站不起来，好像一只被击落的鸟，在他脚边的地面上挣扎。伏伦斯基的笨拙动作害得它折断了脊梁骨。但这是他好久以后才知道的。此刻他只看见马霍京飞也似的跑远了，他却独自摇摇晃晃地站在泥泞的、静止不动的地面上，弗鲁—弗鲁痛苦地喘着气，躺在他前面，又弯曲着脖子用一只美丽的眼睛望着他。伏伦斯基还是不明白出了什么事，仍旧拉着缰绳。马又像一条鱼似的全身挣扎起来，把马鞍两翼擦得沙沙发响，又伸出两只前脚，但没有力气抬起后半身，立刻又浑身直打哆嗦，横倒下去。伏伦斯基激动得扭歪了脸，脸色发白，下颚颤动，他踢踢马肚子，又动手拉缰绳。但马没有动，却把鼻子埋进泥里，用它那双好像在说话的眼睛瞪着主人。

“哎呀呀！”伏伦斯基两手抱住头，呻吟起来，“哎呀呀！我做了什么啦！”他叫道，“比赛输啦！这是我自己不好，真丢脸，不可饶恕哇！真倒霉，我这匹心爱的马被我给毁了！哎呀呀！我做了什么啦！”

观众、医生和助手、他团里的军官一齐向他跑来。他觉得自己身体完好，没有一点损伤，但心里难过。马的脊梁骨折断了，决定把它枪毙。伏伦斯基不能回答问题，对谁也说不出一句话。他转过身去，也不拾起从头上掉下来的帽子，就离开赛马场，自己也不知道上哪儿去。他觉得自己很不幸，有生以来第一次经历了最痛苦的不幸，无法补救的不幸，而且是他自己一手造成的。

雅希文拿着帽子追上他，把他送回家。过了半小时，伏伦斯基才清醒过来。但这次赛马的事故，却成了他一生中最痛苦最悲伤的回忆，久久地留在他的心坎里。

26

卡列宁同他妻子的关系，表面上没有什么变化。唯一的变化就是他比以前更忙了。同往年一样，他一开春就到国外温泉去疗养，以恢复由于一年比一年繁重的冬季工作而受到损害的健康，并且同往年一样，在七月份回来，立即更加精神饱满地投入日常工作。同往年一样，他的妻子到别墅去避暑，他留在彼得堡。

自从他们在培特西公爵夫人家晚会后做了一次谈话以来，他再也没有向安娜提起他的猜疑和妒忌。他那种惯于摹仿别人说话的腔调，现在最适合于用来对待妻子。他对妻子的态度比以前稍微冷淡一些。他对她有点不满，仿佛只是因为那天夜里她有意回避同他谈话。对她的态度，他只是有几分恼恨罢了。“你不愿向我坦白，”他仿佛在心里这么对她说，“这样对你更糟。如今即使你来求我，我也不愿对你说心里话，这样对你更糟！”他在心里说，好像一个人想去救火，但花了很大力气，却没有救成，因而大为恼怒地说：“那就让你去烧吧！烧个干净吧！”

他这个在公务上如此精明能干的人，竟不懂得这样对待妻子是十分荒唐的。他所以不懂得这一层，因为知道自己目前的处境实在太糟糕了，索性把他对家庭的感情深锁在心里。他原是一位细心的父亲，但从去年冬末以来，他对儿子的态度特别冷淡，而且对他也像对妻子那样，说话带着嘲弄的口吻。“嘿，年轻人！”他这样招呼儿子。

卡列宁认为，并且逢人就说，他今年公务空前繁忙；但他没有意识到，今年正是他自己给自己想出了许多工作，这是他把他对妻子和家庭的感情深锁在心里的一种手段；但他没有想到，这种感情保留得越长久就越糟糕。要是有谁问卡列宁，对妻子的行为他有什么想法，那么，忠厚老实的卡列宁是什么也不会回答的，他只会对问这话的人大为生气。因此，当有人问起他妻子的情况时，他的脸上就会现出矜持而严厉的神色。卡列宁极不愿意想到他妻子的行为和感情，事实上他是从来不想的。

卡列宁的私人别墅在彼得高夫。李迪雅伯爵夫人年年夏天都要到那里去，住在安娜隔壁，同她经常来往。今年夏天，李迪雅伯爵夫人不肯到彼得高夫去住，一次也没有上安娜家，还向卡列宁暗示，安娜不宜同培特西和伏伦斯基太接近。卡列宁表示不该怀疑他的妻子，严厉地制止她说下去。从此以后他就回避李迪雅伯爵夫人。他不愿看到，也没有看到，社交界有许多人都在用白眼看着他的妻子；他不愿了解，也不了解，为什么他的妻子再三坚持要搬到那住着培特西又离伏伦斯基军营不远的皇村去。这一层，他不让自己考虑，也从来不考虑，但他内心深处却清楚地知道——虽然他自己从不承认这一层，也没有任何证据和疑问——他是一个戴绿头巾的丈夫，因此是极其不幸的。

在和妻子一起度过的八年幸福生活中，看到别人不贞的妻子和受骗的丈夫，卡列宁不知多少次对自己说：“这叫人怎么容忍哪？为什么不结束这种可耻的局面？”可是现在，当灾难落到他自己头上的时候，他不仅不考虑怎样结束这种局面，甚至根本不愿意正视它，因为这件事实在太可怕，太不体面了。

卡列宁从国外回来后，到别墅来过两次。一次在这里吃午饭，另一次同客人一起消磨黄昏；但像往年一样，一次也没有过夜。

赛马那天，卡列宁正好特别忙碌，但当他安排当天的活动日程时，他决定一吃完早中饭就到别墅里去看望妻子，再从那里到赛马场。由于宫廷里的文武百官都将去看赛马，他当然也非去不可。他要去看望妻子，因为他自己规定一星期去看她一次来保持体面。还有，那天正好是十五日，是他照例给妻子送生活费去的日子。

他想了想有关妻子生活费的问题，就凭着他天生控制思想的能力，不再让自己更多地去想妻子的事。

这天早晨，卡列宁很忙。昨晚李迪雅送给他一本小册子，那是彼得堡一位到过中国的著名旅行家写的。她还附来一封信，要求他接见这位旅行家，说从各方面看来他都是个很有趣和很有用的人。卡列宁昨晚来不及把小册子看完，直到今天早晨才把它看完。接着来了请愿的人，然后又是报告、接见、任免、奖赏、年金、薪俸和书信来往，也就是卡列宁的所谓例行公事。这些公事花去他很多时间。然后又是私事。医生和账房来访。账房占用的时间不多。他只是送来卡列宁所需要的钱，简单地报告了一下经济状况，说今年情况不太好，因为出门次数多，开支大，入不敷出。不过，那位医生是彼得堡的名医，他同卡列宁很有交情，花去了他许多时间。卡列宁没有想到他今天会来，看到他很惊奇。当医生十分仔细地询问他的健康状况，听诊他的胸部，叩击和触摸他的肝脏时，他就格外惊奇。卡列宁不知道，他的朋友李迪雅发觉他今年健康情况不好，就请医生来给他检查。“为了我，请您替他检查一下。”李迪雅伯爵夫人这样对医生说。

“为了俄罗斯，我愿意给他检查，伯爵夫人。”医生回答。

“一个极其可贵的人才！”李迪雅伯爵夫人说。

医生对卡列宁的健康状况很不满意。他发觉卡列宁肝脏肿大，营养不良，温泉疗养毫无效果。他劝卡列宁多做体力活动，精神上不要过于紧张，尤其是要摆脱一切忧虑，但这对卡列宁来说就像叫他不要呼吸一样，是办不到的。医生走后给卡列宁留下一个不愉快的感觉，就是他得了什么病，而且是无可救药了。

医生从卡列宁家出来，在台阶上碰见他的老朋友斯留丁。他是卡列宁的秘书。医生同他是大学里的同学，虽然难得见面，彼此却很尊敬，交谊很深。因此医生把他对病人的看法坦率地告诉了他，而这样的意见他对任何其他人都不会讲的。

“您来看我，我很高兴，”斯留丁说，“他身体不好，我觉得……嗯，怎么样？”

“我来告诉您。”医生一面说，一面从斯留丁头上向他的车夫招招手，叫他过来。“是这样的，”医生用他白净的手拉住鞣皮手套的一个指头，把它拉好了，说，“一根弦，要是不把它拉紧，要弄断它是很困难的；但要是把它绷紧到最大限度，只要用一个手指往弦上一按，它就会断掉。就他对公事那么认真负责的态度来说，他的弦早已绷到极限了，何况还有别的压力，相当沉重的压力。”医生意味深长地扬起眉毛，总结说。“您去看赛马吗？”他走下台阶，向马车走去，说。“是啊，是啊，当然得花许多时间。”斯留丁说了一句，医生没有听清楚，就这样含糊其词地回答。

医生花了卡列宁许多时间之后走了，接着就来了那位著名的旅行家。卡列宁凭着他刚才读完这本小册子和他在这方面的知识，同他谈论这问题，使旅行家对他知识的渊博和见解的高超感到惊奇。

和旅行家同时来访的还有省里的首席贵族。他有事来彼得堡，卡列宁必须同他谈一次话。首席贵族走后，卡列宁要同秘书办完例行公事，还要为一件重要的事去访问一位要人。直到五点钟吃饭的时候，他才回来，同秘书一起吃了饭，又邀请他一起坐车到别墅，然后去看赛马。

卡列宁现在总是找有第三者在场的时机同妻子见面，虽然他没有公然承认这一点。

27

安娜正站在楼上的镜子前，在安奴施卡的帮助下钉着连衫裙上最后一个花结。她忽然听见大门口有车轮轧过沙砾的声音。

“培特西来还早呢！”她想着，往窗外一望，看见一辆马车，车里露出一顶黑礼帽和她十分熟悉的卡列宁的耳朵。“哎呀，糟了，难道他要来过夜吗？”她想。她觉得这情况可能引起十分可怕的后果，就毫不迟疑地装出一副高高兴兴的样子，跑下楼去迎接他。她觉得她所熟悉的撒谎欺骗的伎俩又冒头了，就索性破釜沉舟，向他说出些连她自己也莫名其妙的话来。

“啊，太好了！”她一面说，一面同丈夫握手，又笑眯眯地像对亲人那样对斯留丁打了个招呼。“我想你将在这里过夜吧？”——这是欺骗的伎俩向她提示的第一句谎话，“我们现在一起去吧。可惜我已经答应了培特西。她要坐车来接我。”

卡列宁一听到培特西的名字就皱起眉头。

“噢，那我不来拆散你们这两位老搭档了！”他用惯常的戏谑口吻说，“我同米哈伊尔·华西里耶维奇一起去。医生也劝我多走走路。我一路上走过去，就譬如在温泉上散步。”

“你别忙，”安娜说，“你们要喝茶吗？”她打了打铃。

“拿茶来，再告诉谢辽查，阿历克赛·阿历山德罗维奇来了……啊，您身体怎么样？米哈伊尔·华西里耶维奇，您还没有到我这里来过呢。您瞧瞧，我这里的阳台多好！”她交替着同他们两人谈话。

她说话很自然很大方，但说得太多太快。她自己也感觉到这一点，再有，她从米哈伊尔·华西里耶维奇好奇地对她一瞥的眼神里，发现他在观察她。

米哈伊尔·华西里耶维奇立刻走到阳台上。

她在丈夫身边坐下。

“你的脸色不太好。”她说。

“是啊！”他说，“医生今天来看过我，花了我整整一个钟头。我想大概是我的哪一位朋友叫他来的：把我的健康看得太重要了……”

“哦，他说了些什么？”

她问他健康和工作的情况，劝他休息，叫他搬到她那里去住。

这些话她说得很热情，很急促，眼睛里闪出异样的光辉，但卡列宁现在毫不注意她的姿态。他听见她说的话，只从字面上来领会这些话的意义。他回答她也很简单，虽然带有戏谑的口吻。这次谈话从头到尾没有什么特别的地方，但安娜后来每次想到这次短时间的见面，总是羞愧得无地自容。

谢辽查由家庭女教师带领着走进来。要是卡列宁留意观察一番的话，他准会发现谢辽查先望望父亲后望望母亲那种胆怯和慌张的眼神。可是他什么也不愿细看，什么也没有看到。

“嘿，年轻人！他可长大了。真的，完全像个大人了。你好，年轻人。”

他说着向吓坏了的谢辽查伸出一只手。

谢辽查以前看到父亲总有点胆怯，现在呢，自从卡列宁开始叫他年轻人，他自己又无法解答伏伦斯基究竟是朋友还是敌人这个哑谜以来，他就想躲开父亲。他回头望望母亲，仿佛在寻求保护。他只有同母亲在一起才觉得快乐。这当儿，卡列宁正同家庭教师谈话，同时一只手搂住儿子的肩膀。谢辽查非常尴尬，安娜看到，他简直要哭出来。

儿子一进来，安娜顿时涨红了脸。她一发现谢辽查局促不安的神气，慌忙跳起来，把卡列宁的手从儿子肩上拉开，又吻了吻儿子，领他到阳台上，自己又立刻回到房里。

“时间到了，”她看了看表说，“培特西怎么还不来！……”

“是啊！”卡列宁说，站起来，交叉两手，把手指捏得咯咯发响，“我还给你送钱来了，因为夜莺总也不能光唱歌不吃饭哪，”他说，“我想你也需要钱了吧。”

“不，不需要……哦，需要。”她眼睛不看他，脸红到头发根，说，“我想你看完赛马会弯到这儿来的。”

“当然！”卡列宁回答。“哦，彼得高夫的美人，培特西公爵夫人来了，”他望了望窗外驰来的一辆座位高得出奇的全副皮马具的精美英国马车，补充说，“多么豪华！多么漂亮！好，那么我们也走吧。”

培特西公爵夫人没有下车，只见她那个穿半统皮靴、斗篷和戴黑礼帽的跟班跑到大门口。

“我走了，再见！”安娜说，吻了吻儿子，又走到卡列宁面前，伸出一只手给他。“你特地跑来，真是太感谢了。”

卡列宁吻了吻她的手。

“好，那么再见。你回来喝茶，那太好了！”她说着，容光焕发，喜气洋洋地走了出去。但是，一等到看不见他了，她就想到她手上被他嘴唇接触过的地方，不禁嫌恶地打了个寒噤。

28

卡列宁来到赛马场的时候，安娜已经同培特西并肩坐在那个集中了上流社会人士的亭子里了。她老远就看见了丈夫。两个人——丈夫和情人，是她生活的两个中心。她不需要依靠任何感官，就能觉察他们近在眼前。她老远就发觉丈夫在走过来，不由得注视着他从人潮中挤过来的姿势。她看见他怎样向亭子走来，忽而倨傲地回答谄媚的鞠躬，忽而友好而简慢地同平辈招呼，忽而脱下他那顶压住耳朵的大圆帽，殷勤地等待着权贵们的顾盼。她熟悉他这一套，心里十分嫌恶。“沽名钓誉，飞黄腾达——这就是他灵魂里的全部货色，”她想，“至于高尚的思想啦，热爱教育啦，笃信宗教啦，这一切无非都是他往上爬的敲门砖罢了。”

从他向妇女们聚集的亭子眺望的眼神（他一直朝她的方向望着，但在薄纱、绸带、羽毛、阳伞和鲜花的海洋中他认不出自己的妻子来），她明白他在找她，但装作没有看见。

“阿历克赛·阿历山德罗维奇！”培特西公爵夫人叫道，“您一定没有看到您的夫人吧。瞧，她就在这里！”

他冷冷地微微一笑。

“这里真是五光十色，叫人眼花缭乱。”他说着向亭子走去。他向妻子微微一笑，就像一般做丈夫的同妻子刚分开一会儿又相逢那样。接着他又同公爵夫人和其他熟人招呼，对每个人都分别表示恰当的礼节：同太太们说几句笑话，同男人们寒暄一番。在下面，在亭子旁边站着卡列宁所尊敬、以才智和教养出名的侍从武官。卡列宁同他攀谈起来。

在前后两场赛马之间有一段休息的时间，因此他们的谈话没有受到什么阻碍。侍从武官反对赛马。卡列宁不同意他的看法，替赛马辩护。安娜听着他那尖细而均匀的声音，没有漏掉一个字。他所说的每句话，在她听来都是虚伪刺耳的。

当四里障碍赛开始的时候，她探身向前，眼睛盯住伏伦斯基，看他怎样走到马旁边，接着翻身上马，同时听见丈夫讨厌的喋喋不休的说话声。她替伏伦斯基担心，心里很难受，但听见丈夫这种尖细的声音和熟悉的腔调，就觉得更加不舒服。

“我是一个坏女人，我是一个堕落的女人，”她想，“但我不爱撒谎，我也不能容忍谎言，可他（丈夫）撒谎却是家常便饭。他明明知道这一切，明明看见这一切，还要撒谎。既然他能这样若无其事地撒谎，他这人还能有什么感情呢？如果他杀死我，杀死伏伦斯基，我倒还会尊敬他。可是不，他要的只是谎言和面子。”安娜自言自语，根本没有考虑她要求丈夫怎么样，希望丈夫做个怎样的人。她不了解卡列宁今天这样异乎寻常地饶舌，弄得她恼恨，完全是他内心烦恼和不安的反映。正像一个受伤的孩子拼命以蹦蹦跳跳来减轻疼痛那样，卡列宁需要用其他脑力活动来排除有关妻子的思想。当她在场，或者伏伦斯基在场，或者有人经常提到伏伦斯基名字的时候，卡列宁总会产生这样的思想。正像一个孩子惯于蹦蹦跳跳那样，他也惯于说些聪明得体的话。他说：

“军人赛马、骑兵赛马具有危险性，但这是比赛中无法避免的。如果说英国在军事史上可以炫耀最显赫的骑兵功勋的话，那是因为它长期以来一直在培养马和人的胆量。我认为运动具有深远的意义，但我们往往只看到最肤浅的表面现象。”

“不是表面现象，”培特西公爵夫人说，“听说有个军官折断了两根肋骨。”

卡列宁照例只露出牙齿微微一笑，没有任何别的表情。

“公爵夫人，就说这不是表面现象，”他说，“还有内在的东西。但问题不在这里。”接着他又转身对那位刚才同他认真谈话的将军说：“不要忘记参加赛马的都是干这一行的军人，还应该承认，任何职业都有不愉快的一面。赛马原是军人的天职。拳击和西班牙斗牛之类畸形运动是野蛮的特征，但体育运动却是文明的标志。”

“不，下次我再也不来看赛马了，可把我弄得紧张死了！”培特西公爵夫人说，“你说是吗，安娜？”

“紧张是紧张，但我舍不得走开，”另一位太太说，“如果我是个古罗马的女人，一定不会放过一场角斗的。”

安娜一句话也没有说，一直拿着望远镜对准一个地方。

这时候，一位高个子将军穿过亭子。卡列宁住了口，迅速而稳重地站起身来，向这位将军低低鞠躬。

“您不参加赛马吗？”将军同他开玩笑说。

“叫我赛马可困难啦！”卡列宁毕恭毕敬地回答。

这回答虽然毫无意义，将军却装出一副从聪明人嘴里听到聪明话的神气，仿佛完全能领会这话的俏皮之处。

“这事有两个方面，”卡列宁继续刚才的话，“表演者和观众。就观众来说，爱好这种玩意儿是不文明的铁证，这个我同意，但是……”

“公爵夫人，来打个赌吧！”从下面传来奥勃朗斯基对培特西说话的声音，“您赌谁赢啊？”

“我同安娜赌库卓夫列夫公爵。”培特西回答。

“我赌伏伦斯基。赌一副手套。”

“行！”

“真漂亮，是吗？”

旁边有人谈话，卡列宁沉默了一阵，但立刻又开口了。

“我同意，但勇敢的比赛……”他刚要说下去。

这时候骑手们出发了，谈话都停止了。卡列宁也不作声。大家都站起来，向小河那边眺望。卡列宁对赛马不感兴趣，因此没有看那些骑手，却心不在焉地用疲倦的眼睛扫视着观众。他的目光停留在安娜身上。

安娜脸色苍白而严厉。除了一个人以外，她显然什么也没有看见，谁也没有看见。她的手痉挛地紧握着扇子，她屏住呼吸。卡列宁对她望了望，连忙扭过身去，望望别人。

“不过，这位太太和另外几位太太也都很紧张，这是很自然的。”卡列宁自言自语。他想不去看她，但他的目光情不自禁地被吸引到她身上。他又打量着她的脸，竭力不去研究这脸上的表情，但终于违反本意，恐怖地看到他所不愿看到的神态。

库卓夫列夫在河边第一个从马上摔下来，弄得人人都很激动，但卡列宁从安娜得意扬扬的苍白脸上看出，她所凝视的那个人没有摔下来。当马霍京和伏伦斯基越过大栅栏的时候，紧接在他们后面的一个军官一头栽倒在地上，失去知觉，观众中发出一片恐怖的惊叫声时，卡列宁看到，安娜甚至没有发觉这事，也弄不懂周围的人们在说些什么。但他越来越执拗地盯住她。安娜全神贯注在奔驰的伏伦斯基身上，却感到丈夫冷冰冰的眼光从侧面盯住她。

她回过头来，询问般地望了他一眼，微微皱起眉头，又回过头去。

“哼，我才不在乎呢！”她仿佛这样对他说，以后就再也不去看他了。

赛马很不顺利，十七个人倒有半数以上从马上摔下来，受了伤。到比赛快结束时，大家都很激动。由于沙皇很不高兴，大家就更加不安了。

29

观众都大声表示不满，都重复一个人说的话："就差人同狮子搏斗啦！"大家都觉得恐惧，因此伏伦斯基摔下马来，安娜惊叫一声，并没有引起人们的注意。不过，接着安娜脸上起了变化，变得实在不成体统。她惊惶失措，像一只被捕的鸟儿那样扑腾挣扎：忽而站起来走开，忽而对培特西说话。

"我们走吧，我们走吧！"她说。

但培特西没有听见她的话。培特西正弯下身子，同一个走到她面前来的将军说话。

卡列宁走到安娜跟前，殷勤地向她伸出一只手臂。

"要是你高兴的话，我们走吧。"他用法语说，但安娜正注意听着那将军说话，没有注意到丈夫。

"听说，腿也摔断了，"将军说，"这真是太不像话啦。"

安娜没有回答丈夫，她举起望远镜，朝伏伦斯基倒下的地方瞭望去，但距离太远，那边又聚集了那么多人，她什么也没有看见。她放下望远镜，正要走，但就在这当儿，一个军官骑马跑来，向沙皇报告什么事。安娜探身向前，听他说些什么。

"斯基华！斯基华！"她向哥哥叫道。但是哥哥没有听见。她又起身想走。

"我再一次向你伸出我的手臂，要是你愿意走的话。"卡列宁触触她的手，说。

她嫌恶地避开他，不看他的脸，回答说：

"不，不，别来管我，我不走。"

现在她看见伏伦斯基倒下的地方，有个军官穿过赛马场，向亭子跑去。培特西向他挥挥手帕。

军官带来消息说，骑手没有受伤，但马折断了脊梁骨。

安娜一听见这消息，立刻坐下来，用扇子遮住脸。卡列宁看见她哭了，她不仅忍不住眼泪，甚至哭出声来，哭得胸脯不住起伏。卡列宁用身子把她挡住，让她有时间平静下来。

"我第三次向你伸出我的手臂。"他过了一会儿又对她说。安娜对他望望，不知道说什么才好。培特西公爵夫人走来解救她。

"不，阿历克赛·阿历山德罗维奇，是我把安娜带来的，我答应送她回去。"培特西插进来说。

"对不起，公爵夫人！"他彬彬有礼地笑着说，但严厉地盯住她的眼睛，"我看安娜身体不太好，我想让她同我一起走。"

安娜恐惧地回头看了一眼，顺从地站起来，把手放在丈夫的手臂上。

“我派人到他那里去，打听好了再告诉你。”培特西低声对她说。

在亭子出口处，卡列宁照常同遇见的人寒暄几句。安娜也照常回答人家的招呼，但她精神恍惚，像做梦一样挽住丈夫的手臂走着。

“他有没有摔死？这是真的吗？他会不会来？今天我能看见他吗？”她想。

她默默地坐上卡列宁的马车，又默默地离开停满马车的地方。这一切卡列宁都看在眼里，但他还是避免想到妻子当前的处境。他只看见一些表面现象。他看到妻子的举动有点乖戾，就认为自己有责任提醒她，不过单提这事，不说别的，又觉得很困难。他张开嘴，想对她说她的举动有失体统，但他不由自主，说出来的竟完全是另一回事。

“真是的，我们大家都很爱看这种残酷的场面，”他说，“我注意到……”

“什么？我不明白。”安娜轻蔑地说。

他恼火了，顿时说出他想说的话来。

“我应该对您说。”他开始说。

“哦，这下子要摊牌了！”她想，心里感到恐惧。

“我应该对您说，您今天的行为有失检点。”他用法语对她说。

“我什么地方有失检点啦？”她一面大声说，一面迅速地向他回过头去，盯住他的眼睛。她已经完全没有原来那种隐蔽的欢乐，而是板起了脸，但这副神气还是掩饰不住她内心的恐惧。

“注意！”他指指车夫背后打开的窗子，对她说。

他起身把窗子关上。

“您发现我什么地方有失检点啦？”她又问。

“刚才有一个骑手从马上摔下来，您没有掩饰您那种大惊失色的神气。”

他等她反驳，可是她眼睛瞪着前方，一言不发。

“我曾经要求您在交际场所注意您的一举一动，免得那些毒舌头说您闲话。我一度谈到内心活动问题，现在我不谈这个。现在我谈的是公然表现出来的行为。您的行为太不检点了。我希望今后不再发生这样的事。”

他说的话她连一半也没有听进去。她有点怕他，但心里一直在想，伏伦斯基是不是真的没有摔死。他们说骑手没有受伤，只有马折断了脊梁骨。他们说的是不是他呀？卡列宁说完时，她只是装出嘲弄的神气微微一笑，什么也没有回答，因为她没有听见他在说些什么。卡列宁开始时说得很大胆，但当他清楚地意识到他在说些什么时，她的恐惧传染给了他。他看见她这种嘲弄的微笑，心里就产生一种莫名其妙的迷惘。

“她在嘲笑我的猜疑。对，她马上就会像上次那样对我说，我的猜疑是没有根据的，这太可笑了。”

现在，事情就要全部摊牌，他最希望的是，她还会像上次那样回答他说，他的猜疑是可笑的，是没有根据的。他知道的事实在太可怕了，因此他现在什么都愿意相信。但此刻她脸上那种恐惧而忧郁的神色，却说明她并不想欺骗他。

“也许是我错了，”他说，“如果是这样，那就请您原谅。”

“不，您没有错！”她不顾一切地瞧了一眼他那冷冰冰的脸，慢吞吞地说，“您没有错。我实在是被吓坏了，我克制不住自己。我听着您说话，心里却在想他。我爱他，我是他的情妇。我看见您就受不了，我怕您，我恨您……您高兴怎样对付我就怎样对付我吧。”

她仰靠在马车的一角，双手掩住脸，放声哭了起来。卡列宁一动不动，眼睛仍旧瞪着前方。他整个的脸忽然露出一种死人般僵硬的庄重神色。直到别墅，他这种神态始终没有变。快到家的时候，他带着这个神态向她转过头去。

“好吧！在我采取保全我名誉的措施并把它告诉您以前，”他的声音哆嗦了，“我要求您至少在公开场合保持体面。”

他先下车，然后扶她下来。他当着仆人的面默默地握了握她的手，又坐上马车，回彼得堡去了。

他走了不多一会儿，培特西公爵夫人的仆人给安娜送来一张条子：

“我派人到阿历克赛处探问他的健康情况。他回信说，他身体很好，没有受伤，但感到扫兴。”

“这样说，他会来的！”安娜想，“我把一切都告诉了他，真痛快。”

她看了看表。还有三个钟头。她一回想到上次见面的细节，热血又沸腾起来。

“啊，我的上帝，多么幸福哇！这事很可怕，可是我爱看他的脸，我爱这种奇妙的幸福……丈夫！哼……啊，感谢上帝，我同他什么都完了。”

30

谢尔巴茨基一家去疗养的那个德国小温泉，也像一切有人群聚集的地方那样，照例可以看到一种可以说是社会的结晶现象。在那里，每个社会成员都被安排在一定的位置。正如一滴水遇到严寒会变成雪花那样，每个人一来到温泉，就会被安排到一定的位置。

谢尔巴茨基公爵、夫人和小姐，[①] 根据他们所租用的房子、他们的声望和交往的朋友，很快就在这种结晶过程中被固定在一定的位置。

今年，温泉浴场来了一位真正的德国公爵夫人，社会的结晶运动因此就更加快了速度。谢尔巴茨基公爵夫人一心一意要让女儿谒见这位德国公爵夫人。这个仪式在他们到后的第二天就举行了。吉娣穿着她那件从巴黎定制来的极其朴素，也就是极其雅致的夏季连衫裙，姿态优美地低身行了个屈膝礼。德国公爵夫人说："我希望这张美丽的小脸上重新出现玫瑰花。"——这样，谢尔巴茨基一家就给定下了一个固定的生活轨道，要离开它是不可能的。谢尔巴茨基还结识了英国某贵夫人一家、一位德国伯爵夫人和她那个在上次战争中负伤的儿子、一位瑞典学者和康纳特兄妹。不过，同谢尔巴茨基一家交往最多的还是：莫斯科的罗基谢夫夫人和她的女儿（吉娣不喜欢她，因为她同吉娣一样生的也是相思病），以及莫斯科的一位上校。这位上校吉娣从小就认得，他老是穿着军服，佩着肩章，生着一对小眼睛，敞开的领子上打着花花绿绿的领带，样子十分可笑，还因为他老是对人纠缠不清而惹人讨厌。这种生活方式定型以后，吉娣开始感到无聊，何况公爵又到卡尔斯巴德去了，只剩下她们母女俩。她对她所结识的人不感兴趣，觉得从他们身上得不到什么新东西。现在她在温泉浴场，最大的兴趣就是观察和猜测那些她所不熟识的人。吉娣生性善良，总认为在人们身上可以发现一切最美好的东西，特别是在素不相识的人身上。吉娣猜测着那些人的身份，他们之间的关系，以及他们是些什么人。在她的想象中，他们都具有极其高尚的品德，她还通过自己的观察来加以证实。

在这些人中间，吉娣最感兴趣的是一个俄国姑娘。这个俄国姑娘是同一位叫施塔尔夫人的害病的俄国太太一起来到温泉的。施塔尔夫人是个上流社会里的人，病得很厉害，不能行动，只有在风和日丽的日子才难得坐轮椅来到温泉浴场上。但是，施塔尔夫人不同任何俄国人来往。谢尔巴茨基公爵夫人认为，这与其说是由于疾病，不如说是由于骄傲。吉娣发现，这个俄国姑娘除了服侍施塔尔夫人外，还同每个重病人都很要好——这种人在温泉浴场上是很多的——落落大方地照顾他们。这个俄国姑娘，照吉娣观察，不是施塔尔夫人的亲戚，也不是佣人。施塔尔夫人叫她华仑加，别的人都称她"华仑加小姐"。吉娣留神观察这个姑娘同施塔尔夫人和其他不认识的人的关系，对她自然而然地产生一种说不出的同情。从她们接触的目光中，吉娣发现华仑加

---

① 原文为德语。

也喜欢她。

这位华仑加小姐不仅青春已过，而且简直就像从来没有过青春：她看上去可以说才十九岁，但也可以说已有三十岁。她的相貌，尽管带有病容，不能说长得难看。要不是她生得太瘦，头同她的中等身材相比显得太大，她原是很美的；不过看样子她对男人并没有吸引力。她好比一朵美丽的花，花瓣还没有脱落，就已萎靡不振，失去香气了。此外，她对男人没有吸引力，还因为她缺乏吉娣特别充沛的东西——被抑制的生命火焰和对自己魅力的自觉。

她似乎一直在忙于一项重要工作，因此不关心别的事。她的情况同吉娣正好相反，吉娣对她也就格外感兴趣。吉娣觉得在她身上，在她的生活方式上，可以找到她现在苦苦追求的东西，那就是超脱吉娣所十分厌恶的世俗男女关系的生活情趣和生活价值。这种关系，她觉得好像是恬不知耻地陈列着等待买主的商品。吉娣越是仔细观察这位不熟识的朋友，就越相信这位姑娘就是她心目中的完人，越是急切地想同她认识。

这两个姑娘每天都要遇见好几次，每次见面吉娣的眼睛仿佛都在说："您是谁？您是干什么的？您就是我理想中的完人，是吗？可您千万不要以为我硬要同您认识。我只是欣赏您，喜欢您罢了。"那个不认识的姑娘的眼神回答说："我也喜欢您。您非常非常可爱。我要是有时间，就会更喜欢您了。"吉娣看见她确实总是很忙碌：一会儿把一个俄国孩子从温泉浴场领回家；一会儿给女病人送毛毯，还替她盖在身上；一会儿抚慰恼怒的病人；一会儿给谁买饼干加咖啡。

谢尔巴茨基一家来后不久的一天早晨，温泉浴场上出现了两个人，人们都厌恶地注意着他们。一个是背有点驼的高个子男人，两只手特别大，身穿一件短得同他身材不相称的短大衣，生有一双天真而可怕的乌黑眼睛；另一个是相貌和善的麻脸女人，衣着简朴，毫无风韵。吉娣认出他们是俄国人，就在头脑里构思着他们美丽动人的恋爱史。不过，公爵夫人从旅客登记簿[①]上查到，他们是尼古拉·列文和玛丽雅·尼古拉耶夫娜。她讲给吉娣听，这个尼古拉是个怎样的坏蛋。于是，吉娣对他们的幻想就彻底破灭了。吉娣对他们两人立刻产生了反感，这并不是因为母亲对她讲了这些话，主要还是因为他是康斯坦京·列文的哥哥。尼古拉有不断抽动脑袋的习惯，这会儿就更引起吉娣对他难以克制的嫌恶。

她发觉他那双可怕的大眼睛紧盯着她，眼睛里反映出憎恨和嘲弄的情绪，因此她竭力回避同他见面。

---

① 原文为德语。

31

这是个阴雨的日子，一早晨雨就下个不停。病人都拿着伞，聚集在游廊里。

吉娣、她的母亲和那个得意扬扬地穿着在法兰克福买的现成西式礼服的莫斯科上校，三人在一起散步。他们靠着游廊的一边走，竭力避开在另一边走着的尼古拉·列文。华仑加穿一件深色连衫裙，头戴帽边翻下的黑帽子，领着一个瞎眼的法国女人，从游廊一头走到另一头。她每次遇见吉娣，总要和她交换友好的目光。

“妈妈，我可以去同她聊聊吗？”吉娣说。她注视着这位不熟悉的朋友，发现她往温泉浴场上走去，认为她们可以在那儿相见。

“啊，既然你那么想认识她，那就让我先去了解一下，让我先去一下。”母亲回答，“你看出她有什么与众不同的地方吗？她准是个专门陪伴病人的。你愿意的话，我可以去同施塔尔夫人认识一下。我认识她的嫂子。”公爵夫人傲然地昂起头，又说了一句。

吉娣知道，公爵夫人因为施塔尔夫人避不同她认识而生气。吉娣就没有坚持要这样做。

“她这人真好，真可爱！”她望着华仑加说，华仑加正在把一只杯子递给法国女人。“您瞧，她多么朴素，多么亲切。”

“我觉得你的偏爱实在可笑。”公爵夫人说。“不，我们还是回去吧。”她发现尼古拉·列文同他的女人和德国医生迎面走来，尼古拉·列文仍旧怒气冲冲地同医生大声谈着些什么，又说了一句。

她们刚转身往回走，就听见他们已经不是在大声说话，而是在叫嚷了。尼古拉·列文停住脚步，对医生大叫大嚷。医生也冒火了。人群把他们围住。公爵夫人同吉娣连忙避开，那上校却挤到人群中去探听出了什么事。

几分钟以后，上校又赶上了她们。

“那边出了什么事？”公爵夫人问。

“真是丢脸哪！”上校回答，“在国外遇见俄国人真是倒霉。那位高个子先生同医生吵嘴，对医生说了许多粗话，责备他看病看得不对，还挥动手杖。真是丢脸！”

“吓，真叫人受不了！”公爵夫人说，“那么结果怎么样呢？”

“亏得那个……那个戴蘑菇帽子的女人出来调解。大概是个俄国女人吧。”上校说。

“是华仑加小姐吧？”吉娣快乐地问。

“是的，是的，是她第一个出来调解。她挽住那位先生的手臂，把他领开了。”

“啊，妈妈，”吉娣对母亲说，“瞧您还不理解为什么我赞赏她呢。”

从第二天起，吉娣留心观察这位不熟识的朋友，发现她对待尼古拉·列文和他的女人的态度，已同对待她的其他被保护人一样了。她主动去接近他们，同他们交谈，替那个不懂任何外语的女人当翻译。

吉娣更加执意要求母亲让她同华仑加认识。公爵夫人虽然很不愿意同那个傲气十足的施塔尔夫人认识，但她还是迈出第一步，打听到华仑加的情况，知道她的底细，得出结论是，同她认识尽管没有什么好处，但也没有什么害处；她就亲自去找华仑加，同她认识。

公爵夫人挑选女儿到温泉口去、华仑加站在面包店旁边的机会，走到她面前。

“对不起，请允许我同您认识认识。”她带着庄重的微笑说，“我的女儿爱上您了，”她说，“您也许不认识我吧！我是……”

“我们大家彼此都有这样的感情，公爵夫人。”华仑加连忙回答。

“您昨天对我们那位可怜的同胞做了好事啦！”公爵夫人说。

华仑加脸红了。

“我不记得了，我好像没有做过什么事。”她说。

“怎么没有？您使那个列文避免了一场不愉快的争吵。”

“哦，那是他的女伴叫我去的。我竭力劝他安静。他病得很厉害，对医生意见很大。这种病人我可照顾惯了。”

“是的，我听说您同施塔尔夫人，大概是您的姑妈吧，在孟通[①]一起住过。我认识她的嫂子。”

“不，她不是我的姑妈。我叫她妈妈，但我不是她的亲戚。我是她抚养的。”华仑加涨红了脸回答。

她的回答是那么朴实，她脸上诚恳而开朗的神情是那么可爱，使得公爵夫人懂得了为什么吉娣会那样喜欢这个华仑加。

“那么，那个列文怎样了？”公爵夫人问道。

“他要走了。”华仑加回答。

这当儿，吉娣从温泉口回来，看见母亲已经同那位不熟识的朋友认识了，脸上不禁现出高兴的神色。

“嘿，吉娣，你那么想认识这位小姐……”

“华仑加，”华仑加笑眯眯地说，“大家都这样叫我。”

---

① 法国著名疗养地。

吉娣高兴得飞红了脸，好一阵默默地握住这位新朋友的手。华仑加没有回答她的紧握，却一动不动地把自己的手放在她的手里。华仑加小姐的手虽然没有回答她的紧握，但她的脸上现出宁静、快乐而略带忧郁的微笑，露出一排好看的大牙齿。

“我也早就有这个愿望了。”她说。

“可您是那么忙……”

“嗳，不，我一点儿也不忙。”华仑加回答，但就在这时候她不得不把两个新朋友丢下，因为有两个俄国小女孩——病人的女儿，向她跑来。

“华仑加，妈妈叫你！”她们嚷道。

华仑加就跟着她们走了。

32

公爵夫人探听到了华仑加的身世、她同施塔尔夫人的关系和施塔尔夫人的情况。

施塔尔夫人是个多病的狂热的女人。有人说她一贯折磨丈夫；也有人说她丈夫生活放荡，使她受罪。她同丈夫离婚后不久生下第一个孩子，但这孩子一生下来就夭折了。施塔尔夫人的家属知道她这人感情脆弱，唯恐这个消息会使她受不了，就拿当天夜里彼得堡同一所房子里御厨生下的女儿去顶替。这孩子就是华仑加。施塔尔夫人后来知道，华仑加不是她的女儿，但继续抚养她。再说，不久以后，华仑加家里也没有一个亲人了。

施塔尔夫人在南欧已经住了十多年，一直卧病在床。有人说，施塔尔夫人是以慈善事业和笃信宗教而获得社会地位的；又有人说，她是个品德极其高尚的人，活着就是为了替别人谋福利。谁也不知道她信什么教——天主教，耶稣教，还是正教，但有一点毫无疑问，那就是她同各种教会和各种教派的最上层人物都有交情。

华仑加同她长期住在国外。凡是认识施塔尔夫人的，都认识并且喜欢华仑加小姐——大家都这样称呼她。

公爵夫人探听到这些底细，觉得女儿同华仑加接近并不会有失体面，何况华仑加的品德和教养又极其出众——法语和英语都讲得十分流利。还有一个重要的因素改变了公爵夫人的想法，那就是她替施塔尔夫人传话说，夫人因病不能同公爵夫人认识，感到很遗憾。

吉娣自从同华仑加认识以后，对她越来越迷恋，天天都在她身上发现新的优点。

公爵夫人听说华仑加歌唱得很好，就请她晚上到她们的住处来唱歌。

“吉娣会弹琴，我们有一架钢琴，琴虽然不好，但您一定会使我们高兴的。”公爵夫人做作地微笑着说。吉娣现在特别不喜欢这种微笑，因为她发现华仑加不喜欢唱歌。但晚上华仑加还是带着琴谱来了。公爵夫人把马丽雅·叶夫盖尼耶夫娜母女和上校也请了来。

华仑加看见有陌生人在场，并不在意，立刻走到钢琴旁边。她自己不会伴奏，但照谱唱得很出色。吉娣弹得一手好琴，就给她伴奏。

“您很有才华。”华仑加美妙地唱完第一首歌，公爵夫人就称赞说。

马丽雅·叶夫盖尼耶夫娜母女也道了谢，称赞了她。

“您瞧，”上校望着窗外说，“多少听众围拢来听您唱歌呀！”窗外确实聚集了一大群人。

“我很高兴能使大家快乐。”华仑加淳朴地回答。

吉娣得意扬扬地望着她的朋友。她赞赏华仑加的艺术才华、她的嗓子和她的相貌，但最使她叹服的是华仑加的态度。华仑加根本不把她的歌唱当作一回事，对人家的称赞也毫不在意。她仿佛只是问：“还要再唱吗？够了吗？”

“要是换了我，”吉娣暗自想，“我会多么自豪哇！看到窗外这许多听众，我会多么高兴呀！可是她毫不在意。她唯一的动机就是不愿拒绝我妈的要求，要使她高兴。她心里有些什么想法呢？是什么给了她这种超凡绝俗、与世无争的力量？我真想知道个中奥妙，向她学习呀！”吉娣凝视着她那平静的脸，想。公爵夫人请华仑加再唱一曲，华仑加就又十分婉转、清脆动听地唱了一支歌。她挺直身子，站在钢琴旁边，用一只黝黑的瘦手打着拍子。

下一页琴谱是一首意大利歌曲。吉娣弹完序曲，对华仑加望了一眼。

“这首我们跳过去吧！”华仑加涨红了脸说。

吉娣吃了一惊，疑惑不解地盯住华仑加的脸。

“哦，那就换一首吧！”她立刻懂得这首歌有点蹊跷，就翻着琴谱匆匆地说。

“不，”华仑加一手按住琴谱，笑眯眯地回答，“不，就唱这首吧。”接着她就像原来一样镇定而悦耳地唱了这首歌。

等她唱完了，大家又向她道谢，然后出去喝茶。吉娣同华仑加一起到房子旁边的小花园里去。

“这首歌使您回想到什么往事，是吗？”吉娣说。“您用不着告诉我，”她慌忙加上一句，“您只要说一声，是或者不是。”

“不，为什么？我可以告诉您。”华仑加坦率地说，不等对方回答就讲下去，“一想起这件事，我心里就很难受。我爱过一个人，这首歌我唱给他听过。”

吉娣睁大眼睛，一言不发，感动地望着华仑加。

吉娣睁大眼睛，一言不发，感动地望着华仑加。

“我爱他，他也爱我，可是他妈妈不让我们好，他后来就同别人结婚了。他现在住在离我们不远的地方，我有时也看见他。您没有想到我也有过一段恋爱史吧？”她说着，刹那间在她美丽的脸上闪出了热情的火花。这种火花吉娣觉得在她自己身上也曾经燃烧过。

“怎么会没有想到？我要是个男人，一旦见到您，就不会再爱别人了。我只是不明白，他怎么能迁就母亲而把您给忘了，使您遭到这样的不幸？他太没有情义了。”

“不，他是个很好的人。我并没有什么不幸，我很幸福。嗯，那么今晚我们不再唱了吗？”她说着向房子里走去。

“您这人真好，真好！”吉娣叫道，并拦住她吻了吻，“我要是能有一点儿像您就好了！”

“您为什么要像人家呢？您自己就很好。”华仑加露出温柔而疲倦的微笑，说。

“不，我一点儿也不好。哦，请您告诉我……等一等，让我们坐一下！”吉娣说着，又拉她同自己在长凳上并排坐下来，“告诉我，想到一个人不珍重您的爱情，不愿同您……您不觉得委屈吗？”

“不，他不是不珍重。我相信他是爱我的，但他是个孝子……”

“嗳，但要是他并非因为听从母亲的话，而是出于他自己的心意呢？……”吉娣说，觉得她自己泄漏了秘密。事实上，她那羞得通红的脸已经把秘密暴露了。

“那就是他自己的不是了，我也不会怜惜他的。”华仑加这样回答，显然懂得，现在已不是在谈她的事，而是在谈吉娣的事了。

“那么委屈呢？”吉娣说，“委屈是忘不了的，忘不了的。”她想起最后一次舞会上音乐停止时自己对伏伦斯基的一瞥，说。

“有什么可委屈的呢？您又没有做错什么事。”

“比做错事更糟！做得丢脸哪！”

华仑加摇摇头，把一只手放在吉娣的手上。

“有什么丢脸的？”她说，“您总不能向一个对您冷淡的人说您爱他吧？”

“当然不，我从来没有对他说过一句话，但他是知道的。对，对，从彼此的眼神、举动上看得出来。我就是活到一百岁也不会忘记。”

“那究竟是怎么一回事？我不明白。问题在于您现在是不是爱他。”华仑加开门见山地说。

“我恨他，我也不能原谅我自己。”

“那又为什么？”

“丢脸哪，委屈呀！”

“哎，要是大家都像您这样感情脆弱，那还得了！”华仑加说，“这种事没有一个姑娘没有经历过。何况这一切又都是无关紧要的。”

“那什么才是有关紧要的呢？”吉娣惊奇地凝视着她的脸，问。

“嗯，要紧的事多着呢！”华仑加微笑着说。

“到底是什么事啊？”

“啊，有好多事比这更加要紧！”华仑加回答，不知道说什么才好。这时窗外传来公爵夫人的声音。

“吉娣，天气凉了！你拿条披肩去，或者到屋里来。”

“哦，我得走了！”华仑加站起来说，“我还要到柏尔特夫人那里去一下，她要我去看看她。”

吉娣拉住她的手，眼睛里露出十分好奇和恳求的神色，仿佛在问：“到底什么事最要紧？您怎么能这样镇定啊？您要是知道，那就告诉我吧！”但是华仑加根本不懂得吉娣的目光里包含的意思。她只记得今晚她还要去看柏尔特夫人，然后要在十二点以前赶回家去给妈妈做茶。她走到屋子里，收拾好琴谱，向大家告了别，就走了。

“让我送您回去吧！”上校说。

“是啊，夜这样深了，怎么可以一个人走路呢？”公爵夫人附和说，“我叫巴拉莎送您去吧。”

吉娣看到，华仑加听说一定要送她回去，忍不住笑了。

“不，我一向一个人走路，从来没有出过事。”她拿起帽子说。接着又吻了吻吉娣，但始终没有说什么事要紧，就夹着琴谱，大踏步走出去，消失在夏夜的昏暗里，把什么事要紧，是什么力量给予她这种令人羡慕的镇定和自尊的秘密也带走了。

33

吉娣同施塔尔夫人也认识了。吉娣同她的认识，再加上她和华仑加的友谊，不仅对她产生了重大影响，而且在她痛苦的时刻安慰了她。这种安慰就是，通过她同她们的交往，在她面前展现了一个崭新的世界。这个世界同她过去所经历的截然不同。这是一个崇高而美丽的世界，从它的高处可以冷静地观察往事。在吉娣面前，除了她至今一直沉沦的本能生活之外，又出现了精神生活。这种生活是宗教所开辟的，但这种宗教同吉娣从小熟悉的宗教，同在寡妇院（那里常可以遇到熟人）举行弥撒和通宵礼拜时，在跟牧师一起背诵斯拉夫经文时所表现的宗教，毫无共同之处。这是一种崇高、神秘、同美好的思想感情有联系的宗教。这种宗教不仅应该信仰，而且应该热爱。

这一切吉娣不是从语言中领会到的。施塔尔夫人同吉娣谈话，就像同一个心爱的孩子谈话一样。吉娣使她回忆起自己的青年时代。施塔尔夫人只有一次谈到，在人类的苦难中只有爱和信仰是唯一的慰藉，基督对我们的怜悯是无微不至的。接着她就转变话题。不过，吉娣从她的一举一动、一言一语中，从她天国般的（吉娣这样形容）每一瞥视中，特别是从她的整个身世（她从华仑加那里知道的）中，总之，从各方面领会了她吉娣以前所不知道的“要紧的事”。

但是，不论施塔尔夫人品德多么高尚，身世多么动人，也不论她的语言多么优雅，吉娣却在她身上发现一些难以理解的事。她发现只要一问到施塔尔夫人的家庭，她就会轻蔑地微微一笑。这是同基督教的仁爱精神不相符的。她还发现，当施塔尔夫人同天主教神父在一起的时候，她就会竭力把脸藏到灯罩的阴影里，并且露出异样的微笑。这两件虽是小事，却使吉娣感到困惑，对施塔尔夫人发生了疑问。华仑加呢，无亲无故，孤苦伶仃，没有欲望，没有悔恨，对往事只有一点惆怅，倒是吉娣心目中的一个完人。她从华仑加身上领悟到，一个人只要能忘我，热爱别人，就能心安理得，幸福康宁。吉娣就想做一个这样的人。如今她知道了什么事“最要紧”，就不满足于赞叹赞叹，而是立刻献身到展开在她面前的新生活中去。按照华仑加所讲的施塔尔夫人等人的行为，吉娣已构思出她未来生活的图景。她将像华仑加多次讲到的施塔尔夫人的侄女阿琳那样，每到一地就去找寻受苦的人，尽可能帮助他们，向他们分送福音书，读福音书给病人、罪犯和临终的人听。像阿琳那样给罪犯读福音书，这念头特别使吉娣神往。但这一切都是吉娣秘密的梦想，她没有对母亲，也没有对华仑加讲过。

不过，吉娣一方面期待着大规模实行自己计划的时机，另一方面，在这病人和苦难人集中的温泉浴场，倒也很容易找到仿效华仑加、实行自己新理想的机会。

公爵夫人起初只发现吉娣受到施塔尔夫人，特别是华仑加那种“狂热”的强烈影响。她看到吉娣不仅摹仿她的行为，而且不自觉地在走路、说话和眨眼上学她的样。后来公爵夫人又发现，除了这种迷恋之外，在女儿身上还发生了一种严重的精神变化。

公爵夫人发现吉娣每天晚上都读施塔尔夫人送给她的法文福音书，这在以前是从来不曾有过的；公爵夫人还发现她避开社交界熟人，却同受华仑加保护的病人，特别是同害病的画家彼得罗夫一家来往。吉娣显然以在这个家庭里当护士为荣。一切都很好，公爵夫人也绝不反对，何况彼得罗夫的妻子又是个正派女人。那位德国公爵夫人注意到吉娣的行为，也竭力称赞，叫她抚慰的天使。这一切本来都是好事，要不是做得过分的话。公爵夫人看到女儿走极端，就向她指出。

“凡事不宜走极端。”她用法语对她说。

女儿什么话也没有回答。她只是在心里想，为基督教工作是没有什么过分不过分的。遵奉基督教义，有人打你的右脸，连左脸也转过来由他打；有人要拿你的里衣，连外衣也由他拿去。要做到这样，还有什么过分可言呢？但公爵夫人不喜欢这样的过分行为，尤其使她不高兴的是，她觉得吉娣不愿把心事向她和盘托出。吉娣确实对母亲隐瞒着自己的新思想和新感情。她隐瞒着，并不是不尊敬或者不爱母亲，而只是因为她是她的母亲。她情愿告诉任何人，却不愿告诉母亲。

“安娜·巴夫洛夫娜怎么这样久没有到我们这儿来了？”公爵夫人有一次谈到彼得罗夫的妻子说，“我请她来，可她似乎有点不高兴。”

“不，我没有感觉到，妈妈。”吉娣涨红了脸说。

“你好久没有到他们那里去了吗？”

“明天我们准备去游山。”吉娣回答。

"好，你们去吧！"公爵夫人回答，凝视着女儿羞红的脸，竭力猜想她发窘的原因。

当天，华仑加来吃饭，告诉她说，安娜·巴夫洛夫娜改变主意，不去游山了。这时，公爵夫人发现吉娣的脸又红了。

"吉娣，您同彼得罗夫家没有什么不愉快的事吧？"当屋子里只剩下母女俩的时候，公爵夫人说，"为什么彼得罗夫夫人不再送孩子来，自己也不到我们这里来了？"

吉娣回答说她们之间没有发生什么事，她也不明白为什么安娜·巴夫洛夫娜生她的气。吉娣说的全是实话。她不知道为什么安娜·巴夫洛夫娜对她改变态度，但是猜到了几分。她所猜到的原因既不能告诉母亲，也不能向自己坦白。那种事即使知道了，也不能说出口，因为万一是误会，就未免太糟糕太丢人了。

她一再仔细回顾她同这一家人的全部关系。她回忆到她们见面时安娜·巴夫洛夫娜和善的圆脸上怎样流露出淳朴的喜悦；回忆到她们怎样秘密商量病人的事，怎样使他抛下医生所禁止的工作，拉他出去散步；回忆到那个叫她"我的吉娣"的最小男孩对她的依恋，她不在旁边，他是不肯睡觉的。这一切都是多美呀！接着她又想到彼得罗夫穿着咖啡色上装的瘦削的身子，他那细长的脖子，稀疏而鬈曲的头发，一双最初使吉娣感到害怕的询问般的蓝眼睛，以及他在她面前勉强振作精神的痛苦模样。她想到最初看到他，她怎样竭力克制着像看到一切痨病患者时的那种不愉快感觉，怎样煞费苦心地想出话来同他攀谈。她想到他望着她时的那种胆怯而感动的目光，想到自己对他的怜悯、自己的困惑和意识到做了好事的奇特心情。这一切都是多么美好哇！但这一切都是开头的情况。现在呢，几天前事情突然变糟了。安娜·巴夫洛夫娜一面装作殷勤地迎接吉娣，一面却在不断观察她和丈夫。

他看到她走近，就露出衷心的喜悦。难道这就是安娜·巴夫洛夫娜冷淡她的原因吗？

"是的，"她回想着，"前天，安娜·巴夫洛夫娜对我说：'您瞧，他一直在等您，您不来他就不肯喝咖啡，虽然身体虚弱极了。'她说这话时，样子有点不自然，这同她善良的本性是完全不相称的。"

"也许是吧，那天我把毛毯交给他，她也很不高兴。这事本来很普通，可是他接受时那副模样真尴尬，谢了好半天，弄得我也尴尬起来。还有，他替我画的那幅肖像是多么出色。但主要是他那种惶恐而多情的眼神！对，对，就是这样！"吉娣恐怖地一再对自己说。"不，这是不可能的，这是不应当的！他太可怜了！"接着她这样对自己说。

这种疑虑损害了她的新生活的魅力。

34

在温泉疗养季节快结束的时候，谢尔巴茨基公爵从卡尔斯巴德到巴登和吉兴根[①]去访问了俄国朋友——照他的说法，去呼吸呼吸俄国空气——以后，回到了妻子和女儿身边。

公爵和公爵夫人对国外生活的看法截然相反。公爵夫人觉得国外的一切都是美的，尽管她在俄国有稳固的社会地位。她在国外竭力想装得像一位欧洲太太，因为本来不像——她是一位典型的俄国贵夫人——就装腔作势，弄得有点不自然。公爵呢，正好相反，觉得外国什么都是丑的，欧洲生活使人讨厌。他处处保持着俄国习惯，在国外故意装得比原来更不像一个欧洲人。

公爵回来时瘦了，面颊松弛下垂，但情绪极好。他看见吉娣身体完全复原，更加高兴。吉娣同施塔尔夫人和华仑加交上朋友，公爵夫人又观察到吉娣身上近来发生了变化。这些消息使公爵心烦意乱，引起他的猜疑和恐惧，唯恐人家引诱他的女儿，使她离开他，跑到他势力范围以外的地方去。但这些不愉快的消息，终于淹没在他素来就有，而在游了卡尔斯巴德温泉之后更加明显的敦厚乐观的海洋里了。

回来后的第二天，公爵穿着长大衣，脸上带着俄国人特有的皱纹和被浆硬的白领子撑住的微微鼓起的双颊，兴高采烈地同女儿一起到温泉浴场去了。

这是一个晴朗的早晨。一座座整洁明亮的花园小楼房，一个个面色红润、胳膊发红、灌饱啤酒、喜气洋洋的德国侍女，以及灿烂的阳光——这一切都使人心旷神怡。不过，他们越走近浴场，遇见的病人就越多，在井井有条的德国日常生活中，他们也就越发显得可怜。这种强烈的对照已不再使吉娣感到惊奇。灿烂的阳光，蓊郁的草木，音乐的声音，在她看来就是所有这些熟人的天然背景。她发现他们的健康总是在起变化，不是变坏就是变好。但在公爵看来，这六月早晨的明朗和生气，乐队正在演奏的轻松的华尔兹，特别是健壮的德国侍女的模样，同这些从欧洲各地聚拢来的半死不活的人相对照，就显得怪诞和不协调。

当爱女挽着公爵手臂散步的时候，他虽然感到十分得意，仿佛又回复了青春，但他却为自己雄赳赳的步伐和强壮的四肢感到局促不安，甚至害臊。他觉得自己好像在大庭广众之中赤身露体一样。

“你给我介绍介绍你那些新朋友吧，”公爵用臂肘夹紧女儿的手臂说，“现在我连

---

① 巴登和吉兴根都是德国温泉疗养地。

这个讨厌的索登温泉也喜欢上了，因为它把你的病治好了。只是你们这里有点儿忧郁，有点儿忧郁。这是谁呀？”

吉娣向他一一介绍他们遇到的熟识和不熟识的人。在花园门口，他们遇见瞎眼的培尔特夫人和她的领路人。公爵发现这位法国妇人一听见吉娣的声音就现出亲切的神气，他感到高兴。她立刻用法国人特有的出格的殷勤态度同他攀谈起来，称赞他有这样一个好女儿，当面把吉娣捧上天，管她叫宝贝、珍珠和抚慰的天使。

“嗬，那她是第二号天使了！”公爵笑着说，“她叫华仑加小姐是第一号天使呢。”

“嗯，华仑加小姐，她确实是一位天使，没说的。”培尔特夫人应和说。

他们在游廊里遇见了华仑加。她手里拿着一只雅致的红色手提包，匆匆地向他们走来。

“你瞧，爸爸回来了！”吉娣对她说。

华仑加照例简单而自然地做了一个介于鞠躬和屈膝礼之间的动作，立刻同公爵落落大方地攀谈起来，就像她同任何人谈话一样。

“当然，我知道您，知道得很清楚。”公爵微笑着对她说。吉娣高兴地看出父亲喜欢她这个新朋友。“您这样急急忙忙到哪儿去呀？”

“妈妈在这儿，”她对吉娣说，“她一夜没有睡觉。医生劝她出来走走。我去给她拿针线活儿。”

“这就是第一号天使啰！”华仑加走后，公爵说。

吉娣看出，他很想取笑取笑华仑加，但因为太喜欢她了，他不愿这样做。

“啊，那我们就可以看见你所有的朋友了，”他又说，“包括施塔尔夫人在内，如果她肯赏脸见见我的话。”

“难道你认得她吗，爸爸？”吉娣发现公爵一提到施塔尔夫人，眼睛里就闪出嘲笑的火花，不禁恐惧地问。

“我认识她丈夫，同她也有点认识，那还是在她加入虔信派以前呢。”

“爸爸，什么叫虔信派啊？”吉娣问，发现施塔尔夫人身上那种高贵的东西竟然有一个名称，感到惊奇。

“我自己也不太清楚。我只知道她凡事都要感谢上帝，不论遇到什么灾难都要感谢上帝，她死了丈夫，也感谢上帝。这实在太可笑了，因为他们的日子过得很苦。”

“这是什么人？瞧他的模样多可怜！”他发现长凳上坐着一个身材不高的病人，身穿一件咖啡色大衣，白色的裤子由于两腿太瘦而现出异样的褶裥。

这位先生把草帽举到稀疏的鬈发上面，露出被帽子扣得发红的高高前额。

“这位是彼得罗夫，是一位画家，”吉娣涨红了脸回答，“那是他的妻子。”她指着安娜·巴夫洛夫娜，补充说。就在他们走近的当儿，安娜·巴夫洛夫娜似乎故意去追赶一个循小路跑开去的孩子。

“唉，他多么可怜，可是脸却长得多么可爱呀！”公爵说，“你为什么不过去呀？他说不定有话要对你说呢。”

“好，那我们就去吧。”吉娣说着，断然转过身去。“今天你觉得怎么样？”她问彼得罗夫。

彼得罗夫站起身来，支着手杖，怯生生地对公爵望了一眼。

“这是我的女儿，”公爵说，“让我们来认识一下吧。”

画家鞠了一躬，微微一笑，露出白得耀眼的牙齿。

“我们昨天就在等您了，公爵小姐。”他对吉娣说。

他说这话时身子摇晃了一下，接着又重复这个姿势，竭力想装成他是故意这样做的。

“我本来要来的，可是华仑加说，安娜·巴夫洛夫娜派人来通知说你们不去了。”

“怎么不去了？”彼得罗夫涨红了脸，立刻咳嗽起来，一面说，一面用眼睛找寻妻子。“安娜，安娜！”他喊道，在他那又细又白的脖子上，青筋像绳子一般突出来。

安娜·巴夫洛夫娜走了过来。

“你怎么通知公爵小姐说我们不去了？”他哑着嗓子，怒气冲冲地低声责问她。

“您好，公爵小姐！”安娜·巴夫洛夫娜一反常态，带着假笑说。“我很高兴同您认识，”她对公爵说，“我们老早就在等您了，公爵。”

“你怎么通知公爵小姐说我们不去了呢？”画家又一次哑着嗓子低声说，显然更加生气了，因为他的嗓子表达不出他想表达的情绪。

“唉，我的天！我原以为我们不去了呢。”妻子懊丧地回答。

“怎么搞的，几时……”他又咳嗽起来，摆了摆手。

公爵举了举帽子，同女儿一起走开了。

“啊呀呀！”他深深地叹了一口气，“唉，可怜的人！”

“是的，爸爸，”吉娣回答，“你要知道，他们有三个孩子，没有佣人，钱简直一点也没有。他从画院领到一点钱。”她情绪激动地讲着，竭力压制着因安娜·巴夫洛夫娜奇怪地改变对她的态度而产生的疑虑。

“喏，这位就是施塔尔夫人。”吉娣指着一辆轮椅说，椅上靠住枕头躺着一个用灰色和蓝色料子包着的东西，上面张着一顶伞。

这就是施塔尔夫人。后面站着一个给她推车的面色阴沉、身体强壮的德国工人。

旁边站着一位淡黄头发的瑞典伯爵，吉娣知道他的名字。几个病人在轮椅旁慢慢走着，像打量什么古怪的东西一样打量着这位夫人。

公爵走到她面前。吉娣立刻在他眼睛里察觉到那种使她窘惑的嘲弄的火花。他走到施塔尔夫人面前，和颜悦色，彬彬有礼，用那种现在只有很少人能讲的典雅的法语对她说起话来。

“我不知道您是否还记得我，但为了感谢您对小女的盛情，我不能不使您回想到我。”他脱下帽子，没有再戴上，对她说。

“阿历山大·谢尔巴茨基公爵。”施塔尔夫人说。她抬起她那天国般的眼睛望着他，吉娣从她眼睛里看到不高兴的神色，“我看到您，很高兴。我可真喜欢令媛呢。”

“您身体还是不大好吗？”

“是啊，我已经习惯了。”施塔尔夫人说着，给公爵同瑞典伯爵作了介绍。

“您的模样倒没有什么变，”公爵对她说，“我有十年或者十一年没有福气见到您了。”

“是啊，上帝给人苦难，也给人承担苦难的力量。我常常想，我拖着这条命干什么……盖那一边！”她恼怒地对华仑加说，因为华仑加替她用毯子盖腿盖得不对。

“大概是为了好继续行善吧。”公爵眼睛含着嘲笑说。

“这事可不该由我们来判断。”施塔尔夫人发觉公爵脸上微妙的神情，说。“那么，这本书是您给我们送来的吗，亲爱的伯爵？太感谢了！”她对那个年轻的瑞典人说。

“啊！”公爵看见站在旁边的莫斯科上校，叫了一声。他向施塔尔夫人鞠了一躬，带着女儿同莫斯科上校一起走开了。

“这就是我们的贵族，公爵！”莫斯科上校有意显出嘲弄的神气说，他因为施塔尔夫人不同他打招呼而生着气。

“她还是老样子。”公爵回答。

“那您还是在她生病以前，也就是说在她躺倒以前，就认识她了吗，公爵？”

“是的，我看着她躺倒的。”公爵说。

“听说她有十年没有起床了。”

“起不来了，因为她的腿短了一截。她的整个身子难看极了……”

“爸爸，不会吧！”吉娣叫起来。

“爱说闲话的人都这么说，我的宝贝。你那位华仑加真是够受的了！”他继续说，“唉，这些有病的太太！”

“啊，不，爸爸！”吉娣激动地说，“华仑加崇拜她。再说，她做了多少善事啊！你问随便什么人都行！她和阿琳是人人都知道的。”

“也许是这样，”他用手臂夹紧女儿的手臂说，“但做了好事，问谁，谁也不知道，那就更好了。”

吉娣没有回答，并非无话可说，而是即使在父亲面前也不愿公开她内心的秘密。不过，说也奇怪，不论她怎样避免受父亲的影响，不让他踏进她心中的圣地，她却觉得她整整一个月来保存在心里的施塔尔夫人的神圣形象，从此消逝了，就像一具由旧衣服装扮成的木头模特儿，一旦剥去衣服，就原形毕露了。施塔尔夫人如今只剩下一个短了一截腿的躯体，因为模样太丑了，就长年躺在那里，可她还要折磨任劳任怨的华仑加，就为了给她盖毯子盖得不合她的意。吉娣不论怎样努力，也无法恢复施塔尔夫人原来在她心中的形象了。

35

公爵的愉快心情感染了家人和朋友，甚至也感染了他们的德国房东。

公爵同吉娣一起从浴场回来，邀请上校、马丽雅·叶夫盖尼耶夫娜和华仑加一起喝咖啡。他吩咐仆人把桌椅搬到花园里的栗树底下，在那里摆早餐。房东和仆人受他快乐心情的影响，也变得活泼起来。他们知道他慷慨。半小时以后，楼上那位患病的汉堡医生，从窗口羡慕地望着栗树下这群快乐健康的俄国人。在一圈圈摇曳不停的树枝阴影下，在铺着雪白桌布，摆着咖啡壶、面包、黄油、干酪、野味的桌子旁，公爵夫人头戴缀有紫色缎带的帽子，坐着给大家分发咖啡和面包。桌子的另一头坐着公爵，他吃得津津有味，快乐地大声谈着话。公爵把买来的东西摆在身边，有雕花木盒、木雕小玩意、各种各样的裁纸刀。他在各地温泉都要买一批小玩意，分赠给大家，包括女佣丽斯星和房东。他用蹩脚得可笑的德语同房东说笑话，坚决认为治好吉娣的病的不是温泉，而是他那出色的伙食，特别是他的黑李子汤。公爵夫人嘲笑丈夫的俄国习气，但非常高兴，十分活跃。这是她来到温泉以后不曾有过的。上校听公爵讲笑话，照例面带笑容，但在他用心研究的欧洲问题上，他支持公爵夫人的观点。心地善良的马丽雅·叶夫盖尼耶夫娜听公爵说笑话，咯咯地笑个不停。连华仑加也被公爵的笑话逗得发窘，不禁发出轻微而有传染性的笑声。这是吉娣从没见过的。

这一切都使吉娣高兴，可她总不能摆脱心事。父亲对她的朋友和她所喜爱的生活流露出有趣的看法，等于向她提出一个她无法解答的问题。这问题又加上了彼得罗夫一家对她态度的变化——这种变化今天表现得特别清楚和不愉快。人人都很快活，但吉娣快活不起来。这样她就更痛苦。她的心情就像小时候被罚关在房间里，却听见姐姐们在外面快乐地谈笑一样。

“嗳，你买这么多东西干什么？”公爵夫人微笑着说，递给丈夫一杯咖啡。

“我出去散步，嗯，有时经过小铺子，他们就用德语‘大人，阁下，殿下！’地乱叫，要求你进去买一点什么。嗯，只要他们一叫‘殿下’，我就忍不住了，十个塔勒[①]就这样送掉了。”

“原来你是因为无聊才买的。”公爵夫人说。

“当然是因为无聊。在那里过得实在无聊，妈妈，真不知道怎样打发日子才好。”

“怎么会无聊呢，公爵？现在德国有这么多有趣的东西。”马丽雅·叶夫盖尼耶夫娜说。

“有趣的东西我全知道：黑李子汤也好，豌豆灌肠也好，我统统知道。”

“不，公爵，不管您怎么说，他们的制度总是挺有趣的。”上校说。

“有什么有趣的？他们都像一个模子里铸造出来的铜币，扬扬自得，似乎他们德国人把谁都征服了。哼，可我有什么事好得意的呢？我没有征服什么人，我不得不自己脱靴子，还得自己把它放到门外去。早晨一起来，就得立刻穿好衣服，走到餐厅里去喝那难喝得要命的早茶。在家里就完全不同了。你可以从容不迫地醒过来，耍耍脾气，发发牢骚，然后定定神，好好考虑考虑各种事情，用不着性急。”

“时间就是金钱，您忘记了这一点。”上校说。

“什么时间！有时候你为半卢布可以牺牲一个月，可有时候你不论出多少钱也换不到半个小时啊。你说是吗，吉娣？你怎么这样闷闷不乐呀？”

“没什么。”

“您要到哪里去呀？再坐一会儿。”他对华仑加说。

“我要回家了。”华仑加说着站起来，又哧哧地笑了。

她收起笑容，告了别，走进屋里去拿帽子。吉娣跟着她进去。她觉得如今连华仑加也变了。她没有变坏，但变得同她原来所想象的不同了。

“嗬，我好久没有这样笑过了！”华仑加收拾起伞和提包说，“您爸爸真好！”

吉娣不作声。

“我们什么时候再见面哪？”华仑加问。

“妈妈想去看看彼得罗夫他们。您不去吗？”吉娣试探着华仑加的态度，说。

“我去的，”华仑加回答，“他们准备回去，我答应去帮助他们收拾行李。”

---

① 德国银币。

“好，那我也去。”

“不，您去做什么？”

“为什么不去？为什么不去？为什么不去？”吉娣抓住华仑加的伞，不让她走，睁大眼睛说，“不，等一等，为什么不去？”

“没什么。您爸爸回来了，再说他们看到您去会拘束的。”

“不，您告诉我，为什么您不愿让我常常到彼得罗夫家去？您不是不愿意吗？为什么不愿意？”

“我没有这样说过。”华仑加镇定地说。

“不，请您告诉我！”

“全都告诉您吗？”华仑加问。

“全都告诉我，全都告诉我！”吉娣接口说。

“嗯，其实也没什么特别的事，只是米哈伊尔·阿历克赛维奇（指画家）本想早些走，现在却不想走了。”华仑加微笑着说。

“说下去！说下去！”吉娣阴郁地望着华仑加，催促道。

“嗯，不知怎的，安娜·巴夫洛夫娜说他不愿意走是因为您在这儿。这当然不成理由，但他们的争吵是为了这事，是为您而引起的。说实在的，这些病人的脾气都很暴躁。”

吉娣越来越皱紧眉头，一言不发。华仑加竭力安慰她，想使她平静，因为看到吉娣马上要爆发了，但不知道究竟会怎样：是放声痛哭还是倾吐冤屈？

“所以您还是不去的好……您要明白，您不要生气……”

“我这是活该！我这是活该！”吉娣急急地说，从华仑加手里夺过伞来，避开朋友的眼睛。

华仑加看到朋友孩子气的愤怒，忍不住要笑，但又怕冒犯她。

“怎么是您活该？我不明白。”她说。

“是我活该，一切都是假的，一切都是装出来的，不是出于本心。别人的事同我有什么相干？到头来弄得我成了争吵的原因，仿佛我做了人家没叫我做的傻事。因此一切都是假的！假的！假的！……”

“可为什么要装假呀？”华仑加低声说。

“哎，多么愚蠢，多么可恶！我完全不需要……一切都是假的！”她说，把伞打开又收拢。

“为了什么目的呢？”

“为了要在别人面前、自己面前、上帝面前显得好一点，为了欺骗大家。不，这样的事今后我再也不干了！宁可当傻瓜，也不说假话，不骗人！”

“到底谁在骗人哪？”华仑加用责备的口吻说，“您说话仿佛……”

吉娣按捺不住，大发脾气。她不让华仑加把话说完。

“我不是说您，根本不是说您。您是完美无缺的。对，对，我知道您是完美无缺的，但我是个傻瓜，有什么办法呢？如果我不是傻瓜，也不会发生这样的事了。我是个怎样的人，就让我怎样好了，我可不愿装假。安娜·巴夫洛夫娜同我有什么相干！他们爱怎么过，就怎么过；我爱怎么过，就怎么过。我不能改变本性……这一切都不对头，不对头！……”

“什么事不对头哇？”华仑加困惑地说。

“一切都不对头。我只能凭良心过日子，可您的生活循规蹈矩。我喜欢您就是喜欢您，而您喜欢我恐怕只是为了要挽救我，开导我！”

“您这话不公平。”华仑加说。

“我又没有说别人，我只是说我自己。”

“吉娣！”传来母亲的声音，“到这儿来，把你的项链拿来给爸爸看看。”

吉娣没有同朋友和解，却露出傲慢的神气，拿起桌上的项链盒子，到母亲那里去了。

“你怎么啦？你的脸色怎么这样红？”母亲和父亲异口同声地问。

“没什么，”她回答，“我马上就来。”说着她又往回跑。

“她还没有走！”她想，“叫我对她说些什么好呢，老天爷！我做了什么啦，我说了什么啦！我为什么要对她发脾气呀？叫我怎么办？我对她说些什么好呢？”吉娣想，在门口站住了。

华仑加戴上帽子，拿着伞，坐在桌旁，察看着被吉娣弄断的弹簧。她抬起头来。

“华仑加，请您原谅我，原谅我！”吉娣走到她面前，喃喃地说，“我记不起来我刚才说了些什么。我……”

“我实在不想使您难过。”华仑加含笑说。

吉娣同华仑加和解了。自从父亲回来以后，吉娣觉得整个世界都变了。她不放弃她所学到的一切，但明白她想照她的愿望生活，那只是自我欺骗。她仿佛猛醒过来，觉得要不装假，不说假话，维持她理想的精神境界，那是多么困难哪。她感觉到，她所生活的世界充满悲伤、疾病和垂死的人，又是多么叫人难堪。她为了爱这个世界而作的努力，确实使她很痛苦。她想赶快回俄国，回叶尔古沙伏，去呼吸呼吸新鲜空气。

她从信里知道陶丽姐姐已带着孩子到了叶尔古沙伏。

但她对华仑加的爱并没有淡薄。吉娣在同她告别时，要求她到俄国去看他们。

“您结婚的时候，我会去的。”华仑加说。

“我永远不结婚。”

“嗳，那我就永远不去看你们了。”

“好吧，那我就为这个去结婚。您可千万要记住您的诺言哪！”吉娣说。

医生的预言证实了。吉娣恢复了健康，回到俄国。她不像以前那样快活，那样无忧无虑，但很平静。她在莫斯科的不幸遭遇已经成为过去。

第 三 部

1

谢尔盖·伊凡诺维奇·柯兹尼雪夫在长期脑力劳动之后想休息一下。他不像往年那样出国旅行，却在五月底来到乡下弟弟家里。他认为田园生活是最美好的，如今就到弟弟家来享受这种生活。列文看到他来特别高兴，因为知道今年夏天尼古拉哥哥不会来了。不过，尽管列文很敬爱柯兹尼雪夫，他同哥哥一起在乡下生活却觉得无聊。看到哥哥对乡村的态度，他就觉得别扭，简直还有点不愉快。对列文来说，乡村是生活的地方，是欢乐、痛苦和劳动的地方；对柯兹尼雪夫来说，乡村既是劳动后休息的场所，又是驱除都市乌烟瘴气的消毒剂，他相信它的功效，乐于享用。对列文来说，乡村好就好在它是劳动的场所，而劳动又是绝对有益的；对柯兹尼雪夫来说，乡村所以特别好，就因为住在那里可以而且应当无所事事。此外，柯兹尼雪夫对老百姓的态度，也使列文有点生气。柯兹尼雪夫说，他了解并且喜爱老百姓，常常同农民谈话，善于同他们交谈，不装腔作势，十分自然，每谈一次话，都使他得出有利于老百姓的结论，因此足以证明他了解他们。列文不喜欢像哥哥这样对待老百姓。对列文来说，老百姓是共同劳动的主要参加者。不过，虽然他对农民怀着敬意和一种近乎骨肉之情——他自认为所以有这种感情，多半是由于吮吸了农家出身的乳母的奶汁——虽然他同他们一起劳动时，对他们的力气、温顺和公正感到钦佩，但当共同的事业需要其他品德时，他又会对他们的粗心、疏懒、酗酒和撒谎感到恼火。要是有人问列文爱不爱老百姓，他一定不知道该怎样回答。他对老百姓也像对其他一切人那样，又爱又不爱。当然，他为人心地善良，对任何人都是爱超过不爱，对老百姓也是这样。但是，他不能把老百姓当作一种特殊的人物来对待，因为他不仅同老百姓生活在一起，不仅同他们利害完全一致，而且因为他自以为是老百姓中的一员，没有看到自己和他们有什么不同，不能拿自己同老百姓进行对比，此外，虽然他作为东家和调解人，尤其是作为顾问（农民都很信任他，往往从四十里[①]外跑来向他求教），长期同农民保持着密切联系，他对老百姓却没有固定的看法。要是问他了解不了解老百姓，那也会像问他

① 本书的“里”一律指“俄里”，每俄里等于1.06公里。

爱不爱老百姓那样，使他感到难以回答。说他了解老百姓，那等于说他了解一切人。他经常观察和研究各种各样的人，其中包括农民。他认为他们是善良而有趣的，他在他们身上不断发现新的特点，因此不断改变对他们的看法，同时也在不断形成新的观点。柯兹尼雪夫正好相反。他拿他所不爱好的生活同田园生活相比较，因而爱好和赞赏田园生活。同样，他拿他所不喜欢的那个阶级的人同老百姓相比较，因而也就喜欢老百姓，而且把老百姓看得同其他人截然不同。在他那思路清楚的头脑里对老百姓的生活明确地形成了一种固定的观念。这种观念部分来自生活本身，但多半是由于同别种生活相比较而产生的。他对老百姓的看法和对他们的同情，从来没有改变过。

每逢兄弟俩对老百姓的意见发生争论时，柯兹尼雪夫总是占上风。柯兹尼雪夫对老百姓的为人，他们的性格、特点和趣味有一定的看法，而列文却没有固定的见解，因此逢到争论时，列文往往自相矛盾。

在柯兹尼雪夫看来，他的弟弟是个好青年，良心放在正中（像他用法语所表达的），虽然头脑灵敏，但容易凭一时观感行动，因此往往前后矛盾。他有时以做哥哥的宽厚胸怀来对弟弟进行谆谆教导，但同他争论却觉得索然无味，因为他实在不堪一击。

列文认为哥哥是个才智卓越、教养有素的人，道德高尚，办公益事业有特殊才干。但是，列文年纪越大，对哥哥的了解越深，在他的内心深处就越发经常想，这种他自己完全缺乏的办公益事业的能力，也许不是什么特长，相反，倒是由于身上缺乏一种什么东西——不是缺乏善良、正直、高尚的愿望和趣味，而是缺乏活力，缺乏所谓良心这种东西，缺乏志向，缺乏那种促使一个人从无数生活道路中选择一条并且为之奋斗终生的志向。他对哥哥了解越深，越发现哥哥和其他许多办公益事业的人其实并不真正关心公益，而只是理智地认为这项工作是正当的，因此才认真去做罢了。使列文增强这种信念的是，他发现哥哥对公共福利和灵魂不朽的问题，一点也不比对棋局或者一架灵巧的新机器更感兴趣。

除此之外，列文同哥哥在一起感到别扭，还因为夏天在乡下列文总是忙于农活，白天虽然很长也来不及把各种工作做完，而柯兹尼雪夫却在休息。不过，他现在虽在休息，也就是说不在写作，却习惯于脑力活动，喜欢把浮上脑际的思想，用简明优美的语言表达出来，并且喜欢讲给别人听。他最经常和天然的听众就是他的弟弟。因此，不论他们的关系多么亲密无间，列文觉得丢下他一个人总有点说不过去。柯兹尼雪夫喜欢躺在草地上晒太阳，晒得热乎乎的，同时懒洋洋地聊聊天。

“你真不会相信，”他对弟弟说，“这种乌克兰式的懒散对我有多么惬意。头脑里空空如也，一片宁静。”

但是列文坐着听他说话觉得无聊，特别是因为他知道，要是他不在，农民就会把厩肥运到没有耕过的地里，要是他不在旁边监督，天知道他们会把它扔在什么地方；犁铧也不会拧紧，听任它们脱落，然后说什么新式犁不中用，还不如他们的老式犁好，等等。

“这样热的天，你跑得也够了。”柯兹尼雪夫对他说。

“不，我还要到账房去一下。”列文说着又往田野里跑去。

2

六月初发生了一件意外的事。老保姆兼管家阿加菲雅把一罐刚腌好的蘑菇往地窖里送时，滑了一下，跌倒了，伤了手腕。当地一位医生，一个刚从医学院毕业的饶舌青年跑来诊治。他检查了手腕，说没有脱臼，就给她扎上绷带。他留下来吃饭，显然很高兴能有机会同大名鼎鼎的柯兹尼雪夫谈话。为了表示他对事物抱有开明观点，就把当地一切流言蜚语统统告诉他，还抱怨地方自治会干得不好。柯兹尼雪夫用心听着，不时向他提出些问题。他因为来了一位新听众很兴奋，滔滔不绝地谈个不休，发表了一些很有水平的一针见血的见解，博得了青年医生的钦佩。这样，他又处在他弟弟熟悉的那种经过一场精彩热烈的谈话后就会出现的兴奋状态。医生走后，柯兹尼雪夫想带钓竿到河边去。他爱好钓鱼，似乎还因为有这种无聊的嗜好而沾沾自喜。

列文要到耕地和牧场上去，就自告奋勇，驾马车把哥哥带去。

这是夏季收播交接的时节。今年的收成已成定局，开始准备明年的播种，而割草的时候也到了。现在，黑麦已全部抽穗，但颜色还是灰绿的，没有灌浆，轻轻地迎风摇摆；幼嫩的燕麦，夹杂着一簇簇黄草，参差不齐地生长在迟种的田野上；早荞麦长势旺盛，盖没了土地；休耕地被牲口踩得像石头一样坚硬，已经翻耕好一半，只留下一条条田间小路；黄昏时分，分布在田野里的一堆堆干粪的味儿混合着青草的蜜香，散发开来；在洼地上，河边的草地伸展得像一片海洋，中间夹杂着一堆堆酸模的黑色茎秆，正等待着收割。

这是一年一度紧张收获前的短暂休息时节。丰收在望，白天晴朗炎热，夜晚短促多露。

兄弟俩到草地上去要穿过树林。柯兹尼雪夫一路上欣赏着枝叶扶疏的树林的美景，时而给弟弟指指阴面发黑、夹杂着黄色托叶的含苞待放的老菩提树，时而指指今年新生幼树的翡翠般嫩芽。列文不喜欢说话，也不喜欢听哥哥对自然景色的赞叹。他觉得语言会破坏自然美景。他只随声附和着，心里却不断想着别的事。过了树林以后，他们的注意力全部被高地上休耕地的景象吸引住了。在休耕地里，有的地方野草正在发黄，有的地方被践踏过了，割成一块块方格，有的地方积着一堆堆厩肥，有的地方已经翻耕过了。有一队大车在田野里前进。列文数了数大车，看到需要的东西都运出来了，心里很高兴。他一看到草地，思想就转到割草问题上去了。他对于割草总是特别兴奋。到了草地上，列文勒住了马。

朝露还残留在茂密的矮草上。柯兹尼雪夫怕沾湿脚，要求弟弟把马车驶过草地，直到钓鲈鱼的柳树丛旁。列文很舍不得他的草，但还是把马车赶到草地上。长得高高的草温柔地缠绕着车轮和马脚，把种子沾在湿漉漉的车辐和车毂上。

哥哥整理好钓竿，坐在树丛下。列文从车上解下马，把它拴好了，走进密不通风的灰绿色野草的海洋中。在积水的洼地上，丝带一般柔软光泽的草长得齐腰高，结满了成熟的种子。

列文穿过草地，走到大路上，遇见一个老头儿，一只眼睛浮肿着，掮着个蜂箱。

“怎么？你捕获了一窝蜂吗，福米奇？”他问。

“哪里是捕获的，康斯坦京·德米特里奇！能保住自己的就算不错了。这已经是第二次离窝了……亏得小伙子们把那窝蜂捉了回来。他们当时正在耕您的地。他们解下马，骑着就赶上了……”

“喂，福米奇，你倒说说，现在就动手割草还是再等几天？”

“还等什么！照我们的习惯，是得等到圣彼得节。不过您总是比人家割得早一些。那就不等了，上帝保佑，草好得很呢！这些草料够牲口吃的了。”

“你看天气怎么样？”

“那可要看老天爷了。天气八成不会错的。”

列文走到哥哥跟前。柯兹尼雪夫一无所获，但并不感到无聊，而且情绪很好。列文看出他同医生谈得津津有味，还想再谈谈。列文呢，正好相反，他一心想早些回家，好安排明天割草的人，解决他十分关心的割草问题。

“好了，我们走吧。”他说。

“忙什么呀？再坐一会儿。瞧你浑身上下都湿透了！虽然没有钓到鱼，我可很高兴。钓鱼打猎的好处就是可以接近大自然。这蓝莹莹的水真是太美啦！”他说，“这种芳草萋萋的河岸常常使我想起一个谜语——你知道是什么吗？‘草对河水说：我们总是摇摆不停，摇摆不停。’”

“我不知道这个谜语。”列文没精打采地回答。

3

“你知道吗？我在想你的事。”柯兹尼雪夫说，“照那位医生的话看来，你们县里的情况真是太糟了。那小子生得倒不笨。我以前对你说过，现在我还是这么说：你不出席会议，完全不过问地方自治会的事，这样不好。要是正派人推开不管，事情就糟了。我们出了钱，付了工资，可是没有学校，没有医生，没有接生婆，没有药房，什么也没有。”

“唉，你要知道，我试过了，”列文不大乐意地低声回答，“我不行！有什么办法呢！”

“为什么你不行？老实说，我不明白。不关心，没有能力，我看都不是；难道只是因为懒惰吗？”

“统统不是。我试过了，我明白我无能为力。”列文说。

他不太注意哥哥说的话。他望望河对岸的耕地，看见一个黑魆魆的东西，但看不清光是一匹马，还是管家骑在马上。

“你到底为什么会无能为力呀？你试过了，你认为没有成功，因此就灰心丧气了。你怎么这样没有自信心哪？”

“自信心嘛！”列文被哥哥的话刺痛了，说，“我不明白。我念大学的时候，要是有人对我说，别人懂得微积分，我不懂，我就会觉得丧失自信心。但这里首先得肯定，干这种事要有一定的才干，首先必须相信这种事是很重要的。”

“怎么！难道这种事不重要吗？”柯兹尼雪夫说。使他不快的是，弟弟并不重视他关心的事，尤其是弟弟简直没有在听他。

“我并不认为重要，也不感兴趣，那有什么办法呢？……”列文回答。他看出骑马跑来的确是管家。管家准是已让农民们离开耕地，他们正在把犁翻转过来。“难道真的已经全耕完了？”他想。

“嗯，你听我说，”哥哥聪明俊美的脸上露出不快的神色，说，“凡事总有个界线。不随波逐流，做个忠厚老实、不爱虚伪的人，这当然很好，这一切我都明白。不过，你说的话要不是毫无意思，就是十分荒谬。你既然热爱老百姓，怎么能认为为老百姓做的事并不重要，还肯定……”

“我可从来没有肯定过。”列文心里想。

“……你可知道他们没有人帮助就会活不成？无知的娘们把孩子活活折磨死，老百姓愚昧保守，听凭乡下文书摆布，你有力量，却不去帮助他们，因为你认为这事并不重要。”

柯兹尼雪夫认为弟弟所以这样，不出以下两种原因：“不是智力不足，看不出自己能做些什么，就是不愿牺牲个人的安宁和放下架子。但我不知道究竟是出于哪一种原因。”

列文觉得他除了屈服或者承认自己对公益事业不热心之外，没有别的办法。这使他感到委屈和痛苦。

“两者都有，”他毅然地说，“我看不出有什么可能……”

“什么？合理安排资金，给人医疗条件，这难道是不可能的吗？”

“我觉得不可能……我们这个县的面积有四千平方里，一旦冰雪融化，路上一片泥泞，再加上暴风雪，农活忙，实行全县的免费医疗就不可能。再说，我根本就不相信医药。”

“嗳，对不起，这话可是不公平了……我可以给你举出千万个例子来……那么学校呢？”

“学校有什么用？”

“你这算什么话？难道教育的作用都可以怀疑吗？假如教育对你有好处，那么它对别人也会有好处的。”

列文觉得哥哥怀疑他的品德，为此感到委屈，并且十分气恼，不由得说出他对公益事业冷淡的主要原因来。

“也许这一切都是好的。可是，我何必为了我从不请教的医疗机构，为了我将来绝不会把我的孩子送去而农民也不愿把他们的孩子送去的那种学校而操心呢？再说，我还不信有必要把他们送去。”他说。

这个出其不意的反驳使柯兹尼雪夫听了一愣，但他随即想出一个新的进攻办法来。他沉默了一下，拉起一根钓竿，又抛到水里，笑嘻嘻地对弟弟说：

“嗯，对不起，你听我说……首先，医疗站总是需要的。你瞧，我们不是请来了站里的医生给阿加菲雅治伤吗？”

“嗐，我看她的胳膊伸不直了。”

“现在还难说……再说，会读书写字的农民、雇工对你也更有用处，更有价值。”

“不，你随便问谁都行，”列文断然回答，“雇工会读书写字反而更糟。他们又不会修路，桥一造好，又会被偷掉。”

“问题不在这里。”柯兹尼雪夫皱着眉头说。他不喜欢人家说话自相矛盾，特别是在辩论中不断改变论点，使人无从回答。“请问，你是不是承认教育对老百姓是有益的？”

“我承认。”列文漫不经心地说，但立刻感到他说的不是心里话。他觉得，要是他承认这一点，那就证明他的话都是站不住脚的。他不知道哥哥将怎样论证，但知道从逻辑上看，哥哥准会向他论证的。他期待着这样的论证。

事实上，哥哥的论证要比列文所预期的简单得多。

“如果你承认教育是有益的，”柯兹尼雪夫说，“那么，你既然是个正直的人，就不能不热爱、不能不支持这项事业，不能不甘心乐意为它出力。”

“但我还不能承认这是好事。”列文涨红了脸说。

“怎么？你刚才不是说……”

“我是说，我既不承认这是好事，也不认为它是办得到的。”

“你不花点力气，不可能理解这件事。”

“好，就算是这样吧。”列文嘴上这样说，心里却完全不是这么想，“就算是这样吧，但我还是不明白，为什么我要为这种事操心。”

“你这是什么意思？”

“不，既然我们已经讨论开了，那你就从哲学观点上给我解释一番吧！”列文说。

“我不明白这同哲学有什么关系。”柯兹尼雪夫说。列文觉得他的口气等于表示，对方没有资格谈论哲学。这可使列文大为生气。

“我老实对你说吧！”列文情绪激动地说，“我认为我们一切行为的动力无非是个人幸福。我是一个贵族，在地方自治会里，我看不到有什么东西会增加我的福利。道路没有改进，也不会改进；我的马只好拖着我在坎坷不平的路上颠簸。医生和医疗站我不需要，调解官我也用不着，我以前从不去麻烦他，以后也不会去麻烦他。我不但不需要学校，而且——我也对你说过——学校简直是有害无益。在我看来，地方自治机关只会使人增加负担，要每亩地缴纳十八戈比，还得坐车赶到城里去，在旅馆里过夜喂臭虫，听各种胡言乱语。何况个人利益也刺激不了我。”

“听我说，”柯兹尼雪夫笑着打断他的话，“我们在为解放农民而工作的时候，并没有受到个人利益的刺激呀，可我们还不是照样干啊。”

“不！”列文越来越激动地说，“解放农民，那可是另一回事。这里夹杂着个人利益。我们想摆脱那压在我们这一切善良人身上的枷锁。但是做一个地方自治会议员，就得讨论需要多少名清道夫，怎样铺设城市的下水道，可我又不住在城里；当陪审员去审判一个偷咸肉的农夫吧，那又得一连六小时听辩护人和检察员的胡言乱语以及审判长的问话；审判长问那个傻老头阿廖沙：‘被告先生，您承认偷窃咸肉这一事实吗？’老头儿却问：‘您在说什么呀？’”

列文说得忘乎所以，摹仿起审判长和傻老头阿廖沙的模样来。他自以为他的话都说在点子上。

柯兹尼雪夫却耸耸肩膀。

“吓，你这话到底是什么意思？”

“我只是想说，那些同我……同我个人利益有关的权利，在任何时候我都会全力去保卫。当年宪兵来搜查我们学生的信件时，我就曾全力保卫我们的权利，保卫我受教育和享受自由的权利。我懂得服兵役的意义，知道它关系到我的孩子、兄弟和我自己的命运。我愿意讨论那些同我有关的事，可是要我决定怎样支配地方自治会的四万卢布，或者要我审判傻子阿廖沙——我实在不懂这些事情，我也无能为力。”

列文的话好像决了堤，滔滔不绝地说个不停。柯兹尼雪夫微微笑了笑。

“也许明天就要审问你了。难道你情愿在旧刑事法庭上受审吗？”

“我不会受审的。我从来不杀人，没有理由审判我。就是这样！”他继续说，接着又扯开去了，“我们的地方自治机关就像三一节[①]插的桦树枝，看上去好像欧洲土生土长的桦树林，其实我真不愿意给它们浇水，也不相信它们会成长！”

柯兹尼雪夫耸耸肩膀，表示弄不懂在他们的争论中怎么忽然冒出个桦树林来，虽然他立刻明白了弟弟这番话的意思。

“对不起，这样是永远得不出结论来的。”他批评弟弟说。

不过，列文自己也知道他不关心公益事业，却还要为这个缺点辩护。他继续说下去。

“我想，”列文说，“任何活动如果没有个人利益做基础，是不可能持久的。这是个极其普通的哲学道理。”他说。他故意重复着“哲学”两个字，表示他同别人一样也有资格谈论哲学。

柯兹尼雪夫又微微一笑。“他也有一套合乎自己口味的哲学呢！”他想。

“吓，哲学，你还是别谈吧！”他说，“自古以来哲学的主要任务就在于寻求个人利益和共同利益之间的必要联系。这且不去说它，我现在只想纠正你的比喻。桦树不是插的，桦树是栽培的，是播种的，而且需要细心照顾。一个民族，只有认识他们制度的长处，并且加以重视，才有未来，才有历史地位。”

柯兹尼雪夫把问题引到列文所不懂的哲学和历史的范畴，并且指出他观点中的种种错误。

---

① 耶稣复活节后第五十天，通常适宜于植树。

"至于你不喜欢公益事业，恕我直说，这是由于我们俄国人的懒惰和贵族老爷的习气。我相信这是你一时的糊涂，将来会改正的。"

列文不作声。他觉得他被全面击败了，但又觉得哥哥并不理解他的话。这是由于他说话词不达意呢，还是由于哥哥不想理解他的意思，或者无法理解他呢。他没有去深入思考这个问题，也不反驳哥哥，却想到一件与此完全无关的私事。

列文不作声。他觉得他被全面击败了，但又觉得哥哥并不理解他的话。

柯兹尼雪夫收起最后一根钓竿，解下马，他们就回家了。

4

列文在同哥哥谈话时想到的那件私事就是：去年有一次去看割草，对管家大为生气，他就使用他那种控制情绪的方法——从一个农民手里拿过镰刀，亲自动手割草。

他很喜欢割草，亲自参加过好几次。他割了房子前面的一大块草地，而且今年开春就定下计划，要从早到晚同农民一起割几天草。哥哥来后，他一直在考虑，要不要去割草。让哥哥一个人整天待在家里，他觉得于心不安，又怕哥哥因此取笑他。但当他走过草地时，割草的情景便又浮上脑海，他几乎决定再次到草地上去劳动。在同哥哥做了那场激动的谈话以后，他又想到还是去割草好。

"我需要体力劳动，要不我一定又会发脾气了。"他想着，决定亲自去割草，也不管在他哥哥面前和老百姓面前会有多么尴尬。

傍晚，列文来到账房，安排好工作，派人到各村去召集明天割草的人，一起割那块最大最好的卡里诺夫草地。

“请您把我的镰刀送去给基特，叫他磨好明天送来，说不定我要亲自去割草。”他说，竭力装得若无其事。

管家笑了笑说：“是，老爷。”

晚上喝茶的时候，列文把这事告诉了哥哥。

“看样子天气稳定了，”他说，“明天我要去割草了。”

“我很喜欢这种劳动。”柯兹尼雪夫说。

“我太喜欢了。我有时就同农民一起割草，明天我要割它一整天。”

柯兹尼雪夫抬起头来，好奇地望望弟弟。

“你这是什么意思？像农民一样，割上一整天？”

“是的，干这活可有劲儿啦！”列文说。

“作为一种运动，这是再好也没有了，只怕你未必受得了。”柯兹尼雪夫一本正经地说。

“我试过了。开头很累，后来也就习惯了。我想我不会落后的……”

“噢，原来如此！那么你倒说说，农民对这件事会有什么看法？恐怕他们会笑他们的老爷是个怪人吧。”

“不，我想不会。这是一项愉快而辛苦的劳动，大家根本没工夫想什么。”

“那你怎么同他们一起吃饭呢？总不能把法国红葡萄酒和油炸火鸡送到那边去吧？”

“没问题，我只要在休息时回家一次就行了。”

第二天早晨，列文起得比平时早，可是因为安排农活耽搁了一会儿，当他来到草地上的时候，农民们已经在割第二行了。

他在山上就看见下面那片已经割了一部分的茂盛草地，还有一行行割下的灰草和一堆堆衣服——那是割草人在割第一行时脱下的。

他骑马跑得越近，就越清楚地看见一长串割草的农民，他们挥动镰刀的姿势各各不同，有的穿着上装，有的只穿一件衬衫。他数了数，一共是四十二个。

他们在高低不平的低洼草地上慢慢移动，那里曾经有一个古老的堤坝。列文认出几个熟人，其中有叶米尔老头，他穿着很长的白衬衫，弯着腰挥动镰刀；还有小伙子华西卡，他给列文赶过车，此刻正大刀阔斧地割着每一行草；还有列文的割草师傅基特，这是一个瘦小的农民。基特走在最前面，也不弯腰，仿佛在随意舞弄镰刀，却割下很宽的一行草。

列文下了马，把它系在路旁，走到基特跟前。基特从灌木丛里拿出一把镰刀，交给他。

“磨好了，老爷。它快得像剃刀，草一碰上就会断掉。”基特微笑着脱下帽子，把镰刀交给列文。

列文接过镰刀试了试。割草的农民割完一行，满头大汗，高高兴兴地一个个走到大路上，来同老爷打招呼。他们都望着他，但没有一个人开口，直到一个身穿着皮短袄、满脸皱纹、没有胡子的高个子老头向他说话，大家才说起话来。

“老爷，您得留神，既然上了手，可不能掉队呀！”他说。列文听见割草农民勉强克制的笑声。

“我尽力不掉队就是了。”他说，站在基特后面，等待开始。

“留点神哪！”老头儿又说。

基特让出了地位，列文就跟在他后面。草很短，靠近道路的地方特别韧。列文好久没有割草了，又受到众人的注视，因此有点紧张，他虽然拼命挥动镰刀，开头还是割得很糟。他听到背后人家在议论他：

“镰刀装得不好，柄太长了，瞧他的腰弯得太低了。”一个人说。

“握得低一些就好了。”另一个说。

“不要紧，没关系，割割就会好的。”老头儿继续说，“瞧他干起来了……你割得太宽了，这样会累坏的……东家在为自己卖力气呀！瞧他割得多不整齐！要是我们这样干，就要挨骂了。”

后面的草比较柔软。列文听着他们的话，没有答理，跟在基特后面，竭力想割得好一些。他们前进了一百步光景。基特片刻不停，一个劲儿向前割去，没有丝毫疲劳的样子；可是列文已经在担心，怕不能坚持到底，他实在累坏了。

他觉得他的力气已经使尽，就决定叫基特停下来，但就在这时候，基特自动停了下来，弯下腰抓起一把草，把镰刀擦擦干净，动手磨刀。列文伸伸腰，叹了一口气，向四周环顾了一下。一个农民走在他后面，显然也累了，因为他没有走到列文跟前，就站在那儿，磨起刀来。基特磨快自己的镰刀，又替列文磨了磨。他们继续前进。

第二次还是这样。基特连续不断地挥动镰刀，片刻不停，也不觉得疲劳。列文跟在他后面，竭力不落后。他感到越来越累，觉得身上的力气一点也没有了，就在这时，基特停下来磨镰刀。

他们就这样割完了第一行。割完这一长行，列文觉得特别费力。等到割完了，基特把镰刀往肩上一搭，沿着刚才割草时留下的足迹慢吞吞地走回来，列文也就沿着他自己的足迹往回走。尽管汗水从他面颊上，从他鼻子上雨水般流下来，他的背也湿透了，像刚从水里起来一样，他还是感到很高兴；他感到特别高兴的是，现在他知道他能够坚持下去了。

但使他扫兴的是，他的那一条割得很难看。“我要少动胳膊，多动身子。”他一面想，一面拿基特割的笔直的一行同自己割的弯弯曲曲、参差不齐的一行作着比较。

列文发现，基特割第一行割得特别快，而这一行又特别长，大概是有意想试试老爷的力气。以后几行就比较省力了，但列文还是得使出浑身力气，才不至于落在农民后面。

他什么也不想，也不希望什么，一心只求不落在农民后面，尽可能把活儿干好。他耳朵里只听见镰刀的飒飒声，眼睛前面只看见基特越走越远的笔直的身子、割去草的弧形草地、碰着镰刀像波浪一样慢慢倒下去的青草和野花，以及前面——这一行的尽头，到了那儿就可以休息了。

在劳动中，他忽然觉得他那热汗淋漓的肩膀上有一种凉快的感觉，他不明白是怎么一回事，是怎么产生的。他在磨刀的时候抬头望望天空。飘来一片低垂的沉重乌云，接着大颗的雨点就落下来了。有些农民走去把上衣穿起来；有些农民像列文一样，只感到清凉舒服，愉快地耸耸肩膀。

他们割了一行又一行，有的行长，有的行短，有几行草好，有几行草差。列文完全丧失了时间观念，压根儿不知道此刻是早是晚。劳动使他起了变化，给他带来很大的快乐。在劳动中，有时他忘乎所以，只觉得轻松愉快。在这样的时刻，他割的那一行简直同基特割的一样整齐好看。但他一想到他在做什么，并且存心要割得好些，就顿时感到非常吃力，那一行也就割得很糟了。

他又割完一行，正要换行，可是基特停下来，走到高个子老头儿跟前，低声对他说了些什么。两人都望望太阳。“他们在说些什么，为什么他不换行啊？”列文想，没有考虑到他们已经不停地割了四个多钟头，该吃早饭了。

“该吃饭了，老爷。”老头儿说。

“到时候了吗？啊，那就吃吧！”

列文把镰刀交给基特，同那些到放衣服的地方去拿面包的农民一起，穿过被雨稍稍淋湿的一大片割过的草地，向他的马走去。这时他才想到，他看错了天气，他的干草都被雨淋湿了。

“干草要糟蹋了。”他说。

“不要紧，老爷，雨天割草晴天收嘛！”老头儿说。

列文解下马，回家去喝咖啡。

柯兹尼雪夫刚刚起床。列文喝完咖啡，又去割草。这时柯兹尼雪夫还没有穿好衣服进餐室呢。

5

早饭以后，列文在行列中的位置变了，他的一边是个爱开玩笑、要求同他并肩割草的老头儿，另一边是那个去年秋天刚成亲、头一次出来割草的小伙子。

那老头儿挺直身子，两脚向外撇，稳健地大踏步向前走去，同时像走路时随便摆动两臂那样，轻松地把草割下来，堆成整齐的高高的草垛。仿佛不是他，而是锋利的镰刀自动割下多汁的青草。

小伙子米施卡走在列文后面。他那青春焕发的可爱脸庞因为使劲而牵动着，他的头发用新鲜的草扎住。不论谁向他瞧瞧，他总是露出微笑。看样子，他是死也不肯承认，干这活是很累的。

列文夹在他们两人中间。他觉得大热天割草并不太费力。浑身出汗使他感到凉快，而那烧灼着他的脊背、头部和肘部以下裸露的双臂的太阳，却给他增添了劳动的毅力和干劲。他越来越频繁地处在那种忘我的陶醉状态。镰刀自动地割着草。这真是幸福的时刻。更愉快的是，当他们走到行列尽头的河边时，老头儿用湿草擦擦镰刀，把刀口浸到清清的河水里洗濯，又用装磨刀石的盒子舀了一点水，请列文喝。

“喂，尝尝我的克瓦斯！怎么样，味道好吗？”他眨眨眼睛说。

列文确实从没喝过这种带有绿萍和铁皮磨刀石盒锈味的温水。喝过水以后，他一只手撑着镰刀，心旷神怡地慢慢踱着步。这当儿，可以拭去流下来的汗水，深深吸一口气，望望排成一长行的割草人以及树林里和田野上的景色。

列文割得越久，越频繁地处在忘我的陶醉状态中，仿佛不是他的双手在挥动镰刀，而是镰刀本身充满生命和思想，自己在运动，而且仿佛着了魔似的，根本不用思索，就有条不紊地割下去。这实在是最幸福的时刻呀。

只有当他遇到土墩或者难割的酸模，需要考虑该怎么割时，他才停止这种无意识的动作，感到劳动是费力的。老头儿干这活儿一直很轻松。遇到土墩，他就改变姿势，时而用刀刃，时而用刀尖，小幅度地从两边割去土墩周围的草。他一面割，一面总是留神观察前面的景象。他一会儿割下一段酢浆，自己当场吃掉或者给列文吃；一会儿用刀尖割下一段树枝；一会儿看看鹌鹑的巢，母鸟怎样从刀尖下飞走；一会儿又在路上捉到一条蛇，用镰刀像叉子一样把它挑起来，给列文看看，又把它扔掉。

列文也好，他背后那个小伙子也好，要这样改变劳动姿势都很困难。他们两人不断重复着一种紧张的动作，沉浸在劳动的狂热中，没有本领改变这动作和观察前面的景象。

列文没有注意时间在怎样过去。要是有人问他割了多久，他会说才半小时，其实已是吃午饭的时候了。当他们割完一行转过身来时，老头儿叫列文看看那些从四面八方走来的男女孩子。他们的小手拿着一袋袋沉甸甸的面包和用破布塞着的一罐罐克瓦斯，穿过几乎遮没他们身子的高高的草丛和道路，向割草的农民走来。

"你瞧，那些小虫子爬来了！"他指指孩子们说，接着手搭凉棚望望太阳。

他们又割了两行，老头儿站住了。

"哦，老爷，该吃饭了！"他断然说。割草的农民走到河边，穿过刚割过的一行行草地，向堆放衣服的地方走去。送饭来的孩子正坐在那边等他们。农民们聚集起来；远的聚在大车旁边，近的聚在铺着青草的柳树底下。

列文坐在他们旁边，他不想走开。

农民们在老爷面前早已一点也不觉得拘束了。他们在准备吃饭。老头儿们在洗脸，小伙子们在河里洗澡，也有人在安排休息的地方。他们解开面包袋，打开装克瓦斯的罐子。那老头儿把面包掰碎，放在碗里，用匙柄揉压，从磨刀石盒里倒些水，再捏些面包进去，又撒了些盐，接着就向东方祷告。

"哦，老爷，您尝尝我的泡面包吧！"他跪在碗前面说。

这泡面包味道实在好，列文吃得不想回家去吃饭了。他同老头儿一起吃饭，跟他闲话家常，并且把自己的事和老头儿可能感兴趣的情况全告诉了他。他觉得他对待这老头儿比对待哥哥还亲。想到他竟会有这样的感情，他不禁亲切地笑了。老头儿又站起来，做了祷告，然后拿一把草当枕头，在矮树旁躺下。列文也照他的样做了。尽管太阳底下有纠缠不清的苍蝇和爬得他汗湿的面孔与身体发痒的虫子，但他很快就睡着了。直到太阳移到矮树的另一边，照在他身上的时候，他才醒过来。老头儿早已起来，坐在那里给小伙子们磨镰刀。

列文向四下里看了一下，简直不认得这地方了。一切都变了样。有一大片草地割过了，它在夕阳的斜照下，连同一行行割下的芬芳的青草，闪出一种异样的光辉。那河边被割过的灌木，那原来看不清的泛出钢铁般光芒的弯弯曲曲的河流，那些站起来走动的农民，那片割到一半的草地上用青草堆起来的障壁，那些在割过的草地上空盘旋的苍鹰——一切都显得与原来不同了。列文清醒过来，估量着已经割了多少，今天还能割多少。

四十二个人割草的成绩很不错。这块大草地，在农奴制时代三十个人要割两天，如今已全部割好了。只剩下几个短行的边角还没有割。列文希望这一天割得越多越好，因此看到太阳很快就要落山，有点懊丧。他一点也不觉得疲劳，一心只想尽可能多干些，干得快些。

“我们把马施金高地也割了，你说怎么样？”他问老头儿。

“看上帝的意思吧。太阳已经不高了。您给小伙子们喝点伏特加好不好？”

午饭以后，大伙儿又坐下来，吸烟的人吸起烟来，这时候老头儿向大家宣布：“割完马施金高地，请大伙儿喝伏特加。”

“嘿，行啊！走吧，基特！我们加把劲！晚上来喝个痛快吧。走吧！”大家异口同声地说。他们不等吃完面包，就又干了起来。

“喂，弟兄们，打起精神来！”基特说着，一马当先，像跑步一般走去。

“走吧，走吧！”老头儿说着，跟在他后面，一下子就赶上了他，“当心哪！我可要赶过你了！”

小伙子和老头儿都争先恐后地割着草。他们割得很快，却没有把草糟蹋，一行行照样割得整整齐齐。剩下的一个角落只花五分钟就割完了。最后几个人割完他们剩下的几行，前面几个已拿起上衣往肩上一搭，穿过大路向马施金高地走去。

当他们带着叮当作响的磨刀石盒，走进马施金高地树木茂盛的谷地时，太阳已经快落到树梢后面了。谷地中央的草长得齐腰高，草茎很软，草叶很阔，树林里处处都是三色堇。

大家简短地商量了一下，究竟直割好还是横割好，然后叶尔米林一马当先，向前走去。他个儿高大，皮肤黧黑，也是个出名的割草能手。他走在行列前头，回过头来，开始割草。大家跟在他后面，沿着谷地走下山坡，又来到山坡上树林的边缘。太阳落到树林后面去了。已经有露水了，割草的农民只有在小山上才照得到太阳，但在有雾霭升起的低地和小山的另一边，他们就在阴凉的露珠滚滚的地方割草。活儿干得热火朝天。

割草时，野草飒飒作响，散发出芬芳的香味，高高地堆成一行又一行。割草的农民从四面八方聚集到短短的一行行草地上，把磨刀石盒震得铿锵作响，一会儿是镰刀的碰击声，一会儿是磨刀声，一会儿又是欢乐的喧闹声，大家都你追我赶地割着。

列文仍旧夹在小伙子和老头儿中间。老头儿穿上羊皮袄，还是兴致勃勃，说着笑话，动作很麻利。树林里，杂生在青草丛中的肥大的桦树菌，不时被镰刀割断，老头儿一遇到蘑菇，就弯下腰，捡起来放在怀里。“再给老太婆送个礼。”他每次总是这样说。

尽管刈割湿润而柔软的草并不费劲，但是沿着谷地的斜坡爬上爬下却很吃力。可是老头儿满不在乎。他仍旧那样挥动镰刀，他那穿着一双大树皮鞋的脚，稳稳当当地迈着小步，慢吞吞地爬上斜坡。虽然由于使劲，他整个身子和拖到衬衫下面的短裤都在不断晃动，但他并不放过一根小草、一个蘑菇，而且仍旧跟农民和列文说着笑话。列文跟在他后面，常常觉得拿着镰刀爬那种空手都很难爬的陡坡准会摔跤；但他还是爬了上去，做了应该做的事。他觉得仿佛有一种外力在推动着他。

6

农民们割完马施金高地，割净最后几行草，就穿起上衣，高高兴兴地走回家去。列文骑上马，恋恋不舍地同他们分了手，跑回家去。他从高地上回头望了一下，看到洼地上升起一片迷雾，农民们已经看不见了，只听到他们快乐而粗野的说话声、笑声和镰刀互相碰击的声音。

列文满头大汗，蓬乱的头发粘在前额上，晒得黑黑的脊背和胸部也汗水淋漓。他兴高采烈地冲进哥哥房里。这时候，柯兹尼雪夫早已吃过午饭，在屋里喝着放冰块的柠檬水，翻阅着刚从邮局送来的报纸和杂志。

“嘿，我们把一块草地全割完啦！真是太好了，太好了！你今天过得怎么样？”列文完全忘记了昨天不愉快的谈话，说。

“老天爷！你弄成个什么样子啦！”柯兹尼雪夫不高兴地望望弟弟，说，“喂，门，快把门关上！”他叫起来，“准有十只苍蝇被你放进来了。”

柯兹尼雪夫最讨厌苍蝇，他的房间只有夜间才开窗，门一直关得很紧。

“我保证一只也没有。就是放进来，我也会把它捉住的。你真不知道割草有多愉快！你今天一天过得怎么样？”

“我过得很好。难道你真的整整割了一天草吗？我想你一定饿得像头狼了。顾士玛什么都给你准备好了。”

“不，我并不想吃。在那边吃过了。我现在去洗个脸。”

“哦，去吧，去吧，我回头就到你那里去。”柯兹尼雪夫望着弟弟摇摇头，说。“快去吧！”他微笑着加了一句，然后收拾好书报，准备走。他忽然高兴起来，不愿意离开弟弟。“刚才下雨的时候你在哪儿啊？”

“那算什么雨？只下了几滴。我马上就来。那么你今天过得很好，是吗？啊，那太好了！”列文说着就去换衣服。

过了五分钟，兄弟俩在餐室里又相遇了。列文并不觉得饿，他坐下来吃饭只是为了不让顾士玛扫兴，但是他一开始吃，却又觉得这顿饭特别香。柯兹尼雪夫笑眯眯地望着他。

“哦，对了，你有一封信。”他说，“顾士玛，请你去拿一拿，在楼下。别忘了把门关上。”

信是奥勃朗斯基寄来的。列文把它读了出来。奥勃朗斯基从彼得堡写道：“我收到陶丽来信。她在叶尔古沙伏，一切都很不顺利。请你到她那里去一下，给她出出主意，你什么事都在行。她看到你一定很高兴。她只剩下一个人，怪可怜的。我岳母一家还在国外。”

“啊，太好了！我一定要去看看她，”列文说，“要不我们一块儿去。她这人挺好。不是吗？”

“他们离这儿远吗？”

“有三十里的样子。不，恐怕有四十里，不过路很好走。坐车去很方便。”

“那太好了！”柯兹尼雪夫一直微笑着，说。

弟弟那副样子使他也高兴了。

“嗬，你胃口不错呀！”他望着他那伏在盘子上的晒得黑里透红的脸和脖子，说。

“好极了！你真不会相信，这是治疗各种傻气的妙方呢。我要给医学增加一个新名词：*劳动疗法*①。”

“嗳，我看你用不着这样治疗。”

“是的，但凡是神经有毛病的人都用得着。”

“可这得验证一下。我本想到割草场去看看你，可是天气热得实在叫人受不了，我走到树林那儿就不想再走了。我在那儿坐了一会儿，就穿过树林走到村子里，遇见你的奶妈，向她打听农民对你的看法。据我了解，他们并不赞成你的做法。她说：‘这不是老爷做的事。’总之，我觉得老百姓对他们所谓‘老爷的’活动有很严格的规定。他们不让老爷们做超过他们规定的事情。”

“也许是这样，但这种乐趣是我生平从没尝到过的。我看也没有什么不对的地方。

---

① 原文为德语。

可不是吗？”列文回答说，“如果他们不高兴，那又有什么办法？不过我想不要紧。是吗？”

“总之，”柯兹尼雪夫说下去，“我看你今天过得很满意。”

“十分满意。我们把整块草地都割好了。我还在那边认识了一个挺有意思的老头儿！你真想不到他这人多有意思！”

“那么，你今天过得很满意啰。我也是这样。首先，我解决了两个棋题，其中一个特别妙，一开头就出卒子。这我待会儿要走给你看的。后来我又想到了我们昨天的那场谈话。”

“什么？昨天的那场谈话？”列文说。他怡然自得地眯着眼睛，饭后饱得鼓起腮帮，实在想不起昨天有过一场什么样的谈话。

“我认为你有几分是对的。我们的分歧在于，你把个人利益当作动力，我却认为凡是有一定教养的人都应当关心公共福利。你说的可能也有道理，从物质利益出发开展活动更合乎大家的愿望。总的说来，你的脾气*太容易激动了*——正像法国人说的那样——心血来潮，要干就干；你要么凭一股热情拼命大干，要么什么事也不做。”

列文听着哥哥的议论，却什么也没听明白，他也不想明白。他只担心哥哥不要向他提出什么问题来，因为这样就会被哥哥看出他什么也没有听进去了。

“就是这样，老弟。”柯兹尼雪夫拍拍他的肩膀说。

“是的，那个当然。那又有什么关系！我并不坚持我的意见。”列文带着孩子气的羞怯微笑回答。他想：“我同他究竟争论过什么事？当然啰，我是对的，他也是对的，一切都很好。我现在要到账房去把事情安排一下。”他站起来，伸了个懒腰，脸上浮起微笑。

柯兹尼雪夫也微微一笑。

“你要出去，那我们一起走吧！”他不愿离开他那生气勃勃、精神抖擞的弟弟，说，“既然你要到账房去，我们就一起走吧。”

“哎呀，老天爷！”列文大叫一声，弄得柯兹尼雪夫吃了一惊。

“什么事，什么事？”

“阿加菲雅的手怎样了？”列文敲敲脑袋说，“我把她给忘了。”

“好多了。”

“哦，我还是跑去看她一下。不等你穿好衣服，我就可以回来了。”

说着他像打响板一样啪的一声碰响靴跟，跑下楼去。

7

奥勃朗斯基为了完成一项重要的公务到彼得堡去。这种公务局外人无法理解，但对官场中人来说却是最自然不过的。不完成这种公务就无法在官场供职，无法使部里想到自己。在完成这项任务的同时，奥勃朗斯基几乎随身带上家里所有的钱，兴致勃勃地在赛马场和别墅里消磨日子。就在这时候，陶丽带着孩子到乡下去住，以便尽可能节约开支。她来到了叶尔古沙伏村，那边的地产原是她的陪嫁，也就是春天刚卖掉林产的地方，离列文的波克罗夫斯克村大约有三十里。

叶尔古沙伏巨大的旧宅早已拆毁，老公爵就把厢房重新翻造，加以扩建。二十年前，当陶丽还是个孩子的时候，厢房还很宽敞舒服，虽然也像一般厢房那样盖在甬道的一侧，方向也不朝南。如今厢房已经破旧了。当奥勃朗斯基春天出卖林产的时候，陶丽就要求他看看房子，吩咐管家做些必要的修理。奥勃朗斯基也同一切变心的丈夫一样，特别关心妻子生活上的舒适，亲自察看房子，做了他认为必要的安排。他认为必须把全部家具都换上新的提花装饰布，挂上窗帘，整理好花园，在池塘上架一座小桥，种上各种花草；可是他忘记其他许多必要的事情，弄得陶丽后来受罪不浅。

奥勃朗斯基虽然竭力想做个体贴入微的父亲和丈夫，却总是不能牢记他是个有家室的人。他喜欢过单身汉生活，迷恋这种生活方式。他一回到莫斯科，就得意扬扬地向妻子宣布，一切都已准备好了，房子修缮一新，布置得像个神话世界。他再三劝她搬到那里去住。在奥勃朗斯基看来，妻子下乡的好处很多：可以增进孩子们的健康，可以节省开支，他自己也可以更自由些。陶丽则认为到乡下过夏对孩子们是必要的，特别是对那个患猩红热后还没有复原的女孩子，再说还可以借此摆脱那经常折磨她的种种屈辱，暂时拖延木柴商、鱼贩和鞋匠的小额欠款。此外，她高兴下乡，还因为想把吉娣叫到乡下来住一阵。吉娣将在仲夏时节回国，医生要她用水浴疗法。吉娣从温泉写信来说，同陶丽一起到充满童年回忆的叶尔古沙伏来消夏，她觉得没有比这更令人神往的事了。

村居头几天，陶丽觉得生活很艰苦。她小时候在乡下住过，在她的印象中，乡村是逃避城市各种烦恼的场所，乡下的生活虽然十分冷清（这一层陶丽是不在乎的），但很便宜舒服：样样东西都有，样样都很便宜，样样都可以弄到，对孩子们也很有好处。这回她作为一个主妇来到乡下，却发现根本不像她原先所想的那样。

她们到乡下的第二天就下了一场倾盆大雨。夜里，走廊和育儿室里漏水，只得把小床搬到客厅。找不到厨娘；九头母牛，照挤奶妇说，有的已怀孕，有的刚养过头胎，有的太老，有的奶汁很少；没有奶油，连孩子吃的牛奶都不够。鸡蛋也没有。母鸡弄不到，只好拿一些又老又瘦的公鸡来煮和油炸。找不到洗地板的女工，因为大家都到马铃薯地里去了。不能乘马车出去玩，因为马的性子很躁，不能拉车。没有地方洗澡，因为整个河滩都被牲口踏坏了，而且暴露在大路旁；连散步都不行，因为牲口穿过坍倒的栅栏，到处乱闯，还有一头可怕的公牛大声吼叫，看来像要顶人。可以放衣服的柜子也没有一个。衣柜是有的，但柜门不是关不拢，就是逢到人在旁边走过就会自动打开来。铁锅和瓦罐也没有，洗衣室里没有蒸汽锅，下房里连烫衣板都没有一块。

开头几天，陶丽没有片刻安宁和休息，却遇到对她来说是可怕的灾难，使她大失所望。她竭力张罗，还是觉得束手无策，时刻都在忍住涌上眼睛的泪水。管家原是司务长出身，生得相貌堂堂，彬彬有礼，很得奥勃朗斯基的欢心，因此从看门人的职务被提升上来。可是他一点也不能体会陶丽的苦恼，总是一本正经地说："毫无办法，老百姓就是这样可恶。"但什么忙也帮不了。

看来是一点办法也没有了。但是在奥勃朗斯基家里，也像在别的家庭里那样，有一个不受人注目却极其重要、极其有用的角色，那就是马特廖娜。马特廖娜安慰太太，向她担保说，一切都会解决的（这是她的口头禅，马特维就是从她那里学来的）。说着她自己也就不慌不忙地干起活来。

马特廖娜立刻同女管家搞好关系，第一天就同她和管家一起在槐树下喝茶，商量各种问题。不久，槐树下就成了马特廖娜的俱乐部。就在这里，通过这个由女管家、村长和办事员组成的俱乐部，生活上的困难渐渐克服，一个礼拜以后，所有的问题真的都解决了。屋顶修好了；厨娘（村长的干亲）找到了；母鸡买来了；母牛开始出奶了；花园用栅栏围起来；木匠做了个轧布机；衣柜装上搭钩，门就不会自动打开；还做了块用粗布包住的烫衣板，搁在安乐椅扶手和五斗橱上；下房里也就散发出烫衣服的味儿来了。

"您瞧！您不是总以为没有办法吗？"马特廖娜指着烫衣板说。

他们甚至用干草搭了一个洗澡棚。莉莉首先到那儿去洗澡。对陶丽来说，她的部分愿望实现了，她开始享受虽然还不安宁但还算舒服的乡村生活。带着六个孩子，陶丽是不得安宁的。平常总是一个孩子病了，另一个孩子像要生病的样子，第三个孩子缺乏营养，第四个孩子显得脾气暴躁，等等。难得，十分难得有几天太平日子。但这些操劳和忧虑，对陶丽来说，却是唯一能够获得的幸福。要是没有这些事情，她就会独个儿思念那并不爱她的丈夫。不过，虽然常常担心孩子们生病，有的孩子真的病了，有的孩子爱发脾气，这些都使做母亲的十分苦恼，然而孩子们如今也都开始以微小的快乐来补偿她的苦难了。这种快乐是那么微小，就像沙里的金子一样。在她不愉快的时刻，她只看到苦难，只看到沙子；但在心情愉快的时刻，她却只看到快乐，只看到金子。

现在，在这种冷清清的乡村生活中，她越来越经常地意识到这种快乐。她往往静静地望着他们，竭力在心里说服自己，她做得不对，她作为母亲，太偏爱自己的孩子了；但她还是无法不对自己说。她的六个孩子个个都很可爱，尽管长得不一样，却都是少见的好孩子，她因此感到幸福，感到自豪。

8

五月底，村居生活大致安排好了，陶丽收到丈夫来信，回答她对乡间紊乱情况的诉苦。他在信里请求她原谅，因为他考虑得不周到，并且答应一有机会就来看望他们。但这样的机会一直没有出现，直到六月初陶丽还是单身住在乡下。

在圣彼得节[①]前的礼拜天，陶丽带着全体孩子到教堂去领圣餐。她在同妹妹、母亲和朋友推心置腹地谈论哲学问题时，她在宗教上的自由思想常常使她们感到惊奇。她笃信奇怪的轮回说，却很少关心宗教教义。不过，在家庭里她却严格遵守一切教规，并且不是做做样子，而是诚心诚意。孩子们将近一年没有领受圣礼了，这使她很不安，因此在马特廖娜的完全赞同和支持下，她决定今夏去参加这种仪式。

陶丽几天前就在考虑怎样打扮她的几个孩子。衣服有的要缝制，有的要改，有的要洗，还要利用褶边和绉边放长，钉上纽扣，准备好缎带。为了英籍家庭女教师给塔尼雅改制的那件衣服，陶丽大为生气。那英国女人改这件衣服时，弄错了地位，肩膀开得太高，结果把整件衣服都糟蹋了。塔尼雅穿在身上，肩膀窄得极其难看。亏得马特廖娜设法嵌进一块三角衬，再加上一个披肩，才把这缺点掩盖了。衣服总算补救好，但陶丽差点同那英国女人吵起嘴来。不过第二天一切都舒齐了，不到九点钟——九点钟是他们要求牧师举行圣餐的时间——孩子们个个打扮得漂漂亮亮，高高兴兴地站在门口马车旁边，等着他们的母亲。

靠了马特廖娜的情面，他们套车不用烈性的黑马，而用管家那匹棕色马。陶丽因梳妆打扮而耽搁了一阵，终于穿着一身雪白的薄纱连衫裙，出来坐上马车。

陶丽兴奋地用心梳好头发，穿上衣服。她从前梳妆打扮是为了自己，为了使自己

---

① 圣彼得节在俄历六月底。

美丽动人。后来，年岁越大，她就越不喜欢打扮；她发觉自己年老色衰了。但今天她又心情愉快地打扮了一番。她不是为自己打扮，不是要自己好看，而是因为她是这几个可爱的孩子的母亲，她不愿损害他们一家给人的总印象。她最后照了一次镜子，感到满意了。她确实很美。不是她以前参加舞会时的那种美，而是适合她今天地位的那种美。

教堂里除了农民、佣人和他们的家眷外没有别的人。但是陶丽看出，或者感觉到，她和她的孩子们引起了他们的赞叹。孩子们不仅因为打扮漂亮而显得好看，他们的举止行动也很可爱。不错，阿廖沙站得不太好，老是回过头去想看看自己上衣的背部，但还是显得十分可爱。塔尼雅站着像个大人，照顾着弟妹。最小的女孩莉莉对什么都露出天真的惊讶神气，特别招人喜爱。她领过圣餐，又用英语说了一句："请再给我一点儿。"这时大家都忍不住笑了。

教堂里除了农民、佣人和他们的家眷外没有别的人。但是陶丽看出，或者感觉到，她和她的孩子们引起了他们的赞叹。

回家的路上，孩子们仿佛做了一件庄严的事，个个都很安静。

到家以后一切也都很顺利，可是吃早餐的时候，格里沙吹起口哨来，更坏的是不听英国教师的话，因此被罚不准吃馅饼。在这种高兴的日子，要是陶丽在场的话，她是不会同意罚孩子的，可是她当时不在，事后又不能不维持英国教师的威信，只好同意罚格里沙。这件事使大家多少有点扫兴。

格里沙哭着说，尼古拉也吹过口哨，却没有受罚，他哭不是为了吃不到馅饼——

这个他不在乎——他哭是因为对待他不公平。这事确实叫人太难过了。陶丽决定同英国教师商量一下，饶恕格里沙。她就去找英国教师，但就在这当儿，当她经过客厅的时候，看到一个动人的景象，使她心里乐滋滋的，眼泪忍不住夺眶而出。她也就饶恕了这个罪人。

罪人坐在客厅的角窗上，塔尼雅拿着盘子站在他旁边。她假装要喂洋娃娃吃点心，要求英国教师答应她把她的一客馅饼拿到育儿室，其实却把这客馅饼拿去给弟弟吃。他一面继续哭诉着对他的处分不公平，一面吃着姐姐送来的馅饼，同时抽抽噎噎地说："你自己也吃吧，我们一起吃……一起吃。"

塔尼雅先是因为怜悯格里沙，后来又因为意识到自己行为的高尚，感动得热泪盈眶，但她并没有拒绝吃她的一份点心。

他们看见母亲来了，吓了一跳，但仔细察看她的脸色，懂得他们做得对，就笑起来。他们嘴里鼓鼓地塞满馅饼，双手擦着微笑的嘴唇，把他们容光焕发的脸涂满眼泪和果酱。

"我的妈呀！一件雪白的新衣服哇！塔尼雅！格里沙！"母亲说着，竭力想保住塔尼雅的连衫裙，但眼睛里含着泪水，脸上浮起幸福的微笑。

新衣服都脱下来了，给女孩子们换上短衫，男孩子们换上旧上装，还吩咐预备好马车——使管家懊恼的是他那匹棕色马又被套上车了——出去采蘑菇和洗澡。育儿室里响起一片欢腾的尖叫声，直到他们出发才停止。

他们采了满满一篮蘑菇，连莉莉都找到了桦树菌。以前总是古里小姐先找到，再指给她看，可是今天她自己找到了一个很大的桦树菌，引得大家都欢呼起来："莉莉找到了大蘑菇！"

随后他们来到河边，把马拴在桦树下，就下去洗澡。车夫杰仑基把不断摆动尾巴驱逐苍蝇的马拴在树上，自己在草地上躺下来，在桦树荫下抽烟斗；从浴场那边不断传来孩子们欢乐的尖叫声。

照顾这些孩子，不让他们调皮捣蛋，可费劲呢；要记住从各人身上脱下的袜子、裤子和鞋，解开又系上带子和扣好纽扣，也很麻烦，但陶丽自己一向喜欢洗澡，认为洗澡对孩子们的健康很有益处，因此觉得没有比同孩子们一起洗澡更快乐的事了。检阅一双双胖鼓鼓的腿子，给他们穿上长袜，把他们光溜溜的小身体抱在怀里，再浸到水中，同时听着他们又惊又喜的尖叫；看着这些气喘吁吁的小天使，浑身淌着水，睁着一双双惊奇而快乐的眼睛，她觉得有说不出的快乐。

有一半孩子已穿好衣服。这时候有几个出来采药草的农妇，穿着漂亮的衣服，来到洗澡的地方，怯生生地站住了。马特廖娜叫住了一个，要她把掉在水里的浴布和衬衫拿去烘干。陶丽同农妇攀谈起来。那些农妇开头都捂着嘴笑，没有听懂她问的话，但不多一会儿胆子大了，开始说话，并且由于对孩子们表示了真心的叹赏，使陶丽对她们发生好感。

“啊呀，你真是个小美人，像砂糖一样白，”一个农妇欣赏着塔尼雅，摇摇头说，“就是太瘦了……”

“是啊，她生过病。”

“瞧你，她们也给你洗澡了。”另一个对着婴儿说。

“没有，他才三个月呢。”陶丽得意扬扬地回答。

“是吗？”

“那么，你有孩子吗？”

“本来有四个，现在只剩下两个了：一男一女。女儿今年春上才断了奶。”

“她多大了？”

“两岁。”

“你喂奶怎么喂得这么长啊？”

“我们的习惯要喂三个斋期……”

接着谈到了陶丽最关心的问题：分娩的情况怎样？婴儿得过什么病？丈夫在哪里？是不是经常回家？

陶丽简直不愿离开这些农妇，因为同她们谈话实在太有趣了，她同她们的趣味实在太一致了。陶丽最高兴的是，她清楚地看到，这些农妇都很羡慕她有这许多孩子，而且他们又长得这样可爱。她们使陶丽感到好笑，却使那个英国女人生气，因为她成了她们哄笑的对象。她衣服穿得最慢，有一个年轻的农妇眼睛一直盯住她。当她穿第三条裙子的时候，那个年轻的农妇忍不住评论说：“哎，穿了一条又一条，简直穿不完了！”她这样一说，引得大家都哈哈笑起来。

9

当陶丽头上包着围巾，由那群刚洗过澡、头发湿漉漉的孩子簇拥着，乘车回家去的时候，车夫说：

“有位老爷来了，大概是波克罗夫斯克的老爷。”

陶丽往前一望，看见了列文熟悉的身影，他戴着灰色帽子，穿着灰色大衣，向他们迎面走来。她感到很高兴。她一向高兴看到他，这会儿，在她开心的时候看到他，更加高兴。再没有人比列文更能赏识她的人品了。

他一看见她，眼前就浮现出他想象中的未来家庭生活的画面。

“您简直像只母鸡，达丽雅·阿历山德罗夫娜。”

“啊，我见到您真高兴！”她向他伸出手去说。

“您高兴见到我，却不让人家知道您在这里。我哥哥住在我那里。我收到斯基华的信，才知道您到乡下来了。”

“斯基华给您写信了吗？”陶丽惊奇地问。

“是的，他来信说您搬来了，他想您会答应让我来帮您点儿忙的。”列文说，这话他一出口，立刻感到尴尬，连忙住了口，默默地跟着马车一起走。他摘下菩提树的嫩芽，放在嘴里咀嚼。他觉得尴尬，因为他猜想，这种本来应该由丈夫做的事情，现在却要外人来帮助，陶丽会不愉快的。奥勃朗斯基拿自己的家务事去麻烦别人，这种作风陶丽确实很不喜欢。她也立刻明白，列文懂得这一层。就因为列文懂得这种细致的感情，陶丽才特别喜欢他。

“当然，我明白，”列文说，“这只是说您想看看我，我也很高兴看到您。当然，我能想象，您这位城里太太一定觉得这里太不文明了。要是您有什么需要的话，我愿意为您效劳。”

“嗳，不！”陶丽说，“开头是有点不方便，亏得我这位老保姆，如今一切都安排得很好了。”她说着指指马特廖娜。老保姆知道在说她，快乐而亲切地对列文微微一笑。她认识列文，知道他是小姐的理想对象，很希望这桩婚事能够成功。

“您请上车吧，我们这里可以挤一下。”她对他说。

“不，我要走走。孩子们，谁愿意同我一起跟马赛跑哇？”

孩子们不大认得列文，不记得什么时候见过他，但他们看见他并不觉得畏怯和嫌恶——孩子们遇到装腔作势的大人往往会产生这种古怪的感觉，而且感到难受。不论在什么场合，装腔作势也许能欺骗最精明老练的大人，但你即使掩饰得再巧妙，也仍然骗不过一个最迟钝的孩子。列文身上纵然有缺点，他却从不装腔作势，因此孩子们很喜欢他，就像他们从母亲脸上看出她对他的感情那样。听到他的邀请，两个大孩子立刻跳下车来，同他一起奔跑，就像他们同奶妈、古里小姐或者母亲一起奔跑那样。莉莉也要求到他那里去，母亲就把她交给他；他就让她坐在肩上，掮着她跑。

“您不用害怕，您不用害怕，达丽雅·阿历山德罗夫娜！”列文一面说，一面快乐地向她微笑，“我不会摔倒，她也不会掉下来的。”

母亲看到他那灵活有劲、小心翼翼而过分紧张的动作，放心了。她望着他，脸上露出快乐而赞许的微笑。

在这乡下，同孩子们和他所喜欢的陶丽在一起，列文不禁产生了孩子般快乐的心情。陶丽特别喜欢他这种心情。列文一面同孩子们跑步，一面教他们体操，又用他的蹩脚英语逗得古里小姐咯咯发笑。他还把他在乡下的情况讲给陶丽听。

午饭以后，陶丽同列文坐在阳台上谈天，谈到了吉娣。

"您知道吗？吉娣要到这儿来同我一起过夏天。"

"真的吗？"他涨红了脸说，接着为了改变话题又说，"那么，给您送两头母牛来好吗？如果您一定要算钱，那就每个月付给我五个卢布，只要您不怕难为情。"

"不，谢谢您。我们全安排好了。"

"哦，那么让我看看您的牛。要是您答应，我来指点指点怎样喂饲料。关键在于饲料。"

列文为了改变话题，就跟陶丽大谈养牛之道，指出一头母牛就是一架把饲料加工成牛奶的机器，等等。

他嘴里这样说，心里却极想听听有关吉娣的详细情况，但又怕听到。他怕的是他心里好容易才平静下来，这一回又要被破坏了。

"是的，不过这些事得有人照料，可是叫谁来照料呢？"陶丽垂头丧气地回答。

她靠了马特廖娜的帮助，已经把家务安排得妥妥帖帖了。她不愿作任何变动，再说她也不相信列文的农业知识。说母牛是制造牛奶的机器，她是怀疑的。她觉得这种理论只会妨碍农业。她觉得这一切其实要简单得多：只要像马特廖娜说的那样，给花牛和白肚牛多喂一点饲料和饮料，不让厨子把泔脚拿去喂洗衣妇的母牛就是了。这道理很清楚。至于说到面粉饲料和草类饲料的理论，那是靠不住的，听不懂的。不过，最主要的是她想谈谈吉娣的事。

10

"吉娣写信给我，说她现在最希望的是孤独和安静。"陶丽沉默了一会儿，说。

"她的身体好一点了吗？"列文激动地问。

"感谢上帝，她完全复原了。我从来就不相信她会有痨病。"

"啊，那太好了，我真高兴！"列文说。当他说这话并且默默地瞧着她的时候，陶丽觉得他脸上有一种无可奈何的可怜神气。

“您听我说，康斯坦京·德米特里奇，”陶丽脸上露出善良而带有几分嘲弄的微笑，说，“您为什么生吉娣的气呀？”

“我？我没有生气。”列文说。

“不，您生气了。您在莫斯科的时候，为什么不到我们家来，也不到她们那边去呢？”

“达丽雅·阿历山德罗夫娜，”他说，脸一直红到头发根，“我简直弄不懂，像您这样好心肠的人，怎么会没发觉这一层。您怎么一点都不同情我，当您知道……”

“我知道什么呀？”

“您总该知道，我去求过婚，但被拒绝了？”列文说。刚才他对吉娣还满腔柔情，这时却因为觉得受到了侮辱而愤恨起来。

“为什么您认为我会知道呢？”

“因为这件事人人都知道了。”

“嗳，这一层您可错了。这事我确实不知道，虽然也猜想过。”

“噢，那您现在知道了。”

“我原先只知道发生了一件使她很痛苦的事，但她请求我再不要提起那件事。既然她没有告诉我，那她也绝不会对别人说的。你们到底发生过什么事？您告诉我吧。”

“我已经告诉您了。”

“这是什么时候的事？”

“我最后一次去你们家那一天。”

“我老实对您说吧，”陶丽说，“我非常、非常可怜她。您痛苦的只是自尊心受到了伤害……”

“也许是吧，”列文说，“但是……”

她打断了他的话：

“可是她这个可怜的人，我真替她难过。现在我了解您了。”

“啊，达丽雅·阿历山德罗夫娜，请您原谅我！”他站起来说，“我走啦，达丽雅·阿历山德罗夫娜！再见。”

“不，等一下！”她抓住他的袖子说，“等一下，再坐一会儿。”

“我请求您，我请求您，这事我们不要再谈了！”他一面说，一面坐下来，觉得被埋葬了的希望又在他心里翻腾起来了。

“如果说我以前不喜欢您，”陶丽说，眼睛里洋溢着泪水，“如果说我以前不像现在这样了解您……”

那种原以为已经消逝的感情逐渐复活，控制了列文的心。

“是的，我现在全明白了，”陶丽继续说，“这一点您是不会了解的；你们男人自由自在，可以任意选择对象，你们自己总是很清楚，爱的是谁。可是一个待嫁的姑娘，她总是那么害羞，她只能远远地看着你们男人，听到什么话都只好相信，而且一个姑娘往往还感到她不知道说些什么好。”

“是的，如果心里没有明确的想法……”

“不，心里想法是有的。可是您要明白：你们男人看上一个姑娘，就找上门去，去接近她，观察她，看看她是不是您的意中人，等到您确信您爱她时，就去求婚……”

“嗯，情况并非完全这样。”

“反正等到你们的爱情成熟了，或者在两个对象中选定了一个，你们就去求婚。可是人家不会去问一个姑娘。即使希望她自己选择，她也不可能选择，她只能回答：同意或者不同意。”

“是啊，她在我和伏伦斯基之间作了选择。”列文心里想。希望在他的心里复活，接着又死去了，只是痛苦地揪着他的心。

“达丽雅·阿历山德罗夫娜，”他说，“衣服或者别的什么商品是这样选择的，可爱情不是。选择定了就好了……可不能反复呀。”

“唉，自尊心哪自尊心！”陶丽说，仿佛自尊心是女人所理解的感情中最卑下的一种，因此很蔑视它。“当时您向吉娣求婚，她正好无法回答您。她犹豫不决。犹豫的是：要您还是要伏伦斯基。当时她天天都看到他，却好久没有看到您了。要是她年纪大一些，要是我处在她的地位，就不会犹豫了。我一向对他很反感。事情也就这样完啦。”

列文想起了吉娣的回答。她当时说：“不，这不可能……”

“达丽雅·阿历山德罗夫娜，”他冷冷地说，“我珍重您对我的信任，但我想您误会了。不过，不管我做得对不对，您那么蔑视的自尊心却使我不可能去想卡吉琳娜·阿历山德罗夫娜。说实在的，绝对不可能。”

“我只想再说一句：您要明白，她是我的亲妹妹，我爱她就像爱自己的孩子一样。我不说她爱您，我只想说，她当时的拒绝并不能说明什么问题。”

“我不知道！”列文跳起来说，“您真不知道您是怎样刺痛了我的心哪！好比您死了一个孩子，人家还要对您说：他是一个多好的孩子啊，他理应活下去呀，您看到他会多高兴啊！可是事实上，他死了，死了，死了……”

"您这人真可笑。"陶丽不管列文的激动，带着苦笑说，"是的，我现在越来越明白了。"她若有所思地说下去，"那么，等吉娣来了，您不到我们这儿来吗？"

"不，我不来。当然，我并不是要避开卡吉琳娜·阿历山德罗夫娜，不过我尽量避免因我在场而使她不愉快。"

"您这人真是太可笑了，"陶丽亲切地凝视着他的脸，重复说，"好，那就算我们根本没谈过这事。塔尼雅，你来做什么？"陶丽用法语问进来的女孩子。

"妈妈，我的铲子在哪儿啊？"

"我说法语，你也要说法语。"

女孩子想说，可是忘记法语铲子该怎么说。母亲提示了她，塔尼雅就用法语又问了一遍，铲子在哪里。这使列文觉得很反感。

现在他觉得陶丽的家庭和她几个孩子完全不像以前那么可爱了。

"她为什么要同孩子们说法语？"他想，"这有多别扭，多做作呀！孩子们也感觉到这一点。学会了法语，却牺牲了朴素的语言。"他心里想。他不知道这一层陶丽已反复思考过不知多少次了，但尽管她觉得牺牲了朴素的语言，还是不得不用这种方法来教孩子们。

"那您还要赶到哪儿去呀？坐一会儿吧。"

列文留下来喝茶，但他已经兴致索然，感到坐立不安了。

喝过茶，列文走到门厅吩咐套车。等他回到屋子里，他看见陶丽神情激动，脸色阴郁，眼睛里含着泪水。当列文出去吩咐套车时，发生了一件事，一下子把她今天的快乐和因孩子而自豪的情绪粉碎了。原来格里沙和塔尼雅为了争皮球而打起架来。陶丽听见育儿室里的叫声，跑了过去，看见一个不愉快的场面。塔尼雅揪住格里沙的头发，格里沙气得脸色发青，挥动拳头往她身上乱打。陶丽看到这情景，她的心都要碎了，仿佛黑暗笼罩了她的生活：她明白她那么引以为自豪的孩子其实都是些极其平凡的，甚至是不好的，教养很差，染有野蛮粗暴习气的坏孩子。

她无法说和考虑别的事情，她不能把她的不幸讲给列文听。

列文看见她很不高兴，就竭力劝慰她，说这并不证明有什么不好，凡是孩子都喜欢打架。他嘴里虽这样说，心里却想："不，我不会装腔作势同孩子们说法语；只要不宠坏孩子，不损害他们的天性，他们就会长得很可爱了。是的，将来我的孩子不会是这样的。"

他告辞了，她也不再挽留。

11

七月中旬，离波克罗夫斯克二十里的列文姐姐地产所在地的村长来见列文，报告农业和割草的情况。他姐姐地产的收入主要靠春季水淹的草地。往年，割下的草是以每亩二十卢布的价钱卖给农民的。列文掌管这份地产后，他观察了割下来的草，发现价值应该高些，就定了每亩二十五卢布。农民不肯出这个价钱。列文还怀疑他们挡掉了其他买主。这样，列文就亲自跑到那里，决定部分用雇工、部分按收成分摊的办法来割草。当地农民千方百计阻挠这种新办法，可是列文坚持这样做，结果第一年草地的收入几乎增加了一倍。前年和去年农民继续反对，但收割工作还是顺利进行。今年农民按三分之一分成的办法割草，现在村长跑来报告说草已经割完，他怕天下雨，就请了账房，当着他的面分了草，而且已给东家收了十一堆干草。列文问起那块大草地上总共收了多少干草，那个没有征得同意就擅自分了草的村长回答时吞吞吐吐。列文又从一个农民的语气中听出，这次分草有毛病，就决定亲自到那边去检查一下。

列文在午饭时刻来到那个村庄，把马留在他哥哥奶妈的丈夫——他的一个老头儿朋友——家里，再到养蜂场去看这个老农，想从他那儿了解割草的详细情况。巴孟内奇老头相貌端正，喜欢饶舌，高高兴兴地接待列文，陪他参观他的全部产业，详细介绍了他的蜜蜂和今年蜜蜂分群的情况。但是列文问起割草的事，他却含糊其词，不乐意回答。这就更加证实了列文的猜测。他到割草场去检查干草堆。每堆干草不可能有五十车。为了拆穿农民们的花招，列文吩咐立刻把运干草的大车拉来，运一堆干草到仓库里去。结果一堆干草只有三十二车。不管村长怎样辩解，说干草很松，一堆起来就压实了，也不管他怎样赌咒发誓，列文还是坚持说，干草没有得到他的命令就分掉了，因此不能按每堆五十车接收。经过好一阵争论，问题解决了，这十一堆干草每堆按五十车计算归农民，东家的一份重新分配。这场谈判和干草的分配一直继续到下午。当分配到最后一批干草时，列文委托账房监督余下的工作，自己坐在用柳枝标出的干草堆上，欣赏着人声鼎沸的草地。

在他的面前，在沼泽后面的河湾上，有一群穿得花花绿绿、快乐地高声谈笑的农妇；松散的干草在嫩绿的草地上很快堆成一排灰色的长条草垛。农民们拿着草叉，跟在妇女后面，把草垛成一个个又宽又高的松软草堆。左边，大车在割过的草地上辘辘滚过，干草被一大叉一大叉地抛起来，草堆一个个消失，变成了一车车芬芳的干草，车上的干草满得一直垂到马尾上。

“真是割草的好天气！干草可出色啦！”坐在列文旁边的老头儿说，“简直香得像茶叶，不是干草！就像小鸭子捡起撒给它们吃的谷子一样！”他指指人们正在用草叉装车的一个干草堆说，“午饭后已经运走一大半了。”

“这是最后一车吗？”他大声问一个站在大车前座上挥动缰绳的小伙子。

“最后一车了，老爷！”小伙子勒住马，笑嘻嘻地回过头去，望望那坐在大车上也在微笑的面颊红润的农妇，大声回答，接着又赶车前进。

“这是谁呀？你的儿子吗？”列文问。

“我的小儿子。”老头儿亲切地微笑着说。

“多好的小伙子！”

“小伙子还不赖。”

“成亲了吗？”

“两年多了。”

“有孩子没有？”

“什么孩子！整整一年啥事也不懂，还怕羞呢。”老头儿回答。“瞧这干草！真正像茶叶一样香！”他想改变话题，又把刚才的话说了一遍。

列文留神打量着伊凡·巴孟诺夫和他的妻子。他们正在离他不远的地方装草。伊凡·巴孟诺夫站在大车上，接受、铺平和踏实大束大束的干草，那是他年轻美丽的妻子递给他的。她先是一大把一大把地抱给他，然后又用叉子灵活地叉给他。她干得轻松、利落、愉快。压实的干草不容易叉起来。她先把草耙松，把叉子戳进去，然后以富有弹性的敏捷动作把全身重量压在叉子上，接着又弓起系着红色宽带的脊背，再昂起身子，挺出她那白围裙下的丰满胸部，灵活地挥动叉子，把一束束干草高高地抛到车上。伊凡显然竭力想使她避免重复劳动，大大地张开双臂接住她抛来的干草，然后把它平铺在大车上。年轻的农妇耙拢最后一些干草，掸掉落到脖子里的草屑，拉正滑到没有晒黑的雪白前额上的头巾，钻到大车底下去捆车。伊凡指点她怎样把绳子系在横木上，听她说了句什么话，哈哈大笑着。这两口子的脸上都洋溢着刚刚觉醒的强烈的青春的爱情。

12

草车装好了。伊凡跳下车来，牵住那匹肥壮骏马的缰绳。他的妻子把耙扔在大车上，雄赳赳地摆动双臂，向聚在一起跳轮舞的农妇们走去。伊凡把车拉到大路上，加入干草车的队伍里去。农妇们又把耙掮在肩上，晃动花花绿绿的衣衫，尖声尖气地大声说笑，跟在草车后面。一个女人的粗野嗓子带头唱起歌来，唱到反复的地方，就有四五十个五花八门的嘹亮嗓子，有的粗犷，有的尖细，接下去，从头唱起这首歌来。

唱歌的女人们走近列文。他觉得仿佛是一片欢声雷鸣的乌云向他袭来。这乌云越来越近，包围了他。于是他躺着的草堆，还有别的草堆和大车，还有整块草地以及遥远的田野，一切都随着这片夹杂着呼喊、口哨和怪叫的粗野欢乐的歌声的节拍振动着，起伏着。列文羡慕这种健康的欢乐情景，很想参加到这种愉快的生活里去，但是他什么也不会，只有躺着旁观、倾听的份。当载歌载舞的农民消失时，一种因自己的孤独、无所事事和愤世嫉俗而产生的惆怅揪住了他的心。

有几个农民为干草的事同列文争得很凶，有的被他责骂过，有的想欺骗他，就是这些农民此刻都高高兴兴地向他鞠躬致意，显然一点也没有记他的恨，一点也没有后悔，甚至不记得他们曾经想欺骗他。这一切都淹没在欢乐的集体劳动的海洋里。上帝赐与光阴，上帝赐与力量。光阴和力量又都贡献给劳动，劳动本身就是奖赏。可是为谁去劳动？劳动会产生什么果实？这些事都无足轻重，微不足道。

列文一向很欣赏这种生活，一向很羡慕过这种生活的人，可是今天头一次，在他看见伊凡·巴孟诺夫对待年轻妻子的景象以后，他头一次清楚地意识到，要把他如此乏味、空虚、不自然的独身生活变成这种勤劳、纯洁、集体的美好生活，关键全在他自己。

跟他坐在一起的老头儿早就回家，人们都走散了。路近的回家去；路远的准备吃晚饭，在草地上过夜。列文没有被人察觉，继续躺在草堆上，观察着，倾听着，思索着。留在草地上过夜的人们，在这短促的夏夜几乎没有睡觉。先是听见一起晚餐时欢乐的谈笑，后来又听见歌声和笑声。

漫长的一天劳动，在他们身上除了欢乐没有留下什么痕迹。黎明以前万籁俱寂。只听得沼地里不停的蛙鸣和晨雾弥漫的草地上马的嘶声。列文苏醒了，从草堆上爬起来，仰望星星，他知道天快要亮了。

"啊，叫我怎么办呢？我做什么好呢？"他自言自语，竭力想把在这短促的夏夜所产生的思绪理出来。他的思绪有三个方面：第一个方面是抛弃他过去的生活，抛弃他那毫无用处的知识和教育。这种抛弃使他感到快乐，感到轻松。第二方面是关于他现在所向往的那种生活。他清楚地意识到这种生活的朴实、纯洁和合理，并且相信在这种生活中他能获得他所缺乏的满足、安宁和高尚品德。第三方面是怎样把现在的生活改变成新生活。这些思想在他的头脑里没有一种是明确的。"娶一个妻子吗？要有一个工作，非有一个工作不可吗？离开波克罗夫斯克吗？再买些田地吗？加入农民村社吗？娶一个农家女吗？我应该怎么办？”他又问自己，但不得要领。“不过，我通夜没有睡觉，头脑不清，”他自言自语，“以后会明白的。但有一点很清楚：我的命运昨天晚上决定了。我原来关于家庭生活的梦想都是荒唐的、不切实际的。事实上，一切都要简单得多，美好得多……”

“多美呀！”他仰望天空，凝视着那奇异的珍珠母壳般的朵朵白云，想，“在这美好的夜晚一切都是多么美好哇！这种珍珠母壳是什么时候形成的？刚才我望望天空，那里还什么都没有，只有两片白云。是的，我对人生的看法就是这样不知不觉地改变的！”

他走出草地，沿着大路向村子走去。吹起了阵阵微风，天空变得阴沉灰暗了。黎明前光明战胜黑暗的阴晦时刻来到了。

列文冷得瑟缩发抖，眼睛望着地面，急急地走去。“这是什么？有人来了。”他听见铃铛声，抬起头来，想。在四十步开外的地方，一辆顶上载着行李的四驾马车，正沿着野草丛生的大路迎面驰来。那两匹辕马避开车辙紧挨着辕杆，但是斜坐在驭座上的老练马车夫却让辕杆对准车辙，这样车轮就可以在平滑的地方滚动了。

列文只注意到马车，没有想到来的是谁，漫不经心地望了一眼。

马车里，一个老太婆在角落里打瞌睡，窗口坐着一位年轻的姑娘，双手拉住白色睡帽的绸带，看来刚刚睡醒。她容光焕发，若有所思，内心充满列文所不熟悉的复杂而细腻的活动，没有看见他，眺望着远方的曙光。

就在这个景象消失的一刹那，她那双恳切的眼睛对他瞧了一下。她认出他来了。一阵惊奇的喜悦使她的脸更加开朗了。

他不会看错的。这样的眼睛天下只有一双。能够把他全部生活的光明和意义集中起来的，天下只有一个人。这个人就是她，这个人就是吉娣。他知道她刚从火车站出来，要到叶尔古沙伏去。于是在这不眠之夜使列文激动的一切，他所作出的各种决定，一下子都消失了。他嫌恶地回忆起要娶个农家女的梦想。只有在那里，只有在这辆向另一头驰去的马车里，才能解决近来弄得他如此苦恼的生活之谜。

她没有再往外眺望。马车弹簧的声音听不见了，只有铃铛的声音还隐约传来。狗的吠声表明马车已经过了村庄，周围只剩下一片空旷的田野和前面的村子，还有他自己，孤零零的一个人，单独在荒凉的大路上走着。

他望望天空，满心希望再看到他刚才欣赏过的珍珠母壳般的云朵，因为这朵云象征着他今天夜里的全部思想和感情。天空中再没有像珍珠母壳一般的东西了。那边，在那高不可攀的空中发生了神秘的变化。珍珠母壳的痕迹也消失了，半边天空像铺着地毯一般，浮动着越来越小的云朵。天空变得蔚蓝而明朗了，但带着同样的温柔和同样的冷漠来回答他询问的目光。

“不，”他自言自语，“不论这朴实勤劳的生活多么美好，我可不再回来了，我爱她。”

13

除了卡列宁最亲近的人，谁也不知道这个表面极其冷静理智的人，却有一个同他整个性格格格不入的弱点。卡列宁听到或者看到孩子和女人的眼泪，总不能无动于衷。一看到眼泪，他就会手足无措，完全丧失思维能力。他的办公室主任和秘书知道这一点，总是预先关照来上诉的女人千万不要在他面前哭，如果她们不愿坏事的话。“他会生气，这样就不会听您的话了。”他们总是这样说。真的，在这种场合，眼泪往往会破坏卡列宁的情绪，使他突然发起火来。“我可无能为力。请您走吧！”遇到这种情况，他总是这样叫嚷。

安娜从赛马场回来向他坦白了她同伏伦斯基的关系，接着就用双手捂住脸哭起来。卡列宁当时对她虽然十分生气，但还是被她的眼泪弄得心慌意乱。他意识到这一点，意识到在这种时刻流露感情是不合适的，就竭力克制，一动不动，也不望她一眼。他的脸上因此露出死人一般异样的僵硬表情，使安娜感到惊讶。

他们回到家里，他扶她下了马车，竭力克制自己的感情，像平日一样彬彬有礼地同她道了别。作为缓兵之计，他说明天将把他的决定告诉她。

妻子的话证实了他最坏的猜疑，使他心里产生剧烈的创痛。这创痛由于她的眼泪引起他对她的怜悯而加剧了。可是当卡列宁单独坐在马车里的时候，他觉得完全摆脱了这种怜悯以及近来常常折磨他的猜疑和妒忌的痛苦。这使他又惊又喜。

他的感觉就像拔掉一只痛了很久的蛀牙，在经受了可怕的痛楚以后，仿佛从牙床上拔掉一样比脑袋还大的东西，他忽然发觉那长期妨碍他生活并且支配他全部注意力的东西不再存在。他又可以照旧生活，思索和关心牙齿以外的事情了。这样的幸福他简直无法相信。卡列宁的感觉就是这样的。这种古怪而可怕的痛楚，如今过去了，他真的又能照旧生活，又能不只考虑妻子的事了。

“她没有廉耻，没有良心，没有宗教信仰，完全是个堕落的女人！这一层我早就知道，早就看到了，虽然为了顾惜她，竭力欺骗自己。”他对自己说。他确实觉得他早就看到这一层。他回忆起他们以往生活的细节。以前他不觉得有什么问题，现在这些细节却清楚地表明，她本来就是一个堕落的女人。“我在生活上同她结合，这是一个错误，但这事不能怪我，因此，我不该受罪。过错不在我，”他对自己说，“过错在她。但她不干我的事。对我来说，她已经不存在了……”

他不再关心她和儿子将遭到什么命运。他对儿子的感情，也像对她的感情一样变了。现在他只关心一件事，怎样用最妥善、最得体、最方便因此也是最合理的方式洗雪由于她的堕落而使他蒙受的耻辱，继续沿着积极、诚实和有益的生活道路前进。

“我不能因一个下贱女人犯罪而遭殃，我只要能脱离她使我陷入的困境就好了。我一定能脱离的！”他自言自语，眉头越皱越紧，“我不是第一个，也不是最后一个。”且不说历史上的事例，就从给大家新鲜印象的墨涅拉俄斯的《美丽的海伦》[①]开始，当代上流社会里妻子对丈夫不贞的一系列事实，浮上卡列宁的脑海。“达利亚洛夫、波尔塔夫斯基、卡里巴诺夫公爵、巴斯库丁伯爵、德拉姆……是的，还有德拉姆……像他这样正直有为的人……谢苗诺夫、恰金、西果宁，”卡列宁回想着，“就算人家会刻薄地嘲笑他们，我可从来不曾有过这种想法，我总是很同情他们，觉得他们很不幸。”卡列宁对自己说，虽然这并不是事实。他从来没有对这种不幸表示过同情，而且听到妻子对丈夫不贞的事越多，越是沾沾自喜。“这种不幸人人都可能遇到，如今我也碰上了。问题在于怎样能不失面子，忍受这样的境遇。”于是他开始逐一分析落入跟他同样处境的人们的应付办法。

“达利亚洛夫同人决斗了……”

卡列宁年轻时对决斗特别关心，因为他天生胆小，而且在这一点上有自知之明。卡列宁一想到手枪对准自己，就不能不毛骨悚然。他一生从来没有用过任何武器。这种恐惧从小就常常使他想到决斗，使他设想把生命置于这种危险之下的情景。后来，他在事业上取得了成功，有了一定的社会地位，早就把这种心情忘记了。可是习惯势力十分顽固，卡列宁担心自己胆怯的心情会重新出现，他又反复想着决斗的问题，想得出神，虽然知道他在任何情况下都不会同别人决斗。

“毫无疑问，我们的社会还很野蛮（不比英国），有许多人（其中有些人的意见卡列宁特别看重）从好的方面来看决斗这种事；可是这种事会造成什么后果呢？假定我找人决斗，”卡列宁继续想，生动地想象着在他挑战以后将要度过的夜晚，想象着瞄准他的手枪，他打了个寒噤，自己明白他绝不会这样做，“假定我找他决斗。假定他

---

① 德国作曲家奥芬巴赫（1819—1880）的著名轻歌剧，当时在莫斯科和彼得堡很流行。海伦，希腊神话中的美人，斯巴达王墨涅拉俄斯的妻子，在墨涅拉俄斯外出时，被特洛伊王子帕里斯诱走。

们教会我怎样射击，怎样站立，我扳了扳枪机，”他闭上眼睛，自言自语，“结果我把他打死了，”卡列宁对自己说，接着摇摇头，想驱除这种无聊的想法。“为了明确自己对犯罪的妻子和儿子的态度而去杀人，这有什么意思呢？我还得因此作出决定，应该拿她怎么办。但更可能的是我将被打死或者打伤。我是无辜的，是牺牲品，如果我被打死或者打伤，那就更没有意思了。不仅如此，从我这方面提出决斗，也是不应该的。难道我不知道朋友们是绝不会让我去决斗的，绝不会让一个俄国所不可缺少的政治家去冒生命危险的吗？这样事实上意味着什么呢？这就意味着，我事先明明知道不会有什么危险，却要用这种挑战来给自己增添虚假的光彩。这是不正派的，是虚伪的，是自欺欺人。决斗是没有意义的，谁也不希望我决斗。我的目的只是要保持我的名誉，保持继续顺利办公务所必需的名誉。”卡列宁一向把公务看得很重，如今就更加重视。

经过反复思考终于抛弃了决斗这个主意以后，卡列宁想到了离婚——他所记得的那些被欺骗的丈夫选择的另一个办法。卡列宁逐一分析他记得的离婚案件（在他所熟悉的上流社会里这是屡见不鲜的），却找不到一件是出于和他相同的目的。在这些案件中，做丈夫的不是出让就是出卖不贞的妻子；对方因为犯罪而无权结婚，就同新的配偶结上不光明的非法婚姻关系。就他的情况来说，卡列宁看出，只把犯罪的妻子休掉的所谓合法离婚是不可能的。他看出，他所处的复杂生活环境，不可能提供法律所要求的揭发妻子犯罪的丑恶证据；他看出，即使有这样的证据，他们所过的体面生活也不允许他提出来；提供这样的证据，一定会在舆论上使他遭到比她更严重的损害。

企图离婚只会弄得在法庭上当众出丑，成为仇人们诽谤他和贬低他崇高社会地位的良机。他的宗旨是息事宁人，这是不可能通过离婚达到的。此外，一旦离婚，甚至企图离婚，妻子显然将同丈夫断绝关系，而同情人结合。卡列宁虽然觉得他现在对妻子十分鄙视和冷淡，但心底里对她还剩下一种感情，那就是不愿看到她同伏伦斯基自由结合，犯了罪反而开心。这样的想法使卡列宁大为恼火。他一想到这种情景，心里就难受得呻吟起来，在马车上欠了欠身，换了换座位，然后好一阵皱起眉头坐在车上，拿毛茸茸的毯子包住他那双怕冷的瘦骨嶙峋的腿。

“除了正式离婚以外，还可以像卡里巴诺夫、巴斯库丁和那位好人德拉姆那样，就是说同妻子分居。”他平静下来，继续想；但这个办法也同样会出丑。更重要的是，分居也同正式离婚一样，会把他的妻子推到伏伦斯基的怀抱里去。“不，这可不行！不行！”他又把毯子拉了拉，高声说，“我不该倒霉，她和他也不应幸福。”

在真相不明时折磨过他的妒忌心，经过妻子向他坦白，就像忍痛拔掉病牙一样，已经消失了。但它被另一种感情所取代：他希望她不仅不能如愿以偿，而且将为自己的犯罪而受到惩罚。尽管他不承认有这样的感情，但在灵魂深处，他很希望她因为破坏他的安宁和名誉而吃苦。卡列宁再次分析了决斗、离婚和分居等办法，再次把它们抛弃。他深信解决的办法只有一个：把发生的事隐瞒起来，采用一切办法斩断他们的私情，但最主要的是——这一点他自己不承认——要惩罚她，用这种方式把她留在身边。“我应当向她宣布我的决定：在仔细考虑了她一手造成的家庭痛苦以后，任何其他办法对双方都比维持现状[①]更坏，只要她严格遵守我的决定，即断绝同情人的关系，我同意维持现状。”作了这个决定以后，为了证实它的正确，卡列宁想出一个重要理由。“只有按照这个决定办，才符合宗教教义，”他对自己说，“只有按照这个决定办，我才没有抛弃犯罪的妻子，并且给她以悔改的机会，甚至——不管这在我是多么痛苦——贡献我的一份力量来使她悔改并挽救她。”虽然卡列宁明明知道，他不可能在道德上影响妻子，一切促使她悔改的企图，除了虚伪以外，不会有什么结果；虽然他经历了痛苦的时刻，却从来没有想到从宗教中去寻找指导。现在，当他认为他的决定合乎宗教要求时，这种宗教上的许可使他十分高兴，他的内心也比较平静了。一想到在他一生中如此重要的关头，谁也不能说他的行为不符合宗教教义——在对宗教普遍冷淡和漠不关心的情况下，他始终高举宗教的旗帜——他就觉得很高兴。卡列宁进一步仔细考虑今后的生活，简直不明白为什么他不能同妻子恢复原来的关系。毫无疑问，他再也不能恢复对她的尊敬；但没有也不可能有任何理由，因为她是一个堕落不贞的妻子，就非得把他自己的生活弄乱，使他自己忍受痛苦不可。“是的，时间会过去，时间会安排一切，原来的关系又会恢复的，”卡列宁自言自语，“恢复到这样的地步，使我不再觉得生活中有过变故。她活该倒霉，可我没有过错，我不能因此受罪。”

14

当卡列宁的马车驶近彼得堡的时候，他不但完全肯定了这个决定，而且打好了写给他妻子信的腹稿。卡列宁走进门房，瞧了一下部里送来的信件和公文，吩咐拿到他的书房里去。

“把马卸下吧，我谁也不见。”他回答门房说，特别强调“谁也不见”几个字，但从语气中听出他的情绪很好。

卡列宁在书房里来回踱了两次，在仆人预先点好六支蜡烛的大写字桌旁站住，

① 原文为拉丁语。

咯咯地扳响手指，坐下来，摆好文具。他两肘搁在桌上，侧着头，想了一会儿，就一个劲儿地写起信来。他对她不用称呼，而且用法文写，因为法文里的“您”这个代词不像俄文里那样使人有一种敬而远之的感觉。

在我们最后一次谈话时，我曾向您表示，有关这次谈话的问题我将把我的决定书面告诉您。在仔细考虑了全部情况以后，现在我就抱着实践这个诺言的目的写信给您。我的决定是这样的：不论您的行为怎样，我认为我无权割断上苍把我们结合起来的关系。家庭不能因任性、专横或者夫妻中一方犯罪而被破坏，我们的生活应当像过去一样继续下去。这对我，对您，对我们的孩子都是必要的。我深信您对促使我写这封信的事件已经后悔，并且还在后悔；您会同我齐心协力来根除我们不和的原因，忘记往事。否则您自己一定也能预见到，您和您儿子的前途将会怎样。这一切我希望详细面谈。鉴于避暑季节即将结束，我请求您尽速回到彼得堡，至迟不要过星期二。我为您的回来做好一切准备。请您务必注意，我亟盼您能实行我的要求。

阿·卡列宁

附上您可能需要的用款——又及。

他把信读了一遍，觉得很满意，特别是他没有忘记送钱给她；既没有苛刻的措辞，也没有责备，也没有姑息。最重要的是为她的归来搭了一座金桥。他把信折好，用象牙裁纸刀压平，把钱也装进信封，同时因使用精美的文具而感到愉快，然后打了一下铃。

“把这信交给信差，叫他明天送到别墅面交安娜·阿尔卡迪耶夫娜。”他站起来说。

“是，大人。茶要给您送到书房里来吗？”

卡列宁吩咐把茶送到书房里以后，一面玩弄着沉甸甸的裁纸刀，一面走到安乐椅旁。那边已经摆好了灯和一本打开的论述埃及象形文字的法文书。安乐椅上挂着一个椭圆形金边镜框，里面嵌着由一位名画家出色地画成的安娜肖像。卡列宁对它瞧了一眼。那双深不可测的眼睛嘲弄而傲慢地望着他，就像他们最后一次交谈时一样。画家卓越地画成的肖像，头上扎着黑色花边，头发乌黑，双手白嫩好看，无名指上戴满戒指，由于带着一种高傲和挑战的神气，使卡列宁感到无法忍受。他对画像望了一会儿，浑身打了个哆嗦。他嘴唇发抖，嘴里吐出“布尔尔”的声音，急忙转过身去。他连忙在安乐椅上坐下来，打开书本。他想看书，可是怎么也不能恢复他原来对埃及象形文字的浓厚兴趣。他眼睛看着书，心里却在想别的事。他想的不是妻子，而是最近发生的一个他最关心的复杂案件。他觉得现在他比以前更深入了解这个案件了，并且，他可以毫不吹嘘地说，心里有了一个好主意，能把它彻底解决，用来提高他在官场中的威望，打败敌人，因此对国家做出重大贡献。等仆人摆好茶，一走出房间，卡列宁就起身走到写字桌旁。他把公文夹推到桌子中央，露出隐隐约约的得意微笑，从笔架上取下一支铅笔，专心致志地阅读有关当前这个复杂案件的报告。卡列宁作为一名政府要员，作为一个步步高升的官僚，一向追逐功名，注意克己，力求公正，但刚愎自用。他的特点是轻视官样文章，精简公文往返，总是竭力要求直接掌握可靠材料，并且节约官厅支出。恰巧那个著名的“六月二日委员会”提出了扎莱斯克省农田灌溉问题。这个省是属卡列宁的部管辖的，而那边的灌溉工作正好是铺张浪费和官样文章的突出实例。卡列宁知道情况属实。扎莱斯克省的农田灌溉工作是卡列宁前任的前任创办的。这项工作确实花费了而且还在花费大量资金，但毫无成效，显然以后也不会有什么结果。卡列宁一上任就发现这个问题，就想处理这件事，但开头他觉得他的地位还不稳固，他知道这会触犯太多人的利益，是不明智的，后来忙于别的事，干脆把这件事忘记了。这事也就像别的许多事那样无人过问。（有许多人靠这项事业生活，特别是一个很有教养的爱好音乐的家庭，个个女儿都会拉提琴。卡列宁认识这一家人，他还给这家的大女儿主过婚。）一个同他作对的部提出这个问题来，卡列宁认为不公平，因为每个部都有比这更严重的问题，但由于官场的习惯，没有人提出来罢了。现在，既然人家已向他挑战，他也就只好勇敢地应战，并要求组织一个专门委员会来调查扎莱斯克省农田灌溉工作。但他是绝不会向那些先生示弱的。他还要求任命一个处理非俄罗斯人事务的专门委员会。这个处理非俄罗斯人事务的问题，是“六月二日委员会”偶然提出而得到卡列宁积极支持的，因为非俄罗斯人的悲惨处境不能再继续下去了。在委员会里，几个部因此发生争论。同卡列宁作对的那个部证明，非俄罗斯人的处境很好，提出的改革只会破坏他们的繁荣，如果有什么不好的地方，那也只是因为卡列宁的部没有实行法律规定的措施。现在卡列宁打算提出以下几点要求：第一，成立新的委员会，负责就地调查非俄罗斯人的状况；第二，如果非俄罗斯人的状况确如委员会掌握的材料所说的那样，那么另外成立一个学术委员会，从（甲）政治上，（乙）行政上，（丙）经济上，（丁）人种学上，（戊）物质上和（已）宗教上来研究造成非俄罗斯人悲惨状况的原因；第三，要求作对的那个部报告十年来该部为防止非俄罗斯人目前这种不幸状况曾采取什么措施；第四，最后要求该部说明，为什么按照委员会所提出的一八六三年十二月五日和一八六四年六月七日的第一七〇一五号和第一八三〇八号报告看来，该部行动正好违反……根本法和组织法第十八条和第三十六条的附款。当卡列宁迅速记下这些想法的提纲时，他脸上露出得意的神色。他写满一张纸，站起身来，打了打铃，叫仆人把一张条子送给办公室主任，要办公室主任给他收集必要的资料。他站起来，在房里来回踱步，又望了那画像一眼，皱起眉头，轻蔑地冷笑了一下。卡列宁翻阅了一下那本关于埃及象形文字的书，又提起兴致来，看到十一点钟才上床。他躺在床上想起同妻子发生的纠纷，觉得这事完全不像他原来所想的那样可悲。

15

伏伦斯基对安娜说，她不能这样过日子，劝她向丈夫坦白她的秘密。安娜虽然固执而且恼怒地反对他的意见，但在心底里却觉得她的处境确实是虚伪和可耻的，她衷心希望改变这样的处境。同丈夫一起从赛马场回来时，她在激动之下把自己的秘密向他和盘托出。当时虽然觉得很难受，但她还是高兴的。丈夫撇下她走了以后，她对自己说，她很高兴，现在一切都明确了，至少再不用虚伪和欺骗了。她觉得毫无疑问，她的地位从此永远明确了。这种新的地位也许很糟，但它是明确的，不会再有暧昧和谎言了。她想，她坦白了一切，使自己和丈夫都感到痛苦，但如今情况明确，这样也就得到了补偿。当天晚上，她同伏伦斯基见面，并没有把她和丈夫之间所发生的事告诉他，虽然为了明确她的地位，是必须告诉他的。

第二天早晨一醒来，她首先想到的是她对丈夫说的那些话。她觉得那些话实在可怕，如今简直无法理解，她怎么能说出这样荒唐粗鄙的话来，也无法想象这会有什么后果。但话已经说出口，卡列宁也已一言不发地走掉了。“我见了伏伦斯基，也没有告诉他。他走的时候，我想叫他回来，告诉他，可是又改了主意，因为一开头我没有对他说，现在再说就有点别扭。为什么我想告诉他却又没告诉他呢？”回答这问题的，是她脸上涌起热辣辣的羞愧的红晕。她明白是什么制止她这样做，她明白她感到害臊。她的地位，昨天晚上还觉得那么明确，今天忽然变得不但不明确，而且是走投无路了。她由于突如其来的羞耻而感到恐惧。她一想到她的丈夫会怎么办，心里就浮起最可怕的念头。她想到，管家立刻会把她赶出屋子，普天下的人都会知道她的耻辱。她问自己，要是她被赶出屋子，她到什么地方去，可是她找不到答案。

她想到伏伦斯基，她仿佛觉得他不爱她了，他开始感到她是他的累赘，她不能献身于他，因此对他产生了敌意。她仿佛觉得，她对丈夫所说的并且在自己头脑里盘旋的那些话，她已对所有的人都说过了，大家都已听见了。她不敢正视自己家里的人。她不敢叫侍女，更不敢走到楼下去看望儿子和家庭教师。

侍女在门外留神听了好一阵，才进屋来。安娜询问似的瞧了她一眼，恐惧地涨红了脸。侍女说她仿佛听见在叫她，就走了进来，因此向她赔礼。她拿来衣服和一张条子。条子是培特西写的。培特西提醒她，今天上午丽莎·梅尔卡洛娃和施托尔茨男爵夫人将带她们的崇拜者卡鲁日斯基和斯特列莫夫老头到她那里去打槌球。“您来呀，就算是来研究研究风俗。我等您。”她在结尾这样写道。

安娜读完条子，长叹一声。

“没有事，什么事也没有，”她对正在整理梳妆台上香水瓶和刷子的安奴施卡说，“你去吧，我现在要穿衣服出门。是没有事，什么事也没有。”

安奴施卡出去了，但安娜并没有动手穿衣服，还是像原来那样垂下头和双手，只偶尔打个哆嗦，仿佛想做什么手势，说些什么话，接着又木然不动。她反复说着：“我的上帝！我的上帝！”但“上帝”也好，“我的”也好，在她都是毫无意义的。为自己的处境向宗教求救，也像向卡列宁求救一样，她连想都没有想过，尽管她从来没有怀疑过把她教养成人的宗教。她早就知道，只有她抛弃那构成她全部生活意义的东西，只有在那种情况下她才能向宗教求救。她不仅觉得痛苦，而且开始对那种从来不曾经历过的新的精神状态感到恐惧。她觉得一切在她心里都变成双重的了，就像疲倦的眼睛看东西一样。有时她自己也不知道，她害怕的是什么，希望的是什么，她害怕的和希望的是已经发生的事，还是将要发生的事，她希望的到底是什么，她自己也说不上来。

“唉，我这是在做什么呀！”她忽然觉得两边太阳穴作痛，自言自语。当她醒悟过来时，她发觉她正用两手抓住两鬓的头发，并且挤压着太阳穴。她跳起来，开始踱步。

“咖啡煮好了，老师和谢辽查在等着呢！”安奴施卡回来发现安娜还是原来的样子，说。

“谢辽查？谢辽查怎么样？”安娜整个早晨第一次想到儿子，兴奋地问。

“他大概做了什么错事。”安奴施卡笑嘻嘻地回答。

“怎么做了错事？”

“您把桃子放在角房里，他大概悄悄地吃了一个。”

一提到儿子，安娜立刻从绝境中得救了。她想到了这几年来她这做母亲的为儿子而生活的职责——这种职责是真心诚意的，虽然被大大夸大了。她高兴地感到，她在目前的困难处境中，除了同丈夫和伏伦斯基的关系之外，还有一个支柱。这个支柱就是儿子。不管她处在什么境地，她都不能抛弃儿子。即使丈夫羞辱她，驱逐她，即使伏伦斯基冷淡她，继续过他那种独立不羁的生活（她又带着恼恨和责难想起了他），她也不能放弃儿子。她有她的生活目的。她必须行动，用行动来保障她和儿子的这种地位，不让人家把他从她手里夺走。甚至必须赶快，必须赶快行动，趁现在人家还没有把他从她手里夺走。她必须把儿子带走。这就是她当前要做的唯一的事。她必须定下心来，摆脱这种痛苦的处境。想到同儿子直接有关的事，想到立刻就要把他带到什么地方去，她心里才平静下来。

她迅速地穿好衣服，走到楼下，步伐稳健地走进客厅。咖啡、谢辽查和家庭教师照例在那边等着她。谢辽查穿一身白衣服，站在镜子下面的桌子旁，弯着背和头，聚精会神地——这种神态是她所熟悉的，很像他的父亲——摆弄着手里的鲜花。

家庭教师的神气特别严肃。谢辽查像平日那样尖声叫起来："啊，妈妈！"接着他犹豫不决了，该放下花，走过去迎接母亲呢，还是做好花环，然后拿着走过去。

家庭教师向她请过早安以后，详细报告谢辽查的行为，但安娜并没有听她的话；安娜在考虑要不要把她也带走。"不，不带！"她打定主意，"我一个人走，光带儿子。"

"是的，这样做很坏。"安娜说。她抓住儿子的肩膀，对他望了望——她的目光不是严厉的，而是胆怯的，使孩子又困惑又高兴——又吻了吻他。"把他交给我吧。"她对感到惊异的家庭教师说着，没有放掉儿子的手，在摆好咖啡的桌旁坐下来。

"妈妈！我……我……没有……"他说，竭力想从她的表情上猜测为了桃子的事会把他怎么样。

"谢辽查，"等家庭教师一走出屋子，她就说，"这样做很坏，你以后再不会这样做了吧？你爱我吗？"

她觉得眼泪夺眶而出。"难道我能不爱他吗？"她自言自语，凝视着他那又惊又喜的目光。"难道他真会同他父亲一起来折磨我吗？难道他真的不怜悯我吗？"眼泪已沿着她的面颊滚滚而下。为了掩饰泪痕，她蓦地站起来，简直像跑步一般冲到阳台上。

下了几天雷雨，天气变得晴朗而寒冷了。灿烂的阳光穿过被雨水冲洗过的叶子，空气很冷。

由于寒冷和内心的恐惧，她浑身打了个哆嗦。在户外清新的空气里，这种寒冷和恐惧更加强烈地袭击着她。

"去吧，到玛丽爱特那里去吧！"她对跟着她出来的谢辽查说，接着就在阳台的草毯上踱来踱去。“难道他们不能饶恕我吗？不了解这事是无可奈何的吗？”她自言自语。

她停住脚步，望了望随风摆动的白杨树树梢和它那些被雨水冲洗过、在寒冷的阳光下闪闪发亮的叶子。她明白他们是不会饶恕她的，一切东西和一切人现在都像这树林一样，一点也不怜悯她。她又觉得在她的内心里出现了两重人格。“不要想了，不要再想了！”她对自己说，“要准备动身。上哪儿去？什么时候去？带谁一起去？对，上莫斯科，乘夜车去。带安奴施卡和谢辽查去，只带些最必要的生活用品。但首先得写信给他们两人。”

她迅速地走进屋子，走到起居室，在桌旁坐下来给丈夫写信：

自从发生那事以后，我无法再留在您的家里了。我走了，带着儿子一起走。我不懂法律，因此不知道儿子应该跟父母中的哪一方；但我把他带走了，因为没有他我不能生活。请您宽宏大量，把他留给我吧！

她顺利地一口气写到这个地方，但是当写下了要求她认为他所缺乏的宽宏大量的话，还要考虑应该用什么动人的话来结束这封信时，她停住了。

“要我承认自己的过错和悔恨，我可不愿意，因为……”

她的思路连贯不起来，她又停住了。“不，”她自言自语，“什么也不必写了。”接着就把信撕掉，重新写过，根本不提什么宽宏大量，就把信封起来。

另外还要写一封信给伏伦斯基。“我向丈夫坦白了。”她写道，但坐了好一阵，再也写不下去。这样太粗野了，太不像女人的做法了。“可我还能给他写些什么呢？”她问自己。羞耻的红晕又涌上她的脸，她想到他的冷静。于是对他的恼恨又使她把写了一句话的信纸撕个粉碎。“什么也不用写了。”她自言自语，接着收起信纸，走上楼去，向家庭教师和仆人宣布，她今天要到莫斯科去。说完就动手收拾行李。

16

门房、园丁和仆人在别墅的几个房里走来走去，搬运行李。衣橱和五斗柜都打开了，派人到店里去买了两次绳子，地板上撒满报纸。两个大箱子、几个行李袋和用皮带扎住的羊毛毯被搬到前厅。一辆自备轿车和两辆出租马车停在大门口。安娜忙于收拾行装，暂时摆脱了内心的骚乱。她站在自己房里的桌子旁，正在收拾旅行包。这当儿，安奴施卡告诉她有一辆马车驶来。安娜往窗外瞧了一眼，看见卡列宁的信差站在台阶上打门铃。

“去看看什么事！”她两手放在膝盖上，在安乐椅上坐下来，带着一种准备应付任何局面的镇定态度说。仆人拿进来一个由卡列宁亲笔写的大信封。

“信差奉命要回音。”他说。

“好的。”她说，等仆人一走，就手指发抖地拆开了信。一卷没有折叠过的钞票从信封里掉出来。她打开信，从末尾读起。“我为您的回来做好一切准备。……我亟盼您能实行我的要求。”她读着，从下面往上读，接着又倒过来，从头到尾把信再读一遍。她读完感到浑身发冷。一种意料不到的灾难落到了她的头上。

早晨，她后悔不该向丈夫坦白，恨不得收回当初向他说的一番话。她但愿他的信能证明她没有说过这样的话，使她安心。可是，这封信在她看来比什么都可怕，她想不出比这更可怕的东西了。

“他对！他对！”她说，“当然，他总是对的，他是基督徒，他宽宏大量！呸，这个卑鄙无耻的家伙！这一点，除了我，谁也不了解，谁也不会了解，可我又不能说出来。人家会说：他是一个笃信宗教、品德高尚、聪明正直的人；可是他们没有看到我看到的东西。他们不知道，八年来他窒息了我的生命，窒息了我身上一切有生气的东西，他从来没有想到我是一个需要爱情生活的女人。他们不知道，他时时刻刻都在侮辱我，自己还扬扬得意。难道我没有尽力，尽我所有的力量，去找寻生活的意义吗？难道我没有尽力爱过他吗？当我没有办法爱他时，难道我没有尽力爱过儿子吗？可是后来我明白了，我不能再欺骗自己，我是一个活人，我没有罪，上帝把我造成这样一个人，我需要恋爱，我需要生活。现在怎么样呢？要是他把我杀了，要是他把伏伦斯基杀了，我都可以忍受，我都可以原谅，可是不，他……”

“我怎么没料到他会来这一手？他来这一手正是出于他那卑劣的本性。他总是对的，可我这个被糟蹋的人却被糟蹋得更厉害更可怕……”她又记起信里的话：“您自己一定也能预见到，您和您儿子的前途将会怎样。”她想：“这是他威胁要把儿子夺走，而按照他们愚蠢的法律，大概是可以这样做的。难道我不知道他为什么要说这话吗？他连我爱儿子这一点都不相信，都加以轻视（本来就一向是加以嘲笑的），轻视我这种感情，但他知道我不会抛弃儿子，我不能抛弃儿子，没有儿子，即使同我所爱的那个人在一起，我也不能生活。他也知道，我如果抛弃儿子，离开他，就将成为一个最堕落最下贱的女人——这些他都知道，他也知道我是没有力量这样做的。”

“我们的生活应当像过去一样继续下去。”她记起信里另一句话。“这种生活过去已经够痛苦的了，如今变得越发可怕。今后又将怎样呢？这一切他明明都知道，他知道我不会因为要活命、要恋爱而后悔；他知道这样生活下去，除了谎言和欺骗之外，不会有别的结果；可是他要继续折磨我。我知道他，知道他在谎言里生活得很不错，可以说是如鱼得水，优游自在。不，我不让他这样优游自在，我要冲破他这张想束缚我手脚的谎言的罗网。该怎样就怎样吧！不论什么总比谎言和欺骗好！”

“可是怎么办呢？我的上帝！我的上帝！天下还有像我这样不幸的女人吗？……”

“哼，我要冲破它，冲破它！”她忍住眼泪，叫着跳起来。她走到写字桌旁，想另外给他写一封信。但她在心底里感觉到，她无力冲破任何罗网，无力摆脱这样的处境，不论它是多么虚伪和可耻。

她坐到写字桌旁，但是不写信，却把双臂搁在桌上，头伏在臂上，哭了起来。她呜咽着，整个胸脯一起一伏，哭得像个孩子。她哭，因为她想把自己地位肯定下来的幻想从此破灭了。她预料一切都会像过去一样，甚至比过去还要糟得多。她觉得她所享有的社会地位，早晨看来还如此卑微，对她却是宝贵的，她没有力量拿它去换取一个抛弃丈夫和儿子、同情人姘居的女人的那种可耻地位；她觉得不论怎样努力，她都不能使自己变得坚强些。她永远得不到恋爱的自由，却从此要成为一个有罪的妻子，时刻提心吊胆，唯恐自己的罪行被揭露，让人家看到她为了同一个无法跟她共同生活的独立不羁的陌生男人发生可耻关系而欺骗丈夫。她知道情况就是如此，但这实在太可怕了，她简直无法想象结局将会怎样。于是她呜呜地哭个不停，好像一个受到惩罚的孩子。

听见仆人的脚步声，她清醒过来。她转过脸去，假装在写信。

“信差要求回音。”仆人报告说。

“回音吗？好的，”安娜说，“让他等一下。回头我会打铃的。”

“我能写什么呢？”她想，“我独自能决定什么呢？我知道什么？我要什么？我爱什么？”她觉得心里又出现了双重人格。她害怕这种感觉，为了摆脱这些思绪，就抓住她想到的第一件事去做。“我得去看看阿历克赛（她在心里这样称呼伏伦斯基），只有他能告诉我应该怎么办。我要到培特西家去，说不定我能在那边看到他。”她自言自语，完全忘记昨天她还对他说过她不再到培特西家去，他说他因此也不再去了。她走到桌旁，给丈夫写了个条子：“来信收到。安。”她打了铃，把它交给仆人。

“我们不走了。”她对进来的安奴施卡说。

“一直不走了？”

“不，行李放到明天，不要打开，叫马车等着。我要上公爵夫人家去一下。”

“您出门穿什么衣服哇？”

17

培特西公爵夫人邀请安娜参加的槌球赛，是由两位贵妇人和她们的崇拜者组成的。这两位贵妇人是彼得堡一个出色的新社交团体的显要代表。这个团体摹仿人家用得很滥的名称，叫作“世界七奇[①]”。她们确实属于上流社会，但同安娜经常出入的社交界却是敌对的。而且斯特列莫夫老头，彼得堡最有权势的人物之一，丽莎·梅尔卡洛娃的崇拜者，是卡列宁的政敌。安娜由于这些顾虑，原来不预备去，而培特西公爵夫人唯恐她拒绝，就在信上作了暗示。这会儿，安娜希望看到伏伦斯基，就急于想去。

安娜到培特西公爵夫人家比其他客人都早。

她进去的时候，伏伦斯基的那个络腮胡子梳得像宫廷侍从一样整齐的仆人，也正要走进去。他在门口站住，脱下帽子，让她先走。安娜认出他来，这时她才想起伏伦斯基昨天说过，今天他不来了。他大概是为这事送条子来的。

她在门厅里脱外套的时候，听见那个像宫廷侍从一样打官腔的仆人说：“伯爵给公爵夫人的。”说着就把条子送进去。

她很想问问他家老爷在什么地方。她想回去，送一封信给他，叫他到她那儿去，或者她自己去找他。可是，两样都不行：宣布她到来的铃声早已响过了，培特西公爵夫人的男仆已经侧身站在敞开的门边，等她走进里屋去。

“公爵夫人在花园里，马上去通报。您高兴到花园里去吗？”另一个仆人在另一个房间里报告说。

安娜仍像在家时那样感到心神不宁，甚至更厉害些。她什么事也不能做，也无法见到伏伦斯基，可是得留在这里，留在那些同她的心情格格不入的外人中间。不过，她穿着一套很合身的服装；她并不孤独，周围是她所熟悉的悠闲的人们，她觉得比在家里轻松些，她不用考虑应该做什么。一切都听其自然。安娜看见培特西穿着一身雅致得使她惊奇的雪白衣裳，像平时一样向她微微一笑。培特西公爵夫人同土施凯维奇和一位亲戚小姐一起走来。这位小姐的父母住在外省，知道女儿能在赫赫有名的公爵夫人家里度过夏天，十分高兴。

安娜的神色有点异样，立刻被培特西察觉了。

“我没有睡好。”安娜一面回答，一面凝视着向她们走来的仆人。她猜想他一定是

---

① 原文为英语。

送伏伦斯基的条子来了。

“您来了，我很高兴。”培特西说。“我累了，趁他们没有来，我想先喝一杯茶。您还是去吧。”她对土施凯维奇说。“同玛莎一起去试试槌球场上那块割过的草地。咱们一面喝茶，一面谈谈心。咱们来好好聊一聊[①]，好吗？”她笑眯眯地夹着英语对安娜说，握住她那只拿伞的手。

“好，不过我不能在您这儿待很久，我还得去看傅列达老小姐。我答应去看她都有一百年了。”安娜说。说谎原是违反她的天性的，不过在社交场中说谎不仅毫不费力，甚至使她感到快乐。

她为什么要说一秒钟以前还没想到的事，她自己也不能解释。她这样说，只因为想到伏伦斯基不来了，她要保证自己有行动自由，设法看到他。但她为什么偏偏要提到傅列达老小姐，她自己也说不上来，因为她没有理由特别需要看到傅列达。不过，她要看见伏伦斯基，确实再也没有比这更巧妙的办法了。

“不，我说什么也不放您走，”培特西回答，仔细打量着安娜的脸，“说实话，要不是我喜欢您，我准会生气的。您仿佛担心同我的朋友们交往会损害您的名誉似的。请您把茶给我们送到小客厅里去。”她照例眯缝着眼睛对仆人说。她接过条子，读了一下。“阿历克赛骗起我们来了。”她用法语说，“他信上说他不能来了。”她同样若无其事地说，仿佛伏伦斯基对安娜来说除了打槌球，就没有别的意义了。

安娜明白培特西什么都知道，可是听培特西当着她的面这样说到伏伦斯基，她一时竟相信，她真的什么也不知道。

“哦！”安娜冷冷地说，仿佛对这事不感兴趣，接着又含笑说，“您的朋友们怎么会损害人家的名誉呢？”这样说俏皮话，这样隐瞒秘密，对安娜也像对一切女人那样，是很有吸引力的。倒不是非隐瞒不可，也不是有什么目的要隐瞒，而是隐瞒本身吸引了她。“我不能比教皇更信天主教，”她说，“斯特列莫夫和丽莎·梅尔卡洛娃都是社交界中的大明星。他们处处受欢迎，我呢！”她在“我”字上加强了语气，“可从来不是个顽固不化的人，我确实没有工夫。”

“不，您也许是不愿遇见斯特列莫夫吧？他同卡列宁在委员会里斗法，这让他去，这同我们不相干。但在交际场中他可是我所知道的最可爱的人，他还是个槌球迷。您可以看到，这位拜倒在丽莎脚下的老情人，处境固然可笑，但他很有办法应付这种可笑的局面！他这人很有意思。萨福·施多茨您认识吗？这可是一位崭新的新派人物。”

---

① 原文为英语。

培特西不停地说着话，但从她那快乐聪明的眼光中，安娜察觉她有几分了解自己的处境，正在替她作着安排。她们坐在小起居室里。

“我得写回信给阿历克赛，”培特西说着在桌旁坐下，写了几行，套上信封，“我叫他来吃午饭。我说我这里有位太太，吃饭少一个男伴。您看这样能说服他来吗？对不起，我要失陪一会儿，请您封好信，叫人送去。”她走到门口说，“我得去安排一下。”

安娜毫不犹豫，拿着培特西的信在桌旁坐下，看也不看就在下面加了两句：“我必须见到您。到傅列达家花园来。六点钟在那边等。”她封好信，培特西一回来，就当着她的面叫人把信送去。

茶已给她们送来摆在凉快的小客厅的茶几上。这两位女人在客人到来以前，真的像培特西所说的那样，谈起心来。她们评论着她们等待中的客人，然后谈到了丽莎·梅尔卡洛娃。

“她这人很可爱，我一向很喜欢她。”安娜说。

“您应该喜欢她。她对您迷得很呢。昨天赛马结束后她来看我，没有遇见您，感到很扫兴。她说您真是个传奇式的人物，她要是个男人，准会为您神魂颠倒的。斯特列莫夫说，她其实已经神魂颠倒了。”

“可是请您告诉我，我怎么也弄不懂，”安娜沉默了一会儿说，她的语气表明她问的不是一个无关紧要的问题，她问的事对她特别重要，“请您告诉我，她同卡鲁日斯基公爵，那个被人唤作米施卡的，关系怎么样？我难得见到他们。到底是什么关系？”

培特西眼睛笑了笑，仔细望望安娜。

“新作风，”她说，“他们都选择这种新作风。他们毫无顾忌，想怎样就怎样。这可是一种新作风。”

“哦，那么她同卡鲁日斯基的关系究竟怎么样？”

培特西突然忍不住快乐地哈哈大笑起来，这在她是很难得的。

“您这可侵犯米雅赫基公爵夫人的领域了。这问题太孩子气了。”培特西显然想忍住笑，但是忍不住，于是爆发出一阵富有传染性的哈哈大笑。只有不常笑的人才会这样大笑。“您应该去问问他们自己呀！”她噙住笑出来的眼泪说。

“哈，您笑好了，”安娜也不由得笑着说，“可是我怎么也不能理解，我不理解丈夫是做什么的。”

“丈夫吗？丽莎·梅尔卡洛娃的丈夫只是给她拿拿毛毯，随时侍候侍候她罢了。至于内幕究竟怎样，谁也不想知道。您也知道，在上流社会里即使梳妆打扮这类事也是没有人谈，没有人想的。这事也是如此。”

“罗兰达卡夫人的庆祝会您去不去？”安娜问，想转变话题。

“我不想去。”培特西回答。她眼睛不看朋友，小心地把香茗倒在透明的小茶杯里。她把茶杯推到安娜面前，掏出烟卷，插在银烟嘴里，把它点着了。

“您也知道，处在我的地位是很幸福的。”她端起茶杯，收住笑容说，“我了解您，也了解丽莎。丽莎这人很单纯，像孩子一样不识好歹。至少她年轻的时候很不懂事。现在她知道，像这样的不懂事对她正合适。现在她也许故意装作不懂事，”培特西微妙地笑着说，“但不管怎样，这样对她是合适的。您也明白，同样一件事可以用悲观的眼光去看，因此感到痛苦；但也可以把它看得无所谓，甚至觉得快乐。也许您看事太悲观了。”

“我真希望像了解自己那样了解别人，”安娜若有所思地一本正经说，“我比人家坏，还是比人家好？我想比人家坏。”

“你这人真是太孩子气了，太孩子气了！”培特西又说，“啊，他们来了。”

18

传来了脚步声和男人的声音，接着是女人的说话声和笑声。不多一会儿，进来了期待中的客人：萨福·施多茨和一个叫华西卡的健康得红光满面的青年。显然，他的身体从不缺乏带血的嫩牛排、地菇和布尔冈红葡萄酒的营养。华西卡向两位太太鞠了躬，对她们瞧了一眼，但只有一刹那工夫。他随着萨福走进客厅，在客厅里跟着她走来走去，仿佛绑在她身上似的。他那双闪闪发亮的眼睛一直盯住她，好像要把她吃掉。萨福·施多茨是个金发的黑眼睛女人。她穿着高跟鞋，迈着矫捷的小步走进来，像男人一样同两位太太紧紧握手。

安娜从没见过这位社交界的新星，对她的美貌、过分时髦的打扮和大胆的举止感到惊讶。她头上柔软的金发（有真的，也有假的）梳得高高的像座炮台，使她的头部同她袒露的丰满胸部一样大小。她的动作非常敏捷，每走一步，她那浑圆的膝盖和大腿的轮廓就在衣服底下显露出来，使人不禁发生这样的疑问：在这撑得很宽大的摇摇晃晃的裙子底下，她那上半身充分袒露、下半身和背部掩蔽得严严实实的苗条身子究竟有多大？

培特西连忙把她介绍给安娜。

“您真不会想到，我们差点儿压死两个兵士。”萨福·施多茨立刻笑眯眯地讲了起来，同时挤眉弄眼，拉拉一下子歪在一边的裙裾。“我同华西卡一起坐车来了……哦，你们不认识吧。”她说了他的姓，向她们作了介绍，脸涨得绯红，咯咯地大笑起来，因为她当着陌生女人的面竟叫了他的小名。

华西卡又向安娜鞠了一躬，但没有对她说什么。他对萨福说：

“您赌输了。我们先到了。您付钱吧。”他笑嘻嘻地说。

萨福笑得更欢了。

“总不能现在就付哇！”她说。

“那也行，我以后来拿好了。”

“好的，好的。哦，”她忽然对女主人说，“我这人真糟糕……我可完全忘记了……我给您带客人来了。就是他。”

萨福带来而又被她忘记的这位意外的青年可是个了不起的贵客。尽管他年纪很轻，两位太太却都站起来迎接。

这是萨福的一个新的崇拜者。他现在也像华西卡一样，跟住她寸步不离。

一会儿，卡鲁日斯基和丽莎·梅尔卡洛娃同斯特列莫夫来了。丽莎·梅尔卡洛娃是一个消瘦的黑发女人，生有一张慵懒的东方面孔和一双难以捉摸的美丽眼睛。她那身深色的服装（安娜立刻注意到了，并且大为欣赏）同她的美貌十分相称。萨福有多少强壮和洒脱，丽莎也就有多少娇弱和妩媚。

不过，按照安娜的审美观，丽莎要迷人得多。培特西对安娜说，她装得像个不懂事的孩子，但当安娜亲眼看到她以后，她觉得并非如此。其实丽莎是个不懂事、被惯坏，同时又唯命是从的可爱女人。真的，她的风度和萨福的风度相同；她也像萨福一样，有两个崇拜者，一老一少，跟住她形影不离，并且用他们的眼睛吞噬她；但她身上有一种凌驾于众人之上的特点，犹如金刚钻在玻璃器皿中闪出夺目的光辉一样。这光辉是从她那双美丽的、真正难以捉摸的眼睛里闪耀出来的。她那从黑眼圈中流露出来的慵倦而热烈的目光，以它特有的诚挚无邪而动人心魄。不论谁瞧见这双眼睛就会觉得完全了解她，而一旦了解了，就不能不爱她。一看见安娜，丽莎脸上立刻浮出快乐的微笑。

“嘿，看到您真高兴！”她走到安娜跟前说，“昨天在赛马场上我刚要到您那儿去，您却走了。昨天我特别想看到您。那情景实在太可怕了，是吗？”她用那种能穿透人的整个灵魂的目光盯着安娜说。

“是的，我真没想到会那样叫人激动。”安娜红着脸说。

这时大家都站起来，准备到花园里去。

“我不去，”丽莎说，笑盈盈地挨着安娜坐下，“您也不去吧？槌球有什么好玩的！”

“不，我喜欢。”安娜说。

“嗳，您怎么会不觉得无聊呢？人家看您总是兴致勃勃的。您真会生活，可我感到无聊。”

“您怎么会无聊？你们是彼得堡最快乐的人。”安娜说。

“也许有比我们更无聊的人，但我们，至少是我，并不快乐，我感到无聊得要命。”

萨福点着了烟，同两个青年到花园里去了。培特西和斯特列莫夫留下来喝茶。

“怎么，无聊吗？”培特西说，“萨福说，她们昨天在你们家里过得很快活呢。”

“唉，真乏味呀！”丽莎·梅尔卡洛娃说，“赛马结束后大家都到我家里去。老是那些人，老是那些人！老是那个样子。整个黄昏大家都躺在沙发上。这有什么意思呢？嗯，您倒说说，您怎么会不觉得无聊呢？”她又对安娜说，“只要对您瞧上一眼，就可以看出，您这个女人不论幸福还是不幸，都不会觉得无聊的。您教教我，您怎么能做到这一步？”

“我什么也没做。”安娜回答，由于这种纠缠不清的问题而涨红了脸。

“啊，这就是最好的办法！”斯特列莫夫插嘴说。

斯特列莫夫年纪五十岁光景，头发灰白，还很精神，长得丑陋，但显得聪明，富有个性。丽莎·梅尔卡洛娃是他妻子的侄女，他一有空就同她待在一起。他虽然是卡列宁的政敌，但看见安娜·卡列尼娜，他这个老于世故的聪明人，就竭力装得对她格外亲切。

“‘什么也没做’，”他微妙地笑着应和说，“这是最好的办法。我早就对您说了，”他对丽莎·梅尔卡洛娃说，“要不感到无聊，就不要去想您会觉得无聊。好比您害怕失眠，就不要怕您会睡不着觉。这一层道理，也就是安娜·阿尔卡迪耶夫娜刚才对您说的。”

“我要是这样说过，那我可太高兴了，因为这样说不仅聪明，而且千真万确。”安娜笑眯眯地说。

“不，您倒说说，为什么人会睡不着觉，为什么人不能不感到无聊呢？”

“要睡好觉，必须工作；要心里高兴，也必须工作。”

“要是我的工作谁也不需要，我又何必工作呢？可是装模作样我不会，我也不愿意。”

“您这人真是无可救药！”斯特列莫夫眼睛不看她，说；接着又同安娜说话。

他难得遇到安娜，除了敷衍性的客套外，对她说不出什么话。但他说这种客套时——譬如她什么时候回彼得堡啦，李迪雅伯爵夫人多么喜欢她啦——总让人觉得他在千方百计讨好她，想对她表示敬意，甚至是一种超过敬意的感情。

土施凯维奇走进来，宣布大家都在等他们去打槌球。

“不，不要走，请您不要走！”丽莎·梅尔卡洛娃知道安娜要走，请求说。斯特列莫夫也给她帮腔。

“离开这个地方，到傅列达老婆子家去，”他说，“这可是天壤之别了。再说，您去只会成为她诽谤的对象，您在这儿却会唤起最美好的感情，一种同诽谤截然不同的感情。”他对她说。

安娜迟疑地想了一会儿。这个聪明人的奉承话，丽莎·梅尔卡洛娃对她所表示的天真的同情，以及她所习惯的社交界的这种气氛——这一切都是那么轻松，而等待她去处理的事却是那么麻烦，使她一时间犹豫不决：要不要留下来，把向伏伦斯基解释的难堪时刻往后推。但是，一想到如果不作出决定，她独自回家后将会怎样，一想到自己双手抓住头发的那种想想也可怕的姿势，她就同大家告别，走了。

19

伏伦斯基表面上过着轻浮的社交生活，实际上却是个办事有条有理的人。当他年纪很轻，还在武备学校读书的时候，有一次手头拮据，向人借钱，遭到拒绝，他感到屈辱，从此就再没有在经济上弄得很狼狈过。

为了使自己的生活始终保持有条不紊，他根据情况，或多或少，每年总有四五次独自关起门来处理经济事务。他把这叫作结算或者清理。

赛马后的第二天，伏伦斯基很晚才醒来。他不修面，不洗澡，穿上直领制服，把钱、账单和信件摊在桌上，动手工作。彼特利茨基知道伏伦斯基在这种时候脾气很大，醒来看见他坐在写字桌旁，就悄悄地穿上衣服，不去打扰他，走了出去。

凡是碰到个人私事繁杂琐碎的人，总以为只有他才会遇到这种繁杂琐碎和难以处理的麻烦事，根本没想到别人的私事也是如此。伏伦斯基就有这种想法。他心里不免有点骄傲，也不无理由地认为，要是任何人处在这种困境，早就会弄得很狼狈，以致会做出什么不好的行为来。伏伦斯基觉得要避免尴尬的局面，现在必须理一理账目，把自己的经济状况弄个明白。

伏伦斯基着手处理的第一件事，也是最容易的事，就是财务。他用蝇头小楷把他所欠的债务都写在一张信纸上，结算下来，他共欠人家一万七千多卢布。为了计算方便起见，他把零头去掉。他数了数现款和银行存款，发现只剩下一千八百卢布，而在新年以前不会再有什么收入了。伏伦斯基重新算了一下债务，把它分成三类抄下来。第一类是必须立刻偿还的，或者说必须准备好现款，以便债主来讨时随时都能偿付的。这样的债务将近四千卢布：一千五百卢布是买马的欠款，两千五百卢布是他要为年轻的同事维涅夫斯基付的保证金，因为维涅夫斯基当着伏伦斯基的面赌钱输给了一个骗子。伏伦斯基当场就想把钱付清（他当时身边有钱），可是维涅夫斯基和雅希文都坚持由他们自己付，而不应该让没有赌钱的伏伦斯基付。这事本来也无所谓，伏伦斯基知道，他卷入这桩丑事只不过因为替维涅夫斯基作了口头保证，但他一定得准备好这两千五百卢布，以便掷给那个骗子，不再同他多费口舌。为了偿付这一类迫切的债务，他需要四千卢布。第二类是比较次要的债务，共计八千卢布。主要是欠赛马场马房、燕麦和干草供应商、英国马师和马具商等人的债务。在这些债务名下也须先付那么两千卢布，才可以定心。最后一类债务是欠商店、旅馆和裁缝的，这些倒不用忧虑。这样，他目前至少需要六千卢布来开销，可是手头只有一千八百卢布。对于像伏伦斯基那样被认为每年有十万卢布进款的人来说，偿付这些债务似乎不成问题，但困难在于，他根本没有十万卢布收入。他父亲留下大宗遗产，单是这一项每年就可有二十万卢布收入，但兄弟之间还没有分过财产。他的哥哥同没有任何财产的十二月党人的女儿华丽雅·契尔科娃公爵小姐结婚，背了一身债。阿历克赛几乎把父亲遗产的全部收入都让给了哥哥，只给自己留下每年两万五千卢布。阿历克赛当时对哥哥说，在他结婚以前，这些钱尽够他用了，而他大概永远不会结婚。他的哥哥正统率一个最豪华的团，又是新婚，不得不接受这笔赠予。他的母亲也有一份产业，除了上述两万五千卢布以外，每年又给阿历克赛两万卢布，但总是被阿历克赛花个精光。最近，母亲因他的不正当关系和离开莫斯科同他吵过嘴，不再寄钱给他。这样一来，过惯每年开销四万五千卢布生活的伏伦斯基，今年只有两万五千收入，境况自然就很困难了。他又不能向母亲要钱。他昨天收到母亲的一封信，特别生气，因为信中暗示，她愿意帮助他在社交界和军务上取得成功，但不愿支持他过有失上流社会面子的生活。母亲想用金钱来收买他的企图，深深刺伤了他的心，使他对她更加冷淡。然而，他又不能收回他已出口的慷慨诺言，虽然他现在模糊地预见到，他同卡列宁夫人的关系可能出什么事，觉得当时的诺言未免太轻率了，他这个没有成家的人也可能需要十万卢布的收入。但收回诺言是不可能的。他只要一想到嫂子，想到这位亲切可爱的华丽雅一有机会就要提到他的慷慨，说尽好话，他就明白要收回那项赠予是不应该的。这就同殴打妇女、偷窃或者说谎一样不应该。只剩下一个办法，伏伦斯基就毫不犹豫地决定了：向高利贷者借一万卢布（这是没有困难的），节约开支，再卖掉几匹跑马。他一作出这样的决定，就立刻写信给再三要向他买马的罗兰达卡。然后他差人去请英国骑师和高利贷者来，又照账单分配好他手头所有的钱。做完这些事，他写了一封冷冷的尖刻的回信给母亲。接着又从皮夹子里取出安娜的三张条子，重读一遍，把它们都烧掉了。他又想到昨天同她的谈话，便沉思起来。

20

伏伦斯基的生活特别幸福，因为他有一套原则，明确规定什么事该做，什么事不该做。这套原则包括的范围虽然有限，却是不容怀疑的。伏伦斯基从不越出这个范围，遇到他该做的事，他从来不犹豫不决。这套原则明确规定：欠职业赌棍的赌债必须还清，但欠裁缝的工钱可以不付；对男人不能撒谎，但对女人可以瞎说；不可以欺骗人家，但可以欺骗丈夫；不能饶恕人家的侮辱，但可以侮辱人家，等等。这种规则也许是不合理的，不正确的，但它们是不容怀疑的。伏伦斯基遵守这些原则，感到心安理得，可以在人前昂首阔步。直到最近，一涉及他同安娜的关系，他才开始觉得他的原则并非处处适用，将来还会出现一些找不到指导方针的困难和疑问。

他现在同安娜和她丈夫的关系，他觉得是简单明了的。在指导他行动的原则里，对这个关系有明确的规定。

她是一个正派女人，把爱情献给了他。他也爱她，因此在他看来，她应该获得与合法妻子同样的甚至更多的尊敬。要他用言语，用暗示去侮辱她，或者仅仅不向她表示一个女人应得的尊敬，那是他宁可砍掉自己的手也不干的。

他对社会的态度也是明确的。这件事大家可能知道，可能怀疑，但谁也不应该把它说出口来。要不然他会想办法叫那个饶舌的人闭嘴，并且尊重他心爱的女人虚假的名誉。

他对安娜丈夫的态度就更明白不过了，自从她爱上伏伦斯基以来，他就认为他对她的权利是不可剥夺的。她的丈夫只是一个多余的讨厌的人。这个人的处境无疑很可怜，但有什么办法呢？丈夫的唯一权利就是要求决斗，而这一着伏伦斯基在最初一瞬间就准备好了。

但是最近，在他和她之间出现了新的不可告人的关系。这种关系捉摸不定，使伏伦斯基害怕。昨天她刚向他宣布她怀孕了。他觉得这个消息和她对他的期待完全超越了指导他生活的那套原则。他确实感到惊惶失措了。在她向他宣布她怀孕的最初一刹那，他内心提醒他，要她抛下丈夫。他当时说了这话，但现在仔细一想，他清楚地看到还是不要那样做的好。同时，他心里一想到又觉得害怕——那样做恐怕不好吧？

“既然我叫她抛下丈夫，这就是说同我结合。我有那样的准备吗？现在我没有钱，叫我怎么把她带走呢？就算可以想办法……但我现在在服兵役，怎么能把她带走呢？不过，既然我这样说了，就得这样做，也就是得想办法筹款和退伍。”

他沉思起来。退不退伍的问题把他引到另一个只有他自己才知道的隐蔽而重要的生活趣味上来。

他从小就向往功名。这种向往，他自己并不承认，却十分强烈，以致这种欲望现在同他的爱情发生了冲突。他在社交界和军界的最初几步是成功的，可是两年前他犯了个愚蠢的错误。他想表示他这人独立不羁，能依靠自己的力量步步升级，竟谢绝了人家向他提供的职位，满以为这样一来可以得到更高的声誉。可是事实证明，他太自信了，人家从此不再过问他的事。他无可奈何，只得硬充好汉，装得落落大方，仿佛他不生任何人的气，也没有丝毫委屈情绪，只求人家不去干涉他的事，因为他很快乐自在。其实他去年去了一次莫斯科以后，心里就不快活了。他觉得做一个无所不能并且无求于人的人，已没有什么了不起，许多人开始觉得他毫无作为，只是个正直善良的小子罢了。他同卡列宁夫人的关系闹得满城风雨，倒给他增添了新的光彩，使折磨他的功名心得以暂时平息，可是一星期前它又在他身上觉醒了。跟他同样出身、同一圈子里的童年朋友，又是中等武备学校同届毕业生谢普霍夫斯科依，在学业和体操上，在惹是生非和追求功名上，一向都是他的劲敌，最近从中亚细亚回来。他在那边连升两级，获得了青年将军难得到手的奖章。

他一到彼得堡，大家就把他当作初露光芒的一级明星，议论纷纷。他和伏伦斯基又是同学，又是同年，却已当了将军，并且可能获得一个左右政局的要职。伏伦斯基呢，虽然独立不羁，风头很健，并且得到一个绝色女人的爱情，但毕竟只是一个自由自在的骑兵大尉。“当然，我并不羡慕也不能羡慕谢普霍夫斯科依，但他的升级提醒我，只要时机成熟，像我这样的人也是可以很快飞黄腾达的。三年前他的地位还跟我一样。我要是退伍，就会葬送自己的前途。留在军队里，就什么也不会丧失。她自己说过，她不愿改变现状。不过，既然我有了她的爱情，就不应该羡慕谢普霍夫斯科依。”他拈着小胡子，慢慢地从桌旁站起来，在房间里来回踱步。他的眼睛更加闪闪发亮。他觉得心情平静、愉快，这是每当他明确了自己的处境之后所常有的。一切都清楚明了，就像每次处理财务以后那样。他修了面，穿上衣服，洗了个冷水澡，出去了。

21

“我是来接你的。你今天处理了半天，”彼特利茨基说，“还没有处理完吗？”

“处理完了。”伏伦斯基回答，眼睛里露出笑意，小心翼翼地拈着胡子尖，仿佛把事务处理得井井有条以后，任何粗鲁的动作都会把它破坏似的。

“你每次处理完事情就像洗过澡一样，”彼特利茨基说，“我从格里茨基（他们那么称呼团长）那儿来，大家都在等你。”

伏伦斯基没有回答，他眼睛看着伙伴，心里却想着别的事。

“噢，这音乐就是从他那里来的吗？”他留神听着传到他耳朵里的熟悉的管乐器的低音以及波尔卡和华尔兹的乐曲，说，“他们在庆祝什么呀？”

“谢普霍夫斯科依回来了。”

“啊！”伏伦斯基说，“我还不知道呢。”

他的眼睛笑得更亮了。

既然伏伦斯基确信爱情就是他的幸福，情愿为恋爱牺牲功名，至少认为自己已经抱定这样的宗旨，他也就不妒忌谢普霍夫斯科依了，也不因为谢普霍夫斯科依回到团里不先来看他而生气。谢普霍夫斯科依是他的好朋友，这次回来他自然高兴。

“嘿，我太高兴啦！”

团长杰明占用了地主的一座大房子。宾主全部聚集在楼下宽敞的阳台上。在院子里，首先投入伏伦斯基眼帘的是一批站在大酒桶旁边、穿直领制服的歌手，以及被军官们簇拥着的团长强壮快乐的身子。团长走到阳台的第一级上，对站在一旁的兵士做着手势，大声吩咐着什么，声音压倒正在演奏奥芬巴赫的卡德里尔舞曲的乐队。几名兵士，一个骑兵司务长和几个下士同伏伦斯基一起走到阳台旁边。团长回到桌子旁，拿了一杯酒，又走到台阶上，举杯祝酒说：“为我们的老同事和勇敢的将军谢普霍夫斯科依公爵的健康干杯。乌拉！”

紧接着团长之后，谢普霍夫斯科依手里拿着酒杯，笑嘻嘻地走了出来。

“你越活越年轻了，邦达连科。”他对直立在他面前的司务长说。那个司务长已在服第二期兵役，但仍两颊红润，样子很年轻。

伏伦斯基三年没有看见谢普霍夫斯科依了。谢普霍夫斯科依蓄了络腮胡子，显得老成，但风采不减当年。他的相貌和风姿与其说是英俊动人，不如说是温文尔雅。伏伦斯基在他脸上看出的唯一变化，就是焕发着那种一帆风顺而又受到普遍尊重的人所常有的镇定自若的容光。伏伦斯基熟悉这种容光，因此立刻就在谢普霍夫斯科依身上察觉了。

谢普霍夫斯科依从台阶上下来，看见伏伦斯基。快乐的微笑使他更加容光焕发了。他向伏伦斯基抬抬头，远远地举起酒杯向他致意，同时用这个姿势表示他得先去应酬一下司务长。那位司务长已经伸长脖子，噘起嘴唇等待着接吻。

“啊，他来了！”团长叫起来，“雅希文还对我说你心情不好呢。”

谢普霍夫斯科依吻了吻英俊的司务长湿润娇嫩的嘴唇，又用手帕擦了擦嘴，走到伏伦斯基跟前。

“嘿，我太高兴啦！”他说，握着他的手，把他拉到一边。

“您招待他一下！”团长指着伏伦斯基，大声吩咐雅希文。接着就走到兵士们站着的地方。

“你昨天为什么没去赛马场？我还以为可以在那边看见你呢！”伏伦斯基打量着谢普霍夫斯科依说。

“我去是去的，可是迟到了。真该死！”谢普霍夫斯科依回答，接着对副官说：“请您替我平分给大家吧！”

于是他涨红了脸，匆匆地从皮夹子里掏出三张一百卢布的钞票。

“伏伦斯基！要吃点东西还是喝点酒？”雅希文问。“喂，拿点东西来给伯爵吃！先喝了这个吧！”

团长家的宴会持续了好久。

酒喝了很多。大家把谢普霍夫斯科依抬起来摇荡和抛掷了好一阵。接着又抬起团长来摇荡。然后团长亲自同彼特利茨基一起在歌手们面前跳起舞来。后来团长有点累了，坐在院子里的长凳上，向雅希文证明俄国比普鲁士优越，特别是在骑兵进攻这方面。宴会暂时停了一下。谢普霍夫斯科依走进屋子，到盥洗室去洗手，却在里面看见伏伦斯基。伏伦斯基正在用水冲头。他脱下制服，把汗毛很多的红色脖子伸到龙头底下，用手洗着脖子和头。伏伦斯基洗完了，在谢普霍夫斯科依旁边坐下来。两人坐在长沙发上，展开了一场彼此都很感兴趣的谈话。

“我从妻子那儿经常听到你的消息，”谢普霍夫斯科依说，“你常常看到她，我很高兴。”

“她同华丽雅很好。她们是我在彼得堡高兴会见的仅有的几位妇女。”伏伦斯基笑着回答。他预见到了他们谈话的题目，他对这题目很感兴趣。

“仅有的几位吗？”谢普霍夫斯科依微笑着问。

“我也知道你的情况，可不光是通过你的夫人，”伏伦斯基说，脸上露出严肃的神气来制止这样的暗示，“我为你的成功感到十分高兴，但一点儿也不觉得奇怪。我原希望你取得更大的成功呢。”

谢普霍夫斯科依微微一笑。伏伦斯基这种评语他听了显然很高兴，而且他认为无需掩饰这种心情。

“我呢，正好相反，老实说，我原来还不敢指望这么多。不过我是高兴的，十分高兴。我爱好功名，这是我的弱点，我承认。”

“如果你没有取得成就，你也许就不会承认了。”伏伦斯基说。

“那也不见得。”谢普霍夫斯科依又笑着说，“我不是说，没有这样的成就就活不成，但那太无聊了。当然可能是我错了，但我觉得我干自己所选择的这个行当还是有些才能的，而且不论什么权力落到我手里，总要比落到我认识的一些人手里好些，”谢普霍夫斯科依得意扬扬地说，“因此我掌的权越大，就越是高兴。”

“这种情况对你也许是这样，但不见得对别人都如此。我原来也有这样的想法，但我现在认为不值得光为这个而活着。”伏伦斯基说。

“对啦！对啦！”谢普霍夫斯科依笑着说，“我刚才不是说了吗？我听到了你的情况，听到你拒绝了……当然，我是赞成你的行为的。不过，干什么事都有一定的方法。我认为你的行为本身是好的，可是你的做法不对头。”

“既然做了也就算了。你知道我这人做事从不后悔。再说我现在也很不错。”

“很不错，这是暂时的。你不会就这样满足的。我对你哥哥就不说这种话了。他是个好小子，就像这里的主人一样。哦，他来了！”他又说，同时倾听着“乌拉”的叫喊声，“他很快活，可是你不会就此满足的。”

“我没有说就此满足了。”

“不仅如此，像你这样的人是很需要的。”

“谁需要？”

“谁需要？社会需要。俄国需要人才，需要一个政党，要不然统统都会完蛋。”

“你这话是什么意思？你是指别尔特涅夫那个反俄国共产主义者的政党吗？”

“不！”谢普霍夫斯科依因为人家怀疑他这样荒谬而气得皱起眉头，说，“这都是胡诌。这样的胡诌是永远避免不了的。根本就没有什么共产主义者。但搞阴谋的人总要捏造出一个有害的危险政党来。这是他们的惯技。现在需要一个像你我这样独立自主的人组成的强大政党。”

“这是为什么呀？”伏伦斯基说出几个当权者的名字，“为什么他们不能算是独立自主的人呢？”

“因为他们没有独立自主的财产，没有高贵的门第，不像我们这样生下来就接近太阳。他们会被金钱或者恩惠收买。他们要保持自己的地位，就得想出一套理论来。他们宣扬一种思想，一种理论，一种连他们自己都不相信的很有害的理论，目的只是为了取得官邸和俸禄。你看看他们的真实意图，也不过如此。也许我不如他们，我比他们愚蠢，虽然我看不出为什么我就不如他们。不过，至少有一点我们比他们强得多，就是我们不容易被收买。这样的人现在比什么时候都更需要。”

伏伦斯基用心听着，但吸引他注意的与其说是谢普霍夫斯科依的话，不如说是他对事业的态度。谢普霍夫斯科依已经在考虑同当权者斗争，并且有他的爱憎，可是他自己在公务上的兴趣，却只限于骑兵连。伏伦斯基也明白，谢普霍夫斯科依思考问题、理解事情的突出能力，他的聪明和口才在他所生活的圈子里是少见的。伏伦斯基在这方面妒忌他，虽然觉得这是可耻的。

“这方面我毕竟缺少一样重要的东西，”他回答，“我对权力不感兴趣。以前有过兴趣，但是过去了。”

“对不起，你这可不是真心话。”谢普霍夫斯科依笑嘻嘻地说。

“不，是真心话，是真心话！……现在是这样。”伏伦斯基为了表示真诚，加上说。

“是的，现在是真心话，这可是另一回事了；但这个现在不是永久的。”

“也许是的。”伏伦斯基回答。

“你说，也许！”谢普霍夫斯科依仿佛猜透了他的心思，继续说，“但我要对你说必定。也就是为了这个，我想看到你。你的行为是正当的。这一点我明白，但你不应当固执。我只要求你给我行动自由。我并不要庇护你……其实我为什么不能庇护你呢？你庇护过我多少次了！我希望我们的友谊重于一切。是的，”他像女人一样温柔地微笑着对他说，“你给我行动自由，退出你的团，我再悄悄地提拔你。”

“但你要明白，我什么都不需要，”伏伦斯基说，“但求一切保持原状。”

谢普霍夫斯科依立起身来，面对他站着说：

“你说但求一切保持原状。我懂得这是什么意思。但你听我说：我们的年纪相同，也许你认识的女人比我多。”谢普霍夫斯科依的微笑和姿势表示，伏伦斯基不用害怕，他会小心翼翼地轻轻接触伏伦斯基的痛处的。“但是我结过婚了，你可以相信我。正像谁说过的那样，你只要了解一个你所爱的妻子，你就比认识几千个女人更了解女人。”

“我们马上就来！”伏伦斯基对那个向屋子里张了一眼并请他们到团长那儿去的军官大声说。

伏伦斯基此刻很想听下去，想知道谢普霍夫斯科依还要对他说些什么。

“这就是我要对你说的话。女人——这是男子事业上的一大绊脚石。爱上一个女人，又要做一番事业，这很难。既要避免障碍又要随心所欲地爱一个女人，只有一个办法，就是结婚。怎么把我的想法说给你听呢？”爱好打比喻的谢普霍夫斯科依说，“等一等，等一等，有了，这好比背上有包袱，却要腾出双手来工作，唯一的办法就是把包袱绑在背上。这就是结婚。我结了婚，就有这样的体会。我的双手一下子腾出来了。但要是不结婚而背着这样的包袱，你的一双手就腾不出来，你就什么事也干不了。你看看马桑科夫，看看克鲁波夫吧。他们都是因为女人而毁了前程。”

“那是什么样的女人！”伏伦斯基想到同这两个人搞上关系的法国女人和女演员，说。

“女人的社会地位越巩固，情况就越糟，好比你不光是用双手背着包袱，而是先要从别人手里把它夺过来。”

“你从来没有谈过恋爱。”伏伦斯基低声说，眼睛瞪着前方，心里想着安娜。

“也许是的。但你要记住我对你说的话。再说：女人总是比男人更讲究物质。我们把恋爱看得很伟大，她们却总是很实际。”

“马上就来，马上就来！”他对进来的跟班说。其实跟班并不是像他所想的那样来请他们去。跟班交给伏伦斯基一封信。

“是仆人从培特西公爵夫人那儿给您带来的。”

伏伦斯基拆开信，脸唰地红了。

“我有点头痛，我要回家了。”他对谢普霍夫斯科依说。

“哦，那么再见了。你给我行动自由吗？”

“我们以后再谈吧，我会在彼得堡找到你的。”

22

已经五点多钟了，为了能及时赶到那里，并且不用大家都认识的马，伏伦斯基坐上雅希文的出租马车，吩咐车夫拼命快跑。这辆四座老式马车很宽敞。他坐在角落里，两腿搁到前座上，沉思起来。

模模糊糊地意识到他的财务已处理好了，模模糊糊地回想到谢普霍夫斯科依对他的友谊，还夸奖他是个有用的人才，还有最重要的事——期待眼前的幽会，这一切都溶合成生活的全部欢乐。这种心情是那么强烈，他不由得笑了。他放下两腿，一条腿搁在另一条腿的膝盖上，用手抱住，又摸摸昨天从马上掉下来摔坏的富有弹性的小腿。接着身子向后一仰，深深地舒了几口气。

“好哇，真好哇！”他自言自语。以前他对自己的身体也有一种愉快的感觉，可是从来没有像现在这样珍爱自己，珍爱自己的身体。他那强壮的腿稍微有点疼痛，他觉得很愉快；他深呼吸时胸部肌肉抽动，他也觉得很愉快。这晴朗而带点凉意的八月天气，使安娜感到心灰意懒，却使他觉得精神振奋，连刚才用水冲洗过的脸和脖子也感到爽快。在这户外的新鲜空气里，他觉得小胡子上搽过的润发油香得特别舒服。他从马车窗口望见的一切，在带有凉意的澄澈空气里的一切，在淡淡的夕阳下都显得像他一样健康、愉快和精神。在落日的余晖里闪耀着的屋顶，围墙和屋角的清楚轮廓，偶尔出现的行人和马车，一片宁静碧绿的树木和青草，种着马铃薯的畦沟整齐的田野，以及房屋、树木、灌木和马铃薯畦投下的斜影，一切都很美，就像一幅刚画好、上过光的风景画。

“快一点，快一点！”他把头伸到窗外，对马车夫说。接着从口袋里摸出一张三卢布钞票，塞到回过头来的马车夫手里。马车夫的手在车灯旁边摸索了一下，于是响起了呼呼的扬鞭声，马车就在平坦的大路上飞驰起来。

“除了这幸福，我什么，什么也不需要！”他眼睛盯着车窗之间的骨制铃钮，回忆着最近一次看到的安娜的模样，心里想。“我越来越爱她了。哦，傅列达官邸别墅的花园到了。她现在在哪里？在哪里？她怎么样？为什么她要约我在这里见面？为什么她要在培特西的信里附上一笔呢？”他直到现在才考虑这问题，可是已经没有时间了。马车还没有驶进林荫道，他就命车夫停车。接着他不等车停住，就打开车门，跳下车来，走进通往房子的林荫道。林荫道上一个人也没有；可是他向右边看了一眼，立刻就看见了她。她脸上遮着面纱，但他神魂颠倒地用目光捉住她那独特的步态、倾斜的肩膀和头部的姿势，他的全身立刻像通过了一股电流，他又兴奋地感觉到自己的存在，从两条腿富有弹性的动作，直到肺部的呼吸。他的嘴唇微微哆嗦起来。

她走到他跟前，紧紧地握住他的手。

“我请你来，你不生气吧？我非找到你不可。”她说。他透过面纱看见她紧闭嘴唇的严肃神气，心情立刻变了。

“我，我会生气！你怎么来的，要到哪儿去？”

“这没关系，”她说，把手放在他的手上，“来吧，我要跟你谈谈。”

他明白出了什么事，这不是一次欢乐的幽会。他在她面前不知所措；他还不知道她惊慌的原因，却感到这种情绪已经不知不觉传染给了他。

“什么事？什么事？”他问，用臂肘夹紧她的手臂，努力想从她的脸色上看出她的心事来。

她默默地走了几步，竭力振作起精神来，接着忽然站住了。

“我昨天没有告诉你，”她急促地喘着气，开始说，“我同阿历克赛·阿历山德罗维奇一起回的家，我把一切都告诉他了……我说我不能再做他的妻子……我什么都说了。”

他听着她说，不由得整个身子都向她倾侧过去，仿佛这样可以减轻她处境的痛苦。但她刚说了这几句话，他立刻就挺直身子，脸上露出高傲和严厉的神气。

“是的，是的，这样更好些，好上一千倍！我明白这在你是多么痛苦！”他说。

但她并没有听他的话，她琢磨着他脸上的表情。她看不出他心中首先出现的念头：如今一场决斗无法避免了。其实她的头脑里从来没有出现过决斗的念头，因此她对他脸上刹那间的严厉神气，作了别的解释。

她接到丈夫的信以后，心里明白一切都会照旧不变，她没有力量改变自己的状况，抛弃儿子，同情人结合在一起。在培特西公爵夫人家里过了一个早晨，更加强了这种想法。但这次约会对她来说还是极其重要的。她希望这次约会将改变他们的处境，将会拯救她。假如他听到这消息，果断地、热情地、毫不迟疑地对她说：“抛弃一切，跟我走！”她会抛下儿子，跟他一起跑掉的。可是这消息并没在他身上激起她所预期的变化，他只是好像受到了什么侮辱。

“我一点也不觉得痛苦。这是必然的事，”她恼怒地说，“你看……”她从手套里拉出丈夫的信。

“我明白，我明白！”他接过信，打断她的话说，但没有看信，竭力安慰她，“我只有一个愿望，我只有一个要求，就是打破这种局面，为你的幸福献出我的一生。”

“你对我说这话做什么？”她说，“这一层难道我还会怀疑吗？要是我怀疑……”

“谁来了？”伏伦斯基突然指着迎面走来的两个女人说，“万一她们认识我们呢。”他慌忙拉住她，拐到旁边一条小路上。

“唉，我不在乎！”她说。她的嘴唇哆嗦起来。他觉得，她的眼睛带着异样的愤恨从面纱底下看着他。“我说问题不在这儿，这一层我不会怀疑的；可是他写信给我说些什么，你看看吧。”她又站住了。

“可是他写信给我说些什么，你看看吧。”

又像最初一刹那听到她同丈夫决裂的消息时那样，伏伦斯基一面看信，一面不知不觉又想到他同那个被侮辱的丈夫之间的关系。现在，他手里拿着卡列宁的信，不由得想象着早晚总会收到的挑战书，想象着决斗的场面，那时他将像现在一样脸上露出冷淡而高傲的神气，向空中开一枪，然后面对着被侮辱的丈夫的枪弹。这当儿，他的头脑里又闪过了刚才谢普霍夫斯科依对他说的话，以及他自己早晨的想法——最好不要使自己受到束缚，但他知道这想法是不能告诉她的。

他一面看信，一面抬起眼睛来看他。他的眼神里没有果断的表情。她立刻看出，这件事他早就想过了。她知道，不论他对她说什么，他都不会把他的全部想法告诉她。她明白，她的最后一线希望落空了。这不是她所期待的局面。

“你看他算是一种什么人，”她颤声说，“他……”

“请你不要见怪，这样我倒觉得很高兴，”伏伦斯基打断她的话，“看在上帝分上，让我把话说完，”他继续说，眼神要求她让他说明他的意思，“我很高兴，因为事情不可能，绝不可能像他所想的那样维持原状。”

“为什么不可能啊？”安娜噙着眼泪说，显然已不再重视他说的话了。她觉得她的命运已经定了。

伏伦斯基本来想说，只要举行一场他认为无法避免的决斗，这种局面就不会再继续下去，但他说了别的话。

“不可能再这样继续下去。我希望你现在就离开他。我希望，”他感到困惑，脸也红了，“你能允许我来安排和考虑我们的生活。明天……”他刚开始说。

她不让他把话说完。

“那么儿子呢？”她叫道，“你看到他信上的话吗？他要把他留下，我可不能也不愿这样办。”

“可是，看在上帝的分上，究竟怎么好呢？把儿子留下还是继续过这种屈辱的生活？”

“谁过屈辱的生活？”

“所有的人，尤其是你自己。”

“你说屈辱的……不要这样说吧。这样的话对我来说已没有什么意思了。”她颤声说。她现在不要听他的假话。她心中只剩下他的爱情，她要爱他。“你要明白，自从我爱上你那天起，一切都发生了变化。对我来说天下只有一样东西，就是你的爱情。只要有了它，我就觉得自己很高尚，很坚强，对我来说没有什么事是屈辱的。我以我的处境自豪，因为……我自豪的是……自豪的是……”她说不出她自豪的是什么。羞耻和绝望的眼泪把她哽住了。她停住脚步，放声痛哭起来。

他也感到喉咙里有一样东西哽住，他的鼻子发酸，生平第一次觉得想哭。他说不出究竟什么事使他这么感动，他可怜她，但他觉得又无法帮助她，并且知道他是造成她不幸的原因，他做了错事。

“难道不能离婚吗？”他有气无力地问。她摇摇头，没有回答。“难道不能带着儿子离开他吗？”

“是啊，但这一切要由他决定。现在我得到他那里去了。”她冷冷地说。她认为，一切都将维持原状的预感并没有欺骗她。

“礼拜二我就要回彼得堡，一切都会解决的。”

“是的，”她说，“这事我们不要再谈了。”

安娜打发到傅列达花园门口来接她的马车已经到了。安娜同他告了别，乘车回家。

23

星期一是“六月二日委员会”的例会。卡列宁走进会议厅，照例同主席和委员们一一问好，这才一手按住给他准备好的文件，在他的座位上坐下来。在这些文件中有他所需要的材料和他准备做的声明提纲。其实他并不需要材料。一切他都记得清清楚楚，他无需背诵他要说的话。他知道，到了时候，当他看见政敌徒然装出一副若无其事的表情时，他的演说就会滔滔不绝地脱口而出，比他现在能够准备的更出色。他觉得他的演说内容是那么重要，句句话都意味深长。不过，在听例行报告时，他也会现出一副天真无邪的神气。瞧着他那筋脉毕露的白手，那么斯文地用长长的手指抚摸着面前白纸的两边，瞧着他那露出倦容的头微微侧向一边，谁也不会想到马上就会从他的嘴里滔滔不绝地吐出一些话来，引起轩然大波，促使委员们叫嚣和对骂，弄得主席不得不起来维持秩序。等报告一结束，卡列宁就用平静而尖细的嗓子宣布，关于处理非俄罗斯人的问题，他也有些意见要发表。大家的注意力都集中到他身上。卡列宁咳清喉咙，眼睛不看他的政敌，但像平时发言一样，选定坐在他面前的第一个人——一个在委员会里从来不发表任何意见的安静的小老头——作为视线的对象，开始叙述他的意见。当他谈到实质性问题时，他的政敌就跳起来反驳。这个委员会的一个成员斯特列莫夫也被触怒，和他辩论起来。于是会议上就发生了一场风波，但卡列宁胜利了，他的建议通过了。成立了三个新的委员会。第二天，在彼得堡一定的圈子里都在纷纷谈论这次会议。卡列宁的成功甚至超过他的预料。

第二天，星期二早晨，卡列宁醒来以后得意扬扬地想到昨天的胜利。当办公室主任想讨好他，把听到的有关委员会的情况向他报告时，他想装得若无其事，但还是忍不住微微笑了笑。

卡列宁同办公室主任一起研究公务，完全忘记了今天是星期二，是他规定安娜回来的日子，因此当仆人走来向他报告她来到时，他感到惊讶和不快。

安娜一早就到达了彼得堡。根据她的电报，派了马车去接她，因此卡列宁不会不知道她的来到。但她到家的时候，他没有出来迎接她。仆人告诉她他还没有出门，正在同办公室主任谈公事。她吩咐仆人告诉丈夫她已经来了，随即走进自己的房间，一面动手解开行李，一面等他进来，可是过了一小时还不见他来。她借口安排家务走到餐室，故意大声说话，希望他会过来，可是他没有来，虽然她听见他把办公室主任送到门口。她知道他照例很快就要去上班，她很想在他出去以前看到他，使他们之间的关系明确下来。

她在大厅里来回走了一会儿，断然向他那里走去。她走进他的书房，看见他穿着一身文官制服，显然就要出门，但他坐在小桌子旁边，双臂搁在桌上，眼睛无精打采地瞪着前方。他还没有看到她，她就先看到他。她看出他在想她的事。

他一看见她，想站起来，但又改了主意，接着他的脸唰地红了，这是她以前没有看到过的。他迅速地站起来，迎着她走来，没有看她的眼睛，却朝上看着她的前额和头发。他走到她面前，拉住她的手，请她坐下。

“您回来了，我很高兴。”他在她旁边坐下，说。他显然还想说些什么，嗫嚅了一下。他几次想开口，可是说不出来……她原来想好这次见面要奚落他责备他，但现在不知道说什么才好，而且可怜起他来了。这样沉默了好一阵。“谢辽查身体好吗？”他问，但不等回答又继续说，“我今天不在家里吃午饭，我现在就要走了。”

“我要到莫斯科去。”她说。

“不，您回来了，这很好，很好！”他说了一句，又停住了。

看到他没有力量开口，她就先开口了。

“阿历克赛·阿历山德罗维奇，”她凝视着他说，并没有在他盯住她头发的执拗目光下垂下眼睛，“我是一个有罪的女人，我是一个坏女人，但我还是和以前一样，和那天对您说的一样。我现在来就是要告诉您，我不能够作什么改变。”

“我并没有问您这个，”他突然坚决而愤恨地直盯住她的眼睛说，“我料到会这样。”在愤怒之下，他显然又恢复了自己的全部力量。“不过，正像我上次对您说过，又在信里写了的那样，”他声音尖锐地说，“我现在再重复一遍，我并不需要知道这个。这事我不加过问。做妻子的并非个个都像您这样贤惠，会这么急急忙忙地把如此愉快的消息告诉做丈夫的。”他特别强调“愉快的”三个字。“在社会上没有知道这事以前，在我的名誉没有受到损害以前，我对这事可以不加过问。因此我只是警告您，我们的关系应该维持原状，只有在您自己毁坏自己的名誉的情况下，我才不得不采取措施，来保全我的名誉。”

“但我们的关系不可能维持原状。”安娜怯生生地说，恐惧地瞧着他。

她又看见他那种镇定自若的姿态，那种像小孩子一样尖的嘲弄声音，她对他的嫌恶又压倒了对他的怜悯，她只感到害怕，但无论如何她要明确她的地位。

“我不能再做您的妻子了，既然我……”她刚刚开口。

他恶毒而阴冷地笑了起来。

“准是您所选择的那种生活影响您的思想。我既很尊敬您，又很轻视您……我尊敬您的过去，我轻视您的现在……您对我的话的理解离开我的原意很远。”

安娜叹了一口气，垂下头来。

“不过，我不能理解，像您这样具有独立思考能力的人，”他情绪激动地说下去，“竟会对丈夫坦率地说出自己的不贞，却不觉得这有什么不体面，仿佛您认为妻子忠于丈夫倒是不体面似的。”

“阿历克赛·阿历山德罗维奇！您要我怎么样？”

“我要我不至于在这里遇见那个人，要您的行为不至于使社会和仆人对您有闲话……要您不再同他见面。这看来不算过分吧？这样您就可以享受一个规矩妻子的权利，而不履行一个规矩妻子的义务。我要对您说的就是这一些。现在我得走了。我不回家吃饭。”

他站起身来，向门口走去。安娜也站了起来。他默默地点了点头，让她先走。

24

列文躺在草堆上过的一夜，并不是虚度的。他经营的农业使他产生反感，已经引不起他丝毫的兴致了。尽管是丰收的年景，但像今年这样遇到这么多挫折，他同农民之间发生这么多争执，那是从来没有过的，至少他觉得从来没有过。发生这些挫折和争执的原因，现在他完全明白了。他在工作中所尝到的乐趣，他通过劳动同农民的接近，他对他们、对他们生活的羡慕，他想过那种生活的愿望——这种愿望那天夜里对他已经不是梦想，而是计划，实行这个计划的详细办法他都考虑过了——这一切都大大改变了他对自己所经营的农业的看法，使他再也没有原来那样的兴致了。而且，他也不能不看到作为这个事业的基础的他同劳动者之间的不愉快关系。一群像巴瓦一样的良种母牛，全部耕过的肥沃土地，九块用灌木围住的平坦耕地，九十亩施过基肥的田地，几架条播机，等等——这一切都很优越，如果这些活是他自己或者他和同情他的人一起干的。可是现在他清楚地看到（他正在写一部有关农业的书，说明农业的主要因素是劳动者，这对他是很有帮助的），他所经营的农业只是一场他同劳动者之间的残酷而顽强的斗争，在这场斗争中，一方面，他那方面，自始至终要求努力把农活做得尽善尽美，而另外那方面，则是一切听其自然。在这场斗争中他还看到，他这方面是竭尽努力，而那一方面却是毫不出力，甚至毫无要求，结果工作做得对谁都没有好处，只白白糟蹋了很好的农具、很好的牲口和土地。最糟糕的是，不仅完全浪费了花在这方面的精力，而且现在，当他明白了这工作的意义以后，他不能不感觉到，他花费这些精力的目的也是毫无价值的。说实在的，他们之间在斗些什么呢？他竭力争取每一个小钱（他不得不争取，因为只要稍稍放松，他就没有足够的钱来偿付劳动者的工资），他们却坚持工作要轻松愉快，也就是像他们所习惯的那样。从他的利益出发，每个劳动者应该尽量多干活，应该经常留心，不要损坏播种机、马拉耙、打谷机，应该经常想到他在干什么；可是劳动者却希望工作尽可能轻松愉快些，多休息休息，尤其要紧的是要无忧无虑，不动脑筋。今年夏天，列文到处看到这样的情景。他挑定了长满野草和艾蒿的坏田，叫人在那里割苜蓿做干草，可他们总是割那些留种的好苜蓿田，借口是管家叫他们割的，还安慰他说，干草一定很出色，但他知道，他们这样做只是由于这些田割起来省力些。他派了一架翻草机去翻草，可是没有翻动几排草就坏了，因为农民坐在驭座上，看着巨大的机翼在头上挥动，觉得气闷，没有管好。他们对他说："老爷，您不用操心，婆娘们马上就会把它翻好的。"几架犁都损坏不能用了，因为农民在掉头的时候，根本没有想到要把犁头升起来。这样既折磨马匹，又毁坏田地，可是他们还叫列文不用担心。马随意闯进小麦田，因为没有一个农民愿意当守夜人。农民们违反列文的吩咐，还是轮流值夜，结果凡卡在白天干了一天活以后，在值夜时睡着了。他表示悔恨说："随您怎么处分好了。"三头最好的小牛胀死了，因为把它们放到再生的苜蓿田里，又不给它们水喝。他们还怎么也不相信，小牛是吃苜蓿吃得太多胀死的，还说什么有个邻居三天之内就倒毙了一百一十二头牲口。这种种事故的发生，并非因为有谁对列文或者他的农场怀恨在心；正好相反，他知道大家都很爱戴他，认为他这个老爷没有架子（这是最高的颂扬）。至于所以发生这样的事故，只因为他们希望干活轻松愉快，无忧无虑。他的利益，他们不但不关心，不理解，而且肯定同他们最公正的利益相对立。列文早就不满于自己对待农业的态度。他看到他的小船漏水，但他并没有去找寻漏洞，也许是故意欺骗自己吧。如今他不能再欺骗自己了。他所经营的农业，不仅不能吸引他，而且使他觉得厌恶。他再也干不下去了。

再说，吉娣现在离开他只有三十里，他想看到她，但又看不到。当他在她家的时候，陶丽曾经请他再去，去向她重新求婚。她还向他暗示，妹妹现在会接受他的求婚的。列文自从再次看见吉娣以后，自己觉得还是爱她的，但他不能到奥勃朗斯基家去，因为知道她在那里。他向她求婚而遭到拒绝，这件事就成了他们之间不可逾越的鸿沟。"我不能因为她不能成为她所爱的男人的妻子，就要求她做我的妻子。"他自言自语。这种想法使他对她变得冷淡和充满敌意了。"如今我同她说话不能不带责备的语气，看见她不能没有气，她也只会更加恨我，这是一定的。再说，在陶丽对我说了这番话以后，我怎么能再上她们家去呢？难道我能装作不知道她告诉我的情况吗？我去就要装得宽宏大量，原谅她，饶恕她。我要在她面前扮演一个饶恕她、把爱情恩赐给她的角色！……陶丽为什么要对我说这番话呢？我要是在无意中看见她，一切就很自然，可是现在已经办不到了，办不到了！"

陶丽给他送来一封信，要他借一副女式马鞍给吉娣。"我听说您有马鞍，"她在信里写道，“我希望您亲自把它带来。”

这可实在使他忍无可忍了。一个聪明体贴的女人怎么可以这样贬低自己的妹妹！他写了十次字条，都撕掉了，最后就不附回信，派人把马鞍送去。写信说他会去，那不行，因为他不能去；写信说他不能去，因为有事没工夫或者要出门去，那就更糟。他把马鞍送去不写回信，又觉得做了一件丢脸的事。第二天，他把感到厌烦的农事交托给管家，自己动身到遥远的苏罗夫斯基县去拜访他的朋友史维亚日斯基。在史维亚日斯基家附近有一些大鹬繁殖的沼泽，他不久前写信给列文，要列文履行很早答应的到他家小住的诺言。苏罗夫斯基县大鹬出没的沼泽早就吸引列文了，但他因为农忙一再延期没去。现在他很高兴远远离开谢尔巴茨基家，尤其是摆脱他的农活去打猎，因为在他心里烦恼的时候，打猎是最好的消遣。

25

到苏罗夫斯基县去既没有铁路，也没有驿车。列文就乘自备的老式四轮马车前去。

半路上，他在一个富裕的农民家停下来喂马。一个红光满面的秃头老农，留着宽阔的两颊上已发白的红棕色大胡子，出来开门。他靠在门框上，让这辆四轮马车驶进去。老头儿给车夫指指屋檐下一个座位，又请列文走进正房。新修的宽大院子收拾得干干净净，里面摆着几具烧焦的木犁。一个服装整洁的少妇，赤脚穿着套鞋，弯着腰，正在擦新盖的门廊里的地板。她被列文后面的猎狗吓了一跳，叫了起来，但后来知道这狗不会咬人，又立刻对自己的恐惧笑起来。她用光胳膊指指正房的门，又弯下腰，藏起她那美丽的脸，继续洗地板。

“您要茶炉子吗？”她问。

“好，麻烦你了。”

正房很大，里面有一个荷兰式火炉，还有隔板。圣像底下摆着一张描花桌子、一条长凳和两把椅子。门旁有一个食器柜。百叶窗关着，苍蝇很少，屋子里那么洁净，使列文担心那一路上跑来，又在水潭里洗过澡的拉斯卡会把地板弄脏，便强迫它留在门边的角落里。列文观察了一下正房，就走到后院去了。一个漂亮的少妇脚上穿着套鞋，摇晃着一担空水桶，跑在他前头，到井边去打水。

“快一点儿！”老头儿快乐地对她叫道，接着走到列文跟前。“啊，老爷，您是到史维亚日斯基家去的吧？那位老爷也常到我们这里来的。”他双臂靠在栏杆上，兴致勃勃地同列文攀谈起来。

老头儿正在讲他同史维亚日斯基的交情，大门轧轧地响了，在田里干活的人拉着犁和耙走进院子里。套着犁和耙的马匹很高大，皮毛很光泽。干活的显然都是家里人：两个小伙子穿着花布衬衫，戴着便帽；另外两个是雇工，一个年老，一个年轻，都穿着麻布衬衫。老头儿走下台阶，动手解马。

“他们在耕什么地？”列文问。

“耕马铃薯地。我们也算租了一小块地。费多特，你不要把骟马放出去，把它牵到食槽那儿，我套别的马。”

“哦，爸爸，我要的犁铧拿来了吗？”体格魁梧的小伙子问。他显然是老头儿的儿子。

“在……在门廊里，”老头儿把解下的缰绳绕了几圈扔在地上，回答，“趁他们在吃饭，你把它装好。”

相貌漂亮的少妇挑着满满一担水走进门廊里。不知从什么地方又来了几个女人：有年轻美貌的，有中年的，有年老难看的，有的带着孩子，有的不带孩子。

茶炉子的烟囱哑哑地响了。干活的人和家里人安顿好马匹，坐下来吃饭。列文从马车里取出食物，请老头儿一起喝茶。

“啊，我们喝过了，”那老农说，可是他显然高兴地接受了邀请，“现在再陪您喝一杯吧。”

喝茶的时候，列文打听到这个老农的全部家史。十年前，老头儿向一个女地主租了一百二十亩地，去年把这些地买了下来，又向邻近一个地主买了三百亩。他把一小部分最坏的地租给人家，自己一家人和两名雇工种了四十亩光景。老农诉苦说他的情况不好。但列文懂得，老头儿诉苦完全是客套，其实他的农场很兴旺。要是境况不好的话，他也不会以每亩一百零五卢布的价钱买进土地，也不会给三个儿子和一个侄儿娶媳妇，也不会在火灾以后两次盖房子，而且越盖越好了。老头儿嘴里尽管诉苦，但看得出他为自己的富裕，为他的儿子、侄儿、儿媳妇、马匹、母牛，特别是为他所经营的整个农场，理所当然地感到自豪。从老农的谈话中列文知道，他还采用了一系列新方法。他种了许多马铃薯，列文坐车经过时就看到他种的马铃薯已经开过花，在结实了，而他列文的马铃薯才刚刚开花。他用一架从地主那里借来的新式犁耕马铃薯地。他种小麦。老头儿筛黑麦，把筛下来的麦屑喂马。这件小事使列文特别钦佩。列文自己有多少次看到这种好饲料被糟蹋，总想把它收拾拢来，但总是办不到。这一点这个老农做到了，列文对他大为赞赏。

喝茶的时候，列文打听到这个老农的全部家史。

“娘儿们做什么吗？她们把它装起来放在大路上，大车来了就运走。”

“唉，我们地主拿雇工真是没有办法！”列文递给他一杯茶说。

“谢谢！”老头儿接过茶杯，回答，但指指他吃剩的一块糖，谢绝在茶里放糖。“同雇工怎么搞得好呢？”他说，“只会搞得你破产。就拿史维亚日斯基家来说吧。我们知道他家的土地黑得像鸦片，可是收成没有什么好称赞的。就因为照顾得不好嘛！”

“你种田不是也雇工吗？”

“我们干的是庄稼活。我们什么事情都自己动手。雇工不好，可以走，我们就自己来。”

“爸爸，费诺根要一点柏油。”穿套鞋的少妇走进来说。

“就是这么一回事，老爷！”老头儿站起来说。他画了好一阵十字，向列文道了谢，走出去了。

列文走到下房去叫车夫，看见全家的男人都围着桌子吃饭。婆娘们站在旁边侍候。年轻力壮的儿子嘴里满口麦粥，正在讲着什么笑话。大家都哈哈大笑，特别是那个穿套鞋的少妇，一边把菜汤倒在碗里，一边笑得非常快乐。

这个农家的幸福生活给列文留下了很深的印象，这很可能同穿套鞋的少妇的美貌有关，但这印象是那样强烈，使列文怎么也不能忘记。从老农家到史维亚日斯基家的一路上，他不时想到这个农家，仿佛在这印象里有什么东西特别吸引了他。

26

史维亚日斯基是本县首席贵族。他比列文大五岁，早就结婚了。他家里住着年轻的姨妹，列文很喜欢她。列文还知道，史维亚日斯基夫妇很想把这个姑娘嫁给他。他像一切未婚青年那样，对这种事是很敏感的。尽管他从来没有对谁谈起过，他心里却很清楚。他也知道，虽然他很想结婚，虽然从各方面看来这位迷人的姑娘会成为一个好妻子，但他同她结婚就像登天一样不可能，即使他没有爱上吉娣。这种想法使他到史维亚日斯基家做客所希望得到的快乐大打折扣。

列文接到史维亚日斯基邀请他去打猎的信，立刻就想到这件事。虽然如此，他认为史维亚日斯基有这种意思，完全是他毫无根据的猜想，所以他还是去了。此外，他在内心深处，还想考验一下自己，看看究竟对这位姑娘有没有感情。史维亚日斯基家的生活是极其愉快的，史维亚日斯基本人又是列文认识的最优秀的地方自治会活动家，列文对他很有好感。

史维亚日斯基是列文觉得困惑不解的一个人物。他们这种人的理论振振有词，但总是脱离实际，并没有什么独特的地方；他们的生活却非常刻板，一成不变，完全和理论不符，甚至是南辕北辙。史维亚日斯基是个极端的自由派。他蔑视贵族，认为多数贵族是秘密的农奴主，仅仅由于胆怯而不敢公开表态。他把俄罗斯看成像土耳其一样是个衰亡中的国家。他觉得俄国政府坏透了，简直不值得去认真批评政府的行为，但他又在为那个政府办事，是个模范的首席贵族，出门总是戴缀有帽徽的红帽圈制帽。他认为只有在国外才能真正像人那样生活，因此一有机会就出国，但他在俄国又经营着复杂的技术先进的农业，并且兴致勃勃地注意和了解俄国发生的一切。他认为俄国农民是处在从猿到人的过渡阶段，但在地方自治会里谁也不愿像他那样同农民握手，听取他们的意见。他不信神，不信鬼，什么也不信，却很关心改善牧师的生活，维持他们的收入，还竭力保存村里的教堂。

在妇女问题上，他是个激进派，主张妇女绝对自由，尤其认为妇女应该有劳动权。他虽然没有孩子，不过，他的和睦的家庭生活却使大家羡慕。他为妻子安排的生活，使她除了同丈夫一起关心怎样使时间消磨得更如意更快乐以外，什么事也不做，什么事也不能做。

要不是列文具有从最好方面看人的特点，他要了解史维亚日斯基的性格原是没有什么困难的；他会对自己说："不是傻瓜就是坏蛋。"事情也就一清二楚了。但列文不能说他是"傻瓜"，因为史维亚日斯基无疑是个聪明人，而且很有教养，平易近人。没有什么问题他不知道，但他非万不得已，不轻易显露自己的知识。列文更不能说他是个坏蛋，因为史维亚日斯基无疑是个正直、善良、聪明的人，工作积极热情，一向得到周围人们的赞扬。他确实从来没有做过什么坏事，也不会做什么坏事。

列文竭力想理解他，可是无法理解，而且总是把他和他的生活看成一个难解的谜。

史维亚日斯基同列文相处很好，因此列文敢于去试探他，去了解他对人生的基本观点，但总是徒劳。每当列文试图闯入史维亚日斯基内心世界的密室时，他就发现史维亚日斯基总有点狼狈，他的眼睛里总会现出隐约的恐惧，好像生怕列文看透他，他总是婉转地加以拒绝。

现在，在对农业感到失望以后，列文特别高兴到史维亚日斯基家去。且不说这一对万事如意的幸福夫妇和他们的安乐窝总会使他快乐；现在，他对自己的生活感到极其不满，他就更想知道史维亚日斯基之所以对生活如此开朗、坚定和快乐的秘诀。此外，列文知道他会在史维亚日斯基家遇到邻近几个地主，他现在特别想谈谈、听听有关收成、雇工等农事方面的问题。他知道一般都认为谈这些事是很庸俗的，但现在他却认为十分重要。"这些问题在农奴制时代也许并不重要，在英国也许并不重要。在这两种环境里，规章制度都已确立，但现在，在我们俄国，一切都颠倒了过来，一切都刚刚开始建立。在这种时候，怎样确立规章制度，就是我们的头等大事。"列文想。

打猎的成绩比列文预料的要差。沼泽干了，大鹬几乎没有了。他走了一整天，只带回来三只，但也像每次打猎回来那样，胃口和心情都很好，同时由于剧烈的体力活动，精神也很振奋。在打猎的时候，他仿佛什么也不想，可是情不自禁地又回忆起那个老农和他的一家。他们给他留下的印象，仿佛不仅要求他注意，并且要求他解决什么同他有关的问题。

晚上喝茶的时候，有两个地主为了委托代管产业的事跑来。这样就展开了一场列文所希望的有趣的谈话。

列文坐在茶桌旁，靠近女主人。他不得不同她和坐在对面的主人的姨妹谈话。女主人是个圆脸、淡黄头发、个儿矮小的女人，脸上一直现出酒靥和微笑。列文竭力想通过她解答她丈夫使他产生的重大哑谜，但他无法充分自由思索，因为感到局促不安。他感到局促不安，因为坐在他对面的姨妹穿着一件领口开成梯形的连衫裙，露出雪白的胸部。列文认为她是特意为他穿这件与众不同的服装的。她的胸部是那样白，或者说她的皮肤是那样白，这个敞胸的大开领就弄得列文心神不定了。他想象着，也许是错误地想象着，这开领是专门为他设计的。他认为他没有权利看它，就竭力不去看，但觉得她的领口开成这样都是他的过错。列文觉得他仿佛欺骗了谁，他要做一番解释，可是怎么也无法解释，因此一直红着脸，感到手足无措。他的局促不安也传染给了男主人漂亮的姨妹。但女主人看来并没留心这一点，有意拉她的妹妹一起加入谈话。

“您说，”女主人把开了头的话题说下去，“我丈夫对任何俄国东西都不感兴趣。恰恰相反，他喜欢出国，但在国外从来不像这里这样自由自在。在这里，他觉得是在自己人中间。他有许多事要做，他天生对什么事都感兴趣。哦，您还没有到我们学校里去过吧？”

“我看到了……就是那所爬满常春藤的房子吗？”

“是的，这是娜斯嘉的事业。”她指指妹妹说。

“您在亲自教书吗？”列文问，竭力想避免看她的领口，但不论他往哪里看，总是避不开它。

“是的，我一直在教书，但我们有一位很好的女教师。我们还教体操呢。”

“不，谢谢，茶我不要了。”列文说。他觉得这样有点失礼，但他无法继续谈下去，就红着脸站起来。“那边谈得很有趣呢。”他又说了一句，向桌子另一头走去。男主人和两个地主就坐在那里。史维亚日斯基侧身坐在桌旁，一只手臂搁在桌上，用这只手转动着茶杯，另一只手握住他的大胡子，把它弯到鼻子底下，再放下，仿佛在嗅着它。他那双乌黑发亮的眼睛，盯住那个留灰白小胡子的神情激动的地主，显然对他说的话很感兴趣。那地主在抱怨农民。列文明白，史维亚日斯基知道该怎样回答地主的这种抱怨，他只要一开口就可以把地主的话驳倒，但就他的身份来说，他不会这样回答，只能有趣地听着地主这番可笑的话。

这位留灰白小胡子的地主显然是个顽固的农奴主，长期住在乡下，对农业很热心。从他的服装——那件有点别扭的老式旧礼服，从他那双聪明忧郁的眼睛，从他那口条理清楚的俄语，从显然是长期习惯了的命令口气，从他那只被太阳晒黑的好看大手的果断动作，以及无名指上戴着的那个老式订婚戒指上，列文看出了他这个特点。

27

“哼，要不是舍不得抛弃长期经营的事业……花了那么多心血……我早就把它丢掉，卖掉，像尼古拉·伊凡诺维奇那样一走了事……去听听法国歌剧。”那个地主的苍老而聪明的脸上浮起愉快的微笑。

“可是您始终没有把它抛弃哇！”尼古拉·伊凡诺维奇·史维亚日斯基说，“可见还是有好处的。”

“好处只有一点，就是可以住在自己家里，不吃人家的饭，不受人家的气。再说，总希望农民将来会变得文明一点。可是，说起来您也许不会相信，他们就知道酗酒，放荡！他们只会一次又一次地分家，分得没有一匹马，没有一头牛。他穷得快饿死了，可是您去雇他来干活呢，他就会给您捣蛋，还要去向调解法官申诉。”

“那您也可以向调解法官申诉哇！”史维亚日斯基说。

“我申诉？我才不干呢！准会弄得流言蜚语满天飞，谁还高兴去申诉！譬如在饲养场，他们预支了工资，跑了。调解法官能拿他们怎么办？把他们释放了。只有乡法院和乡长才能维持秩序。乡长照老规矩鞭打他们。要不是那样，你只好抛弃一切，跑到天涯海角去了！”

这个地主显然在嘲弄史维亚日斯基，但史维亚日斯基不仅不生气，反而觉得他这人很好玩。

“可是我们管理我们的产业并不用那一套，”他笑着说，“我也好，列文也好，他也好。”

他指指另一个地主。

“是的，米哈伊尔·彼得罗维奇也在经营，可是您问问他，情况怎么样？难道那样的经营合理吗？”这地主说，显然故意用“合理”这个词。

“我经营的方式很简单，”米哈伊尔·彼得罗维奇说，“感谢上帝。我经营的方式就是到秋天付税以前把钱准备好。农民们跑来：‘啊呀，老爷，爸爸，救救命吧！’唉，都是自己的邻居农民，可怜哪。唉，我就给他们垫付了三分之一，同时对他们说：‘记住，孩子们，我帮了你们忙，以后如果有需要，你们也得帮我的忙：种燕麦也好，割草也好，收麦子也好。’同时讲定每户出多少劳役。他们中间也有没良心的，这是事实。”

列文早就熟悉这种宗法制作风，同史维亚日斯基交换了一下眼色，打断米哈伊尔·彼得罗维奇的话，又同那个留灰白胡子的地主说话。

“那您认为该怎么办？”他问，“现在应该怎样经营呢？”

“嗯，就像米哈伊尔·彼得罗维奇那么办嘛：或者收成对分，或者租给农民；这样办是行的，可就是毁了国家的总财富。我的土地用农奴劳动可以收种子的九倍，可是用对分制只能收三倍。解放农奴把俄国给毁了！”

史维亚日斯基眼睛里含着微笑对列文瞧了瞧，甚至露出一种隐约可辨的嘲弄神气；但列文并不觉得那地主的话可笑，他了解他们，超过了解史维亚日斯基。那地主继续说下去，反复证明为什么解放农奴毁了俄国，列文觉得他的话很对，对他来说很新鲜，是驳不倒的。这地主说的显然是他个人的想法，这是很难得的。他有这种想法，并非头脑闲着没事胡思乱想的结果，而是由于处在这种生活环境，由于过着与世隔绝的乡村生活，并且经过反复思考才产生的。

"您要明白，问题在于，一切改革都是强制推行的，"他说，显然想表示他并不缺乏教养，"您只要看看彼得大帝、叶卡捷琳娜女皇和亚历山大皇帝的改革，或者看看欧洲的历史就行了。特别是农业方面的进步。就说马铃薯吧，在我国也是靠强制才推广的。从前连木犁也不用。木犁恐怕还是封建时代输入的，而且一定也是强制推广的。在我们这个时代，我们地主，在农奴解放前就采用了各种改良农具，又是烘干器，又是扬谷机，又是肥料车，这种种农具我们都是强制推广的。农民们先是反对，后来就学我们的样。一到废除了农奴制，把我们的权力给剥夺了，我们的农业原来已经达到很高的水平，如今又落后到最野蛮最原始的状态。我是这样看的。"

"这怎么会呢？既然是合理的，你们还是可以照样雇人干活呀！"史维亚日斯基说。

"没有权啦！请问，我能靠谁去干呢？"

"对了，劳动力是农业的主要因素。"列文想。

"靠雇工。"

"雇工不愿好好干活，他们不肯用好的农具。我们的雇工只知道一件事——喝酒，喝得像猪一样烂醉，把你给他的东西统统毁掉。把马饮伤，把很好的马具弄断，拿轮胎去换酒喝，把铁片放到打谷机里弄坏打谷机。凡是不称他心的，他就讨厌，因此弄得整个农业水平都下降了。土地荒芜了，长满了野草，或者给农民瓜分了，原来可以收到一百万，现在只能收几十万；国家的总财富减少了。要是不那么搞，情况就不同了……"

于是他开始阐述他所设想的农奴解放计划，按照他的计划，这些缺点是可以避免的。

列文对他的话不感兴趣，但等他讲完，列文又谈起他最初的意见。他对史维亚日斯基说着，竭力想引他说出他的真实意见来：

"农业水平在不断下降，就我们现在同雇工的关系来说，要实行合理的经营是不可能的，这完全是事实。"他说。

“我不同意，”史维亚日斯基一本正经地反驳说，“我只看到，我们不善于经营农业，而且，在农奴制时代，我们搞农业的水平不是太高，而是太低。我们没有机器，没有好的役畜，没有管理制度，我们不会算账。您去问问当家人，他们就不知道怎么干有利，怎么干不利。”

“意大利式的会计！”那地主挖苦说，“不管您怎么算，他们总会把什么都糟蹋掉，弄得一点好处也没有。”

“为什么会被他们糟蹋呢？一架老爷打谷机，或者你们的俄国式压榨机，他们会弄坏，可是我那种蒸汽机他们就不会破坏了。一匹俄国马又怎么样呢？蹩脚种，揪住尾巴才肯跑，这样的马他们会给您糟蹋，可是荷兰马或者别的名种马，他们就不会糟蹋了。就是这么一回事。我们一定要提高农业水平。”

“要是有条件就好了，尼古拉·伊凡诺维奇！您有办法，可是我要维持一个儿子上大学，几个孩子念中学，我可买不起荷兰马呀。”

“可以向银行贷款嘛。”

“要把我最后剩下的东西都拍卖掉吗？不，谢谢啦！”

“说农业水平有进一步提高的必要和可能，我可不同意，”列文说，“我在干这件事，我有本钱，可是我毫无办法。我不知道银行对谁有利。至少我个人在农业上花的钱，全都亏本：养牲口，亏本；用机器，还是亏本。”

“这话很对！”留灰白小胡子的地主高兴得笑起来，附和说。

“也不止我一个人这样，”列文接下去说，“凡是合理经营农业的地主都是这样，除了少数例外，全都亏本。对了，您倒说说，您经营农业有利可图吗？”列文说。这当儿，他发现史维亚日斯基的目光中刹那间又出现了恐惧的神色。每次他想进入史维亚日斯基内心世界的密室，就会看到这种神色。

列文提出这个问题是不太诚恳的。女主人刚才喝茶的时候已经对他说过，今年夏天他们从莫斯科请了一位德国会计师来，他收取五百卢布的报酬，替他们核算了全部经济，发现他们亏空了三千多卢布。到底亏空了多少，她记不清楚，但那德国人连一分一毫都算出来了。

列文一想到史维亚日斯基的农庄有利可图，那地主就忍不住笑了笑，显然知道这位当上首席贵族的邻居会有什么好处。

“也许无利可图，”史维亚日斯基回答，“这只能说明，或者我是个坏当家，或者我把钱用在提高地租上了。”

“啊，地租！”列文惊奇地嚷道，“在欧洲也许可以有地租，那里花了劳动力土地就变好了，可是我们这里花了劳动力土地却变得更坏了，越耕越糟糕，所以谈不到什么地租。”

“怎么谈不到地租？这是法则呀！”

“那我们是违反法则的：地租对我们来说毫无作用，相反，它只会坏事。不，您倒说说，地租的理论到底有什么意思……”

“你们要来点酸牛奶吗？玛莎，给我弄点酸牛奶或者草莓来，”他对妻子说。“今年的草莓熟得特别晚。”

史维亚日斯基高兴地站起来，走开去，显然认为谈话已经结束。列文却觉得谈话才开始呢。

列文失去一个谈话的对手，只好同那个地主继续谈论。他竭力想对那个地主证明，一切困难都是由于我们没有掌握雇工的特点和习惯所造成的；但那个地主也像一切离群索居、独自思考的人那样，不善于理解别人的思想，特别固执己见。那个地主说，俄国农民都是懒猪，喜欢过猪一样的生活，要他们摆脱这种生活，需要权力，可是现在没有权力；需要大棒，可是我们变得太自由了，用了一千年的大棒忽然被什么律师和监狱所代替，在监狱里，他们供给该死的臭农民很好的汤，还要给他们计算有多少立方英尺空气。

“为什么您认为，”列文竭力想回到本题上来，说，“不可能建立一种对待劳动者的关系，来提高劳动生产率吗？”

“对俄国农民，这是永远办不到的！没有权力呀！”那个地主回答。

“怎样才能定出新的条件来呢？”史维亚日斯基吃过酸牛奶，点着一支烟，重新参加讨论。“对待劳动者的一切关系都是明确的、经过研究的，”他说，“野蛮时代的残余——原始公社和它的连环保自然而然地瓦解了，农奴制消灭了，剩下的只有自由劳动，而自由劳动的形式是确定不移的，非采用不可。雇农、短工、佃农——不外乎这些形式。”

“但欧洲不喜欢这些形式。”

“是不喜欢，所以在研究新形式。总会研究出来的。”

“我说的就是这个，”列文回答，“为什么我们自己不研究呢？”

“因为这同重新研究造铁路的方法一样。铁路是现成的，早已发明了。”

“但如果他们搞的对我们不适合，如果并不高明，那怎么办？”列文说。

在史维亚日斯基的眼神里，他又发现了恐惧的神色。

“嗳，这样我们可真是目空一切了。我们已经研究出欧洲正在研究的东西啦！这种话我听够了，但是，对不起，您知道欧洲在劳动组织问题上有些什么作为吗？”

“不，不很知道。”

“这个问题欧洲最优秀的人物现在都在研究。舒尔兹·特里奇运动[①]……再有，拉萨尔[②]论工人问题的大量著作……穆尔豪森市[③]的试验——这些您大概也知道吧？”

“我知道一点，但不太清楚。”

“不，您不用客气；这一切您知道得不会比我差。我当然不是社会学教授，但我对这个问题很感兴趣。要是您也感兴趣的话，您就去研究研究吧。”

“那么他们得出什么结论来了？”

“对不起……”

两个地主站了起来。史维亚日斯基又一次制止了列文想窥察他内心世界秘密的讨厌习惯，走出去送客人。

28

这天晚上，列文同太太们在一起感到很无聊。他想到，对农业不满，现在不是他一个人的感觉，而是俄国的普遍情况；要使劳动者对待劳动处处都像他到史维亚日斯基家去途中那个老农那样，这并不是梦想，而是必须解决的问题。这些想法使他特别激动。他认为这个问题是可以解决的，而且应该设法解决。

列文向太太们道了晚安，答应明天再待一天，同她们一起骑马到公家树林里去参观一个有趣的天然陷坑。他在睡觉以前走进主人书房，去借史维亚日斯基介绍给他的有关劳动问题的几本书。史维亚日斯基的书房很大，四壁摆满书橱，有两张桌子——一张是摆在房间中央的大写字台，另一张是圆桌，桌子中央放着一盏灯，周围呈星形陈列着各种文字的最新报刊。写字台旁边放着一个文件柜，每个抽屉都标着金字。

史维亚日斯基取出书，在摇椅上坐下来。

“您在看什么呀？”他问站在圆桌旁翻阅杂志的列文。

“哦，对了，这里面有一篇很有趣的文章。”史维亚日斯基就列文手里拿着的那本杂志说。“原来瓜分波兰的罪魁祸首完全不是腓特烈，”他兴致勃勃地说，“原来……”

于是他以他特有的明快语言简要地叙述了这个十分重要而有趣的新发现。列文现

① 舒尔茨·特里奇（1803—1883），德国资产阶级经济学家，合作运动创办人。

② 拉萨尔（1825—1864），德国哲学家，工人运动的杰出领袖。

③ 法国亚尔萨斯的城市。

在想得最多的是农业方面的问题，但他听着主人的话，心里不禁问："他头脑里究竟在想些什么？为什么，为什么他对瓜分波兰那样感兴趣？"等史维亚日斯基讲完了，列文不禁问："那么怎么样？"可是史维亚日斯基什么也没回答。他感兴趣的只是"原来"怎么样。他没有说明，并认为没有必要说明为什么他感兴趣。

"唉，我对那个好生气的地主倒很感兴趣呢！"列文叹了一口气说，"他这人很聪明，懂得许多道理。"

"哼，算了吧！他是个顽固的暗藏的农奴制拥护者，他们全是的！"史维亚日斯基说。

"您是他们的领头人哪……"

"是的，只是我把他们往另一个方向领。"史维亚日斯基笑着说。

"我最感兴趣的是，"列文说，"他说得对，他说我们要合理经营农业行不通，只能像那位文静的地主那样放放高利贷，或者用最普通的方式经营农业。这该怪谁呢？"

"当然应该怪我们自己。再有，说行不通也是不对的。华西里契科夫就行通了。"

"工厂……"

"可我还是不知道什么事使您感到惊奇。农民的物质水平和精神水平都还很低，他们总是反对他们所不熟识的东西。在欧洲，合理经营农业行得通，因为农民受过教育。因此，我们也一定要教育农民——就是这么一回事。"

"但究竟怎样教育农民呢？"

"教育农民需要三样东西：第一是学校，第二是学校，第三还是学校。"

"但您自己刚才说，农民的物质水平很低。学校又有什么用呢？"

"哦，您使我想起一个劝告病人的笑话来：'您最好试一试泻药。''试过了，反而更糟。''试一试水蛭疗法。''试过了，反而更糟。''啊，那就只好祷告祷告上帝了。''试过了，反而更糟。'我同您也是这样。我说政治经济学，您说反而更糟。我说社会主义，您说反而更糟。我说教育，您说反而更糟。"

"那么学校到底有什么用呢？"

"学校能满足农民的其他需要。"

"哦，这我可怎么也弄不懂！"列文情绪激动地反驳说，"学校怎么能帮助农民改善他们的物质条件呢？您说学校、教育会满足他们的其他需要。这就更糟了，因为这些需要他们无法满足。加减法和教义问答怎么能帮助他们改善物质条件呢？这我可永远也弄不懂。前天晚上，我遇见一个农妇抱着奶娃娃，我问她到哪儿去。她说：'去找巫婆，哭鬼缠住了娃娃，我抱他去治一治。'我问，巫婆怎么能治好哭病呢？'她会把孩子放在鸡笼上，再念念咒。'”

“瞧，您自己回答了问题！要她不把孩子抱到鸡笼上治哭病，这就需要……”史维亚日斯基快乐地笑着说。

“嗳，不，”列文沮丧地说，“我只是用这种治疗方法来比喻用学校治疗农民。农民贫穷无知，这我们看得很清楚，就像农妇看见哭鬼一样，因为那孩子在哭。至于为什么学校能治这贫穷无知的毛病，那就不明白了，就像为什么鸡笼可以治疗哭病一样。要把农民贫穷的病根治好。”

“啊，您至少在这一点上同您那么不喜欢的斯宾塞[①]不谋而合了。他也说，教育可能是生活福利和舒适的结果，像他所说的，是经常洗涤的结果，可不是会读书和计算的结果……”

“嗯，说我同斯宾塞不谋而合，我很高兴，或者相反，我感到很不高兴。其实这一层我早就知道了。学校没有用处，有用的是那种可以使农民富裕些、空闲些的经济设施——到那时也就会有学校了。”

“现在全欧洲的学校都是义务的。”

“那您自己在这方面同斯宾塞怎么这样一致呢？”列文问。史维亚日斯基的眼睛里又闪过恐惧的神色，接着他微笑着说：

“嘿，这个治疗哭病的故事太妙啦！真是您亲自听见的吗？”

列文明白，他是无法找到这个人的生活同思想之间的联系的。他的议论会得出什么结论，他显然毫不在乎，他只要议论议论就行了。当他的议论不能自圆其说时，他就不高兴了。他不喜欢出现这样的局面，总是竭力避免，把话题引到别的有趣的事情上去。

这一天的全部印象，从途中那个老农给他的印象——这个印象成了一天里所有印象和思想的基础——起，都使列文十分激动。这位可爱的史维亚日斯基，他有许多思想只是为了应付社会，他显然还有一些列文所不知道的生活原则，同时他同无数群众在一起，用一些同他自己格格不入的思想来指导舆论；那位牢骚满腹的地主，他因在生活中感到苦恼而发的议论很对，可是他对整个阶级、对俄国最优秀阶级的怨气却是不对的；还有，列文不满于自己的活动，并且模模糊糊地希望能纠正这些情况，这一切都交集在一起，使他感到苦恼，并期望能尽快解决这些问题。

列文独自待在为他安排的房间里，躺在手脚稍一活动都会弹起来的弹簧垫子上，

---

① 赫伯特·斯宾塞（1820—1903），英国唯心主义哲学家，社会学家。

好久睡不着觉。史维亚日斯基虽然说了许多聪明话，列文却一点也不感兴趣；但他觉得那个地主的意见倒是值得考虑的。列文不禁回想着他所说的每一句话，并且在心里修正他自己的回答。

“是的，我应该这样对他说：‘您说我们的农业不行是由于农民憎恨一切改良，要实行改良非强制不可。如果您的农业不改良就毫无办法，那么这话是对的。其实只要雇工能像我在途中看到的那个老农那样干活，农业还是搞得上去的。我们大家都对农业现状不满，这说明不是我们错了，就是雇工们错了。我们一向照我们的方式，照欧洲的方式，一个劲儿地干，也不问劳动力究竟怎样。我们不要把我们的劳动力看作理想的劳动力，应该承认它是具有独特本能的‘俄国农民’，并根据这情况来安排农事。假定说，我应该这样对他说：‘您像那位老农一样经营农业，您有办法使雇工关心收成，并且找到他们所能接受的改良办法，那么，您就不会糟蹋土地，就可以使收成增加一倍或者两倍。您把收成对分，一半给劳动者。这样，您自己留下的会多得多，劳动者也会得到更多。要做到这一点，必须先缩小经营规模，促使雇工关心农业收成。至于怎样做，这可是个复杂的问题，但无疑是办得到的。’”

这个想法使列文非常兴奋。他半夜没有睡着，仔细考虑怎样实行这个想法。他本来不打算第二天回去，但现在决定明天一早就回家。还有，这个穿敞领连衫裙的姨妹使他产生一种近乎做了什么坏事后的羞耻和悔恨的感觉。主要的是他必须毫不迟疑地立刻回去，赶在冬麦播种以前向农民提出新的计划，好用新的办法来下种。他决心彻底改变他的农业经营方法。

29

列文实行他的计划，遇到许多困难。他努力奋斗，成绩虽然不如他的期望，但他确实尽了力，并相信这事是值得做的。主要困难之一是，农事已在进行，不能中途停顿，从头来起，只好在运转中调整这架机器。

他回家的当天晚上，就把计划告诉了管家。管家欣然同意他的一部分话，就是他以前所做的一切都是荒唐的、不合算的。管家说，这意见他早就说过了，但老爷就是不肯听他的话。至于列文建议让他同劳动者合伙经营各种农业，管家听了垂头丧气，没有表示任何明确意见，接着就立刻说到明天必须把剩下的黑麦捆运走，派人去耕第二遍地，这就使列文感到现在还不是谈论这个问题的时候。

列文同农民们谈起按新的条件把土地出租给他们时，他也遇到同样的困难：他们是那么忙于当天的农活，根本没有工夫考虑他提出的计划的利害得失。

头脑简单的饲养员伊凡似乎完全懂得列文的建议——让他全家分享饲养场的利益——完全赞成这个建议。但当列文反复说明未来的利益时，伊凡的脸上却现出焦虑和歉疚的神色，表示他不能再听下去了，还匆匆地给自己找些刻不容缓的工作：忽而拿起叉把干草从牲口棚里叉出来，忽而去打水，忽而去出厩肥。

另一个困难是农民绝对不相信，地主除了尽量掠夺他们之外还有其他目的。他们坚信，不管他对他们怎样说，他的真正目的是永远不会告诉他们的。他们自己呢，发表意见时会说许多话，可是也绝不会说出他们的真正目的来。此外，列文认为那个满腹牢骚的地主说得对，农民在订任何契约时，最重要的不可动摇的一条就是，不能强迫他们采用任何新的耕作方法，使用新式农具。他们承认，新式犁耕地耕得比较好，快速犁用起来更顺手，可是他们会举出千万条理由来拒绝使用任何新式犁。列文相信这样一定会降低农业水平，但抛弃那分明有利的改良方法，他又觉得可惜。不过，尽管存在这些困难，他还是达到了目的，到秋天就开始实行新计划，至少他认为是这样。

起初列文想把整个农场按照新的条件出租给农民、雇工和管家，但不久他相信这是办不到的，就决定把农场分成几部分。饲养场、果园、菜园、草地和分成几块的耕地，都应该分开来管理。列文觉得，头脑简单的饲养员伊凡比谁都理解他的计划。他成立了一个主要由他家里人组成的合作社，加入了饲养场。远处一块荒了八年的耕地，靠着聪明的木匠雷祖诺夫的帮助，由六家农民照新的合作条件负责耕种。农民舒拉耶夫按照同样的条件，负责管理所有的菜园。其余的土地照原来方式耕种，但这三个组是新法经营的开端，列文也全力以赴。

真的，饲养场的情况至今没有好转。伊凡坚决反对牛棚保暖和提取新鲜奶油，认为牛养在冷的地方可以少吃饲料，做酸奶油比新鲜奶油更有利可图。他还要求同过去一样付工资给他，对于他所领到的不是工资，而是利润的一部分预支，他丝毫不感兴趣。

事实上，雷祖诺夫的合作社借口时间来不及，没有照合同规定耕两遍地。结果是，这个社的农民虽然应按照新的条件耕作，却不把土地看作共同的土地，而仍旧看成对分制的租地。这个社的农民和雷祖诺夫本人都对列文说："您最好还是收收地租，这样您省事些，我们也自由些。"此外，这些农民还用种种借口，一再拖延契约规定的盖饲养场和干草棚的事，一直拖到冬天。

舒拉耶夫应该把他负责的菜园分块租给农民，可是他显然曲解了土地租借给他的条件，而且看来是故意曲解的。

还有，当列文同农民谈话，向他们说明计划的种种好处时，他常常发觉农民们并没有把他的话听进去，并且不管他怎么说，他们总是表示绝不受骗上当。这一点，当他同那个最聪明的农民雷祖诺夫谈话时，感觉特别强烈。他还在雷祖诺夫的眼睛里看出一副神气，就是分明在嘲笑他列文，还明确表示，即使有人受骗上当，可绝不是他雷祖诺夫。

但是，尽管有这些情况，列文还是觉得计划可行，只要严格实行核算，坚持他的意见，将来总能向他们证明这种办法的好处，事情自然也就可以继续干下去了。

这些事情，加上手头其他事务和书房里的写作占用了列文整个夏天的时间，使他简直没有工夫打猎。八月底，他从陶丽派来还马鞍的仆人那里知道，奥勃朗斯基一家到莫斯科去了。他由于现在想起来都不能不脸红的粗野无礼，当时没有给陶丽写回信。这个行为真是破釜沉舟，使他再也不好意思到他们家去了。他和史维亚日斯基不告而别，也同样粗野无礼。他再也不会去看他们了。现在他对这些事都毫不在乎。经营农业的新计划占据了他的全部身心，他有生以来还没有一件事如此吸引过他。他翻阅史维亚日斯基借给他的书，抄下他所没有的资料，翻阅有关这个问题的政治经济学和社会主义著作，但不出他所料，找不到同他所进行的事有关的资料。他希望从政治经济学里，譬如从他最早热心研究过的穆勒[①]的著作里，获得他所关心的问题的解答，却只找到从欧洲农业情况中得到的规律，但他怎么也不明白，这些不适用于俄国的规律怎么会具有普遍意义。他在有关社会主义的著作里也看到同样的情况：不论是学生时代迷惑过他，但不切实际的美妙幻想，或者是改良和挽救欧洲农业现状的办法，都同俄国农业毫无关系。政治经济学里说，欧洲财富过去和现在发展的规律是普遍性的、不变的。社会主义的著作却说，按照这种规律发展，最后必然灭亡。前者和后者不仅都没有解答，甚至没有稍稍暗示，他列文，以及俄国所有的农民和地主，该怎样用千百万双手去耕种千百万亩土地，来提高生产，增进公共福利。

既然他已着手研究，就认真阅读有关这个问题的各种书籍，还准备秋天出国实地考察，以避免他在研究其他问题时经常遇到的情况。往往他刚开始理解对方的思想，说出他自己的想法，对方就会突然对他说：“那么考夫曼、琼斯、杜波依斯、米契里是怎么说的？您没有读过他们的著作吧？您去读一读，这个问题他们早就研究过了。”

他现在看得很清楚，考夫曼和米契里并没有什么东西可以告诉他。他知道他需要什么。他看到俄国拥有出色的土地，出色的劳动者，在有些场合，譬如途中那个老农，

① 穆勒（1773—1836），英国庸俗经济学家，著有《政治经济学要义》。

劳动者和土地能提供丰富的产品；但在多数场合，用欧洲方式投资，产量就很少。这完全是因为劳动者只有按照他们自己的方式才愿意工作，才肯好好工作。这种对立不是偶然的，而是永恒的，同人民的精神密切关联的。他想，俄国人民负有自觉地开发广大荒地的使命，直到荒地开完为止，他们为此沿用适当的方式，而这种方式并不像一般人所认为的那么坏。这一点，他想在他的著作里用理论来加以阐述，在他的农业实践中加以证明。

30

九月底，为了在租给合作社的土地上建筑牲口棚，运来一批木材，还卖掉了奶油，分配了利润。事实上，农事搞得很出色，至少列文认为是这样。为了要在理论上阐明一切，完成著作——按照他列文的梦想，不仅要在经济学方面引起一场革命，而且要彻底破除旧的科学，奠定农民与土地关系的新科学的基础——必须出国访问一次，去实地考察这方面的情况，找到确凿的证据，证明那里所做的一切都是错的。列文只等小麦卖掉，弄到一笔钱就出国去。但是天开始下雨，留在田里的谷物和马铃薯无法收割，弄得一切工作都停顿了，连小麦都无法卖出去。道路一片泥泞，无法通行；两架风车被洪水冲走，天气越来越坏。

九月三十日，太阳一早就出来了。列文满以为天气好了，断然开始准备动身。他吩咐把小麦装车，派账房到商人那里去取钱，自己骑上马到农场各处去，以便在动身前最后作些安排。

列文办完一切事，浑身湿透，雨水从皮衣领子流进他的脖子，流进他的皮靴，但他傍晚回家，心里很兴奋。傍晚天气更坏了，大粒的雪糁沉重地打着浑身湿透、耳朵和脑袋直打哆嗦的母马，使它侧着身子走，但列文戴着风帽觉得很舒服。他兴致勃勃地向周围眺望，忽而望望流着浑浊的水的车辙，忽而望望每条光树枝上淌着的水滴，忽而望望桥板上点点没有融化的白色雪糁，忽而望望光秃的榆树周围堆得厚厚的充满液汁的新鲜落叶。周围的景色虽然阴沉，可他还是异常兴奋。他同较远村子的农民谈话，发觉他们对新的关系已开始习惯了。他走到一个管房子的老头儿家里去烤衣服，那老头儿显然很赞成列文的计划，自动提出要求入伙购买牲口。

“只要坚定不移地努力工作，就一定能达到目标，”列文想，“努力工作是有意义的。这不是我个人的事，而是关系到公共福利的问题。整个农业，主要是全体农民的处境，必须彻底改变。必须以人人富裕来代替贫穷，以利害一致来代替互相敌视。总之，这是一场不流血的革命，但是极其伟大的革命，先从我们一个县的小范围开始，然后扩展到全省，然后全俄国，然后全世界。一种正确的思想绝不会没有成果。是的，这是一个值得为之奋斗的目标。至于我列文曾经系着黑领带去赴舞会，向吉娣求婚遭到拒绝，而且自己觉得那么可怜，那么不中用——这一切都无足轻重。我相信，富兰克林[①]想到自己，也一定会觉得自己毫无用处，对自己毫不信任。这都无足轻重。他一定有他的阿加菲雅，可以把他的计划向她和盘托出。”

列文就这样沉思着摸黑回到家里。

到商人那里去的账房回来了，带回一部分小麦钱。同管房子人的合同订好了。账房一路上看见田野里到处堆着麦子，他们没有来得及把一百六十堆麦子运走，同人家简直不能相比。

晚饭后，列文照例拿了一本书坐到安乐椅上，一面看书，一面继续想着同著作有关的当前这次出国旅行。今天他特别清楚地认识到他的工作的全部意义，他的头脑里也自然而然地形成整段整段说明他思想的文章。他想：“应该把它记下来，它可以成为一篇简短的序言。我原以为这是不必要的。”他起身向写字台走去；躺在他脚边的拉斯卡伸了个懒腰，也站起来，对他望望，仿佛在问到哪里去。但列文没有来得及把他的想法记下来，因为几个管事的农民来了，列文只得到前厅去接见他们。

明天的工作安排完毕，又接见了几个有事找他的农民以后，列文回到书房里，坐下来工作。拉斯卡躺在桌子底下；阿加菲雅坐在她的老位子上织袜子。

列文写了一会儿，忽然历历在目地想到了吉娣、她的拒绝和他们最后一次的见面。他站起来，在屋子里踱来踱去。

“您可用不着烦恼，”阿加菲雅对他说，“哎，您为什么老坐在家里呀？可以到温泉去住一阵，反正您要出门去。”

“我准备后天就去，阿加菲雅。我得把事情办完哪。”

“哼，您有什么事情！难道您奖赏庄稼汉奖赏得还不够吗！人家已经在说：‘你们家老爷会得到皇上恩典的。’真奇怪，您替庄稼汉操心干什么？”

“我不是为他们操心，我是为自己工作。”

列文的农业计划阿加菲雅全都知道。列文常常把他的想法毫无保留地告诉她，不时同她争论，不同意她的解释。但这会儿她完全误解了他的话。

“当然应该首先想到自己的灵魂。”阿加菲雅叹息道，“嗯，就说巴尔汶·杰尼索

---

① 富兰克林（1706—1790），美国资产阶级民主主义者，科学家。

奇吧。虽说他不识字，却死得清白，但愿每个人都能像他那样，”她说到不久前死去的男仆，“给他授了圣餐，涂了圣油。”

“我说的不是这个，”列文说，“我是说，我这样做是为了自己的利益。要是庄稼汉干活干得卖力，我的好处也就大了。”

“哼，不管您怎样做，假如他是个懒鬼，他处处都会偷懒的。假如他有良心，他会好好干；假如他没有良心，你也毫无办法。”

“哦，可是您自己不是也说，伊凡照顾牲口比以前好了。”

“我要说的只有一句话，”阿加菲雅回答，显然不是随口说说，而是经过认真考虑的，“您该成亲了，真的！”

阿加菲雅提到的这件事——列文刚才也想过——使他觉得又伤心又委屈。他皱起眉头，没有回答她，又坐下来工作，重新思考这项工作的意义。在一片肃静中，他只间或听到阿加菲雅编织袜子的声音，不禁又想到了他不愿想到的事，就又皱起眉头来。

九点钟，他听见铃铛声和马车在泥地上滚动的重浊响声。

“啊，有客人来看您了，不会冷静了。”阿加菲雅说，站起来向门口走去。但列文抢在她的前头。这会儿他的工作不顺手，正欢迎有客人来，不管是谁都好。

31

列文跑到半楼梯，听见前厅里传来熟识的咳嗽声；但因为自己脚步声的影响听不清楚，他很希望是他听错了。接着他就看见一个熟识的瘦骨嶙峋的高高的身影；看来是不会错的，但他还是希望是他弄错了，希望这个脱下外套、咳清喉咙的高个子不是他的哥哥尼古拉。

列文爱他的哥哥，但同他在一起总感到痛苦。这会儿，列文由于袭上心头的思绪和阿加菲雅提到他的心事，正心烦意乱，同哥哥见面就觉得格外不舒服。他希望见到的是那种心情开朗、身体健康的外来客人，好在这心绪不佳的时刻给他解解闷儿，可是现在来的却是他的哥哥。他对弟弟的心事了解得一清二楚，他会唤起弟弟最隐秘的思想，迫使他把他的心事和盘托出，而这却是他所不愿意的。

列文一面因产生这种要不得的感情而生自己的气，一面跑到前厅。他一到近处看看他的哥哥，那种失望的心情立刻消失了，代替它的只是怜悯。哥哥尼古拉的消瘦和病容以前就够可怕的了，现在变得更瘦更憔悴了。他简直是一具皮包骨头的架子。

他站在前厅里，抽动细长的脖子，摘下围巾，异样地苦笑着。列文一看见他这种朴实谦卑的微笑，觉得喉咙里有样东西哽住了。

“啊，我到你这里来了！”尼古拉一直盯住弟弟的脸，哑着嗓子说，“我早就想来了，但身体老是不好。现在可好多了。”他用瘦削的大手摸摸胡子，说。

“噢，噢！”列文答应着。他亲吻时感到哥哥皮肤的干枯，又那么接近地看到哥哥那双流露出异样光辉的大眼睛，他越发觉得害怕了。

几个星期前，列文写信给哥哥，告诉他家里那块未分的产业卖掉了，他现在可以分到近两千卢布。

尼古拉说，他现在来拿这笔钱，但更重要的是到老家来住一阵，接触接触家乡泥土，好像古代勇士那样养精蓄锐，来应付面前的工作。他虽然更加弯腰曲背，高高的个子瘦得更加刺眼，他的动作却依旧很敏捷急促。列文把他领到书房里。

哥哥精神抖擞地换了衣服（这在过去是没有的），梳了梳又稀又直的头发，微笑着走上楼去。

他的心情十分愉快，列文记得他小时候常常是这样的。他甚至毫无怨言地提到柯兹尼雪夫。看见阿加菲雅，他同她有说有笑，还向她打听几个老仆的情况。巴尔汶·杰尼索奇的死讯使他很难过。他脸上现出恐惧的神色，但立刻又镇静下来。

“他确实很老了，”他说了一句，随即改变话题，“哦，我要在你这里住上一两个月，再到莫斯科去。不瞒你说，米亚赫科夫答应给我弄个位置，我要去当差了。今后我要彻底改变生活，”他继续说，“不瞒你说，我离开那个女人了。”

“玛丽雅·尼古拉耶夫娜吗？怎么搞的，为了什么呀？”

“哎，她是个讨厌的女人！她给我添了一大堆麻烦。”但他没有讲是些什么麻烦。他不能说，他把玛丽雅·尼古拉耶夫娜赶走是因为茶煮得太淡，还因为她像照顾病人那样照顾他。“再说，我今后要彻底改变生活了。我当然也同别人一样，做过许多傻事，不过财产是最没有意思的东西，我一点也不看重。只要身体健康，而我的身体，感谢上帝，现在完全好了。”

列文听着，想说些什么，可是怎么也想不出说什么好。尼古拉大概也感觉到这一点，就问起弟弟农业方面的事。列文也高兴谈谈自己的事，因为谈这类事不用装腔作势。他把他的计划和活动告诉了哥哥。

哥哥听着，但显然不感兴趣。

这两个人相互是那么亲近，那么了解，就连最微细的动作和音调都能比任何语言表达出更多的东西。

这会儿，他们两人只有一个思想——尼古拉的病和接近死亡——压倒了一切。但他们中间谁也不敢说出口来，因此避开这个盘踞在他们心头的思想，他们就只能说说谎话了。等过了黄昏，到了就寝的时刻，列文从来没有体会过这种如释重负的感觉。随便同什么客人在一起，随便什么礼节性的访问，他都没有感到像今晚这样不自在，这样虚伪。意识到这种不自在和感到悔恨，他变得更加不自在了。他真想对着这位垂死的心爱的哥哥大哭一场，可是他却不得不听着哥哥讲他将怎样生活下去，并且附和着这样的谈话。

由于房子潮湿，只有一个屋子生火，列文就让哥哥同他一起睡在他的卧室里，中间只有一道隔板。

哥哥躺在床上，也不知道有没有睡着，但也像一般病人那样翻来覆去，不断咳嗽，有时咳不出来，嘴里就嘀咕着。一会儿他呼吸困难，就说："唉，上帝呀！"一会儿他被痰塞住了，就怒气冲冲地骂道："哼！活见鬼！"列文听着他的动静，好半天没睡着，列文脑子里千头万绪，但归结到一点：死。

死，万物不可逃避的归宿，头一次以无法抗拒的力量呈现在他面前。而在这个睡意蒙眬中呻吟、习惯成自然地忽而祷告上帝忽而咒骂魔鬼的亲爱的哥哥身上，死就绝不像他原来想象的那样遥远。死也同样在他身上存在着，这一层他是感觉到的。不是今天，就是明天，不是明天，就是再过三十年，那还不是一样？至于这无可避免的死究竟是怎么一回事，他不仅不知道，不仅从来没有想过，而且没有勇气和力量去想。

"我在工作，我要做点什么，可是我忘记了，到头来一切都要完结，一切都要死。"

他在黑暗中蜷缩着身子，抱着双膝，坐在床上，同时屏住气息不停地冥思苦想。但他越是冥思苦想，就觉得越清楚，事实无疑是这样：他在生活中确实忘记了、忽视了一个平凡的情况——死一定要来，一切都要完结，什么事也不值得动手，而且是无可奈何的。是的，这很可怕，但是事实。

"可我现在还活着。现在该怎么办，怎么办呢？"他绝望地说。他点亮蜡烛，小心翼翼地从床上站起来，走到镜子前面，看看自己的脸色和头发。是啊，两鬓有点花白了。他张开嘴巴。臼齿开始坏了。他露出他肌肉发达的双臂。是的，力气很大。但现在靠残肺呼吸的尼古拉以前身体也很强壮啊。他忽然回想起来，他们小时候怎样睡在一起，怎样等家庭教师费多尔一出房门，就相互扔枕头，哈哈大笑，笑得忘乎所以，连对费多尔的畏惧也抑止不住这种沸腾的生活幸福。"可是现在只剩下凹陷的皮包骨头的胸部……我呢，也不知道将来会怎样……"

"咳！咳！哎，活见鬼！你怎么跑来跑去不睡觉哇？"哥哥对他吆喝道。

"没什么，不知怎的，我失眠了。"

“我倒睡得很好，我现在不出汗了。你看，你摸摸我的衬衫。不是没有汗吗？”

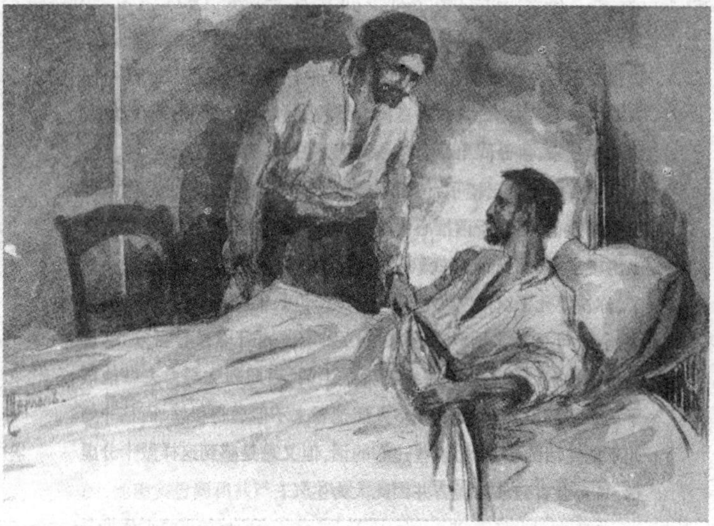

“我倒睡得很好，我现在不出汗了。你看，你摸摸我的衬衫。不是没有汗吗？”

列文摸了摸，走到隔板后面，吹熄蜡烛，但还是好一阵没有睡着。他刚刚有点弄明白怎样生活的问题，却又冒出一个无法解决的新问题——死。

“唉，他快要死了，恐怕活不到春天了，该怎么救救他？叫我对他说什么好呢？这方面我知道些什么呢？我简直忘记有这么一回事了。”

32

列文早就发现，谁要是过分谦让恭顺而使人感到不安，往往会很快变得过分苛刻挑剔而叫人难受。他觉得他哥哥就是这样一种人。果然，尼古拉哥哥的温良没有维持多久。第二天早晨，他就变得暴躁起来，拼命同弟弟为难，有意触动他的痛处。

列文觉得自己错了，但又不能改正。他觉得，如果他们两人都不勉强敷衍，而是所谓推心置腹地谈话，就是把他们所想的和所感觉的说出来，那么他们就只能相对无言，列文只能说：“你快要死了，你快要死了，你快要死了！”尼古拉也只能回答：“我知道我快要死了，可是我害怕，害怕，害怕！”如果他们只说真心话，那就再也说不出别的话了。但这样就无法生活，因此列文竭力去做他试了一辈子都没有学会，而许多人照他看来不但做得很好而且非如此不能生活的事：竭力说些违心的话，但又总是感到这样做十分虚伪，哥哥会看破他的谎言并因此大为生气。

第三天，尼古拉又促使弟弟讲述他自己的计划，而且不仅指责他，还故意把他的计划同共产主义混为一谈。

“你只不过借用别人的思想，但把它歪曲，还想把它应用在不能应用的地方。”

“我要告诉你，这两者之间是没有一点共同之处的。他们否定私有财产、资本和遗产的合理性，可是我不否定这种重要刺激（列文本来讨厌使用这种字眼，但自从他开始著作以来，就越来越频繁地使用这种外来语了）的作用，我只是要调节劳动。”

“问题就在这里，你借用了别人的思想，去掉它有力的地方，还要人家相信这是一种新东西。”尼古拉怒气冲冲地扭动他那系着领带的脖子，说。

“可是我的思想和人家没有什么共同之处……”

“他们那边，”尼古拉眼睛里闪出凶焰，冷笑着说，“他们那边至少还有一种所谓几何学的美——清楚，明确。那也许是乌托邦。但如果真能把过去的东西一笔勾销，废除财产，废除家庭，那么劳动也就可以调整了。可是你呢，你什么也没有……”

“你为什么要混淆黑白呀？我从来不是个共产主义者。”

“我原来倒是的，不过发现目前还不是时候，但它是合理的，是有前途的，好像早期的基督教那样。”

“我只是认为应该从自然科学的观点来看待劳动力，也就是说要研究它，承认它的特点……”

“这可是完全不必要的。劳动力本身会按照发展的阶段产生一定的活动形式。最初到处是奴隶，后来是佃农，现在又有对分制，又有地租，又有雇工——你还要找什么呢？”

列文一听到这话大为恼火，因为在内心深处他唯恐这话是真的，他确实想调和共产主义和现存制度，但看来这是不可能的。

“我在找寻一种生产率高的劳动方式，为了我自己，也为了劳动者。我要组织……”他暴躁地回答。

“你并不想组织什么。这是你的一贯作风，你要标新立异，要表示你不只是剥削剥削农民，还抱有什么理想。”

“哼，既然你这么想，那就别管我！”列文回答，觉得他左颊上的肌肉在抑制不住地跳动。

“你从前没有、现在也没有什么信仰，你只想满足你的自尊心。”

“哼，说得好，你别管我！”

“我才不来管你！早就该滚蛋啦！我真后悔跑了来！”

不管列文后来怎样竭力劝慰哥哥，尼古拉一句也听不进去，说什么还是分手的好。列文明白，哥哥所以这样只是因为再也无法忍受这种生活了。

列文再次走到尼古拉面前，尴尬地说，如果有什么地方得罪了他，请他原谅，但尼古拉已在收拾行李准备走了。

“哟，好宽宏大量啊！”尼古拉微微一笑，说，“如果你要人家说你正确，那我可以让你满足。但即使你是对的，我可还是要走！”

直到临别的时刻，尼古拉吻了吻弟弟，突然严肃得异样地对弟弟瞧了一眼说：

“无论如何你不要记我的恨，康斯坦京！”他的声音哆嗦了一下。

这是他们之间所说的唯一真心话。列文懂得这句话的意思就是：“你看见并且知道我身体很坏，也许我们再也见不着了。”列文懂得这意思，他的眼泪夺眶而出。他又吻了吻哥哥，可是什么话也说不出来。

哥哥走后第三天，列文出国去了。他在火车站遇到吉娣的堂兄谢尔巴茨基，他那副忧郁的神气使这位堂兄感到惊奇。

“你怎么了？”谢尔巴茨基问他。

“唉，没什么，人生快乐的事本来就很少。”

“怎么很少？同我一起到巴黎去吧，何必到什么牟罗兹[①]去！您去看看，那边多开心哪！”

“不，我完了。我快要死了。”

“哦，原来如此！”谢尔巴茨基笑着说，“我的生活才刚刚开始呢。”

“不久以前我也是这么想的，可是现在我知道，我快要死了。”

列文确实说出了他最近的心情。他处处只看见死和死的临近。但他所设想的事业却越来越吸引他。在死没有来到之前，总得活下去。他觉得黑暗笼罩了一切；但正因为这样黑暗，他觉得事业才是这黑暗中唯一的指路明灯，因此抓住它不放。

① 牟罗兹（穆尔豪斯），法国东部城市。

第 四 部

1

卡列宁夫妇仍住在同一座房子里，天天见面，但彼此完全像陌生人。为了避免仆人们的口舌，卡列宁给自己定下一条规则，天天同妻子见面，但有意不在家吃饭。伏伦斯基从不到卡列宁家来，只在别的地方同安娜见面。这一点做丈夫的是知道的。

这样的局面使他们三个人都很痛苦，要不是相信它早晚会改变，相信它只是一种暂时的苦恼折磨，这样的生活他们中间任何一个是一天也过不下去的。卡列宁希望妻子的恋情也能像一切事物那样总有一天会过去，大家都会忘记这件事，他的名声也能保持清白。安娜所以能忍受这样的局面——这种局面是她造成的，因此她比谁都痛苦——是因为她不仅希望并且坚信这件事不久一定会解决，一定会有个结果。这样的局面她根本不知道有什么办法可以解决，但她相信解决办法不久就会出现。伏伦斯基呢，不由自主地服从她的意志，也希望有什么办法一下子就把一切苦恼解决掉，并且无需由他负责。

仲冬，伏伦斯基过了一星期很无聊的日子。他负责招待一位来彼得堡游览的外国亲王，陪他参观彼得堡的名胜古迹。伏伦斯基风度翩翩，举止大方，善于同这种人交际，因此奉命招待亲王。但这个差事使他觉得很苦恼。亲王将来回国后，人家会问他在俄国看到什么，因此任何游览胜地他都不肯放过；再说他自己也希望尽情享受俄国的各种赏心乐事。伏伦斯基不得不同时在这两方面替他当向导。每天早晨，他们驱车游览名胜古迹；每天晚上，他们沉湎于俄国式的欢乐。亲王体格特别强壮，这在别的亲王也很少见。他用体操和其他养生之道使自己保持旺盛的精力，虽然纵欲无度，他的外表还是像荷兰大黄瓜那样光泽发亮。亲王游览过许多地方，认为现代交通发达，最大的优点就是可以享受各国特有的欢乐。他到过西班牙，在那边沉溺在小夜曲中，并且同一个弹曼陀林的西班牙女人打得火热。在瑞士，他杀过小羚羊。在英国，他穿着大红上装骑马跨越过障碍，并且同人打赌要猎取两百只野鸡。在土耳其他到过后宫，在印度他骑过大象。如今来到俄国，就希望尝尝俄国特有的各种乐事。

伏伦斯基简直成了他的典礼官，把各种人向亲王建议的俄国式娱乐煞费苦心地加以安排。赛马啦，吃俄国薄饼啦，猎熊啦，乘三驾马车啦，和吉卜赛人玩乐啦，还有把碗碟都砸个粉碎的俄国式狂饮啦。各种俄国习气亲王一下子就沾染了，他砸碎盛满碗碟的盘子，再拉个吉卜赛女人坐在膝上，还问人家说：还有什么呀？难道俄国风俗只有这一些吗？

其实在俄国的各种娱乐中，亲王最喜欢的是法国女演员、芭蕾舞女和白封的香槟。伏伦斯基同亲王之流打惯交道，但不知是他自己最近变了呢，还是他同这位亲王的交往太密切了，总之，他觉得这一星期的日子特别难过。在这一个星期里，他一直有一种感觉，仿佛被派去照管一个危险的疯子，他既害怕疯子，又怕同他太接近自己的精神也会失常。伏伦斯基经常意识到，为了自己不受屈辱，必须时刻保持彬彬有礼、不亢不卑的态度。有些人拼命讨好亲王，竭力向他提供各种俄国式娱乐，使伏伦斯基感到惊奇，但亲王对他们却抱着轻蔑的态度。他要研究俄国女人，对她们评头品足，几次三番使伏伦斯基气红了脸。伏伦斯基之所以特别讨厌亲王，主要还因为在他身上看到了自己的影子。他在这面镜子里照到的东西，并不能使他的自尊心得到满足。这位亲王只是个十分愚蠢、十分自信、十分健壮、十分整洁的人罢了。他是一位绅士——这是事实，伏伦斯基也不能否定。他对上级抱平等态度，并不奉承拍马；对同辈坦率直爽；对下级则抱着居高临下的宽厚态度。伏伦斯基自己也是这样的，还认为这是很大的美德；但同亲王在一起他似乎要低人一等，而这种居高临下的宽厚态度也使他大为生气。

“笨蛋！难道我也是这样的吗！”他想。

第七天，亲王动身去莫斯科，伏伦斯基同他道了别，接受了他的谢意，还因为摆脱了这种不愉快的处境和这面讨厌的镜子而感到很高兴。他们猎熊猎了一个通宵，显示了俄国式的胆魄，到第二天早晨，就在车站分手了。

2

伏伦斯基回到家里，看到安娜的来信。她写道：“我病了，心里烦恼。我不能出门，但再不见到您，可实在受不了。今天晚上来吧！阿历克赛·阿历山德罗维奇七时要出去参加会议，到十时才回来。”他想了想，她不顾丈夫的禁令叫他直接到她家里去，他觉得有点奇怪，但还是决定去一下。

伏伦斯基今冬升了上校，离开团，单独居住。他吃过午餐，随即躺在沙发上。过了五分钟，这些日子所目击的种种丑恶景象、安娜的形象和那个在猎熊中起了重要作用的农民的形象，在他脑子里搅成一团。伏伦斯基就这样睡着了。他在黄昏醒来，吓得浑身直打哆嗦，连忙点亮蜡烛。“什么事？什么事？我梦见了什么可怕的事？是的，是的，参加打猎的那个身材矮小、肮脏、胡子蓬乱的乡下人，弯下腰去做着什么，忽然用法语说着奇怪的话。是的，梦见的就是这个。”他自言自语。“可是怎么这样可怕呀？”他又鲜明地回想着那个乡下人，还有他所说的莫名其妙的法国话，他的背上又掠过一道恐怖的寒噤。

“真荒唐！”伏伦斯基一面想，一面看了看表。

已经八点半了。他打铃叫来仆人，慌忙穿上衣服，走到台阶上，完全忘记了刚才的梦，只担心不要迟到。他乘雪橇来到卡列宁家门口，又看了看表，已经九点差十分了。门口停着一辆又高又窄的轿车，套着两匹灰马。他认出是安娜的马车。“她要到我那边去呢，”伏伦斯基想，“这再好不过了。我真不高兴走进这所房子。但也无所谓，我总不能躲起来呀。”他想。于是伏伦斯基带着从小养成的毫无顾忌的洒脱态度跳下雪橇，走到门口。门开了，那个手里搭着羊毛车毯的看门人在叫唤马车。伏伦斯基一向不注意细节，这时却发现看门人瞧他一眼时露出惊奇的神情。就在门口，伏伦斯基差点儿同卡列宁撞了个满怀。煤气灯照亮了卡列宁黑色大礼帽下那张苍白瘦削的脸和海龙皮领子衬托下白得耀眼的领带。卡列宁那双浑浊呆板的眼睛直盯着伏伦斯基的脸。伏伦斯基鞠了个躬，卡列宁咬咬嘴唇，一只手举到帽檐边，走了出去。伏伦斯基看见他头也不回坐上马车，从车窗口接过毛毯和望远镜，就消失了。伏伦斯基走进前厅。他皱着眉头，眼睛里露出愤怒而矜持的光芒。

“这局面真糟！”他想，“要是他出来干涉，保护他的名誉，我倒可以有所作为，可以表示我的感情；可是他那么怯懦，那么卑鄙……他使我成了骗子，可我从来不愿做骗子呀。”

自从安娜在傅列达花园里同他谈话以后，伏伦斯基的思想大大改变了。安娜完全委身于他，一心一意等他决定她的命运，任何安排都愿意接受。他呢，情不自禁地顺从安娜的软弱，早就不像原来那样以为他们的关系可以结束了。他那猎取功名的计划又退到次要地位。他觉得他已摆脱了决定前途的活动圈子，完全沉溺在爱情里。这爱情越来越紧地把他同她缚在一起了。

他还在前厅就听见她走远去的脚步声。他知道她在那里等过他，留神听着，这会儿刚回客厅去。

“不！”她一看见他就叫起来，同时眼泪夺眶而出，“不，要是这样的局面再继续下去，事情就会发生得更快，更快！”

“你说什么，我的宝贝？”

“什么？我等你，苦苦地等着你，一个钟头，两个钟头……不，我不要！……我不要同你吵嘴。你一定是没有办法。不，我不要！”

她双手搭在他的肩上，用深情、热烈、询问的目光对他望了好半天。她仔细察看着他的脸，以补足没有看见他的那段时间的损失。每次相逢，她总是竭力把想象中的他（无比英俊，在现实生活中是不可能有的）同实际的他融成一体。

3

“你遇见他了吗？”他们在桌旁灯光下就座后，她问，“瞧，这就是对你迟到的惩罚。”

“是啊，这是怎么搞的？他不是应该去开会吗？”

“他去过，回来了，现在又不知上哪儿去了。但这没关系。咱们不去谈它。你到哪儿去了？还在陪那个亲王吗？”

她对他生活中的细节知道得一清二楚。他想说他因为一夜没睡，所以睡着了；但看见她那张兴奋的幸福的脸，心里感到惭愧，就说，亲王走了，他得去复命。

“那么现在结束了？他走了吗？”

“感谢上帝，总算结束了。你真不相信我是多么讨厌这种差事啊。”

“为什么呀？你们年轻男人还不是过惯这样的生活吗？”她皱紧眉头说。接着拿起桌上的编织物，眼睛不看伏伦斯基，抽出插着的钩针。

“我早就抛弃那种生活了。”他说，对她脸色的变化感到惊奇，竭力想捉摸它的意义。“老实说，”他笑眯眯地说，露出一排洁白牙齿，“这个星期我看着那种生活就像在照镜子一般，我觉得厌恶。”

她手里拿着编织物，但并不编织，却用一种异样的、闪烁的、怀有敌意的目光望着他。

“今天早晨丽莎拐到我这儿来过——她们可不怕李迪雅·伊凡诺夫娜，敢于来看我。”她又插上一句说，“她把你们的雅典晚会讲给我听了。真是太下流啦！”

“我正要说呢……”

她不让他说下去。

“你认识的那个泰丽莎也在吗？”

“我正要说……”

“你们男人真卑鄙！难道你们不了解做女人的永远不会忘记那种事吗？”她说着

越来越气。她的话泄露了她气愤的原因。“特别是一个无法知道你生活的女人。我现在知道什么？我以前知道什么？”她说，“我只知道你告诉我的那一些。可我怎么知道你对我说的是实话还是……”

“安娜！你冤枉了我。难道你不相信我吗？我不是对你说过，我没有什么思想瞒着你吗？”

“是的，是的！”她说，显然在竭力驱逐嫉妒的念头。“可是你不知道我是多么痛苦哇！我相信你，相信你……那么你要说什么？”

他一下子想不起要说什么。她这种醋性最近发作得越来越频繁了。这使他感到恐怖；而且，不论他怎样掩饰，这种心情毕竟使他对她变得冷淡了，虽然他知道她是因为爱他才嫉妒的。他曾几次三番对自己说，她的爱情对他真是幸福；可是她爱他，就像那种把爱情看成生活中至高无上的幸福的女人所能爱的那样，而他现在比起从莫斯科一路跟踪她来的时候，离开幸福却要远多了。当时他认为自己没有得到幸福，但幸福在前头；现在呢，他觉得最幸福的日子已经过去了。她已经完全不像他最初看见她时那样诱人了。无论精神上，肉体上，她都不如从前了。她整个身子变宽了，当她谈到那个女演员的时候，她脸上现出一种使她变得难看的愤恨神色。他望着她，好像望着一朵摘下已久的凋谢的花，他很难看出它的美——当初他就是为了它的美把它摘下来，而因此也把它毁了的。他觉得那时他的爱情强烈得多，但只要他横下一条心，还是可以把这种感情从心里压下去的；现在呢，他觉得他对她并不那么爱了，但他知道，他同她的关系却是再也割不断了。

“嗯，关于那个亲王，你有什么要告诉我的呢？我把那魔鬼赶跑了，赶跑了！”她又说。魔鬼是他们用来称呼她的嫉妒的。“是啊，你不是刚要谈那个亲王吗？你为什么那样讨厌他呢？”

“哎，真受不了！”他说，竭力想抓住被打断的思路。“他不是那种你同他交往越久就越觉得可爱的人。要是给他下个评语，他是展览会上稳得头奖的一头饲养得很好的牲口，就是这样。”他带着一种讨好她的恼火口吻说。

“不，怎么能这样说呢？”她反驳道，“他毕竟是见过世面，很有教养的吧？”

“那完全是另外一种教养——他们的教养。看来他受的教养，就是为了要蔑视教养，就像他们除了肉体的快乐蔑视一切一样。”

“可你们不是个个都喜欢肉体的快乐吗？”她说，他又在她逃避他的目光中看出忧郁的神色。

“你怎么为他辩护哇？”他笑嘻嘻地说。

“我不是为他辩护，那与我无关；但我想，要是你自己也不喜欢这种快乐，那你可以拒绝。可是你也喜欢看那个一丝不挂的泰丽莎……”

“魔鬼，魔鬼又来了！”伏伦斯基拿起她放在桌上的一只手吻着，说。

“是的，可是我受不了！你真不知道我等你等得有多苦！我想我这人醋性不大，醋性不大。你在这儿，同我一起，我相信你，可是当你一个人在别处过着那种我不了解的生活时……”

她摆脱了他，终于把钩针抽了出来，开始用食指帮助，迅速地一针又一针地编织着在灯光下白得耀眼的毛线，她那纤细的手腕在绣花袖口里神经质地迅速颤动着。

“哦，怎么样？你是在哪里遇见阿历克赛·阿历山德罗维奇的？”她忽然很不自然地问。

“我们在门口碰上了。”

“他还是向你鞠了躬吗？”

她板起面孔，眼睛半睁半闭，一下子改变了脸上的表情，停止手里的活儿。伏伦斯基忽然在她美丽的脸上看到了卡列宁向他鞠躬时的那副表情。他微微一笑，她却用她那动听的胸音快乐地笑起来——这笑正是她最使人销魂的魅力之一。

“我实在弄不懂他，”伏伦斯基说，“如果你在别墅里向他坦白以后，他同你一刀两断；如果他要求同我决斗……可是我实在弄不懂：他怎么能忍受这样的境况？他很痛苦，这看得出来。”

“他吗？”她冷笑一声说，“他满足得很呢！”

“既然一切都称心如意，我们又何必苦恼呢？”

“只有他才不苦恼。难道我还不知道他是个彻头彻尾的伪君子？……一个人只要有一点感情，能够像他同我这样过日子吗？他什么也不明白，什么感觉也没有。一个人只要多少有一点感情，难道能同有罪的妻子生活在同一个屋子里吗？难道能同她说话吗？能叫她亲爱的吗？”

她又忍不住摹仿他的口气：“安娜，安娜，我亲爱的安娜！”

“他不是男子汉，不是人，他是块木头！谁也不懂得他，只有我懂得。哼，要是我换了他，我早就把我这种妻子杀掉，撕成一块块，也绝不会说：‘安娜，我亲爱的安娜。’他不是人，他是一架做官的机器。他不明白我是他的妻子，他是外人，是个多余的人……不，我们不谈这个！……”

“你这话不公平，不公平，我的宝贝！”伏伦斯基说，竭力安慰她，“但没关系，我们不谈他。告诉我，你这一阵在做些什么？你怎么了？你这是什么病？医生是怎么说的？”

她带着幸灾乐祸的神气望着他。显然她又想起丈夫什么可笑的地方，正在伺机说出来。

他继续说下去：

“我想这不是病，这是你怀了孕。产期在什么时候？”

嘲笑的神气在她眼睛里熄灭了，但由于知道一些他所不知道的事和内心的忧郁，另一种微笑替换了她原来的表情。

“快了，快了。你说我们的处境很痛苦，必须把它结束掉。你真不知道这种处境使我多么痛苦，但为了能自由自在地爱你，我什么牺牲都可以忍受！我真不愿意用嫉妒来折磨自己，来折磨你……这事快了，但并不像我们想的那样快。”

一想到将来会怎样，她觉得自己实在可怜，眼泪就簌簌地流出来。她说不下去了。她把手放在他的袖口上，钻石戒指和雪白的皮肤在灯光下闪烁。

“不可能像我们所想象的那样。这话我本不愿对你说，可是你逼得我说。快了，一切都快结束了，我们大家都可以安静了，可以不再受苦了。”

“我不明白！”他嘴里这样说，其实心里是明白的。

“你问什么时候吗？快了。我过不了这一关。你别打断我，”她连忙说，“我知道，我知道得清清楚楚。我要死了，我很高兴，我要死了，这样你我都可以解脱了。”

泪水不断地从她眼睛里涌出来。他弯下腰去吻她的手，竭力掩饰毫无原由却又无法克制的激动。

“是的，还是那样好，”她说，紧紧地握住他的手，“我们就剩这一条，这一条路了。”

他省悟过来，猛然抬起头。

“真荒唐！你说的真是太荒唐了！”

“不，这是真的。”

“什么，什么真的？”

“我要死了。我做了一个梦。”

“一个梦？”伏伦斯基问，立刻想到他梦见了那个乡下人。

“是的，一个梦。”她说。“我早就做过这种梦了。我梦见我跑进卧室，我要到那里去拿样东西，找件什么东西。你知道梦里是有这种事情的，”她说，恐怖地睁大眼睛，“在卧室里，在角落里站着一个东西。”

“嗐，真荒唐！怎么可以相信……”

但她不让他打断她的话。她说的事对她关系太大了。

“那个东西转过身来，我一看，原来是个乡下人，他胡子蓬乱，个儿矮小，样子真是可怕。我想逃走，可是他向一个口袋弯下腰去，双手在里面乱掏乱摸……”

她装出她在口袋里乱掏乱摸的样子，脸上露出恐惧的神色。伏伦斯基一想到他的梦，感到自己的内心也充满同样的恐惧。

“他乱掏乱摸，嘴里急急地说着法国话：‘得把那铁敲平，打碎，揉压……’我吓得拼命想醒过来，好容易才醒了……但醒了又做梦。我问自己，这是怎么回事。科尔尼就对我说：‘您要死了，夫人，死在生产中，死在生产中……’我这才真正醒了……”

“真荒唐，真荒唐！”伏伦斯基说，但连他自己也觉得他的话没有一点说服力。

“好吧，咱们不谈它。你打一下铃，我叫他们送茶来。你等一下，我不久就要……”

她说到一半忽然停住。她脸上的神气一下子变了。恐惧和激动忽然被宁静、严肃和幸福的表情所代替。他无法理解这种变化的原因。她感到一个新的生命在她身体里蠕动。

4

卡列宁在家门口遇见伏伦斯基后，仍乘车去看意大利歌剧。他在那里坐到两幕演完，看到了他要看的人。回到家里，仔细看了看衣帽架，发现军大衣已经不在了，就照例走到自己房里。但是，他违反平时的习惯，没有上床睡觉，却在书房里来回踱步，一直踱到半夜三点钟。妻子不顾体面，不遵守他向她提出的唯一条件——不要在家里接待情人，这使他大为生气，心里不能平静。她既然不遵守他的要求，他就要惩罚她，实行他的警告：提出离婚，夺走儿子。他知道这样做有不少困难，但他既然这样说过，现在就非得这样做不可。李迪雅伯爵夫人也曾向他暗示，这是他摆脱困境的最好办法。近来，离婚手续已十分完善，卡列宁看到这个困难是可以克服的。但祸不单行，处理非俄罗斯人事务的问题和扎莱斯克省农田灌溉工作的问题给卡列宁带来很多麻烦，弄得他心情十分烦躁。

他通夜没有合眼。他的愤怒与时俱增，到天亮达到顶点。他慌忙穿好衣服，仿佛端着一个盛满愤怒的杯子，唯恐把它泼翻，又唯恐由于愤怒丧失他同妻子谈判所需要的力量，因此一听到她起来，就走进她的房里。

安娜自以为深知丈夫的为人，但看到他走进来的那副神气，也大吃一惊。他皱起眉头，眼睛阴郁地盯着前方，嘴巴坚决而轻蔑地闭得很紧。在他的步伐上，在他的举动上，在他的声音里，妻子发现一种他身上从没有过的坚决和果断的神气。他走到房里，不同她打招呼，一直走到她的写字桌旁，拿起钥匙，打开抽屉。

“您要什么！”她叫起来。

“您情人写来的信！”他说。

“不在这里。”她关上抽屉说；但他从她这一举动上看出，他猜得对，就粗暴地把她的手推开，迅速地抓住他知道放着那些信件的文件夹。她想夺回那文件夹，但他猛地把她推开了。

“坐下，我有话要同您谈谈！”他说，把文件夹挟在腋下，用臂肘把它紧紧挟住，弄得一边的肩膀都耸了起来。

她又惊奇又胆怯地默默望着他。

“我对您说过不许您在家里接待您的情人。”

“我需要看见他，是为了……”

她停住了，找不到什么借口。

“我不需要追究一个女人想看她情人的原因。”

“我要，我只是……”她涨红了脸说。他这种粗暴的态度激怒了她，使她增添了勇气。“您不觉得您太随便侮辱我吗？”她说。

“对正派的男人和正派的女人才说得上侮辱，但对贼说他是个贼，这只是确认事实罢了。”

“您的本性竟这么残酷，我以前都还不知道。”

“做丈夫的让妻子自由，衷心给她庇护，但有一个条件，就是要顾全面子。难道这叫残酷吗？”

“这比残酷还要坏，老实对您说，这是卑鄙！”安娜怒不可遏，大声嚷道。她站起来想走。

“不！”他声音比平时更尖锐刺耳地叫起来，接着用他粗大的手指紧紧抓住她的手腕，抓得手镯在她腕上留下红色的痕迹。他使劲把她按在她的座位上。“卑鄙吗？假如你喜欢使用这个字眼，那么我说，为了情人，抛弃丈夫，抛弃儿子，却又吃着丈夫的面包，这才叫卑鄙！”

她低下头来。她昨天对情人说，他是她的丈夫，丈夫是多余的。然而这话她此刻不仅没有说，连想都没有想到。她觉得对方的话是完全对的，只低声说：

“我的处境有多坏，您怎么也不会比我自己更了解，可是您何必把它讲出口来呢？”

“我何必把它讲出口来吗？何必吗？”他继续那么怒气冲冲地说，“就是要让您知道，既然您不尊重我要您顾全面子的愿望，我就要采取措施来结束这样的局面。”

“快了，本来就快结束了。”她说，一想到她想快一点死的愿望，眼泪又夺眶而出。

“那会结束得比您和您的情人所想象的更快！你们需要的是肉体上的满足……”

“阿历克赛·阿历山德罗维奇！打一个倒下的人，这不仅有失厚道，而且不体面。”

“是的，您只顾到您自己。至于别人的痛苦，曾经做过您丈夫的人的痛苦，您却漠不关心。您就不管他的一生都给毁了，不管他的通……铜……通苦。”

卡列宁说得太快，以致口吃了。他怎么也说不出“痛苦”这个词，结果就说成了“通苦”。她觉得好笑，但立刻想到在这样的时刻还有心情去笑话他，就又感到害臊。她刹那间头一次觉得同情他，可怜他，为他难过。可是她能说什么或者做什么呢？她垂下头，不作声。他也沉默了一阵，然后用不很尖锐刺耳的声音冷冷地说下去，任意在一些没有特殊意义的字眼上加重语气。

“我是来告诉您……”他说。

她对他瞧了一眼。“不，这只是我的想象，”她记起他说“通苦”这个词时脸部的表情，心里想，“不，一个人眼神那么迟钝，神气那么悠然自得，难道会有什么感情吗？”

“我什么也不能改变！”她喃喃地说。

“我是来告诉您，明天我就要到莫斯科去，我再也不回到这座房子里来了。您将通过我所委托的办理离婚手续的律师知道我的决定，我的儿子将住到我姐姐家去。”卡列宁说，好容易记起他要提一下儿子。

“您要谢辽查只是为了使我痛苦，”她皱起眉头瞧着他说，“您并不爱他……把谢辽查留下吧！”

“是的，因为我对您的厌恶影响到儿子，我甚至不爱他了。但我还是要把他带走。再见！”

他说完就要走，但这回她把他拦住了。

“阿历克赛·阿历山德罗维奇，把谢辽查留下吧！”她又一次喃喃地说，“我没有别的要求了。把谢辽查留下，直到我……我快要生了，把他留下吧！”

卡列宁脸涨得通红，挣脱她的手，一言不发地走出屋子。

5

卡列宁走进彼得堡一位著名律师的接待室时，那里已坐满了人。三位贵妇人：一位老的，一位年轻的，还有一位是商人的妻子。三位先生：一位是手上戴戒指的德国银行家；一位是留大胡子的商人；一位是穿文官制服、脖子上挂着十字架的怒气冲冲的官员，显然已等了好久了。两个助手伏在桌上写着什么，笔尖发出沙沙的响声。文具非常精美，卡列宁一向爱好讲究的文具，这会儿自然注意到了。一个助手没有站起来，眼睛半睁半闭，愤愤地对卡列宁说：

“您有什么事？”

“我有事要见律师。”

“律师现在有事。”助手用笔指指等候着的人，严厉地回答，接着继续写他的东西。

“他能不能抽出点时间来呀？”卡列宁问。

“他没有空，他一直很忙。请您等一下。”

“那么劳驾把我的名片递给他。”卡列宁看到不得不暴露身份，煞有介事地说。

助手接过名片，对上面的名字显然没有好感，但走进门去。

卡列宁原则上赞成公开审判，但由于他知道上层官场的内情，他不太赞成把公开审判的细节也原封不动搬到俄国来。他还以他对任何钦定规章所许可的程度对它进行谴责。他在官场中混了一辈子，因此，即使不赞成某一件事情，也往往由于懂得凡事不可能没有毛病，毛病是可以纠正的，从而缓和了这种不赞成的态度。他不赞成新的法院规定律师辩护制度。不过，他从没同律师打过交道，因此只在理论上不赞成它。这会儿，他在律师接待室所得到的不愉快印象，使他对它更加反感了。

“他马上就来。”助手说。过了两分钟，门口果然出现了那个刚同律师商谈完毕的高个子老法学家和律师本人。

律师身材矮壮，头上秃顶，有着深褐色大胡子、浅色长眉毛和突出的前额。他衣着漂亮，像个新郎，从领带、双重表链到漆皮靴子都很讲究。他的面孔聪明而粗鲁，他的服装精致而俗气。

“请进！”律师对卡列宁说。他板着面孔让卡列宁先进去，然后关上门。

“请坐！”他指指摆满文件的写字桌旁一把扶手椅，在主位上坐下来，然后侧着头，搓搓他短短的手指上长满白毛的小手。他刚坐定，就有一只飞蛾在写字台上飞过。律师以叫人意料不到的敏捷分开双手，捉住飞蛾，又恢复原来的姿势。

“在谈我这件事以前，”卡列宁惊奇地注视着律师的动作，说，“我要声明，我同您谈的事必须严守秘密。”

一个隐约的微笑分开了律师两撇下垂的褐色小胡子。

“我要是不能保守人家信托我的秘密，我就不配做律师了。但如果您需要保证……”

卡列宁往他的脸上瞧了一眼，看出他那双聪明的灰色眼睛在笑，仿佛什么都知道了。

“您知道我的名字吗？”卡列宁继续说。

“在俄国，人人知道您，”律师又捉到一只飞蛾，“知道您所做的有益事业，我也不例外。”他低下头说。

卡列宁叹了一口气，鼓起勇气来。但一旦下定决心，他就用他那尖嗓子说下去，既不胆怯，也不口吃，有几个字眼特别加重语气。

“我不幸成了被欺骗的丈夫，”卡列宁开始讲道，“我希望根据法律同妻子脱离关系，就是说离婚，但要做到儿子不归母亲一方。”

律师的灰色眼睛竭力忍住笑，但高兴得忍不住不断眏眼。卡列宁看出，他的眼神里透露出来的不仅是揽到一笔好生意的人的欣喜，而且还有胜利和快乐，还有如同他在妻子眼睛里所看到的幸灾乐祸的光芒。

“您要我帮助您办离婚手续吗？”

“对，正是这样，但我应该预先向您声明，我也许会浪费您的时间。我今天只是先来同您商量一下。我希望离婚，但采取什么形式对我关系很大。要是形式不合我的要求，我很可能放弃法律途径。”

“哦，那个当然，”律师说，“事情当然要由您决定。”

律师觉得他那种克制不住的幸灾乐祸的神气可能会得罪主顾，就垂下眼睛望着卡列宁的脚。他望了望在自己鼻子前面飞过的飞蛾，挥了挥手，但出于尊重卡列宁的身份，没有当着他的面捉飞蛾。

“虽然有关这类案件的法令我也略知一二，”卡列宁继续说，“但我想知道办理这类案件的具体手续。”

“您要我告诉您能实现您愿望的各种途径吗？”律师没有抬起眼睛回答，得意地学着主顾的腔调说。

看到卡列宁点头表示同意，他继续说下去，只偶尔瞟一眼卡列宁涨得红斑点点的脸。

“根据我国法律，”他对俄国法律稍稍露出不满的神色说，“可以离婚的有下述情况……等一下！”他对在门口探进头来的助手说，但还是站起身，说了几句话又坐下了。“有下述情况：夫妻一方生理上有缺陷，分离五年音讯不明，”他弯起一个生满汗毛的短手指说，“再就是通奸（他说这个词时显然兴致勃勃）。分得细一些就是（他继续弯曲粗短的手指，虽然这样再分是重复的）：丈夫或妻子生理上有缺陷，再就是丈夫或妻子与人通奸。”他把五个手指都弯起来了，因此只好把它们伸直，再说下去，“这是理论观点，但承蒙下问，我想您要知道的是实际条款吧。因此，根据先例，我应该向您奉告，离婚案件不外乎以下几种情况：我想生理上的缺陷是不存在的吧？也不是分离而不通音讯吧？……”

卡列宁肯定地点点头。

“那就不外乎以下情况：夫妻一方与人通奸，一方犯罪的罪证经双方承认，或者未经承认，罪证是非自愿提供的。老实说，后面那种情况实际上很少。”律师说着，偷偷地瞟了卡列宁一眼，不作声了，好像一个手枪商人在介绍了各种枪支的优点以后，等待着顾客的选择。可是卡列宁没有答腔，律师就继续说：“我认为最简单省事、最合理的是夫妻双方都肯定是通奸。要是同一个没有教养的人，我也不会这样说了，但我想这事我们是懂得的。”

卡列宁心情十分紧张，一下子弄不懂双方肯定通奸是否合理，目光中露出困惑不解的神色。于是律师赶快向他解释：

“两个人无法再共同生活下去，这是事实。如果双方肯定这一点，那么细节和手续就无所谓了。这也就是最可靠最省事的办法。”

现在卡列宁完全明白了。但他有宗教上的戒律，不能采用这个办法。

“在目前的情况下，这是办不到的，”他说，“现在只有一个办法：我有一些信件足以成为非自愿提供的罪证。”

一提到信件，律师就抿紧嘴唇，发出一种尖细、怜悯而轻蔑的声音。

“请您注意！”他开始说。“这一类事情，您也知道，通常由教会处理；大司祭神父他们对这类事情是要追根究底的，”他露出一种和神父同样感兴趣的微笑，说，“信当然可以成为部分证明，但在法律上必须有直接的罪证，就是说要有证人。总之，既然承您信托我，那就请允许我选择适当的办法。要达到目的，只好不择手段。”

“要是这样……”卡列宁顿时脸色发白，正要说什么，但这当儿，律师站起身来，又走到门口，同打断他们谈话的助手说话。

“告诉她我们这里不是在拍卖商品！”他说完又回到卡列宁旁边。

他回到座位上，又悄悄地捉住一只飞蛾。“到夏天我就可以有一套好窗帘了！”他皱着眉头想。

“那么，您刚才说……”他说。

“我将把我的决定用书面通知您，”卡列宁站起身来说，同时扶住桌子。他默默地站了一会儿，又说：“从您的话里可以得出这样的结论，离婚是办得到的。请您把您的条件告诉我。”

“完全办得到，如果您让我有充分行动自由的话，”律师不回答问题，说，“我几时可以得到您的消息？”律师边问，边向门口走去，他的眼睛和漆皮靴子都闪闪发亮。

“过一个星期。至于您是否愿意接受办理这个案件，还有条件怎样，也请费神通知我。”

“好极了。”

律师恭恭敬敬地鞠了一躬，送当事人走出门去，接着一个人留下来，陶醉在快乐的心情中。他心里那么高兴，甚至一反常规，给那个讨价还价的贵妇人让了步，也不再捉飞蛾，最后下定决心在冬天以前把家具都换上天鹅绒面子，就像西戈宁家一样。

6

卡列宁在八月十七日委员会的会议上取得了辉煌胜利，但这次胜利的结果却给了他沉重的打击。调查非俄罗斯人情况的新委员会得到卡列宁的鼓励，非常迅速而有效地组织起来，并被派到目的地去。三个月以后就提出一份调查报告。从政治、行政、经济、人种、物质和宗教各方面调查了非俄罗斯人的情况。一切问题都解答得冠冕堂皇，不容有丝毫怀疑，因为它们不是易犯错误的人类思想的产物，而是官方活动的结果。解答都是根据省长和主教提供的官方材料，这些材料根据的又是县官和监督司祭的报告，而县官和监督司祭的报告根据的又是乡公所和地方教士的报告，因此所有这些解答无疑都是正确的。为什么歉收？当地居民为什么坚持自己的信仰？诸如此类的问题，如果不借助官方机构的便利，原是永世不得解决的，如今却都取得了明确的解答。这种解答对卡列宁的意见是有利的。但是上次会上受到沉重打击的斯特列莫夫，在接到委员会的报告以后，就采取了卡列宁意料不到的策略。斯特列莫夫拉了一帮子人，忽然站到卡列宁一边来，不仅热烈支持他所提出的各种措施，而且根据这种精神提出更加极端的措施。这些违反卡列宁本意的过火措施被通过了，而斯特列莫夫的策略也就暴露了。这些极端的措施一下子显得十分荒唐，以致引起政府官员、社会舆论、聪明的贵妇人和报纸异口同声的攻击，他们还对这些措施和公认的倡议人卡列宁表示愤慨。斯特列莫夫却推卸责任，装作他只是盲目追随卡列宁的计划，对所做的事他自己也感到惊奇和愤慨。这给了卡列宁一个沉重的打击。卡列宁不顾健康衰退，不顾家庭痛苦，并不屈服。委员会发生了分裂，以斯特列莫夫为首的一部分委员为他们的错误辩解，说他们错信了卡列宁领导的调查委员会的报告，说这个委员会的报告胡说八道，是一纸空文。卡列宁和他一伙人看出这种对待公文的过激态度是危险的，继续支持调查委员会所提供的材料。这样一来，在上层和社会上就造成一片混乱，而且，虽然大家对这事都极其关心，但谁也弄不清楚，非俄罗斯人真的是趋向贫穷灭亡呢还是兴旺发达。由于这件事，同时也由于妻子不贞而对他的轻蔑，卡列宁的地位已变得岌岌可危。卡列宁处于这样的境况，作了一项重要决定。他宣布他要求亲自到当地去调查，这使委员会感到惊讶。卡列宁取得许可后就动身到遥远的省份去了。

卡列宁的出门引得大家议论纷纷，尤其因为在启程之前，他正式退还拨给他到达目的地的十二匹驿马费。

“我觉得他这样做很有气派。”培特西同米雅赫基公爵夫人谈到这事说，“大家都知道现在铁路四通八达，何必付驿马费呢？”

但米雅赫基公爵夫人不同意她的话，培特西的意见甚至使她生气。

“您说得倒漂亮。”米雅赫基公爵夫人说，“您有几百万家产，但我倒很希望丈夫有机会夏天去视察视察。出门对他的健康和心情很有好处，我还准备用这笔出差费给自己买一辆马车，雇一个车夫呢。”

在去遥远省份的途中，卡列宁在莫斯科逗留了三天。

到莫斯科后的第二天，他去访问总督。在一向车水马龙的报馆街旁边的十字路口，卡列宁忽然听见一个洪亮愉快的声音在叫他的名字，他不由得回过头去。在人行道的转角处站着奥勃朗斯基。他快乐年轻，容光焕发，身穿时髦的短大衣，头上歪戴着时髦的低顶帽子，笑得鲜红的嘴唇间露出雪白的牙齿。他拼命叫着，要马车停下来。他一只手按住停在街角的一辆马车的窗子，窗子里探出一个戴天鹅绒帽子的太太和两个孩子的头。奥勃朗斯基满面笑容，向妹夫招手。那位太太露出和善的微笑，也向卡列宁招招手。原来是陶丽和她的两个孩子。

卡列宁不愿在莫斯科看见任何人，尤其不愿看到他的内兄。他掀了掀帽子想继续赶路，可是奥勃朗斯基叫住他的车夫，踏着雪地向他跑去。

“你怎么好意思不通知一下！来好久了吗？我昨天在杜沙旅馆的旅客牌上看到‘卡列宁’这个名字，没想到原来是你！”奥勃朗斯基把头伸到车窗里说，“不然我早就进去看你了。我看到你真高兴！”他一面说，一面两脚相撞，把雪抖掉，“你怎么好意思不告诉我们一声！”他重复说。

“我没有工夫，我太忙了。”卡列宁冷冷地回答。

“到我妻子那边去一下，她真想看见你呢。”

卡列宁拉开包住他那双怕冷的脚的车毯，走下马车，踏着雪地向陶丽走去。

“这是怎么回事，阿历克赛·阿历山德罗维奇，您为什么这样躲开我们？”陶丽笑眯眯地说。

“我太忙了。看见您很高兴，”他用分明极不高兴的语气说，“您身体好吗？”

“嗯，我那位亲爱的安娜怎么样？”

卡列宁喃喃地说了些什么，就想走。可是奥勃朗斯基把他拦住了。

“你听我说，我们明天这样安排。陶丽，你请他明天来吃饭！我们叫柯兹尼雪夫和彼斯卓夫也来，让他领教领教莫斯科的知识分子。”

“对，务必请您来！”陶丽说，“要是您高兴，那就请在五六点钟来。嗯，我那位亲爱的安娜怎么样，好久没……”

“她很好。”卡列宁皱着眉头，喃喃地说。“我很高兴！”他说着就向自己的马车走去。

“您来吗？”陶丽大声问。

卡列宁喃喃地说了些什么，陶丽在嘈杂的马车声中听不出来。

“我明天去看你！”奥勃朗斯基对他叫道。

卡列宁坐上马车，坐得很深，使自己看不见人，人家也看不到他。

“怪人！”奥勃朗斯基对妻子说，接着看了看表，举起手做了个手势，表示对妻子和孩子的爱抚，就雄赳赳地沿着人行道走去了。

“斯基华！期基华！”陶丽涨红了脸叫道。

他回过头来。

“我不是要给格里沙和塔尼雅买大衣吗？给我点钱！”

“不要紧，你说记我的账就是了。”他说着快乐地向一个坐车经过的熟人点了点头，就不见了。

7

第二天是星期日。奥勃朗斯基到大剧院去看芭蕾舞排演，把昨晚答应的珊瑚项链送给他最近捧场的漂亮舞女玛莎·契比索娃，并且在灯光暗淡的后台，偷吻了一下她那张因他的礼物而喜气洋洋的美丽脸蛋。除了赠送礼物以外，他还要约她在排演结束后见一次面。他向她说明芭蕾舞开场时他不能来，但答应在最后一幕结束前赶到，并带她去吃晚饭。奥勃朗斯基出了剧院，到猎品市场亲自选购了鱼和芦笋，十二点钟来到杜沙旅馆。他要看的三个人碰巧都住在这个旅馆里：刚从国外归来借住在这里的列文，来莫斯科视察的新上任长官，以及他一定要接回家去吃饭的妹夫卡列宁。

奥勃朗斯基喜欢吃喝，更喜欢请客，而且在菜肴、饮料和宾客的挑选上都很讲究。今天这场宴会的安排使他特别满意：有活鲈鱼、芦笋和主菜——非常美味的普通煎牛排，还有各种各样的美酒。这是吃的和喝的。客人有吉娣和列文，而且为了不使人感到突兀，还有一个堂妹和吉娣的弟弟小谢尔巴茨基，而主客则是柯兹尼雪夫和卡列宁。柯兹尼雪夫是莫斯科人，哲学家；卡列宁是彼得堡人，政治家。还邀请了出名热心的怪人彼斯卓夫。他是个自由派，健谈家、音乐家、历史学家，又是个极其可爱的五十岁老青年。他将成为柯兹尼雪夫和卡列宁的“调味品”或“配菜”。

卖掉树林的第二期付款已经领到，还没有用光；陶丽近来很温柔体贴；这次宴会的安排处处都使奥勃朗斯基满意。他情绪极好。有两件事不太愉快，但这两件事都淹没在他内心欢乐的海洋里了。第一件事就是：昨天他在街上遇到卡列宁，发觉卡列宁对他态度很冷淡。卡列宁脸上出现这样的表情，他不去看他们，他来莫斯科也不通知他们一声，这些情况再联系到有关安娜和伏伦斯基的传说，使奥勃朗斯基猜想夫妇之间一定出了什么事。

这是一件不愉快的事。另一件不太愉快的事是，新来的长官，也像一切新上任的长官那样，是个出名可怕的人物。他清早六点钟起床，干工作像一匹马，并要求下属也像他那样工作。此外，这位新长官的作风以像熊一样粗暴出名，而且据说他的观点同原来的长官正好相反，因此也就同奥勃朗斯基的观点正好相反。昨天奥勃朗斯基穿着制服去上班，新长官却很亲切，像老朋友一样同他谈了话；因此奥勃朗斯基认为应该穿着礼服去拜访他一次。奥勃朗斯基想到新长官也许不会很热情地接待他，但是又本能地感觉到，一切都会顺利解决的。“大家都是凡人，你我都一样，何必生气争吵呢？”他一面想，一面走进旅馆。

“你好，华西里！”他歪戴着帽子沿长廊走去，对一个熟识的茶房说，“你留起络腮胡子来啦？列文住在七号吧？请你带我去。再有，你去打听一下，安尼奇金伯爵（就是新来的长官）见不见客？”

“是，老爷，”华西里笑容可掬地回答，“您好久没有到我们这儿来了。”

“我昨天来过，不过走的是另一道门。这是七号吗？”

奥勃朗斯基进去的时候，列文正站在房间中央，同特维尔的一个乡下人用尺量着新鲜熊皮。

“啊，是你们打死的吗？”奥勃朗斯基大声问，“好东西！是头母熊吗？你好，阿尔希普！”

他握了握那个乡下人的手，没有脱外套和帽子，在椅子上坐下。

“把外套脱下，坐一会儿！”列文给他摘下头上的帽子说。

“不，我没空，我只坐一秒钟。”奥勃朗斯基回答。他敞开外套，接着又脱了下来，整整坐了一个钟头，同列文谈打猎的事，又说了一番知心话。

“嗯，你倒说说，你在国外做了些什么呀？你到过什么地方？”等乡下人走了，奥勃朗斯基问他。

“我到过德国、普鲁士、法国、英国，但不是到京城，而是到工业城市，看到不少新鲜玩意儿。我走了一趟，很高兴。”

“是的，你想解决工人问题的想法我是知道的。”

“根本不对：在俄国谈不上工人问题。在俄国是农民对土地的关系问题；他们那里也有这问题，但他们是改正缺点的问题，而我们……”

奥勃朗斯基用心听着列文的话。

“对，对！”他说。“很可能你是对的。”他说，“你精神这样饱满，又猎熊，又工作，兴致勃勃，我真高兴。谢尔巴茨基告诉我——他见到过你——你心情忧郁，老是谈到死……”

“那有什么办法？我还是要想到死，”列文说，“真的，是死的时候了。这一切都很无聊。老实对你说：我对我的思想和工作是很重视的，可是，你倒想想，我们这个地球算得了什么？无非是生长在宇宙里的一小块青苔罢了。可我们还自以为很了不起：什么思想啊，事业呀！其实都只是沧海一粟。”

“老兄，这可是老生常谈哪！”

“是老生常谈，但要知道，等你看穿了，一切就都无所谓了。只要你懂得人早晚总要死，什么东西也不会留下，那就一切都无所谓了！我认为我的理想很重要，其实它同样是无所谓的，即使实现，还不是同包围这头熊一样没意思。因此，打猎也好，工作也好，无非是消磨消磨日子，度过一生，免得想到死罢了。”

奥勃朗斯基听着列文的话，露出微妙而亲切的微笑。

“嗬，说得太妙了！现在你同意我的意见啦！你曾经攻击我生活上追求享乐，你还记得吗？嗳，道学先生，别这么一本正经啦！……”

“不，生活中确实还有些美好的东西……”列文有点困惑了，“可是我不知道。我只知道我们不久都会死的。”

“为什么说‘不久’哇？”

“你要知道，你一想到死，生活就不那么有魅力了，但心里倒会平静些。”

“正好相反，生命越到尽头越是甜。哦，我该走了。”奥勃朗斯基一面说，一面第十次站起身来。

“不，你再坐一会儿！”列文挽留他说，“我们几时再见哪？我明天就要走了。”

“我这人真要命！我是特地来的……你今天一定要到我家来吃饭。你哥哥要来，我的妹夫卡列宁要来。”

“难道她在这里吗？”列文说。他想打听打听吉娣的消息。他听说初冬她在彼得堡那个嫁给外交官的姐姐家里，不知道她有没有回来，但接着又改变主意，不想问了。“她来不来还不是一样。”他想。

“那么你来吗？”

“当然来。”

“那么五点钟来，穿上礼服。”

奥勃朗斯基说着站起身，走到楼下去见新来的长官。他的直觉没有欺骗他。模样可怕的新长官原来是个和蔼可亲的人。奥勃朗斯基同他一起吃午饭，坐了好半天，直到三点多钟才来到卡列宁下榻的房间。

8

卡列宁做过早弥撒从教堂回来，整个早晨都没出去。早上他有两件事要办：第一，接见那个要去彼得堡、目前正在莫斯科的非俄罗斯人代表团，并对他们作指示；第二，按照约定，写信给律师。这个代表团虽是根据卡列宁的建议派出的，但有许多麻烦甚至危险。他能在莫斯科见到他们，感到很高兴。这个代表团的成员对他们的职责和任务一无所知。他们天真地相信，他们的任务只是汇报他们的贫困和实际情况，请求政府援助，根本不懂得他们的某些声明和要求反而支持了反对派，因此毁了整个事业。卡列宁同他们谈了好一阵，给他们拟了一个共同守则；把他们打发走了以后，他又写了两封信到彼得堡协助代表团活动。办这件事的主要助手是李迪雅伯爵夫人。她在派代表团的事上是个行家，没有人比她更能安排和指导代表团的活动了。办完这件事，卡列宁便写了一封信给律师。他毫不迟疑地允许律师酌情办理他的案件。随信还寄去伏伦斯基给安娜的三封信，都是从那个抢来的文件夹里找到的。

自从卡列宁抱着不再回家的决心出走，又去找了律师并向他单独说了自己的意图，尤其是自从他把这个生活中的问题变成白纸黑字以来，他对自己的意图考虑得更成熟了，信心也更大了。

当他听见奥勃朗斯基的洪亮声音时，他正在封缄给律师的信。奥勃朗斯基正在同卡列宁的仆人争吵，坚持要他进去通报。

“不要紧，”卡列宁想，“这样反而好，我马上把我对他妹妹的态度告诉他，向他说明我为什么不能到他家去吃饭。”

“请进来！”他把文件收拾好，放进文件夹里，大声说。

“你胡说，他明明在家！”传来奥勃朗斯基回答那个不让他进来的仆人的声音。他说着一路上脱外套，走进屋子。“啊，找到你真高兴！我真希望……”奥勃朗斯基高兴地开口说。

“我不能去。”卡列宁冷冷地站着说，也没请客人坐下。

卡列宁想一开始就用冷淡的态度对待内兄，他认为他正在同妻子办理离婚手续，对待妻子的哥哥应该用这样的态度；但他没有想到奥勃朗斯基心里热情翻腾，待他还是这样友好。

奥勃朗斯基闪闪发亮的眼睛睁得老大。

“你为什么不能去？你这是什么意思？”他疑惑不解地用法语问，“不，你这可是答应过的，我们大家都希望你去。”

“我要告诉你我不能到你家里去，因为我们的亲戚关系要断绝了。”

“什么？你这是什么意思？为什么？”奥勃朗斯基面带笑容问道。

“因为我正要同你的妹妹，也就是同我的妻子，办理离婚手续。我不得不……”

不等卡列宁把话说完，奥勃朗斯基便出人意料地惊叫了一声，颓然在扶手椅上坐下来。

“不，阿历克赛·阿历山德罗维奇，你这算什么话！”奥勃朗斯基叫道，脸上现出痛苦的神色。

“不，阿历克赛·阿历山德罗维奇，你这算什么话！”
奥勃朗斯基叫道，脸上现出痛苦的神色。

“就是这样。”

“对不起，我说什么……说什么也不能相信……”

卡列宁坐下来，觉得他的话没有产生预期的效果，他还得做一番解释；但他觉得，不论他怎样解释，他同内兄的关系是不会改变的。

“是的，我要求离婚实在是万不得已。”他说。

“我只要说一句话，阿历克赛·阿历山德罗维奇。我知道你是一个杰出的正派人，我知道安娜——对不起，我不能改变对她的看法——是一个很贤慧的女人，因此，对不起，我不能相信这事。这里一定有误会。”他说。

“是啊，要是误会就好了……”

“对不起，我明白。”奥勃朗斯基打断他的话说，“不过，当然……一句话：不要操之过急。无论如何不要操之过急！”

“我并没有操之过急，”卡列宁冷冷地说，“这种事又不能跟谁商量，我已经打定主意了。”

“这太可怕了！”奥勃朗斯基长叹了一声说。“要是我的话，阿历克赛·阿历山德罗维奇，有一件事我是一定要做的。我要求你也这样做！”他说，“我想，诉讼还没有开始吧。在你起诉以前，请你同我妻子见一次面，同她谈一谈。她爱安娜就像爱亲妹妹一样，她也爱你。她是一位了不起的女人。看在上帝分上，你同她谈一谈！你就赏我这个脸吧，我求求你！”

卡列宁沉思起来。奥勃朗斯基满怀同情地望着卡列宁，不去打扰他。

“你能去看看她吗？”

“我说不上来，所以我也没到你家去。我想我们的关系应当改变了。”

“究竟为什么呀？我不明白。对不起，照我想，除了亲戚关系之外，我一向对你很友好，你对我也多少有点情谊……而且我也衷心尊敬你，”奥勃朗斯基握着他的手说，“就算你最坏的推测是正确的，我也不会，永远不会评判你们任何一方，我也不明白我们的关系有什么理由一定要改变。是啊，你无论如何要去看看我的妻子。”

“嗳，我们对这事的看法不一样。”卡列宁冷冷地说，“不过，我们不谈这个吧。”

“不，你到底为什么不能去？为什么今天不能去吃顿饭？我妻子在等你。请你去一下吧！主要是同她谈一谈。她是个了不起的女人。看在上帝分上，我跪下来请求你！”

“既然您那么要我去，那我就去一次。”卡列宁叹了口气说。

为了改变话题，他问起他们两人都关心的事——奥勃朗斯基的新长官，一个年纪不老却忽然升到这样高位的人。

卡列宁本来就不喜欢阿尼奇金伯爵，总是同他意见不合，如今更无法克制对他的憎恨——一个宦途失利的人对一个官运亨通的人的憎恨。这种情绪在官场中是容易理解的。

“哦，你看到他了？”卡列宁带着恶毒的嘲笑说。

“当然，他昨天到我们那里去办过公了。看来，他很懂行，精力旺盛。”

“哦，他的精力用在什么地方啊？”卡列宁说，“用在事业上还是用在改变人家已完成的事情上？我们国家的不幸就在于善于做官样文章，纸上谈兵，他就是一个当之无愧的代表。”

“说实在的，我不知道他有什么可以非难的地方。他的方针我不知道，但我知道一点：他是个非常出色的人。”奥勃朗斯基回答，“我刚才在他那里，说实在的，他是个非常出色的人。我们一起吃了早点，我还教了他怎样做橘子酒。这种饮料很清凉。真奇怪，他居然连这都不知道。但他很喜欢这种酒。啊，说实在的，他是个十分出色的人。”

奥勃朗斯基看了看表。

“啊呀，已经四点多了，我还得到陶尔果伏辛那儿去一下！那么，请你务必来吃饭。你要是不来，你真不知道会使我和我妻子多么难过。”

卡列宁送内兄走的时候，态度同刚才见到他的时候完全两样了。

“我答应了，我一定去。”他没精打采地回答。

“你可以相信，我非常感激。我希望你也不至于后悔！”奥勃朗斯基微笑着回答。

他一面走一面穿外套，一只手拍拍仆人的头，笑着走了出去。

“五点钟，请你穿礼服来！”他回到门口，又大声说了一遍。

9

主人回到家里已经五点多了，有些客人也来了。他和同时到达的柯兹尼雪夫与彼斯卓夫一起走进门来。这两个人，正像奥勃朗斯基说的，是莫斯科知识分子的主要代表。两人在性格和智力上都很受人尊敬。他们相互也很尊敬，但几乎对一切问题的看法都是针锋相对，水火不容。倒不是因为他们的观点属于对立的两派，恰恰是由于属于同一个阵营（他们的论敌就把他们混为一谈），但在同一个阵营里各人有各人的看法。天下没有比在半抽象的问题上意见分歧更难调和的了，因此，他们不仅从来没有意见一致过，而且早就惯于心平气和地嘲笑对方无法改正的谬误。

奥勃朗斯基赶上他们的时候，他们正谈论着天气走进门来。客厅里已经坐着奥勃朗斯基的岳父老公爵、小谢尔巴茨基、土罗甫春、吉娣和卡列宁。

奥勃朗斯基一眼看出，客厅里缺了他，局面就很尴尬。陶丽穿一件华贵的灰绸连衫裙，愁眉不展，因为孩子们得在育儿室里单独吃饭，丈夫不在，她又没有办法使客厅里气氛融洽些。大家都规规矩矩地坐得“像牧师太太做客”（照老公爵的说法），显然都弄不懂他们到这儿来干什么，只是为了避免冷场，勉强挤出一两句话来。敦厚的土罗甫春显然感到很不自在，他一看见奥勃朗斯基，厚嘴唇上就浮起微笑，仿佛在说：“嘿，老兄，你把我放在一批有学问的人中间啦！让我到‘花花世界’[①]去喝一杯，那才有劲呢。”老公爵默默地坐着，他那双炯炯有神的小眼睛斜睨着卡列宁。奥勃朗斯基明白，老公爵一定想出了一句什么妙语来形容这位大人物——他就像鲟鱼一样是让客人在宴席上共享的。吉娣望着门口，故作镇定，使自己在列文进来的时候不致脸红。小谢尔巴茨基还没有同卡列宁正式介绍过，竭力装出毫不在乎的神气。卡列宁遵照彼

① 莫斯科一家巴黎式夜总会。

得堡的习惯，同贵妇人一起进餐总是穿燕尾服，系白领带。奥勃朗斯基从他的脸上看出，他来赴宴纯粹是为了践约，他坐在这群人中间是在尽痛苦的义务，其实他是奥勃朗斯基到来以前制造冷气，使所有的客人冻僵的罪魁祸首。

奥勃朗斯基走进客厅，向大家道歉，说他被一位公爵——这位公爵永远是他迟到早退的替罪羊——留住了，接着一下子就把所有的人相互介绍认识了，又把卡列宁同柯兹尼雪夫拉在一起，鼓动他们讨论波兰的俄国化问题。他们立刻就同彼斯卓夫一起抓住这个题目议论起来。他拍拍土罗甫春的肩膀，在他耳边说了句什么好笑的话，让他坐在妻子和公爵旁边。然后他对吉娣说她今天很漂亮，又把谢尔巴茨基介绍给卡列宁，一会儿工夫，他就把这个社交界面团完全揉匀了，客厅里活跃起来，洋溢着一片笑语声。只有列文一个人不在。但这样也好，因为奥勃朗斯基走进餐室，惊奇地发觉红葡萄酒和白葡萄酒都不是从列维①而是从德普雷②买来的，他就吩咐车夫立刻赶到列维去重新买过，自己又回到客厅里。

他在餐室门口遇见列文。

"我没有迟到吧？"

"你还会不迟到！"奥勃朗斯基挽住他的手臂说。

"客人很多吗？有些什么人？"列文不禁涨红了脸，用手套拂去帽子上的雪，问。

"都是自己人。吉娣也在。来吧，我给你介绍一下卡列宁。"

奥勃朗斯基虽然自由主义思想很浓，但他知道人家同卡列宁认识是会觉得很荣幸的，因此要让所有这些好朋友都分享这份荣幸。但列文此刻却无心同卡列宁认识。自从他遇见伏伦斯基那个难忘的晚上以来，他没有再见到过吉娣，如果不算那次在大路上看见她一眼的话。他从心底里知道，今天晚上他会在这里看见她。但为了使自己的思想不受这事束缚，他竭力不去想它。现在呢，他分明听说她在这里，顿时感到又惊又喜，简直连气都喘不过来了。他说不出他想说的话。

"她现在是什么样子，什么样子？像从前一样呢还是像马车里那样？陶丽说的要是真话，那该怎么办？又怎么会不是真话呢？"他心里琢磨着。

"哦，请你给我介绍一下卡列宁吧！"列文好容易才说出这句话来，鼓足勇气迈步走进客厅。他看见了吉娣。

吉娣既不像从前那样，也不像马车里那样，她完全是另外一个样子。

---

① 莫斯科的著名酒店。

② 莫斯科的著名酒店。

她惊惶，畏葸，羞怯，因此也更加迷人。列文走进屋子的一刹那，吉娣就看见了他。她正在等他。她很高兴，高兴得心慌意乱，以致当他向女主人走去而又瞟她一眼时，她自己和他，还有看到这一切的陶丽，都觉得她会忍不住哭出来。她脸上一阵红，一阵白，木然不动，只有嘴唇在微微哆嗦，等他走过来。列文走到她跟前，鞠了一躬，默默地伸出一只手。要不是她的嘴唇在微微哆嗦，眼睛因为潮润而更加明亮，她说话时的微笑就会显得十分安详。

"我们好久没见面了！"吉娣说着用冰凉的手毅然握了握他的手。

"您没有看见过我，我可看见过您了。"列文露出幸福的微笑说，"您从火车站乘车到叶尔古沙伏去的时候，我看见过您。"

"什么时候？"吉娣惊奇地问。

"您乘车到叶尔古沙伏去的时候。"列文说，他心里充溢着幸福，简直要喘不过气来了。接着他想："我怎么可以把不纯洁的念头同这个楚楚动人的小东西连在一起呢！是的，看来陶丽说的是实话。"

奥勃朗斯基挽住列文的手臂，走到卡列宁面前。

"我来替你们介绍一下。"他说了两人的名字。

"又看见您真是高兴！"卡列宁握住列文的手，冷冷地说。

"你们原来就认识吗？"奥勃朗斯基惊奇地问。

"我们在同一节车厢里待过三小时，"列文笑着说，"可是一下车就像从化装舞会里出来一样，完全糊涂了，至少我有这样的感觉。"

"原来是这么回事！大家请吧！"奥勃朗斯基指着餐室说。

男宾走进餐室，来到桌子旁边。桌上放着六种伏特加、六种干酪，有的干酪盘子里有小银匙，有的没有，还有鱼子酱、鲱鱼、各种罐头食品和盛着一片片法国面包的盘子。

男宾站着，围住香喷喷的伏特加和点心，柯兹尼雪夫、卡列宁和彼斯卓夫之间关于波兰俄国化的讨论也因等待宴席开始而停止了。

柯兹尼雪夫善于出其不意地用雅谑来结束一场最抽象和认真的争论，并以此转变对谈者的情绪。现在他也这么办了。

卡列宁认为，波兰的俄国化只有通过俄国当局采用高级措施才能实行。

彼斯卓夫坚持说，一个民族只有人口密度较大才能同化另一个民族。

柯兹尼雪夫同意双方的意见，但有保留。他们走出客厅时，柯兹尼雪夫为了结束谈话，笑着说：

“因此，要实行非俄罗斯人的俄罗斯化只有一个办法，就是尽量多生孩子。我们哥儿俩最不行了。你们，结过婚的先生们，特别是您，斯吉邦·阿尔卡迪奇，才是真正的爱国者。您有几个呀？”他亲切地笑着问主人，同时把一只小酒杯举到他面前。

大家都笑起来，奥勃朗斯基尤其高兴。

“对，这是最好的办法！”他说，嘴里嚼着干酪，把一种特制的伏特加倒在递过来的酒杯里。原来的谈话果然就在这戏谑中结束了。

“这干酪不坏。您要来一点吗？”主人说。“你真的又在做体操吗？”他问列文，左手捏捏他的肌肉。列文微微一笑，弯起手臂。于是，奥勃朗斯基的手指就隔着礼服的薄呢摸到一块像圆干酪那样的坚硬肌肉。

“好硬的肌肉！简直像参孙[①]！”

“我想猎熊一定要有很大的力气。”卡列宁说，关于打猎的知识他是很可怜的。他撕下一块薄得像蛛网的面包瓤，加上干酪。

列文微微一笑。

“完全不是。相反，一个孩子都能打死一头熊。”他说着，向那些跟主妇一起走到桌旁来的女宾微微躬身，让到一旁。

“我听说您打死了一头熊，是吗？”吉娣说，竭力想用叉子叉住一只滑溜溜不听话的蘑菇，因此抖动着那透露出她雪白小手的袖口花边，但还是叉不住。“你们那里真的有熊吗？”她向他半侧着美丽的头，笑盈盈地又说。

吉娣的话似乎没有什么特别的地方，但对他来说，她的每个声音，她的嘴唇、眼睛和手的每个动作，都具有多少不可言喻的意义呀！这里有求饶，有信任，有柔情，羞怯而深切的柔情，有许诺，有希望，有对他的爱情——那种他不能不相信，并且使他幸福得喘不过气来的爱情。

“不，我们是到特维尔省去打来的。归来的途中，我在火车上遇见您的姐夫或者说姐夫的妹夫。”列文含笑说，“那次见面可有意思了。”

于是列文就兴致勃勃地讲着，他怎样通宵不睡觉，穿着土羊皮袄闯到卡列宁的车厢里。

“列车员像俗话[②]说的那样，根据衣衫要把我赶出去；但我立刻引经据典，故弄玄虚……您起初也因为我的土皮袄想把我赶出去，”他忘记卡列宁的名字，对他说，“但

---

① 以色列大力士，见《旧约全书·士师记》第十四至第十六章。

② 俄国俗话：“相见看衣衫，相别看智慧。”

后来您就帮我说话，我真感激您哪。”

“总的说来，乘客挑选座位的权利太不明确了。”卡列宁用手帕擦擦手指尖，说。

“我看出您对待我还有点犹豫不决，”列文朴实地笑着说，“我就连忙说点聪明话来补救土皮袄引起的误会。”

柯兹尼雪夫继续同女主人谈话，一只耳朵却听着弟弟说话，斜着眼睛向他望望。“他今天怎么啦？简直像打了一场胜仗。”他想。他不知道列文今天仿佛长了一对翅膀了。列文知道吉娣在听他说话，她很高兴听他说话。只有这件事占据了他的整个身心。在他看来，不仅在这个屋子里，而且在整个世界，只有他——他变得身价百倍了——和她两个人。他觉得自己处在令人头晕目眩的高空，所有这些善良可爱的卡列宁们、奥勃朗斯基们和整个世界都在遥远的下方。

奥勃朗斯基也不对列文和吉娣瞧一眼，就让他们坐在一起，仿佛没有什么用意，只因为没有别的空位置了。

“哦，你就坐在这儿吧！”他对列文说。

筵席像奥勃朗斯基爱好的餐具一样精美。玛丽·路易汤十分出色；小巧的馅饼入口即化，无懈可击。两个男仆和马特维系着雪白的领带，利落地悄悄伺候着酒食。这次宴会在物质方面是成功的，在非物质方面也不逊色。谈话一会儿集中，一会儿分散，始终没有停顿，到宴会结束气氛一直非常活跃，男宾们站起来离开餐桌都没有停止说话，连卡列宁都变得活泼了。

10

彼斯卓夫喜欢把讨论进行到底，他对柯兹尼雪夫的话并不满意，况且他觉得柯兹尼雪夫的意见是不正确的。

“我认为绝不仅仅是一个人口密度的问题，”他一面吃汤，一面对卡列宁说，“这问题要同基础联系起来，不能光凭几条原则。”

“我认为，”卡列宁从容不迫地懒洋洋回答，“这是一样的。照我看来，只有比较文明的民族才能影响另一个民族……”

“但问题就在这里，”彼斯卓夫用他的男低音插嘴说。他说话总是很急，而且仿佛总是把整个心都放到所说的话里。“什么叫比较文明呢？英国人，法国人，德国人——谁是最文明的？谁能同化谁呢？我们看到莱茵区法国化了，但德国人的文明并不比人家差！”他叫道，“这里另有规律！”

“我认为只有真正文明的民族才有影响。”卡列宁微微扬起眉毛说。

“那么，文明的标志究竟是什么呢？”彼斯卓夫问。

“我想这些标志是大家都知道的。”卡列宁说。

“都知道得很清楚吗？”柯兹尼雪夫微妙地笑着说，“现在大家都承认，真正的文明只能是纯粹古典的文明；可我们看到双方争论激烈，却也不能否认对方有他的有力论据。”

“您是个古典派，谢尔盖·伊凡诺维奇。您要来点红葡萄酒吗？”奥勃朗斯基说。

“我并不评论这种或那种文明，”柯兹尼雪夫像对待孩子一般露出宽厚的微笑说，同时把酒杯递过去，“我只说双方都有有力的证据。”他又对卡列宁说：“就所受的教育来说，我是个古典派，但在这场争论中没有我的地位。我看不出有什么明显的论据，可以证明古典教育比现代教育优胜。”

“自然科学同样具有培养教化的作用，”彼斯卓夫附和说，“就说天文学吧，就说植物学吧，或者具有一系列规律的动物学吧！”

“我不能完全同意这一点，”卡列宁回答，“我想我们不能不承认，研究语文本身对心灵的发展有特别良好的作用。此外，无可否认，古典作家会对道德发生高度的影响。不幸的是，成为当代祸害的虚伪学说，往往同自然科学的教授有关。”

柯兹尼雪夫想说些什么，可是彼斯卓夫用他沉厚的低音打断了他。他激烈地斥责这个荒谬的意见。柯兹尼雪夫沉着地等待机会说话，显然已准备好反驳，而且充满胜利的信心。

“但是，”柯兹尼雪夫终于微妙地笑着对卡列宁说，“我们不能不承认，要不是古典教育具有像您所说的优点，即道德的作用，说得更明白些，反虚无主义的作用的话，要确切衡量各种科学的利弊是困难的，究竟该选择哪些科学，这问题也不容易一下子彻底解决。”

“那不成问题。”

“要不是古典教育具有这种反虚无主义的作用，我们也会多考虑考虑，多权衡权衡两者的利弊了，”柯兹尼雪夫微妙地笑着说，“我们也会给两者都提供发展的条件了。但现在我们知道，古典教育这种丸药具有反虚无主义的疗效，因此我们就大胆地提供给我们的病人……但万一没有疗效怎么办呢？”他又用雅谑来结束。

柯兹尼雪夫一提到丸药，大家都笑了。土罗甫春笑得特别洪亮，特别高兴，因为他听着这场谈话，一直希望能听到什么可笑的话，这下子终于听到了。

奥勃朗斯基请彼斯卓夫出席没有请错。有彼斯卓夫在场，谈话总是饶有趣味，而且一刻也不会冷场。柯兹尼雪夫刚用一句俏皮话结束谈话，彼斯卓夫立刻又提出新的话题。

“我甚至不能同意，”他说，“政府抱有这样的目的。政府显然是受舆论支配的，它根本不关心它采取的措施会有什么影响。譬如，妇女教育应该说是有害的，可是政府开办了女子学校和女子大学。”

于是，话题立刻转到女子教育问题上。

卡列宁发表意见说，妇女教育往往同妇女解放问题混为一谈，因此有人就认为妇女教育是有害的。

“我倒认为这两个问题是紧密联系的，”彼斯卓夫说，“这是一种恶性循环。妇女由于缺乏教育而被剥夺权利，她们没有权利，所以就缺乏教育。不要忘记，妇女被奴役是那么普遍，那么悠久，以致我们往往不肯承认她们同我们之间存在的鸿沟。”

“您说权利，”等彼斯卓夫说完，柯兹尼雪夫接着说，“是指当陪审员、地方自治会议员、参议会会长的权利，当官员、国会议员的权利吗？”

“当然。”

“就算妇女作为少数例外可以担任这些职务，我认为您用‘权利’这个词也是不恰当的。还不如说‘义务’来得好。谁都能同意，担任陪审员、地方自治会议员、电报局职员的工作，我们觉得是尽一种义务。因此，说得恰当些，妇女是在寻求义务，而且完全是合法的。她们想协助男子共同劳动，这种愿望我们是不能不同情的。”

“一点不错，”卡列宁附和说，“我觉得问题在于她们能不能胜任这种义务。”

“一定能胜任愉快，”奥勃朗斯基插嘴说，“只要教育能在她们中间普及。这一点我们看得出来……”

“那句俗话是怎么说的？”老公爵早就注意听着他们的谈话，这时闪动他那双滑稽的小眼睛，说，“我可以当着女儿们的面说：‘女人头发长，可是……[①]’”

“黑奴解放前人们就是这样看待黑人的！”彼斯卓夫愤愤地说。

“我觉得很奇怪，妇女在寻求新的义务，”柯兹尼雪夫说，“可是我们却不幸看到，男子总是在逃避义务。”

“义务总是离不开权利。妇女所追求的就是：权力，金钱，荣誉。”彼斯卓夫说。

“这好比我去追求当奶妈的权利，看到人家出钱雇用妇女，却不要我，我就生气。”老公爵说。

---

① 俄国谚语：“女人头发长，见识短。”

土罗甫春爽朗地哈哈大笑。柯兹尼雪夫惋惜这样的妙语不是他说的。连卡列宁也扑哧一笑。

"是的，男子是不能喂奶的，"彼斯卓夫说，"可是妇女……"

"不，有个英国人曾经在船上给自己的小孩喂奶。"老公爵不顾当着女儿们的面，放肆地说。

"有多少这样的英国人，就有多少女人可以做官。"柯兹尼雪夫说。

"是的，可是叫一个没有家庭的姑娘怎么办呢？"奥勃朗斯基想到他念念不忘的契比沙娃，插嘴说。他同情彼斯卓夫，支持他的意见。

"要是仔细分析一下这个姑娘的身世，那您就会知道，是这个姑娘抛弃了家庭——或者是她自己的家，或者是她姐妹的家——本来她满可以在家里干干女人家的活的。"陶丽突然怒气冲冲地插进来说，大概猜到奥勃朗斯基所说的姑娘是谁。

"但我们维护一个原则，一种理想！"彼斯卓夫用响亮的低音反驳说，"妇女渴望得到独立和受教育的权利。要是想到不能获得这种权利，她们会觉得委屈和难受的。"

"可我觉得委屈和难受的是，人家不要我当奶妈。"老公爵又说，引得土罗甫春哈哈大笑，把一大块芦笋都抖落在酱油碟里了。

11

人人都参加这场谈话，只有吉娣和列文例外。开头谈的是一个民族对另一个民族的影响。列文不禁想到他对这问题有话要说。这事原来他觉得很重要，此刻却像梦里的幻象一般，引不起他丝毫兴趣。他甚至觉得奇怪，他们何必那么起劲地谈论这种与谁都无关的问题呢。大家又谈论起妇女的权利和教育问题。吉娣对这事原来也很感兴趣。以前她一想起她在国外的朋友华仑加，想到华仑加寄人篱下的痛苦生活，她就一再思考这个问题；她多少次思考过自己的问题，想到要是她不结婚，她会有怎样的结局；她多少次为这事同姐姐争论过！可是现在她对这事毫无兴趣。她正同列文单独谈着话，不是一般的谈话，而是一种神秘的交流。这种交流使他们越来越接近，并且使他们对正在踏入的那个未知世界感到又惊又喜。

开头，吉娣问列文去年是怎么看见她在马车里的。列文告诉她，他怎样从割草场走大路回家，半路上看见了她。

"那天大清早，您大概刚醒来，您妈妈还睡在角落里。这是一个可爱的早晨。我一面走，一面想：这辆四驾马车里坐的是谁呀？一辆有铃铛的讲究的四驾马车，您在上面一掠而过。我看见您坐在窗口，双手拉住睡帽的带子，您正想得出神呢，”他微笑着说，“我真想知道您当时在想些什么。您在想什么要紧事啊？”

“我当时是不是披头散发呢？”吉娣想。不过，看见列文在回忆细节时浮起欢乐的微笑，她明白，她当时给他的印象很好。她涨红了脸，高兴地笑起来。

“我实在不记得了。”

“土罗甫春笑得多快活呀！”列文欣赏着他那双笑得泪汪汪的眼睛和哆嗦的身子，说。

“您早就认识他了吗？”吉娣问。

“谁不认识他呢！”

“您大概认为他是个坏人吧？”

“不是坏人，是个小人。”

“不对！您快别这样想！”吉娣说，“我以前也很瞧不起他，其实他是个极其可爱、极其善良的人。他的心是金子做的。”

“您怎么能看出他的心来呢？”

“我同他是老朋友了。我很了解他。去年冬天，在……在您来到我们家以后不久，”吉娣露出歉疚和信任的微笑说，“陶丽的几个孩子都得了猩红热，他碰巧去看她。您真不能想象，”她低声说，“他是多么为她难过，他就留下来帮她照顾孩子。他在他们家里待了三个星期，像保姆一样照顾孩子。”

“我在讲给康斯坦京·德米特里奇听，在猩红热流行时土罗甫春怎样照顾孩子们。”吉娣俯身对姐姐说。

“是的，他真好，真了不起！”陶丽望望土罗甫春说。土罗甫春发觉他们在谈他，就和蔼地对列文笑笑。列文又对土罗甫春瞧了一眼，弄不懂以前他怎么没有发觉这个人的优点。

“该死，该死，我以后再也不把人往坏处想了！”列文快活地说，老实说出了他此刻的心情。

12

在谈到妇女权利时，接触到在太太们面前不便谈的婚姻权利不平等的问题。彼斯卓夫在席上几次提到这问题，但柯兹尼雪夫和奥勃朗斯基都小心地回避了。

等大家从餐桌旁站起身来，太太们走开了，彼斯卓夫没有跟着她们走，却转身同卡列宁交谈，说出这种不平等的主要原因。照他看来，夫妇之间的不平等，在于妻子不贞和丈夫不贞在法律上和舆论上受到的制裁都不一样。

奥勃朗斯基匆匆走到卡列宁跟前，向他敬烟。

“不，我不抽烟。”卡列宁镇定地回答，接着似乎故意要表示他并不怕谈这事，带着冷冷的微笑同彼斯卓夫说话。

“我认为这种观点的根据在于事物本身。”卡列宁说着想到客厅里去，但这当儿土罗甫春出其不意地对卡列宁说起话来。

“你们该听到过普里雅奇尼科夫的事吧？”土罗甫春问。他喝了香槟酒兴奋了，一直在等待机会打破难堪的沉默。“华夏·普里雅奇尼科夫，”他那红润的嘴唇上浮起善良的微笑，他主要是对主客卡列宁说的，“今天我听人家说，他在特维尔同克维茨基决斗，把克维茨基打死了。”

痛疮疤往往最容易触到，而奥勃朗斯基就觉得今天的谈话不幸每分钟都触到了卡列宁的痛疮疤。他又想把妹夫拉走，可是卡列宁却好奇地问：

“普里雅奇尼科夫为什么决斗哇？”

“为了妻子。他做得像个男子汉！他去挑战，并把对方打死了！”

“啊！”卡列宁冷冷地说，扬起眉毛，往客厅里走去。

“您来了，我很高兴，”陶丽带着怯生生的微笑，在前厅遇见他说，“我有话要同您谈。就在这里坐吧。”

卡列宁还是扬起眉毛，显出若无其事的样子，在陶丽旁边坐下来，勉强装出笑容。

“好的，”他说，“我也要请您原谅，我马上就要告辞了。明天我就要出门。”

陶丽坚信安娜是清白的，面对着这个冷酷无情、不动声色地要毁灭她那无辜的好朋友的人，她气得脸色发白，嘴唇发抖。

“阿历克赛·阿历山德罗维奇，”她不顾一切地盯住他的眼睛说，“我问您安娜的情况，您没有回答我。她怎么啦？”

“她身体看来很好，达丽雅·阿历山德罗夫娜。”卡列宁回答，眼睛没有看她。

“阿历克赛·阿历山德罗维奇，对不起，我是没有权利……但我像亲姐妹一样爱安娜，尊重安娜；我要求您告诉我，你们之间出了什么事？她有什么地方做得不对？”

卡列宁皱起眉头，几乎闭住眼睛，垂下头。

“我想您丈夫一定告诉过您，我认为我同安娜·阿尔卡迪耶夫娜的关系必须改变的原因吧！”卡列宁说，没有对着她的眼睛看，却很不高兴地望着走过客厅的谢尔巴茨基。

“我不信，我不信，我不能相信！”陶丽把她那双瘦骨嶙峋的手紧握在胸前，有力地挥动着说。她迅速地站起来，一只手放在卡列宁的袖口上。“这里太闹。我们到那边去吧。”

陶丽的激动影响了卡列宁。他站起身来，顺从地跟着她走进儿童读书室。他们在一张铺着被削笔刀划满刀痕的漆布的桌子旁坐下来。

“我不信，我不信！”陶丽说，竭力捕捉他那避开她的目光。

“我们不能不相信事实，达丽雅·阿历山德罗夫娜。”卡列宁说，特别强调“事实”两个字。

“她做了什么事？”陶丽问，“她到底做了什么事？”

“她放弃了自己的责任，欺骗了自己的丈夫。这就是她所做的。”卡列宁说。

“不，不会的！不，恕我直说，您错了！”陶丽双手按住两鬓，闭上眼睛，说。

卡列宁光用嘴唇冷冷地一笑，想让她看看他的决心，并以此来加强自己的决心。陶丽这种热情的庇护虽不能动摇他的决心，却触痛了他的伤疤。他情绪激动地谈了起来。

“既然妻子亲口告诉丈夫她做了这种事，还说她八年的生活以及生了一个儿子全都错了，她要重新开始生活，那就不可能弄错。”卡列宁鼻子里哼了一声，怒气冲冲地说。

“安娜和罪恶——我无法把这两者联系起来，我无法相信这件事。”

“达丽雅·阿历山德罗夫娜！”卡列宁说，这会儿对着陶丽激动的善良的脸瞧了一眼，话匣子不由自主地打开了，“我真希望这事只是一种猜疑。以前，当我这样猜疑的时候，我觉得痛苦，但比现在还是好过些。当我这样猜疑的时候，还有希望；可是现在没有希望了。不过，我还是怀疑一切，我怀疑一切，甚至恨我的儿子，我有时简直不相信他是我的儿子。我真不幸！”

这些话他都不需要讲。他向陶丽脸上瞧上一眼，陶丽就明白了。她开始可怜他，对她好朋友清白的信念也动摇了。

“啊呀！这太可怕了，太可怕了！难道您真的下定决心要离婚吗？”

“我决定采取最后手段。我没有别的办法。”

“没有办法，没有办法……”陶丽眼睛里含着泪水说。“不，不是没有办法！”她说。

“这种痛苦同别的痛苦不一样。别的痛苦，譬如说，丧偶，死亡，你只要背上十字架，默默地忍受就是了；可是遇到这种痛苦，你必须行动，”卡列宁说，仿佛在捉摸她的思想，“你必须摆脱这种屈辱的处境，总不能三个人一起生活呀！”

“我明白，这事我很明白！”陶丽说着，垂下了头。她沉默了一会儿，想着她自己的事和她自己家庭的痛苦，接着突然激动地昂起头，合拢双手做出恳求的姿势。“但是慢着！您是个基督徒。您替她想想吧！要是您把她抛弃了，她会怎样呢？”

“我想过，达丽雅·阿历山德罗夫娜，我想得很多。”卡列宁说。他脸上泛起红斑，浑浊的眼睛直盯着她。陶丽现在已经满心可怜他了。“当她亲口把我的耻辱告诉我的时候，我就这么做了，我让一切都维持原状。我给她悔过自新的机会，我竭力挽救她。可是结果呢？她不肯遵守最起码的要求——顾全面子！”卡列宁怒气冲冲地说，“只有自己不愿毁灭的人，人家才能救他；但要是本性败坏了，堕落了，她认为毁灭就是得救，你还有什么办法呢？”

“什么都行，就是不要离婚！”陶丽回答。

“‘什么都行’指什么呀？”

“不，这太可怕了。她不再是谁的妻子，她会毁灭的！”

“可是我有什么办法呢？”卡列宁耸起肩膀，扬起眉毛，说。一想到妻子最近的行为，他恼火极了，他又变得像开始谈话时那样冷酷。“我很感谢您的同情，可是我得走了。”他站起身来说。

“不，等一下！您千万不要毁了她。等一下，让我把我自己的事告诉您。我结了婚，可是丈夫欺骗了我；我又气愤又妒忌，想抛弃一切，想自己一个人……可是我清醒过来；是谁使我清醒的？是安娜，是安娜救了我。我现在照旧生活。孩子们在成长起来，丈夫回到家里，认识到自己的不是，他变得规矩了，正派了，我也就这样生活……我饶恕他了，您也应该饶恕她！”

卡列宁听着，但她的话对他已不起作用。他的心里又升起了他决定离婚那天同样的怒火。他仿佛抖掉什么东西似的抖动了一下身子，用尖锐响亮的声音说：

“饶恕，我不能够，我也不愿意，而且我认为是不合理的。我对这个女人已经做到了仁至义尽，她却把一切都践踏到她所喜欢的污泥里。我不是一个狠心的人，我从来没有恨过什么人，但我现在打从心底里恨她；我不能饶恕她，我恨透她对我所做的坏事！”他说，愤恨得嗓子都被眼泪哽住了。

“爱那些恨您的人……”陶丽怯生生地说。

卡列宁哼地冷笑了一声。这话他早就知道了，但不适用于他现在的处境。

“爱那些恨您的人，却不能爱您所恨的人。我打扰了您，请原谅，各人有各人说不完的苦恼！”卡列宁冷静下来，振作精神告了别，走了。

13

大家离开餐桌的时候，列文很想跟着吉娣到客厅里去；但又怕这样向她献殷勤太露骨了，她也许会不高兴。列文只得留在男宾圈子里，参加大家的谈话。他眼睛没有朝吉娣望，却感觉到她的一举一动、她的目光和她在客厅里的位置。

他立刻轻而易举地实践对她所作的诺言——永远往好处看人，永远爱一切人。谈话转到了农民村社的问题。彼斯卓夫认为农民村社具有特殊的原则，他把它称为“合唱原则”。列文既不同意彼斯卓夫的意见，也不同意他哥哥的意见。他哥哥与众不同，既不承认也不否认俄国农民村社的意义。但列文同他们谈话，竭力为他们调解，缓和他们的争论。他一点也不注意他自己在说些什么，更不注意他们在说些什么。他只有一个愿望：让他和大家都高高兴兴，快快活活。现在他只关心一个人。这人起初在客厅那边，后来移过来，停留在门口。他没有回头，却感觉到倾注在他身上的目光和微笑。他忍不住回过头来：她同弟弟一起站在门口，望着他。

“我还以为您要去弹钢琴呢，”他走到她面前说，“我们乡下就缺少一样东西：音乐。”

“不，我们只是来找您，来谢谢您的光临，”她说，同时像赠送礼物似的送给他一个微笑，“何必这么起劲地争论不休呢？谁也说不服谁的。”

“是啊，说得对，”列文说，“人们争论得很起劲，往往就因为弄不懂对方究竟想证明什么。”

列文常常发现，当聪明人争论时，双方花了极大的力气，费了许多口舌，用了大量巧妙的逻辑，最后发现他们苦苦争辩的东西，原来在争论一开始大家就已明白了，但他们始终各执一词，又不愿直说，唯恐遭到对方攻击。他还有这样的体会：在争论中，有时你明白了对方所喜欢的东西，自己也忽然喜欢它了，就立刻表示同意。这样，就什么论据也用不着了。有时正好相反：你终于说出了你所喜欢的东西，要是说得好，说得恳切，对方也会同意，不再争论。这就是他所要说的话。

她皱起眉头，竭力想领会他的意思。不过，他刚一开始解释，她就明白了。

“我明白：一个人必须懂得他为什么争论，他喜欢的是什么，这样才可以……”

她完全领会，并且表达了他表达不清的意思。列文高兴地微微一笑：他同彼斯卓夫和哥哥啰啰嗦嗦争论了好半天，她竟用最简洁的语言把他最复杂的思想表达出来了。这使他感到惊奇。

谢尔巴茨基从他们身边走开了。吉娣走到摆开的牌桌旁边，坐下来，拿起一支粉笔，动手在崭新的绿呢上画着一个个圆圈。

他们继续谈论饭桌上谈到的那些问题：妇女自由和就业问题。陶丽认为一个未婚的姑娘应该待在家里做做家务。列文同意她的意见。他的理由是，没有一个家庭可以缺乏女助手，家庭不论贫富，都不能没有保姆，不论是雇用的还是亲属。

“不，”吉娣涨红了脸说，同时用她那双诚恳的眼睛更大胆地望着他，“一个姑娘刚过门，难免不受屈辱，可她自己……”

列文明白她的暗示。

“哦！是的！”他说，“是的，是的，是的！您说得对，您说得对！”

看到吉娣心目中少女的恐惧和屈辱，他顿时明白了彼斯卓夫吃饭时关于妇女自由的一番话。他爱她，体会到了这种恐惧和屈辱，立刻放弃了他的论点。

接着是一片沉默。吉娣一直拿粉笔在桌上描画着。她的眼睛闪出宁静的光辉。他受到她的情绪的影响，觉得周身充满越来越浓烈的幸福。

“呀！我涂了一桌子！”她放下粉笔说，接着动了动身子，好像要站起来。

“我怎么能让她走掉，自己留下来呢？”列文恐惧地想着，拿起粉笔。“等一下，”他说着在桌旁坐下来，“我早就想问您一件事。”

列文盯住她那双亲切而惶恐的眼睛。

“请您问吧。”

“您瞧。”列文说着写了十四个字母，加上一个问号。那是组成十四个单词的第一个字母。意思就是：“您上次回答我‘这不可能’，是说永远呢还是指当时？”吉娣能不能懂得这个复杂的句子，他毫无把握，但他望着她的那副神情，仿佛他一生的命运都决定于她能不能懂得这句话。

吉娣一本正经地对他瞧了一眼，一只手支着紧蹙的前额，读了起来。她偶尔对他瞧瞧，仿佛在问：“我猜得对吗？”

“我明白了。”吉娣涨红了脸说。

“这是个什么字眼？”列文指着代表“永远”一词的那个字母问。

“这表示‘永远’，”她说，“但这不是真心话！”

列文迅速地把所写的句子擦掉，把粉笔给了她，站起身来。吉娣也写了六个字母。

陶丽看见这一对人，她同卡列宁谈话所引起的烦恼顿时消失了。她看见吉娣手里拿着粉笔，脸上挂着羞怯而幸福的微笑，抬头望着列文；又看见他那俊美的身子伏在桌上，他那双火辣辣的眼睛忽而瞧瞧桌子，忽而瞧瞧吉娣。他突然容光焕发，他懂得了这句话的意思，那就是：“当时我不能不这样回答。”

列文怯生生地对她抛去一个疑问的眼光。

“只限于‘当时’吗？”

“是的。”她微笑着回答。

“那么……那么现在呢？”他问。

“嗯，那您念吧。我把心里的希望告诉您。我真希望啊！”吉娣又写了八个字母，意思是：“希望您能忘记并饶恕过去的事。”

“嗯，那您念吧。我把心里的希望告诉您。我真希望啊！”
吉娣又写了八个字母……

列文用紧张得发抖的手指抓住粉笔，折断了，写了几个字母，意思是：“我没有什么要忘记和饶恕的，我一直爱您。”

她一直微笑着，对他瞧了一眼。

“我明白了。”她悄悄地说。

列文坐着，又写了一个长句子。她全明白了，没有问他：“对不对？”拿起粉笔，立刻就回答他。

列文好一阵看不懂她所写的字母，不时望望她的眼睛。他幸福得头晕目眩，怎么也猜不透她所写的话是什么意思；但从她那双洋溢着幸福的迷人眼睛里，他明白了他想要知道的东西。于是他写了三个字母。但不等他写完，她就跟着他手的动作读了出来，又自己拼成句子，接着写了回答：“对。”

“你们在猜字谜吗？”老公爵走过来说，“要是你们看戏不愿迟到，那就该走了。”

列文站起身来，把吉娣送到门口。

他们谈话时什么都谈到了。吉娣说她爱他，她会告诉爸爸妈妈他明天早晨要来。

14

吉娣一走，列文剩下一个人。他觉得烦躁不安，迫不及待地希望明天赶快到来。这样他又可以看见她，可以同她永远结合在一起了。他是那么焦急，害怕那看不到她的未来十四个小时，就像害怕死一样。为了避免孤独，消磨时间，他需要找一个人谈谈。奥勃朗斯基原是他最愉快的谈伴，但他要走了，说是去赴晚会，其实是去看芭蕾舞。列文只来得及对他说，他很幸福，列文喜欢他，列文永远不会忘记奥勃朗斯基对他的帮助。奥勃朗斯基的眼神和微笑向列文表示，他很懂得列文的心情。

“怎么样，是死的时候了吗？”奥勃朗斯基情绪激动地握着列文的手说。

“不——不！”列文说。

陶丽同他告别时也像祝贺一般说：“您同吉娣又见面了，我真高兴，要珍惜旧日的友谊啊。”

陶丽这句话却使列文不高兴。她不理解这种感情在列文是多么崇高，是她根本无法领会的，她也不应该提到它。

列文同他们告了别，但不愿一个人独处，就抓住他的哥哥。

“你上哪儿去？”

“我去开会。”

“哦，我跟你去。可以吗？”

“为什么不可以？一起去吧！”柯兹尼雪夫微笑着说，“你今天怎么了？”

“我吗？我太幸福了！”列文放下马车关着的窗子，说，“你不在乎吧？不然我要闷死了。我太幸福了！为什么你一直不结婚？”

柯兹尼雪夫微微一笑。

“我很高兴，她看来是个好姑娘……”柯兹尼雪夫说。

“别说，别说，别说！”列文两手抓住他的皮外套领子，把他的脸盖住，大声说。

“她是一个好姑娘”这句话太普通，太平凡了，同他的心情太不协调了。

柯兹尼雪夫高兴地笑出声来，这在他是很难得的。

“啊，不论怎么说，这事使我很高兴。”

“这事明天再说，明天再说，不要谈了，不要谈了！不要谈了！”列文说，又用外套领子把脸盖住，加了一句，“我真喜欢你！怎么样，我可以去参加会议吗？”

“当然可以。”

“今天你们讨论什么？”列文问，一直笑着。

他们来到会场。列文听着秘书结结巴巴地念着显然连他自己也不懂的记录；但列文从秘书的相貌上看出，他是一个心地善良、和蔼可亲的人。这从他宣读记录时那副惶惑的窘态可以看出来。接着辩论开始。他们争论某宗款项的调拨和某处水管的敷设问题。柯兹尼雪夫得意扬扬地说了一大通，挖苦两个议员。另一个议员在纸上写了些什么，开头有点胆怯，但接着就又辛辣又和好地对他做了答辩。接着史维亚日斯基（他也在场）也说了一通，说得十分漂亮得体。列文听着他们的辩论，听出根本没有什么调拨款项和敷设水管的问题，根本没有这些事，他们也根本没有真正生气，他们都是些善良可爱的人，他们之间的关系也是很好很亲密的。他们不妨碍谁，大家都高高兴兴。最妙的是列文今天把每个人都看得一清二楚，他从以前没有觉察到的细微特征上看出每个人的心灵，看出他们个个都是好人。今天大家都特别喜欢他。这从大家同他说话的态度，从大家——甚至包括不认识他的人——望着他时那种亲切友好的神气上可以看出来。

“怎么样，你满意吗？”柯兹尼雪夫问他。

“太满意了。我简直没有想到这个会那么有意思！好极了，太美了！”

史维亚日斯基走到列文跟前，请列文到他家去喝茶。列文怎么也弄不懂，也回想不起来，他对史维亚日斯基什么地方不满意，对他有什么要求。他是一个又聪明又极其善良的人。

“我很高兴！”列文说，接着问候他的妻子和姨妹。根据他那古怪的思路，史维亚日斯基的姨妹在他头脑里总是同婚姻联系在一起，因此列文觉得把他的幸福告诉史维亚日斯基的妻子和姨妹比告诉谁都合适。他欣然同意去看看她们。

史维亚日斯基向他打听乡下的情况，照例认为欧洲没有的东西在俄国也不可能有。但现在列文听了，一点也不生气。相反，他觉得史维亚日斯基是对的，他经营的全部事业都毫无意义。他还发现史维亚日斯基有意不把自己的正确意见说出来，他的为人确实很厚道，很能体贴人。史维亚日斯基家的两位女人也特别可爱。列文觉得，那件事她们已经全知道了，并且同情他，只是出于礼貌才没有说出来。他在他们家里坐了一小时，两小时，三小时，谈论各种各样的问题，一再暗示充满他心里的那件事。他没有发觉，他已经使他们感到很厌烦，他们早就要睡觉了。史维亚日斯基打着呵欠把他送到前厅，弄不懂这位朋友的情绪怎么有点异样。已经一点多钟了。列文回到旅馆里，想到他还得独自熬过剩下的十个小时，感到害怕。值班的茶房没有睡觉，给他点亮蜡烛，正要走，但列文把他留住了。这个茶房叫叶果尔。列文以前没有注意，今天才发现他是个聪明能干的人，心地十分善良。

“怎么样，叶果尔，不睡觉很难受吧？”

“有什么办法！这是我们的责任。在老爷家里干活轻松一点，但在这里进账多一点。”

原来叶果尔家里有三个男孩和一个做裁缝的女儿，他想把女儿嫁给马具店一个店员。

列文趁这机会把他的想法告诉叶果尔。他说，结婚的主要条件是爱情，有了爱情就一定幸福，因此幸福全在自己。

叶果尔用心听着，看来完全懂得列文的意思；但他在表示赞同列文的话的时候却出乎列文的意料，讲了他的看法。他说他在好的老爷家里干活，总是感到很满意，对他现在的主人也很满意，虽然他是个法国人。

“真是个心地善良的人！”列文想。

“嗯，叶果尔，当年你结婚的时候爱不爱你的妻子啊？”

“怎么会不爱呢？”叶果尔回答。

列文看到叶果尔很兴奋，很想讲讲自己的心情。

“我这一辈子也很怪。我从小就……”他开始说，眼睛闪闪发亮，显然受到列文兴奋的传染，好像人们打呵欠受到传染一样。

这时候铃声响起来，叶果尔走了，剩下列文一个人。他在午餐时几乎什么也没有吃，在史维亚日斯基家里又谢绝了茶点和晚餐，他根本不想吃晚饭。昨夜他没有睡觉，现在也不想睡。屋子里很凉快，他却觉得闷热。他打开两扇气窗，坐在对窗的桌子上。在白雪皑皑的屋顶那边望得见系着链子的雕花十字架，再高一些就是御夫星座和黄澄澄的五车二星所组成的三角形。他一会儿望望十字架，一会儿望望星星，吸着那均匀地吹进屋里来的清凉空气，同时像做梦一样追逐着脑海里浮现出来的一个个形象和回忆。三点多钟，他听见走廊里有脚步声，就向门外望了望。原来是他所认识的赌徒米亚斯金从俱乐部回来了。他皱着眉头，神情忧郁地走过，不断咳嗽。“可怜的人，真不幸！”列文想，因为怜爱这个人，眼泪竟夺眶而出。列文想同他谈谈，安慰安慰他；

但想到自己只穿一件衬衫，就改了主意，又在气窗前面坐下，沐浴在凛冽的空气里，抬头望着那默默无声而对他意义深长的美丽的十字架和那冉冉上升的黄澄澄的星星。六点多钟，传来擦地板的声音和教堂的钟声。列文觉得身子冷得有点僵了。他关上气窗，洗了脸，穿上衣服，走到街上。

15

街上还是空荡荡的。列文向谢尔巴茨基家门口走去。大门关着，万物都在沉睡中。他回到旅馆，又走进房间，要一杯咖啡。端咖啡来的日班茶房不是叶果尔。列文想同他攀谈攀谈，但是听见有人打铃，那茶房就走了。列文试图把咖啡喝光，把面包圈放进嘴里，可是他的嘴简直不知道怎样对付面包。列文吐掉面包，穿上外套，又走了出去。他第二次来到谢尔巴茨基家门口时，已经九点多了。房子里的人刚起来，厨子出去买菜了。他至少还得等两个钟头。

这个通宵和整个早晨，列文一直昏昏沉沉，并且完全摒弃了物质生活。他一整天没有吃东西，两夜没有睡觉，不穿外衣在凛冽的空气中待了几小时，不仅觉得神清气爽，简直有点飘飘欲仙：一举一动都毫不费力，而且觉得自己无所不能。他自信可以飞上青天，或者推开屋角，如果有必要的话。他不断看表，东张西望，在街上度过剩下的时间。

他当时看见的景象以后再也没有看到过。特别使他感动的是两个上学去的孩子，几只从屋顶飞到人行道上的瓦灰鸽，几个被一只看不见的手摆在窗口的小圆面包。这些面包、鸽子和两个男孩都不是尘世的东西。一个男孩跑去追鸽子，笑嘻嘻地对列文瞧了一眼；一只鸽子鼓动翅膀，在太阳底下，在漫天飞舞的雪粉中闪烁着飞走了；窗子里冒出新鲜烤面包的香味，摆出来几个小圆面包。这一切都是同时发生的。这一切合在一起真是美好得出奇，列文不由得笑了起来，快乐得流出眼泪。他在报馆街和基斯洛夫卡大街兜了一个大圈子，又回到旅馆，把表放在面前，坐下来，等候到十二点钟。隔壁房间里，有人在谈论机器，谈论一个骗局，还有早晨刚醒来后的咳嗽声。他们不知道时针已接近十二点。十二点到了。列文走到门口。马车夫们显然什么事都知道了。他们喜气洋洋地围住列文，争先恐后，兜揽生意。列文竭力不得罪另外几个马车夫，答应下次雇他们的车，就坐上一辆，吩咐到谢尔巴茨基家去。这车夫穿一件雪白衬衫，衬衫领子贴住强壮红润的脖子，露在长袍外面，模样洒脱不羁。这车夫的雪橇很高很舒服，这样好的雪橇列文以后再也没有坐到过。马也很出色，一个劲儿地飞奔，但看上去仿佛没有在动。那车夫认得谢尔巴茨基家。他把双臂弯成一个圆圈，表示对乘客特别尊敬，嘴里叫了声“普鲁”，在大门口停下来。谢尔巴茨基家的看门人准是什么都知道了。这从他眼睛里的笑意和说话的神情上看得出。他说：

“嘿，您好久没来了，康斯坦京·德米特里奇！”

他不仅知道了一切，而且十分高兴，竭力掩饰着内心的喜悦。列文望了望他那双苍老而和蔼的眼睛，甚至发觉在自己的幸福里还有一种新的东西。

“都起来了吗？”

“请进！放在这里吧。”当列文转身想取回帽子时，他笑嘻嘻地说。列文这样迟疑是有道理的。

“请问该向哪一位通报？”仆人问。

这仆人年纪很轻，是个新来的，穿得像花花公子，但是亲切善良，他也知道了一切。

“公爵夫人……公爵……公爵小姐……”列文说。

他遇见的第一个人是林侬小姐。她走过客厅，她的鬈发和脸都焕发着光彩。他刚开始同她谈话，忽然听到门外有衣服的窸窣声。于是林侬小姐立刻从列文的眼睛里消失了。他感到幸福临近的喜滋滋的恐惧。林侬小姐慌忙离开他，往另一扇门走去。她刚一出去，镶木地板上顿时响起一阵非常急促的轻盈脚步声。于是他的幸福，他的生命，他自己——比他自己更好，他追求和渴望那么久的东西，一下子临近了。她不是自己走过来，而是被一种无形的力量送到他面前。

他只看见她那双明亮诚实的眼睛，像他的内心一样，洋溢着又惊又喜的爱情的光芒。这双眼睛越来越近，爱情的光芒耀得他眼花缭乱。她站在他面前，接触到他了。她的双手举起来，落在他的肩上。

她做了她所能做的一切：她跑到他跟前，羞怯而快乐地把整个身心交给了他。他拥抱了她，把嘴唇紧贴在渴望他的亲吻的嘴上。

她也通宵没有合眼，一上午都在等他。她的父母都毫无异议地同意了这事，为她的幸福而感到幸福。她等着他。她要亲自第一个向他宣布他们俩的幸福。她准备单独同他见面，想到这一层，她又胆怯又害臊，自己也不知道该怎么办。她听见他的脚步声和说话声，在门外等林侬小姐走开。林侬小姐走了。她不假思索，毫不迟疑地走到他面前，做了她刚才所做的事。

“我们到妈那里去！”她拉着他的手说。他久久地说不出话来，这与其说是因为怕语言亵渎他的崇高感情，不如说每当他想说话时，总觉得幸福的泪水把他哽住了。

他拉起她的手吻了吻。

“难道这是真的吗？”列文终于哑着嗓子说，“我不能相信你会爱我！”

吉娣看见他说话的亲热语气和瞟她一眼的畏怯眼神，不禁嫣然一笑。

“真的！”她意味深长地慢悠悠说，“我多幸福哇！”

吉娣没有放下他的手，拉着他走进客厅。公爵夫人一看见他们，便呼吸急促，哇的一声哭出来，接着又立刻笑了，以列文意料不到的矫捷步伐跑到他面前，抱住他的头，吻了吻他。她的泪水把他的面颊都弄湿了。

“那么一切都定啦！我高兴极了。你要爱她，我高兴极了……吉娣！”

“解决得好快呀！”老公爵故作镇定地说，但列文转身向他说话时，发现他的眼睛也湿了。

“我早就盼望着了！”他捉住列文的手，把列文拉过来说，“当这个轻浮的孩子还没想到……”

“爸爸！”吉娣叫起来，用双手捂住他的嘴。

“哦，我不说了！”他说，“我太……太……高……嗐，我真糊涂……”

他抱住吉娣，吻着她的脸、她的手，又吻了吻她的脸，在她身上画了十字。

列文看见吉娣怎样好一阵亲热地吻着她父亲肥胖的手，他对这位以前不熟悉的老公爵也发生了一种亲切的感情。

16

公爵夫人默默地坐在扶手椅上，脸上露出微笑。公爵坐在她旁边。吉娣站在父亲的椅子旁，一直拉住他的手不放。大家都默不作声。

公爵夫人首先说出她的想法，把她想到和感觉到的事组织成为实际问题。最初一刹那，大家都觉得这事有点别扭和苦恼。

“什么时候哇？还得订婚，发请帖。什么时候举行婚礼呀？你看怎么样，阿历山大？”

“问他，”老公爵指指列文说，“这事他是主角。”

“什么时候吗？”列文红着脸说，“明天。既然你们问我，那么我说，今天订婚，明天结婚。”

“嗳，我的宝贝，别说傻话了！”

“那么就过一星期。”

“他简直疯了。”

“不，怎么见得？”

“啊呀，老天爷！”公爵夫人看到他这样性急，高兴地笑着说，“那么嫁妆呢？”

“难道还要什么嫁妆吗？”列文恐惧地想，“不过，嫁妆也罢，订婚也罢，这些东西总不会损害我的幸福吧？一定不会的！”他瞧了吉娣一眼，发现她一点也没有因想到嫁妆而烦恼。“看来这是必要的。”他想。

“其实我什么也不懂，我只是说说我的愿望罢了。”列文表示歉意说。

“那就让我们来商量商量吧。订婚，发请帖，那些事现在就可以办了。就是这样。”

公爵夫人走到丈夫面前，吻了吻他，想走，但他把她留住了，拥抱她，而且像年轻的情人那样，笑眯眯地热烈地吻了好几次。这对老夫妇一时间简直有点糊涂，弄不清究竟是他们又在恋爱了，还是他们的女儿在恋爱。等公爵夫妇走了，列文走到未婚妻面前，拉住她的手。此刻他已镇静下来，能够说话了。他有许多话要对她说，但他说的完全不是他所想说的。

“我早就知道会这样！我从来不敢这样希望，但心里总是相信，”他说，“我相信这是命里注定的。”

“至于我，”她说，“即使当时……”她停了停，用她那双诚实的眼睛毅然望着他，又说下去，“即使当我推掉自己的幸福时，我也相信。我一直只爱您一个人，可那时我昏了头。我应该说……您能忘记这事吗？”

“也许这样更好些。我有许多地方要请您原谅。我应该告诉您……”

他决定告诉她一些事。一开始他就决定告诉她两件事：他不像她那样纯洁，他不信教。这在他是很苦恼的，但他认为应该把这两件事都告诉她。

“不，现在不谈，以后告诉您！”他说。

“好的，那就以后说吧，但您一定要告诉我。我什么也不怕。我需要知道一切。咱们讲定了。”

他补充说：

“咱们讲定了，不论我是个怎样的人，您都要我，您都不会抛弃我，是吗？”

“是的，是的！”

他们的谈话被林侬小姐打断了。林侬小姐虽然有点装腔作势，但是和蔼地微笑着，走来向她心爱的学生祝贺。她还没有走，仆人就一个个走来道喜。随后，亲戚纷纷来到。这样大家就喜气洋洋地忙碌了一阵，直到结婚后第二天，列文才空下来。列文一直感到窘困、厌烦，但幸福的程度不断增长。他一直觉得人家对他的要求很多，但究竟要求什么却不知道。他只照人家的话去做，而这一切都给他带来幸福。他原以为他的求婚将与众不同，普通的求婚条件会损害他的特殊幸福；但结果他所做的同别人并没有两样，而他的幸福不断增加，变得越来越特殊，越来越与众不同了。

“今天我们要吃糖了。”林侬小姐说。于是列文就坐车去买糖果。

“啊，我太高兴了！”史维亚日斯基说，“我劝您到福明花店去买些鲜花来。”

“这个需要吗？”于是列文就坐车到福明花店去。

哥哥对他说，得借些钱来，因为开销很多，要买礼物……

“还要礼物吗？”于是列文赶到傅尔达珠宝店去。

在糖果店，在福明花店，在傅尔达珠宝店，列文发现大家都在等候他，大家都为他高兴，个个向他道喜，就像这几天他所接触到的人那样。奇怪的是，不仅大家都喜欢他，而且以前对他没有好感的、冷漠无情的人也都称赞他，处处顺着他，体贴入微地尊重他的感情，并且同他一样相信，他是天下最幸福的人，因为他的未婚妻十全十美。吉娣也有同样的感觉。当诺德斯顿伯爵夫人竟然暗示她希望有更好的未婚夫时，吉娣大为生气，断然说天下再没有比列文更好的人了，弄得诺德斯顿伯爵夫人不得不同意，而在吉娣面前遇见列文的时候，总是露出赞赏的微笑。

他答应向她坦白他的秘密，这在当时是很痛苦的。他同老公爵商量了一下，征得老公爵的同意，把记录着他的忏悔的日记交给吉娣。他当时写这日记，就是为了有朝一日给未婚妻看的。有两件事使他苦恼：他丧失了童贞和他不信宗教。他不信宗教的自白没有引起她的注意。她是信教的，对教义从没有怀疑过；他形式上不信教，她却毫不在意。她怀着满腔爱情，了解他的整个心灵，在他的心灵里发现她所需要的东西。至于他这种心灵状态叫作“不信教”，在她是无所谓的。他坦白的另一件事却使她伤心得流泪。

列文把日记交给她，不是没有思想斗争的。他认为在他和她之间不能也不该有什么秘密，因此决定这样做；但他没有考虑过这事对她会有什么影响，他没有设身处地替她想一想。直到那天晚上，他去看戏以前来到她家里，走进她的屋子，看见她那泪痕斑斑、由他一手造成的无法弥补的伤痕而引起的既可怜又可爱的脸时，他才看出了在他可耻的往事和她鸽子般纯洁的心灵之间的鸿沟，他对自己的行为感到十分惶恐。

“拿去，把这些可怕的本子拿去！”她推开面前的日记本，说。“您拿这些本子来给我看做什么！……不，这样也好，”她看到他那绝望的脸色，很怜悯他，补充说，“但这太可怕了，太可怕了！”

他垂下头，一言不发。他什么话也说不出来。

“您不会原谅我！”他喃喃地说。

“不，我原谅您，但这太可怕了！”

不过，他的幸福是那么巨大，这种自白不仅没有损害它，而且给它增添了一种新的色彩。她原谅了他，但从此以后他更觉得自己高攀不上她，在品德上比她卑下，因此也就更加珍惜自己不配享受的幸福。

17

卡列宁一面情不自禁地回忆着席间和饭店的谈话，一面走进自己冷清清的房间。陶丽关于饶恕的话只有使他恼火。基督教的教义对他是不是适用，这是个很大的难题，简直说不清楚，但卡列宁对这问题早就做了否定的回答。在大家说过的话里，留给他印象最深的是愚蠢而善良的土罗甫春的那句话：“他做得像个男子汉！他去挑战，并把对方打死了！”显然，大家都同意他的话，尽管出于礼貌没有说出口。

“不过，这事已经定了，想也没意思。”卡列宁自言自语。他只想着当前的旅行和要调查的事。他走进房间，问那个送他进来的看门人，他的跟班到哪里去了。看门人说他的跟班刚刚出去。卡列宁吩咐拿茶来，就在桌旁坐下，拿起旅行指南，开始考虑他的行程。

“有两封电报，”跟班回来，走进房间说，“请您原谅，大人，我刚才出去了一下。”

卡列宁拿起电报，拆开来看。第一封电报是宣布斯特列莫夫担任卡列宁所渴望的那个职位。卡列宁把电报一扔，涨红了脸，在屋里踱起步来。“上帝要毁灭谁，就使谁发疯。”[①]他想起了这句拉丁文谚语。这里的“谁”，他现在指的是那些促成这项任命的人。他恼恨的不是他没有得到这个位置，不是人家故意忽视他，而是他弄不懂他们怎么会看不出来，夸夸其谈的斯特列莫夫担任这个职位比谁都不合适。他们怎么会看不出，提出这项任命是怎样毁了他们自己，怎样损害他们的威信哪！

“又是这一类事吧？”他一边拆开第二封电报，一边恼怒地自言自语。电报是妻子打来的。蓝铅笔写的“安娜”这个名字首先映入他的眼帘。“我要死了，求你务必回来。如能得到饶恕，我死也瞑目。”他看完电文，冷笑了一声，扔下电报。最初一刹那，他认为这无疑是个骗局，是个诡计。

“她什么欺骗的事做不出来呀！多半她要生孩子了。也许是生产上的什么病吧。

① 原文为拉丁语。

但他们要我去的目的是什么呢？使生下来的孩子取得合法身份，破坏我的名誉，还是阻碍离婚？”他心里捉摸着。“可是电报里明明写着：我要死了……”他重新读了一遍，电文里的字句突然使他吃惊。“万一真是这样怎么办？”他自言自语，“万一她真的在临终前的痛苦中忏悔了，我却看作她又在欺骗，拒绝回去，那又怎么样？这样不仅太不近人情，会叫人家都说我的不是，从我这方面来说，这样做也未免太愚蠢了。”

“彼得，去叫一辆马车来，我要到彼得堡去。”他吩咐跟班说。

卡列宁决定到彼得堡去看看妻子。如果她的病是假的，那他就一言不发走掉。如果她真的病危，临终前想看他一面，那他就饶恕她，只要她还活着；要是去晚了，那就最后一次尽他做丈夫的责任，给她料理后事。

一路上，他不再考虑他应该做些什么。

卡列宁带着乘一夜火车所产生的疲劳和风尘，在彼得堡的朝雾中，坐马车经过空荡荡的涅瓦大街，眼睛望着前方，头脑不去思考有什么事在等着他。他不能思考这事，因为一想到将要出现的局面，他无法排除一个念头，就是只要她一死，就会立刻解除他的困境。面包房、关着门的铺子、夜间的马车、打扫人行道的工人在他眼前掠过。他观察着这一切，竭力不去想那将要出现的局面。他不敢希望有那样的局面，但毕竟抱着很大的希望。他的马车驶近大门口。大门口停着一辆出租马车和一辆轿车，轿车上坐着的马车夫在打瞌睡。卡列宁走进门去，仿佛从头脑底里掏出了主意，镇定下来。这主意就是：“如果是骗局，那就泰然置之，加以蔑视，返身就走；如果是真的，那就遵守礼节，照章办事。”

不等卡列宁打铃，门房早就把门打开了。门房彼得罗夫，又名卡比东诺奇，穿一件旧礼服，不打领带，脚上套着一双便鞋，模样十分古怪。

“太太怎么样？”

“昨天平平安安生了个孩子。”

卡列宁站住了，脸色发白。现在他才明白，他是多么希望她死啊。

“她身体好吗？”

柯尔尼系着早晨惯系的围裙，跑下楼来。

“很不好，”他回答，“昨天会诊过了，此刻医生还在。”

“把行李拿进来。”卡列宁听到还有死的可能，松了一口气，就一面吩咐仆人，一面走进前厅。

衣帽架上挂着一件军大衣。卡列宁注意到了，就问：

“有谁在？”

"医生，接生婆，还有伏伦斯基伯爵。"

卡列宁走到里屋。

客厅里一个人也没有；接生婆头戴紫色绸带的软帽，听到他的脚步声，从安娜的起居室里走出来。

她走到卡列宁面前，由于产妇病危而不拘礼节，抓住他的手臂，把他拉到卧室里。

"感谢上帝，您回来了！一直在问起您，一直在问起您呢！"她说。

"快拿冰来！"医生在卧室里用命令的口气说。

卡列宁走进安娜的起居室。伏伦斯基侧身坐在桌旁一把矮椅上，两手捂住脸哭着。他一听见医生的声音便霍地跳起来，放下手，这样就看见了卡列宁。他一看见她的丈夫，尴尬极了，又坐下来，头缩到肩膀里，仿佛想躲到什么地方去，但他还是竭力振作精神，站起来说：

"她快死了。医生都说没有希望了。我完全听凭您的处置，但请您让我留在这里……不过我听从您的吩咐，我……"

卡列宁看见伏伦斯基的眼泪，心慌意乱——他看见别人的痛苦总是这样的——立即转过脸去，不等他把话说完，就急忙向门里走去。卧室里传出安娜的说话声。她的声音是愉快的，富有生气，音调非常清楚。卡列宁走进卧室，走到床跟前。她脸朝他的方向躺着。她的双颊绯红，眼睛闪闪发亮，一双雪白的小手从上衣袖口里露出来，玩弄着毯子的一角，把它扭来扭去。她看上去不仅容光焕发，身体健康，而且情绪极好。她说话很快，很响，音调十分清楚，充满感情。

"因为阿历克赛，我是指阿历克赛·阿历山德罗维奇（两人的名字一样，都叫阿历克赛，命运真是太奇怪太捉弄人了，是吗），阿历克赛不会拒绝我。我可以忘记过去，他也会饶恕的……他怎么还不来？他这人真好，他自己也不知道他这人有多好。唉！我的上帝，我烦死啦！快给我一点水！嘻，我这样对待小女儿可不好哇！好，那就把她交给奶妈吧。是的，我同意了，还是这样好。他一回来，看见她会难受的。把她抱去吧！"

"安娜·阿尔卡迪耶夫娜，他来了。您看，他来了！"接生婆说，竭力把她的注意力引到卡列宁身上。

"嘻，胡说八道！"安娜没有看见丈夫，继续说，"把她给我，把小女儿给我！他还没有来。您说他不会来，那是因为您不了解他。谁也不了解他。只有我了解，所以我觉得难受。他的眼睛，说真的，谢辽查的眼睛同他一模一样，所以我不敢看谢辽查的眼睛……给谢辽查吃过饭没有？我知道大家全会把他忘记的。他可不会忘记。得让谢辽查搬到角房里去，叫玛丽爱特陪他睡。"

突然她身子缩成一团，住了口，恐惧地把双手举到脸上，仿佛在等待打击，实行自卫。她看见了丈夫。

“不，不！”她开口了，“我不怕他，我怕死。阿历克赛，你过来。我急死了，我没有时间了，我活不了多久，马上又要发烧，又要什么都不知道了。现在我还明白，什么都明白，什么都看得见。”

卡列宁皱起眉头，现出痛苦的神色。他拉住她的手，想说些什么，却怎么也说不出来。他的下唇打着哆嗦，他一直在克制自己的激动，只偶尔对她望望。每次他对她望的时候，总看见她那双盯住他的眼睛流露出那么温柔而狂喜的神色，这是他从来没有见过的。

“等一下，你不知道……等一等，等一等……”她停住了，仿佛在拼命集中思想。“对了，”她又说，“对了，对了，对了。我就是要说这个。你别以为我怪。我还是同原来一样……可是另外一个女人附在我身上，我怕她，因为她爱上了那个男人，所以我恨你，可是我忘不了原来那个女人。那个女人不是我。现在的我才是真正的我，才完完全全是我。我要死了，我知道我快要死了，你问问他吧。我现在觉得很沉，我的手，我的脚，我的手指都很沉。你瞧，我的手指有多大！不过这一切都快完了……我只有一个要求：你饶恕我，完完全全饶恕我吧！我这人坏，但奶妈告诉过我，那个殉难的圣人——她叫什么呀？——她还要坏。我要到罗马去，那里是一片荒野，这样我就不会碍着谁了，我带谢辽查去，还有小女儿……不，你不会饶恕我！我知道这是不可饶恕的！不，不，走吧，你这人太好了！”她用一只火热的手抓住他的手，另一只手把他推开。

卡列宁的心越来越慌乱，此刻已经慌乱得不再去克制它了。他忽然觉得，他所谓心慌意乱其实是一种愉快的精神状态，使他体会到一种从未体会过的幸福。他没有想到，他终生竭力遵循的基督教教义要求他饶恕和爱他的仇敌，不过他的心里充满了饶恕和爱仇敌的快乐。他跪在床前，头伏在她的臂肘上，她火热的手臂透过上衣烧灼着他的脸，他像孩子般痛哭起来。她搂住他那半秃的头，身子挨近他，挑战似的傲然抬起眼睛。

“他来了，我知道！现在您饶恕我吧，饶恕我的一切吧！……他们又来了，他们为什么不走哇？……把这些个皮外套拿掉！”

医生拿开她的手，小心翼翼地让她躺到枕头上，用毯子盖住她的肩膀。她顺从地仰天躺着，目光炯炯地望着前面。

“记住一点，我只要求饶恕，别的什么也不要……他，怎么还不来？”她接着对门外的伏伦斯基说，“来吧，来吧！把手给他。”

伏伦斯基走到床边，一看见她，又用双手捂住脸。

“把脸露出来，瞧瞧他。他是个圣人！”她说。“把脸露出来，露出来！”她怒气冲冲地说。“阿历克赛·阿历山德罗维奇，让他把脸露出来！我要看看他。”

卡列宁捉住伏伦斯基的双手，把它们从脸上拉开。伏伦斯基的脸由于痛苦和羞愧显得十分难看。

“把手给他！你饶恕他吧！”

卡列宁把手伸给他，眼泪忍不住滚滚而下。

“赞美上帝，赞美上帝。”她说。“现在一切都舒齐了。只要把我的腿稍微拉拉直就好了。对了，好极了。这些花画得多难看，一点也不像紫罗兰，”她指着糊墙的花纸说，“我的上帝！我的上帝！几时才完结呀？给我点吗啡。医生！给我点吗啡。啊，我的上帝，我的上帝！”

她在床上翻来覆去。

医生们说这是产褥热，死亡率达百分之九十九。她整天发高烧，说胡话，处于昏迷状态。半夜里，病人躺在床上，失去知觉，几乎连脉搏都停止了。

每分钟都有死亡的可能。

伏伦斯基回家去了，但一早又跑来探问病情。卡列宁前厅遇见他说：

“您留着，她也许会问到您。”说着亲自把他领到妻子的起居室里。

到早晨，病人又兴奋起来，思潮翻腾，胡言乱语，接着又昏迷了。第三天还是这样，但医生说有希望了。那天，卡列宁走进伏伦斯基坐着的房间，关上门，在他对面坐下来。

“阿历克赛·阿历山德罗维奇，”伏伦斯基感到是表态的时候了，说，“我没有什么话好说，我什么也不明白。您饶恕我吧！不论您多么痛苦，我还是请您相信，我比您更难受。”

他想站起身来，但卡列宁拉住他的手说：

“我请求您听我说，这是必要的。我应当向您说明我的感情，那以前支配我，今后还将支配我的感情，免得您误解我。您知道，我决定离婚，甚至已开始办手续了。不瞒您说，开头我拿不定主意，我很痛苦；我老实对您说，我有过对您和对她进行报复的欲望。收到电报的时候，我是抱着这样的心情到这里来的，说得更明白些：我但愿她死。可是……”他沉默了一下，考虑着要不要向他坦白自己的感情，“可是一看见了她，我就饶恕她了。饶恕的幸福向我启示了我的责任，我完全饶恕了她，我要把另一边脸也给人打；有人夺我的外衣，我连里衣也由他拿去。我恳求上帝，但愿不要从我身上夺去饶恕的幸福！”他的眼睛里饱含着泪水，他那明亮、安详的目光使伏伦斯基感动，“这就是我的态度。您可以把我踩在污泥里，使人家都取笑我，我可不会把她抛弃，也不会说一句责备您的话，”他说下去，“我的责任给我明白规定：我应当同她在一起，我将同她在一起。要是她想见您，我会通知您的，但现在，我想您还是离开的好。”

卡列宁站起身来，失声痛哭，再也说不下去。伏伦斯基也站起来，弯着身子，皱着眉头，仰望着他。他不理解卡列宁的感情，但他觉得这是一种崇高的、具有像他这种世界观的人所无法理解的感情。

18

同卡列宁谈过话以后，伏伦斯基走到卡列宁家门口的台阶上，站住了，好容易才想起他在什么地方，他要到哪儿去；他感到羞耻、屈辱、有罪，而且无法洗刷他的屈辱。他觉得自己被迫离开他一直轻松而自豪地走着的那条轨道。他所有的生活习惯和准则，以前看来是那么坚定不移，如今突然显得荒谬而不适用了。受骗的丈夫，以前一直是个可怜的人物，是他幸福的一个偶然而有点可笑的障碍，如今突然被她亲自召来，并且推崇到凌驾一切的高度。这个丈夫处在这样崇高的地位，并不奸刁，并不虚伪，并不可笑，而是善良、朴实而高尚。伏伦斯基情不自禁地有这样的感觉。角色突然变了。伏伦斯基觉得他崇高，自己卑鄙；他正直，自己堕落。他觉得她的丈夫尽管痛苦，还是宽宏大量；而他自己公然骗人，显得堕落渺小。不过，在这一向被他无理蔑视的人面前感到自己卑劣，这只是他痛苦的一小部分原因。他觉得无比痛苦的是，他认为近来渐渐冷下去的对安娜的热情，如今因为意识到他将永远失去她而变得空前强烈。他在她患病期间彻底认识了她，了解了她的心，他觉得以前他其实并不爱她。如今呢，他了解了她，真正爱上了她，他却在她面前受到屈辱，永远失去她，只在她心里留下一个可耻的回忆。最叫人受不了的是，当卡列宁拉开他蒙着羞愧的脸的双手时，他现出那种又可笑又可耻的模样。他站在卡列宁的家门口的台阶上，像一个精神错乱的人，茫然不知所措。

“您要叫辆马车吗？”门房问。

“好，叫一辆。”

伏伦斯基在三夜没睡觉以后回到家里。他不脱衣服，俯卧在沙发上，合拢两手，枕在脑门下。他的脑袋很重。浮想、回忆和种种稀奇古怪的念头，清晰地一个又一个在头脑里迅速交替起伏；忽而是他给病人倒药水，药水溢出茶匙；忽而是接生婆的一双白手；忽而是卡列宁跪在床前地板上的古怪姿势。

“睡吧！别想啦！”他对自己说，像一般健康人那样充满平静的信心，认为只要想睡就会立刻睡着。果然，在同一刹那，他的头脑昏昏沉沉，他跌进了忘川。恍恍惚惚的生命的波涛刚袭上他的头脑，就仿佛有一道强烈的电流突然贯穿了他的全身，他猛地惊醒了，一骨碌从沙发上爬起来，两手一撑，恐惧地跪了下来。他圆睁着两眼，仿佛根本没有睡过似的。一分钟前脑袋沉重和四肢软弱的感觉顿时消失了。

“您可以把我踩在污泥里。”他听见卡列宁的话。他看见卡列宁站在面前，他看见安娜热辣辣的绯红面颊和她那双热情地望着卡列宁而不望着他的水汪汪眼睛。他看见卡列宁拉开他蒙住脸的手时他那副愚憨可笑的模样。他又伸直两腿，照原来的姿势一下子躺到沙发上，闭上眼睛。

“睡吧！睡吧！”他一再对自己说，但一闭起眼睛，却更清楚地看见那难忘的赛马前夕安娜的脸。

“这一切都完了，从此完了。她想把这些从记忆里抹掉，可是我没有她就活不下去。我们怎样才能和好呢？怎样才能和好呢？”他说出声来，无意地重复着这句话。这样重复着，使塞满他脑子里的种种形象和回忆无法翻腾起来。但这样抑制他的胡思乱想并没有多久。最美好的时光和他不久前所受的屈辱，一幕接着一幕，又飞快地在他头脑里掠过。“把他的手拉开！”这是安娜的声音。他放下手，感到自己脸上那副羞愧愚憨的表情。

他一直躺着，竭力想睡着，虽然觉得毫无希望。他不断地低声重复着所想事情中的个别字句，希望借此制止出现新的形象。他留神倾听，只反复听见古怪的疯狂低语：“我不会珍惜，不会享受；我不会珍惜，不会享受。”

“这是怎么回事？我是不是疯了？”他自言自语。“也许是吧。人们怎么会发疯，怎么会开枪自杀？”他自己作着回答，接着睁开眼睛，惊奇地发现头旁放着他嫂嫂华丽雅亲手做的绣花靠枕。他摸摸靠枕的流苏，竭力想着华丽雅，想着他最后一次看见她的情景。但要去想这种无关的事情是很痛苦的。“不，得睡觉了！”他推了推靠枕，把头靠在上面，但要使眼睛闭住却很费劲。他跳起来，又坐下了。“我完蛋了！”他自言自语。“得好好想想该怎么办。还有什么呀？”他的思潮迅速地流遍他生活的各个方面，除了他同安娜的恋爱。

“功名心吗？谢普霍夫斯科依吗？社交界吗？宫廷吗？”什么问题他都无法认真

思索。这一切以前觉得都很重要，现在却觉得都无所谓了。他跳下沙发，站起身来，脱下上装，解开皮带，露出毛茸茸的胸脯，好呼吸得更舒畅些，然后在房间里踱起步来。“人就是这样发疯的，”他反复说，“就是这样自杀的……免得受耻辱。”他慢吞吞地加了一句。

他走到门口，把门关上；然后，目光呆滞，咬紧牙关，走到桌旁，拿起手枪，查看了一下，转动弹膛，沉思起来。他垂下头，脸上露出冥思苦想的神气，手里拿着手枪，一动不动地站了两分钟光景。“当然！”他自言自语，仿佛长时间合乎逻辑的冷静思索使他得到一个明确的结论。其实，他所深信的这个“当然”，只是他在这一小时里兜了几十个圈子的回忆和想象的又一次循环罢了。无非是重温那些一去不复返的幸福往事，无非是想到毫无意义的茫茫的未来生活，无非是感到自己身受的屈辱，无非是这些思想感情的不断重复出现。

“当然！”他第三次沿着那荒诞的回忆和思索的圈子打转时，重复说。他整只手使劲握住手枪，仿佛把它紧握在拳头里，枪口对住左胸，扳动了枪机。他没有听见枪声，但胸口上猛烈的枪击使他站不住脚跟。他丢掉手枪，想抓住桌子边缘，但身子一晃，在地上坐下来。他惊奇地向周围打量着，从地板上仰望桌子的曲腿、字纸篓和虎皮毯子，连自己的房间也不认得了。仆人急急忙忙地走过客厅，仆人的脚步声使他清醒过来，他定神思索，才明白他坐在地上。他看见虎皮毯子和手上的血，才明白他开枪自杀了。

“笨蛋！没有打中。”他用手摸索手枪，反复说。手枪就在旁边，他却伸手到远处去找。他继续摸索，手伸到另一边，但没有力气使身子保持平衡，又倒下了。血不断地流出来。

那个留络腮胡子的文静的仆人，经常向熟人诉说自己神经衰弱，这会儿看见老爷躺在地板上，吓坏了，竟让他留在血泊中，自己跑去求救。一小时后，嫂嫂华丽雅带着她从各处请来而同时到达的三位医生走进屋子，他们把伤者抬到床上，她自己留在旁边照顾他。

19

卡列宁的错误在于他同妻子见面前没有料到这样的可能：妻子会诚心诚意忏悔，他会饶恕她，而她结果没有死。这个错误的后果，在他从莫斯科回来两个月后充分显示出来了。不过他所以犯这个错误，不仅因为他没有料到这些可能，还因为在那天他同垂死的妻子见面以前，他不了解自己的心。他在妻子的病榻旁生平第一次被怜悯心所支配。这种感情是由别人的痛苦引起的，以前他把它当作一种有害的缺点而羞于承认。对她的怜悯，对于希望她死这种心理的忏悔，尤其是饶恕的快乐，这一切不仅使他忽然觉得自己的痛苦减轻了，而且体会到以前从没有体会过的内心的平静。他忽然觉得，原来使他痛苦的事情，现在却变成他精神上快乐的源泉；当他谴责、非难和憎恨人的时候，一切事情似乎是无法解决的，但当他饶恕人和爱人的时候，一切都显得简单明白，什么事情都可以迎刃而解。

他饶恕了妻子，为她的痛苦和忏悔而怜悯她。他饶恕了伏伦斯基，怜悯他，特别是在听到他的绝望行为以后。他比以前更加怜爱儿子，责备自己太不关心他。他对新生小女儿的感情更是特殊，不仅怜悯，而且充满慈爱。开头他只是出于怜悯而照顾这个柔弱的新生儿。她不是他的女儿，在她母亲生病的时候被弃在一边。要不是他关心，她准会死去。但他自己也没有注意，他是多么喜爱她呀。他每天总要到育儿室去好几次，在那里坐上好一阵，使得原来害怕他的奶妈和保姆见了他也不以为意了。有时候，他一连半小时默默地瞧着睡熟的婴儿毛茸茸的、皮肤松软的番红花般的小脸，观察着她那起皱的前额，还有那双握着拳头用手背擦着小眼睛和鼻梁的胖鼓鼓的小手。在这样的时刻，卡列宁心里觉得特别平静，看不出自己的处境有什么异常，有什么需要改变的地方。

但随着时间的流逝，他越来越清楚地看到，他觉得心安理得的处境不可能长久保持下去。他感到，除了支配他心灵的善良的精神力量之外，还有一种粗暴的同样强大甚至更加强大的力量在支配他的生活，这种力量不让他保持他所渴望的内心宽厚的平静。他觉得大家都带着疑惑不解的目光瞧着他，不了解他，期望他会有什么行动。特别是他觉得他同妻子的关系是不稳固和不自然的。

当由于死亡临近而产生的宽厚心情过去以后，卡列宁发觉安娜怕他，看见他就觉得痛苦，不敢正视他的眼睛。她似乎有什么话要对他说，却又不敢说，似乎也感觉到他们的关系不可能维持下去，而对他有所期待。

二月底，安娜新生的女儿，名字也叫安娜，忽然病了。早晨卡列宁走到育儿室，吩咐仆人去请医生，自己到部里去了。办完公事回家已经三点多钟。他走进门厅，看见一个漂亮的仆人，身穿饰金制服，头戴熊皮帽子，手里拿着一件白裘斗篷。

“谁来了？”卡列宁问。

“培特西公爵夫人。”仆人回答。卡列宁觉得他似乎在笑。

在这个痛苦的时期里，卡列宁发现，他在上流社会的熟人，特别是妇女，对他和他的妻子特别关心。他发现所有的熟人都勉强掩饰着喜悦，也就是上次在律师眼里、现在在这个仆人眼里所看到的得意扬扬的神色。大家似乎都兴高采烈，仿佛在办喜事。人家遇见他，总是勉强掩饰住内心的喜悦，向他打听他妻子的健康情况。

培特西公爵夫人的到来，同她有关的一些回忆，以及对她的反感，使卡列宁觉得不快，他一直往育儿室走去。在第一间育儿室里，谢辽查伏在桌上，两脚搁在椅子上，一面描着什么，一面兴致勃勃地说着话。英国女教师在安娜病中代替法国女教师，坐在他旁边编织披肩，慌忙站起来，行了个屈膝礼，拉了拉谢辽查。

卡列宁摸摸儿子的头发，回答了女教师对太太健康的问候，又问婴儿[①]的病医生是怎么说的。

“医生说没有什么危险，只要给她多洗洗澡，老爷。”

“可是她一直很不舒服哇！”卡列宁倾听隔壁房里婴儿的哭声，说。

“我想是那个奶妈不好，老爷。”英国女教师断然地说。

“何以见得？”他站住问。

“同保罗伯爵夫人家一样，老爷。他们给孩子看病，发现原来只是孩子饿了，奶妈没有奶，老爷。”

卡列宁沉吟了一下。他站了几秒钟，走到隔壁房里。女孩仰天躺着，在奶妈的怀里扭动，不肯衔拉给她吃的丰满的乳房，也不理睬奶妈和伏在她身上的保姆两人的逗弄，哭个不停。

“还是没有好吗？”卡列宁问。

“很不安静。”保姆低声回答。

“爱德华小姐说，会不会是奶水不足。”他说。

“我也这样想，阿历克赛·阿历山德罗维奇。”

“那您为什么不说呀？”

“对谁说呢？安娜·阿尔卡迪耶夫娜一直不舒服。”保姆不满意地说。

保姆是家里的老仆人。从她这简单的一句话里卡列宁听出对他地位的暗示。

婴儿哭得更响了，挣扎着，呜咽着。保姆摆了摆手，走到她跟前，从奶妈手里把她抱过来，一面走一面摇着她。

“得请医生来给奶妈检查一下。”卡列宁说。

样子强壮、衣着整洁的奶妈唯恐被解雇，嘴里嘀咕着，藏起丰满的乳房，对人

---

① 原文为英语。

家怀疑她奶水不足，轻蔑地微微一笑。在她这个微笑里，卡列宁也看出了对他地位的嘲弄。

“不幸的孩子！”保姆说，同时哄着婴儿，继续来回踱步。

卡列宁在椅子上坐下来，脸上露出痛苦颓丧的神情，望着来回踱步的保姆。

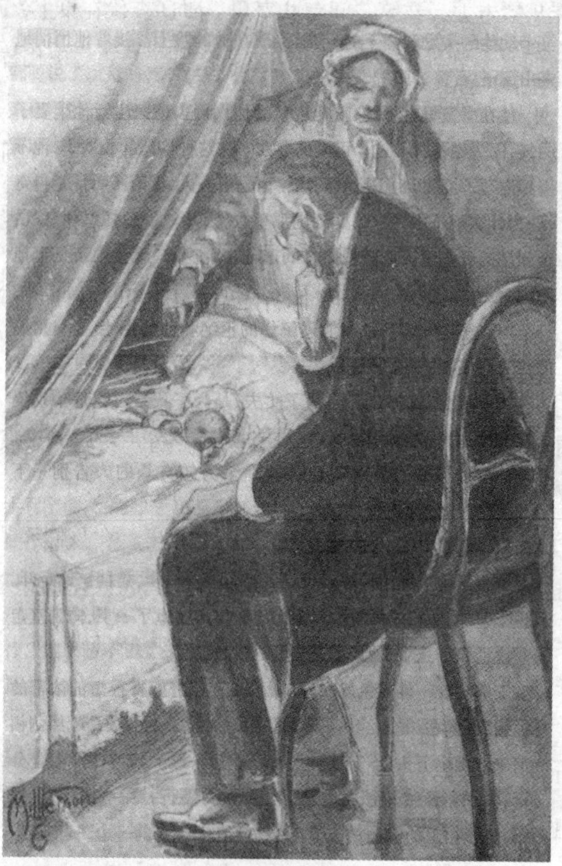

卡列宁在椅子上坐下来，脸上露出痛苦颓丧的神情……

等到婴儿安静下来，被放到一张栏杆很高的小床里，保姆把枕头拉拉整齐，走开了，卡列宁这才站起来，吃力地踮着脚尖走到婴儿旁边。他默默地站了一会儿，颓丧地望着那婴儿；但突然一个微笑牵动他的头发和额上的皮肤，浮现在他的脸上。接着他悄悄地走出屋子。

他在餐室里打了铃，吩咐进来的仆人再去请医生。他生妻子的气，因为她不关心这个可爱的婴儿。在这种恼怒的心情下，他不愿到妻子那儿去，也不愿看到培特西公爵夫人，但妻子可能觉得奇怪，为什么他不像平常那样到她那里去，因此他就勉强忍住怒气，走到她的卧室里。他踏着柔软的地毯走到门口，无意中听见了他不愿听见的谈话。

“要是他不出门，那我能理解您的拒绝和他的拒绝。不过，您的丈夫应该大方些。”培特西说。

“我不愿意这样倒不是为了丈夫，是为了我自己。这事别提了！”安娜声音激动地说。

“是的，但您总不会不愿意同一个为您自杀的人告别一下吧……”

“我就是因为这个不愿意。”

卡列宁脸上露出惶恐和负疚的神色停住脚步，想悄悄地走开。但想了一想，觉得这样有失体面，又回过来，咳嗽了一声，向卧室走去。说话声停止了，他走了进去。

安娜穿着一件灰色晨衣，圆圆的头上盖着剪得很短的浓密的乌黑头发，坐在长沙发上。一看见丈夫，她脸上的活泼神气照例顿时消失。她垂下头，不安地对培特西望了一眼。培特西穿着十分时髦，帽子高耸在头上，好像煤油灯上的灯罩，身穿一件青灰色连衫裙，连衫裙上的深色斜条子花纹一半在上半身的一边，一半在裙子的另一边。她坐在安娜旁边，高高的扁平身躯挺得笔直。她低下头，露出嘲弄的微笑迎接卡列宁。

“啊！”她仿佛吃惊似的说，“您在家里，我很高兴。您哪儿也不露面。自从安娜生病以来，我没有看到过您。您的种种操心，我都听说了。是的，您真是一位了不起的丈夫！”她带着意味深长和亲切可爱的神气说，仿佛因为他对待妻子的行为，她要给他发一枚宽宏大量勋章似的。

卡列宁冷冷地点了点头，吻了吻妻子的手，问了问她的健康情况。

“我觉得好一些了。”她说，避开他的目光。

“可是您的脸色像在发烧一样。”他说，把“发烧”两字说得特别响。

“我同她谈话谈得太多了，”培特西说，“我觉得这是出于我这一方面的自私。我要走了。”

她站起身，但安娜忽然涨红了脸，急忙抓住她的手。

“不，请您等一等。我有话要对您说……不，是对您说，”她对卡列宁说，她的脖子和前额都涨红了，“我不愿意也不能向您隐瞒什么事。”她说。

卡列宁把手指扳得咯咯响，低下头。

“培特西说，伏伦斯基伯爵动身到塔什干以前，想到这里来辞行，”她眼睛不望丈夫，显然急于要把一切都说出来，不管这在她是多么困难，“我说我不能接待他。”

“您说，我的朋友，这要看阿历克赛·阿历山德罗维奇的意思。”培特西纠正她的话。

"不，我不能接待他。这完全没有……"她忽然停住，询问似的对丈夫瞧了一眼（他没有朝她看），"总而言之，我不要……"

卡列宁上前一步，想拉住她的手。

她的第一个动作是缩回她的手，想避开他那只青筋突出的湿润的手，但她显然竭力控制自己的感情，握住了他的手。

"我很感谢您对我的信任，可是……"他说，又困惑又恼怒地感到，他自己本来可以轻易做出决定的事，却不能当着培特西的面来讨论，因为他认为她就是当着世人的面主宰他的生活并妨碍他表示爱和饶恕的暴力的化身。他望着培特西公爵夫人，住口了。

"哦，再见，我的宝贝！"培特西站起来说。她吻了吻安娜，走了。卡列宁送她出去。

"阿历克赛·阿历山德罗维奇！我知道您是一个真正宽宏大量的人，"培特西在小客厅里站住了说，又一次特别紧地握了握他的手。"我是个局外人，可是我实在爱她，也实在尊敬您，因此斗胆向您进一个忠告。您就接待他一次吧。阿历克赛·伏伦斯基是个正直的人，他要到塔什干去了。"

"我谢谢您的关心和忠告，公爵夫人。至于妻子能不能接待什么人，这问题可以由她自己决定。"

他照例神气活现地扬起眉毛说，但立刻想到，不论他说什么话，就他的处境来说都是不可能神气的。这一点，他从培特西听了他最后一句话以后脸上露出的那种抑制着的嘲弄的奸笑里看出来了。

20

卡列宁在大厅里向培特西鞠了一躬，走到妻子那里。安娜躺在床上，但是一听见他的脚步声，连忙照原来的姿势坐起来，惶恐地瞧着他。卡列宁看见她在哭。

"我很感谢你对我的信任！"他简单地用俄语重复了一遍当着培特西的面用法语讲过的话，在她旁边坐下来。他用俄语称呼她"你"，这种亲昵的叫法使安娜怒不可遏。"我也很感谢你的决定。我也认为伏伦斯基伯爵既然要走，那就毫无必要到这里来。不过……"

"我已经这样说了，还要重复做什么？"安娜突然克制不住怒气，打断他的话。"哼，毫无必要！"她心里想，"一个人为了他所爱的女人情愿毁灭自己，而且已经毁了自己，她没有他也不能生活，如今他来同她告别，竟毫无必要！"她闭紧嘴唇，垂下闪闪发亮的眼睛，看着他那双青筋毕露、慢慢地搓着的双手。

“这事我们再也不要谈了！”她镇定地补充说。

“这个问题我让你来决定。我很高兴看到……”卡列宁又开口了。

“看到我和您的愿望是一致的。”她迅速地替他把话说完，他说话的那种慢吞吞的样子使她恼火，况且她又知道他要说什么。

“是的，”他肯定说，“培特西公爵夫人干涉人家最复杂的家庭问题是很不妥当的。特别是她……”

“人家说她的闲话，我一句也不信，”安娜急急地说，“我知道她是真心爱护我的。”

卡列宁叹了一口气，不作声了。她烦躁地摸弄着晨衣的流苏，带着一种难堪的生理上的厌恶望着他。她为这种情绪而责备自己，但无法加以克制。她现在唯一的愿望是不要看见他，免得使她感到厌恶。

“我刚才吩咐他们去请医生了。”卡列宁说。

“我身体很好，给我请医生做什么？”

“不是的，小宝宝老是哭，他们说奶妈的奶水不足。”

“为什么我当初要求喂奶您不答应？不管怎么说（卡列宁明白，‘不管怎么说’是什么意思），她是个小娃娃，他们会把她折磨死的。”她打了打铃，吩咐仆人把婴儿抱来。“我要求喂奶，不让我喂，现在又来责备我。”

“我并没有责备……”

“有的，您在责备我！我的上帝！我为什么不死呀！”她哭了起来。“原谅我，我太激动了，是我不对。”她冷静下来说。“你走吧……”

“不，这样下去可不行！”卡列宁断然地对自己说，走出妻子的房间。

他在世人眼中的难堪处境，妻子对他的憎恨，以及那种神秘的暴力——它违反他的心意，支配他的生活，强迫他服从它的意志并使他改变对妻子的态度——这一切从来没有像现在这样清楚地呈现在他的眼前。他分明看到，整个社会和妻子对他都有所求，但他不明白所求的究竟是什么。他觉得他的内心正在滋长一种破坏他精神安宁和一生修养的愤恨感情。他认为安娜最好割断她同伏伦斯基的关系，但要是他们认为办不到，他甚至情愿容许他们恢复这种关系，只要两个孩子不受羞辱，他不失掉他们，也不改变自己的地位就行。不论这种情况多糟，总比决裂要好，因为一旦决裂，她就会处于走投无路的可耻境地，他也将失去他所爱的一切。但他觉得自己无能为力，他早知道大家都会反对他，不许他做他现在认为合情合理的事，而要强迫他去做不合理的，但他们认为正当的事。

21

培特西还没有出大厅，就看见奥勃朗斯基走进了大门。奥勃朗斯基刚从叶里赛耶夫饭店来，那里到了一批新鲜牡蛎。

“啊！公爵夫人！这可是一次愉快的见面哪！”他说，“我去拜访过您了。”

“只能见个面，因为我要走了。”培特西一面戴手套，一面笑眯眯地说。

“嗳，公爵夫人，您慢点儿戴手套，让我吻吻您的小手。恢复旧习惯，没有比吻手礼更称我的心了。”他吻了吻培特西的手，“那么我们什么时候再见哪？”

“您才不配呢！”培特西笑嘻嘻地回答。

“不，我才配呢，因为我已变成一个极其安分的人了。我不仅处理好自己的家庭关系，还在帮助别人解决家庭问题呢！”他煞有介事地说。

“呦，我太高兴啦！”培特西回答，她立刻明白他说的是安娜。他们一起回到大厅，站在一个角落里。“他在折磨她，”培特西意味深长地低声说，“这样可不行，这样可不行……”

“您有这样的想法，我很高兴，”奥勃朗斯基摇摇头，露出严肃、痛苦和同情的脸色说，“我就是为这事到彼得堡来的。”

“城里人人都在谈论这件事，”她说，“这种局面是维持不下去的。她一天比一天瘦。他不了解，像她这样的女人是不会把感情当儿戏的。出路只能从两者中挑选一条：不是他拿出点魄力来把她带走，就是同她离婚，要不然会把她活活闷死的。”

“是的，是的……就是这么说……”奥勃朗斯基叹息道，“我就是为这事来的。也就是说不是专门为了那件事……我当上了侍从官，嗯，我得来道谢。不过，主要是为了解决这个问题。”

“啊，上帝保佑您！”培特西说。

奥勃朗斯基把培特西公爵夫人送到门廊，又一次在她手腕上吻了吻，也就是在手套以上、脉搏跳动的地方，对她说了一句极不体面的调戏话，弄得她又好气又好笑。接着他就往妹妹那里走去。他看见安娜正在流泪。

奥勃朗斯基刚才还兴致勃勃，但一看见她，立刻就怀着满腔怜悯，伤感起来，同她的心情很协调了。他问起她的健康情况，还问她早晨过得怎样。

“坏透了，坏得不能再坏了。白天，早晨，过去，未来，都是这样。”她说。

“我觉得你要给悲伤压垮了。应该振作起来，应该正视人生。我知道这是很痛苦的，但是……”

“我听说女人爱男人，往往连他们的缺点也爱，”安娜忽然开口说，“可是我恨就恨他的道德，我不能同他生活在一起。你要明白，我一看见他那副模样就反感，就生气。我不能，不能同他生活在一起。叫我怎么办呢？我一向很不幸，我常常想，没有人比我更不幸的了，可是我怎么也没想到会落到现在这样可怕的处境。你也许不相信，我明明知道他是一个不多见的正派人，我抵不上他的一个小指头，可我还是恨他。我恨就恨他的宽宏大量。我没有别的出路，只有……”

她想说“死”，但奥勃朗斯基不让她说下去。

“你有病，容易激动，”他说，“相信我，你言过其实了。事情并没有这样糟。”

奥勃朗斯基微微一笑。要是换了别人，谈到这种绝望的事是绝不会笑的（这时笑会显得粗鲁无礼），但是在他的微笑里包含着无限善良和近乎女性的温柔，因此他的笑不但不使人感到屈辱，反而使人觉得亲切、安慰。他那平心静气的劝慰和微笑像杏仁油一样有舒松镇定的作用。安娜立刻感觉到这一点。

“不，斯基华，”她说，“我完了，完了！比完了还要糟糕。不，我还没有完，我不能说一切都完了，相反，我觉得一切都还没有完。我好像一根绷紧的弦，快要断了。但还没有断……结局一定很可怕。”

“不要紧，可以把弦慢慢放松。天无绝人之路。”

“我想了又想。只有一条路……”

他又从她那惊惧的目光中看出，她认为唯一的出路就是死。他不让她把话说完。

“完全不是，”他说，“听我说。你对你的处境没有我看得清楚。让我把我的想法坦白告诉你。”他又小心翼翼地露出杏仁油一般滑腻的微笑。“我从头说起：你嫁了一个比你大二十岁的丈夫。你没有爱情，也不知道什么叫爱情，却结了婚。就算这是一个错误吧。”

“一个可怕的错误！”安娜说。

“但我要再说一遍：这事真所谓木已成舟了。后来，我们不妨说，你爱上了一个不是你丈夫的男人。这事很不幸，但这也是木已成舟了。这事被你丈夫知道，他饶恕了你。”他每说一句停一停，等待她反驳，可是她什么也没回答。“就是这样。现在的问题是：你能不能再跟你丈夫生活下去？你愿不愿意这样？他愿不愿意这样？”

“我什么也不知道，什么也不知道。”

“但你亲口说过。你没办法跟他过下去。”

“不，我没有说过。我否认这话。我什么也不知道，什么也不明白。”

“是的，但你让我……”

“你无法理解。我觉得我是在一头栽进深渊里去，我不应该得救。我也无法得救。”

“不要紧，我们会想办法把你拉住，把你救出来。我了解你，了解你无法把你的希望、你的感情说出来。”

“我什么希望，什么希望也没有……但愿一切都就此完结。”

“可他看到这一点，明白这一点。难道你以为他没有你痛苦吗？你痛苦，他也痛苦，这样有什么好处呢？只有离婚才能解决一切。”奥勃朗斯基好容易才说出他的中心意思，意味深长地对她望了望。

她什么也没回答，只是否定地摇摇她那头发剪得很短的头。但从她那突然恢复本来的美丽的脸上，他看出她并没有这样的希望，因为她认为这种幸福是不可能得到的。

“我实在替你们难过！要是能办成这事，我将多么幸福哇！”奥勃朗斯基说，笑得大胆些了，“你不要说，什么也不要说！但愿上帝让我说出心里想说的话来。我现在就去找他。”

安娜用她那双若有所思的亮晶晶的眼睛对他望了望，什么话也没有说。

22

奥勃朗斯基脸上带着像进入会议主席座那样庄重的神气，走进卡列宁的书房。卡列宁背着手在房间里踱步，想着奥勃朗斯基跟他妻子谈的同一件事。

“我不打扰你吧？”奥勃朗斯基说，一看见妹夫，突然产生一种他很少有的窘态。为了掩饰这种窘态，他掏出刚买的新式开法的皮烟盒，闻了闻皮革，取出一支烟来。

“不。你有什么事啊？”卡列宁不乐意地回答。

“是的，我要……我要……是的，我要同你谈谈。”奥勃朗斯基说，对自己身上很少出现的畏怯感到惊奇。

这种畏怯的心情很意外，很奇怪，奥勃朗斯基简直不相信这是出于良心的呼声，提醒他打算做的事是不对的。他振作精神，克服这种畏怯的心情。

“我希望你相信我对妹妹的友爱和对你的尊敬。”他红着脸说。

卡列宁站住了，一言不发，但他脸上那种逆来顺受的神色使奥勃朗斯基吃惊。

“我想，我要同你谈谈妹妹和你们两人关系的问题。”奥勃朗斯基说，还在竭力克制不习惯的羞怯感。

卡列宁苦笑了一声，望望内兄。他没有回答，走到桌子旁边，拿起一封没有写完的信，交给内兄。

“我也一直在考虑这个问题。这是我正在写的信，我想我还是用书面表达更清楚些，再说我在场也会使她激动的。”他把信交给奥勃朗斯基说。

奥勃朗斯基接了信，疑惑不解地望望那双盯住他的暗淡无光的眼睛，开始读信。

> 我知道您看到我就感到厌恶。不管相信这一点在我是多么痛苦，我看事实就是如此，无可奈何。我不责备您，当我在您病中看见您时，我诚心诚意决心忘记我们之间所发生的一切，重新生活。这一点，上帝可以给我作证。我对我所做的，现在不懊悔，将来也永远不会懊悔；我只有一个愿望，那就是您的幸福，您灵魂的安宁，但现在我明白这是无法实现的。请您坦率告诉我，怎样才能使您得到真正的幸福和内心的平静。我完全服从您的意志和您公正的感情。

奥勃朗斯基把信交还给妹夫，又疑惑不解地对他望望，不知道说什么才好。这样的沉默对他们两人都很难堪，因此，奥勃朗斯基嘴里不作声，嘴唇却神经质地抽动不停，眼睛一直盯住卡列宁的脸。

“这就是我要对她说的话。”卡列宁转过身去说。

“是的，是的……”奥勃朗斯基没有办法回答，眼泪哽住了他的喉咙。“是的，是的。我了解您。”他终于这样说。

“我希望知道她要求什么。”卡列宁说。

“我怕她自己也不了解自己的处境。她没有办法判断，”奥勃朗斯基镇定下来说，“她被压垮了，被您的宽宏大量压垮了。要是让她读到这封信，她会说不出一句话来，她只会把头埋得更低。”

“是的，既然这样，那怎么办呢？怎样说明……怎样了解她的愿望呢？”

“如果你允许我说出我的意见，那么我想，要结束这样的局面，该采取什么措施，只能请你直率指点了。”

“这么说来，你认为一定要结束这样的局面吗？”卡列宁打断他的话说。“可是怎样结束呢？”他双手在眼前做了一个难得做的手势，补充说，“我看不到任何出路。”

“不论什么处境都是可以找到出路的，”奥勃朗斯基站起来，精神振奋地说，“你一度想同她断绝……要是你现在相信你们彼此不能使对方幸福的话……”

“对幸福各人有各人的看法。就说我同意一切，一无所求吧。我们的处境究竟有什么出路呢？”

“要是你愿意知道我的意见。”奥勃朗斯基说，脸上露出同安娜谈话时一样使人心宽的杏仁油般滑腻的微笑。这善良的微笑具有那么强大的说服力，以致卡列宁不由得感到自己无力反驳而受它的支配，愿意听信奥勃朗斯基的话。“那么我要说，她绝不会说出这样的话来。但有一件事是可能的，有一件事也许是她所希望的，”奥勃朗斯基说下去，“那就是断绝你们之间的一切关系，排除一切同这种关系有联系的回忆。照我看来，你们之间必须确立新的关系。这种新的关系只有双方获得自由才能建立。”

“离婚！”卡列宁嫌恶地插嘴说。

“对，我认为就是离婚。对，离婚！”奥勃朗斯基红着脸重复说，“对于像你们这种关系的夫妇，不论怎么说，这都是最明智的出路。既然夫妇双方都觉得无法共同生活，还有什么办法呢？这种情况是常有的。”卡列宁长叹一声，闭上眼睛。“只有一点需要考虑：夫妇中是不是有一方想重新结婚？如果没有，那就很简单。”奥勃朗斯基说，越来越没有拘束了。

卡列宁激动得皱起眉头，嘴里喃喃地说了些什么，一句话也不回答。奥勃朗斯基觉得一切都很简单，卡列宁却反复考虑了千百遍。这一切他觉得不仅不很简单，甚至是根本办不到的。离婚的详细手续他已经知道，他觉得是办不到的，因为他的自尊心和宗教信仰不允许他随便控告人家通奸，更不允许他已经得到饶恕的心爱的妻子遭到告发和羞辱。他认为不可能离婚，还有更重大的原因。

要是离婚，儿子会怎么样？把他留给母亲是不幸的。离了婚的母亲将会有一个非法的家庭，在这种家庭里，前夫儿子的处境和教育肯定会很糟。把他留在自己身边吗？他明白那将是出自他这一方面的报复，他可不愿意这样做。不过，除了这个原因之外，卡列宁觉得不可能离婚的主要原因是，如果他同意离婚，他将毁了安娜。他心里牢记着陶丽在莫斯科说的话。她说，他决定离婚是只顾自己，而没有考虑到他将无可挽回地把她毁掉。现在他把这话同他对她的饶恕和他对两个孩子的热爱联系起来，他对这话就有了不同的理解。同意离婚，给她自由，他认为这就是剥夺成为他生活最后依恋的他心爱的孩子，同时也是剥夺她走正路的最后依据，使她彻底毁灭。他知道，要是她离了婚，她将同伏伦斯基结合，这种结合是非法的、犯罪的，因为照教会规矩，这样的女人当丈夫在世的时候是不能再结婚的。“要是她同他结合，过了一两年不是他把她抛弃，就是她同别的男人搞上关系。”卡列宁想，“我要是同意这种非法的离婚，我将成为促使她毁灭的罪人。”这一点他反复考虑了几百遍，深信离婚不仅不像他内兄所说的那样简单，而且简直是不可能的。奥勃朗斯基的话他一句也不信，每句话他都有千百条理由加以驳斥。卡列宁听他说话的时候，觉得他的话正是表现了那种支配他生活、强迫他服从的强大的暴力。

“问题只在于你同意离婚有什么条件。她毫无所求，也不敢向你要求什么，她完全听凭你的宽宏大量。”

“天哪！天哪！这为的是什么呀？”卡列宁记起离婚的琐碎手续，丈夫应该承担的责任，就像伏伦斯基那样羞愧得双手蒙住了脸。

“你很激动，这我明白。但你要是好好考虑一下……”

“有人打你的右脸，连左脸也转过来由他打；有人要拿你的里衣，连外衣也由他拿去。”卡列宁想。

“对，对！”他尖声嚷道，“我可以忍受耻辱，我甚至可以放弃儿子，但是……但是好不好不提这事呢？不过，你高兴怎么办就怎么办吧……”

他说着转过身去，使内兄看不见他的脸，接着在窗边一把椅子上坐下来。他感到悲伤，他感到羞耻；但除了悲伤和羞耻，他又为自己高尚的谦逊而高兴和激动。

奥勃朗斯基被感动了。他沉默了一会儿。

“阿历克赛·阿历山德罗维奇，请你相信我，她很看重你的宽宏大量，”他说，“但显然这是上帝的旨意。”他加了一句，但出口以后立刻觉得这话是愚蠢的。他好容易忍住对自己愚蠢的嘲笑。

卡列宁想回答些什么，但是眼泪把他哽住了。

“这是命里注定的不幸，只好逆来顺受。我认为这是既成事实，我愿意尽我的力量来帮助你们两人。”奥勃朗斯基说。

奥勃朗斯基从妹夫房里出来，非常感动，但这并不影响他因为顺利办妥这件事而产生的得意心情，他相信卡列宁是不会收回说过的话的。除了得意之外，他还有一个想法：等到这事办成功了，他将问问妻子和好朋友：“我同皇帝有什么差别？皇帝调动军队，谁也没有好处；可是我拆散夫妻，三人皆大欢喜……[①] 或者说：我同皇帝有什么相同的地方？到那时……我会想出更妙的话来。”他笑嘻嘻地自言自语着。

23

伏伦斯基的伤势很危险，尽管没有触及心脏。有好几天他处在死亡的边缘。他第一次开口说话的时候，只有嫂嫂华丽雅一人在他房里。

---

① 俄语“调动军队”和“离婚”“拆散夫妻”是同一个词，这里是文字游戏。

“华丽雅！”他一本正经地望着她说，“我无意间失手把自己打伤了。请你以后不要再提这件事，人家问起，你就这么对他们说好了。要不然太惹人笑话了！”

华丽雅没有回答，只弯身向着他，笑眯眯地望望他的脸。他的眼睛是明亮的，没有发烧的样子，但眼神很严肃。

“啊，赞美上帝！”她说，“你不痛吗？”

“这里稍微有一点。”他指指胸口。

“那么让我替你换换绷带吧。”

他默默地咬紧宽阔的牙关，瞧着她替他换绷带。等她换好了，他说：

“我不是在说胡话；请你设法不要让人家说闲话，说我是有意开枪把自己打伤的。”

“没有人会这样说。我只希望你以后不要再无意间失手开枪了。”她带着会意的微笑说。

“总该不会了，但最好是……”

他苦笑了一下。

他这些话和这种苦笑虽然使华丽雅吃惊，但是当他伤口的炎症消失，身体复原的时候，他觉得他的悲伤已减轻了。他仿佛以这个行动洗刷了他所蒙受的羞耻和屈辱。现在他可以心平气和地想到卡列宁了。他承认卡列宁宽宏大量，但也不觉得自己卑微。同时，他又恢复了生活的常规。他觉得他可以问心无愧地正视人家的眼睛，又可以按照自己的习惯生活。只有一种心情他无法排遣，虽然他不断设法加以克服：他将永远失去她而抱恨终身。他在她丈夫面前赎了罪，现在就应该放弃她，不再成为她同她的忏悔和她的丈夫之间的绊脚石，这一点他是下定决心了；但他无法从心里驱除丧失她爱情的遗恨，无法从头脑里抹去同她一起度过幸福时刻的回忆。这些时刻他在当时并不那么珍惜，现在却觉得无限留恋，难以忘怀。

谢普霍夫斯科依建议他到塔什干去任职，他毫不犹豫地同意了。但离出发的时间越近，他越觉得他无可奈何地做出的牺牲是多么痛苦。

他的伤痊愈了。他各处奔走，准备动身去塔什干。

“再见她一面，然后隐居起来，一直到死。”他想。当他向培特西辞行的时候，就把这念头告诉了她。培特西负着这项使命来到安娜家里，又给他带回否定的答复。

“这样也好，”伏伦斯基得到这答复，想，“这是我的弱点，当面去向她告别会弄得我不能自制的。”

第二天，培特西一早亲自去看他，说她从奥勃朗斯基那里听到可靠消息，卡列宁同意离婚，因此他可以去看她。

伏伦斯基连培特西走都没有送一送，忘记了他原来作出的决定，也没有问一声什么时候可以去，她丈夫在什么地方，就立刻动身到卡列宁家去。他一口气跑上楼梯，什么也不看，一个劲儿地冲进她的房间。他没有考虑，也没有注意屋里还有没有人，就搂住她，在她的脸上、手上和脖子上吻个不停。

安娜对这次见面已有准备，考虑过对他说些什么，可是这会儿却一句话也说不出来，因为他的热情支配了她。她想使他镇静，使自己镇静，但是已经迟了。他的感情传染给了她。她的嘴唇直打哆嗦，好半天说不出一句话来。

“是的，你把我占有了，我是你的人。”她把他的手紧贴在胸口，终于说。

“这个当然！”他说，“我们活一天，就应该这样过一天，这一点我现在明白了。”

“这话很对！”她说，脸色越来越苍白，抱住他的头，“出了这么些事情，想想毕竟可怕。”

“一切都会过去，一切都会过去，我们一定会很幸福的！我们的爱情，要是还能更强烈些，就因为其中有些可怕的地方。”他抬起头来，笑得露出紧固的牙齿，说。

她也不得不用微笑来回答他——不是回答他的话，而是回答他那双含情脉脉的眼睛。她拿起他的一只手，要他抚摸她那冷冷的面颊和剪短的头发。

“你的头发剪得这样短，我简直认不出了。你太美了。简直像个男孩子。可是你的脸色多苍白！”

“是的，我身体很虚弱。”她笑眯眯地说。她的嘴唇又哆嗦起来。

“我们到意大利去吧，你的身体会复原的。”他说。

“难道我同你真能做夫妻，真能成立家庭吗？”她紧盯着他的眼睛说。

“我感到奇怪的只是这事为什么不早些实现。”

“斯基华说他什么都同意，但我不能接受他的宽宏大量，”她不看伏伦斯基的脸，若有所思地说，“我不要离婚，现在我什么都无所谓了。我只是不知道谢辽查的事他想怎样决定。”

他怎么也无法理解，在他们现在见面的时刻，她怎么会想到儿子，想到离婚。这些有什么要紧呢?

“别谈这些，别去想它！”他说，用自己的手翻弄着她的手，竭力引她注意他，可是她一直不对他瞧。

“唉，我为什么不死啊，还是死的好！”她说，无声的眼泪沿着双颊直往下流，但她还是强作欢笑，免得他难过。

拒绝那项到塔什干去的迷人而危险的任命，照伏伦斯基以前的看法，是可耻的、办不到的。但现在他毫不犹豫地拒绝了这项任命，并且发觉上级对他这种做法很不满意，他就立刻辞职了。

一个月以后，安娜没有获得离婚，并且断然放弃这个要求，她撇下卡列宁父子两个，同伏伦斯基一起出国了。

第 五 部

1

谢尔巴茨基公爵夫人原来认为，在大斋期之前不可能举行婚礼，因为现在离大斋期只有五个礼拜，要在这期间置办嫁妆，连一半都来不及，但她又不能不同意列文的意见，就是公爵的一位老姑母病重，恐怕不久于人世，一旦服丧，婚期就会更往后推移。因此，公爵夫人终于同意在大斋期之前举行婚礼，把嫁妆分成大小两份，先办齐一份小的，大的一份以后补送。列文一直没有答复是不是同意这样做，这使她大为生气。新夫妇等婚礼完毕马上就要到乡下去，那里根本不需要大的嫁妆。这样，公爵夫人的打算就显得更加妥当了。

列文依旧处在神魂颠倒之中。他觉得他和他的幸福就是整个生存的主要目的，也可以说是唯一目的。现在他不用做什么考虑，也不必操什么心，一切都有人替他料理。对未来的生活，他没有任何计划和打算。他听任别人做主，相信一切都会得到妥善安排。哥哥柯兹尼雪夫、奥勃朗斯基和公爵夫人都会指点他应该做些什么。他只要完全同意人家的一切建议就行了。哥哥替他筹款，公爵夫人要他结过婚就离开莫斯科，奥勃朗斯基劝他出国。他什么都同意。"只要你们高兴，要怎么办就怎么办好了。我很幸福，不论你们怎么办，我的幸福都不会受影响。"他想。他把奥勃朗斯基劝他们出国的主意告诉吉娣，她不同意，她对他们的未来生活有她自己的一套打算。这使他大为吃惊。吉娣知道列文在乡下有他心爱的事业。他知道她不仅不理解这事业，而且不想去理解。但这并不影响她认为这事业是很重要的。她知道他们的家将安在乡下，她不愿到他们将来不准备长期生活的外国去，而要到他们安家的地方去。她这种明确的意图使列文感到惊奇。但他觉得到哪儿去都一样，就立刻要求奥勃朗斯基到乡下去一次——仿佛这是他不容推诿的责任——凭他卓越的审美观把那里的一切都布置好。

"我倒要问你，"奥勃朗斯基为新婚夫妇的来临把乡间的一切都安排好了，回来后有一天对列文说，"你有做过忏悔的证书吗？"

"没有。怎么了？"

"没有这个证书就不能结婚。"

"啊呀呀呀！"列文叫道，"我恐怕有八九年没有领圣餐了。我根本就没有想到。"

“太好啦！”奥勃朗斯基笑着说，“可你还说我是虚无主义者呢！这样不行。你得去领圣餐。”

“什么时候？只剩下四天了。”

这件事也由奥勃朗斯基替他作了安排。列文开始领圣餐。像列文这样不信教但尊重别人信仰的人，参加各种宗教仪式是很痛苦的。现在，当他对一切都充满感情，心肠很软的时候，要他矫揉造作不仅很痛苦，简直是不堪设想的。可是在这大喜的日子里，他却不得不撒谎或者亵渎神明。这两件事他都办不到。他几次三番问奥勃朗斯基不领圣餐能不能得到证书，奥勃朗斯基斩钉截铁地说不行。

“两天工夫，这在你算得了什么？何况司祭是一位十分可爱的懂事的老头儿。他会不知不觉把你这颗病牙拔掉的。”

列文站着做第一遍礼拜时，竭力想恢复他十六七岁时那种强烈的宗教感情。但他立刻相信这是完全不可能的。他试图把它看成是毫无意义的风俗习惯，像礼节性访问一样，但觉得连这样也绝对办不到。列文对宗教的态度也像多数同时代人一样摇摆不定。他不信教，但也不能肯定这一切都是荒谬的。因此，他既不能相信他所做的事的意义，也不能像例行公事那样淡然处之。在这领圣餐的全部时间里，他因为做着他自己也不理解的事，做着如他内心所提示的虚伪不好的事而感到羞耻和不安。

在做礼拜的时候，他一会儿听着祈祷，竭力用不违反自己观点的意义来理解它，一会儿觉得自己不能理解，甚至不得不加以谴责，就竭力不去听它，而沉湎于自己的思想、观察和回忆中。他无聊地站在教堂里，头脑中浮想联翩。

他做了日祷、晚祷和夜祷。第二天起得比平时早，也不喝茶，早晨八点钟就上教堂做早祷和忏悔。

在教堂里，除了一个求乞的兵士、两个老婆子和几个教堂执事外，什么人也没有。

年轻的助祭穿一件显露出骨头突出的长脊背的薄薄法衣，走过来迎接他，然后走到靠墙的小桌旁，开始念祈祷文。当助祭念祈祷文的时候，特别是迅速地重复着“上帝怜悯”——听上去好像在说“饶恕，饶恕”——的时候，列文觉得他的思想仿佛被禁锢起来，贴上封条，不能活动，要不然就会引起混乱，因此他站在助祭后面，没有去听他，也不理会他，只管继续想自己的心事。“她手上的表情真是太丰富了！”他记起昨天他们坐在角落里那张桌子旁的情景，心里想。在这种时候，他们照例想不出什么话说。她把一只手放在桌上，不断地张开又捏拢。她看着这动作，自己也笑了。他想起他怎样吻了吻这只手，然后仔细地看着这粉红色手掌上错综的脉纹。“又是饶恕。”列文想，同时画着十字，鞠着躬，望着正在行礼的助祭背部肌肉的活动。“她接着拿起我的手察看上面的脉纹。‘你的手真可爱！’她说。”他想到这里看看自己的手，又看看助祭短小的手。“是的，这会儿快完了，”他想，“不，看来又从头念起了，”他听着祈祷文想，“不，要结束了。瞧，他已经一躬到地。结束前总是这样的。”

助祭从绒布袖口里伸出一只手，悄悄地接过一张三卢布钞票。说他要把列文的名字记下来。接着就精神抖擞地用他的新靴子咯咯地踩响空旷的教堂的石板，走上祭坛。过了一会儿，他从那里往外张望，招招手叫列文过去。到这时为止一直被压抑着的思想又在列文头脑里活动起来，他连忙把它驱散。“总会了结的。”他想着，向读经台走去。他走上台阶，向右转弯，看见了司祭。司祭是个小老头儿，留着稀疏的灰白大胡子，生有一双疲劳的和善眼睛，站在读经台旁，翻着圣礼书。他向列文微微点点头，立刻用惯常的腔调念起祈祷文来。他念完祈祷文，一躬到地，脸转向列文。

“基督降临，不显形迹，正在听取您的忏悔。”司祭指着钉在十字架上的耶稣像说。“您相信圣徒教会的全部教义吗？”他继续说，眼睛不看列文的脸，双手在圣带下面合拢来。

“我怀疑过一切，现在还是怀疑一切。”列文用他自己听来都觉得讨厌的声音说，说完就住口了。

司祭等了几秒钟，看他还有没有什么说的，接着闭上眼睛，用弗拉基米尔口音急急地说：

“怀疑是人类天生的弱点，但我们应该祈求仁慈的上帝增强我们的信心。您有什么特别的罪孽？”他一刻不停地说，仿佛不肯浪费一点时间。

“我的主要罪孽是怀疑。我怀疑一切，大部分时间都在怀疑中。”

“怀疑是人类天生的弱点，”司祭重复说，“那么您主要怀疑什么呢？”

“我怀疑一切。我有时甚至怀疑上帝的存在。”列文情不自禁地说，接着又为这样的亵渎而感到惶恐。但列文的话对司祭似乎没有产生什么不好的影响。

“怎么可能怀疑上帝的存在呢？”他露出一丝笑意，说。

列文不作声。

“您明明看见大地上创造出来的万物，怎么还能怀疑造物主的存在呢？”司祭用习惯成自然的腔调又急急地说。“是谁用星星来装饰天空的？是谁把大地打扮得这样美丽的？没有造物主怎么行呢？”他用询问的目光对列文瞧了一眼，说。

列文觉得同司祭争论哲学问题是不得体的，因此只就他的问话作了回答。

“我不知道。”他说。

“您不知道吗？那您怎么能怀疑上帝创造万物呢？”司祭带着快乐的困惑神气说。

“我一点也不明白。”列文涨红了脸说，觉得他的话很愚蠢，在这种场合说这样的话实在愚蠢。

“祷告上帝，恳求上帝吧！就是神父也会有怀疑，也要恳求上帝加强他们的信心呢。魔鬼的力量大得很，我们一定要抵抗他。祷告上帝，恳求上帝吧！祷告上帝吧！”他匆匆地一再说。

司祭稍微停了一下，仿佛在沉思。

“我听说您准备同我教区里的教民和忏悔者谢尔巴茨基公爵的女儿结婚，是吗？”他微笑着加上说，“一位出色的姑娘！”

“是的。”列文回答，为司祭脸红。“在忏悔的时候他问这个干什么？”他想。

司祭稍微停了一下，仿佛在沉思。

司祭仿佛知道他的心事，回答说：“您准备结婚，上帝将赐给您子孙后代，是不是啊？啊，魔鬼诱使您不信神，要是您不能战胜这种诱惑，您能给您的孩子什么样的教育呢？”他用婉转的责难口气说。“要是您爱您的孩子，那您作为一个慈父，就不仅希望您的孩子荣华富贵，还希望他们得救，希望真理的光芒能照耀到他们的心灵。是不是啊？要是天真无知的孩子问您：‘爸爸！土地、江河、太阳、花草，世界上这一切使我喜爱的东西是谁创造的？’那您怎么回答他呢？难道就对他说‘我不知道’吗？既然上帝出于大恩大德向您展示了这一切，您又怎么能不知道呢？也许您的孩子会问您：‘在阴间有什么在等着我呀？’如果您什么也不知道，您怎么对他说呢？您让他去受尘世和魔鬼的诱惑吗？这可不好哇！”他说着停住了，侧着头，用那双和善的眼睛望着列文。

列文什么也没回答，倒不是因为他不愿同司祭争论，而是因为至今还没有人问过他这样的问题。到将来孩子们提出这些问题的时候，他还有充分时间可以考虑该怎样回答呢。

“您踏进人生这一阶段，”司祭继续说，“您要选择道路，坚定地走下去。祷告上帝，凭主的仁慈帮助您，怜悯您，”他结束道，“愿我主上帝，耶稣基督，以其爱人的恩典饶恕这个儿子……”司祭念完赦罪文，给他祝福了一番，就放他走了。

那天列文回到家里，感到很高兴，因为结束了那种尴尬的局面，而且不用撒一句谎。他还模模糊糊地记得，这个和蔼可亲的小老头说的话，并不像他起初所想象的那样愚蠢，不过他的话里还有一些地方需要弄个明白。

“当然不是现在，”列文想，“等将来有机会再说。”列文空前深切地感到，他的灵魂里有些不明白不干净的地方，他对待宗教的态度也像别人一样，可是以前他就因此反对人家，还责备过他的朋友史维亚日斯基。

那天晚上，列文同未婚妻一起在陶丽家里度过，感到特别高兴。他把他的兴奋心情告诉了奥勃朗斯基。他说他快活得像一头受过训练的狗，终于能领会人家要它做的事，尖声叫着，摇着尾巴，心花怒放地跳上桌子和窗台。

2

举行婚礼那天，列文按照风俗（公爵夫人和陶丽坚持要严格遵守一切风俗），事先不跟未婚妻见面，却同三个在旅馆里邂逅的单身朋友一起吃饭：一个是柯兹尼雪夫；一个是列文的大学同学卡塔瓦索夫，现在当上自然科学教授，列文在街上遇见他，就把他拉到旅馆里来；一个是男傧相契利科夫，现任莫斯科调解法官，也是列文的猎熊朋友。这顿饭吃得很快活。柯兹尼雪夫情绪极好，很欣赏卡塔瓦索夫别出心裁的玩笑。卡塔瓦索夫发觉他的玩笑得到重视和理解，便更加尽情发挥。契利科夫总是快乐而善意地参与各种谈话。

“你们看，”卡塔瓦索夫由于讲台上讲课养成的习惯，拖长字句说，“我们的朋友康斯坦京·德米特里奇过去是个多么能干的人哪！我说的是过去的他，因为现在他已经不是这样的人了。大学毕业的时候，他爱好学术，通情达理。现在呢，他的一半才能都用来欺骗自己，另外一半为这种欺骗进行辩解。”

“我从来没有见过比您更坚决反对结婚的人了。”柯兹尼雪夫说。

“不，我并不反对。我赞成劳动分工。什么事也不会做的人，只好做些人出来，其余的人就得促进他们的教养和幸福。这就是我的看法。把这两种行当混为一谈的大有人在，可我不在其内。”

“有朝一日我知道您也在恋爱了，我将多么高兴啊！”列文说，“您一定要请我吃喜酒。”

“我已经在恋爱了。”

“是的，你爱上墨鱼了。你知道吗？”列文转过来对哥哥说，“米哈伊尔·谢苗诺奇在写一本营养学著作……”

“嗳，别胡扯了！写什么都无所谓。不过我倒确实爱上了墨鱼。”

“可是它不会妨碍您爱妻子。”

“是不会妨碍，可是妻子要妨碍我呀。”

“为什么？”

“您会明白的。您现在爱农业，爱打猎，可是您等着瞧吧！”

“阿尔希普今天来过了，他说塘村那边有许多驼鹿，还有两头熊。”契利科夫说。

“嗳，我不去，你们去打好了。”

“哦，这倒是真的，”柯兹尼雪夫说，“今后打熊这件事就没有你的份了，妻子不会让你去的！”

列文微微一笑。一想到妻子不会让他去打猎，他觉得很好玩，他情愿从此放弃猎熊的乐趣。

“不过，您不参加打这两头熊，毕竟很可惜。您还记得上次在哈比洛夫的事吗？那次打猎多有趣呀！”契利科夫说。

契利科夫认为不结婚也很快活，列文不愿打破他这种幻想，因此没有说什么。

“同单身生活告别的风俗可不是没有道理的，”柯兹尼雪夫说，“不管你怎样幸福，你总不能不为丧失自由而惋惜吧？”

“您承认您有果戈理笔下新郎[①]那样的心情，想从窗口跳下去吗？”

“一定有的，就是不肯承认罢了！”卡塔瓦索夫说着哈哈大笑。

---

① 指果戈理剧本《结婚》中的主人公、七等文官波德科列辛，他通过媒婆和朋友的撮合，答应同商人女儿结婚，但患得患失，内心充满恐惧，在举行婚礼前一刻跳窗潜逃。

“好吧，窗子反正开着……我们现在就到特维尔去！有一头母熊在，可以直捣它的巢穴。真的，坐五点钟的班车去吧！这里的事让他们去办。”契利科夫笑嘻嘻地说。

“啊，说句实话，”列文笑着说，“我心里可没有为失去自由感到惋惜！”

“对，您现在心里一片混乱，什么感觉也不会有，”卡塔瓦索夫说，“等您稍微冷静一点，您就会感觉到了！”

“不，尽管有了感情（他不好意思当着他们的面说爱情）和幸福，丧失自由毕竟是可惜的，我多少总应该有点感觉呀……可是正好相反，我还因为失去自由而高兴呢！”

“糟糕！您这人真是不可救药！”卡塔瓦索夫说，“来，让我们干一杯，祝他恢复健康，或者祝他实现他的梦想，哪怕只有百分之一。即使这样也是天下最大的幸福了！”

吃完饭，客人们走了，大家赶回去换衣服参加婚礼。

列文独自留下来，回想着这些单身汉的话，又一次问自己：我心里是不是像他们所说的因为丧失自由而感到惋惜？想到这问题，他微微一笑。“自由吗？要自由干什么？幸福就在于爱情和希望，希望她所希望的，想她所想的，这就是幸福。根本用不着什么自由！”

“可是我了解她的思想、她的希望、她的感情吗？”仿佛有一个声音突然低声问自己。他的笑容消失了，他沉思起来。一种奇怪的感觉支配了他。他觉得恐怖和怀疑，怀疑一切。

“万一她不爱我怎么办？万一她只是为结婚而同我结婚怎么办？万一连她自己也不明白她的所作所为怎么办？”他问着自己。

“她也许会清醒过来，直到结了婚才明白她并不爱我，她不可能爱我。”于是他心里对她产生了一种古怪的恶劣想法。他像一年前那样嫉妒她和伏伦斯基的关系，仿佛他看见她同伏伦斯基在一起还是昨天的事。他怀疑她没有向他坦白一切。

他霍地跳起来。“不，这样下去可不行！”他忘乎所以地自言自语，“我要到她那里去，问问她，最后一次对她说：我们两人都是自由的，我们的关系是不是到此为止？不论怎样总比一辈子的不幸、耻辱和不贞要好！”他怀着绝望的心情，怀着对一切人、对自己和对她的愤恨走出旅馆，坐车到她家里去。

他在后屋里找到她。她正坐在箱子上，同侍女料理什么，挑选着散满椅背和地板上的五颜六色的衣服。

“呀！”她一看见他，立刻容光焕发，叫了起来，“你怎么来的，您怎么来的（最近几天她总是忽而称呼他‘你’，忽而称呼他‘您’）？真没想到！我在整理我姑娘时期的衣服，准备送给人家……”

“噢！太好啦！”他闷闷不乐地望着那侍女，说。

“杜尼雅，你出去一下，我回头叫你。”吉娣说。“你怎么了？”她等侍女一出去，就断然地用“你”称呼他。她发现他的脸色激动、阴郁、异样，感到恐惧。

“吉娣！我很苦恼。我一个人受不了这样的苦恼。”他带着绝望的语气说，在她面前站住了，恳求般地望着她的眼睛。他从她那含情脉脉的诚恳的脸上看出，他想说的话是不会有任何结果的，但他还是要她亲口来消除他的疑虑。“我是来说，现在还来得及。事情还可以取消，挽回。”

“什么？我一点也不明白。你怎么啦？”

“我说过一千遍，我不能不想的是……我配不上你。你不可能答应同我结婚。你想一想吧！你做了错事。你好好想一想吧！你不可能爱我的……要是……你最好说出来，”他没有望着她，说，“我会痛苦的。人家高兴怎么说，就怎么说吧；不论怎样总比不幸要好……趁现在还来得及……”

“我不明白，”她恐惧地回答，“你想取消……你不愿意了，是吗？”

“是的，要是你不爱我的话。”

“我想你是不可能爱我的。你怎么会爱我这样的人呢？”

“你疯了！”她气得满脸通红，叫起来。

但他的脸色是那么可怜，她不由得忍住怒气，扔掉扶手椅上的衣服，在他旁边坐下。

“你在想些什么？全都说出来。”

“我想你是不可能爱我的。你怎么会爱我这样的人呢？”

“天哪！叫我怎么办哪？……”她说着哭起来。

“嗐，我在干什么呀！”他叫道，在她面前跪下来，吻着她的双手。

过了五分钟，公爵夫人走进屋里，看见他们已经完全和好了。吉娣不仅使他相信她爱他，甚至解答了他的问题：她为什么爱他。她告诉他，她爱他是因为完全了解他，因为她知道他喜爱什么，因为他所喜爱的一切都是好的。他也觉得这一切都是十分清楚的。

公爵夫人进来的时候，他们并肩坐在箱子上，理着衣服，并且争论着。吉娣要把列文上次向她求婚时她穿的那件咖啡色连衫裙送给杜尼雅，他却坚持这件衣服不能送给任何人，她可以把一件浅蓝色连衫裙送给杜尼雅。

“你怎么不明白？她是个黑头发的姑娘，穿蓝衣服不合适……我什么都考虑过了。”

公爵夫人听说他来访的原因，就半开玩笑半认真地生起气来，叫他立刻回家去换衣服，不要妨碍吉娣梳头，因为理发师沙尔里马上要来了。

“她这几天本来就没吃什么，人也瘦了，可你还要拿你那些蠢话来使她烦恼。”她对他说，“走，走，我的宝贝。”

列文感到内疚和害臊，但心里很踏实。他回到旅馆。他哥哥、陶丽和奥勃朗斯基全都穿戴好了，正准备拿圣像给他祝福。再不能耽搁了。陶丽还得回家去接她那个卷过头发、擦过发油的儿子，他将拿着圣像伴送新娘一起走。还得派一辆马车去接男傧相，另外一辆送走柯兹尼雪夫后再回来……总之，有大量琐事需要处理。有一点是明确的，不能再拖延，已经六点半了。

圣像祝福仪式很不像样。奥勃朗斯基同妻子并排站着，摆出煞有介事的可笑姿势。他拿着圣像，叫列文一躬到地，带着和善的嘲笑吻了他三次。陶丽也这样做了，接着又匆匆走去调派马车，这可是件麻烦事。

“嗯，现在我们就这么办：你坐我们的马车去接他，谢尔盖·伊凡诺维奇要是同意，请他到了以后把车打发回来。”

“好，一定照办。”

“我们同他一起马上就来。东西送去了吗？”奥勃朗斯基说。

“送去了。”列文回答，接着吩咐顾士玛把他的衣服拿来。

3

一大群人，其中多数是女人，围住即将举行婚礼的灯火辉煌的教堂。那些没有能挤进教堂的人，都聚集在窗口，拥挤着，争吵着，从窗栏杆外面往里张望。

在宪兵指挥下，已经有二十多辆马车排列在街上。一个警官不顾严寒，站在教堂入口处，身上的制服闪闪发亮。马车络绎不绝，一会儿是头上戴花、手里提着拖地长裙的太太，一会儿是脱下军帽或黑色礼帽的男人，陆续走进教堂。教堂内部，两盏枝形大吊灯光亮夺目，圣像前的蜡烛也全部点上了。圣像壁红底上的镀金、圣像的金色浮雕、枝形大吊灯和烛台上的银饰、地上的石板、垫毯、唱诗班台上的神幡、读经台的台阶、陈旧发黑的圣经、司祭和助祭的法衣，一切都沐浴在灯光里。在温暖的教堂右边，在燕尾服和白领带、制服和花缎、天鹅绒、绸缎、头发、鲜花、裸露的肩膀手臂和戴长手套的人群中间，传出压低声音的热烈谈话，谈话声在高高的圆屋顶下异样地回响着。每当教堂门打开发出尖锐的响声时，人群就不再说话，大家回过头去，希望看到新郎新娘进来。门开了差不多有十次以上，

马车络绎不绝，一会儿是头上戴花、手里提着拖地长裙的太太，一会儿是脱下军帽或黑色礼帽的男人，陆续走进教堂。

每次不是走到右边来宾席的迟到客人，就是欺骗或者说服警官混到左边人群里的观众。亲友和观众都等急了。

起初大家以为新郎新娘马上就要来了，没有去想他们为什么迟到。接着越来越频繁地向门口张望，谈论着会不会出什么事。后来，大家为新郎新娘的迟到越来越不安，但都装作根本没有想到他们的样子，径自谈着话。

大辅祭似乎要让人注意他的时间很宝贵，不耐烦地咳嗽着，咳得窗子的玻璃都震动了。唱诗台上的唱诗班等得有点厌烦，发出练嗓子和擤鼻涕的声音。司祭一会儿派执事，一会儿差助祭去看新郎来了没有。他自己穿着紫色法衣，束着宽腰带，也不断走到边门去等待新郎。终于有一位太太看了看表说："这真是太奇怪了！"于是来宾个个感到不安，开始高声表示惊奇和不满。一个傧相乘车去探听消息。这时候，吉娣身穿雪白连衫裙，披着长纱，头戴香橙花冠，早已准备就绪，同一位女主婚人和二姐娜塔丽雅一起站在谢尔巴茨基家的客厅里，眼睛望着窗外，等男傧相来通知新郎的到来，已经白白等了半个多小时了。

这当儿，列文穿好长裤，但没有穿背心和燕尾服，在旅馆房间里踱来踱去，不断地把头伸到门外，向走廊里张望。可是始终不见他所等待的人，只好绝望地回来，摆动双手，同悠然自得地抽烟的奥勃朗斯基说话。

"有谁遇到过这样尴尬的局面！"他说。

"是的，真要命！"奥勃朗斯基温和地微笑着表示同意，"不过你放心好了，马上就会来的。"

"不，怎么搞的！"列文克制着怒火说。"还有这种该死的敞胸背心！不行啊！"他望着身上衬衫揉皱的前襟，说。"要是行李已经送上火车怎么办！"他绝望地叫道。

"那你就穿我那件好了。"

"早就该这么办了。"

"招人笑话可不好哇……等一下！会解决的。"

事情是这样的：当列文要换衣服的时候，他的老仆人顾士玛拿来了燕尾服、背心和其他必要的东西。

"衬衫呢！"列文叫了起来。

"衬衫在您身上。"顾士玛平静地微笑着回答。

顾士玛没有想到应该留下一件干净的衬衫，他听到吩咐要把全部行李收拾起来送到谢尔巴茨基家——新夫妇今晚就要从那里出发到乡下去——就把东西都收拾好了，只留下一套礼服。列文的衬衫从早晨穿起，已经弄皱了，他穿着时式的敞胸背心，简直不像样子。派人到谢尔巴茨基家去取，路又太远。他就差人到铺子里去另外买一件。仆人回来说，铺子都关门了，因为今天是礼拜天。派人到奥勃朗斯基家去取，可是借来的衬衫又宽又短，不能穿。最后只得派人到谢尔巴茨基家去拆行李。大家都在教堂里等新郎，他却像笼子里的野兽，在屋里踱来踱去，不断地向走廊张望，又恐惧又绝望地回想着他对吉娣说过的话，不知道她现在有什么想法。

最后，顾士玛惶恐得上气不接下气，拿着衬衫冲进屋子里。

“刚刚赶上。他们正在往大车上搬呢。”顾士玛说。

过了三分钟，列文不看一下表——怕心里难受——就拔脚穿过走廊跑去。

“用不着这么急，”奥勃朗斯基不慌不忙地跟在他后面，笑眯眯地说，“会解决的，会解决的……我不是对你说过了嘛。”

4

“来了！”“就是他！”“哪一个？”“那个年纪轻些的，是吗？”“瞧她，我的宝贝，可把她急坏啦！”当列文在门口迎接新娘，同她一起走进教堂时，人群里纷纷议论着。

奥勃朗斯基告诉妻子迟到的原因，客人们都交头接耳，笑眯眯地低语着。列文什么东西也没有看见，什么人也没有看到，只是目不转睛地望着他的新娘。

大家都说她最近几天憔悴多了，戴着花冠远没有平时好看，但列文没有这样的感觉。他望着她那披着白色长纱、戴着洁白鲜花的梳得高高的头发，她那像少女一般遮住长脖子两侧和后颈，只露出前面部分的高耸的打褶领子，以及她那细得惊人的腰身，觉得她比什么时候都迷人——并非因为这些花、这袭长纱、这件从巴黎定制的连衫裙增添了她的美，而是因为她那可爱的脸蛋、她的眼神和她嘴唇的表情与众不同，始终显得十分纯洁和诚挚。

“我还以为你想逃走呢！”她说，对他嫣然一笑。

“我干了一件傻事，简直不好意思说呢！”他红着脸说，看到柯兹尼雪夫走过来，只好去招呼他。

“你的衬衫事件真有意思啊！”柯兹尼雪夫摇摇头，笑嘻嘻地说。

“是的，是的！”列文随口回答，没听清对他说的是什么。

“喂，康斯坦京，现在得决定一下了，”奥勃朗斯基装出惊惶的样子说，“有个重大问题。这问题的重要性现在你才能理解。他们问我，要用点过的蜡烛还是没有点过的蜡烛？相差十个卢布。”他笑得噘起嘴唇，添加说：“我已经决定了，就是怕你不同意。”

列文懂得这是开玩笑，但他笑不出来。

“到底怎么办？用没有点过的蜡烛还是用点过的蜡烛？问题就在这里。”

“对，对！用没有点过的蜡烛。”

“啊，我很高兴。问题决定了！”奥勃朗斯基笑嘻嘻地说。“一个人在这种时候什么傻事都会做出来的！”当列文手足无措地对他瞧了瞧，向新娘走去时，奥勃朗斯基对契利科夫说。

“记住，吉娣，你要先踏到垫子上。”诺德斯顿伯爵夫人走过来说。“您这人真好！”她对列文说。

“怎么样，不害怕吗？”老姑母玛丽雅·德米特里耶夫娜说。

“你不冷吧？你的脸色这样白。等一下，把头低下来！”吉娣的二姐娜塔丽雅说，她举起她那丰满美丽的手臂，笑盈盈地理了理吉娣头上的鲜花。

陶丽走过来想说什么，可是说不出，哭了起来，接着又勉强笑着。

吉娣也像列文一样目光茫然地望着大家。不论人家对她说什么，她总是只能报以幸福的微笑。这种微笑现在在她是很自然的。

这时候，神父们纷纷穿上法衣，司祭和助祭走到靠近教堂入口处的读经台上。司祭转身对列文说了一句话，列文却没有听清楚。

“您拉住新娘的手，把她领过去。”傧相对列文说。

列文好一阵弄不懂人家要他做什么。他们好一阵纠正他，几乎想撒手不管了，因为他不是伸错了自己的手，就是拉错了吉娣的手。最后他才明白，不要改变位置，用右手拉住吉娣的右手。等到他终于照规矩拉住新娘的手，司祭就在他们前面走了几步，在读经台旁站住了。一大批亲友窃窃私语，衣服发出窸窣的响声，向他们走去。有人弯下腰，把新娘的裙子拉拉挺。教堂里一片肃静，连蜡烛油滴落的声音都听得见。

小老头司祭戴着法冠，银光闪闪的鬈发在耳后分成两股，背上系着金十字架。他从笨重的银色法衣下伸出干瘪的小手，在读经台旁翻弄着什么。

奥勃朗斯基小心翼翼地走到他跟前，咬咬耳朵，对列文使了个眼色，又走回来。

司祭点着了两支花烛，用左手斜拿着，使蜡烛油慢慢滴落下来，接着向新郎新娘转过脸去。这就是听列文忏悔的那个老司祭。他用疲劳的忧郁眼神望望新郎新娘，叹了一口气，从法衣里伸出右手给新郎祝福，又同样地但格外温柔地把他那叠起的手指放在吉娣头上。然后他把蜡烛交给他们，拿起小香炉，慢悠悠地走开去。

“难道这是现实吗？”列文想，回头看了新娘一眼。他稍稍低下眼睛看着她的侧影，从她嘴唇和睫毛依稀可辨的动作上他知道，她觉察到了他的目光。她没有回过头去，但那打褶的高领子碰到了粉红色小耳朵，微微动了动。他看见她压抑着胸膛里的叹息，她那戴长手套、拿着蜡烛的小手抖动起来。

衬衫迟到所引起的麻烦，同亲友的交谈，他们的抱怨，他那尴尬的处境，这一切都突然消失了。他只觉得又快乐又害怕。

身材魁伟、相貌堂堂的大辅祭穿着银色法衣，鬈发向两边分开，雄赳赳地走上前来，熟练地用两个手指提起肩衣，在司祭对面站住了。

"上帝赐福！"庄严的声音接二连三地慢慢传开，把空气都震动了。

"我主恩佑永存！"小老头司祭继续在读经台上翻弄着什么，恭顺地像唱歌一般回答。于是，一个看不见的合唱队的谐音整齐地扩散开来，越来越响，从窗子到圆顶，充满了整个教堂。

大家照例为神赐的和平和拯救，为正教最高会议，为皇帝祈祷；为今天结婚的上帝的仆人康斯坦京和叶卡吉琳娜祈祷。

"我们祈求主赐给他们完全的爱和平安，帮助他们！"大辅祭的声音响彻整个教堂。

列文听着他的祈祷，感到惊奇。"他怎么知道我需要的正是帮助呢？"他记起自己不久前的恐惧和疑虑，想道，"我知道什么呢？没有帮助我能做这样可怕的事吗？现在我需要的正是帮助。"

等助祭念完祈祷文，司祭手拿圣书对新郎新娘说：

"永恒的上帝，你把分离的两人合为一体，"他用温柔的唱歌般的声音念道，"让他们永结同心；你曾赐福以撒和利百加，并照圣约赐福他们的后裔，今求赐福你的仆人康斯坦京和叶卡吉琳娜，指引他们走上从善之路。上帝你爱世人，荣耀归于圣父、圣子、圣灵，现在，将来，直到永世。""阿门！"无形的合唱声又在空中传播开来。

"'把分离的两人合为一体，让他们永结同心。'这句话这么意味深长，同我现在的心情多么吻合！"列文想，"她的心情是不是同我一样呢？"

他回过头去，遇到了她的目光。

他从这目光里看出，她所理解的同他一样。但事实并非如此，她几乎一点也不懂得祈祷文中的字句，甚至连听都不在听。她无法听，也无法理解，因为心里充满了一种感情，而且越来越强烈。这就是一个半月来使她内心又快乐又痛苦的那件事终于实现了，她感到无比高兴。那天，在阿尔巴特街房子里，她穿着咖啡色连衫裙默默地走到他面前，并且许身于他时，她心里仿佛同过去的生活一刀两断了，一种对她来说陌生而又崭新的生活开始了，尽管她依旧过着原来的生活。这六个礼拜是她一生中最幸福和最苦恼的时期。她的整个生活、全部希望、全部心愿都集中在一个她还不理解的男人身上，而使她同他结合的却是一种更加难以理解的感情。这种感情忽而吸引她，忽而使她反感，她却继续过着原来的生活。

“上帝的仆人康斯坦京同上帝的仆人叶卡吉琳娜结成夫妻。”司祭把一只大戒指套在吉娣细得可怜的粉红色小手指上，说了同样的话。

她一方面过着原来的生活，一方面对自己、对自己这样完全漠视过去的一切而感到吃惊。她对一切事物、习惯，对曾经爱她，现在还是爱她的人们，对由于她的冷淡而伤心的母亲，对以前觉得是世界上最可爱的和蔼的父亲，都变得无法克服地冷淡。她有时因为这种冷淡而感到吃惊，有时又因为造成这种冷淡的原因而高兴。除了同这个人一起生活以外，她没有别的想法，没有别的愿望；可是这种新的生活还没有来到，她甚至无法清楚地想象这样的生活。她只是又惊又喜地期待着未知的新生活。现在这种期待，这种未知的状态，这种抛弃旧生活的惋惜心情就都要结束，新的生活将要开始了。这种新的生活还不知道是什么样子，不能不使她感到害怕，但不管害怕不害怕，六个星期来它已经在她心里逐步形成，现在只不过正式加以肯定罢了。

司祭又转向读经台，好容易拿住吉娣小小的戒指，要列文伸出手来，把戒指套在他手指的第一个关节上。“上帝的仆人康斯坦京同上帝的仆人叶卡吉琳娜结成夫妻。”司祭把一只大戒指套在吉娣细得可怜的粉红色小手指上，说了同样的话。

新郎新娘几次都竭力揣摩他们该做什么，可是每次都弄错了，司祭就低声纠正他们。最后，他做完了各项应做的仪式，用他们的戒指画了十字，又把大戒指给了吉娣，把小戒指给了列文。他们又搞错了，把戒指传来传去传了两次，到头来还是没有做对。

陶丽、契利科夫和奥勃朗斯基走过来纠正他们。发生了一阵混乱、低语和微笑，但新郎新娘脸上那种庄严的表情并没有改变；相反，他们的手虽然弄错了，他们的神气却更加庄重严肃。当奥勃朗斯基低声提示他们，现在他们应当戴上各自的戒指时，他的微笑不禁在嘴唇上消失了。他觉得不论怎样的微笑都会引起他们的不快。

“你起初创造男人和女人，”司祭在他们交换戒指后念道，“你使他们结成夫妻，生儿育女。啊，我们的上帝，你把天上的福气赏赐给你所选择的仆人，世世代代，未曾中断，今望你赐福给你的仆人康斯坦京和叶卡吉琳娜，使他们以信仰、思想、真理、爱情永结同心……”

列文越来越觉得，他关于结婚的一切想法，他关于安排生活的理想，都是很幼稚的，都是他至今不理解的，而且现在更加不理解了，虽然他正在亲身参与这件事。他的胸膛起伏得越来越厉害，抑制不住的泪水夺眶而出。

5

两家在莫斯科的亲友都聚集在教堂里了。在婚礼过程中，在灯火辉煌的教堂里，服饰华丽的妇女和姑娘，系白领带、穿燕尾服和穿制服的男人，一直都在彬彬有礼地低声谈着话。谈话多半由男人开始，女人则聚精会神地观察着十分吸引她们的宗教仪式的细节。

新娘身边站着她的两个姐姐：一个是陶丽，一个是刚从国外回来的二姐——娴静美丽的娜塔丽雅。

“玛丽怎么穿着紫得发黑的衣裳来参加婚礼呢？”科尔松斯卡雅夫人说。

“对她那种脸色，这是唯一的补救办法……”德鲁别茨卡雅夫人回答。“我真弄不懂他们为什么要在傍晚举行婚礼。这是商人的作风……”

“这样更美些。我也是傍晚结婚的。”科尔松斯卡雅夫人回答。想起那天她多么漂亮迷人，丈夫爱她爱得多么可笑，现在事过境迁，一切都变了，她不禁叹了一口气。

“据说，做过十次以上傧相，自己就不想结婚了；我真想做第十次傧相，好给自己保上险，可是这一次已被人家占了位子了。”辛亚文伯爵向对他有意思的美丽的查尔斯卡雅公爵小姐说。

查尔斯卡雅小姐只报以微笑。她望着吉娣，心里想，有朝一日她也处在吉娣的地位而站在辛亚文伯爵旁边，她要向他提到他今天说的笑话。

谢尔巴茨基对上了年纪的宫廷女官尼古拉耶娃说，他想把花冠戴到吉娣的假发上使她幸福。[①]

“她用不着戴假发的。”尼古拉耶娃回答。她早就打定主意，要是她所追求的那个老鳏夫同她结婚，他们的婚礼将极其简单。“我不喜欢这样的铺张。”

柯兹尼雪夫同达丽雅·德米特烈夫娜谈着话。他开玩笑说，婚后旅行的风俗所以流行，是因为新婚夫妇总未免有点害臊。

“令弟真可以感到自豪。她实在太可爱了。您羡慕他吗？”

“嗳，这种心情在我早已过去了，达丽雅·德米特烈夫娜。”他回答说，脸上突然现出忧郁而严肃的神色。

奥勃朗斯基正在给他的姨妹讲一句关于离婚的俏皮话。

“花冠得理一理。”她没有听他的话，回答说。

“真可惜，她变得那么憔悴，”诺德斯顿伯爵夫人对娜塔丽雅说，“可他连一个手指都配不上她呢。对吗？”

“不，我很喜欢他。倒不是因为他是我未来的妹夫，”娜塔丽雅回答，“他的态度多么大方！在这种场合要保持大方，不让人见笑，可不容易呀。他一点也没有惹人笑话的地方，也不紧张，但心情一定很激动。”

“您大概这样希望吧？”

“差不多。她一直爱他的。”

“嗯，让我们看看他们谁先踏上垫子。我提醒过吉娣了。”

“反正都一样，”娜塔丽雅回答，“我们都是顺从的妻子，我们生来就是这样的。”

“我当年就故意抢在华西里前面踏上垫子。你们呢，陶丽？”

陶丽站在他们旁边，听着他们的谈话，没有回答。她十分感动。她的眼睛里饱含着泪水，她不哭就什么话也说不出来。她为吉娣和列文高兴。她回忆起自己结婚时的情景，不时望望容光焕发的奥勃朗斯基，忘记了当前的一切，一味回想着她那纯洁无

① 俄俗结婚时戴花冠预祝幸福。

瑕的初恋。她不仅回忆自己的往事，而且回忆到所有女亲友的往事。她想到她们一生中最庄严的时刻，想到她们也像吉娣一样戴着花冠站着，心里满怀爱情、希望和恐惧，同过去诀别，踏进神秘莫测的未来。在这些新娘中，她也想到了她亲爱的安娜。关于安娜将离婚的消息，她最近也听到了。安娜当年也是那么戴着香橙花冠，披着白纱，站在教堂里，显得那么纯洁。可是现在呢？

"这事真是难以理解！"陶丽不由得说。

注视婚礼仪式的不限于新郎新娘的姐妹、女友和亲戚。单纯来看热闹的女人也都呼吸急促，激动地观察着，唯恐漏掉新郎新娘的一个动作和一个表情。她们恼火地不理睬，甚至往往不听那些说着不三不四的戏谑话的冷淡的男人。

"她怎么满面泪痕哪？莫非她自己不愿意吗？"

"嫁给这样的好小子还有什么不愿意的？他是公爵吗？"

"那个穿白缎子的是她的姐姐吗？你听那司祭在叫：'妻子应敬畏丈夫。'"

"这是邱多夫教堂的唱诗班吗？"

"不，是西诺德教堂的。"

"我向跟班打听过了。他说马上就要把她带到乡下去。听说新郎很有钱呢。所以才把她嫁给他。"

"不，他们是很好的一对。"

"哼，玛丽雅·华西里耶夫娜，您还说她们穿裙子不用裙箍呢！你看那个穿紫褐色衣服的，据说是公使夫人，她的裙子多么飘……荡来荡去的。"

"这位新娘真可爱，就像一头打扮得漂漂亮亮的小羊！不管怎么说，我们女人家总是同情自己的姐妹的。"

挤进教堂里来看热闹的女人们就这样议论纷纷。

6

结婚仪式第一部分结束时，助祭把一块粉红色绸子铺在教堂中央的读经台前，唱诗班唱起动听的几部合唱的赞美诗来，男低音和男高音互相呼应着。于是，司祭回过头来，做手势要新郎新娘踏上这块粉红色绸子。列文和吉娣都曾多次听说，谁先踏上这垫子，谁将成为一家之主，但当他们向前跨上两三步时，谁也没有想到这件事。他们也没有听见大声的议论和争吵。有些人说是新郎先踏上去的，又有些人说是两人同时踏上去的。

在照例问过他们愿不愿意结成夫妻，他们有没有同别人定过亲，而他们做了连他们自己都觉得奇怪的回答以后，第二部分仪式开始了。吉娣听着祈祷文，想听懂它的意思，可是听不懂。欢乐兴奋的情绪随着仪式的进行越来越充满她的心，使她丧失了注意的能力。

他们祈祷着：“你赐他们以贞洁与子女，使他们儿孙绕膝。”接着又提到上帝用亚当的肋骨造成他的妻子，“使人离开父母，与妻子连合，二人成为一体”“此乃一大神秘”。他们祈求上帝赐予他们多子多福，像赐福给以撒和利百加、约瑟、摩西和稷普拉一样，使他们看到他们儿子的儿子。“这一切都很美，”吉娣听着这些话想，“一切都理应如此。”于是在她开朗的脸上焕发出幸福的微笑，并且感染了所有望着她的人。

“戴戴好！”当司祭给他们戴上花冠，谢尔巴茨基抖动他那戴着三颗纽扣的长手套的手，又把花冠高高地举在她的头上时，有人这样劝告说。

“戴上吧！”她笑眯眯地低声说。

列文回头对她瞧了瞧，被她脸上焕发的快乐光辉感动了。这种感情不觉也传染给了他。他也变得像她一样心花怒放。

他们听着读《使徒行传》，听着大辅祭声音洪亮地读着最后一节诗篇——那是观众急不可待地等待着的——觉得很快活。他们从浅杯里喝着掺水的温葡萄酒，觉得更快活了。当司祭一下脱掉法衣，拉住他们的手，在男低音激动的“荣耀归主”声中，领着他们绕过读经台时，他们觉得更加兴高采烈。小谢尔巴茨基和契利科夫扶着花冠，不时被新娘的裙裾绊住。他们也愉快地微笑着。司祭一站住，他们不是撞在新郎新娘身上，就是落在后面。吉娣身上燃起的幸福火花仿佛感染了教堂里每一个人。列文仿佛觉得司祭、助祭也像他一样都想笑。

司祭从他们头上取下花冠，读了最后一篇祈祷文，向他们祝贺。列文瞧了瞧吉娣，他从来没有看到过她现在这个样子。她脸上洋溢着新的幸福光辉，显得格外妩媚动人。列文想对她说些什么，但他不知道仪式有没有结束。司祭把列文从困惑中解脱出来。他嘴上挂着慈祥的微笑，低声说：

“吻您的妻子，吻您的丈夫。”说着，他接过他们手里的蜡烛。

列文小心翼翼地吻了吻她那笑盈盈的嘴唇，伸出手臂让她挽着，心里产生一种新奇的亲密感，走出教堂。他不相信，他不能相信这是真的。直到他们惊奇而羞怯的目光相遇时，他才相信，他觉得他们已经合成一体了。

当天夜里，新郎新娘吃过晚饭就到乡下去了。

7

伏伦斯基同安娜一起在欧洲旅行已有三个月了。他们游览了威尼斯、罗马和那不勒斯，刚来到意大利的一个小城，准备在那里居住一个时期。

漂亮的茶房头儿，一头浓密的搽过油的头发从颈根分开，穿着燕尾服，胸口露出一大块白麻纱衬衫，圆滚滚的大肚子上挂着一串吊满饰物的链条，双手插在口袋里，轻蔑地眯缝着眼睛，严厉地回答着一个站在他面前的先生的问题。他一听见另一边入口处有人上楼就回过头去，看见是那个租用他们头等房间的俄国伯爵，就恭恭敬敬地从口袋里抽出手，鞠了一躬，报告说刚才有个信差来过，租用别墅的事已经办好，经理准备签订合同了。

“啊！那太好了！”伏伦斯基说，“太太在家吗？”

“太太出去散步已经回来了。”茶房回答。

伏伦斯基摘下头上宽边的软礼帽，用手帕擦擦汗滋滋的前额和头发。他的头发长得遮住半个耳朵，往后梳，掩盖着他的秃顶。他心不在焉地向那个还站在那里向他凝视的先生望了望，正要走开。

“这位俄国先生也问起您呢。”茶房头儿说。

伏伦斯基带着一种又烦恼又期待的复杂心情——烦恼的是无论走到哪里都逃避不了熟人，期待的是能找到什么事来调剂一下单调的生活——回头望望那个走开又站住的先生。就在这同一时刻，两人的眼睛都发亮了。

“高列尼歇夫！”

“伏伦斯基！”

这真的是伏伦斯基在贵胄军官学校的同学高列尼歇夫。高列尼歇夫在学校里是个自由派，以文官资格毕业，但哪里也没有供过职。两个朋友毕业后就各奔前程，这以后只见过一次面。

那次见面，伏伦斯基知道高列尼歇夫选择了一种自命不凡的自由派的活动，并且蔑视伏伦斯基的事业和地位。因此，伏伦斯基见到高列尼歇夫，就用他惯用的那种冷淡而高傲的态度来对待他，意思就是说：“您喜欢不喜欢我的生活方式，我都无所谓。您要了解我，就得尊敬我。”然而高列尼歇夫对伏伦斯基说话还是带着轻蔑和冷淡的口气。这次见面看来只会加深他们的隔阂。可是现在他们彼此一认出来，就容光焕发，高兴得叫起来。伏伦斯基怎么也没有想到，他看见高列尼歇夫会那么高兴，但他自己恐怕也没意识到他其实是多么无聊。他忘记了上次见面时所留下的不愉快印象，脸上浮起开朗的微笑，向老同学伸出手去。高列尼歇夫脸上不安的神色也被同样的喜悦神色所代替。

“看见你我真高兴！”伏伦斯基说，亲切的微笑使他露出雪白的坚实牙齿。

“我听说来了一位伏伦斯基，但不知道是哪一位。见到你真是太高兴了！”

“我们里面坐。哦，你现在在干什么？”

“我在这里已经住了一年多。我在写东西。”

“噢！”伏伦斯基很感兴趣地说，“我们进去吧。”

接着，他按照俄国人的习惯，凡是不愿让仆人听懂的话不说俄语，却说法语。

“你认识卡列宁夫人吗？我们在一块儿旅行。我现在正要去看她。”他一面用法语说，一面留神地打量着高列尼歇夫的脸色。

“哦！我倒不知道（其实他是知道的）。”高列尼歇夫若无其事地回答。“你来了很久了吗？”他添上一句。

“我吗？第四天。”伏伦斯基回答，又一次留神地打量着老同学的脸。

“是的，他是个正派人，看事通情达理，”伏伦斯基懂得高列尼歇夫脸上表情和转变话题的意义，心里想，“可以把他介绍给安娜，他会通情达理地看待这事的。”

伏伦斯基同安娜在国外度过了三个月，不论遇见什么人，他总是暗暗自问，这个人将怎样看待他同安娜的关系，他发现男人们看待这事多半都是通情达理的。但要是问问他或者问问那些“通情达理”地看待这事的人，究竟他们是怎样看待的，他自己也好，他们也好，都会茫然不知所答。

事实上，伏伦斯基认为有“通情达理”看法的人并没有什么看法，他们只是像一般有教养的人对付从四面八方包围生活的复杂难解的问题那样，抱着彬彬有礼的态度，避免做任何暗示和提出不愉快的问题罢了。他们装出完全理解这种局面的神气，承认它，甚至赞成它，但认为解释这一切是不得体的、多余的。

伏伦斯基立刻看出高列尼歇夫就是这一类人，因此看见他特别高兴。果然，当高列尼歇夫被领到卡列宁夫人面前时，他的态度正是伏伦斯基所希望的。显然，他毫不费力地避开一切不愉快的话题。

他以前没有见过安娜，这会儿见了，深深被她的美貌，尤其是她那种随遇而安的落落大方态度所激动。当伏伦斯基带着高列尼歇夫进去的时候，她的脸红了。他非常喜欢她开朗而美丽的脸上的这种孩子气的红晕。他特别喜欢她当着客人的面，仿佛怕人家误会，有意亲热地叫伏伦斯基“阿历克赛”，并且说他们将搬到这里叫别墅的新租房子里去。高列尼歇夫喜欢她这种对自己处境若无其事的大方态度。他认识伏伦斯基，也认识卡列宁，因此瞧着安娜这种诚恳快乐、生气勃勃的模样，觉得十分了解她。

他觉得他理解这件她自己完全无法理解的事情：那就是她抛弃了丈夫和儿子，使丈夫遭到不幸，自己也坏了名誉，却还能这样生气勃勃，感到如此幸福。

"这房子在旅行指南里也有，"高列尼歇夫提到伏伦斯基租用的别墅说，"里面有丁托列托[①]的杰作。是他晚期的作品。"

"我说，天气这么好，我们再到那里去看一下吧。"伏伦斯基对安娜说。

"太好了，我去戴帽子，马上就来。您说今天热吗？"她在门口站住，询问地瞧着伏伦斯基，说。她的脸上又泛起一片红晕。

伏伦斯基从她的目光中看出，她不知道该用什么态度对待高列尼歇夫，她怕她的举动不合他的心意。

他用温柔的目光对她望了一阵。

"不，不太热。"他说。

安娜觉得什么都明白了，主要是明白他对她的举动很满意。接着，对他嫣然一笑，快步走出门去。

两个朋友对望了一眼。两人脸上都出现了迟疑的神色，高列尼歇夫显然很欣赏她，想说句恭维话，可是想不出来。伏伦斯基呢，又希望又害怕他这样说。

"那么，"伏伦斯基为了找点话说，便先开口，"那么你在这里定居吗？你是不是还在干那一行？"他继续说，想到人家告诉他高列尼歇夫在写作什么……

"是的，我在写《两个原理》的第二部，"高列尼歇夫听到这话，高兴得涨红了脸，"说得确切一些，我还没有写，但在作准备，在收集材料。第二部的内容将要广泛得多，几乎触及一切问题。在我们俄国，大家不愿意承认我们是拜占庭的后代。"他热烈地滔滔不绝谈起来。

高列尼歇夫像谈什么名著一样谈到的《两个原理》第一部，伏伦斯基实在不知道，因此起初觉得很窘。后来，高列尼歇夫开始叙述他的见解，伏伦斯基虽然对《两个原理》一无所知，但能听懂他的意思，就津津有味地听着，因为高列尼歇夫讲得很动听。但高列尼歇夫在谈到他所研究的题目时那种怒气冲冲的激动模样，却使伏伦斯基感到惊奇和不快。高列尼歇夫越说眼睛越亮，越急于反驳他的假想敌人，脸上的神色也变得越发激动和愤慨。伏伦斯基回想起高列尼歇夫原是个瘦削、活泼、善良和高尚的孩子，在学校里总是名列第一，也就怎么也无法理解他现在为什么这样愤怒，也不赞成

---

① 丁托列托（1516—1594），意大利文艺复兴时期威尼斯画派画家，名作有《天堂》《圣马可的奇迹》《最后的晚餐》等。

他这样急躁。他特别不高兴的是，像高列尼歇夫这样教养有素的人竟会变得像讨厌的无聊文人一样。犯得着这样吗？伏伦斯基不喜欢这样，但他觉得高列尼歇夫是不幸的，他可怜高列尼歇夫。他的不幸简直像是精神错乱，这可以从他激动的漂亮的脸上看出来，因为连安娜进来他也没有发觉，仍旧情绪激昂地急急忙忙谈他那些事情。

当安娜戴好帽子，披上斗篷，用她纤细的手摆弄着阳伞，站在旁边时，伏伦斯基松了一口气，摆脱了高列尼歇夫紧盯住他的贪婪的眼睛，带着新的爱意瞧了一眼他那迷人的生气蓬勃的快乐女伴。高列尼歇夫好容易才镇静下来，开头有点沮丧和忧郁，但对谁都亲切温柔的安娜，很快就以她淳朴而快乐的态度使他活跃起来。她试用了各种不同的话题，然后引到绘画上去。高列尼歇夫谈得很精彩，她留神听着。他们徒步走到他们所租的那座房子，进去观看了一番。

“有一点我很高兴，”回来的路上安娜对高列尼歇夫说，“阿历克赛将有一间出色的画室。你一定要使用那间屋子。”她用俄语对伏伦斯基说，并且亲切地用“你”来称呼他，因为她懂得，高列尼歇夫将成为他们隐居生活中的密友，在他面前不用顾忌。

“你画画吗？”高列尼歇夫连忙转身问伏伦斯基。

“是的，我早先学过，现在又开始画了。”伏伦斯基红着脸说。

“他很有才气，”安娜快乐地笑着说，“当然，我不是行家！不过行家也这么说过。”

8

安娜在她获得自由和迅速复原的初期，觉得自己太幸福了，幸福得简直不可饶恕。她浑身充满生的欢乐。回忆丈夫的痛苦并没有损害她的幸福。一方面，这种回忆太可怕了，她不愿去想；另一方面，她丈夫的痛苦又使她太幸福了，因此她一点也不后悔。回想她病后发生的种种事情：同丈夫和解、决裂，伏伦斯基的负伤，他的重新出现，准备离婚，离开丈夫的家，同儿子诀别——这一切她觉得就像一场怪诞的梦。她同伏伦斯基到了国外，才从这场梦中清醒过来。回想到她对丈夫所犯的罪过，她产生了一种嫌恶的感觉，好像一个将要灭顶的人甩掉一个抱住他的人一样。那个人就这样淹死了。这样做当然是卑鄙的，却是她唯一获救的办法。这些可怕的事还是不要去想的好。

在刚同丈夫决裂的时候，她对自己的行为有过一种自我安慰的想法。如今记起种种往事，又产生了这样的想法。“我使这个人痛苦是无可奈何的，”她想，“但我不愿利用他的痛苦。我现在也很痛苦，今后也会痛苦的：我失去了最宝贵的东西——我的名誉和儿子。我做了坏事，因此我不指望幸福，不指望离婚，我将忍受耻辱，忍受离开儿子的痛苦。”但是，不论安娜怎样真心实意地愿意受苦，她其实并不痛苦。她也不觉得有什么羞耻。在国外，他们避免同俄国女人接触，巧妙地避免撒谎作假，过虚伪的日子。他们在各地遇见的人，总是装得很了解他们的关系，了解得甚至比他们自己更清楚。离开心爱的儿子，最初她也不觉得痛苦。女儿是他的孩子，长得十分可爱，深受安娜的宠爱，因为只剩下她这样一个孩子，安娜就格外宝贝，更难得想到儿子了。

随着健康恢复而增长的生的欲望是那么强烈，生活环境又是那么新鲜，那么使人愉快，安娜觉得自己幸福得不可饶恕。她对伏伦斯基越了解，就越爱他。她爱他，为了他，也为了他对她的爱情。能够完全占有他，这一直使她感到快乐。同他亲近，她总觉得很快乐。她对他的性格特点越来越了解，觉得他无比亲切可爱。他改穿便服后的翩翩风度格外迷惑她，就像迷惑着一个初恋的少女一样。不论他说什么，想什么，做什么，她都觉得特别崇高，特别美好。她对他的迷恋连她自己都感到吃惊：她竭力想在他身上找出一点不好的东西，可是怎么也找不到。她不敢在他面前暴露自卑感，她觉得这种情绪万一被他发觉，他可能不再爱她。现在她再没有比失去他更可怕的事了，虽然毫无理由这样害怕。她不能不感激他对她的情谊，不能不表示她多么珍重这样的情谊。照她看来，他显然赋有从事政治活动的才能，理应担任重要的职务，但他却为她牺牲了功名，并且从无怨言，他对她越来越宠爱，时刻留意不使她觉得所处的地位不光彩。像他这样一个男子汉大丈夫，不仅从来不敢违抗她的心愿，而且简直毫无自己的意志，总是一味迁就她。她不能不珍惜这份情谊，虽然他对她的过分体贴和无微不至的照顾，有时使她觉得受不了。

不过，伏伦斯基实现了他的宿愿，却并不觉得特别幸福。不久他就觉得，这种欲望的满足只是他所期望的幸福中的沧海一粟。他看到满足于这种欲望，就是犯了人们常犯的那种无法挽救的错误，人们往往把欲望的满足看成幸福。在他同她结合、改穿便服的初期，他尝到了以前没有尝到过的自由的快乐，自由恋爱的快乐，因此感到很满足，但这样的感觉并没有维持多久。他很快就觉得心灵里产生了一种最难满足的欲望，一种百无聊赖的情绪。他不由自主地抓住这种刹那间的怪念头，把它当作愿望和目的。每天都得设法消磨十六个小时，因为在国外他们过的是无拘无束的生活，远离彼得堡那种耗费时光的社交生活。至于以前在国外享受过的单身汉生活的乐趣，伏伦斯基现在连想都不敢想了，因为他稍作这样的尝试，同几个朋友晚餐回来得迟一些，就会引起安娜意料不到的忧郁和烦恼。同当地人士和俄国侨民交际，又因他们的关系不明确而无法进行。游览名胜古迹吧，且不说他们都已经游览遍了，一个俄国知识分子并不像英国人那样把这事看得很重要。

这样，伏伦斯基就像一头饥不择食的动物，不由自主地忽而研究政治，忽而阅览新书，忽而从事绘画。

他从小就有绘画的才能，现在又不知道该往哪里花钱，于是开始收集版画，自己也画起画来，把要求消耗的过剩精力都放在这件事上。

他赋有鉴赏艺术和别具一格地模仿艺术品的才能。他自以为具备做一个艺术家的条件，但在选择哪一类绘画上费了一番踌躇：画宗教画呢，历史画呢，风俗画呢，还是写实画？他懂得各类绘画，不论画哪一类都有灵感，但他根本没有想到他对绘画其实一无所知，他只是兴之所至地画着，不管画出来的东西像哪一类。他不懂得这一点，他的灵感也不是直接来自生活，而是间接地从艺术品中所体现的生活中得来的，因此他的灵感来得很快很容易，他画出来的东西也同样很快很容易就做到酷似他所模仿的那种绘画。

在各种画派中，他最喜欢优美动人的法国画。他就模仿这种绘画，给穿着意大利服装的安娜画肖像。这幅肖像他自己和看到的人都认为画得很成功。

9

这座古老荒废的宫殿式别墅有高高的雕花天花板和壁画，镶木地板，高大的窗门上挂着厚实的黄窗帘，花架和壁炉上摆着大花瓶，门上雕着花，阴暗的大厅里挂着许多图画。他们搬进去以后，这座别墅的外表使伏伦斯基有一种愉快的错觉，仿佛他并不是一个俄国地主，一个退职的军官，而是一个开明的艺术爱好者和保护人，而且还是一名清高的艺术家，为了心爱的女人放弃了社交活动、亲友和功名。

伏伦斯基住进这座别墅后，他安排的活动也很得体。他通过高列尼歇夫的关系认识了几个有趣的人物，开头一个时期生活得优游自在。他在一位意大利美术教授的指导下练习写生，并研究意大利中世纪生活。这种生活使伏伦斯基着了迷。他甚至按照中世纪的样子戴帽子，把斗篷搭在一边肩膀上。这种打扮对他倒是挺合适的。

“我们住在这里，简直什么也不知道。”有一次伏伦斯基对一早走来看他的高列尼歇夫说。“你见过米哈伊洛夫的画吗？”他递给高列尼歇夫一份早晨刚收到的俄国报纸，指着上面的一篇文章说。这篇文章是写一位也住在这个小城里的俄国画家的，他刚完成一幅传说已久的画，但这幅画已被人家定购去了。文章谴责政府和美术学院对这样一位杰出的画家不予奖励和帮助。

“见过了，”高列尼歇夫回答，“当然，他不是没有才能，但走的完全是邪路。他对待基督，对待宗教画还不是伊凡诺夫、施特劳斯、雷农[1]那一套？”

“他画的是什么？”安娜问。

“基督在彼拉多[2]面前。基督被新派现实主义画成犹太人了。”

话题一转到高列尼歇夫最喜爱的绘画上，他就滔滔不绝地议论起来：

“我真不明白他们怎么会犯这样大的错误。在艺术大师们的作品里，基督的形象已经定型了。因此，如果他们不画上帝，而要画革命家或者圣贤，他们尽可以挑选历史人物，如苏格拉底、富兰克林、夏洛特·科尔德，又何必挑选基督呢？他们所挑选的基督恰恰是艺术上无法表现的人物，再说……”

“那位米哈伊洛夫真的那么穷吗？”伏伦斯基问，他自以为是个庇护文艺的俄国财主，因此不管他画得怎样，都应该帮助他。

“我看不见得。他是一位杰出的肖像画家。他画的华西里奇科娃像您见过吗？不过，他可能不再画肖像了，因此生活很拮据。我是说……”

“能请他给安娜·阿尔卡迪耶夫娜画幅像吗？”伏伦斯基问。

“给我画像做什么？”安娜说，“你已经替我画了像，我再不要别人画了。还不如给安尼（她这样叫她的女儿）画一张吧。啊，她来了。”她望了一眼窗外那个抱着婴儿走进花园的漂亮的意大利奶妈，添上说。接着又偷偷地瞟了伏伦斯基一眼。这个漂亮的意大利奶妈，伏伦斯基替她画过头像，是安娜生活中唯一的隐患。伏伦斯基给她写了生，很欣赏她的美丽和中世纪式的风韵。安娜心里也不敢承认，她唯恐吃这个奶妈的醋，因此特别宠爱她和她的小儿子。

伏伦斯基也向窗外望了一眼，又望望安娜的眼睛，立刻又转身对高列尼歇夫说：

“你认识那位米哈伊洛夫吗？”

“我见到过他。他是个怪物，一点教养也没有。说实在的，他是时下常见的那种野蛮的新派人，就是在没有信仰、否定一切和唯物主义的思想直接影响下培养出来的自由思想家。从前，”高列尼歇夫说，没有注意到或者是不顾安娜和伏伦斯基都想说话，“从前的自由思想家是用宗教、法律和道德观念培养起来，经过自身的奋斗和努力才领会自由思想的；现在却出现了天生的新式自由思想家，他们甚至不知道世界上还有道德、宗教，还有权威，他们是在否定一切的思想中成长的，所以说他们是野蛮

---

① 伊凡诺夫（1806—1858），俄国画家，在一些宗教题材的作品中，能表现人物的性格特征和自然色彩的复杂性。施特劳斯（1808—1874），德国哲学家，认为耶稣是历史上的人物而不是神。雷农（1823—1892），法国宗教史家，著有《耶稣传》。

② 彼拉多是古罗马巡抚，钉耶稣于十字架上，事见《新约全书·马太福音》。

人。他就是这种人。他大概是莫斯科宫廷总管的儿子，没有受过任何教育。后来进了美术学院，有了名气，他也不是傻子，就想再受点教育。他开始阅读他认为是知识源泉的杂志。我对您说，从前不管是谁，就说法国人吧，想受点教育总是先研究各种古典作品：神学啦，悲剧啦，历史啦，哲学啦，那些摆在他面前的智慧成果。可是现在呢，人们一下子掉进否定主义的书堆里，马上沾染了否定主义的习气，就是这样。不仅如此，二十年前还能够在这种书籍里发现同权威抵触、同几世纪以来的传统观念抵触的地方，还能够从这种抵触中发现别的东西；可是现在呢，一下子就陷进这种书籍里，甚至不屑同旧观念争论，明目张胆地说：除了进化、自然淘汰和生存竞争，什么也没有，就是这样。我在我的文章里……"

"我说，"安娜说，她早就偷偷同伏伦斯基交换着眼色，知道伏伦斯基对这位艺术家的教养不感兴趣，他只是想帮助艺术家，请他画一幅肖像罢了，"我说，"她毅然打断谈得津津有味的高列尼歇夫，"我们去看看他！"

高列尼歇夫镇静下来，高兴地同意了。这位画家住得很远，他们决定乘马车去。

一小时后，安娜同高列尼歇夫并排，伏伦斯基坐在前座，一起来到远处住宅区里一座漂亮的新房子门前。出来迎接的看门人妻子告诉他们，米哈伊洛夫通常是在画室里见客的，但此刻他在几步外的寓所里。他们就请她把名片递给他，要求让他们看看他的画。

10

伏伦斯基伯爵和高列尼歇夫的名片送进来的时候，画家米哈伊洛夫照例正在工作。早晨，他在画室里画一张巨幅油画。回到家里，他对妻子大发雷霆，怨她不会对付前来讨账的房东太太。

"我对你说过二十回了，叫你不要多啰唆。你本来就很傻，再用意大利话啰唆，那就傻上加傻了。"争论了好一阵以后，他这样说。

"那你不该拖欠这么久，这不能怪我。要是我有钱……"

"看在上帝分上，你让我安静点吧！"米哈伊洛夫带着哭声嚷道。接着他捂住耳朵，走到隔壁工作室里，随手把门锁上。"傻婆娘！"他自言自语，在桌旁坐下来，打开画夹，格外起劲地继续画那张开了头的素描。

他平时工作，从来没有像在生活困难，尤其是在同妻子吵嘴的时候那样卖力，那样顺利。"唉，真想逃到什么地方去呀！"他一面工作，一面想。他正在画一个怒气冲天的人物。这张画是以前画的，但他不满意。“不，那一张好一点……放到哪儿去了？”他回到妻子那里，皱着眉头，眼睛没有看她，却问大女儿，他给她们的那张纸哪里去了。这张被丢掉的画稿找到了，但弄得很脏，沾满了蜡烛油。他把画稿放在桌上，身子退后一点，眯起眼睛，打量它。他忽然微微一笑，快乐地摆了摆手。

“对啦，对啦！”他说，拿起铅笔立刻迅速地画起来。蜡烛的油污点反而使画中人看上去别有风味。

他在画这个人物的时候，忽然想起那个雪茄商刚毅的脸容和突出的下巴，他就照这张脸和这个下巴画下去。他高兴得笑起来。这画像就从没有生气的虚构变得生气勃勃，再也不能改了。这幅画像有了生命，轮廓清楚，无疑已经定形。根据人物的需要，这幅画还可以作些修改，两腿的摆法可以而且应该改一改，左臂的姿势可以重画，头发可以向后梳，但这些改动已不会改变总的形象，只会再去掉一些掩盖人物性格的东西，他仿佛把盖着这像的一层遮布拉掉了；增加的每一笔只是使整个形象更加刚毅，就像蜡烛油滴上去后产生的效果一样。仆人把名片递交给他的时候，他正在小心地画完这幅像。

“就来，就来！”

他走到妻子面前。

“够了，萨莎，别生气了！”他羞怯而温柔地笑着对她说，“你错了。我也错了。一切我都会安排好的。”他同妻子言归于好，穿上天鹅绒领子的橄榄色外套，戴上帽子，到画室去。他已把那幅成功的画像忘记了。这会儿，几位俄国贵客乘四轮弹簧马车来访使他快乐和兴奋。

“对啦，对啦！”他说，拿起铅笔立刻迅速地画起来。

关于画架上的那幅画，他只想到这样的画还从来没有人画过。他并不认为他的画比拉斐尔的画还好，但他知道那幅画里所表现的内容至今没有人表现过。这一点他知道得很清楚，而且在他开始画的时候就知道了；但人家的意见，不管什么意见，对他都很有价值，使他深为感动。任何评语，哪怕是最微不足道的，哪怕评论的人只看到极微小的一点，都使他感激不尽。他总认为评论家的理解比他自己深刻得多，因此总希望听到人家指出他自己没有发觉的毛病。他常常从参观者的意见中发现问题。

他大踏步向画室走去，心情很激动，可是那站在门口阴影处的安娜的妩媚形象仍使他大吃一惊。安娜正在听高列尼歇夫滔滔不绝地谈着什么，显然很想看看这位走拢来的画家。他自己也没有注意，当他走近他们时，就把这最初的印象一下子抓住，吞了下去，就像抓住那个雪茄商的下巴一样，并且把它收藏好，一旦需要时再拿出来。伏伦斯基和安娜事先听了高列尼歇夫对这位画家的介绍已有点失望，现在看到他的外貌就更加失望了。米哈伊洛夫中等身材，体格强壮，步伐轻松，戴着咖啡色礼帽，穿着橄榄色外套和窄小的裤子——虽然当时已流行宽大的裤子——特别是他那张俗气的阔脸，以及那种又畏怯又想装作威严的神情，都给人一种不愉快的印象。

“请进！”他竭力装出若无其事的样子说，接着走进门廊，从口袋里掏出钥匙开了门。

11

走进画室，画家米哈伊洛夫再次打量了一下客人们，把伏伦斯基的面部表情，特别是他的颧骨，记录在头脑里。他的艺术家本能在不停地收集素材，他因为即将听到人家评论他的作品而越发激动，但还是敏捷细致地通过一些不易察觉的特征构成了对这三个人的印象。那个男人（高列尼歇夫）是侨居当地的俄国人。米哈伊洛夫记不起他叫什么名字，在什么地方见过，同他谈过什么话。他只记得那个男人的面孔，就像记得他见过的一切人的面孔那样。他还记得它属于高傲自大和缺乏表情的那一类面孔。浓密的头发和十分开阔的前额使他的脸显得很神气，但脸上只有一种活泼天真的表情，特别明显地表现在狭窄的鼻梁上。伏伦斯基和安娜，在米哈伊洛夫看来，都是有钱有势的俄国人，但也像一切有钱有势的俄国人那样，对艺术一窍不通，却装作艺术的爱好者和鉴赏家。“他们一家已看遍了古董，现在又在周游现代画家、德国江湖骗子、英国拉斐尔前派傻子的画室；到我这儿来也只是为了补齐他们的参观罢了。”他想。他清楚地懂得，那些艺术上的半瓶子醋（他们越聪明越坏）巡视现代画室只有一个目的，就是要断定美术已经衰落，现代画家的作品看得越多就越相信，古代大师们的作品是无法逾越的。这一点，他从他们的脸色上看得出来，从他们互相交谈、观看人体模型和胸像、无拘无束地走来走去、等待揭去画上遮布那种满不在乎的神气上也看得出来。虽然如此，他翻开一张张画稿，拉开窗帘，揭去遮布，还是感到非常兴奋。虽然他认为凡是有钱有势的俄国人都是畜生和傻子，却很喜欢伏伦斯基，尤其是安娜。

“啊，请看！”他步伐轻灵地退到一旁，指着一幅画说。“这是彼拉多的训诫。《马太福音》第二十七章。”他说，自己觉得嘴唇都激动得哆嗦起来。他往后退了几步，站到他们后面。

在来访者默默观看那幅画的几秒钟里，米哈伊洛夫也观看着，用旁观者的冷静眼光观看着。在这几秒钟里，他相信，这几位刚才还被他蔑视的来访者将作出最高明最公正的评判。他忘记了他在作这幅画的三年里对它的想法；他忘记了原以为无可置疑的优点——他用旁观者那种冷静的新眼光看着这幅画，看不出它有什么优点。他看见前景中彼拉多恼恨的脸和基督镇静的脸，还看见后景中彼拉多的仆从和观看动静的约翰的脸。每一张脸都经过长期琢磨，反复修改，都具有不同的性格。每一张脸都曾带给他多少痛苦和欢乐呀，为了全画的协调不知修改过多少次，在处理色彩浓淡和明暗上都曾煞费苦心——这一切如今从旁观者的眼光看来，都千篇一律，庸俗得很。那张成为全画中心的基督的脸，当初他最得意，画成后感到十分高兴，如今他用旁观者的眼光一看，却觉得毫无价值。他看出他所画的（根本谈不上好，他清楚地看出许多缺点）只是模仿提香、拉斐尔、鲁本斯的无数基督像，模仿他们的无数兵士和彼拉多罢了。这一切都很庸俗，贫乏，陈旧，色彩斑驳，笔力软弱，简直画得很糟。客人们当着画家的面说些虚伪的恭维话，背后却在怜悯他，嘲笑他，但这可不能怪他们。

沉默持续了不到一分钟，他却觉得十分难受。为了打破沉默而且表示他并不激动，他强作镇定，对高列尼歇夫说起话来。

“我好像有幸见到过您。”他一面说，一面不安地望望安娜，又望望伏伦斯基，唯恐看漏他们的一丝表情。

“是啊！我们在露西家一次晚会上见过面，那天有位意大利小姐——一位新的拉契尔[1]朗诵剧本。”高列尼歇夫活泼地说，目光毫不留恋地离开那幅画。

不过，他发现米哈伊洛夫在等待他对这幅画发表评语，就说：

“您的画比我上次看到的大有进步。不过，彼拉多的形象像上次那样使我非常感动。你太了解这个人物了，他是个善良可爱的家伙，但又是个彻头彻尾的官僚，他不

① 拉契尔，法国著名悲剧演员。

知道自己在干什么。不过我觉得……”

米哈伊洛夫活泼的脸顿时容光焕发，他的眼睛发亮了。他想说些什么，可是激动得说不出话来，就假装咳嗽，不管他多么轻视高列尼歇夫的艺术鉴赏力，不管高列尼歇夫对彼拉多这个官僚面部表情的正确评语多么无足轻重，不管他的评语多么令人生气地没有接触到要害，米哈伊洛夫还是十分高兴。他自己对彼拉多这个人物的看法同高列尼歇夫一样。这个看法只是米哈伊洛夫所坚信的无数正确看法之一，但他觉得这并没有贬低高列尼歇夫的评语。这个评语使他对高列尼歇夫发生好感，他的心情顿时由沮丧变得兴奋。整幅画在他面前立刻显得生气勃勃，充满丰富多彩得无法形容的生命特征。米哈伊洛夫又想说他很了解彼拉多，可是嘴唇情不自禁地抽搐着，他说不出话来。伏伦斯基和安娜也低声说了些什么。他们故意压低声音，一方面是怕伤了画家的感情，一方面是为了避免大声说出蠢话来。这种蠢话，人们在美术展览会上谈论艺术时，是很容易脱口而出的。米哈伊洛夫觉得这幅画也给他们留下了印象。他走到他们面前。

“基督的神情多么奇妙哇！”安娜说。在整幅画中她最喜欢这表情。她认为这是全画的中心，对它的称赞一定会使画家高兴。“显然他很怜悯彼拉多。”

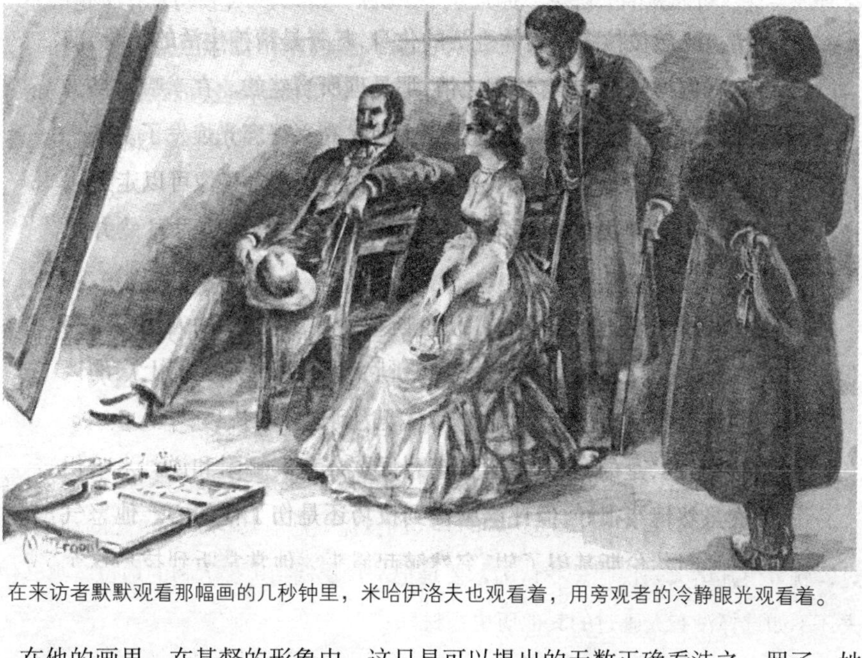

在来访者默默观看那幅画的几秒钟里，米哈伊洛夫也观看着，用旁观者的冷静眼光观看着。

在他的画里，在基督的形象中，这只是可以提出的无数正确看法之一罢了。她说基督怜悯彼拉多。在基督的表情中应该有怜悯，因为在他身上有爱，有天国的宁静，有从容就义和不尚空谈的表情。既然彼拉多是肉体生活的化身，基督是精神生活的化身，前者有官僚神气，后者有怜悯之情，那是理所当然的。在米哈伊洛夫的头脑里又掠过各种各样的思想。他又高兴得容光焕发了。

“嗯，这像是怎么画的，空气多么浓厚！人简直像可以走进去呢！”高列尼歇夫这样评论说，对这幅画的内容和构思显然并不欣赏。

“是的，功力真了不起！”伏伦斯基说。“后景中的人物多么突出！这才是真正的技巧。”他对高列尼歇夫说，暗示他们上次的谈话。那天伏伦斯基表示，他没有希望达到这样的技巧。

“是的，是的，真了不起！”高列尼歇夫和安娜附和说。米哈伊洛夫虽然情绪很好，但评语中提到技巧还是伤了他的心。他怒气冲冲地对伏伦斯基望了望，突然皱起眉头。他常常听到“技巧”这个名词，但他实在不明白它的含义。他知道这个名词一般是指同内容无关的绘画技术。他发觉人们往往把技巧和内在价值对立起来，就像现在这种称赞，仿佛依靠技巧就可以把坏的内容画好似的。他知道，要去掉表面的东西而不损害作品的价值，要把所有表面的东西都去掉，必须十分小心；而描绘艺术品是不能依靠技巧的。要是让孩子或者厨娘看看他所看到的东西，他们也一定会把所有表面的东西剥掉。一个技巧娴熟的老画家，如果头脑里没有内容，光凭技巧是什么也画不出来的。米哈伊洛夫也知道，即使谈到技巧，他也没有资格受到赞扬。在他完成和没有完成的作品里，他看到了刺眼的缺点。这些缺点就由于他在去掉表面东西时不慎重而出现的，现在再修改一定会损害整个作品。他看到，几乎每个人的身体和面孔都留有损害绘画的没有去干净的表面东西。

“只有一点意见，要是您不见怪的话……”高列尼歇夫说。

“啊，那太好了，我正要请教。”米哈伊洛夫勉强笑着说。

“那就是您画出来的是人化的神，而不是神化的人。不过我知道您是有意这样画的。”

“我画不出那个我心里不存在的基督。”米哈伊洛夫不快地说。

“是的，既然这样，您要是让我直说……您的画是那么完美无缺，我的意见是丝毫也不会损害它的。再说，这完全是我个人的意见。您有您的想法，您的动机不同。不过，就拿伊凡诺夫来说吧。我认为，要是把基督贬低到历史人物的地位，那么伊凡诺夫还不如选择没有人画过的其他历史题材好。”

“但这不是摆在艺术面前最伟大的主题吗？”

“存心去找，还是找得到其他题材的。问题在于艺术不能容忍争吵和议论。看到伊凡诺夫的画，不论信徒还是非信徒都会问：这是不是神哪？这样就不能给人一个统一的印象。”

“这是为什么呀？我觉得，有教养的人是不会有什么争论的。”米哈伊洛夫说。

高列尼歇夫不同意这个意见，始终坚持统一的印象是艺术所不可缺少的，驳斥了米哈伊洛夫的话。

米哈伊洛夫很激动，但说不出一句话来为自己的想法辩护。

12

安娜同伏伦斯基早就在相互使眼色，对于这位朋友的能言善辩感到厌烦。伏伦斯基终于不等主人过来，就径自走到另一幅不大的图画前面。

“啊，真美呀，太美啦！真是奇迹！太美啦！”他们异口同声地说。

“什么东西他们那么喜欢哪？”米哈伊洛夫想。他把那幅三年前作的画完全忘记了。他忘记了他几个月里日日夜夜全神贯注地作这幅画时的痛苦和欢乐，就像他平时总是把画好的画都忘记了那样。他连看都不愿看它，现在摆出来展览，只是为了等一个想买它的英国人。

“哦，那只是一幅旧的习作。”他说。

“真美呀！”高列尼歇夫说，显然也被这幅画的美迷住了。

两个男孩子在柳树荫下钓鱼。大的一个刚抛下钓钩，正在灌木丛后面全神贯注地收回浮子；小的一个躺在草地上，双手托着淡黄色乱发的脑袋，一双若有所思的蓝眼睛瞧着水面。他在想些什么呢？

对这幅画的赞赏唤起了米哈伊洛夫旧日的兴奋，但他害怕并且不喜欢无谓的怀旧情绪，因此，他听了这种赞赏虽然很高兴，还是想让来访者观看第三幅画。

伏伦斯基却问这幅画卖不卖。米哈伊洛夫被来访者的称赞弄得很兴奋，听到有关金钱的话，觉得很不快。

“摆出来就是卖的。”他闷闷不乐地皱着眉头回答。

等来访者们走了，米哈伊洛夫在那幅彼拉多和基督的画前坐下来，心里重温着他们说过的话，以及虽然没有说过但是暗示过的话。说也奇怪，当他们在这里的时候，当他按照他们的观点看待问题的时候，有些意见他认为十分重要，可是这时这些意见忽然变得毫无意义了。他开始用纯粹艺术家的目光来看待自己的画，这才满心相信它是完美的，因此也是有价值的。只有具备这样的信心，才能排除一切干扰，集中精力作画。只有这样，他才能好好工作。

基督的一只脚照透视学看来是画得不正确的。他拿起调色板，工作起来。他一面修改那只脚，一面不断地注视着后景中约翰的像。这像来访者们都没有注意，但他觉得是完美无缺的。改好脚，他想把整个像再加加工，但心情太激动了，无法再动笔。当他过分冷静的时候，他无法工作；当他过分兴奋，什么都看得一清二楚的时候，同样无法工作。只有从冷静到产生灵感，在这个过渡阶段，他才能工作。可是今天他太兴奋了。他刚想把画遮起来，却又站住，手里拿着遮布，得意扬扬地微笑着，对约翰的形象看了好一阵。最后他才恋恋不舍地放下遮布，又疲劳又幸福地走回家去。

伏伦斯基、安娜和高列尼歇夫回家途中特别兴奋和快乐。他们谈论着米哈伊洛夫和他的画。“才气”这个东西被他们看成是一种同智慧和感情无关、近乎生理的天赋能力。他们用这个词来解释画家的一切感受。在他们的谈话里，这个词用得特别多，因为他们非用它来说明他们一窍不通而偏偏要谈论的东西不可，他们说他的才气是无可否认的，但他的才气因为缺乏教养——俄国画家的通病——而不能发挥。但那幅表现两个男孩子的画却深印在他们的头脑里，他们几次三番谈到它。

“真是太美啦！他画得多么朴素，多么成功！他自己还不知道这幅画有多么出色。是的，不能错过机会，一定要把它买下来。”伏伦斯基说。

13

米哈伊洛夫把他的画卖给了伏伦斯基，并答应替安娜画一幅肖像。在约定的那一天，他来了，动手工作。

这幅肖像连续画了五次，结果使大家惊叹不止，特别是伏伦斯基，因为它不仅十分逼真，而且具有一种特殊的美。真奇怪，米哈伊洛夫怎么能发现她那种特有的美。“要像我这样了解她，爱她，才能抓住她那最可爱的灵魂的表现。”伏伦斯基想，虽然他自己也是通过这幅画才真正领略她最可爱的灵魂的表现的。但这表情是那么真挚，使他和其他人都觉得他们早就熟悉了。

“我努力画了那么多时间，毫无成绩，”他说到他自己替她画的那幅像，“而他只看了看，就画出来了。这就叫技巧。”

“不要急！”高列尼歇夫安慰他说。他认为伏伦斯基既有才能，又有卓越的艺术素养。高列尼歇夫相信伏伦斯基的才能还有一原因，就是他需要伏伦斯基对他的文章和思想表示赞同和欣赏，他认为赞赏和支持应该是相互的。

在别人家里，特别是在伏伦斯基的别墅里，米哈伊洛夫同在自己画室里完全不同，好像换了一个人。他仿佛害怕同他所不尊敬的人接近，总是抱着敬而远之的态度。他对伏伦斯基称“阁下”，并且不顾安娜和伏伦斯基的盛情邀请，从来不留下来吃饭，除了画画也从来不上他们家的门。安娜待他比待谁都亲切，因为画像而很感激他。伏伦斯基对他更是毕恭毕敬，显然很想听听这位画家对他的画的意见。高列尼歇夫从不放过机会向米哈伊洛夫灌输真正的艺术观。但米哈伊洛夫对他们依旧十分冷淡。安娜从他的目光中察觉他很喜欢看她，但他避而不同她谈话。伏伦斯基谈到他的画，他总是固执地保持沉默。人家拿伏伦斯基的画给他看，他也同样固执地保持沉默。显然，他讨厌高列尼歇夫的谈话，但也不去反驳他。

总之，当他们较深地了解了米哈伊洛夫的为人以后，他们对他那种拘谨而不愉快，几乎近于敌意的态度，都很反感。等到写生完毕，他们拿到一幅优美的肖像，他就不再上门了，这时大家都如释重负。

高列尼歇夫第一个说出了大家心里的想法，就是米哈伊洛夫只是嫉妒伏伦斯基罢了。

“就算他因为自己有才能并不嫉妒；但是一个宫廷官员，一个富家子弟，再说还是位伯爵（要知道他们一提到爵位都是深恶痛绝的），没有经过勤学苦练，居然也能从事那种他米哈伊洛夫毕生献身的工作，即使没有超过他，也毕竟使他恼火。尤其因为他缺乏那样的教养。”

伏伦斯基嘴上替米哈伊洛夫辩护，心里却也相信高列尼歇夫的看法，因为照他看来，一个属于下层社会的人是不可能不嫉妒的。

伏伦斯基和米哈伊洛夫都替安娜写生，他们的画照理应该让伏伦斯基看出他们两人之间的差别，可是他却看不出来。直到米哈伊洛夫的画完成以后，他才决定停笔不再替安娜画像，认为没有必要再画下去了。至于那幅表现中世纪生活的画，他却继续画下去。他本人，还有高列尼歇夫，特别是安娜，都认为他画得不错，因为他的画比米哈伊洛夫的画更近似名画。

至于米哈伊洛夫，他虽然热衷于替安娜画像，但当写生完毕，可以不再听高列尼歇夫有关艺术问题的谬论，可以把伏伦斯基的绘画忘记时，他就显得比他们更高兴。他知道不能禁止伏伦斯基对绘画喋喋不休，也知道这些艺术上的半瓶子醋享有要画什么就画什么的权利，但他总觉得嫌恶。一个人用蜡塑造了一个大玩偶，并且去亲吻它，你也不能禁止他呀！但要是这个人带了玩偶走来，坐在一个正在谈恋爱的人面前，并且动手抚爱这玩偶，就像谈恋爱的人抚爱他的情人那样，那就会使谈恋爱的人觉得嫌恶了。米哈伊洛夫看见伏伦斯基的画，他所感到的就是这种嫌恶。他觉得又好笑又好气，又可怜又可恨。

伏伦斯基对绘画和中世纪的迷恋并没有持续多久。他对绘画的滋味领略得够了，再也无法把那幅画画完。画到一半停止了。他模模糊糊地感觉到，它的缺陷开始时还不显著，但要是继续画下去，就会叫人受不了。他和高列尼歇夫有同样的感觉。高列尼歇夫觉得他没有话可说，经常用构思还未成熟和正在收集材料来欺骗自己。高列尼歇夫痛恨这样的情况，但伏伦斯基呢，他既不会欺骗自己，也不会折磨自己，更不会痛恨自己。他性格果断，既不作解释，也不进行辩护，就搁笔不画了。

但是，不画画，伏伦斯基觉得他和安娜——她对他的灰心丧气感到惊奇——在意大利的生活太乏味了，宫殿式别墅突然显得那么破旧肮脏，窗帘上的污点、地板的裂缝和檐板上剥落的灰泥又都那么刺眼，老是高列尼歇夫、意大利教授和德国旅行家，又那么叫人讨厌，因此非改变一下生活不可。他们决定回国，住到乡下去。在彼得堡，伏伦斯基打算同他哥哥分家，安娜则想看看儿子。他们打算在伏伦斯基家乡的大庄园里过夏天。

14

列文结婚有两个多月了。他很幸福，但完全不像预期的那样。他时刻感到以前的梦想破灭了，同时却遇到新的意料不到的赏心乐事。列文很幸福，但开始家庭生活以后，他处处发现，事情同他原来的想法截然不同。他处处感到好像那种欣赏过别人在湖上平稳而幸福地泛舟的人，一旦自己坐到船上，感受就完全不同了。他发现，泛舟并非只是平平稳稳地坐着，没有什么摇摆，而是需要思考，片刻不能忘记该往哪儿航行，不能忘记脚下是水，必须不停地划桨，而没有划惯桨，双手是很痛的。这事看起来容易，做起来虽说有趣，却很费劲。

在他独身的时候，看到别人的夫妇生活，看到他们琐碎的家务、争吵、吃醋，他就在心里嘲笑他们。照他看来，他未来的夫妇生活不仅不会产生这种情况，而且整个家庭生活方式也将与众不同。没想到他同妻子的生活不仅没有什么与众不同，而且也充满琐碎的家务。这种琐碎的家务以前他不屑一顾，如今却显得如此重要，无法回避。列文看到，所有这些家务并不像以前所想的那么容易处理。尽管列文自以为对家庭生活持有最正确的观点，但他也像一切男人那样，不知不觉把家庭生活纯粹看作爱情的享受，不应遇到任何阻碍，也不该受任何琐事的干扰。他认为他应该专心做他的工作，工作以后在爱情的幸福中得到休息。她应当被宠爱，此外再不能有别的要求了。他也同一切男人一样，忘记她也需要工作。他感到惊奇的是，他那个像诗一样美的吉娣，在婚后头几个星期，甚至开头几天，就在考虑和张罗着桌布、家具、客房床垫、托盘、厨子、饭菜等家务。还在他们订婚以后，她就拒绝出国旅行，决定回乡生活，仿佛她知道什么事该做，什么事不该做。除了爱情，她还能考虑别的事。她的果断使他吃惊。这种态度当时曾使他不愉快，如今她这样操劳家务，又多次引起他的烦恼。他看出她需要这种操劳。他不明白她为什么这样忙忙碌碌，并且嘲笑种种琐事，但他爱她，不能不欣赏她的这些活动。他嘲笑她怎样摆设从莫斯科运来的家具，怎样重新布置她自己的房间和他的房间，怎样挂窗帘，怎样为来客和陶丽准备好客房，怎样给她的新侍女安排房间，怎样吩咐老厨子准备饭菜，怎样同阿加菲雅吵嘴，从她手里接管了食品贮藏室。他看到老厨子怎样笑嘻嘻地欣赏她，听着她那些缺乏经验的不切实际的吩咐。他看到阿加菲雅对这位年轻主妇就贮藏室作出的新安排怎样若有所思地慈祥地摇着头。他看到吉娣又哭又笑地走来向他诉苦，说侍女玛莎仍把她当小姐看待，因此谁也不听她的话，他却觉得她格外可爱。他觉得这很有趣，也很新奇。但他想，要是没有这些事，那就更好了。

他不懂得她婚后心情的变化。她在娘家有时很想吃点卷心菜加克瓦斯或者糖果，可是吃不到。如今她可以随意吩咐，要买多少糖果就买多少糖果，要花多少钱就花多少钱，要定制什么点心就定制什么点心。

现在她满心希望陶丽带孩子们来住一阵，尤其因为她可以给孩子们定制各人喜爱的点心，陶丽也准会赞扬她家务上的种种新安排。她自己也弄不懂是什么道理，但家务对她确实有一种不可抗拒的吸引力。她凭本能感觉到春天临近了，她也知道将会有春雨绵绵的日子，就加紧筑巢，边筑边学筑巢的方法。

吉娣悉心操持琐碎的家务，这同列文原先崇高的幸福观极其格格不入。这也是他失望的一个原因。不过他尽管不理解她这种操心的意义，却觉得她很可爱，情不自禁地加以欣赏，把它看作一种新的赏心乐事。

另一种失望和赏心乐事就是吵嘴。列文从来没有想到，他同妻子除了温存、尊敬和恩爱之外还可能有别的态度。婚后没有几天，他们竟突然吵嘴了。她说他并不爱她，只爱他自己，说着就哭起来，摆动双手。

他们第一次吵嘴是因为列文到一个新的田庄去，回家时想抄近路，结果迷了路，迟到半小时。他一路上都想着她，想着她的恩爱，想着自己的幸福。离家越近，对她的爱情也越热烈。他怀着当初到吉娣家去求婚那样热烈，甚至比那时还要热烈的感情冲进房里，没想到遇到的竟是他在她脸上从没见过的一种忧郁的表情。他想吻她，却被她一把推开了。

“你怎么啦？”

“你倒开心……”她开口说，竭力想装得镇定而刻毒。

但她一开口，责备、莫名其妙的醋意、刚才一动不动地呆坐窗前半小时所经受的折磨，就一股脑儿发泄出来。这当儿，他才清楚地明白了他在婚礼结束后把她从教堂里领出来时还没有明白的事情。他明白了她不仅同他十分亲近，而且明白了他们两人之间的界线现在已分不清了。这一层，他是从刹那间出现的双重心理中懂得的。他先是很生气，但立刻又觉得他不能生她的气，因为她同他是两位一体，不能分成你我的。他最初一刹那的感觉就像一个人背后突然受到一记沉重的打击，但等到他怒气冲冲地回过身去，想找到仇人报复，却发现原来是他自己无意中打了自己一下，他不好对谁生气，只得默默地忍受疼痛，自己安慰自己。

后来他再也没有如此强烈地产生过这种感觉，但此刻他心里久久不能平静。他很自然地想替自己辩护，向她证明是她错了；但证明她错就会更加激怒她，就会扩大那条成为一切痛苦根源的裂痕。照习惯他想把过错加到她身上；但另一种更加强烈的情绪却要他尽快消除裂痕，不让它扩大。这种莫须有的责难确实使他很难过，但进行辩解，使她痛苦，那就更糟。好像一个人在半睡不醒中感到一阵剧痛，想把身上的痛处挖掉、除去，等到苏醒过来，才明白原来全身都在作痛。除了默默忍受以外，没有别的办法，于是他就竭力克制自己。

他们和好了。她知道自己错了，但嘴里没有承认，只是对他更加温柔。他们加倍体会到爱情的幸福。但这并不等于说以后再不会发生类似的冲突；冲突甚至发生得更加频繁，而且往往是由于一些意想不到的小事引起的。发生这一类冲突常由于彼此还不了解对方的脾气，由于结婚初期两人的情绪常常不正常。当一个情绪好，另一个情绪不好的时候，和睦还不会遭到破坏；但当两人都情绪不好时，就会因一些微不足道的小事发生冲突，事后甚至记不起来，他们究竟为什么吵嘴。不错，当两人都心情愉快的时候，他们的生活就加倍幸福。但结婚初期对他们来说毕竟是一段不好过的日子。

在婚后最初一段日子里，他们感到特别紧张，仿佛有一条链子把他们系住，从两端拉紧。总之，他们的蜜月，也就是婚后的第一个月，列文对它怀着满腔希望，结果不但并不甜蜜，而且是他们一生中最委屈痛苦的日子。当时他们确实难得心平气和，无法控制自己的情绪。他们后来却竭力想把这段不愉快日子里种种不正常的可耻情况从记忆里抹掉。

直到婚后第三个月，在莫斯科住了一个月回家以后，他们的生活才开始过得比较平稳。

15

他们刚从莫斯科回来，剩下两人在一起，感到很高兴。列文坐在书房的写字台旁写东西。吉娣穿着那件婚后最初几天穿过，因此他特别喜爱、特别欣赏的深紫色连衫裙，坐在从列文的祖父起一直摆在书房里的那张老式皮沙发上绣花。他一面想，一面写，一直快乐地意识到她就坐在身边。他没有放弃他的农事，也没有停止写他那部要阐明他的新农业体制基本观点的著作。过去，他觉得这些活动和思想同笼罩着他生活的阴影比较起来都是微不足道的；而现在，他觉得它们同未来生活的光辉灿烂的幸福比较起来同样是无足轻重的。他继续从事他的工作，但觉得他的注意重心转移了，因此对工作也就有了更加明确的看法。以前，这些工作只是他逃避生活的手段。以前，他觉得没有这些工作他的生活就太无聊。而现在，他需要这些工作是为了避免幸福的生活过分单调。他又拿起稿子，把写好的东西重读一遍。他高兴地发现这工作还是值得做的。这是一项新鲜而有益的工作。他觉得以前许多想法未免有些偏激。他重新回顾全部事业，许多没有解决的问题都变得明确了。他正在写新的一章，论述俄国农业衰落的原因。他论证俄国贫穷的原因不仅在于土地所有权分配的不合理和方针的错误，还由于俄国近来不合理地引进外来文明，特别是交通事业、铁路，促使城市人口集中，奢侈成风，工业、信贷和随之产生的交易所投机事业恶性发展，因而损害了农业。他认为，只有当国家的财富正常发展，相当多的劳动力用在农业上，农业处于合理的至少是稳定的状态，真正的文明才能出现。他认为，国家财富应当按比例发展，尤其是其他领域的财富不应该超过农业。他认为，交通事业应当同农业相适应，在俄国土地使用不当的情况下，铁路的修筑不是由于经济上的需要，而是出于政治上的原因，因此为时过早，它不仅不能像预期那样促进农业，反而阻碍了农业，促使工业和信贷发展。好像动物身体里某种器官片面的早熟会妨碍身体的全面发育，信贷、交通事业、工厂企业的发展，在欧洲无疑是必要的，时机已经成熟了，可是从俄国财富总的发展上来说，它们只会挤掉整顿农业这个当前的主要课题，造成危害。

“我真希望他回过头来……啊，真希望！”她把眼睛睁得老大，想这样来加强视力。

当他写作的时候，她却想着，在他们离开莫斯科的前夜，年轻的察尔斯基公爵怎样笨拙地向她献媚，引起丈夫的猜疑。“他吃醋了。”她想。“天哪！他这人真可爱，真傻。他在为我吃醋！他不知道这些人在我心目中并不比厨子彼得高明呢。”她一面想，一面怀着一种她自己也觉得奇怪的占有欲，瞧着他的后脑勺和红脖子。“我舍不得妨碍他工作（但他有的是时间），可是真想看看他的脸。他会不会感觉到我在看他？我真希望他回过头来……啊，真希望！”她把眼睛睁得老大，想这样来加强视力。

“是的，他们吸去全部精华，造成一种虚假的繁荣。”他停下笔，喃喃地说，发觉她在笑盈盈地望着他，就回过头来。

“怎么？”他微笑着站起来，问。

“他回过头来了。”她想。

“没什么，我就是要你回过头来。”她说，眼睛盯着他，想看出他有没有因为她打扰他而不高兴。

“啊，我们俩单独在一起真是太好啦！我有这样的感觉。”他走到她面前，脸上洋溢着幸福的微笑，说。

“我真高兴！我哪儿也不去了，特别是莫斯科。”

“那么你在想什么呀？”

“我吗？我在想……不，不，写你的吧，不要分心了，”她噘着嘴说，“现在我要剪这些小孔了，你看见吗？”

她拿起剪刀，剪起来。

“不，你还是说说，你在想什么？”他说着在她身边坐下，注视着小剪刀怎样剪着圆孔。

“嗯，我在想什么吗？我在想莫斯科，想你的后脑勺。”

“为什么这样的幸福正好落在我的头上？真奇怪。但太美了！”他吻着她的手说。

“我倒正好相反，我觉得越幸福，越自然。”

“啊，你有一绺头发松了，”他小心翼翼地把她的头转过来，说，“一绺头发。你瞧，可不是！不，不，我们正在工作呢。”

可是工作继续不下去了。直到顾士玛进来报告茶点已经准备好的时候，他们才像做了什么错事似的慌忙分开。

“他们从城里回来了吗？”列文问顾士玛。

“刚回来，正在拆邮包。”

“你快来，”她一面走出书房，一面对他说，“要不我不等你来就要读信了。让我们去弹个两重奏吧。”

只剩下一个人，他把稿纸放进她买来的新文件夹里，在那随同她一起出现的配有精致用具的新洗脸盆里洗了洗手。列文嘲笑自己的一些想法，不以为然地摇摇头。一种近乎忏悔的心情苦恼着他。他现在的生活有一种可耻的、懒散的、贪图享受的习气。“这样过生活可不好哇！”他想。“唉，将近三个月了，我几乎什么事也没做。今天可以说还是第一次认真工作，可是结果怎样呢？刚一上手，就丢下了。连日常的事务差不多都丢下了。农田我也几乎一直没有去看过，我有时舍不得把她丢下，有时看见她寂寞。从前我以为婚前生活很无聊，没有意思，婚后会开始真正的生活。如今结婚近三个月，我可从来没有这样虚度过光阴。不，这样可不行，得重新开始。当然，她没有过错，不能怪她。我自己应该振作起来，保持男子汉的独立性。要不我会一直虚度光阴，把她也带坏……当然，她是没有过错的。”他自言自语。

不过，要一个心怀不满的人不责怪别人，特别是最亲近的人，那是困难的。列文也模模糊糊地意识到，不能怪她（她不可能有任何过错），却要怪她所受的教育，过分庸俗无聊的教育。（“那个向她献媚的傻瓜察尔斯基说过：我知道她想阻止他，可是无能为力。”列文想。）“是的，除了对家务的兴趣（这种兴趣她是有的），除了打扮和绣花，没有什么事她真正感兴趣。对我的事业也好，对农庄也好，对农民也好，对她擅长的音乐也好，对读书也好，她什么都不感兴趣。她什么事也不做，却心满意足。”列文心里这样责备她，不了解她正在积极准备迎接今后繁重的家务，她是丈夫的妻子，一家的主妇，还将生产、抚养和教育孩子们。他根本没有想到，她凭本能知道今后会有怎样的生活，正在积极迎接这种繁重的劳动，并不因现在享受着无忧无虑的岁月和爱情的幸福而感到负疚，同时正兴致勃勃地筑着她未来的巢。

16

列文走到楼上，看见妻子坐在一把崭新的银茶炊旁边，面前摆着一套崭新的茶具。她让老保姆阿加菲雅坐在一张小桌旁，给她倒了一杯茶，自己正在读陶丽的来信。他们同陶丽经常有书信来往。

“您瞧，您这位太太要我坐着陪她呢！”阿加菲雅说，亲切地对着吉娣微笑。

从阿加菲雅这句话里，列文听出她最近同吉娣发生的纠纷结束了。他看到新主妇尽管夺了阿加菲雅的权力而使她伤心，但还是征服了她，并且赢得了她的欢心。

“你瞧，我把你的信看过了。”吉娣说着把一封文理不通的信交给他。“这大概是你哥哥的那个女人写来的……”她说，“我没有看完。这是我家里和陶丽的来信。你真不会想到，陶丽把格里沙和塔尼雅带到萨玛茨基家去参加儿童舞会，塔尼雅还扮演侯爵夫人呢！”

不过列文并没有注意听她的话；他涨红了脸，接过哥哥旧情妇玛丽雅·尼古拉耶夫娜的信，看了起来。这已是她第二次来信了。在第一封信里，玛丽雅·尼古拉耶夫娜写到，哥哥无缘无故把她赶了出来，还真挚动人地说，她虽然又落到很贫穷的地步，但她一无所求，一无所想，只是担心尼古拉·德米特里耶维奇身体这样虚弱，她不在旁边他会死去。她要求做弟弟的照顾他。现在她又来信了。她找到了尼古拉·德米特里耶维奇，在莫斯科又和他同居，接着又一起迁到省城。他在那里谋得了一个职位。但他在那边又同长官闹翻了，回到莫斯科，可是路上病得很厉害，恐怕再也起不来了——她这样写着：“他一直在挂念您，再说，钱一点儿也没有了。”

“你看看，陶丽提到你了。”吉娣刚笑眯眯地开口说，发现丈夫脸色变了，就慌忙住口。

“你怎么啦？出什么事了？”

“你瞧，我把你的信看过了。”吉娣说着把一封文理不通的信交给他。

“她写信来说，尼古拉哥哥快死了。我要去看看他。”

吉娣的脸色顿时变了。关于塔尼雅扮侯爵夫人，关于陶丽，这一切念头全消失了。

“那你什么时候走啊？”她问。

“明天。”

“我同你一起去，可以吗？”她说。

“吉娣！你这是什么意思？”他带着责备的口气说。

“什么‘什么意思’？”她生气了，因为他似乎很生气，不情愿接受她的提议，“我为什么不可以去？我不会妨碍你的。我……”

“我去是因为我哥哥快死了，”列文说，“可是你为什么要……”

“为什么吗？为了和你同样的原因。”

“在这种紧要关头，她只想到一个人待在家里寂寞。”列文想。在这样的紧要关头，她还要强词夺理，这可使他恼火了。

"这不行！"他严厉地说。

阿加菲雅眼看两口子就要吵起来，悄悄把茶杯一放，走出去了。吉娣甚至没有注意到她，丈夫说最后那句话时的口气伤了她的心，特别因为他显然不相信她的话。

"我对你说，要是你去，我就同你一起去，我一定要去！"她急急忙忙、怒气冲冲地说，"为什么不行？你为什么说不行？"

"因为天知道这是往哪儿走，走的是什么道路，住的又是怎样的客店。你会妨碍我的。"列文说，竭力克制着自己。

"绝对不会。我没有什么要求。你能去的地方我也能去……"

"哼，不说别的，单说那个女人，你怎么好去同她接近呢？"

"我不知道，也不想知道有谁在那边，有些什么。我只知道我丈夫的哥哥快死了，丈夫去看他，我同丈夫一起去，这样好……"

"吉娣！别生气。你倒想想，情况这么严重，你还要任性，不愿意一个人留在家里，我想想也难受。唉，要是你一个人寂寞，那你就到莫斯科去吧。"

"哼，你总是把我想象得很坏很卑鄙，"她含着委屈和愤怒的眼泪说，"我什么也没有，既没有软弱，也没有……我只觉得丈夫有苦难，我有责任陪着他，可是你存心伤我的心，故意装作不懂……"

"不，这太可怕了。简直像做奴隶！"列文站起来，再也控制不住他的愤怒，大声嚷道。但就在这同一刹那，他觉得他是在自己打自己。

"那你何必结婚？不结婚，不是很自由吗？既然后悔，当初又何必急着结婚呢？"她说着霍地跳起来，往客厅里跑去。

他追了上去，她不停地抽泣。

他开始说，竭力找些话，目的不是要说服她，而是要安慰她。但她不听他的，说什么也不肯罢休。他向她俯下身去，捉住那只推开他的手。他吻吻她的手，吻吻她的头发，又吻吻她的手，她一直不吭声。但当他双手捧住她的脸，叫了声"吉娣！"时，她顿时镇静下来，放声痛哭，接着他们就和好了。

终于决定第二天两人一起去。列文对妻子说，他相信她要去是为了帮他的忙，并且同意妻子的意见，认为玛丽雅·尼古拉耶夫娜待在哥哥身边对他们并没有什么妨碍；但一路上他心里对她和对自己都很不满意。他对她不满意，因为在需要的时候，她不肯放他走（不久以前他还不敢相信他能享受被她爱的幸福，如今他又因为她太爱他而觉得不幸，这种情况他想想也觉得太奇怪了）。他对自己不满，因为不能坚持自己的意见。他心里特别不满意的是，她并不把哥哥身边那个女人放在眼里。他提心吊胆，唯恐她们两人发生冲突。一想到他的妻子，他的吉娣，将跟一个妓女同住一室，他就嫌恶和恐怖得哆嗦起来。

17

尼古拉·列文借宿的省城旅馆是按照改良的新式省城旅馆设计的，注重整洁、舒适，甚至优雅，但由于过往旅客的糟蹋，很快就变成装潢时髦的肮脏酒馆，而经过这样的装潢，它却比老式肮脏的旅馆更叫人恶心。这个旅馆已变成这种样子：一个穿脏制服的士兵在门口抽着烟卷，充当看门人；一座阴暗难看的穿孔铁梯子；一个身穿肮脏燕尾服的没精打采的茶房；一间桌上摆着积满灰尘和蜡制假花的公共食堂；到处都是肮脏、灰尘、凌乱，以及由现代铁路带来的喧嚣忙乱——这一切都使新婚不久的列文夫妇产生一种极不愉快的感觉，特别是这座旅馆的虚假豪华同他们即将看到的景象是多么格格不入哇！

旅馆老板照例问了他们要什么价钱的房间，他们这才知道上等房间已全部客满：一间住着铁路视察员，另一间住着莫斯科来的一位律师，再有一间住着乡下来的阿斯塔菲耶娃公爵夫人。只剩下一个肮脏的房间，旅馆老板还告诉他，隔壁一个房间到傍晚也将空出来。列文生妻子的气，因为不出他所料，他一到就急于想去看望哥哥，好知道他的情况，却不能立刻就去，而不得不先把妻子领到他们租用的那个房间。

“去吧，去吧！”她用怯生生的负疚目光瞧着他说。

他默默地走出房间，立刻就碰到玛丽雅·尼古拉耶夫娜。她知道他来了，却不敢走进去看他。她同他在莫斯科看见时一模一样：还是穿着那件毛料连衫裙，光着双臂和脖子，还是那张稍微有点发胖的善良而呆板的麻脸。

“嗯，怎么样？他怎么样？怎么样了？”

“病得很重。起不来了。他一直在盼您来。他……您……同您的夫人。”

列文最初一刹那不明白她为什么发窘，但她立刻对他作了解释。

“我走了，我要到厨房里去一下，”她说，“他会高兴的。他听见了，他认得她，记得在国外看见过她。”

列文明白她是指他的妻子，但他不知道该怎样回答。

“走吧，走吧！”他说。

但他刚一举步，他的房门就打开，吉娣探出头来望了一眼。列文脸红了，因为妻子弄得他们俩都很尴尬，又是害臊又是气愤。不过玛丽雅·尼古拉耶夫娜的脸红得更厉害。她身子缩成一团，脸红得要哭出来，两手抓住头巾梢头，用发红的手指捻弄着，不知道说什么和做什么才好。

最初一刹那，列文发觉吉娣望着这个她觉得不可理解的可怕女人的目光中，有一种好奇的神情，但这只是一刹那的事。

“啊，怎么样？他怎么样了？”她先问丈夫，又问那个女人。

“我们总不能站在走廊里说话呀！”列文说，怒气冲冲地望着一个抖动双腿、径自在走廊里走动的男人。

“哦，那么进来吧！”吉娣对镇定下来的玛丽雅·尼古拉耶夫娜说。但她一发现丈夫脸上惊惶的神色，就说：“你们去吧，回头来叫我。”她说着独自回到房间里。列文就向哥哥的房间走去。

他在哥哥房间里看到和感觉到的，完全出乎他的意料。他满以为哥哥还是同秋天来看他时一样，处在自我欺骗的状态。他听说肺痨病人往往是这样的。他预料会在哥哥身上看到更接近死亡的症状，看到他更加虚弱，更加消瘦，但大体上总还是原来的样子。他预料他将再次感到丧失心爱的哥哥的悲伤和对死的恐惧，就像上次那样，只是程度上更厉害罢了。他在思想上作了这样的准备，却发现情况完全不是那样。

在一个肮脏的小房间里，描花的四壁上布满唾沫痕迹，透过薄薄的隔板听得见隔壁说话的声音。在令人窒息的恶浊空气里，在一张离墙摆放的床上，躺着一个盖被子的人。一条手臂露在被子外面，像耙柄一样粗大的手腕不可思议地联结在一根从一端到中间都很细很直的骨头上。头在枕头上侧躺着。列文看见两鬓上汗湿的稀疏头发和瘦得皮包骨头的前额。

“这个可怕的人不可能是我的尼古拉哥哥。”列文想。但走近一些，看见了他的脸，就没有怀疑的余地了。尽管尼古拉脸上有了这样可怕的变化，但列文只要瞧一瞧那双抬起来望着走进房间的人的灵活眼睛，察觉到汗湿的小胡子底下嘴巴的轻微抽动，就肯定了可怕的现实：这个死尸般的身体确实就是他还活着的哥哥。

一双炯炯有光的眼睛严厉地、责备似的对进来的弟弟扫了一眼。这眼光顿时在两个活人之间确立了活的关系。列文在向他射来的目光里立刻察觉到责备的神色，并且因为自己的幸福而感到内疚。

列文拉住他的手，尼古拉微微一笑。这笑是轻微的，几乎看不出来，而且尽管在微笑，严厉的眼神并没有改变。

“你没想到我会变成这个样子吧？”尼古拉好容易说。

“是的……哦，不！”列文语无伦次了，“你怎么不早一点通知我，就是说，当我结婚的时候？我到处打听你的消息呢。”

要避免沉默，必须说话，可是列文不知道说什么才好，尤其因为哥哥什么也不回答，只是目不转睛地盯着他，显然在琢磨每一句话的意思。列文告诉哥哥，他的妻子跟他一起来了。尼古拉显得很高兴，但说他怕他现在这个模样会使她吃惊。接着是一阵沉默。尼古拉忽然转动身子，说起话来。列文从他面部的表情上猜想他会说出什么特别重要的话来，可是尼古拉只谈他的健康情况。他责怪医生，抱怨本地没有莫斯科的名医。列文明白他还抱着希望。

等到谈话一停止，列文立刻站起身来，想摆脱痛苦的感觉，哪怕只是片刻也好。他说他去把妻子带来。

“嗯，好的，我叫他们弄弄干净。我想，这里又脏又臭。玛莎！把房间收拾一下，”病人费劲地说，“等收拾好了，你就走开。”他一面说，一面用询问的眼光瞧着弟弟。

列文什么也没回答。他走到走廊里，站住了。他说他去把妻子领来，但这会儿他回味自己的感受，决定竭力劝说她不要到病人房里去。“何必让她像我一样受折磨呢？”他说。

“嗯，什么？怎么样？”吉娣神色惊惶地问。

“唉，太可怕了，太可怕了！你何必来呢？”列文说。

吉娣沉默了几秒钟，胆怯而怜悯地瞧着丈夫；接着走近去，双手抓住他的臂肘。

“康斯坦京！带我到他那儿去吧，我们一起去要好受些。你只要把我带去，把我带去，然后你走开好了。”她说。“你要明白，我看见你，却没有看见他，我就更加难受。到那边我对你，对他，也许都会有点用处的。请你答应我！”她恳求丈夫，仿佛她一生的幸福全在这件事上了。

列文只好答应她。他镇定下来，把玛丽雅·尼古拉耶夫娜完全忘记了。他带着吉娣回到哥哥的房间里。

吉娣迈着轻盈的步子，不断地望着丈夫，向他露出勇敢和同情的脸色，走进病人的房间，然后不慌不忙地转过身来，轻轻地关上门。她悄没声儿地迅速走到病人床前，又绕了过去，使病人不用转过身来，接着就用她柔嫩的手握住他那皮包骨头的大手，用女人所特有的充满同情的温柔而活泼的语气同他说话。

“我们在索登见过面，但那时还不认识。”她说，“您没想到我会做您的弟媳妇吧？”

“您恐怕不认得我了？”她一走进去，他脸上就泛起笑容，说。

“不，我认得。您通知我们，真是太好了！康斯坦京没有一天不想起您，不挂念您呢。”

但病人的兴致没有持续多久。

不等她说完话，他的脸上就现出垂死的人羡慕健康的人那种严厉责难的神色。

“我怕您住在这里不太舒服吧？”她说，避开他那盯着的目光，打量这房间。“得向老板另外要一个房间，”她对丈夫说，“这样我们可以靠近一点。”

18

列文无法平静地望着哥哥，在他面前无法装得自然和镇定。他一走进病人的房间，他的眼睛和注意力就不由自主地模糊了。他看不见，也分不清哥哥身体的每个部分。他闻到的是难堪的臭味，看见的是肮脏、凌乱和痛苦的景象，听见的是呻吟，但是他束手无策。他根本没有想到分析分析病人的情况，想想他的身体怎样躺在被子底下，他那皮包骨头的膝盖、大腿和脊背怎样缩成一团，能不能使他躺得稍微舒服一点，即使不能使他好过一点，至少也不要让他太难受。列文想到这些问题，他的背上不禁起了一阵寒颤。他十分清楚，没有任何办法能延长哥哥的生命，或者减轻他的痛苦。病人也觉察到了，自以为完全没有希望，因此脾气更坏了。列文却因此觉得更加难过。坐在病人房里他觉得痛苦，但离开他却更加难受。他不断找借口离开病房又回到病房，因为他无法单独待着。

但吉娣所想、所感觉和所做的完全不同。她看见病人，很可怜他。不过，怜悯在她女性的心灵里唤起的绝不是恐怖和嫌恶，像在她丈夫心灵里所唤起的那样，而是一种积极行动、要弄清他的情况和帮助他的愿望。她毫不怀疑她应该帮助他，也毫不怀疑她能够帮助他。她立刻动手。那些琐碎的事情她丈夫一想到就害怕，却立刻吸引了她的注意。她派人去请医生，到药房去配药，叫她带来的侍女和玛丽雅·尼古拉耶夫娜一起打扫，擦地板，洗东西，亲自洗着什么，把一件东西垫到病人褥子底下。按照她的吩咐，有些东西拿到病房里来，有些东西从病房里拿出去。她几次回到自己房里，毫不理睬遇见的男人，把被单、枕套、手巾和衬衫拿来。

正在公共食堂给几个工程师开饭的茶房，一听见她的召唤，露出愤怒的神色，却不能不照她的吩咐去做，因为她的吩咐是那么亲切而执拗，使人无法拒绝。列文不赞成这一切，他不相信这样做对病人有好处。他尤其怕病人因此生气。但病人对这一切似乎并不在意，没有生气，只是感到害臊。总的说来，对她为他所做的事似乎感到新奇。列文被吉娣派去请医生回来，推开房门，正碰上大家在照吉娣的吩咐给病人换衬衣。长长的皮包骨头的白脊背，两边突出的巨大肩胛骨，根根可数的肋骨和椎骨，全都暴露无遗。玛丽雅·尼古拉耶夫娜同茶房一起替他换衬衫，弄乱了袖子，怎么也不能把他软弱无力的长手臂穿进去。吉娣等列文一进来，就把门关上，没有往病人那边望，但病人一呻吟，她就连忙走过去。

“快一点！”她说。

“嗳，你不要来，”病人怒气冲冲地说，“我自己……”

“您说什么？”玛丽雅·尼古拉耶夫娜问。

但吉娣听见他的话，明白他在她面前赤身露体，感到不好意思。

“我不看，我不看！”吉娣把他的手臂穿进去，说。“玛丽雅·尼古拉耶夫娜，您到那边去，把衬衫拉一拉。”她又说。

“请你去一下，我的手提包里有一个瓶子，”她对丈夫说，“嗯，就在旁边口袋里，请你把它拿来。这儿马上就可以收拾好了。”

列文拿着瓶子回来，看到病人已经安顿好了，他周围的一切全变了样。难闻的臭气已经换成了醋和香水的气味。吉娣正噘着嘴，鼓起绯红的双颊，用一根小管子喷着香水。室内没有一点灰尘，床底下铺了地毯。桌上整整齐齐地摆着药瓶和水瓶，还有必需的衬衣和吉娣的刺绣架。靠近病床的另一张桌上，放着饮料、蜡烛和药粉。病人洗过脸，梳过头发，穿着干净的衬衫，雪白的领子围着瘦得可怕的细脖子。他躺在干净的床单上，背后垫着高高的枕头，脸上带着新的希望的神色，眼睛紧盯着吉娣。

列文请来的医生——这医生是在俱乐部里找到的——不是原来替尼古拉治过病、尼古拉对他很不满意的那一个。这位新医生拿出听诊器，替病人听诊了一下，摇摇头，开了药方，详详细细说明了药的服法，然后规定了饮食。他劝病人吃生鸡蛋或者半生不熟的鸡蛋和温度适当的矿泉水掺鲜牛奶。医生走后，病人对弟弟说了几句话。但列文只听见“你的吉娣”几个字。列文从他的眼神里看出，他在赞美她。他像列文一样叫她“吉娣”，把她唤到床前。

“我觉得好多了！”他说，“嗐，我要是同你们在一起，早就好了。太好了！”他拉住她的手，把它拉到自己的嘴唇边，但似乎怕她会不喜欢，就改了主意，又把它放下了，只抚摸了一下。吉娣双手捉住他的手，紧紧地握着。

“现在把我翻到左边，你们去睡吧。”他说。

谁也没有听清楚他的话，只有吉娣明白。她明白他的意思，因为她一直在注意他需要什么。

“翻到另外一边，”她对丈夫说，“他总是朝那边睡的。你给他翻个身，叫佣人来太麻烦。我不行，您能吗？”她问玛丽雅·尼古拉耶夫娜。

"我怕也不行。"玛丽雅·尼古拉耶夫娜回答。

不管列文觉得双手抱住这可怕的身体，接触到被子底下他不愿接触的地方是多么可怕，他还是听从妻子的指使，脸上现出他妻子所熟悉的果断神色，两手伸进去抱住那身体。他的力气虽然很大，但这虚弱的身体沉重得出奇，使他大为吃惊。列文给他翻身，尼古拉那皮包骨头的大手搂住他的脖子。这当儿吉娣就迅速地、悄悄地翻过枕头，把它拍拍松，扶正病人的头，又理理那黏住太阳穴的稀疏头发。

病人把弟弟的手握在自己手里。列文觉得他要拿他的手做什么，用力把它拉过去。列文一动不动地听他摆弄。果然，他把它拉到自己嘴边，吻了吻。列文呜咽得身子直打哆嗦，一句话也说不出来，就走出了病房。

19

"你将这些事，向聪明通达人，就藏起来，向婴孩，就显出来。"[①]那天晚上列文同妻子谈话时对她有这样的想法。

列文想到福音书里的箴言，并非因为他自认为是聪明通达人。他并不自认为是聪明通达人，但自信比他妻子和阿加菲雅聪明。他也相信，他是集中全部心力来思索死的问题的。他也知道，许多伟大的男思想家（他在书本里读过他们关于死的见解）思索过这个问题，可是他们这方面的知识，还不及他妻子和阿加菲雅的百分之一。不管这两个女人，阿加菲雅和他的妻子，是多么不同，她们在这方面倒是十分相似的。她们无疑都知道，什么叫生，什么叫死。她们虽不能回答，甚至不能理解列文所思索的那些问题，但她们都不怀疑生死的意义。对这个问题，不仅她们两人的观点一致，她们同千百万人的看法也一样。她们明确知道死是怎么一回事，所以她们一下子懂得该怎样照顾临死的人，对他们也不觉得害怕。像列文这一类人可以对死的问题发表许多高论，但其实一无所知，因为他们害怕死，看到临死的人就束手无策。要是现在只剩下列文同他哥哥两人在一起，他准会恐惧地望着哥哥，并且会更加恐惧地等待着，什么事也不做。

不仅如此，他不知道该说些什么，该怎样看、怎样走才好。谈些不相干的事，他觉得不得体，不行。谈死，谈消极的事，也不行。沉默呢，也不行。"我要是看着他，他会以为我在观察他；要是不看他，他会以为我在想别的事。要是我踮着脚尖走路，

① 见《新约全书·马太福音》第十一章第二十五节。

他会不高兴；要是放开脚步走，我又觉得不好意思。”吉娣呢，她显然没有想到自己，也没有时间想到自己。她只替他着想，她知道该做些什么，因此一切都很顺利。她把自己的一些事讲给他听，她讲到她的婚礼，她向他微笑，同情他，安慰他，谈到人家病愈的例子。一切都很顺利，可见她知道该怎么办。她和阿加菲雅的行动不是出于本能，不是动物性的，不是没有理性的，因为除了肉体上的护理和减轻痛苦以外，阿加菲雅和吉娣都为临死的人操心比肉体上的护理更重要的事，同肉体完全无关的事。阿加菲雅谈到一个死去的老人时说：“啊，赞美上帝，他受过圣餐，行过涂油礼，但愿上帝让人人都死得像他一样。”吉娣也同她一样，除了关心衬衣、褥疮、饮料之外，第一天就说服病人必须领受圣餐和行涂油礼。

晚上，列文从病人那里回到自己房里，垂下头，不知道做什么好。不要说吃晚饭，睡觉，考虑他们应该怎么办，就是同妻子说话他都做不到，因为他感到害臊。吉娣呢，正好相反，比平时更加能干。她甚至比平时更加活跃。她吩咐开晚饭，亲自打开行李，亲自帮助铺床，也没有忘记撒除虫药粉。她精神抖擞，思维敏捷，好像一个面临决战的男子，在紧要关头显示出了男子汉大丈夫的气概，说明他的一生并没有虚度，而是一直在准备应付这场考验。

什么事到她手里都得心应手。还不到十二点钟，一切都已安排得整整齐齐，有条不紊。旅馆变得像她家里一样：床铺好了，刷子、梳子、镜子都摆了出来，桌布也铺好了。

列文觉得现在吃饭、睡觉，甚至说话都是不应该的，他觉得他的一举一动都是不得体的。吉娣却整理着刷子，而且做得一点也不使人觉得讨厌。

不过，他们什么东西都吃不下，很晚还没有上床，上了床也好久睡不着觉。

“我真高兴，我已经说服他明天行涂油礼了。”她说，穿着短衫坐在折镜前面，用一把细密的梳子梳理着她那芳香的柔发。“我从来没有见过这种情景，但我知道，妈妈告诉我，有一种祷告是专门祈求恢复健康的。”

“你真以为他还能复原吗？”列文说，望着她那圆圆的小脑袋后面的一绺头发怎样不时被梳子遮没。

“我问过医生，他说他活不满三天了。可是医生知道什么呢？不论怎么说，我说服了他行涂油礼，我还是很高兴的。”她透过头发缝瞅着丈夫，说。“什么事情都很难说。”她添上一句，脸上露出她谈到宗教时所特有的调皮神态。

他们订婚后谈到过宗教问题，此后就没有再谈到过，不过她还是照旧上教堂，做礼拜，并且始终认为这样做是必要的。尽管他说着相反的话，她却坚信他是一个比她更虔诚的基督徒，他嘴上这样说，完全是一种可笑的怪脾气，就像他谈到刺绣时说，人家在补洞她却在挖洞一样。

“是的，那个女人，玛丽雅·尼古拉耶夫娜，不会处理这种事。”列文说，“还有，我应该承认，你这次来，我真高兴，真高兴。你是这样纯洁……”他拉住她的手，但没有吻它（他觉得在这死神临近的时刻吻她的手是不适宜的），只是露出悔罪的表情，望着她那双晶晶发亮的眼睛。

“要是你一个人来就更难受了。”她说，高高地举起两臂，遮住她那高兴得发红的面颊，把发辫盘在脑后，用发夹叉住。“要不，”她又说，“她不知道该怎么办……幸亏我在索登学到了不少。”

“难道那边也有这样的病人吗？”

“还要厉害呢。”

“我特别难受的是，我不能不想到他年轻时的模样……你真不会相信，他从前是个多么可爱的青年哪，可是我那时不了解他。”

“我完完全全相信。我觉得我们本来应该同他相处得很好。”她说过后，为自己说了这样的话吓了一跳。她回头望了望丈夫，眼泪簌落落地流了出来。

“是的，本来应该的。”他悲伤地说，“唉，他真是个所谓不适合活在这个世界上的人！”

“可是我们还得挨好些日子，这会儿该睡觉了。”吉娣看了看她的小表，说。

20

第二天，病人受了圣餐，行了涂油礼。仪式进行的时候，尼古拉热烈地祈祷着。他那双大眼睛紧盯着摆在铺花布桌上的圣像，流露出那么热烈的祈求和希望，使列文简直不敢看他。列文知道，这种热烈的祈求和希望，只有使他更舍不得离开他那么热爱的生活。列文了解哥哥，也知道他的思路。他知道哥哥不信教并非因为不信教日子好过些，而是因为现代科学对自然现象的解释，把宗教信仰排挤掉了。因此他知道哥哥现在恢复信仰是不正常的，只是一种渴望痊愈的暂时的自私表现。列文也知道，吉娣对他讲那种她听来的起死回生的故事，增加了他的希望。这一切列文都知道，因此看到那种充满生之希望的哀求目光，看到那只勉强举起来在神情紧张的前额上画十字的皮包骨头的手，看到那突出的肩膀和那再也不能容纳病人所祈求的生命的呼噜呼噜喘气的空虚胸膛，他觉得难受极了。在行圣礼的时候，列文也做着祷告，做了他这个不信教的人做过千百遍的事。他对上帝说："要是你真的存在，你就使他复原吧（这套话其实已经重复过许多遍了），你救救他，也救救我吧！"

涂过圣油以后，病人好多了。他整整一小时没有咳嗽，微笑着，吻着吉娣的手，含着眼泪向她道谢，还说他觉得很好，哪儿也不痛，胃口也开了，力气也有了。给他送汤来的时候，他甚至坐了起来，还讨肉丸子吃。尽管他已病入膏肓，尽管一眼就看得出他是不会好的，列文和吉娣在这一小时里还是感到很高兴，战战兢兢地怀着一种唯恐丧失的希望。

"好一些吗？""是的，好多了。""真奇怪。""一点也不奇怪。""到底好一些了。"——他们这样相互微笑着，低声耳语着。

这种迷人的好景持续了没有多久。病人安安静静地睡着了，但过了半小时，他又咳醒了。于是他周围的人和他本人的全部希望一下子消失了。痛苦的现实，无疑粉碎了列文和吉娣以及病人本人心里的一切希望，甚至连以前的希望也影踪全无了。

他不再想半小时前所相信的事，似乎想起来都感到害臊，却要求把那只盖着镂孔纸的碘酒瓶递给他。列文把吸瓶递给了他。他那受圣餐时出现过的充满希望的眼睛现在盯住了弟弟，似乎要求他证实医生说过的嗅碘酒能收奇效的话。

"怎么，吉娣不在吗？"列文勉强表示同意医生的意见，尼古拉听了向四周环顾了一下，哑声说，"唉，可以这么说……我是为了她才演这场喜剧的。她太可爱了，可咱们不能欺骗自己。这一层我是相信的。"他说着用骨瘦如柴的手握住瓶子，嗅着碘酒。

晚上七点多钟，列文夫妇正在房里喝茶，玛丽雅·尼古拉耶夫娜上气不接下气地跑了进来。她脸色苍白，嘴唇直打哆嗦。

"他要死了！"她喃喃地说，"我怕他马上就要死了。"

夫妇俩一起跑到病人房里。他用一只臂肘撑着坐在床上，长长的脊背弯曲着，低垂着头。

"你觉得怎么样？"列文沉默了一阵低声问。

"我觉得我要去了。"尼古拉困难但异常清楚地从嘴里慢慢吐出话来。他没有抬起头，只把眼睛往上望，避开弟弟的脸。"吉娣，你出去！"

列文跳起来，低声吩咐她出去。

"我要去了。"他又说。

"你为什么这样想？"列文说，完全是没话找话。

"因为我要去了，"他仿佛很欣赏这句话，重复说，"完了。"

玛丽雅·尼古拉耶夫娜走到他面前。

“您还是躺下吧，躺下好过些。”她说。

“马上就要安安静静躺下了。”他说。“死了！”他又嘲弄又生气地说，“好，既然你们要我躺下，那就扶我躺下吧。”

列文帮哥哥平躺下去，坐在他旁边，屏息凝视着他的脸。垂死的人闭上眼睛躺着，只有前额上的肌肉偶尔还在抽动，好像在凝神深思。列文不由自主地思索着哥哥此刻在想什么，但是不管他怎样苦苦思索，他从那平静而严肃的脸容和眉头肌肉的抽动上看出，那对他还是漆黑一团的事，对垂死的人却是越来越分明了。

垂死的人闭上眼睛躺着，只有前额上的肌肉偶尔还在抽动……

“对，对，就是这样，”垂死的人一字一顿地慢悠悠说，“等一下。”他又沉默了。“就是这样！”他忽然平心静气地拖长声音说，仿佛一切事情在他都已了结。“啊，主哇！”他喃喃地说，接着长叹一声。

玛丽雅·尼古拉耶夫娜摸摸他的脚。

“快凉了。”她低声说。

很长一段时间，列文觉得很长很长一段时间，病人躺着一动不动。但他还活着，偶尔叹着气。列文的神经紧张得有点疲劳了。他觉得他虽然拼命思索，还是不能理解他说的“就是这样”是什么意思。他觉得他已经远远落在垂死的人后面了。他对死这个问题已经无法思考，只不由自主地想着现在他应该做些什么：替死人阖上眼睛，穿好衣服，置办棺材。说也奇怪，他觉得自己十分冷静，没有悲伤，没有哀悼，对哥哥更没有怜悯。如果说他有什么感触的话，那就是羡慕垂死的人懂得他所无法理解的事。

他在垂死的人旁边又这样坐了好一阵，一直等待着终结。但终结没有到来。门开了，吉娣出现了。列文站起来想拦住她。但就在他站起来的时候，他听见垂死的人动了动。

“别走！”尼古拉说，伸出一只手。列文把一只手伸给他，生气地向妻子挥动另一只手，要她走开。

他握着垂死的人的手坐了半小时，一小时，又一小时。他不再想到死了。他想着吉娣在做什么，隔壁房里住着什么人，医生住的是不是他自己的房子。他很想吃东西，很想睡觉。他小心翼翼地抽出手，摸了摸垂死的人的脚。脚凉了，但他还有呼吸。列文又踮着脚尖想走开，但病人又动了动，说：

“别走。”

天亮了。病人的情况没有变。列文悄悄地抽出手，眼睛不看垂死的人，回到自己房里去睡觉。他醒来的时候，没有听到他预期的哥哥死亡的消息，却听说病人恢复原来的状态。他又坐起来，咳嗽，又开始吃东西，说话；又不再谈到死，又表示希望恢复健康，变得更加暴躁更加忧郁了。不论做弟弟的，不论吉娣，谁也无法使他平静。他生每个人的气，对每个人都说不愉快的话，为他的痛苦而责备每个人，要求给他从莫斯科请一位名医来。人家问他觉得怎样，他总是恶狠狠地抱怨说：

“我痛苦极了，受不了啦！”

病人的痛苦越来越厉害，特别是由于无法医治的褥疮。他对周围的人也越来越恼火，动不动责备他们，特别是因为没有替他从莫斯科请医生来。吉娣千方百计照顾他，安慰他，但一切都白费。列文看出她在体力上和精神上都疲劳不堪，虽然她自己并不承认。那天夜里，病人唤弟弟来准备同生命告别，因而在大家心里引起的死的感觉，现在被破坏了。大家知道，他很快就要死了，他已经死去一半了。大家只有一个希望——但愿他快点死，可是又都隐瞒着这种念头，给他服药，替他找药找医生，欺骗他，也欺骗自己，并且相互欺骗。这一切都是虚伪，都是侮辱人格、亵渎神明的可恶的虚伪。列文出于他的本性和比谁都热爱垂死的哥哥，特别强烈地感觉到这种虚伪。

列文早就想使两位哥哥和解，哪怕在尼古拉临死前的时刻，他写信给柯兹尼雪夫哥哥，接着得到他的回信，他把这信读给病人听了。柯兹尼雪夫来信说，他不能来，但恳切地请求弟弟原谅。

病人一言不发。

“我该怎样给他写回信呢？”列文问，“我想你不生他的气吧？”

“不，一点也不！”尼古拉听到这问题，怒气冲冲地回答，“你写信去叫他替我请一个医生来。”

又过了三天痛苦的日子，病人的情况还是这样。现在凡是看见他的人，不论旅馆茶房也好，旅馆老板也好，旅客也好，医生也好，玛丽雅·尼古拉耶夫娜也好，列文也好，吉娣也好，都觉得他还不如死了的好。只有病人自己没有这个愿望，相反，因为没有替他请医生来而生气，并且继续服药，谈着生的问题。只有当鸦片使他暂时摆脱不停的痛苦时，他在迷糊中才偶尔说出他心里比谁都更强烈的真情：“唉，但愿快点完结！”或者：“什么时候才结束哇！”

越来越厉害的痛苦起了作用，使他准备死。没有一种姿势他不觉得痛苦，没有一分钟他能摆脱这种感觉，身上没有一处地方不疼痛，不在折磨他。甚至对这个身体的回忆、印象和思想都在他心里唤起嫌恶，就像他嫌恶自己一样。人家的模样，人家的话，他自己的回忆，对他来说一切都只有痛苦。他周围的人都觉察到这一点，在他面前都不知不觉地不让自己随便活动、谈话、流露自己的愿望。他的整个生命只剩下痛苦和希望解脱痛苦的欲望。

他身上显然正在发生变化，使他把死看作欲望的满足，看作幸福。以前，由痛苦或者贫乏而引起的各种欲望，例如饥饿、疲劳、口渴，总是由肉体机能上的满足而得到快感；现在呢，贫乏和痛苦并没有获得满足，而试图满足反而引起新的痛苦。因此全部欲望就汇合成一点：希望从一切痛苦和产生痛苦的根源——肉体中解脱出来。但他找不到适当的话来表达这种解脱的欲望。因此他不谈这事，却照例要求满足那些无法满足的欲望。“把我翻到那一边。”他说，但立刻又要求让他恢复原状。“给我喝点肉汤……把肉汤拿走……给我讲讲什么，你们怎么不说话？”但人家一开口，他就闭上眼睛，显出疲乏、冷淡和嫌恶的神气。

在他们来到城里的第十天，吉娣病了。她头痛，恶心，一早晨都不能起床。

医生说，她的病是疲劳、激动引起的，要她安心静养。

但午饭以后吉娣起床了，照常带着针线活到病人房里去。她进去的时候，他严厉地对她瞧瞧，听说她病了，又轻蔑地冷笑一声。这一天，他不断地擤鼻涕，沉重地呻吟着。

“您觉得怎么样？”她问他。

“更坏了，”他好容易说出来，“疼得很！”

“哪里疼？”

“到处都疼。”

“今天要完结了，你们看吧。”玛丽雅·尼古拉耶夫娜虽然说得很轻，但列文发觉病人的听觉特别灵，这话他一定听见了。列文对她低声嘘了一下，回头望了望病人。尼古拉真的听见了，但这些话对他并没有起什么作用。他的目光始终是责难的、紧张的。

“您为什么这样想？”当她跟着列文来到走廊里时，列文问她。

“他开始在自己身上乱抓。”玛丽雅·尼古拉耶夫娜说。

“怎么乱抓？”

“就是这样。”她一面说，一面撕着自己身上羊毛连衫裙的皱襞。真的，他发现病人这天整天都在自己身上乱抓，仿佛要撕掉什么东西似的。

玛丽雅·尼古拉耶夫娜的预言是对的。傍晚病人已没有力气举起手来，只是眼睛直勾勾地瞪着前方，眼神呆滞不动。就连弟弟或者吉娣向他弯下身去，希望他能看见他们，他也还是那样呆呆地望着。吉娣派人去请神父来做临终祷告。

神父做临终祷告时，垂死的人没有流露任何生命的迹象，眼睛闭上了。列文、吉娣和玛丽雅·尼古拉耶夫娜站在床边。神父还没有做完祷告，垂死的人就伸了伸身体，叹了一口气，睁开眼睛。神父念完祈祷文，把十字架放在那冰凉的前额上，然后又慢条斯理地把十字架包在圣带里，又默默地站了两分钟，摸了摸那凉了的没有血色的大手。

“他去了。”神父说着要走；但突然死人黏在一起的小胡子微微动了动，在一片肃静中清楚地听见从他胸膛深处发出清晰的声音：

“还没有……快了。”

过了一分钟，脸色发白了，小胡子底下露出一丝笑意。聚集在周围的几个女人就开始小心翼翼地收殓死人。

哥哥的模样和死的临近，使列文心里又出现了恐惧。这种情绪是那年秋天黄昏哥哥来看他时产生的，也就是对死的无法理解、对死的临近和无可避免的恐惧。这种心情比上次更强烈了；他觉得他比以前更不理解死的意义，而对死的无可避免的恐惧也更厉害了。不过现在，亏得有妻子在身边，这种心情还没有使他绝望。虽然面对着哥哥的死，他还是觉得自己必须活下去，必须爱。他觉得是爱把他从绝望中救出来，在绝望的威胁下，这种爱就显得更强烈，更纯洁。

在他的眼前，不可思议的死的谜还没有解开，另一个同样不可思议的谜——号召人们去爱和生活的谜，又出现了。

医生证实了他对吉娣的推测。她身体不舒服是因为怀孕了。

21

卡列宁自从同培特西和奥勃朗斯基谈过话，知道对他的要求就是让妻子安宁，不要去打扰她，而妻子本人也有这样的愿望以后，他心烦意乱，六神无主，自己也不知道想做什么，一切都听从那些乐于过问他的事情的人的主意，什么样的意见他都同意。直到安娜离开他的家，英国女教师差人来问他，她该同他一起吃饭还是分开吃，他这才第一次彻底明白自己的处境，感到惊惶不安。

在这种处境里，最使他痛苦的是，他怎么也不能把往事和现实统一起来，加以调和。使他心里难以平静的倒不是他同妻子一起度过的幸福日子。从那时的生活到发觉妻子变心，这个变化他已痛苦地经历过了。这种处境是痛苦的，但他能理解。要是妻子当时向他坦白自己的变心而离开他，他会觉得伤心，觉得不幸，但不会像现在这样陷入莫名其妙的绝境。他怎么也不能把不久前他对患病的妻子和对别人的孩子的饶恕、怜悯和爱，同他现在的处境调和起来。也就是说，他现在落得孤零零一个人，受尽屈辱嘲弄，谁也不需要他，人人都蔑视他，仿佛这一切就是他饶恕和疼爱妻子所得到的报答。

妻子走后头两天，卡列宁照常接见来访者和秘书，出席会议，到餐厅吃饭。在这两天里，他竭力保持镇定甚至冷淡的模样，但自己也弄不懂为什么要这样做。回答该怎样处理安娜的东西和房间时，他拼命装出一副神气，似乎新近发生的事并不意外，也不是什么异常的事。他的目的达到了：谁也看不出他心里有丝毫的绝望。但在安娜走后第二天，当柯尔尼交给他安娜一张未付款的时装店账单，并报告说店员就在门口等着时，他吩咐叫那店员进来。

“对不起，大人，恕我打扰您。如果您要我们直接去问夫人的话，能不能请您把她的地址告诉我们？”

卡列宁沉思起来——店员有这样的感觉——接着突然转过身，在桌子旁坐下。他把头埋在手里，一动不动地坐了好一阵，几次想开口，但又停止了。

柯尔尼懂得老爷的心情，请那个店员下次再来。剩下卡列宁一个人，他明白他再也不能故作镇定了。他吩咐卸下那辆等着他的马车，关照不接见任何人，自己也不下楼吃饭。

他觉得他再也受不住普遍的轻蔑和冷酷的压力了。这种表情他在那店员的脸上，在柯尔尼的脸上，在这两天里他所遇见的一切人的脸上，都清清楚楚地看出来。他觉得他摆脱不了人家对他的憎恶，因为这种憎恶不是由于他坏（要是这样，他可以努力变得好一些），而是由于他不幸，可耻而又可恨的不幸。他知道就是因为这一层，就是因为他心碎肠断，人家才对他这样冷酷无情。他觉得大家在毁灭他，就像群狗咬死一只受尽折磨、痛得汪汪直叫的狗那样。他知道摆脱人们的唯一办法就是把伤痕掩盖起来。他勉强试了两天，但现在他觉得已经无力继续这场寡不敌众的斗争了。

他意识到自己在悲痛中孤独无告，越发绝望。不仅在彼得堡，他找不到一个人可以一诉衷肠，也找不到一个人不把他看作达官贵人和社会名流，而只是看作一个受苦受难的人那样来同情他；事实上，他在哪儿都找不到这样的人。

卡列宁从小就是个孤儿。他还有个哥哥。父亲他们不记得了，母亲死时卡列宁才十岁。财产很少。卡列宁的叔叔是一位高官，原是先皇的宠臣。他把他们抚养长大。

卡列宁在中学和大学全都成绩优异。大学毕业后，靠叔叔的帮助，他立刻踏上显要的仕途，从此醉心于功名。不论在中学里、大学里，还是任官职时，卡列宁都没有交上过一个知心朋友。哥哥是他最知心的人，但他在外交部任职，经常住在国外，卡列宁结婚后不久他就在国外去世了。

卡列宁做省长的时候，安娜的姑妈，当地一位有钱的贵妇人，把她的侄女介绍给他这个就年龄来说并不年轻，但就做省长来说却很年轻的人。这弄得他的处境十分为难：要么向她求婚，要么离开这个地方。卡列宁犹豫了很久。当时肯定这一步和否定这一步的理由势均力敌，同时又缺乏充分理由使他改变遇到疑难问题要慎重处理的原则。但安娜的姑妈通过一个熟人向他暗示，既然他已影响到姑娘的名誉，他要是有责任心，就该向她求婚。他求了婚，并且把他可能倾注的感情都倾注到未婚妻身上，后来又倾注到妻子身上。

他对安娜的迷恋彻底消除了他同别人亲密交往的需要。现在，他在所有的熟人中间没有一个知心朋友。他交游广阔，但没有真正的友谊。有许多人，卡列宁可以请他们到家里来吃饭，请他们参与他关心的事，请他们声援某个请愿者，也可以同他们坦率地讨论别人的事和最高当局的问题，但他同这些人的关系只遵照一般的礼仪和习惯，从不越雷池一步。他有一个大学里的同学，毕业后彼此很亲近，他本可以向同学倾吐他的悲伤，但这个同学在一个遥远的教育区当督学。在彼得堡的熟人中间，最亲密最谈得来的是他的办公室主任和医生。

办公室主任史留丁是个朴实、聪明、善良和有道德的人，卡列宁对他很有好感，但五年来的同事关系在他们之间形成了一道鸿沟，妨碍他们推心置腹地交谈。

卡列宁在公文上签了字，沉默了好一阵，不时望望史留丁，几次想开口，但又开不了口。他心里准备好了这样一句话："您听到我的不幸吗？"但结果还是照例说了一句："那就请您替我办一办吧。"说完就让他走了。

另一个是医生，他待卡列宁也很好，不过他们之间早有一种默契，就是两人都非常忙碌，没有工夫闲聊天。

至于他的女友，首先是李迪雅，卡列宁根本就没有想到。女人毕竟是女人，对他说来都是又可怕又讨厌的。

22

卡列宁忘记了李迪雅伯爵夫人，她却没有忘记他。在这孤独绝望的痛苦时刻，她来看他，没有经过通报，就闯进他的书房。她看见他还是像原来那样双手抱头坐着。

"我破坏了禁律！"她快步走进来，由于兴奋和急促的动作而气喘吁吁，用法语说。"我什么都听说了！阿历克赛·阿历山德罗维奇！我的朋友！"她双手紧紧握住他的手，她那双美丽而若有所思的眼睛盯住他的眼睛，继续说。

卡列宁皱着眉头站起身来，从她的掌握里抽出手，推给她一把椅子。

"您坐一下好吗，伯爵夫人？我不会客，因为我病了，伯爵夫人。"他说着嘴唇哆嗦起来。

"我的朋友！"李迪雅伯爵夫人继续盯着他，重复说。她突然倒竖双眉，额上出现了一个三角形，她那难看的黄脸因而变得更难看了，但卡列宁察觉到她为他难过得几乎要哭了。他深为感动，就抓住她那胖鼓鼓的手吻着。

"我的朋友！"她激动得结结巴巴地说，"您不应该过分悲伤。您的悲伤确实不轻，但您应该想开一点。"

"我垮了，我给毁了，我不能做人了！"卡列宁放下她的手，但继续盯住她那泪水盈眶的眼睛，说，"我的处境太糟，我哪儿也找不到支持，连自己身上也找不到。"

"您会找到支持的，您不要在我身上找，虽然我请求您相信我对您的友谊。"她叹了口气说。"我们的支持就是爱，就是上帝赐给我们的爱。上帝要支持人是轻而易举的，"她带着卡列宁熟悉的欣喜若狂的眼神说，"上帝会支持您、帮助您的。"

这几句话表明她陶醉于自己崇高的感情，并且表达了近来在彼得堡广泛传播而卡列宁认为无聊的神秘情绪，但现在听起来，他却觉得高兴。

“我软弱无力。我给毁了。我原来怎么也没料到，现在怎么也弄不懂。”

“我的朋友！”李迪雅重复说。

“我不是为现在失去的东西而难过，不是的，”卡列宁继续说，“我并不为这难过。但就我现在这样的处境，见到人我不能不感到害臊。这很糟糕，但我没有办法，没有办法。”

“您那种饶恕人的崇高行为，我和大家都赞叹不止，但这不是您完成的，是您心中的上帝完成的，”李迪雅伯爵夫人十分激动地抬起眼睛说，“因此您不必为您的行为害臊。”

卡列宁皱起眉头，交叉双手，把手指弄得咯咯发响。

“什么琐碎的事情都得处理，”他尖声说，“一个人的精力毕竟有限哪，伯爵夫人，我的精力已经用到极限了。现在我从早到晚整天都得处理，处理那些由于我孤独的新处境而产生（他在‘产生’两个字上加强了语气）的家务。用人啦，家庭教师啦，账目啦……种种琐事耗尽了我的精力，我再也受不了啦。吃饭的时候……我昨天差一点吃到一半走掉。我儿子瞧着我的那副神气，我真受不了。他没有问我这是怎么一回事，但他分明想问，我真受不了他那种眼神。他怕看我，但这还不算……”

卡列宁本想谈一谈给他送来的那张账单，可是声音发抖，就住口了。他一想到那张开着帽子和缎带欠款的蓝纸，就忍不住可怜起自己来。

“我了解，我的朋友！”李迪雅伯爵夫人说，“我全了解。您在我身上找不到帮助和安慰，但我来还是为了要帮助您，如果可能的话。要是我能给您解除这种种琐碎无聊的操劳……我了解这方面需要女人家的主意，女人家的安排。您肯把这些事交托给我吗？”

卡列宁一言不发，感激地握了握她的手。

“让我们一起来照顾谢辽查吧。我不善于办事，但我愿意担当起来，做您的管家。您不用感谢我。我这样做不是出于自己的意思……”

“我不能不感谢您。”

“但是，我的朋友，不要向您所说的那种感情投降，不要为一个基督徒至高无上的精神害臊，也就是：‘心里谦逊的，必得尊荣。’[①] 您不用感谢我，您应该感谢上帝，祈求上帝保佑。只有在上帝身上我们才能找到平静、安慰、拯救和爱。”她说着抬起

---

① 见《旧约全书·箴言》第二十九章第二十三节。

眼睛仰望苍天，祈祷起来。卡列宁从她的沉默中看出这一点。

卡列宁此刻听着她。她那些说教，他以前即使不觉得讨厌，也觉得是多余的，如今听来却觉得很自然，很使人宽慰。卡列宁原来不喜欢这种新的狂热精神。他是个信徒，对宗教发生兴趣主要是从政治需要出发，现在新教义对宗教作了一些新解释，引起了争论和分析，这样就从原则上使他产生反感。他以前对这种新教义很冷淡，甚至有点敌视，但同醉心于这种新教义的李迪雅却从来没有争论过，只是竭力用沉默来对付她的挑战。这会儿他是第一次高高兴兴地听着她的话，内心也不反对。

“我非常非常感谢您，感谢您的行为和您的话！”等她祷告完毕，他说。

李迪雅伯爵夫人又一次紧握她朋友的两手。

“现在我要做点事了。”她沉默了一会儿，擦去脸上的泪痕，微笑着说，“我去看看谢辽查。非万不得已我不来打扰您。”她说着站起身，走了出去。

李迪雅伯爵夫人走到谢辽查房里，用泪水濡湿受惊的孩子的双颊，还对他说，他的父亲是个圣人，他的母亲死了。

李迪雅伯爵夫人履行了她的诺言。她确实承担起责任来安排和料理卡列宁的全部家务。不过，她说她不善于办事，这倒不是谦虚。她对仆人的吩咐都需要修改，因为都行不通。卡列宁的用人柯尔尼就往往做这种修改。事实上柯尔尼现在悄悄地在掌管着卡列宁的全部家务，他总是在替老爷穿衣服时小心谨慎地向他报告凡是需要报告的事。但是李迪雅的帮助还是极其有用：她给了卡列宁精神上的支持，使他感觉到她对他的友爱和敬意，特别使她想起来都觉得快慰的是，她几乎使他真正皈依了基督教，也就是说，把他这个冷淡疏懒的信徒变成一个近来在彼得堡流行的基督教新教义坚决热情的拥护者。卡列宁轻易地相信了这种新教义。也像李迪雅和其他具有同样见解的人那样，他完全缺乏深刻的想象力，缺乏心灵的力量——有了这种力量，由想象而产生的看法就会十分生动，势必要求其他看法和现实去同它相适应。例如，死对不信教的人是存在的，对他却是不存在的；因此他具有十足的信仰，而他自己又是判断信仰的裁判员，在他的灵魂里没有罪恶，他在这个世界上已完全获得拯救——他看不出这些看法有什么问题，有什么不现实的地方。

不错，卡列宁也模模糊糊地感觉到，对信仰的这种看法是轻率谬误的。他也知道，如果他根本没有想到他的饶恕是出于神力的驱使，而纯粹是凭感情行事，那就会比他现在想到基督活在心中，他签发公文是在执行神旨，更加幸福。但是卡列宁不能不这样想，他在他屈辱的处境中不能没有一个崇高的，哪怕是假想的立足点，使他这个被人人鄙视的人也可以鄙视别人，因此他就死抱住这个虚假的救星，把它当作真正的救星。

23

李迪雅伯爵夫人还是个年轻热情的姑娘时，就嫁给了一个有钱有势、心地善良而耽于酒色的纨绔子弟。婚后不到两个月，丈夫就把她抛弃了，对于她表示的热烈爱情，他只用嘲笑甚至敌意来回答。这种情绪，凡是知道伯爵的善心而在多情的李迪雅身上又看不到什么缺点的人，都无法解释。从那时起，他们虽然没有离婚，但是分居了。每当丈夫遇见妻子的时候，他总是莫名其妙地用刻毒的嘲笑来对待她。

李迪雅伯爵夫人早已不爱她的丈夫，从那时起从没有停止过同人家谈情说爱。她一下子爱上了好几个人，有男的，也有女的；凡是有什么特点的人她几乎全爱上了。她爱上了所有新订婚的皇亲国戚，爱上了一位总主教、一位助理主教和一位神父；她爱上了一个新闻记者、三个斯拉夫主义者和康米萨罗夫[①]；她爱上了一位大臣、一位医生、一位英国传教士，又爱上了卡列宁。这种朝三暮四的爱情并不妨碍她同宫廷和社交界保持广泛而错综的联系。但自从卡列宁遭到不幸，她对他实行特殊庇护以来；自从她关心卡列宁的幸福，在他家里操劳以来，她觉得其他的爱都是虚假的，现在她真正爱上的只有卡列宁一人。她觉得她现在对他的感情比以前对任何人的感情更强烈。分析自己的感情，拿这次感情同以前对别人的感情作比较，她清楚地看出要不是康米萨罗夫救了沙皇的性命，她是不会爱上他的；要是没有斯拉夫问题，她也不会爱上李斯季奇—库奇茨基。但她爱卡列宁是爱他这个人，爱他高深莫测的灵魂，爱他拖长音的尖细可爱的声音，爱他疲倦的眼神，爱他的性格，爱他青筋毕露的又白又软的手。她不仅高兴看见他，而且总是在他脸上察看他对她的反应。她希望他不仅喜欢她说的话，而且喜欢她整个的人。为了他，她比以前任何时候更加注意修饰打扮。她常常幻想，如果她没有结过婚，他也没有妻子的话，那又会怎么样。他一走进房里，她就兴奋得满脸通红。他对她说些什么愉快的话，她就克制不住由衷的微笑。

李迪雅伯爵夫人心神不宁已经有几天了。她听说安娜和伏伦斯基在彼得堡。一定要使卡列宁避免同她见面，甚至一定不能让他知道这件痛苦的事：这个可怕的女人和他生活在同一个城市里，他随时都会遇见她。

李迪雅通过她的熟人去打听这两个“可恶的人”——她这样称呼安娜和伏伦斯基——在做什么，在这几天里竭力控制她这位朋友的行动，免得他同他们见面。一

① 康米萨罗夫曾打落凶手手枪，救了沙皇亚历山大二世性命。

个年轻的副官，伏伦斯基的朋友——她通过他获得消息，他希望通过她获得某种特权——告诉她说，他们已经办完事情，明天就要走了。李迪雅刚刚放下心，不料第二天早晨就收到一封信，她恐怖地从信封上认出了笔迹。这是安娜·卡列尼娜的笔迹。信封厚得像树皮，在长方形的牛皮纸上写有巨大的花体字母，信里散发着芳香。

“是谁送来的？”

“旅馆里的听差。”

李迪雅伯爵夫人好一阵都无法坐下来看信。她激动得气喘病又犯了。等她平静下来，她读了这样一封法文信：

伯爵夫人：

基督徒的感情充溢您的心，也使我敢于冒昧给您写信。我不幸离开了儿子。我恳求您让我在动身之前再见他一面。我打扰您，请您原谅。我写信给您而不写信给阿历克赛·阿历山德罗维奇，只是为了我不愿使这位宽宏大量的人因想到我而难过。我知道您对他的友谊，您一定会了解我的。您能不能把谢辽查送到我这里来，或者约个时间让我回家来看他，或者告诉我什么时候在别的什么地方我能看见他？我知道决定这件事的人的宽宏大量，我一定不会遭到拒绝。您准不能想象我是多么渴望见到他，因此您也不能想象您的帮助将怎样使我感激不尽。

安娜

这封信里的一切都使李迪雅伯爵夫人生气：不论信的内容，不论“宽宏大量”这四个字的含义，特别是那种她认为放肆的语气。

“对来人说没有回信。”李迪雅伯爵夫人说。接着她立刻翻开信纸，写信给卡列宁，说她希望中午在宫廷庆祝会上看见他。

我需要同您谈一件重大而痛苦的事。到那时我们再约个地方。最好在我家里，我将准备您所喜欢的茶。务必要来。上帝给了人十字架，也给了人忍受的力量。

李迪雅伯爵夫人通常每天都要给卡列宁写两三封信。她喜欢这种联络方式，因为写信要比当面交谈更具有风雅和神秘的色彩。

24

庆祝会结束了。散会后出来的人，大家见了面，交谈着新闻，谁获得了褒奖，谁提升要职。

“最好请玛丽雅·波里索夫娜伯爵夫人负责陆军部，再请华特科夫斯卡雅公爵夫人当参谋长。”一个穿金边制服、头发花白的小老头，对一个向他征求提升意见的高大漂亮的女官说。

“还有让我当副官。”女官笑嘻嘻地回答。

“您已经当上官了。您掌管教会部。卡列宁当您的助手。”

“您好，公爵！”小老头向走过来的一个人握握手说。

“您说卡列宁什么？”公爵问。

“他和普嘉托夫都获得了聂夫斯基勋章。”

“我还以为他原来就有了呢。”

“不。您看看他。”小老头用他的金边帽子指指卡列宁。他身穿朝服，佩着崭新的红色绶带，同一个有势力的议员一起站在门口。“他还挺神气活现。”他加了一句，站住同一个体格魁梧、相貌堂堂的宫廷侍从握手。

“不，他老多了。”宫廷侍从说。

“操劳过度。他现在一直在起草计划。现在他不把所有的条款都说清楚是不肯放走这个可怜人的。”

“怎么老了？他还在谈恋爱呢。我想李迪雅伯爵夫人现在正在妒忌他的妻子呢。”

“嗳！请您不要说李迪雅伯爵夫人的坏话。”

“她爱上了卡列宁，这有什么不好呢？”

“听说卡列宁夫人在这里，这是真的吗？”

“嗳，不是在这宫廷里，是在彼得堡。昨天我看见她和伏伦斯基在滨海街手挽着手走呢。”

“这种人没有……”宫廷侍从刚一开口就停止了，他给一位皇亲让路，还向他鞠躬。

大家就这样对卡列宁议论纷纷，责难他，嘲笑他。他呢，这时候正好拦住那个被他抓住的议员，一刻不停地向议员说明他的财政计划，唯恐议员走掉。

差不多就在妻子离家出走的同时，卡列宁遇到了一个官场中人最伤心的事——晋升的路断了。这件事大家都看得很清楚，但卡列宁自己却没有发觉他的前程已经完了。不论是由于同斯特列莫夫冲突，还是由于同妻子之间发生的悲剧，也不论是官位已达到命定的极限，今年大家都看得清清楚楚，卡列宁的前程已经完了。他还身居要职，他是许多委员会的委员，但他这个人已经过时，谁也不对他抱什么希望了。不论他说什么，不论他提什么建议，大家都觉得是老生常谈，完全没有必要。

但是卡列宁并没有发觉这一点，相反，如今他不直接参加政府活动，却比以前更清楚地看出别人工作中的缺点和错误，并且认为指出纠正的办法是他的责任。在同妻子分居后不久，他就动手写新的审判规章，这是他必须写而谁也不需要的无数小册子中的第一本。

卡列宁不仅没有注意到他在官场中的绝境，不仅不为这事忧虑，而且对他自己的活动比以前任何时候更满意了。

"没有娶妻的，是为主的事挂虑，想怎样叫主喜悦；娶了妻的，是为世上的事挂虑，想怎样叫妻子喜悦。"[①]使徒保罗说。现在卡列宁的一举一动都遵照《圣经》的教导，他常常想到这一段话。他觉得自从离开妻子以来，他就以这些行动来更好地侍奉上帝。

那位议员想摆脱他，脸上露出明显的不耐烦神气，却没有使他发窘。直到议员利用那位皇亲经过的机会溜掉，卡列宁才住了口。

只剩下卡列宁一个人，他垂下头，定了定神，这才漫不经心地回头望了一眼，向门口走去，希望在那里遇见李迪雅伯爵夫人。

"他们个个都那么强壮结实。"卡列宁望着那体格魁伟、留着散发出香气的络腮胡子的宫廷侍从和那个穿军装的公爵的红色脖子，这样想。他要从他们身边走过去。"说得对，世间一切都是邪恶。"他又瞟了一眼宫廷侍从的小腿，想。

卡列宁不慌不忙地走过去，照例带着疲劳而不失威严的神气，向那些刚才在议论他的先生鞠了个躬。接着，眼睛望着门口，找寻着李迪雅伯爵夫人。

"啊！阿历克赛·阿历山德罗维奇！"当卡列宁走到一个小老头旁边，冷冷地向他点了点头时，小老头恶狠狠地闪动眼睛说。"我还没有向您道喜呢。"他指指卡列宁身上的新绶带说。

"谢谢您！"卡列宁回答。"今天天气真好哇！"他加上一句，照例特别强调"好"字。

他们都在嘲笑他，这点他是知道的。不过除了敌意外，他并不期望从他们那里得到别的什么。这种情况他已经习惯了。

卡列宁看见李迪雅伯爵夫人走进门来，看见她那从紧身衣里裸露出来的黄色肩膀和那双若有所思的诱人的美丽眼睛，他露出发亮的牙齿微微一笑，走到她跟前。

---

① 见《新约全书·哥林多前书》第七章第三十二节。

李迪雅近来总是刻意打扮，今天的打扮也煞费苦心。她现在的服饰同她三十年前所追求的完全相反。当年她总是尽可能把自己打扮得漂亮些。现在呢，要是她过分打扮就会同她的年龄和相貌不相称，因此她关心的只是怎样使她的外表和装饰不要太不相称。对卡列宁，她达到了这个目的，他觉得她是迷人的。对他来说，她是他在一片包围他的敌视和嘲笑的汪洋大海中的孤岛，不仅是善意的而且是爱的孤岛。

他穿过嘲笑的目光的行列，自然地追求她那含情脉脉的眼神，就像植物追求阳光一样。

“我向您祝贺！”她用眼睛示意他的绶带，对他说。

他忍住得意的微笑，闭上眼睛，耸耸肩膀，仿佛这并不使他高兴。李迪雅伯爵夫人很懂得，受勋得奖是他人生的主要乐趣，虽然他自己从不承认。

“我们的小天使怎样了？”李迪雅伯爵夫人说，她指的是谢辽查。

“我不能说我对他完全满意，”卡列宁扬起眉毛，睁开眼睛说，“西特尼科夫对他也不满意。（西特尼科夫是谢辽查的家庭教师，负责他的世俗教育[①]。）我对您说过，他对那些会感动每一个大人、每一个孩子心灵的重大问题有点冷淡。”卡列宁开始讲到他除了公务之外唯一关心的问题——儿子的教育问题。

卡列宁依靠李迪雅的帮助恢复了原来的生活和活动以后，觉得关心身边儿子的教育是他的义务。卡列宁以前从来没有研究过教育问题，现在就花一些时间来研究教育理论。他看了几本人类学、教育学和教学法的书，制订了一个教育计划，并且请彼得堡一位最卓越的教育家来指导，着手工作。这项工作是他经常关心的。

“是的，可是心呢？我看出他有一颗同父亲一样的心。一个孩子生有这样的心是决不会坏的。”李迪雅伯爵夫人激动地说。

“是的，也许是这样……至于我呢，不过是尽我的责任罢了。我也只能这样。”

“您到我家来一次，”李迪雅伯爵夫人沉默了一下说，“咱们要谈一件使您伤心的事。我真情愿牺牲一切也不让您再想起那件不愉快的事，可是别人不这样考虑。我收到她的一封信。她在这里，在彼得堡。”

卡列宁一听到她提起妻子就浑身打了个哆嗦，脸上立刻现出死一般僵硬的神色，表示他对这事束手无策。

“我早就料到了。”他说。

李迪雅伯爵夫人痴情地对他望了望，为他灵魂的伟大而激动得热泪盈眶。

---

① 指宗教以外的教育。

25

卡列宁走进李迪雅伯爵夫人那个陈列着古代瓷器、挂满画像的舒适小书房时，女主人自己还没有来。她在换衣服。

圆桌上铺着桌布，上面摆着中国茶具和一把烧酒精炉的银茶壶。卡列宁漫不经心地环顾了一下无数装饰着书房的画像，在桌旁坐下，翻开桌上的《新约》。伯爵夫人身上绸衣服的窸窣声分散了他的注意力。

"好，现在我们可以安安静静坐下来，"李迪雅伯爵夫人露出兴奋的微笑，急急地走到桌子和沙发中间说，"一边喝茶，一边谈谈了。"

李迪雅伯爵夫人说了几句开场白，就涨红了脸，呼吸急促地把她收到的那封信递给卡列宁。

他读着信，沉默了好一阵。

"我想我没有权利拒绝她。"他抬起眼睛，怯生生地说。

"我的朋友！您在谁身上都看不到邪恶！"

"相反，我看到世间一切都是邪恶。可是这样做是不是合理？……"

他脸上显示出犹豫不决和寻求帮助的神色，希望在他所不理解的事情上得到人家的劝告、支持和指导。

"不！"李迪雅伯爵夫人打断他的话说，"凡事都有个限度，我懂得什么叫伤风败俗。"她说得言不由衷，因为她绝对不懂得是什么引得女人伤风败俗的。"可是我不懂得冷酷无情，何况这又是对谁呢？是对您！她怎么可能待在您所在的城市里？唉，真是活到老，学到老。我正在研究您的崇高和她的卑鄙。"

"可是谁愿意落井下石呢？"卡列宁说，对他扮演的角色显然很满意，"我饶恕了她的一切，因此我也不能剥夺她心中的爱，对儿子的爱……"

"但那说得上是爱吗？我的朋友！那是出于真心实意吗？就算您已经饶恕了她，现在还在饶恕她……可是我们有权利去伤害这个小天使的心灵吗？他以为她已经死了。他为她祷告，祈求上帝赦免她的罪孽……这样倒好。他要是看见她，那会怎么想呢？"

"这一点我倒没有想到。"卡列宁说，显然同意她的意见。

李迪雅伯爵夫人双手捂住脸，一言不发。她在祷告。

"要是您征求我的意见，"她祈祷完了，放下手说，"那我劝您不要这样做。难道我看不出您是多么痛苦，这事又揭开了您的创伤吗？就算您像平时那样不顾您自己吧，这又将造成什么后果呢？不是会给您重新带来痛苦，让孩子也受折磨吗？只要她稍微还有一点儿人心，她就不该提出这样的要求。不，我毫不动摇，我劝您不要答应。要是您允许，我就写信给她。”

卡列宁同意她的意见。于是李迪雅伯爵夫人就写了这样一封法文信：

亲爱的夫人：

要是让您的儿子想到您，这就会使他产生一系列问题，而要回答这些问题，就不可能不在孩子的心灵里灌输一种情绪，使他谴责他原来认为神圣的东西。因此我请求您以基督的爱的精神谅解您丈夫的拒绝。我祈求至高无上的神赐给您仁慈。

李迪雅伯爵夫人

这封信达到了李迪雅伯爵夫人连自己都不敢承认的阴险目的。它狠狠地刺痛了安娜的心。

在卡列宁方面呢，他从李迪雅家回来以后，整整一天都无法处理例行公事，也得不到他作为一个灵魂得救的信徒最近所享有的内心平静。

妻子对他犯了这样的大罪，他自己又如李迪雅伯爵夫人公正地说过的那样像个圣人，照理说，回想到妻子是不应该心烦意乱的，可是他却不能平静。他看书看不进去，头脑里驱除不掉痛苦的回忆。他想起他同她的关系，他现在才感觉到他对她做过的错事。他想起从赛马场回来，他怎样听取她坦白自己的不贞，好像听取忏悔一样（特别是想到他只要求她保持体面，并不要求决斗），他感到十分痛苦。他想起他写给她的信，也觉得很难过；特别是一想起他那种谁也不需要的饶恕和他对别人孩子的关心，他的心就被羞耻和悔恨烧灼着。

这种羞耻和悔恨，现在当他回想起他同她的全部往事，回想起他经过长久迟疑之后向她求婚所说的蠢话时，又涌上心来。

“可是我到底做错了什么事？”他自言自语。这个问题总是在他心里引起另一个问题：要是换了别人，譬如说，伏伦斯基、奥勃朗斯基和那些腿肚发达的宫廷侍从，他们会有什么不同的感觉？他们的恋爱和婚姻会有什么不同呢？他想象着这些身强力壮、信心十足的人，他们总是随时随地吸引他的好奇心。他努力驱除这些思想，竭力使自己相信，他活着不是为了今世暂时的生活，而是为了永恒的生活，他心里充满了平静和爱。但是在这暂时的无足轻重的生活里，他认为他犯了一些无足轻重的错误，这使他很痛苦，仿佛连他所信仰的永恒的得救都不存在了。不过，这种诱惑没有持续多久，卡列宁心里恢复了平静和崇高的境界。有了这种心境，他才忘记他不愿想起的那些事情。

26

“怎么样，卡比东诺奇？”谢辽查在生日前一天散步回来，脸色红润，兴高采烈，他把有褶的外套交给那俯身向他微笑的高个子老门房，这样说，“怎么样，今天那个扎绷带的官来过吗？爸爸接见他了？”

“接见了。办公室主任一走，我就去通报了，”门房快乐地眨眨眼说，“让我来给您脱。”

“谢辽查！”斯拉夫家庭教师站在通里屋的门口说，“你自己脱。”

谢辽查听见家庭教师的微弱声音，却不理他。他一只手抓住门房的肩带站着，望着他的脸。

“怎么样，爸爸答应他的要求了？”

门房点点头。

那个扎绷带的小官吏已经来过七次，有什么事来求卡列宁，引起谢辽查和门房的注意。有一次谢辽查在门厅里遇见他，听见他哀求门房给他通报，说他和他的孩子们都快饿死了。

这以后，谢辽查在门厅里又一次遇见这个小官吏，对他很关心。

“怎么样，他很高兴吗？”他问。

“怎么能不高兴呢！他走的时候简直手舞足蹈呢。”

“有人送东西来过吗？”谢辽查沉默了一会儿，问。

“啊，少爷，”门房摇摇头，低声说，“伯爵夫人有东西送来。”

谢辽查立刻明白了，门房说的是李迪雅伯爵夫人给他送来了生日礼物。

“真的吗？在哪里？”

“柯尔尼带给你爸爸了。准是件好东西！”

“多大？有这样大吗？”

“小一点，但是件好东西。”

“是一本书吗？”

“不，是样东西。去吧，去吧，华西里·鲁基奇在叫你呢。”门房听见教师的脚步声越来越近，就小心翼翼地把那只抓住他肩带、手套脱了一半的小手拉开，接着眨眨眼，向教师华西里·鲁基奇走来的方向点点头。

“华西里·鲁基奇，马上就来！”谢辽查带着快活而亲切的微笑说。这种笑容总是能制服一丝不苟的华西里·鲁基奇的。

谢辽查实在太高兴了，太幸福了，他不能不让他的朋友——老门房分享家里的另一件喜事。这喜事他是在夏园散步时听李迪雅伯爵夫人的侄女说的。他觉得这喜事特别有意思，因为是同那个小官吏的喜事以及他自己收到玩具这样的乐事同时来临的。谢辽查觉得今天是个大喜的日子，应该人人高兴，个个快乐。

“你知道吗？爸爸今天得了聂夫斯基勋章。”

“怎么不知道！人家已经来道过喜了。”

“怎么样，他高兴吗？”

“皇上赐恩，他怎么会不高兴呢！这说明他是立了功的。”门房一本正经地说。

谢辽查沉思起来，凝视着他仔细研究过的门房的脸，特别是那夹在灰色络腮胡子中间的下巴。这下巴，除了总是向他仰视的谢辽查以外，谁也没有看清楚过。

“哦，你的女儿在你家里吗？”

门房的女儿是一个芭蕾舞演员。

“不是礼拜天怎么能来呢？她们也要上课。您也要上课了，少爷，去吧！”

谢辽查走进屋里，不坐下来读书，却对教师说送来的礼物一定是辆火车。“您看是什么？”他问。

但华西里·鲁基奇只想到要谢辽查预备语法，因为语法教师再过两小时就要来了。

“不，华西里·鲁基奇，您只要告诉我，”他已经坐到书桌旁，两手拿着书，忽然问，“什么勋章比聂夫斯基更高？您知道吗？爸爸得了聂夫斯基勋章了。”

华西里·鲁基奇回答说，比聂夫斯基勋章更高的是弗拉基米尔勋章。

“再高些呢？”

“最高是安德烈勋章。”

“比安德烈再高呢？”

“我不知道。”

“怎么，连您都不知道吗？”谢辽查两肘支着脑袋，沉思起来。

他的思想错综复杂，五花八门。他想象他的父亲忽然同时得了弗拉基米尔勋章和安德烈勋章，这样他今天来上课就会和气得多。等到他长大了，他将得到所有的勋章，到那时人家还会想出比安德烈更高的勋章。人家一想出来，他就得到。人家还会想出更高的勋章来，他也会立刻把它弄到手。

时间就在这样胡思乱想中过去。教师来上课，他有关时间、地点和行为方式的状语没有预备好。教师不但很不满意，简直很伤心。教师的伤心触动了谢辽查。然而他觉得他没有预备好功课不能怪他；不管他怎样用功，他总是学不好。教师给他解释，他似乎懂了，但当剩下他一个人的时候，他简直就想不起、弄不懂为什么“突然”这个常见的普通词是行为方式状语。不过使教师伤心，他总觉得内疚，想去安慰安慰教师。

他选择了教师默默看书的时候，突然问：

“米哈伊尔·伊凡内奇，您几时过命名日啊？”

“您最好还是想想您的功课，至于命名日，对一个明白事理的人是毫无意义的。命名日也像平时一样，应该用功。”

谢辽查仔细望望教师，望望他稀疏的大胡子，望望他那副滑到鼻梁下面的眼镜，一心一意沉思起来，教师给他作的解释一句也没有听进去。他明白教师嘴上讲的并不是教师心里想的，他是从教师的语气里听出来的。“可是为什么他们都一个调子讲这种最乏味最无用的东西呢？为什么他疏远我，不喜欢我呢？”他忧郁地问自己，可是回答不上来。

27

语文教师上课以后是父亲的课。父亲还没有来，谢辽查就坐在桌旁玩弄一把小刀，同时想着心事。在谢辽查爱好的活动中，有一项就是散步时找寻母亲。他不相信人会死，特别不相信母亲会死，尽管李迪雅伯爵夫人告诉了他，父亲也加以证实，因此，即使在他们告诉他母亲已死的消息以后，他还是在散步时找寻她。凡是身体丰满、风度优美的黑头发女人都是他的母亲。一看见这样的女人，他的心头就会涌上一股亲切的暖流，使他激动得喘不过气来，泪水也会夺眶而出。他就这样怀着满腔希望等待着，等着母亲走到他面前，揭开面纱，露出整个面孔，向他微笑，把他紧紧抱住。他会闻到她的气息，感觉到她手臂的柔软。他会幸福得哭出来，就像那天晚上躺在她脚边，她呵他的痒，他哈哈大笑，咬她那只戴戒指的白手一样。后来，他无意间从奶妈那里知道，他的母亲并没有死，父亲和李迪雅又向他解释，说她对他来说等于死了，因为她不好（这话他怎么也不能相信，因为他爱她），但他还是到处找寻她，等待她。今天在夏园里有一位戴紫色面纱的太太沿着小径向他们走来，他克制住心悸注视着，满心希望就是她。这位太太没有走到他们面前，却在哪里消失了。今天谢辽查对母亲的爱比平时更强烈。这会儿，他在等父亲来上课，想得出了神，用小刀在旧桌子边上刻满刀痕，亮晶晶的眼睛望着前方，想念着她。

“爸爸来了！”华西里·鲁基奇把他叫醒了。

谢辽查跳起来，跑到父亲面前，吻了吻他的手，仔细望望他的脸，想看出他得了聂夫斯基勋章后高兴的迹象。

“你散步得快活吗？”卡列宁一面说，一面坐到他的扶手椅上，拉过《旧约》，把它翻开来。虽然卡列宁对谢辽查说过不止一次，凡是基督徒都应该熟悉圣史，但他自己上课却常常查阅《圣经》。这一点谢辽查是注意到的。

“嘿，非常快活，爸爸！”谢辽查说着在椅子边上坐下来，摇动着。这种行为是被禁止的。“我看见了娜金卡（娜金卡是李迪雅抚养长大的侄女）。她告诉我说您得了新勋章。您高兴吗，爸爸？”

“第一，请你不要摇椅子；”卡列宁说，“第二，可贵的不是奖赏，而是劳动。这一点我希望你能理解。你瞧，如果你劳动、学习只是为了得奖，你会觉得劳动是辛苦的；可是当你劳动的时候，”卡列宁想到，今天早晨他怎样凭责任感签发了一百十八份公文，完成了这样枯燥乏味的工作，说，“如果你爱劳动，就会在其中得到奖赏。”

谢辽查的热情和快乐得晶晶发亮的眼睛变得暗淡无光，在父亲的目光下垂下来。父亲对谢辽查说话一向用这样的口气，他早就听惯了，并且会模仿他。谢辽查觉得，父亲对他说话，总是像对一个凭空想象出来，只有书本里才有的孩子说话，完全不像对他谢辽查说话。谢辽查也总是竭力装得像书本里那样的孩子。

“我想你总该了解这个道理了吧？”父亲说。

“是的，爸爸。”谢辽查竭力装得像个模范孩子那样回答。

功课包括背诵福音书里的几节经文和复习《旧约》的开头部分。福音书里的几节经文谢辽查本来记得很熟，可是这会儿他在背诵时凝视着父亲骨头突出的前额，凝视得出了神，就在同一个字上把一节经文的结尾同另一节经文的开端混淆起来了。卡列宁认为他显然不了解他背诵的经文的意思，大为恼火。

他皱起眉头，开始解释谢辽查听过多次却怎么也记不住的经文，因为他太熟悉了，反而记不住，就像“突然”是行为方式状语一样。谢辽查怯生生地望着父亲，心里只想着一件事：父亲会不会叫他复述他说过的话？这种情况有时候是有的。这个念头使谢辽查很害怕，弄得他头脑有点糊涂。但父亲并没有叫他复述，就改上《旧约》课了。谢辽查叙述《旧约》里的事件叙述得很好，但要他回答某些事件说明什么问题，他却一无所知，虽然他为这门功课已经受过处罚。使他哑口无言，坐立不安，用刀划桌子，坐在椅上摇晃的，就是要他背诵洪水泛滥以前人类始祖的谱系。这些始祖他一个也不知道，只记得那个活着就被上帝带到天上去的以诺。以前他记得他们的名字，可是现在全忘记了，特别是因为在《旧约》中他只喜欢一个以诺，以诺活着升天这件事在他头脑里是同一连串思想活动联系着的。现在，当他眼睛盯住父亲的表链和背心上半解开的纽扣时，他就沉湎在这一连串的思想中。

对于人家常常对他说起的死这件事，他并不完全相信。他不相信他所心爱的人会死，特别不相信他自己会死。死对他是完全不可能的，是无法理解的。但人家对他说凡人都要死。他问过他所信任的人，他们也都肯定这一点，就连他的奶妈也这样说，虽然说的时候不太高兴。但是以诺没有死，可见不是人人都要死。“为什么不是每个人都可以博得上帝的恩宠，活着升天呢？”谢辽查想。坏人，也就是谢辽查所不喜欢的那些人，都会死，但是好人都可以像以诺一样活着升天。

“那么，有哪些祖先呢？”

“以诺，以诺。”

“这你已经说过了。这样不好，谢辽查，太不好了。如果你不努力记住一个基督徒最重要的事，”父亲站起身来说，“那还有什么事能使你留意呢？我对你不满意，彼得·伊格纳基奇（他是首席教师）对你也不满意……我得处罚你。”

父亲和教师对谢辽查都不满意，他学习得确实很糟。但决不能说他是一个低能的孩子。相反，他比教师举出来给他做榜样的孩子要聪明得多。照父亲看来，他不肯学习教师给他上过的功课。其实他是不愿学习。他所以不愿学习，因为在他的心里存在着比父亲和教师提出的更迫切的要求。这两种要求是矛盾的，因此他同教育他的人发生了冲突。

他现在九岁，还是个孩子，但他知道自己的心灵，他爱护它，就像眼皮保护眼珠一样。没有爱的钥匙，他就不让任何人闯进他的心灵。教师抱怨他不肯学习，其实他的心灵洋溢着求知欲。他向卡比东诺奇，向奶妈，向娜金卡，向华西里·鲁基奇学习，却不向教师们学习。父亲和教师的希望落空了，就像推动水车的水早就漏掉了，漏到别的地方去了。

父亲罚谢辽查不准去找李迪雅的侄女娜金卡，这正是谢辽查求之不得的。华西里·鲁基奇情绪很好，教他怎样做风车。整个晚上谢辽查都在做玩具风车，同时梦想做一个人可以待在上面转的大风车；或者双手抓住风车的翅膀，或者把自己缚在上面转。整个晚上谢辽查都没有想到过母亲，但是，上床以后，他忽然想到了她，就用他自己的话祈祷，恳求他母亲明天他生日不再躲着他而回家来看他。

“华西里·鲁基奇，您知道我另外还祷告什么吗？”

“是不是希望功课好一点哪？”

“不是。”

“玩具吗？”

“不。您猜不着。美极了，这是个秘密！等到实现了，我再告诉您。您猜不着吧？”

“是的，我猜不着。你说出来吧！”华西里·鲁基奇微笑着说，这在他是很难得的，“嗯，睡下，我要吹灭蜡烛了。”

“灭了蜡烛，我祷告的东西就看得更清楚。哟，我差点儿泄漏秘密了！”谢辽查快活地笑出声来，说。

等到蜡烛拿走以后，谢辽查听见和感觉到他的母亲来了。她俯身站在他旁边，用慈爱的目光抚慰着他。可是又出现了风车、小刀，一切都混淆起来，他就这样睡着了。

28

伏伦斯基同安娜回到彼得堡，住在一家上等旅馆里。伏伦斯基单独住在楼下，安娜带着婴孩、奶妈和侍女住在楼上有四间房的大套间里。

他们到达那天，伏伦斯基就去看望他哥哥。他在那里遇见因事从莫斯科到来的母亲。母亲和嫂嫂照常迎接他。她们问他国外旅行的情况，谈到他们共同的熟人，但只字不提他同安娜的关系。第二天一早，哥哥就来看望伏伦斯基，主动向他打听她的情况。伏伦斯基坦率地告诉他，他把他同安娜的关系看得像结过婚一样，他希望她能办理离婚手续，到那时就可以同她正式结婚，而目前他也把她看作正式妻子。他请哥哥把他的意思转告母亲和嫂嫂。

“社会上赞成不赞成，我倒无所谓，”伏伦斯基说，“但我的亲人如果要同我保持亲属关系，那他们就应该同我的妻子保持同样的关系。”

哥哥一向尊重弟弟的见解，但在社会没有判断这件事以前，他不知道弟弟做得对还是不对。至于本人，他完全不反对这件事，因此就同伏伦斯基一起去看安娜。

伏伦斯基当着哥哥的面也像当着一切人的面那样，对安娜用“您”称呼，对待她就像对待一个知己朋友，但心照不宣；哥哥知道他们的真实关系，他们也就谈到安娜要到伏伦斯基庄园去的事。

伏伦斯基富于社会经验，但由于他现在的特殊处境，头脑十分糊涂。照说他应该明白，社交界的门对他和安娜是关着的，但他头脑里却昏昏然，以为那都是过去的情况，现在社会的发展一日千里（他不知不觉成了一切进步事物的拥护者），现在社会的舆论变了，他们能不能被社交界接纳，这问题还很难说。“当然，”他想，“宫廷社会不会接待她，但是亲戚朋友能够而且应该理解他们。”

一个人可以用同一个姿势盘腿坐上几小时，如果他知道并没有人强迫他这样坐着；

但一个人如果知道他非用这样的姿势盘腿坐上几小时不可，他的腿就会麻木痉挛，而竭力想伸到他希望伸的地方去。伏伦斯基对社交界就有这样的感觉。他心里明明知道社交界的门对他们是关闭着的，但他还是在尝试，看社交界的情况现在是不是有了改变，会不会接纳他们。但他很快就发觉社交界的门对他个人是敞开的，但对安娜却是关闭的。好像孩子们玩猫捉老鼠游戏一样，大家的手臂举起来放他进去，但接着就放下来拦住安娜。

伏伦斯基在彼得堡最早遇见的女人之一是他的堂姐培特西。

“到底回来了！”她高兴地迎接他，“安娜呢？见到你我真高兴啊！你们住在哪里？我能想象，你们做了一次这样愉快的旅行以后，我们这个彼得堡一定会使你们觉得讨厌。我能想象你们怎样在罗马度蜜月。离婚怎么样了？手续都办好了吗？”

伏伦斯基发觉，培特西听到离婚手续还没有办，她的热情就冷下来。

“我知道人家会攻击我，”她说，“但我要去看看安娜，是的，我一定要去。你们在这里不会住很久吧？”

果然，她当天就去看安娜，但她的语气和以前完全不同。她显然为自己的勇敢而扬扬得意，并且希望安娜珍重她的友谊。她待了不到十分钟，谈着社会新闻，临走时说：

“你们还没有告诉我什么时候办理离婚手续。就算我对人家的风言风语不加理会，可是你们不结婚，那些古板君子还是要冷淡你们的。这种情况现在一点也不稀奇。真是司空见惯了。那么，你们礼拜五走吗？真可惜，我们没有机会再见面了。”

伏伦斯基从培特西的语气中已经听出，社交界将怎样对待他们，但在他的家庭里，他又做了一番努力。他对母亲不抱希望。他知道，母亲最初见到安娜时，对她大为赞赏，可是现在对她冷酷无情，因为她断送了儿子的前程。不过他对嫂嫂华丽雅还是抱着很大的希望。他认为她不会攻击他们，一定会毅然去看望安娜，并且在家里接待她。

他们到后第二天，伏伦斯基就去看嫂嫂。他看到只她一人在家，就坦率地说出自己的希望。

“你要明白，阿历克赛，”她听完他的话说，“我是多么喜欢你，多么愿意为你效劳，可是我不吭声，因为知道我对你和对安娜·阿尔卡迪耶夫娜帮不了什么忙。”她在“安娜·阿尔卡迪耶夫娜”这个称呼上特别加强语气。“你不要以为我对她有意见。决不是的，也许我处在她的地位也会这样做。我不想也不能细谈，”她怯生生地察看着他那阴郁的脸，说，“但事实却不能不正视。你要我去看她，在家里接待她，好在社交界里恢复她的名誉；可是你要明白，我不能这样做。我两个女儿都长大了，还有，为了丈夫我也不能不在社交界应酬应酬。好吧，我会去看望安娜·阿尔卡迪耶夫娜的；她会了解我为什么不能请她到家里来，就是请她来了，也要使她避免遇见有不同看法的人，要不然只会使她生气。我不能提高她的……”

“我认为她不会比你们所接待的成百个女人堕落！”伏伦斯基绷着脸打断她的话，知道嫂嫂的意见不可能改变，就一言不发地站起身来。

“阿历克赛！你不要生我的气。你要了解这不能怪我。”华丽雅带着胆怯的微笑望着他，说。

“我并不生你的气，”他还是绷着脸说，“可是我心里加倍难过。我还感到难过的是，这样会损害我们的情谊。就算不是损害，至少也会削弱我们的感情。你要明白，我这是无可奈何。”

他说完这话，就从她家里出来。

伏伦斯基明白，再做努力也是白费，他们在彼得堡只得像在一个陌生的城市里那样再挨上几天，避开原来出入的社交界，免得遇到使他难堪的烦恼和屈辱。他在彼得堡极不愉快的一件事，就是卡列宁和他的名字无处不存在。不论谈什么事都会谈到卡列宁，不论到什么地方都会遇见他。至少伏伦斯基有这样的感觉，好像一个手指受伤的人，动不动就会让这个痛手指撞在什么地方。

伏伦斯基感到他们待在彼得堡很痛苦，还因为他看到，安娜心里总有一种他难以理解的古怪情绪。她时而仿佛很爱他，时而变得很冷淡，脾气暴躁，莫测高深。她因为什么事很苦恼，有什么事瞒着他，仿佛并没察觉毒害他生活的屈辱。这种屈辱因她的敏感一定使她觉得更难受。

29

安娜回国的目的之一就是看望儿子。自从她离开意大利那天起，同儿子见面的念头一直使她激动。她离彼得堡越近，就觉得这次见面的快乐和意义越大。她没有考虑过怎样安排这次见面。她认为只要同儿子住在同一个城市里，这事是很自然很容易办到的。但她一到彼得堡，就清楚地看到她现在的社会地位，她懂得要安排同儿子见面是很困难的。

她回到彼得堡已经两天了。同儿子见面的念头一刻也没有离开过她，可是她还没有见到儿子。直接到家里去，可能遇见卡列宁，她觉得她没有权利这样做。可能不让她进去，还要侮辱她。写信去同丈夫交涉，这在她是痛苦的，因为她一想到丈夫，心里就不能平静。打听到儿子什么时候出来散步，在什么地方看看他，这在她是不够的，因为她为这次见面做了那么多的准备，她有多少话要对他说，她多么想抱抱他，吻吻他呀。谢辽查的老保姆本来可以帮助她，教她怎么办。可是老保姆已经不在卡列宁家了。就这样，一面犹豫不决，一面找寻老保姆，过了两天。

安娜打听到卡列宁同李迪雅伯爵夫人的亲密关系，第三天就决定写一封信给她。她煞费苦心写成这封信，故意说允许不允许她看儿子，全凭丈夫的宽宏大量。她知道，只要这封信送到丈夫手里，他一定又会装得十分慷慨而不会拒绝她的要求。

信差给她带回来最残酷的意料不到的答复，就是没有回信。她把信差唤来，听他详细叙述他怎样等了一阵，然后人家对他说："没有回信。"她听了他的叙述，觉得自己受到空前未有的屈辱。安娜觉得自己受侮辱，被损害，但她认为李迪雅伯爵夫人就她的观点来说是正确的。她的痛苦因为只能独自忍受，就显得特别厉害。她不能也不愿让伏伦斯基分担这份痛苦。她知道，虽然他是造成她不幸的主要原因，她同儿子见面这件事在他看来却是最无足轻重的。她知道，他决不会理解她的痛苦有多深；她知道，一提到这件事，他那种冷淡的语气就会惹得她恨他。这一点恰恰是她觉得天下最可怕的事，因此凡是牵涉到儿子的事，她总是瞒着他。

她在家里坐了一整天，考虑着同儿子见面的办法，终于决定写信给丈夫。当李迪雅的信送来时，她已经写好信了。伯爵夫人的沉默原来使她感到自卑，可是现在这封信，她在字里行间所读到的一切，却使她大为恼怒。她拿人家的恶毒用心同自己热爱儿子的正当感情一对照，就愤恨起别人来，不再自怨自艾了。

"这种冷酷无情，虚情假意，"她自言自语，"他们就是要侮辱我，折磨孩子，我会顺从他们吗？决不！她比我更坏。我至少不撒谎。"她当即决定明天，在谢辽查的生日，直接到丈夫家去，买通用人，或者耍个花招，但无论如何要看到儿子，拆穿他们对不幸的孩子编造的无耻谎言。

她坐车到玩具店买了许多玩具，考虑好行动计划。她将一早去，八点钟就去，那时卡列宁一定还没有起身。她手头要准备好零钱给门房和仆人，这样他们就会让她进去。她将不揭开面纱，推说她是谢辽查的教父派她来祝贺的，她要把玩具放在孩子的床边。她就是没有考虑好对儿子说些什么话。不管她怎样反复考虑，还是毫无主意。

第二天早晨八点钟，安娜从一辆出租马车里下来，在她原来的家的大门口打了打铃。

"你去看看什么事。是一位太太。"门房卡比东诺奇还没有穿好衣服，就披上大衣，趿着套鞋，从窗口看见门外站着一位戴面纱的太太，说。

门房的助手，一个安娜不认识的小伙子，刚一开门，她就走了进来，从手筒里摸出一张三卢布钞票，塞到他手里。

“谢辽查……少爷。”她说着向前走去。门房助手看了看钞票，在玻璃门前又把她拦住。

“您找谁呀？”他问。

她没有听见他的话，什么也没回答。

卡比东诺奇发现这位陌生太太神态慌张，就亲自走到她面前，让她进了门，问她有什么事。

“斯科罗杜莫夫公爵派我来看少爷。”她说。

“他还没有起来呢。”门房仔细打量着她说。

安娜怎么也没有想到，这座她住过九年的房子，门厅里的陈设虽依然如旧，竟会这样使她激动。种种往事，有欢乐的，有痛苦的，在她头脑里翻腾着。刹那间她竟忘记到这里来做什么。

“请您等一等，好吗？”卡比东诺奇一面帮她脱外套，一面说。

卡比东诺奇帮她脱下外套，望了望她的脸，认出了她，就默默地向她鞠躬。

“夫人，请进！”他对她说。

她想说些什么，可是喉咙里发不出一点声音来。她用愧悔的恳求眼神望了望老头儿，步态轻盈地快步走上楼去。卡比东诺奇弯下身子，套鞋绊着梯级，跟在她后面，拼命想赶上她。

“教师在那里，说不定还没有穿好衣服。我这就去通报。”

安娜继续沿着熟悉的楼梯走上去，没有听清老头儿在说些什么。

“您请这边走，往左走。对不起，地方没收拾干净。少爷现在住到原来的会客室去了。”门房上气不接下气地说。“对不起，夫人，您等一下，我去看看。”他说着追过了她，打开一扇高高的门，消失在门里。安娜站在门口等。“他刚醒来。”门房又从门里走出来说。

就在门房说这话的时候，安娜听见孩子打呵欠的声音。光从这呵欠声她就听出是儿子，她仿佛看到儿子就在面前。

“让我进去，让我进去，你走吧！”她说，穿过那扇高高的门。门的右边放着一张床，床上坐着一个男孩子。那孩子只穿一件敞开的衬衫，弯着小小的身子，伸着懒腰，还在打呵欠。他闭上嘴唇，嘴角上浮起一丝睡意未消的幸福微笑。他带着这微笑，又惬意地慢慢躺下来。

“谢辽查！”她低声叫着，同时悄悄走到他旁边。

在她同他分离的时期，在最近她对他的母爱沸腾的时候，她总是把他想象成她最喜爱的四岁时的模样。现在他跟她离开时不同了，和他四岁时的模样更加不一样，长得更高了，但是瘦了些。这是怎么一回事！他的脸多么消瘦，他的头发多么短！一双手又多么长！自从她离开以后，他的模样变得多厉害！但这分明是他，是他的头型、他的嘴唇、他的柔软的细脖子和宽阔的小肩膀。

“谢辽查！”她弯下身，在孩子耳边又唤了一声。

他又用臂肘支起身来，转动乱发蓬松的脑袋，仿佛在找寻什么，接着睁开眼睛。他默默地用困惑的眼光对木然不动站在他面前的母亲望了几秒钟，随即幸福地微微一笑，又阖上睡意未消的眼睛，倒下来，但不是往后躺，而是倒在母亲身上，倒在她的怀抱里。

“谢辽查！我的好孩子！”她上气不接下气地叫道，双臂搂住他那胖鼓鼓的身体。

“妈妈！”他一面喊，一面在她的怀抱里扭动，使身体各部分都能接触到她的手臂。

他睡意蒙眬地微笑着，一直闭着眼睛，胖嘟嘟的小手从床边举起来，抓住她的肩膀，偎依着她，使她沉醉在孩子特有的可爱的睡意未消的香味和温暖中，并且用他的脸蛋摩擦着她的脖子和肩膀。

“我早就知道了，”他一面睁开眼睛，一面说，“今天是我的生日。我知道你会来的。我这就起来。”

他这么说着，又睡着了。

安娜贪婪地打量着他；她看到在她离家的这些日子里，他长大了，模样也变了。她又像认得又像不认得他那双露在被子外面的如今长得那么大的光腿，他那消瘦的面颊，他那后脑勺上剪得短短的鬈发——她以前常常吻他的后脑勺。她抚摩着他身上的每个部分，却一句话也说不出来。眼泪把她哽住了。

“你哭什么呀，妈妈？”他完全醒过来了，说。“妈妈，你哭什么呀？”他用哭一样的声音叫道。

“我吗？我不哭了……我是高兴得哭了。我那么久没有看见你了。我不哭了，不哭了。”她一面咽着眼泪，一面背过脸去说。“哦，现在你该起来了。”她沉默了一会儿，收起哭脸，又说。接着没有放开他的手，在床边放着他衣服的椅子上坐下来。

“我不在，你是怎么穿衣服的？你怎么……”她想说得轻松些，可是办不到，只得又背过身去。

“我不洗冷水澡了，爸爸不答应。你没看见华西里·鲁基奇吗？他会来的。你坐在我的衣服上啦！”谢辽查哈哈大笑起来。

她对他望望，也笑了笑。

“妈妈，心肝，宝贝！”他又扑到她身上，搂抱着她，叫起来。仿佛直到现在，看见她的微笑，他才明白是怎么一回事。“这个不要。”他一面说一面取下她的帽子。他看见她不戴帽子的样子，就像重新看见她一般，又扑上去吻她。

“谢辽查！我的好孩子！”她上气不接下气地叫道，双臂搂住他那胖鼓鼓的身体。

“那么你是怎样想我的？你没想过我死了吧？”

“我从来没有相信过。”

“你不相信吗，我的宝贝？”

“我知道的，我知道的！”他反复说着这句喜爱的话，同时抓住她那抚摩着他头发的手，把她的手心紧贴在自己的嘴唇上吻着。

30

华西里·鲁基奇起初不知道这位太太是谁，后来从他们的谈话中听出，她就是那个抛弃丈夫的谢辽查的母亲（他到他们家来时她已经不在了），他迟疑不决，不知道进去好还是不进去好，还是去报告卡列宁。最后，他考虑到他的职责就是叫谢辽查在规定的时间起床，因此谁在里面，是母亲还是别人，不关他的事，他只要尽他的责任就是了。于是他穿上衣服，走到门口，打开房门。

但是，母子的亲热，他们的声音和他们的谈话，这一切使他改变了主意。他摇摇头，叹了一口气，又把门关上。“再等十分钟吧！”他自言自语，一面咳嗽几声，一面擦眼泪。

这时候，家里的仆人也发生了剧烈的骚动。大家都知道太太来了，是卡比东诺奇放她进来的，她此刻在育儿室里，而老爷八点钟以后照例将到育儿室去。大家心里都明白夫妻两人不能见面，必须设法防止。侍仆柯尔尼去到门房，查问是谁放她进来，怎么放她进来的。他知道是卡比东诺奇让她进来，把她带上楼去，就训斥老头儿。门房执拗地不吭声，但当柯尔尼对他说因此要把他开除时，卡比东诺奇霍地跳到柯尔尼面前，对着他的脸挥动双臂，大声说：

“哼，换了你当然不会让她进来！我在这里干了十年，只受到恩惠，没有别的。你现在倒跑上去说：‘走，滚开！’你这人真刁！就是这样！你不要忘记你自己怎样揩老爷的油，还偷他的皮外套！”

“你这王八蛋！”柯尔尼轻蔑地说，转身对着进来的保姆，“嘿，您倒来评一评，玛丽雅·叶斐莫夫娜，他对谁也不说一声，就让她进来了。”柯尔尼对她说：“阿历克赛·阿历山德罗维奇马上就要出来了，就要到育儿室去了。”

“糟了，糟了！”保姆说，“柯尔尼·华西里耶维奇，你最好想办法把他，就是把老爷拦一拦。我去想办法叫她走。糟了，糟了！”

保姆走进育儿室的时候，谢辽查正在讲给母亲听，他同娜金卡一起怎样从山上滑雪下来摔了跤，一连翻了三个筋斗。安娜听着他的声音，看着他的脸和脸上的神情，抚摩着他的手，但没有听进他的话。得走了，得离开他了——这就是她所想和所感觉到的唯一事情。她听见走到门口咳嗽几声的华西里·鲁基奇的脚步声，听见走来的保姆的脚步声；但是她却像石头人一样坐着，一动不动，没有力气说话，也没有力气站起来。

“太太，我的好太太！”保姆走到安娜跟前，吻着她的手和肩膀说，“嗯，上帝赐给我们的小宝贝生日快乐。太太，您可一点儿也没变哪！”

“啊，我的好保姆，我不知道你在家里。”安娜暂时醒悟过来说。

“我不住在这里，我住在女儿那里，少爷今天生日，我是特地来祝贺的，安娜·阿尔卡迪耶夫娜，我的好太太！”

保姆突然哭出声，又吻起她的手来。

谢辽查眼睛闪闪发亮，脸上洋溢着笑意，一手拉住母亲，一手拉住保姆，一双光着的胖鼓鼓的小脚拼命跺着地毯。他心爱的保姆对他母亲的亲热情意使他特别高兴。

“妈妈！她常常来看我，来的时候总是……”他刚开始说话就停住了，因为发现保姆对母亲咬了个耳朵，母亲脸上就现出恐惧和羞愧的神色。这种表情跟母亲是多么不相称哪！

她走到他面前。

“我的宝贝！”她说。

她没有办法说“再见”，但她脸上的表情说明了她要说的话，而他也明白了。“我的宝贝，我的小查查！”她唤着她从前叫惯的小名，“你不会忘记我吧？你……”她再也说不下去了。

以后她会想出多少话来对他说呀！可是此刻她却什么话也想不出来，什么话也说不出口。但谢辽查懂得她要对他说的一切。他懂得她是不幸的，但她是爱他的。他甚至懂得保姆对她低声说了些什么话。他听见她说：“他总是八点钟以后来。”他懂得这是在说父亲，母亲同父亲不能见面。这些他是懂的，只是一件事他弄不懂：为什么她脸上现出恐惧和羞愧的神色？……她没有什么过错，可是她怕他，还为什么事害臊。他很想问一问，来解除心里的疙瘩，可是他不敢问，因为他看到她很痛苦，他为她难过。他默默地紧偎着她，悄悄地说：

“你不要走。他不会马上就来。”

母亲把他推开一点，想看看他说这话是不是思考过的。她在他惊惶的神色中看出，他不仅在说他父亲，而且仿佛在问她，他该怎样看待父亲。

“谢辽查，我的孩子，”她说，“你要爱他，他比我好，比我善良，是我对不起他。等你长大了，你会明白的。”

“天下没有比你更好的人了！……”谢辽查含着眼泪不顾死活地叫起来。同时抓住她的肩膀，一个劲儿地用他那双紧张得发抖的手臂把她紧紧抱住。

“我的孩子，我的心肝！”安娜唤着，也像他一样天真无邪地轻轻哭起来。

这时候，门开了，华西里·鲁基奇走进来。从另一扇门里传来脚步声，保姆惊慌失措地低声说：

“来了。”说着把帽子递给安娜。

谢辽查倒在床上，双手捂住脸哭起来。安娜拉开他的手，再次吻了吻他那湿漉漉的脸，快步走出门去。卡列宁迎着她走来。他一看见她，立刻站住，低下了头。

尽管她刚才说过他比她好、比她善良，但当她迅速对他扫了一眼，把他的整个身子和细小地方都看个清楚时，她心里顿时充满了对他的憎恨和因他独占儿子而产生的嫉妒。她连忙放下面纱，加快脚步，几乎像跑步一般从房里直奔出去。

她昨天怀着那么深挚的爱和悲伤在铺子里挑选的玩具，竟没有来得及拿出来，就这样又原封不动地带了回去。

31

安娜虽然那么渴望见到儿子，那么早就在思想上作好会面的准备，可她万万没有料到，这次见面会使她如此激动。她回到旅馆的单身房间，好半天弄不懂她怎么会来到这里。“是的，一切都完了，又剩下我孤零零一个人了。”她自言自语，帽子也不脱，就在壁炉旁的安乐椅上坐下。她眼睛紧盯着窗户之间桌上摆着的青铜时钟，沉思起来。

那个从国外带回来的法国侍女走进来请她换衣服。她惊奇地对侍女瞧瞧说：

“等一下。”

男仆问她要不要喝咖啡。

“等一下。”她说。

意大利奶妈把小女孩打扮好了，抱进来交给安娜。养得胖鼓鼓的小女孩，一看见母亲，伸出手腕胖得像有一根线扎着似的小手，手心向下，咧开没有牙齿的小嘴微笑着，两只小手像鱼鳍划水一样挥动，在浆硬的绣花小裙子上乱摸，发出飒飒的响声。看到她这副模样，谁也忍不住不微笑，不吻吻她；谁也忍不住不伸给她一个手指，好让她抓住，让她尖声叫喊，扭动整个小身子；谁也忍不住不把嘴唇凑过去，让她噘起小嘴，做出接吻的样子。这一切安娜都做了，安娜抱她，逗她跳跳，吻吻她那鲜嫩的面颊和露出的小肘。但看见这婴孩，她却更加清楚地觉得，她对这婴孩的感情如果同她对谢辽查的感情相比较，那简直说不上是爱了。这小女孩身上的一切都很可爱，但不知怎的，这一切都揪不住她的心。她把全部母爱都倾注在同她不爱的男人所生的头生孩子身上，还觉得不满足；这个小女孩是在最痛苦的境遇下生的，可是她倾注在她身上的感情还不如头生孩子的百分之一。此外，小女孩还没有长大，前途尚难以预料，可是谢辽查已经俨然像个成人了，而且是个可爱的人；各种思想感情已开始在他身上斗争；他了解她，爱她，评判她——当她回想到他的话和眼神时，她这样想。可是她却永远同他分离了，不仅肉体上而且精神上永远分离了，再也无法挽回了。

她把小女孩交给奶妈，让她们出去，自己打开嵌有谢辽查照片的颈饰。当时谢辽查的年纪同这个小女孩差不多。她站起来，脱下帽子，从桌上拿起一本贴有谢辽查不同年龄照片的照相簿。她要拿这些照片进行比较，就把它们从照相簿上抽下来。她把所有的照片都拿了下来。只剩下一张，是最近的也是最好的一张。他穿着一件白衬衫，骑在一把椅子上，皱着眉头，嘴上浮着微笑。这是他最有特色最可爱的表情。她用她那双小巧玲珑的手，用她那今天特别紧张的又白又细的手指，几次剔这张照片的角，可是怎么也剔不开来。桌上没有小刀，她撕下旁边一张照片（这是伏伦斯基在罗马拍的照片，他头戴圆礼帽，蓄着长头发），她就用这张照片把儿子的照片剔下来。“哦，是他！”她瞧了瞧伏伦斯基的照片说，接着突然想起谁是造成她今天不幸的罪魁祸首。整个早晨她都没有想到过他。但是，这会儿她一看到这样熟悉这样亲切的仪表堂堂的脸，心头不禁突然涌起一阵爱情的波涛。

“他现在在哪里？他怎么能把我一个人丢在这里受苦呢？”她忽然带着一种责备的心情想，却忘记正是她自己对他隐瞒了有关儿子的一切。她派人请他立刻回来；苦苦思索着她要说些什么，好把一切都告诉他，幻想着他将怎样亲热地安慰她。她就这样等待着他。仆人回来说，他现在有客人，过一会儿就来，还问她愿不愿意让刚到彼得堡的雅希文公爵一起来。“他不是一个人来，而昨天午饭以后他就没有看到过我了，”她想，“他一个人来，我可以把一切都告诉他，可是他要同雅希文一起来。”她心里忽然起了一个古怪的念头：要是他不再爱自己了怎么办？

她回顾这几天里发生的种种事情，觉得全都可以证实这个可怕的想法：他昨天没有在家里吃午饭，他坚持他们在彼得堡要分开住，甚至现在都不准备独自到她这里来，有意避免同她单独见面。

“但他应该把这事告诉我。我需要知道真相。只要我知道真相，就知道该怎么办了。”她自言自语，简直无法想象要是他真的对她冷淡了，她将落得个什么下场。她想到他不爱自己了，觉得自己近乎绝望，因此特别焦急不安。她打铃唤侍女，然后走到盥洗室。她梳妆的时候比平时更加着意打扮，仿佛只要她穿上最合适的衣服，梳了最适宜的发式，他就会重新爱她。

铃响了，她却还没有梳妆完毕。

她走到会客室里，迎接她的不是他而是雅希文的目光。伏伦斯基正在观看她遗忘在桌上的她儿子的照片，并没有急于抬起头来看她。

“我们认识的。”她把她的小手放在窘态毕露的雅希文的巨掌里说。雅希文这副窘迫的神色同他魁伟的体格和粗鲁的面孔很不相称。“去年在赛马场上就认识了。给我。”她说着敏捷地从伏伦斯基手里抢过他正在观看的儿子的照片，她那双闪闪发亮的眼睛意味深长地瞧着他。“今年赛马赛得好吗？我只在罗马的科尔索看过赛马。不过，您是不喜欢国外生活的，”她笑眯眯地说，“我知道您和您的一切爱好，虽然我们很少见面。”

“这真使我惭愧，因为我的爱好多半都是不好的。”雅希文咬着左边的小胡子说。

他们又谈了一会儿，雅希文发现伏伦斯基看了看表，就问她是不是还要在彼得堡住些日子，接着挺直他那魁梧的身子，拿起便帽。

“看来不会很久。”她瞟了一眼伏伦斯基，迟疑不决地说。

“那我们不能再见面了？”雅希文站起身来说，又转身问伏伦斯基，“你在哪里吃午饭？”

“您到我这儿来吃饭吧，”安娜断然地说，仿佛对自己的窘态感到生气，但照例因为在生人面前暴露自己的处境而涨红了脸，“这儿的饭菜虽然不好，但至少你们可以再见见面。在团里的老朋友当中，阿历克赛最喜欢您了。”

“那太荣幸了！”雅希文笑着说，伏伦斯基从他的微笑中看出，他很喜欢安娜。

雅希文鞠了个躬，走出去，伏伦斯基跟在他后面。

“你也走吗？”她对他说。

“我已经迟了。”他回答。“你去吧！我这就赶上来。”他对雅希文叫道。

她拉住他的手，眼睛盯着他，竭力思索说些什么才能把他留住。

“等一下，我还有话要说，”她拉起他那粗短的手，把它紧贴在自己的脖子上，“哦，我叫他来吃饭没关系吧？”

“太好了！”他平静地微笑着，露出一排整齐的牙齿，吻吻她的手。

“阿历克赛，你对我没有变心吧？”她双手紧握住他的一只手说，“阿历克赛，我在这里真难受。我们什么时候走哇？”

“快了，快了。你真不会相信，我们在这里过的生活使我多么痛苦！”他说着抽回了手。

“嗯，走吧，走吧！”她委屈地说，从他身边急急地走开了。

32

伏伦斯基回来的时候，安娜不在家里。人家告诉他，他走后不久来了一位太太，安娜就同她一起出去了。她出去没有说明到哪里，至今没有回来，她早晨还到什么地方去过，对他也只字不提——这一切，再加上今天早晨她那种兴奋得出奇的神色，以及她当着雅希文的面从他手里抢过儿子照片时那副敌对的态度，使他沉思起来。他决定同她开诚布公谈一谈。他就在她的会客室里等她。但是安娜不是一个人回来，而是带着她那位没有出嫁的老姑母奥勃朗斯基公爵小姐一起来。她就是早晨来看安娜，同她一起出去买东西的那位太太。安娜似乎没有察觉伏伦斯基脸上那种焦虑和疑问的神色，兴高采烈地告诉他今天早晨买了些什么东西。他看出她内心有一种特殊的变化：她那双闪闪发亮的眼睛，刹那间停留在他身上，显得紧张不安；她的言语和动作带有一种神经质的灵敏和妩媚，这在他们亲近的初期曾经使他神魂颠倒，现在却使他惶惑恐惧。

四人用的饭菜已经摆好。人都到齐了，大家正要走进小餐室，土施凯维奇带着培特西公爵夫人的口信来找安娜了。培特西公爵夫人说她不能来送行，请安娜原谅；她身体不好，但请安娜在六点半到九点之间到她家里去一次。伏伦斯基听到这个规定的时间——显然有意不让她遇见任何人——对安娜瞟了一眼，但安娜似乎没有察觉。

"真抱歉，六点半到九点我正好有事不能去。"她略带笑意地说。

"公爵夫人会觉得很遗憾的。"

"我也是这样。"

"您大概要去听巴蒂的歌剧吧？"土施凯维奇说。

"巴蒂吗？您给我出了一个好主意。要是定得到包厢，我一定去。"

"我可以定到。"土施凯维奇自告奋勇说。

"那真太感谢您了，太感谢您了！"安娜说，"您要不要同我们一起吃饭啊？"

伏伦斯基微微耸了耸肩。他实在弄不懂安娜的用意。她为什么把这位老公爵小姐带来？为什么留土施凯维奇吃饭？还有最叫人弄不懂的是，她为什么要他去定包厢？就她现在的处境，居然想到要去看巴蒂的歌剧，在那里肯定会遇到社交界的所有熟人，这难道是可以想象的吗？他一本正经地对她瞧瞧，但她还是用又像快乐又像绝望的莫测高深的挑战目光来回答他。吃饭的时候，安娜兴奋得好像在挑衅，又仿佛在向土施凯维奇和雅希文卖弄风情。吃完饭，大家站起来，土施凯维奇去定包厢，雅希文出去吸烟，伏伦斯基就同他一起到自己的房里去。他在楼下坐了一会儿，又跑上楼来。安娜已穿上她在巴黎定制的袒胸天鹅绒镶边浅色丝绸连衫裙，头上扎了一条富丽的镂空白带子，框住她的脸蛋，格外清楚地显出她那光艳照人的美。

“您真的要去看戏吗？”他竭力不去看她，说。

“您到底为什么这样大惊小怪呀？”她发现他没有看她，又觉得委屈，说，“到底为什么我不能去呀？”

她仿佛没有听懂他的意思。

“当然没有什么理由。”他皱着眉头说。

“嗯，我也这么说呀！”她故意装作不懂他语气里的讽刺味儿，若无其事地拉上洒过香水的长手套，说。

“安娜，看在上帝分上，您倒说说，您这是怎么啦？”他说，像她丈夫以前对她说话那样提醒她。

“我不明白您问的是什么。”

“您要知道您可不能去呀！”

“为什么？我不是一个人去。华尔华拉公爵小姐同我一起去，她现在换衣服去了。”

他带着困惑和绝望的神情耸耸肩膀。

“难道您还不知道……”他刚开始说。

“我可不想知道！”她差不多叫喊起来。“我不想。我对我所做的事后悔吗？不，不，不！即使一切都得从头来过，也不会有什么改变。对我们，对你我来说，重要的只有一点：我们是不是彼此相爱。别的就用不着考虑。为什么我们在这里要分开住，彼此不见面？为什么我不能去？我爱你，别的我都无所谓，”她带着一种他无法捉摸的特殊眼神望了他一眼，用俄语说，“如果你没有变心。到底为什么你不瞧着我？”

他对她望了望。他看见她相貌和总是裁剪得很合身的服装的美。可是这会儿正是她的美丽和雅致使他恼火。

“我的感情不可能变，这您是知道的，但我请您不要去，我求求您！”他带着一种温柔的恳求语气又用法语说，但他的目光有点冷淡。

她没有听清他的话，但看见他冷淡的眼色，就怒气冲冲地回答说：

“我倒要请您解释解释，为什么我不应该去。”

“因为这会使您……”他犹豫了。

“我真弄不懂。雅希文不会损害我什么，华尔华拉也不比别人坏。啊，她来了。”

33

伏伦斯基因为安娜有意对她的处境装得满不在乎，第一次对她感到恼怒，甚至怨恨。由于他无法向她发作，这种情绪变得更加强烈了。要是他能坦率地向她说出他的想法，他准会说："你这样打扮，再同这位人人都认识的公爵小姐一起去看戏，这样就不仅承认自己是个堕落的女人，而且等于向整个社交界挑战，也就是说要从此同它决裂。"

他不能对她说这话。"可是她怎么会不懂这个道理？她心里有些什么变化呢？"他自言自语。他觉得他对她的尊敬减少了，却感到她更美了。

他皱着眉头回到房里，坐在两条长腿搁在椅子上的雅希文旁边。雅希文正在喝白兰地和矿泉水，伏伦斯基吩咐仆人也给他送一份来。

"说到兰科夫斯基的'大力士'，这可是匹好马，我劝你买下来，"雅希文瞅了瞅朋友阴郁的脸，说，"它的臀部有点松弛，可是腿和脑袋好得不能再好。"

"我是想把它买下来。"伏伦斯基回答。

他对谈马是感兴趣的，但他一刻也没有忘记安娜，情不自禁地留神听着走廊里的脚步声，看看壁炉上的钟。

"安娜·阿尔卡迪耶夫娜吩咐向您报告，她到戏院去了。"

雅希文又把一杯白兰地倒进泡沫翻腾的矿泉水里，喝干了，这才站起身来，扣上纽扣。

"怎么样？我们去吧。"他说，小胡子底下露出一丝笑意，表示他明白伏伦斯基心情愁闷的原因，但并不把它当一回事。

"我不去。"伏伦斯基闷闷不乐地回答。

"我可要去，我同人家约好了。那么再见。要不然你就到正厅来，你可以坐克拉辛斯基的座位。"雅希文走到门口又说。

"不，我有事。"

"有了妻子麻烦，有了情妇更糟。"雅希文走出旅馆时想。

剩下伏伦斯基一个人，他站起身，在房里踱起步来。

"今天演什么？今天是第四场演出……叶戈尔夫妇一定在那边，还有我的母亲。这就是说，彼得堡的名流都会集中在那边。这会儿她走进去，脱下皮大衣，走到灯光底下。土施凯维奇、雅希文、华尔华拉公爵小姐……"他想象着。"我这是怎么啦？是不是害怕了，还是把保护她的权利让给土施凯维奇了？不论从哪方面看，这都是愚蠢，愚蠢……为什么她要把我弄到这个地步？”他摆了摆手，自言自语。

他的手碰到放着矿泉水和白兰地瓶的小桌子，差点儿把它碰翻。他想扶住它，但没有扶住，就怒气冲冲地把它踢了一脚，接着打了打铃。

“要是你想在我这里做事，”他对走进来的侍从说，“那就记住你的本分。这样可不行。你应该把它收拾掉！”

侍从觉得这事不能怪他，想辩白几句，但他瞟了主人一眼，从他的脸色上看出还是不要吭声的好，就连忙弯下身子，趴在地毯上，动手收拾打碎的和没打碎的酒杯与瓶子。“这可不是你的事，去叫茶房来收拾，你把我的燕尾服拿来。”

伏伦斯基八点钟走进剧场。戏正演到高潮。包厢侍者，一个小老头儿，帮伏伦斯基脱下皮大衣，认出是他，就叫他“大人”，并且说他不必领号牌，要衣服叫他菲多尔就行。在灯火辉煌的走廊里，除了这包厢侍者和两个手拿大衣在门口听戏的仆人，一个人也没有。从虚掩的门里传出乐队小心翼翼地伴奏的弦乐断奏和一个吐词清晰的女歌手的歌声。门开了，包厢侍者溜了进去，那句将近结尾的歌词清楚地传到伏伦斯基的耳鼓里。但是门立刻又关上了，伏伦斯基没有听见歌词的结尾和音乐的尾声。从门里传出雷鸣般的掌声，表明乐曲已经结束。当他走进蜡烛和煤气灯照得光辉夺目的大厅时，喧闹声还没有静止。舞台上女歌手的光肩膀和钻石首饰闪闪发亮。女歌手弯着腰，微笑着，在拉住她手的男高音歌手的帮助下捡起杂乱地越过脚灯掷过来的花束，接着走到一位油光光的头发打当中分开的男人前面，那人正伸出长长的手臂从台下递给她一件东西。这当儿，正厅和包厢的观众全都骚动起来，身子前冲着，鼓掌，喝彩。乐队长坐在他的高椅上帮助递送花束，又整整他的白领带。伏伦斯基走到正厅中央，停住脚步，向周围张望。今天晚上，他比平时更不注意司空见惯的环境、舞台、喧哗，以及把剧场挤得水泄不通的熟悉而乏味的五光十色的观众。

包厢里照例是那些有军官奉陪的阔太太；照例是那些身份不明的穿着奇装异服的女人，以及一些穿军服的或穿燕尾服的男子；照例是顶楼上那些肮脏的观众；在包厢和前排大约有四十个体面的男女。伏伦斯基立刻注意到了这块沙漠中的绿洲，同他们招呼起来。

他进去的时候。一幕戏刚完毕，因此他没有到哥哥的包厢里去，却走到正厅的第一排，同谢普霍夫斯科依一起站在脚灯边。谢普霍夫斯科依弯着一条腿，用靴跟敲敲脚灯，老远一看见他，就向他笑笑，叫他过去。

伏伦斯基还没有看见安娜，他故意不朝她那边望。但他从人们视线的方向看出她在什么地方。他若无其事地朝四周张望，但并不找寻她；他用眼睛找寻卡列宁，准备遇到最糟糕的局面。算他运气，卡列宁今天没有来看戏。

“啊，你身上剩下的军人味道太少了！”谢普霍夫斯科依对他说，“一位外交官，一位演员，你就是这样。”

“是啊，我一回家就穿上燕尾服。”伏伦斯基微笑着回答，慢悠悠地拿出望远镜。

“在这方面，说实在的，我真羡慕你。我从国外回来穿上这衣服的时候，”谢普霍夫斯科依摸了摸他的肩章，“真舍不得我的自由。”

谢普霍夫斯科依对伏伦斯基的前程早已不存什么希望，但他照旧喜欢伏伦斯基，待他特别亲切。

“你没有赶上看第一幕，真可惜。”

伏伦斯基心不在焉地听着，把望远镜从楼下厢座移到二楼，然后又望着一个个包厢。在一位扎着高髻缠发带的太太和一个怒气冲冲地转动望远镜、眨着眼睛的秃顶老头儿旁边，伏伦斯基突然看到安娜傲慢而美艳惊人、围着花边的笑盈盈的脸。她坐在五号包厢，离开他只有二十步路。她坐在前面，稍稍回过头来对雅希文说着什么。她那美丽宽阔的肩膀托着她的头，她的眼睛和整个脸上闪耀着抑制的兴奋光辉，使他想起当初在莫斯科舞会上看见她的模样。但现在他欣赏她的美，同以前完全不一样。现在他对她的感情没有丝毫神秘的成分，因此虽然她的美比以前更使他倾倒，却使他感到不愉快。她没有朝他的方向望，但伏伦斯基发觉她已经看到他了。

当伏伦斯基又拿望远镜对着那个方向的时候，他看到华尔华拉公爵小姐的脸显得特别红，她不自然地微笑着，也不断往隔壁包厢张望；安娜折拢扇子，拿它敲着包厢的红丝绒栏杆，眼睛凝视着什么地方，却没有看见，显然也不愿看见隔壁包厢里所发生的事。雅希文脸上现出一副赌输钱时的倒霉相。他皱起眉头，把左边小胡子塞进嘴里，越塞越深，同时也斜眼瞅着隔壁包厢。

左边那个包厢里是卡尔塔索夫夫妇。伏伦斯基认识他们，并且知道安娜同他们也认识。卡尔塔索夫夫人是个瘦小的女人，站在他们的包厢里，背对安娜，正在穿丈夫递给她的披肩。她脸色苍白，怒气冲冲，情绪激动地说着什么。卡尔塔索夫是个秃顶的胖子，一面不断地回过头来看安娜，一面竭力安慰妻子。等妻子走了，丈夫迟疑了好一阵，用眼睛找寻安娜的目光，显然想向她鞠躬。但安娜分明有意不理他，回过头去对俯着身子、头发剪得短短的雅希文说话。卡尔塔索夫没有鞠躬就走了，留下一个空包厢。

伏伦斯基不明白卡尔塔索夫夫妇和安娜究竟发生了什么事，但他看出，一定有什么事使安娜感到屈辱。从他看见的情景上，尤其是从安娜的神色上，他都看出了这一点。他知道安娜在竭力维护她所扮演的角色的体面。这种外表镇定的角色她演得很成功，凡是不认识她、不知道她那个圈子、没有听到女人们说她胆敢在大庭广众中抛头露面并且扎着花边头带卖俏的人，都会对她的落落大方和美艳魅人惊叹不已，根本没有想到她此刻的感受就像一个被钉在耻辱柱上示众的人。

伏伦斯基知道出了事，但不知道到底是什么事。他心里十分焦虑，希望打听一下，就向哥哥的包厢走去。他故意挑选安娜包厢对面的通道走去，正好看见老团长在跟两个熟人说话。伏伦斯基听见他们提到卡列宁夫妇的名字，并且发觉团长急忙意味深长地对那两个说话的人丢了个眼色，大声叫着伏伦斯基的名字。

“嘿，伏伦斯基！你什么时候回到团里来？我们总不能不请你吃一顿饭就让你走哇！你是我们最老的伙伴！”团长说。

“我没有空了，真抱歉，下一次吧。”伏伦斯基说着，就上楼跑到哥哥的包厢里。

伏伦斯基的母亲，鬈发灰白的老伯爵夫人，坐在他哥哥的包厢里。华丽雅同索罗金娜公爵夫人在二楼走廊里遇见他。

华丽雅把索罗金娜公爵小姐送到母亲那里，伸了一只手给小叔子，立刻同他谈起他所关心的事来。他难得看见她这样激动。

“我觉得这很卑鄙很恶劣，卡尔塔索夫夫人没有任何权利这样做。卡列宁夫人……”她开始说。

“什么事？我还不知道。”

“怎么，你没听说吗？”

“你要明白，这种事我总是最后才听到的。”

“天下还有比卡尔塔索夫夫人更恶毒的人吗？”

“她到底做了什么事？”

“丈夫告诉我说……她侮辱了卡列宁夫人。她丈夫隔着包厢同卡列宁夫人说话，卡尔塔索夫夫人就闹了起来。据说她说了一句侮辱的话就走了。”

“伯爵，您妈妈叫您去呢。”索罗金娜公爵小姐从包厢里探出头来说。

“我一直在等你，”母亲嘲弄地笑着对他说，“可就是看不到你。”

儿子看出她高兴得忍不住笑。

“您好，妈妈。我来看您了。”他冷冷地说。

“你怎么不去巴结卡列宁夫人哪？”等到索罗金娜公爵小姐走到一边，她用法语说，“她引得全场都轰动了。为了她，大家把巴蒂都给忘了。”

“妈妈，我请求过您，不要对我提这件事。”他皱着眉头回答。

“我说的事大家都在说。”

伏伦斯基什么也没有回答。他对索罗金娜公爵小姐说了几句就走了。他在门口遇见哥哥。

“啊，阿历克赛！”哥哥说，“多么讨厌哪！一个十足的傻婆娘……我现在就到她那里去。我们一起去吧。”

伏伦斯基没有理他。他匆匆走下楼去。他觉得他应该做些什么，但不知道做什么才好。他恨她把她自己和他弄得这样尴尬，同时又可怜她的痛苦遭遇。这种心情使他不安。他走到正厅，一直向安娜的包厢走去。斯特列莫夫站在包厢旁边，同她谈着话：

“没有再好的男高音了。真是天下无敌！”

伏伦斯基向她鞠了个躬，站住向斯特列莫夫打招呼。

“您大概来迟了，错过了最精彩的咏叹调。”安娜对伏伦斯基嘲弄地——他有这样的感觉——瞟了一眼，说。

“我对音乐一窍不通。”他严厉地瞧着她说。

“就像雅希文公爵一样，”她笑嘻嘻地说，“他认为巴蒂唱得太响了。”

“谢谢您！”她伸出戴着长手套的小手，从伏伦斯基手里接过节目单，就在这一刹那，她那美丽的脸突然抽搐了一下。她站起来，走到包厢后面去了。

伏伦斯基发现下一幕开始时她的包厢空了。在观众刚安静下来倾听独唱的当儿，他站起来，在一片轻微的嘘声中走出剧场，坐车回家。

安娜已经回到家里。伏伦斯基走进她的房间，她仍穿着看戏时穿的那身衣服，一个人待着。她坐在靠墙的一把安乐椅上，眼睛瞪着前方。她对他望了望，立刻恢复原来的姿势。

“安娜。”他说。

“你，你，全得怪你！”她含着绝望和怨恨的泪水叫着站起来。

“我要求过你，要求你不要去，我早知道你去了会不愉快的……”

“不愉快！”她叫起来，“太可怕了！只要我活一天，就一天不会忘记这件事。她竟说坐在我旁边是一种耻辱。”

“一个傻婆娘的话，”他说，“可是你为什么要冒这个险，要去惹事呢……”

“我恨你的冷静。你不应该使我落到这个地步。要是你爱我的话……”

“安娜！这事同我爱你有什么相干……”

“啊，要是你爱我像我爱你一样，要是你像我一样痛苦……”她带着恐惧的神色凝视着他说。

他可怜她，但还有点恼恨。他向她保证永远爱她，因为看到现在只有这一点才能安慰她，他嘴里没有再责备她什么，但心里还在怪她。

他向她保证永远爱她，自己也觉得太庸俗，简直不好意思说出口，她却如饥似渴地听了进去，逐渐安静下来。第二天，他们完全和好了，就一起动身到乡下去。

第 六 部

1

陶丽带着孩子们在波克罗夫斯克妹妹吉娣家避暑。她自己庄园里的房子全倒塌了，列文夫妇就请她到他们那里去消夏。奥勃朗斯基很赞成这个计划。他说可惜他因公务缠身，不能和家人一起到乡下避暑，要不然这对他也是一大乐事。他留在莫斯科，只偶尔到乡下来住上一两天。除了奥勃朗斯基一家和他们的家庭女教师，今年夏天到列文家来做客的还有老公爵夫人——她认为照顾缺乏经验的有喜的女儿是她的责任。此外，吉娣在国外结交的朋友华仑加，履行在吉娣结婚后来看她的诺言，也住在她家里。这些都是列文妻子方面的亲友。列文虽然喜欢这些亲友，但眼看他列文的小天地和生活秩序受到他所谓"谢尔巴茨基因素"的冲击，不免有点遗憾。今年夏天，他这方面的亲戚到他家来做客的只有一个柯兹尼雪夫，况且柯兹尼雪夫也不完全是列文家的人，他有他柯兹尼雪夫的特殊气质，因此在家里列文精神就完全湮没了。

列文家空了很久的房子如今住了那么多人，几乎个个房间都住了人。老公爵夫人每天坐下来吃饭，总要点一点人数。如果正好是十三个，她就叫一个孙儿或者孙女单独坐到小桌上去吃。对精心料理家务的吉娣来说，采购母鸡、火鸡、鸭子等东西就够她忙的了，因为夏天客人和孩子的胃口都很好，食品消耗量很大。

一家人坐下来吃饭。陶丽的孩子们、家庭女教师和华仑加打算到什么地方去采蘑菇。柯兹尼雪夫的过人智慧和渊博学识使客人们个个折服。他谈到有关蘑菇的事，尤其使大家感到惊讶。

"你们把我也带去吧！我很喜欢采蘑菇，"他眼睛盯着华仑加说，"我觉得这活动挺有意思。"

"那我们太高兴啦！"华仑加涨红了脸回答。吉娣意味深长地同陶丽交换了一个眼色。博学多才的柯兹尼雪夫要同华仑加一起去采蘑菇，这就证实了吉娣最近头脑里萦回着的猜想。她慌忙同母亲说了一句话，免得人家注意她的目光。饭后，柯兹尼雪夫端着一杯咖啡，坐在客厅的窗边，一面继续同弟弟谈话，一面望着孩子们采蘑菇去要经过的门。列文坐在哥哥旁边的窗槛上。

吉娣站在丈夫旁边，显然在等待这场她不感兴趣的谈话结束，她好对他说句什么话。

“你结婚以后许多地方都变了，变得更好了，”柯兹尼雪夫对列文说，同时对吉娣笑笑，他对这场谈话显然不感兴趣，“不过你好发怪论的脾气却没有变。”

“吉娣，你这样站着不好。”做丈夫的推给她一把椅子，含情脉脉地瞧着她说。

“哦，对了，现在可没工夫了。”柯兹尼雪夫看见孩子们跑进来，又说。

塔尼雅穿着长筒袜，挥舞着篮子和柯兹尼雪夫的帽子，侧着身子一路领先，向他大步跑来。

她大胆地跑到柯兹尼雪夫面前，那双酷似她父亲的秀眼晶晶发亮。她把帽子送给他，仿佛要替他戴上，露出羞怯而亲热的微笑来冲淡她的放肆行为。

“华仑加等着呢！”她从柯兹尼雪夫的笑容上看出她可以这样做，就一面小心翼翼地替他戴上帽子，一面说。

华仑加换了一件黄色印花布连衫裙，头上包了一块雪白的头巾，站在门口。

“我来了，我来了，华尔华拉·安德烈夫娜。”柯兹尼雪夫说着喝完咖啡，把手帕和雪茄烟盒分放在两个口袋里。

“哟，我们的华仑加多美呀！呃？”吉娣等柯兹尼雪夫一站起来，就对丈夫说。她说得很响，使柯兹尼雪夫能够听见，显然是有意的。“她多美，美得多有风度！华仑加！”吉娣叫道，“你们到磨坊的树林那边去吗？我们回头去找你们。”

“你简直忘记你的身子了，吉娣！”老公爵夫人急急地走到门口说，“你现在可不能这样大喊大叫哇！”

华仑加听见吉娣的声音和她母亲的训斥，步态轻盈地向吉娣跑来。她动作敏捷，生气勃勃的脸上的红晕，都说明她心里正起着不平凡的变化。吉娣知道是怎么一回事，就留神她的一举一动。她现在叫唤华仑加，就因为她认为今天饭后在树林里将发生一件重大的事情，她在心里为华仑加祝福。

“华仑加，要是今天发生一件事，那我真是太高兴了！”吉娣吻着她低声说。

“您跟我们一起去吗？”华仑加窘态毕露地问列文，假装没有听见吉娣的话。

“我要去的，可是只到打谷场，我要留在那边。”

“哦，你有什么事吗？”吉娣说。

“要去看看新买的货车，算算账。”列文说，“那你到哪里去啊？”

“我到阳台上去。”

2

女人全聚集在阳台上。饭后她们一般喜欢在那里坐坐，不过今天她们还有别的事情。除了人人都在缝制婴儿罩衫和编织襁褓带之外，今天那里还在用不加水的方法煮果酱。这种方法对阿加菲雅来说是新鲜的。吉娣介绍过她娘家使用的这个方法，但这项工作一向由阿加菲雅负责，她认为列文家的一切办法都不会错，因此煮草莓酱还是加了水，肯定说别的方法都行不通。这事被发觉了，现在就决定当众煮果酱，使阿加菲雅相信，不加水照样可以煮好果酱。

阿加菲雅怒气冲冲，满脸通红，头发蓬乱，用她那双露到肘部的瘦手转动着炭炉上的锅子，闷闷不乐地望着草莓，巴不得果酱烧糊，煮不成功。公爵夫人发觉阿加菲雅在生她的气——因为她是煮果酱的主要顾问——就竭力装作在忙别的事，根本不注意果酱，嘴里一直谈着别的事，但不时斜眼望望炭炉。

“我总是亲自给侍女们买些便宜的料子。”公爵夫人继续刚才的谈话……“现在是不是该把浮沫撇掉，我的好保姆？”她转身对阿加菲雅说。“你说什么也不要自己动手，那边太热了。”她阻止吉娣说。

“我来弄吧。”陶丽说着站起来，拿起勺子小心翼翼地在起泡的果酱面上撇着，时而把勺子在一只盛着金黄色浮沫、底下积着一层血红色果酱的盘子上敲敲，把黏在勺子上的浮沫敲下来。“他们喝茶的时候舔到这东西将会多高兴啊！”她想到她的孩子们，同时记起她自己小时候对大人不吃这最好的东西——果酱浮沫感到奇怪。

“斯基华说，最好还是给她们钱，”这时陶丽继续谈论赏给仆人什么东西最合适这个有趣的问题，“但是……”

“怎么能给钱！”公爵夫人和吉娣异口同声地说，“她们是很看重送礼的。”

“拿我来说，去年就买给我们的马特廖娜一块假毛葛。”公爵夫人说。

“我记得她在您过命名日那天穿过。”

“花样可爱极了，又朴素又大方。要不是她已经有了，我真想给自己也做一件呢。有点像华仑加那一件。真是价廉物美。”

“嘿，现在看来好了。”陶丽舀了一勺子果酱，把它滴下来，说。

“等拉得成丝就好了。再煮一会儿，阿加菲雅。”

“这些该死的苍蝇！”阿加菲雅怒气冲冲地说。“还不是一个样。”她又说。

“啊，瞧它多可爱，别把它吓飞了！”吉娣看见栏杆上一只麻雀正翻着草莓梗，啄食着，突然说。

“是的，但你最好离开炭炉远一点。”母亲说。

“趁这机会来谈谈华仑加的事吧，”吉娣用法语说，每逢她们不愿让阿加菲雅听懂时，总是说法语，“您知道，妈，我不知怎的，真希望今天就能作出决定呢。您明白我说的是什么。那该有多好哇！”

“瞧她真是个做媒的好手！”陶丽说，“她多么巧妙地把他们拉在一起呀……”

“不，告诉我，妈，您有什么想法？”

阿加菲雅怒气冲冲，满脸通红，头发蓬乱，用她那双露到肘部的瘦手转动着炭炉上的锅子……

“我会有什么想法呢？他（‘他’是指柯兹尼雪夫）什么时候都可以在俄国找到最好的对象，虽然他年纪已经不轻了，但我知道还是有许多女人愿意嫁给他……她是个好姑娘，但他可以……”

“不，您听我说，妈，为什么不论对他或者对她来说都没有更美满的婚姻了。第一，她实在迷人！”吉娣弯起一个手指说。

“他很喜欢她，这是真的。”陶丽附和说。

“第二，他有这样的社会地位，根本就不需要妻子的财产和势力。他只需要一个贤慧娴静的妻子。”

“是的，同她在一起可以放心。”陶丽又附和说。

“第三，她会爱他的。就是说……就是说一切都会称心如意！……我希望他们从树林里出来，事情就能决定了。我从他们的眼色里一下子就能看出来的。那样我真会高兴死了！你看怎么样，陶丽？”

“你不要激动，说什么也不要激动！”母亲说。

“我并没有激动，妈。我想他今天就会求婚了。”

“啊，男人怎样求婚，什么时候求婚，这可真有意思……仿佛原来有一道障碍，一下子给冲破了。”陶丽回忆着她同奥勃朗斯基的往事，若有所思地微笑着说。

“妈，爸爸当年是怎样向您求婚的？”吉娣忽然问。

“没有什么特别的，简单得很。”公爵夫人回答，因为想起这件往事而绽开了笑颜。

“不，到底是怎样的？在你们开始交谈以前，您是不是已经爱上他了？”

吉娣觉得特别高兴的是，她现在可以平等地同母亲谈谈女人一生中最重要的问题。

“当然爱上了。当年他常到我们乡下来。”

“那么是怎样决定的呢，妈？”

“你一定以为你们现在流行的是一套新花样，对吗？其实还不都是一个样：眉来眼去，笑里传情……”

“您说得真好哇，妈！就是眉来眼去，笑里传情。”陶丽附和说。

“可是他说了些什么啦？”

“列文对你说了些什么？”

“他是用粉笔写的。这事真怪……我仿佛觉得这是好久以前的事了！”吉娣说。

三个女人都想着同一件事。吉娣首先打破沉默。她想起了婚前那个冬天，想起了她对伏伦斯基的迷恋。

“有一件事……就是华仑加以前的对象。”吉娣自然而然地联想到这事，说。“我要对谢尔盖·伊凡诺维奇说一说，使他有个思想准备。他们男人对我们的过去总是挺会嫉妒的。”她加上说。

“也不是个个都这样，”陶丽说，“你是根据你丈夫的脾气来判断的。列文直到现在想到伏伦斯基还觉得不愉快呢。是吗？是这样吗？”

“是的。”吉娣眼睛里含着笑意，若有所思地回答。

“我可不知道，你过去有什么事会使他烦恼？”公爵夫人出于做母亲的对女儿的关怀，插嘴说，“是因为伏伦斯基追求过你吗？这种事哪一个姑娘没有经历过呀！”

“嗳，我们不谈这个。”吉娣涨红了脸说。

“不，听我说，”做母亲的讲下去，“当时是你自己不要我去同伏伦斯基谈的呀。你记得吗？”

"哎呀，妈！"吉娣露出痛苦的神色说。

"如今可没有人拦着你们……你同他的关系也没有什么越轨的地方。我真想找他当面谈一谈。不过，我的小宝贝，你可激动不得。请你记住这一点，安静些！"

"我安静得很呢，妈。"

"当时亏得来了个安娜，真是吉娣运气好，"陶丽说，"可安娜真是倒霉呀！瞧，事情正好相反。"她不胜感慨地加上说："当时安娜多么幸福，可吉娣还自以为倒霉呢。真是正好相反！我常常想到她。"

"亏你还想到她！这个不要脸的女人，真没有良心！"母亲说。她不能忘记，吉娣没有嫁给伏伦斯基，却嫁给了列文。

"谈这个事有什么意思呢！"吉娣恼火地说。"这事我不想，也不愿意想……我真不愿意想它！"她留神听着从阳台台阶上传来丈夫熟悉的脚步声，又说了一遍。

"嗨，什么事啊，连想都不愿意想？"列文走到阳台上说。

可是谁也没有回答他，他也就不再问了。

"真抱歉，我破坏了你们的妇女乐园。"列文不太乐意地向每个人扫了一眼，懂得她们在谈不愿当着他面谈的事，说。

刹那间，列文觉得他产生了同阿加菲雅一样的感情。她对煮果酱不加水很不满意，总之，对外来的谢尔巴茨基家的影响很反感。不过，他还是微微一笑，走到吉娣跟前。

"嗯，怎么样？"列文问她，他望着她的那种神情同别人望着她一样。

"没什么，很好！"吉娣笑眯眯地说，"你的事情怎么样？"

"那辆新车比旧车可以多装三倍东西呢。要不要去把孩子们接来？我已经吩咐他们套车了。"

"什么，你要吉娣坐敞篷马车吗？"母亲带着责备的口吻说。

"是一步一步慢慢地走呀，公爵夫人。"

列文从来没有叫过公爵夫人"妈妈"，像一般做女婿的称呼丈母娘那样。这使公爵夫人不高兴。列文虽然很敬爱公爵夫人，却不肯这样叫她，因为他觉得这样会亵渎他故世的母亲。

"您跟我们一起去吧，妈。"吉娣说。

"我可不愿意看到这样的轻举妄动。"

"嗯，我走着去好了。我身体好着呢！"吉娣站起来，走到丈夫跟前，挽住他的手臂。

"身体好，可什么事都得有个分寸。"公爵夫人说。

"啊，阿加菲雅，果酱好了吗？"列文笑着对阿加菲雅说，想逗她高兴，"新办法好吗？”

“总该好了。可是照我们看来煮过头了。”

“这样更好些，阿加菲雅，不会变酸，要不然我们这儿冰已经化了，又没有地方保存。”吉娣立刻懂得丈夫说话的意思，就带着同样的心情对老太婆说。“不过你腌的咸菜真好，妈说她哪儿也没有吃到过这样好的咸菜。”她微笑着拉了拉头巾，补充说。

阿加菲雅怒气冲冲地对吉娣望了望。

“您用不着安慰我，少奶奶。我只要对你们俩瞧瞧，就高兴了。”她说。这粗鲁的“你们俩”三个字却使吉娣感动了。

“跟我们一起去采蘑菇吧，您可以给我们带路。”吉娣对阿加菲雅说。阿加菲雅微微一笑，摇摇头，像是在说：“我真想生您的气，可是生不起来。”

“你们照我的话办吧！”老夫人说，“在果酱面上盖一张纸，上面滴几滴朗姆酒，这样就是没有冰也永远不会发霉了。”

3

吉娣能有机会同丈夫单独在一起，感到特别高兴，因为她发现，丈夫刚才走进阳台问她们在谈些什么，却得不到回答时，他那善于流露感情的脸上掠过一种苦恼的神色。

他们走到别人前头，走到看不见房子的地方，来到撒满黑麦穗和麦粒、积有灰沙的踩得很平整的路上。这时候，她更紧地偎依着丈夫，把他的手臂贴住自己的身子。他已经忘记了刚才的不愉快，如今同她单独在一起，一心想到她快做母亲，体验到一种同心爱的女人亲近时超过肉体的纯洁的快乐。没有什么要说的话，但列文渴望听听她的声音，因为自从她怀孕以来，她的声音也同她眼神一样变了。她仿佛一个人在专心致志地从事心爱的工作，声音同眼神里都充满又温柔又严肃的调子。

“那么你不累吗？在我身上靠得舒服些吧！”列文说。

“不累，我真高兴同你单独在一起。老实说，同他们在一起不管怎么有趣，也不能使我忘记冬天晚上咱俩在一块儿的快乐。”

“本来就不错，但现在更好。这样那样都很好。”列文紧紧握住她的手说。

“你知道你进来的时候我们在谈什么吗？”

“是谈果酱吧？”

“不错，也谈过果酱，但还谈到男人怎样求婚。”

“哦！”列文说，他与其说是在听她的话，不如说是在听她的声音；此刻他们正穿过林中的小路，他一直留神着，尽量避开那些她可能摔跤的地方。

“还谈到谢尔盖·伊凡诺维奇和华仑加呢。你没有注意吗？……我真希望这事能成功。”吉娣继续说，“你对这事有什么看法？”她说着瞧了瞧他的脸。

“我不知道该怎么看，”列文含笑回答，“我觉得谢尔盖这人有点古怪。我不是对你说过吗……”

“是的，他爱过那个死去的姑娘……”

“那还是我小时的事，我后来听别人讲的。我记得他当时的模样。他当时非常可爱。从那时起，我就一直在观察他对待女人的态度：他很亲切，有几个女人他也喜欢，但我觉得她们对他来说只是人，并不是女人。”

“对，不过现在他跟华仑加……看来有点什么……”

“也许有……但我们要知道他的为人……他是一个与众不同的怪人。他过的纯粹是精神生活。他这人太纯洁了，灵魂太高尚了。”

“怎么？难道这样会降低他的人格吗？”

“不是的，他过惯纯粹的精神生活，不会顺从现实生活，可华仑加终究是现实生活中的人。”

如今列文已惯于大胆说出自己的想法，不再字斟句酌了。他知道妻子在这种情意绵绵的时刻，只要他稍作暗示，就能懂得他的意思。此刻她确实懂得他的意思。

“是的，但她不像我这样讲究实际；我明白他是决不会喜欢我的。华仑加却是一味追求精神生活的。”

“嗳，不，他很喜欢你。我家的人喜欢你，这使我一直很高兴……”

“对，他待我很亲切，但是……”

“但是他不像已故的尼古拉……你们倒是很合得来。”列文替她把话说完。“您怎么不说了？”他接下去说。“我有时责备我自己，到头来总是把他给忘了。唉，他这人真是又可怕又可爱……是的，我们刚才在谈什么呀？”列文沉默了一阵说。

“你认为他这人不会谈恋爱，是吗？”吉娣用她习惯的语言直率地说。

“不是说他不会谈恋爱，”列文微笑着说，“但他没有人类少不了的那种毛病……我总是很羡慕他；就是现在这么幸福，我还是羡慕他。”

“你羡慕他不会谈恋爱吗？”

“我羡慕他比我强，”列文笑着说，“他活着不是为了自己。他的全部生活都是为了尽责任。因此他能够心安理得，无所需求。”

“那么你呢？”吉娣露出嘲弄而深情的微笑问。

她怎么也不能表达促使她微笑的思绪，但她最后归结为一点，就是丈夫称赞哥哥，贬低自己，并非完全出于真心。吉娣知道他这样做是因为热爱哥哥，因为自己过分幸福而感到惭愧，特别是因为这种追求幸福的欲望没有止境。她爱他这种心情，所以笑了。

“那么你呢？你到底还有什么不满意？”她还是那样微笑着问。

吉娣不相信他还有什么地方对自己不满意，这使他觉得高兴。他无意中逗她说出了不相信的理由。

“我感到幸福，但我对自己不满意……”列文说。

“既然你感到幸福，怎么还会对自己不满意呢？”吉娣说。

“怎么对你说好呢？……在我心里，除了你不摔跤以外，没有别的愿望。啊呀，你可不能这样跳哇！”列文中止原来的谈话，责备她，因为她越过横在路上的一根树枝时动作太快了。“但我扪心自问，拿自己同别人比较，特别是同我哥哥比较，就觉得自己太糟了。”

“到底糟在哪里呀？”吉娣带着同样的微笑继续说，“你不是也在为别人工作吗？你的田庄，你的农场，你的著作，都不能算数吗？……”

“不，我现在更加感觉到你错了，”列文握紧她的手说，“那些都算不了什么。我做那一切都是不卖力的。要是我能像爱你那样爱那些事就好了……事实上，我近来做工作就像应付差事一样。”

“那么，你说我的爸爸怎么样？”吉娣问，“他什么公益事业也不做，是不是也很糟呢？”

“他吗？——不。一个人应该像你父亲那样朴实、开朗、善良，可是这些我有吗？我什么事也不做，因此很痛苦。这一切都是你造成的。在没有你和没有‘这个’以前，”他说着望望她肚子，她明白了，“我把全部精力都放在工作上，可是现在办不到，我感到惭愧。我做工作就像在应付差事那样，我假装……”

“那么你现在愿意同谢尔盖·伊凡诺维奇对调吗？”吉娣说，“你只要像他一样从事公益事业，热爱那非办不可的差事，就心满意足了吗？”

“当然不是的。”列文说。“不过我太幸福，简直什么也不明白。那么你想我哥哥今天会向她求婚吗？”列文沉默了一会儿，又问。

“我又想，又不想。只是我真希望他会求婚。啊，等一下！”吉娣弯下腰去，在路边摘了一朵野菊花。“嗯，来数一数：他会求婚，他不会求婚。”吉娣说着把花递给列文。

“他会，他不会。”列文一面撕下一片片狭长的白色花瓣，一面数着。

“不对，不对！”吉娣兴奋地注视着他的手指，捉住他的手，说，“你撕了两片了。”

“哦，那么这片小的就不算了！”列文撕下一片还没有长足的花瓣说，“你瞧，马车追上来了。”

“你累不累呀，吉娣？”公爵夫人叫道。

“一点也不累。”

“既然马很听话，走得很慢，你就坐上来吧。”

但是已经用不着坐车了。目的地快到了，大家就步行走了过去。

4

华仑加的黑头发上包着一块白头巾，她在一群孩子的簇拥下，和蔼而快乐地同他们玩着，显然因为有机会向她心爱的男人表白爱情而感到十分兴奋，她的模样也格外迷人。柯兹尼雪夫同她并肩走着，不断地欣赏着她的美丽。他眼睛望着她，心里回想着她说过的一切动听的话，思索着她的种种优点。他越来越意识到，他对她的感情是很特殊的，这种特殊的感情他好久好久以前体验过，而且只有一次，那是在他年轻的时候。同她接近的快乐越来越强烈，当他把采到的一个细株卷边的大桦树菌放进她的篮子里时，他对她的眼睛瞟了一下，看见她脸上泛起又惊又喜的红晕，他自己也窘态毕露，默默地对她微微一笑。这一笑可包含着多少情意呀。

“既然这样，”柯兹尼雪夫自言自语着，“我就应该好好考虑一下，做出决定，可不能像孩子那样热情冲动，神魂颠倒哇。”

“这会儿我要自己一个人去采蘑菇了，要不然我的成绩太差了。”他说着独自离开大伙儿——他们正走在林边稀落的老桦树中间柔软如丝的草地上——向那白桦树中间杂生着银灰树干的白杨和暗色榛树丛的树林深处走去。柯兹尼雪夫走了四十步光景，走进盛开的浅红和深红的卫矛花丛中。他知道人家看不见他，就站住了。周围一片寂静。只有他头上的桦树梢边有一群苍蝇像蜜蜂一样嗡嗡地闹个不停，偶尔还传来孩子们的声音。忽然从树林边上传来华仑加呼唤格里沙的女低音，柯兹尼雪夫的脸上不禁浮起一片快乐的微笑。柯兹尼雪夫觉察到这微笑，对自己这种处境不以为然地摇摇头，掏出一支雪茄，动手点火。他拿火柴在桦树干上擦了好一阵，怎么也擦不着。柔嫩的白色树皮上粘了些磷粉，火就熄灭了。最后，有一根火柴点着了，香味浓烈的雪茄的烟像一块飘荡的桌布向前飞翔，冉冉上升，缭绕在桦树低垂的枝叶之下和灌木上面。柯兹尼雪夫目送着这片烟云，慢慢地向前走去，心里考虑着自己的处境。

“为什么不行呢？”他想。“这会不会只是一时的感情冲动，会不会只是一种迷恋，一种相互的迷恋（我敢说是相互的）？但我觉得这在我是反常的，要是我屈服于这种迷恋，我就会背离我的天职和责任……但情况并非如此。我说得出的反对理由只有一条，那就是当我丧失玛丽的时候，我立誓对她永不变心……这一点很重要，”柯兹尼雪夫自言自语，同时又觉得这种顾虑是没有多大意思的，在别人看来，他至多损害了自己那种诗人的气质罢了，“除此以外，不论我怎样找寻，也找不出一条违反自己感情的理由。要是单凭理智选择的话，我可再也找不到比她更好的对象了。”

不论他回想多少认识的妇女和姑娘，也想不起哪一个具备他冷静思考后认为做他妻子应具备的全部优点。她具有少女的娇媚和魅力，却不是个不解事的孩子。她像一个成熟的女人自觉地爱一个男人那样爱他。这是一。第二，她不但一点也不俗气，而且显然很厌恶上流社会，但又懂得人情世故，还具备一个有教养的女人的优雅风度。缺乏这样的风度，柯兹尼雪夫认为是无法考虑做他终身伴侣的。第三，她的宗教信仰是虔诚的，但并不是像吉娣那样孩子式的懵懵懂懂的虔诚和善良，她的生活是建立在宗教信仰的基础上的。甚至在一些细节上，柯兹尼雪夫都觉得她是个理想的妻子：她贫穷而孤独，这样她就不会把一大堆亲戚和他们的影响带到夫家来，就像他看到的吉娣那样，而是处处依靠丈夫，感激丈夫，这也是他一贯对未来的家庭生活的希望。这位姑娘正是集种种优点于一身，并且爱着他。他通情达理，不会看不到这一点，因此他也爱她。唯一的顾虑就是他的年龄。但他出生的家庭是长寿的，他没有一根白发，谁也看不出他是个四十岁的人。他还记得华仑加说过，只有在俄国大家把五十岁的人看作老头儿，在法国五十岁的人往往自认为年富力强，四十岁还是青年呢。再说，既然他觉得自己的心像二十年前一样年轻，年龄又算得了什么？现在他又来到树林边缘，看见灿烂的夕阳下华仑加优美动人的体态。她穿着一身淡黄的连衫裙，手里挽着一只篮子，步态轻盈地走过一棵老桦树。当华仑加的形象，同他叹赏不止的夕阳下黄澄澄的麦田、田野后面逐渐没入苍茫天际的远方金黄色老树林的美景融成一片时，涌上他心头的不正是青春的感情吗？他的心快乐地收缩着。一股柔情涌上心来。他觉得他已打定主意。华仑加刚蹲下身去采一朵蘑菇，立刻又轻盈地站起来，回头一望。柯兹尼雪夫扔掉雪茄，毅然地大踏步向她走去。

5

“华尔华拉·安德烈夫娜，我年轻的时候，就想象我会爱上怎样的女人，并且乐意把她称为我的妻子。我经历了漫长的岁月，如今第一次发现您就是我心目中的理想女人。我爱您，向您求婚。”

柯兹尼雪夫离开华仑加十步远时，这样自言自语道。华仑加跪在地上，双手保护着几个蘑菇不让格里沙抢去，同时呼唤着小玛莎。

“到这儿来，到这儿来！孩子们！这儿多得很！”她用好听的胸音叫道。

她看见柯兹尼雪夫走过来，并没有起身，也没有改变姿势；但种种迹象都告诉他，她发觉他走近了，她很高兴。

“怎么样，您找到什么啦？”华仑加问，把白头巾底下笑盈盈的美丽的脸向他扭过来。

“什么也没有，”柯兹尼雪夫说，“那么您呢？”

她忙于应付身边的孩子们，没有回答他。

“这儿还有一个呢，在树枝旁边。”她对小玛莎说，指给她看一个小小的红蘑菇。这蘑菇富有弹性的粉红色小帽子压着一根干草，它正从草底下生长出来。玛莎把红蘑菇撕成两瓣，露出白色的肉身，捡起来。华仑加也站起来。“这使我想起了童年时代。”她离开孩子们同柯兹尼雪夫并肩走着，又说。

他们默默地走了几步。华仑加看出他想说话；她猜到他想说什么，兴奋和恐惧得心都缩紧了。他们走得离开孩子们很远了，谁也听不见他们说话，可是他还没有开口。华仑加宁愿沉默一下。刚刚谈过蘑菇的事，最好还是沉默一会儿再谈，这样比较容易说出他们心里想说的话。可是华仑加偏偏违反心意，仿佛脱口而出地说：

“那您真的什么也没有找到吗？其实树林里总要少一些。”

柯兹尼雪夫叹了一口气，什么也没有回答。他恼火的是她竟谈起蘑菇来。他想回过去再谈谈她刚才讲到的她童年的事；但他仿佛也违反自己的心意，沉默了一阵以后，就她最后那句话说出他的想法。

“我只听说白蘑菇多年都生在树林边上，可是我也不会鉴别哪些是白蘑菇。”

又过了几分钟，他们离开孩子们更远，只剩下他们两人了。华仑加的心扑通扑通地跳得她自己都能听见，她感到脸上一阵红一阵白。

在施塔尔夫人家里过了那么些年寄人篱下的生活以后，华仑加觉得能做柯兹尼雪夫那样的人的妻子真是莫大的幸福。再说，她差不多确信她已经爱上他了。而这事此刻就得做出决定。她感到害怕。她又怕他说些什么，又怕他什么也不说。

要么现在说，要么永远不说，这一层柯兹尼雪夫也感觉到了。在华仑加的目光里，在她脸上的红晕里，在她低垂的眼睛里，处处都流露出这种痛苦的期待。柯兹尼雪夫看出这一点，他为她难过。他甚至觉得，现在什么话也不说就是侮辱她。他在心里反复提出一切有助于做出决定的理由，同时在心里重复着向她求婚的话，可是他没有说出口，却忽然心血来潮地问：

“白蘑菇和桦树菌到底有什么不同？”

华仑加回答的时候，激动得嘴唇都抖动起来：

“蘑菇帽上几乎没有什么差别，差别在根上。”

这两句话一出口，他和她都明白事情完了，原来想说的话不会再说，而在这以前他们达到顶点的激情也平静下来了。

“桦树菌的根好像两天没有刮脸的男人的黑胡子。”柯兹尼雪夫说话已经平静了。

“是的，这倒是真的。”华仑加微笑着回答。他们不由得改变了散步的方向。他们向孩子们走去。华仑加觉得又痛苦又羞愧，但同时又感到轻松。

柯兹尼雪夫回到家里，反复思考着各种理由，觉得他原先的想法错了。他实在忘不了玛丽。

“轻一点儿，孩子们，轻一点儿！”列文站在妻子前面保护她，怒气冲冲地对孩子们嚷道，当时一大群孩子高兴得尖声直叫，向他们冲来。

柯兹尼雪夫同华仑加跟着孩子们从树林里出来。吉娣用不着问华仑加，她从他们两人平静而略带羞愧的脸色看出，她的计划没有成功。

“嗯，怎么样？”在他们回家的路上，丈夫问她。

“不干！”吉娣说，她微笑和说话的样子很像她父亲。列文常常满意地注意到这一点。

“怎么不干？”

“就是这个样子，”她抓住丈夫的一只手，拉到嘴边，抿紧嘴唇吻了吻，“就像人家亲主教的手一样。”

“谁不干？”他笑着问。

“两个都不干。喏，应该这样……”

“庄稼汉来了……”

“不，他们看不见的。”

6

孩子们喝茶的时候，大人们都坐在阳台上若无其事地谈天，虽然人人（特别是柯兹尼雪夫和华仑加）心里都很明白，发生过一件不愉快而很重要的事。他们两人共同的感受，就像考试不及格而留级或者永远被开除的学生。在场的人也个个察觉出了什么事，但都兴致勃勃地谈着别的问题。今天晚上，列文和吉娣觉得格外幸福和恩爱。他们在爱情上很幸福，这就使那些向往幸福而得不到幸福的人感到难受，他们因此甚至觉得害臊。

“我说阿历山大不会来了，你们瞧着吧！”老公爵夫人说。

今天晚上大家在等奥勃朗斯基的火车。老公爵来信说，他可能同女婿一起来。

“我还知道为什么，”公爵夫人继续说，“他常说应该让新婚夫妇单独住一阵。”

“爸爸真的就这样把我们扔下。我们好久没看到他了，”吉娣说，“我们怎么算得上新婚夫妇呢？我们早就是老夫老妻了。”

“要是他不来，我也要跟你们分手了，孩子们。”公爵夫人伤心地叹了一口气说。

“嗳，您这是怎么啦，妈！”两个女儿异口同声地责怪她。

“你们想想，他心里好受吗？要知道现在……”

老夫人的声音突然哆嗦起来。两个女儿都不作声，互相交换了一个眼色。“妈总是自寻烦恼。”她们的目光仿佛这样说。她们不知道，尽管夫人在女儿家里过得很好，尽管她觉得自己在这里很有用，但自从心爱的小女儿出嫁，家里变得冷冷清清以来，她就一直为自己伤心，也为丈夫伤心。

“您有什么事，阿加菲雅？”吉娣忽然对那站在面前的样子神秘、脸色庄重的阿加菲雅说。

“晚饭吃点什么？”

“哦，你去安排吧，”陶丽说，“我要去帮格里沙温习功课了。他自己还什么也没有做呢。”

“这是我的事！不，陶丽，我去帮他做。”列文霍地跳起来说。

格里沙已进了中学，夏天照理应该温习功课。陶丽在莫斯科的时候就陪同儿子一起学习拉丁文，到了列文家以后，规定每天至少一次同他复习算术和拉丁文中最困难的部分。列文自告奋勇来代替陶丽，但是做母亲的有一次听列文上课，不像莫斯科教师那样给他辅导，感到很为难，竭力想不得罪列文，但还是毅然对他说，要像老师那样照课本复习，并且表示最好还是让她自己来教。列文对奥勃朗斯基很有意见，因为他玩世不恭，逃避责任，把管教儿子的责任让不懂教育的母亲承担。列文对教师也很有意见，因为他们教孩子教得那么糟糕，但他答应姨姐遵照她的意思教课。他就不按照自己原来的想法，却照着课本替格里沙上课，因此没精打采，常常忘记上课的时间。今天也是这样。

“不，我去，陶丽，你坐着！”列文说，“我们会照章办事，根据课本教的，只不过等斯基华来了，我们要去打猎，那时要停一下课。”

列文说着找格里沙去了。

华仑加也对吉娣说了类似的话。就是在列文设备完善的幸福家庭里，华仑加也能出一份力。

“晚饭我去安排，您坐着吧。”华仑加说着站起来向阿加菲雅走去。

“好的，好的，他们买不到小鸡，那就用我们自己养的……”吉娣说。

“这事让我同阿加菲雅去安排吧。”华仑加说着同她一起走了。

“多么可爱的姑娘！”公爵夫人说。

“不是可爱，妈，简直是个迷人的姑娘，这样的姑娘哪儿也找不到。”

“那么今天你们就在等斯吉邦·阿尔卡迪奇吗？”柯兹尼雪夫说，显然不愿意再谈华仑加的事。“很难找到像他们两位这样不相像的连襟了，”他调皮地微笑着说，“一个活泼好动，在交际场中如鱼得水；另一个，我们的列文，机警灵活，可是一到交际场所就呆若木鸡，或者像鱼到了地上，乱蹦乱跳，死命挣扎。”

“是的，他这人粗心大意，”公爵夫人对柯兹尼雪夫说，“我正想求您对他说说，她（她指的是吉娣）绝对不能留在这里，一定要到莫斯科去。他说去请位医生来……”

“妈，他什么都会办到，什么都会答应的。”吉娣说，她对母亲要柯兹尼雪夫过问这事感到不高兴。

她们谈到一半，听见林荫道上传来马嘶声和沙砾路上车轮滚动的声音。

陶丽还来不及站起来迎接丈夫，列文就从格里沙上课房间的窗口跳出去，并且把格里沙也抱了出去。

“斯基华来了！”列文在阳台下面叫道。“我们的课已经上完了，陶丽，不要怕！”他又说，同时像孩子似的跑下去迎接马车。

“他，她，它；他的，她的，它的。”格里沙一面大声背着拉丁文代词，一面沿着林荫道连蹦带跳地跑去。

“还有个什么人。对了，是爸爸！”列文在林荫道入口处站住，叫道，“吉娣，你不要走那么陡的台阶，你绕个圈子过来。”

列文以为车上坐着的是老公爵，可是他错了。他走近马车，才看清坐在奥勃朗斯基旁边的不是公爵，而是一个头戴后面有长飘带的苏格兰便帽的漂亮肥胖的青年。原来是谢尔巴茨基的表兄弟维斯洛夫斯基，一个闻名彼得堡和莫斯科两地的年轻人，并且像奥勃朗斯基介绍时说的，“是位杰出的人物和热衷打猎的好手”。

维斯洛夫斯基毫不计较人家因错把他当作老公爵而产生的懊丧，兴致勃勃地同列文寒暄，说他们以前见过面，接着又抱起格里沙，越过奥勃朗斯基带来的猎狗，把他抱进马车里。

列文没有上马车，却跟在后面走。他心里有点不高兴，因为他越是了解越是喜爱的老公爵没有来，却来了这个完全多余的生人维斯洛夫斯基。列文走到聚集了一大群闹哄哄的大人孩子的台阶边，看见维斯洛夫斯基露出特别亲昵殷勤的样子吻着吉娣的手，越发觉得他是个多余的生人。

"我同尊夫人是表兄妹，又是老朋友。"维斯洛夫斯基再次紧握着列文的手说。

"哦，怎么样，有野味吗？"奥勃朗斯基刚同每个人打过招呼，就问列文说。"我们两人野心可大了！哦，妈，他们结婚以后还没有到莫斯科去过呢。哦，塔尼雅，这给你！你到马车后面去拿吧。"他面面俱到地应付着。"你气色真好啊，我的陶丽。"他一面对妻子说，一面再次吻着她的手，又用一只手拉住她的手，另一只手在上面抚摩着。

列文刚才还兴高采烈，这会儿却闷闷不乐地望着大伙儿，他觉得一切都不顺心。

"昨天他这两片嘴唇才吻过谁呀？"他望着奥勃朗斯基对妻子那种亲热的样子，暗自思忖。他望望陶丽，对她也没有好感。

"她明明不相信他会真心爱她，为什么还那样快活呢？真恶心！"列文想。

他望望公爵夫人，一分钟以前他还觉得她很可爱，但此刻他也不喜欢她像在自己家里那样热情地招待这个帽带飘飘的维斯洛夫斯基。

他甚至不喜欢柯兹尼雪夫，因为他也走到台阶上，装出友好的样子欢迎奥勃朗斯基。列文知道他哥哥一向不喜欢也瞧不起奥勃朗斯基。

列文觉得连华仑加都很讨厌，因为她装出一副无比圣洁的模样同这位城里人认识，其实却一心想嫁人。

但最使他反感的是吉娣，她竟然同这个自以为下乡旅行对人对己都是一大乐事的城里人又说又笑，兴高采烈；特别使他嫌恶的是她回报他微笑时那种异样的笑容。

大家闹哄哄地谈着话，走进屋去。列文等大家一坐下，转身就出去了。

吉娣看出丈夫有些异样。她想找个机会同他单独谈谈，可是他说有事要到账房去，就匆匆走掉了。他好久没有像今天这样关心农庄的事了。"他们老是像过节一样欢天喜地，"列文想，"现在又不是过节，工作不等人，不工作就不能生活呀。"

7

列文直到仆人请他吃晚饭，才回家去。吉娣同阿加菲雅站在楼梯上商量晚饭喝什么酒。

“你们忙[①]什么呀？像平常一样就行了。”

“不，斯基华是不喝酒的……康斯坦京，等一下，你怎么了？”吉娣一面说，一面连忙跟在他后面，可是他并不等她，冷冰冰地大踏步向餐室走去，立刻加入那边以维斯洛夫斯基和奥勃朗斯基为中心的热闹的谈话。

“嗯，我们明天就去打猎，怎么样？”奥勃朗斯基说。

“好的，去吧。”维斯洛夫斯基说，同时换到另一把椅子上侧身坐下，把一条胖腿搁在另一条上面。

“我很高兴陪你们去。您今年打过猎吗？”列文对维斯洛夫斯基说，注视着他的腿，但装出高兴的样子。吉娣心里很明白这种高兴是假装的，而且同他的为人极不相称。“大鹬不知能不能找到，但山鹬很多。不过得起个早。你们不累吗？斯基华，你不累吗？”

“我累？我从来不觉得累。我们来它个通宵！出去散散步。”

“真的，我们不要睡觉！太有意思了！”维斯洛夫斯基响应说。

“吓，你自己可以不睡，也不让别人睡，这一点我们倒是相信的，”陶丽用含嘲带讽的口气对丈夫说，现在她对他说话总是用这样的口气，“不过照我看来现在是时候了……我走了，我不吃晚饭了。”

“不，你坐一会儿，我的陶丽，”奥勃朗斯基一面说，一面转到他们正在吃饭的大饭桌后面陶丽的身边，“我还有多少话要对你说呀！”

“我看不见得。”

“你知道吗？维斯洛夫斯基到安娜那里去过了。他还要到他们那里去。要知道，他们离这里只有七十里路。我也要去一次。维斯洛夫斯基，你过来！”

维斯洛夫斯基转移到太太们那里，到吉娣身边坐下。

“嗯，您倒说说，您到她那儿去过吗？她怎么样？”陶丽问他。

列文留在桌子另一头，不停地同公爵夫人和华仑加谈话，看见奥勃朗斯基、陶丽、吉娣和维斯洛夫斯基正兴高采烈而又神秘地谈着话。不仅如此，他还看见妻子睁大眼睛望着夸夸其谈的维斯洛夫斯基俊俏的面孔，脸上露出全神贯注的表情。

“他们那里很好，”维斯洛夫斯基谈起伏伦斯基和安娜的情况，“我当然不敢妄加评判，但在他们那里就像在自己家里一样舒服。”

---

① 原文为英语。

“那么，他们有什么打算吗？”

“大概想到莫斯科去过冬。”

“咱们一起到他们那里去该多好哇！你什么时候去？”奥勃朗斯基问维斯洛夫斯基。

“我打算在他们那里过七月。”

“那么你去不去？”奥勃朗斯基问妻子。

“我早就想去了，我一定要去一次，”陶丽说，“我替她难过，我了解她。她是个出色的女人。等你走了，我一个人去，免得给人家添麻烦。你不去更好。”

“好极了！”奥勃朗斯基说，“那么你呢，吉娣？”

“我？我去做什么？”吉娣满脸通红地说，她回头看了丈夫一眼。

“您同安娜·阿尔卡迪耶夫娜也熟吗？”维斯洛夫斯基问她说，“她真是个迷人的女人。”

“是的。”吉娣回答维斯洛夫斯基，脸涨得更红了。她站起来，走到丈夫身边。

“那么你明天去打猎吗？”她问丈夫。

在这几分钟里，列文妒意发作，特别是他看到吉娣同维斯洛夫斯基谈话时双颊绯红的那副娇态。这会儿，他又照自己的意思来理解她这句话。尽管后来想起这事感到很荒唐，但现在他满心以为，她问他去不去打猎，只是想知道他肯不肯让维斯洛夫斯基快乐一番，因为照他看来，吉娣已经爱上维斯洛夫斯基了。

“是的，我要去的。”列文用一种连他自己都觉得讨厌的极不自然的声音回答。

“不，明天你们最好在家里待一天，要不然陶丽就没有机会看到丈夫了，你们后天去吧。”吉娣说。

吉娣这番话又被列文曲解成这样：“不要把我同他拆散。你去不去我无所谓，但让我享受享受同这位可爱的年轻人交际的快乐吧。”

“好，要是你希望这样，那我们明天就待在家里。”列文特别殷勤地回答。

维斯洛夫斯基万万没有想到，他的到来竟会造成别人那么大的痛苦，他随着吉娣从桌旁站起身，又用含笑的亲切目光望着她，跟着她走过来。

列文看见他的目光，顿时脸色发白，好一阵喘不过气来。“他怎么能这样盯住我的妻子瞧！”他怒气冲天地想。

“明天就这样过吗？让我们一起去吧！”维斯洛夫斯基说，坐在椅子上照例又架起腿来。

列文的妒意越发厉害了。他已把自己看成是个受骗的丈夫，妻子和情夫正利用他替他们提供的舒服生活在享乐……虽然如此，他还是彬彬有礼地问维斯洛夫斯基有关打猎、猎枪和皮靴的事，并且同意明天去打猎。

幸亏老夫人站起来，还劝吉娣去睡觉，才使列文不再受罪。不过，列文还是不能避免新的苦恼。维斯洛夫斯基同女主人告别的时候，又想吻吻她的手。但是吉娣脸涨得通红，缩回手去，用事后受她母亲责备的憨直口气说："我们这里不兴这一套。"

列文认为，她纵容维斯洛夫斯基做出这种轻浮的举动，是她的过错，她又这样拙劣地表示不爱这一套，更是错上加错。

"嗳，何必这样忙着去睡觉！"奥勃朗斯基说。他晚饭时喝了几大杯葡萄酒，情绪特别好，心里充满了诗意。"你瞧，吉娣，"他指指菩提树后升起的一轮明月说，"多美呀！维斯洛夫斯基，这可是唱小夜曲的时候了。你知道他有一副好嗓子，我们一路上都在唱歌。他随身带来两首优美的抒情歌谱，都是新出的。最好让他同华尔华拉·安德列夫娜来个二重唱。"

等大家都走散了，奥勃朗斯基同维斯洛夫斯基又在林荫道上散步了好一阵。可以听到他们在合唱一首新的抒情歌曲。

列文听见他们唱歌，皱着眉头坐在妻子卧室的安乐椅上。吉娣问他有什么事，他始终不开口，直到最后她主动怯生生地微笑着问："是不是维斯洛夫斯基有什么地方使你不高兴？"列文这才打破沉默，把心里话和盘托出。但他说的话使他自己感到惭愧，因此越发恼火了。

他站在她面前，皱紧眉头，眉头底下那双眼睛可怕地闪闪发亮，一双强壮有力的手臂抱住胸膛，仿佛在竭力克制自己的感情。要不是脸上露出使她感动的痛苦神色，他的表情是很严厉的，简直是冷酷的。他的下颚在抽搐，声音也不连贯。

"你要明白，我不是吃醋。吃醋是个卑鄙的词。我不会吃醋，我不相信……我说不出我的感情，但这是可怕的……我不吃醋，但我感到委屈，感到受侮辱，居然有人敢动脑筋，有人敢用这样的眼光瞧着你……"

"是怎样的眼光啊？"吉娣说，竭力回忆当天晚上的每句话和每个行动，分析它们的含义。

当维斯洛夫斯基跟着她走到桌子另一头时，她在内心深处是感觉到有点什么的，但这一点连她自己都不敢承认，更不敢告诉列文，来增加他的痛苦。

"我现在这个模样，还有什么吸引人的地方呢？……"

"唉！"列文双手抱住头，叫了一声，"你还是不要说的好！……那么，要是你还能吸引人呢？……"

"不，康斯坦京，等一下，你听我说！"吉娣带着痛苦的同情神色瞧着他，说，"嗐，你还能有什么想法呢？对我来说，除了你再没有别的人，再没有别的人！……你是不是要我不见任何人哪？”

他的妒忌起初使她生气。她觉得难过的是，连这样极其纯洁的交际的快乐他都不许她享受。不过，现在她不仅情愿牺牲这种小事，而且情愿牺牲一切，只要能使他放心，能使他摆脱痛苦。

“你要了解我这种又可怕又可笑的处境，”列文继续用绝望的口吻低声说，“他到我家来做客，除了他那种放肆的态度和搁腿的姿势，确实没有什么不成体统的地方。他还很自命不凡，我也只好对他客客气气。”

“不过，康斯坦京，你说得也太过分了。”吉娣嘴上这样说，看到他从妒忌中反映出来的对她的爱，心里倒很高兴。

“最可怕的是，你一向是那么纯洁，我现在觉得还是那么纯洁，我们是那么幸福，那么异常幸福，可是忽然来了这样一个坏蛋……不，不是坏蛋，我何必咒骂他呢？他根本不关我的事。可现在我的幸福和你的幸福又怎样啦？……”

“我明白这是什么缘故。”吉娣开口说。

“什么缘故？什么缘故？”

“吃晚饭时我们在谈话，我看到你怎么在看我们。”

“是啊，是啊！”列文害怕地说。

吉娣讲给他听他们谈了些什么。她讲的时候激动得喘不过气来。列文不作声，接着偷偷看了看她那苍白的恐惧脸色，突然双手抱住了头。

“吉娣，我把你害苦了！亲爱的，原谅我！这简直是发疯！吉娣，全是我错了。我怎么可以为这种蠢事自寻烦恼呢？”

“不，我真替你难过。”

“替我？替我难过？我算得了什么？我是个疯子！……可是为什么要害得你痛苦呢？想起来真可怕，我们的幸福竟会随便被人家破坏。”

“当然，这事叫人感到委屈……”

“好吧，我要留他在我们这里过夏天，我要客客气气对待他，”列文吻着她的手说，“你看好了。明天……对，明天我同他们一起去。”

8

第二天，太太们还没有起身，打猎用的轻便马车，有四轮的，有双轮的，已经停在门口了。拉斯卡一早知道要去打猎，就一直狂吠滥叫，欢蹦乱跳，接着又坐在车夫的驭座旁，因为猎人们迟迟不出来，它紧张而不满地望着大门——他们应该从那里出来。第一个出来的是维斯洛夫斯基，他脚蹬一双靴筒高到他的胖腿肚的崭新大皮靴，身穿一件绿色上装，腰里束着一条散发着皮革味的新子弹带，头戴那顶有飘带的苏格兰帽，手里拿着一支没有背带的英国新猎枪。拉斯卡窜到他跟前，跳起来向他致意，汪汪地叫着，仿佛在问其余的人是不是快出来了，但没有得到回答，只好又回到原地等候，歪着头，竖起一只耳朵，又不作声了。大门终于咯咯响着打开了，奥勃朗斯基的黄斑猎狗克拉克飞了出来，在空地上奔突了几圈。接着，奥勃朗斯基手里拿着猎枪，嘴里咬着雪茄，走了出来。“别动，别动，克拉克！”他亲切地对那在他腹部和胸部乱扑乱抓、钩住他猎袋的狗叫道。奥勃朗斯基脚蹬软皮鞋，裹着包脚布，身穿一条破旧的马裤和一件短大衣。他头上戴着一顶破烂不堪的帽子，但那支新式猎枪却漂亮得像个玩具，子弹带和猎袋虽旧，材料倒是挺讲究的。

维斯洛夫斯基以前不懂得真正的猎人风度：衣服要穿得破烂，但猎具必须是最讲究的。如今他看到奥勃朗斯基优雅、肥壮而生气勃勃的身体穿上破烂的衣衫，别有一种风度，他才懂得了这一点，决定下次打猎也要这样打扮。

“咦，我们的主人怎么搞的？”维斯洛夫斯基问。

“有了年轻的太太嘛！”奥勃朗斯基笑嘻嘻地说。

“是啊，而且又是那么迷人。”

“他已经穿戴好了。大概又跑回她那里去了。”

奥勃朗斯基猜对了。列文又跑回妻子那里，再次问她是不是原谅他昨天的蠢事，还恳求她看在基督分上格外保重。最要紧的是要她留神孩子们，因为他们总是乱冲乱撞。然后又要她再次保证，他出门两天，她决不生气，而且明天一早就派人骑马送一个条子给他，哪怕只写上两个字，也好让他知道她平安无事。

吉娣要同丈夫分别两天，照例感到很难过，但是看到他穿着猎靴和雪白的短衫，显得格外魁梧，以及她所不理解的那种兴致勃勃的打猎劲头，她就因他的快乐而忘记了自己的难受，高高兴兴地同他告别了。

“对不起，各位先生！”列文跑到门口说，“午饭带上了吗？为什么把枣红马套在右边？嗳，没有关系。拉斯卡，安分点儿，躺下！”

“把它们放到没有配过种的羊群里去吧。”他对站在门口问他怎样安排阉羊的牧人说，“对不起，又来了一个捣蛋鬼。”

列文又从马车上跳下来，向手拿量尺朝台阶走来的木匠走去。

“嗐，昨天你不到账房来，现在又要来耽误我的时间了。那么有什么事？”

“您让我们再做一个转弯吧。只要再加三级就行了。我们一定把它配好。这样就稳当多了。”

“你早就该听我的话了！”列文恼火地回答，“我说过，先装侧板，再配上楼梯。现在可无法补救了。照我的话办，再做一副新的吧。”

事情是这样的：木匠在厢房里做楼梯，没有算准高度。结果装上去的踏级都是倾斜的，把活儿搞坏了。现在木匠仍想把这座楼梯装上去，只另外增加三级。

“这样就会好多了。”

“再增加三级，你要把楼梯通到哪儿去？”

“您别见怪，老爷。”木匠神气活现地笑着说。“不高不低，刚刚好。就是说，从下面走起，”他做着蛮有把握的手势说，“一级，一级，一级走上去。”

“要知道加三级就得增加长度……叫它通到哪儿去呢？”

“就是这样从下面一级一级上去。”木匠固执地说。

“那它就会通到天花板，穿破墙壁了。”

“您别见怪。就是从下面上去。一级，一级，一级走上去。”

列文拉出猎枪通条，动手在沙土上画楼梯的图样给他看。

“来，看见了吗？”

“随您的便吧，”木匠说，他的眼睛顿时炯炯发亮，显然领会了他的意思，“看来得重新做一个了。”

“对，就是要照我的话办！”列文一面坐上马车，一面吆喝道，“走了！把狗拉住，菲利浦！”

现在列文把家务和农事全抛开，深深体会到生活和希望的快乐，连话都不想说了。此外，他还产生了猎人在接近目的地时常有的聚精会神的紧张心情。要是说他现在还有什么操心的话，那也只是他们能在柯尔本沼地找到什么野味，拉斯卡同克拉克比起来哪一个强，他自己今天打猎顺利不顺利。他在这位新客人面前怎样才能不丢脸？怎样使奥勃朗斯基打猎的成绩不超过他？——这些思想也在他的头脑里掠过。

奥勃朗斯基也有这样的感觉，同样很少说话。只有维斯洛夫斯基兴致勃勃地说个不停。列文现在听着他说话，想到昨天对他的误解，感到害臊。维斯洛夫斯基确实是个好小子，单纯，善良，乐天。列文要是在结婚以前遇见他，他们准会成为好朋友的。列文本来不太喜欢他那种玩世不恭的态度和放荡不羁的神气。他留着长指甲，戴着苏格兰便帽，打扮得不伦不类，还自以为超群脱俗；但由于他心地善良，举动文雅，这一切是可以得到人家原谅的。他博得列文的欢心，是因为教养好，能说一口漂亮的法语和英语，而且出身和列文一样。

维斯洛夫斯基非常喜欢左边那匹顿河草原马，对它赞不绝口。

“骑着草原马在草原上兜风，该多美呀！您说是不是？呃？”他说。

他把骑草原马奔驰看作是一种富有诗意的浪漫行为，其实完全不是那么一回事。不过他那天真烂漫的神气，再加上英俊的相貌，可爱的微笑和优雅的举动，确实很招人喜爱；不知是他的天性博得列文的好感呢，还是列文想补偿昨天的唐突，列文看到他身上的种种优点，同他在一起觉得很高兴。

他们走了三里路，维斯洛夫斯基忽然发觉雪茄烟和皮夹子都不见了。他不知道是丢了，还是放在桌上。皮夹子里装有三百七十卢布，不能就此算了。

“我说，列文，我想骑这匹顿河马回家去一下。这太有意思了。好不好？”维斯洛夫斯基一面说，一面准备上马。

“不，何必呢？”列文估计维斯洛夫斯基的体重约有一百公斤，回答说，“我派车夫去就行。”

车夫骑着那匹骖马跑了，列文就亲自驾驭剩下的一对马。

9

“嗯，我们的路线到底怎样？你好好给我们讲讲。”奥勃朗斯基说。

“计划是这样的：现在我们先到格伏兹吉夫。在格伏兹吉夫这一边是山鹬出没的地方，过了格伏兹吉夫就是大鹬聚居的沼地，那儿也有山鹬。此刻天太热，我们傍晚可以到达（大概有二十里路），晚上就在那里打猎；在那里住一夜，明天再去大沼地。”

“难道一路上什么也没有吗？”

“有是有的，可是要耽搁时间，天又这么热。有两个小地方还不错，但现在不见得会有什么东西。”

列文自己也想拐到那两个地方去一下，可是那两个地方离家近，随时可以去，再说地方又小，三个人不能同时打猎。这样，他就故意说没有什么东西。他们经过小沼地时，列文想把车子一直赶过去，可是奥勃朗斯基那双经验丰富的眼睛从路上就看见那里有一块沼泽。

“我们不到那里去一下吗？”他指着沼地说。

“列文，让我们去一下吧！多么出色的地方！”维斯洛夫斯基恳求说。列文只好答应。

不等他们停下车来，两条猎狗就争先恐后地向沼泽飞奔过去。

“克拉克！拉斯卡！……”

两条猎狗又回来了。

“三个人一起打太挤了。我留在这里吧。”列文说，满心以为除了那些被猎狗惊起、在沼泽上空盘旋哀鸣的麦鸡，什么也不会有了。

“不！一起去，列文，咱们一起去！”维斯洛夫斯基大声说。

“真的，太挤了。拉斯卡，回来！拉斯卡！你们不需要两条狗吧？”

列文留在马车旁边，妒忌地望着那两个猎人。他们走遍了整个沼地。除了野鸡和麦鸡（维斯洛夫斯基打死了一只），沼地上什么也没有。

“哎，这会儿你们也该明白了，为什么我不喜欢这块沼地，”列文说，“还不是白白浪费时间。”

“不，还是挺有意思的。您看见吗？”维斯洛夫斯基手里拿着猎枪和麦鸡，笨手笨脚地爬上马车，说，“这一只我打得多漂亮！是不是？哦，我们快到正式猎场了吧？”

突然，马向前猛冲了一下，列文的脑袋撞在谁的猎枪上，发出一声枪响。其实枪是先响的，但列文还以为是他撞响的。事情是这样的：维斯洛夫斯基在开双筒枪的时候只扳动了一个枪机，而把另一个枪机按住了。子弹打进地里，没有伤到人。奥勃朗斯基摇摇头，不以为然地对维斯洛夫斯基笑了笑。但是列文无意责备他。第一，不论怎样的责备显然都是由于刚才经历了那样的危险和列文额上隆起了疙瘩；第二，维斯洛夫斯基开头天真地感到很难过，后来看到大家一片惊慌，就诚心诚意地笑起来，弄得列文也忍不住笑了。

他们来到了另一片沼地，面积相当大，打一次猎得花许多时间，因此列文劝他们不要下车。可是维斯洛夫斯基坚决要求他停车。其实沼地上可以打猎的地方比较狭窄，列文这个殷勤的主人就又留在马车旁了。

克拉克一到沼泽就一个劲儿往土墩冲去。维斯洛夫斯基首先跟着狗跑去。不等奥勃朗斯基走近，一只大鹬就飞了起来。维斯洛夫斯基没有打中，那大鹬就往没有割过的草地上飞去了。这只鸟还是留给维斯洛夫斯基解决。克拉克又把它找到，自己站住了，维斯洛夫斯基就开枪把它击落，然后回到马车旁边。

“现在该您去了，我留下来看马。”他说。

猎人的妒忌心在列文身上发作了。他把缰绳交给维斯洛夫斯基，自己往沼泽走去。

拉斯卡早就在愤愤不平地尖声叫着，抱怨这样的不平等待遇，这会儿就一个劲儿向列文很熟悉，克拉克却没有到过的草墩那儿冲去。

“你怎么不把它叫住？”奥勃朗斯基嚷道。

“它不会把鸟儿吓跑的。”列文回答，他以他的猎狗自豪，匆匆地跟着它跑去。

拉斯卡在搜索中越接近熟悉的草墩，越发专心致志。沼地上的一只小鸟只吸引了它一刹那的注意。它在草墩前面兜了一个圈子，刚开始兜第二圈，突然周身打了个哆嗦，站住了。

“来呀，来呀，斯基华！”列文喊道，觉得他的心剧烈地跳动起来。突然，他紧张的听觉仿佛除去了一层障碍，各种声音分不出远近，乱糟糟地冲进耳朵，使他惊慌失措。他听见奥勃朗斯基的脚步声，却错把它当作遥远的马蹄声；他听见他脚下小草墩裂开的松脆声音，却错把它当作大鹬在展翅飞翔。他还听见后面有拍水的声音，可是听不出究竟是什么声音。

列文选择着落脚的地方，走到狗的旁边。

“抓住它！”

在猎狗前面飞起来的不是大鹬，而是一只山鹬。列文举起猎枪，但正当他瞄准的时候，拍水声越来越大，越来越近，还夹杂着维斯洛夫斯基的怪声尖叫。列文看到他的枪落在山鹬后面，但他还是开了枪。

列文确信他没有打中，回头一望，看见马和车已经不在大路上，而陷在沼泽里了。

维斯洛夫斯基想看看打猎，把车赶到沼地，弄得两匹马都陷在泥沼里。

“真见他的鬼！”列文一面暗自骂着，一面往陷住的马车那边走去。“您把车赶到这里来做什么？”他冷冷地说，接着召唤车夫，动手把马拉起来。

列文很恼火，因为他们妨碍了他打猎，又弄得他的马陷在泥沼里，尤其因为要把马拉起来，解下套子，而奥勃朗斯基和维斯洛夫斯基两人谁也不能帮他和车夫一点忙，他们对这事一窍不通。维斯洛夫斯基断定这地方很干燥，列文不理他，只默默地同车夫忙着把马拉出来。后来，在紧张的工作中，列文看见维斯洛夫斯基一个劲儿抓住马车的挡泥板拉，甚至把它折断了。他责备自己没有克服昨天的情绪，对维斯洛夫斯基太冷淡了。于是他故意显得格外殷勤来弥补自己的冷淡。等马车又拉到大路上，一切都安排妥当了，列文就吩咐开饭。

“谁有好良心，谁就有好胃口！这只小鸡会全部化成我的血肉。”维斯洛夫斯基吃完第二只小鸡，又兴高采烈，说了句法国俏皮话。“啊，我们的灾难结束，往后就会万事大吉了。但为了我的罪孽，我应该来驾车。对不起？呃？不，不，我是个顶呱呱的马车夫。瞧我怎样把你们送到目的地！”列文要求他让车夫赶车，他抓住缰绳不放，回答说：“不，我应当将功赎罪，再说我觉得坐在驭座上挺好的。”他说着赶动了马车。

列文有点担心，怕他把马赶坏，特别是他不懂该怎样驾驭左边那匹枣红马；但他不知不觉受到维斯洛夫斯基快乐情绪的感染，一路上听着他坐在驭座上唱抒情歌曲，或者看他边讲边表演英国人怎样驾驶驷马车①。午饭以后，他们全都兴高采烈地赶到了格伏兹吉夫沼地。

10

维斯洛夫斯基拼命赶马，结果太早到达了沼泽地，天气还很热。

列文来到他们的主要目的地大沼泽，不由得想摆脱维斯洛夫斯基，自己好自由行动。奥勃朗斯基显然也有这样的愿望，列文从他脸上看到一个真正的猎人在打猎以前全神贯注的表情，以及他特有的温厚而调皮的神气。

“我们怎么走法？这沼泽真不错，我还看见鹞鹰呢，”奥勃朗斯基指着盘旋在薹草上空的大鸟说，“有鹞鹰的地方准有野味。”

“我说，先生们，”列文一面露出闷闷不乐的神色，拉了拉靴筒，看了看猎枪上的弹帽，一面说，“你们看见这片薹草吗？”他指着河右岸一大片割过一半的湿草地，那里有一个暗绿色的小岛，“喏，沼泽就从这里开始，就在我们面前，那边颜色深一点，你们看见吗？沼泽从这里往右，那边有马群的地方；那边有草丛，常常有大鹬；在这丛薹草周围，到赤杨树丛，直到磨坊，都是沼地。喏，你们看，那边有个河弯。这是最好的地方。我在那边有一次打到过十七只山鹬。我们分开走，各人带一条狗，在磨坊那边会合。”

“那么，谁往右，谁往左呢？”奥勃朗斯基问。“右边地方宽敞些，你们两个人去吧，我到左边去。”他仿佛随口说着。

“太好了！我们会比他打得多的！那么，走吧，走吧！”维斯洛夫斯基同意说。

列文只得同意。他们分手了。

一走进沼泽，两条狗就一起开始搜索，往锈铁色的水塘冲去。列文知道拉斯卡的搜索方式：小心翼翼，但迟疑不决。他也知道那个地方，希望能看见一群山鹬。

“维斯洛夫斯基，同我并排走，并排走！”他低声对在他后面哗哗地蹚水的同伴说。自从在柯尔本沼地猎枪走火以后，列文一直很注意枪口的方向。

“不，我不会妨碍您的，您不用为我操心。”

---

① 原文为英语。

但是列文不禁想起了动身前吉娣对他说的话："留神哪，不要打在人家身上。"两条狗离目的地越走越近，相互回避着，各走各的路。列文一心想找到山鹬，甚至把脚下靴子从泥沼里拔出来的咕唧声都当作山鹬的叫声。他抓住枪托，使劲把它握住。

"砰！砰！"他听见耳边响起了枪声。这是维斯洛夫斯基在射击沼泽上空飞翔着的一群野鸭，可是野鸭还远没有飞到他们头上。列文没来得及回头看，就听见一只山鹬啪的一声飞起来，接着第二只、第三只，总共有八只都飞了起来。

有一只山鹬忽左忽右乱飞起来，奥勃朗斯基举枪把它打中了。那只山鹬像一块石子似的掉到泥沼里。他不慌不忙地又瞄准向薹草丛低低飞来的另一只，枪声一响，这只鸟也应声掉下；接着看到它又从割过的薹草丛里窜出来，用它那只没有受伤的白色翅膀拼命挣扎。

列文不很走运：第一只山鹬在他开枪时已飞得太近，没有打中；当它再次飞起来，他又向它瞄准，可是这当儿另一只在他脚边飞起，分散了他的注意，结果又没有打中。

他们正在装子弹的时候，又有一只山鹬飞起来。维斯洛夫斯基已装好子弹，向水面上开了两枪。奥勃朗斯基捡起打中的两只山鹬，眼神里闪出得意的光芒，瞧了列文一眼。

"好，现在我们分开吧！"奥勃朗斯基说。他瘸着左腿，拿好猎枪，向狗吹了几声口哨，往一边走去。列文同维斯洛夫斯基走往另一个方向。

列文有个习惯，要是头上几枪打不中，他就发脾气，闹情绪，这样整天就打不好猎。今天也是这样。山鹬多得很，不断从猎狗和猎人脚下飞起。列文本可以定下心，可是他开枪的次数越多，在维斯洛夫斯基面前丢脸的次数也越多。维斯洛夫斯基呢，不管在射程之内还是射程之外，总是兴致勃勃地瞎打一阵，结果一无所得，但他若无其事，一点也不害臊。列文心慌意乱，沉不住气，越来越烦躁，虽然开枪，却根本不存打中什么的希望。看来，拉斯卡也懂得这一点。它搜寻猎物，越来越没精打采，仿佛带着怀疑和责备的目光望着猎人们。枪声一下接着一下，猎人周围硝烟弥漫，可是在宽敞的大猎袋里只有三只小小的山鹬。而且其中一只还是维斯洛夫斯基打中的，再有一只是他们两人共同打下的。然而，在沼泽的另一边，却陆续传来并不频繁但列文觉得很有道理的枪声，而且枪声每响一下，就听到喊声："克拉克，克拉克，叼来！"

这就使列文更加激动。山鹬成群地不断在薹草上空盘旋飞翔。地面上的扑扑声和空中的嘎嘎声从四面八方传来；山鹬纷纷飞起，在空中翱翔一阵，又在猎人面前落下。在沼泽上空盘旋尖叫的鹞鹰已不止两只，而是有几十只了。

列文同维斯洛夫斯基走过了一大半沼地，来到农民们的草场上。这些草场一长条一长条地直通薹草丛生的地方，各户草场的分界线，有些是践踏过的草地，有些是割过的草地。草场已割过一半了。

在没有割过的草地上找到猎物的希望并不比割过的草地上多，但列文答应过奥勃朗斯基同他会合，就只好带着同伴，踏着割过和没有割过的草地继续前进。

“喂，打猎的先生们！”有一个坐在卸掉马的大车旁的农民叫道，“来同我们一起吃点东西！喝点酒！”

列文回头望了望。

“来吧，不要紧！”一个大胡子农民喜气洋洋，满脸通红，露出雪白的牙齿，举起一个在阳光下闪闪发亮的绿幽幽酒瓶叫着。

“他们在说些什么呀？”维斯洛夫斯基用法语问列文。

“叫我们去喝伏特加。他们大概把草地分好了。我倒想去喝一杯。”列文别有用意地说，他希望维斯洛夫斯基会被伏特加吸引到他们那边去。

“他们为什么请客？”

“不为什么，就是大家快活快活。真的，您去吧。您会高兴的。”

“咱们去吧，这倒挺有意思。”

“去吧，去吧，您找得到通磨坊那条路的！”列文大声叫道。他回头一望，高兴地看到维斯洛夫斯基弯着腰，伸出一只手举着猎枪，拖着两条疲劳的腿磕磕绊绊地走出沼泽，向农民那边走去。

“你也来吧！”一个农民对列文叫道，“不要怕！你也来吃点馅饼吧！”

列文很想喝点伏特加，吃一块面包。他浑身乏力，觉得好容易把两条摇摇晃晃的腿一步又一步地从泥塘里拔出来。他犹豫了一会儿。那猎狗突然停下来。列文全身的疲劳顿时消失，又精神抖擞地踩着泥浆向猎狗走去。一只山鹬从他脚边飞起，他开枪把它打死，可是那狗又站住不走了。“叼来！”这时猎狗前面又有一只山鹬飞起来。列文开了枪。可是今天真不走运，他又没有打中。他再去找那只打死的鸟，也没有找到。他踏遍整个薹草丛，可是拉斯卡不相信他打死了什么。他打发它去找寻，它却只装出找寻的样子，其实并没有真正在找。

列文打猎失利本来都怪维斯洛夫斯基，现在维斯洛夫斯基走开了，情况并没有好转。这里的山鹬也很多，但列文一次一次都没有打中。

夕阳的光芒还很热。列文的衣服被汗湿透，黏在身上；左靴筒里灌满了水，走起路来很重，发出咕唧咕唧的声音；沾满火药的脸上滚动着大颗大颗的汗珠；嘴里发苦，鼻子里满是火药和铁锈的味儿，耳朵里不断地响着山鹬的啼声；枪筒热得烫手，碰也不能碰；他的心跳得又急又快；双手紧张得发抖；疲劳的双腿在草墩和泥沼地里磕磕绊绊，摇摇晃晃；但他还是一边走，一边开枪。最后，他又一次丢了脸，没有打中，就把猎枪和帽子扔在地上。

“不，得冷静点儿！”他对自己说。他捡起猎枪和帽子，喊拉斯卡跟住他，走出沼泽。他走到干燥的地方，在草墩上坐下来，脱下靴子，把靴子里的水倒掉，接着又走到水塘边，喝了点带锈铁味的水，把发烫的枪筒浸在水里，洗了洗脸和手。他觉得神清气爽，又向山鹬落下的地方走去，下决心再不焦躁了。

他想沉住气，但还是老样子。他还没有瞄准鸟儿，手指就扳动枪机。情况越来越糟。

他离开沼泽，往他同奥勃朗斯基约定会合的赤杨林走去，他的猎袋里只有五只鸟儿。

他还没有看见奥勃朗斯基，却看见了他的猎狗。克拉克从赤杨暴露的树根下蹿出来，浑身上下沾满发臭的泥浆，像个黑炭。它摆出一副胜利者的姿态，同拉斯卡相互嗅着。在克拉克之后，奥勃朗斯基的魁梧身子出现在赤杨树荫下。他迎面走过来，满脸通红，汗水淋漓，敞开衣领，还是瘸着腿。

“喂，怎么样？你们打了很多吧！”他乐呵呵地笑着说。

“你怎么样？”列文问。不过根本用不着问，因为他看到奥勃朗斯基的猎袋装得满满的。

“还不错。”

他有十四只鸟。

“这片沼地真不错！准是维斯洛夫斯基碍了你的事。两个人合用一条狗不方便。”奥勃朗斯基说这话来冲淡他的得意神气。

11

当列文同奥勃朗斯基来到列文经常停留的那个农民家里时，维斯洛夫斯基已经在那边了。他坐在农舍屋子的中央，两手撑住长凳，让女主人的兄弟——一个兵士替他脱沾满泥浆的靴子，同时发出一阵有传染性的欢笑。

“我刚来不多一会儿。他们真有意思，又请我吃又请我喝。多么出色的面包！可口极了！还有伏特加，我可从来没有喝过这样的好酒！他们说什么也不肯收我的钱。还连连不断地说：‘别见怪，别见怪。’”

“怎么会收钱呢？他们是愿意请您这位贵客的呀！难道他们是卖酒的吗？”那兵

士终于把那只湿淋淋的皮靴连同发黑的袜子脱下来，说。

农舍被猎人们的泥污靴子和两条正在舔身子的涂满泥浆的猎狗弄得肮脏不堪，屋子里又充满沼泽和火药的味儿，而且没有刀叉，但猎人们却津津有味地喝了茶，吃了晚饭。这种独特的风味只有打猎的时候才能尝到。他们梳洗完毕，来到打扫干净的干草棚里。车夫已在那里替老爷们铺好床了。

天色黑了，可是猎人们谁也不想睡觉。

他们海阔天空地谈了一通打猎、猎狗和打猎轶事，接着谈话就转到大家都感兴趣的题目上来。由于维斯洛夫斯基再三称赞这种迷人的过夜方式、芬芳的干草和那辆破马车（他把这辆卸下前轮的马车当作破马车）的独特风味、招待他喝伏特加的农民的慷慨好客，以及各自躺在主人脚边的猎狗的忠心耿耿，奥勃朗斯基就讲起去年夏天他在马尔杜斯家打猎的趣事来。马尔杜斯是著名的铁路大王。奥勃朗斯基讲到这位马尔杜斯在特维尔省租了多么好的沼地，而且保护得多么周到；猎人们坐的马车和狗车多么讲究，搭在沼泽旁边吃早饭用的帐篷又多么有气派。

"我真不了解你，"列文在草堆上站起来说，"你同这些人一起，怎么不觉得讨厌。我知道早饭时喝点法国红葡萄酒是挺愉快的，但是这样的穷奢极侈，你难道不反感吗？这些家伙就像从前的酒类专卖商一样，靠发横财致富，大家都瞧不起他们，可是他们满不在乎，还用发横财得来的钱去收买人心。"

"一点儿也不错！"维斯洛夫斯基附和说，"一点儿也不错！当然奥勃朗斯基去是出于好意，可是人家会说'奥勃朗斯基也去了'……"

"完全不是那么回事，"列文听见奥勃朗斯基笑着这样说，"我根本就不认为他比任何富商或者贵族更不要脸。他们这些人都是靠劳动和智慧发财的。"

"是的，但靠的是什么样的劳动啊？难道霸占土地、投机倒把也算是劳动吗？"

"当然是劳动。要是没有他这一类人，也就不会有铁路了，这难道不是劳动吗？"

"但这种劳动同农民或学者的劳动不一样。"

"就算这样吧，但他的活动创造了成果——铁路。你却认为铁路毫无用处。"

"不，这是另一个问题。我可以承认铁路是有用的。但任何不符合所付劳动的收益都是不合理的。"

"那么，谁来判断符合不符合呢？"

"凡是用不合理手段，用巧取豪夺得来的利益。"列文觉得无法划清合理和不合理的界线。"譬如银行的收益，"他继续说，"大量财富不劳而获，这是罪恶。这同酒类专卖一样，只是换了个方式。正像法国俗话说的：'国王死了，国王万岁！'酒类专卖业刚消灭，就出现了铁路、银行，这些也都是不劳而获。”

“是的，你这些话也许是对的，也挺俏皮……躺下，克拉克！”奥勃朗斯基对在草堆里乱钻擦痒的猎狗喝道，显然深信自己的立论是正确的，因此镇定自若，“但你没有划清正当劳动和不正当劳动之间的界线。我拿的薪金比我的科长多，虽然他比我更熟悉业务，这难道是合理的吗？”

“我说不上来。”

“那就让我来告诉你吧：你从事农业劳动，得到的利益就说有五千卢布吧，可是我们这位种田的农民主人，不论他怎样拼着命干，收入决不会超过五十卢布，这种情况就像我的收入超过科长，马尔杜斯的收入超过铁路工人一样不合理。反过来，我看到社会上对他们抱着一种不该有的敌视态度，我觉得这里有妒忌的成分……”

“不，这话不对！”维斯洛夫斯基说，“妒忌不至于，但这里是有点不干不净的地方。”

“不，听我说！”列文继续说，“你说我获得五千卢布而一个农民只有五十卢布是不公平的，这话很对。这是不公平的，我也感觉到，可是……”

“的确是这样。为什么我们吃吃喝喝，打猎玩乐，什么事也不做，可是农民一年到头都要劳动呢？”维斯洛夫斯基说，显然有生以来第一次想到这问题，因此语气十分真诚。

“是的，你感觉到这一点，可是你又不肯把自己的产业让给他。”奥勃朗斯基说，仿佛有意向列文挑衅。

在这两位连襟之间近来似乎产生了对立情绪：自从他们同两姐妹结婚以后仿佛就展开了竞争，看谁把自己的生活安排得更好。这种对立情绪，此刻就从带有个人意气的谈话中反映出来了。

“我不让给人，因为没有人向我要。即使我想让，也不能让，也没有人可让。”列文回答。

“就让给这位农民吧，他不会拒绝的。”

“好吧，叫我怎样让给他呢？同他去办个地契过户手续吗？”

“我说不上来，但是如果你相信你没有权利……”

“我根本不相信。相反，我觉得我没有权利出让，我对土地对家庭都有责任。”

“不，听我说：如果你认为这种不平等是不合理的，那你为什么不采取行动呢？……”

“我是在行动，不过是消极的，我只是竭力防止扩大我同他们之间的差别。”

“不，对不起，这可是奇谈怪论。”

“对，这有点强词夺理。”维斯洛夫斯基附和说。“喂，当家人！”他对推开嘎嘎响的仓门走进来的农民说，“怎么，你还没有睡吗？”

“不，哪里睡得着！我还以为老爷们睡了，忽然听见你们在说话。我来拿把钩镰。那狗不咬人吧？”他问了一句，光着脚小心翼翼地走进来。

“那你睡在哪里呀？”

“我们夜里要去放马。”

“啊，夜晚多美呀！”维斯洛夫斯基一面说，一面从打开的仓房门里张望着苍茫暮色下农舍的一角和卸掉马的马车，“你们听，这是女人唱歌的声音。说实在的，唱得不坏。这是谁在唱啊，当家人？”

“是丫头们在唱，就在这附近。”

“咱们去玩玩吧！反正睡不着。奥勃朗斯基，走吧！”

“最好是又能躺下来又能出去玩，”奥勃朗斯基伸着懒腰回答，“躺着真舒服。”

“那么，我就自己一个人去，”维斯洛夫斯基一骨碌爬起来，一面穿靴，一面说，“再见，先生们。如果有趣，我再来叫你们。你们请我来打野味，我不会忘记你们的。”

“这小子不是挺可爱吗？”等维斯洛夫斯基走了，房东随手关上门，奥勃朗斯基说。

“是的，很可爱。”列文一面回答，一面继续思考刚才谈到的问题。他觉得他已经尽可能把自己的思想和感觉说清楚，可是这两位并不愚笨而且诚恳的朋友，却异口同声地说他强词夺理。这使他感到难过。

“事情就是这样的，我的朋友。你要么断定现存的社会制度合理，那你就维护自己的权利；要么承认你在享受不合理的特权，并且在像我这样尽情享受。二者必居其一。”奥勃朗斯基说。

“不，如果这是不合理的，你就不能尽情享受这些特权，至少我就办不到。我最要紧的是要做到问心无愧。”列文说。

“那么，咱们真的不出去走走吗？”奥勃朗斯基说，显然由于思考这种严肃的问题而感到厌烦了，“反正睡不着觉，咱们还是去走走吧！”

列文没有回答。他们刚才谈话时谈到他的公正行动是消极的，这问题一直萦回在他的心头。“难道公正行动只能是消极的吗？”他问自己。

“啊，新鲜干草多香啊！”奥勃朗斯基微微支起身子说，“我说什么也睡不着。维斯洛夫斯基不知在那边搞些什么。你听见笑声和他的说话声吗？咱们去不去？去吧！”

“不，我不去。”列文回答。

“难道你这也有规定吗？”奥勃朗斯基在黑暗中摸索着帽子，笑嘻嘻地说。

“这谈不到什么规定，可是叫我去干什么呢？”

“要知道你这是在自讨苦吃。”奥勃朗斯基找到帽子，站起来说。

“怎么会？”

“难道我看不出你同你太太是怎样相处的吗？我听见你们谈到你可不可以去打两天猎，仿佛这是什么不得了的大事。作为一段闺房佳话，这当然不错；可是一辈子就这么过，那可不行啊。男人应该独立自主，男人有男人的兴趣，男人应该像个男人。”奥勃朗斯基打开门说。

“你这是什么意思？去逗丫头们玩吗？”列文问。

“如果有兴趣，为什么不去呢？这是不会有什么后果的。对我的妻子不会有什么损害，我乐得快活快活。最要紧的是在家里要维护神圣的秩序。在家里可不能搞这一类事。但也不要把自己的手脚束缚起来。”奥勃朗斯基夹着法语说。

“也许是这样。”列文冷冷地回答，转过身去侧着睡，“明天一早就得走。我不叫醒什么人，天一亮就走。”

“先生们，快来呀！”传来维斯洛夫斯基的法国话。“真迷人！这是我的一大发现。真迷人，是个十足的甘泪卿[①]式的女人。我同她已经认识了。说实在的，太妙啦！”他说时赞不绝口，仿佛她是特地为他而造得如此美妙的，因此对造物主十分感激。

列文假装睡着了，奥勃朗斯基穿上鞋子，点着一支雪茄，走出仓房。不多一会儿，他们的声音就听不见了。

列文好一阵睡不着觉。他听见他的马在嚼干草，接着房东带着大儿子出去放马，然后听见那个兵士同侄儿——房东的小儿子在仓房另一头安顿下来睡觉；后来听见那个孩子用尖细的声音告诉叔叔他对狗的印象，听来他觉得那两条猎狗又大又可怕；后来那孩子又问那两条狗要去捕什么，那兵士就睡意蒙眬地哑着嗓子告诉他，明天猎人们要到沼泽地去打猎，后来为了摆脱孩子的问题就说：“睡吧，华西卡，睡吧，不然你留点儿神。”不多一会儿，他自己就打起鼾来，接着周围一片寂静；只听见马的嘶鸣和山鹬的啼声。

“难道只能是消极的吗？”列文自言自语道，“那又怎么样？又不是我的过错。”他考虑起明天的活动来了。

“明天一早就出发，我一定不能发脾气。山鹬多得很。大鹬也有。等我回来，就可以看到吉娣的条子了。是的，斯基华说得也对：我在她面前缺乏男子气，有点婆婆妈妈……可是有什么办法呢！又是消极的态度！”

---

① 德国作家歌德名著《浮士德》里的女主人公。

他在蒙眬的睡意中听见维斯洛夫斯基和奥勃朗斯基的笑声与兴致勃勃的说话声。他蓦地睁开眼睛；月亮升起来了，他们两人正站在月光融融的仓房门口说话。奥勃朗斯基讲到姑娘的新鲜娇嫩，把她比作刚剥出的核桃肉；维斯洛夫斯基呢，发出富有传染性的笑声，重复着大概是哪个农民对他说的话："你还是赶快去讨个老婆吧！"

列文半睡半醒地说："先生们，明天天一亮就出发！"说完又睡着了。

12

列文大清早醒来，试图唤醒两位朋友。维斯洛夫斯基俯卧在床上，伸出一只穿着袜子的腿，睡得那么熟，不可能回答他什么。奥勃朗斯基睡意蒙眬中拒绝那么早出发。就连那身子缩成一团，睡在干草堆旁的拉斯卡，也勉勉强强爬起来，先懒洋洋地伸出一条后腿，然后再伸出另一条后腿。列文穿上靴子，拿了猎枪，小心翼翼地打开吱嘎作响的仓房门，走到街上。车夫们睡在马车旁边，马群打着瞌睡。只有一匹马没精打采地嚼着燕麦，把麦子撒得满槽都是。天色还是灰蒙蒙的。

列文大清早醒来，试图唤醒两位朋友。

"你怎么起得这样早哇，好人儿？"女主人从屋里出来，像对老朋友那样亲切地招呼他。

"我去打猎，大婶。这里到沼泽地走得通吗？"

“从院子后面一直走，经过我们的打谷场，再穿过大麻地，老爷，那里有一条小路。”

上了年纪的女主人光着晒黑的脚，小心翼翼地领着列文，给他打开打谷场的栅栏门。

“从这里一直走，就可以走到沼泽地。我们家的几个昨天夜里都到那里放马去了。”

拉斯卡兴高采烈地沿着小径跑在前头；列文迈着轻快的步子跟在后面，不时观察天色。他希望在太阳升起之前能到达沼泽地。

但是太阳并不懈怠。月亮在他出门的时候还很明亮，此刻却变得像水银一样发出微弱的白光；原来十分清楚的曙光，此刻要用心搜索才能看出；原来远方田野上一个个朦胧的斑点，此刻可以看得一清二楚。那是一堆堆黑麦。在芬芳的高高的大麻地里，雄麻已经被剔除了。大麻上的露珠没有照到阳光，还看不见，但把列文的腿和衣服，直到腰部以上的地方都沾湿了。在这万籁俱寂的清晨，连最微细的声音也可以听得一清二楚。一只小蜜蜂在列文耳边飞过，发出子弹般的啸声。他定睛一看，又看见第二只、第三只。它们从篱笆后面的蜂窠里飞出来，飞过大麻田，在沼泽那边消失了。

小路一直通到沼泽。沼泽可以从弥漫在上面的雾气上辨认出来，雾气有些地方浓，有些地方淡，薹草和柳树丛像小岛屿似的在这蒙蒙雾海中浮沉。在沼泽和大路边上躺着夜里放牧马群的孩子与农民，他们在黎明前盖着外套睡着了。离他们不远的地方，有三匹被绳子绊住腿的马在徘徊。其中一匹把脚上的链子弄得叮当作响。

拉斯卡在主人旁边走着，东张西望，要求跑到前面去。列文从睡着的农民们身边走过，走到第一个水塘边。他检查了一下弹筒帽，放了那猎狗。一匹喂养得很肥壮的三岁栗色马，一看见猎狗，吓得往边上一跳，扬起尾巴，打了个响鼻。其余的马匹也受惊了，它们用绊着绳子的脚踩着水塘，把蹄子从黏稠的泥浆里拔出来，发出哗哗的响声，接着又跳出沼泽。拉斯卡嘲笑地望望马匹，又询问般地望望列文，站住了。列文抚摩抚摩拉斯卡，吹了个口哨，表示可以行动了。

拉斯卡又高兴又担心地在软绵绵的泥沼地上跑着。

拉斯卡跑进沼泽，在熟悉的树根、水草、铁锈和不熟悉的马粪味中立刻嗅出了鸟腥气，那种最使它销魂的鸟腥气。在苔藓和酸模中间，这种腥味儿特别强烈，但弄不清哪个方向更浓，哪个方向淡些。要确定方向，必须顺着风走得更远些。拉斯卡飞跑着，仿佛不觉得腿在移动，但在这样的飞跑中，只要有必要，它还是能随时停下的。它向右方跑去，避开从东方吹来的黎明前的微风，接着又逆风前进。它张大鼻孔深深地吸了一口气，立刻发觉不是遗留的足迹，是它们本身就在这里，而且不止一只，有许多只。拉斯卡放慢脚步。鸟儿就在这一带，但究竟在什么地方，它还不能确定。为了找到那地方，它开始兜圈子，但忽然听见主人召唤的声音。“拉斯卡！这里！”列文给它指指另一个方向。它站住了，仿佛在问是不是仍照它原来的主意行动。但主人还是怒气冲冲地重复他的命令，同时指着一个不可能有什么东西的浸水小草墩。拉斯卡听从了主人，装出找寻的样子来讨他的欢心，跑遍草墩，又回到原地。

它立刻又闻到了鸟儿的腥味。这会儿，主人不再干涉它，它知道该怎么办。它不看自己的脚下，懊恼地在隆起的草墩上绊着跤，掉到水里，但立刻又用它那矫捷灵活的腿站稳，兜起圈子来，进行搜索。鸟儿的腥味越来越浓烈、越来越分明地冲进它的鼻孔。它一下子完全清楚了，其中有一只就在这里，就在这个草墩后面，离它只有五步。拉斯卡站住了，整个身子一动不动。它的腿短，站着什么也看不见，但从气味上闻出那东西离它不出五步。它站住不动，越来越强烈地感觉到那东西，心里充满期待的快乐。它的尾巴紧张得直竖，只有尾巴尖在微微抖动。它的嘴稍稍张开，两只耳朵竖起。它在奔跑时一只耳朵向后倒下，它沉重而留神地喘着气，但对主人更留神地打量了一下，与其说是回过头去，不如说是斜着眼睛。列文带着拉斯卡看惯的脸色和可怕的眼神，磕磕绊绊，慢得异乎寻常地在草墩上走着。拉斯卡觉得主人走得很慢，其实他已在跑步了。

列文注意到拉斯卡搜寻猎物时的独特姿势，它的整个身子贴在地上，仿佛只用后腿大步扒着地面，微微张开嘴。列文明白它被大鹬吸引住了，就在心里祷告上帝，保佑他成功，因为这是今天看见的第一只鸟。他向它跑去。他走到它旁边，居高临下地向前眺望。他看到了它用鼻子嗅到的东西。在两步开外的草墩中间，他看见了一只大鹬。那鸟儿侧着脑袋，留神倾听。接着它稍稍展开翅膀又收拢来，笨拙地摆了摆尾巴，躲进草墩的一个角落消失了。

"抓住它，抓住它！"列文推推拉斯卡的屁股，叫道。

"我可不去，"拉斯卡想，"叫我到哪儿去呢？我在这儿闻到它们，可是一往前跑，我就不知道它们在哪里、它们是些什么东西了。"可是主人又用膝盖把它撞了撞，用压低的激动声音说："抓住它，拉斯卡，抓住它！"

"好吧，既然他要这样，我就照办，但现在我可不能负责了。"拉斯卡暗自想，一个劲儿地往草墩中间冲去。现在它什么也闻不到了，只是茫然地看着和听着。

在离原地十步远的地方，一只大鹬发出大鹬特有的粗壮啼声和鼓翼声，飞了起来。枪声一响，雪白的胸脯朝下，啪哒一声落在泥淖里。另外一只不等猎狗惊动，就在列文身后飞起来。

等列文回过身去，它已经飞得很远了。但是子弹还是把它打中了。这只大鹬飞了二十步光景，像皮球似的画了个抛物线，沉重地落在干燥地上。

“哈，这才像话！”列文把暖烘烘的肥壮大鹬放到猎袋里，想，“啊，我的拉斯卡，你说行吗？”

列文装上子弹，继续前进。这时候太阳虽然还被乌云遮着，但已经升起来了。月亮失去了光辉，好像一小块白云浮在空中；星星一颗也看不见了。露珠滚滚的水草原来现出银白色，如今已变成金黄色了。锈黄的水塘变得像一大块琥珀。青葱的野草都染上了黄绿色。沼泽的鸟儿，在露珠翻滚、长长的影子投在小河边上的树丛里喧闹起来。一头鹞鹰醒来了，栖在一堆干草上，脑袋一会儿扭到这边，一会儿扭到那边，不满意地瞪着沼泽。穴鸟飞到田野里，一个赤脚的男孩把马群赶到老头儿旁边，老头儿已经揭开外套，正坐着搔痒。火药的硝烟像牛奶一样白蒙蒙地弥漫在青草上。

一个孩子跑到列文跟前。

“叔叔，昨天这里还有野鸭子呢！”他大声对列文叫道，老远跟着列文走来。

列文当着这个连声喝彩的孩子的面又接连打中三只大鹬，感到特别高兴。

13

要是第一只走兽或者飞禽能打中，这天打猎就会走运。猎人的这种说法是有道理的。

列文走了三十里地，猎袋里装着十九只血淋淋的野味，腰里挂着一只野鸭（因为猎袋里装不下了），早晨九点多钟又疲劳、又饥饿、又快乐地回到借宿的地方。两位朋友早已醒了，而且早就感到饥饿，吃过早饭了。

“等一下，等一下！我记得是十九只。”列文一面说，一面又数了一遍大鹬和山鹬。那些鸟儿缩成一团，干瘪了，血迹斑斑，脑袋歪在一边，完全失去了飞翔时的那副神气。

数目没有错。奥勃朗斯基的妒忌使列文高兴。还有一件使他高兴的事是，他回到借宿处，吉娣派来的信差已给他送信来了。

“我完全健康，十分快乐。如果你为我担心，那么，现在可以放心了。我有了个新的保镖，就是玛丽雅·符拉西耶夫娜（这是个接生婆，是列文家庭生活中一位新的重要人物）。她来看望我，检查下来说我完全健康。我们留她住到你回来再走。大家都快乐、健康，请你不用着急。如果打猎顺利，你可以再待一天。”

打猎顺利和妻子来信这两件喜事实在了不起，使得列文对后来遇到的两件煞风景的事也不以为意了。一件是那匹拉边套的枣红马昨天准是累坏了，不吃草料，垂头丧气。车夫说它劳累过度了。

“昨天赶得过头了，康斯坦京·德米特里奇，”车夫说，“可不是，拼命赶了十里路！”

另一件煞风景的事起初破坏了列文的好心情，后来又使他感到好笑，那就是吉娣给他们准备的食物，原以为一星期也吃不完，如今已吃得一点也不剩了。列文打猎回来，又累又饿，一心想吃馅饼。他走近房子就闻到那股香味，嘴里就感觉到那个滋味，好像拉斯卡嗅到野味一样。他立刻吩咐菲利浦给他拿出来。谁知不但没有馅饼，连小鸡也没有了。

“吓，他的胃口真大！”奥勃朗斯基指着维斯洛夫斯基笑道，“我的胃口也不算错，可是他的胃口实在惊人……”

“嗐，有什么办法！”列文闷闷不乐地望着维斯洛夫斯基说，“菲利浦，那么给我弄点牛肉来。”

“牛肉都吃光了，我把骨头喂了狗了。”菲利浦回答。

列文很不高兴，生气地说：“多少也该留一点给我呀！”他说着差点儿哭出来。

“那么就收拾点野味，放上点大麻，烧来吃吧！”列文声音哆嗦地对菲利浦说，眼睛竭力避开维斯洛夫斯基，“再想办法给我弄点牛奶来。”

后来，等吃饱了牛奶，列文想到对不太熟的客人发脾气，觉得有点不好意思，就嘲笑自己饥饿时的那种凶相。

黄昏，他们又去打了一次猎，连维斯洛夫斯基也打中了几只鸟。他们就连夜动身回家。

归途也像出来时一样高兴。维斯洛夫斯基一会儿唱歌，一会儿津津有味地回忆农民们怎样请他喝酒，还对他说“别见怪，别见怪”，一会儿又想起昨夜的猎艳和那个迷人的姑娘，还有那个农民问他有没有结过婚。而当农民知道他还没有妻子，就对他说：“你可别去追求人家的老婆，最好还是自己娶一个。”这两句话维斯洛夫斯基觉得特别好玩。

“总之，我对这次旅行十分满意。您呢，列文？”

“我也很满意。”列文真心诚意地说。他对维斯洛夫斯基不仅没有像在家里时那样的对立情绪，而且觉得他十分亲切可爱。

14

第二天早晨十点钟，列文巡视过农庄，去敲维斯洛夫斯基的房门。

“请进！”维斯洛夫斯基用法语大声答应。“对不起，我刚淋过浴呢。”他穿着一件衬衣站在列文面前，笑嘻嘻地说。

“您不用拘礼，”列文在窗口坐下，“您睡得好吗？”

“睡得像死过去一样。今天这天气打猎真好哇！”

“您喝茶还是喝咖啡？”

“都不要。我只要吃早饭。真不好意思。我想太太们该都起来了吧？现在出去散散步多好。您让我看看您的马。”

列文陪着客人在花园里走了一圈，参观了马厩，还一起练了一会儿双杠，这才回家，走到客厅里。

“打猎打得真惬意，增长了多少见识！”维斯洛夫斯基向坐在茶炊旁的吉娣走去，说，“可惜太太们享受不到这种乐趣！”

“嗐，这有什么呢，他总得同女主人应酬几句！”列文自言自语说。他又觉得这位客人同吉娣说话时的微笑和得意扬扬的神气有点不是滋味……

公爵夫人同玛丽雅·符拉西耶夫娜和奥勃朗斯基坐在桌子的另一头。她唤列文过去，同他谈吉娣到莫斯科去生产和准备房子的事。他们结婚时，列文觉得种种琐事只会损害婚礼的庄严；如今为了即将到来的生产而做种种准备，他也觉得不胜其烦。他总是竭力避免听他们谈论未来婴儿的襁褓式样，避免看到陶丽特别重视的神秘莫测的编织不完的带子和麻布三角巾，以及诸如此类的事。对于儿子降生这件事（他认为将是个儿子）他充满希望，但毕竟还不能完全肯定。在他看来，这事非同寻常，因此，一方面，是种莫大的因而也是无法到手的幸福；另一方面，既然这事神秘莫测，可人们偏偏自作聪明，把它当作一种平凡的、人为的事来迎接，这就使他感到气愤和委屈。

但是公爵夫人不了解他的心情，认为他对这事不闻不问是粗心和冷淡的表示，因此不让他安宁。她委托奥勃朗斯基看房子，此刻又把列文叫到跟前来。

“我什么也不懂，公爵夫人。您想怎么办就怎么办好了。”列文说。

“要决定一下你们什么时候搬过去。”

“我实在不懂。我知道千百万孩子不去莫斯科，不请医生，也照样生下来……那么何必……”

“万一有什么……”

“哦，不，那就照吉娣的意思办吧。”

“这事可不能同吉娣谈！难道你要我把她吓坏吗？你听我说，今年春天娜塔丽·戈里岑娜就死在不好的接生婆手里。”

“您要怎么样，我一定照办。”列文闷闷不乐地说。

公爵夫人开始向他解释，可是他并没有留神听。公爵夫人的谈话搞乱了他的心境，不过他闷闷不乐倒不是由于这场谈话，而是由于他看到茶炊旁的情景。

“不，这是不会的。”列文偶尔望望身子侧向吉娣、笑容迷人地对她说着什么的维斯洛夫斯基，又望望满脸绯红、情绪激动的吉娣，心里这样想。

在维斯洛夫斯基的姿态里，在他的眼神和笑意思，有一种不纯洁的东西。甚至在吉娣的姿态和眼神里，列文也看出有不纯洁的地方。他又觉得天昏地暗，眼睛发黑。他又像昨天那样觉得自己一下子从幸福、安宁和尊严的顶峰掉到绝望、愤恨和屈辱的深渊。他又讨厌一切人，讨厌一切事了。

“那么就照您的意思办吧，公爵夫人。”列文说着又回头看了一眼。

“独裁者的王冠沉得很！”[①] 奥勃朗斯基同他开玩笑说，显然不仅影射公爵夫人的谈话，而且挖苦他所发现的列文激动的原因，“你今天怎么这样晚，陶丽！”

大家都站起来迎接陶丽。维斯洛夫斯基只站了站，并像现代青年对妇女缺乏礼貌的通病那样，只微微点了点头，接着又嘻嘻哈哈地说下去。“玛莎把我弄得好苦。她睡得不好，今天脾气坏透了。”陶丽说。

维斯洛夫斯基同吉娣又谈到昨天的题目，谈到安娜，以及爱情是不是可以超然于社会环境的问题。吉娣不喜欢谈这件事，因为这件事本身和他说话的腔调使她不安，特别是因为她知道这会引起丈夫什么反应。但是她实在太天真纯朴了，不会打断这样的谈话，甚至不会掩饰由于这位青年公然向她献媚而产生的快乐。吉娣想中断这谈话，但她不知道该怎么办。不论她做什么，她知道都会被丈夫察觉，丈夫都会往坏处想。果然，她问陶丽玛莎怎么了，而维斯洛夫斯基却希望她们之间乏味的谈话快点结束，冷冷地望着陶丽。列文认为吉娣问这个是装腔作势，可恶地要弄手段。

“我们今天去采蘑菇好不好？”陶丽说。

“去吧，我也去。”吉娣说着脸红了。她出于礼貌想问问维斯洛夫斯基去不去，可是没有问。“你到哪儿去，列文？”当丈夫大踏步从她旁边走过时，她露出歉疚的神色问道。她这种羞愧的神情正好证实了他的疑心。

“我不在的时候有个技工来找我，我还没见到他。”列文眼睛不看她，嘴里这样说。

他走下楼去，但还没有走出书房，就听见妻子急急忙忙地跟着他走来的熟悉脚步声。

“你有什么事？”列文冷冷地对她说，“我们有事。”

“对不起！”吉娣对德国技工说，“我要同我丈夫说一句话。”

德国人想走开，可是列文对他说：

---

① 引用普希金作品《鲍里斯·戈东诺夫》中的话。

“您放心好了。”

“是三点钟的火车吗？”德国人问，“可别误了车。”

列文没有理他，同妻子走了出去。

“嗯。您有什么话要同我说？”列文用法语问。

他不望她的脸。他不想看到她怀着孕，整个脸都在抽搐的那副极为伤心的模样。

“我……我要说，再不能这样过下去了，这简直是受罪……”吉娣喃喃地说。

“饭厅里有仆人，”列文怒气冲冲地说，“不要哭哭啼啼的。”

“那我们到那边去吧！”

他们在过道里站住了。吉娣想到隔壁房里去，可是英国女教师在那里教塔尼雅功课。

“嗯，我们到花园里去吧！”

在花园里他们遇见一个正在扫地的农民。他们不顾那农民会看见吉娣满面的泪痕和列文激动的神色，也不顾他们活像两个逃避灾难的人，就一个劲儿快步向前走去，都想把心里话说个痛快，消除对方的误会。他们单独待在一起，好摆脱两人都忍受着的痛苦。

“再不能这样过下去了！简直是活受罪！我痛苦，你也痛苦。可这是为了什么呀？”当他们终于来到菩提树小径头上一个单独的长凳旁边时，吉娣这样说。

“你只要告诉我一件事：他的口气里有没有不成体统、不干不净、下流无耻的地方？”列文又像那天夜里那样，两只拳头紧按住胸口，站在吉娣面前，说。

“有的，”吉娣声音哆嗦着说，“但是，列文，难道你看不出这不是我的过错吗？我从早晨起就想换一种态度，可是这些人……他到这儿来干什么？我们原来多么幸福哇！”她放声痛哭，哭得整个怀孕的身子直打哆嗦，说不出话来。

虽然没有什么东西追逐过他们，他们也不需要逃避什么，坐在长凳上也不会有什么意外的乐事，但是园丁却惊奇地看到，他们脸上洋溢着安详而幸福的光辉，从他身旁走过，回到屋子里去了。

15

列文把妻子送到楼上，自己就走到陶丽房里。今天陶丽也很苦恼。她在房里走来走去，怒气冲冲地对号啕大哭的小女孩说：

“罚你站一天墙角，让你一个人吃饭，一个洋娃娃也不给你玩，一件新衣服也不给你做！”陶丽训斥着，不知道该怎样处罚她才好。

“哼，这丫头真坏！”陶丽对列文说，“她这种坏习惯是从哪里学来的？”

“她到底做了什么事？”列文冷冷地问。他本想同她商量商量自己的事，因此懊恼地感到来得不是时候。

“她同格里沙到草莓丛里，在那里……我简直说不出口她在那里做了什么。爱里奥小姐也真叫人遗憾。她就是什么也不管，像机器一样……您倒想想，一个女孩子……”

于是陶丽讲了玛莎的罪状。

“那算得了什么，根本不是什么坏习惯，那只是淘气罢了。”列文安慰她说。

“那么你有什么事不开心哪？你来做什么？”陶丽问，“那边出了什么事？”

列文从她的语气中听出，他可以痛痛快快地把心里话说出来。

“那边我没有去过，我同吉娣两人到花园里去了。自从……斯基华来了以后，我们这是第二次吵嘴了。”

陶丽用她那双聪明懂事的眼睛望着他。

“嗯，你凭良心说一句，在……不是在吉娣方面，而是在这位先生的腔调里，有没有什么使做丈夫的感到不愉快，不是不愉快，是感到可怕甚至受侮辱的地方？”

“怎么对你说好呢……站着，站在角落里！”陶丽对玛莎说，玛莎看见母亲脸上一丝笑意，刚想转过身来。“上流社会的人们会说，他的行动同一般青年人一样。他向年轻美丽的女人献殷勤，一个上流社会的丈夫是应该引以为荣的。”她夹杂着法语说。

“是的，是的！”列文阴沉沉地说，“那么你察觉了？”

“不光是我，连斯基华也察觉了。喝完茶他就坦率地对我说：我看维斯洛夫斯基有点在追求吉娣呢。”

“那太好了，这下子我可定心了。我要把他赶走！”列文说。

“你怎么，疯了吗？”陶丽恐惧地叫起来。“你怎么了，列文，快冷静些！”她笑着说。“喂，你现在可以到芳尼那里去了！”她对玛莎说。“不行，如果你真要这样做的话，那我告诉斯基华。让斯基华来把他带走。可以对他说，你这里还有客人要来。总之，他待在我们这里不合适。”

“不，不，我自己去。”

“那你会吵架吗？……”

“绝对不会。我会高高兴兴地去办的。”列文真的眉飞色舞地说。“哦，你就饶了她吧，陶丽！她下次不会了。”列文是指那个小“罪犯”说。玛莎没有到芳尼那里去，却迟疑地站在母亲面前，皱着眉头等待着，竭力想捉住母亲的目光。

母亲对她瞧了一眼。女孩子哇的一声哭出来，脸埋在妈妈膝盖中间。陶丽把自己纤细柔软的手放在她的头上。

“他同我们有什么共同之处呢？”列文一面想，一面去找维斯洛夫斯基。

列文穿过前厅，吩咐仆人备好轿车去车站。

“车上的弹簧昨天断了。”仆人回答。

“那么就备轻便车吧，可是要快。客人在哪里？”

“他回自己屋里去了。”

列文找到维斯洛夫斯基的时候，维斯洛夫斯基正拿出箱子里的东西，摊开新的抒情歌谱，试穿皮绑腿，准备去骑马。

是列文的脸色有点异样呢，还是维斯洛夫斯基意识到他对女主人略施殷勤在这个家庭里是不合适的，他看到列文进来有点儿（一个上流社会的人士所能达到的程度）不好意思。

“你穿绑腿骑马去吗？”

“是的，这样要干净多了。”维斯洛夫斯基一面说，一面把一条肥腿搁在椅子上，搭上绑腿最下面的钩子，快乐而温厚地微笑着。

维斯洛夫斯基无疑是个好小子。列文发现他的眼睛里有一种羞怯的神色，不禁替他难过，并且因为自己是主人而害臊。

桌上放着半截手杖，那是今天早晨他们一起试图纠正倾斜的双杠而折断的。列文拿起这半截手杖，动手撕去头上的断片，不知道怎样开口才好。

“我要……”他说不下去。但一想到吉娣和种种情景，立刻毅然盯住维斯洛夫斯基的眼睛说：“我吩咐他们给您备马车了。”

“您这是什么意思？”维斯洛夫斯基惊奇地问，“到哪儿去呀？”

“把您送到火车站去。”列文撕着手杖头上的断片，阴沉沉地说。

“您要出门去，还是出了什么事？”

“我家里不巧有客人要来。”列文一面说，一面越来越迅速地用粗壮的手指撕着手杖的断片，“不，没有客人来，什么事也没有，但我请求您离开。我这样不讲礼貌，您要怎么解释，就怎么解释吧。”

维斯洛夫斯基挺直身子。

“我请求您给我解释……”他终于恍然大悟，不失身份地说。

“我不能向您解释，”列文慢慢地低声说，竭力掩饰下颚的颤动，“您最好别问。”

手杖头上的断片撕光了，列文抓住手杖粗大的两端，把它折断，留神接住折下来的一头。

大概是列文那双有力的手，今天早晨做体操时摸到的肌肉，两只炯炯有光的眼睛，低低的声音和颤动的下颚，这些比任何语言更有力地使维斯洛夫斯基服从了。他耸耸肩，轻蔑地微微一笑，点了点头。

“我可不可以见一见奥勃朗斯基？”

耸肩和冷笑并没有使列文生气。“他还要干什么？”他心里想。

“我马上去叫他来。”

“这真是太荒唐了！”奥勃朗斯基听朋友说他被驱逐，在花园里找到正在那里踱步等客人离开的列文，这样对他说，“这简直可笑！什么毒蚊子把你叮了？简直可笑到极点了！要是一个青年人……你就认为……”

列文被毒蚊子叮过的地方显然还很疼，因为奥勃朗斯基刚想说出来，列文就脸色发白，慌忙打断他的话：

“请你不要问原因！我没有别的办法！我对你、对他都感到很不好意思。不过，我认为他离开这里是不会太难受的，可他在这里我和我妻子都觉得不愉快。”

“他会感到委屈的！再说，这实在太可笑了。”

“可是我觉得又委屈又痛苦！我没有任何过错，我没有理由应该受罪！”

“嘻，真没想到你会这样！吃醋也可以，但达到这样的程度，简直可笑之至！”奥勃朗斯基又夹着法语说。

列文迅速地转过身去，离开他走到林荫路深处，继续独自在那里踱步。不多一会儿，他听见马车的辘辘声，看见树木后面维斯洛夫斯基坐在干草上（倒霉的是马车里没有坐垫），戴着他那顶苏格兰帽，顺着林荫道颠簸着离去。

“又有什么事？”列文看见仆人从房子里跑出来，拦住马车。原来是那个德国技工，列文已完全把他给忘了。那个德国人一面鞠躬，一面对维斯洛夫斯基说着什么，接着爬上马车。他们就一起坐车走了。

奥勃朗斯基和公爵夫人对列文的行为感到气愤。列文觉得自己不仅可笑到了极点，而且罪孽深重，无脸见人；但是一想到他和他妻子所受的罪，他自问下次要是又遇到这样的事他将怎样处理，接着回答说，还是这样办。

虽然如此，到了晚上，除了公爵夫人不能饶恕列文的行为以外，大家又都显得非常轻松愉快，好像孩子受过了处分，大人结束了一次难堪的官场应酬一样。到了晚上，公爵夫人一走，他们谈到维斯洛夫斯基被驱逐的事，就像在谈一件久远的往事。陶丽从父亲身上继承了说笑话的才能，把个华仑加笑得前仰后合。她一次又一次地讲着，每次都添油加醋，增加些新的笑料。她讲到她刚准备系上新的蝴蝶结迎接客人，刚走到客厅，忽然听见一辆老爷马车的辘辘声。是谁坐在马车上啊？一看，原来是维斯洛夫斯基，头上戴着苏格兰帽，手里拿着抒情歌谱，脚上打着皮绑腿，坐在干草上。

“你至少也该弄辆轿车让他坐坐啊！没有，后来我又听见：‘站住！’哟，我想，准是大发善心了。我一看，原来是让那个德国胖子坐在他旁边，把他们一起送走……我这个新蝴蝶结就这样白系了！……”

16

陶丽实现了自己的心愿，动身去访问安娜。她感到抱歉，因为这事使妹妹伤心，使妹夫不愉快。她明白，列文一家不愿同伏伦斯基有任何来往，是理所当然的，但她认为有责任去看望安娜，表示安娜的处境虽然起了变化，但她对安娜的感情并没有改变。

陶丽这次旅行不愿依赖列文家，自己派人到乡下去租马。列文一知道这事，就走来责备她。

“你为什么以为你去我会不高兴？如果说这事使我不高兴，那你不用我的马，我就更加不高兴了。”列文说，“你从没对我说过一定要去。至于到乡下租马，这事首先使我不高兴，而主要的是他们会租给你，但不会把你送到目的地。马，我有的是。如果你不想使我难堪，你就用我的马。”

陶丽只好同意。到了约定的日子，列文为姨姐准备好四匹马，还有替换的马，都是从耕马和骑马中凑起来的，外表不太好看，但能当天把她送到目的地。当前，要送走公爵夫人和送走接生婆都需要马匹，这对列文来说是有为难之处，但从责任心出发，列文不能让陶丽租用马匹从他家动身；再说租一次马要花二十卢布，对她来说也是一大笔开支。陶丽手头拮据，列文是很同情她的。

陶丽听从列文的劝告，天没亮就动身了。道路平坦，马车舒服，马也跑得很起劲。驭座上除了车夫以外，还坐着账房，那是列文派来代替男仆护送陶丽的。陶丽在车上打起瞌睡来，直到到了换马的客店才醒。

陶丽在列文那次去史维亚日斯基家途中逗留过的富裕农民家喝了茶，同农妇们谈了一会儿孩子的问题，又同那个老农谈到他很称赞的伏伦斯基伯爵的事，到十点钟才继续上路。她在家里忙于照顾孩子，从来没有时间思索。这会儿，在这四小时的旅途中，以前被压在心里的种种想法一下子都浮现出来了。她从各个不同的方面回顾自己的一生，这是从来没有过的事。她自己都觉得她的思想很怪。开头她想念孩子们，尽管公爵夫人，主要是吉娣（陶丽更相信她）答应照顾他们，她还是不放心。“但愿玛莎不再淘气，格里沙别让马给踢了，莉丽不再闹肚子。”接着，现实问题被即将发生的问题代替了。她开始想到，今年冬天要在莫斯科租一个新寓所，客厅家具要换一套新的，还要给大女儿做一件皮大衣。然后又想到较远的未来的问题：怎样把孩子们抚养成人。“女孩子倒没什么，”她想，“可是男孩子怎么办？”

“现在还好，我可以自己管教格里沙，因为我现在没有怀孕，有的是时间。要斯基华管教，当然是靠不住的。我依靠人家的帮助，可以把他们抚养成人，但要是又怀孕呢……”她忽然想起一句俗话：“生儿育女是对女人的诅咒。”她觉得这话没有道理。“分娩倒无所谓，怀孕可真是件苦事。”她回忆最后一次怀孕和最小一个孩子的死亡，这样想。她又想到刚才在歇脚的地方同那个青年农妇的谈话。对有没有孩子这个问题，那个漂亮的年轻农妇快乐地回答说：

“有过一个小姑娘，但上帝把她接走了，过四旬斋时把她给埋了。”

“你是不是很舍不得她？”陶丽问。

“有什么舍不得的？老头儿的儿孙多的是。有儿女就是麻烦，弄得你不能干活，什么事也不能做。只会束缚你的手脚。”

陶丽当时听了这回答很反感，尽管那个农妇待人和蔼可亲，现在她不由得想起这句话来。在这句不近人情的话里倒有一点道理。

“总而言之，”陶丽回顾她婚后十五年来的生活，想，“怀孕，呕吐，脑子迟钝，无所作为，主要是模样丑恶。吉娣，年轻美丽的吉娣，连她都变得那么难看了，我一怀孕就更丑。生产，痛苦，说不出的痛苦，最后关头……然后是喂奶，通宵不眠，这种可怕的痛苦……”

陶丽给每个孩子喂奶几乎都生奶疖，一想到这种苦，她浑身打了个哆嗦。“然后是孩子生病，无穷无尽地担惊受怕；再有教育，孩子的种种坏习惯（她想到玛莎在草莓丛里的过错），学习，拉丁文——这一切都那么麻烦，不好应付。最可怕的是孩子的夭折。”于是永远揪住做母亲的心的惨痛回忆又浮上她的脑海：那个最小的婴儿患喉炎夭折，他的葬礼，大家对那口粉红色小棺材的冷漠，以及那盖上带有金边十字架的粉红色棺材盖的一刹那，她面对生着鬈曲鬓发的苍白小脑门，感到肝肠撕裂的痛楚。

“这一切都是为了什么？这一切会有什么结果？结果只是：我得不到片刻安宁，一会儿怀孕，一会儿喂奶，老是闹脾气，发牢骚，苦了自己，也苦了别人，使丈夫讨厌，就这样过上一辈子，抚养出一批缺乏教养的不幸的小叫化子。这会儿，要不是在列文家过夏，我真不知道怎样对付过去呢。当然，列文和吉娣很体贴人，使我们不觉得有什么不愉快，但总不能一直住下去呀。等他们有了孩子，他们就不能再帮助我们了。事实上，现在他们手头也并不宽裕。至于爸爸，他几乎没有给自己留下什么财产，又怎么能照顾我们呢？这样，我自己连孩子都养不起，也不能低声下气去求人家接济呀。哦，就算最如意的打算吧，往后不再有孩子夭折，我也勉强把他们培养成人。他们最好也不过是不成为坏蛋。我所能希望的不过如此。可就是为了这个，我得吃多少苦，花多少心血呀……我这辈子也就完了！”陶丽又想到了青年农妇的话。想到这些，她又感到难过，但她不能不同意农妇的话还有一点粗鲁的道理。

“怎么样，还远吗，米哈伊拉？”陶丽问账房，想摆脱使她感到恐惧的思想。

“听说离这个村子还有七里地。”

马车沿着村道驶到一座小桥上。桥上走着一群快乐的农妇，她们肩上挂着一圈圈草绳，叽里呱啦地有说有笑，十分热闹。她们在桥上站住了，好奇地打量着马车。陶丽觉得她们的脸张张都是健康快乐的，都在用生的欢乐挑逗她。“人人都在生活，人人都在享受生的欢乐。”陶丽经过农妇们身边，往小山上驶去，身子又在老式马车柔软的弹簧上惬意地摇晃，心里这样想。“可是我像一个刚出狱的囚犯，心事重重，此刻总算有片刻的安宁。人人都在快快活活地过日子，不论是这些农妇、妹妹娜塔丽雅，还是华仑加，或者我现在去访问的安娜，可就是没有我的份儿。”

“他们攻击安娜。为了什么？难道我比她好吗？至少我还有一个心爱的丈夫。虽说不上称心如意，我还是爱他的，可是安娜不爱她的丈夫。她到底有什么过错？她要生活。上帝赋予我们心灵这样的欲望。要是我处在她的地位，也很可能这样做。在那可怕的日子里，她到莫斯科来看我。我至今不知道，我当时做得对不对。我当时应该抛弃丈夫，重新开始生活。我也可能真正去爱上一个人，真正被人家所爱。也许还是现在这样好？我不尊重他，不需要他，”她想到了丈夫，“但我容忍了他。这样是不是好？那时还会有人喜欢我，我还有几分姿色呢。”陶丽继续想，很想照照镜子。手提包里有一面旅行镜子，她很想取出来，但回头看看背后的车夫和那摇摇晃晃的账房，想到万一被他们看见，那可难为情了，结果没有把镜子拿出来。

但不照镜子，她心里还是在琢磨，她的年纪也不算太老，也还来得及。于是她想起了丈夫的朋友土罗甫春，他待她特别殷勤，在她孩子患猩红热的时候同她一起照顾他们，他爱上了她。还有一个年纪很小的青年——丈夫曾开玩笑地告诉她——认为她是三姐妹中最美的。于是陶丽头脑里幻想着最热烈最荒唐的风流韵事。“安娜的行动了不起，我说什么也不能责备她。她自己幸福，也使别人幸福，不像我这样逆来顺受。

她一定还是像以往那样鲜艳、聪明和开朗。”陶丽心里这样想，嘴上浮起狡猾的微笑，特别是想到安娜的风流韵事。陶丽同时幻想自己也有了这样的风流韵事。一个她想象中的集种种优点于一身的男子被她迷住了。她也像安娜一样，把私情向丈夫和盘托出。奥勃朗斯基一听到这消息，又惊奇又窘困，使她禁不住笑了。

就在这样的胡思乱想中，陶丽的马车离开大路，转弯向伏兹德维任斯克村驰去。

17

车夫勒住四匹马，向右边黑麦田望了一眼，看见几个农民坐在那里的大车旁。账房本想跳下车去，但后来改变了主意，向一个农民命令似的吆喝了一声，招招手叫他过来。马车奔驰时吹拂着的微风，等车一停就静止了；汗淋淋的马身上落满了牛虻，马怒气冲冲地想把它们驱散。大车旁锤子敲击镰刀的铿锵声停止了。一个农民站起身，向马车走来。

“瞧你这么磨磨蹭蹭的！”账房向那个赤脚踩着留有车辙的坎坷道路慢慢走来的农民怒斥道，“快一点！”

这个鬈发的老农头上扎着树皮绳子，弯着被汗水湿透的背，加快步子，走到马车旁边，伸出一只黧黑的手，抓住马车挡泥板。

“到伏兹德维任斯克去吗？到伯爵老爷的庄院去吗？”老农反复问，“走完这条坡路，向左拐，顺着大路一直往前就到了。你们要找谁呀？伯爵本人吗？”

“嗯，他们在家吗，老爷子？”陶丽含糊其词地说，她甚至不知道该怎样向农民打听安娜的情况。

“多半在家。”老农两脚交替踩着泥地，清清楚楚地留下五个脚趾印。“多半在家。”他重复说，显然很想聊聊。“昨天还来了客人。客人多极了……你要什么呀？”他转身对在大车旁向他喊叫的小伙子说。“噢，对了！他们刚才骑马打这儿过，去看收割机。现在该回家了。你们是打哪来的？……”

“我们是远道来的，”车夫爬上驭座说，“那么不远了？”

“跟你说就在这里。你一走到路口……”老农摸着马车的挡泥板，说。

一个年轻矮壮的小伙子也走了过来。

“怎么样，收割缺少人手吗？”小伙子问。

“我不知道，老弟。”

“喏，你向左边一拐，就到了。”老农说，显然还想谈谈，不愿放他们走。

车夫催动了马，他们刚转弯，那个老农就叫道：

“站住！喂，朋友，站住！”两个声音同时叫起来。

车夫停下来。

“他们来了！瞧，这不是他们吗！”老农叫道。“瞧，大队人马！”他指着大路上四个骑马和两个坐敞篷马车的人说。

原来骑马的是伏伦斯基、赛马骑师、维斯洛夫斯基和安娜，坐在敞篷马车上的是华尔华拉和史维亚日斯基。他们出去兜风，还观看了正在开动的新收割机。

马车停下了，骑马的人也慢步走过来。安娜同维斯洛夫斯基并肩走在前头。安娜慢悠悠地骑着一匹鬃毛剪过的短尾英国矮脚马。她那戴着一顶高帽露出一绺绺乌黑头发的漂亮脑袋，她那丰满的肩膀，她那穿着黑色骑装的苗条身段，以及端庄优美的骑马姿势，这一切都使陶丽感到惊讶。

最初一刹那，她觉得安娜骑马有点不成体统。在陶丽的心目中，女人骑马是同年少轻浮、卖弄风情分不开的，因此就安娜的处境来说，骑马是不合适的；但当她走近仔细一看，就觉得安娜骑马也不错。何况安娜的优雅风度，她的姿态、服饰和举止都朴素文静，落落大方，十分自然。

在安娜旁边，维斯洛夫斯基骑着一匹灰色烈性的骑兵军马。他头戴一顶缎带飘动的苏格兰帽，向前伸着两条粗大的腿，扬扬自得。陶丽一认出是他，忍不住快活地笑了。他们后面是伏伦斯基。伏伦斯基骑着一匹纯种的深色枣红马，那马跑得浑身冒热气。他拉紧缰绳把它勒住。

伏伦斯基后面是一个穿骑装的矮个子。史维亚日斯基同公爵小姐坐着一辆崭新的敞篷马车，车上套着一匹高大的骊马，追赶着骑马的人。

安娜一认出那辆旧马车角落里蜷缩着的瘦小的人就是陶丽，顿时笑逐颜开。她尖叫一声，身子在鞍座上抖动了一下，催马奔驰起来。她驰到马车跟前，不用人家搀扶就跳下马，提起骑装，迎着陶丽跑去。

“我一直盼望你来，但又怕这是痴心妄想。嘿，我太高兴啦！你真不知道我有多高兴！”安娜一面说，一面把脸贴住陶丽的脸，吻着她，接着又把她推开，笑盈盈地打量着她。

“啊呀，我太高兴啦，阿历克赛！”安娜回头望了望那跳下马、向她们走来的伏伦斯基，说。

伏伦斯基脱下灰色高帽，走到陶丽跟前。

“您真不能想象，您来，我们有多高兴！”伏伦斯基特别加重语气说，笑眯眯地露出一排结实的雪白牙齿。

维斯洛夫斯基没有下马，只摘下帽子向客人致礼，喜气洋洋地在头上挥动帽子的飘带。

“这位是华尔华拉公爵小姐。”当敞篷马车驶近时，安娜这样回答陶丽询问的目光。

“哦！”陶丽说，她的脸上不禁露出不满的神色。

华尔华拉公爵小姐是她丈夫的姑妈。陶丽早就认识她，并且瞧不起她。陶丽知道，这位老小姐一辈子都在阔亲戚家里当食客；但她现在竟住在陌生的伏伦斯基家里，而又是她丈夫名下的亲戚，这就使陶丽觉得很丢脸。安娜察觉陶丽脸上的表情，感到很尴尬，脸涨得绯红，两手一松，骑装往下滑，把她绊了一跤。

陶丽走到停下的敞篷马车跟前，冷冷地同华尔华拉公爵小姐打了个招呼。她同史维亚日斯基也是认识的。史维亚日斯基问起他那位怪癖的朋友和年轻妻子的情况，接着扫了一眼那几匹拼凑起来的杂牌马和那辆挡泥板打过补丁的老爷马车，就邀请太太们改坐他的敞篷马车。

“让我坐到那辆老爷马车上去吧，”史维亚日斯基说，“这匹马很听话，公爵小姐的驾驭本领也挺出色。”

“不，你们还是坐你们的一辆，”安娜走拢过去说，“我们坐那一辆。”说着挽住陶丽的手臂，把她带走。

陶丽看到这辆从没见过的豪华马车，这几匹雄赳赳的骏马和周围这批风度翩翩的贵人，不禁眼花缭乱。但最使她惊奇的，还是她熟悉而喜爱的安娜身上所发生的变化。要是换了别的女人，观察不像陶丽那样细致，不那么熟悉安娜，特别是没有像陶丽那样一路上产生过那些想法，她就看不出安娜身上有什么异样的地方。但这会儿，陶丽却在安娜脸上发现那种只有当女人在热恋时才会出现的昙花一现的美，因而感到十分惊讶。一切都在她的脸上表现出来：双颊和下巴上分明的酒窝，嘴唇的优美线条，荡漾在整个脸上的笑意，眼睛里闪烁的光芒，动作的优美和灵活，说话声音的甜美和圆润，就连她回答维斯洛夫斯基（他要求骑她的马，好让他教会那马用右脚起步）时半是嗔怪半是撒娇的媚态——这一切都使人神魂颠倒。看来安娜自己也意识到这一层，因此扬扬得意。

她们同坐一辆马车，两人都有点不好意思。安娜感到不好意思，因为陶丽用那么专注的疑问目光打量着她；陶丽呢，因为史维亚日斯基说到老爷马车，而现在她同安娜就坐在这辆破旧的马车里，觉得不好意思。车夫菲利浦和账房也有同感。账房为了掩饰窘态，手忙脚乱地扶太太们上车；可是车夫菲利浦闷闷不乐，决心不因人家车子外表的华丽而低声下气。他看了一眼那匹骊马，心里就断定它只配拉敞篷车“兜兜风”，这样大热天一口气是跑不了四十里路的，因此冷笑了一声。

农民们都从大车旁站起来，好奇而又津津有味地望着客人们的会晤，品头评足。

“他们可高兴呢，好久没见面了。”那个头上扎着树皮绳子的鬈发老头儿说。

“我说，盖拉西姆大叔，要是让那匹黑乌鸦来运麦子，那就快了！”

“嗨，看哪！那个穿马裤的是女人吗？”一个农民指着那坐到女用马鞍上的维斯洛夫斯基说。

“不，是个男的。瞧，骑上去多利索！”

“喂，弟兄们，今天我们不睡一会儿吗？”

“这会儿哪能再睡觉！”老农斜眼望望太阳说，“过了晌午了！大家拿起镰刀来干吧！”

18

安娜望着陶丽消瘦、憔悴、皱纹里落满尘土的脸，本想直率地说，她觉得陶丽瘦了，但是一想到自己却变得更加丰满艳丽，陶丽的眼神也有这样的表现，她就叹了一口气，说起她自己的情况来。

“你望着我，一定在想，”安娜说，“我现在这样的处境，是不是觉得幸福？嗯，好吧！说出来真有点不好意思，我……我实在太幸福了。我身上发生了奇迹。我好像做了一场噩梦，吓得死去活来，突然醒了过来，却又觉得什么可怕的事也没有。我清醒过来了。我经历了痛苦和恐惧，如今这一切都过去了，特别是自从我们来到这儿以后，我实在是太幸福了！……”安娜一面说，一面带着羞怯和探询的微笑瞧着陶丽。

“我太高兴了！”陶丽微笑着说，语气不禁变得冷淡了一些，“我真为你高兴。你为什么不写信给我？”

“为什么？……因为我不敢……你忘记我的处境了……”

“给我写信？你不敢？你真不知道我……我认为……”

陶丽很想说出她今天早晨的想法，但不知怎的这会儿又觉得不合适。

“不过，这事以后再谈。哦，这是些什么建筑物？”陶丽想转变话题，就指着刺槐和丁香构成的天然篱笆后面红绿相间的屋顶问，“简直像一座小城。”

但安娜没有回答。

“不，不！你怎样看待我的处境？你有什么想法？”安娜问。

“我认为……”陶丽刚开始说，不料这时维斯洛夫斯基已教会马用右脚起步，他那穿着短上衣的身子笨重地在女用马鞍上一起一伏，在她们旁边驰过。

“行了，安娜·阿尔卡迪耶夫娜！”维斯洛夫斯基叫道。

安娜连一眼都没有瞧他，可是陶丽觉得在马车里不便长谈，就这样简单地回答。

“我没有什么想法，”陶丽说，“我一向都很喜欢你。我觉得要喜欢一个人，就该喜欢他这个实在的人，而不是喜欢凭空想象中的人。”

安娜不看朋友的脸，眯缝起眼睛（这是安娜的一个新习惯，陶丽以前没有见过），沉思起来，想领会这话的意思。接着显然按照自己的想法领会了，就对陶丽看了一眼。

“就算你有什么过错，”安娜说，“现在你一来，又说了这一番话，那就什么都可以饶恕了。”

陶丽看见安娜的泪水夺眶而出，默默地握了握安娜的手。

“那么这到底是些什么建筑物？这么多房子！”陶丽沉默了一会儿，重新问道。

“这是用人的下房、养马场和马厩，”安娜回答，“从这里开始是花园。原来全荒芜了，但阿历克赛把它修好了。他很喜欢这庄园，我怎么也没想到，他搞经济竟那么起劲。不过，他的天分也真高！不论什么事，他做起来都很出色。他不但不觉得乏味，而且劲道十足。我现在才知道，他确实是个精明能干的好当家，在农业上处处精打细算。不过也只限于农业。遇到几万卢布进出的事，他倒不会打算盘了。”安娜说时脸上露出得意而调皮的微笑，女人谈到只有她们才知道的爱人的优点时往往会流露出这样的表情。

“你看见这个大建筑物吗？这是一座新医院。我想总要花十万以上吧。这是他的得意杰作。你知道这是怎么搞起来的？农民们要求他减少草地的租金，大概就是那么一回事，可是被他拒绝了。我责备他太小气。当然并不完全为了这事，还有其他各种原因加在一起，他就着手造这座医院，来证明他这人并不小气。说实在的，这都是些小事，可我却因此更加爱他。啊，你马上可以看到住宅了。那还是从他祖父手里传下来的房子，外表一点也没有变。”

“好漂亮！”陶丽露出情不自禁的惊讶目光，望着那座耸立在绿荫蔽天的古树丛中带圆柱的美丽住宅，赞叹说。

“确实很漂亮，是吗？从楼上望出去，景色也挺美。”

她们的马车驶进铺有碎石的院子，在大门口停下。院子里有两个工人正在用粗糙多孔的石头砌花坛，坛里的泥土已耙松了。

“哦，他们已经到了！”安娜望着刚从台阶边牵走的坐骑，说。

“这匹马很出色，你说是吗？这是匹矮脚马，我挺喜欢。牵到这里来，给我点儿砂糖。伯爵在哪里？”她问两个从房子里奔出来的服装体面的仆人。“啊，他来了！”

安娜看见伏伦斯基和维斯洛夫斯基出来迎接她，说。

“您把公爵夫人安顿到哪里呀？”伏伦斯基用法语问安娜，不等她回答就再次向陶丽问好，还吻了吻她的手，“我看是不是住那个有阳台的大房间？”

“嗳，不，太远了！还是住转角的那一间，我们俩见面方便些。好，我们去吧。”安娜一面把仆人拿来的砂糖喂给她的爱马，一面说。

“您忘记您的责任了。”安娜对同时走到台阶上来的维斯洛夫斯基说了一句法语。

“对不起，我的责任有满满几口袋呢。”维斯洛夫斯基把手指插到背心口袋里，笑嘻嘻地也用法语回答。

“可是您来得太迟了！”安娜用手绢擦擦被马舔湿的手，又用法语说。接着她转身问陶丽：“你可以住一阵吧？只住一天吗？这可不行！”

“我答应过他们的，再说孩子们……”陶丽说，模样有点狼狈，因为她得从马车上取出手提包，而且知道自己一定是满面风尘。

“不，陶丽，我的好人……那么，咱们瞧着办好了。来吧，来吧！”安娜说着把陶丽领到她的房里。

这不是伏伦斯基提出的富丽堂皇的大房间，而是安娜要陶丽将就住住的那个房间。但就连这个房间也十分豪华，陶丽从来没有住过这样的房子，她觉得简直像国外最讲究的旅馆。

“嘿，我的好人，我太幸福了！”安娜穿着骑装在陶丽旁边坐了一会儿，说，“告诉我你家里人的情况。我匆匆见过斯基华一面。可是他不会把孩子们的情况讲给我听。我的宝贝儿塔尼雅怎么样？我想该已经长成大姑娘了吧？”

“是的，长得很大了。”陶丽简单地回答。她自己也弄不懂，有关孩子的事她竟回答得这样冷淡。“我们在列文家里过得很好。”她加了一句。

“嘻，要是我早知道你并没有瞧不起我……”安娜说，“那就应该请你们一家都来。要知道斯基华是阿历克赛很老的朋友哇！”她补充说，顿时脸红了。

“是的，不过我们过得很好……”陶丽不好意思地回答。

“说实在的，我简直高兴得语无伦次了。总之，我的好人，我见到你太高兴了！”安娜一面说，一面又吻她，“你还没告诉我，你对我有什么想法，我什么都想知道。不过我很高兴，你会看到我究竟是个什么样子的。你不要以为我想自我表白什么。我不想表白什么，我只要生活；我不想伤害任何人，除了我自己。我有这样的权利，是不是？不过，这事说来话长。我们以后再好好谈吧。现在我要去换衣服了，我去给你派个侍女来。”

19

当剩下陶丽一个人时，她就以主妇的目光仔细打量这个房间。她来到这座房子，在房子里面走过，此刻又住到这个房间里。她目睹的一切都给她留下富丽堂皇和充满现代欧洲奢侈生活的印象。

这种豪华气派她只有在英国小说里读到过，在俄国可从来没有见过，更不要说在乡下了。从花纹新颖的法国糊墙纸到铺满整个房间的大地毯，一切都是崭新的。弹簧床上铺着厚垫子，床头放着别致的靠垫和套有缎子枕套的小枕头。大理石的洗脸盆、梳妆台、长沙发、桌子、壁炉上的青铜座钟、窗帘和门帘，一切都是贵重的、崭新的。

派来的侍女梳着时髦的发式，服装比陶丽还要摩登。这个漂亮的女仆打扮得像这个房间一样新颖华丽。陶丽对她的彬彬有礼、整齐清洁和殷勤周到很满意，但同她在一起又觉得局促不安，不好意思让她看到自己那件打过补丁的短袄。那短袄是她错放在行李包里的。在家里，她以这些东补西缀的朴素衣着自豪，这会儿却感到害臊。在家里，她很清楚，做六件短袄需要二十四码[①]棉布，每码棉布值六十五戈比，总共得花十五卢布以上，花边和人工还不算在内。这样修修补补，她就可以节省十五个卢布。这会儿在侍女面前，她并不觉得羞耻，但有点儿不自在。

陶丽早就认识的安奴施卡走进房里来的时候，她觉得轻松多了。女主人把那个打扮得漂漂亮亮的侍女召回去，叫安奴施卡留在陶丽房里。

安奴施卡对这位夫人光临显然很高兴，不停地跟她说话。陶丽发觉她很想就女主人的处境，特别是伯爵对她的爱情和忠心，发表意见，可是陶丽一听她谈这事，就竭力制止她。

"我同安娜·阿尔卡迪耶夫娜从小在一起长大，她对我来说比什么都宝贵。当然，我们没资格评判这事。不过，看样子，爱情……"

"哦，方便的话，请你把这拿去洗一洗。"陶丽打断她的话。

"是，夫人！我们这里有两个专门洗衣服的女工，不过被单那种大东西是用机器洗的。什么事伯爵都亲自过问。真是个好当家……"

陶丽看见安娜进来，打断了安奴施卡的唠叨，感到很高兴。

安娜换了一件十分素净的麻纱连衫裙。陶丽仔细察看这件衣服。她懂得这种素净是怎么一回事，得付出多少代价。

---

① 原文是阿尔申，此处译作码，1 阿尔申等于 0.71 米。

“这是我的老朋友。”安娜指着安奴施卡说。

安娜已不再觉得局促了。她落落大方，镇定自若。陶丽看到安娜完全克服了由于她来临而产生的激动，说话客客气气，从容不迫，似乎把那通向她真实感情和内心思想的门关闭起来了。

“哦，安娜，你的女儿怎样了？”陶丽问。

“安妮（她这样称呼她的女儿）吗？好了，完全复原了。你想看看她吗？来吧，我陪你去看。为了保姆的事，真是伤透脑筋了，”安娜讲了起来，“我们用了一个意大利奶妈。人很好，可是蠢得要命！我们想把她辞掉，可是孩子跟她过惯了，所以还用着。”

“那么，你们是怎样处理那个问题的？……”陶丽刚要问那女孩子用谁的姓，但发觉安娜突然皱起眉头，就改变话题，“你们怎样……已经给她断奶了吗？”

但是安娜已经懂得了她的意思。

“你要问的不是这个吧？你是不是要问她姓什么？是吗？这事使阿历克赛苦恼。她没有姓。或者说她姓卡列宁。”安娜说，眯缝起眼睛，眯得只见合在一起的睫毛。“不过，”她的脸色突然又开朗起来，“这事我们以后再谈吧。来，我带你去看看她。这孩子可爱极了。她已经会爬了。”

整个房子里穷奢极侈的气派已使陶丽感到惊异，而育儿室里的豪华景象更使她咋舌。这里有从英国定购来的童车，有学步用的坐车，有专门为婴儿爬行用的像弹子台那样的沙发，有摇椅，有崭新的特种澡盆。一切都是英国货，结实，耐用，看得出都很贵重。房间高大宽敞，光线很好。

她们进去的时候，小女孩穿着一件衬衣，坐在桌旁的小扶手椅上，正在吃肉汤。她衣服的前襟全被汤湿透了。那个专门照顾孩子的俄国侍女，一边喂给她吃，一边显然也在分享她的食物。奶妈和保姆都不在，她们在隔壁房里。那里传来她们用蹩脚法语说话的声音，这是她们唯一能够相互懂得的语言。

一个漂亮的高个子英国女人，脸上现出不愉快的神色和放浪的表情，一听见安娜的声音，就抖动浅黄色鬈发，急急地走进门来，立刻替自己辩解，虽然安娜一句话也没有责备她。安娜每说一句话，那英国女人就连声用英语说：“是，夫人。”

这个黑头发、黑眉毛的小女孩，面色红润，强壮的粉红色小身体上起着鸡皮疙瘩。她看见陌生人露出不高兴的神色，却逗得陶丽十分喜爱，她甚至有点羡慕这孩子的健康模样。小女孩爬行的样子她也很喜爱。她的孩子中就没有一个会像她这样爬的。这个小女孩穿上一件后面束住的衣服，被放到地毯上，模样可爱极了。她好像一只小动物，用她那双乌黑发亮的大眼睛打量着大人，显然对人家欣赏她感到很高兴，笑眯眯地伸出两脚，使劲用双手撑起她的小身体，接着敏捷地收缩两腿，又用劲往前爬了一步。

但是，陶丽很不喜欢育儿室里的整个气氛，特别是那个英国女人。一个好女人是不肯到安娜这种不正常的家庭里来工作的——陶丽只能用这种理由来解释，为什么像安娜这样能干的人竟会雇用这样一个不可爱不稳重的英国女人。此外，陶丽从几句话里立刻听出，安娜、奶妈、保姆和婴儿之间很少接触，母亲难得到育儿室来。安娜想给孩子找一件玩具，可是找不到。

最使人惊奇的是，问到婴孩有几颗牙，安娜竟回答错了，她根本不知道她最近长出的两颗牙。

"我有时觉得很难受，我在这里好像一个多余的人。"安娜一面说，一面走出育儿室。她拉起裙子下摆，免得绊到门口的玩具。"生第一个孩子不是这样的。"

"我看正好相反。"陶丽怯生生地说。

"嗳，不是的！告诉你吧，我看到过他了，看到过谢辽查了，"安娜一面说，一面眯细眼睛，仿佛在凝视远处的什么东西，"不过，这事我们以后再谈。你真不会相信，我好像一个饿坏的人，忽然面前摆出一桌丰盛的饭菜，不知道从哪里下手。这桌丰盛的饭菜就是你提供的，就是我不能同任何别人谈而只能同你谈的话。我真不知道该从哪里谈起，可我决不会放过你的。我要把心里话统统说出来。对了，我先要给你介绍一下你在这里可能见到的那几个人，"安娜继续说，"先从太太们谈起。华尔华拉公爵小姐。你知道她，我也知道你和斯基华对她的看法。斯基华说，她为人在世的唯一目的，就是要证明她比卡吉琳娜·巴甫洛夫娜姑妈高明。这话是真的。不过她心地善良，我对她十分感激。在彼得堡，我一度非常需要一个女伴。就在这时候，我遇见了她。说实在的，她心地很好。在当时的处境下，她使我大大减轻了痛苦。我看你不会了解我当时的处境有多么痛苦……在彼得堡，"她添了一句，"我十分安静，十分幸福。哦，这事以后再说。我得一个个说下去，然后是史维亚日斯基，他是首席贵族，是个很正派的人，但他有什么事要向阿历克赛求教。你要明白，阿历克赛有这样一笔财产，自从我们搬到乡下来住以后，他就有了一定的影响。然后是土施凯维奇，你见到过他，他以前常到培特西家去。如今他被抛弃了，就到我们这里来了。他这人正像阿历克赛说的那样，他喜欢装成什么样子，你就只能把他当成什么样的人。这样，他倒很讨人喜欢。再有，据华尔华拉公爵小姐说，他这人很规矩。还有就是维斯洛夫斯基……这个人你是认识的。一个挺可爱的小伙子！"安娜说着嘴唇上又浮起调皮的微笑。"他同列文究竟搞了些什么鬼名堂？维斯洛夫斯基讲给阿历克赛听，我们都不相信。他这人倒是挺天真可爱的，”她夹杂着法语说，又露出了同样的微笑，“男人都需要消遣。阿历克赛需要客人，我也很看重他们。我们这里就是要热热闹闹，快快活活，这样阿历克赛就不会有别的心思了。你还会看到我们的管家。是个德国人，人品很好，也很能干。阿历克赛很器重他。还有医生，是个年轻人，未必是个虚无主义者，可是吃饭用刀子……但他是个很出色的医生。还有建筑师……这里简直像个小宫廷！”

20

“啊，我把陶丽给您请来了，公爵小姐，您不是很想见到她吗？”安娜陪着陶丽走到石砌的大阳台上说，华尔华拉公爵小姐正坐在刺绣架旁替伏伦斯基伯爵绣沙发套，“她说晚饭以前不想吃东西，您吩咐仆人给她弄些点心来，我去找阿历克赛，把他们全都带到这里来。”

华尔华拉公爵小姐接待陶丽很亲切，但多少有点长辈的架子。她一见面就向陶丽解释，她住在安娜这里，是因为她一向比那个把安娜扶养长大的姐姐卡吉琳娜更爱她，现在大家都把安娜抛弃了，她觉得自己有责任帮助安娜度过这最痛苦的日子。

“等她丈夫同意离婚了，我就回去过隐居生活，但现在我还有用，我要尽我的责任，不管这事有多麻烦，我可不像别人。你真可爱，你来真是太好了！他们过得活像一对恩爱夫妻；可以裁判他们的只有上帝，不是我们凡人。难道比留卓夫斯基和阿文尼耶娃……还有尼康德罗夫，还有华西里耶夫和玛蒙诺娃，还有李莎·尼普东诺娃……难道没有人说过他们的坏话吗？到头来大家还不是照样接待他们？再说，这是个可爱的上等家庭，他们过得和英国人一模一样。早晨在一起吃早饭，吃完早饭各人做各人的事。晚饭以前，各人想做什么就做什么。七点钟吃晚饭。斯基华叫你来这儿，真是太好了。伏伦斯基需要同大家来往。不瞒你说，他通过母亲和哥哥的关系什么事都办得到。他们确实做了许多好事。他没有向你谈到他那所医院吗？真是太美了，什么都是从巴黎运来的。”

安娜在弹子房里找到那些男人，把他们带到阳台上，这样就把华尔华拉公爵小姐同陶丽的谈话打断了。离吃晚饭还有不少时间，天气又很好，大家提出了几种办法来消磨这剩下的两个小时。在伏兹德维任斯克消磨时间的方法很多，同波克罗夫斯克截然不同。

“让我们来一场草地网球吧！”维斯洛夫斯基笑容可掬地用法语说，“我再同您搭档，安娜·阿尔卡迪耶夫娜。”

“不，太热了；还不如到花园里去散散步，划划船，让陶丽看看两岸的风光。”伏伦斯基提议说。

“我什么都行。”史维亚日斯基说。

“我想陶丽更喜欢散步，是吗？待会儿再去划船。”安娜说。

于是就这样决定了。维斯洛夫斯基和土施凯维奇到游泳场去，答应在那里准备好船只等着。

安娜同史维亚日斯基，陶丽同伏伦斯基，他们两对在花园小径上散步。陶丽处身在这个陌生环境里，多少有点拘束。在理论上，她对安娜的行为不仅谅解，而且赞成。就像那些在品德操守上无可非议，但又对单调的正经生活感到厌倦的妇女那样，对待非法的爱情，她不仅不以为意，甚至还羡慕不止呢。何况她又是从心底里喜爱安娜的。但是在实际生活中，陶丽看见安娜处身在这样一群同她格格不入的人中间，看见她自己感到新奇的那种时髦风尚，觉得很不是滋味。特别是看到华尔华拉公爵小姐因为在这里享受着舒服的生活，就纵容他们，陶丽觉得特别反感。

总之，陶丽抽象地赞成安娜的行为，可是一看见她为他这样做的那个男人，她就觉得很不愉快。再说，她一向不喜欢伏伦斯基。她认为伏伦斯基骄傲自大，除了财富没有什么值得自豪的。伏伦斯基在自己家里想使陶丽愉快，但陶丽同他在一起却觉得局促不安。这种感觉就像被那个侍女看到她的短袄一样。好像由于衣服上的补丁，她在侍女面前感到的不是羞耻而是尴尬一样，她为自己的拮据在伏伦斯基面前感到的也不是羞耻，而是局促不安。

陶丽感到很不自在，竭力搜索话题。她认为像他这样高傲的人，未必爱听人家对他住宅和花园的赞扬，但又想不出别的话题，只好说说她很喜欢他的房子了。

“是的，这建筑是很漂亮，风格也很古雅。”伏伦斯基说。

“我很喜欢门前这个院子。原来就是这样的吗？”

“嗳，不是的！”伏伦斯基回答说，脸上洋溢着得意的神色，“可惜今年春天您没有看见这个院子！”

伏伦斯基开始有点拘束，接着越来越眉飞色舞地引她注意房子和花园里的种种装饰品。显然他在装饰美化住宅上花了不少心血，觉得非在新来的客人面前夸耀一番不可。他对陶丽的赞扬从心底里感到高兴。

“要是您不觉得累，还想看看医院的话，那么，路不远，我们去看看吧。”伏伦斯基察看了一下陶丽的脸色，好判断她是不是真的不觉得累，然后这样说。

“你去不去，安娜？”伏伦斯基问安娜。

“我们一起去。好不好？”安娜对史维亚日斯基说。“但可不能让可怜的维斯洛夫斯基和土施凯维奇在船上等太久啊。得派一个人去跟他们说一声。是的，那个医院是他在这里造的一个纪念碑。”安娜又带着原先谈到医院时那种调皮而懂事的微笑，对陶丽说。

“嘿，这可是个宏伟的工程！”史维亚日斯基说。但为了不让人家觉得他是在讨好伏伦斯基，立刻又补了一句略带批评的话。

“不过，我弄不懂，伯爵，您在卫生方面为老百姓做了不少事，为什么对学校却这样漠不关心呢？”

“如今办学校没什么稀奇了。”伏伦斯基用法语说。“您要明白，问题不在这里，主要是我对办医院太感兴趣了。上医院往这儿走。”他指着林荫道旁一条小径，对陶丽说。

太太们打开阳伞，拐到小径上。转了几个弯，穿过一道栅栏门，陶丽看见前面高地上耸立着一座即将完工的式样别致的红色大建筑物。还没有漆过的铁皮屋顶在强烈的阳光下亮得耀眼。在这座快完工的建筑物旁边，另一座建筑物搭着脚手架，也已经动工了。工人们系着围裙站在脚手架上砌砖，从泥桶里倒着灰泥，用泥刀抹平。

“你们的工程进行得真快！”史维亚日斯基说，“我上次来，屋顶还没有盖好呢。”

“到秋天就可以全部完工。里面差不多都装潢好了。”安娜说。

“这座新房子是做什么用的？”

“这是医生的治疗室和药房。”伏伦斯基回答，他看见穿短外套的建筑师向他走来，便向太太们道歉了一下，迎着他走去。

伏伦斯基绕过工人们正在拌石灰的坑，同建筑师一起站住，兴致勃勃地谈论着什么。

“正面山墙还是太低。”安娜问他谈什么，他这样回答。

“我说，地基得再垫高一些。”安娜说。

“是的，再高一些当然更好，安娜·阿尔卡迪耶夫娜，”建筑师说，“可惜来不及了。”

“是的，这事我很感兴趣！”史维亚日斯基对安娜在建筑方面的知识表示惊讶，安娜就这样回答他，“新建筑必须合乎医院的要求。不过，有些地方是事后才考虑到的，开头并没有什么计划。”

伏伦斯基同建筑师谈好话，就加入太太们一伙，领她们到医院里参观。

尽管房子外面还在做飞檐，底层还在油漆，楼上差不多已完工了。他们沿着宽大的铁楼梯上去，走进第一个大房间。墙壁用灰泥做成大理石花纹，高大的玻璃窗已经装好，只有镶木地板还没有完工。那些正在刨镶木地板的木匠，放下活儿，解下扎头发的带子，向老爷们致意。

“这是候诊室，”伏伦斯基说，“这里将来放一张写字台，一个桌子和一个书架，不再放别的东西了。”

“来，打这儿过去。不要靠近窗子。”安娜一面说，一面摸摸油漆有没有干。“阿历克赛，油漆已经干了。”她加上说。

他们从候诊室来到走廊。在这里，伏伦斯基指给大家看新式通风设备。然后他领大家参观大理石浴室和安有特种弹簧的病床。接着又逐一参观病房、储藏室和洗衣室，观看了新式锅炉，然后又观看了运送物品的无声手推车，以及其他许多东西。史维亚日斯基摆出一副新式东西行家的架势，对一切都赞不绝口。陶丽对没有见过的东西感到新奇，很想知道个清楚，就详细询问着，这使伏伦斯基很得意。

“是的，我看这是全俄国唯一一座设备完善的医院。”史维亚日斯基说。

“你们设不设产科呀？”陶丽问，“这在乡下是非常需要的。我常常……”

伏伦斯基一向讲究礼貌，但这会儿还是把她的话打断了。

“这又不是产院，这是医院哪！专门治疗各种疾病，传染病除外，”他说，“哦，您瞧瞧这个……”他说着把一辆新近从国外定购来的轮椅推到陶丽面前，“一个病人，要是身体虚弱或者腿有毛病，不能走路，可是他需要新鲜空气，就可以坐这种轮椅出去……”

陶丽对什么都感兴趣，什么东西都喜欢，特别喜欢这个天真无邪、兴致勃勃的伏伦斯基。“是的，他是一个挺善良可爱的人。”她有时没有听他说话，而是盯着他瞧，琢磨着他的表情，设身处地替安娜考虑，同时心里这样想。他这种生气勃勃的英姿如今很使陶丽喜欢，也使她明白，安娜怎么会爱上他。

21

“不，我想公爵夫人一定累了，她对马也不会感兴趣的。”安娜建议去参观养马场，史维亚日斯基也想去看看那匹新到的种马，伏伦斯基就这样对他们说。“你们去吧，我送公爵夫人回家。我想同您谈谈，要是您愿意的话。”他对陶丽说。

“我对马一窍不通，可是同您谈谈，倒是高兴的。”陶丽感到有点突兀，这样回答。

她从伏伦斯基的脸色上看出，他有事要她帮忙。她没有猜错。他们刚穿过栅门回到花园里，伏伦斯基就朝安娜走去的方向望了望，确信她既听不见他们的谈话，也看不见他们，就开口了：

“您没想到我有话要同您谈吧？”伏伦斯基眼睛笑盈盈地望着陶丽说，“我很明白，您是安娜的好朋友。”他摘下帽子，掏出手帕擦擦开始秃顶的脑袋。

陶丽什么也没有回答，只是怯生生地对他瞧了瞧。当她同他单独在一起的时候，她突然感到害怕：那双含笑的眼睛和严厉的神气使她吃惊。

他要同她谈什么事？各种各样的猜测一下子掠过她的脑际：

“他会要求我带着孩子到他们家来住一阵，那我只好拒绝了；也许是要我替安娜在莫斯科组织交际活动……会不会是维斯洛夫斯基同安娜之间的关系问题？也许是有关吉娣的事，会不会他觉得对不起吉娣？”陶丽尽是猜想各种不愉快的事，可怎么也没猜到他要同她谈的话。

“安娜很听您的话，她很喜欢您，”伏伦斯基说，“您要帮帮我的忙。”

陶丽带着疑惑和畏怯的神情望着他那生气勃勃的脸。这脸忽而被菩提树林漏下的阳光整个照亮，忽而被照到一部分，忽而又被阴影遮住。她期待着他再说些什么，可是他拿手杖在石子路上戳戳，在她旁边默默地走着。

“在安娜的老朋友中，您是唯一来看望我们的女人——我不把华尔华拉公爵小姐算在里面——我认为您来看望我们，并不是因为您认为我们的处境是正常的，而是因为您充分懂得这种处境的痛苦，您仍然那么喜欢她，您很想帮助她，我这样了解您，对不对？”伏伦斯基打量了陶丽一眼，问。

“嗯，是的。”陶丽收拢阳伞，回答，“不过……”

“不！”伏伦斯基打断她的话，没有意识到他这样做会使对方觉得尴尬，突然站住，弄得她也只好停下来，“安娜处境的困难，谁也没有我体会得深。只要您把我看作是个有良心的人，您准能明白这一点。是我造成她这样的处境，因此我有体会。”

“我明白。”陶丽说，很欣赏他这种坦率而肯定的语气。“但正因为您自认为是您造成了这样的局面，所以您未免有点言过其实了，”她说，“她在社交界的处境很为难，这我明白。”

“她在社交界简直像在地狱里！”伏伦斯基阴郁地皱起眉头，急急地说，“她在彼得堡两个礼拜，精神上真是受尽了折磨……我对您说的是实话。”

“是的，但在这儿，安娜也好……您也好，都不需要什么社交界……”

“社交界！”伏伦斯基轻蔑地说，“我要社交界做什么？”

“直到现在，也许是永远，你们是安定幸福的。我看安娜是幸福的，十分幸福。她对我也这样说过。”陶丽笑眯眯地说。此刻她一面这样说，一面不禁怀疑安娜是不是真的幸福。

但看来伏伦斯基对这一层并不怀疑。

“是的，是的！”他说，“我知道她饱经痛苦后又恢复平静了。她是幸福的，真正幸福的。可是我呢？……我担心我们的前途……对不起，您想走吗？”

“不，没关系。”

“那我们就在这儿坐一会儿吧。”

陶丽在花园小径转角的长凳上坐下来。伏伦斯基站在她的面前。

“我看到她是幸福的！”伏伦斯基重复说，但陶丽越来越怀疑她是不是真正幸福。“可是这样的局面能不能维持下去？至于我们做得对不对，这是另一个问题。如今木已成舟，”他改用法语说，“我同她这辈子的命运已经联系在一起了。我们是由我们认为最神圣的爱情结合在一起的。我们已经有了一个孩子，今后还可能再有孩子。可是法律和我们的处境都十分复杂，一言难尽。现在，在她经历了种种痛苦和磨难，精神上恢复平静以后，她却看不到这情况，她也不愿看到。这是可以理解的。但我却不能不看到。我的女儿，在法律上不是我的女儿，而是卡列宁的女儿。我受不了这样的作弄！”伏伦斯基使劲摆了摆手，用忧郁和询问的目光对陶丽望了望，说。

陶丽一句话也没回答，只是瞧着他。伏伦斯基又说下去：

“要是明天再生一个儿子，我的儿子，可是在法律上他是属于卡列宁的。他既不能用我的姓，也不能继承我的财产。不论我们在家里过得多幸福，不论我们有多少孩子，我同他们都没有关系。他们是卡列宁的孩子。您想想，这样的局面多么痛苦，多么可怕！我几次想同安娜谈谈这件事，可是一开口，她就发脾气！她不理解，我也不能对她把话说到底。再从另一方面来看。我有了她的爱情感到幸福，但我还得有我的事业。我找到了这样的事业，我以此自豪，认为它比我在宫廷和军队里的同僚们干的要高尚得多。我当然也不愿拿我的事业来换取他们的事业。我在家乡安顿下来，在这里工作，我感到幸福、满足，我们再也不需要别的什么了。我爱我的工作，倒并非因为没有更合适的事可做，正好相反……”

陶丽发觉他讲到这地方有点含糊其词。她不明白他为什么把话岔了开去，但是感觉到，既然谈起不能同安娜谈的心事，他一定会把事情和盘托出。他在乡下的活动，也像他跟安娜的关系一样，是他的一件心事。

“嗯，我再说下去，”他定了定神说，“主要的问题是，当我工作的时候，必须有一种信心，就是我的事业不会随着我死去，我将有继承人。可是现在我却没有。一个人预先知道，他和他心爱的女人生的孩子都不归他所有，而是属于一个憎恨他们、根本不关心他们的人所有。请您想想，这样的处境是多么难堪哪！实在太可怕了！”

伏伦斯基说不下去，他太激动了。

“当然，这一层我是理解的。可是叫安娜有什么办法呢？”陶丽问。

“是的，这就要接触到我这次谈话的目的了。”伏伦斯基竭力克制感情说。“安娜是有办法的，这事全在她……就算请求皇上恩准我立嗣，也必须先办理离婚手续。而这事全在安娜。她的丈夫本来同意离婚，您的丈夫当时也做好了安排。我知道他现在也不会拒绝解决这问题。只要给他写一封信就行了。当时他就直截了当地回答说，如果她表示有这样的愿望，他决不拒绝。当然，”伏伦斯基阴沉沉地说，“这是只有这种没有心肝的人才干得出来的法利赛人的残酷。他明明知道，她一想到他是多么痛苦，却偏偏要她写这样的信。我知道这在她是很痛苦的。但是，办理离婚手续太重要了，因此非克服这样的感情不可。这事关系到安娜和她孩子们的幸福与前途。至于我，那就不用说了，虽然我也痛苦，十分痛苦，”伏伦斯基露出一种仿佛在威胁一个使他痛苦的人的神情，夹杂着法语说，“因此您看，公爵夫人，我不怕难为情，像抓住救生圈那样把您抓住了。请您帮助我，叫她写一封信给他，要求离婚！”

“当然可以！”陶丽生动地回想起最后一次同卡列宁的见面，若有所思地说。“当然可以！”她一想到安娜，就毅然地又说了一遍。

“请您利用您对她的影响，让她写封信。这事我不想同她谈，简直也无法同她谈。”

“好的，我去同她说说。可是她自己怎么会不考虑呢？”陶丽说，不知怎的突然想到安娜那种眯缝眼睛的古怪的新习惯。她也想到，安娜总是在接触到她的私生活问题时眯缝起眼睛。“她眯缝起眼睛，仿佛不愿看到生活的全貌。”陶丽心里这样想。同时为了回答伏伦斯基那种感激的表情，她说：“为了我自己，也为了她，我一定要同她谈一谈。”

他们站起身来，向房子里走去。

22

安娜发现陶丽已经回来，仔细望望她的眼睛，仿佛在问她同伏伦斯基谈了些什么，但没有问出口。

“看来该吃饭了，”安娜说，“我们还没有好好谈过呢。我希望晚上能有机会谈谈。现在该去换衣服了。我想你也该换一换。在建筑工地上，我们把衣服都弄脏了。”

陶丽走到房里，觉得好笑。她没有什么衣服可换，因为已经把最好的穿在身上了；但为了表示她对参加晚餐有所准备，她叫侍女刷干净衣服，换了一副袖口和蝴蝶结，头上系了一条花边带子。

“你瞧，我只能这样打扮。”陶丽看见安娜已换上第三套朴素大方的衣服走过来，含笑对她说。

“是的，我们这里太讲究礼节了！”安娜说，仿佛在为自己的漂亮服饰表示歉意。“你来，阿历克赛很高兴，这在他是难得的。他肯定很喜欢你！”她加上说，“可你不累吗？”

饭前没有时间谈论什么。她们走进客厅，看见华尔华拉公爵小姐和几个穿黑礼服的男人已经在那里了。建筑师穿着燕尾服。

伏伦斯基把医生和男管家介绍给客人。建筑师在医院里已经介绍过了。

肥胖的餐厅侍仆，滚圆的脸刮得精光，系着浆得笔挺的雪白领带，进来通报晚餐已准备好了。太太们都站起身来。伏伦斯基请史维亚日斯基陪安娜走进餐厅，自己走到陶丽跟前。维斯洛夫斯基抢在土施凯维奇前头，挽住华尔华拉公爵小姐，这样土施凯维奇同管家和医生就只好单独走了。

晚餐、餐厅、餐具、仆人和酒菜不仅同现代豪华住宅的气派相称，而且显得更加豪华，更加时髦。陶丽眼看着这种对她来说特别新鲜的豪华排场，并且作为一个善于治家的主妇，不由得仔细研究各种细节——虽然她并不希望在自己家里使用这样的东西，因为这些奢侈品是远远超过她家的生活水平的——同时心里琢磨着这一切都是谁安排的，怎样安排的。维洛夫斯基、她的丈夫，甚至史维亚日斯基和她所知道的许多人，他们从来不考虑这些事，并且轻易相信，凡是讲究礼节的主人总是希望客人们觉得，他家里安排得如此完美，并没费什么力气，而是本来就有的。但陶丽知道，即使孩子们当早餐吃的牛奶糊也不是天上掉下来的，因此像这样豪华而复杂的家庭生活一定是由谁苦心安排的。陶丽从伏伦斯基打量餐桌的目光，他对餐厅侍仆点头示意的姿态，以及他征求她吃冷汤还是热汤的口气上看出，一切都出自这位男主人的精心安排。安娜在这方面花的力气就同维斯洛夫斯基一样。安娜、史维亚日斯基、公爵小姐和维斯洛夫斯基全都是客人，都快活地坐享现成。

安娜只有在主持谈话上像个女主人。这种人数不多的宴会，有男管家和建筑师这样身份不同的人参加，他们面对这种叫人眼花缭乱的豪华气派都竭力装得大方，但在大家的谈话中却又插不上几句嘴。要主持这种宴会上的谈话是不容易的，但陶丽发觉安娜凭着她圆熟的交际手腕主持这种困难的谈话是那么从容自如，简直可以说是胜任愉快。

谈话转到土施凯维奇同维斯洛夫斯基两人单独划船的事，土施凯维奇讲到彼得堡游艇俱乐部最近举行的划船比赛。但是安娜等到谈话一停下，立刻就同建筑师说起话来，让他也有机会说说话。

“尼古拉·伊凡诺维奇感到大为惊奇，”她是指史维亚日斯基，“自从他上次来到这里后，新的建筑工程进展得快极了。我天天都到那里去，对工程进展的速度总是感到吃惊。”

“同伯爵阁下一起工作很顺利，”建筑师含笑说（他是个自尊心很强的人，彬彬有礼，镇定自若），“不比同地方当局打交道。那里动不动就得写公文请示，可这里只要向伯爵当面报告一下，几句话，问题就解决了。”

“这是美国人的作风。”史维亚日斯基微笑着说。

“是的，那里盖房子总是很合理的……”

谈话转到美国当局滥用权力的问题，但安娜立刻又转移话题，让管家有机会说话。

“你看到过收割机吗？”她问陶丽，“我们遇见你的时候，刚好参观回来。我也是第一次看到呢。”

“这种机器究竟是怎样收割的？”陶丽问。

“同剪刀一模一样。一块板，加上许多小剪刀。就像这个样子。”

安娜用她那戴满戒指的白嫩好看的手拿起刀叉，比画起来。

她显然看出自己的讲解谁也听不懂，但知道她讲得很动听，她的手又美，因此继续讲下去。

“还不如说像卷铅笔刀。”维斯洛夫斯基目不转睛地盯着她，讨好说。安娜隐隐约约地微微一笑，但没有回答他。

“是不是像剪刀一样啊，卡尔·菲多雷奇？”她问管家说。

“是的，”德国人用德语说，“这个简单得很。”接着就开始解释机器的构造。

“可惜它不会捆庄稼。我在维也纳展览会上看见过一架，能用铅丝捆庄稼。”史维亚日斯基说，“那一种用起来就更方便了。”

“一切都要看……必须把铅丝的价格计算一下。”那德国人被引得开了口，用德语对伏伦斯基说：“这是算得出来的，阁下。”德国人刚伸手到口袋里去掏随身必备的铅笔和笔记本，但一想到他坐在餐桌旁，又注意到伏伦斯基冷淡的眼色，就不动了。“太复杂了，一定会有许多麻烦的。”他归结说。

“谁要想赚钱，就不能怕麻烦。”维斯洛夫斯基用德语嘲弄地对德国人说。“我真喜欢德国话。”他又微笑着用法语对安娜说。

“得了吧。”安娜也用法语半开玩笑半认真地说。

“我们还以为会在田野上遇见您呢，华西里·谢苗诺奇，”她对病容满面的医生说，“您到那里去过吗？”

“去过，但又溜了。”医生用忧郁的戏谑口吻回答。

“这么说，您又好好运动过了。”

“太好了！”

“那个老太婆的病怎么样？总不至于是伤寒吧？”

“伤寒倒不是，但病情恶化了。”

“真可怜！”安娜说。她和门客们应酬一通以后，就转身同亲友们攀谈起来。

“安娜·阿尔卡迪耶夫娜，照您说来，制造机器可真是不容易呀！”史维亚日斯基开玩笑说。

“不，怎见得？”安娜说话时满脸春风，表示她知道，在她描述机器操作时一定有什么动人的地方被史维亚日斯基发现了。她这种少女般卖弄风情的新作风使陶丽感到很不舒服。

“不过安娜·阿尔卡迪耶夫娜在建筑方面的知识实在叫人钦佩。”土施凯维奇说。

“可不是，安娜·阿尔卡迪耶夫娜昨天还谈到什么防湿层和踢脚板呢，”维斯洛夫斯基说，“我说得对吗？”

“那有什么稀奇，我看得多了，也听得多了！”安娜说，“您恐怕连房子是用什么造的都不知道吧？”

陶丽看出，安娜对自己同维斯洛夫斯基的戏谑并不满意，但又情不自禁地使用这样的腔调。

在这种场合，伏伦斯基同列文的态度截然不同。伏伦斯基对维斯洛夫斯基的胡诌显然毫不介意，相反还鼓励他这样做。

“您倒说说，维斯洛夫斯基，石头是用什么砌起来的？”

“当然是用水泥。”

“不错！那么水泥是什么呢？”

“嗯，有点像稀泥……不，像灰泥。”维斯洛夫斯基这样回答，引得哄堂大笑。

除了医生、建筑师和男管家严肃地保持着沉默外，其余用餐的人全都滔滔不绝地谈个不停，时而海阔天空，漫无边际；时而纠缠什么问题，争论不休；时而嘲弄揶揄，挖苦什么人。有一次，陶丽被刺痛了，大为恼火，甚至脸涨得通红，事后想起，还担心当时说了什么不得体的话。史维亚日斯基提到列文，说他有一种怪论，认为机器对俄国农业是有害的。

“我没有认识这位列文先生的荣幸，”伏伦斯基微笑着说，“但是他恐怕从来没有见过他所指摘的那种机器吧。就算他见过也试用过，也一定是老爷机器，不是进口货，是俄国土造的。这样还谈得上什么观点呢？”

“总之，是土耳其人的观点。”维斯洛夫斯基笑嘻嘻地对安娜说。

“我不能为他的意见辩护，”陶丽气得满脸通红地说，“但我可以说，他是一个很有学问的人。要是他在这里，他一定知道怎样回答你们，可是我说不出。”

“我很喜欢他这个人，我同他也是老朋友了，”史维亚日斯基和蔼地微笑着说，“但是，恕我说句实话，他这个人多少有点怪，譬如他硬说地方自治会和调解法官毫无用处，说什么也不愿参加。”

“这是我们俄国式的冷淡，”伏伦斯基把玻璃瓶里的冰水倒进一只高脚杯里，说，“没有感觉到我们的权利加在我们身上的责任，因此把它推卸掉。”

“我不知道有谁比他责任心更强的了。”陶丽被伏伦斯基妄自尊大的语气激怒了，这样说。

“我恰恰相反，”伏伦斯基不知怎的显然被这场谈话刺痛了，继续说，“我恰恰相反，像我这样的人，靠了尼古拉·伊凡诺奇（他指指史维亚日斯基）的大力支持，当选为名誉调解法官，我很感激给了我这样的荣誉。我认为出席地方自治会和调解农民的马匹纠纷，同我所能担任的其他工作同样重要。要是选举我正式当地方自治会议员，我认为这是一种光荣。也只有这样，我才能偿还我作为地主所享受的利益。可惜大家都不理解大地主对国家的作用。”

陶丽感到奇怪的是，伏伦斯基在自己家里的餐桌旁竟那么自以为是。她想起，列文虽然见解不同，但在自己家里吃饭，往往也是那么过分自信。但她喜欢列文，因此站在他一边。

“那么，伯爵，下次开会能指望您参加啰？”史维亚日斯基说，“但是得早一些去，最好八点以前到那里。您能赏光到我家去吗？”

“我倒是有点同意你妹夫的看法的。”安娜说。“只是不像他那样激烈，”她笑眯眯地说下去，“我担心现在我们的社会公职太多了。就像从前官僚太多，什么事都要有个官到场，如今什么事都得有社会活动家参加。阿历克赛来到这里才六个月，已经担任五六个社会团体的职务了：什么慈善救济委员啦，调解法官啦，地方自治会议员啦，陪审员啦，还有什么马匹委员会啦。照这样生活下去，全部时间都要抛在这上面了。我怕事情太多，难免流于形式。尼古拉·伊凡诺奇，您有多少个公职啊？”她问史维亚日斯基，“总有二十来个吧？”

安娜开玩笑说，但从她的语气里听得出恼怒的成分。陶丽仔细观察安娜和伏伦斯基，立刻察觉到这一点。她还发觉在谈这问题时，伏伦斯基脸上现出严肃而固执的神气。陶丽注意到这一点，还察觉华尔华拉公爵小姐为了改变话题，慌忙谈起彼得堡的熟人来，同时她又回想到伏伦斯基怎样在花园里不伦不类地谈到他的活动。她明白了，在社会活动这个问题上安娜同伏伦斯基暗地里有争吵。

饭菜、酒类、餐具，一切都很精美，但一切也同陶丽在她已好久没有参加的同类宴会和舞会上看到过的那样，千篇一律，而且使人感到紧张。在日常交际活动和朋友交往中，这一切也都给了她一种不愉快的印象。

饭后，大家坐在阳台上。过了一会儿，开始打网球。球员分成两组，分别站在碾得十分平整的槌球场上，中间的网挂在金色的柱子上。陶丽试打了一会儿，但不懂怎样打法，等到懂了一点，已经精疲力竭，只能同华尔华拉公爵小姐一起坐着看人家打了。她的搭档土施凯维奇也打不动了，其余的人又继续打了好一阵。史维亚日斯基和伏伦斯基两人都打得很好很认真。他们机灵地注视着向他们打来的球，不慌不忙，又毫不迟疑地及时跑过去，等球一跳起来，就准确地把球打过网去。维斯洛夫斯基打得最差。他过分急躁，但他的快乐心情却鼓舞了所有打球的人。他的笑声和叫声没有停过。他也像其他男人一样，征得了女士们的许可，脱去上装。他那穿着雪白衬衫的健美身体、汗珠滚滚的红润脸庞和矫捷灵敏的动作给大家留下深刻的印象。

当天夜里，陶丽躺下来睡觉，一闭上眼睛就看见维斯洛夫斯基在槌球场上奔跑的身影。

打球的时候，陶丽有点不高兴。她不喜欢维斯洛夫斯基同安娜打球时连续不断的戏谑，也不喜欢孩子们不在时成年人玩孩子游戏的那种别扭劲儿。不过，为了不扫别人的兴，消磨消磨时间，她休息了一会儿，又参加打球，并且装出兴致勃勃的样子。这一天她老是觉得，好像在跟一批比她高明的演员同台演出，她的拙劣演技把整台好戏都糟蹋了。

陶丽来的时候原打算住上两天，要是住得惯的话。但是傍晚打球的时候，她决定第二天就回去。对那种做母亲的牵挂心情，她到这儿来的一路上还十分厌恶，此刻在离开儿女们一天以后，想法就完全不同，她又一心想起家来了。

在用过晚茶和划过夜船以后，陶丽独自回到房里，脱了衣服。松开她那稀疏的头发准备睡觉，她觉得轻松多了。

想到安娜马上就要来看她，她都觉得不愉快。她很想独自想想心事。

23

安娜穿着晨衣进来的时候，陶丽已想躺下睡觉了。

这一天，安娜几次想谈谈自己的心事，但每次总是谈了几句就不谈了。“等一下吧，等剩下我们两人时再谈。我有许多话要对你说呢。”她说。

这会儿，只剩下她们两人，安娜却不知道说什么才好。她坐在窗口眼睛望着陶丽，头脑里拼命搜索原以为倾吐不尽的知心话，结果却一句也想不出来。这会儿，她仿佛觉得一切都已说过了。

“那么，吉娣怎么样？”她深深地叹了一口气，负疚地望着陶丽说，“你老实告诉我，陶丽，她是不是在生我的气？”

“生气？不！”陶丽微笑着说。

“那么她恨我吗？瞧不起我吗？”

“嗳，不！不过你要知道，这种事人家是不会原谅的。”

“是的，是的！”安娜转过身去，望着打开的窗子，说，“可是我没有错。那么是谁的错呢？错在哪里呢？难道有别的办法吗？嗯，你有什么想法？你不做斯基华的妻子行吗？”

“我实在说不上来。那么你要告诉我的是……”

“是的，是的，不过吉娣的事我们还没有谈完。她现在幸福吗？听说他这人挺不错。”

“说挺不错还不够。我不知道还有没有比他更好的好人了。”

“啊，我真高兴！我真是太高兴啦！说他挺不错还不够。”安娜重复陶丽的话说。

陶丽微微一笑。

“那么，你给我说说你自己的事吧。我要同你好好谈一谈。我已经同……”陶丽不知道该怎样称呼伏伦斯基。她觉得不好意思称他“伯爵”，也不好意思叫他“阿历克赛·基里洛维奇”。

“我知道你同阿历克赛谈过了，”安娜说，“但我要坦率地问你一句：你对我、对我的生活有什么看法？”

“一下子怎么说得清呢？我实在说不上来。”

“不，你还是对我说说……你现在看到我的生活了。不过你不要忘记，现在已是夏天了，现在也不是光我们两人在这里了……但我们是早春来的，当时冷清清只有我们两个人，今后也只有我们两个人，其实我也没有什么别的愿望。可是你想象一下，他不在，只剩下我孤零零一个人，这样的日子是要来的……我从各方面看得出，这种情况今后会常常发生，他会有一半时间不在家。”她说着站起来，坐得更靠近陶丽一些。

“当然！”陶丽想劝劝安娜，安娜却打断她说。“当然，我不会勉强要他留在家里。我也不会拖住他。哪天赛马，他的马要参加比赛，他都可以去。那很好。可是你替我想想，设身处地替我想想……唉，这有什么可谈的！”她微微一笑，“那么他到底同你谈了些什么？”

“他谈的正是我想说的，因此我很容易当他的辩护人。他谈到能不能……有没有可能……”陶丽讷讷起来，“补救，改善你的处境……你知道我是怎么看的……还是那一句话，要是可能，你们应该结婚……”

“你是说离婚吗？”安娜问。“你知道吗？在彼得堡唯一来看我的女人是培特西。你不是认识她吗？其实她是一个最放荡的女人。她同土施凯维奇有关系，用最恶劣的方式欺骗丈夫。可是她居然对我说，要是我这不合法的地位一天不改变，她就一天不愿理我。你别以为我在同人家比较……我是了解你的，我的好朋友。可是我不由得想起……那么，他到底对你说了些什么？”安娜又问。

“他说，他为你也为他自己感到很痛苦。你也许会说，这是自私自利，但这样的自私自利是合情合理的，是高尚的！他首先要使他的女儿合法化，他要你做他的妻子，对你享有合法的权利。”

“什么妻子？是奴隶，还不是像我现在这样当个十足的奴隶？”安娜闷闷不乐地打断陶丽的话说。

“主要的是他希望……希望你不再受苦。”

“这是办不到的！还有呢？”

“还有，最合情合理的是，他希望你们的孩子都有个合法的姓。”

“什么孩子啊？”安娜眼睛不看陶丽，皱起眉头说。

“安妮和未来的孩子……”

“这一点他可以放心，我不会再有孩子了。”

“你凭什么说不会再有了？……”

“不会有了，因为我不要了。”

安娜虽然很激动，但发现陶丽脸上现出好奇、惊讶和恐惧的神色，不禁扑哧一声笑了。

“上次病后医生对我说的……”

“不可能的！”陶丽睁大眼睛说。对她来说，这是一个十分重大的发现，最初一刹那，她只觉得无法完全领会，需要再三想想。

这个发现一下子向她解释了她以前弄不懂的一件事，就是为什么有的家庭只生一两个孩子。这个发现还引起她许多思想、感触和感情上的矛盾，弄得她一句话也说不出，只是惊讶地睁大眼睛望着安娜。这正是她今天一路上所幻想的事，如今一知道这是可能的，她又感到害怕了。她觉得这个复杂的问题解决得太方便了。

“这样是不是不道德呢？”她沉默了一阵儿，用法语问。

“怎么会呢？你要知道，我只能在两条路中挑选一条：或者怀孕，也就是害病，或者做我丈夫——事实上他等于丈夫——做我丈夫的朋友和伴侣。”安娜故意用一种轻浮的语气说。

“对呀，对呀！”陶丽说，听着她自己原来用过的论证，但觉得已经不像以前那样有说服力了。

“对你，对别人来说，”安娜说，仿佛猜度着她的思想，“也许还有怀疑，可是对我来说……你要知道，我不是他的妻子，他高兴爱我多久，就爱我多久。这样，叫我怎样来维持他的爱情呢？就用这个吗？”

她伸出一双雪白的手臂，在肚子前面围成半圆形。

种种想法和回忆，像平日心情激动时那样，一下子涌上陶丽的心头。“我总是不能把斯基华吸引住，”她想，“他抛下我去追求别的女人，但他为她而第一次对我变心的那个女人，虽然长得又漂亮又活泼，也没能长期迷住他。他把她抛弃了，又搞上另一个。难道安娜真能凭色相把伏伦斯基伯爵一直迷住吗？如果他追求的就是这个，那他总有一天会找到打扮得更漂亮、风度更迷人的女人的。不管她那双光着的手臂多白多美，她那丰满的身段多么好看，她那衬托着乌黑头发的红润脸蛋多么标致，他也会找到更美的女人，就像我那个又可恶又可怜又可爱的丈夫那样。”

陶丽什么也没有回答，只是叹了一口气。安娜发觉这种叹息是表示不同意，就又说下去。她心里还有不少论证，而且有力得叫人无从反驳。

“你说这样做不好吗？可是得仔细想想，”安娜继续说，“你忘记我的处境了。我怎么能希望再有孩子呢？倒不是说痛苦，痛苦我不怕。请你想想，我的孩子将成为什么样的人呢？将成为用别人姓的不幸孩子。就因为他们的身份，他们不得不在父母和出生这些问题上蒙受耻辱。”

“就因为这个，你们必须离婚。”

但是安娜没有听她。她很想把那几次三番说服自己的论点说完。

“如果我不运用我的智慧，少生几个不幸的人，那上帝何必赋予我智慧呢？”

她对陶丽望了望，但不等回答又说下去。

“面对这样一些不幸的孩子，我将永远觉得有罪。”她说，“如果没有他们，也就不会有他们的不幸；他们如果不幸，那都是我一个人的罪过。”

其实这也就是陶丽自己用过的论点，可是这会儿她听着，却不懂是什么意思。“怎么会在不存在的人面前觉得罪过呢？”她想。她心里突然产生一个问题：如果她的爱儿格里沙根本不存在，那还谈得上什么对他好不好呢？她觉得这问题实在太荒唐太怪诞了，就摇摇头，想把这叫人头晕目眩的狂想驱除掉。

“不，我不知道，但这样可不好。”陶丽脸上露出厌恶的神色，只说了这样一句。

“是的，但是你不要忘记，你是什么人，我是什么人……再有，”安娜添加说，似乎承认这样做是不好的，尽管她的论点理由充足，陶丽的论点却显得理由不足，“主要的是你不要忘记，我现在的处境同你不一样。你的问题是：你是不是希望不再有孩子，可我的问题是：我是不希望有孩子。这是很大的差别。你要明白，就我的处境来说，不能存这样的希望。”

陶丽没有反驳。她忽然觉得，她同安娜之间的距离是那么遥远，对有些问题的看法永远不会统一，还是不谈的好。

24

“这样就更需要解决你的处境问题了，要是可能的话。”陶丽说。

“是的，要是可能的话。”安娜突然改用一种温和而悲伤的语气说。

“难道就不能离婚吗？听说你丈夫已经同意了。”

“陶丽！我不愿意谈这事。”

“好，不谈就不谈吧！”陶丽发现安娜脸上痛苦的神色，慌忙说，“我只觉得你看事情太悲观了。”

“我？一点儿也不。我很高兴，也很满足。你也看到，还有人在追求我呢，维斯洛夫斯基……”

“是啊，说句实话，我可不喜欢维斯洛夫斯基的腔调。”陶丽想改变话题，这样说。

“哼，一点儿也不！这只会使阿历克赛感到有趣罢了。其实他还是个孩子，完全掌握在我手里。老实说，我可以随意摆布他。他等于你的格里沙……陶丽！”她突然改变话题，“你说我看事情悲观。你不理解。这事实在太可怕了。我尽量不去想它。”

“但我认为你必须处理。必须尽一切力量去处理。”

“可是我能做什么呢？什么也不能。你说我应该同阿历克赛结婚，你说我不考虑这问题。我不考虑这问题！！”安娜重复说，脸涨得通红。她站起身来，挺起胸脯。长叹一声，迈开轻盈的步子在屋里走来走去，偶尔停一下。“我不考虑吗？我没有一天，没有一小时不在考虑，不在责备自己考虑个不停……因为这样想个不停会叫人发疯的，会叫人发疯的！”她反复说，“我一想到这问题，不吃吗啡就睡不着觉。好吧，让我们平心静气地谈一谈吧。人家都要我离婚。第一，他不肯答应。现在李迪雅伯爵夫人把他控制住了。”

陶丽挺直身子坐在椅子上，脸上露出痛苦的同情神色，转动脑袋注视着来回踱步的安娜。

“应该试一试。”陶丽低声说。

“就算我去试一试。可这意味着什么呢？”安娜说出了反复想过千百遍、背都背得出来的心事。“这意味着我虽然恨他，却不得不在他面前低头认错，我只好承认他宽宏大量，低声下气地写信给他……好吧，就算我努力去办，去把它办了。我也许会得到一个侮辱性的答复，也许会取得他的同意。好吧，就算我取得了他的同意……”安娜这时已走到屋子的另一头，站在那里摆弄着窗帘，“我取得了同意，可是儿……儿子呢？要知道他们是不肯把他给我的。要知道他将在被我抛弃的父亲家里长大，他将来会看不起我。你要明白，他们两个，谢辽查和阿历克赛，我可以说是一样爱，都超过爱我自己。”

她走到屋子中央，两手紧抱住胸膛，站在陶丽面前。她穿着雪白的晨衣，显得格外高大健美。她低下头，皱着眉，用泪光闪闪的眼睛，望着那激动得浑身哆嗦、穿着打过补丁的短袄、戴着睡帽的瘦小可怜的陶丽。

“世界上我只爱这两个人，可是他们互相排斥。我不能把他们两个联结在一起。可是把他们联结在一起却是我唯一的愿望。这一点要是办不到，一切也就都无所谓了。一切，一切都无所谓了。反正随便怎样总会了结的，就因为这个我不能也不喜欢谈这件事。你也不要责备我，不要非难我。你太单纯了，不可能了解我的全部痛苦。”

安娜走过去，坐在陶丽身边，负疚地凝视着她的脸，拉住她的手。

“你有什么想法？你对我有什么想法？你不要歧视我。我不应该被歧视。我这人就是不幸。如果天下真有不幸的人，那就是我。”安娜说着扭过头去，哭了。

等剩下陶丽一个人，她做了祷告，躺到床上。刚才安娜同她说话，她满心可怜安娜，但这会儿她却不再想安娜了。对家庭和孩子的思念，特别迷人、特别鲜明地在她心头翻腾。这会儿，她觉得她的小天地是那么宝贵那么可爱，她在外面简直一天也待不下去了，她决定明天回家。

就在这时候，安娜回到自己房里，拿起一只酒杯，倒了几滴吗啡，喝了下去，木然不动地坐了一会儿，带着平静而愉快的心情走进卧室。

她走进卧室，伏伦斯基仔细对她瞧瞧。他知道她在陶丽房里待了这么久，她们一定谈过话了，他就在安娜脸上找寻谈话的痕迹。但从她那激动而又抑制的隐瞒着什么事的脸色上，他什么也看不出来，只看到那虽然已经见惯但仍使他销魂的美，她对自己美的矜持，以及想使他动心的愿望。他不愿向她打听她们谈了些什么，但希望她自动说出些什么来。可是她只说：

"你喜欢陶丽，我很高兴。你喜欢她，是吗？"

"其实我早就认识她了。我看她这人很善良，但有点庸俗。不过她来了，我还是很高兴。"

他捉住安娜的手，询问似的对她的眼睛望了望。

安娜把他的眼色理解成别的意思，向他嫣然一笑。

第二天早晨，不管两位主人再三挽留，陶丽还是要回去。列文的车夫穿着他那件旧外套，戴着类似驿站马车夫戴的制帽，驾着一辆由几匹拼凑起来的杂色马拖拉的挡泥板补过的老爷马车，神色阴郁，断然地把车驶到铺满沙砾的大门口。

同华尔华拉公爵小姐和那些男人告辞，陶丽觉得不痛快。待了一天，她也好，主人们也好，都觉得他们合不来，还不如不见面的好。只有安娜一人觉得伤心。她知道，陶丽一走，就再不会有人来触动她那潜藏在心底、因这次见面而翻腾起来的感情。触动这种感情很痛苦，但她知道这是她心灵中最美好的部分，它将很快在她的现实生活中泯灭。

陶丽乘马车来到田野上，顿时感到神清气爽。她刚想问问仆人，他们喜不喜欢伏伦斯基家，车夫菲利浦却出其不意地说：

"有钱人就是有钱人，但他们只给了我们三斗燕麦。天没亮就被马吃得精光。三斗燕麦顶什么用？只能当顿点心吃。如今燕麦也不过四十五戈比一斗。要是到我们家做客，要吃多少，就给多少。"

"他家老爷太小气。"账房附和说。

"那么，你喜欢他们的马吗？"陶丽问。

"马吗？没话说的。伙食也挺好。可是我觉得怪气闷的，达丽雅·阿历山德罗夫娜，我不知道您觉得怎样。"账房转过漂亮而和善的脸，对陶丽说。

"我也有这样的感觉。怎么样，傍晚到得了家吗？"

"准能到。"

陶丽回到家里，大家平安无事，特别亲切，就兴致勃勃地给家里人讲了这次旅行的经过，他们怎样热情接待她，伏伦斯基家的生活多么阔绰，格调多么高雅，讲到他们怎样消遣，并且不让谁说他们半句坏话。

"你应该多了解安娜和伏伦斯基——我现在对他们比较了解了——才能知道他们为人多么可爱，多么叫人感动！"陶丽十分恳切地说，把她在那里感觉到的不满和局促忘记得干干净净。

25

伏伦斯基和安娜还是没有想出任何解决安娜离婚问题的办法，他们就这样在乡下过了一个夏天和部分秋天。他们决定哪儿也不去，但两人离群索居得越久，特别是秋天没有客人来，就越觉得这样的日子不好过，非改变一下不可。

乍一看来，他们的日子似乎不能更美满了：有足够的财产，有健康的身体，有孩子，各人都有自己的活动。没有客人来，安娜照样修饰打扮，还阅读大量图书，都是风行一时的小说和论著。凡是外国报刊推荐过的书籍她都订购，并像单身读书时那样聚精会神地阅读着。此外，她还通过书籍和专业刊物研究伏伦斯基所从事的各项事业，因此伏伦斯基常常就农业、建筑，甚至养马、运动等方面的问题向她请教。伏伦斯基对她的知识和记忆力感到惊讶，开头还不很相信她，要她提出证据。于是她就从书本里找出他需要的地方，指给他看。

她对医院的建设也很感兴趣，不仅帮了许多忙，而且亲自作了安排，出了点子。不过，她最关心的毕竟还是她自己，关心怎样博得伏伦斯基的欢心，怎样补偿伏伦斯基为她牺牲的一切。她生活的唯一目的就是不仅讨他欢心，而且曲意奉承他。伏伦斯基对此很欣赏。不过，他对她竭力用情网来束缚他，又感到苦恼。日子一天天过去，他越来越清楚地看到自己被这情网所束缚，越来越想——倒不一定要挣脱——试试，看它究竟是不是妨碍他的自由。要不是这种日益增长的获得自由的愿望，要不是每次到城里开会或赛马都要发生一场争吵，伏伦斯基对自己的生活真可以说是称心如意了。他现在的身份——构成俄国贵族核心的富裕大地主的身份——不仅完全符合他的愿望，而且在过了半年这样的生活以后，给他带来的乐趣也越来越大。他为事业耗费的精力和时间越来越多，事业也发展得越好。尽管医院、农业机器和从瑞士订购来的奶牛与其他许多东西花费了大量资金，但是他相信并没有浪费，而且增加了他的财富。

凡是事关他的收入的，不论出卖森林、粮食或者羊毛，或者出租土地，伏伦斯基总是铁面无情，咬定价钱不放。不论在哪个田庄，凡是遇到数目较大的业务，他总是采用最稳当可靠的办法，即使遇到进出不大的经济问题，他也精打细算。那个德国管家诡计多端，引诱他买进什么，或者在制订预算时要弄手法，先把数字定得很高，然后又说经过一番考虑可以低价买进，这样立刻就有利可图，但是伏伦斯基从不轻易听从他。只有遇到订购或者建设的东西是最新式的，在俄国还闻所未闻，可以引起轰动的，他才听从那管家的话，同他商量洽购。除此以外，只有当他手头有余款的时候，他才肯大笔支出，而在支付时更是精打细算，竭力做到一本万利。因此从他经营业务上可以清楚地看出，他没有浪费而是增加了财产。

十月里，卡辛省举行贵族大选。伏伦斯基、史维亚日斯基、柯兹尼雪夫、奥勃朗斯基的田庄和列文的一小部分产业就在这个省里。

这次选举由于种种原因和参加的人物，引起社会上的注意。大家议论纷纷，积极筹备。莫斯科、彼得堡和国外的侨民，以前从没参加过选举，这次也都聚集到这里。

伏伦斯基早就答应史维亚日斯基去参加了。

大选以前，常来伏兹德维任斯克的史维亚日斯基顺路跑来邀请伏伦斯基。

前一天，为了这次预定的旅行，伏伦斯基和安娜几乎发生争吵。现在是秋季，正是乡下最寂寞无聊的时节，伏伦斯基思想上作好准备，要同安娜争吵一次，就板着脸，冷冷地——这是从来没有过的——向她宣布要出门了。但是，使他感到惊奇的是，安娜听到这消息竟若无其事，只问他什么时候回来。他仔细对她打量了一下，弄不懂她怎么能这样泰然自若。她看到他的注视，微微一笑。伏伦斯基知道她有不动声色的本领，还知道只有当她暗地决定什么事却不告诉他时才会这样。他有点担心，但他很想避免纠纷，就装出一副深信不疑的神气（其实他多少也有点相信），相信她是通情达理的。

“我想你不至于感到寂寞吧？”

“我想不至于，”安娜说，“我昨天收到戈缔耶书店[1]寄来的一箱书。不，我不会感到寂寞的。”

“她想装得毫不在乎，这样也好，”伏伦斯基想，“要不然又会来那一套。”

他没有要她坦白她的心事，就去参加选举。他没有同她说个明白就同她分手了，这在他们同居以来还是第一次。这一方面使他感到不安，另一方面又使他觉得这样倒

---

① 当时开设在莫斯科的一家法国书店。

更好些。“开头这样有点别扭，但以后她会习惯的。总之，我什么都可以为她牺牲，就是不能牺牲我男子汉的独立性。”他心里这样想。

26

九月间，列文为了准备吉娣生孩子搬到莫斯科去住。当柯兹尼雪夫——他在卡辛省拥有田产，很关心当前的选举——动身去参加选举时，列文在莫斯科已经闲居整整一个月了。柯兹尼雪夫邀请弟弟一起去，而列文在谢列兹聂夫斯克县是享有选举权的。此外，列文还要在卡辛省替侨居国外的姐姐办理一件有关托管和收取土地押金的要事。

列文一直犹豫不决，但吉娣看到他在莫斯科无聊，就劝他去，并且替他定制了一套价值八十卢布的贵族礼服。这笔定制礼服的八十卢布是促使列文决心去的主要原因。他就这样到卡辛去了。

列文来到卡辛已经六天了，天天出席会议，为姐姐的事到处奔走，但毫无结果。贵族领袖们都忙于选举，弄得一件同托管有关的普通事也无法解决。另外一件事——收取土地押金，同样遇到了困难。在经过一番奔走后，禁令取消了，押金准备付了，可是那位热心的公证人却不能签发支票，因为需要会长的签名，而会长正忙于开会，又没有指定人代理公务。这样东奔西走，同那些完全理解申请人的苦恼却又爱莫能助的好心人谈话，眼看各种麻烦事都是白费力气，毫无结果，列文觉得十分痛苦，好像一个人在噩梦中挣扎，却不能动弹一样。他同那位心地善良的律师谈话，就有这样的感觉。这位律师看来已经绞尽脑汁，竭尽所能，想帮助列文解决困难。“嗯，您这样试试，”他说过不止一次，“到某某地方去一次。”律师说着制订了一整套计划，怎样避开碍事的主要阻力。但他立刻又补充说：“恐怕还有困难，但不妨一试。”于是列文就去试了，又是四处奔走。遇到的人个个和蔼可亲，可是避开的阻力最后又冒了出来，又妨碍了事情的解决。特别使人恼火的是，列文怎么也不明白他在同谁冲突，他的事情迟迟不得解决究竟对谁有利。这一点看来谁也说不出，就连那律师也不知道。火车站买票必须排队，列文要是懂得这原因，他也就不会觉得委屈和恼火了。同样，他在事务上遇到障碍，也没有一个人能向他说明原因。

不过，列文结婚以后人变了很多，他变得耐心了。每逢他不明白事情的原因时，就对自己说，不了解情况不要随便判断，大概非这样不可，就竭力忍耐着不生气。

现在，他出席会议，参加选举，也尽可能不指摘人家，不同人家争论，对他所尊敬的正直善良的人认真做着的工作，总是竭力去理解。结婚以后，列文发现许多重要的新事物，那些事物他以前由于轻率而不加重视，忽略了。对选举这件事，他现在也很重视，并且探究它的重大意义。

柯兹尼雪夫向他解释，通过这次选举将引起的变革的重大意义。省首席贵族按照法律规定掌管许多重要公务：又是负责托管机关（列文现在就由于这种机关在受罪），又是保管贵族的大量基金，又是主持男女中学和军事学校，又是负责新式国民教育，最后还有地方自治会。现在的省首席贵族斯涅特科夫是个老派贵族，挥霍光了巨额家产，为人正直，心地善良，但是对新时代的要求一窍不通。他处处站在贵族立场，公然反对普及国民教育，并且使应该具有广泛代表性的地方自治会受阶级的局限。因此，必须选举一位具有现代思想、精明能干的新人来代替他，以便凭贵族（不是作为贵族，而是作为地方自治会的成员）的特权充分发挥对自治有利的作用。在这事事领先的富饶的卡辛省，如今集中了一大批优秀人士。这里的事情办得好，就可以成为其他各省和全国的典范。因此，这次选举具有重大的意义。代替斯涅特科夫当首席贵族的，已提出的候选人是史维亚日斯基，或者更恰当一些，聂维多夫斯基。聂维多夫斯基是位退休教授，绝顶聪明，也是柯兹尼雪夫的好朋友。

选举大会由省长致开幕词，他在讲话中对贵族们说，选举公职人员不能讲情面，应该以功绩和造福祖国为出发点。他希望卡辛省尊贵的贵族像历届选举一样，神圣地执行自己的义务，以不负君主的愿望。

省长讲完话就离开会场。贵族们闹哄哄地、生气勃勃地甚至欢天喜地跟着他走出去。当他穿上外套、同首席贵族亲切交谈的时候，大家又把他团团围住。列文想知道细节，什么事也不愿放过，因此也站在人群里。他听见省长说："请您转告玛丽雅·伊凡诺夫娜，很抱歉，我妻子不能来，她到孤儿院去了。"接着贵族们快快活活地接过各人的外套，坐车到大教堂去了。

在大教堂里，列文和大家一起举起手来，跟着大祭司念祷词，庄严地宣誓，愿意执行省长的一切要求。宗教仪式对列文总是影响很大，他嘴里说着"我吻十字架"，眼睛扫视说着同样话的老老少少，心里十分感动。

第二天和第三天讨论贵族基金与女子中学的问题，这些事正像柯兹尼雪夫说的，无关紧要。列文就四出奔走，去处理私事，没注意那些事。第四天，在省会上公开审查本省的基金。新旧两派第一次正式发生冲突。负责审查账目的委员会向大会报告，账目分毫不差。首席贵族站起身来，感谢贵族们对他的信任，激动得流泪。贵族们向他高声欢呼，一个个同他握手。但这时候，柯兹尼雪夫一派里有个贵族说，他听说委员会并没有查过账，他们认为查账是对首席贵族的侮辱。委员会里有个成员鲁莽地证实了这一点。

然后，一个个儿矮小、样子年轻、说话尖刻的绅士站起来说，首席贵族本来很愿意报告账目，说明公款用途，可是委员会过分客气，使他无法如愿。于是委员会就收回了这个报告。柯兹尼雪夫开始条理清楚地论述，他们要么宣布查过账目，要么承认没有查过账目，并且详细说明这种二者必居其一的论点。反对派中一个口若悬河的人反驳了柯兹尼雪夫。接着史维亚日斯基发言，然后又是那个说话尖刻的绅士发表意见。辩论进行了好久，但毫无结果。列文感到惊奇的是，这事他们竟能辩论这许多工夫，特别是当他问柯兹尼雪夫，他是不是认为公款被盗用了，柯兹尼雪夫回答说：

"嗳，不！他是一个规矩人。不过，这种管理贵族事务的家长作风必须改变。"

第五天选举各县的首席贵族。这天有几个县特别热闹。在谢列兹涅夫斯克县，史维亚日斯基经全体一致同意当选为县首席代表。当天晚上在他家里大摆酒席庆祝。

27

第六天开始选举省首席贵族。大大小小的厅堂挤满身穿各种制服的贵族。有许多人是为了这天的选举特地赶来的。久未晤面的熟人，有的从克里米亚，有的从彼得堡，有的从国外来到这里，大家欢聚一堂。首席贵族的桌子上方挂着沙皇像，人们围着桌子进行热烈的讨论。

在大小厅堂里，贵族们三五成群，从他们含有敌意和猜疑的目光中，从外人走近时就停止谈话，以及其中有些人甚至避到走廊远处去交头接耳这些迹象上可以看出，每一方都有不可告人的秘密。表面上看来，贵族分成两派，老派和新派。老派多半穿着老式的紧身贵族服，佩着长剑，戴着礼帽，或者按照各人的身份穿着海军、骑兵、步兵等军服。老派贵族的制服式样很老，带有高耸的肩章，衣服又短又小，肩膀很窄，仿佛穿的人身子长得高大了。新派穿着低腰身、阔肩膀的宽大贵族制服，里面衬着白背心，或者穿着黑领子的有桂叶标志的司法官制服。穿宫廷制服的也属于新派，在人群中很显眼。

不过，年龄上老与少的区别并不完全符合政治上的派别。据列文观察，有些年轻人属于老派；反过来，有些年纪很老的贵族却在同史维亚日斯基低声说话，显然是热烈赞同新派的。

在吸烟和小吃的小厅里，列文站在朋友们旁边，倾听他们的谈话。他全神贯注，但还是听不懂他们在谈些什么。柯兹尼雪夫是他们一堆人的中心人物。这会儿，他在听史维亚日斯基同赫留斯托夫谈话。赫留斯托夫是另一个县的首席贵族，也属于他们一派。他不同意他一县的人去要求斯涅特科夫当候选人，但史维亚日斯基在劝他这么办，柯兹尼雪夫也赞成这个计划。列文不明白为什么他们要让一个希望他落选的反对派首席贵族再当候选人。

奥勃朗斯基穿着宫廷侍从制服，刚吃过点心，喝过酒，用洒过香水的镶边麻纱手帕擦着嘴，走过来。

"我们摆开阵势了，"他抚平络腮胡子说，"谢尔盖·伊凡诺维奇！"奥勃朗斯基听他们谈话，支持史维亚日斯基的意见。

"一个县就够了，史维亚日斯基分明已成了反对派。"奥勃朗斯基这样说，除了列文，大家都懂得他的意思。

"啊，列文，看来你也懂得个中奥妙了，是吗？"他转身对列文说，同时挽住他的手臂。列文也很愿意懂得其中奥妙，可是他不明白究竟是怎么一回事。他稍稍离开人群，告诉奥勃朗斯基，他弄不懂为什么要请首席贵族再当候选人。

"嘿，你太天真了！"[①] 奥勃朗斯基用拉丁语说，接着就扼要地对列文作了一番解释。

如果像历届选举那样，所有的县都提名省首席贵族当候选人，那么他不用选举就可以当选。这样可不行。现在有八个县同意提名，但要是有两个县反对，那么斯涅特科夫就可以拒绝当候选人。这样老派就可能推选别人，他们的计划就会完全落空。但要是只有史维亚日斯基的一个县提名，斯涅特科夫就可以当候选人。他们甚至还要选举他，设法使他增加票数，这样就把反对派的计划打乱。当人家提出我们一派的候选人时，他们就会投他的票。

列文有点懂了，但还没有完全清楚。他正想再提几个问题，突然大家都说起话来，闹哄哄地向大厅走去。

"什么？什么？谁呀？""委托书吗？委托谁？什么？""被否决了？""没有委托书。""不让弗列罗夫进来。""受到审判有什么关系？""这样谁也不让进去了。这太卑鄙了。""遵守法律嘛！"列文听见四面八方传来的叫声，他跟着慌慌张张唯恐错过什么的人群向大厅挤去。他夹在贵族中间，走近首席贵族的桌子。首席贵族、史维亚日斯基和其他领袖正在那边起劲地争论着什么。

① 原文为拉丁语。

28

列文站得相当远。他旁边有一位贵族呼噜呼噜地拼命喘气，另一位贵族穿着厚底皮靴，发出咔嚓咔嚓的声音，弄得他听不清楚。他只远远地听见首席贵族的温柔声音，接着是那个说话尖刻的贵族的尖细声音，然后是史维亚日斯基的声音。他从听得懂的话中听出，他们正在争论对一条法律的解释，以及对"在侦讯中"这个术语的理解。

人群散开来，让柯兹尼雪夫走到桌子旁边。柯兹尼雪夫等那个说话尖刻的贵族讲完就说，他认为最可靠的办法是查一查法律条文，并请书记把那一条找出来。原来法律条文规定，遇到意见分歧，必须投票表决。

柯兹尼雪夫念了一下法律条文，开始解释它的含义，但这当儿一个个儿高大、背有点驼、小胡子染过色的地主，穿着一身高领子夹住后颈的狭窄礼服，打断了他的话。他走到桌子旁，用手上戴着的戒指敲敲桌子，大声叫道：

"投票！投票表决！不必多费口舌！投票表决！"

这时，突然有几个人同时说起话来。戴戒指的高个子贵族火气越来越大，叫得越来越响，但听不出在叫些什么。

他说的其实就是柯兹尼雪夫所建议的；不过，他显然很恨柯兹尼雪夫和他的一派，这种愤恨情绪影响了他一派的人，这样也就引起了对方的反击，虽然这种情绪表现得比较温和。大家叫嚷起来，霎时间乱成一团，省首席贵族不得不要求大家遵守秩序。

"投票表决，投票表决！凡是贵族都会明白的。我们流血牺牲……皇上信任的……不准审查首席贵族，他又不是伙计……问题不在这里……让我们投票表决！真卑鄙！……"四面八方传出愤怒粗暴的呐喊声。每个人的眼神和脸色都比声音更愤怒粗暴。大家都现出不共戴天的仇恨。列文看到大家的情绪为弗列罗夫的问题要不要表决而这样激动，感到惊讶，弄不懂是怎么一回事。他忘记了柯兹尼雪夫后来向他解释的三段论法：为了公共福利，必须撤换省首席贵族；要撤换省首席贵族，必须获得多数票；为了获得多数票，必须让弗列罗夫有选举权；为了使弗列罗夫取得选举权，必须解释法律条文。

"一票就可以决定全局，因此如果真愿为公共事业着想，必须严肃认真，贯彻始终。"柯兹尼雪夫这样归结说。

但是列文忘记了这一点。看到这些他所尊敬的好人情绪这样愤激，他觉得很难过。为了摆脱这种痛苦的心情，他不等辩论结束就来到大厅。那里除了茶座旁边有几个茶房外，不见一个人影子。列文看见茶房正忙着擦餐具，摆盘子和酒杯，看见他们镇定自若而生气勃勃的脸，顿时觉得神清气爽，仿佛从一个乌烟瘴气的屋子里来到空气清新的地方。他高兴地走来走去，望着这些茶房。他特别高兴的是看到一个留灰白络腮胡子的茶房，对那些正在取笑他的年轻人露出鄙夷不屑的神气，同时教他们怎样折叠餐巾。列文刚要同老茶房攀谈攀谈，贵族托管委员会秘书，一个具有熟悉全省贵族姓名和父名特长的小老头，叫他过去。

“康斯坦京·德米特里奇，请过来！”小老头对他说，“令兄正在找您。要投票了。”

列文走进大厅，领到一个白球，就跟着哥哥柯兹尼雪夫走到主席台旁边。史维亚日斯基摆出煞有介事而又含嘲带讽的神气站在那里，把大胡子握在拳头里嗅着。柯兹尼雪夫把手伸向投票箱，把一个白球投进去。他站在一旁，给列文让出地位。列文走了过去，但是惊惶失措，问柯兹尼雪夫说：“往哪儿投？”他悄悄地问。当时旁边正好有人在说话，他希望没有人会听见他的问题。但是，谈话的人住口了，大家都听见了他这个可笑的问题。柯兹尼雪夫皱起眉头。

“这要看各人的信仰了。”他严厉地说。

有几个人笑了。列文涨红了脸，慌忙把手伸到票箱罩布下，投在右边，因为那球在他的右手。等投好了票，他才记起左手也应该伸进去，又连忙伸进去，但已经晚了，这样就更加窘态毕露，他慌忙往后排走去。

“赞成的一百二十六票！反对的九十八票！”口齿不清的秘书喊道。接着传出一阵笑声：票箱里发现一个纽扣、两个核桃。弗列罗夫获得了选举权，新派胜利了。

但老派并不服输。列文听见有人要求斯涅特科夫当候选人，并且看见一群贵族围住这位正在说话的首席贵族。列文走近去。斯涅特科夫在回答贵族们的话时，说到贵族对他的信任，说到他们对他的爱戴使他受之有愧，他虽为贵族服务了十二年，但这是他的本分。他几次三番重复说：“我尽心尽力，效忠君王，承蒙各位信任，感激不尽！”他突然被眼泪哽住，说不下去，就离开会场。他的眼泪不知是由于想到他所受的委屈，还是由于对贵族的满腔热情，或者是由于他所处的四面楚歌的困境，但这种激动情绪影响了大家，多数贵族都很感动。列文对斯涅特科夫也产生了同情。

省首席贵族在门口同列文撞了个满怀。

“对不起！请您原谅！”他像对陌生人那样说，但一认出是列文，便怯生生地微微笑了一笑。列文觉得他想说些什么，但由于激动而说不出来。当他匆匆走过时，他脸上的神色以及穿着制服和镶金边白裤、挂着十字勋章的姿态，使列文觉得他好像一头被逼得走投无路的野兽，意识到大难临头了。他脸上的神色使列文特别感动，因为昨天刚为托管的事到他家里去过，看到他是一个相貌堂堂、和蔼可亲的人。一座摆设着古色古香旧家具的大房子；几个衣冠不讲究而且有点肮脏的毕恭毕敬的老仆人——显然是留在主人家里的农奴；他那位和蔼的胖太太，头戴一顶有花边的睡帽，身披一块土耳其式大披肩，正在抚爱她的小外孙女；他那个在念六年级的儿子，刚放学回家，吻了吻父亲的大手，向他致敬；主人威严而又亲切的语言和手势——这一切昨天都使列文肃然起敬，产生好感。这会儿，列文很怜悯和同情这位老人，很想安慰他几句。

“看来您还是我们的首席贵族。”他说。

“未必见得，”老头儿怯生生地环顾了一下，说，“我累了，老了。有人比我合适，比我年轻，让他们担任吧。”

首席贵族说完就往边门走去。

最庄严的时刻到了。马上要开始正式选举。这派和那派领袖都在掐着指头估计白球和黑球的数目。

辩论弗列罗夫选举资格的问题，不仅使新派获得了弗列罗夫的一票，而且使他们赢得时间，争取三个由于老派的阴谋而不能参加选举的贵族前来投票。两个贵族嗜酒成癖，被斯涅特科夫的党羽灌醉了；另外一个贵族的制服不翼而飞了。

新派得知这个情况，就趁辩论弗列罗夫资格问题的机会，派人乘马车给那个贵族送去一套制服，又把两个灌醉的人中的一个接来投票。

“一个接了来，用冷水把他冲醒了，”那个乘车去接的地主走到史维亚日斯基跟前说，“不要紧，能顶用。”

“醉得不太厉害吧，不会倒下吧？”史维亚日斯基摇摇头说。

“不要紧，他行的。只要不再给他喝酒就是了……我对茶房领班说过，说什么也不要再让他喝了。”

29

在供吸烟和小吃的小厅里挤满了贵族。大家的情绪越来越激动，每个人的脸色都显得焦虑不安。情绪特别激动的是两派贵族的领袖，他们知道全部底细，算得出票数。他们是一场将要展开的战斗的指挥官。其余的人就像交战前的士兵，作好了战斗准备，但此刻还在寻欢作乐。有些站着或者坐在桌旁吃点心；有些在狭长的屋子里来回踱步，一面吸烟，一面同久未晤面的朋友谈话。

列文不想吃东西，也不吸烟。他不愿加入自己人的一伙，也就是柯兹尼雪夫、奥勃朗斯基、史维亚日斯基等人的一伙，因为身穿宫廷武官制服的伏伦斯基正在兴致勃勃地同他们谈话。列文昨天在选举大会上看到他，就竭力避开他，不愿同他见面。列文走到窗口坐下，打量着周围的人群，听听他们在谈些什么，他觉得非常伤心，因为看到周围人人生气勃勃，奔走忙碌，只有他一人同旁边坐着的那个身穿海军服、没有牙齿、喃喃地说个不停的老头，对选举漠不关心，无事可做。

“他是个十足的骗子手！我对他说过，那样不行。可不是！他收了三年都收不齐。”一个个儿不高、背有点驼的地主，搽过油的头发耷拉在制服的绣花领子上，他使劲踩响那双因为参加选举才穿的新皮靴后跟，精神抖擞地说。他不满地向列文瞥了一眼，猛地转过身去。

“是的，这事可不体面，没话说的。”小个儿地主声音尖细地说。

一大群地主簇拥着一个胖将军，紧跟着他们，匆匆地走近列文。地主们显然在找寻一个人家听不到的地方谈话。

“他居然敢说是我指使人偷了他的裤子！我看他是把裤子当掉买酒喝了。我才不管他什么公爵不公爵呢！他不该说这话，这个猪！”

“对不起，听我说！他们有条文作根据，”另外一伙中有人说，“太太应该登记成为贵族家属。”

“我他妈的才不管什么条文不条文！我说的是心里话。高尚的贵族就应该这样。要有信心。”

“阁下，来吧，*喝一杯好香槟*。”

再有一群人紧跟着一个大声叫嚷的贵族；他是三个被灌醉的人中的一个。“我总是劝玛丽雅·谢苗诺夫娜把地租出去，因为不租出去没有好处。”一个留灰白小胡子、穿旧参谋部上校军服的地主声音悦耳地说。这就是列文在史维亚日斯基家遇见的那个地主。列文立刻认出了他。那地主也打量了一下列文。他们相互问好。

“看到你真高兴，可不是！我记得很清楚。去年在首席贵族尼古拉·伊凡诺维奇家里见到过您。”

“那么您的农庄弄得怎么样了？”列文问。

“还是那个样子，总是亏本。”那地主露出听天由命的苦笑和无可奈何的冷静神气回答，在列文旁边站住。“那您怎么会到我们省里来的？”他问，“来参加我们这里的*政变*吗？”他用咬音不准的法语着重说了“*政变*”两个字。“俄国文武百官都集中在这里了：又是宫廷侍从，又是各部大臣。”他指指身穿白裤和宫廷侍从服、仪表堂堂的奥勃朗斯基说。

“不瞒您说，我很不了解贵族选举的意义。”列文说。

那个地主对他望了望。

“这有什么好了解的？没有丝毫意义。这是一种没落的制度，完全靠惯性活动。您只要看看这些制服就明白了：都是些调解法官，终身官僚，以及诸如此类的人，可就是没有贵族。”

“那您何必来呢？”列文问。

“按照习惯，这是一。再有，关系还得维持。而且也有道义上的责任。再有，说句实话，也有个人的利害关系。我女婿想弄个终身官职。他们没有钱，得提拔提拔他们。可是这些老爷跑来做什么呢？”他指指那个在主席台上发过言的说话尖刻的绅士说。

“他是新一代贵族。”

“新是新的，但不是贵族。他们是地主，我们可是乡绅。他们这些贵族在自取灭亡。”

“您不是说这是一种没落的制度吗？”

“没落尽管没落，但对他们还得客客气气。就拿斯涅特科夫来说吧……好也罢，歹也罢，我们毕竟有一千年历史了。譬如说，我们要在房子前面造个花园，要设计一下，可是这地方长着一棵百年老树……它尽管长得节节疤疤，老态龙钟，但我们可不会因为造花坛而把老树砍掉，我们将利用这棵树重新布置花坛。树不是一年长得起来的。”那个地主小心翼翼地说，接着立刻改变话题，“您的农场弄得怎么样了？”

“不好。只有五厘利润。”

“是的，但您还没有把您的劳动算进去。您的劳动不是也得花代价吗？就拿我来说吧。我在没有搞农场以前，每年有三千卢布官俸。如今我干得比当差还卖力，可是像您一样也只有五厘利润，而且还算走运呢。我自己的劳动还不算在里面。”

“既然是纯粹亏本的买卖，您何必还要干呢？”

“就这样干下去！您说有什么办法？习惯了，不得不这样。我还要对您说，”那个地主臂肘搁在窗口，滔滔不绝地说下去，“我儿子对农业毫无兴趣。看来他要做个有学问的人。这样，我的事业就没有人继续了。可我还是照样干。最近我又办了个果园。”

“是的，是的！”列文说，“您说得很对。我总觉得搞农场没有实利，可我还是照样干……总觉得对土地有一种义务。”

“让我来讲件事给您听吧，”那个地主继续说，“有一个做买卖的邻居来看我，我们在农场里绕了一圈，还参观了果园。他说：‘啊，斯吉邦·华西里奇，您这儿什么都好，可就是果园荒芜了。’其实我的果园弄得很好。他还说：‘要是换了我，我早就把这些菩提树都砍掉了。不过要等到茂盛的时候砍。您这里有上千棵菩提树，每棵树可以锯两块厚板。如今厚板很值钱，还可以砍下来盖房子。’”

“他就可以用这笔钱去买牲口，或者低价买进土地，再分租给农民，”列文含笑替他把话说完，显然不止一次遇见过打这种如意算盘的人，“他就会大发其财。可是咱们能保住自己的产业，再能留些给孩子们，就算上上大吉了。”

“听说您结婚了，是吗？”那地主问。

“是的，”列文得意扬扬地回答，“说起来也真有点怪，我们就是这样毫无算计地过日子，好像命里注定了，只能跟灶王奶奶那样一辈子守着家。”

那地主在灰白的小胡子底下冷笑了一声。

“我们中间也有这样的人，譬如我们的朋友尼古拉·伊凡诺奇，或者最近在这里定居下来的伏伦斯基伯爵，他们都想搞现代化农场，可是至今除了亏本毫无结果。”

“可是为什么我们不能像商人那样办呢？为什么我们不能把树木砍成木材呢？”列文又回到吸引他的那个问题上来。

“就像您说的那样，我们守着家。那可不是贵族的事。我们贵族的事不是在这里选举大会上，而是在我们各自的角落里。什么该做，什么不该做，也是根据我们的阶级本能。在农民身上我也看到这样的情况：一个好农民总是竭力想多租些地种种。不管地多糟，还是一样种。结果也没有好处。总是净亏本。”

“我们也是这个样子。”列文说。“见到您真是太高兴了。”他看见史维亚日斯基向他走来，加上说。

“自从上次在府上见面以来，我们这还是第一次碰头，”那个地主说，“可是已谈得很痛快了。”

“噢，是不是在骂新制度哇？”史维亚日斯基微笑着说。

“我们不否认。”

“我们谈了个痛快。”

30

史维亚日斯基挽住列文的手臂，把他带到他那一派人那里。

如今列文要避开伏伦斯基已不可能。伏伦斯基同奥勃朗斯基和柯兹尼雪夫站在一起，眼睁睁地望着走近的列文。

“见到您很高兴。我好像在……在谢尔巴茨基公爵夫人家见到过您。”伏伦斯基一面说，一面把手伸给列文。

“是的，那次见面我记得很清楚。”列文说着涨红了脸，立刻转过身去同哥哥谈话。

伏伦斯基微微一笑，继续同史维亚日斯基说话，显然不想同列文攀谈；但是列文一面同哥哥谈话，一面却不断打量伏伦斯基，心里考虑着同他说些什么话，来弥补刚才的失礼。

“现在问题究竟在哪里？”列文一面问，一面打量着史维亚日斯基和伏伦斯基。

“在于斯维特科夫。他要么放弃，要么答应。”史维亚日斯基回答。

“他怎么样，答应了没有？”

“问题就在于他既不放弃又不答应。”伏伦斯基说。

“要是他放弃了，那么谁当候选人呢？”列文瞧瞧伏伦斯基问。

“谁都可以。”史维亚日斯基说。

“那您愿意吗？”列文问。

“只有我除外。”史维亚日斯基窘了，怯生生地瞧了一眼站在柯兹尼雪夫旁边那个说话尖刻的绅士，说。

“那么谁呢？聂维多夫斯基吗？”列文问，觉得自己有点语无伦次了。

但他这样一说就更尴尬了。聂维多夫斯基和史维亚日斯基两个本来就是候选人。

“我可说什么也不干。”那个说话尖刻的绅士回答。

原来他就是聂维多夫斯基。史维亚日斯基替他同列文作了介绍。

“怎么，连你也动心了？”奥勃朗斯基对伏伦斯基使了个眼色，说，“这好比赛马。可以赌输赢。”

“是的，这确实叫人动心。”伏伦斯基说。“既然上了手，就想干到底。这可是一场斗争！”他皱起眉头，绷紧刚毅的脸说。

“史维亚日斯基真是个干练的人！什么事到他手里都干净利落。”

“嗯，是的。”伏伦斯基心不在焉地说。

接着是一阵沉默。这时伏伦斯基对列文望望（他总得望望什么），望望他的脚和他的制服，又望望他的脸，发现他眼神忧郁地望着自己，就敷衍着说：

“您长期住在乡下，怎么不当调解法官呢？您没有穿调解法官的制服。”

“因为我认为调解法庭是一种愚蠢的机构。”列文一直在找机会同伏伦斯基谈谈，好冲淡刚才见面时的鲁莽，这样说。

“我的看法正好相反。”伏伦斯基略带惊讶地说。

“那简直是开玩笑，”列文打断他的话说，“我们用不着调解法官。八年来我没有遇到过一件纠纷。有了事，判得也是颠三倒四的。调解法庭离开我有四十里路。为了解决两个卢布的纠纷，我得花十五卢布请一位律师。”

于是他就讲到，一个农民怎样偷了磨坊主的面粉，磨坊主向他提出，那农民反而控告他诽谤。这些话说得很不得体，很愚蠢。列文说的时候自己也感觉到了。

“嗬，他可真是个怪人！”奥勃朗斯基带着甜腻腻的微笑说，“我们去吧，大概要投票了……”

他们就走散了。

“我真不懂，”柯兹尼雪夫注意到弟弟的笨拙行为，说，“我真不懂，一个人怎么会这样缺乏政治手腕。对，我们俄国人就是缺乏政治手腕。现任首席贵族是我们的对头，你却同他热乎，还请他当候选人。伏伦斯基伯爵呢……我不会同他交朋友的；他请我去吃饭，我就不去；但他是我们方面的人，我们怎么能把他当作敌人呢？再有，你还问聂维多夫斯基当不当候选人。这太不成体统了。”

“咳，我真是什么也不明白！这一切都是小事。”列文闷闷不乐地说。

“你说这一切都是小事，可是你一插手，总是坏事。”

列文不作声。他们一起走进大厅。

现任首席贵族虽然感觉到有一种反对他的阴谋气氛，也不是个个人要求他当候选人，他还是决定参加竞选。大厅里一片肃静，秘书大声宣布，近卫军大尉斯涅特科夫被提名为省首席贵族候选人。

几个县首席贵族端着盛有选举球的小盘子，从自己的席位走到主席台，选举就这样开始了。

“投在右边。”当列文同哥哥跟着一位县首席贵族走近主席台时，奥勃朗斯基悄悄对他说。可是列文此刻忘记了原先向他说明过的办法，唯恐奥勃朗斯基说“投在右边”说错了。因为斯涅特科夫是他们的对头。他右手拿着球走近票箱，可是想了想，以为弄错了，在投入票箱前一瞬间把球换到左手。这样自然就投到左边去了。站在票箱旁边的一个老手，只要每个人的手臂一动，就知道球投到哪里了，这会儿不禁皱起眉头。他没有机会试一试他那明察秋毫的眼力。

一切又都归于沉寂，但听得到数球的声音。接着就有一个人宣布赞成和反对的票数。

现任首席贵族获得相当多的票数。人群又喧哗起来，争先恐后地向门口走去。斯涅特科夫走进来，贵族们把他团团围住，向他祝贺。

“那么，现在结束了吗？”列文问哥哥说。

“刚开始呢，”史维亚日斯基笑着替柯兹尼雪夫回答，“另外两个候选人可能获得更多的票数。”

这事列文又忘记得干干净净了。他现在只记得其中有些奥妙的地方，但他极不愿意去回想究竟奥妙在哪里。他觉得闷闷不乐，很想离开这一伙人。

因为谁也不注意他，而且他认为谁也不需要他，他就悄悄地走到吃茶点的小厅里。他又看到那几个茶房，觉得轻松多了。那个小个儿老茶房请他吃点东西，他同意了。列文吃了一客青豆牛肉饼，同那老茶房谈谈他以前的主人。他不愿回到那乏味的大厅里，就往旁听席走去。

旁听席上挤满了衣饰华丽的贵妇人，她们伏在栏杆上，竭力不漏掉下面说的每一句话。贵妇人旁边坐着和站着一些风度翩翩的律师、戴眼镜的中学教师与军官。到处都在议论选举的事，谈到首席贵族脸色多么憔悴，争论多么有趣。列文听见有人在称赞他的哥哥。一位贵妇人对律师说：

"我听见柯兹尼雪夫的演讲，真是太高兴了！即使饿着肚子也值得一听。漂亮极了！一切都讲得那么清楚明白！你们的法庭里没有一个说得像他那样好。只有马伊台尔还可以，但就是他的口才也差远了。"

列文在栏杆边上找到一个空位子，就伏在栏杆上观察和倾听。

贵族们全都按县份坐在各自的席位上。大厅中央站着一个穿制服的人，正在用尖细而响亮的声音宣布：

"现在表决骑兵上尉阿普赫金当首席贵族候选人！"

接着是一片死一般的寂静，然后听见一个老头儿有气无力的声音：

"没有人同意！"

"现在表决七等文官波尔当首席贵族候选人。"一个人宣布。

"没有人同意！"一个青年的尖嗓子叫道。

于是又从头来起，又是"没有人同意"。这样过了一小时光景。列文伏在栏杆上，一面观察，一面倾听。开头他觉得奇怪，想弄明白究竟是怎么一回事，后来相信这种事他是无法理解的，开始感到无聊。后来他想起他在人人脸上看到的那种激动和凶狠的神气，他又觉得悲哀。他决定离开这地方，就往楼下走去。在旁听席外的走廊里，他遇见一个来回踱步的垂头丧气、眼睛红肿的中学生。在楼梯上，他又遇见一对人：一个穿高跟鞋匆匆跑上楼来的贵妇人和一个轻浮的副检察官。

"我对您说过不会迟到的。"当列文闪在一旁给贵妇人让路时，那副检察官说。

当秘书抓住列文的时候，列文已经走到出口的楼梯上，正在背心口袋里掏着外套的号牌。"请您快些来，康斯坦京·德米特里奇，在选举了。"

正在表决那位坚决不肯当候选人的聂维多夫斯基。

列文走到大厅门口，门已经锁上了。秘书敲了敲门，门开了，两个面红耳赤的地主迎着列文溜出来。

“我受不了啦！”一个地主说。

紧接着露出了省首席贵族的脸。他的脸由于疲劳和恐惧显得很难看。

“我对你说过不要放任何人出去！”他斥责看门人。

“我是让人家进来，大人！”

“老天爷！”省首席贵族长叹一声，垂下头，无力地拖着他那穿白裤子的腿，向大厅中央的大桌旁走去。

果然不出所料，聂维多夫斯基得票最多，当选为省首席贵族。不少人喜笑颜开，不少人心满意足，不少人欢天喜地，但也有不少人垂头丧气，闷闷不乐。原来的省首席贵族掩饰不住内心的失望。当聂维多夫斯基离开大厅的时候，人群围住他，兴高采烈地紧跟着他，那情况就像第一天大家簇拥着致开幕词的省长，也像簇拥着上次当选的斯涅特科夫一样。

31

新当选的省首席贵族和获得胜利的新派中的许多人，当天晚上都在伏伦斯基的住处聚餐。

伏伦斯基来参加选举，是因为待在乡下觉得无聊，同时表明他在安娜面前仍享有自由行动的权利，再有是为了支持史维亚日斯基的竞选，报答史维亚日斯基为他在地方自治会选举上的奔走。而最重要的原因是要严格履行他所选定的贵族兼地主这个身份的全部义务。但他怎么也没有想到，选举这件事竟那么使他感兴趣，那么打动他的心，而他干这种事又是那么得心应手。在贵族圈子里，他是一个崭新的人物，但显然已获得成功，并且自信在贵族中间有一定的势力，这也是事实。他所以拥有这种势力是由于他拥有财富和爵位，由于他在城里拥有豪华的住宅——这是从事财政工作、在卡辛开有生意兴隆的银行的老朋友席尔科夫让给他的——以及由于他有一个从乡下带来的出色的厨子，再有就是由于他同省长（他是伏伦斯基的同学，又曾得到过伏伦斯基的庇护）交谊深厚，而最主要的是伏伦斯基平易近人，很快就使多数贵族改变成见，不再认为他高傲无礼了。伏伦斯基自己觉得，除了那个娶了吉娣的狂妄自大的家伙，无缘无故怀着疯狂的仇恨对他胡言乱语了一通以外，他所认识的贵族个个都支持他。他清楚地看到，别人也都承认，聂维多夫斯基的成功是借助于他的大力支持。这会儿，伏伦斯基坐在他举办的宴席上，庆祝聂维多夫斯基当选，感到很得意。他对选举这件事大感兴趣，竟想到三年后下届选举前他要是结了婚，就要参加竞选，好像一个骑师赢了一笔赌注以后，就想亲自参加赛马一样。

现在正在庆祝骑师的胜利。伏伦斯基坐在主位上，他的右首坐着年轻的省长——一位侍从将军。对大家来说，他是一省之主，他在选举大会上郑重其事地致了开幕词，正像伏伦斯基亲眼看见的，许多人对他卑躬屈节，肃然起敬。但对伏伦斯基来说，他还是小马斯洛夫 · 卡吉卡（他在贵胄军官学校里的绰号），他看见伏伦斯基便张皇失措，伏伦斯基却总是竭力给他鼓气。伏伦斯基左首坐着年少气盛、相貌阴险的聂维多夫斯基，伏伦斯基对他却坦率而有礼。

史维亚日斯基高高兴兴地接受了自己的失败。对他来说，这甚至不是什么失败，正像他举杯向聂维多夫斯基祝贺时说的那样，再也找不到比他更能代表贵族所应遵循的新方向的合适人选了。因此，他说，凡是正直的人都拥护今天的胜利并且感到庆幸。

奥勃朗斯基也很高兴，因为这几天过得很愉快。大家都感到满意。在丰盛的宴席上，大家又提到了选举中的种种插曲。史维亚日斯基滑稽地模仿前任首席贵族声泪俱下的讲话，并且对聂维多夫斯基说“阁下应该采取一种比眼泪复杂的审核基金的办法”。另一个爱说俏皮话的贵族说，前任首席贵族为了举行舞会，特地招聘了一批穿长袜的仆人，如今新任首席贵族要是不举行由穿长袜的仆人侍候的舞会，那就只好打发他们回家了。

在宴会中间，大家不断地称呼聂维多夫斯基“我们的省首席”“阁下”。

这种称呼使聂维多夫斯基心花怒放，好像人家把新娘称作“夫人”，并且对她用了夫家的姓一样。聂维多夫斯基装作无所谓，甚至蔑视这些称呼，不过显然很得意。他竭力克制感情，免得流露出在座全体自由主义新派人物所不欣赏的轻狂态度。

席间发了几份电报给关心这次选举的人。奥勃朗斯基兴致勃勃地发了一份电报给陶丽，全文是：“聂维多夫斯基以十二票优势当选。特此报喜。请转告。”他说：“要让他们高兴一下。”接着就口述了电文。不过，陶丽收到这份电报，只叹息又浪费了一个卢布的电报费，并且明白这又是宴会结束时的余兴节目。她知道斯基华一向有在宴会结束时“乱发电报”的毛病。

宴席上的食品，包括上等的菜肴和进口的各种美酒，都是名贵、纯粹和可口的。这一伙大约有二十个人，都是由史维亚日斯基从志同道合的自由主义新派人物中挑选出来的，个个都举止文雅，谈吐风趣。大家都半戏谑半认真地为新当选的首席贵族、为省长、为银行行长、为“我们亲切可爱的主人”的健康干杯。

伏伦斯基十分满意。他怎么也没有料到外省会有这样亲切的气氛。

到宴会结束时，大家越发欢畅了。省长邀请伏伦斯基参加义演音乐会，那是由省长夫人举办的，她又很想同伏伦斯基认识。

“那里要开个舞会，你可以看到我们的美人。那确实是很出色的。”

“我可是个门外汉。”[①] 伏伦斯基说了这句他很欣赏的英国话，微微一笑，但答应参加。

大家已经离开餐桌，开始抽烟。这时候伏伦斯基的侍仆端着放有一封信的托盘，走到他跟前。

“是专差从伏兹德维任斯克送来的。”他使了个眼色说。

“奇怪，他真像副检察官史文吉斯基。”当伏伦斯基皱着眉头看信的时候，有一位客人品评他的侍仆说。

信是安娜写来的。他没有看信，就知道内容了。他原以为选举五天就可以结束，因此答应星期五回家。今天是星期六了。他知道信的内容一准是责备他没有准时回去。他昨天晚上发出的信大概还没有送到。

信的内容果然不出他所料，但形式出乎意料，使他格外不愉快。“安妮病得很厉害，医生说可能是肺炎。我一个人手足无措。华尔华拉公爵小姐不会帮忙，反而碍事。我前天、昨天一直等你来，现在派人探问：你在哪里？你怎么啦？我本想亲自跑一趟，但知道你会不高兴的，因此改了主意。不论怎样给我写个回信，我好知道该怎么办。”

孩子病了，她却想亲自跑一趟。又是女儿生病，又是这样不客气的口气！

选举是这么欢欣愉快，而逼得他非回去不可的爱情却又是那么沉重难受，这两者竟形成这么强烈的对照，伏伦斯基不禁感到惊讶。可是不能不回去。于是他就搭下一班火车连夜赶回家。

伏伦斯基动身去参加选举以前，安娜想到他每次出门他们总要发生争吵，这样只会影响他对她的感情而不能系住他的心，就决定竭力克制自己的情绪，平静地忍受这次离别。但是，伏伦斯基来告诉她出门消息时那种冷淡而严厉的目光可伤了她的心。他还没有动身，安娜平静的心情就已被破坏了。

后来剩下一个人，她又反复琢磨他那种表示享有自由行动权利的目光，她照例感到屈辱。“他有权利什么时候走，就什么时候走；想去哪里，就去哪里。不但可以走，而且可以把我丢下。他享有一切权利，可我什么权利也没有。他明明知道这情况，就

---

① 原文为英语。

不应该这样做。不过，他究竟做了什么啦？……他用那么冷淡而严厉的目光瞧了瞧我。当然，他这种神气很难捉摸，但以前是没有的。他这目光包含着许多意思，”她想，“这目光表示他对我开始冷淡了。”

尽管她相信他对她开始冷淡了，她还是毫无办法，说什么也不能改变同他的关系。她还是像以前那样，只能用爱情和姿色来笼络他。也像以前那样，她白天用工作、夜里用吗啡来摆脱那种可能失宠的忧虑。不错，还有一个办法，不是去笼络他——别的她什么也不需要，她要的就是他的爱情——而是进一步密切同他的关系，使他无法抛弃她。这办法就是先离婚，再结婚。现在她愿意办手续了，并且下了决心，只要他或者斯基华一提出，她立刻同意。

安娜怀着这样的思想单独过了五天，也就是伏伦斯基预定去参加选举的五天。

散步，同华尔华拉小姐聊天，参观医院，主要是看书，一本又一本地看——她就这样消磨时间。但到了第六天，当车夫空车回来时，她觉得再也无法摆脱对他的思念，急于想知道他在那边做些什么。就在这时女儿病了。安娜亲自照顾她，但即使这样也不能使她分心，何况女儿的病并没有危险。不论安娜怎样勉强自己，也无法爱这个女孩，而她又不会装出爱女儿的样子。当天傍晚，安娜剩下一个人，为他惶惶不安，决定到城里去找他，但仔细考虑了一下，就改了主意，写了伏伦斯基收到的那封前后矛盾的信，写好后也没有再看一遍，就派人送去了。第二天早晨，安娜接到他的信，后悔自己不该写那封信。她担心又会看到他临走时向她投来的那种严厉目光，特别是当他知道女孩病情并不严重的时候。但她写了信给他，还是感到高兴。现在安娜心里已经肯定他讨厌她了。他恋恋不舍地放弃自由回家，但她看到他归来，还是很高兴。让他去讨厌吧，只要他能回到她身边，让她看着他，知道他的一举一动就好了。

安娜坐在客厅里，手里拿着丹纳[①]的新作在灯下阅读，同时倾听着门外的风声，时刻等待马车的来到。有好几次，她似乎听到了辘辘的车轮声，但每次都错了；最后她不仅听到了车轮声，而且听到了车夫的吆喝声和门廊下重浊的响声。就连正在独自摆牌阵的华尔华拉公爵小姐也证实了这一点。安娜立刻涨红了脸，站起来，但不像前两次那样下楼去，而是站住不动。她突然因为欺骗了他而害臊，但更担心的是不知他将怎样对待她。屈辱的感觉过去了，她现在害怕的只是他不高兴的神色。她想起女儿的病昨天就完全好了。她刚发出信，女儿的病就好了，她简直生起女儿的气来。然后

---

① 丹纳（1828—1893），法国文艺理论家、史学家、哲学家。主要著作有《英国文学史》《艺术哲学》《十九世纪法国哲学家研究》《论智力》等。

她想起了他，想起了他的手、他的眼睛、他整个的人。她听到他的声音。她忘记了一切，欢天喜地地跑下楼去迎接他。

“啊，安妮怎么样？”他望着向他跑来的安娜，在下面提心吊胆地问。

他坐在椅子上，一个仆人正在替他脱暖靴。

“没什么，她好一些了。”

“你呢？”他身子抖动了一下，说。

安娜双手抓住他的一只手，把它拉过来搭住她的腰，同时盯住他的眼睛。

“噢，那太好了。”伏伦斯基说，冷冷地打量着她，打量着她的发式和服装。他知道她是特地为他而打扮的。

这一切他都很欣赏，但已经欣赏过多少次了！这时他脸上又出现了她十分害怕的那种冷若冰霜的神色。

“噢，那太好了。那么你身体好吗？”他用手帕擦了擦潮湿的胡子，吻吻她的手说。

“不要紧，”她心里想，“只要他在这里就好了，他在这里就不会不爱我，不敢不爱我。”

他们同华尔华拉公爵小姐一起快快活活地度过了黄昏。华尔华拉公爵小姐抱怨说，他一走，害得安娜又服了吗啡。

“那有什么办法？我睡不着……一个人东想西想的。他在，我从来不吃。几乎从来不吃。”

伏伦斯基讲着选举的情况。安娜善于提问题引他谈到他最高兴的事——他的成功。她告诉他家里一切使他感兴趣的事。她讲的各种消息都是最令人高兴的。

深夜，当只剩下他们两人时，安娜看出她又完全控制了他的心，就想消除由那封信所造成的不愉快印象。她说：

“你倒坦白一下，收到我的信，你有没有气？你是不是不相信我了？”

话刚一出口，她就明白，不管他现在对她怎样满怀热情，这件事他可不会原谅她。

“是啊，”他说，“那封信真是太吓人了。一会儿说安妮病了，一会儿又说你要亲自来。”

“这一切都是实话。”

“我并没有怀疑。”

“不，你怀疑了。你不高兴了，我看得出来。”

“我一刻也没有怀疑过。我有点不高兴，这是真的，我不高兴的只是你不肯承认，我还有义务……”

“参加音乐会的义务……”

“好，我们不谈了。”他说。

“为什么不谈呢？”她说。

“我只是想说，有时候会遇到一些非办不可的事。譬如说，现在我为了房产的事要到莫斯科去一次……唔，安娜，你为什么这样容易生气？难道你不知道我没有你就活不成吗？”

“如果是这样，”安娜突然改变语气说，“那你是讨厌这种生活了……哼，你回来一天又要走了，就要那些……”

“安娜，你太不讲道理了。我愿意献出整个生命……”

但是她不听他的话。

“要是你去莫斯科，那我也去。我不愿一个人留在这里。我们要么分手，要么生活在一起。”

“你要知道，这就是我唯一的愿望。但为了这个……”

“必须离婚，是吗？我来写信给他。我再也不能这样过下去了……不过，我要同你一起去莫斯科。”

“你这简直是在威胁我。其实，我要同你永远不分离，我没有比这更大的愿望了。”伏伦斯基微笑着说。

不过，他嘴里说着这样温柔的话，眼睛里却闪出又冷又凶的目光，就像一个被逼得走投无路、不顾死活的人。

她看到这目光，正确地猜到了它的含义。

“如果这样，那可太不幸了！”他的目光似乎在这样说。这只是一刹那的印象，但她却永远不会忘记。

安娜写了一封信给丈夫，要求离婚。十一月底，她同要到彼得堡去的华尔华拉公爵小姐分了手，和伏伦斯基一起迁居莫斯科。现在，他们一面天天等待卡列宁的回信，好接着办离婚手续，一面像正式夫妻那样定居下来。

第七部

1

列文夫妇在莫斯科已经住了两个多月。根据有经验的人的可靠计算，吉娣的预产期已经过了，但还没有分娩，也没有任何征象表明现在比两个月前更接近产期。医生也罢，产婆也罢，陶丽也罢，母亲也罢，特别是一想到分娩临近就胆战心惊的列文，都开始感到焦虑；只有吉娣自己觉得十分平静和幸福。

她现在清楚地意识到，内心产生了一种对未来的——对她来说多少已是现实的——婴儿的爱，并且快乐地体味着这种新奇的感情。这婴儿已不是她身体的一部分，有时已开始独立生活。她因此觉得苦恼，同时又为这种新奇的快乐，简直要笑出声来。

她喜爱的人，个个都在她身边，个个都待她很亲切，个个都十分体贴她，处处都使她称心满意，因此，要是她知道这一切不久都将结束，她也不会想望更美好的生活了。使她感到美中不足的是，丈夫不像她以前所爱的那样，不像在乡下那样了。

在乡下，吉娣爱他那种亲切温和、殷勤好客的风度。在城里，他总是显得惶惶不安，仿佛怕人家欺负他，尤其是怕欺负吉娣。在乡下，列文感到得其所哉，不用紧张地赶时间，但也从来没有空闲。在城里，他总是匆匆忙忙，唯恐错过什么，但其实无所事事。吉娣觉得他很可怜。她知道，在别人看来他并不可怜，正好相反，在交际场中——就像一般女人有时观察心爱的人那样，故意冷眼旁观，以便看出他给人什么印象——她甚至带着妒意察觉到，他不仅并不可怜，而且由于他那良好的教养，对待妇女略带拘谨、腼腆而文雅的态度，他那强壮的体格，特别是她觉得他那富有表情的脸，他简直是十分迷人的。不过，她不是看他的外表，而是看他的内心。她看出他在这里有点反常，但不懂是什么原因。有时她在心里责怪他不会在城里过日子，有时又承认，他确实很难在城里把生活安排得使她满意。

真的，他有什么办法呢？他不爱打牌，也不上俱乐部。同奥勃朗斯基那样的男人一起过花天酒地的生活，她现在可知道是怎么一回事……那就是狂饮滥喝，然后到哪儿去寻欢作乐。她一想到男人们在这种时候会到什么地方去，就感到不寒而栗。叫他去交际场所吗？她知道，那里只有同年轻女人接近才有乐趣，可她又不愿他这样。叫他同她、同母亲和姐妹们一起坐在家里吗？可是，不管那种“东家长西家短”的谈话——老公爵这样称呼她们姐妹之间的谈话——她觉得多么有趣，对他来说毕竟是索然无味的。这样，他还有什么事可做呢？继续写他的书吗？他也这样试过，还为写作到图书馆去搜集过资料，但正如他所说的那样，越没有事做，时间就越少。他还向她诉苦，关于他的著作这里谈得太多了，反而搞乱他的思想，损害他的兴致。

城市生活的唯一优点是，他们俩一次也没有吵过嘴。不知是由于城市的生活环境不同呢，还是由于他们在这方面都变得更谨慎理智了，总之，他们在莫斯科没有因妒忌而吵过嘴。这一点，他们刚来的时候是很担心的。

这方面还发生过一件对两人来说都非同小可的事，就是吉娣同伏伦斯基的见面。

吉娣的教母，上了年纪的玛丽雅·波里索夫娜公爵夫人，一向很钟爱吉娣，一定要看看她。吉娣由于怀孕哪儿也不去，但这次也只得随着父亲去拜访这位德高望重的老夫人，结果就在这位老夫人那里遇见了伏伦斯基。

吉娣的教母，上了年纪的玛丽雅·波里索夫娜公爵夫人。

这次见面，吉娣唯一可以自责的是，当她一认出原来很熟识的穿便服的人时，顿时呼吸急促，血往心脏里直涌，还感觉到脸涨得通红。但这种情况只持续了几秒钟。父亲故意提高嗓子同伏伦斯基攀谈，使吉娣不等他们谈话完毕，就作好精神准备，可以落落大方地面对伏伦斯基，必要时还可以平心静气地同他谈话，就像同玛丽雅·波里索夫娜公爵夫人谈话一样。不过，最重要的是她的一举一动，包括最细微的语气和笑容，都能得到丈夫的赞许——她仿佛觉得丈夫此刻就在身边。

吉娣同伏伦斯基谈了几句话。他把选举戏称为“我们的国会”。吉娣听了甚至平静地笑了一笑（这时一定要微微一笑，表示她懂得这个玩笑），但接着她就向玛丽雅·波里索夫娜公爵夫人转过身去，再也不看他一眼，直到他起身告别。这时，她才对他瞧了瞧，但显然只是因为人家向她鞠躬告别，不瞧瞧他是失礼的。

她很感激父亲，因为父亲在她面前只字不提这次同伏伦斯基的邂逅。但她看出，从此以后，在日常散步的时候，父亲待她特别亲切，说明对她的行为是满意的。她对自己也很满意。她怎么也没有想到，居然有力量把自己对伏伦斯基的旧情全部禁锢在心里，在他面前显得落落大方，镇定自若。

她告诉列文在玛丽雅·波里索夫娜公爵夫人家遇见伏伦斯基，列文听了脸涨得比她更红。要把这事告诉他，她觉得很难启齿；要讲述这次见面的细节，那就更加狼狈，因为他虽没向她提什么问题，却一直皱着眉头盯住她。

“可惜你当时不在。”吉娣说。“不是说你不在房间里……要是你在场，我就不会那么自然了……我现在的脸比那时要红得多，红得多了，”她说这话时脸红得简直要掉眼泪，“可惜你没在门缝里张望。”

她那双真诚的眼睛使列文相信，她对自己的行为是满意的。他虽然看到她脸红，但立刻放心了，开始向她询问她愿意讲的情况。列文知道了详细经过，甚至知道，在开头一刹那她情不自禁地涨红了脸，但接着就像萍水相逢一样若无其事；他十分高兴，对吉娣的态度很满意。他说以后再不会像选举大会上那样鲁莽行事，下次再遇见伏伦斯基，一定待他客客气气。

“以前我想到世界上有个莫须有的对头，心里就觉得难受，”列文说，“如今可高兴了，十分高兴了。”

2

“那你就去看望一下保尔夫妇吧！”十一点钟，列文出门前进来看吉娣，吉娣对他说，“我知道你要在俱乐部吃晚饭，爸爸已给你预定好了。上午你打算做些什么呢？”

“我只想去看看卡塔瓦索夫。”列文回答。

“怎么这样早就去？”

“他答应给我介绍梅特罗夫。我很想同他谈谈我的著作，他是彼得堡有名的学者。”列文说。

“噢，你上次大为称赞的就是他的文章吧？嗯，那么以后呢？”吉娣问。

“可能还要到法院去一下，为了我姐姐的事。”

“那么，音乐会去不去？”吉娣问。

“嗐，我一个人去有什么意思！”

“不，你去一下，那边要演奏一些新作……你一向很感兴趣。要是换了我，一定去。”

“嗯，无论如何晚饭前我一定回家。”列文看看表说。

“那你穿上礼服，好直接去拜访保尔伯爵夫人。”

“非去不可吗？”

“啊呀，非去不可！她来拜访过我们。那又费得了你什么事？你拐过去坐一会儿，谈上五分钟天气什么的，就走好了。”

“唉，不瞒你说，这一套我已经不习惯了，我觉得别扭。这算什么呢？一个人陌陌生生地跑去，无缘无故坐上一会儿，既打扰人家，又挺不自在，坐这么一会儿又走了。”

吉娣笑了。

“你单身的时候不也常去拜访人家吗？”

“拜访过，但总觉得别扭，如今可完全不习惯了。说实在的，我宁可两天不吃饭，也不愿去做这样的访问。真别扭！我总觉得人家会恼火，会说：‘你没有事跑来干什么？’”

“不，人家不会恼火的。我可以向你担保。”吉娣笑盈盈地盯着他的脸说，她拉住他的手，“嗯，再见……你就去一下吧。”

他吻了吻妻子的手，刚要走，她却把他拦住了。

“康斯坦京，告诉你，我手头只有五十卢布了。”

“噢，那我到银行里去取。要多少？”列文现出那种她熟悉的不高兴神气说。

“不，你等一下，”吉娣拉住他的手说，“我们来谈一谈，这事使我发愁。我好像并没有什么浪费，可是钱就像水一样流走了。我们总有什么地方安排得不得当。”

“一点也没有。”列文咳清喉咙，皱起眉头瞧着她说。

她懂得这种咳嗽的意思。这表示他非常不高兴，不是对她，是对他自己。他确实很不高兴，倒不是因为钱花得太多，而是因为想起一件他明知不对却想忘却的事。

“我吩咐过索科洛夫卖掉小麦，把磨坊的租金先收一收。钱会有的。”

“不，可我总担心花得太多了……”

“一点也不多，一点也不多。”列文一再说，“嗯，再见了，我的心肝。”

“不，说实话，我有时后悔不该听妈的话。我们要是留在乡下多好！这会儿可把你们都害苦了，钱又花得……”

“一点也不，一点也不。自从结婚以来，我从没说过希望比现在过得更好这一类话……”

“真的吗？”吉娣瞧着他的眼睛说。

列文说这话根本没有经过考虑，只是随口安慰安慰她罢了。但当他对她望了望，看见她那双恳切的可爱的眼睛询问地盯着他时，他又诚心诚意地重复了一遍。“我压根儿把她给忘了。”他心里想。于是他想起了不久即将发生的事。

“那么快了吗？你自己觉得怎么样？”列文握住她的双手，低声问。

“我原来想得太多，现在反而不想了，也不知道究竟怎样。”

“你不害怕吗？”

吉娣轻蔑地微微一笑。

“一点儿也不。”她说。

“万一有什么事，可以到卡塔瓦索夫家来找我。”

“不，不会有什么事的，你放心好了。我同爸爸到林荫道上去散一回步。我们要到陶丽家去看看。晚饭前等你回来。哦，对了！你知道吗？陶丽的情况简直糟透了。她一身是债，一个钱也没有。我们昨天跟妈妈和阿尔谢尼（她这样称呼她的姐夫李伏夫）谈过了，决定让你同他去教训教训斯基华。简直太不像话了。这事可不能告诉爸爸……但要是你和他……”

“可是，我们有什么办法呢？”列文说。

“不论怎么说，你到阿尔谢尼家去同他谈谈，他会把我们的决定告诉你的。”

“好，阿尔谢尼的意见我都能同意。我会拐到他那里去的。还有，要是赴音乐会，那我就同娜塔丽雅一起去。好，再见。”

在大门口的台阶上，列文的老仆顾士玛——结婚前侍候过他，目前在管理他城里的产业——把他拦住了。

“美人儿（从乡下带来的左辕马）换了马掌，可是走起来还是一跛一跛的，”顾士玛说，“您说怎么办？”

刚到莫斯科的时候，列文很关心乡下带来的几匹马。他想把这事尽可能安排得好些，钱花得少些。哪里知道用自己的马比租马更贵，他们还得雇马车坐。

“去请一位兽医来，说不定是挫伤。”

“嗯，那么卡吉琳娜·阿历山德罗夫娜怎么办？”顾士玛问。

据说，雇一辆双马大轿车，从城市这一头到那一头，在融雪的泥地里跑四分之一里，中间停留四小时，就得五个卢布。对这种情况，列文现在已经不像初到莫斯科时那样感到吃惊。现在他已经习惯了。

“叫车夫租两匹马来，套上我们自己的车。”列文说。

“是，老爷。”

就这样多亏城市生活的便利，列文轻而易举地解决了在乡下不知要花费多少手脚的麻烦事，走到大门口，喊了一辆马车，向尼基塔街驶去。一路上他不再想到钱的问题，却考虑怎样同彼得堡一位社会学家见面，同他谈谈自己的著作。

只有刚到莫斯科的时候，乡下人所无法理解的种种开支——既是非生产性的，又是不可避免的——使列文大为惊奇。现在他已经习惯了。他的情况就像俗话说的醉汉那样：“第一杯像木头梗喉咙，第二杯像老鹰升天空，第三杯以后像小鸟飞西又飞东。”当列文兑开一张一百卢布钞票让仆人和门房购买制服时，他不由得计算了一下。这些毫无意义但又必不可省（他只是暗示了一下这种制服并没有必要，公爵夫人和吉娣就十分惊讶）的制服，抵得上整个夏季雇两个工人的代价，也就是说从复活节到四旬斋之间的三百个劳动日，而且每天从早到晚都干重活，因此花这一百卢布钞票，就同喝第一杯酒一样难受。但是兑开第二张一百卢布钞票——为了请亲戚吃饭，买了二十八卢布的酒菜——虽然也使列文想到，二十八卢布等于农民千辛万苦刈割、捆扎、脱粒、簸扬，包装好的九石[①]燕麦的代价，但毕竟要容易些了。如今兑散一张钞票早已不假思索，轻松得真像小鸟飞西又飞东了。花钱换来的乐趣是不是抵得上挣钱付出的劳动，也早就不再计较。某种谷物卖出去不能低于某种价格，这样的经济核算也被置诸脑后。长期以来他咬定价格的黑麦，每石也比一个月前少卖了五十戈比。照这样过下去，过不了一年就非负债不可——就连这样的盘算也起不了什么作用。只要银行里有存款，也不必问是从哪里来的，只要明天有钱买牛肉就行。他至少保持这样的观念：他在银行里总有钱存着。如今银行里的钱用光了，他又不知道到哪里去弄钱。因此，当吉娣提到钱的时候，他刹

① 这里指俄石，1俄石等于209.91升。

那间感到很烦恼，但他没有工夫考虑这问题。他一路上只是想着卡塔瓦索夫和即将同梅特罗夫见面的事。

3

列文这次来莫斯科，同大学里的老同学、结婚后还未见过面的卡塔瓦索夫教授往还密切。卡塔瓦索夫使列文喜欢的是他朴实明朗的世界观。列文认为卡塔瓦索夫的世界观明朗是由于他智力贫乏，卡塔瓦索夫则认为列文思想矛盾是由于他的头脑缺乏锻炼；但是列文喜欢卡塔瓦索夫的开朗，卡塔瓦索夫也喜欢列文丰富而纯朴的思想。因此他们愿意常常见面，争论一番。

列文曾把自己著作中的几段念给卡塔瓦索夫听，卡塔瓦索夫很喜欢。昨天卡塔瓦索夫在演讲会上遇见列文，告诉他大名鼎鼎的梅特罗夫——列文很喜欢他的文章——目前在莫斯科，卡塔瓦索夫同他谈起过列文的著作，他很感兴趣。梅特罗夫明天十一点钟将去他家，卡塔瓦索夫很愿意替列文介绍一下。

"您确实大有进步，老弟，我很高兴！"卡塔瓦索夫在小客厅里遇见列文说，"我听见门铃声，心里想，他不会准时到的……您说，黑山人怎么样？他们是天生的军人。"

"您问这个干什么？"列文问。

卡塔瓦索夫给他扼要讲了最新消息。接着走进书房，他把列文介绍给一个身材矮壮、模样可爱的人。这就是梅特罗夫。他们谈了一会儿时事，谈到彼得堡上层对一些时事的看法。梅特罗夫转述可靠方面传来的意见，据说那是沙皇和某位大臣的话。卡塔瓦索夫也从可靠方面听到沙皇的意见，说法却截然不同。列文竭力捉摸，这两种意见哪一种可能性大。这个问题谈到这里就结束了。

"您瞧，他几乎完成了一部论述劳动者同土地关系的著作，"卡塔瓦索夫说，"我不是专家，但我作为一个自然科学家觉得很高兴，因为他没有把人类看作超然于动物学规律之外的东西，恰恰相反，他认为人类受环境支配，并且在这种从属关系中探索发展的规律。"

"这倒挺有意思！"梅特罗夫说。

"我在写一部有关农业的著作，我研究了一下农业的主要手段——劳动者，"列文涨红了脸说，"却得出了完全意想不到的结论。"

列文像摸索道路一般开始小心翼翼地阐述他的观点。他知道梅特罗夫写了一篇文章反对流行的政治经济学，但列文不知道他对自己的新观点能支持到什么程度，也无法从这位学者沉着聪明的脸色上看出来。

“但您究竟从哪方面看出俄国劳动者的特点呢？”梅特罗夫说，“从动物的本性呢，还是从所处的环境？”

列文觉得提这样的问题就是表示不同意他的观点，但他仍继续阐述他的想法，认为俄国人民对土地的看法与其他民族截然不同。为了说明这个论点，他连忙补充说，俄国人民这种观点是由于他们认识到，他们有义务移居到荒无人烟的辽阔的东方去。

“要就人民的共同义务下一个结论，是很容易误入歧途的，”梅特罗夫打断列文的话说，“劳动者的状况总是由他同土地和资本的关系决定的。”

梅特罗夫不让列文把想法说完，就向他阐述自己学说的特点。

梅特罗夫学说究竟有什么特点，列文并不了解，他没有用心去思考。他认为梅特罗夫也像其他学者一样，虽然在文章中批驳一般经济学理论，但还是从资本、工资和地租的观点来看俄国劳动者的状况。虽然他不得不承认，在俄国面积最大的东部，基本上还没有实行地租制；对八千万俄国人口中的十分之九来说，工资只够勉强维持自己的生活；资本除了最原始的工具以外还不存在——他却只从这个观点来看待一切劳动者，尽管他有许多地方不同意一般经济学家的观点，并有他自己的新工资理论，也就是此刻他向列文阐述的那些观点。

列文勉强听着，开始还表示些不同意见。他很想打断梅特罗夫的话，说说自己的观点，来证明梅特罗夫继续阐述是多余的。后来，他觉得他们的意见太分歧，不可能相互了解，就不再反驳，只是听听罢了。他对梅特罗夫的观点虽然毫无兴趣，但仍高兴地听着。

这样一位有学问的人，居然甘愿详细向他说明自己的观点，并且认为列文在这方面懂得很多，有时只要暗示一下就能把整个问题说清楚。这使列文的自尊心得到了满足。他满以为这是人家特别看得起他，殊不知梅特罗夫已同他的知己朋友们反复谈了不知多少次，因此特别高兴同每个陌生人谈这个题目，其实他同谁都高兴谈谈他正在研究但自己还不清楚的问题。

“我们恐怕要迟到了。”卡塔瓦索夫等梅特罗夫一结束长篇大论，看了看表说。

“是的，今天业余爱好者协会要纪念斯文基奇学术活动五十周年，”卡塔瓦索夫回答列文说，“我约好同彼得·伊凡诺奇（梅特罗夫）一起去。我答应宣读一篇论文，来介绍他的动物学著作。您同我们一起去吧，挺有意思的。”

梅特罗夫……向他阐述自己学说的特点。

“真的，是时候了，”梅特罗夫说，“要是方便，您跟我们一起去吧，请您到舍间去坐坐。我很想听听您的大作呢。”

“不，不行。还没有写完。不过，我很高兴去参加纪念会。”

“哦，老兄，您听说了吗？我写了一份个人意见送上去了。”卡塔瓦索夫在另一个房里穿礼服，说。

大家开始谈论大学的问题。

有关大学问题的争论，是今冬莫斯科的一件大事。委员会里的三位老教授拒不接受青年教授的意见，青年教授就单独提出了一份建议。这个建议，一部分人认为是荒唐的，另一部分人却认为是合理的。于是教授分成了两派。

卡塔瓦索夫一派认为对方有告密和欺诈的卑劣行为；另一派则认为对方幼稚无知，不尊重权威。列文虽不在大学工作，但他来到莫斯科后就听到和谈论过这件事，并且有他自己的见解。到那所古老大学的一路上，他们一直谈论着这件事，列文也参加了谈话。

会议已经开始了。在卡塔瓦索夫和梅特罗夫就座的铺着桌布的主席台上坐着六个人，其中一个正低着头凑近稿纸，念着什么。列文在主席台旁的空位子上坐下来，低声问旁边一个大学生，那人在念什么。那个大学生不高兴地打量了一下列文，说：“传记。”

列文对那位科学家的传记并不感兴趣，但他不由自主地听着，并且知道了这位著名科学家生平的一些趣闻逸事。

等传记宣读完毕，主席向宣读者道了谢，又朗诵了诗人孟特专门寄来的贺诗，并对那位诗人表示谢意。然后卡塔瓦索夫用他响亮而尖细的声音宣读了他自己评介这位科学家著作的文章。

等卡塔瓦索夫读完，列文看了看表，才知道已经一点多了。在赴音乐会前给梅特罗夫念自己的著作已经来不及，再说他现在也没有这个兴致。他一面听人家宣读论文，一面在思索刚才的谈话。他恍然大悟，觉得就算梅特罗夫的想法有意思，他自己的想法也有道理，这两种思想只有分头进行研究，才能弄个明白，得出结论。要是混淆两种思想，那就不会有什么结果。列文决定辞谢梅特罗夫的邀请，于是等会议一结束，就走到他跟前。梅特罗夫正在同主席谈论时事，就把列文介绍给他。梅特罗夫顺便对主席说了他对列文说过的话，列文也发表了今天早晨发表过的意见，但为了换个方式，他讲了刚想到的新意见。随后他们又谈到大学问题。因为这一套列文都已听过了，他就对梅特罗夫说，他很抱歉，不能接受他的邀请，接着同大家点头告别，坐车到李伏夫家去了。

4

李伏夫是吉娣姐姐娜塔丽雅的丈夫，长期待在国外，大部分时间是在各国首都度过的。他在那里受教育，又在那里任外交官。

去年他辞去外交官职务，并非由于什么不愉快的事（他从没同人家闹过纠纷），而是调到莫斯科御前侍从厅，这样就可以让他的两个儿子受到最好的教育。

尽管他们的习惯和观点截然不同，李伏夫比列文的年纪也要大好几岁，这个冬天他们却过得很投契，很友好。

李伏夫在家，列文不经通报就进去了。

李伏夫身穿一件束腰带的便服，脚蹬一双半筒麂皮靴，戴一副蓝玻璃夹鼻眼镜，坐在安乐椅上读着一本摆在面前读书台上的书。他那只好看的手夹着一支烧掉一半的雪茄，小心地伸得离开身子远远的。

他一看见列文，他那张还相当年轻俊美、在银光闪闪的鬈发衬托下显得格外有威仪的脸现出了笑容。

“太好了！我正要派人到您那里去呢。哦，吉娣怎么样？这里坐，舒服点儿……”他站起来，挪了挪摇椅。“您看到最近一期《圣彼得堡杂志》吗？我觉得很精彩。”他带着一点法国腔说。

列文把从卡塔瓦索夫那里听来的彼得堡人们的言论讲了讲，又谈了些时事，还讲了他同梅特罗夫的认识和出席会议的情况。李伏夫对这些都很感兴趣。

“啊，我真羡慕您，您能进入这有趣的学术界。”李伏夫说。他谈得一起劲，照例就改用他讲得更流利的法语。“我没有空，这是事实。处理公务和教育孩子占掉了我的全部时间，再有，说出来我也不怕难为情，我的教养太差了。”

“我倒不这样看。”列文笑眯眯地说，对李伏夫这种不是做作，也不是有意装得谦逊，而是完全出于真诚的虚心，觉得很感动。

“嗯，的确是这样！我现在觉得我受的教育太少了。为了教育孩子，我甚至得温习功课，简直得重新学习。因为不仅需要教师，还需要督学，就像您搞农业既需要劳动者又需要监工一样。您看我在读这个，”李伏夫指指读书台上的布斯拉耶夫语法课本说，“他们要米沙学，可是难得很……来，您给我解释解释。这里说到……”

列文说这无法解释，只能靠死记，可是李伏夫不同意他的意见。

“嗳，您这是在笑话我！”

“正好相反，不瞒您说，我一看到您，就考虑到摆在我面前的任务——将来怎样教育孩子。”

“嗐，这又没有什么好学习的。”李伏夫说。

“我只知道，”列文说，“我没看见过比您的孩子更有教养的孩子，也不希望有比他们更好的孩子。”

李伏夫显然竭力克制着高兴的心情，但脸上还是洋溢出笑意。

“但愿他们比我强。我的希望不过如此。您真不知道，”李伏夫说，“对付像我那两个在国外放纵惯了的孩子有多费力。”

“这些都可以弥补。他们都是很有天分的孩子。最重要的是品德教育。我看到您的孩子，就有这样的想法。”

“说到品德教育，您真不能想象，这事有多难！您刚刚克服这种毛病，那种毛病又冒了出来，又得抓紧教育。要不是借助宗教——您记得我们以前谈过这事——做父亲的光靠自己的力量，谁也无法教育孩子。”

列文很感兴趣的这场谈话，被打扮好准备出门的美人娜塔丽雅闯进来打断了。

“嘿，我不知道您来了。”娜塔丽雅说，对打断这种她早就熟悉并且觉得无聊的谈话，不但不道歉，反而高兴。“哦，吉娣怎么样？我今天要到你们家去吃饭。我说，阿尔谢尼，”她对丈夫说，“你坐轿车去吧……”

于是夫妇两人开始商量一天的活动。丈夫因公事得去会见一个人，而妻子要赴音乐会，参加东南委员会的大会。总之，他们有许多事要商量并作出决定。列文既是自己人，也应该参与这种商量。最后决定，列文同娜塔丽雅一起乘车去参加音乐会和大会，从那里打发马车到办公室去接李伏夫。然后他再去接妻子，把她送到吉娣家。要是他还没有办完公事，那就派马车来，让列文送她去。

“你瞧，他对我过奖了，”李伏夫对妻子说，“他硬说我们的孩子好，可我看到他们身上的缺点真不少。”

“阿尔谢尼总是走极端，我一向这么说，”妻子说，“要是追求十全十美，那就永远不会满足。爸爸说得对，他们教养我们的时候走了极端，把我们关在阁楼里，自己住正房；现在正好相反，做父母的住贮藏室，孩子们倒住正房。如今做父母的不用活了，什么都为了孩子。”

“要是愿意，那又有什么呢？”李伏夫露出可爱的微笑，摸摸她的手说，“不认识你的人还以为你不是亲娘，而是后妈呢。”

“不，走极端总是不好的。”娜塔丽雅一面镇定地说，一面把裁纸刀放回桌上原来的地方。

“啊，过来吧，十全十美的孩子。”李伏夫对走进来的两个漂亮男孩说。他们向列文行了个礼，走到父亲跟前，显然想问他什么事。

列文很想同他们谈谈，听听他们对父亲说些什么，但是娜塔丽雅同他说起话来，同时李伏夫的同事马霍京，穿着一身御前侍从服，来接李伏夫一起去会见什么人。他们就滔滔不绝地谈论赫尔采戈文、柯尔静斯卡雅公爵夫人、议会，以及阿普拉克辛娜伯爵夫人的暴卒。

列文把交给他的使命忘记了。他走到前厅才想起来。

“哦，吉娣嘱咐我同您谈谈奥勃朗斯基的事。”当李伏夫站在楼梯上送妻子和列文出门的时候，列文说。

“是的，是的，妈妈要我们两个连襟教训教训他，”李伏夫涨红了脸，笑着说，“可是为什么要我去呢？”

“那就由我去教训他吧，”娜塔丽雅披了一件雪白的斗篷，等他们谈完话，笑眯眯地说，“来，我们走吧。”

5

上午的音乐会演出了两个精彩节目。

一个是《荒野里的李尔王》幻想曲[①]，另一个是纪念巴赫的四重奏。这两个都是新作，具有新风格，列文很想对它们作出评价。他把姨姐送到她的座位上，自己就站在一根圆柱旁，聚精会神，用心细听。他望着系白领带的乐队指挥双手的挥舞——这总是分散人们对音乐的注意，叫人讨厌——望着那些为了来赴音乐会戴上帽子却把帽带结在耳朵上的太太，以及那些或者对什么都无动于衷或者对什么都感兴趣，唯独对音乐不感兴趣的人。他望着这些，竭力不分散自己的注意力，不破坏音乐给他的印象。同时他竭力避开音乐行家和饶舌的人，站在那里俯视舞台，用心听着。

他越往下听《李尔王》幻想曲，越觉得难以形成明确的概念。乐曲不断重复开头部分，仿佛在积聚某种感情，用音乐来表现，但接着又分裂开来，变成许多支离破碎的乐句，有时甚至变成作曲者随心所欲创作出来的毫无联系的复杂声音。这种支离破碎的乐句，即使有时还不错，但听来也很不舒服，因为都是突如其来，使人毫无精神准备。欢乐也好，悲哀也好，绝望也好，柔情也好，高兴也好，都是无缘无故出现的，像疯子一样。而且，也像疯子一样，这种种感情又突然消逝了。

在演奏过程中，列文一直觉得好像聋子在看跳舞。乐曲演奏完毕，他觉得简直莫名其妙，由于注意力过分集中反而毫无所得，只感到特别疲劳。四面八方响起了雷鸣般的掌声。只听见人们纷纷起立，开始走动，说话。列文想听听别人的意见，好解答自己的疑问，就去找寻行家。他看见一位著名音乐家正在同他熟识的彼斯卓夫谈话，感到很高兴。

“太妙了！”彼斯卓夫用深沉的低音说，“啊，您好，康斯坦京·德米特里奇。我觉得特别生动明快、色彩丰富的，就是科苔莉雅的来临，这女人，这位永恒的女性[②]，同命运展开了搏斗。您说是不是？”

“怎么会出现科苔莉雅呢？”列文怯生生地问，完全忘记了幻想曲是描写荒野里的李尔王的。

“有科苔莉雅的……你看！”彼斯卓夫说，手指弹了弹那份像缎子一样光滑的节目单，把它递给列文。

---

① 俄国作曲家 A.M. 瓦拉基列夫的音乐组曲《李尔王》中的一支插曲。

② 原文为德语。

这时列文才想起幻想曲的标题，连忙念了念节目单背面印着的译成俄文的莎士比亚诗句。

“不看这个就听不懂了。”彼斯卓夫对列文说，因为那位著名音乐家已经走开了，他没有谈伴了。

幕间休息时，列文同彼斯卓夫争论起瓦格纳[①]乐派的优缺点来。列文认为瓦格纳和他门生们的错误，就在于企图把音乐引到其他艺术领域，这就同诗企图描写应该由图画来描绘的形象一样。为了说明这种谬误，他举了一个雕塑家作为例子。这位雕塑家企图在诗人塑像的大理石台座上雕刻出诗的形象的阴影。“雕塑家手下的阴影简直不像阴影，它仿佛缠绕在梯子上。”列文说。他很欣赏这句话，但他不记得以前有没有说过，更不记得有没有对彼斯卓夫说过。他说了这句话，觉得很不好意思。

彼斯卓夫则认为艺术是统一的，只有把各种艺术糅合在一起，才能达到最高境界。

音乐会的第二个节目列文就听不下去了。彼斯卓夫站在他旁边，几乎不停地同他说话，批判这个乐曲过分追求形式的朴素，把它比作拉斐尔前派的绘画。离开音乐会的时候，列文又遇到许多熟人。他同他们谈论政治，谈论音乐，也谈论共同的朋友；他也遇到了保尔伯爵，可是他把访问保尔伯爵的事忘记得一干二净。

“好，那您现在就去吧，”娜塔丽雅对他说，因为他对她讲过这事，“也许他们不接见您，那么您就到会场里来找我。您可以在那里找到我。”

6

“也许现在不见客吧？”列文走进保尔伯爵夫人的大门问。

“见的，请进来。”门房说着，随即毫不犹豫地帮他脱下外套。

“真倒霉！”列文叹着气，脱下一只手套，整了整帽子，暗自想，“唉，我来做什么？嗨，我同他们有什么好谈的？”

列文穿过前客厅，在客厅门口遇见保尔伯爵夫人。她正板着脸，心事重重地对女仆吩咐着什么。她一看见列文，微微一笑，请他到隔壁小客厅里坐——那里有说话声传来。在小客厅里，伯爵夫人的两个女儿和列文认识的一位莫斯科上校坐在安乐椅上。列文走过去，同他们打了招呼，在长沙发旁坐下来，把帽子搁在膝盖上。

---

① 瓦格纳（1813—1883），德国著名作曲家、文学家。主要作品有管弦乐《浮士德序曲》，歌剧《黎恩济》《漂泊的荷兰人》《汤豪舍》《罗恩格林》等。

“夫人身体好吗？您去听音乐了没有？我们没能去。妈妈参加丧事去了。”

“是的，我听说了……真没想到这么快！”列文说。

伯爵夫人走过来，坐到沙发上，也问了问他妻子的健康，打听了一下音乐会的情况。

列文回答了她，又一次问起阿普拉克辛娜的暴卒。

“她的身体一向很弱。”

“您昨晚去听歌剧了吗？”

“去了。”

“露卡唱得太漂亮了。”

“是的，漂亮极了！”列文重复大家对这位歌星才华的赞词，根本不考虑人家对他会有什么想法。保尔伯爵夫人装出在听的样子。等到列文说够了，不再作声了，一直保持沉默的上校才开口。上校也说了些有关歌剧和歌剧院灯光之类的事。最后，他谈到即将在玖林家举行的狂欢节舞会，笑呵呵地站起身来走了。列文也站了起来，但他从伯爵夫人脸色上看出，还没有到走的时候，还得再待两分钟。他又坐下了。

但他一直觉得十分无聊，再也想不出话题，只好不作声。

“您不去参加大会吗？据说很有意思呢。”伯爵夫人开口了。

“不，我答应去接我的姨姐。”列文说。

接着出现了冷场。母女俩又交换了一下眼色。

“哦，看来现在是时候了。”列文想了想站起来。太太们同他握手，再三要他向夫人致意。

门房一边帮他穿外套，一边问：

“请问老爷哪里下榻？”接着就把他的住址登记到一个装帧精美的大本子里。

“当然，我倒没什么，但是多么可耻，多么无聊哇！”列文心里想，拿大家都这样干的想法聊以自慰。接着他就到大会场上去，好在那里找到姨姐，把她接回家。

参加委员会公开大会的人很多，上流社会的人几乎都到了。列文正好赶上被公认为非常精彩的时事述评。等到述评结束，人们三五成群，聚集在一起。列文遇见史维亚日斯基。史维亚日斯基请他今晚一定去参加农业会议，那里将宣读一份精彩报告，他还遇见刚从赛马场回来的奥勃朗斯基和其他许多熟人。列文又同人谈到大会、新的乐曲和公审等事，听到各种意见。大概由于他精神上过分疲劳，在谈到公审时说错了话，事后想起一直很懊悔。大家还谈到一个外国人在俄国受处分的事，都认为把他驱逐出境是不妥当的，列文就把昨天从朋友那里听来的话说了一遍。

“我觉得把他驱逐出境，就像处分梭鱼，把它放到河里去一样。”列文说。事后他才想到，他把朋友的话当作自己的想法说出来，其实是引用了克雷洛夫的寓言，那位朋友又是从报上一篇小品文里看来的。

列文陪着姨姐回到家里，看见吉娣身体健康，心情愉快，他就到俱乐部去了。

7

列文到俱乐部，来得正是时候。来宾和会员跟他同时到达。列文好久没有到俱乐部来了，自从他离开大学，住在莫斯科，进入社交界以来一直没有来过。他记得俱乐部，记得里面的种种设备，但当年俱乐部留给他的印象已消失了。直到马车驶进半圆形的院子，他下了马车，走上台阶，那个佩肩带的门房悄悄地拉开门，向他鞠躬的时候；直到他在门厅里看见一大堆套鞋和外套（大家认为在楼下脱掉套鞋比穿着上楼省事）；直到他听见通报他上楼的神秘铃声，沿着缓斜的楼梯上去，看见楼梯口的雕像，又在楼上房门口看见第三个熟识的门房，穿着俱乐部制服，老态龙钟，不急不慢地打开门，打量着他这位客人——直到这时，俱乐部的印象，那种悠闲、舒适和华丽的印象，才重新浮上他的脑海。

“请把帽子给我，老爷！”门房对列文说，他已把帽子留在门厅里的规矩忘记了，“您好久没来了。老公爵昨天给您预定过位子了。奥勃朗斯基公爵还没有来。”

这个门房不仅认得列文，还知道他的亲友，立刻提到他的几位老朋友。

列文走过第一个摆有许多屏风的大厅，向右经过一个坐着水果商人的房间，赶过一个慢吞吞地走着的老头儿，这才进入人声喧闹的餐厅。

他穿过一排几乎坐满人的桌子，打量着来宾们。这里，那里，到处都看见形形色色的人，有年老的，有年轻的，有面熟的，有知己的。没有一个脸上带着愤怒和焦虑的神色，仿佛大家都把烦恼和忧虑连同帽子一起留在门厅里，准备逍遥自在地享受一番快乐的物质生活。来到这里的有史维亚日斯基、谢尔巴茨基、聂维多夫斯基、老公爵、伏伦斯基和柯兹尼雪夫。

“啊！你怎么迟到了？”老公爵含笑说，把手从肩膀上方伸给他。“吉娣怎么样？”他拉拉好塞在背心纽扣缝里的餐巾，又问。

“没什么，她身体很好。她们三个在家里吃饭。”

“啊，又在谈东家长西家短了。我们这里没有位子了。你到那张桌上去，赶快占个座位。”老公爵说，小心翼翼地接过一盘子鳕鱼汤。

“列文，这里来！”较远的地方有个亲切的声音叫道。这是土罗甫春。他同一个青年军人坐在一起，旁边有两只倒翻过来的空椅子。列文高兴地走到他们跟前。他一向喜欢那个吃喝玩乐、心地善良的土罗甫春——看到他就会想起向吉娣求婚的事——而今天，经过紧张的谈话以后，他觉得土罗甫春忠厚的模样格外可爱。

“这两个位子是留给您和奥勃朗斯基的。他马上就来。”

这位腰骨笔挺、眼睛总是含笑的快乐军人是彼得堡人加金。土罗甫春给他们作了介绍。

“奥勃朗斯基总是迟到。”

“啊，他来了。”

“你刚来吗？”奥勃朗斯基迅速地走到他们跟前，对列文说，“好极了。你喝过伏特加吗？好，来吧。”

列文站起来，跟他走到摆着各种伏特加和各色冷盘的大桌子旁。从二三十种冷盘里照理总可以挑到合乎口味的东西，但奥勃朗斯基又点了一种特殊的冷盘。那个站在旁边穿制服的侍者立刻把点的冷盘端了来。他们各喝了一杯伏特加，这才回到桌旁。

他们还在吃汤，加金就叫了一瓶香槟酒，吩咐侍者斟满四个玻璃杯。列文没有拒绝人家请他喝的酒，自己又要了一瓶。他肚子饿了，津津有味地又吃又喝，但更加津津有味地参加大家放肆的愉快谈话。加金压低声音，讲了彼得堡一个新鲜的趣闻。这个趣闻不成体统，也很无聊，但是十分可笑。列文听了忍不住放声大笑，引得邻座的人都回过头来看他。

“这件事有点像：‘这我可实在受不了啦！’你听说过吗？”奥勃朗斯基问。“嘿，简直妙透了！再来一瓶！”他吩咐侍者，接着就讲起那个故事来。

“彼得·伊里奇·维诺夫斯基敬你们两位的酒。”一个老侍者端来两杯盛在精致玻璃杯里的泡沫翻腾的香槟酒，打断奥勃朗斯基的话，对他和列文说。奥勃朗斯基拿起酒杯，同桌子另一头那个留褐色小胡子的秃头男人交换了个眼色，笑眯眯地向他点点头。

“这是谁？”列文问。

“你在我那里见过他一次，记得吗？是个好小子。”

列文也像奥勃朗斯基那样，举起酒杯来。

奥勃朗斯基讲的趣闻也很可笑。列文也讲了一件有趣的事，大家也很欣赏。然后大家谈到了马匹，谈到了今天的赛马，以及伏伦斯基的那匹“缎子”怎样勇猛地赢得了冠军。列文简直没注意这顿晚餐是怎么过去的。

“嘿！他们来了！”晚餐结束的时候，奥勃朗斯基一面说，一面从椅背上伸出手去，同那伴着一位高个子近卫军上校向他走来的伏伦斯基握手。伏伦斯基脸上洋溢着俱乐部里人人都有的轻松愉快的神色。他兴高采烈地把臂肘搁在奥勃朗斯基的肩膀上，在他耳边悄悄地说了些什么，又带着同样快乐的微笑把手伸给列文。

“见到您很高兴，”伏伦斯基说，“我那天在选举大会上找过您，他们说您已经走了。”

“是的，我当天就走了。我们刚才谈到您的马，我向您道喜，”列文说，“您那匹马跑得快极了。”

“您不是也养马吗？”

“不，是我父亲从前养过，我还记得，还懂得一点。”

“你在哪里吃了饭？”奥勃朗斯基问。

“我们坐二号桌，在圆柱后面。”

“大家都在向他祝贺，”高个子上校说，“他第二次获得皇帝的奖赏，要是我打牌能像他赛马那样走运就好了。”

“嗐，何必浪费大好光阴呢。我要到‘地狱’去了！”上校说完就走了。

“这是雅希文。”伏伦斯基回答土罗甫春的询问，在他们旁边的空位子上坐下。他喝干了敬他的一杯酒，又叫了一瓶。不知是受俱乐部气氛的影响呢，还是喝了几杯酒，列文兴致勃勃地同伏伦斯基谈着良种牲口，由于对他没有丝毫芥蒂而感到高兴。列文甚至还提到听他妻子说，她在玛丽雅·波里索夫娜公爵夫人家里遇见过他。

“嘿，玛丽雅·波里索夫娜公爵夫人，真是个妙人！”奥勃朗斯基说，接着讲了她的一件趣事，引得大家都笑了。伏伦斯基笑得特别真诚欢畅，使列文觉得他们已完全言归于好了。

“怎么样，结束了吧？”奥勃朗斯基站起身，笑着说，“我们走吧！”

8

列文离开餐桌，觉得走起路来两臂摆动得特别精神，特别轻松。他同加金一起经过一个个高大的房间，向弹子房走去。穿过大厅时，他同岳父碰上了。

“嗯，怎么样？你喜欢我们这座逍遥宫吗？”老公爵挽住他的手臂说，“让我们去走走。”

“我是想到处走一走，看一看。这里太有趣了。”

“是的，你觉得有趣。可是我的兴趣同你不一样。你瞧瞧这些老头儿，”老公爵指着一个脚穿软靴、蹒跚地向他们走来的驼背瘪嘴的老头儿说，“你以为他们生下来就是这样的老浑蛋吗？”

“怎么是老浑蛋？”

“对了，你就不知道这个名称。这是我们俱乐部里的行话。你知道滚鸡蛋游戏吧？一个熟鸡蛋滚得次数多了，就变成不中用的老浑蛋了。我们也是这样，俱乐部里天天来，月月来，年年来，终于变成老浑蛋了。嘀，你笑了，可我们只想到自己都快变成老浑蛋了。你认识契青斯基公爵吗？”老公爵问。列文从他的脸色上看出，他准备讲什么可笑的事了。

“不，我不认识。”

“哟，怎么会！契青斯基公爵可是个赫赫有名的人物。哦，那也不要紧。他这个人就是喜欢打弹子。三年以前他还不是老浑蛋，还精神得很呢。他自己也叫别人老浑蛋。最近，他有一次到这里来，可是我们的门房……你知道华西里吗？喏，就是那个胖子。他是个说俏皮话的好手。嘿，契青斯基公爵问他说：‘喂，华西里，有哪些人来了？有没有老浑蛋？’不料他回答说：‘您是第三名。’嗨，老弟，你说可笑不可笑！”

列文和老公爵一边谈天，同遇见的熟人打招呼，一边周游各个房间：大房间里摆着一张张桌子，老牌迷们正在打输赢不大的纸牌；休息室里，人们正在下棋，柯兹尼雪夫坐在那里同一个人谈话；弹子房里，在房间转角处的大沙发旁聚集了一群人，他们喝着香槟酒，有说有笑，加金也在里面；他们也参观了一下“地狱”，那里的一张桌子旁聚集了一群赌徒，雅希文也坐在那里。他们走进光线很暗的阅览室，竭力不弄出声音来，看见一个青年坐在灯下，怒气冲冲地翻阅着一本本杂志，另外有个秃头将军在埋头看书。他们还走进被老公爵称为“智囊室”的房间里，有三位先生正在那里起劲地谈论时事。

“公爵，您请过来，都准备好了。”老公爵的一位老搭档找到他，说。于是老公爵就走了。列文坐下来听了一会儿，可是一想到今天早晨的全部谈话，感到无聊极了。他连忙站起来去找奥勃朗斯基和土罗甫春，只有同他们在一起才有趣。

土罗甫春坐在弹子房的高背沙发上，手里端着一大杯酒。奥勃朗斯基同伏伦斯基坐在房间一侧的门边。

“她倒并不觉得寂寞，不过这种关系未定的尴尬处境……”列文一听见这样的谈话，想赶快走开，可是奥勃朗斯基把他叫住了。

“列文！”奥勃朗斯基叫道。列文发现他的眼睛里虽没有泪水，却是潮润的。他喝了点酒，或者动了感情，总是这样的。这会儿，他既喝了酒，又有点动感情。“列文，不要走！”他说着一把抓住列文的臂肘，说什么也不肯放他走。

弹子房。

“这是我忠实的朋友，简直可以说是最最知心的了，”奥勃朗斯基对伏伦斯基说，“你当然也是我最亲密最可贵的朋友。我希望，我也相信，你们也会成为好朋友，因为你们都是好人。”

“好吧，那我们非亲嘴不可了。”伏伦斯基一面和蔼可亲地开着玩笑，一面伸出手来。

他连忙抓住对方伸出来的手，紧紧地握了握。

“我太高兴了，太高兴了！”列文一面说，一面握着伏伦斯基的手。

“喂，来一瓶香槟！”奥勃朗斯基吩咐道。

“我也高兴得很呢！”伏伦斯基说。

不过，尽管奥勃朗斯基抱着希望，他们两人也抱着希望，他们却无话可谈，而且两人都感觉到这一点。

“你知不知道他不认识安娜？”奥勃朗斯基对伏伦斯基说，“我一定要带他去见见她。我们去吧，列文！”

“真的吗？”伏伦斯基说。“她一定会很高兴的。我真想立刻回家！”他继续说，“可是我不放心雅希文，我要等他赌完再走。”

“什么，他赌得很糟吗？”

“他总是输钱，只有我才管得住他。”

“我们来打三角怎么样？列文，你打吗？嗯，好极了！”奥勃朗斯基说。“摆好三角。”他吩咐记分员说。

“早就准备好了。”记分员早已把弹子摆成三角形，正滚着红弹子玩，回答说。

“好，来吧。”

打完一盘以后，伏伦斯基和列文就坐到加金桌旁。列文应奥勃朗斯基的邀请也打起纸牌来。伏伦斯基一会儿坐在桌旁，被不断走来找他的熟人所包围，一会儿走到“地狱”里去看看雅希文输得怎样了。列文消除了精神上的疲劳，感到心旷神怡。结束同伏伦斯基的敌对关系，他感到高兴。他心里一直充满安宁、体面和满足的感觉。

打完牌，奥勃朗斯基挽住列文的手臂。

“嗯，那么我们去看看安娜吧。现在就去吗？呃？她现在在家里。我早就答应她带你去了。今天晚上你打算到哪里去？”

“哦，没有什么特别的地方要去。我答应过史维亚日斯基去参加农业会议。好吧，我们就去一下。”列文说。

“太好了，我们去吧！去看看，我的马车来了没有。”奥勃朗斯基吩咐侍者说。

列文走到牌桌旁，付清了他输掉的四十卢布，又把俱乐部里的全部花销付给门口那个不知凭着什么法术知道账目的老侍者。接着他就大模大样地摆动双臂，穿过一个个房间，向出口处走去。

9

“奥勃朗斯基老爷的马车！”门房用愤怒的低音喊道。马车驶过来，奥勃朗斯基和列文上了车。马车跑出俱乐部大门的一刹那，列文头脑里还充满俱乐部那种悠闲、舒适和人人彬彬有礼的印象，但一到街上，他就感觉到马车在高低不平的路上颠簸，听见迎面而来的马车夫的怒喝声，看见朦胧灯光下一家酒馆和一个小铺子的红色招牌，原来的印象顿时消失了。他开始思考他的行为，自问他去看安娜是否妥当。吉娣会说什么？但奥勃朗斯基不让他胡思乱想，仿佛猜透他的心事，驱除了他的疑虑。

“你能同她认识，我真是太高兴了！”他说。“你要知道，陶丽早就有这个心愿了。李伏夫也常去她家。她虽是我的妹妹，”奥勃朗斯基说下去，“但我敢说她是个了不起的女人。你会看到的。她的处境十分痛苦，特别是现在。”

“为什么现在特别痛苦呢？”

“我们正在同她丈夫交涉离婚的事。他也同意了，可是在儿子问题上卡住了。这件事早该解决，却拖了三个月。只要一离婚，她就同伏伦斯基结婚。那种古老的结婚规矩实在无聊，其实谁也不相信，却妨碍人家的幸福！”奥勃朗斯基又说，“嗯，只要一离婚，他们的处境就同我们一样了。”

“那么困难到底在哪里呢？”列文问。

“唉，这事说来话长，也实在无聊！我们这里什么事都莫名其妙。事实上，她在这里，在莫斯科，等待离婚已经等了三个月，这里人人都认识他，也都认识她；她哪里也不去，除了陶丽，不接见任何女客，因为她不要人家怜悯她。就连华尔华拉公爵小姐那个傻女人也认为待在她那里不体面，走掉了。老实说，要是换了别的女人，早就垂头丧气了。可是她呢，你可以看到，她多么会安排生活，多么沉着，多么自重……向左拐弯，就在教堂对面的巷子里！”奥勃朗斯基从车窗口探出身来，对车夫喊道。“嚯，好热呀！”他说，虽然气温才零下十二度，他却把解开纽扣的皮大衣敞得更开些。

“她不是有个女儿吗，一定在忙着照顾吧？”列文说。

“你大概把所有的女人都看成抱窝的母鸡了，”奥勃朗斯基说，“女人忙，就一定是忙孩子。不，她抚养女儿大概挺认真，不过没听到她提起。她首先在忙写作。嗐，你在讥笑了，可你不要笑。她写了一本儿童读物，但没向谁说起，只念给我听过。我把原稿交给伏尔古耶夫了……就是那个出版商……他自己大概也是个作家。他很内行，据他说这部作品写得很好。你以为她是位女作家吗？根本不是。她首先是个感情丰富的女人，你会看到的。她收养了一个英国小姑娘，老实说，整个家庭都需要她照顾。”

“怎么，她在做慈善事业吗？”

“瞧你的，马上就往坏处想了。不是什么慈善事业，是出于同情心。他们，就是说伏伦斯基，有个专门练马的英国人，技术是有的，可是个酒鬼。他得了酒精中毒征[①]，丢下一家人不管。安娜看到了，帮助他们，对他们十分关心，如今一家人都由她负担。她也不是高高在上，光赐给他们一点钱。她亲自替两个男孩补习俄语，好让他们进中学，又把女孩接到身边。回头你会看到她的。”

马车驶进院子里，门口停着一辆雪橇。奥勃朗斯基下了车，使劲打了打铃。

他没问开门的仆人安娜在不在家，就径自走进门厅。列文跟着他进去，心里却越来越怀疑他这样做是不是合适。

---

① 原文为拉丁语。

列文照了照镜子，发现自己脸涨得通红，但他自信并没有喝醉，就跟在奥勃朗斯基后面沿着铺有地毯的楼梯走上去。到了楼上，一个仆人像对老朋友那样向他们鞠躬致意，奥勃朗斯基就问安娜有什么客人，那仆人回答就是伏尔古耶夫先生。

“他们在哪里？”

“在书房里。”

奥勃朗斯基同列文一起穿过有深色护壁板的小餐厅，踏着柔软的地毯，走进光线暗淡的书房，房里点着一盏有暗色大灯罩的油灯。壁上还有一盏反光灯，照亮了一个巨幅的女人全身像，不由得吸引了列文的注意。这是安娜的像，是在意大利时由米哈伊洛夫画的。奥勃朗斯基走到屏风后面，正在说话的那个男人住了口。这当儿，列文正凝视着这个在灯光照耀下仿佛要从画框里走出来的人，怎么也舍不得离开。他甚至忘记自己在什么地方，也没有听见人家在说些什么，一直目不转睛地盯着这幅美妙的肖像。这不是画像，是一个活生生的迷人的女人，披着一头乌黑的鬈发，光着肩膀和胳膊，长有柔软毫毛的嘴唇上挂着若有所思的微微笑意，并且用那双使人销魂的眼睛扬扬得意而又脉脉含情地望着他。如果说她不是活的，那只是因为任何活着的女人都不可能有她那么美丽动人。

“我太高兴了！”他突然听见身边有个声音，显然是对他而发的，原来就是他叹赏不止的画里那个女人的声音。安娜从屏风后面走出来迎接他。列文在书房暗淡的光线下看见了画里的女人，她穿着一件花纹斑驳的深蓝连衫裙，姿势不同，表情两样，但也像画家在画里所表现的那样，达到了美的顶峰。她本人不像画里那样光彩夺目，却有画里所没有的另一种使人心醉的风韵。

10

安娜站起来迎接他，并不掩饰看到他的喜悦。她伸出强健有力的小手同他握，给他介绍伏尔古耶夫，又指指那个坐着做针线的漂亮红发小姑娘，说是她的养女。她这些举动具有列文所熟悉和喜爱的上流社会妇女的气派：稳重端庄，落落大方。

“真是太高兴了，太高兴了，”她重复说，这句普通的应酬话从她嘴里说出来，列文觉得具有特别的意义。“我早就知道您并且喜欢您了，由于您同斯基华的友谊，以及您太太的关系……我认识她时间不久，可是她留给我的印象简直像一朵美丽的鲜花，真是一朵鲜花呀！听说她不久就要做母亲了！”

她说话从容不迫，毫无拘束，偶尔把视线从列文身上移到哥哥身上。列文觉得他给人家的印象是好的，同她在一起也就变得轻松愉快、没有拘束，仿佛他从小就认识她似的。

“我同伊凡·彼得罗维奇坐到阿历克赛的书房里来，”奥勃朗斯基问她可不可以吸烟，她这样回答，“就是为了好抽抽烟。”接着瞟了一眼列文，意思是问：他抽不抽烟？又把那个玳瑁烟盒拉过来，掏出一支烟。

“你今天身体好吗？”做哥哥的问她。

“没什么。像往常一样神经有点儿亢奋。”

“画得挺精彩，是吗？”奥勃朗斯基发觉列文望着安娜的肖像，说。

“我可从没见过这样好的肖像。”

“像极了，是不是？”伏尔古耶夫说。

列文的视线从画像移到安娜本人身上。当安娜感觉到他的目光落到自己身上时，她脸上焕发出一种异样的光辉。列文脸红了，为了掩饰自己的窘态，他刚想问她是不是好久没有看见陶丽了，但安娜抢先开了口：

“我刚才同伊凡·彼得罗维奇谈到华辛科夫最近的一些画。您看到了吗？”

“我看到了。”列文回答。

“对不起，我把您的话打断了，您想说……”

列文问她是不是好久没见到陶丽了。

“昨天她在我这里，她为格里沙很生学校的气。拉丁文教师对他似乎不讲道理。”

“是的，我见到那些画了。我不太喜欢。”列文回到她刚才开了头的话题。

列文现在不像早晨那样光说说客套话了。同她说话一字一句都有特殊意义。同她说话很愉快，听她说话就更愉快。

安娜说话不仅毫不做作，而且聪明直爽；她不坚持自己的意见，却很尊重对方的想法。

谈话转到新艺术流派和一位法国画家新近给《圣经》作的插图上。伏尔古耶夫非难那位画家把现实主义发展到俗不可耐的地步。列文说，法国人在艺术上总是最墨守成规，因此他们认为回到现实主义就是做了特殊贡献。他们认为不撒谎就是诗。

列文还没有说过一句比这更使他扬扬自得的俏皮话。安娜突然听到这个想法，大为欣赏，她的脸顿时容光焕发。她笑了。

“我笑，就像人家看见一幅惟妙惟肖的画像一样，高兴极了，”她说，“您的话一针见血，道破今天法国艺术的特点，包括绘画，甚至包括文学：左拉也好，都德也好。但也许通常就是这样的：先从千篇一律的虚构形象中产生概念，然后进行综合，等虚构的形象用腻了，这时就会想出一些比较自然比较合理的形象来。”

“嗯，这话一点儿也不错！”伏尔古耶夫说。

“那么，您到俱乐部去过了？”安娜问哥哥说。

“啊呀呀，真是个了不起的女人！”列文一面想，一面出神地盯住她那表情丰富的美丽脸蛋，发现它一下子就变了样。列文没听见她探过身去对哥哥说了些什么，但她面部表情的变化使他吃惊。原来那么娴静端庄的脸，突然显出一种异常好奇、生气和矜持的神色。但这只是一刹那的事。接着她就眯缝起眼睛，仿佛在回忆什么。

“是的，不过这可谁也不感兴趣。”她说，接着又对那个英国女孩说了一句英语：“请吩咐他们在客厅里摆茶。”①

女孩子站起身，出去了。

“怎么样，她考试及格吗？”奥勃朗斯基问。

“好极了。这姑娘很能干，脾气也挺好。”

“到头来你会比亲生孩子更疼她的。”

“瞧你们男人说的。爱是不能分多少的。我爱女儿和爱她是两种不同的爱。”

“我刚对安娜·阿尔卡迪耶夫娜说过，”伏尔古耶夫说，“要是她能把花在这个英国小姑娘身上百分之一的精力，用到教育俄国儿童的共同事业上，她就会做出重大贡献。”

“唉，随便您怎么说，我可办不到。伏伦斯基伯爵很鼓励我（她说‘伏伦斯基伯爵’几个字时，用恳求和畏怯的目光望了列文一眼，他不由得也用尊敬和认可的目光回答她），鼓励我在乡下办好学校。我去过几次。孩子们都很可爱，可是我对这工作不感兴趣。至于精力，那是由爱产生的。爱不能勉强，不能依靠命令。嗯，就说我爱这个女孩子吧，我自己也说不出是什么缘故。”

她又对列文瞧了一眼。她的微笑和眼神都告诉他，她这话是说给他听的，她尊重他的意见，并且预先知道他们是能互相理解的。

“这一点我完全理解，”列文回答，“我们不可能把全部心血放在学校和这一类机关上，我想就因为这个吧，慈善事业总是不大有成效。”

她沉默了一会儿，微微一笑。

“是的，是的！”她证实说。“我可永远办不到。我没有那么开阔的胸襟，不能爱孤儿院里所有那些讨厌的小姑娘。这一点我可永远办不到。有多少妇女就靠这个手法猎取社会地位，这种情况如今越发厉害了。”她带着忧郁和信任的神气夹着法语说，

① 原文是英语。

表面上仿佛是对哥哥说的，其实显然是讲给列文听的。“现在我很需要做些什么，可就是不能做。”她忽然皱起眉头（列文明白她皱眉头是因为谈到了她自己的事），接着就改变话题。“我知道人家议论过您，”她对列文说，“说您是个不好的公民。我总是竭力替您辩护。”

“您怎样为我辩护呢？”

“那要看人家怎样攻击您了。来，大家喝点茶好吗？”她站起身，拿起一本皮面精装的本子。

“交给我吧，安娜·阿尔卡迪耶夫娜，”伏尔古耶夫指着书说，“这挺有价值。”

“嗳，不，这还只是草稿。”

“我告诉过他了。”奥勃朗斯基指着列文对妹妹说。

“你这又何必呢！我写的东西有点像丽莎·梅尔察洛娃向我兜售的囚犯做的雕花小篮子。她在主持慈善会的监狱部，”她对列文说，“那些不幸的人在耐心上表现了奇迹。”

列文在这个他十分喜爱的女人身上又发现了一个特点。除了智慧、文雅和美丽以外，她还具有诚实的美德。她不想在他面前掩饰自己艰难苦涩的处境。她说了这话，叹了一口气，面部表情变得像石头一样呆板。这样也就显得格外美丽动人，但这是一种新的表情，完全超出画家在肖像中所表现的那种洋溢着幸福的光辉并且把幸福散发给别人的神态。列文又望望肖像和她本人，看她怎样同哥哥手挽着手走进高大的门里，不禁对她产生了一种他自己都感到惊奇的怜爱之情。

她请列文和伏尔古耶夫先去客厅，自己同哥哥留下来说话。“他们在谈论离婚，谈论伏伦斯基，谈论他在俱乐部里做些什么，还是在谈论我？”列文暗自猜想。安娜同哥哥在谈些什么？这问题使他忐忑不安，他简直没听见伏尔古耶夫告诉他安娜这部儿童读物的优点。

喝茶的时候继续这种富有内容的愉快谈话。不仅没有一分钟需要找寻话题，相反，大家总觉得来不及把想说的话说个畅快。为了听别人说话，情愿自己克制着不说。不论他们说些什么，也不仅是她说的，就是伏尔古耶夫和奥勃朗斯基的话，由于她的注意和评论，列文觉得也都别有含义。

列文一面倾听这场有趣的谈话，一面欣赏她，欣赏她的美丽、聪明和教养，欣赏她的淳朴和真挚。他边听边说，又不断地思索，思索她的精神生活，竭力捉摸她的感情。他以前曾经严厉地谴责她，如今却以古怪的逻辑替她辩护，为她难过，并且唯恐伏伦斯基不能充分理解她。十点多钟，奥勃朗斯基起身要走（伏尔古耶夫走得更早），列文却觉得仿佛才来了不久。他无可奈何，也只好站起来，心里却还舍不得走。

“再见！”安娜握着他的手，用迷人的目光盯住他的眼睛说。“我真高兴，冰块融化了。”她用法语加了一句。

她放了他的手，眯缝着眼睛。

“请您转告尊夫人，我仍旧喜爱她。要是她不能饶恕我现在的处境，那就希望她永远不要饶恕我。要饶恕，就得经历我经历过的这种生活，但愿上帝保佑她别受这个罪。”

“好，我一定转告……”列文涨红了脸说。

11

“一个多么奇妙、可爱和可怜的女人！”列文同奥勃朗斯基走到严寒的户外，心里想。

“嘿，怎么样？我不是对你说过吗？”奥勃朗斯基看到列文完全被征服了，对他说。

“是的，”列文若有所思地回答，“真是个非同寻常的女人！不但聪明，而且极其真挚。我真替她难过！”

“上帝保佑，如今一切都快解决了。我说，凡事都不要太早下结论，”奥勃朗斯基打开车门说，“再见，我们不是同路。”

列文不断地想着安娜，想着同她交谈的每句话。同时回忆着她脸部的各种表情，越来越同情她的处境，越来越替她难过——他就这样回到了家里。

到家以后，顾士玛告诉他吉娣平安无事，她的几位姐姐刚走，又交给他两封信。列文在前厅看了信，免得以后分心。一封是账房索科洛夫写来的。索科洛夫说小麦不能脱手，因为每石人家只肯出五个半卢布，可是钱又没有别的来路。另一封信是他姐姐寄来的。她怪他至今没有把她的事情办好。

“好吧，既然不肯多出钱，那就五个半卢布卖掉吧。”列文立刻果断地就第一件事作了决定，这在以前他会觉得很棘手的。“真奇怪，在这里怎么老是这样忙啊！”他想到第二封信。他觉得对不起姐姐，因为她托他办的事至今没有办好。“今天我又没有去法庭，但今天实在没有空。”他决定明天去办，就往妻子房里走去。他一边走，一边迅速地回顾这一天的活动。这一整天就是谈话：听人家谈，自己也参加谈。他们谈的事，他在乡下是决不会谈到的，可是在这里，却谈得很有趣。他谈的话都没有错，只有两件事不太妥当。一件是他谈到梭鱼，另一件是他对安娜产生的爱怜之情。

列文看到妻子有点闷闷不乐。三姐妹一起吃饭本来很开心，但左等右等都不见他回来，大家都觉得无聊，两位姐姐便先走了，剩下吉娣一个人。

“嗯，那么你在做些什么呀？”她盯着他那双形迹可疑的眼睛问。但为了不影响他讲出全部真相，她藏起关注的神色，和颜悦色地听他讲述怎样消磨黄昏。

“啊，我遇见了伏伦斯基，真是高兴。同他在一起我一点也没有感到拘束。说实在的，从今以后我决心再也不同他见面了，不过以前那种尴尬局面已经不存在了。”他说了这话，想到自己“决心再也不同他见面了”，却又立刻去看望安娜，不禁脸红起来。“你瞧，我们总是说老百姓爱喝酒，我不知道究竟谁喝得更多：是老百姓还是我们这个阶级的人。老百姓只有逢年过节才喝一点，可是我们……”

但是吉娣对议论老百姓喝酒的问题毫无兴趣。她看到他脸红了，很想知道是什么缘故。

“那么，你后来又到哪里去了？”

“斯基华拼命拉我去看望安娜·阿尔卡迪耶夫娜。”

列文说了这话，脸涨得更红了。他去看望安娜是不是妥当，这个问题终于明确了：他不该去。

一听到安娜的名字，吉娣便睁大眼睛，眼里闪闪发光，但她竭力克制自己的感情，掩饰内心的激动，不让他发觉。

“哦！”她只叫了一声。

“我去过了，你总不会生气吧？斯基华劝我去，陶丽也希望我去。”列文继续说。

“嗯，不。”吉娣嘴里这样说，但从她的眼神里可以看出，她在竭力克制自己的感情。这不是什么好兆头。

“她是个非常可爱又非常非常可怜的好女人。”列文讲到安娜，讲到她的活动，以及她要他转达的问候。

“是的，她自然非常可怜，”当他讲完了，吉娣说，“你接到谁的信了？”

列文告诉了她。他被她平静的语气哄过去，就去换衣服。

他回来时，看见吉娣仍旧坐在那把椅子上。他走到她面前，她对他望了一眼，便哇的一声哭了起来。

“怎么回事？怎么回事？”列文嘴里这样问，心里已明白是怎么一回事了。

“你爱上这个可恶的女人了，她把你给迷住了！我从你的眼神里看得出来。对，对！这会有什么结果呢？你在俱乐部里喝酒，拼命喝酒，还赌钱，然后又到……到谁那里去了？不，我们走吧……我明天就走。”

列文劝慰妻子，劝了半天都没有结果。最后他承认，怜悯的感情加上酒，就使他忘乎所以，因而受到安娜狡猾的诱惑，今后他一定回避她。他诚恳地承认，在莫斯科待得太久，老是吃喝玩乐，成天空谈，他变得糊涂了。夫妻俩一直谈到深夜三点钟。直到三点钟，他们才言归于好，安心睡觉。

12

安娜送走客人，没有坐下，却在屋子里走来走去。整个晚上，她都无意识地竭力使列文拜倒在她的脚下（近来她对年轻男人都是这样的）。她知道，她使一个已婚的正派男人，在一个晚上对她倾倒的程度达到了顶峰，而且她也很喜欢他（尽管从男人角度来看，伏伦斯基同列文截然不同，但她是个女人，看出了伏伦斯基和列文的共同之处，也就是吉娣能同时爱他们两人的原因），但是等他一离开屋子，她就不再想他了。

一个思想，只有一个思想，以各种不同方式一直执拗地纠缠着她。"既然我对别人，对那个结过婚热爱妻子的人，都那么有魅力，为什么他却待我这样冷淡？……也不能说是冷淡，他是爱我的，这一点我知道。但如今一种新的因素使我们之间有了隔阂。为什么整个晚上都不见他的人影子？他叫斯基华带口信，说他不能让雅希文独自留下，他得看住雅希文赌钱，雅希文又不是个小孩子！就算这是实话吧——他倒是从来不说假话的——这句话也别有用意。他趁机向我表示，他还有别的义务。其实这一点我是知道的，我没有意见。但何必做给我看呢？他要向我证明，他对我的爱情不应妨碍他的自由。可是我不需要证明，我需要爱情。他应该了解我在这里莫斯科生活是多么痛苦。难道这样也能算生活吗？我这不是在生活，而是在等待一拖再拖的结局。又没有回信！斯基华说他不能去找阿历克赛·阿历山德罗维奇。我又不能再写信。我毫无办法，无从下手，无法改变，我只能忍耐，只能等待，自己找点消遣——模仿英国家庭的生活方式啦，写作啦，读书啦。但这一切都只是自欺欺人，都只是吗啡罢了。他应该可怜可怜我呀。"她一面自言自语，一面感觉到眼睛里涌上自爱自怜的泪水。

她听见伏伦斯基急促的打铃声，慌忙擦去眼泪，不仅擦去眼泪，而且坐到灯下，翻开一本书，装出若无其事的样子。要让他明白，他没有如期回来，她很不满意，但只是不满意罢了，决不能让他看出她很伤心，看出她这种自爱自怜的心情。她可以自爱自怜，却不能叫他来怜爱她。她不愿吵嘴，还曾责备他想吵嘴，可是这会儿自己却不由得摆出吵嘴的姿态。

"嗨，你不觉得寂寞吧？"伏伦斯基兴致勃勃地走到她跟前说，"赌博真是一种可怕的嗜好！"

"不，我不觉得寂寞，我早就习惯了。斯基华来过了，还有列文。"

"是的，他们要来看看你。那么，你喜欢列文吗？"他在她旁边坐下来说。

"很喜欢。他们才走了没多久。雅希文怎么了？"

"他赢过钱，赢了一万七。我招呼他走。他刚打算走，可是又回去，结果还是输了。"

“那你何必留在那里呢？”她突然白了他一眼，问，她面部的表情冷淡而带有敌意，“你对斯基华说你留下来是要把雅希文带走。可你还是让他留了下来。”

他的脸上同样现出准备吵架的冷酷表情。

“第一，我没有请他给你带什么口信；第二，我从来不撒谎。主要是我想留下就留下了。”他皱着眉头说。“安娜，何必这样，何必这样呢？”他停了停，向她探过身去说。接着张开手，希望她会把手放在他手里。

这种爱情的挑逗使她高兴。但是一种古怪的邪恶力量却不让她屈服于爱情的诱惑，仿佛争吵的条件不允许她就此投降。

“当然，你想留下就留下。反正你想干什么就可以干什么。可是为什么你要对我说这话呢？为什么呢？”她越说越激动，“难道有谁要剥夺你的权利吗？可是你总要表示你有理，那就有你的理去吧！”

他捏拢拳头，扭过身去，脸上现出比原来更加顽固的神气。

“你真是顽固不化！”她对他凝视了一会儿，突然想出适当的字眼，来说明他那种使她恼怒的神情，说，“的确是顽固不化。对你来说，这只是能不能在我面前保持胜利者姿态的问题，可是对我来说……”她又为自己伤心，差点儿哭起来。“你真不知道这对我是个什么问题！我觉得你对我抱着敌意……就是抱着敌意，你真不知道这对我意味着什么！你真不知道我在这种时刻是多么悲观绝望，我真害怕，害怕我自己！”她说着转过身去，掩饰她的哭泣。

“嗐，我们这是在干什么呀？”他看到她那种绝望的神色，大吃一惊，又探过身去，拉住她的手吻了吻，说，“这是为什么呀？难道我在外面寻欢作乐了吗？我不是竭力避免同别的女人来往吗？”

“但愿如此！”她说。

“嗯，你倒说说，我该怎样才能使你放心呢？只要你幸福，我什么都愿意做，”他被她的绝望神情所感动，这样说，“只要你不像现在这样难受，我什么都愿意做，安娜！”

“没什么，没什么！”她说。“我自己也不知道，是由于孤独的生活，还是神经……好吧，我们不说了。这次赛马怎么样？你还没有讲给我听过呢！”她问，竭力掩饰得意的神色——胜利毕竟在她一方面。

他吩咐摆晚饭，接着就给她讲赛马的详细情况；但从他的语气里，从他变得越来越冷的眼神里，她看出他没有原谅她的胜利，她反对过的那种顽固不化的神气又在他身上出现了。他待她比以前冷淡些，仿佛后悔向她屈服。她忽然想到使她获得胜利的那句话：“我是多么悲观绝望，我真害怕我自己。”——她懂得这种武器是危险的，下次不能再用了。她觉得除了使他们结合在一起的爱情，他们之间还出现了敌对的魔鬼，她无法把它从他身上赶走，更不能把它从自己心里驱除。

13

没有一种环境人不能适应，特别是他看到周围的人都在这样生活。要是在三个月以前，列文决不会相信他能在今天这样的环境里高枕无忧，能这样漫无目的、毫无意义地过日子，而且入不敷出，纵酒狂饮（他对俱乐部里的行为想不出别的说法），还同妻子一度爱恋过的男人保持不三不四的友谊，又去拜访那个除了荡妇之外没有其他叫法的女人，甚至受到这个女人的诱惑，弄得妻子很伤心——在这样的环境里，他居然能高枕无忧，而且在疲劳、通宵不眠和狂饮滥喝以后睡得十分酣畅。

早晨五点钟，开门声把他吵醒了。他霍地跳起来，向四下里张望了一下。吉娣不在床上，但隔壁屋子里有摇曳的灯光，他听见她的脚步声。

“什么事？……什么事？”他睡眼惺忪地问，“吉娣！什么事？”

“没什么，”吉娣手拿蜡烛从隔壁走过来说，“我觉得有点不舒服。”她说时露出一种特别可爱和古怪的微笑。

“什么？开始了？开始了？”列文恐惧地说，“得派人去请……”他慌忙穿衣服。

“不，不！”吉娣微笑着用手拦住他说，“大概没什么。我只是稍微有点不舒服，现在过去了。”

她说着走到床边，熄了蜡烛，躺下来，安静了。虽然她的屏息静气，尤其是当她从隔壁屋子过来，对他说“没什么”时那种温柔而兴奋的神色使他觉得古怪，可是他睡意正浓，立刻又呼呼睡着了。事后他才回想到她那种屏息静气的模样，懂得当她躺在他身边，一动不动地等待着女人一生中最重大的事件时，她那高贵可爱的心灵有些什么感受。七点钟，她用手轻轻推推他的肩膀，低声唤他，把他叫醒了。她仿佛在进行思想斗争：又想同他说话，又舍不得把他叫醒。

“康斯坦京，不要害怕，没什么，不过看样子……得派人去请丽莎维塔。”

蜡烛又点着了。吉娣坐在床上，手里拿着编织的活计。近来她常常做这活儿。

“你千万不要紧张，不要紧的。我一点儿也不怕。”吉娣看到他那惊慌失色的脸说，把他的手按在自己的胸口，又把它贴在自己的嘴唇上。

列文丧魂落魄地一骨碌爬起来，盯住她的眼睛，穿上晨衣站住，但一直望着她。他应该走出去，可是舍不得离开她的目光。难道他还不喜爱她的脸，不熟悉她的表情和眼色吗？可是他从没看到过她现在这种模样。想起昨天她那种痛苦的样子，他觉得自己在她面前，此刻在她面前是多么卑鄙可耻啊！她那张红彤彤的脸，围着从睡帽里散出的柔发，焕发出快乐和坚毅的光辉。

尽管吉娣的性格一般说很少矫揉造作和虚情假意，但列文看到她的心灵此刻揭去了一切掩盖，赤裸裸地暴露在他面前，他还是为她的单纯真挚而深深感动。他热爱的这个女人，这样单纯真挚，越发显出她的本色。吉娣含笑望着他，突然她的双眉抖动了一下，她抬起头来，迅速走到他面前，抓住他的手，整个身子依偎着他，使他沐浴在她火热的气息里。她很痛苦，并且仿佛在向他诉说她的痛苦。开头一刹那，他照例觉得这都是他的过错。但她的眼睛含情脉脉，说明她不但不怪他，还因此更爱他。"如果不是我的过错，那又是谁的过错呢？"列文情不自禁地想，找寻着造成这痛苦的罪人，好去惩罚他，可是找不到。她觉得痛苦，诉着苦，但又为这痛苦而得意、高兴，甚至欢天喜地。他看出在她的心灵里起着一种高尚的变化，但究竟是什么？他无法理解。这是超出他的理解能力的。

"我派人接妈妈去了。你快去请丽莎维塔来……康斯坦京！……没有关系，已经过去了。"

吉娣从他身边走开去打铃。

"嗯，现在你去吧，巴莎要来了。我不要紧。"

列文惊奇地看到她拿起夜间带来的编织物，又动手编织。

列文从一扇门里出去，听见侍女从另一扇门进来。他站在门口，听见吉娣在给侍女详细布置家务，还亲自同她一起移动床铺。

他穿好衣服，趁仆人套马的时候——因为还没有出租雪橇——又跑回卧室，但不是踮着脚尖，却像插上了翅膀。两个侍女正在卧室里小心翼翼地搬动东西。吉娣走来走去，一边敏捷地编织，一边吩咐侍女做什么事。

"我马上去请医生。已经派人去接丽莎维塔了，我现在再去一下。还需要什么吗？对了，要到陶丽家去一下，是吗？"

吉娣对他望望，显然没有把他的话听进去。

"是的，是的，去一下，去一下。"她皱着眉头，对他挥挥手，急急地说。

他刚走到客厅，突然听见卧室里传出一声凄惨的呻吟，接着又静止了。他站住，好一阵弄不懂是怎么一回事。

"是的，这是她。"列文自言自语，抱着头奔下楼去。

"啊，上帝赐恩！饶恕我们，救救我们吧！"他反复叨念着这突然涌到嘴边的话。

他这个不信教的人，此刻不光是嘴里这样叨念着，他明白，别说他心里的种种怀疑，就是他凭理性根本无法相信的东西，也丝毫不妨碍他向上帝求救。一切怀疑和理性此刻都从他的心灵里消失了。试问：他不向支配他生命、灵魂和爱情的上帝求救，又能向谁求救呢？

马还没有套好，但由于准备当前要处理的事，他觉得体力上和精神上特别紧张，就不等套好马，先步行出发，并吩咐顾士玛随后追上来。

在转角处，他遇见一辆飞驰过来的出租雪橇。丽莎维塔身穿旧丝绒外套，头上包着一块头巾，坐在一辆小雪橇上。“赞美上帝，赞美上帝！”列文认出她那张配着淡黄头发、此刻显得特别严肃认真的瘦脸，兴奋得不断地叨念着。他没有吩咐雪橇停下来，却在旁边护送她往回跑。

“那么，已经有两个钟头了吗？不会再多吧？”丽莎维塔问，“您去接彼得·德米特里奇，可不用催他。再到药房里去买点鸦片来。”

“这么说，您看会很顺利吗？啊，上帝赐恩，救救我们吧！”列文看见自己家的马从大门里跑出来，这样说。他跳上雪橇，坐在顾士玛旁边，吩咐到医生家去。

14

医生还没有起床，仆人说他“睡得很晚，吩咐过不要叫醒他，不久自己就会起来的”。仆人正在擦灯罩，看上去十分专心。他擦灯罩那么认真而对列文家的事却那么冷淡，使列文开头觉得惊讶，但他仔细一想，立刻明白，人家不了解也没有必要了解他的心情，因此他的行动要格外镇定、慎重和果断，好打破这堵冷淡的墙壁，达到自己的目的。“要不慌不忙，不放过任何机会。”列文自言自语，觉得应付当前事务的体力和精神越来越充沛了。

列文听说医生还没有起床，就考虑各种办法，最后决定：让顾士玛拿条子去请另一位医生，他自己到药房里去买鸦片，要是等他回来医生还没起床，那就贿赂仆人，要是对方再不答应，那就强迫他把医生叫醒。

在药房里，一个形容消瘦的药剂师正在为等候的马车夫贴药瓶上的标签，像那个擦灯罩的仆人一样冷淡，拒绝卖给列文鸦片。列文竭力不动声色，不发脾气，说出医生和接生婆的名字，讲明鸦片的用途，竭力说服药剂师卖一些给他。药剂师用德语问了问卖不卖，听见隔壁有人表示同意，就拿出瓶子和漏斗，慢条斯理地从大瓶里灌一点到小瓶里，贴上标签，封上瓶口——尽管列文求他不用这样做——还要把它包扎起

在药房里，一个形容消瘦的药剂师正在为等候的马车夫贴药瓶上的标签，像那个擦灯罩的仆人一样冷淡，拒绝卖给列文鸦片。

来。这下子列文可忍不住了，他断然从对方手里夺过瓶子，拔脚从巨大的玻璃门里冲了出去。医生还没有起床，那个仆人这会儿正忙着铺地毯，不肯去把他叫醒。列文不慌不忙地掏出一张十卢布钞票，慢悠悠地但又不浪费时间，一面把钞票递给他，一面解释说，彼得·德米特里奇（以前在列文心目中微不足道的彼得·德米特里奇，此刻可变得多么重要哇！）答应过他随时可以出诊，因此此刻把他叫醒，他决不会生气。

那仆人同意了，走上楼去，请列文到候诊室等待。

列文听见医生在隔壁咳嗽，走动，漱洗，说话。这样过了三分钟，列文觉得简直像过了一个多小时。他再也等不住了。

"彼得·德米特里奇，彼得·德米特里奇！"他用哀求的声音对着那打开的门说，"看在上帝分上，请您不要见怪。您就这样接待我好了。已经有两个多小时了。"

"马上就来，马上就来！"医生在隔壁回答。列文听见医生说这话时还在笑，不禁感到惊异。

"一会儿就好……"

“马上就来。”

又过了两分钟，医生还在穿靴子；又过了两分钟，医生还在穿衣服，梳头发。

“彼得·德米特里奇！”列文又可怜巴巴地叫起来，这当儿医生穿好衣服，梳好头发，走出来了。“这种人真没有心肝，”列文想，“人家快没命了，他还梳头发！”

“您早！”医生一面同他握手，一面若无其事地说，仿佛存心逗逗他，“不要忙。怎么样？”

列文竭力把妻子的状况讲得很详细很周到，同时不断要求医生立刻就同他一起回去。

“您不用忙。这事您没有经验。其实我没有必要去，但既然答应您了，那就去一下。不过用不着急。您请坐，要不要喝杯咖啡？”

列文对他望了一眼，仿佛在问他是不是在作弄自己。其实医生并没有作弄他的意思。

“这我知道，我知道，”医生微笑着说，“我也是一个成了家的人，不过我们男人在这种时刻总是最可怜的。我有一个女病人，她丈夫在这种关头总是直往马厩里跑。”

“那么您看怎么样，彼得·德米特里奇！您看会顺利吗？”

“各种征象都表明是顺产。”

“那么您现在就去吗？”列文愤怒地瞧着端咖啡进来的仆人，说。

“再过一小时。”

“不，看在上帝分上您行行好吧！”

“好，那么让我把咖啡喝了。”

医生动手喝咖啡。两人都不作声。

“这下子可把土耳其人打得落花流水了。您看到昨天的电讯了吗？”医生嚼着面包说。

“不，我不能再等啦！”列文跳起来说，“那么您过一刻钟来吗？”

“再过半小时。”

“真的吗？”

列文回到家里，正好和公爵夫人同时到达。他们一起走到卧室门口。公爵夫人眼睛里含着泪水，双手直打哆嗦。她一看见列文，抱住他哭起来。

“啊，怎么样，我的宝贝丽莎维塔？”她一把抓住喜气洋洋而又心事重重走过来的接生婆的手，问。

“情况良好，”接生婆回答，“您劝她躺下来。这样会好过些。”

列文自从早晨醒来明白是怎么一回事后，就下定决心不胡思乱想，不随便猜测，坚决克制感情，免得扰乱妻子的心。他还要安慰她，鼓励她，这样来熬过当前这一时刻。列文打听到这种事通常要持续多久，精神上准备忍受五小时。他觉得可以控制情绪，甚至不让自己想到将发生什么事，将有怎样的结局。可是当他从医生那里回来，看到她痛苦的模样时，他就越来越频繁地仰起头，不断叹息，一再念叨："啊呀，上帝呀，饶恕我们，救救我们吧！"他感到恐惧，唯恐自己受不住，会失声痛哭或者跑出门去。他是这么痛苦，而时间却只过了一小时。

这样过了一小时，两小时，三小时，直到他预定的忍耐极限——五小时，情况依然如故。他一直忍耐着，因为除了忍耐没有别的办法。同时每分钟他都觉得已达到忍耐的极限，他的心马上就要痛苦得碎裂了。

时间一分钟又一分钟、一小时又一小时地过去，他的痛苦和恐惧却不断增长，越来越厉害了。

生活中一切必不可少的习惯对列文来说都不再存在。他失去了时间观念。当吉娣把他叫到身边，他抓住她那忽而异常使劲地握紧他的手，忽而又把他推开的汗滋滋小手时，他觉得几分钟简直像几小时那么长，而有时几小时却又像只有几分钟那么短。丽莎维塔请他到屏风后面去点蜡烛，他感到惊奇，才知道已是傍晚五时了。要是人家告诉他现在才上午十点钟，他倒不会感到那么惊奇。他不太清楚他在什么地方，现在是什么时候，在发生什么事情。他看见她热得发红的脸，时而不知所措，痛苦万状；时而嫣然微笑，使他得到宽慰。他看见公爵夫人，满脸通红，神情紧张，灰白的鬈发蓬乱不堪，她咬住嘴唇，勉强忍住眼泪。他看见陶丽，看见吸着很粗烟卷的医生。他还看见脸色坚定、果断和使人宽慰的接生婆，还看见皱着眉头在大厅里来回踱步的老公爵。他们从哪里来又到哪里去，他们在什么地方，他一概不知道。公爵夫人一会儿同医生一起在卧室里，一会儿在摆好饭桌的书房里；一会儿又不是她，而是陶丽。后来列文记得人家派他到什么地方去。有一次又叫他搬桌子和沙发。他干得很卖力，满心以为是为她而干的，后来才知道是为他自己安排过夜的地方。后来又为什么事派他到书房里去问医生。医生回答了他，接着又谈到议会里的混乱情况。后来又派他到公爵夫人卧室去取一个镀金的银圣像。他同公爵夫人的老女仆爬到一个柜子上去取，竟把一盏神灯打碎了。那个老仆人安慰他不要为妻子和神灯的事难过。他把圣像拿来放在吉娣的床头，竭力把它塞在枕头后面。但这一切是在什么地方，什么时候，为什么做的，他都不知道。他也不明白为什么公爵夫人拉住他的手，怜悯地瞧着他，请求他放心；陶丽劝他吃点东西，把他从房里领出去；就连医生都严肃而同情地望着他，给他吃了点药水。

他只知道和感觉到，现在发生的事同一年前在省城医院里尼古拉哥哥临死时的情况有点相似。所不同的只是，那次是丧事，这次是喜事。但是，那次丧事和这次喜事同样都越出生活的常轨，仿佛是生活里的窟窿，通过这些窟窿看到了一种崇高的境界。当前正在发生的事同样痛苦，同样折磨人；在观察这种崇高的境界时，灵魂同样不可思议地达到了空前的高度，那是理性所不能达到的。

"啊，上帝呀，饶恕我们，救救我们吧！"他不断地念叨着，虽然长期疏远宗教，此刻却像儿童时代和青年时代一样虔诚一样单纯地祈求着上帝。

在这段时间里，他有两种截然不同的心情。当他不在她面前时，他同那一支接一支地吸着粗烟卷，又把烟头在积满烟灰的烟缸边上捻灭的医生，同陶丽和老公爵，在一起谈论正餐，谈论政治，谈论玛丽雅·彼得罗夫娜的病。在这种时候，列文暂时忘记了一切，仿佛好梦初醒。但当他在她面前，在她床头旁时，他的心就痛苦得几乎要裂开来，他就不停地祷告上帝。每当卧室里传来惨叫声，他从忘却的境界中醒悟过来时，他又回到最初的懵懂状态。他一听到呻吟，就跳起来，跑去替自己辩护，但一路上又想到他并没有过错，他真想保护她，帮助她呢。但一看到她，他又明白他帮不了忙，于是感到恐惧，就祷告起来："啊，上帝呀，饶恕我们，救救我们吧！"随着时间的消逝，这两种心情都变得越来越强烈：不在她面前，他把她完全给忘了，心里就越来越平静；在她面前时，她的痛苦和他那种爱莫能助的心情也越来越沉重。他跳起来，想逃到什么地方去，结果却又跑回到她身边。

有时候，她接二连三地召唤他，他就责怪她。可是一看见她那温柔的笑脸，听见她说"我真把你折磨苦了"，他就责怪上帝；可是一提到上帝，他立刻又祈求饶恕和施恩。

15

列文不知时间早晚。蜡烛已经烧光。陶丽来到书房，请医生躺一会儿。列文坐着听医生讲一个会催眠术的江湖骗子的故事，眼睛望着他烟卷上的灰烬。这是一段无事可做的空闲时间，他的头脑昏昏沉沉，完全忘记了当前的事。他听医生讲故事，听得很清楚。突然传来一声不同寻常的尖叫。这叫声太可怕了，列文甚至不敢跳起来，他屏住呼吸，用恐惧而疑问的目光对医生望了望。医生侧着头留神倾听，赞许地微微一笑。这一切都太不寻常，列文反而一点也不惊讶。"这是理所当然的。"他想，依旧坐着不动。"这是谁在叫哇？"他跳起来，踮着脚尖跑进卧室，绕过丽莎维塔和公爵夫人，走到床头旁边他的老位子。叫声停止了，但发生了什么变化。究竟是什么变化，他没有看到，也不明白，其实他也不想看到，不想明白。但他看见丽莎维塔的脸色严肃、苍白，依旧那么坚毅，虽然她的下颚在微微抖动，她的眼睛紧盯着吉娣。吉娣的脸发烫，显得很痛苦，汗涔涔的额上黏着一绺头发。她向他转过脸来，找寻着他的目光。她伸出双手要抓住他的手。她用湿滋滋的手捏住他冰凉的双手，把它们贴在自己的脸上。

“不要走开，不要走开！我不怕，我不怕！”她急急地说，“妈妈，替我把耳环摘下来，戴着碍事呢。你不害怕吧？快了，快了，丽莎维塔……”

她说得非常快，非常快，还想笑一笑。可是她的脸色突然变了，她将他一把推开。

“哎哟，不得了啦！我要死了，我要死了！快去，快去！”吉娣叫起来。于是他又听到了那种不同寻常的尖叫。

列文双手抱住头，从屋子里冲出去。

“没有什么，没有什么，一切都很好！”陶丽在后面对他叫道。

不过，不管人家怎么说，列文认为这下子一切全完了。他站在隔壁屋子里，头靠在门楣上，听着从没听到过的惨叫和哀号。他知道这声音不是别人而是他的吉娣发出来的。他早已不希望有什么孩子了。如今他简直恨那个孩子。他甚至并不珍惜她的生命，但愿能停止这种揪心的痛苦。

“医生！这是怎么啦？这是怎么啦？啊，我的上帝！”他一把抓住走进来的医生的手，问。

“快完了。”医生说。医生说这话时板着脸，列文还以为“快完了”就是说她快死了。

他忘乎所以地冲进卧室，首先映入眼帘的是丽莎维塔的脸。她的眉头皱得更紧，脸绷得更厉害了。看不到吉娣的脸。在原来是她的脸的地方，有一个样子紧张得吓人、有惨叫声发出来的东西。他把头靠在床栏杆上，觉得心都快碎了。恐怖的叫声没有停止，越来越可怕，并且达到了顶点，接着突然安静下来。列文不相信自己的耳朵，但又无法怀疑：叫声停止了，只听得低低的奔忙声、衣服的窸窣声和急促的喘息声，以及她那断断续续、富有生气的温柔而幸福的声音，低低地说：“全完了。”

他抬起头来。她的双臂软绵绵地落在被子上，她的模样异常妩媚娴静，默默地望着他，想笑又笑不出来。

列文蓦地觉得他从度过二十二小时的那个神秘、恐怖和怪诞的世界一下子回到了人世间。人世间是他熟悉的，如今可闪耀着简直难以习惯的新的幸福光辉。绷紧的弦全断了。意外的狂喜的呜咽和泪水涌上他的心头，他激动得浑身发抖，半晌说不出话来。

他在床前跪下来，把妻子的手放在嘴唇上吻着。她那只手微微动着手指来回答他的亲吻。就在这时候，床脚边，在丽莎维塔灵巧的手里像灯上的火花一样跳动着一个生命，那是以前没有的，但从今以后他就有权利活下去，并且懂得自身的价值，还要生儿育女，传宗接代。

“活的！活的！还是个男孩呢！大家都放心吧！”列文听见丽莎维塔用颤抖的手拍拍婴儿的背，说。

“妈妈，是真的吗？”吉娣问。

公爵夫人只用啜泣来回答。

在一片寂静中，响起了一个同屋里所有压抑的说话声截然不同的声音，像是肯定地回答做母亲的问题。这是一个不知从哪里降生的新人大胆、泼辣、肆无忌惮的啼叫。

以前，要是有人对列文说，吉娣死了，他也同她一起死了，他们的孩子都是天使，上帝就在他们面前，他是不会感到丝毫惊讶的。现在呢，他回到了现实世界，好容易才明白她平安无事，而那个拼命啼哭的小东西就是他的儿子。吉娣活着，痛苦过去了，他感到无比幸福。这一点他是明白的，并因此感到幸福。可是那孩子呢？他从哪里来？来干什么？他是谁？……这一点他怎么也无法理解，并且感到很别扭。他总觉得这是一种不必要的多余的东西，弄不懂究竟是怎么一回事。

16

早晨九点多钟，老公爵、柯兹尼雪夫和奥勃朗斯基一起坐在列文屋子里，谈了一会儿产妇的情况，接着就谈起别的事来。列文一边听他们谈话，一边不由自主地回顾往事。他回想今天早晨以前的事，还有昨天这事发生以前他自己的情况，简直像过了一百年。他仿佛觉得自己处在一个高不可攀的地方，因此竭力往下沉，免得那几个一起聊天的人感到不快。他嘴上说着话，心里却不断地想着妻子，想着她现在的情况，也想着儿子——他竭力使自己习惯他有了个儿子。婚后，女性的天地对于他来说，增添了一种崭新的意义，如今却达到了无法想象的高度。他听他们谈论昨天俱乐部里的宴会，心里却在记挂：“这会儿她怎样了？睡着了吗？她好吗？她在想什么？儿子德米特里是不是在哭？”在谈话时，话说到一半，他突然跳起来，从屋子里跑了出去。

“可不可以去看她，你叫人来告诉我。”老公爵说。

“好的，马上就来。”列文回答，一个劲儿地往她屋子里奔去。

吉娣没有睡着，正同母亲低声商量着给孩子施洗的事。

她仰面躺着，梳洗得整整齐齐，头上戴着一顶漂亮的蓝边睡帽，双手伸在被窝外面。她用目光迎接他，把他吸引过去。她的眼睛本来就炯炯有神，他走得越近，就越发明亮。她脸上的表情从尘世变为天堂，好像临死的人那样，不过一种表示诀别，一种却表示欢迎。一阵激动又袭上他的心头，同婴儿降生的一刹那所体验到的一样。吉娣拉住他的手，问他有没有睡过觉。他回答不上来，知道自己感情的脆弱，就扭过头去。

"我倒迷糊了一下，康斯坦京！"她对他说，"现在我觉得挺好。"

她瞧着他，但她脸上的表情忽然变了。

"把他抱来给我，"她听见婴儿的尖叫声说，"给我，丽莎维塔，也让他看一看。"

"好，让爸爸看看！"丽莎维塔抱起一个奇怪的蠕动着的粉红色东西，走过来说。"等一等，让我们先来打扮一下。"丽莎维塔说着把这个蠕动的粉红色东西放在床上，解开襁褓，用一个手指把他托起，翻了个身，扑上些粉，重新包扎起来。

列文望着这个可怜的小东西，竭力想在自己心里唤起做父亲的感情。他对婴儿只觉得厌恶。但是，当接生婆解开襁褓，列文看见番红花色的小手臂和小腿，上面也长着手指和脚趾，大拇指同其他手指也显然不同，还看见接生婆把那双张开的小手臂像柔软的弹簧一样夹拢来用襁褓包住时，他忽然怜恤起这个小东西来，唯恐接生婆把他弄伤，竟一把拉住她的手。

丽莎维塔笑了。

"您别怕，别怕！"

等到婴儿打扮好了，变得像个结实的布娃娃，丽莎维塔把他摇晃了一下，仿佛在卖弄自己的手艺，接着身子闪到一旁，让列文看到儿子的整个俊俏模样。

吉娣也斜着眼睛往那个方向望。

"给我，给我！"她说着甚至抬起身来。

"哎呀，卡吉琳娜·阿历山德罗夫娜，您可不能这样乱动啊！等一下，我这就给您。先让爸爸看看我们长得有多俊！"

丽莎维塔一手托住这个把头藏在襁褓里的奇怪的粉红色小东西，另一只手只用几个手指捏住晃动的脑袋，把他送到列文面前。这个粉红色的小东西也有鼻子，还斜着眼睛看人，咂着嘴唇。

"真是个漂亮的小娃娃！"丽莎维塔说。

列文伤心地叹了一口气。这漂亮的小娃娃在他心里只引起厌恶和怜悯。这可完全不是他所预期的感情。

当丽莎维塔把婴儿放到没有喂过奶的胸脯上时，列文别转过身去。

突然一阵笑声逗得他抬起头来。这是吉娣笑了。婴儿吃起奶来了。

“嗳，够了，够了！”丽莎维塔说，但是吉娣不肯放开他。他在她的怀里睡着了。

“现在你看看吧！”吉娣说，把婴儿转过来让他看个清楚。那张皮肤松得像小老头的脸皱得更厉害了，接着他打了个喷嚏。

列文带着微笑勉强忍住感动的泪水，吻了吻妻子，离开阴暗的屋子。

他对这个小东西所产生的感情完全出乎他的意料。这感情没有丝毫欢乐，相反只有一种难堪的恐惧：他意识到自己又一方面的软弱无能。这种意识最初十分强烈，他唯恐这个娇嫩脆弱的小东西将来吃苦，因此看见婴儿打喷嚏时油然而生的莫名其妙的欣慰和自豪，都没能使他感到轻松。

17

奥勃朗斯基的境况很窘迫。

卖树林所得的钱已花去三分之二，其余三分之一以九折向商人预支现款，几乎也预支光了。那商人再不肯多付一文钱，陶丽去年冬天又曾公开声明，她自己享有产权，拒绝在出售最后三分之一树林而领得款项的协议书上签字。他的薪水全部用作家里日常开支和偿还无法拖延的零星欠款，现在他确实囊空如洗了。

这种境况使人觉得很不痛快，很不体面，奥勃朗斯基再也无法容忍了。他认识造成这种局面的原因是他的年俸太少。他的官职在五年前还算不错，如今却不足道了。彼得罗夫任银行行长，年俸一万二；史文吉茨基当公司董事，年俸一万七；米丁是创办银行的董事长，年俸五万。“看来是我自己睡大觉，人家也把我给忘了。”奥勃朗斯基自怨自艾地想。他开始时时留意，处处打听，到冬末就窥察到了一个肥缺。他通过亲戚朋友先从莫斯科发动攻势，到春天时机成熟，又亲自出马，直闯彼得堡。这一类差事，年俸多少不一，从一千到五万，既安闲舒适，油水又足。近年来这种位置增加了几倍。这就是“南方铁路银行信贷联合公司”理事的职务。这项差事，也像其他类似的差事一样，需要渊博的知识和强大的活动能力，因此很难找到兼有这两种长处的人才。既然找不到这种理想人物，那么物色一位正派人来担任总比一个不正派人要好些。奥勃朗斯基不仅是个一般所谓正派人，而且是个名副其实的正派人。这里所谓正派，也就是当时莫斯科上层流行的说法：正派的事业家啦，正派的作家啦，正派的杂志啦，正派的机关啦，正派的流派啦，意思是说人或者机关不仅正派，有时还敢于顶撞政府。奥勃朗斯基出入于流行这种说法的上流社会，被公认为是个正派人，因此他弄到这个差事的希望比别人大。

这个差事年俸有七千到一万卢布，还可以不放弃原来的官职而兼任。奥勃朗斯基谋得这个差事的关键在于两位部长、一位贵妇人和两个犹太人。这些人都已疏通好了，但奥勃朗斯基还得亲自到彼得堡去走访一下。此外，奥勃朗斯基还答应妹妹安娜从卡列宁那里取得离婚的明确答复。他向陶丽要了五十卢布，就动身到彼得堡去了。

奥勃朗斯基坐在卡列宁的书房里，听他宣读《俄国财政衰落的原因》的报告，一心希望他早些结束，好谈谈他自己和安娜的事。

"是的，意思很正确！"当卡列宁摘下他那副看书非戴不可的夹鼻眼镜，询问地望了望原来的内兄时，奥勃朗斯基说，"这些细节也都很正确，不过现在的要旨毕竟还是自由。"

"是的，但我要提出另一个要旨，包括自由在内。"卡列宁说，特别强调"包括"两字，接着又戴上夹鼻眼镜，想再读一读报告中有关的段落。

卡列宁翻着字迹清秀、两边空白很宽的手稿，又读了那个说服力很强的段落。

"我不赞成关税保护政策，倒不是为了个人利益，而是为了集体福利——对下层阶级和上层阶级一视同仁，"他说，从夹鼻眼镜上面瞧着奥勃朗斯基，"可是他们不理解这道理，他们只关心个人利益，爱说空话。"

奥勃朗斯基明白，卡列宁一谈到他们——就是那些不愿意接受他的计划，造成俄国一切灾难的罪魁祸首——的思想和行为，他的话就快结束了，因此情愿放弃他提出的自由的重要性，表示完全同意他的意见。卡列宁住了口，若有所思地翻阅着手稿。

"哦，顺便说一下，"奥勃朗斯基说，"你若有机会见到波莫尔斯基，请你对他说说，我很愿意担任'南方铁路银行信贷联合公司'理事的职务。"

奥勃朗斯基对这个垂涎已久的差事说得多了，因此讲得十分利落，毫无差错。

卡列宁向他详细打听了这个新成立的理事会的业务，沉思起来。他在考虑这个理事会的业务同他的计划有没有抵触。但是，由于这个新机构的业务很繁杂，他的计划涉及面又广，他无法一下子作出判断，就摘下夹鼻眼镜说：

"当然，我可以对他说说，不过，你究竟为什么要谋这个差事啊？"

"年俸优厚，差不多有九千卢布，而我的经济……"

"九千卢布。"卡列宁重复说了一遍，皱起眉头。这笔数目可观的年俸使他想到，奥勃朗斯基所谋求的职位，在这方面就违反他计划中强调精简节约的宗旨。

"我认为并且写过一篇文章说明，现代的高薪制是我们政府错误的经济政策的表现。"

"那么，照你说应该怎么办呢？"奥勃朗斯基说，"假定一位银行行长年俸一万卢布，那是因为他的工作值这么多钱。或者说，一位工程师年俸两万卢布，那是因为他的事业是有前途的！”

“我认为薪俸是一种商品的代价，应该受供求法则的支配。规定薪俸时如果忽视这个法则，譬如说有两位同一学院毕业的工程师，学问和能力不相上下，一个年俸四万，另一个只要两千就心满意足了；或者重金礼聘毫无专长的律师或骠骑兵去当银行行长，那我可以断定，这种薪俸不是遵照供求法则，而是徇私枉法。这种舞弊行为情节恶劣，对政府工作十分有害。我认为……”

奥勃朗斯基连忙打断妹夫的话。

“是的，不过你得承认，现在开办的是一种肯定对国家有益的新机构。不论怎么说，这可是一项前途远大的事业！现在特别重要的是一定要办得正派。”奥勃朗斯基特别强调“正派”两字。

不过，“正派”两字在莫斯科流行的含义卡列宁并不知道。

“正派只是一种消极的因素。”他说。

“但你还是给我帮个大忙吧，对波莫尔斯基说说，如果有机会……”奥勃朗斯基说。

“不过，我看这事关键在于波尔加林诺夫。”卡列宁说。

“波尔加林诺夫那方面完全同意了。”奥勃朗斯基红着脸说。

一提到波尔加林诺夫，奥勃朗斯基的脸唰地红了，那是因为今天早晨他刚到这个犹太人家里去过，并且留下不愉快的印象。奥勃朗斯基深信他想望的工作是一项有发展前途的正派的新事业，但今天早晨波尔加林诺夫分明是有意叫他同其他来访者在接待室里坐等两小时。他一想起这事，就觉得浑身不自在。

他觉得不自在，也许是因为他奥勃朗斯基公爵，身为留里克王族的后裔，竟在一个犹太佬的接待室里等了两小时；也许是因为他有生以来第一次不遵照祖先的榜样为政府效忠，却自己另找出路。总之，他觉得非常不自在。在波尔加林诺夫家等待的两小时里，奥勃朗斯基勉强打起精神在接待室里踱步，抚摩着络腮胡子，同其他来访者随便攀谈，还想出一句俏皮话聊以自嘲：“登门求告犹太佬，冷板凳上坐到老！”——就这样竭力想不让人家甚至包括他自己察觉当时的苦恼心情。

但他始终觉得很不自在很烦恼，自己也不知道是什么缘故：是由于那句俏皮话，“登门求告犹太佬，冷板凳上坐到老！”呢，还是别的什么。最后，波尔加林诺夫接见他时客气得有点异乎寻常，显然是由于屈辱了他而扬扬自得，并且几乎拒绝了他的要求。奥勃朗斯基想尽快把这事忘掉，如今一提起，不禁脸红了。

18

“现在我还有一件事要同你商量，就是安娜的事。”奥勃朗斯基沉吟了一会儿，抖掉头脑里不愉快的印象，说。

奥勃朗斯基一提到安娜的名字，卡列宁的脸色顿时变了：原来那种生气勃勃的神气消失了，出现了憔悴和死灰般的颜色。

“您究竟要我怎么样？”他在安乐椅上转过身来，嗒的一声合拢夹鼻眼镜，说。

“作个决定，不论怎样的决定，阿历克赛·阿历山德罗维奇。我现在向你要求，不是把你当作（他本想说‘一个受侮辱的丈夫’，但唯恐因此坏事，就改了口）一位政治家（这种说法也不妥当），只是当作一个人，一个心地善良的人，一个基督徒。你应该怜恤她。”奥勃朗斯基说。

“你究竟要说什么？”卡列宁低声问。

“是的，应该怜恤她。你要是像我这样看见她——我同她一起过了一冬——你就会可怜她了。她的处境实在糟，糟得很呢。”

“照我看，”卡列宁声音尖得刺耳地回答，“安娜·阿尔卡迪耶夫娜已经万事如意了。”

“嗳，阿历克赛·阿历山德罗维奇，看在上帝分上，我们不要互相责备吧！过去的事已经过去了。你也知道，她所希望和期待的就是离婚。”

“但我想，要是我提出把儿子留给我作为条件，安娜·阿尔卡迪耶夫娜会拒绝离婚的。我原来就是这样答复的，并且认为这事已经了结啦。我认为这事已经结束了！”卡列宁尖声叫道。

“啊，看在上帝分上，你别激动！”奥勃朗斯基拍拍妹夫的膝盖说。“事情并没有结束。请你让我再把这事的经过扼要说一说：当你们分开的时候，你真了不起，真是再宽宏大量也没有了；你答应给她一切——自由，甚至离婚。她因此十分感激你。不，你听我说。她确实很感激，最初觉得对不起你，她什么也不考虑，她无法考虑。她放弃了一切。可是现实生活和时间表明，她的处境很痛苦，简直无法忍受。”

“我对安娜·阿尔卡迪耶夫娜的生活毫无兴趣。”卡列宁扬起眉毛，打断他的话说。

“对不起，这话我可不信，”奥勃朗斯基婉转反驳说，“她的处境使她自己觉得很痛苦，对别人也没有丝毫好处。你说她自作自受。这一层她明白，她对你没有什么要求；她坦率地说不敢对你有什么要求。但是我，我们一家人，凡是爱她的人，都要求你，恳求你。她为什么要受这个罪？这样对谁有利呢？”

“对不起，看来您把我放在被告地位了。”卡列宁喃喃地说。

“不，不，绝对不是，你要明白我的意思，”奥勃朗斯基说，又碰碰他的手，仿佛这样可以使妹夫心软，“我只想说一点：她的处境很痛苦，只有你能减轻她的痛苦，这在你毫无损失。一切都由我来替你安排，不用你费神。其实你已经答应过了。”

“以前是答应过的。我原以为儿子的问题可以使这事了结。此外我希望安娜·阿尔卡迪耶夫娜能慷慨……”卡列宁脸色发白，嘴唇哆嗦，好容易才说了出来。

“一切全看你的宽宏大量了。她只有一件事请求你，恳求你——帮她摆脱当前难堪的处境。儿子，她不再要求了。阿历克赛·阿历山德罗维奇，你是一位心地善良的人。你设身处地替她想一想吧。离婚这件事目前对她来说是个生死攸关的问题。要不是你以前答应过她，她也就安心住在乡下了。你答应了她，她写信给你，这样就来到了莫斯科。可是，在莫斯科不论遇见什么人，她的心窝就像挨了一刀子。她住了六个月，天天都在盼你的决定。老实说，好比一个判了死刑的人，脖子套上绞索有几个月了，随时可能处决，也可能遇赦。你就怜恤怜恤她吧，一切都由我来安排……你这人挺认真……”

“我不是说这个，不是说这个……”卡列宁嫌恶地打断他的话说，“也许我答应过我没有权利答应的事。”

“那么你对答应过的事反悔了？”

“凡是办得到的事我从不拒绝，但希望有时间让我考虑一下，这事能办到什么程度。”

“不，阿历克赛·阿历山德罗维奇！”奥勃朗斯基跳起来说，“这话我可不愿相信！即使在女人中间也没有比她更可怜的了，你不能拒绝这样一个……”

“我答应过的事只要办得到就行。你是以自由思想出名的。我可是个信徒，遇到这么重大的事，我不能违反基督教教义。”

“不过就我所知，我们基督教是允许离婚的，”奥勃朗斯基说，“我们的教会也允许离婚。我们也看到……”

“允许是允许的，但不是这个意思。”

“阿历克赛·阿历山德罗维奇，我简直不认得你了！”奥勃朗斯基沉默了一阵说，“你不是出于基督教的精神饶恕一切并且不惜牺牲一切吗？我们大家不是都十分钦佩这种精神吗？你亲口说过：有人要拿你的外衣，连里衣也由他拿去。可是现在……”

“我请求您，”卡列宁突然站起来，脸色苍白，下颚哆嗦，声音尖得刺耳地说，“我请求您不要……不要再说了。”

“哦，不！我要是伤了你的心，那就请你……请你原谅，”奥勃朗斯基尴尬地微笑着说，同时伸出手，“不过我只是奉命传个口信罢了。”

卡列宁也伸出手来，沉思了一下，说：

“我得考虑一下，向人请教请教。后天我给您正式答复。”

19

奥勃朗斯基刚要走，柯尔尼进来通报说：“谢尔盖·阿历克赛伊奇来了！”

“谢尔盖·阿历克赛伊奇是谁呀？”奥勃朗斯基刚要问，但立刻明白了。

“噢，是谢辽查！”他说，“我还以为谢尔盖·阿历克赛伊奇是哪位部长呢。”他立刻想起来：“安娜还要我去看看他呢。”

他还想起临别时安娜带着一种羞怯可怜的神气对他说：“你总会看见他的。你详细打听一下，他在哪里，谁在照料他。还有，斯基华……要是能办到的话！你看是不是能办到啊？”奥勃朗斯基明白，所谓“要是能办到的话”，意思就是说，要是能办理离婚手续而把儿子归她的话……如今奥勃朗斯基看出这事想也别想了，但能看到外甥还是很高兴。

卡列宁提醒内兄他们从不向儿子提到他母亲，并要求他也只字不提。

“上次同他母亲见面后他大病了一场，这是我们没有料到的，”卡列宁说，“我们甚至担心他会送命。幸亏合理的治疗和一夏的海水浴使他恢复了健康。现在遵照医生的意见，我把他送到学校里去了。果然，同学们对他起了良好的影响，他现在身体十分健康，书也念得很好。”

“嘿，多漂亮的小伙子！已经不是什么谢辽查，而是体体面面的谢尔盖·阿历克赛伊奇了！”奥勃朗斯基瞧着那个穿蓝上装和长裤、肩膀宽阔的漂亮男孩矫健而洒脱地走进来，含笑说。这孩子看上去又健壮又快活。他像对一般客人那样对舅舅鞠了个躬，但一认出是舅舅就脸红了，连忙扭过身去，仿佛受了什么委屈，生气了。他走到父亲面前，把学校发下来的成绩单交给他。

“噢，还不错，”做父亲的说，“你去吧。”

“他瘦了，长高了，不再是小娃娃，而是个大孩子了。我很高兴，”奥勃朗斯基说，“你还记得我吗？”

孩子飞快地对父亲瞟了一眼。

“记得，舅舅。”他望了望舅舅回答，接着又垂下眼睛。

舅舅叫他过去，拉住他的手。

“啊，你怎么样？”他想同孩子谈谈，但不知道说什么好。

孩子红着脸没有回答，小心地从舅舅手里抽出手。奥勃朗斯基一松手，他询问地对父亲瞧了一眼，就像一只获释的小鸟，飞快地跑出了屋子。

谢辽查上次见到母亲，离现在已经有一年了。从那时起，他再也没有听到过她的消息。就在这期间他被送进学校，结识了许多同学，并且喜欢他们。那次母子见面后害得他生了一场病的对母亲的种种幻想和回忆，如今已不再盘踞在他的心头了。每当这种思绪袭上心来的时候，他总是竭力把它驱散，认为这是丢脸的，只有女孩子才会动感情，一个男孩或男同学是不该这样的。他知道父母因争吵而分居，知道他命定要留在父亲这里，就竭力使自己适应这样的局面。

一看见相貌酷似母亲的舅舅，他感到很不愉快，因为引起了他认为可耻的回忆。使他更不愉快的是，当他在书房门外等候时听见了几句话，尤其是看到父亲和舅舅的脸色，他知道他们谈到了母亲。谢辽查为了不责怪住在一起并且赖以生活的父亲，特别是不受他认为有失面子的那种感情所支配，竭力不望这位跑来破坏他内心平静的舅舅，并且避免因他勾起这方面的思绪。

不过，当奥勃朗斯基跟着他出去，在楼梯上看见他，把他唤到跟前，问他在学校里课余玩些什么时，谢辽查看见父亲不在，就同他畅谈起来。

“现在流行开火车，”他回答舅舅说，“你知道怎么搞的吗？两个人坐一条长凳，算是乘客。另外一个站在长凳上。其余的人都来拉车。可以用手拉，也可以用皮带拉，拉着穿过一间间屋子。我们预先把门都打开。嗬，列车员可难当了！”

“就是站着的那一个吗？”奥勃朗斯基笑着问。

“对，干这个要又勇敢又灵活，特别是遇到急刹车，或者有人掉下来。”

“是的，这可不是闹着玩的。”奥勃朗斯基感慨地凝视着这双酷似母亲但不再有丝毫孩子气的灵活的眼睛，说。虽然他答应卡列宁不在谢辽查面前提到安娜，但他还是忍不住。

“你还记得妈妈吗？”他出其不意地问。

“不，不记得。”谢辽查急急地说，脸涨得通红，垂下了眼睛。做舅舅的就再也无法从他嘴里问出什么来了。

半小时以后，斯拉夫家庭教师发现他的学生在楼梯上，他怎么也弄不明白，他的学生是在发脾气还是在哭。

“喔唷，怎么了，你准是跌伤了，是吗？”家庭教师说，“我对你说过这种游戏很危险。得去告诉校长。”

“我要是跌伤了，谁也不会发觉的。这不成问题。”

“那么到底什么事啊？”

“别管我！我记得不记得……这干他什么事？我为什么要记得？别管我！”这会儿他已经不是对家庭教师而是在对全世界说话了。

20

奥勃朗斯基在彼得堡照例没有虚度光阴。到了彼得堡，除了妹妹离婚和给自己谋职这些事以外，他在莫斯科——正如他所说的——过了一阵发霉的生活以后，照例需要换换空气，提提神。

莫斯科虽然也有音乐杂耍咖啡馆和公共马车，但毕竟是死水一潭。奥勃朗斯基经常有这样的感觉。他在莫斯科住了一阵，特别是同家属生活在一起，总觉得提不起精神，愁闷得很。长期守在莫斯科家里，他常由于妻子的心情恶劣和责难埋怨、孩子们的健康和教育，以及工作上的种种琐事甚至债务而心烦意乱。但只要一到彼得堡，在他经常出入的上流社会——那里人人都在生活，的的确确是生活，而不像在莫斯科那样混日子——过上一阵，一切忧虑烦恼自然就烟消云散了。

妻子吗？……今天他刚跟契青斯基公爵谈过这事。契青斯基公爵已有家室，孩子都已长大，当上了贵胄军官学校学生，但他还有一个非法的家庭，也生了孩子。虽然第一个家也蛮不错，但契青斯基公爵觉得第二个家更使他快乐。他把长子领到第二个家里，对奥勃朗斯基说，他认为这样对儿子更有好处，更能增长他的见识。要是在莫斯科人家会怎么说呢？

孩子吗？在彼得堡，孩子们并不妨碍父亲的生活。孩子们都在学校里读书，这里也没有莫斯科流行的——例如李伏夫家——那种谬论，认为孩子们理应过穷奢极侈的生活，做父母的只能常年操劳和忧虑。这里大家都懂得，一个人活着应该为自己，凡是有教养的人都应该如此。

当差吗？在这里当差也不像在莫斯科那样只是毫无目的地服苦役；在这里当差很有意思，可以见到各种权贵，抓住机会为他们效劳，说说聪明得体的话，对不同的人施展不同的手腕。这样，一个人转瞬之间就会飞黄腾达，像奥勃朗斯基昨天遇见的如今已成了达官贵人的勃良采夫那样。这样当差才有意思啊。

彼得堡对金钱的看法特别使奥勃朗斯基宽心。巴特尼央斯基——照他的生活方式每年得花五万卢布——昨天就这事向他发了一通妙论。

午饭前，奥勃朗斯基谈得很起劲，对巴特尼央斯基说：

“你同莫尔德文斯基一定很熟吧？你能不能帮我个忙，替我向他说句话。有一个位子我很想要，就是南方铁路……”

“唉，别提了，我反正记不住的……可你何苦为了这种铁路公司的事去同犹太佬打交道呢？……不论怎么说，总是很肮脏的！”

奥勃朗斯基没有告诉他这事业有发展前途。这一点巴特尼央斯基是无法理解的。

“我需要钱，没钱可活不下去。”

“你不是活着吗？”

“活着，可是负债。”

“真的吗？负了很多债吗？”巴特尼央斯基同情地问。

“很多，大约有两万呢。”

巴特尼央斯基呵呵大笑。

“啊，你真是个幸运儿！”他说，“我欠了一百五十万债，手头一无所有，可是你看，我还不是照样活着！”

奥勃朗斯基知道这是实话，他不仅听人家这样说，而且亲眼看见。齐瓦霍夫负债三十万，手头不名一文，可是他照样生活，而且过得多么阔气！克利夫卓夫伯爵早被认为山穷水尽了，他却还养着两个情妇。彼得罗夫斯基挥霍掉五百万家产，依旧过着奢侈的生活，甚至还负责财政部工作，每年有两万卢布收入。除此以外，彼得堡对奥勃朗斯基的身体也很有好处。彼得堡使他恢复了青春。在莫斯科，他发现鬓上有几根白发，午饭后要打瞌睡，伸懒腰，走楼梯上气不接下气，对年轻女人不感兴趣，舞会上不爱跳舞。在彼得堡，他觉得年轻了十岁。

他在彼得堡的感受，正如刚从国外归来的六十岁的彼得·奥勃朗斯基公爵昨天对他说的那样。

“我们在这里不会过日子，”彼得·奥勃朗斯基说，“不瞒你说，我在巴登避暑；嚯，觉得自己完全像个年轻人。一看见年轻女人，就想入非非……吃点东西，稍微喝一点，就觉得精神抖擞，浑身是劲。一回到俄国，就得陪着妻子，还得住到乡下去，唉，说来你也不会相信，这样过上两个礼拜，就连衣服都懒得换，干脆穿着睡衣吃饭。哪里还有兴致去想年轻女人！变成十足的老头儿，想的也无非是灵魂得救之类的事。一到巴黎，可又恢复青春了。”

斯吉邦的体会同彼得完全一样。在莫斯科，他精神萎靡，要是再住下去，难保不弄到只考虑灵魂得救之类的事；可是在彼得堡，他觉得自己又是一个精力充沛的人了。

在培特西公爵夫人和奥勃朗斯基之间早就存在一种古怪的关系。奥勃朗斯基总是轻浮地向她献殷勤，轻浮地对她说些不成体统的话，他知道她最爱听这类话。在同卡列宁谈话后的第二天，奥勃朗斯基乘车去看她，觉得自己青春焕发，调情撒谎简直到了肆无忌惮的地步，但他其实并不喜欢她，甚至讨厌她。他们无法改变谈话的腔调，因为她很喜欢他。因此，米雅赫基公爵夫人一到，打断了他们的谈话，他倒觉得很高兴。

"啊，您也在这儿，"米雅赫基公爵夫人一看见奥勃朗斯基就说。"请问，您那位可怜的妹妹现在怎样了？您别这样看着我！"她补充说，"自从所有的人，所有比她坏千百倍的人，纷纷攻击她的时候起，我就认为她做得很漂亮。我不能饶恕伏伦斯基，因为上次她来彼得堡，他竟没让我知道。不然我一定去看望她，陪她到处走走。请您务必替我向她问好。现在您给我讲讲她的情况吧。"

"是的，她的处境很痛苦，她……"奥勃朗斯基太老实，把米雅赫基公爵夫人说的"讲讲她的情况吧"当作真心话，就讲起安娜的情况来。米雅赫基公爵夫人照例立刻打断他的话，自己滔滔不绝地讲起来。

"她做的同所有的人——除了我以外——做的都一样，不过人家偷偷摸摸，她却不愿欺骗，她做得漂亮极了。她抛弃了您那位性情乖僻的妹夫，真是再好也没有了。请您不要见怪。人人都说他聪明，聪明，只有我说他愚蠢。如今他同李迪雅还有兰道打得火热，大家都说他是傻子，我真不想同意他们的说法，可是这一次我不能不同意。"

"有一件事我要向您请教，"奥勃朗斯基说，"昨天我为妹妹的事去找他，要求他给我一个明确的答复。他当时没有给我答复，说是要想一想。今天早晨我没有收到回答，却收到他的请柬，邀请我今晚到李迪雅伯爵夫人家去。"

"噢，对了，对了！"米雅赫基公爵夫人高兴地说，"他们一定去请教兰道，听取他的意见。"

"向兰道请教？这是什么意思？兰道是谁？"

"怎么，您不知道裘利·兰道，大名鼎鼎的裘利·兰道，那个未卜先知的人吗？他也是个傻子，可是你妹妹的命运就掌握在他手里。唉，您什么都不知道，这就是住在外省的结果。不瞒您说，兰道原是巴黎一家铺子的伙计，他有一次去看病，在候诊室里睡着了，却在睡眠状态中给每个病人治病，治法真是稀奇古怪。后来密列丁斯基——您认识这位病人吗？——夫人知道了，就请他去替她丈夫治病。照我看是毫无效果，因为他仍旧很虚弱，可是他们相信他，把他随身带着。后来又把他带到俄国来。到了这里，大家一窝蜂地去找他，他开始替大家治病。他治好了别苏波夫伯爵夫人的病，她对他宠爱得不得了，还收他当干儿子。"

"怎么收他当干儿子？"

“是的，收了他当干儿子。如今他不再叫兰道，他成了别苏波夫伯爵了。但问题不在这里，李迪雅——她这人我很喜欢，可是她的头脑有毛病——就一个劲儿拜倒在兰道脚下。现在离开他，她也好，阿历克赛·阿历山德罗维奇也好，简直寸步难行。因为这个，你妹妹的命运如今就掌握在这位兰道，或者说别苏波夫伯爵的手里。”

21

奥勃朗斯基在巴特尼央斯基家吃得酒醉饭饱，走进李迪雅伯爵夫人家里，比约定的时间稍微晚了一点。

“伯爵夫人那里还有谁呀？那个法国人在吗？”奥勃朗斯基打量着熟识的卡列宁的外套和一件样子古怪的有扣子的朴素大衣，问门房说。

“阿历克赛·阿历山德罗维奇·卡列宁和别苏波夫伯爵。”门房一本正经地回答。

“米雅赫基公爵夫人猜对了，”奥勃朗斯基一面上楼一面想，“真是怪事！不过同她接近接近倒也不错。她很有点势力呢。要是她能对波莫尔斯基说句好话，事情就十拿九稳了。”

天色还很亮，可是李迪雅伯爵夫人的小客厅里已放下窗帘，灯火辉煌了。

伯爵夫人和卡列宁坐在一盏吊灯下的圆桌旁，低声谈着话。一个相貌漂亮的瘦小男人，臀部像女人一样宽，罗圈腿，脸色苍白，一双好看的眼睛炯炯有神，长头发直垂到礼服领子上。他站在另外一头，观看壁上的画像。奥勃朗斯基同女主人和卡列宁打过招呼后，不由得又瞧了一眼这位陌生人。

“兰道先生！”伯爵夫人声音温柔和谨慎得使奥勃朗斯基惊讶地招呼他，接着就给他们作了介绍。

兰道匆匆回头一望，走了过来，含笑把他那僵硬出汗的手放在奥勃朗斯基伸出的手里，接着又立刻走开去，继续观看画像。伯爵夫人和卡列宁会意地交换了一下眼色。

“我看到您很高兴，特别是今天。”李迪雅伯爵夫人给奥勃朗斯基指指卡列宁旁边的座位，说。

“我给您介绍的这位兰道，”她望望法国人，又望望卡列宁，低声说，“其实是别苏波夫伯爵，您一定也知道了。只是他不喜欢这个称号。”

“是的，我听说了，”奥勃朗斯基回答，“据说，他把别苏波夫伯爵夫人的病完全治好了。”

“她今天到我这里来过，样子怪可怜的！”李迪雅伯爵夫人对卡列宁说，“这次分别使她伤心极了。对她真是一大打击！”

“他一定要走吗？”卡列宁问。

“是的，他要到巴黎去。他昨天听见了一个声音。”李迪雅伯爵夫人望着奥勃朗斯基说。

“噢，一个声音！”奥勃朗斯基跟着说了一遍，觉得在这帮人中间正在发生或将要发生他还摸不着头绪的怪事，他必须保持警惕。

沉默了一会儿以后，李迪雅伯爵夫人仿佛言归正传，微妙地笑着对奥勃朗斯基说：

“我早就认识您了，今天有机会同您再次见面，真是太荣幸了。俗话说：‘朋友的朋友就是朋友。’不过，要成为朋友，必须理解对方的心情，可您对阿历克赛·阿历山德罗维奇恐怕未必能做到这一点吧。我的意思您一定明白。”她抬起她那双若有所思的美丽眼睛，说。

“多少知道一点，伯爵夫人，我明白阿历克赛·阿历山德罗维奇的处境……”奥勃朗斯基说，不太清楚她究竟指的是什么，就含糊其辞地随口应和着。

“变化不在于表面处境，”李迪雅伯爵夫人严厉地说，同时含情脉脉地望着站起来走到兰道跟前的卡列宁，“他的心变了，他获得了一颗新的心，您不见得能完全理解他内心发生的变化。”

“不，我大致能想象这种变化。我们一向很要好，如今又……”奥勃朗斯基说，也用多情的目光回答伯爵夫人的目光，同时心里琢磨着两位部长中她同谁更接近，好请她向谁说说情。

“他内心的变化不会削弱他对人的爱，相反，只会加强他的爱。不过您恐怕未必能了解我。您不喝点茶吗？”她用眼睛指指端着一盘茶走过来的仆人说。

“不完全了解，伯爵夫人。当然，他的不幸……”

“是的，他的心一旦起了变化，不幸就成了大幸。”她满怀情意地望着奥勃朗斯基说。

“看来可以请她对两个人都说说情。”奥勃朗斯基心里想。

“哦，当然，伯爵夫人，”他说，“不过我想这种变化十分隐秘，即使最亲近的人也不愿说出口来。”

“正好相反！我们应该说，还应该互相帮助。”

“是的，这毫无疑问，不过人的信仰千差万别，何况……”奥勃朗斯基温柔地笑着说。

“在神圣的真理上是不可能有差别的。”

“噢，是的，这个当然，不过……”奥勃朗斯基尴尬地住了口。他明白他们谈到宗教问题上来了。

“我看他马上就要睡着了。”卡列宁走到李迪雅跟前，意味深长地低声说。

奥勃朗斯基回头望了望。兰道双臂搁在安乐椅扶手和椅背上，垂下头，坐在窗口。他一察觉大家都在望他，抬起头来，像孩子一般天真地微微一笑。

“别去注意他。”李迪雅说，轻巧地推过一把椅子给卡列宁。

“我发觉……”她刚开口，就有一个仆人拿着一封信进来。李迪雅匆匆看了看信，道歉了一声，就飞快地写了封回信交给那仆人，回到桌子旁。“我发觉，”她继续把话说下去，“莫斯科人，特别是男人，最不关心宗教了。”

“哦，不，伯爵夫人，莫斯科人是以信心坚定闻名的。”奥勃朗斯基回答。

“是的，不过就我所知，您就是个不关心宗教的人。”卡列宁懒洋洋地笑着对他说。

“怎么可以不关心呢！”李迪雅说。

“我在这方面不是不关心，我是在等待时机，”奥勃朗斯基露出最招人喜爱的微笑说，“我觉得对我来说，考虑这些问题的时候还没有到。”

卡列宁和李迪雅交换了一下眼色。

“我们永远无法知道我们的时候是不是到了，”卡列宁严厉地说，“我们不应该考虑我们有没有准备，因为上帝的恩惠不受人的支配，有时它并不降临到苦苦追求的人身上，却降临到毫无准备的人身上，就像降临到扫罗身上那样。”

“不，看来时候还没有到。”李迪雅注视着那个法国人的一举一动，说。

兰道站起来，走到他们面前。

“我可以听听吗？”他问。

“当然可以，我原来不想打扰您，”李迪雅温柔地瞧着他说，“跟我们一起坐吧。”

“只要不闭目回避上帝的光就好了。”卡列宁继续说。

“啊，但愿您像我们一样幸福，能感到永恒的上帝存在于我们心中！”李迪雅伯爵夫人怡然自得地微笑着说。

“不过，一个人也许觉得自己不可能达到这样崇高的境界。”奥勃朗斯基嘴上这样说，心里却觉得他这是昧着良心承认宗教的崇高，但在一个对波莫尔斯基说一句话就能使他获得垂涎已久的职位的人面前，又不敢吐露他的自由思想。

“您是说罪恶妨碍了他吗？”李迪雅说。“但这是个荒谬的说法。对信徒来说罪恶是不存在的，他们赎了罪。对不起！”她看见仆人又拿了一封信进来，说。她看完信，回答道：“告诉他明天在王妃那里。……对信徒来说罪恶是不存在的。”她接着又说。

“是的，信心若没有行为就是死的。”奥勃朗斯基想起教义问答上的这句话，微微一笑说，表示他坚持自己的看法。

“噢，这是《雅各书》里的话。”卡列宁带点责备的口吻对李迪雅说，这个问题他们显然已谈过多次了，“曲解这句话真是为害不浅！再没有比这种曲解更使人丧失信心的了。‘我没有行为，我就不能有信心’，哪里也找不到这样的话。有的正好相反。”

“为上帝辛勤操劳，守斋戒拯救灵魂。”李迪雅伯爵夫人鄙夷不屑地说，“这是我们的修士们的谬论……其实哪里也没有说过这样的话。照他们那一套倒要好办多了。”她说着，眼睛盯着奥勃朗斯基，脸上露出那种她在皇宫里抚慰惊惶失措的年轻新宫女时的笑容。

“我们靠为我们受难的基督得救，我们靠信心得救。”卡列宁露出赞赏的目光，附和说。

“*您懂英文吗？*”李迪雅问，在得到肯定的答复后站起身来，到书架上去找一本书。

“我念一段《*平安和幸福*》[①]或者《*庇护*》[②]，好吗？”她用询问的眼光瞧了瞧卡列宁，说。她找到书，又坐下来，打开了书。“这一段很短。是描写获得信心的途径，以及因此充满心灵的超越尘世一切的幸福。一个信徒不会不幸福，因为他不是孤独的。好吧，你们会明白的。”她刚要开始念，仆人又进来了。“是波罗兹金娜吗？告诉她明天两点钟。……是的！”她指着书里那个地方，用若有所思的美丽眼睛望了望前方，叹口气说。“瞧，真正的信心就是这样的作用。您认识萨宁娜吗？您知道她的不幸吗？她丧失了独生子。她绝望了。嗯，结果怎么样？她找到了这位朋友，如今她为孩子的夭折感谢上帝呢。瞧，这就是信心所赐予的幸福！”

“噢，这确实很……”奥勃朗斯基说，高兴的是她要念书了，这样可以让他稍微定定神。“不，看来今天还是不要开口的好，”他想，“只要不坏事，能从这里脱身就好了。”

“您会觉得无聊的，”李迪雅伯爵夫人对兰道说，“您不懂英文，但这一段很短。”

“嗳，我懂的。”兰道带着同样的微笑回答，闭上眼睛。

卡列宁同李迪雅会意地交换了一下眼色，她就念了起来。

---

① 原文为英语。

② 原文为英语。

22

奥勃朗斯基听了这些闻所未闻的怪论，觉得莫名其妙，不知所云。五光十色的彼得堡生活把他从莫斯科的一潭死水中拯救出来，使他欢欣鼓舞。不过，这种五光十色的繁华景象，只有在熟悉的亲友中间才能欣赏和领略到。如今在这个陌生的环境里，他感到困惑，目瞪口呆，摸不着头绪。奥勃朗斯基听着李迪雅伯爵夫人朗诵，察觉兰道那双不知是天真还是狡猾的漂亮眼睛紧盯着他，他的头脑感到有说不出的沉重。

五花八门的思想在他头脑里搅成一团："萨宁娜死了孩子反而高兴……现在最好能抽支烟……要得救，必须有信心，修士不知该怎么办，可李迪雅伯爵夫人知道……我的头脑怎么这样沉哪？是白兰地喝多了，还是因为这一切太离奇了？直到此刻，看来我还没做过什么有失体统的事。不过现在请她帮忙总不是时候。据说，他们强迫人家做祷告。但愿他们不要来强迫我。那实在太无聊了。她这是在念什么鬼话呀？但她的声音倒很好听。兰道就是别苏波夫。为什么他就是别苏波夫？"奥勃朗斯基忽然觉得他的嘴忍不住打起呵欠来。他摸摸络腮胡子，不让人家看见他打呵欠，身子晃动了一下。紧接着他迷迷糊糊地觉得睡着了，要打鼾了，听见李迪雅伯爵夫人说："他睡着了。"他才猛地惊醒过来。

奥勃朗斯基惊醒过来，仿佛做了什么错事，被人家揭发了。不过，他立刻看出"他睡着了"这句话不是在说他而是在说兰道，就放心了。那个法国人像奥勃朗斯基一样睡着了。不过，奥勃朗斯基认为，他打瞌睡一定得罪了他们（其实他也没有认真考虑，因为周围的一切实在太离奇了），而兰道的瞌睡却使他们异常高兴，特别是李迪雅伯爵夫人。

"我的朋友，"李迪雅说，小心翼翼地提着丝绸连衫裙，免得发出窸窣声，她有点得意忘形，对卡列宁不用"阿历克赛·阿历山德罗维奇"，却用"我的朋友"，"把手给他。您看见吗？……嘘！"她对又走进来的仆人发出嘘声，"我现在不接见。"

法国人头靠在安乐椅背上睡着了，也许是假装睡着了。他那只搁在膝盖上的汗湿的手微微抽动着，仿佛在抓什么东西。卡列宁站起来，小心翼翼地（但还是在桌上撞了一下）走过去，把他的手放在法国人手里。奥勃朗斯基也站起身来，拼命睁大眼睛，想消除睡意，一会儿望望这个，一会儿望望那个。一切都是现实，不是做梦。奥勃朗斯基觉得他的头脑越来越不舒服了。

"叫最后来的那个人，那个有所企求的人滚出去！叫他滚出去！"法国人用法语说，没有睁开眼睛。

“对不起，不过您也看见……您十点钟再来吧，最好是明天来。”

“叫他滚出去！”法国人不耐烦地重复说。

“他这是不是指我呀？”

奥勃朗斯基得到肯定的回答后，忘记了他想求李迪雅的事，忘记了妹妹的事，一心想尽快离开这地方，就踮着脚尖走出去，然后像逃离传染病房那样一口气跑到街上。他同马车夫攀谈了好一阵，说着笑话，想尽快使自己的情绪恢复正常。

他在法国剧院里赶上最后一场戏，然后到鞑靼饭店喝了点酒，在这种熟悉的气氛中稍微定下心来，不过这天晚上他总觉得很不自在。

斯吉邦·奥勃朗斯基回到他在彼得堡借宿的彼得·奥勃朗斯基家里，发现培特西来的一封短信。她在信里说很想把那场开了头的谈话谈个完，请他明天去一次。他刚读完信，皱着眉头想着这件事，忽然听见楼下传来沉重的脚步声，仿佛有谁背着什么重东西在走路。

斯吉邦·奥勃朗斯基走出去看看，原来是模样变得年轻的彼得·奥勃朗斯基。彼得喝得酩酊大醉，楼梯也不会走了；但他一看见斯吉邦·奥勃朗斯基，就吩咐仆人把他扶起来，接着一把搂住斯吉邦·奥勃朗斯基，同他一起走到房里，讲自己怎样度过这个黄昏，但一讲就睡着了。

斯吉邦·奥勃朗斯基垂头丧气，这在他是很难得的。他好久不能入睡。他记起的一切都是讨厌的，但最讨厌的，简直可以说是丢脸的，就是想到他在李迪雅伯爵夫人家度过的黄昏。

第二天，他收到卡列宁斩钉截铁拒绝同安娜离婚的答复。他明白这个决定的依据，就是那法国人昨天的梦呓或者假装做梦，信口开河。

23

在家庭生活中要采取什么行动，要么夫妇感情破裂，要么美满和谐。如果既不属于前者，也不属于后者，夫妇关系不好不坏，那就不会有什么行动。

许多家庭长年累月毫无变化，夫妇双方对生活都感到厌倦，就因为他们的感情既没有破裂，也谈不上美满和谐。

当阳光已不像春天那样和煦而像夏天那样炎热，林荫道上的树木早已绿叶成荫，树叶上也落满灰尘的时候，伏伦斯基和安娜觉得，莫斯科这种尘土飞扬的炎夏生活简直难以忍受。不过，他们并没像早先决定的那样搬到伏兹德维任斯克去，却仍留在两人都感到厌恶的莫斯科，因为近来他们的生活已不美满和谐了。

使他们隔阂的恼恨情绪，不是任何外来原因造成的。一切尝试不仅不能消除这种情绪，反而使它加剧了。这种恼恨产生在各人自己心里，就她来说，是因为他的爱情日渐衰退；在他却是由于后悔他为了她而陷入苦恼的处境，如今她不仅不来减轻他的苦恼，反而火上加油，使他更加难受。他们谁也不提心情恶劣的原因，但都认为错在对方，并且一有机会就竭力指责对方。

对她来说，他整个的人，包括他的习惯、思想、愿望，以及他的全部心理和生理特点，可以归结为一点，就是爱女人，而这种爱她认为应该全部集中在她一个人身上。可是现在这种爱日渐减少了，因此她断定，他准是把一部分爱移到别的女人身上，或者某一个女人身上，她因此吃醋了。其实她不是吃别的女人的醋，她是因为他的爱情衰退而恼恨。她还没有吃醋的对象，她正在找寻。她往往凭蛛丝马迹，从妒忌一个女人转为妒忌另一个女人。时而她妒忌他过独身生活时结交的下流女人，他很容易同她们重修旧好；时而她妒忌他可能遇见的社交界女人；时而她妒忌一个凭空想出来的姑娘，认为他可能抛弃她而去同她结婚。这最后一种妒忌使她最痛苦，尤其因为有一次他无意中向她说起，他的母亲很不了解他，竟然劝他同索罗金娜公爵小姐结婚。

安娜对他发生猜疑，生他的气，找寻种种理由发泄。她处境的一切痛苦，她都怪在他头上。她在莫斯科上不沾天，下不沾地，在遥遥无期的等待中忍受痛苦，卡列宁处理问题迟疑不决，她孤独地生活——一切她都算在他的账上。他要是爱她，能体谅她处境的痛苦，一定会把她营救出来。她住在莫斯科而不住在乡下，也是他的过错。他不能像她希望的那样在乡下过田园生活。他需要交际，害她落到这种可怕的境地，可他又不愿了解她这种处境的痛苦。她同她的儿子永远分离，也是他的过错。

就连他们难得的片刻温存，也不能使她感到宽慰，因为她在他的温存中看到他心安理得的神气，这是以前没有的，因此引起她的恼怒。

天色已经黑了。安娜独自等待他从男人们的宴会上归来。她在他的书房里（那里最少听到街上的喧闹）来回踱步，仔细回想昨天吵嘴的那些话。她从使人难堪的话想起，想到他们争吵的原因，最后才想到那场谈话是怎样开始的。她怎么也无法相信，这场纠纷是由如此无伤大雅的话引起的。但事情确实是这样，起因就是他嘲笑女子中学，认为办这种中学没有必要，而她却为女子中学辩护。他根本不尊重女子教育，说什么安娜抚养的英国女孩甘娜就不需要懂得物理学。

这话激怒了安娜。她认为这是对她的活动蔑视的暗示。她就反唇相讥，进行报复。

“我不指望您能像情人那样把我和我的感情放在心上，但希望您说话留点情面。”

她说。

他气得满脸通红，说出一些难听的话来。她不记得她用什么话回答他，只记得他显然有意刺痛她，说："您对那个女孩子的宠爱我确实不感兴趣，因为我看有点不自然。"

她千辛万苦为自己建立了一个小天地，以度过她的痛苦生活，却被他残酷地摧毁了。他还蛮不讲理地责备她装腔作势，不自然。他的残酷和蛮不讲理可把她激怒了。

"我觉得很遗憾，只有那种粗俗的物质的东西您才能理解，才觉得自然。"她说完就走出屋去。

昨天晚上，他到她屋里去，他们没有提这场争吵，觉得气氛缓和了，但问题并没有解决。

今天，他整天都不在家，她觉得非常孤独。一想到同他的争吵就很难受，她情愿忘记一切，饶恕他，同他言归于好，情愿责备自己，替他辩护。

"都怪我自己不好。我脾气暴躁，无缘无故吃醋。我要同他和好，我们到乡下去，到了那里我就放心了。"她自言自语道。

"不自然！"她忽然想起最伤她心的这几个字。其实使她伤心的与其说是这几个字，不如说是他有意弄得她难堪。

"我知道他想说什么。他想说：不爱自己的女儿，却爱人家的孩子，这不自然。他怎么能懂得我对孩子们的爱，懂得我为他而牺牲的对谢辽查的爱？可是他还要伤我的心！不，他一定是爱上别的女人了，一定的。"

她看到，为了安慰自己，思想上又兜了一次不知已兜过多少次的圈子，到头来还是那样恼怒，她不禁对自己感到害怕。"难道我真的不能控制自己吗？真的不能吗？"她自言自语，在思想上又回到了原地，"他这人诚实、真挚，他爱我，我也爱他。这几天就可以办好离婚手续。我还需要什么呢？我需要安宁，需要信任，我来承担责任好了。好吧，等他一来，我就说都是我错，尽管我并没有什么错。我们这就一起走。"

为了不再胡思乱想，不再任意发怒，她吩咐仆人把箱子搬来，准备整理下乡的行装。

晚上十点钟，伏伦斯基回来了。

24

"怎么样，过得快活吗？"安娜带着悔罪的温顺神情出来迎接他，问道。

"还是老样子。"伏伦斯基一眼看出她的情绪很好，回答说。他对她的喜怒无常早已习惯了，但今天他特别高兴，因为他自己的情绪也很好。

“啊，都准备好了！那太好了！”他指指前厅里的皮箱说。

“是啊，得走了。我乘车去兜一回风，天气太好了，我真想到乡下去呢。没什么事拦着你吧？”

“我也这样希望呢。我去换换衣服，马上就来，我们再谈谈。你吩咐他们摆茶。”

他说完就到书房里去了。

他说“那太好了”的口气，带着几分侮辱人的味道，好像大人赞扬小孩子不再淘气那样。特别叫人难受的是，她悔罪的语气同他那种趾高气扬的音调正好形成强烈的对照。刹那间，她真想再跟他吵一场，但她竭力克制，还是高高兴兴地迎接他。

伏伦斯基一进来，她就告诉他今天是怎么过的，以及下乡的计划。这些话她多半早就准备好了。

“不瞒你说，我这简直是心血来潮，”她说，“何必坐在这里等离婚呢？乡下还不是一样？我再也待不下去了。我对离婚再不抱希望，再不愿听人家提到这件事。我决定不再让这事影响我的生活。你同意吗？”

“嗯！”他不安地望了望她那激动的脸色，说。

“您在那里究竟做些什么？有些什么人？”她沉默了一下，问。

伏伦斯基说了客人们的名字。

“酒席很精致，还有划船比赛，一切都蛮不错，不过莫斯科总免不了有些荒唐事。来了一位女人，据说是瑞典皇后的游泳教师，她表演了一番游泳技术。”

“怎么？她游泳了？”安娜皱着眉头问。

“穿着一件红色的游泳衣，又老又丑。那么，我们什么时候动身哪？”

“真荒唐！怎么，她游泳有什么特别吗？”安娜没有回答他的问题，径自说。

“根本没什么特别。我说，真是无聊透了。那么，你想什么时候走哇？”

安娜摇摇头，仿佛想摇掉什么不愉快的思想。

“什么时候走吗？越早越好。明天来不及了。后天吧。”

“嗯……不，等一下。后天是礼拜天，我要到妈妈那里去一下。”伏伦斯基说着露出尴尬的样子，因为一提到母亲，就发觉安娜狐疑的目光紧紧盯住他。他的窘态证实了她的猜疑。她顿时涨红脸，竭力躲开他。现在浮现在安娜眼前的已不是瑞典皇后的教师，而是那个同伏伦斯基母亲一起住在莫斯科近郊的索罗金娜公爵小姐了。

“明天你能走吗？”她问。

“不行！我要办的那件事的委托书和钱，明天都还拿不到。”他回答。

"既然如此，那我们索性不去了。"

"那又为什么呢？"

"再晚我就不去了。要走礼拜一走，不然就不走了！"

"这究竟是为什么呀？"伏伦斯基仿佛摸不着头绪地说，"简直没有道理！"

"对你来说是没有道理，因为你根本就不把我放在心上。你不想了解我的生活。我在这里只有一件事，就是照顾甘娜。你却说这是装腔作势；你昨天还说，我不爱女儿，却假装爱这个英国女孩，说什么这是不自然的；我倒很想知道，我在这里怎样生活才算自然！"

她猛地醒悟过来，对自己违反原来的主意感到大吃一惊。她明明知道这样会断送自己，但还是克制不住感情，不能不向他指出，他是多么错误，她不能对他让步。

"这话我从没说过，我只是说，我不赞成你突然喜欢起人家的孩子来。"

"你既然自命直爽，为什么不说实话呢？"

"我从来不自吹自擂，也从来不撒谎，"他竭力压制着冒上心来的怒火，低声说，"那太遗憾了，要是你不尊重……"

"尊重两字只是用来掩盖失去爱情的心。您要是不再爱我，那还不如直说。"

"不，简直叫人受不了！"伏伦斯基站起身来，大声叫道。他站在她面前，慢吞吞地说："你为什么要试验我的耐性呢？"他说话的神气仿佛有许多话要说，但是克制着，"凡事总有个限度。"

"您这话是什么意思？"她嚷道，恐怖地凝视着他整个脸上，特别是那双冷酷无情的眼睛里憎恨的光芒。

"我的意思是……"他刚开口，又停住了，"我倒想问问：您要我怎么样？"

"我能要您怎么样？我只能求您不要抛弃我，像您想的那样，"她说，明白他没有说出口来的话是什么，"不过这并不是我所要的，这是次要的。我要的是爱情，可是没有爱情。因此全完了！"

她向门口走去。

"等一下！你……等一下！"伏伦斯基仍旧皱着眉头，但拉住她的手，"这是怎么一回事？我说我们要推迟三天动身，你却说这是胡说，我这人不老实。"

"是的，我再说一遍：一个为我不惜牺牲一切的人竟然责备我，"她想起上次争吵时的话，说，"那就比一个不老实的人更坏，这种人没有心肝。"

"不，忍耐是有限度的！"他大声嚷道，立刻把她的手放掉。

"他恨我，这很明显。"她想，接着就默默地头也不回，踉踉跄跄走出房去。

“他爱上别的女人了，这一点越发明显了。”她走到自己房里，自言自语。“我需要爱情，可是没有爱情，因此一切全完了，”她重复着说过的话，“也应该完了。”

“可是怎么办？”她问自己，在镜子前面的安乐椅上坐下。

如今她到哪里去：到把她抚养成人的姑妈家去呢，还是到陶丽家去，或者独自出国？他此刻一个人在书房里做什么？这场争吵是决裂呢，还是又会言归于好？她在彼得堡的熟人会怎样谈论她呢？卡列宁对这事会有什么看法？他们的关系破裂以后将会怎样？形形色色的思想涌上心头，但她还没有完全沉浸在这些思想中。她心里还有一种模模糊糊的意识，她对它很感兴趣，但究竟是什么，她还不明确。她又想到卡列宁，想到她产后的那场病，以及当时盘踞在头脑里的念头。“我为什么不死掉！”——她忽然想到她当时说过的话和当时的心情。她恍然大悟，她心里藏着一个念头。是的，这是解决一切烦恼的唯一办法。“是的，死！……”

“阿历克赛·阿历山德罗维奇的耻辱，谢辽查的耻辱，还有我自己的难堪的耻辱——只要我一死，就都解决了。我一死，他就会后悔，就会可怜我，就会爱我，就会为我而悲痛。”她嘴角上挂着一丝自怜自爱的惨笑，坐在安乐椅上，把左手上的戒指取下又戴上，从不同角度生动地想象着她死后他的心情。

越来越近的脚步声，他的脚步声，搅乱了她的沉思。她假装在收拾戒指，没有回过头去。

他走到她跟前，拉住她的手，低声说：

“安娜，你想走，我们后天就走。我什么都同意。”

她没有作声。

“怎么样？”他问。

“你自己知道。”她说，这当儿她再也忍不住，放声痛哭起来。

“抛弃我，抛弃我吧！”她边哭边说，“我明天就走……我还要做出别的事来。我是什么人？我是个堕落的女人，是你身上的包袱。我不再折磨你，不再折磨你！我要让你自由。你不爱我，你爱上别的女人了！”

伏伦斯基请求她安静，向她担保她的妒忌毫无根据，他对她的爱情从没消失，今后也永远不会消失，他比以前更加爱她。

“安娜，你为什么要这样折磨自己和折磨我呢？”他吻着她的手说。这会儿，他脸上洋溢着一片柔情，她听出他的声音里掺和着眼泪，她手里也感觉到湿润。安娜不顾死活的妒意一转眼就变成不顾死活的狂恋；她搂住他，在他的头上、脖子上和双手上印满数不清的热吻。

25

第二天早晨，安娜觉得他们已完全言归于好，就兴致勃勃地动手收拾行装。他们究竟星期一走还是星期二走，还没有最后确定，因为昨天双方互相谦让，但安娜还是积极准备动身，虽然她觉得早一天走还是晚一天走，现在都没有关系。当他穿戴好了，比平日早来到她的房里时，她正站在一个打开的箱子前面，挑选着衣服用品。

“我现在到妈妈那里去一下，让她把钱托叶戈罗夫转给我。明天就可以动身了。”他说。

尽管她的情绪很好，但一提到上他母亲别墅去，她的心又被刺痛了。

“不，我也来不及收拾呢。”她嘴上这样说，心里却想：“这样看来，可以按我的意图办了。”接着又说：“不，随你的便好了。你到餐厅去吧，我马上就来，我把那些用不着的东西挑出来。”她说着把一些东西放到安奴施卡手臂里，而安奴施卡身上已经堆了一大堆衣服了。

安娜走进餐厅的时候，伏伦斯基正在吃牛排。

“说来你也不会相信，这些房间使我腻烦透了，”她在旁边坐下来喝咖啡，说，“再没有比这种有摆设的房间更叫人讨厌的了，既没有表情，又没有灵魂。这挂钟、窗帘，特别是糊墙纸，简直像噩梦。我想念伏兹德维任斯克，就像想念天堂一样。你还没把马匹打发走吗？”

“没有，等我们走了再打发。你要上哪儿去吗？”

“我要到威尔逊那儿去一下。我要给她送些衣服去，那么肯定明天走喽？”她喜气洋洋地说，但接着她的脸色突然变了。

伏伦斯基的侍仆进来要彼得堡来电的收据。伏伦斯基收到一份电报，原是不稀奇的，但他仿佛有什么事要瞒过她，说到书房里去拿收据，接着就慌慌张张地对她说：

“明天我一定把事情都办好。”

“谁的电报？”她不理他，问道。

“斯基华打来的。”他勉强回答。

“那你为什么不让我看看？难道斯基华对我还有什么事要隐瞒吗？”

伏伦斯基叫住仆人，要他把电报拿来。

“我不高兴给你看，因为斯基华是个电报迷。事情还没有眉目，何必来电报呢？”

“是离婚的事吗？”

“是的，但他说还毫无进展。答应一两天内给明确答复。喏，你拿去看吧。”

安娜双手哆嗦地接过电报，看到了伏伦斯基所说的内容。电文后面又加了一句：“希望甚微，当尽力而为。”

“我昨天说过，什么时候离婚，甚至离得成离不成，我都不在乎，”她涨红了脸说，“完全没有必要瞒着我。”接着她暗自想：“看来，他要是同别的女人通信，照样可以瞒着我。”

“雅希文同伏伊托夫今天早晨要来，”伏伦斯基说，“他看来赢了钱，弄得彼夫卓夫倾家荡产，简直无法偿还了。大约有六万卢布。”

“不！”她恼怒地说，因为他这样明显地改变话题，表示看出她在发脾气，“你怎么认为我对这消息会感兴趣，非得瞒过我不可呢？我说过，这事我连想都不愿意想，但愿你也同我一样。”

“我是关心的，因为我喜欢把事情弄弄明确。”他说。

“明确不在乎形式，在乎爱情，”她越说越恼火，倒不是因为他的话，而是因为他说话的语气那么冷静，“你为什么希望这样呢？”

“天哪，又是爱情！”他皱着眉头想。

“你不会不知道为什么，为了你，也为了未来的孩子们。”他说。

“不会再有孩子了。”

“那未免太遗憾了。”他说。

“你只想到孩子们，可是为什么不替我想想呢？”她完全忘记了或者根本没听见他说的“为了你，也为了孩子们”，这样责问他。

能不能再有孩子，早就成了他们争论并使她恼怒的问题。她认为，他希望再有孩子，就是不珍惜她的美。

“唉，我明明说过，为了你，主要是为了你，”他仿佛忍痛皱着眉头，重复说，“我认为你心情烦躁主要是由于身份不明。”

“是的，他不再装模作样了。他分明对我怀着冷酷的仇恨。”她不听他的话，暗自寻思，但心惊胆战地凝视着他那像法官一样冷酷无情的挑战目光。

“那可不是理由，”她说，“我简直不明白，既然我现在完全听你摆布，怎么还会成为心情烦躁的原因呢？还有什么身份不明的呢？正好相反。”

“我觉得遗憾，你不想明白我的意思，”他执拗地想把自己的想法说出来，打断她的话，“你觉得身份不明，就在于你以为我是自由自在的。”

“这一点你可以完全放心。”她说着背过身去喝咖啡。

她翘起小指，端起咖啡杯，举到嘴边。她喝了几小口，瞟了他一眼，从他的面部表情上清楚地看出，他讨厌她的手、她的姿势和她的声音。

“你母亲有什么想法，她要给你娶谁做媳妇，都不关我的事。”她用颤动的手放下杯子说。

“我们又不是谈这个。”

“不，就是谈这个。老实对你说，一个没有心肝的女人，不论她年老年轻，不论是你母亲还是别的什么女人，我都毫无兴趣，我根本不愿听到她的事。”

“安娜，我请求你谈到我的母亲时要尊重她。”

“一个女人不懂得什么是儿子的幸福和名誉，就是没有心肝。”

“我再一次请求你，谈到我所尊敬的母亲时要尊重她。”他提高嗓门，严厉地望着她说。

她没有回答。她凝视着他，凝视着他的脸和手，想起昨天他们和好时的种种景象，想起他热烈的爱抚。“他在别的女人身上一定也这样热烈地爱抚过，今后也还会这样的！”她暗自想。

“你并不爱你母亲。你这都是嘴上一套，嘴上一套，嘴上一套！”她恨恨地望着他说。

“既然如此，那么就得……”

“就得决定一下，我已经决定了。”她说完要走，这当儿雅希文正好走进来。安娜同他招呼一下，站住了。

为什么当她思潮翻腾，感觉到可能会有可怕下场的生死关头，她要在一个早晚会知道一切的陌生人面前装模作样呢？她说不上来，但立刻克制住内心的激动，坐下来，同客人攀谈。

“嗯，您近来怎么样？欠账都收齐了吗？”她问雅希文。

“还好，我看收齐是不可能的，礼拜三我就得走了。你们呢？”雅希文眯缝着眼睛望着伏伦斯基说，显然猜到他们刚才吵过嘴了。

“大概后天吧。”伏伦斯基说。

“你们不是早就想走吗？”

“现在已经决定了。”安娜说，她望着伏伦斯基的那种眼神表示，他别想再言归于好了。

“难道您就不可怜可怜倒霉的彼夫卓夫吗？”她继续同雅希文谈话。

“我从来不问我自己是不是可怜他，安娜·阿尔卡迪耶夫娜。您看，我的全部财产都在这里了，”他指指侧面的口袋，“现在我是个有钱人，可是今晚我到俱乐部去，说不定出来的时候就变成叫花子了。老实说，谁同我坐下来一起赌钱，谁就想叫我输个精光，我对他也是这样。瞎，我们就是这样赌个你死我活，乐趣也就在这里。”

“噢，要是您结过婚，”安娜说，“您太太会怎么样呢？”

雅希文笑了。

“看来就因为这个我没有结婚，也永远不打算结婚。”

“那么赫尔辛基的事呢？”伏伦斯基加入谈话说，接着瞧了一眼笑眯眯的安娜。

一遇到他的目光，安娜脸上立刻现出冷酷严厉的神情，仿佛对他说：“没有忘记呢。还是老样子。”

“难道您真的谈过恋爱吗？”她问雅希文。

“嚯，老天爷，谈过多少次了！不过，您要明白，有的人可以坐下来打牌，但只要幽会时间一到，站起来就跑。谈情说爱我也行，但不能耽误晚上的牌局。我就是这样安排的。”

“不，我不是问这个，我是说真正的恋爱。”她本想说赫尔辛基的事，可是不愿重复伏伦斯基说过的话。

那个向伏伦斯基买马驹的伏伊托夫来了，安娜站起身来，走了出去。

临走以前，伏伦斯基走到她房里。她想假装在桌上找寻什么东西，但觉得装假是可耻的，就对住他的脸冷冷地瞧了一眼。

“您要什么？”她用法语问。

“甘必塔的证书，我把它给卖了。”他说话的语气比语言更清楚地表示：“我没有工夫解释，解释也没有用。”

“我没有什么地方对不起她，”他想，“如果她自讨苦吃，那是她自作自受。”不过，当他出去的时候，他仿佛觉得她说了一句什么话，他的心突然因为怜悯她而揪紧了。

“什么，安娜？”他问。

“没什么。”她依旧那么冷淡而镇静地回答。

“没什么，那你就自作自受去吧！”他暗自想，又冷了心，转身就走。出门的时候，他在镜子里看见她脸色苍白，嘴唇发抖。他想站住，说句话安慰安慰她，可是话还没有想好，两脚已出了房门。这天他整天都不在家。晚上回来，侍女对他说安娜·阿尔卡迪耶夫娜头疼，请他不要到她房里去。

26

他们从来不曾闹过一整天别扭，今天是破题儿第一遭。其实也不是什么闹别扭，而是公开承认感情冷淡了。他在房里拿证书，冷冰冰地瞅了她一眼。他怎么能用这样的眼光瞅她呢？瞅了一眼，明明看见她绝望、心碎，怎能不吭一声，若无其事地走掉？他不仅对她冷淡，而且恨她，因为他显然爱上别的女人了。

安娜一面回想着他全部冷酷无情的话，同时想象着一些他显然想说而说不出口的冷言冷语，越来越恼火了。

"我不留您，"他会这样说，"您要去哪儿可以去哪儿。您不愿同您丈夫离婚，大概是想回到他那里去吧？您回去得了。您要是需要钱，我可以给您。您要多少卢布？"

在她的想象中，他说了只有粗汉才说得出口的种种最残酷的话，她不能饶恕他，仿佛他真的说过这些话。

"他这个忠厚老实人，昨天不是还发誓真心爱我吗？以前我不是也多次感到绝望，其实都没有必要吗？"她紧接着又自言自语。

除了访问威尔逊花去两小时外，安娜整天都沉溺在猜疑中：是一切全完了，还是有希望言归于好；是马上就走，还是再见他一面。她等了他一整天又一个黄昏，最后吩咐侍女转告他她头疼，自己走进卧室，同时心里合计着："要是他听了侍女的话仍来看我，说明他还是爱我的。要是不来，那就是说一切全完了。我就得决定该怎么办！……"

晚上，她听见他的马车停下的声音、他的打铃声、他的脚步声和同侍女谈话的声音。他听了侍女的话，信以为真，不再探问什么，就到自己房里去了。可见一切全完了。

死现在是促使他恢复对她的爱情、惩罚他、让她心里的恶魔在同他搏斗中取得胜利的唯一手段。这种死的情景生动地出现在她的眼前。

去不去伏兹德维任斯克，同丈夫离不离婚，如今都是小事，都是不重要的。只有一件事非做不可，那就是惩罚他。

她倒出通常服用的一剂量鸦片，并且想到只要把这整瓶药一饮而尽就可以死去，实在容易得很。她不禁又津津有味地想象着他将多么痛苦，悔恨和追忆对她的爱情，可是已来不及的情景。她睁着眼睛躺在床上，在一支残烛的微光中望着天花板的雕花墙冠和屏风投上去的一小片阴影，脑子里生动地想象着，当她不在人间而只给他留下一个回忆的时候，他会有什么感触。"我怎能对她说出那么冷酷的话来呢？"他会这样自怨自艾。"我怎能一言不发就离开她的房间？如今她已经没有了。她永远离开我们了。她在那里……"屏风的阴影突然摇曳起来，笼罩了整个天花板和周围的墙冠；同时有些阴影从另一个方向朝她袭来；刹那间阴影消失了，然后又飞快地从四面八方涌来，摇曳着，融成一片。于是周围变得一团漆黑。"死！"她想。灭亡的恐惧攫住了她，她好半天弄不清她在什么地方。她想再点亮一支蜡烛来代替那支熄灭的残烛，可是双手哆嗦，怎么也找不着火柴。“不，什么都不要紧，只要活下去就行！因为我爱他，他也爱我！那些都是往事，什么都会过去的。”她一面说，一面感觉到欢庆复活的泪水沿着面颊滚滚而下。为了摆脱恐惧，她慌忙往他书房走去。

他在书房里睡得很熟。她走到他跟前，举起蜡烛照着他的脸，好一阵望着他。这会儿，他睡着了，她实在爱他，一看见他的模样，就忍不住流出爱的热泪。不过她知道，他一醒来，就会用自以为是的冷酷目光看她；她要向他倾诉爱情，首先非得向他证明是他负她不可。她没有弄醒他，回到自己房里，又服了一剂量鸦片，到天快亮时才睡去。但噩梦联翩，不断惊醒，始终没有完全失去意识进入睡乡。

早晨，她又做了同伏伦斯基结合前做过多次的那种噩梦，并且被吓醒了。一个胡子蓬乱的小老头，弯着腰摆弄一样铁器，嘴里喃喃地说着莫名其妙的法国话。每次做这种噩梦，她总是恐怖地发觉那乡下人并不理会她，却用铁器在她身上乱捅。她惊醒过来，一身冷汗。

她起床的时候，回想昨天的往事，好像隔着一片迷雾。

“吵过一次嘴。这种事发生过多次了。我说我头疼，他没有进来。我们明天就动身，我得去看看他，作好准备。”她自言自语道。听说他在书房里，她就去找他。她穿过客厅的时候，听见门口有辆马车停下来。她往窗外一望，看见一个戴紫帽的年轻姑娘从车窗里探出头来，对那个打门铃的仆人吩咐着什么。有人在前厅谈了几句话，走上楼去。接着就听见客厅外面传来伏伦斯基的脚步声。他快步走下楼去。安娜又走到窗前。她看见他没有戴帽子，走到台阶上，向马车走去。那戴紫帽的年轻姑娘交给他一包东西。伏伦斯基笑眯眯地对她说了一句什么。马车走了，他又急急地跑上楼来。

笼罩着她整个心灵的迷雾突然消散了。昨天的种种感受重又刺痛着她那颗受伤的心。她怎么也无法理解，自己怎么会不顾屈辱，在他房里待上一整天。她走进他的书房，去向他表明自己的决心。

“刚才索罗金娜母女路过这里，从妈妈那里给我带来钱和证件。我昨天没有弄到。你的头怎么样？好些吗？”他若无其事地说，不愿看到也不愿探究她那阴郁而得意的神色。

她站在房间中央，默默地凝望着他。他对她瞧了一眼，皱了皱眉头，继续看信。她转过身，慢吞吞地走出房去。他还来得及把她唤回来，但她走到门口，他还是不作声。只听见他翻阅信件的飒飒声。

“喂，我问你，”她已经走到门口，他这才开口了，“我们明天一定走，是不是？”

“您走，我不走！”她转身对他说。

“安娜，这种日子叫人怎么过呀……”

“您走，我不走！”她重复说。

“这简直叫人受不了！”

“您……您会后悔的！”她说着走了出去。

他被她说这话时的绝望语气吓坏了，霍地跳起来，想去追她，但定了定神，又坐下，咬紧牙关，皱起眉头。这种他认为无礼的威胁使他大为恼火。“我什么都试过了，”他想，“只剩下一个办法，就是置之不理。”于是他就准备进城，再到母亲那里去一次，请她在委托书上签个字。

她听见他在书房和餐厅里走动的脚步声。他在客厅门口站住了。但他没有拐到她的屋里来，他只关照仆人，他不在的时候可以让伏伊托夫把马驹带走。随后她听见马车驶过来，大门打开了，他又走到门外。接着他又回到门厅里，有人跑上楼来。原来是侍仆上楼拿主人忘记的手套。她走到窗口，看见他看也不看地接过手套，拍拍车夫的背，对他说了些什么。然后，他没有抬头望望窗口，同平常一样洒脱地坐上马车，一条腿搁在另一条腿上，戴上手套，就在转角处消失了。

27

“他走了！全完了！”安娜站在窗前自言自语。回答她的只有蜡烛熄灭后的黑暗同噩梦留下的印象，她心里充满了冷彻骨髓的恐惧。

“不，这是不可能的！”她大声叫道，穿过房间，拼命打铃。这会儿，她真的害怕独个儿待着，不等人来，就走去迎接。

“去打听一下，伯爵上哪儿去了。”她说。

仆人回答说，伯爵到马厩去了。

“伯爵让我禀告您，您要是想出门，马车就会回来的。”

“好的。等一下。我这就写一张条子。叫米哈伊尔把条子送到马厩里去。快一点儿。”

她坐下来写道：

是我错了。快回家，有话面谈。看在上帝的分上，快回来，我害怕极了。

她把信封好交给仆人。

现在她害怕独个儿等着，就随着仆人走出房间，往育儿室走去。

“嗐，怎么搞的，这不是他，不是他！他那双蓝眼睛和他那怯生生的可爱笑容在哪里？”她精神恍惚，原希望在育儿室里看到谢辽查，却看到了胖鼓鼓、红喷喷、长着一头乌黑鬈发的小女孩，禁不住这样想。女孩子坐在桌旁，拿一个瓶塞子在桌上乱敲，一双乌溜溜的眼睛茫然地瞪着母亲。安娜回答英国保姆说，她身体很好，明天下乡去，接着就在女孩旁边坐下，拿瓶塞子在她面前旋转着。但孩子响亮的笑声和眉毛一扬的姿势太像伏伦斯基了，她好容易忍住呜咽，慌忙站起身来，走了出去。“难道真的一切全完了？不，这是不可能的，”她想，“他会回来的。他将怎样向我解释他和她谈话后的笑容和兴奋劲儿呢？但即使不解释，我也相信他。我要是不相信他，那就只剩下一条路了……我可不愿意。”

她看了看表。才过了十二分钟。“这会儿他接到条子，一定回家来了。要不了多少工夫，再过十分钟……万一他不回来怎么办？不，不会的。可不能让他看出我的眼睛哭过了。我去洗个脸。咦，我头发梳过了没有？没梳过？”她问自己，但是记不起来。她摸摸头。“哦，对，梳过了，可是什么时候梳的，一点也记不起了。”她甚至不相信自己的手，走到镜子前面照照，看是不是真的梳过了。头发是梳过了，但她记不起什么时候梳的。“这是谁呀？”她望着镜子里那个脸上发烧、两只异样地闪闪发亮的眼睛盯住她的女人，想。“对了，这就是我。”她恍然大悟，从头到脚打量着自己，突然觉得他在吻她的全身，她打了个哆嗦，耸耸肩膀。然后把手举到嘴边吻了吻。

“怎么啦，我疯了！”她走进卧室，安奴施卡正在收拾屋子。

“安奴施卡。”她唤了一声，在侍女面前站住了，眼睛瞪着她，不知道对她说什么好。

“您得去看望达丽雅·阿历山德罗夫娜。”侍女懂事地说。

“去看望达丽雅·阿历山德罗夫娜吗？是的，我要去的。”

“十五分钟去，十五分钟来。他已经动身回来了，马上就要到了。”她摸出表，看了看。“可他怎么能这样撇下我自己跑掉呢？他不同我和好怎么能过日子呢？”她走到窗口，望望大街。算时间他该回来了。但也可能计算得不正确，她就重新回忆他什么时候走的，一分钟一分钟地计算着时间。

她刚走到挂钟前面去对表，就有人乘车来了。她往窗外一望，看见他的马车。但没有人上楼来，只听得楼下说话的声音。这是派去的仆人坐马车回来了。她下楼去迎接。

“伯爵没有碰到。他到下城车站去了。”

“你怎么啦？什么？……”她问那个把字条交还给她的红光满面、喜气洋洋的米哈伊尔。

“原来他并没有接到字条。”她恍然大悟。

“把这个条子送到伏伦斯基伯爵夫人的乡下去，你知道吗？立刻带回信来。”她对送信的人说。

“那么我自己……我自己做什么呢？”她想，“对了，我去看看陶丽，要不我会疯的。对了，我再打个电报去。”她拿起笔来写电文：

我有话要谈，即来。

她发了电报，去换衣服。穿好衣服，戴上帽子，她又望了望身子发胖、样子文静的安奴施卡的眼睛。她这双善良的灰色小眼睛，显然露出同情的神色。

“安奴施卡，好朋友，叫我怎么办哪？”安娜边哭边说，颓然倒在安乐椅上。

“您不要这样难过，安娜·阿尔卡迪耶夫娜！这种事总是难免的。您出去走走，散散心吧。”侍女说。

“是的，我这就去，”安娜打起精神，站起来说，“要是我不在家有电报来，就送到达丽雅·阿历山德罗夫娜那里去……不，我会回来的。”

“是的，不要东想西想了，得做些事，出去，主要是离开这座房子。”她自言自语，恐怖地听着自己心脏的扑扑跳动，急忙走出大门，坐上马车。

“您上哪儿，夫人？”彼得还没有跳上驭座就问。

“到兹纳敏卡街，奥勃朗斯基家。”

28

天气晴朗了。下了一早上的蒙蒙细雨，这会儿刚刚放晴。铁皮屋顶，人行道石板，马路上的鹅卵石，马车上的车轮、皮件、铜器和白铁，一切都在五月的阳光下闪闪发亮。下午三点钟正是街上最热闹的时候。

套着一对灰马的舒适的弹簧马车在飞驰中微微摇晃，安娜坐在车上的一角，在一刻不停的辚辚声中，眼望着窗外瞬息万变的景象，重新回顾这几天来的事件，对自己处境的看法同在家里时完全不同了。死的念头现在对她已不那么可怕那么肯定，死也不再是不可避免的了。现在她责备自己竟这样妄自菲薄。“我求他饶恕。我向他屈服，主动认了错。何必呢？难道没有他我就不能过吗？”她没有解答这个问题，却看起商店的招牌来。“公司和仓库……牙科医生……是的，我要把一切全告诉陶丽。她不喜欢伏伦斯基。这是丢人的、痛苦的，但我要把一切全告诉她。她爱我，我愿意听她的话。我对他不再让步，我不许他教训我……菲里波夫，精白面包。据说他们是把发好的面团送到彼得堡来的。莫斯科的水真好哇。还有梅基兴的矿泉和薄饼。”她回想起好久好久以前，她十七岁那年，同姑妈一起去朝拜三圣修道院。“当时是坐马车去的。难道那个双手冻得红红的姑娘就是我吗？有多少东西，当时觉得高尚美好，如今却变得一钱不值，过去的东西再也要不回来了。当时我能相信自己有一天会落到如此可耻的下场吗？他收到我的条子准会得意忘形了！但我会给他点颜色瞧瞧……这油漆味好难闻哪！他们怎么老是造个没完漆个没了的？……时装店和女帽店。”她又看看招牌。有个男人向她鞠躬。这是安奴施卡的丈夫。“是我们的寄生虫，”她想起伏伦斯基说过的话，“我们的？为什么是我们的？可怕的是不能把往事连根拔掉。不能拔掉，但可以忘却。我要把它忘却。”这时她想起同卡列宁的往事，想起她怎样把它从记忆中抹掉。“陶丽会以为我抛弃了第二个丈夫，因此当然是我的不是。我何必要人家说我是呢！我办不到！”她自言自语，伤心得想哭。但她立刻想，那两个姑娘什么事笑得那么开心。“大概是想到爱情了吧？她们不知道这事有多么痛苦，多么卑鄙……林荫道和孩子们。三个男孩在奔跑，玩着赛马游戏。唉，谢辽查！我失去一切，也不能使他再回来了。是的，他要是不回来，我就失去了一切了。说不定他赶不上火车，这会儿已经回家。我又要低三下四了！”她责备自己。“不，我要去找陶丽，向她坦白：我不幸，我自作自受，全是我不是，可我确实很不幸，你帮帮我忙吧……这两匹马，这辆马车——我坐着有多难受——都是他的，可我以后再也看不到它们了。”

安娜思考着她要向陶丽把心里的话都讲出来，不惜触痛自己的心，走上楼去。

“有客人吗？”她在前厅问。

“卡吉琳娜·阿历山德罗夫娜·列文来了。”仆人回答。

“吉娣！就是伏伦斯基恋爱过的那个吉娣，”安娜想，“他对她总是念念不忘。他后悔没有同她结婚。可他一想到我，总是怀恨在心，后悔同我结合。”

安娜到的时候，姐妹俩正在谈论哺育婴儿的事。陶丽单独出来迎接这位打断她们谈话的客人。

“哦，你还没有走吗？我正要去看你呐！”陶丽说，“我今天收到斯基华的信。”

“我们也收到他的电报了。”安娜一面回答，一面回头张望，找寻吉娣。

“他来信说，他不明白阿历克赛·阿历山德罗维奇究竟存什么心，但他得不到答复是不走的。”

“我想你有客人吧。可以让我看看信吗？”

“是的，吉娣在，”陶丽尴尬地说，“她在育儿室里。她生了一场大病。”

“我听说了。可以让我看看信吗？”

“我这就去拿。不过他并没有拒绝，相反，斯基华觉得蛮有希望呢。”陶丽站在门口说。

“我可不抱希望，我也没有这个要求。”安娜说。

“噢，吉娣是不是认为同我见面会辱没她的身份？”安娜剩下独自一人时想，“也许她是对的。但她不该……她这个同伏伦斯基恋爱过的人不该这样对待我，虽然这是事实。我知道，凡是正派女人都因我的身份不愿接见我。我知道，自从我为他牺牲一切的最初一刹那起，情况就是这样！这是报应！嗐，我真恨死他了！我来这儿干吗呀？只有更痛苦，更难受！”她听见姐妹俩在隔壁商量。“如今叫我对陶丽说什么好呢？让吉娣看到我的不幸，我求她庇护，这样来安慰她吗？不，就连陶丽也不会理解的。我同她谈也没有用。我只要看看吉娣，让她知道现在谁也不放在我眼里，什么事也不放在我心上，我什么都不在乎，就行了。”

陶丽拿了信出来。安娜看完信，默默地交还给她。

“这些我全知道了，”她说，“我一点儿也不感兴趣。”

“那是为什么呀？我倒抱着希望呢。”陶丽好奇地瞧着安娜说。她从没见过安娜心情这样烦躁。“你什么时候动身？”她问。

安娜眯缝起眼睛望着前方，没有回答。

“吉娣怎么躲着我呀？”她望着门口，涨红了脸说。

“嗳，别瞎说！她在喂奶，她弄不来，我在教她……她听说你来很高兴呢。她马上就来，”陶丽不会撒谎，窘态毕露地说，“你看，她来了。”

吉娣知道安娜来了，本想不出来，但是陶丽把她说服了。吉娣鼓足勇气，走进来，脸涨得通红，走到安娜面前，伸出一只手。

“看到您我真高兴。”她声音哆嗦地说。

吉娣对这个不规矩的女人抱着敌意，但又想对她表示宽宏大量。在这种内心矛盾中，她心慌意乱，不知所措，但一看到安娜美丽可爱的脸，对安娜的敌意就完全消失了。

“您要是不愿意同我见面，我也不会觉得奇怪的。什么事我都习惯了。您害过病了吗？是的，您的样子变了。”安娜说。

吉娣发觉安娜望她的目光带有几分敌意。她认为这是由于安娜以前庇护过她，如今自己却落到这个境地，因而感到难堪。吉娣心里替她难过。

她们谈到吉娣的病，谈到婴儿，谈到斯基华，但安娜对这些事显然毫无兴趣。

“我是来向你辞行的。”安娜站起来说。

“您什么时候动身？”

安娜又没有回答，转身继续同吉娣攀谈。

“是的，看到您我真高兴。”安娜笑眯眯地说。“我从各方面听到您的情况，甚至从您丈夫嘴里听到。他到我那里去过了，我很喜欢他。”安娜说这话显然不怀好意，“他现在在哪里？”

“他到乡下去了。”吉娣红着脸说。

“请代我向他致意，一定向他致意。”

“一定！”吉娣天真地重复她的话，满怀同情地注视着她的眼睛。

“那么，别了，陶丽！”安娜吻了吻陶丽，握了握吉娣的手，匆匆地走了。

“还是同原来一样，还是那么迷人，真美！”又剩下姐妹俩时，吉娣说，“不过她有一种说不出的可怜相！真可怜！”

“可不是，今天她有点异样，”陶丽说，“我送她到前厅，发觉她想哭呢。”

29

安娜上了马车，情绪比离家时更坏。除了原来的痛苦，又加上了被侮辱被唾弃的感觉，这是她在遇见吉娣时明显地感觉到的。

“您上哪儿，夫人？回家吗？”彼得问。

“是的，回家。”她说，现在根本不考虑她要到哪里去。

“他们瞧着我，就像瞧着什么稀奇古怪、神秘莫测的东西。他们那么起劲地谈些什么呀？”她望着两个步行的人想。“难道人能把自己的感受讲给别人听吗？我原来也想给陶丽讲讲，幸亏没有讲。她看到我的不幸会高兴的！表面上她会不动声色，但看到我由于她所妒忌的欢乐而受惩罚，她会感到高兴。吉娣会更加高兴。我可把她看透了！她知道我在她丈夫心目中特别有魔力，因此吃我的醋，恨我，瞧不起我。在她的眼里，我是个道德败坏的女人。我如果真是个道德败坏的女人，只要我高兴，早就把她的丈夫迷住了……我的确有过这样的念头……瞧这家伙好神气。”这时一个红光满面的胖子迎面而来，把她当作熟人，掀了掀他那亮光光的秃头上的亮光光的大礼帽，接着发觉认错了人。安娜看见他，这样想：“他还以为认识我呢。其实他并不认识我，天下没有一个人认识我。连我自己都不认识我自己。正像法国人说的：我只认识我自己的胃口。你瞧，他们要吃那种肮脏的冰淇凌。他们就知道吃。”两个男孩拦住卖冰淇凌的小贩，那小贩从头上放下木桶，用手巾擦擦汗淋淋的脸，安娜望着他们，心里想：“大家都喜欢吃可口的甜食。没有糖果，就吃肮脏的冰淇凌。吉娣也是这样，得不到伏伦斯基，就要列文。她还吃我的醋呢。她还恨我呢。我们彼此互相仇恨。我恨吉娣，吉娣恨我。这是事实。……理发大师邱金。我总是请邱金替我梳头的……等他来了，我要告诉他。”她想着微微一笑，但立刻想到如今可没有人同她说笑话了。“其实也没有什么可笑的和好玩的。一切都叫人讨厌。晚祷的钟声响了，那个商人多么一本正经地画着十字！仿佛怕失掉什么。这些教堂，这些钟声，这些谎言，都有什么用？无非是想掩盖我们彼此的仇恨，像这些破口对骂的车夫一样。雅希文说：‘他想使我输个精光，我对他也是这样。’这倒是真的！”

她在胡思乱想中暂时忘记了自己的处境，最后来到家门口。直到看见门房出来迎接她，才想起她发出的信和电报。

“有回信吗？”她问。

“让我看看。”门房回答。他朝桌上望了望，拿起一封薄薄的方形电报交给她。“十时前不能回来。伏伦斯基。”她念道。

“那么，送信的回来没有？”

“还没有，夫人。”门房回答。

“啊，既然如此，那我知道该怎么办。”她自言自语，心头起了一股无名火和复仇的欲望，她跑上楼去。“我亲自去找他。同他永别以前，我要把话同他说个明白。我从没像恨他这样恨过人！”她心里想。一看见衣帽架上挂着他的帽子，她嫌恶得浑身打了个哆嗦。她没想到他这个电报是回答她的电报的，他当时还没有收到她的信。她满心以为这会儿他正悠闲地同母亲和索罗金娜小姐聊天，拿她的痛苦取乐呢。“是的，得赶快走。”她对自己说，还不知道该到哪里去。她想尽快摆脱她在这座可怕房子里所产生的情绪。仆人、墙壁、房子里的每样东西好像几座大山压在她身上，引起她的嫌恶和憎恨。

“对了，我得到火车站去，要是找不到他，就到那边去揭穿他的把戏。”安娜看了看报上的火车时刻表。晚上八点二十分有一班车。“是的，我赶得上的。”她吩咐换上两匹马，自己动手把几天需用的东西收拾到行李袋里。她知道再也不会回来了。在掠过头脑的种种计划中，她模模糊糊地选定了一种，也就是在火车站或者伯爵夫人庄院里闹了一场以后，她就乘下城铁路的火车，在最先停靠的城里住下来。

晚饭已经摆好。她走到桌旁，闻了闻面包和奶酪，觉得样样食品都令人恶心，就吩咐仆人套好车，走出门去。房子已在整条街上投下阴影，天气晴朗，在夕阳下还很暖和。不论拿着行李送她出来的安奴施卡，还是把行李放上马车的彼得，或者情绪不佳的车夫，个个都使她讨厌，他们的言语和举动都惹得她生气。

"我不需要你了，彼得。"

"那么车票怎么办？"

"嗯，随你的便吧，反正都一样。"她不耐烦地回答。

彼得跳到驭座上，两手叉腰，吩咐车夫上火车站。

30

"哦，又是那个姑娘！我什么都明白了。"马车刚走动，安娜就自言自语。马车在石子路上摇摇晃晃，发出辘辘的响声，一个个印象又接二连三地涌上她的脑海。

"嗯，我刚才想到一件什么有趣的事啦？"她竭力回想。"是理发大师邱金吗？不，不是那个。噢，有了，就是雅希文说的：生存竞争和互相仇恨是人与人之间的唯一关系……哼，你们出去兜风也没意思。"她在心里对一群乘驷马车到城外游玩的人说。"你们带着狗出去也没用。你们逃避不了自己的良心。"她随着彼得转身的方向望去，看见一个喝得烂醉的工人，摇晃着脑袋，正被一个警察带走。"哦，他这倒是个办法。"她想。"我同伏伦斯基伯爵就没有这样开心过，尽管我们很想过这种开心的日子。"安娜这是第一次明白她同他的关系，这一点她以前总是避免去想的。"他在我身上追求的是什么呀？与其说爱情，不如说是满足他的虚荣心。"她回想起他们结合初期他说过的话和他那副很像驯顺的猎狗似的神态。现在一切都证实了她的看法。"是的，他流露出虚荣心得到满足的自豪。当然也有爱情，但多半是取得胜利时的得意。他原以得到我为荣。如今都已过去了。没有什么值得得意的了。没有得意，只有羞耻。他从我身上得到了一切能得到的东西，如今再也不需要我了。他把我看作包袱，但又竭力装作没有忘恩负义。昨天他说漏了嘴，要我先离婚再结婚。他这是破釜沉舟，不让自己有别的出路。他爱我，但爱得怎么样？热情冷却了[①]……那个人想出风头，那么得意扬扬的，"她望着那个骑一匹赛跑马的面色红润的店员想，"唉，我已没有迷住他的风韵了。我要是离开他，他会打心眼里高兴的。"

这倒不是推测，她看清了人生的意义和人与人之间的关系。

---

① 原文为英语。

“我在爱情上越来越热烈，越来越自私，他却越来越冷淡，这就是我们分手的原因。”她继续想。“真是无可奈何。我把一切都寄托在他身上，我要求他也更多地为我献身。他却越来越疏远我。我们结合前心心相印，难舍难分；结合后却分道扬镳，各奔西东。这种局面又无法改变。他说我无缘无故吃醋，我自己也说我无缘无故吃醋，但这不是事实。我不是吃醋，而是感到不满足。可是……”突然一个念头涌上心来，她激动得张开了嘴，在马车上挪动了一下身子。“我真不该那么死心塌地做他的情妇，可我又没有办法，我克制不了自己。我对他的热情使他反感，他却弄得我生气，但是又毫无办法。难道我不知道他不会欺骗我，他对索罗金娜没有意思，他不爱吉娣，他不会对我变心吗？这一切我全知道，但我并不因此觉得轻松。要是他并不爱我，只是出于责任心才对我曲意温存，却没有我所渴望的爱情，那就比仇恨更坏一千倍！这简直是地狱！事情就是这样。他早就不爱我了。爱情一结束，仇恨就开始……这些街道我全不认识了。还有一座座小山，到处是房子，房子……房子里全是人，数不清的人，个个都是冤家……嗳，让我想想，怎样才能幸福？好，只要准许离婚，卡列宁把谢辽查让给我，我就同伏伦斯基结婚。”一想到卡列宁，她的眼前立刻鲜明地浮现出他的形象，他那双毫无生气的驯顺而迟钝的眼睛，他那皮肤白净、青筋毕露的手，他说话的腔调，他扳手指的声音。她又想到了他们之间也被称为爱情的感情，不禁嫌恶得打了个寒噤。“好吧，就算准许离婚，正式成了伏伦斯基的妻子。那么，吉娣就不会像今天这样看我吗？不。谢辽查就不会再问到或者想到我有两个丈夫吗？在我和伏伦斯基之间又会出现什么感情呢？我不要什么幸福，只要能摆脱痛苦就行了。有没有这样的可能呢？不，不！”她毫不迟疑地回答自己，“绝对不可能！生活迫使我们分手，我使他不幸，他使我不幸；他不能改变，我也不能改变。一切办法都试过了，螺丝坏了，拧不紧了……啊，那个抱着婴儿的女叫花子，她以为人家会可怜她。殊不知我们投身尘世就是为了相互仇恨、折磨自己、折磨别人吗？有几个中学生走过来，他们在笑。那么谢辽查呢？”她想了起来。“我也以为我很爱他，并且被自己对他的爱所感动。可我没有他还不是照样生活，我拿他去换取别人的爱，在爱情得到满足的时候，我对这样的交换并不感到后悔。”她嫌恶地回顾那种所谓爱情。如今她把自己的生活和别人的生活看得一清二楚，她感到高兴。“我也罢，彼得也罢，车夫菲多尔也罢，那个商人也罢，凡是受广告吸引到伏尔加河两岸旅行的人，到处都是这样，永远都是这样。”当她的马车驶近下城车站的低矮建筑物，几个挑夫跑来迎接时，她这样想。

“票买到奥比拉洛夫卡吗？”彼得问。

她完全不记得她要到哪里去，去做什么，费了好大劲才听懂他这个问题。

“是的。”她把钱包交给他说，手里拿了一个红色小提包，下了马车。

她穿过人群往头等车候车室走去，渐渐地想起了她处境的细节和她犹豫不决的计划。于是，忽而希望，忽而绝望，又交替刺痛她那颗受尽折磨扑扑乱跳的心。她坐在星形沙发上等待火车，嫌恶地望着进进出出的人（她觉得他们都很讨厌），忽而幻想她到了那个车站以后给他写一封信，信里写些什么，忽而幻想他不了解她的痛苦，反而向母亲诉说他处境的苦恼，就在这当儿她走进屋子里，对他说些什么话。忽而她想，生活还是会幸福的，她是多么爱他，又多么恨他呀，还有，她的心跳得好厉害呀。

31

铃声响了。有几个年轻人匆匆走过。他们相貌难看，态度蛮横，却装出一副煞有介事的样子。彼得穿着制服和半筒皮靴，他那张畜生般的脸现出呆笨的神情，也穿过候车室，来送她上车。她走过站台，旁边几个大声说笑的男人安静下来，其中一个低声议论着她，说着下流话。她登上火车高高的踏级，独自坐到车厢里套有肮脏白套子的软座上。手提包在弹簧座上晃了晃，不动了。彼得露出一脸傻笑，在车窗外掀了掀镶金线的制帽，向她告别。一个态度粗暴的列车员砰的一声关上车门，上了闩。一位穿特大撑裙的畸形女人（安娜想象着她不穿裙子的残废身子的模样，不禁毛骨悚然）和一个装出笑脸的女孩子，跑下车去。

“卡吉琳娜·安德列夫娜什么都有了，她什么都有了，姨妈！”那女孩子大声说。

“连这样的孩子都装腔作势，变得不自然了。”安娜想。为了避免看见人，她迅速地站起来，坐到面对空车厢的窗口旁边。一个肮脏难看、帽子下露出蓬乱头发的乡下人在窗外走过，俯下身去察看火车轮子。“这个难看的乡下人好面熟。”安娜想。她忽然记起那个噩梦，吓得浑身发抖，连忙向对面门口走去。列车员打开车门，放一对夫妇进来。

“您要出去吗，夫人？”

安娜没有回答。列车员和上来的夫妇没有发觉她面纱下惊惶的神色。她回到原来的角落坐下来。那对夫妇从对面偷偷地仔细打量她的衣着。安娜觉得这对夫妻都很讨厌。那个男的问她可不可以吸烟，显然不是真正为了要吸烟，而是找机会同她攀谈。他取得了她的许可，就同妻子说起法国话来，他谈的事显然比吸烟更乏味。他们装腔作势地谈着一些蠢话，存心要让她听见。安娜看得很清楚，他们彼此厌恶，彼此憎恨。

是的，像这样一对丑恶的可怜虫不能不叫人嫌恶。

铃响第二遍了，紧接着传来搬动行李的声音、喧闹、叫喊和笑声。安娜明白谁也没有什么值得高兴的事，因此这笑声使她恶心，她真想堵住耳朵。最后，铃响第三遍，传来了汽笛声、机车放汽的尖叫声，挂钩链子猛地一牵动，做丈夫的慌忙画了个十字。"倒想问问他为什么要这样做。"安娜恶狠狠地盯了他一眼，想。她越过女人的头部从窗口望出去，看见站台上送行的人仿佛都在往后滑。安娜坐的那节车厢，遇到铁轨接合处有节奏地震动着，在站台、石墙、信号塔和其他车厢旁边开过；车轮在铁轨上越滚越平稳，越滚越流畅，车窗上映着灿烂的夕阳，窗帘被微风轻轻吹拂着。安娜忘记了同车的旅客，在列车的轻微晃动中吸着新鲜空气，又想起心事来。

"啊，我刚才想到哪儿了？对了，在生活中我想不出哪种处境没有痛苦，人人生下来都免不了吃苦受难，这一层大家都知道，可大家都千方百计哄骗自己。不过，一旦看清真相又怎么办？"

"天赋人类理智就是为了摆脱烦恼嘛。"那个女人装腔作势地用法语说，对这句话显然很得意。

这句话仿佛解答了安娜心头的问题。

"为了摆脱烦恼。"安娜模仿那个女人说。她瞟了一眼面孔红红的丈夫和身子消瘦的妻子，明白这个病恹恹的妻子自以为是个谜样的女人，丈夫对她不忠实，使她起了这种念头。安娜打量着他们，仿佛看穿了他们的关系和他们内心的全部秘密。不过这种事太无聊，她继续想她的心事。

"是的，我很烦恼，但天赋理智就是为了摆脱烦恼；因此一定要摆脱。既然再没有什么可看，既然什么都叫人讨厌，为什么不把蜡烛灭掉呢？可是怎么灭掉？列车员沿着栏杆跑去做什么？后面那节车厢里的青年为什么嚷嚷啊？他们为什么又说又笑哇？一切都是虚假，一切都是谎言，一切都是欺骗，一切都是罪恶！……"

火车进站了，安娜夹在一群旅客中间下车，又像躲避麻风病人一样躲开他们。她站在站台上，竭力思索她为什么到这里来，打算做什么。以前她认为很容易办的事，如今却觉得很难应付，尤其是处在这群不让她安宁的喧闹讨厌的人中间。一会儿，挑夫们奔过来抢着为她效劳；一会儿，几个年轻人在站台上把靴子后跟踩得咯咯直响，一面高声说话，一面回头向她张望；一会儿，对面过来的人笨拙地给她让路。她想起要是没有回信，准备再乘车往前走，她就拦住一个挑夫，向他打听有没有一个从伏伦斯基伯爵那里带信来的车夫。

"伏伦斯基伯爵吗？刚刚有人从他那里来。他们是接索罗金娜伯爵夫人和女儿来的。那个车夫长得怎么样？”

她正同挑夫说话的时候，那个脸色红润、喜气洋洋的车夫米哈伊尔，穿着一件腰部打褶的漂亮外套，上面挂着一条表链，显然因为那么出色地完成使命而十分得意，走到她面前，交给她一封信。她拆开信，还没有看，她的心就揪紧了。

“真遗憾，我没有接到那封信。我十点钟回来。”伏伦斯基潦草地写道。

“哼！不出所料！”她带着恶意的微笑自言自语。

“好，你回家去吧！”她对米哈伊尔低声说。她说话的声音很低，因为剧烈的心跳使她喘不过气来。“不，我不再让你折磨我了。”她心里想，既不是威胁他，也不是威胁自己，而是威胁那个使她受罪的人。她沿着站台，经过车站向前走去。

站台上走着的两个侍女，回过头来打量她，评论她的服装：“真正是上等货。”——她们在说她身上的花边。几个年轻人不让她安宁。他们又盯住她的脸，怪声怪气地又笑又叫，在她旁边走过。站长走过来，问她乘车不乘车。一个卖汽水的男孩目不转睛地望着她。“天哪，我这是到哪里去呀？”她一面想，一面沿着站台越走越远。她在站台尽头站住了。几个女人和孩子来接一个戴眼镜的绅士，他们高声地有说有笑。当她在他们旁边走过时，他们住了口，回过头来打量她，她加快脚步，离开他们，走到站台边上。一辆货车开近了，站台被震得摇晃起来，她觉得她仿佛又在车上了。

她突然想起她同伏伦斯基初次相逢那天被火车轧死的人，她明白了她应该怎么办。她敏捷地从水塔那里沿着台阶走到铁轨边，在擦身而过的火车旁站住了。她察看着车厢的底部、螺旋推进器、链条和慢慢滚过来的第一节车厢的巨大铁轮，竭力用肉眼测出前后轮之间的中心点，估计中心对住她的时间。

“那里！”她自言自语，望望车厢的阴影，望望撒在枕木上的沙土和煤灰，“那里，倒在正中心，我要惩罚他，摆脱一切人，也摆脱我自己！”

她想倒在开到她身边的第一节车厢的中心。可是她从臂上取下红色手提包时耽搁了一下，来不及了，车厢中心过去了。只好等下一节车厢。一种仿佛投身到河里游泳的感觉攫住了她，她画了十字。这种画十字的习惯动作，在她心里唤起了一系列少女时代和童年时代的回忆，周围笼罩着的一片黑暗突然打破了，生命带着它种种灿烂欢乐的往事刹那间又呈现在她面前，但她的目光没有离开第二节车厢滚近拢来的车轮。就在前后车轮之间的中心对准她的一瞬间，她丢下红色手提包，头缩在肩膀里，两手着地扑到车厢下面，微微动了动，仿佛立刻想站起来，但又扑通一声跪了下去。就在这一刹那，她对自己的行动大吃一惊。“我这是在哪里？我这是在做什么？为了什么呀？”她想站起来，闪开身子，可是一个冷酷无情的庞然大物撞到她的脑袋上，从她背上轧过。“上帝呀，饶恕我的一切吧！”她说，觉得无力挣扎。一个矮小的乡下人嘴里嘟囔着什么，在铁轨上干活。那支她曾经用来照着阅读那本充满忧虑、欺诈、悲哀和罪恶之书的蜡烛，闪出空前未有的光辉，把原来笼罩在黑暗中的一切都给她照个透亮，接着烛光发出轻微的哔剥声，昏暗下去，终于永远熄灭了。

第 八 部

1

差不多过了两个月。已经是盛夏时节，柯兹尼雪夫才准备离开莫斯科。

在这期间，他的生活中发生了一些重大事件。他花了六年心血写成的著作《试论欧洲和俄国国家基础和形式》，一年前完稿，其中一些章节和序言已在刊物上发表过，另一些章节柯兹尼雪夫也读给朋友们听过，因此这部著作的思想内容对公众已不新鲜，但柯兹尼雪夫还是期望它的出版会在社会上造成重大影响，即使不是一场学术革命，也将轰动学术界。

这部著作经过仔细修订，去年已正式出版，并且分发到书商手里。

柯兹尼雪夫向任何人提到这本书，朋友们问起，他都回答得很淡漠，他也从不向书商打听书的销路，其实他十分关心这部著作给社会和学术界的最初印象。

但是，过了一星期、两星期、三星期，社会上没有任何反应。他的朋友、专家和学者有时出于礼貌才提到它。那些对学术著作不感兴趣的熟人根本没有提到过它。目前社会上关心别的事，对它十分冷淡。学术期刊上整整一个月对这本书只字不提。

柯兹尼雪夫精确估计写书评需要的时间，可是过了一个月、两个月，始终毫无反应。

只有在《北方甲虫》一篇讽刺小品文里，谈到倒嗓歌唱家德拉班吉时，顺便插了几句话，批评柯兹尼雪夫的著作，说它早就受到大家的谴责和普遍的嘲笑。

到了第三个月，终于在一本严肃的杂志上出现了一篇批判文章。柯兹尼雪夫认识文章作者，在高鲁勃卓夫家见过他。

作者是个年轻有病的小品文作家，文笔泼辣，但教养极差，在私人交往上很胆怯。

柯兹尼雪夫虽然很瞧不起这位作者，但还是认真阅读这篇文章。这篇文章实在太厉害了。

写小品的人显然完全不理解这部著作，但巧妙地摘录了片言只语，使没有看过这书的人（事实上几乎谁也没有看过它）觉得整部著作只是辞藻的堆砌，文字很不恰当（已用问号标出），作者是个不学无术的人。批评的手法十分巧妙，使柯兹尼雪夫自己都无法否认，厉害也就厉害在这里。

柯兹尼雪夫分析这位评论家的论点是否正确，态度虽十分诚恳，但他从不认真考虑人家所指责的缺点错误，认为人家显然是有意挑剔。不过，他立刻不由自主地仔细回忆他同这位作者见面和交谈的情况。

“我有没有什么地方得罪了他？”柯兹尼雪夫问自己。

他记起上次见到这个年轻人，曾纠正他语言上的粗鲁无礼，这样就找到了对方写这篇文章的动机。

这篇文章发表后，对他的著作没有任何反应，不论文字的或者口头的。柯兹尼雪夫看到他六年心血完全白费了。

他觉得特别痛苦，因为在完成这部作品以后，不再有占据他大部分时间的著述工作了。

柯兹尼雪夫天资聪明，很有教养，身体健康，精力充沛，如今不知道该把精力往哪里使。交际场所的谈话，各种会议上的发言，花去了他一部分时间，但他是个城市居民，不愿像他那个缺乏生活经验的弟弟来到莫斯科那样，把时间全部花在谈话上，因此他还有许多空闲的时间和脑力活动的能力。

在他著作失败后最痛苦的时期，幸亏原来不受人重视的斯拉夫问题，开始取代异教徒、欢迎美国朋友、萨玛拉大饥荒、各种展览会和招魂术等问题。柯兹尼雪夫原是提出斯拉夫问题的人之一，就全心全意投入这项活动。

柯兹尼雪夫所属的圈子，除了斯拉夫问题和塞尔维亚战争外，什么也不谈，什么文章也不写。一向无所事事的人，如今都把全部时间用来为斯拉夫人服务。跳舞会、音乐会、宴会、演讲、妇女服装、啤酒、小饭馆——一切都证明大家是支持斯拉夫人的。

有关这个问题的许多言论和文章，柯兹尼雪夫在细节上并不同意。他看到斯拉夫问题在社会上已成了时髦的谈话资料——这种谈话资料总是在不断翻新。他看到许多人参与其事，怀有自私和虚荣的目的。他认为报刊大量登载夸大其词的东西，目的只是哗众取宠，压倒别人。他看到在这波澜壮阔的社会浪潮中，冲在最前、叫得最响的都是些郁郁不得志的人：没有军队的司令、没有部门的部长、没有刊物的记者和没有党羽的党魁。从这个问题上，他看到许多东西是轻率可笑的，但同时看到并且承认那种联合社会上各阶级、令人感动的日益高涨的热情。屠杀同教教友和斯拉夫弟兄的事件，引起大家对受难者的同情和对压迫者的愤恨。塞尔维亚人和门的内哥罗人为崇高事业而英勇斗争，激发全体人民不是口头上而是用行动来支援兄弟民族的愿望。

此外还有一件事使柯兹尼雪夫感到高兴，那就是舆论的表现。整个社会明确表示它的愿望。正如柯兹尼雪夫说的那样，“表现了民族精神”。他越深入研究这个问题，就看得越清楚，这将是一个规模浩大的划时代事件。

他全心全意投入这个伟大的运动，把著作也给忘了。

如今他忙得不可开交，连答复来信和要求的时间都没有。

他忙了一个春天和一部分夏天，直到七月才准备下乡到弟弟那里去。

他准备去休息两个星期，同时在全民族最神圣的地方，在偏僻的乡村，饱览一下民族精神高涨的景象。对这种精神他同全体首都居民都深信不疑。卡塔瓦索夫早就想实践去列文家访问的诺言，就和他同行。

2

柯兹尼雪夫同卡塔瓦索夫刚刚到达今天特别热闹的库尔斯克车站，下了马车，回头望望押送行李的仆人，就看到一批批志愿兵乘驷马车驰来。妇女们手拿花束欢送他们，她们在一群蜂拥而来的人的护送下进入车站。

有一个前来欢送志愿兵的贵夫人，走出候车室，招呼柯兹尼雪夫。

“您也来送行吗？”她用法语问。

“不，公爵夫人，我自己出门。到弟弟家去休息。您老是给人家送行吗？”柯兹尼雪夫似笑非笑地说。

“不能不送啊！”公爵夫人回答，“我们这里已经送走了八百人，是吗？马尔文斯基不相信我的话呢。”

“超过八百了。如果加上不是直接从莫斯科出发的，已超过一千了。”柯兹尼雪夫说。

“可不是，我说嘛！”那位贵夫人快乐地响应说，“据说已经募捐了将近一百万卢布，是吗？”

“超过了，公爵夫人。”

“今天有什么消息？又把土耳其军击败了？”

“是的，我看到了。”柯兹尼雪夫回答。他们谈到最新消息，证实连续三天土耳其军在各个据点被击败，四下逃跑，明天将有一场决战。

“嗯，想麻烦您一件事：有个很好的年轻人要求参军，不知怎的遭到留难。我想请您给他写个条子。我认识他，是李迪雅伯爵夫人介绍来的。”

柯兹尼雪夫详细询问公爵夫人那个要求参军青年的情况，走进头等车候车室，写了一张条子，交给公爵夫人。

“您知道吗？伏伦斯基伯爵，那位大名鼎鼎的……也坐这趟车。”当他找到公爵夫人，把条子交给她时，公爵夫人带着得意和微妙的笑容说。

“我听说他要走，但不知道什么时候。他坐这一趟车吗？”

“我见到过他，他在这里待了一阵。只有母亲来给他送行。到头来他也没有别的出路了。”

“噢，那当然。”

他们谈的时候，人群从他们旁边向餐室拥去。他们也向那边移动，看见一个绅士手拿酒杯，声音洪亮地向志愿兵讲话。“为信仰、为人类和同胞效劳！”他越说越响。“莫斯科母亲祝福你们去完成伟大的事业！万岁！”他声泪俱下地叫道。

人人都欢呼“万岁！”又有一群人拥到候车室，险些把公爵夫人撞倒。

“嘿！公爵夫人，怎么样！”奥勃朗斯基突然出现在人群中，满面春风地说。“说得漂亮，热情，是吗？太好了！还有谢尔盖·伊凡诺维奇！您最好也讲几句鼓励鼓励。您是行家。”他添上说，露出亲切、尊敬和谨慎的微笑，轻轻地推推柯兹尼雪夫的手臂。

“不，我马上就要走了。”

“上哪儿？”

“到乡下弟弟那里去。”柯兹尼雪夫回答。

“那您会见到我妻子的。我写过信给她，但您可以更早见到她。请您告诉她，您见到我了，一切都好。[1]她会明白的。不过，麻烦您对她说一声，我已当上联合委员会理事了……嗯，是的，她会明白的！您知道，这是人生的小小苦恼。”他仿佛道歉似的对公爵夫人说，“米雅赫基公爵夫人，不是丽莎，是比比施，送去一千支步枪和十二名护士。我跟您说过吗？”

“是的，我听说了。”柯兹尼雪夫不大乐意地回答。

“您要走了，真可惜！”奥勃朗斯基说。“明天我们要设宴欢送两个参战的人：一个是彼得堡的迪米尔－巴特尼央斯基，另一个是我们的维斯洛夫斯基。两人都要出发了。维斯洛夫斯基结婚才不久，真是个好样的！是不是，公爵夫人？”他对公爵夫人说。

公爵夫人没有回答他，却对柯兹尼雪夫望了望。柯兹尼雪夫和公爵夫人似乎想摆脱奥勃朗斯基，但这并没使他感到狼狈。他笑嘻嘻地一会儿望望公爵夫人帽上的羽毛，一会儿左顾右盼，仿佛在回想什么事。他看见一位太太拿着募捐箱走过，就叫她过来，塞进一张五卢布钞票。

“只要口袋里还有钱，我看见募捐箱就不能无动于衷。”奥勃朗斯基说，“今天有

---

① 原文为英语。

什么消息？那些门的内哥罗人可真了不起！”

“真的吗？”当公爵夫人告诉他伏伦斯基也搭这班车的时候，他叫道。奥勃朗斯基的脸刹那间显得很哀伤，但稍微过了一会儿，当他抚摸着络腮胡子，微微摇晃着两腿走进伏伦斯基的房间时，他就完全忘记了当时伏在妹妹尸体上失声痛哭的情景，而把伏伦斯基看作一位英雄和老友。

“尽管他有许多缺点，也不能不为他说句公道话。”奥勃朗斯基一走开，公爵夫人对柯兹尼雪夫说。“您瞧，这是真正的俄罗斯性格，斯拉夫性格！不过我怕伏伦斯基看到他会难过的。不论怎么说，这个人的遭遇太使我感动了。路上您同他谈谈吧。”公爵夫人说。

“好的，要是有机会的话。”

“我一向不喜欢他，但这事改变了大家对他的看法。他不仅自己去，还出钱带一连骑兵去。”

“是的，我听说了。”

铃响了。大家向门口拥去。

他看见一位太太拿着募捐箱走过，就叫她过来，塞进一张五卢布钞票。

“这就是他！”公爵夫人指着身穿长外套、头戴阔边黑呢帽、挽着母亲走去的伏伦斯基，说。奥勃朗斯基走在他旁边，兴奋地谈着什么。

伏伦斯基皱着眉头，眼睛瞧着前方，仿佛不在听他说话。

大概是奥勃朗斯基告诉了他，他朝公爵夫人和柯兹尼雪夫站着的方向望了望，默默地掀了掀帽子。他那张饱经沧桑而显得苍老的脸简直像化石一样。

走到站台上，伏伦斯基默默地让母亲走过去，自己也消失在单间车厢里。

站台上奏起了国歌《上帝保佑沙皇》，然后是一片“万岁”的喊声。有一个志愿兵，身材很高，胸脯凹陷，年纪很轻，拿毡帽和花束在头上挥着，特别显眼地行着礼。接着两个军官和一个蓄大胡子、戴油腻制帽的老人也探出头来行礼。

3

柯兹尼雪夫向公爵夫人告别后，同卡塔瓦索夫一起走进挤得水泄不通的车厢。火车开动了。

在察里津车站，列车受到一群整齐地唱着《颂歌》的青年的欢迎。志愿兵又伸出头来，又行礼，但柯兹尼雪夫毫不在意，他同志愿兵打交道打得多了，很了解他们，对他们不感兴趣。但卡塔瓦索夫一向忙于学术活动，没有机会观察志愿兵，因此对他们很感兴趣，不断向柯兹尼雪夫询问他们的事。

柯兹尼雪夫劝他到二等车厢亲自同他们谈谈。到了下一站，卡塔瓦索夫就照他的话做去。

车一停，他就走到二等车厢，同志愿兵攀谈起来。志愿兵坐在车厢角落里，高谈阔论，显然知道乘客们和进来的卡塔瓦索夫都在注意他们。说话声音最响的是那个胸脯凹陷的高个子。看样子他喝醉了，正在讲他们学校里发生过的一件事。坐在他对面的，是一个穿着奥地利近卫军军服的老军官。老军官笑眯眯地听着他讲，偶尔打断他的话。第三个穿炮兵军服，坐在他们旁边的手提箱上。第四个睡着了。

卡塔瓦索夫同那个青年谈话，知道他原是莫斯科富商，不到二十二岁就把一大笔家产挥霍光了。卡塔瓦索夫不喜欢他，因为他娇生惯养，身体虚弱，毫无大丈夫气概，但他却以英雄自居，自吹自擂，叫人讨厌，此刻喝多了酒，更是肆无忌惮。

第二个是个退伍军官，也给卡塔瓦索夫留下不愉快的印象。这人看来阅历丰富，曾在铁路上工作，当过经理，办过工厂，此刻讲的话都毫无意义，而且滥用术语。

第三个是炮兵，同前面两个不一样，很招卡塔瓦索夫的喜欢。他是个谦逊文静的人，显然很崇拜那个退伍军官的学问和那个商人的慷慨，却只字不提自己的事。卡塔瓦索夫问他去塞尔维亚的动机是什么，他谦虚地回答说：

“没什么，大家都去嘛。应该帮帮塞尔维亚人。真替他们难过。”

“是的，那边特别缺少像您这样的炮兵。”卡塔瓦索夫说。

“但我在炮兵队里干了还没多久，说不定会把我派到步兵或者骑兵队里去的。”

“现在最需要炮兵，怎么会把您派到步兵里去呢？”卡塔瓦索夫从这位炮兵的年龄推测，他的军阶一定相当高。

“我在炮兵里没干过多久，我是个退伍的士官生。”他说着开始解释，为什么军官考试他没有及格。

这一切都给了卡塔瓦索夫不愉快的印象。当志愿兵下车到站上喝酒时，卡塔瓦索夫想同谁谈谈，来证实自己得到的不良印象。一个穿军大衣的老年旅客，一直在倾听卡塔瓦索夫同志愿兵谈话。等只剩下他们两人时，卡塔瓦索夫就同他攀谈起来。

“是的，动身去那边的人，情况确实各各不同。”卡塔瓦索夫含糊其词地说，他想发表意见，也想引出老头儿的看法。

那老头儿是个军人，经历过两次战争。他知道怎样才算个真正的军人，但从这些人的外表和谈吐，从他们一路上抱住酒瓶不放的那份酒兴看来，他认为他们都是些该死的兵痞。他住在县城里，想讲讲他们那里有个退伍军人，又是酒鬼，又是小偷，因为没有人雇他做工就参了军。不过，他凭经验知道，在目前这种气氛中，发表与众不同的意见是危险的，尤其不能指摘志愿兵，因此他窥察着卡塔瓦索夫的神色。

“是啊，那边很需要人。”他眼睛里含着笑意说。他们谈论最新的战争消息，向对方掩饰着自己的疑虑，不知明天将同谁作战——根据最新消息，土耳其军已在各个据点被击溃了。结果，直到分手，两人都没有发表意见。

卡塔瓦索夫回到他的车厢里，不由得违心地对柯兹尼雪夫讲了他观察志愿兵的印象，说他们都是出色的战士。

在一个大城市的车站上，欢迎志愿兵的又是一片歌声和欢呼声，又是拿着募捐箱的男男女女，本城的妇女们又向志愿兵献花，陪着他们走进餐厅。不过这一切比起莫斯科来可差得远了。

4

列车停靠在省城车站，柯兹尼雪夫没有到餐厅去，却在站台上来回踱步。

他第一次经过伏伦斯基的房间，看见百叶窗关上了。但第二次经过时看见老伯爵夫人坐在窗口。她招手叫他过去。

“嗯，我现在送他到库尔斯克去。”她说。

“是的，我听说了。”柯兹尼雪夫说，站在她的窗口往里张望。“他这次行动真是太漂亮了！”他发觉伏伦斯基不在里面，加上说。

“出了那件倒霉事以后，他还能做什么呢？”

“那件事真是太可怕了！”柯兹尼雪夫说。

“唉，我这是受的什么罪！您请进来吧……唉，我这是受的什么罪！”柯兹尼雪夫走进车厢，坐在她旁边的软座上，她重复说。“简直没法想象！整整六个礼拜，他跟谁也不说一句话，要不是我求他，什么东西也不吃。简直一分钟也不能让他独个儿待着。我们把可以用来自杀的东西全拿走了，我们都住在楼下，谁也不能担保他不出什么事。您知道，他为了她已经开枪自杀过一次了，”她说，一想到这事她那苍老的前额又蹙了起来，“是的，她的下场正是她那种女人应得的下场。连死的方式都挑得那么卑贱下流。”

“审判她可不是我们的事，伯爵夫人，”柯兹尼雪夫叹息说，“但我懂得这件事对您有多痛苦。”

“唉，甭提了！当时我住在我家庄院里，他也在我那里。有人送来一封信。他写了回信，叫那人带回去。我们根本不知道她就在车站上。晚上我刚回到屋里，我的梅丽告诉我有位太太卧轨自杀了。真是晴天霹雳！我知道就是她。我当时就关照：不要对他说。可他们已经告诉他了。当时他的车夫在场，什么都看见了。我跑到他屋里，看见他已经精神失常，那个模样可吓人啦！他一言不发，骑上马往那里直奔。我不知道那里的情况究竟怎样，但他被送回来时已经像死人一样没有知觉。我都快认不出他来了。医生说是‘完全虚脱’。后来就有点疯疯癫癫了。”

“唉，提他干什么！”伯爵夫人摆摆手说。“那些日子太可怕了！哼，她怎么说也是个坏女人。哎，这种不要命的热情算什么呀！无非让人看出她这人不正常罢了。就是这么一回事。她毁了自己，也毁了两个好人：她的丈夫和我那可怜的儿子。”

“她丈夫怎么了？”柯兹尼雪夫问。

“他带走了她的女儿。阿历克赛最初什么都答应了。如今他可后悔把自己的女儿给了人家。可是话出了口，又不好收回。卡列宁来参加了葬礼，我们竭力不让他同阿历克赛见面。这样对他，对做丈夫的，都要好些。她使他自由了，可我那个可怜的孩子完全被她给毁了。他抛弃了一切：他的前途和我，可是她还不肯放过他，存心把他彻底给毁掉。咳，不论怎么说，她这种死法就是一个堕落的不信教的女人的死法。上帝饶恕我吧，我眼看儿子给毁了，没法不恨她。”

“那他现在怎么了？”

“上帝拯救了我们：发生了塞尔维亚战争。我老了，不懂这种事，但对他来说确是上帝的恩典。当然，我这个做母亲的有点担心，再有，据说彼得堡对这事也另有看法。可是有什么办法呢！这是唯一能使他振作起来的事。雅希文，他的朋友，把钱输得精光，也要到塞尔维亚去。是雅希文来看他，把他动员去的。如今这事可引起了他的兴致。您去同他谈谈吧，我希望能使他散散心。他太伤心了。倒霉的是他的牙又痛了。不过，他看见您一定会高兴的。请您去同他谈谈，他就在那边散步。”

柯兹尼雪夫说他很高兴见伏伦斯基，说着就往站台那一头走去。

5

站台上，货物在夕照下投出的斜影里，伏伦斯基身穿长外套，帽子压得很低，双手插在口袋里，仿佛笼中的野兽，踱来踱去，每走二十步就猛地转个身。柯兹尼雪夫发觉他走过去的时候，伏伦斯基看见他，却假装没有看见。柯兹尼雪夫不在意。他不计较同伏伦斯基的个人恩怨。

这时候，在柯兹尼雪夫眼里，伏伦斯基是个从事伟大事业的伟大人物，他觉得有责任鼓励伏伦斯基，赞扬伏伦斯基。他就走到伏伦斯基面前。

伏伦斯基站住了，凝神细看，认出是柯兹尼雪夫，就上前几步，使劲握住他的手。

“也许您并不希望同我见面，”柯兹尼雪夫说，“不过，我能不能为您效点劳哇？”

“对我来说，同您见面比同谁见面都少些不愉快，”伏伦斯基说，“您不要见怪。人生对我已没有什么愉快的事了。”

“这我了解，我愿意为您效劳，”柯兹尼雪夫凝视着伏伦斯基痛苦不堪的脸，说，“要不要为您给李斯基奇[①]或者米兰[②]写封信哪？”

“噢，不用了！”伏伦斯基仿佛好容易才听懂他的话，说。“要是您不介意，那我们一起走走。车厢里太气闷了。写信吗？不，谢谢您，一个人去死是不用什么介绍信的。除非写给土耳其人……”他嘴角上微微一笑，说。他那双眼睛依旧流露出愤恨和

① 李斯基奇，当时塞尔维亚外交部长。

② 米兰，当时塞尔维亚亲王，后当塞尔维亚王。

痛苦的神情。

“是的，不过您同有地位的人建立些关系还是需要的，这样可以方便些。不过，当然随您的便。我很愿意知道您的决定。眼前对志愿兵攻击得太多了，因此像您这样的人去一定可以改变舆论。”

“我这人，”伏伦斯基说，“好就好在对生死毫不在意。冲锋也好，砍杀也好，倒下也好，我的力气都是足够的——这一点我知道。我高兴的是有机会献出我的生命——我觉得不仅多余而且简直讨厌的生命。它对别人也许还有点用处。”他的下颚由于一刻不停的剧烈牙痛而抽搐着，使他说话时无法表现他想表现的感情。

“我敢担保，您会重新振作起来的。”柯兹尼雪夫十分感动地说。“为了把同胞弟兄从压迫下解放出来，出生入死也是值得的。但愿上帝赐给您战斗的胜利和内心的平静。”他加上说，伸出手。

伏伦斯基紧紧握住柯兹尼雪夫的手。

“是的，作为一个工具，我还有些用处。可是，作为一个人，我已是个废物了。”他一字一顿地说。

他那阔大牙齿的剧痛使他嘴里充满口水，妨碍他说话。他不作声，凝视着那沿铁轨缓慢而平稳地滚过来的煤水车的车轮。

突然，一种截然不同的感觉，不是身上的疼痛，而是揪心的难受，使他刹那间忘记了牙痛。一看到煤水车和铁轨，再加上同那次事件以后没见过面的朋友一谈话，他顿时想起了她，想起了那天他像疯子一样冲进车站看见她所剩下的一切：一张长桌上，在一群陌生人的围观下，那不久前还充满生命的血肉模糊的尸体，不知羞耻地横陈着；那盘着浓密发辫、鬓角上覆着几绺鬈发的完整的脑袋向后仰着；那张美丽的脸上，嘴唇半开半闭，凝聚着一种异样的神情——嘴唇悲怆凄凉，那双没有闭上的凝然不动的眼睛动人心魄，仿佛在说他们吵嘴时她对他说的那句可怕的话：“你会后悔的！”

他竭力回忆第一次——也在车站上——见面时她的模样：神秘，妩媚，热情，自己追求幸福，也赐给人幸福，不像她最后一次留给他的冷酷的复仇神气。他竭力回忆同她在一起的幸福时刻，但这些时刻永远被糟蹋了。他只记得，她曾威胁他将饮恨终生，她胜利了。他不再觉得牙疼。一阵抽泣使他扭歪了脸。

他默默地在货物堆旁来回踱了两次，才勉强控制感情，平静地对柯兹尼雪夫说：

“今天没有什么消息吗？是的，他们第三次被击败了，看来明天会有一场决战。”

他们又议论了一阵米兰国王的宣言和它可能发生的巨大影响，听见铃响第二遍，就分手各自回车厢去。

6

柯兹尼雪夫不知自己什么时候可以从莫斯科脱身，所以没有打电报叫弟弟去接。当卡塔瓦索夫和柯兹尼雪夫坐着在车站上雇的四轮马车，像阿拉伯人一样风尘仆仆，正午到达波克罗夫斯克家门的时候，列文不在家里。吉娣同父亲和姐姐坐在阳台上，一认出大伯，就跑下去迎接。

“您怎么好意思不通知一下！”她一面说，一面伸出手给柯兹尼雪夫，并且凑过去让他吻吻前额。

“我们平安到达，没有惊动你们，”柯兹尼雪夫回答，“我一身是灰，真不敢碰你了。我近来很忙，不知道几时可以脱身。你们还是老样子，”他笑嘻嘻地说，“在幽静的好地方，不受潮流冲击，享享清福。你看，我们的朋友卡塔瓦索夫到底也来了。”

“不过，我不是黑人，只要一洗干净，又会像个人的。”卡塔瓦索夫习惯成自然地用戏谑的口吻说，微笑着伸出手。他的牙齿因为脸黑而显得格外洁白光亮。

“康斯坦京准会高兴的。他到农场去，该回来了。”

“他一直在搞他的农业。真是田园风光啊！”卡塔瓦索夫说，“可我们在城里，除了塞尔维亚战争，什么也看不见。那么，我们那位朋友对时局有什么看法？一定与众不同吧？”

“哦，他吗？没什么，同大家一样，”吉娣窘态毕露地转身望望柯兹尼雪夫，回答说，“我这就派人去找他，爸爸现在住在我们这里。他刚从国外回来。”

吉娣派人去找列文，又叫仆人带两位风尘满面的来客到屋里梳洗：一个到书房里，另一个到陶丽的大房间里，又吩咐给客人备饭，自己就敏捷地——这在她怀孕期是不允许的——跑到阳台上。

“谢尔盖·伊凡诺维奇和卡塔瓦索夫教授来了。”她说。

“啊呀，这么大热天，真够辛苦的了！”老公爵说。

“不，爸爸，他这人挺可爱，康斯坦京很喜欢他。”吉娣发觉父亲脸上嘲弄的神气，微笑着说，仿佛在向他恳求什么似的。

“我倒没什么。”

“你去招待招待他们吧，好姐姐，”吉娣对姐姐说，“他们在车站上见到斯基华了，他身体很好。我要去看看米嘉。真糟糕，自从吃茶点起还没喂过他呢。这会儿他该醒了，一定在哭了。”她觉得乳房发胀，快步向育儿室走去。

不出所料（她同婴儿生理上的联系还没有断），她凭自己乳房发胀知道他饿了。

她知道不等她走到育儿室，婴儿已在哭了。果然他在嚷嚷。她听见他的声音，加快脚步，但她走得越快，他哭得也越响。哭声很响亮健康，听得出是饿了，等不及了。

“哭了好一阵了吗，保姆？”吉娣一面坐下来准备喂奶，一面急急地说，“快把他抱给我。唉，保姆，你怎么这样慢吞吞的，嗐，帽子回头再系好了！”

婴儿声嘶力竭地啼哭着。

“总得弄弄好哇，少奶奶，”几乎一直待在育儿室里的阿加菲雅说，“总得把我们收拾得整整齐齐的。噢，噢！”她哄着婴儿，却不理做母亲的。

保姆把婴儿抱给母亲。阿加菲雅跟着走过去，慈祥的微笑使她的脸都松开了。

“他认得人，认得人。千真万确，卡吉琳娜·阿历山德罗夫娜少奶奶，他认得我呢！”阿加菲雅嗓门压倒婴儿的啼声叫道。

但吉娣不听她的。她同婴儿一样越来越急躁了。

由于急躁，好一阵没有喂上奶。婴儿没有吮到奶，生气了。

经过一番剧烈的啼哭、打呛以后，总算顺当了，母子都定下心来，不再作声。

“啊呀，可怜的宝贝浑身上下都是汗呢！”吉娣摸着婴儿的身子，低声说。“为什么你说他会认人了呢？”她加上说，斜睨着她觉得调皮地从小帽子底下望着她的婴儿的眼睛，又瞧瞧他那有节奏地一起一伏的小腮帮，以及他那在空中画着圆圈的粉红色小手。

“不可能！要是他认得人，那么准认得我了。”吉娣回答阿加菲雅，嫣然一笑。

她嫣然一笑，因为她嘴里虽说不可能认得人，心里却觉得他不仅认得阿加菲雅，而且什么都知道，什么都懂得，他还知道和懂得许多谁也不知道的事，她这个做母亲的就是依靠他而知道和懂得许多东西的。对阿加菲雅，对保姆，对外祖父，对父亲来说，米嘉只是一个需要物质照顾的生物；但对母亲来说，他早就是个有精神生活的人，她同他早就有一系列精神上的联系了。

“等他醒来，上帝保佑，您准会看到的。只要我这样一来，他就会高兴得笑起来，那宝贝，简直像明亮的太阳！”阿加菲雅说。

“嗯，好的，好的，我们回头看吧，”吉娣喃喃地说，“现在你去吧，他睡着了。”

7

阿加菲雅踮着脚尖走了出去；保姆放下窗帘，从小床纱帐里赶走苍蝇和一只在玻璃窗上乱撞的大胡蜂，这才坐下来，拿一把桦树帚在母子头上挥动着。

“热死了！老天爷就是落几滴小雨也好哇！”她说。

“是啊，是啊，嘘……嘘……”吉娣这样回答，微微摇晃身子，亲热地握住米嘉那只胖得手腕上仿佛有一根线束着的小手。米嘉那双眼睛忽而闭上，忽而睁开，他那只小手却一直在轻轻挥动。这只小手逗得吉娣心神不宁，她很想吻吻它，但又怕把孩子弄醒。那只小手终于不动了，眼睛也闭上了。那婴儿偶尔一面吃奶，一面扬起弯弯的长睫毛，在朦胧的光线中用他那双乌溜溜水汪汪的眼睛盯住母亲。保姆停止打扇，打起瞌睡来。可以听见楼上老公爵洪亮的说话声和卡塔瓦索夫哈哈大笑的声音。

“我不在，他们一定谈得很起劲。”吉娣想。“康斯坦京不在，总叫人恼火。他一定又到养蜂场去了。他常常到那里去，虽然叫人寂寞，可我还是高兴的。可以让他散散心。现在他比春天时快活多了，精神也好多了。要不然他老是那么闷闷不乐，心里烦恼，我真替他担心呢。他这人真可笑！”她笑盈盈地自言自语着。

她知道什么事使丈夫烦恼。就是他不信教。要是有人问她是不是认为他不信教来世就要灭亡，她准会同意他将灭亡。虽然如此，他的不信教并没使她觉得不幸。她承认一个不信教的人灵魂不能得救，而天下她最爱的就是丈夫的灵魂，但她想到他的不信教还是笑嘻嘻的，并且暗自说他这人真可笑。

“他一年到头尽读那些哲学书做什么？”她想。“要是这一切都写在书里，他会懂得的。要是书上的话都是胡扯，还读它做什么？他自己也说希望有信仰。那他又为什么不信教呢？大概是因为想得太多吧？想得太多是由于孤独。他老是一个人，一个人。他同我们又谈不来。我想这两个客人会使他高兴的，特别是卡塔瓦索夫。他喜欢同卡塔瓦索夫谈天。”她想，接着她又立刻考虑让卡塔瓦索夫睡在哪里好——让他单独住一间，还是和柯兹尼雪夫同住。这当儿，她突然想到一件事，激动得浑身打了个哆嗦，把米嘉都惊醒了。他睁开眼睛，不乐意地望了她一眼。“洗衣妇看来还没把洗好的东西送来，客人用的干净床单一条也没有了。要是我不去料理一下，阿加菲雅就会拿用过的床单给柯兹尼雪夫铺床。”吉娣一想到这事，血就往脸上直涌。

“是的，我要去料理一下。”她下定决心，又回到原来的思路上；她记得还有一个重要的心灵问题没有思考好，就重新想起来。“是的，康斯坦京不是教徒。”她想到这里又浮起了微笑。

“嗯，他不是教徒！但与其像施塔尔夫人或者我在国外想望做的那种人，还不如让他永远像现在这样。是的，至少他不会装腔作势。”

前不久那件证明他心地善良的事，又历历在目地呈现在她眼前。两星期前，陶丽接到奥勃朗斯基一封悔罪的信。他恳求她挽救他的名誉，卖掉她的地产来替他还债。

陶丽绝望了，恨透丈夫，又蔑视他，又可怜他，决定同他离婚，拒绝他的要求，但临了还是同意卖掉一部分产业。这事以后，吉娣不由得带着柔情的微笑，回想丈夫当时那种羞涩的神态。他一再想解决这件他关心的事，终于想出了一种可以帮助陶丽而又不伤她自尊心的办法，那就是让吉娣把她的一份地产送给陶丽，这可是她怎么也没想到的。

"怎么能说他是个没有信仰的人呢？他生着这样一副好心肠，总是唯恐人家难受，连小孩都不例外！总是替别人着想，就是不想到自己。谢尔盖·伊凡诺维奇一直认为康斯坦京有义务当他的管家。姐姐也是这样。现在陶丽和她的孩子就由他保护着。乡下人都天天来找他，仿佛他就应该为他们做事。"

"啊，但愿你能像你爸爸，像你爸爸就好了！"吉娣说着把米嘉交给保姆，吻了吻他的小腮帮。

8

在心爱的哥哥临死那一刻，列文第一次用所谓新的信仰——在他二十岁到三十四岁期间逐渐形成，代替他童年和少年时代的信仰——来看待生死问题。自从那时起，使他惊异的主要不是死，而是生。他不知道生命从哪里来，它的目的是什么，它究竟是怎么一回事。生物体和它的灭亡、物质不灭、能量不灭定律、进化——这些术语代替了旧的信仰。这些术语和有关的概念对科学很有用，但对生命本身却毫无作用。列文忽然觉得自己好像脱去暖和的皮袄，换上薄纱衣服，一到冰天雪地，不是凭理论而是通过切身感受，觉得自己简直像赤身露体一样，因此必将痛苦地灭亡。

自从那时起，列文对这个问题虽没有多加思索，并且照往常那样生活，他却不住为自己的愚昧无知感到害怕。

他还模模糊糊地感觉到，他所谓信仰不仅是无知，而且是一种缺乏知识的胡思乱想。

在他新婚的日子里，新的欢乐和责任排除了这些思想；但在妻子生产以后，在莫斯科无所事事，他就越来越经常、越来越执拗地要求解决这样一个问题："我要是不接受基督教对生命问题的解答，那我接受什么样的解答呢？"在他的全部信仰里，不仅找不到任何解答，就连类似解答的话都找不到。

他仿佛在玩具店和军器店里找寻食品。

如今他不自觉地在每本书里，在每次谈话中，在每个人身上找寻对这些问题的看法和答案。

最使他惊奇和苦恼的是，多数同他地位和年龄相仿的人，都接受新的信仰来代替旧的信仰，却看不出任何不幸，而是心安理得，十分满足。因此，除了主要问题以外，还有一些问题使列文感到苦恼：这些人老实吗？他们是不是在弄虚作假？还是他们比他更清楚地懂得他所关心的那些问题的科学答案？于是他就竭力钻研这些人的意见和解答这些问题的书籍。

他开始考虑这些问题以来，发现他少年和大学时代认为宗教已经过时的想法是错误的。凡是同他亲近的正派人，个个都信教。老公爵也好，他所喜爱的李伏夫也好，柯兹尼雪夫也好，还有妇女个个都信教，他的妻子同他童年时代一样虔诚。百分之九十九的俄国人，凡是他十分尊敬的人，没有一个不信教。

另外，读了许多书以后，他确信和他持有同样观点的人并没有什么真知灼见，也没有作过任何解释，只是摒弃他觉得不解决就活不下去的那些问题，却拼命去解决一些他毫无兴趣的问题，例如生物体的进化、机械地解释灵魂，等等。

此外，在他妻子分娩的时候，发生了一件对他来说异乎寻常的事。他这个不信教的人开始祈祷，在祈祷时信起教来。但过了那个时候，他就再没有那样的心情了。

他不能承认当时认识了真理，现在却犯了错误，因为只要平心静气地思索一下，一切便都不能成立；他也不能承认当时错了，因为他珍惜当时的心情，但他要是承认自己意志薄弱，那就会亵渎那个时刻。他处在自相矛盾的痛苦之中，竭力想摆脱出来。

9

这些思想折磨着他，苦恼着他，时而轻微，时而强烈，但从不离开他。他读书，思索，读得越多，想得越多，觉得离追求的目标越远。

最近，在莫斯科和乡下，他确信从唯物主义者那里找不到解答，就重新阅读柏拉图、斯宾诺沙、康德、谢林、黑格尔和叔本华的著作。这些哲学家都不用唯物主义来解释人生。

他阅读其他人的学说，特别是唯物主义理论，并试图加以批驳，他觉得他们都言之成理；但当他一读到或者自己思索问题的答案时，就会兜来兜去说不出一个所以然来。当他在精神、意志、自由、本质这些含义不清的名词上兜圈子，存心落入哲学家或者他自己所设下的文字陷阱时，他似乎有所领悟。但只要抛弃人为的思想，从现实生活出发，回到他一向感到满意的习惯的思路上来，这种空中楼阁立刻就像纸屋一样崩塌了。十分清楚，这种空中楼阁就是用颠来倒去的名词术语砌成的，除了理智以外，完全脱离生活中的重大事物。

他一度阅读叔本华，用“爱”这个字来代替“意志”。这种新的哲学在他还没有抛弃以前，曾经给了他一两天的慰藉；但当他从实际生活出发加以观察时，它也就崩塌了，成为一件不能御寒的薄纱衣服。

柯兹尼雪夫哥哥劝他读霍米亚科夫的神学著作。列文读了霍米亚科夫的作品第二卷，虽然开头讨厌他那种振振有词、辞藻华丽和机智俏皮的风格，后来却深为他有关教会的论述所感动。最初使他感动的思想是，上帝的真理不是个人所能领悟，只有由爱结合起来的团体——教会才能理解。使他高兴的思想是，相信一个由一切人的信仰所组成、以上帝为首因而神圣不可侵犯的教会，然后再信仰上帝、创世、堕落、赎罪，要比直接信仰上帝——遥远而神秘的上帝，信仰创世等，容易得多。后来他阅读天主教作家写的教会史和东正教作家写的教会史，发现这两个本质上完全正确的教会互相排斥，他对霍米亚科夫的教会理论失望了，于是这座建筑物也像哲学建筑一样崩塌了。

整个春天他都茫然若失，精神上十分痛苦。

“要是不知道我这人是什么，我活着为了什么，那就无法活下去。可是我无法知道，因此无法活下去。”列文自言自语。

“在无限的时间里，在无限的物质里，在无限的空间里，分离出一个生物体水泡，这个水泡一刹那破灭了，我就是这样的一个水泡。”

这是一个叫人痛苦的谬误，却是人类几世纪来在这方面冥思苦想的唯一成果。

这是一种最新的信仰，人类思想在各个领域的探索几乎都是以它为依据的。这是当前占主导地位的信仰，在各种不同的解释中，列文不由自主，也不知从什么时候和怎样开始，挑选了这种信仰，认为它是最明确的。

但这不仅是一个谬误，而且是一股恶势力——人类不该向它屈服的邪恶可恨的势力——的残酷嘲弄。

一定要摆脱这股恶势力。而摆脱的方法就掌握在每个人手里。一定要摆脱这股恶势力的控制。唯一的办法就是死。

于是，列文这个身强力壮、家庭生活美满的人，竟几次想到自杀，他只得把绳子藏起来免得上吊，随身不带手枪免得开枪自杀。

不过，列文并没有开枪自杀，也没有上吊，而是继续生活着。

10

列文思考他是个什么人、他活着为了什么，他找不到答案，悲观失望。但当他不再向自己提这问题时，仿佛知道他是个什么人，他活着为了什么，因此就满怀信心地生活着、行动着。近来，他生活的信心充足多了。

六月初，他回到乡下，恢复他的日常活动。农活、同农民和邻居交往、家务、姐姐和哥哥委托他代管家产、同妻子和亲属的关系、照顾婴儿、从今春开始他对养蜂的嗜好——这些活动占去了他的全部时间。

他从事这些活动，并不像以前那样遵照什么公认的理论，觉得非这样做不可；正好相反，现在他一方面由于过去办公共福利事业失败而感到灰心丧气，另一方面因为穷于思索和应付从四面八方压到他身上来的种种事务，根本不再考虑公共福利。他关心这些事，只因为觉得他应该这样做，这些事非做不可。

以前（几乎从童年直到成人），当时想做些对大家、对全人类、对俄国、对全村有益的事时，他觉得很愉快，但做起来往往不能令人满意，对活动是否必要也缺乏信心。再有，活动本身总是初看很有意义，越到后来就越无足轻重，最后竟显得毫无意义了。婚后他越来越纯粹为自己而生活，虽然想到自己的事业并没有什么乐趣，却坚信它是必要的，看到它比以前兴旺发达，规模也越来越大。

现在，他好像一张犁，不由自主地在地里越陷越深，不离开犁沟就拔不出来。

同祖祖辈辈一样过家庭生活，就是说达到和他们同样的文化教养，以同样的方式教育孩子，这是天经地义。好比肚子饿了要吃饭，要吃饭就得做饭一样，必须在波克罗夫斯克把农业经营得有利可图。如同有债一定要还那样，必须把祖传的田产保管好，使儿子将来继承产业时会感激父亲，就像列文感激祖父惨淡经营的家业那样。

不能袖手不管哥哥、姐姐和那些惯于向他请教的农民的事，就像不能把抱在怀里的婴儿抛弃一样。不能不关心请来做客的姨姐和她孩子们的舒适，以及妻子和婴儿的安宁，也不能不每天花一点时间来陪伴他们。

这一切再加上打猎和养蜂，就使列文的生活忙碌不堪，但当他冷静地思索一下时，又觉得这样的生活实在没有意思。

列文不仅知道他必须做什么，而且知道这一切他应该怎样做，怎样分清轻重缓急。

他认为雇用工人工资越少越好，但不该用预支工资的方式来廉价奴役工人，虽然这样做很有利。在青黄不接的时候，可以向农民出售干草，虽然他很怜悯他们。夜店和酒店必须取缔，虽然都有利可图。砍伐树林一定要从严处分，但农民把牲口赶到他的庄稼地里可不用罚款。而且不准扣留闯到庄稼地里的牲口，虽然这使看守人生气，使农民肆无忌惮。

彼得付给高利贷者月息一分的债款，那就必须借一笔钱给他，好让他摆脱高利贷的盘剥；但对拖欠地租的农户却不准赖租或者宕账。草地不割，草都浪费了，不能原谅管家；但种上树苗的八十亩地不能割草。一个长工在农忙季节回家料理父亲的丧事，虽然可怜，却不能原谅他，在这种宝贵的时候旷工，工资必须照扣。对不能干活的老仆，每月口粮必须照发。

列文知道，一回家首先必须去看望身体不适的妻子，那些农民虽已等了他三小时，可以让他们再等一会儿。他也知道收集蜂群是一大乐事，但是既然有农民到养蜂场找他谈话，他只得放弃这种乐趣，让老头儿独自收集蜂群。

他做得对不对，他不知道，也不打算估量，而且避免谈论和思考这些问题。

反复思考往往使他疑惑不决，反而看不清什么该做，什么不该做。当他浑浑噩噩地过日子的时候，他常觉得心里有个英明的法官，能区别是非，分清好歹，他的行动稍有差错，立刻就会发觉。

他就这样活着，不知道，也无法知道，他是个怎样的人，他活在世界上为了什么，并且因为这样的愚昧无知而痛苦得想自杀，同时却又坚定不移地走着他独特的人生道路。

11

柯兹尼雪夫来到波克罗夫斯克那天，列文正好十分苦恼。

正是一年中农活最紧张的季节，在劳动中人人表现出忘我的精神，这在别处是看不到的。要是表现这种精神的人对自己的劳动要价很高，或者这种情况不是年年如此，劳动的成果也不是那么平凡，这种精神就会得到好评。

收割黑麦和燕麦，搬运麦捆，割草地，翻耕休闲地，打谷子，播种冬麦——这一切看来都很简单，但要及时完成，就得全村男女老少不停地劳动三四个星期，每天比平时多做三倍工作，只吃点克瓦斯、洋葱和黑面包，夜夜打谷和搬运麦捆，每晚最多只睡两三小时。全俄国年年都是这样干的。

列文在乡下度过一生的大部分时间，经常同老百姓接触，在干活时他总觉得受老百姓这种昂扬情绪的感染。

大清早，他骑马到黑麦地，又去察看正在搬运和堆垛的燕麦。然后在妻子和姨姐起床时回家，同她们一起喝咖啡。这以后又去打谷场，那里新装的打谷机准备打谷了。

这天列文整天都同管家和农民谈话，回到家里同妻子、陶丽与她的孩子们、岳父谈话，心里老是想着近来除了农活一直盘踞在他头脑里的问题，并且到处找寻答案："我是个什么人？我在什么地方？我为什么在这里？"

列文站在新盖的谷仓——仓顶用剥皮的新鲜白杨做梁，叶子没有落光还散发着香气的榛树钉在上面做桁条——的阴处，从敞开的大门往里张望，透过到处飞扬的干燥而刺鼻的糠屑，时而望望骄阳照耀下打谷场上的青草和刚从仓房里搬出来的新鲜干草，时而望望花斑头和白胸脯的燕子——它们啁啾地叫着飞到屋檐下，又鼓动翅膀栖在门口光亮的地方——时而望望在灰尘飞扬的阴暗谷仓里忙碌的人们，头脑里出现了种种古怪的念头。

"干这一切都是为了什么呀？"他想，"为什么我站在这里，强迫他们干活？为什么他们都这样忙忙碌碌，拼命在我面前表示卖力呢？我熟识的玛特廖娜老婆子为什么这样起劲哪？（上次火烧，一根大梁掉下来把她打伤了，我替她治过伤。）"他望着那个消瘦的老婆子，在高低不平的坚硬的打谷场上紧张地挪动她那双晒黑的光脚，使劲耙着谷子。"当时她的伤痊愈了，但不是今天就是明天，或者再过十年，人家就会把她埋葬，她身上什么也不会留下。这个穿红裙子的漂亮姑娘现在那么干净利落地簸谷，将来也什么都不会留下，人家也会把她埋葬。还有那匹花斑骟马也没有剩下多少日子了，"他望着肚子一起一伏、张大鼻孔拼命喘气的老马，怎样踩着转动的斜轮子，想，"它也会被埋葬的。还有那个费多尔，鬈曲的大胡子上落满糠屑，衬衫破了一大块，露出雪白的肩膀，正把麦子送到打谷机上，他也会被人家埋葬的。可他现在还在解麦捆，发号施令，对娘儿们吆喝，利索地调整飞轮上的皮带。最重要的是，不仅他们要被埋葬，连我也要被埋葬，我也什么都不会留下。这都是为什么呀？"

他一面这样想，一面看着表，好算出一小时能打多少麦子。他需要知道这个，好规定一天的工作定额。

"快一个钟头了，才开始打第三捆。"列文一面想，一面走到打谷人跟前，用压倒机器轰隆声的嗓门，要他每次往里面少放一点。

"少放一点，费多尔！你瞧，都堵住了，所以转不快。放得均匀些！"

费多尔满头大汗，脸上沾满灰尘，显得又脏又黑，大声答应着，但还是做得不符合列文的要求。

列文走到鼓轮旁边，把费多尔推开，亲自动手把麦束放进去。

他差不多一直干到农民吃午饭的时候，才同费多尔一起离开仓库。他们站在打谷场上一个整齐的留种用的黑麦堆旁，交谈起来。

费多尔是从一个遥远的村子，也就是列文出租土地让农民搞合作经营的地方来的。那块地现在租给原来看院子的人了。

列文同费多尔谈起那块地，还向他打听同村那个富裕而善良的农民普拉东明年会不会租那块地。

“地租太贵，普拉东付不起，康斯坦京·德米特里奇。”费多尔从汗水淋漓的怀里取出麦穗，回答。

“那么基里洛夫怎么付得起呢？”

“米久哈那家伙（费多尔这样鄙称看院子人），康斯坦京·德米特里奇，怎么会付不起呢！那家伙就会剥削人，自己占便宜。他连同教弟兄都不怜悯。至于普拉东大叔，会剥削人吗？人家欠了他债，他一笔勾销，自己却弄得手头很紧。全得看是什么人哪。”

“那他何必一笔勾销呢？”

“嘿，天下各种各样的人都有：有人活着就是为了满足自己的欲望，譬如米久哈就是为了填饱他的大肚子，可是普拉东是个规矩的老头儿。他活着是为了灵魂，他记得上帝。”

“他怎么记得上帝？怎么为灵魂而活着呢？”列文几乎喊起来。

“怎么样吗？服从真理，服从上帝的意志。要知道人是个个不同的。拿您来说，您也不会欺负人……”

“好，好，再见！”列文说，激动得喘不过气来。他转过身，拿起手杖，快步走回家去。一听到费多尔说普拉东活着是为了灵魂，并且服从真理，服从上帝的意志，一些模糊不清但意义重大的思想就涌上他的心头，好像冲破闸门，奔向一个目标，弄得他晕头转向，眼花缭乱。

12

列文沿大路大踏步走去，他关心的与其说是他的思想（他还理不出个头绪来），还不如说是他从未体验过的心情。

费多尔说的那些话像电花一般在他心里起了作用，把他心头零星的模糊思想汇合在一起。这些思想，在他谈论土地出租时，就不知不觉地盘踞在他的心头了。

他觉得自己心里有一种新东西，他愉快地捉摸着，但不知道究竟是什么。

“活着不是为了欲望，是为了上帝。为了什么样的上帝？还有什么比他的话更荒谬的？他说一个人不应为自己的欲望活着，也就是说，不应为我们所理解、所迷恋、所追求的东西活着，而应该为那种莫名其妙的东西，为谁也无法理解、无法确定的上帝活着。这算什么话？我不理解费多尔这种谬论吗？就算理解，我也怀疑它们的正确性吗？我认为他的话愚蠢、暧昧、含义不明吗？

“不，我像他一样充分理解他的话，比我理解生活中任何事更透彻。我在生活中从不怀疑什么，因此也不可能怀疑他的话。不仅我一个人，世界上人人都理解，没有人对此发生怀疑，大家都同意他的话。

“费多尔说看院子人基里洛夫活着为了吃饱肚子。这是当然的事。我们人是有理性的生物，要活命不能不吃饱肚子。可是费多尔说，为吃饱肚子活着是不对的，活着应该为真理，为上帝。经他一提示，我才恍然大悟！我和千百万古人与千百万活着的人，心灵贫乏的农民和思想丰富、著作等身的贤人，都含糊其词地谈论这个问题，但我们大家都同意一点：活着为了什么，什么是善。我和大家都只有一个坚定不移的信念，这个信念无法用理智解释，它超越理智，超越因果关系。

“要是善有原因，它就不是善；要是善有结果——奖赏，它也不是善。因此善是超越因果关系的。

“这个道理我明白，人人都明白。

“我追求奇迹，因为看不到能使我信服的奇迹而感到遗憾。嘿，原来奇迹就在这里，这是我周围永存的唯一奇迹，可是我没有发现！

“天下还有什么比这更大的奇迹呢？”

列文沿大路大踏步走去……

"难道我找到了一切答案，难道我的苦恼从此结束了？"列文一面想，一面迈步在灰砂飞扬的大路上走着，忘记了炎热，忘记了疲劳，觉得已经从长期的苦恼中解脱出来。这种感觉太痛快了，简直令人难以相信。他兴奋得喘不过气，再也走不动了，就离开大路来到树林里，坐在白杨树荫下没有割过的草地上。他从汗淋淋的头上摘下帽子，支着一个臂肘，侧身躺在林间宽大多汁的野草上。

"是的，得好好思考一番，弄个明白。"他一面想，一面凝视着面前没有被践踏过的青草，看一只绿色的甲虫怎样沿着一根冰草爬上去，但被茅草叶子挡住了。"一切得从头开始。"他自言自语说。他拉开茅草叶子，不让它挡住甲虫的路，又弯下另一片叶子，让甲虫爬过去。"什么使我这样高兴啊？我发现什么了？"

"以前我常常说，在我的身体里，在这根青草里和这只甲虫里（瞧，它不喜欢这根草，展翅飞走了）都按照物理、化学和生物规律，发生物质变化。我们每个人，还有白杨、云彩和星云都在进化中。从什么进化而来？进化成什么？进化和斗争是永无止境的吗？……仿佛在无穷中会有什么方向和斗争！我感到奇怪的是，尽管我沿着这条路冥思苦想，还是弄不懂人生的意义、我的欲望和冲动的意义。不过，我的冲动很明显，我经常受它支配。因此，当费多尔对我说'要为上帝、为灵魂而生活'时，我觉得又惊奇又高兴。

"我什么也没有发现。我只是明确了我所知道的事。我懂得了那不仅过去而且现在赋予我生命的力量。我摆脱了欺骗，认识了我主。"

"是的，骄傲。"他自言自语，翻过身来趴在地上，动手拿一根草打了个结，竭力不把它折断。

"不仅是理智的骄傲，而且是理智的愚蠢。主要是诈骗，理智的诈骗。确实是理智的诈骗行为。"他重复说。

他扼要回顾了最近两年思想演变的过程，这种明显的关于死的思想是从看见他心爱的哥哥病危而产生的。

他第一次清楚地懂得，在人人面前，在他面前，除了痛苦、死亡和永远被忘却以外别无他物。他决定再不能这样活下去，要么把生命解释清楚，使它不致成为魔鬼的恶毒嘲笑，要么开枪自杀。

但是他既没有这样做，也没有那样做，而是照原来那样生活、思想和感觉，并且在这期间结了婚，体验到许多快乐，当他不考虑生活的意义时，还能感到幸福。

这说明什么问题？这说明他生活美满，但思想贫乏。

他凭着随同母奶一起吸进去的心灵的真理过活（他自己没有意识到这一点），可是思想上不仅不承认这些真理，而且竭力回避它们。

现在他明白了，他只能凭他从教养获得的信仰生活。

“要是我没有这种信仰，要是我不知道应该为上帝而不是为个人欲望而生活，那我会成为一个什么样的人呢？我将怎样度过我的一生呢？我会抢劫，撒谎，杀人。成为我生活中主要欢乐的东西也就不再存在了。”要是他不知道活着为了什么，不论他怎样苦苦思索，也无法想象他将成为一种什么样的充满兽性的东西。

“我寻求这些问题的解答。可是我的思想不能为我找到答案，因为它达不到这个水平。答案是生活本身给我的，是由于我知道什么是善，什么是恶。但这种知识我不是用什么方式取得的，它是天赋的，就像每个人都是天赋的一样，它是天赋的，因为我从任何地方都得不到它。

“我这是怎样得到它的呢？凭着理智我能做到爱人而不害人吗？我从小听人家对我这样说，我就高高兴兴地相信了，因为人家说的道理在我心灵里本来就有了。是谁发现的呢？不是理智。理智发现了生存竞争，发现了凡是妨碍满足我欲望的一切人理应被消灭的法则。这是理智作出的结论。但理智不会发现应该爱人这个原则，因为它是违反理性的。”

13

列文回想起前不久发生的跟陶丽和她的孩子们有关的一幕。孩子们没人照管，在蜡烛上煮草莓，用注射器把牛奶射到嘴里。做母亲的发现他们捣蛋，就当着列文的面训斥他们说，大人费了多少力气才取得的成果，被他们随便糟蹋，这些力气都是为他们花的；如果打碎茶杯，他们就没有茶喝；如果浪费牛奶，他们就没有东西吃，他们就会饿死。

孩子们听母亲训斥时那种平静、沮丧的不信任神气使列文感到惊奇。他们伤心的只是他们有趣的游戏被打断了，对母亲的话只字不信。他们无法相信她的话，因为不能想象他们的游戏会造成那么严重的后果，也不能想象他们所毁坏的就是他们赖以生活的东西。

“这些都是自然而然的，”他们想，“没有什么了不起的，因为一向如此，将来也是这样。这都是老规矩，永远不会变。这都是现成的，用不着我们操心，可是我们要想出些新鲜花样来。所以我们想出把草莓放在杯子里，搁在蜡烛上煮，牛奶用注射器直接相互射到嘴里。这很新鲜好玩，一点也不比用杯子喝差。”

“当我用理智探索自然力的作用和人生的意义时，难道不也是这样做的吗？”他继续想。

“一切哲理，通过人所不习惯的奇怪思路，去探索早已懂得而且人类借此生活的道理，不也是这样的吗？每个哲学家事先就像费多尔一样明确知道——但也不比他更清楚——人生的主要意义，但为了发挥他的理论，却用靠不住的推理方式回到尽人皆知的道理上来，这一点难道还不明显吗？

“好吧，如果丢下孩子们不管，让他们自己去做杯子，挤牛奶，以及诸如此类的事，他们还会淘气吗？不，他们都会饿死的。好吧，如果听任我们放纵欲望和思想，抛弃上帝和造物主的概念，那将会怎么样！或者不懂得什么是善，不解释什么是道德上的恶，那又会怎样！

“好吧，不懂得这些道理，你们去建设建设什么东西看！

“我们往往只会破坏，因为我们精神上是满足的，就像孩子一样！

“那种使我精神平静并同农民一致的使人快乐的知识是从哪里来的？这些东西我是从哪里得来的？

“我从小受的教养要我信奉上帝，我是个基督徒，这辈子充满基督教赐予我心灵的幸福，我的整个身心洋溢着这种幸福并且赖以生活。可是我像孩子一样幼稚无知，不了解它，总是破坏它，也就是想摧毁赖以生活的东西。一旦遇到危急，就像孩子饥寒交迫一样，去向他求教。而且我还不如孩子，他们因为淘气而驯顺地挨母亲的责骂，我却认为我那种幼稚的胡闹对我并没有什么损害。

“是的，我懂得事情并不是凭理智，而是靠天赋，我是通过心灵，通过教堂所宣扬的主要东西而懂得道理的。”

“教堂吗？是教堂！”列文自言自语，转了个身，用另一个臂肘支着身子，眺望着远处向河边走去的一群牲口。

“可是我能相信教堂传播的一切道理吗？”他想，试图用各种可能破坏他现在平静心境的事来考验自己。他故意回想一向使他觉得迷惑不解的那些教义。“创世的道理怎么样？我怎样解释生存？用生存来解释生存吗？没有东西能解释吗？还有魔鬼和罪孽呢？我用什么来解释罪恶？……那么救世主呢？……”

“可是除了尽人皆知的道理，我什么也不知道，什么也无法知道。”

如今他觉得没有一条教义违反它的主要信仰——作为人类唯一天职的对上帝、对善的信仰。

每一条教义与其说是用来满足个人的欲望，不如说是侍奉真理。每一条教义不仅不会违反这个主要的信仰，而且是完成世上种种奇迹所必不可少的。出现这种奇迹，就是为了使每个人，使千百万形形色色的人，圣贤和白痴，儿童和老人，农民，李伏夫，吉娣，乞丐和国王懂得同一个道理，并且构成那种我们唯一重视和珍惜的精神生活。

他仰天躺着，遥望万里无云的高空。“难道我不知道这是无穷无尽的空间，而不是圆圆的苍穹吗？但不管我怎样眯细眼睛极目远望，我不能看到它不是圆的和不是有限的。我明明知道空间是无穷的，但当我看出它是坚实的苍穹时，我无疑是正确的，并且比我竭尽目力妄想看得更远要正确些。”

列文不再往下想，仿佛在倾听快乐而专心地交谈什么的神秘声音。

“这真的就是信仰吗？”他想，简直不敢相信自己的幸福。“我的上帝呀，我感谢你！”他喃喃地说，把喉咙里涌上来的呜咽咽下去，同时双手擦着夺眶而出的泪水。

14

列文眼睛瞪着前方，看见一群牲口，接着看见他那辆套着“乌鸦”的马车，还有那个驾车到牲口群旁同牧人说话的车夫。然后他听见近处的车轮声和他那匹骏马的喷鼻声，但他沉浸在遐想中，根本没想到车夫向他跑来有什么事。

直到车夫离他很近，向他招呼，他才醒悟过来。

“夫人派我来接您。大伯带着一位老爷来了。”

列文坐上马车，接过缰绳。

列文仿佛从梦中醒来，好一阵还没完全清醒。他打量着胯股间和被缰绳擦伤的脖子上汗沫淋漓的骏马，又望望身边的车夫伊凡，想到他一直在等待哥哥，想到妻子一定因他迟迟不归而担心，并且竭力猜想那个跟哥哥一起来的客人是谁。他的哥哥、妻子和未知的客人，此刻在他心目中都和以前不同。他觉得他同一切人的关系都起了变化。

“今后我同哥哥再不会像以前那样疏远，再不会争吵了；我同吉娣再不会吵嘴了；不论来客是谁，我都要待他客客气气；我对仆人、对伊凡的态度也会两样了。”

列文用粗硬的缰绳勒住焦躁地喷着鼻息、要求奔驰的骏马，转身望望旁边的伊凡。伊凡空着一双手不知所措，就一直按住衬衫。列文想找个借口同他谈话。他想说伊凡把马肚带收得太紧，但这样有点像责备，而他却想说些亲切的话。可是别的话又想不出来。

“您靠右边走吧，那边有个树桩。”车夫替列文拉了拉缰绳说。

“你别来碰我，也别来教训我！”列文由于车夫的干涉生气地说。人家干涉他的行动总使他恼火，这次也是如此，但他立刻烦恼地想到，只要一接触现实，他就无法保持良好的情绪。

在离家四分之一里的地方，列文看见格里沙和塔尼雅迎面跑来。

“康斯坦京姨父！妈妈也来了，外公也来了，谢尔盖姨父也来了，另外还来了一个人。”他们爬上马车说。

“是谁呀？”

“模样可吓人啦！瞧，两只手就是这个样子。”塔尼雅在马车里站起身来，模仿卡塔瓦索夫的样子，说。

“哦，是年老的还是年轻的？”列文笑着问，塔尼雅模仿的姿势使他想起了一个人。

“嗐，但愿不是一个叫人讨厌的人！”列文想。

大路刚一转弯，列文就看见那群迎面走来的人，并且认出那个戴草帽的就是卡塔瓦索夫——他走路时摆动双手的姿势就像塔尼雅所模仿的那样。

卡塔瓦索夫很喜欢谈论哲学，他从那些对哲学一窍不通的自然科学家那里听来一些哲学见解。最近列文在莫斯科同他争论过好多次。

列文一认出卡塔瓦索夫，首先想到那一次争论，卡塔瓦索夫显然认为他占了上风。

“不，我再也不争论，再也不随便发表意见了。”列文想。

他下了马车，同哥哥和卡塔瓦索夫打过招呼，就问起妻子的情况。

“她把米嘉抱到柯洛克（一座离家很近的树林）去了。她想让他在那里歇一会儿，家里太热了。”陶丽说。

列文一向劝妻子不要把婴儿抱到树林里，认为这很危险，因此这消息使他不快。

“她抱着他到处跑，”老公爵笑眯眯地说，“我劝她把他抱到冰窖里去试试。”

“她想到养蜂场去。她以为你在那边。我们正往那里走呢。”陶丽说。

“那么，你在忙什么呀？”柯兹尼雪夫落在众人后面，同弟弟并肩走着问。

“哦，没什么。仍旧在搞农业。”列文回答，“你怎么样，可以待一阵吗？我们早就盼望着你来了。”

“大概可以待两个礼拜。我在莫斯科还有一大堆事呢。”

说这话的时候，弟兄俩的目光相遇了。列文望着哥哥有点局促不安，虽然他一向希望，现在特别强烈地希望同哥哥友好，首先做到开诚布公。他垂下眼睛，不知道说什么好。

在离家四分之一里的地方，列文看见格里沙和塔尼雅迎面跑来。

列文竭力搜索能使柯兹尼雪夫感兴趣的话题，免得他谈塞尔维亚战争和斯拉夫问题——他说到在莫斯科有一大堆事，已经作了暗示——就谈起柯兹尼雪夫的著作来。

“你那部著作有什么反应吗？”列文问。

柯兹尼雪夫听出他提这个问题的用意，微微一笑。

“对这事谁也不感兴趣，我自己尤其不感兴趣。”他说。“你瞧，达丽雅·阿历山德罗夫娜，要下雨了。”他用伞指指白杨梢上的灰云，又说。

这样的话就足以使兄弟之间恢复即使不是敌对也是冷淡的关系——这是列文竭力想避免的。

列文走到卡塔瓦索夫跟前。

“承蒙光临，真是太荣幸了。”列文对他说。

“早就想来拜访您了。现在让我们好好谈一谈，交换交换看法，您读过斯宾塞的作品吗？”

“不，没有读过，”列文说，“不过，我现在用不着。”

“怎么用不着？可有意思呢，为什么用不着？”

“因为我完全相信，我关心的问题在他们那类人的著作里是找不到答案的。现在……”

卡塔瓦索夫脸上安详乐观的表情使他觉得惊奇。这场谈话显然破坏了他的情绪，他感到惋惜，但一记起自己的决心，就不再谈下去。

“好吧，我们以后再谈吧。”列文说。“如果到养蜂场，那么这儿走，走这条小路。”他对大家说。

他们沿着狭窄的小径，来到一块没有割过的林中草地，草地的一边长着一片色彩鲜艳的紫罗兰，夹杂着一丛丛高高的暗绿色藜芦。列文请客人们来到小白杨树浓密的阴影里，在专门为参观养蜂场而又害怕蜂群的客人设置的长凳和树桩上坐下，自己走到小木屋里去取面包、黄瓜和新鲜蜂蜜，招待大人和孩子。

他倾听着越来越频繁地在他旁边飞过的蜂群，沿着小径蹑手蹑脚走到木屋里。在入口处，一只蜜蜂钻到他的胡子里，嗡嗡叫着。他小心翼翼地把它放走。他走进阴凉的门廊，从墙上的衣架上摘下他的面罩，戴好了，两手插在口袋里，走进篱笆围着的养蜂场。在这割去野草的养蜂场上，一排排整齐的老蜂房用树皮绳子缚在木桩上。他认识每一个蜂房，知道它们的来历。沿篱笆陈列着一排今年才入箱的新蜂群。在蜂房出口处，一群群工蜂和雄蜂麇集在一起盘旋游戏，弄得人眼花缭乱；其中工蜂总是朝一个方向飞到鲜花盛开的菩提树林里，又飞回蜂房，这样不断地往返采蜜。

耳朵里不断地传来嘤嘤嗡嗡的声音，忽而是急急飞过的忙碌的工蜂，忽而是东游西荡的闲散的雄蜂，忽而是保护财物不受敌人侵犯、随时准备蜇人的守卫蜂。在篱笆的那一边，有个老头儿在做桶箍，没有看到列文，列文站在养蜂场中央，没有招呼他。

能有机会独自待着，摆脱一下破坏他情绪的现实生活，他觉得很高兴。

他想起他对伊凡又发了脾气，对哥哥态度冷淡，同卡塔瓦索夫谈话又很轻率。

“难道这样的心情只是一刹那的事，它又会无影无踪地消失吗？”他想。

但就在恢复情绪的当儿，他愉快地感觉到，他身上发生了一种重大的新变化。现实生活只是暂时搅乱了他内心的平静，他的心情其实还是很安宁的。

就像此刻在他周围飞舞、威胁他、吸引他注意的蜜蜂，使他身体上不得安宁，迫使他退缩，避开它们那样，自从他上了马车就骚扰他的种种忧虑，使他丧失了精神上的自由；但这种情况只是在他处身于这些忧虑之中时才有。就像他的体力并没有受蜜蜂的损伤一样，他新近觉醒的精神力量也是完整无损的。

15

“啊，康斯坦京，你知道谢尔盖·伊凡诺维奇跟谁同车吗？”陶丽给孩子们分好黄瓜和蜂蜜，说，“跟伏伦斯基！他到塞尔维亚去了。”

“他不光是自己去，还出钱带一个骑兵连去！”卡塔瓦索夫说。

“这倒像他的为人。”列文说。“难道一直还有志愿兵出去吗？”他瞧了一眼柯兹尼雪夫，加上说。

柯兹尼雪夫没有回答，用一把钝刀小心翼翼地从盛有一个楔形白蜂窝和蜜汁的碗里挑出一只活蜂。

“可不是！您没看到昨天车站上那个场面呢！”卡塔瓦索夫窣窣地吃着黄瓜，说。

“哦，怎么回事？看在基督分上，谢尔盖·伊凡诺维奇，您给我讲讲：这些志愿兵都到哪儿去？他们同谁打仗啊？”老公爵问，显然是继续刚才列文不在时开了头的谈话。

“同土耳其人打仗。”柯兹尼雪夫把那只拼命挣扎的被蜜浸得发黑的蜂挑出来，放在一张坚实的白杨树叶上，这才定下心来笑着回答。

“那么，究竟是谁向土耳其人宣战的？是伊凡·伊凡诺奇·果佐夫和李迪雅伯爵夫人以及施塔尔夫人吗？”

“谁也没有宣过战，但大家同情兄弟民族的苦难，愿意支援他们。”柯兹尼雪夫说。

“公爵说的不是支援，”列文帮岳父说话了，“他说的是打仗。公爵说，个人不得到政府许可是不能参战的。”

“康斯坦京，当心哪，这里有一只蜜蜂！真的，它要蜇我们了！”陶丽挥开一只黄蜂说。

“这不是蜜蜂，这是黄蜂。”列文说。

“嗯，嗯，那么照您的理论又该怎样呢？”卡塔瓦索夫笑嘻嘻地问列文说，显然想引他争论，“为什么个人就没有权利呢？”

“我认为：一方面，战争是灭绝人性的残酷行为，任何个人，更不用说一个基督徒了，不能承担发动战争的责任，只有政府才能担负这种责任，它也无法避免卷入战争。另一方面，按照科学和常识来说，在国家大事上，特别是在战争这种事上，公民不得不放弃个人的意志。”

柯兹尼雪夫和卡塔瓦索夫同时用想好的道理反驳他。

“对了，问题就在这里，老弟，有时政府不能执行公民的意志，社会就起来表示态度。”卡塔瓦索夫说。

不过，柯兹尼雪夫显然不赞成这种反驳。他听到卡塔瓦索夫的话，皱起眉头，说出不同的意见：

“可不能这样提问题，这里谈不上什么宣战不宣战，只不过表现人情，表现基督徒的感情罢了。骨肉同胞和同教弟兄遭屠杀。唉，即使不是骨肉同胞和同教弟兄，而只是一般的儿童、妇女和老人，也不能见死不救哇。一旦动了公愤，俄罗斯人就会赶去制止暴行。譬如说，你走在街上，看见醉汉殴打妇女或孩子，我想你一定不会问有没有向这人宣过战，就会向他冲过去，保护受欺负的人。”

“但我不会把他打死。”列文说。

“不，你会把他打死的。”

“我说不上来。要是看到这样的情景，我可能感情用事，但事先我可不敢说。遇到斯拉夫人受压迫，那就不会有这样的感情冲动了。”

“也许你没有。别人可是有的，”柯兹尼雪夫不满意地皱着眉头说，“民间还流传着正教徒受‘渎神的伊斯兰教徒’压迫的传说。人民听到骨肉同胞受苦难，就会起来说话。”

“也许是这样，”列文含糊地回答，“可我没有看到；我自己也是人民，我没有感觉到这一层。”

“我也没有，”老公爵回答，“我住在国外，看看报纸，老实说，在保加利亚惨案以前，我怎么也不明白，为什么俄罗斯人忽然都那么热爱起他们的斯拉夫弟兄来，可我对他们却毫无感情？当时我心里很难过，想到我这人是个怪物呢，还是卡尔斯巴德矿泉在我身上起了作用。但一回来，我就放心了；我看到，只关心俄罗斯、不关心斯拉夫弟兄的，不止我一人，还有别的人。瞧，康斯坦京就是一个。”

“这里个人意见无足轻重，”柯兹尼雪夫说，“当全体俄罗斯人民表示态度的时候，个人意见就不足道了。”

“对不起，这一点我可看不出来。人民根本不知道有这么一回事。”老公爵说。

“不，爸爸……怎么不知道？礼拜天教堂里不是讲过吗？”陶丽听着他们谈话，插嘴说。“请你给我一块手巾，”她笑眯眯地望着孩子们，对老头儿说，“也不可能人人都……”

“礼拜天教堂里有些什么呢？牧师奉命宣读，他就读了。他们可什么也不明白，只是叹气，就像平时传道一样。”老公爵又说，“后来说，教堂为了拯救灵魂要募捐了，每人就掏出一个戈比献上去。至于做什么用，他们就不知道了。”

“人民不可能不知道；人民对自己的命运总是关心的，现在这种时候就表现出来了。”柯兹尼雪夫打量着养蜂老头，肯定地说。

这个相貌堂堂的高个子老头儿，长着花白大胡子和一头银发，手里拿着一杯蜂蜜，一动不动地站着，亲切而安详地俯视着老爷们，显然什么也不明白，什么也不想明白。

“确实就是这样。”他听了柯兹尼雪夫的话，煞有介事地摇摇头说。

“咳，您问问他好了。他什么也不知道，什么也不想。”列文说。“米哈伊雷奇，你听说打仗的事了吗？”列文问他，“你说说，教堂里念过什么了？你有什么想法？我们应该为基督徒打仗吗？”

“我们有什么可想的？皇上阿历山大·尼古拉耶维奇在替我们考虑，样样事情他都会替我们考虑的。他比我们看得清楚。要再拿点面包来吗？再给这娃娃一点吗？”他指指吃完面包皮的格里沙，问陶丽。

“我不需要问，”柯兹尼雪夫说，“我们看到过，我现在也看到，成千上万人牺牲一切，为正义的事业出力，他们从俄国四面八方来，明确表示他们的思想和目的。他们捐出钱来，或者亲自出发，直率地说出为了什么。这到底表明什么呢？”

“这表明，照我看，”列文开始有点激动，说，“在八千万人民中总会有几百个，甚至像现在这样几万个在社会上没有地位的亡命之徒，他们随时准备投奔普加乔夫一伙，奔往基辅，奔往塞尔维亚……”

“我对你说，不是千百个亡命之徒，是最优秀的人民代表！”柯兹尼雪夫十分激动地说，仿佛在保护最后一点财产，“还有捐款呢？这可直接反映了全体人民的意志啊。”

“‘人民’这个词的含义太笼统了，”列文说，“乡下文书、学校教师，再加上千分之一的农民，也许知道是怎么一回事。至于其余八千万人，像米哈伊雷奇那样，不仅没有表示他们的意志，他们根本不懂为什么要表态。那么，我们到底有什么权利说这是人民的意志呢？”

16

柯兹尼雪夫在论战上富有经验，没有立刻反驳，却把话题一转，说：

“不错，你要是用算术方法去了解人民的精神，那当然是很困难的。我们这里又不采用投票方式，事实上也不能采用，因为它不能反映民意。不过有别的办法。我们可以从气氛中感觉到，可以用心来体会。且不说在表面平静的人民海底里流动的潜流——凡是不抱成见的人都能看见，你就观察一下社会吧。世界上形形色色不同派别的知识分子以前都势不两立，如今却联合起来了。一切分歧都消除了，各种社会团体都有了共同语言，大家都感觉到有一种自然力量抓住他们，把他们往一个方向送。”

“是啊，所有的报纸都唱着同一个调子，”老公爵说，“这是事实。千篇一律，简直像雷雨前的蛙鸣。它们叫得你什么也听不见。”

“是不是青蛙，我不办报，不想替它们辩护；我是说全体知识分子思想一致了。”柯兹尼雪夫对弟弟说。

列文想回答，可是老公爵打断了他的话。

“咳，关于思想一致我还有些话说，”老公爵说，“我还有个女婿，叫斯吉邦·阿尔卡迪奇，你们都认识他的。现在他弄到一个什么委员会理事的差事，叫什么我记不清了。不过，那边没事可做——嗳，陶丽，这又不是什么秘密！——薪俸却有八千卢布。你们不妨问问他，这差事有没有作用，他会说作用极其重要。他为人诚恳，但我们也不能不相信这八千卢布是起作用的。”

“对了，他要我转告达丽雅·阿历山德罗夫娜他弄到这个差事了。”柯兹尼雪夫不满意地说，认为老公爵的话驴唇不对马嘴。

“报刊上的思想一致也是这么一回事。他们对我说，只要一打仗，他们的收入就会增加一倍。他们怎能不关心人民和斯拉夫人的命运……还有别的什么呢？”

“有许多报纸我是不喜欢的，但这话未免有点不公平。”柯兹尼雪夫说。

“我只要提出一个条件来就行了，”老公爵继续说，“阿尔方斯·卡尔在同普鲁士开战前发表的几句话很有意思。他说：‘你们认为战争是不可避免的吗？好！谁鼓吹战争，就让谁参加特种先锋队，带头去冲锋陷阵吧！’”

“这下就要当编辑的好看了。”卡塔瓦索夫想象着他熟识的编辑参加这种先锋队的情景，放声笑起来说。

“我看他们准会临阵脱逃的，”陶丽说，“这样只会坏事。”

“如果临阵脱逃，那可以用霰弹或者派拿鞭子的哥萨克压阵。”老公爵说。

“这可是个笑话，公爵，恕我不客气说一句，还是个不体面的笑话呢。”柯兹尼雪夫说。

“我看并不是笑话，这是……”列文刚一开口，就被柯兹尼雪夫打断了。

“每个社会成员都有他应尽的责任，”柯兹尼雪夫说，“脑力劳动者的责任就是反映舆论。报刊的责任就是使舆论一致并得到充分反映，这也是一种可喜的现象。要是在二十年前，我们会保持沉默，可是现在我们听见了俄国人民的声音，他们万众一心准备站起来，准备为被压迫人民作自我牺牲。这是一种壮举，是力量的保证。”

“不过，这不光是自我牺牲，还要杀死土耳其人。”列文怯生生地说。“人民牺牲或者准备牺牲，是为了自己的灵魂，可不是为了杀人。”他加上说，不知不觉把这场谈话同他念念不忘的思想联系起来。

“怎么为了灵魂？要知道这种话一个自然科学家是很难理解的。灵魂到底是什么？”卡塔瓦索夫笑嘻嘻地说。

“嗯，您知道的！”

“哈哈，我真的一点也不知道！”卡塔瓦索夫放声大笑说。

“基督说：‘我来，并不是叫地上太平，乃是叫地上动刀兵。’[①]”柯兹尼雪夫也反驳说，他仿佛随便引用《福音书》里一句话，却弄得列文发窘。

“这话一点不错。”老头儿站在他们旁边，重复说，同时回答偶尔向他投来的目光。

“不，老弟，你被打垮了，打垮了，彻底打垮了！”卡塔瓦索夫得意扬扬地叫道。

列文恼火得脸红耳赤，倒不是因为他被打垮了，而是因为他沉不住气又争论起来。

“不，我没法同他们争论，”他想，“他们穿着刀枪不入的盔甲，我可是光着身子。”

他看到不可能说服哥哥和卡塔瓦索夫，而要他同意他们的观点则更不可能。他们宣扬的就是那种险些儿把他毁灭的智力上的妄自尊大。他不能同意，根据几百名开到京城里来夸夸其谈的志愿兵的高调，包括他哥哥在内的几十个人就有权说，他们和报刊表达了人民的意志和思想，也就是复仇和屠杀的思想。他不能同意他们的意见，还因为他同人民生活在一起，却看不出有这种思想的表现，在他自己身上也找不到这样的思想（他无法不把自己看成是俄国人民的一分子），但最主要的是因为，他和人民都不知道，都无法知道什么是公共福利，却清楚地知道，只有严格遵守摆在人人面前的善的原则，才能得到这种公共福利，因此不论为了什么目的都不要战争和鼓吹战争。他和米哈伊雷奇如同传说中邀请北欧游牧民族酋长到俄国来实行统治的斯拉夫人一样：“您来做王，来统治我们吧。我们甘愿唯命是从。一切劳役，一切屈辱，一切牺牲，都由我们承担；我们不作判断，不作决定。”可是现在的人民，照柯兹尼雪夫的说法，已放弃了用如此昂贵的代价买得的权利。

他本来还想说：既然舆论是公正的法官，为什么革命、公社并不像支援斯拉夫人运动那样合法？但这一切只是些不能解决任何实际问题的空想而已。只有一点是明确的：当前这场争论激怒了柯兹尼雪夫，因此争论下去是不好的。列文不作声，只提醒客人们，乌云聚拢来了，还是趁没下雨赶快回家吧。

17

老公爵和柯兹尼雪夫坐上马车跑了，其余的人也都疾步走回家去。

天上的阴云忽而发白，忽而变黑，迅速地飘过来。他们必须再加快脚步，才能赶在下雨前回到家里。前面的乌云沉得低低的，黑得像煤烟，飞快地横过天空。离家还

① 见《新约全书·马太福音》第十章第三十四节。

有两百步光景，可是刮风了，随时都会下倾盆大雨。

孩子们又惊又喜地尖叫着，跑在前头。陶丽吃力地挣脱贴住两腿的裙子，眼睛盯着孩子们，已经不是在走路，而是在奔跑了。男人们按住帽子，大踏步走着。当大滴的雨点打着铁皮水槽的边缘时，他们已走到台阶边了。孩子们和跟在他们后面的大人快活地说笑着，跑到屋檐底下。

“卡吉琳娜·阿历山德罗夫娜呢？”列文问阿加菲雅，她手里拿着头巾和披肩在前厅迎接他们。

“我们还以为她同你们在一起呢。”她说。

“那么米嘉呢？”

“一定在柯洛克树林里，保姆同他们在一起。”

列文抓起一件披肩，拔脚往柯洛克跑去。

刹那间，乌云已把太阳完全遮住，天色黑得像日食一样。狂风肆无忌惮地刮个不停，挡住列文的去路，吹落菩提树上的叶子和花朵，把白桦树枝上的树皮剥得不成样子，把洋槐、牛蒡、花草和树梢都吹得倒向一边。在花园里干活的姑娘们尖声叫着跑到下房。白茫茫的雨帘吞噬了远处的树林和附近的一半田野，迅猛地向柯洛克推进。雨点碎成一个个小水珠，弥漫在空中。

列文头向前冲，同那要刮去他手里头巾的狂风搏斗着，快跑到柯洛克了。这当儿，他看见一棵麻栎树后面有个白晃晃的东西，突然火光一闪，整个大地燃烧起来，头上的天空仿佛爆裂了。列文睁开发花的眼睛，透过把他同柯洛克隔开的浓密雨帘，首先恐惧地看到，树林中间那棵熟识的麻栎树的绿色梢头已古怪地换了位置。“难道真的被雷劈了？”列文刚一想到，那棵麻栎树的梢头越来越快地倒下来，隐没在其他树木后面，接着就听见轰隆一声，一棵大树倒在别的树木上。

闪电、雷鸣和浑身上下的一阵寒意交集在一起，使列文感到极其恐怖。

“我的上帝！我的上帝，千万别砸着他们哪！”他喃喃地说。

他立刻想到，祈求那棵已倒下的麻栎不要砸着他们是多么可笑，但他还是重复了一遍，因为除了这种毫无意思的祷告外，他束手无策。

他跑到他们平时常去的地方，可是没有找到。

他们在树林另一头一棵老菩提树下，正在呼唤他。两个穿深色衣服（他们出门时穿的是浅色衣服）的人弯腰站在什么东西上。这是吉娣和保姆。雨已经停了。列文跑到他们身边的时候，天亮起来了。保姆的下半截衣服是干的，可是吉娣的衣服全湿透了，贴在她身上。雨虽然已经停了，可他们还是保持雷电交作时那个姿势。两人都弯下腰，俯在一辆遮着绿色阳伞的童车上面。

“都活着吗？都平安无事吗？赞美上帝！”他喃喃地说，跺着一只灌满了水快要脱落的靴子，啪嗒啪嗒地向他们跑去。

吉娣戴一顶被雨淋得走了样的帽子，扭过她那张湿淋淋红彤彤的脸对着他，羞怯地微笑着。

“咳，你怎么不害臊啊！我真不明白怎么可以这样鲁莽！”他怒气冲天地责备妻子。

“说实在的，这不能怪我。我们刚要走，他就哭起来。我们只得给他换尿布。我们刚要……”吉娣开始为自己辩解。

米嘉身上一点没湿，平平安安，一直睡得很香。

“啊，赞美上帝！我简直不知道我这是在说什么！”

他们收拾好湿尿布，保姆把婴儿抱了起来。列文走在妻子旁边，为自己的发火感到悔恨，背着保姆，悄悄地握住吉娣的手。

18

那天一整天，列文只是心不在焉地参加人家的谈话。他对心中发生的变化虽然感到失望，但还是一直很高兴。

雨后地面太湿，不能出去散步，而且阴云始终没有离开地平线，忽而这里，忽而那里，雷声隆隆，遮暗了天空。大家就在房子里消磨那天剩下的时间。

大家不再争论，午饭以后，个个情绪都很好。

卡塔瓦索夫起初用他那种别出心裁的笑话逗得太太们发笑，后来受柯兹尼雪夫的怂恿，就讲了他对雌雄苍蝇性格和外貌差异以及它们生活习性的有趣观察。柯兹尼雪夫也兴致勃勃，喝茶时应他弟弟的要求讲了他对东方前途的看法，讲得那么通俗生动，使大家都很感兴趣。

只有吉娣一人没听完他的话，因为被叫去替米嘉洗澡了。

吉娣走了几分钟，列文也被叫到育儿室。

列文放下茶点，惋惜不能听完这场有趣的谈话，又担心会出什么事——因为没有要紧的事是不会请他去的——就向育儿室走去。

列文对哥哥关于获得解放的四千万斯拉夫人应该同俄国一起开辟历史新纪元的新鲜理论虽然很感兴趣，吉娣叫他去究竟有什么事也使他不安，但当他一离开客厅，剩下自己一个人时，早晨所想的事又立刻浮上心头。斯拉夫人在世界历史上的作用问题，同他内心的感受相比，简直微不足道，他一下子就把它置诸脑后，恢复了早晨那种心情。

他不像以前那样回顾思想的全过程（他不需要这样做）。他立刻恢复了原来支配过他的心情——这种心情是同他的思想分不开的——并且发觉这种心情比以前更强烈更明确了。现在他不像以前那样为了获得这种心情必须自我安慰并回顾思想的全过程。现在正好相反，快乐和宽慰的心情比以前强烈，但思想却跟不上他的心情。

他穿过游廊，望望苍茫暮色中出现的两颗星星，忽然想："是的，我曾经望着天空想，我见到的苍天并不是幻影，但有些事我没有想透彻，有些东西我不敢正视。但不管怎样，都没有理由反对，只要好好想一想，一切都会清楚的！"

他踏进育儿室，突然明白他不敢正视的是什么。那就是，如果上帝存在的主要证据是他启示了什么是善，那么为什么这种启示只限于基督教一个教呢？佛教和伊斯兰教也劝人为善，它们同这种启示又有什么关系？

他觉得他已找到了这个问题的答案，但来不及向自己解释清楚，就踏进了育儿室。

吉娣卷起袖子，站在婴儿正在里面玩水的澡盆旁边，一听见丈夫的脚步声，就转过脸来，笑盈盈地示意他走过去。她一只手托着仰天浮在水面上、两只小脚乱踢的胖娃娃的头，另一只手拿着海绵往婴儿身上擦，臂上的肌肉有节奏地跳动着。

"嘿，你瞧，你瞧！"当丈夫走到她身边时，她说，"阿加菲雅说得对，他会认人了。"

从今天起，米嘉确实认得所有的亲人了。

列文一走到澡盆旁，她们立刻试给他看，那娃娃果然认得他了。她们又特地把厨娘叫来试验。她弯下腰，娃娃却皱起眉头，不高兴地摇摇头。吉娣向他俯下身去，他就满脸笑容，小手抓住海绵，咂着嘴唇，发出满意的怪声，不但吉娣和保姆，连列文也顿时心花怒放了。

保姆用一只手把婴儿从澡盆里抱出来，又用水把他冲了冲，拿大毛巾把他包起来，擦干了，等他尖声啼哭了一阵之后，把他抱给母亲。

"哈，我真高兴，你开始喜欢他了，"吉娣安静地在坐惯的位置上奶孩子的时候，对丈夫说，"我真高兴啊！要不我可为这事担忧呢：你说过你对他毫无感情。"

"不，难道我说过对他毫无感情吗？我只是说我有点失望罢了。"

"怎么，你对他觉得失望？"

"不是对他失望，是对我自己的感情觉得失望。我抱的希望还要大些。我原希望心里会产生一种意外的欢乐，相反却觉得厌恶和怜悯……"

她隔着婴儿的身子聚精会神地听着他说话，重新戴上替孩子洗澡时摘下的戒指。

"主要是忧虑和怜悯大大超过欢乐。可是今天经历了这场惊心动魄的大雷雨，我明白了我是多么爱他啊。"

吉娣脸上洋溢着欢笑。

"你当时很害怕吗？"她说，"我也是的，但现在我比当时更害怕。我要去看看那棵麻栎树。卡塔瓦索夫这人真有趣！总的来说，今天这一天过得真有意思。你心里高兴的时候，待谢尔盖·伊凡诺维奇真好……哦，到他们那里去吧。这里洗过澡，总是闷热得很……"

19

列文走出育儿室，剩下自己一个人，又立刻想起了那个还没有十分弄清楚的思想。

他没有回到人声嘈杂的客厅，却站在游廊里，凭栏望着天空。

天色全黑了，在他眺望着的南方没有乌云。乌云滞留在另一方，那里电光闪闪，远远地传来雷声。列文倾听花园里菩提树滴水的谐调声音，仰望熟识的三角形星群和支流错综的银河。闪电一亮，不仅银河，就连那灿烂的星星也影踪全无了，但等闪电熄灭，星星又仿佛被一只魔手抛出来，立刻出现在原处。

"嗯，究竟什么事使我惶惑不安呢？"列文暗暗自问，感到心里已有了他的答案，虽然还不很清楚。

"是的，神的明确无疑的表现之一，就是通过启示向世人公布善的法则。这些法则我觉得存在于我的心中，承认这些法则——不管我愿不愿意——我就和人家结成信徒的团体，就是教会。那么，犹太人、伊斯兰教徒、儒教徒、佛教徒，他们究竟是什么人呢？"他向自己提出这个他自认为危险的问题，"难道这几亿人就被剥夺了生活中少了它就毫无意义的至高无上的幸福吗？"他沉思起来，但立刻又纠正了自己。"但我究竟在探索什么？"他自言自语，"我在探索人类各种信仰和神的关系。我在探索上帝对这充满星云的整个宇宙所作的普遍启示。我究竟在做什么？对我个人，对我的心，无疑已显示了人的智慧所无法达到的认识，可是我却固执地想用智慧和语言来表达这种认识。"

"难道我不知道移动的不是星星吗？"他仰望着一颗移动到白桦树梢上的明亮的行星，自言自语，"可是我望着星星的运动，却不能想象地球的旋转。我说星星在运动是对的。"

"天文学家要是估计到地球全部错综复杂的运动，他们还能理解和算出什么来吗？

他们关于天体的距离、重量、运动和摄动的奇妙结论，都是根据看得出来的天体围绕固定的地球的运动，根据目前我亲眼看见，过去曾出现在亿万人眼前的运动，这种运动过去是这样，将来也是这样，而且永远可以得到证实。就像天文学家不根据子午线和地平线对看得见的天体进行观察，所得的结论将是虚妄和不可靠一样，我要是不以对人人都同样永恒不变、基督教向我显示并且在我心中永远可以获得证实的善恶观为基础，我的结论同样将是虚妄和不可靠的。其他信仰和它们对神的关系问题，我没有权利也不可能去解决。”

“咦，你还没有走吗？”吉娣也从这里到客厅去，看见他问。“怎么，你没有什么不痛快吧？”她凭着星光仔细打量着他的脸，说。

不过，要不是又一次使群星黯然失色的闪电，她还是不能看清他的脸。凭着闪电的强光，她才看清了他的脸，看出他平静快乐。她对他嫣然一笑。

“她一定知道，一定了解我在想什么，”他想，“我要不要告诉她？好，让我告诉她。”他正要开口，却被她抢先了。

“听我说，康斯坦京！你帮个忙，”她说，“到角房里去看看，他们给谢尔盖·伊凡诺维奇安排得怎样了。我去不方便，他们有没有放上新脸盆？”

“好的，我这就去。”列文站起来吻着她说。

“不，不用对她说了，”当她走到他前面时，他想，“这是一个秘密，只我一个人需要，重大而无法用语言来表达。”

“这种新的感情并没有使我发生什么变化，并没使我感到幸福，并不像我梦想的那样大彻大悟，而是像我对儿子的感情那样。也没有什么意想不到的地方，是信仰或者不是信仰——我不知道究竟是什么，但这种感情却不知不觉痛苦地出现在我身上，并且牢固地扎根在我心里。

“我依旧会对车夫伊凡发脾气，依旧会同人争吵，依旧会不得体地发表意见，依旧会在我心灵最奥秘的地方同别人隔着一道鸿沟，甚至同我的妻子也不例外，依旧会因自己的恐惧而责备她，并因此感到后悔，我的智慧依旧无法理解，我为什么要祷告，但我依旧会祷告——不过，现在我的生活，我的整个生活，不管遇到什么情况，每分钟不但不会像以前那样空虚，而且我有权使生活具有明确的善的含义！”

一八七三年至一八七七年

附　录

《安娜·卡列尼娜》各章内容概要

第　一　部

1　奥勃朗斯基夫妻吵架

2　吵架后奥勃朗斯基的处境

3　奥勃朗斯基早晨去官厅以前。接见加里宁上尉遗孀

4　奥勃朗斯基同妻子和解失败

5　奥勃朗斯基的官职。奥勃朗斯基在官厅里。列文来访

6　列文和谢尔巴茨基家。吉娣的恋爱

7　列文探望哥哥柯兹尼雪夫。列文参与柯兹尼雪夫同哈尔科夫来的教授谈话

8　柯兹尼雪夫同列文谈论地方自治会和哥哥尼古拉

9　列文和吉娣在动物园溜冰。列文和奥勃朗斯基去饭店午餐

10～11　奥勃朗斯基和列文在英国饭店。午餐。谈到吉娣和伏伦斯基。奥勃朗斯基同列文争论爱情和女人问题

12　谢尔巴茨基一家。谢尔巴茨基公爵夫人为吉娣婚事操心

13　列文向吉娣求婚遭到拒绝

14　谢尔巴茨基家晚会。列文同伏伦斯基见面

15　晚会结束后。吉娣父母吵嘴

16　伏伦斯基对吉娣的态度

17　伏伦斯基和奥勃朗斯基在莫斯科车站等候伏伦斯基伯爵夫人和安娜·卡列尼娜

18　安娜·卡列尼娜抵达莫斯科。她同伏伦斯基在车厢里相遇。看道工死于火车轮下。他的死给安娜·卡列尼娜的印象

19　安娜和陶丽见面。她们谈论奥勃朗斯基的变心

20　安娜同吉娣相遇

21　奥勃朗斯基夫妻言归于好。伏伦斯基的夜访

22　吉娣和安娜在舞会上

23　安娜的成功和吉娣的悲伤

24～25　列文赴旅馆探望尼古拉哥哥

26　列文回到自己的庄园

27　列文对家庭生活的幻想

28　安娜同陶丽话别。安娜回彼得堡

29　安娜在火车上。阅读英国小说。一个梦

30　途中遇伏伦斯基。安娜抵达彼得堡。在车站上遇丈夫

31　伏伦斯基遇见安娜后的心情。伏伦斯基同卡列宁在彼得堡车站相遇

32　安娜回到家里，见到儿子谢辽查。李迪雅伯爵夫人和安娜另一女友的来访。安娜的心情

33　安娜回来后第一天在卡列宁家

34　彼得堡伏伦斯基寓所

第　二　部

1　谢尔巴茨基家替吉娣会诊。决定出国

2　吉娣心绪恶劣引起全家不安

3　陶丽在吉娣房里。吉娣向陶丽诉说心事，情绪激动

4　安娜在彼得堡上流社会的地位。伏伦斯基同培特西公爵夫人在歌剧院相遇

5　伏伦斯基给培特西讲九品文官以及他两个同僚闹事的经过

6　歌剧结束后在培特西家。众人对卡列宁夫妇的诽谤

7　安娜在培特西家。伏伦斯基向安娜表白爱情

8　卡列宁决定同妻子谈她在培特西家的行为

9　卡列宁同安娜谈话

10　谈话后夫妻关系

11　伏伦斯基同安娜发生关系。安娜内心的痛苦

12　列文在乡下。春天的农活

13 列文在自己的领地

14 奥勃朗斯基来访列文。准备打猎

15 列文和奥勃朗斯基狩猎。列文从奥勃朗斯基嘴里知道吉娣的病

16 奥勃朗斯基向商人梁比宁出售树林

17 列文同奥勃朗斯基在打猎后晚餐时谈心

18 伏伦斯基的生活，他的社交关系和团里的利益。嗜马成癖

19 伏伦斯基在团的公共食堂

20 伏伦斯基在红村营地木屋

21 伏伦斯基在赛马马房。弗鲁—弗鲁。伏伦斯基到彼得高夫看望安娜

22 赛马前伏伦斯基在安娜处。安娜告诉他怀孕

23 伏伦斯基从当前处境中找出路

24 伏伦斯基去赛马场路过勃良斯基家。在马房里和赛马场亭子旁。同哥哥和奥勃朗斯基相遇。比赛开始前的军官们

25 赛马：四里障碍赛。起赛。伏伦斯基同马霍京角逐。伏伦斯基赛马失利

26 卡列宁同妻子谈话后夫妇之间的关系。赛马那天卡列宁的活动

27 卡列宁在彼得高夫妻子的别墅

28 卡列宁在赛马场上。安娜的心情

29 伏伦斯基落马时安娜的激动。卡列宁对她的责备。安娜向丈夫承认自己同伏伦斯基的关系

30 谢尔巴茨基一家在国外温泉疗养。俄国来的旅客。华仑加

31 吉娣同华仑加认识

32 华仑加在谢尔巴茨基公爵夫人的晚会上

33 吉娣认识华仑加后精神上的变化

34 谢尔巴茨基公爵赴卡尔斯巴德旅行回来。他同施塔尔夫人、华仑加和画家彼得罗夫认识

35 父亲回来后吉娣心情转变。谢尔巴茨基一家回到俄国

第 三 部

1 柯兹尼雪夫在乡下列文家。两兄弟在看待老百姓上意见分歧。列文关心农活

2 柯兹尼雪夫在列文伴同下前去钓鱼

3 两兄弟为地方自治会事争吵

4 列文清晨割草

5 早饭以后。割草人的午餐。在马施舍高地割草

6 列文割草后归家。奥勃朗斯基来信。两兄弟打算去叶尔古沙伏看望陶丽

7 陶丽和孩子们的乡村生活

8 陶丽带孩子们受圣餐。采蘑菇和游泳

9 列文在乡下陶丽家

10 列文同陶丽谈论吉娣。列文辞别陶丽

11 列文在姐姐乡下养蜂场一个老头儿朋友家。列文同农民分草。伊凡·巴孟诺夫夫妇

12 列文欣赏农家生活。他决定开始过新生活。吉娣乘车去叶尔古沙伏陶丽家，途中邂逅列文

13 在妻子说出私情后，卡列宁从彼得高夫到彼得堡途中沉思。他决定表面上维持原来的关系

14 卡列宁写信给妻子要她在避暑季节结束后回彼得堡。卡列宁官场纠纷。“六月二日委员会”。卡列宁要求成立新的委员会

15 安娜向丈夫坦白后的心情。谢辽查做错事以后。安娜写信给丈夫，决定去莫斯科

16 安娜对卡列宁来信的反应。她想冲破“谎言的罗网”

17 安娜走访培特西，希望见到伏伦斯基。培特西同安娜谈论上流社会

18 槌球小组成员：萨福·施多茨、华西卡、卡鲁日斯基公爵、丽莎·梅尔卡洛娃、斯特列莫夫和“贵客”

19 伏伦斯基理财

20 伏伦斯基的生活原则。他希望明确自己同安娜的关系

21 团长设宴欢迎谢普霍夫斯科依公爵。谢普霍夫斯科依同伏伦斯基谈话。谢普霍夫斯科依企图拉伏伦斯基进官场任职

22 伏伦斯基同安娜在傅列达别墅花园里相见。他们谈论卡列宁来信

23 “六月二日委员会”会议。卡列宁作报告，获得成功。安娜回到彼得堡，同丈夫交谈

24 列文经营的农业。他同农民之间的激烈斗争。农业上的失败。丧失兴致。列文内心的苦闷。决定去史维亚日斯基家打猎

25 去史维亚日斯基家途中，在富裕的农民家逗留。老农家幸福生活给列文的印象

26 史维亚日斯基和他的家庭。史维亚日斯基的为人和观点。打猎失利。晚上喝茶时谈论农事，有两个地主参加

27 两个地主的宗法制农民观点。列文对农奴制改革、银行和铁路持否定态度

28 在史维亚日斯基书房里继续谈话。列文对学校的看法。列文关于地主经营的结论：必须注意俄国农民的特点并使雇工关心收成

29 列文试图改造原来的农场。实行计划的困难。列文对新的农场安排感兴趣，竭力研究经济规律

30 列文决定出国考察农业问题。准备出国。幻想建立一项新的科学——农民与土地的关系。不流血的农业革命的思想

31 尼古拉哥哥来到列文庄园。列文思索死的问题

32 两兄弟争论列文的经济计划。尼古拉离去。列文出国

第　四　部

1 卡列宁安排夫妇两人在彼得堡的生活。伏伦斯基陪同外国亲王参观彼得堡名胜

2 安娜写信给伏伦斯基请求他去看望她。伏伦斯基的梦。伏伦斯基在门口同卡列宁相遇

3 安娜醋性发作。她想到分娩时可能死亡。安娜讲了和伏伦斯基相同的梦

4 伏伦斯基到来给卡列宁的印象。卡列宁夺取安娜放伏伦斯基来信的文件夹。卡列宁同妻子谈话。企图办理离婚手续

5 卡列宁为离婚走访彼得堡著名律师

6 卡列宁领导的委员会报告失败。卡列宁决定亲自到当地去调查情况。卡列宁路过莫斯科。遇见奥勃朗斯基

7 奥勃朗斯基在列文住宿的旅馆。邀请列文赴宴

8 奥勃朗斯基在卡列宁处

9 奥勃朗斯基家宴会。列文遇吉娣

10 谈论古典教育和实科教育的优点以及妇女解放问题

11 列文同吉娣的“神秘交流”

12 陶丽请求卡列宁饶恕安娜

13 列文和吉娣在奥勃朗斯基家谈心

14 谈心后列文心情激动

15 列文求婚

16 谢尔巴茨基家商量婚礼。吉娣读列文日记后的烦恼

17 卡列宁接安娜电报回彼得堡。安娜产后病危。卡列宁同伏伦斯基在安娜床前和解

18 伏伦斯基在经历上一幕后的痛苦心情。自杀

19 卡列宁在饶恕安娜后的心情。他对新生女孩的态度。培特西看望安娜，为伏伦斯基要求在他动身去塔什干前同安娜话别。安娜拒绝这个要求

20 培特西来访后卡列宁同妻子谈话。安娜恼怒。卡列宁准备容许安娜同伏伦斯基保持关系

21 奥勃朗斯基在卡列宁家。他同妹妹谈她的处境。劝安娜同丈夫离婚

22 奥勃朗斯基充当安娜和卡列宁的中间人。卡列宁宽宏大量，准备离婚

23 自杀未遂后的伏伦斯基。他恢复健康，准备去塔什干任职。同安娜见面。辞去塔什干的任命，同安娜一起出国

第 五 部

1 列文婚前受圣礼

2 结婚那天单身汉在列文家午餐。列文突然怀疑吉娣对他的爱情。在谢尔巴茨基家的吵嘴

3 在教堂里等候新郎。列文迟到的原因

4 结婚仪式开始

5 举行仪式时在场亲友的品评

6 婚礼。新夫妇下乡

7 伏伦斯基和安娜在国外。来到意大利小城。伏伦斯基遇朋友高列尼歇夫。高列尼歇夫同安娜相识。赴伏伦斯基租下的豪华别墅

8 安娜和伏伦斯基旅居国外的情况。伏伦斯基习画

9 伏伦斯基和高列尼歇夫谈论画家米哈伊洛夫。安娜建议参观米哈伊洛夫画室

10 画家米哈伊洛夫在工作室。来访

11 米哈伊洛夫对来访者的印象。观看米哈伊洛夫所作彼拉多训诫基督一画。来访者评论这幅画

12 伏伦斯基和安娜欣赏另一幅画。伏伦斯基想买这幅画

13 米哈伊洛夫替安娜画像。伏伦斯基中止习画。决定回国

14 列文的家庭生活。琐碎的家务。同妻子吵嘴。对蜜月的失望

15 列文从事写作

16 尼古拉哥哥病危的消息。列文和吉娣到县城看望他

17 列文和吉娣在旅馆里探望病人

18 尼古拉病情恶化。吉娣看护他

19 吉娣和列文对死的态度

20 尼占拉受涂油礼和圣餐礼。他的死

21 妻子出走后的卡列宁。他的困惑和孤独。他的经历

22 李迪雅伯爵夫人对卡列宁的关怀

23 李迪雅伯爵夫人的经历。安娜回到彼得堡，她写信给李迪雅伯爵夫人要求同儿子见面

24 卡列宁出席宫廷庆典。宫内官员诽谤卡列宁。他在仕途上的绝境

25 卡列宁在李迪雅伯爵夫人家。他决定拒绝安娜同儿子见面

26 ~ 27 生日前夜的谢廖查。教师和父亲给他上课

28 伏伦斯基从国外归来。他和安娜在社交界的地位

29 ~ 30 安娜同儿子见面

31 会面以后。安娜的孤独感和对伏伦斯基爱情的疑虑

32 在安娜住宿旅馆里午餐。土施凯维奇建议定包厢观看巴蒂的演出

33 观看歌剧。安娜遭到卡尔塔索夫夫人凌辱。伏伦斯基和安娜到乡下去

第 六 部

1 陶丽带着孩子、华仑加和柯兹尼雪夫在波克罗夫斯克列文家避暑。采蘑菇

2 阳台上妇女们交谈。吉娣希望柯兹尼雪夫向华仑加求婚

3 列文夫妇谈论华仑加和柯兹尼雪夫

4 柯兹尼雪夫思考能不能同华仑加结婚

5 柯兹尼雪夫同华仑加表白心事的企图没有成功

6 期待老公爵到来。奥勃朗斯基和维斯洛夫斯基来访

7 维斯洛夫斯基对吉娣的态度引起列文猜疑

8 准备打猎。出发。猎人们的心情

9 打猎第一天。往格伏兹吉夫沼地途中。早餐。到达打猎地

10 奥勃朗斯基打猎得手，列文失利

11 猎人们在农家小屋。列文和奥勃朗斯基为富翁马尔杜斯的事争论。维斯洛夫斯基和奥勃朗斯基夜游

12 第二天列文打猎顺利

13 列文打猎取得新成绩。吉娣来信。归家

14 列文再次醋性发作

15 维斯洛夫斯基被驱逐

16 陶丽到伏兹德维任斯克伏伦斯基庄园看望安娜

17 陶丽在野外遇安娜、伏伦斯基和他们的客人——华尔华拉公爵小姐、史维亚日斯基、维斯洛夫斯基

18 安娜和陶丽在归途中和到家后交谈

19 安娜的生活环境。陶丽在安娜的育儿室

20 参观房子、花园和医院

21 伏伦斯基同陶丽谈话，指出安娜必须离婚；伏伦斯基要求她在这件事上帮忙

22 伏伦斯基家的午餐

23 陶丽和安娜密谈离婚和生育问题

24 安娜就自己处境同陶丽最后一次谈话。陶丽回家

25 安娜秋天的生活。她的活动。伏伦斯基的经济措施。动身去参加选举

26 列文和柯兹尼雪夫在卡辛选举会上

27 卡辛选举省首席贵族。选举会上的贵族。派别、小组和他们的策略

28 表决被指控的贵族弗列罗夫能不能参加选举的问题。临近选举的庄严时刻

29 参加选举者的激动。贵族们议论纷纷。列文跟保守地主谈话

30 列文同伏伦斯基相遇。列文在选举会上的行为。前任首席贵族史涅特科参加竞选。选出新的省首席贵族

31 选举完毕后伏伦斯基设宴招待。省长和新任首席贵族出席

32 伏伦斯基在接到安娜来信后回乡。安娜决定请求丈夫同意离婚。伏伦斯基和安娜迁居莫斯科，等待卡列宁答复和准备办理离婚手续

第七部

1 列文一家在莫斯科的生活。在玛丽雅·波里索夫娜公爵夫人家吉娣遇伏伦斯基

2 列文经济困难。意想不到的新开支

3 列文在卡塔瓦索夫家。同彼得堡学者梅特罗夫见面。参加大学庆祝会

4 列文在李伏夫公爵家。谈论儿童教育

5 列文参加早晨音乐会。他同彼斯卓夫就瓦格纳乐派进行争论

6 列文走访保尔伯爵夫人

7 列文在英国俱乐部。遇见土罗甫春、奥勃朗斯基、岳父和伏伦斯基

8 老公爵讲关于契青斯基公爵的笑话。奥勃朗斯基建议列文去看望安娜

9 列文和奥勃朗斯基在安娜家

10 安娜给列文的印象

11 列文回家。同妻子谈心

12 安娜同伏伦斯基谈话，对他去俱乐部表示不满

13 吉娣临产

14 列文请医生。吉娣分娩时列文焦急万状

15 分娩顺利

16 列文对新生儿的感情

17 奥勃朗斯基经济境况窘迫。去彼得堡。在卡列宁处。要求谋得联合公司理事职务

18 奥勃朗斯基同卡列宁谈离婚问题

19 奥勃朗斯基在卡列宁书房遇谢辽查。舅舅和外甥在楼梯上谈话

20 奥勃朗斯基在彼得堡的交际活动——在巴特尼央斯基处和培特西家

21 卡列宁和奥勃朗斯基在李迪雅伯爵夫人家。兰道——别苏波夫伯爵。李迪雅同奥勃朗斯基谈宗教问题

22 奥勃朗斯基在李迪雅伯爵夫人家观看催眠术以后，卡列宁拒绝妻子离婚要求

23 安娜和伏伦斯基关系恶化。安娜的猜疑。为安娜所抚养的英国女孩而吵嘴

24 安娜要求立刻下乡。因此又发生争吵。和解

25 奥勃朗斯基来电引起一场误会。安娜对伏伦斯基母亲的反感。安娜同来访的雅希文谈话

26 安娜内心猜疑和绝望的增长。想到死是摆脱困境的出路

27　安娜精神恍惚

28　走访陶丽。同吉娣相遇

29　归家。安娜决定去迎接伏伦斯基，揭发他的变心

30　安娜在往下城车站途中的胡思乱想，彷徨于希望和绝望之间

31　火车出发前的景象。安娜万念俱灰。她的自杀

第　八　部

1　大约两个月以后。柯兹尼雪夫的著作出版。新作没有引起重视。公众关心塞尔维亚战争

2　志愿军从库尔斯克车站出发。欢送志愿军。伏伦斯基出征

3　察里津车站上欢迎志愿军。卡塔瓦索夫观察志愿军

4　省城的逗留。柯兹尼雪夫同送儿子出征的伏伦斯基伯爵夫人谈话

5　柯兹尼雪夫和伏伦斯基。痛苦地回忆那个悲惨的场面

6　柯兹尼雪夫和卡塔瓦索夫在乡间列文家

7　吉娣思索丈夫不信教的问题

8　列文的探索和疑虑

9　列文阅读哲学和神学著作。对两者都感到失望。自杀的念头

10　列文思索公共福利事业没有结果。必须为自己和为亲人活下去。知道什么事该做，什么事不该做

11　列文忙于农活，同时思考生活的意义。从庄稼汉费多尔的话“服从真理，服从上帝的意志生活”得到启示

12　费多尔的话给他留下的印象。生活的意义在于行善和爱人

13　列文得出的结论：信仰上帝，信仰善，就是人的唯一天职

14　列文迎接客人——柯兹尼雪夫和卡塔瓦索夫。中途参观养蜂场

15～16　谈论塞尔维亚战争的民族意义和人民的统一思想

17　吉娣带着婴儿和列文遇大雷雨

18　雨后人们的心情。卡塔瓦索夫的笑话。柯兹尼雪夫对东方问题前途的看法。列文在育儿室

19　列文获得信仰，内心平静

图书在版编目（CIP）数据

安娜·卡列尼娜 /（俄罗斯）列夫·托尔斯泰著；草婴译 . —厦门：鹭江出版社，2019.4

ISBN 978-7-5459-1542-6

Ⅰ. ①安… Ⅱ. ①列… ②草… Ⅲ. ①长篇小说—俄罗斯—近代 Ⅳ. ① I512.44

中国版本图书馆 CIP 数据核字（2018）第 286411 号

ANNA · KALIENINA

安娜 · 卡列尼娜

（俄）列夫 · 托尔斯泰 著 草 婴 译

出版发行：鹭江出版社

地　　址：厦门市湖明路 22 号　　邮政编码：361004

印　　刷：三河市兴博印务有限公司

地　　址：河北省廊坊市三河市杨庄镇大窝头村西　　邮政编码：065200

开　　本：710mm × 1000mm　1/16

印　　张：45

字　　数：826 千字

版　　次：2019 年 4 月第 1 版　　2019 年 4 月第 1 次印刷

书　　号：ISBN 978-7-5459-1542-6

定　　价：55.00 元
